Vollblutpferde, Rennbahnen, Turnierpreise und der Glanz des Geldes – das ist die Welt, in der Rosalind Maybrick lebt. Ihrem Mann Al sind die Rennsiege seiner Pferde schon lange wichtiger als seine Frau. Aber auch Rosalind liebt die erregende Spannung der Rennbahn, die nervöse Schönheit der Vollblüter. Als sie dem Pferdetrainer Dick Winterson begegnet, ist es sein souveräner, sanfter Umgang mit den Tieren, der eine schicksalhafte Spannung zwischen ihnen entstehen lässt. Aber wie kann Rosalind ihrem Gefühl folgen, da sie doch alle unlösbar in die gleiche Welt verstrickt sind?
Ein gewaltiges Gesellschaftspanorama entwirft Jane Smiley auf den Rennplätzen von Kalifornien bis Paris. Leidenschaftlich und idealistisch, aber auch korrupt und kaltherzig sind die Menschen, denen Pferde das Leben bedeuten. Vom jungen Roberto mit den Wunderheilerhänden zu reitbesessenen Teenagern, von Millionären, Spielern und fanatischen Jockeys bis zu den hinreißend geschilderten Rennpferden selbst entfaltet sich die glamouröse Welt aus Sehnsucht und Liebe, Ehrgeiz und Hass, die den Leser bis zum finish in Atem hält.

»Smiley erzählt farbig, süffig.« *Brigitte*

Jane Smiley, 1949 in Los Angeles geboren, wuchs in St. Louis auf und studierte am Vassar College sowie an der Universität von Iowa, wo sie heute unterrichtet, Volkskunde und Skandinavische Sprachen. Für ihren Roman ›Tausend Morgen‹ wurde sie mit dem National Book Award und dem Pulitzer-Preis ausgezeichnet.
Im Fischer Taschenbuch Verlag erschienen ›Die Grönland-Saga‹ (Bd. 11398), ›Tausend Morgen‹ (12412), ›Gewöhnliche Liebe und guter Wille‹ (Bd. 12725), ›Mörder in Manhattan‹ (Bd. 12643), ›Die Scheune im Schatten‹ (Bd. 12641), ›Tor zum Paradies‹ (Bd. 12642), ›Moo‹ (Bd. 13441) und ›Lidie Newton‹ (Bd. 15122).

Unsere Adresse im Internet: www.fischer-tb.de

JANE SMILEY

Feuerpferd

Roman

Aus dem Amerikanischen von
Hannah Bonner

Fischer Taschenbuch Verlag

Veröffentlicht im Fischer Taschenbuch Verlag,
einem Unternehmen der S. Fischer Verlag GmbH,
Frankfurt am Main, September 2003

Lizenzausgabe mit Genehmigung des Krüger Verlages, Frankfurt am Main
Die amerikanische Originalausgabe erschien 2000
uter dem Titel ›Horse Heaven‹ im Verlag Alfred A. Knopf, New York

Druck und Bindung: Clausen & Bosse, Leck
Printed in Germany
ISBN 3-596-15814-1

Der Erinnerung an TERSON (Ger.), von Luciano aus Templeogue, von Prodomo (zweiundfünfzig Rennen, siebenmal Sieger, achtmal Zweiter und dreimal Dritter in Frankreich und den Vereinigten Staaten) ist dieser Roman in Liebe und Dankbarkeit gewidmet.

Und ebenso Jack Canning.

Mein Dank geht besonders an Dr. Gregory L. Ferraro, D.V.M., aus Davis, Kalifornien, und an Jim Squires, aus Lexington, Kentucky, für ihre unermüdliche Geduld, Hilfe und Unterstützung; und an Dave Hofmans, Eddie Gregson, Dr. Mike Fling, Dr. Gary Deter, Roy und Andre Forzani und an zahllose andere, die mir ihre Zeit, ihr Wissen, und – das Beste zum Schluss – ihren Esprit schenkten.

»In keinem anderen Bereich des menschlichen Wissens hat es eine so umfassend und konsequent falsche Darstellung der historischen Wahrheit gegeben wie in dem der Pferdekunde.«
John H. Wallace, The Horse in America (Das Pferd in Amerika)

»Ich stellte mit Bestürzung fest, dass ich mich in diesem Augenblick gezwungen sah, ein Pferd zu kaufen.«
Some Experiences of an Irish R. M., Somerville and Ross

»Ich habe noch nie von einer großen Tat gehört, die nicht von einem Vollblutpferd vollbracht wurde.«
Dick Christian, englischer Jagdrennjockey, um 1820

ERSTES BUCH

1997

Prolog
Wer sie sind

Was der Jockey Club von ihnen weiß, sind nur Abstammung, Körperfarbe, Abzeichen:

Residual, von Storm Trumpet, aus der Baba Yaya von Key to the Mint, Fuchs, geboren am 23. Januar 1996. Weißer Stern, drei Füße weiß halbgestiefelt. Gezüchtet in Kentucky.

Epic Steam, von Land of Magic, aus der Pure Money von Mr. Prospector, dunkelbrauner bis brauner Junghengst, geboren am 18. Februar 1996, würde als Rappe bezeichnet, wenn es echte Vollblutrappen gäbe. Keine Spur von Weiß am ganzen Körper. Gezüchtet in Kentucky.

Froney's Sis von Mr. Miracles, aus der My Feelite von Cee's Tizzy, Grau- oder Stichelhaarschimmel, Jungstute, geboren am 21. März 1996. Derzeit fast ganz schwarz, aber mit weißen Haaren geflockt, hat einen Stern und eine Schnippe zwischen den Nüstern und eine weiße Fessel, doch diese Abzeichen werden mit den Jahren verschwinden, die Welle von Weiß, die sich von Gesicht, Schultern und Hinterhand ausbreitet, wird die hellen Abzeichen überschwemmen wie die Flut die bei Ebbe zurückbleibenden Wassertümpel. Auf der Brust hat sie einen Haarwirbel in Uhrzeigersinn, um den der Rest ihres Haarkleids wie eine Galaxie kreisen wird. Gezüchtet in Kalifornien.

Brauner Junghengst von Lake of the Woods, aus der Wayward von Independence, geboren am 5. Mai 1996. Das ist die häufigste Körperfarbe bei Vollblutpferden. Er hat einen winzigen Stern auf der Stirn, symmetrische Tollen auf beiden Seiten des Halses und ein kleines Dreieck auf der Innenseite seiner rechten Hinterfessel. In Maryland gezüchtet.

Alle Abzeichen sind in ihrem Abstammungsnachweis beschrieben, und alle haben Nummern und Aktenzeichen. Ihre Lebendgeburten sind registriert worden, man hat ihnen Blut abgenommen und geprüft, ob sie wirklich von denen abstammen, von denen ihre Besitzer es behaupten, ihre Geburt ist unter den Namen ihrer Väter in etlichen Papieren verzeichnet und in der *Thoroughbred Times* veröffentlicht worden. Sie stellen jetzt schon eine Erfolgsgeschichte dar, da sie empfangen, ausgetragen, zur Welt gebracht, genährt, entwöhnt, ans Halfter gewöhnt, beschlagen und in einigen Grundregeln des Benimms unterwiesen worden sind. Dabei ist das eine oder andere Missgeschick vorgefallen, aber nichts Verhängnisvolles.

Sie sind alle miteinander verwandt. Jedes von ihnen ist blutsverwandt mit Darley Arabian und Eclipse. Man wird kaum ein Vollblutpferd finden, bei dem das nicht der Fall ist. Jedes von ihnen aber ist auch blutsverwandt mit Stockwell und Nearco. Drei von ihnen sind blutsverwandt mit Rock Sand. Zwei stammen von der großen Vorahnin Pocahontas ab. Zwei sind mehr amerikanisch als englisch und gehen auf Lexington zurück. Die besonders Glücklichen sind blutsverwandt mit St. Simon. Hier und da taucht Hyperion auf, ein Sonnenstrahl in jedem Stammbaum. Die vier großen Zuchtstutenväter – War Admiral, Princequillo, Mahmoud, Blue Larkspur – erscheinen auch, obwohl keiner, der mit diesen Fohlen zu tun hat, alt genug ist, um sie jemals in einem Rennen gesehen zu haben.

Als Vollblüter haben Residual, Epic Steam, Froney's Sis und der bislang noch namenlose braune Junghengst einige Eigenschaften gemein. Sie sind aktiv und neugierig. Sie sind lieber in Bewegung, als dass sie stillstehen. Mühelos loszugaloppieren ist für sie alle so natürlich wie das Atmen. Wenn sie laufen, schauen sie geradeaus, etwa vier Schritt weit, und die Schweife fließen in einer geraden Linie. Sie sind zum Vorwärtsstreben geboren, so wie ein Border Collie dazu geboren ist, den Schafen auf den Fersen zu bleiben. Sie sind offensichtlich alle intelligent und wissbegierig. Mit der Nase am Boden folgen sie forschend und spürsinnig allem, was über die Weide geht. Sie sind ausgelassen. Sie sind empfindsam. Sie haben feste Vorstellungen. Sie haben im Allgemeinen eher zu viel Temperament als zu wenig. Die meisten sind näher miteinander verwandt als Geparden.

Trotzdem kann man sie ohne Schwierigkeiten auseinander halten. »Ja, er weiß, wer er ist!«, sagen sie von Epic Steam. Klar, er weiß, dass er ein Mistkerl ist, oder vielmehr der Sohn eines Mistkerls! Er ist ein großer, kräftiger Junghengst. Der Schmied richtet ihm nicht gern die Hufe aus, und überhaupt niemand hat besonders gern mit ihm zu tun. Er hat sich dem Halfter widersetzt, dem Striegeln, der Wurmkur und den Spritzen. Er bleibt immer für zuletzt übrig, obwohl gerade am Schluss alle müde und gereizt sind. Aber der Umgang mit ihm verdirbt jedem so sehr die Laune, dass es den anderen Pferden schadet, wenn er zuerst an die Reihe kommt, deshalb ist er immer der Letzte. Man kann ihm nicht mit Zuneigung, Sanftheit und Freundlichkeit beikommen, aber mit Härte, Dominanz und Aggression richtet man auch nichts aus.

Er ist viel Geld wert: Für seine Mutter hatte der Besitzer 567 000 Dollar bezahlt (eine Ausgabe, die sich bereits amortisiert hat, denn drei ihrer sieben Fohlen wurden als Jährlinge zu jeweils zwei- bis fünfhunderttausend Dollar verkauft). Die Deckgebühr für Land of Magic belief sich auf sechzigtausend Dollar. Epic Steam selbst brachte beim Jährlingsverkauf in Keeneland im letzten Juli 450 000 Dollar ein. Epic Steam ist schnell beleidigt. Er hat hohe Erwartungen, was den Umgang mit ihm angeht, und bisher hat er noch kein menschliches Wesen getroffen, das diesen Erwartungen gerecht geworden wäre. Andere Pferde sind nicht so schlimm, sie sind lernfähig und beleidigen ihn nicht, und er ist nicht hässlich zu ihnen, nur herrisch. Die Menschen sind es, die blind und stur sind. Er ist jetzt fast zwei Jahre alt und wird oft als »Monster« bezeichnet, mit einem Stockmaß von gut über 1,60 Meter, gebogenem Hals und mächtigem Brustkorb. Seine Hinterhand ist eine Welt für sich, sein Schweif fließt wie eine schwarze Fahne fast bis auf den Boden.

Residual weiß auch, wer sie ist. Sie ist diejenige, die immer auf der Weide umherwandert, stehen bleibt, den Kopf hebt, schaut, dann wei-

terwandert. Sie ist die Nachdenkliche. Wer mit ihr umgeht, lernt von ihr abzuwarten. Der Hufschmied bittet sie, den Fuß zu heben – eine kurze Pause tritt ein, dann sieht man, dass sie sich entschieden hat, und sie hebt den Fuß. Alle sagen, dass sie umgänglich ist, und das stimmt. Wenn sie mit den anderen Fohlen herumläuft, drängt sie sich nicht nach vorne, sondern bleibt stattdessen einen Augenblick zurück, wartet ab, wo sich eine Lücke öffnet, und gleitet dann hinein. Sie ist etwa 1,65 Meter hoch und gut entwickelt, ihr Körperbau für Zweijährigenrennen geeignet. Sie hat eine große Hinterhand, einen grazilen Hals und einen reizvollen Kopf, kurz, aber schön geformt. Ihre Ohren sind hübsch und beweglich, ihr fuchsrotes Haarkleid von satter Farbe und außergewöhnlich fein. Ihr rechtes Vorderfußgelenk ist leicht nach außen gedreht, wie bei ihrem Vater. Bei der Auktion in Saratoga brachte sie enttäuschende vierundzwanzigtausend Dollar ein.
Der braune Junghengst weiß auch, wer er ist, und sein Züchter weiß es ebenfalls, denn er nennt ihn einfach »Wow«. Er ist der Jüngste der vier, und jeden Tag sehen seine Betreuer, dass er von seinem Großvater Independence einen Galopp geerbt hat, der ihm leichter fällt als das Stillstehen. Er erholt sich am besten, indem er auf der Weide herumgaloppiert, beschleunigt, verlangsamt, umdreht, in einem großen Bogen dahinsaust. Er arbeitet jeden Tag an seinem Schritt und seinen Geschwindigkeiten, während die anderen schlafen, sich balgen, fressen, aber für ihn ist es keine Arbeit, es ist seine natürliche Betätigung, er ist sozusagen darauf programmiert. Auf jeden Anreiz reagiert er, indem er galoppiert. Er ist nicht so groß oder hübsch wie manche andere Jährlinge, und sein Körperbau ist auch nicht perfekt. Er hat einen langen Rücken, leicht gesenkt, und lange Hinterläufe. Sein Hals ist mager. Der Kopf erscheint ein wenig gewöhnlich, bis man ihm in die langbewimperten, gefühlvollen Augen sieht. Er ist angenehm zu betreuen, aber nicht ganz bei der Sache, beachtet nicht die Leute, die mit ihm umgehen, wartet nur darauf, wieder nach draußen zu kommen. Im Sommer war er noch zu jung und zu unentwickelt, um in die Auktion zu gehen, und sein Besitzer spielt mit dem Gedanken, ihn für Rennen trainieren zu lassen.
Froney's Sis ist die Einzige, die nicht genau weiß, wer sie ist. Als sie einen Monat alt war, verlor sie ihre Mutter, die eines Nachts eine Ko-

lik bekam und starb, dann wurde sie zu einem Pony als Gefährtin gestellt und bekam Milch aus einem Eimer, weil sie zu alt war, um zu einer Pflegestute gegeben zu werden. Das Pony war ein geduldiger Kerl. Es stand still neben ihr, trat vom Futtereimer weg, wenn sie fressen wollte, graste fast unter ihr und trabte sogar kameradschaftlich umher, während sie sich austobte, ausschlug und galoppierte, aber es zeigte nichts von der Selbstverständlichkeit, die es im Verhalten einer Stute gegeben hätte. Es liebkoste das Fohlen kaum und brachte auch nicht dieses kehlige, liebevolle Wiehern hervor, das für Stuten so kennzeichnend ist. Sein Interesse an ihr war einfach nicht das einer Stute an ihrem Fohlen. Eine Stute würde sich einmischen und kümmern. Eine Stute würde rufen und angetrabt kommen, eine Stute würde dem Fohlen mit ihrer Körpersprache zu verstehen geben, was es zu denken und wie es sich zu benehmen hatte. Aber das Pony hatte nicht die Körpersprache einer Stute. Bei Froney's Sis hat die Kultur schon in die Natur eingegriffen, und die Zweige ihrer Persönlichkeit sind wie die Triebe eines Spalierobstbaums; so schön sie auch werden mag, sie wird vielleicht nie wissen, wer sie ist.

Ihrem Besitzer, Mr. Kyle Tompkins, gehört offenbar auch so ziemlich alles andere in Mittelkalifornien. Auf einem heißen, sonnenbeschienenen Stück Land, so riesig und weit, dass man keine Grenzen erkennen kann, zieht Mr. Tompkins Vieh, Aprikosen, Trauben, Baumwolle, Weizen, Reis und Luzerne, stellt Kosmetika her, betreibt Restaurants, eine Feriensiedlung, ein Zentrum für Pferdetraining und ein Zentrum für Pferdezucht, ein Transportunternehmen, eine Holdinggesellschaft, eine Vermögensberatung, eine Versicherungsgesellschaft und eine Rückversicherungsgesellschaft. Sein persönliches Interesse gilt jedoch den Rennpferden. Froney's Sis hat er nach der Schwester von Bob Froney benannt. Bob Froney wohnt in der Nähe, er hat das Rezept für Tompkins Perfection Almond and Aloe Skin Revitalizer entwickelt, die Renner unter den Kosmetika der Serie Tompkins Perfection Skin Nurturing Kindness. Bob hat Mr. Tompkins vor kurzem erzählt, dass seine Schwester Dorcas die Erste war, die das Rezept getestet hat und ihn auf die Idee mit dem fettfreien Produkt brachte, das Bob schließlich in seiner Küche ausgetüftelt hat. In einer Aufwallung von Dankbarkeit zerbrach sich Mr. Tompkins einen ganzen Tag lang den Kopf darüber, ob er das Fohlen »Dorcas«, »Bob's Baby Sister« oder »Froney's Sis« nennen sollte. In einem Jahr hatte er eine Jungstute »Chemolita« und einen Junghengst »Radiation Baby« genannt, weil seine Mutter gerade Chemotherapie bekam. Seine Namen sind so abwegig, dass niemand anders sie will, und der Jockey Club gestattet ihm anscheinend alles, was er verlangt. Er gibt pro Jahr fast hundert Fohlen Namen und lässt nur seine eigenen Züchtungen bei Rennen starten.

Die Jungstute war nicht einfach zu trainieren, und Jack Perkins, der Leiter der Trainingsfarm, hatte vor, sie noch einmal für sechs Monate raus auf die Weide zu schicken. Der Zucht- und Rennstall Tompkins Worldwide Thoroughbred Breeding and Racing – Only the Best verfügt über Weideland in Hülle und Fülle und auch über das Wasser, um es grün zu halten.

Alles an ihnen ist jetzt noch rätselhaft, ein Raum für Spekulationen und Möglichkeiten. Wer sie sind, wer sie sein werden, als was sie bekannt und in Erinnerung bleiben werden – all das wird erst ab dem ersten Januar allmählich Gestalt annehmen, denn von diesem Tag an gelten sie alle als Zweijährige. In ein paar Jahren wird man schon alles wissen: wie sie sich als Zweijährige und wie als Dreijährige im Rennen bewährt haben, ob die verborgenen Vorzüge oder die versteckten Mängel in ihrer DNA zum Ausdruck gekommen sind, ob sie es verdienen, sich fortzupflanzen, was sie aus ihren Trainern, Pflegern, Reitern und Besitzern gemacht haben und was diese Trainer, Pfleger, Jockeys und Besitzer aus ihnen gemacht haben. Sie stehen an der Schwelle eines Lebens, das genauso öffentlich ist wie jedes menschliche Leben, genauso aktiv und vielleicht genauso gewinnträchtig, und jedes wird sicherlich seine eigene Meinung über sein Leben haben, auch wenn sie sich der Presse gegenüber nie dazu äußern, nicht einmal inoffiziell.

Jack entscheidet wie immer, dass noch viel Zeit ist.

NOVEMBER

Kapitel 1
Jack Russell

An einem Sonntagmorgen im November, am Tag nach dem Breeders' Cup in Hollywood Park (wo er dieses Jahr nicht gewesen war, die Reise an die Westküste dauerte zu lang von Westchester County, und er hatte kein Pferd am Start, hatte noch nie ein Pferd im Breeders' Cup am Start gehabt, das konnte doch unmöglich seine Schuld sein, hatte er nicht Millionen dafür ausgegeben, Pferde zu züchten, zu trainieren und bei Rennen starten zu lassen? War es nicht langsam Zeit, entweder ein Pferd im Breeders' Cup zu haben oder ganz aus der Sache auszusteigen?), erhob sich Alexander P. Maybrick um sechs Uhr morgens von seinem Ehelager, zog den Morgenmantel über, schlüpfte in seine Pantoffeln und verließ das Schlafgemach, das er mit seiner Frau Rosalind teilte. Auf dem Weg zur Küche kam er an der Bibliothek, dem Büro, dem Gymnastikraum, dem Gästebad, dem Wohn- und dem Esszimmer vorbei. In allen Zimmern lag ein von seiner Frau ausgesuchter Perserteppich erlesener Qualität – seine Frau hatte bei allem einen Blick für Qualität –, und jeden Morgen zierten jeden Teppich in allen Zimmern die winzigen, dunklen, festen Haufen, die der Jack-Russell-Terrier Eileen dort deponierte. Eileen selbst lag an seine Frau gekuschelt im Bett, scheinbar schlief sie, denn sie hob nicht mal den Kopf, als Mr. Maybrick sich erhob, aber Mr. Maybrick wusste, dass sie nur so tat. Wenn ein Jack Russell schläft, während sich irgendetwas in seiner Nähe bewegt, kann es sich nur um eine List handeln. Mr. Maybrick hatte dieses Problem mit Rosalind etliche Male erörtert. Als Rosalind den Hund kaufte, hatte er natürlich gleich gewusst, was ein Jack Russell im Haus bedeutete. Ein Jack Russell machte Lärm, schleifte die Kadaver kleiner Tiere ins Haus, griff wesentlich größere Hunde an, ließ sich nicht zur Stubenreinheit erziehen und stand in jeder Hinsicht für eine primitive Lebensform. Rosalind hatte versprochen, den Welpen richtig zu erziehen. Mit einer Hundehütte und einem Hundetrainer und strengen Regeln und einem Buch über Jack-Russell-Terrier und allem Schnickschnack, der bei Golden Retrievern, Deutschen Doggen, Boxern und Hunden überhaupt funktionierte. Aber Eileen war kein Hund, sie war eine Bestie, und der Trainer hatte nur eines fertig gebracht, nämlich ihr das Bellen abzugewöhnen. Und das war ein Segen, denn wenn der Trainer Eileen nicht das Bellen abgewöhnt hätte, hätte Mr. Maybrick sie erwürgen müssen. Rosalind, die ihre Unterwäsche in die Reinigung gab, alle zwei Wochen die Fenster putzen ließ und den Backofen so peinlich sauber hielt, dass man chirurgische Instrumente darin sterilisieren konnte, behauptete, die Haufen seien harmlos und den Teppichen schadeten sie nicht, aber in Wirklichkeit fand sie den Hund einfach nur süß. Auch als Eileen lernte, auf die Küchentheke zu springen, und mit ihren urschmutzigen Pfoten darauf herumspazierte, klick-klick-klick, direkt vor Mr. Maybricks Nase; auch als Eileen anfing, im Bett zu schlafen und mitten in der Nacht ihr drahtiges, hartes Fell an Mr. Maybricks Gesicht rieb.

»Weißt du, wo dieser Hund überall rumläuft?«, sagte Mr. Maybrick dann zu Rosalind, und Rosalind antwortete: »Darüber will ich nicht nachdenken.«

Mr. Maybrick war ein Mann mit Geld und Macht, und das war es, was ihn letzten Endes bremste. Er wusste, dass er, abstrakt betrachtet, so erfolgreich und in vieler Hinsicht dabei so unangenehm geworden war (er brüllte und schikanierte, war mit jedem unerbittlich), dass Eileen eine Art Korrektiv in seinem Leben darstellte. Sie wog ein Zwanzigstel von ihm. Er könnte sie mit bloßen Händen zerquetschen. Er könnte sie auch einfach aus dem Weg räumen, entweder indem er seine Frau anbrüllte oder den Hund direkt zum Tierasyl bringen ließ, aber das wagte er nicht. Irgendwo gähnte der Abgrund der Megalomanie, und Eileen hielt an dessen Rand für Mr. Maybrick Wache. Jeden Morgen, wenn er in die Küche ging, um seinen Kaffee zu holen, dachte er wieder daran.

Mr. Maybrick schenkte sich ein, dann rief er erst einmal seinen Pferdetrainer an. Der Trainer meldete sich mit seinem üblichen »Ja, hallo«. Mr. Maybrick sagte »Dick!«, und Dick sagte »Ach, Al«. Er sagte das immer in demselben Ton, es hörte sich immer an, als hätte er eine gute Nachricht erwartet, aber dann war es doch nur Mr. Maybrick. Mr. Maybrick ignorierte das und nahm einen Schluck Kaffee. Dick peppte seinen Ton auf. »Was kann ich für Sie tun, Al?«

»Sie können diese Jungstute Laurita im Handicaprennen am Donnerstag laufen lassen.«

»Sie haben ein Konditionsbuch?«

»Aber sicher. Ich will doch wissen, welche Rennen laufen. Ihr Trainer macht immer so ein Geheimnis um alles.«

»In Ordnung. Al, hören Sie zu …«

»Dick, Frank Henderson meint, es ist das ideale Rennen für sie. Eine Stufe höher im Anspruch, aber nicht zu viel Konkurr…«

»Ich werde es mir überlegen.«

»Ich will es. Henderson hat gesagt …«

»Mr. Henderson …«

»Frank Henderson kennt sich aus mit Pferden und Rennen, oder nicht? Seine Stute hat letztes Jahr im Kentucky Oaks gewonnen, oder nicht? Gestern hätte er das andere Pferd im Sprint gehabt, wenn es nicht gestürzt wäre. Hören Sie zu, Dick. Ich möchte Sie nicht darum bitten müssen.« Das war im Grunde eine Drohung, und während er diese Worte aussprach, die er eigentlich gar nicht beabsichtigt hatte, überlegte Mr. Maybrick, wie wahr sie doch waren. Er war der Besitzer. Dick Winterson war der Trainer. Henderson riet ihm immer, sich nicht von Trainern einschüchtern zu lassen.

»Wir wollen mal sehen.«

»Das sagen Sie immer. Nächstes Jahr will ich den Breeders' Cup nicht wieder im Fernsehen sehen. Henderson sagt, diese Stute hat Klasse.«

»Das hat sie auch, aber ich will mit ihr nichts überstürzen. Wir müssen abwarten, wie die Stute …«

Mr. Maybrick legte auf. Er knallte den Hörer nicht mehr auf die Gabel, das hatte er sich abgewöhnt, er legte einfach auf. Wenn Dick ihn schon so lange kennen würde wie Mr. Maybrick sich selbst, wüsste er es zu schätzen, dass er nur auflegte. Das war auch etwas, was er seiner Frau gegenüber ins Feld führen konnte. Als sie den Hund noch nicht hatten, hielt er in der Regel bis zum vierten Telefongespräch durch, bis er beleidigend wurde. Jetzt passierte es meistens schon beim zweiten. Er nahm noch einen Schluck Kaffee und rief seinen Finanzmakler an, dann seinen Geschäftspartner, dann seinen Hauptgeschäftsführer, dann seinen anderen Partner, dann seine Sekretärin, dann nochmal seinen Finanzmakler, dann seinen AA-Paten (der noch im Bett war). Der Typ hieß Harold W. und war nicht nur Alkoholiker, sondern auch Proktologe. Mr. Maybrick hatte ihn ausgesucht, weil Harold W. ein Mann von Engelsgeduld war und alles über Prostatadrüsen wusste, was man nur wissen konnte.

»Ich will was trinken«, sagte Mr. Maybrick. »Das ganze Haus ist voller Scheißhaufen. Damit kennst du dich doch aus.«

»Guten Morgen, Al. Was ist denn wirklich los? Du hast seit zwei Jahren keinen Tropfen angerührt.«

»Aber ich bin immer auf der Kippe. Es ist ein dauernder Kampf.«

»Sprich dein Gelassenheitsgebet.«

»Gott ...«

»Gott ...«

Sie sprachen zusammen das Gelassenheitsgebet.

»Hör mal«, sagte Al, »ich hab diese Schmerzen im Unterleib ...«

»Keine Gratisberatung. Das sind die Spielregeln. Mein Praxispartner macht gerne ...«

»Es ist, als ob Wasser aus dem Gartenschlauch tropft. Ich kann nicht ...«

»Du musst an Stufe vier arbeiten.«

»Was war das nochmal?«

»Eine furchtlose Bestandsaufnahme deiner charakterlichen Mängel.«

»Ach ja.«

»Kostenlose Extras kriegen zu wollen gehört zu deinen Charaktermängeln.«

»Ich bezahle nie Einzelhandelspreise.«

»Dann musst du an Stufe drei arbeiten. Al.«

»Was ist das nochmal?«

»Du musst dein Leben in die Hände einer höheren Macht legen.«

Mr. Maybrick hüstelte, das tat er immer, wenn jemand diese Worte von der höheren Macht in den Mund nahm. Bei diesen Worten kam ihm immer Ralph Peters in den Sinn, der Typ, der früher die Rohstoffbörse in Chicago leitete und der den Gebrüdern Hunt einen Strich durch die Rechnung gemacht hatte, als diese in den Achtzigern den Silbermarkt monopolisieren wollten. Peters war Österreicher. Die »höhere Macht« guckte ihm aus jedem Knopfloch, und er war der letzte Mensch gewesen, vor dem sich Mr. Maybrick gefürchtet hatte. Niemals würde er sein Leben in Peters' Hände legen.

»Denken wir mal ein wenig über den vergangenen Tag nach«, fuhr Harold fort. »Wie ging es mit der Wut? Bist du in Wut geraten?«

»Natürlich. Ein Mann in meiner Pos...«

»... sollte voller Dankbarkeit sein. Deine Position ist eine Dankbarkeitsposition. Danke Gott für jede Frustration, für jeden verpatzten Abschluss, jeden Geldverlust, jeden Stolperstein, jedes Hindernis und jeden Widerstand.«

Harold zog ihn oft mit solchen Dingen auf. Mr. Maybrick ging es besser, wenn er das tat, denn dann hatte er das Gefühl, dass Harold W. ihn trotz allem mochte, und es erinnerte ihn an seinen Vater, wenn er in guter Laune gewesen war. Und ihn veräppelte.

»Jeder, der nicht mitmacht, jeder Drecksack, jeder Idiot, der mir in die Quere kommt, jeder langsame Fahrer, jeder ...«

»Schon gut. Ich muss jetzt zur Arbeit.«

»Aber ich ... ich hab Wein in der Hausbar.«

»Schmeiß ihn raus. Ich muss jetzt zur Arbeit. Die Arschlöcher sammeln sich schon.«

Mr. Maybrick lachte. Harold W. lachte auch. Harold W. war kein Heiliger, wahrhaftig nicht. Er war seit zweiunddreißig Jahren bei den AA, fast jeden Tag kam er zu einem Treffen. Mr. Maybrick wusste nicht, ob er dafür Respekt oder Verachtung empfinden sollte, aber er wusste, dass Harold W. eine Kraft war, mit der man rechnen musste, und er bedankte sich höflich, wutlos, und legte auf.

Jetzt kam Eileen ins Zimmer getapst. Mr. Maybrick wusste genau, dass der Hund ihn absichtlich ignorierte. Eileen trippelte zu ihrem Napf, trank aus ihrer Wasserschale, machte einen Bogen um die Kochinsel, sprang dann beiläufig auf die Arbeitsfläche und trottete zum Waschbecken. »Komm da runter, Eileen«, sagte Mr. Maybrick. Es war, als hätte er gar nichts gesagt. Eileen schlüpfte hinter die Spüle, holte einen Tannenzapfen hervor, der dort versteckt gelegen hatte, und sprang auf den Boden. Erst jetzt sah sie Mr. Maybrick an. Sie ließ den Tannenzapfen vor seine Füße fallen und lief drei Schritte zurück, bohrte dabei ihren bissigen Blick in seinen. »Ich will das jetzt nicht, Eileen«, sagte er. Ihre Taktik bestand darin, kleine Schritte rückwärts und vorwärts zu machen, sich dann in einem kleinen Kreis zu drehen und mit der Nase auf den Tannenzapfen zu zeigen. Aber sie gab keinen Laut von sich.

»Du bist kein Retriever, Eileen, du bist ein Terrier. Geh raus und mach was tot.«

Ja, Eileen war wirklich ein Terrier, und mit der Unbeirrbarkeit eines Terriers hatte sie beschlossen, dass Mr. Maybrick letzten Endes doch den Tannenzapfen werfen würde. Sie tänzelte weiter, hob alle paar Sekunden den Zapfen auf und ließ ihn wieder fallen. Sie wurde immer niedlicher. Das war ihre Waffe. Mr. Maybrick hielt sie für ein ausgesprochen raffiniertes Tier. Er wandte den Blick von ihr ab und trank einen Schluck Kaffee, inwischen die dritte Tasse. Eileen gab ein einziges Wuff von sich, und als er sie ansah, stellte sie sich auf die Hinterbeine. Mr. Maybrick hatte oft gedacht, ein Pferd mit der athletischen Veranlagung dieses wertlosen Hundes würde ins Kentucky Derby kommen und dann in den Breeders' Cup, würde ihm zehn Millionen auf der Rennbahn einbringen und dann vielleicht zwanzig Jahre lang fünf Millionen pro Jahr im Deckstall. Das waren 110 Millionen, es gab Leute, bei denen war das vorgekommen. Seit elf Jahren züchtete er Pferde und ließ sie bei Rennen starten, aber bei ihm kam nichts dergleichen vor. Das waren so die Dinge, die einem Verdruss bereiteten, und zwar mit gutem Grund, ganz egal, was Harold W. über Dankbarkeit sagte. Er schloss die Augen, wenn er merkte, dass er in diese Stimmung rutschte, fing an, die Millionen zu zählen, die er dafür ausgegeben hatte, Pferde ins Rennen zu schicken, und dachte darüber nach, was es hieß, etwas zu verdienen. Mit geschlossenen Augen hörte Al den Tannenzapfen rhythmisch auf die Fliesen fallen, tschock, tschock, tschock, tschock, das war der Bass, und ihre kleinen Zehennägel klickerten dazu die Melodie. Verdiente er etwa nicht ein wirklich tolles Pferd? Nein? Und dann, er hielt die Augen immer noch geschlossen, landeten Hund und Tannenzapfen plötzlich auf seinem Schoß, ein hartes, festes kleines Bündel, aber lebendig und voller Energie. Er erschrak so sehr, dass er fast die Kaffeetasse fallen gelassen hätte. »Verdammt nochmal!«, rief er. Eileen sprang auf den Boden und trabte davon. »Ha, Eileen, komm her!«, sagte er. »Eileen!« Eileen schwenkte ins Wohnzimmer ab, und da fiel ihm ein, dass er vergessen hatte, sie hinauszulassen. Mr. Maybrick verschränkte die Arme auf dem Tisch und legte den Kopf darauf.

Kapitel 2
Rough Strife – Grober Hader

Gewöhnlich war Farley Jones nicht morgens um fünf schon mit den ersten Pferden draußen, aber das machte ihm nichts aus. In der letzten Zeit schlief er nicht gut, da war es besser, draußen herumzulaufen, als im Bett zu liegen und darüber nachzudenken, was mit denen los war, die draußen herumliefen. Oliver, sein Hilfstrainer, hatte die Grippe und blieb zu Hause. Sie arbeiteten bei künstlichem Licht, und die Pferde, die beste Gruppe in Farleys Stall, galoppierten heute mehr, als dass sie arbeiteten. Und er war allein auf der Haupttribüne in Santa Anita, und es war angenehm ruhig jetzt, da der Trubel des Breeders' Cup vorbei war. Das Wetter war auch gut, trotz allem Gerede über den bevorstehenden El Niño.
Erst als seine Pferde sich austrabten – nach gut zwanzig Minuten herrlicher Einsamkeit –, gesellte sich jemand zu ihm, und zwar Buddy Crawford, ein anderer Trainer, mit seinem Assistenten. Sie gingen nebeneinander und brachten wie ein Sandsturm Unruhe heran. Farley merkte, wie sich sein Körper zur Flucht bereitmachte und wie sein Verstand den Impuls unterdrückte. Einerseits musste er seine Pferde weiter im Auge behalten, andererseits musste er Buddy Crawford etwas sagen, was ihm unangenehm war. Er hatte sich geschworen, dass er es ihm nicht vor anderen Trainern sagen würde, und diese Bedingung war jetzt erfüllt, und er saß in der Falle. Er legte die Hand auf das Geländer, um in Buddys Gegenwart mehr Halt zu ha-

ben. Und dann trabte unten das Pferd vorbei, über das er mit Buddy sprechen wollte, kaute auf seiner Trense und tänzelte mit gespitzten Ohren und hüpfendem Hinterteil. Hundert Meter weiter bäumte es sich auf, aber der Arbeitsreiter war darauf gefasst und trieb es mit Schlägen vorwärts. Buddy lehnte sich über das Geländer und rief: »Arbeit für Fünf ist fertig.« Dann drehte er sich zu seinem Assistenten, gab ihm ein Stück Papier und sagte: »Bring das zur Stopperkabine.« Die Unruhe, die Farley empfand, verstärkte sich noch. »Heh, Buddy«, sagte er.

»Heh, Farley. Wie geht's, altes Haus?«

»Nicht übel.«

»Ich hasse die Arbeit in diesem Scheißdunkel. Weißt du was, mein Alter hat auch Nachtschicht gearbeitet. Nachts arbeiten, tagsüber schlafen, er hat das gehasst. Aber scheiß drauf, ich tu sowieso kein Auge zu.«

»Ich schlafe in der letzten Zeit auch nicht gut.«

»Bei mir geht das schon mein Leben lang so. Ehrlich gesagt, weiß ich nicht mal, wie es wirklich ist: kann ich nicht schlafen, weil ich mir die ganze Zeit Sorgen mache, oder mache ich mir die ganze Zeit Sorgen, weil ich nicht schlafen kann? Ich kann dieses Scheißschlafzimmer nicht ausstehen. Wenn die Autos vorbeifahren, denke ich an Pferde, die galoppieren, und dann steh ich auf und sehe nach, was sie treiben. Eine einzige Scheiße ist das, wirklich.«

»Hör mal, ich hab mal einen gekannt, der ging zu einem Schlafstörungs…«

»Ich hab keine Schlafstörungen, verdammt nochmal. Ich hab eine Pferdestörung. Eine Zu-viele-Pferde-im-Stall-Störung!« Er lachte, aber es klang nicht heiter. Dann lehnte er sich aus dem Fenster und rief den Reitern zweier Pferde, die zusammen vorbeitrabten, zu: »Ihr beiden müsst aus der Startbox springen! Lass deine Stute nicht die andere überholen, Gaspar!« Dann, zu Farley gewandt: »Das ist ein Arsch, dieser Gaspar. Reitet wie ein Mädchen, verdammt nochmal. Wenn er diese Stute an der anderen vorbeiziehen lässt, dann geht sie ihm durch. Das wird ihm verdammt nochmal 'ne Lehre sein.«

Buddy, klein und drahtig, begann, auf und ab zu stapfen. Farley ließ unterdessen den Blick über die Bahn schweifen, halb hoffte er, dass jemand vorbeikäme. Er sah, wie das letzte Pferd seiner Gruppe die Bahn verließ.

Farley sah das Tier auf sie zukommen. Es war ein großer Brauner mit einem deutlichen weißen Strich auf dem Gesicht, der mehrere Zentimeter zwischen seinen Augen verlief, dann nach rechts abdrehte und an den Nüstern des Pferdes auslief.

»Wie geht die Arbeit mit dem Hengst da?«, sagte er.

Buddy warf einen Blick auf das Tier.

»Er trainiert ganz gut. Ungleichmäßig. Er hat ziemlich viel Tempo. Die Mutter ist eine Rahy-Stute. Sie war auch ganz schön schnell.«

»Wedding Ring.«

»Ja, genau, das ist sie.«

»Die war so stetig, wie man es sich nur wünschen konnte.«

»Ja, stetig heiß, wenn man Henry glauben will. Er hatte sie im Stall, bevor sie zurück nach New York ist. Mit dem hier geht's mal rauf, mal runter. Aber er muss lernen zu arbeiten und sich durchbeißen. Das sind die Spielregeln. Er ist seit drei Wochen nicht mehr am Start gewesen.«

Einmal hatte Farley miterlebt, wie seine ehemalige Frau ihrer Schwester klarmachen wollte, dass sie ihrer einjährigen Tochter nicht genug Aufmerksamkeit schenkte. Die Schwester hatte am Fenster gestanden und hinausgeguckt. Als sie diesen milde geäußerten Vorwurf hörte, hatte sie sich umgedreht und Marlise angesehen, deren eigenes zweijähriges Kind (von Farley) brabbelnd zu ihren Füßen saß. Besser gesagt, sie warf den Kopf mit dem Schwung einer Abrissbirne herum, und nachdem die beiden Schwestern einander zehn Minuten lang angeschrien hatten, beide Kinder zum Weinen und die Ehemänner um zwei Jahre ihrer Lebenserwartung gebracht hatten, wechselten sie kein Wort mehr miteinander, bis ihre Kinder sechs beziehungsweise fünf waren. Dabei lebten sie in derselben Stadt und sahen sich fast bei jedem Essen im Familienkreis. Die Erinnerung an diesen Zwischenfall hielt Farley davon ab, anderen Trainern Ratschläge über ihre eigenen Pferde zu geben. Aber jetzt sagte er: »Buddy, du solltest die Kniegelenke an den Hinterbeinen von diesem Pferd röntgen lassen. Ich hatte eine Jungstute, die sich in der Hinterhand so bewegte, und sie ...«

»Er bewegt sich ganz problemlos. Er hat einen Abszess gehabt. Deshalb war er daneben. Aber vor zwei Wochen ist der Grieß abgegangen.«

»Das kann sein, aber ...«

»Sieh doch, wie er arbeitet.«

Das Pferd schoss an ihnen vorbei. Man sah, wie der Arbeitsreiter die Zähne zusammenbiss, weil das Pferd so heftig zog. »Dieses Pferd will rennen, und ich werd es nicht davon abhalten«, sagte Buddy. »Ich werde ihm die Gelegenheit geben, das zu tun, was es tun will.«

»Buddy ...« Aber dann konnte er sich doch nicht dazu durchringen zu sagen, was er dachte, nämlich dass das Pferd dabei auf der Strecke bleiben würde.

»Weißt du was?«

»Was?«

»Diese Pferde sind hier, um zu laufen und zu gewinnen. Die Besitzer bezahlen mir siebzig Dollar am Tag, und alles, was sie interessiert, sind die Rennen und die Gewinne. Aber das ist nicht das Problem. Mir ist noch mehr an den Rennen und Gewinnen gelegen als den Besitzern. Wenn so ein Scheißpferd zwei Schritte hinter der Ziellinie umkippt, hat es seinen Zweck erfüllt, es hat das getan, wozu es auf die Welt gekommen ist.«

»Ich glaube nicht ...«

»Was? Ein Vollblut ist keine natürliche Erscheinung. Seine Mama und Papa haben sich nicht ineinander verliebt, geheiratet und dann beschlossen, ein Baby zu bekommen. Jedes einzelne dieser Pferde ist nur deshalb hier, weil es laufen und gewinnen soll. Der Züchter ist ihr Gott, die Rennbahn ist ihr Schicksal, und das Laufen ist ihr Beruf, und jede andere Sichtweise stiftet bloß Verwirrung, wenn du mich fragst. Und Verwirrung ist das Letzte, was ich brauchen kann, denn jetzt bin ich schon am Arsch, aber noch mehr, wenn ich nicht mehr durchblicken würde.«

»Buddy ...«

»Farley, wir trainieren seit gut fünfundzwanzig Jahren hier auf dieser Rennbahn, ja?«

»Hm, ja.«

»In der Zeit sind mir ein paar Sachen an dir aufgefallen. Du bist gescheit. Das sagen sie alle von dir, ›Farley ist gescheit‹, heißt es. Manchmal ist er zu gescheit, aber gescheit ist er immer. Ich scheiße auf gescheit, mit Verlaub, entschuldige meine Ausdrucksweise. Wenn ich Sieger kriege, dann liegt das nicht daran, dass ich gescheit bin, sondern daran, dass ich mich an das halte, was ich weiß. Genau so gescheit bin ich. Ich bin gescheit genug, um zu wissen, wie ich durchkomme, ohne gescheit zu sein.«

»Jeder kann lernen ...«

»Ach ja? Du hattest diesen Hengst Rough Strife, weißt du noch? Anderthalb Jahre hast du ihn hier gehabt. Er war dumm wie Bohnenstroh, oder nicht? Er ist legendär. In seinem ersten Rennen ist er an der Viertelmeilenmarke zu Fall gekommen, und von da an scheute er bei jedem Start am Viertelmeilenpfosten. Er konnte nicht lernen, er konnte es nicht lassen. Viele lernen es, aber er hat es nicht gekonnt.«

»Du brauchst doch nur seine Kniegelenke ...«

»Ich will nichts davon hören. Er ist so weit, dass er starten kann. Solange er mir sagt, dass er laufen will, werde ich ihn laufen lassen.« Buddy lehnte sich aus dem Fenster. »Gaspar, diesmal warst du gut, ich setz dich jetzt auf einen anderen Verrückten. Ich glaub, du lernst!« Damit drehte er sich um und stapfte von der Trainertribüne. In der Stille, die folgte, bemerkte Farley, dass sich seine zweite Gruppe diskret unter der Tribüne herumtrieb und auf Anweisungen wartete. Er seufzte.

Am Mittwoch war Farley wieder auf dem Damm, was den Schlaf anging, und Oliver hatte seine Grippe überwunden, deshalb kam Farley erst auf die Tribüne, als es über Pasadena schon dämmerte. Zwei, drei Trainer standen herum, und Farley beteiligte sich an ihren Witzeleien. »Also, da waren diese beiden Tierärzte«, sagte Henry, der über siebzig war. »Sie spielten Golf, da oben am Pebble Beach, bevor die Jappsen den Club gekauft haben. Sie waren am dritten Loch, und der Typ von hier sagt zu dem Typ aus Kentucky: ›Siehst du den Baum da drüben mit dem Astloch?‹

›Ja‹, sagt der andere.

›Ich zeig dir, was ich für ein toller Chirurg bin. In diesem Baum sitzt ein Uhu, und ich geh jetzt mit dem chirurgischen Besteck, das ich dabeihabe, hin und nehme dem Uhu die Mandeln raus, ohne dass er aufwacht.‹

›Ach geh!‹, sagt der andere.

Der Typ zieht also los und kommt zehn Minuten später zurück. In der Hand hat er zwei kleine rosige Dinger, die wirklich wie Mandeln aussehen.

Sie machen den nächsten Schlag, dann sagt der Tierarzt aus Kentucky:

›Gib mir dein Besteck, ich bin so ein toller Chirurg, dass ich dem Uhu die Eier rausnehme, ohne dass er aufwacht.‹ Er geht zu dem Baum, kommt zehn Minuten später zurück. In der Hand hat er zwei kleine rote Dinger und sagt: ›Schläft wie ein Murmeltier.‹ Da sagt der von hier: ›Du hast gewonnen‹, und sie spielen ihre Partie zu Ende.

Gegen Abend wacht der Uhu auf, fliegt ein bisschen durch die Gegend, landet am Baum von einem Freund, und sie sitzen und reden. Der Uhu sagt: ›Also, da am dritten Loch, da stimmt was nicht. Bleib da weg. Ich bin heut Abend aufgewacht, kann weder piepsen noch vögeln und fühl mich einfach leer.‹«

Alle lachten, und kurze Zeit später machte sich jeder wieder zu seinem Stall auf, nur Farley und Henry blieben zurück. Henry sah Farley von unten herauf an. »Also ... Buddy Crawford behauptet, deinetwegen sei dieses Pferd von ihm gestürzt.«

»Ja, ich hab gehört, dass einer von seinen Hengsten am Samstag gestürzt ist, aber ich hab nur ...«

»Sogar das hättest du lassen sollen.«

»Sogar was?«

»Sogar einen Vorschlag, eine Bemerkung, egal was.«

»Das Pferd hat sich genauso bewegt wie eine junge Stute, die ich mal hatte. Ich wusste genau ...«

»Du hättest den Mund halten sollen. Buddy sagt, du hättest das Pferd verhext.«

»Henry, das ist doch läch...«

»Das meinst du vielleicht, Farley, und ich vielleicht auch. Vielleicht! Damit sage ich nicht, dass es so ist. Aber wir sind hier auf der Rennbahn, Farley. Hexereien, Verwünschungen, Glück, Aberglauben, böser Blick – das gibt es hier alles.«

»Stürze haben einen Grund, zum Beispiel Stressfrakturen und Zehengreifer und schlechte Konditionierung.«
»Das stimmt. Aber hier hast du dich ins Spiel gebracht.«
»Ich hab Recht gehabt, weiter nichts.«
»Das ist noch schlimmer, Recht zu behalten, wenn es um das Pferd von einem anderen geht.«
Henry schüttelte den Kopf, dann sagte er: »Ich weiß, dass dir irgendwas quer sitzt, Junge. Dieses Jahr ist nicht besonders gut für dich gewesen. So was kommt und geht.«
»Das weiß ich. Das ist nicht ...«
»Hör zu, ich will dir etwas sagen. Ich habe in ganz Kalifornien gearbeitet, hier und oben im Norden und auf den Messen. Weißt du, dass ich sogar Phar Lap gesehen habe? Unten in Agua Caliente. Und genau darum geht's mir. Ich habe Dinge gesehen, die Menschen Pferden angetan haben, die haben mich gelehrt, an Sünde zu glauben. Erbsünde und alle anderen Sünden. Und wenn ich mal sterbe, rechne ich damit, dass ich bestraft werde für die Sünden, die ich mit angesehen habe, ohne etwas dagegen zu tun. Aber was ich dir hier sage, das ist die Lehre aus einem Leben auf der Rennbahn. Man sagt nicht alles, was man weiß.«
Farley wusste, dass er Recht hatte. Henry schüttelte den Kopf, dann drehte er sich um und ging davon.

Kapitel 3
Wenn Wünsche Pferde wären

Dass Tiffany Morse ihre Tasche auf der Bank vor dem Wäschetrockner im Spankee-Yankee-Waschsalon in Lowell, Massachusetts, liegen ließ, lag nur daran, dass sie hinaus in die klamme Novemberkälte rennen musste, um ihre Nichte Iona zu erwischen, und in der Panik vergaß sie, wo die Tasche war. Dann musste sie Iona streng in die Augen sehen und ihr begreiflich machen, dass sie nie, nie, nie wieder ohne

Tiffany hinausgehen dürfte, aber Iona war natürlich zu klein, um das zu verstehen, sie war erst drei. Aber dafür schnell. Und als sie dann zu Trockner Nummer vier (»John Adams« – alle Trockner waren nach berühmten Politikern aus Massachusetts benannt, bis hin zu Nummer sechzehn »Michael Dukakis«) zurückkam, war ihre Tasche offen, und ihr Geld war weg. Und der Waschsalon war leer. Das Schlimmste daran war, dass sie noch keine Münzen in den Trockner gesteckt hatte und ihre nasse Wäsche in einem Klumpen in der offenen Trommel der Maschine lag. Tiffany konnte nicht behaupten, dass sie heute ihren guten Tag hatte. Alles andere als das.

Aber Tiffany gab sich eigentlich auch mit einem guten Morgen oder nur einer guten Stunde zufrieden. Und sie und Iona hatten gerade an diesem Abend eine gute Stunde gehabt, bevor sie in den Waschsalon gegangen waren. Tiffany hatte Iona auf dem Heimweg von der Arbeit bei ihrer Mutter abgeholt. Iona sollte bei ihr übernachten, weil ihre Mutter zur Chorprobe ging und danach mit anderen Chormitgliedern ausgehen wollte, und ihre Mutter hatte Eintopf mit Schweinefleisch gemacht, und als sie müde und hungrig ankam, hatte ihre Mutter sie gut gelaunt eingeladen, sich an den Tisch zu setzen, und ihr einen großen Teller hingestellt. Iona war brav gewesen, deshalb gab es keine übellaunigen Bemerkungen über Ionas Vater, Tiffanys Bruder Roland, der in Ohio oder vielleicht auch in Texas sein Unwesen trieb. In dem Eintopf waren viele Kartoffeln und Möhren und dicke Stücke Schweinefleisch. In dem zähen, langwierigen Krieg zwischen Tiffany und ihrer Mutter herrschte derzeit Waffenstillstand. Und als sie dann nach Hause kam, sah Tiffany, dass der Weihnachtskaktus in ihrem Fenster blühte. Der Eintopf und die Kaktusblüte zusammen hoben ihre Stimmung so, dass sie sich dem Spankee Yankee gewachsen fühlte. Aber jetzt stellte sie fest, dass die Vorzeichen trügerisch gewesen waren, denn ohne diese gute Stunde wäre sie zu Hause geblieben und nicht beklaut worden und hätte auch auch nicht nasse Kleidungsstücke in der Wohnung aufhängen müssen. Als sie damit fertig war und Iona ins Bett gebracht hatte, war sie erschöpft und noch niedergeschlagener als direkt nach dem Diebstahl.

Es ging um mehr als das Geld, es ging um das, was dieser Diebstahl bedeutete: dass man es sich nicht leisten konnte, glücklich zu sein,

denn wenn man glücklich war, fühlte man sich versucht, Dinge zu tun, die einem dann noch größeres Unglück bescherten als vorher. Jeder wusste, dass diese Regel bei Liebe, Sex und Männern galt – je glücklicher man war, wenn man sich verliebte, desto schlimmer traf es einen, wenn es nicht klappte. Aber richtig deprimierend war die Einsicht, dass das auch für einfache Dinge wie Eintopf mit Schweinefleisch und Blumen galt. So was konnte einen ganz schön fertig machen, vor allem wenn man der eigenen Mutter die ganze Zeit erzählte, dass erstens alles wunderbar war und zweitens alles bestens sein würde. Tiffany hatte immer betont, dass sie auf keinen Fall wie ihre Mutter werden würde, die ständig Sachen sagte wie »Verlass dich nicht drauf« und »Man soll den Tag nicht vor dem Abend loben« (eine Behauptung, die das Leben täglich widerlegte) und »Wenn Wünsche Pferde wären«, ein Spruch ihrer Mutter, der überhaupt keinen Sinn ergab.
Ein anderer Spruch war »Gut aussehen heißt noch lang nicht gut tun«. Das sagte sie meistens in Bezug auf Typen, mit denen Tiffany dann und wann aufgetaucht war, und über Roland, Ionas Vater und Tiffanys Bruder. Aber Tiffany meinte oft, dass es auch auf sie gemünzt war, denn jeder sagte, und Tiffany wusste es auch selbst gut genug, dass sie ein Volltreffer war, ein scharfes Weib, eine Puppe und wie man es sonst nennen mochte. Sie hatte sich so daran gewöhnt, egal was sie anzog und wie sie sich schminkte, eine umwerfend gut aussehende Schwarze zu sein, dass es sie inzwischen kalt ließ. Was hatte es ihr denn mit ihren einundzwanzig Jahren schon gebracht? Iona war auch umwerfend schön, so kleine Dinger sind immer besonders schön, weil man gar nicht fassen kann, dass sie so klein und vollkommen sind, aber Tiffany machte ihr nie Komplimente. Umwerfend auszusehen passierte einem einfach, so wie Regen und Schnee und Blumen. Und man musste umwerfend aussehen, um zu wissen, wie banal das war. Tiffany dachte oft darüber nach, für was sie ihr Aussehen gerne eintauschen würde, wenn sie könnte. Etwas Interessanteres zu machen, als bei Wal Mart an der Kasse zu sitzen, das wäre nicht schlecht, aber wenn sie darüber nachdachte, was sie nun wirklich interessanter finden würde, fiel ihr nichts ein. Das war ihr Problem, dachte sie. Sie wusste ganz genau, was andere von ihr wollten und was sie nicht wollte, aber wenn sie versuchte, aus ihrem tiefsten Herzensgrund zutage

zu fördern, was sie selbst tun wollte, dann blieb der Eimer leer. Ab und zu stellte sie Erkundungen an. In Fernsehsendungen konnte man sehen, was andere Leute taten. Sie arbeiteten in Büros oder bei der Polizei oder in Kneipen. Etliche arbeiteten im Show-Business. Aber alle saßen sie immer bloß herum und machten Witze, und das war genau dasselbe, was Tiffany den ganzen Tag bei Wal Mart machte, deshalb sahen alle genauso müßig aus, wie sie sich fühlte. Manchmal kaufte sie sich auch eine Zeitschrift, aber in allen Frauenzeitschriften sah es so aus, als ob jeder rund um die Uhr mit dem eigenen Aussehen beschäftigt war oder den ganzen Tag verschiedene Rezepte ausprobierte, was genauso langweilig wirkte. Ein Sender im Fernsehen, den Tiffany manchmal mitbekam, hieß Discovery Channel, aber in diesen Sendungen ging es nicht um das, was die Leute machten, sondern nur um die Ergebnisse dessen, was sie machten. Sie kriegte nie mit, wie diese Leute den Sprung von beispielsweise Lowell, Massachusetts, in die Serengeti geschafft hatten. Wenn diese Menschen nach ihr riefen, dann riefen sie über einen Abgrund, der so gewaltig war, dass er ihr unüberwindbar erschien. Erst recht jetzt, wo sie keinen Pfennig Geld mehr hatte, nicht mal mehr, um morgen den Bus zur Arbeit zu nehmen. Sie schaltete den Fernseher aus und ging ins Wohnzimmer, um nach Iona zu sehen. Ja, Iona war jetzt auch schon drei und wusste, was sie wollte, und das war nicht unbedingt, was die Erwachsenen wollten, dass Iona tun sollte. Da wurde einem klar, wie schnell die Zeit verging. Aber dann wiederum sah sie sich selbst und ihre Mutter, sie taten immer das Gleiche, jahrein, jahraus, hatten immer dieselben Streitereien und kamen nie weiter. Und dabei dachte man dann genau das Gegenteil, nämlich dass die Zeit allzu langsam verging. Sie deckte Iona zu und hob ihre Schuhe auf und stellte sie auf den Tischrand, damit sie sie am Morgen leicht finden konnte.

Als sie im Bett lag, dachte sie, dass sie nichts hatte als immer dasselbe Gebet, das sie schon früher gesprochen hatte. Sie lag auf dem Rücken und sah an die Decke. Dann flüsterte sie: »Bitte, mach, dass hier etwas passiert.«

Tiffany seufzte. Dieses Gebet wirkte immer. Leider wirkte es nicht immer so, wie sie hoffte. Sie hatte zum Beispiel um eine Arbeit gebetet und dann die Stelle bei Wal Mart bekommen. Sie hatte um einen

Freund gebetet und die nicht totzukriegende Bewunderung von Lindsay Wicks geerntet, ihrem schwitzigsten, blassesten Kollegen. Sie hatte um ein eigenes Auto gebetet, da beschloss ihre Mutter, einen neuen Mazda zu kaufen, und vererbte den sieben Jahre alten Taurus an Tiffany, die auch noch dankbar aussehen musste. »Diesmal mein ich es wirklich«, setzte sie jetzt noch hinzu.

Kapitel 4
Ein nützliches Tier

Kurz vor Thanksgiving fand Joy Gorham, Stutenmanagerin an der Tompkins Ranch, Gestüt für edle Vollblüter, eine Tochtergesellschaft von Tompkins Worldwide Racing – Nur die Besten der Besten, einen Zettel von der Sekretärin von Mr. Tompkins in ihrem Fach. »Kümmer dich darum, Schatz!«, stand darauf, und der Zettel war an einen Brief geheftet.

Der Brief war ordentlich auf einem Computer geschrieben, aber in einer mädchenhaften Kursivschrift auf einem Briefpapier, das mit Pferdebildern übersät war:

> Lieber Mr. Tompkins,
> meine Mutter benutzt Ihre Mandelhautcreme für den Hals. Sie findet sie sehr gut. Vielen Dank. Auf dem Feld in der Nähe meiner Schule hier steht ein Pferd. Ich bringe ihm jeden Tag Karotten mit, und ich habe von meinem eigenen Taschengeld einen Gummistriegel, eine weiche Bürste und einen Hufkratzer gekauft. Ich pflege ihn jeden Tag. Er ist ein sehr liebes Pferd. Ich nenne ihn Toto. Aber mein Vater hat mir gesagt, wie ich an den Zuchtpferdeschutzverein schreiben und Angaben über ein Pferd herausfinden kann, denn ich habe die Tätowierung auf seiner Oberlippe entziffert. Ich habe herausgefunden, dass sein richtiger Name *Terza Rima ist und dass er 1985 in die Vereinigten Staaten gekommen ist, um für Sie in Ren-

nen zu laufen. Er ist in Deutschland gezüchtet worden und in Frankreich gelaufen. Er hat Preisrennen gewonnen. Sie hatten ihn fünf Jahre lang, und er ist für Sie in Hollywood Park, Del Mar, Gulfstream und Saratoga gelaufen. Er ist zweiundfünfzigmal gestartet und hat sieben Rennen davon gewonnen, er war zweiundzwanzigmal unter den ersten drei, dann haben Sie ihn verkauft, und jetzt ist er hier.

Die Sache ist aber die: Mein Vater ist Offizier in der Armee, und wir verlassen jetzt diesen Stützpunkt hier und ziehen nach Washington D.C. Ich kann nicht mehr für Toto sorgen, und ich glaube, er wird sterben, denn er ist sehr mager. Man kann bei ihm die Hüftknochen und die Rippen sehen, und sein Hals ist sehr dünn. Außerdem beißen die anderen Pferde ihn, und weil er ein Schimmel ist und dunkle Haut hat, sieht man die Bisswunden. Sein Schweif ist sehr kurz. Ich glaube, die anderen Pferde auf dem Feld sind gemein zu ihm. Der Besitzer hält zu viele Pferde. Er ist ein böser Mann, und letzten Sommer hat er drei Tage lang vergessen, die Wasserbehälter zu füllen, als es sehr heiß war. Meine Mutter und ich haben die Behälter selbst gefüllt, mit einem Schlauch von der Schule. Er meint, die Pferde fressen das Gras, aber auf dem Feld ist kein Gras. Alle Pferde dort sind sehr traurig.

*Terza Rima hat 300 000 Dollar für Sie gewonnen, und deshalb meine ich, Sie sollten ihn auf Ihre Farm holen und ihn dort behalten. Mein Vater sagt, ein anständiger Mensch würde so etwas machen, aber er meint, dass es nur wenige anständige Pferdeleute gibt. Sie sind in Kalifornien. Wir sind in Texas. Das ist nicht sehr weit. Ich ziehe am 1. Dezember von hier weg.

Ich würde mich freuen, von Ihnen zu hören.

Mit freundlichen Grüßen
Ihre Audrey Schmidt, 11 Jahre
512 777 2345

Joy drehte den Brief um, auf der Rückseite fand sie eine Buntstiftzeichnung von einem weißen Pferd und einem kleinen Mädchen, mit blauem Himmel, gelber Sonne, grünem Gras. Dann ging sie zum Karteischrank und sah unter *Terza Rima nach. Schimmel, Wallach, von

Luciano, aus der Templeogue von Prodomo, Turf-Pferd, mit fünf Jahren von Tompkins Racing importiert. Alles, was Audrey schrieb, stimmte. Tompkins Racing hatte ihn die ganze Saison für Neunjährige über ständig laufen lassen, dann war er bei einer Abverkaufsauktion für siebentausend Dollar verkauft worden. Alles in allem war *Terza Rima für ein Pferd, das keine Nachkommen hervorbringen konnte, eine lohnende Investition gewesen, obwohl auf der Tompkins Ranch natürlich in jeder Sparte Fortpflanzung das kurz-, mittel- und langfristige Ziel war.

Eine Woche später kamen zwei Männer in weißen Tompkinskitteln mit einem Tompkins-Pferdetransporter (Air Ride Perfection, 48 Staaten, Wöchentliche Touren Kentucky–Kalifornien) an, überreichten Bucky Lord einen Scheck über tausend Dollar – ein Dollar pro Pfund Gewicht – und luden das jämmerlichste Tier, das sie, wie sie einhellig meinten, jemals zu Gesicht bekommen hatten, zu drei Jährlingen aus Kentucky auf den Transporter. Kaum waren sie aus der Stadt draußen, rief der Fahrer den Tierschutzverein und die Polizei an und zeigte Bucky Lord wegen Tierquälerei an. Jedes Mal, wenn sie anhielten und nach den Pferden schauten, hatte der ausgemergelte Schimmel sein Heu gefressen. Als sie am Abend Halt machten und ihm und den Jährlingen eine große Portion Kleiebrei gaben, verschlang er den vor ihren Augen und wieherte nach mehr. Gegen Morgen fuhren sie auf der Ranch ein, führten die Jährlinge in Pferche und steckten den alten Schimmel vorläufig in eine Isolierbox, bis der Tierarzt ihn begutachten konnte. Es war eine große Box, vielleicht fünf mal fünf Meter mit einem zwei Fuß tiefen Strohbett und Fenstern auf allen Seiten. Als der Fahrer den alten Wallach in die Box führte, meinte er zu sehen, dass das Pferd die Augen vor Überraschung weit aufriss. Der Fahrer schüttelte den Kopf und hielt einen Augenblick inne, um den alten Knaben an der Stelle vorn am Widerrist zu kratzen, wo Pferde sich nicht selbst kratzen können. Das Pferd warf den Kopf erstaunt zurück, und er sah ihm direkt ins Gesicht.

Joy fand nicht, dass sie für das Pferd zuständig sein sollte. Sie hatte wirklich genug zu tun. Die Fohlen, die abgesetzt wurden, brauchten tägliche Pflege, die Stuten, die unter Licht gestellt wurden, damit sie vorzeitig in die Rosse kamen, mussten zugedeckt und hinein- und hin-

ausgeführt werden. Bald fing die Decksaison wieder an. Jeden Morgen kam sie um sieben ins Gestüt und blieb mindestens bis um sieben Uhr abends. Es wurde schon dunkel, als Joy endlich Zeit fand, einen Blick auf den alten Schimmelwallach zu werfen.
Tja, mit den Siegesfotos, die noch in seiner Akte lagen, hatte er nicht mehr viel Ähnlichkeit. Gewöhnt an den Anblick gut gepflegter und genährter Tiere, fand Joy den Zustand des Wallachs erschreckend, fast wie ein Vexierbild. Er hatte Kopf, Hals, Schweif, Beine und Körper eines Pferdes – aber alles war so skelettartig und kantig, vor allem der Hals, der aussah, als hätte er nie einen besonders starken Mähnenkamm gehabt. Joy betrat die Box und ging um das Tier herum, betrachtete ihn eingehend von der Seite, von vorn, der anderen Seite, von hinten. Er sah sie ruhig an, die dunklen Augen fast dreieckig in dem weißen Gesicht, streifig an den Rändern, wo die dunkle Haut durch das weiße Haarkleid schimmerte.
Die Hufe waren in einem schrecklichen Zustand, ekzematisch und uneben von schlechtem oder überhaupt fehlendem Beschlag, je nachdem, was schlimmer war. Das Knochengerüst zeichnete sich so deutlich ab wie auf dem Bild eines Lehrbuchs. Man sah den Verlauf des Rückgrats, knochig und vorstehend, vom Widerrist bis zum Schweif. Der jämmerlichste Teil war die Hinterhand. Die verkümmerten Muskeln sackten in Klumpen vom Rückgrat herab, die Kruppe, jenes abgerundete, glänzende Kraftfeld eines gut trainierten Pferdes, war bei diesem Burschen eine verhärtete, steinartige Auswölbung. Und wie Inseln trieben zerklüftete dunkle Stellen auf dem Weiß, wo andere Pferde ihn gebissen oder gekniffen hatten. Das Dunkle war die Haut des Tieres unter der weißen Behaarung, aber es schien sich wie in einer optischen Täuschung von der Oberfläche abzuheben, sodass Joy kopfschüttelnd die Augen schloss. Der Wallach wog bei einer Größe von gut 1,70 Meter vielleicht 400 Kilo, während sein natürliches Gewicht eher bei 550 Kilo liegen mochte.
Sie ließ den Blick an ihm hinabgleiten. Die Beine waren alles, was von dem Pferd übrig geblieben war. Sie waren lang, markant, muskulös und klar. Er war ein Bilderbuchbeispiel dafür, wie die einzelnen Gliedmaßen des Beins genau und bündig aufeinander sitzen mussten, wie das Fesselgelenk im Aufhängeband wie in einer Hängematte lie-

gen sollte, ohne das Band jemals zu überdehnen, wie die Sehnen gerade und stramm und (das prüfte sie) kühl sein mussten. Die Hinterbeine waren ebenso in Ordnung. Die Sprunggelenke saßen genau lotrecht unter der Spitze des Glutäus-Muskels, die Fesseln begradigt durch den eher tiefen Winkel des Sprunggelenks. Von hinten betrachtet bildeten Glutäus, Sprunggelenk und Fessel eine Linie, genau in der Mitte dazwischen der Schweif, der hin und her wippte. Seine Beine waren musterhaft dafür, wie der Körper eines Pferdes auf dem Boden stehen sollte: ein stabiles System von Federn und Pendeln. Zweifellos war er ein gesundes Tier, trotz siebzehn Jahren, zweiundfünfzig Starts und weiß der Himmel was sonst noch. Langsam erwachte in Joy das Interesse. Er machte einen Schritt auf sie zu, und im nächsten Augenblick stupste er sie mit dem Kopf an. Sie stellte fest, dass auch bei ihm ein Interesse erwacht war.

»Terza Rima«, sagte sie. »Toto. Na ja, für den ersten Namen scheinst du mir ein bisschen mitgenommen zu sein und für den zweiten ein bisschen zu erwachsen. Ich glaube, ich nenne dich einfach Mr. T.«

Er schnupperte mit seinen behaarten Nüstern an ihren Händen.

Das Problem, das sich mit Thanksgiving gestellt hatte – aber zum Glück war das ja jetzt vorbei, warum sollte sie sich überhaupt noch den Kopf darüber zerbrechen?, dachte Joy an diesem Abend, als sie im Tompkins Ranchhouse Restaurant aß (»Steaks von saftiger Perfektion«) –, war nicht, dass niemand sie eingeladen hatte und sie deshalb gezwungen gewesen wäre, allein in ihrem praktischen Gästehaus zu essen. Schließlich hatte sie ja zwei Einladungen gehabt, doch sie hatte sich entschieden, allein in ihrem praktischen Gästehaus zu essen, und das würde sie ihrer Mutter jetzt sagen müssen, und ihre Mutter würde anfangen, es als ein Symptom zu deuten. Man konnte sich die Symptome beliebig aussuchen – keine Freunde zu haben, war eines, die Bekannten, die man gerne hatte, zu meiden, ein anderes. Bei Symptomen hatte man keine Chance. Wenn die eigene Mutter entschlossen war, die Dinge, die man sich im Leben ausgesucht hatte, als eine Reihe von Symptomen zu betrachten – Depression, Vereinsamung, Pferdewahn, Überarbeitung, fehlendes Liebesleben –, war es sehr schwer, sie davon zu überzeugen, dass es sich dabei in Wirklichkeit um einen Sinn für Ruhe und Friedfertigkeit handelte, um ein lebhaftes Interes-

se an einer faszinierenden Spezies, um eine Fülle von Dingen, die sie beschäftigten, und um den Entschluss, keine alten Fehler zu wiederholen. Aber es stimmte andererseits auch, dass sie ihr einsames Thanksgiving nicht besonders lustig gefunden hatte.
Sie sah sich im Restaurant um. Etwa ein Dutzend Frauen saßen da, keine war allein. Alle hatten sie einen Mann bei sich, die meisten auch Kinder. Das war ihr Problem sozusagen *in nuce*, wie in einer Nussschale. Sie aß ihre Mahlzeit zu Ende und ging nach Hause. Ihr Zuhause war auch wie eine Nussschale, dachte sie, sie hatte schon vor Jahren den Gedanken aufgegeben, etwas Größeres oder Komfortableres zu finden. Mit Geld- oder Wohnungsmangel hatte das nichts zu tun. Sondern damit, sich wohl zu fühlen, wenn man wie eine Nuss in ihrer Nussschale saß. Und sie fühlte sich wohl. Es hatte Zeiten gegeben, da hatte sie auch einen Mann bei sich gehabt, ihren Exfreund Dean, und sie hatte ihm zugehört, wie er über ein 100% unnatürliches Tierzuchtprojekt redete, für das er eine Finanzierung brauchte, und sie hatte gelächelt und genickt, und alles in allem war da eine Nussschale noch besser.
Mr. T. musste natürlich eine Woche lang isoliert bleiben, man konnte ja nie wissen, was er sich in Bucky Lords Etablissement angelacht haben mochte, aber danach wusste Joy nicht so recht, was sie mit ihm anfangen sollte. Auf der Zuchtstutenseite der Farm waren die Weiden voll mit Zuchtstuten und Fohlen, die abgesetzt wurden. Zuchtstuten waren meistens nicht sehr flexibel in dem, was sie von einem männlichen Pferd verlangten, und das konnte Mr. T. nun wirklich nicht gebrauchen. Auf der Hengstseite waren alle Koppeln voll – im Vorjahr hätte man Mr. T. dort unterbringen können, aber Mr. Tompkins hatte einen Vierjährigen und einen Fünfjährigen von der Rennbahn geholt, um es dieses Jahr mit ihnen zu versuchen. Das Trainingszentrum war auf der entgegengesetzten Seite der Ranch, und Joy wollte das alte Pferd nicht mit den jungen Tieren auf eine Weide stellen. Der Tierarzt hatte sogar gesagt, er sollte möglichst allein bleiben, man sollte ihm eine Pause ohne die Gesellschaft anderer Pferde gönnen und ihn später mit einem einzelnen Gefährten bekannt machen, am besten auch einem älteren Wallach. Deshalb blieb er im Isolierstall, der keinen Pferch hatte, und Joy brachte ihn jeden Tag eine halbe Stunde hinaus,

damit er Gras fressen konnte. Er erkannte sie von Anfang an und wieherte nach ihr. Sie fühlte sich sehr geschmeichelt und gewöhnte sich an, ihm Karotten mitzubringen, obwohl sie eigentlich von handgefütterten Leckerbissen nichts hielt. Aber dieses Tier war so unaufdringlich. Er nahm die Karotte nur, wenn sie ihm angeboten wurde, und dann immer ganz sanft. Er stupste sie nicht an und fuhr nicht mal mit den Lippen über ihre Hand. Wenn sie ihm nichts anbot, bettelte er um nichts.

Dann kam ein zweiter Brief von Audrey:

> Liebe Miss Gorham,
> bitte schreiben Sie an die unten stehende Adresse und sagen Sie mir, wie es Toto geht. Wir waren in Kalifornien zu Besuch bei meinen Großeltern, und ich habe meinen Vater dreimal dazu überredet, mit mir nach Hollywood Park zu fahren. Ich habe immer auf Schimmel gewettet. Wir hatten zwei Gewinntage und zwei Verliertage. Ich habe auf zwei Außenseiter mit hohen Quoten von 15–1 (Bimini Baby) und 18–1 (Gimme Ago) jeweils 5 Dollar in der Zweierwette gesetzt und habe 170 Dollar gewonnen. Das ist so viel, wie eine Sechserkarte in meinem Reitstall kostet. Meine Mutter hat gesagt, wir könnten erst im Frühling wieder zum Rennen gehen und dass sie die Reitstunden bezahlen wird, wenn ich nicht mehr wette, aber mein Vater meint, Wetten sei auch nur eine Art, mit Geld umzugehen, und das sollte jeder lernen. Am Wetten liegt mir eigentlich nichts, mir liegt nur an den Pferden.
> Ich vermisse Toto. Ich weiß, dass er ein gutes Rennpferd war. Bitte geben Sie ihm einen Kuss von mir und sagen Sie dabei meinen Namen, damit er weiß, von wem der Kuss ist. Jetzt haben wir erfahren, dass wir vor Jahresende nach Frankreich ziehen.
> Mit freundlichen Grüßen
> Ihre
> Audrey Schmidt
> 14578 Eglantine Street
> Pokerville, Maryland

Unwillkürlich stellte Joy sich Audrey so vor, wie sie selbst gewesen war, vor fünfundzwanzig oder dreißig Jahren, ein drahtiges, jungenhaftes kleines Mädchen, das auf dem Hinterteil ihres grasenden Ponys stand und versuchte, einen Apfel von einem Baum zu pflücken. Wenn das Pony zu schnell weiterging (was es immer tat), rutschte Joy auf den Boden und sprang gleich wieder auf – mit oder ohne Schrammen, was machte das schon? Egal was das Pony tat, es war ihr recht, denn dieses Pony gehörte ihr ganz allein, und wenn man ein bestimmter Typ von kleinem Mädchen war, war ein Pony, das einem ganz allein gehörte, der kostbarste Schatz auf der ganzen Welt, egal wie oft die eigene Mutter im Laufe der Jahre sagte: »Das alles hat mit diesem entsetzlichen Pony angefangen. Dabei war es nicht mal hübsch oder nett! Ich habe deinem Vater gleich gesagt …« Trotzdem – auch in der Erinnerung blieb es das Schönste auf der Welt.

Sie machte eine Kopie von Mr. T.s bestem Siegesfoto – beim Warren Beatty Handicap in Arlington Park in Chicago, wo er um vier Längen gewonnen hatte – und schickte es Audrey zusammen mit einer Probepackung Tompkins Perfection Mandelnährcreme und Edle Feuchtigkeitscreme (jedes Hautpflegepräparat von Tompkins gibt es in handlichen Probepackungen) und ein Sortiment Tompkins Perfection Vorzugssteaks (Tiefgekühlt transportiert, ein Garant für Ihren Genuss und Ihr Vergnügen).

DEZEMBER

Kapitel 5
Rosalind

Einmal, als Rosalind Maybrick noch Rosie Wilson aus Appleton, Wisconsin, war, beobachtete sie auf einem Schulausflug nach New York eine Szene, die ihr Leben veränderte. Der Lehrer, der den Schulausflug begleitete, erlaubte Rosie und ihrer Freundin Mary, das Hotel am Morgen etwas später zu verlassen als die anderen, weil sie noch Lockenwickler in den Haaren hatten. Der Lehrer war zwar ein Mann, hatte aber Verstand genug, um zu wissen, dass sechzehnjährige Mädchen buchstäblich nicht in der Lage sind, unfrisiert ihr Zimmer zu verlassen. Er hatte ihnen erklärt, welchen Bus sie zum Metropolitan Museum of Art nehmen sollten, wo sie in der etruskischen Sammlung zum Rest der Klasse stoßen würden. Rosie und Mary nutzten dieses Sonderrecht nur maßvoll aus, sie verließen ihr Zimmer bereits drei Minuten nach den anderen und nahmen anstelle des ersten Busses den zweiten, um ein bisschen das Gefühl auszukosten, an einer Bushaltestelle in Manhattan, New York, zu stehen, umgeben von Leuten, die klein, dunkelhaarig und laut waren und nicht groß, blond und schweigsam. Das entscheidende Erlebnis hatten sie in dem Bus, in den sie einstiegen. Natürlich standen sie, wie man es ihnen beigebracht hatte, aus Respekt vor allen anderen Menschen auf der Welt, sie kamen aus dem Mittelwesten, und Ehrerbietung war ihnen anerzogen und eingeübt. Im Bus saß auch eine sehr gut gekleidete Frau mit einem zwei- oder dreijährigen kleinen Jungen, der im Kinderwagen saß. Sie trug einen dunklen, schmal geschnittenen Pelzmantel und Lederhandschuhe. Der kleine Junge trug einen Wollmantel und eine Wollmütze. Der Kinderwagen war sehr groß. Die Frau und der Junge saßen ruhig da, während der Bus durch die Stadt fuhr, dann zog die

Frau an der Signalschnur und stand auf. Und plötzlich ging alles schief. Der Kinderwagen blieb irgendwo hängen und schob sich zusammen. Der Junge begann zu weinen. Der Fahrer öffnete die Tür und sagte ungehalten: »Steig'n Sie aus, gnä' Frau? Ich steh im Verkehr.«

Die Frau war sagenhaft. Zuerst einmal rückte sie ihren Mantel und ihre Handschuhe zurecht. Dann richtete sie den Kinderwagen. Dann hob sie den Jungen hoch. Sie schob die Tasche über ihrer Schulter gerade. Dann nahm sie den Kinderwagen auf. Und dann stieg sie ganz bedachtsam mit ihrem Zubehör die Stufen hinab, wobei sie den gesamten Verkehr in Manhattan aufhielt, und blieb noch einmal stehen, bevor sie auf den Gehsteig trat. Als der Bus wieder anfuhr, drehte Rosie sich um und sah die Frau, wie sie seelenruhig den Jungen, der inzwischen aufgehört hatte zu weinen, in den Wagen setzte, ihn anschnallte, dann eine Banane aus der Tasche nahm und ihm gab, bevor sie ihren Spaziergang über den Gehsteig antrat. Es war ein fesselnder Anblick. »Hast du das gesehen?«, fragte sie Mary.

»Was?«, fragte Mary.

»Diese Frau.«

»Mein Gott, die war vielleicht unverschämt«, sagte Mary.

Da wusste Rosalind, dass Mary den Rest ihres Lebens im Mittelwesten verbringen würde, und sie sollte Recht behalten.

Rosalind hingegen hatte etwas gelernt: Wenn man genug Selbstbeherrschung hatte, konnte man die Dinge erkunden, vorausplanen, sich Zeit lassen. Das war mehr als Vorsicht. Vorsicht ließ man walten, wenn man in Eile war. Wenn man selbstbeherrscht war, brauchte man nie in Eile zu sein.

Und dementsprechend hatte Rosalind ihre Selbstbeherrschung kultiviert: erst am Smith College, dann als Volontärin bei der Zeitschrift *Mademoiselle*, als Redakteurin bei Condé Nast *Traveller* und in Westchester County als Gattin von Alexander P. Maybrick und Stiefmutter seiner drei Kinder, die sie nicht besonders mochten, aber ihre Fähigkeit bewunderten, ihrem Vater die Stirn zu bieten. Diese Selbstbeherrschung setzte Rosalind auch immer dann ein, wenn sie Eileen mit in ein Linienflugzeug nahm, egal ob das gestattet war oder nicht. In diesem Augenblick zum Beispiel wusste Rosalind, dass das Personal am

Eincheckschalter ahnte, dass Eileen in ihrem Bordgepäck saß. Ihre Tasche zitterte, deshalb drückte sie sie mit dem Knie gegen den Schalter und sagte: »Kann ich jetzt direkt ins Flugzeug?«

»Wir sind noch nicht so weit, meine Dame.«

Eileen gab ein kleines Geräusch von sich, ein gurgelndes Geräusch in der Kehle. Rosalind räusperte sich, um das Geräusch zu übertönen, und trug Eileen dann zu einem Sitz in der Nähe der Tür, wo sie sich niederließ und den Rand ihres Pelzmantels über die Reisetasche breitete. Sie machte den Reißverschluss nie ganz über Eileen zu – sonst bekäme sie nicht genug Luft –, deshalb musste sie aufpassen, dass der kleine Kopf sich nicht neugierig aus der Öffnung schlängelte und die begierigen Knopfaugen etwas erspähten.

Al war am Abend zuvor schon im Firmenflugzeug gereist, aber Rosalind gab nicht viel um Fort Lauderdale, sie wollte nur an dem Rennen teilnehmen und am selben Abend zurückfliegen. Ihr Rennen war das siebte, deshalb würde sie natürlich reichlich Zeit haben. Sie hatte immer reichlich Zeit.

Eileen ließ sich in der Reisetasche auf die Seite plumpsen, aber da ging die Tür auf, und Rosalind erhob sich gelassen und ging durch die Gangway ins Flugzeug, wo sie kurz darauf auf Sitz 2A neben dem Fenster Platz nahm. Sie schob die Tasche mit Eileen darin vorsichtig unter den Sitz vor ihr und breitete eine Decke der Fluggesellschaft über die Öffnung. Sie steckte Eileen einen Hundekuchen zu und sagte ihr, sie solle brav und still sein, denn sie, Rosalind, wolle jetzt ein wenig schlafen. Was Rosalind an Eileen am besten gefiel, war die Tatsache, dass sie die englische Sprache perfekt beherrschte und genau zuhörte, was man ihr sagte (obwohl sie natürlich nicht immer gehorchte). Zwischen New York und Fort Lauderdale hielten sie beide ein gemütliches Schläfchen und wachten erfrischt auf. Erst beim Aussteigen ließ Rosalind das Flugpersonal wissen, dass Eileen die ganze Zeit bei ihr gewesen war.

Aber Rosalind wachte in einer merkwürdigen Stimmung auf. Sie saß in dem Wagen, der sie abholte, und brauchte zwanzig Minuten, bis sie dahinter kam, was sich verändert hatte, denn Veränderungen waren ihr so ungewohnt. Aber schließlich konnte sie die Sache beim Namen nennen. Sie wollte etwas, aber sie wusste nicht, was es war. Etwas haben zu wollen war für eine im Einkaufen so erfahrene Frau wie Rosalind beileibe nichts Neues. Sie war mit Al verheiratet, und da hatte sie Wohnungen einzurichten, Gesellschaften vorzubereiten und eine Garderobe, die kultiviert werden wollte. Die Arbeitsteilung in ihrer Ehe war klar: Er verdiente den ganzen Tag, und sie gab den ganzen Tag Geld aus, und zwar jeden Tag, und sie wussten beide, dass sie genauso hart arbeitete wie er und dass das Geldausgeben für sie kein geringeres oder größeres Privileg war als das Geldverdienen für ihn. Das Erotischste, was er je zu ihr gesagt hatte, war der Satz: »Rosalind, ich habe überhaupt keinen Geschmack.« Begehren war für Rosalind Talent und sorfältig erlernte Fertigkeit zugleich, und sie beherrschte diese Kunst perfekt. Deshalb erwartete sie, dass der Gegenstand ihres Begehrens allmählich aus den unergründlichen Tiefen ihrer Person aufsteigen und Gestalt annehmen würde. Irgendwas mit Florida, dachte sie, vielleicht einfach ein neuer Badeanzug? Oder ein Katamaran? Eine Kreuzfahrt? Frische Krabben? So fühlte es sich zuerst an, wie etwas ganz Kleines, nicht einmal so sehr wie ein richtiger Wunsch, eher wie Lust auf etwas. Sie gab Eileen, die neben ihr auf dem Rücksitz der Limousine saß, noch ein paar Hundekuchen.

Der Fahrer brachte sie zu dem Eingang für die Pferdebesitzer in Gulfstream, wo Al wie verabredet auf sie wartete. Al öffnete die Tür und half ihr heraus. Eileen hopste von selbst hinaus und sprang Al an die Knie. Natürlich bellte sie nicht, aber das Bellen brodelte in ihr. Deshalb hüpfte sie und drehte sich im Kreis. Deshalb sprang sie auf den Kühler der Limousine. »Hallo, Eileen«, sagte er. »Hallo, Schätzchen. Wie war die Reise?«

Eileen leckte ihm übers Kinn, und Rosalind gab ihm einen flüchtigen Kuss auf die Wange.

»Gut«, sagte sie. Und zusammen gingen sie durch den Besitzereingang zur Rennbahn.

Rosalind fragte sich nie, ob sie Al wirklich liebte, im Unterschied zu manchen ihrer Freundinnen, die ständig darüber nachdachten, ob sie ihre Ehemänner wirklich liebten. (Einige Freundinnen dachten natürlich schon lange nicht mehr darüber nach, da sie die Antwort kannten: nein.) Al war kein anziehender Mann. Er hatte weder Manieren noch Charme, und sein Dasein als erfolgreicher Hersteller und Importeur von Schwermetallgussstücken aus abgelegenen, ärmlichen, dubiosen Ländern hatte dazu geführt, dass bei Al eine ganze Reihe anerzogener Gewohnheiten, die das Animalische eines Mannes seiner Intimgefährtin erträglich machen, auf der Strecke geblieben waren. Seine Körperfunktionen beispielsweise waren zum größten Teil geräuschvoll, und das galt auch für seine geistigen Funktionen. Seine Kinder erzählten, dass er in ihrer Jugend ein verschlossener, arbeitssüchtiger Trinker gewesen war, der sich von ihnen fern hielt und nicht viel redete. Eine Psychotherapie und die Treffen der Anonymen Alkoholiker hatten bewirkt, dass er jetzt alles sagte, was ihm gerade in den Kopf kam, und ständig nach Aufmerksamkeit verlangte. Rosalind wusste, dass andere Leute sich fragten, wie sie ihn ertrug, aber sie ertrug ihn problemlos, weil er ganz und gar er selbst war. Al hatte kein Geheimnis. Wenn er sie anschrie, dass er jetzt mit ihr schlafen wollte, dann war das verdammt nochmal das, was er jetzt wirklich wollte, und er schrie, weil ihm nach Schreien zumute war. Aber er konnte auch eine Abfuhr hinnehmen. Das hatte Rosalind schon früh entdeckt. Die ersten Male, als er sie anschrie und Liebe und Aufmerksamkeit verlangte, hatte er sie eingeschüchtert, und sie hatte getan, was er wollte, aber beim vierten Mal, vielleicht ein Jahr nachdem sie geheiratet hatten, fing er eines Tages wieder so an, und sie sagte nur ganz ruhig: »Nein, Al. Ich habe jetzt keine Lust.« Er sah sie an, geradezu erschrocken, und sagte: »Ach so. Na gut.« Ein festes, deutliches Nein, unbestechlich und selbstbeherrscht vorgebracht, beschwichtigte und beruhigte Al. Und ein gezieltes »Ja« wie zum Beispiel »Ja, Al, ich möchte jetzt mit dir schlafen«, machte ihn froh und heiter. Man musste nur eindeutig sein und alles andere außer Acht lassen. Erscheinung war nicht alles. Ihre Freunde wären überrascht, das aus ihrem Mund zu hören, denn sie hatte viel in ihre eigene gute Erscheinung investiert, aber sie tat nichts dafür, dass Al eine gute Figur machte. Der Kontrast zwischen ihnen war das, was sie als Paar interessant machte. Sie erreichten ihre Loge auf der Tribüne. Rosalind stellte ihre Tasche ab und ließ die Augen über die Bahn schweifen. Dort liefen gerade ein paar Pferde. »Welches Rennen ist das?«, fragte sie.

»Das fünfte.«

»Hast du gewettet?«

»Ach was. Ich hab fünfzig auf Nummer acht gesetzt, aber ich kann nicht behaupten, dass sie mich überzeugt. Sie ist die Halbschwester von der Stute, die wir letztes Jahr hatten, die Crafty-Prospector-Stute.«
Die Pferde kamen jetzt um die Kurve, und es war so wie fast immer – diejenigen, die führten, fielen zurück, und ein Pferd, das nicht nach viel ausgesehen hatte, holte auf und gewann. Rosalind hatte nicht viel für Rennen übrig, alle Rennen kamen ihr gleich vor. Nicht die Pferde, die Jockeys oder die Trainer entschieden den Ausgang, sondern die Ziellinie. Sie überlegte, ob sie auf ein Pferd setzen sollte, und nahm die Rennzeitung zur Hand. Dann legte sie sie wieder hin. Der Versuch, mit Statistiken und Kommentaren jedes Pferd zu individualisieren, machte die ganze Sache nur noch fader für sie. Sie wollte sich eigentlich nur dieser aufkeimenden Lust widmen, die sie verspürte, und ihr nachgehen. Sie hatte das merkwürdige Gefühl, dass sie sich auf der Kippe befand, an der Grenze von etwas Unbekanntem. Sie nahm Eileen auf den Schoß, drehte sie auf den Rücken und begann ihr den Bauch zu kraulen. Eileen ließ die kurzen Beinchen hängen und legte den Kopf zurück.
Nach dem sechsten Rennen, das in Rosalinds Augen eine exakte Wiederholung des fünften Rennens war, standen sie auf und gingen in den Sattelring. Dick Winterson, der Trainer, und ein paar Pferdepfleger waren mit der Stute schon dort. Al ging mit ihnen hinein, aber Rosalind zog es vor, mit den Wettern draußen vor der Bande zu bleiben, weil sie Eileen auf dem Arm hatte. Rosalind sah, dass Dick bei der Begrüßung mit Al fast zurückzuckte, aber das gleich darauf zu vertuschen versuchte, indem er Al die Hand auf die Schulter legte und sich ganz begeistert über die Chancen der Stute in dem bevorstehenden Rennen äußerte. Das Pferd sah sehr gut aus. Es knirschte mit den Zähnen gegen das Gebiss, deshalb musste der Pfleger vor ihr stehen und beide Zügel halten. Dabei sprach er mit sanfter Stimme auf sie ein. Weiter unten riss ein anderer Pferdepfleger, obwohl der Trainer dabeistand, seine Stute am Maul, und sie warf den Kopf hoch in die Luft. Das gefiel Rosalind überhaupt nicht. Jetzt bog Laurita den Hals und drängte sich gegen den Pfleger, der aber wich nicht von der Stelle, langte nur hoch, um sie an der Stirn zu kraulen. Dick legte ihr das Tuch mit der Nummer über, sie hatte die Vier, dann setzte der Hilfstrainer den Sat-

tel darauf. Die Stute stand ganz ruhig da, während sie den Sattelgurt festschnallten, dann die Schenkelhilfen gerade zogen, erst links, dann rechts. Nachdem sie hergerichtet war, brachte der Pfleger sie zu den anderen Stuten in den Ring, und dann rief der Ringsteward – so hieß er doch, oder? – »Meine Herren, führen Sie Ihre Pferde hinaus.«

Jetzt kamen die Jockeys wie ein Schwarm tropischer Vögel aus der Jockeystube, und die Pferde gingen in der Reihenfolge ihrer Nummern hinaus in den Führring. Al und Dick gingen zusammen hinter dem Pferd her, und Rosalind beobachtete die beiden einen Moment lang mit den Augen einer Fremden, als gehöre sie zu den Wettern. Die beiden wirkten selbstbewusst und beneidenswert, locker plauderten sie, während ein glänzendes, schönes großes Geschöpf vor ihnen Vitalität verströmte. Wenn man die beiden Männer sah, fragte man sich unwillkürlich, ob sie so mit Reichtümern gesättigt waren, dass sie die Schönheit direkt vor ihren Augen gar nicht wahrnahmen. Was alle anderen um sie herum anregte, begeisterte, nahmen sie mit Gelassenheit. Das machte sie zu etwas Besonderem und – anziehend. Die Jockeys hatten etwas von den Pferden und von den Männern zugleich an sich. Sie plauderten wie die Männer, sie waren entspannt wie die Männer, doch ihre Körper waren wie die der Pferde voller Vitalität und gebändigter Anmut und Kraft. Sie zollten den Trainern und Besitzern Respekt, aber das war nur ein *noblesse oblige*, das das Leben dem Geld zuspricht, weiter nichts. Die Pferde standen still im Ring, und die Trainer warfen die Jockeys in den Sattel.

Sie kehrten zu ihrer Tribünenloge zurück, wo Dick sich wieder zu ihnen gesellte, als die Pferde auf der Rennbahn gemächlich ihren Weg zur Startbox antraten. Die Rennstrecke betrug 1700 Meter. Die Startmaschine unten zu ihrer Linken wurde gerade in Position gebracht. Rosalind warf einen kurzen Blick darauf, dann wandte sie den Kopf zu Dick Winterson, der jetzt seit gut drei Jahren ihre Pferde trainierte. Dick war ihr wohl bekannt. Sie sah ihn mindestens einmal im Monat. Bei etlichen Gelegenheiten hatten sie freundlich miteinander geplaudert, und er war ihr kaum aufgefallen. Jetzt blickte er angestrengt zu den Tieren, die mit ihren Führpferden herauskamen, und er wandte sich vor ihren Augen. Er schenkte ihr überhaupt keine Beachtung, hing irgendwelchen rätselvollen Pferdetrainergedanken nach, weiß

der Himmel, was das sein mochte, aber bestimmt waren sie fachmännisch und konzentriert und routiniert, und bei dieser Vorstellung lief ihr ein prickelnder Schauer über den Rücken. Er hatte braune Augen, wie sie jetzt feststellte, er trug keine Brille und hatte eine hübsche, leicht gebogene Nase. Was sie nie vorher bemerkt hatte, waren seine schönen Lippen, scharf geschnitten, aber voll und weich. Rosalind wandte den Blick ab, aber dann sah sie ihn wieder an. Und das war der Wendepunkt: Als sie ihn wieder anschaute, erkannte sie mit einem Mal, dass er tief im Inneren traurig über etwas war, und plötzlich spürte sie, wie diese kleine Begehrlichkeit, die sie seit dem Morgen spürte, in ihrem Köper aufbrach, und sie musste sich zurücklehnen und Eileen aufheben, um sie zu streicheln. Und sie nieste. Sie nieste dreimal. Dick Winterson sagte: »Sind Sie erkältet?«
»Nicht dass ich wüsste.«
In Rosalinds Augen waren das die ersten Worte, die sie miteinander wechselten. Später dachte sie, in diesem Augenblick hätte sie ihn bezaubert. Und alles geschah ohne jede Absicht. Es schien eher so, als sei ihr Wunsch, kaum wahrgenommen, aber doch ein Wunsch, aus ihr hinausgetreten und habe die Welt neu geschaffen. Zuerst einmal aber erreichten die Pferde die Startmaschine und rückten in ihre Boxen ein. Laurita machte ihre Sache routiniert, wie alle Pferde von Dick, denn sie waren gut trainiert und vorbereitet. Dann kam die übliche Pause, dieser kurze Augenblick völliger Gleichheit unter den Pferden, als alle acht in einer Reihe nebeneinander standen. Dann schrillte die Startglocke, und die Tore der Startboxen öffneten sich. Rosalind schien es, als habe sie ein einmaliges Rennen erschaffen. Sechs Pferde sprangen gut heraus, und das hätte Laurita auch getan, aber die Nummer drei stolperte, als sich die Sperre öffnete, und fiel Laurita halb in den Weg. Da tat die Stute etwas ganz Verblüffendes: Sie beförderte sich und ihren Reiter in einer anmutigen Basküle über Kopf und Hals des stolpernden Pferdes hinweg und schoss hinter den anderen her. Ein Raunen lief durch die Tribüne, denn es passierte genau vor der Nase der Zuschauer. Dick hielt einen Augenblick selbst den Atem an, dann gluckste er erleichtert und sagte zu Al. »Ja, diese Babys aus dem Norden, die können springen! Davon hatten Sie keine Ahnung, als Sie ihm die Mutterstute geschickt haben!« Aber dann verstummte er,

alle verstummten, während die junge Stute das Feld hinunterstürmte, als stünden die anderen Pferde still. Sie überholte eines nach dem anderen, mit jeder Sekunde schienen ihre Beine weiter auszuholen. Dabei war sie nie eine besonders mutige Stute gewesen. Es war, als hätte der Sprung über das andere Pferd ihr gezeigt, wer sie wirklich war, und das kostete sie jetzt aus. Auf halber Höhe der Gegenseite führte sie um eine Halslänge. Das andere Pferd, eine geschmeidige Schimmelstute, war Favorit und hatte im Vergleich zu Lauritas 104 000 Dollar bereits über eine halbe Million gewonnen. Und diese Stute hatte Kampfgeist. Sie hielt Satz um Satz mit Laurita Schritt. Obwohl sie selbst die Schöpferin dieses Rennens war, konnte Rosalind es nicht lassen. Es schien ihr, dass die Schimmelstute, längerbeinig, erfahrener, reifer, teurer und edler, zweifellos ihren natürlichen Anspruch durchsetzen und das Rennen gewinnen würde. Sie liefen Kopf an Kopf um den zweiten Bogen und in die Zielgerade. Laurita lief auf der Außenbahn, die andere Stute am Geländer. Es sah aus, als wären sie aneinander geklebt. Den Rest des Feldes gab es nicht mehr, und die Tribüne tobte, jeder Wetter, egal auf welches Pferd er gesetzt hatte, schrie vor Begeisterung. Jetzt griffen die Jockeys zu ihren Gerten. Aber es war kein Wettrennen mehr. Laurita ging mit einer solchen Leichtigkeit in ein anderes Tempo über, als geschähe es ganz von selbst. Sie zog einfach von der größeren Stute weg, gewann Abstand und überquerte die Ziellinie allein. Der Jockey hatte die Gerte verloren. Jetzt stand er in den Steigbügeln, verwandelt, mit aufgerissenem Mund, die Gertenhand in die Luft gereckt. Auf dem Foto, das später in der *Thoroughbred Times* erschien, konnte man diesen Gesichtsausdruck kaum ertragen, denn in seiner Grimasse war das ganze Erstaunen von elftausend Zuschauern konzentriert. Dick sagte: »Ich habe so etwas in meinem ganzen Leben noch nicht gesehen.«

Dann standen sie alle auf und trafen sich im Siegerehrungsring: Pferd und Jockey, Trainer, Pfleger, Besitzer, Ehefrau des Besitzers. Ein paar Wochen später bekamen sie das Siegesfoto. Rosalind heftete es in ihrem Badezimmer an die Wand. Sie betrachtete es oft und sann über den leeren Ausdruck auf den Gesichtern nach. Jedenfalls auf den Gesichtern der Menschen. Die Stute blickte hellwach und voller Interesse, als sei sie gerade aus einem langen trägen Traum erwacht.

Direkt danach verließ ihre Gruppe die Tribüne. Sogar der Jockey, der im achten Rennen einen Ritt hatte, ging. Nicht etwa deshalb, weil er das nächste Pferd nicht reiten wollte, sondern weil er gut vier Stunden lang wie benommen war und nicht wusste, was er tat.
Sie folgten der Stute durch den Gang unter der Tribüne, den Führring, zurück zum Teststall. Den ganzen Weg umgab sie ein Meer lächelnder Gesichter, und von allen Seiten tönten Rufe wie: »Tolle Arbeit! Super! Was für eine Stute!« Al sagte kein Wort, zum ersten Mal, seit sie ihn kannte, erlebte Rosalind ihn sprachlos. Dick sagte auch kein Wort. Und Rosalind sagte natürlich auch nichts. Sie war ein stiller Typ. Aber ihre Macht war in vollem Schwange. Jedes Mal, wenn sie Dick ansah, erwiderte er ihren Blick, und sie schaute nicht weg, und er auch nicht. Sie bildete sich ein, er wüsste, dass sie dieses Rennen für ihn gedeichselt hatte, um seine Traurigkeit zu zerstreuen, und jetzt war seine Traurigkeit zerstreut. Al bekam nicht mit, dass sie sich anschauten. Dafür sorgte sie schon. Nichts lag ihr ferner, als Al zu verletzen.
Als die Stute in ihrer Box untergebracht und auf jede erdenkliche Weise versorgt worden war, ließ man sie allein, damit sie sich den Gedanken an ihre eigene Größe hingeben konnte. Al sagte zu Dick: »Abendessen? Champagner? Ich lade alle ein. Sie trommeln alle zusammen, ich hole den Wagen. Rosalind, du suchst das Restaurant aus und bestellst einen separaten Raum.« Al war tatsächlich glücklich, das konnte man merken. Im Wagen und dann im Hotel zwitscherte er pausenlos über seine Pläne, das tat er immer, wenn er glücklich war. »Rozzy! Dieser Stute steht ›Breeders' Cup‹ auf der Stirn geschrieben! Du weißt ja, was mir der Breeders' Cup bedeutet. Ich bin ein Züchter! Und für alle Züchter ist das der Test, der Breeders' Cup. Sieben Rennen, und das heißt siebzig Pferde, die siebzig besten Vollblüter aller Sorten: junge Hengste, Stuten, Sprinter, Rennpferde. Nichts lässt sich damit vergleichen. Das hab ich doch immer gesagt: Nichts auf der Welt lässt sich damit vergleichen, oder? Das weißt du doch! Diese Stute …« Aber sie lächelte und nickte und hörte zu und sagte: »Vielleicht, Al, vielleicht ja.« Vielleicht, das war ein interessantes Wort. Ein Vielleicht war für sie etwas Ungewohntes.
Es war nicht schwer, im besten Restaurant von Boca Raton einen separaten Raum für zwanzig Personen zu bekommen, und die ganze

Mannschaft – Pfleger, Pferdeführer, Helfer, die Sekretärin, Eileen und alle – dorthin zu verfrachten, egal welche Sprache sie sprachen und wie sie gekleidet waren. Überall hieß man sie mit lächelnden Mienen und Herzlichkeit willkommen. Sie tranken Perrier et Jouet und aßen Pesto Risotto mit Jakobsmuscheln und dann Osso bucco und Kalbspiccata, und dann ließen sich alle betrunken nach Hause chauffieren, und Als Handy klingelte, und sein Partner war dran, der ihm sagte, Al müsse den Spätflug zurück nach New York nehmen, denn in Kroatien, wo sie eine Fabrik hatten, hatte irgendeiner Scheiße gebaut, deshalb fuhr Al ab, und da saßen sie dann, Rosalind und Dick, bis auf Eileen allein, einander gegenüber am Tisch, der übersät war mit den Resten eines sehr, sehr schönen Festes. Eileen saß auf dem Stuhl neben Rosalind, direkt gegenüber von Dick. Sie hatte die Ohren gespitzt und sah ihn erwartungsvoll an, und Rosalind meinte, er und sie, die beiden Menschen, könnten jetzt endlich das tun, wonach sie sich seit Stunden sehnten, nämlich einander direkt in die Augen schauen, ohne den Blick zu senken oder abzuwenden, ohne etwas zu sagen und ohne sich zu fragen, wer sie gesehen haben könnte. Dicks Gesicht war Rosalind schon so vertraut wie ihr eigenes. Und auf diesem vertrauten Gesicht lag ein seltsamer Blick, ein etwas düsterer Blick, der aber nicht Düsternis verriet, sondern nur Ausdruck eines intensiven Gefühls war – das war sein Innenleben, das im rosigen Kerzenschein des Raumes unverhüllt zum Vorschein kam. Sie war mit ihrem Ausdruck wesentlich vorsichtiger. Sie versuchte, ihr Gesicht fast leer wirken zu lassen, fast ausdruckslos, fast wie eine Maske, damit er noch weiter aus sich herausgehen musste, sich noch mehr offenbaren musste, um eine Reaktion bei ihr zu sehen. Man hätte annehmen können, dass sie sich ununterbrochen auf diese Weise die Zeit vertrieb, aber das stimmte nicht. In den achtzehn Jahren mit Al hatte sie es als unter ihrer Würde betrachtet, mit anderen Männern auch nur zu flirten. Und sie wollte auch mit Dick nicht flirten. Wenn er auf sie zukam, dann sollte er das aus sich heraus tun, ohne Ermutigung. Bei dieser Begehrlichkeit, die am Nachmittag in ihr aufgebrochen war, ging es nicht um ein Vergnügen oder einen Zeitvertreib. Es ging um etwas Geheimnisvolles und Herausforderndes. Kein Mann sollte durch ein unaufrichtiges Signal wie ein Lächeln oder eine Kopfbewegung ver-

lockt werden. Der Kopf der Nofretete fiel ihr ein, und sie bemühte sich, einen solchen Ausdruck aufzusetzen, dann wartete sie ab.
»Ach«, sagte Dick, »Rosalind. Vielen Dank für das Fest. Alle haben sich wirklich wunderbar amüsiert.«
»Wirklich? Das ist gut.« Eileen setzte sich aufrecht hin.
»Ich meine es ehrlich. Das ist nicht die Welt, die den meisten von ihnen ...«
»Es war Als Idee. Auf seine Art ist er sehr großzügig. Auch wenn man das manchmal nicht gleich merkt, das gebe ich zu.« Sie gestattete sich ein Lächeln.
Seine nächsten Worte würden zeigen, wie er sich entschieden hatte, dachte sie, und diese Entscheidung wollte sie in keiner Richtung beeinflussen. Sie rechnete damit, dass er sagen würde: »Na, dann ...« oder »Es ist schon ziemlich spät für mich« oder »Wo kann ich Sie absetzen?« Vielleicht gingen ihm alle diese Möglichkeiten durch den Kopf, aber er wählte keine davon. Was er sagte, war dann: »Sie haben sehr schönes Haar.«
Sie nickte.
»Und schöne Augen.«
Sie nickte.
»Und schöne Lippen.«
»Alles echt«, sagte sie. »Sogar die Haare. In meiner Familie wird niemand grau.«
»Ihr Haar ist ...« Er schüttelte den Kopf. »Ich weiß nicht, sonnig. Sandfarben. Palomino! Hm.« Er lächelte sie freundschaftlich an, aber er hatte sich verraten, daran bestand kein Zweifel. Rosalind holte tief Luft, und dann sagte Dick: »Wo bist du abgestiegen?«
Eileen begann zu hecheln.
»Ich glaube, Al war im Meridian. Wir haben vor kurzem eine Wohnung gekauft, aber ich habe sie noch nicht fertig eingerichtet.«
Dann sagte er: »Fahren wir dorthin.«
Und sie sagte: »Gut, fahren wir.«

Eines merkte sie gleich, als er ihr Haar löste und dann ihre Jacke und ihre Bluse aufknöpfte: wie viele Jahre er mit Pferden verbracht hatte. Seine Gesten waren weich und sicher, und als seine Hände endlich

ihren Körper berührten, blieben sie auch da. Aber seine Hände waren nicht begierig und hungrig, sie waren ruhig und beruhigend, trocken und erfahren, als könnte er durch die Berührung etwas über sie herausfinden, so wie er es mit Pferden machte, wie er es vielleicht morgen bei Laurita machen würde, wenn er mit den Händen über ihre Beine nach unten strich, um sie nach Hitze abzutasten. Seine Berührungen standen eigentlich sogar im Widerspruch zu dem Blick auf seinem Gesicht, der verwirrt und voller Begehren war. Seine Berührung war fast ziellos. Als er die Hand auf ihrem Nacken hatte, fühlte sie, wie er irgendwo einen kleinen Knoten erspürte, ihn drückte und dann wieder losließ, wie eine Masseurin. Es schien, als könnte kein Begehren so stark sein, dass es seine tief verwurzelte Fürsorglichkeit störte. Sie waren schon seit zehn Minuten nackt, als sie zum ersten Mal etwas sagte. »Ich wette, die Pferde mögen dich«, sagte sie. Eileen, die zusammengerollt auf dem Bett gelegen hatte, sprang hinunter und verschwand unter der Stoffumrandung des Bettes.
»Ja, das sieht so aus.«
»Es ist schön, wie du mich berührst.«
»Mit Hunden komme ich in der Regel auch gut aus. Obwohl Eileen noch nicht so recht von mir überzeugt ist.«
»Aber du kommst nicht gut aus mit ...«
»... Besitzern vielleicht.«
»Al mag dich.«
Er sah ihr direkt ins Gesicht. »Ach, sie mögen mich alle. Ich mag sie nicht.«
Rosalind legte den Kopf zurück und lachte.
»Und mit meiner Frau komme ich nicht aus.«
»Siehst du deshalb traurig aus?«
»Wahrscheinlich. Sehe ich wirklich traurig aus?«
»In meinen Augen, ja.«
Er seufzte. »Ich habe befürchtet, dass man es sehen kann.«
»Nach dem Rennen sahst du glücklich aus. Oder vielleicht nicht glücklich, aber aufgeregt froh. Fast glücklich.«
»Ich war fast glücklich. Es ist ewig her, seit ich mich dem Glücklichsein so nah gefühlt habe. Diese Stute ist eine Bombe.« Bei diesen Worten verliebte Rosalind sich, denn Dick zeigte ein völlig anderes Lä-

cheln, als er an das Pferd dachte, eine ganz eigenartige heimliche Wonne, die über sein Gesicht zog und Rosalind aus irgendwelchen Gründen, die sie nicht im Entferntesten verstand, durch alle Fasern ging. Sie hatte doch etwas Geheimnisvolles gewollt, oder nicht? Das hatte sie jetzt.

Auch jetzt hätten sie noch aufhören, sich anziehen und auseinander gehen können. Das zeigte der lockere Ton ihrer Unterhaltung und ihr Lachen. Eine Leichtigkeit lag in der Atmosphäre, eine Gelöstheit, eine Art reiner Freundschaftlichkeit, mit der sie durchaus noch die Situation hätten beenden können. Rosalind war sich dessen voll bewusst. Aber stattdessen legte sie die Fingerspitzen auf seine Lippen und fuhr sanft darüber, eine Unzahl ihrer Nervenenden, die eine Unzahl der seinen kitzelten. Und dann beugte sie sich vor, ließ ihr Haar auf seine Schultern fallen und küsste ihn.

Vielleicht kam er mit seiner Frau nicht aus, aber es war offensichtlich, dass er irgendwann einmal gut mit ihr ausgekommen war, oder vielleicht auch mit einer anderen, denn im Umgang mit Rosalind wusste er aus Instinkt und Erfahrung genau, was er zu tun hatte. Zuerst nahm er ihr Gesicht in seine Hände und fuhr sanft und aufmerksam mit den Daumen über ihre Augenbrauen, ihre Wangen und an ihrem Kiefer entlang, bis er an ihren Lippen einen Augenblick verharrte und dann die Spitzen seiner Daumen in ihren Mund schob. Sie fühlte, wie er die Spitze ihrer Zunge berührte und das Innere ihrer Lippen. Dann rieb er die Feuchtigkeit langsam in ihre Wangen und ihr Kinn, immer und immer wieder, bis sie stöhnte. Er fuhr mit einer Hand leicht über ihren Hals, wie um sie daran zu erinnern, wie lang und verletzlich ihr Hals war. Dann mit der anderen Hand. Danach erst sah er sie an und küsste sie, zuerst küsste er sie sanft, dann fester, dann mit der Zunge, dann biss er sanft in ihre Lippen, küsste, biss, küsste, küsste dann ihren Hals, biss und küsste wieder. Aber die Bisse waren keine richtigen Bisse, so sanft und behutsam waren sie, als stecke er in ihrer Haut und wisse genau, was erregte und was schmerzte. Er küsste ihre Schultern, erst links, dann rechts. Inzwischen hatten seine Hände ihre Brüste gefunden. Wenn Al sie berührte, machte er sich immer an ihre Brust, als hätte er noch nie eine angefasst, aber Dicks Hände hatten ein sehr gutes Gespür für Brüste, und insbesondere für ihre, hatte sie das Gefühl. Bald, aber nicht zu bald, fanden seine Lippen auch dorthin. Sie schloss die Augen, denn sie wollte jetzt nichts sehen als sein Gesicht. Sein Gesicht war das einzig Vertraute in diesem Zimmer, und wenn sie es nicht anschauen konnte, so wie jetzt, wurde das, was in ihrem Körper vorging, zu erschreckend. Ihr Körper zitterte und bäumte sich, aber sie hatte noch keinen Orgasmus. Sie reagierte nur auf die Zartheit seiner Berührung wie Eisenstaub auf einen Magneten.

Jetzt bewegten sich seine Hände nach unten, auf ihre Taille zu. Sie hatte nie gewusst, dass das eine besonders erogene Zone war, aber während er jetzt ihre Taille drückte und mit Daumen und Händen über ihren Bauch strich, fühlte sie, wie ihr ganzer Unterkörper entbrannte und Funken aus ihren Zehen sprühten. Es war, als befinde sich da in der Nähe ihres Bauchnabels eine empfindliche Stelle, die er kannte, er wusste genau, wo sie war und wie er sie reizen konnte. Jetzt öffnete sie die Augen und sah, dass er seine Augen geschlossen hatte und dass sie selbst aktiv geworden war, ohne es zu merken. Sie presste rhythmisch seine Brustwarzen, und das gefiel ihm. Seine Hände rutschten von ihrer Taille zu ihrem Gesäß, und jetzt war er nicht mehr so sanft. Er drückte sie fest, immer wieder, kniff sie auch, aber ohne ihr wehzutun. In jeder Berührung war spürbar, dass er etwas Lebendigem nie würde Schmerzen zufügen können. Das war verführerisch, sogar faszinierend. Irgendwann öffnete sie die Augen wieder und sah, dass er sie anschaute. Er sah glücklich aus und voller Zuneigung. Sie seufzte, als sie seinen Blick sah, denn sie hatte nicht das Gefühl, dass sie Zuneigung verdiente. Plötzlich berührte er ihre Schamlippen, ganz leicht nur, und sie stieß einen leisen Schrei aus, und während sie schrie, drang er in sie ein, liebevoll, aber fest, warf den Kopf zurück und schloss die Augen, schien ihren Körper über sich zu streifen wie einen Handschuh.

Er drang bis tief in ihr Inneres ein, oder nicht? Er wusste genau, was er tun musste, so wie ein Rennpferd die Ziellinie findet: die Stelle, zu der er vordrang, war ihr Innerstes, und das fühlte sie. Ein-, zweimal glitt er behutsam vorwärts und rückwärts, und das war nicht so angenehm, aber gerade als sie etwas sagen oder etwas fragen wollte, durchströmte sie dieses wunderbare Gefühl von Feuchtigkeit, und sein Penis wurde wie Seide in ihr. »Was war das?«, sagte sie.

»Manchmal dauert es einen Augenblick, bevor die Vorhaut zurückrutscht«, sagte er.
»Du hast eine Vorhaut?«
»Ja. Ich bin in England geboren, mein Vater hat ein paar Jahre dort Pferde trainiert.«
»Es ist mir gar nicht aufgefallen, entschuldige. Ich habe wohl nur auf dein Gesicht geachtet.«
Er lächelte.
Aber dann gab es nichts mehr zu sagen, sie wollte nur noch immer tiefer in dieses Gefühl vordringen, das ihren ganzen Körper erfüllte, dieses Gefühl, um ihn herum zu zerfließen, während er weiter in sie eindrang, und als sie kam, legte er seine warmen Hände über ihr Gesicht und ließ sie dahin treiben, wo er in ihr war, und sie verschwand.
Gegen zwei Uhr nachts stand Rosalind auf, zog einen Bademantel über und ging zum Fenster, setzte sich hin, schaute hinaus auf den Strand und das dunkle Meer. Überall waren Sterne, trotz der Lichter unten. Sie beugte sich in ihrem Stuhl vor und blickte hinunter, dann wieder geradeaus in die Ferne, nahm ihr dichtes Haar in die Hand, ihr Haar, das ihr Leben lang gute Dienste geleistet hatte. Sie drehte es zu einem Pferdeschwanz, wickelte es um die Hand, nahm einen Bleistift und steckte es damit hoch. In diesem Augenblick dachte sie gar nichts. Wenn sie hätte schwören müssen, hätte sie unter Eid geschworen, dass sie nichts dachte. Dass sie friedlich und leer war, gut gevögelt, wie Al gesagt hätte, wie er es hin und wieder sagte, in Bezug auf sich selbst und auf sie. Sie schob die Hand zwischen die Beine, roch an den Fingern, spürte ihrer beider Geruch und wischte dann die Hand am Bademantel ab.
Was war plötzlich anders? Sie dachte später lange darüber nach, es verfolgte sie geradezu. Was war es, das auf einmal diesem Zustand von Leere und Zufriedenheit in ihr ein Ende setzte? Vielleicht das Wissen, dass seine Zärtlichkeit unpersönlich war, sie hatte nichts mit ihr zu tun gehabt, es war eine Eigenschaft, die er allem angedeihen ließ, etwas, auf das sie reagierte, aber nichts, auf das sie Anspruch erheben konnte. Sie hatte doch gar nicht vor, etwas zu beanspruchen, oder? Es ging nicht um Ansprüche, sondern ums Erkunden. Doch egal, was es war, als sie den Kopf wandte, um ihn anzusehen, wie er

im Bett lag, schlug ihre Befriedigung einfach in reinste Sehnsucht um. Auf der Stelle verließen sie alle Kräfte, die sie hatte, sie verschwanden, als seien sie zu den Sternen aufgestiegen, und Tränen strömten ihr über die Wangen. Eileen kam unter der Bettumrandung hervor und gähnte, dann streckte sie sich, genussvoll und langsam. Dann erspähte sie Rosalind am Fenster und robbte zu ihr, in langsamen, tiefen Kriechstößen, bei denen sie sich mit den kurzen Hinterbeinen abfederte und mit den Vorderbeinen schwamm. Den Kopf hatte sie hochgereckt und ihre Augen glänzten, sie gab ein komisches Bild ab, aber auch das konnte Rosalinds Traurigkeit nicht einmal ansatzweise lindern.

Kapitel 6
Ganz irisch

Wenn es eine Sorte Frau gab, die für den Stallbereich einer Rennbahn geeignet war, sei es hier in Pimlico oder irgendwo sonst in der Welt der Pferderennen, wusste Deirdre Donohue nicht, wie sie aussehen musste, aber sie wusste, dass sie nicht dazugehörte. In den fünf langen Jahren, seit sie angefangen hatte, Rennpferde zu trainieren, hatte sie gelernt, dass sie erstens zu laut, zweitens zu starrsinnig, drittens nicht hübsch, viertens nicht charmant, fünftens schlecht gekleidet und sechstens überhaupt so wenig auf Männer bezogen war, dass sie wirklich heterosexuell sein konnte, dass sie siebtens politisch zu liberal und achtens zu wortkarg war (was in keinem Widerspruch dazu stand, dass sie laut und starrsinnig war, denn sie machte den Mund nur dann auf, wenn sie wirklich sauer war), und neuntens, dass sie keinen Humor hatte. Wenn die männlichen Trainer sich morgens beim Training dreckige Witze erzählten und sie dazukam, verstummten sie immer. Da es meist Männer vom alten Schlag waren, wären sie überall verstummt, wenn eine Frau aufgetaucht wäre, während sie dreckige Witze erzählten, aber es passte ihnen nicht, dass sie ausgerechnet im Stallbereich einer Rennbahn keine dreckigen Witze erzählen konnten, und deshalb hatten sie etwas gegen Deirdre, egal, ob es um ihre Weiblichkeit oder ihren Humor ging.

Deirdre wusste, dass ihr Wechsel von Spring- zu Rennpferden kein Erfolg gewesen war, aber letzten Endes war es einfacher, einen Jockey auf ein begabtes Rennpferd zu setzen, ohne jemals Jockey gewesen zu sein, als einen Reiter auf ein begabtes Springpferd zu setzen, das sie selbst hätte reiten können, wenn sie nicht in Devon beim Sprung über einen einsachtzig hohen Oxer gestürzt und sich das Rückgrat angebrochen hätte. Das war vor acht Jahren gewesen, sie war damals zweiunddreißig. Jetzt war sie vierzig, hatte keine Kinder, keinen Mann, keine Freunde unter ihren Kollegen, aber dafür zehn Kilo mehr Körpergewicht, die sich anfühlten, als gehörten sie jemand anders, und Umgangsformen, die sie selbst nicht leiden mochte. Zwei Dinge sprachen für sie: ein wunderbarer irischer Akzent und eine lange Liste verlässlicher Sieger. Ihre besten Freunde waren immer noch die alten Kollegen aus dem Springreitmilieu, was zum Teil auch daran lag, dass sie immer noch einen Blick für ein potenziell gutes Springpferd hatte, das vielleicht zu einem Reiter passen konnte, den sie kannte. Etliche Rennpferde, die bei ihr in Pension gegangen waren, tauchten im »Chronicle of the Horse« auf, den Hals gebogen und die Beine über ansehnlichen Hindernissen manierlich angezogen, aber sie schaute sie sich nie bei den Turnieren an, und die Leute, die sie von der Rennbahn kannte, taten so, als sei das eine Welt, die, wenn überhaupt, dann nur unterhalb eines bestimmten Einkommenshorizonts existierte. Und für diese Leute traf das auch zu. Auf der Rennbahn, sogar in Maryland, wo das große Geld ganz bestimmt nicht zu Hause war, hielt man sich für Hollywood oder Big Oil, und das Springreitmilieu verglich man mit dem Schreiben von Gedichten oder einem netten Familienlokal, ganz nett als Zeitvertreib, aber ohne Bedeutung.

Solche Gedanken waren es, die Deirdre Donohue schweigsam und mürrisch machten.

Nur in Gesellschaft ihrer Buchhalterin Helen und ihres Hilfstrainers George Donohue, ein Cousin zweiten Grades, der fünf Meilen vom Curragh und dem Irish Derby aufgewachsen war, zeigte Deirdre die Seite ihrer Person, die auch die Pferde kannten – aufmerksam, einfühlsam, liebevoll, einfühlsam, nachsichtig, einfühlsam und nochmal

einfühlsam. Helen, die Deirdre die Buchhaltung führte, seit diese mit vierundzwanzig ihren ersten Stall mit Springpferden hatte, wies Deirdre einmal darauf hin, dass es diese andere Seite ihrer Persönlichkeit gab, und drängte sie oft, sie auch in Gesellschaft anderer Leute zu zeigen, aber Deirdre hielt sie immer gut versteckt. Zu Helen sagte sie: »Und wenn sie mit der Nase draufgestoßen würden, würden die Männer hier es nicht bemerken«, und Helen musste ihr Recht geben.
George war es, der den irischen Charme besaß und das irische Aussehen und die irische Vorliebe für ein gelegentliches Gläschen, doch im zarten Alter von vierundzwanzig Jahren hatte er erst etwa fünfzehn Grad einer steilen alkoholischen Laufbahn hinter sich und noch viele nützliche Jahre vor sich, bis man ihn wieder auf die heimatliche Scholle würde schaffen müssen. Außerdem war George der Schwule von den beiden, allerdings wussten die Ehefrauen der Pferdebesitzer das nicht. Das war der Grund, weshalb er überhaupt nach Übersee verfrachtet worden war.
Sie waren ein blendend aufeinander abgestimmtes Dreiergespann, und Deirdres Laune war besser als seit etlichen Jahren. Das Leben mit Pferden hatte sie gelehrt, das Flüchtige und Vorübergehende an allen guten Dingen im Leben hinzunehmen, zu erwarten und sogar zu genießen. Sie, George und Helen – das war etwas Gutes. Im Augenblick saß sie mit einem Besitzerehepaar zusammen. Deirdre machte nie den Fehler mancher anderer Trainer, die mit dem Mann redeten und die Frau ignorierten. Erstens würde sie so etwas aus Prinzip nicht tun, und zweitens kamen die meisten Besitzer als Paar, da spielte es keine Rolle, wer als Erster das Geld angesammelt hatte, und auch nicht, wer als Erster Interesse an Pferden entwickelt hatte. In den meisten Fällen schien es so zu sein, dass die Pferde letzten Endes beide Partner in den Bann schlugen. Jetzt hörte sie den Hollisters aufmerksam zu und schnitt Gesichter. Sie wusste, dass sie aufhören sollte, Gesichter zu schneiden, aber sie konnte nichts dagegen tun. Was die Hollisters sagten, rührte an alle ihre Lieblingsthemen.
»Er ist ein guter Trainer, ich habe mich umgehört«, sagte Daniel Hollister.
»Du hast dich umgehört?«, rief Mary Lynn Hollister aus. »Wozu um alles in der Welt hast du dich umgehört?«

»Das nennt man Recherchen.«
»Das nennt man Klatsch, Skippy.«
Deirdre schaffte es fast immer rechtzeitig, ein Auflachen zu unterdrücken, wenn Mary Lynn ihren Mann Daniel, einen Antitrustanwalt und mächtigen Washingtoner Lobbyisten, »Skippy« nannte.
»Er hat gesagt, das Pferd hätte gewinnen können. Also, das sagt ja jeder immer, aber er kam direkt auf mich zu und sagte: ›Das Pferd hat doch sicher gewonnen, oder?‹, als ginge ein Gerücht um, dass es gewonnen hatte.« Er verfiel in einen leicht nörgeligen Ton. »Als ob jeder ringsum damit gerechnet hatte, dass das Pferd gewinnen würde.«
»Außer mir«, sagte Deirdre.
»Ja, genau«, sagte Skippy Hollister.
Quod erat demonstrandum. Deirdre verfügte über eine ausgezeichnete katholische Erziehung, von der eine ganze Sammlung lateinischer Ausdrücke übrig geblieben war, die außer George niemand verstand. »Geschwindigkeit bringt um«, sagte Deirdre.
»Was soll das heißen?«, sagte Skippy.
»Das soll heißen, dass das Pferd nicht so weit war«, sagte Mary Lynn. »Es soll heißen, dass ihn ein solches Rennen hätte total aus der Bahn werfen können, er hätte vielleicht einen schlimmen Sturz gehabt oder so. Warum hörst du nie auf andere Leute, Skippy?«
»Ich habe auf einen guten Trainer gehört, der meinte, das Pferd sei so weit.«
»Skippy, wenn du Erkundungen einziehst, lässt du dir dann vom gegnerischen Team einen Rat dazu geben, auf was du achten solltest und auf was nicht?«
»Ich betrachte Harry Jacobson nicht als jemanden von der gegnerischen Partei. Er ist ein Außenstehender ohne persönliches Interesse. Und er hat einen guten Ruf.«
»Er ist doch auf der gegnerischen Seite zu Deirdre hier, oder nicht?« Sie warf Deirdre einen Blick zu.
»Ja, das würde ich auch sagen«, begann Deirdre ganz ruhig, zischte dann aber voll Zorn: »Er will mir das Pferd verdammt nochmal wegnehmen.«
»Ich bitte Sie«, sagte Skippy Hollister. »Als ich ihn gefragt habe, ob er das Pferd besser trainieren könnte, hat er gesagt, nein, das glaube er

nicht, Deirdre gehöre zu den besten Trainern, die verfügbar sind, und irgendwann würde sie auf jeden Fall das finden, was in dem Pferd steckt.«

»Heilige Mutter Gottes.«

»Skippy, ich frage mich manchmal wirklich, wie es kommt, dass du mein Lebensgefährte bist. Wie ich das zulassen konnte.« Dann wandte sich Mary Lynn an Deirdre. »Meine Liebe, ich wäre Ihnen sehr dankbar, wenn Sie in meiner Anwesenheit auf vulgäre Ausdrücke verzichten könnten. Vielen Dank.« Sie lächelte selbstzufrieden.

»Max Weber beschäftigt den Typ. Und er hat einen Sieger nach dem anderen.«

»Skippy«, sagte Mary Lynn, »hat er Gewinn gemacht?«

»Das nehme ich an. Wie sollte er nicht Gewinn gemacht haben?«

»Er hat keinen Gewinn gemacht. Jolene Weber hat mir erzählt, sie hätten Millionen in Training und Zucht von Ein- und Zweijährigen gesteckt. Sie haben auch Millionen gewonnen, aber nicht so viel, wie sie ausgegeben haben.« Als Skippy seine Frau ansah, hatte Deirdre das deutliche Gefühl, dass sie ihm gleich ein paar in den Nacken geben würde. Man konnte sie in gewisser Weise grausam nennen, aber Deirdre fand den Anblick äußerst befriedigend. Neben den Pferden widmete sich Mary Lynn Hollister der Wohltätigkeitsarbeit. Sie war der klassische Wohltätigkeitsdrachen, und mit ein bisschen Glück würde Deirdre selbst eines Tages in einem Pflegeheim landen, das unter Mary Lynn Hollisters Schirmherrschaft stand.

»Aber du, Skippy, du hast Gewinn gemacht«, sagte Mary Lynn. »Du hast es Deirdre zu verdanken, dass du zu dem einen Prozent gehörst, die Gewinn gemacht haben.«

»Wir haben Pferde hier«, sagte Deirdre. »Ich will sie nur dann starten lassen, wenn sie knack-…, wenn sie hundertprozentig in Form sind. Es gibt Rennen, die dienen der Vorbereitung auf Rennen. Darüber haben wir schon einmal gesprochen.« Sie merkte, wie ihr Ton gereizt und lauter wurde. Harry Jacobsons Ton war immer und allenthalben voller Respekt vor jedem Besitzer oder potenziellen Besitzer, und da jeder Mensch auf der Welt durch einen Blitzstrahl oder einen Akt Gottes zum Besitzer werden konnte, war Harry Jacobson ständig respektvoll, wenn er mit Leuten sprach. Wenn er über sie sprach allerdings weniger.

»Ich möchte das Pferd zu ihm geben. Nur dieses eine Pferd. Nur versuchsweise. Wir haben Gewinn gemacht, aber wir haben noch kein großes Rennen gewonnen.« Der nörgelnde Ton in Skippy Hollisters Stimme war jetzt deutlich spürbar. Deirdre überlegte, ob Mary Lynn vielleicht die falschen Register zog, wenn sie ihn wie ein Kind behandelte. Sie sagte: »Ich respektiere Ihren Wunsch, Mr. Hollister. Wenn Sie das Pferd hier wegnehmen möchten, können Sie das selbstverständlich tun. Meine Buchhalterin wird die Abschlussrechnung erstellen.«

»Es ist nur als Versuch gedacht. Das Pferd kann nach ein paar Wochen wieder zurückkommen. Oder so etwas. Ich glaube, ein Wechsel würde dem Pferd gut tun.«

Deirdre konnte sich nicht mehr zusammenreißen. Sie wusste, dass sie theoretisch die Wahl hatte und dass die richtige Wahl ihr jetzt langfristig gesehen nützen würde, aber sie sagte es trotzdem: »Das ist verdammt nochmal nicht meine Meinung.«

»Wie bitte?«, sagte Skippy.

»Ich habe gesagt … Sie haben es doch gehört.«

Skippy machte ein beleidigtes Gesicht und leider Mary Lynn auch. Und genau in diesem Moment kam George, ohne anzuklopfen, ins Büro gerauscht.

»So ein schönes Tier, das Sie da haben«, sagte er.

»Welches?«, fragte Daniel Hollister mürrisch.

»Dieser Cozzene, der Junghengst natürlich. Ich sag Ihnen, als ich den zum ersten Mal gesehen hab, da hab ich ihn für ein schmächtiges Kerlchen gehalten.«

»Wir haben gerade über ihn gesprochen.«

»Klar haben Sie das, Mr. Hollister. Auf der ganzen Rennbahn reden sie jetzt von ihm, nach dem letzten Rennen, das er gelaufen ist.«

»Was wollen Sie damit sagen?«

»Heilige Mutter Gottes, der ist doch einsame Klasse. Aber wissen Sie, die Amerikaner, die haben kein Gefühl für diese Pferde aus der Caro-Linie. Caro, müssen Sie wissen, der war irisch bis auf die Knochen, der Bursche. Haben Sie schon mal ein Bild von ihm gesehen? Er sah aus wie ein irisches Jagdpferd und hat auch ein paar von der Sorte hervorgebracht. Der freundlichste Kerl in der Welt. Und ein toller Zuchthengst, wenn Sie mich fragen. Der wäre auch dann ein toller

Zuchthengst gewesen, wenn irgendein Bauer ihn auf der Weide stehen gehabt hätte, wie das in Irland so ist. Wenn man mit der Arbeit fertig ist, steigt man auf den braven Kerl und reitet ein bisschen zum Jagen, dann kommt man heim und lässt den Burschen ein paar Weiber anmachen, und es dauert nicht lang, und man hat eine ganze Weide voll mit guten Jagdpferden. Tja, so ist das. Aber der war wirklich was Besonderes.«

»Unser Hengst war recht teuer«, sagte Daniel Hollister steif.

»Ein teurer Hengst ist ja auch nichts für jemanden, der es sich nicht leisten kann, oder?«, sagte George. »Vor allem ein teurer Hengst, der ein bisschen Geduld braucht, ein bisschen, na ja, nennen wir es mal Glauben. Jeder von den Burschen da kann sich einen heißen Storm-Cat-Jährling holen, in einem Jahr rentabel machen und dann zugucken, wie er nach drei oder vier Rennen zusammenbricht. Aber es gehört ein richtiger Pferdekenner wie Sie dazu, ein Pferd aus einer klassischen Linie wie der von Caro zu entwickeln.«

»Ich glaube nicht …«

»Das sagen wir in Irland immer: Einen Pferdekenner erkennt man an seiner Bereitschaft abzuwarten. Ein Pferd ist keine Maschine, sagen wir immer, sondern ein lebendiges, atmendes, eigensinniges Tier. Mit denen muss man abwarten und dann noch ein bisschen abwarten. Ist das nicht so, Cousinchen?«

»Ja, verdammt, du hast Recht.«

»Hör sich das mal einer an! Keine Manieren im Leib, da hat die beste Erziehung nichts genützt.«

»Wollen Sie damit sagen, ein anderer, weniger geduldiger Trainer könnte diesen teuren Hengst ruinieren, für den wir, wenn ich mich recht erinnere, 247 000 Dollar bezahlt haben?«, sagte Mary Lynn.

»Das ist schon möglich. Wissen Sie, was alle hier auf der Rennbahn sagen?«

»Nein, was denn?«

»Na ja, Sie wissen ja selbst, hier wettet man um alles.«

»Das kann ich mir vorstellen«, sagte Skippy Hollister.

»Sie wetten darauf, ob Sie den Mumm haben, bei dem Trainer zu bleiben, den Sie haben, oder ob Sie feige werden und einen anderen nehmen.«

»Tatsächlich?«
Deirdre hatte die Arme auf dem Schreibtisch verschränkt und den Kopf darauf gelegt, um nicht laut lachen zu müssen. Aber sie wusste, dass sie in dieser Haltung so aussah, als sei sie verzweifelt. Und das war gut so.
»Ich hab selbst ein paar Groschen gesetzt«, sagte George. »Wissen Sie was, Mr. Hollister, ich könnte in Ihrem Namen auch einen Zehner setzen, Sie könnten sich dabei ein bisschen Kleingeld verdienen, Sie sind ja der Einzige, der weiß, was Sie vorhaben.«
»Was soll ich schon mit dem Pferd vorhaben? Mit dem Pferd ist doch alles in Ordnung.«
Mary Lynn genehmigte sich ein kleines Lächeln, dann folgte ein langes Schweigen, und dann sagte Daniel Hollister: »Ja, also, ich glaube, dann ist ja alles klar, hm.«
Deirdre erhob sich und schüttelte sich. »Sieht so aus. Und vielen Dank.«
»Braves Mädchen«, sagte George. »Ich muss sie fast immer daran erinnern, bitte und danke zu sagen. Aber sie ist noch ein gutes Stück besser als ihr Papa. Vetter Devlin kriegt überhaupt kein Wort raus.«
Mary Lynn wandte sich George zu und schmolz sichtlich dahin, allerdings nicht über den Rahmen des Schicklichen hinaus. »Sie sind eine wunderbare Ergänzung in diesem Stall, George, und Sie machen allen hier das Leben wesentlich leichter, wenn ich das mal so sagen darf.«
»Sie dürfen sagen, was Sie wollen, gnädige Frau, so lange es dick aufgetragene Schmeicheleien beinhaltet, die meiner Person gelten.« George schenkte ihr ein strahlendes Lächeln und ein irisches Zwinkern erster Güte. Und dasselbe nochmal für Skippy, und dann waren die beiden draußen. Kaum war die Tür hinter ihnen zugefallen, kniff George Deirdre in den Arm und sagte: »Und jetzt, Cousinchen, musst du sie aus dem Stall geleiten und dich von Ihnen verabschieden.«
»Meinst du wirklich?«
»Ja das meine ich.«
Als sie zurück in ihr Büro kam, krümmten sich George und Helen vor Lachen. Deirdre quittierte es wie üblich: »Was ist denn so witzig? Werden wirklich Wetten darüber abgeschlossen?«

»Keine Spur«, sagte George. »Aber Helen hat die Sprechanlage angemacht, und ich hab gemerkt, was im Busch war, deshalb hab ich mir was einfallen lassen.«

»Ich darf gar nicht daran denken, was wäre, wenn sie das Pferd zu Harry Jacobson gäben.«

»Und ich erst recht nicht«, sagte Helen. Deirdre wusste, dass Helen an die Pflege der Einkünfte dachte und weniger an die des Cozzene-Hengstes, denn ihre Buchhalterin hatte gerade gestern mit ihr ein ernstes Gespräch über die Finanzen geführt. Zum Glück war ihr der Tenor des Gespräches inzwischen nur mehr verschwommen in Erinnerung. Sei es, wie es sei, die Hollisters waren gute Besitzer, sie bezahlten pünktlich ihre Rechnungen, befolgten beim Kauf und Verkauf von Pferden Deirdres Anweisungen und bestanden nicht auf kostspieligen Abstechern zu Rennbahnen, die Deirdre als ein paar Nummern zu groß empfand, wie Santa Anita und Gulfstream und Keeneland. Es war klug, sie nicht vor den Kopf zu stoßen. Wie George immer wieder zu ihr sagte: »Du kannst von Besitzern nicht erwarten, dass sie deinen angeborenen Charme erkennen, wenn du ihnen die ganze Zeit ins Gesicht fluchst, Cousinchen.«

»Na gut, Cousinchen«, sagte er jetzt. »Es ist ein nettes Tier und er wird dir Erfolg einbringen.«

»Das glaube ich auch.«

»Um Daniel Hollister werde ich mich schon kümmern«, sagte George.

»Nenn ihn einfach Skippy.«

»Weißt du was, ich wette, es würde ihm gefallen.«

Die drei grinsten sich an, und Deirdre hatte das Gefühl, dass ihre Glückssträhne anhielt. Es war ein schönes Gefühl. *Ave atque vale.*

Kapitel 7
Einfach Roberto

Roberto Acevedo war sechzehn Jahre alt, aber er erzählte allen auf der Rennbahn, er sei schon achtzehn, denn er wollte ein paar Ritte verbucht kriegen, bevor er achtzehn wurde und zu schwer, um als Jockey zu arbeiten. Es war bei allen Acevedos die gleiche Geschichte: Eine Zeit lang sah alles zum Besten aus, dann kamen sie nacheinander heftig in die Pubertät, bekamen Bärte, wurden größer als 1,65 Meter und konnten ihr Gewicht nicht unter 55 Kilo halten. Inez, das einzige Mädchen in der Familie, hatte sich sogar noch schneller entwickelt und musste das Reiten aufgeben, als sie gerade siebzehn war. Aber sie waren alle verrückt aufs Reiten. Die tragische Ironie lag darin, wie Farley immer sagte, dass jeder Acevedo, die männlichen wie die weiblichen, aus der Acevedostammstute eine wunderbare Hand hatte. Sieben Kinder, vierzehn tolle Hände. Roberto war der Jüngste, der Letzte in einer klassischen Linie. Die älteren, die schon Kinder hatten, waren Maurilio und Juan, sie hatten beide Lehrerinnen geheiratet, und obwohl sie selbst noch als Arbeitsreiter auf der Rennbahn arbeiteten, hatten sie dafür gesorgt, dass sich ihre eigenen Kinder mit Dingen wie Kochen für Feinschmecker und Algebra beschäftigten.

In Südkalifornien war man allgemein der Ansicht, dass man einen Sieg in der Tasche hatte, wenn man Roberto Acevedo als Achtzehnjährigen durchgehen ließ, obwohl er erst sechzehn war, und dass es außerdem eine geziemende Abschiedsgeste an eine lange ehrwürdige Tradition war. Schloss man den Stammhengst Huberto Acevedo ein, dann reichten die wunderbaren Hände der Acevedos bis zurück ins Jahr 1960, als Kelso zum ersten Mal Pferd des Jahres wurde. Ein schönes Stück Renntradition.

Deshalb stand Roberto auf, als es zum Ende der dritten Stunde läutete (Grundkurs Physik – sie machten gerade akustische Experimente mit Röhren), und verließ die Schule, um zur Rennbahn zu gehen. Es war ihm bewusst, was für ein besonderer Tag in seinem Leben heute war, denn er würde zum ersten Mal ein richtiges Rennen reiten. Es war das zweite Rennen des Tages, Startzeit 15 Uhr 20, eine Meile, ein

Verkaufsrennen mit einem Preisgeld von fünfundzwanzigtausend Dollar für männliche Pferde ab vier Jahren, die seit sechzig Tagen kein Rennen gewonnen hatten. Er sollte einen fünfjährigen Wallach namens Justa Bob reiten, hatte die Nummer eins gezogen, und obwohl Roberto seit drei Jahren pro Tag drei bis fünf Pferde, manchmal sogar mehr, geritten hatte, war er ein wenig nervös.
Die Tatsache, dass alle ihn ansahen, aber keiner ein Wort zu ihm sagte, als er in die Jockeystube kam, machte es auch nicht besser. Das war nämlich, wie sein Bruder Julio ihm erklärt hatte, ein untrügliches Zeichen dafür, dass man ihm entweder vor oder nach dem Rennen einen Streich spielen würde. Jockeys hatten allgemein einen entsetzlichen Hang zu Streichen, und die Acevedos waren wiederum dafür bekannt, Streiche zu verabscheuen. Für die anderen Jockeys war das wie ein rotes Tuch für einen Stier. Man konnte einem Acevedo nur eins auswischen, indem man ihm (oder ihr) einen Streich spielte. Keine Beschimpfung während des Rennens, kein Schubsen, Stoßen, Schreien, Spotten konnte auf einen Acevedo Eindruck machen. Aber ein Streich wohl. Was würde es diesmal sein?
Während das erste Rennen lief, sah sich Roberto anerkennend die Jockeystube an und genoss das Bewusstsein, dort zu sein. Man blieb in der Jockeystube, bis man für sein Rennen aufgerufen wurde. Man kam immer zum ersten Rennen an und blieb, bis man fertig war. Und wenn man ein Pferd im neunten Rennen hatte, dann saß man unter Umständen fünf Stunden herum. Es gab zahlreiche Annehmlichkeiten – heiße Wannenbäder, Sauna, Massagetische, eine Salatbar, einen Fernseher mit dem normalen Programm und Monitore, auf denen man die Rennen in Santa Anita und oben im Norden sehen konnte, kostenlose Ausgaben der täglichen Rennzeitung, das Tagesprogramm, die *Los Angeles Times*, den *Wall Street Journal* für diejenigen, die beim Warten mit ihren Börsenmaklern telefonieren wollten, die Zeitschrift des Jockey-Vereins, ein paar Zeitungen und Magazine auf Spanisch, eine Ansammlung von Büchern, die Jockeys liegen gelassen hatten – einige Bibeln auf Spanisch und Englisch und ein paar Romane. Keiner nahm sie jemals in die Hand, nicht mal, um sie wegzuwerfen, und es war eine merkwürdige Ansammlung: Louis d'Amour, Danielle Steele, Frederick Forsyth, T. Soundso Boyle. Eine Ausgabe von

Shakespeares »Wintermärchen« aus der Bücherei des Pomona College lag auch da. Es gab wirklich alle möglichen Arten von Leuten auf der Rennbahn, das sah man gleich.
Roberto hatte schon gelernt, dass die Zeit unterschiedlich schnell verging, je nachdem, an welcher Stelle der Rennbahnanlage man sich befand. Wenn man zum Beispiel auf der Tribüne war, verging die Zeit langsam. Die Pferde kamen auf die Bahn, sie brauchten eine Ewigkeit, um außen herum zur Startmaschine zu gehen, vor allem, wenn es ein kurzes Turf-Rennen war und sie bergan gehen mussten, dann dauerte es endlos, bis sie in den Boxen standen, und dann kam einem sogar das Rennen selbst zu lang vor. Das war wohl der Grund, weshalb die Wetter jedes Pferd langsam fanden. Aber nicht die Pferde waren langsam, es war die Zeit selbst. Man konnte das etwas beschleunigen, wenn man zwischen dem Ring mit den Sattelboxen und der Rennbahn hin- und herging. Dann verging die Zeit gleichmäßig und lässig, die Pferde, die man inzwischen ein wenig kannte, liefen ein bisschen schneller, und der ganze Nachmittag kam einem wie ein anständiger Arbeitstag vor, auch wenn man nicht viel gewann. Morgens im Stallbereich hingegen verging die Zeit meistens schneller. Man hatte das Gefühl, dass man auf der Stelle stand, ganz am Ende einer Reihe von Boxen, und zack, zack, zack, brachte der Pfleger einem ein Pferd nach dem anderen, Füchse, Schimmel und Braune, und man saß auf, und dann ging's los, und die Momente draußen auf der Bahn, beim Galoppieren und bei der Arbeit, waren viel kürzer als dieser Augenblick, in dem der Pfleger mit dem Pferd auf einen zukam. Der langsamste Abschnitt, den es überhaupt gab, kam dann, wenn man bis zum Vormittag blieb, bis elf oder halb zwölf, was Roberto manchmal tat, um nicht in die Schule zu müssen, und wenn man dann um den Stall herumging und sich die Pferde ansah, die in ihren Boxen lagen. Sie strahlten völlige Ruhe aus. Die Zeit schien stehen geblieben, vor Stille stand der Staub in der Luft, und das einzige Geräusch war das rhythmische Kratzen, wo ein Pferdepfleger die Stallgassen rechte.
Eine regelrechte Offenbarung für ihn war, dass sich die Zeit in der Jockeystube konstant beschleunigte. Man kam herein, dachte ein wenig über dies und das nach, nahm sich eine Tomate vom Salatbuffet, suchte sein Schließfach, zog die Ausrüstung an, denn man hatte ja

ganz viel Zeit, aber dann hatte man auf einmal gar nicht mehr viel Zeit, das sechste Rennen wurde schon ausgerufen, und man musste sich in aller Eile den Helm aufsetzen. Roberto hatte sich vorgestellt, es wäre, als ginge man durch Wasser, alles in Zeitlupe, aber jetzt war es, als würde man durch den Raum katapultiert, obwohl man doch ging und nicht flog. Man ging hinaus, folgte seinem Pferd mit dem Trainer und dem Besitzer aus dem Sattelring in den Führring und dann stand man da, aber nur einen Augenblick lang, und dann sagte der Ringsteward: »Reiter aufsitzen!«, und man wusste kaum, wie das eigene Pferd aussah, ein flüchtiger Eindruck von Braun, und dann saß man auf dem Pferderücken, und dann, ha, dann musste man etwas von der Luft ablassen, die man in der letzten Stunde aufgestaut hatte. Da war es, direkt vor sich sah man es und wusste sofort, aus einem Déjà-vu oder aus Träumen, wie das Pferd aussehen musste, ein langer, glänzender Hals, den man gleich vor sich hatte, zwei einzigartige Ohren und sein Maul, das war seine Persönlichkeit, die man durch die Zügel in den Händen spürte. Und dann normalisierte sich der Verlauf der Zeit für etwa zwanzig Minuten. An der Tribüne vorbei, hinüber zu der Reiterin auf dem erfahrenen Führpferd, dann hinaus auf die Bahn, die Tribüne wölbte sich, und im nächsten Augenblick schien einem die wuselnde Menge auf den Kopf zu kippen. Das einzig Verlässliche war das Pferd, Justa Bob, viele Starts, viele Endkämpfe, ein paar Siege, keine Unfälle, man hatte es zwischen den Beinen, es schritt, zockelte und kanterte dann gelassen daher und sagte damit so laut, dass man meinte, es mit den eigenen Ohren hören zu können: »Alles in Ordnung, Junge. Ich habe das schon tausendmal gemacht.«

Justa Bob war völlig gelassen, als er in seine Startbox einrückte, sonst ein höchst kritischer Moment für jeden auf der Rennbahn, der auch nur ein bisschen Ahnung hatte, angefangen von den Besitzern und Trainern auf der Tribüne bis hin zu den Jockeys und den Führpferdreitern und den Starthelfern und den Startern. Aber Justa Bob seufzte nur, tat einen Schritt hinein, stand still, verlagerte das Gewicht nach hinten und sprang heraus, sobald die Glocke schrillte. Von dem Augenblick an hatte Roberto das Gefühl, dass allein Justa Bob jetzt die Zeit kontrollierte, niemand sonst. Justa Bob hasste die Innenbahn am Geländer, jedes Pferd tat das, deshalb zögerte er einen Augenblick und ließ ein paar andere Pferde nach vorne spurten. Jetzt lief er in einem steten, aber eher langsamen Tempo, schlug mit seinen gleichmäßig aufeinander folgenden Sätzen den Takt der Zeit. Roberto hatte nichts weiter zu tun, er musste sich nur in sein Maul einfühlen, ihn wissen lassen, dass er da war. Als sie in den ersten Bogen gingen, schlug Justa Bob eine mittlere Route ein, fünf Pferde von der Spitze und zwei Bahnen vom Geländer entfernt. Auf halbem Weg um die Bahn wechselte er die Führung der Beine, um frische Kraft zu tanken, und holte weiter aus, machte längere Sätze, um das fünfte Pferd abzuhängen, aber er lief immer noch mühelos. Als er an dem fünften Pferd vorbeizog, legte er die Ohren zurück, vielleicht um eine Bemerkung zu machen, die nur das fünfte Pferd verstehen konnte. Die Gegenseite hinunter lief Justa Bob wie ein Metronom, und Roberto hatte ausreichend Zeit, sich das Durcheinander ringsum anzusehen. Die beiden Pferde vor ihm stießen aneinander, das Knie des Jockeys auf der Außenseite streifte nur die Schulter des Pferdes auf der Innenseite, aber das Pferd auf der Innenseite merkte es und schwenkte aus zum Geländer. Justa Bob wechselte wieder die Führungsseite und überholte das Pferd auf der Innenseite. Der Lärm war unglaublich – die Hufe dröhnten, die Pferde atmeten laut wie ein tosender Wind, die Jockeys riefen –, und die ganze Zeit hielt Justa Bob Robertos Hand mit dem Maul, stetig und ruhig. Jetzt waren sie im zweiten Bogen. Roberto fragte sich unwillkürlich, ob Justa Bob jetzt wohl einen weiten Bogen nehmen oder ob er durch die Lücke zwischen dem Pferd mit der Nummer zwei und dem mit der Nummer drei hindurchziehen würde, und dann, als Roberto begriff, dass er es war, der diese Entscheidung treffen sollte, entschied Justa Bob sich für die Lücke und zog hindurch wie eine Nadel durch Stoff. Der Braune auf der Außenseite wandte den Kopf, um zu schnappen, und sein Jockey riss an den Zügeln. Der Fuchs auf der Innenseite schien rückwärts zu laufen. Justa Bob zählte immer noch gleichmäßig eins, zwei, drei. Jetzt war noch ein Pferd vor ihnen, aber zwischen ihnen lag ein Abstand. Roberto wollte zur Gerte greifen, als Justa Bob ihn unzweideutig wissen ließ, dass das nicht infrage kam. Er war ein, zwei Klassen besser als die anderen Pferde im Rennen, und die Gerte zu bekommen, wäre eine Beleidigung für ihn. Deshalb hielt Roberto einfach nur weiter das wunderbare Maul des Tieres in seinen wunderbaren Händen und ließ seinen eigenen Körper im Rhythmus des Pferdes sich strecken und biegen. Auf der Zielgeraden ertrank ihr eigener Lärm in dem der Menge. Jetzt schloss Justa Bob allmählich den Abstand zu dem führenden Pferd, einem Fuchs mit einem langen Schweif, der im Sonnenschein des frühen Nachmittags glänzte. Roberto fühlte, wie sein Pferd den Abstand maß und mehr Tempo zulegte, aber Roberto wusste nicht, ob er dem Urteil des Pferdes trauen konnte. Der Jockey auf dem Fuchs ritt, was das Zeug hielt, er setzte die Gerte ein und schrie, und der Fuchs reagierte darauf. Aber es war Robertos erstes Rennen, er wusste buchstäblich nicht, was er tun sollte, deshalb folgte er nur seinem Instinkt, der ihm riet, das zu tun, was sich am schönsten anfühlte, und in diesem Fall hieß das, dass er Justa Bob entscheiden ließ. Jetzt war die braune Nase des Tieres auf Höhe des anderen Jockeys, dann der Schulter, des Halses, des Kopfes des anderen Pferdes. Die Ziellinie war unmittelbar vor ihnen, da streckte Justa Bob die Nase vor und brachte sie vor die des Fuchses. Drei Sätze hinter der Ziellinie verlangsamte Justa Bob schon. Er galoppierte ruhig aus, drehte um, ohne sich dazu auffordern zu lassen, und kehrte zu seinem Pfleger zurück, der sagte: »Na, Bursche. Keine besondere Anstrengung, was?« Hinter ihnen blinkte der Totalisator auf, »Zielfoto«, das heißt, sie hatten viel Zeit. Aber Roberto hatte keine Zweifel, und der Pfleger auch nicht. Er sagte lachend zu Roberto: »Der Kerl hier bringt die Wetter gerne nah an den Herzinfarkt, so viel ist sicher. Er ist ein echtes Original.«

»Das hat solchen Spaß gemacht!«, sagte Roberto. »Entscheidet er immer alles selbst?«

»Immer. Er machte es so, wie er will, oder gar nicht.«

»Ich kann gar nicht glauben, dass er nicht jedes Rennen gewinnt. Offensichtlich weiß er genau, wie.«

Der Pfleger zuckte mit den Schultern und dann gab er Roberto die beste Lehre in seinem ganzen Jockeyleben: »Manche Jockeys können zuhören, manche nicht.«

Jetzt kam Farley Jones, der Trainer, herüber und sagte: »Guter Ritt, mein Junge. Schick mir deinen Agenten, morgen setz ich dich auf ein anderes Pferd, der richtige Jockey hat die Grippe.«

»Ich habe keinen Agenten.«
»Dann besorg dir einen. Nimm deinen Bruder Julio. Er kann vorläufig dein Agent sein. Wie bist du mit dem Pferd zurechtgekommen?«
»Er war der Boss. Den würde ich gerne wieder reiten.«
Farley lachte. »Warum auch nicht.«
Kurz darauf erschien Justa Bobs Name auf der Tafel neben der 1, und sie traten in den Siegerehrungsring. Die Besitzer waren anscheinend nicht da, aber das machte nichts, alle schenkten Justa Bob viel Aufmerksamkeit, und er wusste es. Roberto saß ab und brachte sein Sattelzeug zum Wiegen.
Und dann, als sie von der Siegerehrung kamen und gerade unter die Tribünen abbiegen wollten, kam dieser Typ und hängte ein rotes Schild an Justa Bobs Zügel, was hieß, dass er von einem anderen Trainer beansprucht wurde. »Hm«, sagte Farley Jones. Sonst nichts, aber Roberto merkte, dass er betroffen war. Der Hilfstrainer war wütend. »Ich weiß schon, das war Buddy«, sagte er. »Es kann nur Buddy gewesen sein. Dieses Arschloch Buddy Crawford. Er hat jedes Pferd gekauft, das wir draußen gehabt haben. Ihm ist das egal, weißt du noch, wie er Max Jenkins um seine Arbeit gebracht hat, weil er ihm alle Pferde abgenommen hat, und Boris …«
»Ja«, sagte Farley.
Roberto sah, wie sich das Gesicht des Pflegers verdüsterte. Irgendetwas stimmte hier nicht, dachte er. Die meisten Rennen waren Verkaufsrennen, und an der Rennbahn wechselten Pferde täglich die Besitzer, sie gingen in die Startbox als Eigentum eines Besitzers und verließen sie als Eigentum desjenigen, der gerade im Büro des Rennbahnleiters die erforderliche Summe hingeblättert hatte. Es war absolute Routine, und jeder spielte das Spiel, forderte einen anderen Trainer heraus, ein Pferd zu übernehmen, das vielleicht kurz vor dem Zusammenbruch war, oder hoffte, mit einem Sieg davonzukommen, ohne das Tier zu verlieren. Man konnte ein Pferd ein Dutzend Mal in einem Verkaufsrennen laufen lassen, ohne dass es den Besitzer wechselte, man konnte es einmal riskieren und dann dem Pferd Lebewohl sagen. Man wusste es nie im Voraus. Alle waren daran gewöhnt, aber irgendwie verlangsamten sie jetzt den Schritt und ließen trotz des Sieges die Köpfe hängen, als sie an der Tribüne vorbeigingen.

»Er konnte ja nicht immer in den Ausgleichsrennen bleiben«, sagte Farley. »Er ist fast sechs Jahre alt.« Ausgleichsrennen waren wie die Mittelschicht, eine etablierte Welt, durch harte Arbeit erworben, aus der die Stakes-Rennpferde zu Reichtum und Größe aufstiegen und die Pferde in den Verkaufsrennen absanken und in Vergessenheit gerieten. »Man muss sie in Rennen laufen lassen, die sie gewinnen können, oder man muss sie aus dem Rennstall nehmen. Aber ihn lasse ich ungern gehen. Er kann Gott weiß wo landen. Manche Pferde fangen in Frankreich an und landen schließlich in North Dakota oder in Hongkong. Das hab ich immer unheimlich gefunden.« Der Trainer klang ruhig, aber Roberto fand, dass er deprimiert aussah. Roberto seufzte mit ihm, obwohl ihn jetzt in erster Linie die Frage beschäftigte, wie er Buddy Crawford dazu bekommen konnte, ihn das Pferd wieder reiten zu lassen.

»Lieber North Dakota als Hongkong«, sagte der Hilfstrainer.

»Warum?«, sagte Roberto, für den North Dakota auch der Mond hätte sein können.

»Weil Pferde aus Hongkong nicht mehr ausgeführt werden können, wenn sie dort einmal krank geworden sind, und wenn sie nicht mehr fürs Rennen taugen, werden sie eingeschläfert«, sagte der Hilfstrainer. Seine Stimme klang immer noch empört.

»Ich bezweifle, dass Justa Bob in Hongkong landet«, sagte Farley.

»Buddy Crawford ist schlimm genug«, sagte der Hilfstrainer, und Roberto hatte das Gefühl, dass Farley diese Meinung teilte.

Erst als er fast die Jockeystube erreicht hatte, merkte Roberto, wie schmutzig er war. Und er merkte noch etwas: Die Art und Weise, wie bei einem Rennen die Zeit verging, ließ sich mit nichts auf der Welt vergleichen. Deshalb ritten die Jockeys immer weiter, Jahr für Jahr, nach jedem Unfall wieder. Sie wollten das wieder spüren, diesen Rhythmus, der sich im eigenen Körper an den Schritten des Pferdes maß, und gleichzeitig das Chaos vor Augen, das einen im nächsten Moment verschlingen konnte. Es gab sicher nichts auf der Welt, das sich mit diesem Gefühl messen konnte.

Sie erwarteten ihn schon an der Tür. Etwa sechs Jungs warfen sich ihm direkt in den Weg, schütteten ihm Eiswasser über den Kopf, klopften ihm auf den Rücken und stopften ihm Eiswürfel unter den

Kragen, und alle lachten und grölten, und Roberto auch, denn er hatte sein erstes Rennen gewonnen und dazu noch bei seinem ersten Ritt, und das war etwas Besonderes. Und das sei dann wohl der Streich gewesen, meinte er und ging zum Wascheimer und nahm den Schwamm, um sich das Gesicht zu waschen. Er hatte immer noch das Gefühl, die Maulbewegungen des Pferdes wie eine sanfte Wärme in den Händen zu spüren, deshalb war er nicht überrascht, als er Hände und Schwamm in den Eimer tauchte, und sie gelbrot wieder auftauchten. Erst als die Burschen hinter ihm anfingen zu lachen, merkte er, dass das nicht nur ein Symptom für seinen derzeitigen Gemütszustand war. Mit einem Schlag kapierte er, dass jemand Jod ins Wasser geschüttet hatte und dass er es gedankenverloren über sein ganzes Gesicht gespritzt hatte. Aber er reagierte nicht wie die übrigen Acevedos. Es war einfach Justa Bob, der ihn zum Lachen brachte.

Kapitel 8
Das »Tibetische Buch vom Vollblut-Training«

Was dem Hilfstrainer Oliver Haskins so besonders an der Arbeit für Farley Jones gefiel, war das Essen. Farleys Arbeitsreiter, Frauen wie Männer, probierten immer wieder etwas Neues aus. Heute zum Beispiel hatte Jorge einen Topf Hühnersuppe mitgebracht. Er bekam genau die richtige pikante Würze hin, weil er die Hühner mit ein paar Chilis köcheln ließ, die er dann herausnahm. Die Suppe war köstlich, und sämtliche Reiter, Pfleger und sonstiges Fußvolk hauten rein, bis der ganze Topf leer war.

Oliver hatte seinen zweiten Sechsmonatsvertrag mit Farley abgeschlossen. Es war ein guter Job, zum Teil auch deshalb, weil Farley nicht nur selbst einen freien Tag in der Woche nahm, er gab auch Oliver, den Pflegern, den Reitern, deren Pferdeführern und allen anderen je einen Tag in der Woche frei. Das war etwas ganz Neues für Oliver, dessen letzter Boss, Buddy Crawford, weder selbst einen freien Tag nahm noch anderen einen gab. Wenn Farley seinen freien Tag hatte, sah er kein Pferd auch nur an. Wenn er Urlaub machte, besuchte er Orte, wo es keine Pferde gab, Musikfestivals, Museen und Theater. Auf dem Kotflügel seines Lieferwagens hatte Farley einen Amnesty-International-Aufkleber. Oliver hatte Farley fragen müssen, was Amnesty International war, und Farley hatte es ihm erklären können, deshalb wusste Oliver genau, dass Farley den Wagen nicht einfach mit dem Aufkleber gekauft hatte. Und noch etwas war merkwürdig an Farley: Wenn er so durch den Stall ging, sah er eher aus wie ein Physiklehrer denn wie ein Pferdetrainer. Er war groß und schlank, trug eine Brille, einen gestutzten weißen Bart, und sein grau meliertes Haar war kurz geschnitten. Er trug khakifarbene Dockers und Button-down-Hemden, und das Handy hing an seinem Hosenbund wie ein Lineal. Natürlich redete er nicht wie ein Physiklehrer, er redete vom Kühlen und Abspritzen und von Entzündungen und vom Bewegen und Arbeiten und eins zu eins und ein Fünftel und Vorgaben und Handicaps und großen Pferden und Jungstuten und dem Konditionsbuch und Turf- und Sandbahn und Pferdefliegen und einem Bogen und zwei Bogen und Bahnen und Geraden und Südseite und schlechten Läufern und guten Läufern wie alle anderen auch, aber er sprach diese Sprache, als habe er sie als Erwachsener gelernt und nicht als Kind. Und dann war da das »Tibetische Buch vom Vollblut-Training«, ein plastikbeschichtetes Stück Papier, das an Farleys Tür klebte. Darauf stand:

1. Sei nicht wachsam oder forschend, belass dein Denken in seiner eigenen Sphäre
2. Kritisiere nichts
3. Nimm dir nichts zu Herzen
4. Verlange nicht nach sichtbarem Fortschritt
5. Falle nicht der Faulheit zum Opfer, auch wenn man das manchmal Unachtsamkeit nennen kann
6. Sei in einem Zustand ständiger Prüfung

Obwohl nie jemand über diese Anweisungen sprach und Oliver sie nur drei-, viermal bewusst gelesen hatte, sah man sie ja doch jedes Mal, wenn man ins Büro ging, und so hatte er sie mit der Zeit in sich aufgenommen. Er sollte zum Beispiel dafür sorgen, dass die Boxen und die Stallgassen sauber gefegt waren, und er stellte fest, dass er es tatsächlich dauernd prüfte. Wenn einer der Pfleger sich betrank und nicht zur Arbeit erschien, stellte er fest, dass er es sich nicht zu Herzen nahm. Die Pferdepfleger verdienten schließlich nicht viel Geld, sprachen kaum Englisch und lebten in einem permanenten Kulturschock. Nach sechs Monaten unter dem Einfluss des »Tibetischen Buchs vom Vollblut-Training« brachte Oliver es nicht mehr fertig, sie zu kritisieren, nur weil sie schwach wurden.

Olivers Gedanken kreisten abwechselnd um die einzelnen Anweisungen. Wenn ein Pferd sich in einem Rennen vertreten hatte und mehrere Monate ausfiel, traf das Nicht-Verlangen nach sichtbarem Fortschritt zu. Wenn ein Pferd schlechte Laune hatte und biss oder ausschlug, ging es um das Sich-nichts-zu-Herzen-Nehmen. Wenn ein Rennen anstand und ein Jockey sich für einen anderen Ritt entschied, hieß es, dem nicht nachzugehen oder zu forschen – bald würde der Agent eines anderen Jockeys auftauchen und das Pferd würde einen Reiter haben. Es war beruhigend. Oliver wusste, dass es für alle beruhigend war. Er bemerkte oft, dass Besitzer oder Besucher, die darauf warteten, dass Farley ein Telefongespräch beendete, das »Tibetische Buch vom Vollblut-Training« betrachteten oder es lasen, und er hatte oft gehört, dass die Arbeitsreiter Dinge sagten, die darauf schließen ließen, dass sie bewusst aufmerksam oder nicht-reaktiv oder dergleichen waren, nur die Themen, über die man im Stall redete, waren – bis aufs Essen – dieselben wie in jedem anderen Stall: Wer gewann und wer verlor, wer ritt, wer etwas Verrücktes, etwas Verbotenes, etwas Witziges gemacht hatte.

Was außerdem noch für Farley sprach, war sein Humor. Von seiner Exfrau, der Mutter seiner vier erwachsenen Kinder, sprach er immer nur als »Stammstute«. Und dann lächelte er immer. Sein Lächeln war breit und lustig und brachte Oliver immer dazu zurückzulächeln.

Es gab allerdings ein Problem bei der Arbeit für Farley, nämlich dass er dieser Tage keinerlei Siege mehr schaffte. Oliver versuchte, dieses Problem mit dem Nicht-Verlangen nach sichtbarem Fortschritt anzugehen, aber damit hatte er nicht viel Erfolg. Olivers Eltern waren Südstaaten-Baptisten und begeisterte Sänger von Kirchenliedern. Sie waren gegen Glücksspiele, zu Tieren aber im Allgemeinen positiv eingestellt und hatten deshalb kaum Einwände, als er sich für das Pferdetraining als Lebensweg entschied – schwarze Schafe und Abtrünnige hatte es in jeder Generation des Familienstammbaums gegeben, und in seiner Generation galt er als verhältnismäßig harmloses Exemplar dieser Gattung, da er abends um halb neun schlafen gehen musste und weder trank noch rauchte, noch Drogen nahm. Als Abkömmling begeisterter Kirchenliedsänger aber hatte Oliver für jede Gelegenheit ein frommes Lied parat, und in der letzten Zeit ertappte er sich immer wieder bei einem, das ihm gar nicht gefiel:

Ist der Tod gekommen,
hat unsere Lieben geholt,
ist unser Zuhaus
voll Einsamkeit und Not.
Dann wollen wir fragen,
warum andere gedeihn,
die verwerflich leben
jahraus und jahrein.

Der Refrain sollte versöhnlich stimmen:

Es kommt die Zeit, und
wir werden es wissen,
es kommt die Zeit, und
wir werden verstehn,
Kopf hoch, mein Bruder,
leb im Sonnenschein,
wir werden's verstehen,
dafür kommt die Zeit.

Vielleicht, dachte Oliver.

»Unmoralisch« war ein guter Ausdruck für Buddy Crawford, besser als »Irrer«, »Schlächter«, »Knallkopf«, »Affe« oder »Scheißer«, wie die anderen Trainer, die Pfleger, die Englisch konnten, Jockeys und

Jockey-Agenten ihn meistens nannten. Oliver hatte eine Liste von Tätigkeiten, die er in seinen vier Monaten bei Buddy besonders gehasst hatte. Das fing an mit der Aufgabe, den ohnehin schon mageren Lohn für die Pfleger wegen bestimmter Verstöße zu kürzen, zum Beispiel wenn sie die Stallgassen nicht bis 6 Uhr morgens gefegt hatten. Weiter ging es damit, dass er Arbeitsreiter feuern musste, den Tierarzt anweisen musste, die Knöchel eines armen Tieres zu punktbrennen, die Tiere ihre Fußklammern anlassen musste, auch als alle auf der Rennbahn von der Studie wussten, nach der Fußklammern das Risiko eines Sturzes erhöhten, dass er Pferde, die an Schmerzen litten, galoppieren lassen und Zweijährige zu früh Rennen laufen lassen musste. Manchmal versuchte Oliver, das, was er selbst bei Buddy aushalten musste (Beschimpfungen und Gebrüll, wenn er dem Mann nicht bis halb sechs Uhr morgens gefaxt hatte, wie die Dinge im Stall standen, Beschimpfungen und Gebrüll, wenn er einen Reiter nicht rechtzeitig gefeuert hatte, bevor dieser kündigte, Beschimpfungen und Gebrüll, wenn ein Besitzer auch nur eine Beschwerde vorbrachte), von dem zu unterscheiden, was andere aushalten mussten, aber in Buddys Unmoral war alles miteinander verstrickt. Buddy hatte sogar eine Philosophie der Unmoral. Es ging nur darum, die Herde auszuschlachten. Er sagte immer: »Wer Pferde verzärtelt und Jockeys verhätschelt, bekommt keinen Hengst wie Cigar hin. Einen Cigar kriegt man hin, indem man rechtzeitig die loswird, die nicht gewinnen wollen, ob es Pferde oder Menschen, Jockeys oder Besitzer sind.«
Und trotzdem hatte Oliver volle vier Monate für Buddy gearbeitet, und er war nicht aus Gewissensgründen gegangen. Er war gegangen, weil sein Arbeitszeitplan ihn so erschöpft hatte, dass er mit der Hand auf dem Wecker einschlief, um nur sicherzugehen, dass er auch um zwei Uhr nachts aufwachte und um Viertel nach drei auf der Rennbahn war. Dann träumte er davon zu verschlafen und schreckte jede Stunde hoch, um auf die Uhr zu sehen. Er hatte gut verdient, vielleicht besser als andere Hilfstrainer auf der Rennbahn, da er nach den Gewinnen von Buddys Pferden bezahlt wurde. Aus reiner Erschöpfung hatte er Buddy die Kündigung gefaxt. Der hatte sofort zurückgerufen, um ihm zu sagen, dass er ihn ohnehin an diesem Tag rausschmeißen wollte, und wie könne er es wagen zu kündigen, bevor er

gefeuert wurde? Als er erst mal von dort weg war, begriff er, dass kein Geld der Welt eine solche Arbeit wettmachte, und diese Meinung hatte er nicht geändert.

Aber jedes Pferd, das Buddy hatte, gewann, und zwar auch gute Rennen, und in der letzten Zeit prangte sein Bild schon zum dritten Mal in der Rennzeitung, jeweils mit kleinen Kostproben seiner Trainingsphilosophie, seiner Härte, seines vorausblickenden Wagemuts. »Letzten Endes muss jeder in meinem Stall die entsprechende Leistung erbringen, und jeder weiß das. Auf den zweiten Platz zu kommen ist so gut wie verlieren. Die Wettfans wissen das genauso gut wie ich.«

Oliver hatte keine Ahnung, warum, aber die Pferde schienen es auch zu wissen.

Ein Verkaufsrennen war eine Art Wette. Nicht jedes Pferd in einem solchen Rennen wechselte den Besitzer, auch dann – oder vor allem dann – nicht, wenn man es wollte. Man ließ sein Pferd teilnehmen und ging das Risiko ein, aber jedes Pferd, das Farley in einem Verkaufsrennen laufen ließ, wurde von Buddy gekauft und dann von ihm zu Tode gehetzt. So schien es jedenfalls für Oliver. Olivers Freundin hatte einmal bemerkt, wenn er irgendwann einmal aus dem Pferdetraining aussteigen sollte – und daran war ihr sehr gelegen –, besäße er durch die Praktiken bei Verkaufsrennen beste Kenntnisse, um feindliche Übernahmen durchzuführen. Hatte man sein Pferd einmal für ein Verkaufsrennen nominiert, war es so, als machte man den Familienbetrieb zur Aktiengesellschaft, die einem dann unter den Händen weggekauft wurde. Manchmal war der kleine Familienbetrieb natürlich eine Lusche, und man sah der Veräußerung mit Vergnügen zu. Aber bei anderen Gelegenheiten war eine feindliche Übernahme schmerzlich. Alle Trainer und viele Besitzer spielten dieses Spiel, und Oliver glaubte, auch er würde mitspielen, aber in der letzten Zeit hatte es keinen Spaß mehr gemacht.

Der Besitzer einer netten Jungstute, die Buddy am Tag zuvor gekauft hatte, saß bei Farley im Büro, und Oliver nahm an, er fragte, wann sie die Stute zurückkaufen konnten. Oliver sah durchs Fenster, dass Farley den Kopf schüttelte, nicht zu einem ausdrücklichen »Nein«, mehr so, als wollte er sagen: »Ich glaube nicht, dass das ratsam ist.« Der Besitzer hatte das Pferd gezüchtet und hing an ihm. Der Besitzer zweifelte an Farleys Urteilsvermögen. Das war etwas, was Oliver überhaupt nicht vertragen konnte, denn er wusste, dass solche Dinge auf der Rennbahn immer aufgebauscht wurden, vor allem drüben im Turf-Club, wo die Besitzer zusammenhockten und über ihr Schicksal jammerten und einander versicherten, dass eigentlich die meisten von ihnen gemessen an dem Geld, das sie in das Spiel steckten, größere Gewinne verdienten. Betrachtete man die Besitzer als eine Klasse und die Pferdepfleger als eine andere, unterschieden sie sich insofern, als die Pfleger manchmal wussten, was sie wollten, und es sich nahmen, während die Besitzer immer wussten, was sie verdienten. Hilfstrainer waren Olivers Erfahrung nach meistens weder in der einen noch der anderen Hinsicht sicher.

Wie man am »Tibetischen Buch vom Vollblut-Training« sehen konnte, kam das »verdienen« in Farleys Denken gar nicht vor, deshalb sprachen er und der Besitzer wahrscheinlich nicht einmal dieselbe Sprache. Oliver wollte nicht den Eindruck erwecken, dass er sie beobachtete, aber er sah, wie der Besitzer aufstand. Er war ein gut aussehender Mann, aber er schaute nicht zufrieden drein. Während er die Tür öffnete, sagte er: »Ehrlich gesagt, Farley, ich verliere langsam das Vertrauen zu Ihnen ...«, aber dann sah er Oliver und verstummte, sagte nur noch: »Also, ich melde mich bei Ihnen.«

»Das liegt ganz bei Ihnen, John«, sagte Farley freundlich. Aber als der Besitzer sich umwandte, sah Oliver, dass sich Farleys Gesicht verdüsterte, nur einen Augenblick lang.

»Wirst du sie dir zurückholen?«

»Ich glaube nicht. Ich kann sie frühestens in einem Monat zurückkaufen. Bis dahin ist sie mit Sicherheit zwei oder drei Rennen gelaufen, und zwischendurch wird sie hart gearbeitet haben. Wer weiß, in was für einem Zustand sie dann ist. Ich kenne keinen, der ein Pferd von Buddy zurückgekauft hat und es in derselben Klasse starten lassen konnte, in der das Pferd war, bevor Buddy es weggekauft hatte. Stressfrakturen, Sehnenentzündung, Blähungsprobleme. Davon lässt man besser die Finger.«

»Was hast du vor?«

Farley sah ihn an. Sie wussten beide, dass Oliver von dem eigentlichen Problem sprach. Farley hielt seinem Blick stand, dann glättete er sei-

nen Bart in einer unbewussten Reflexbewegung. »Jeder Trainer macht Zyklen durch, Oliver«, sagte er. »Die Pferde verdienen ihr Futter.«
»Und wenn die Besitzer die Flucht ergreifen?«
»Ich weiß es nicht. Weißt du, Besitzer sehen sich gerne als Raubtiere. Aber irgendwie sind sie mir immer merkwürdig vorgekommen. Ich weiß nicht.«
»Aber …«
Farley wippte auf den Fersen, und ein Funkeln trat in seine Augen. Er wurde väterlich. »Oliver, vorläufig ist es gut, wenn man es nicht weiß«, sagte er. »Wenn es so weit ist, werden wir es wissen.«
»Es kommt die Zeit«, sagte Oliver.
»Es kommt die Zeit«, sagte Farley. »Hast du etwas von der Suppe abbekommen? Das war eine tolle Suppe. Die hat mir wirklich geschmeckt, diese Suppe.«
Oliver nickte, und Farley ging in seinem Professorengang davon, ein bisschen steif, ein bisschen distanziert, ein bisschen unbeholfen. Jeder, der für Farley gearbeitet hatte, sagte dasselbe: Er war ein großartiger Typ, aber unergründlich wie ein Brunnen und noch viel undurchsichtiger.

Kapitel 9
Eine Patsche

In der Woche zwischen Weihnachten und Neujahr war Wow an der Reihe, ins Trainingszentrum bei Fair Hill zu kommen. Die anderen vier Jährlinge, die Krista Magnelli auf ihrem Gestüt gehabt hatte, waren schon im September und Oktober abgeholt worden, aber Dick Winterson, der Trainer der Maybricks, meinte, Wow, ein Maifohlen, brauche noch ein wenig Zeit, und das war Krista nur recht. In den Monaten, in denen sie ihn ganz für sich hatte, konnte sie sich der Illusion hingeben, sie würde das Unmögliche fertig bringen. Mit sechsundzwanzig Jahren Mutter werden und gleichzeitig ein Gestüt betreiben. Maia war jetzt fast fünf Monate alt, sieben Wochen nach Ende

der letzten Decksaison war sie zur Welt gekommen, am vierten August nach normaler Zeitrechnung. Sie war ein unkompliziertes Baby, sodass Krista es normal fand, dass sie durchschlief, gut aß und zufrieden spielte. Also entließ sie die Kinderfrau, die ihre Mutter für sie eingestellt hatte, früher als geplant. Es ging alles wie im Traum – sie stillte das Baby, legte es ins Bett, stellte das Babyphon an, ging hinaus und arbeitete mit dem Junghengst, hörte, wie das Baby aufwachte und vor sich hin gluckste, ging hinein und stillte es. Ihre Freunde vom College waren arbeitslos oder irgendwie beschäftigt (falls man Magister- oder Doktorarbeiten als Beschäftigung betrachtete), während Krista hier die Farm betrieb, die ihr Großvater ihr vermacht hatte, sie stellte einen Deckhengst, versorgte die tragenden Stuten, die bei ihr die Fohlen zur Welt brachten, sie entwöhnte die Fohlen, trainierte die Kleinen und gab sie weg, damit sie zu Rennpferden wurden, führte ihre Buchhaltung, stellte Rechnungen aus, machte ihre Steuererklärung. Das machte sie jetzt im vierten Jahr. Natürlich hatten sie und Pete ein Baby im vierten Jahr nicht eingeplant, im vierzehnten wäre es realistischer gewesen, aber sie machten einen Fehler, der sich, wie es Fehler so an sich haben, als schicksalhaft erwies, doch Krista war eigentlich von ihren Fähigkeiten ziemlich überzeugt.
Sie hatte dem Pferd einiges beigebracht und fühlte sich schon ein bisschen als Pferdetrainerin. Sie hatte ihm beigebracht, in alle Transportanhänger auf dem Gestüt hineinzugehen, sie hatte ihn gelehrt, wie er zum Scheren und zum Beschlagen stehen musste, sich eine Decke überwerfen zu lassen, wie er die Trense ins Maul zu nehmen hatte und sogar wie er an der Longierleine rund um den Platz zu laufen hatte. Er ließ alles mit sich machen, schlug keine Junghengst-Kapriolen. Und dann, wenn man ihn nach der Arbeit auf die Weide ließ, offenbarte er sein Geheimnis: seinen gewaltigen, ausholenden, wie geölten Schritt. Jetzt war er so weit, er wurde weggebracht. Krista war stolz auf ihn. Sam, der Tierarzt, sollte kommen und sich das Tier noch einmal anschauen, bevor der Transportwagen ihn abholte. Alles ganz einfach und organisiert.
Aber als Krista um sieben Uhr morgens zum Füttern hinausging, fand sie Wow draußen vom Kopf bis zu den Hufen mit Schlamm bedeckt, und seinen prächtigen Schweif, den sie gerade gestern durchgekämmt

hatte, voller Zweige und Kletten. Nicht dass Krista achtlos gewesen war. Der Regen war in der Nacht ohne Donner und Blitz herangezogen, und im Halbschlaf war Krista nicht einmal der Gedanke gekommen, dass das Pferd draußen sein könnte, sie hatte es selbst hineingebracht.

Sie führte Wow in den Stall. Natürlich konnte man ihn noch abspritzen, obwohl es kalt war. Mit warmem Wasser, vielen Wolldecken, etwas Hilfe und viel Zeit bekam man jedes Pferd sauber, selbst im Winter. Krista hatte aber weder Zeit noch Hilfe. Und dann hörte sie im Babyphon, wie ihr Kleines aufwachte und weinte. Sie wartete etwas, ohne die Schritte von Pete, ihrem Mann zu hören, der hineingehen und das Kind auf den Arm nehmen sollte. Genervt schob sie das Pferd in eine Box und stapfte ins Haus.

Dort hatte Pete gleich drei Signale hinterlassen, die die Ehestimmung bei ihr auf Sturm stellten: einen schmutzigen Teller mit dem Rest eines Bagels, in dem vier Zigarettenkippen steckten, ein Haufen seiner Klamotten neben der Toilette, so wie er aus den Sachen gestiegen war: die Socken in den Stiefeln, Jeans und Boxershorts darauf, das Hemd obenauf, die Baseballkappe am Griff der Spülung baumelnd, und dazu einen hochgeklappten Toilettensitz, er selbst nackt und mit Zweitagebart im Bett, wo er den einsamen Kummer seiner eigenen, einzigen Tochter verschlief, die jetzt in Kristas Armen schluchzend nach Luft schnappte.

Krista genoss den Gedanken, dass ihr alles zu viel wurde, und sagte: »Ich hasse das hier. Ich bin am Ende. Mir reicht's. Jetzt ist es genug. Das ist das Ende der Fahnenstange.«

»Was?« Pete schlug die Augen auf.

»Du lieber Himmel!«, rief Krista und marschierte hinaus, das Baby auf der Hüfte.

Es stimmte wohl, was ihre Mutter oft gesagt hatte: Als Ehefrau hatte man das Recht auf eine gewisse Anzahl von Wutausbrüchen, gelegentliche Ausfälle wirkten sich sogar kräftigend auf eine Ehe aus. Das Zertrümmern eines wertvollen Gegenstands war auch nicht zu verachten, da man sowieso zu viele Dinge besaß. »In einer guten langen Ehe gehen die Dinge alle nach und nach kaputt«, hatte sie einmal gesagt. »Und wenn man fünfzig Jahre verheiratet ist, ist kein Teller und keine

Suppenterrine oder, Gott behüte, eine Hummel-Porzellanfigur übrig, die man seinen Kindern aufhalsen muss.«
Krista setzte sich auf die Couch, zog Pullover und Rolli hoch und öffnete ihren Stillbüstenhalter. Die ganze Zeit, während Maia erst an der rechten, dann an der linken Brust trank, bewahrte sie eine noble mütterliche Ruhe, und ein selbstloses Glück erfüllte sie, als sie sah, wie Maia sich beruhigte und ihre wohlverdiente Nahrung zu sich nahm. Unterdessen verrann natürlich die Zeit. Jemand hätte anbieten können, dem hungrigen Kind eine Flasche zu geben, aber dieser Jemand hatte es nicht getan, und das war natürlich typisch, während sie als Mutter *immer* wusste, wo ihre Pflicht lag. Als Maia satt war, knöpfte Krista sich wieder zu, redete dabei die ganze Zeit liebevoll auf ihr Kind ein und ging zurück ins Schlafzimmer. Pete war wieder eingeschlafen. Sie verkniff sich jeden weiteren Kommentar und setzte sich vorsichtig aufs Bett. »Schatz, könntest du sie bitte wickeln?«, sagte sie. »Du hast Wow gestern Abend rausgelassen, und jetzt ist er ganz verdreckt, und in einer Stunde kommt schon der Transporter.«
»Hallo, Baby«, sagte Pete zu Maia, als sei alles in Ordnung.
Krista marschierte mit unmissverständlichem Schritt hinaus und dann am Hengststall vorbei, wo der Hengst, den ihr Großvater ihr vor drei Jahren zusammen mit der ganzen Farm hinterlassen hatte, derselbe Hengst, der ihr diese ganze Bescherung eingebrockt hatte, unschuldig zwischen Box und Auslauf hin und her spazierte. Sein fuchsbraunes Fell war auch schmutzig, und er gönnte sich gerade einen gemütlichen Hänger in der Penisabteilung. Er hatte seit fünf Monaten keine Stute mehr gedeckt und begann allmählich wieder an seine Lebensaufgabe zu denken. Weiß wie ein Mädchenbein hing seine Rute bis fast auf den Boden. »Du lieber Himmel!«, rief Krista noch einmal, und der Hengst spitzte die Ohren und sah sie an. Leider dachte er dabei nicht daran, seine Rute einzuziehen, und dieser Anblick verärgerte sie unglaublich.
»Du!«, sagte sie. »Sieh dich doch mal an!« Das Pferd senkte den Kopf, drehte sich um und ging schnurstracks in seine Box zurück. »Einen Deckhengst zu halten ist zu viel für mich!«, rief sie ihm hinterher. »Ich brauche Hilfe! Was soll werden, wenn ich dich verkaufen muss? Du bist das beste Pferd, das mein Großvater je gezüchtet hat.

Geh du bloß nicht woandershin! Ich bin nicht hysterisch!« Dann fing es wieder an zu regnen, und sie setzte sich auf einen Heuballen und brach in Tränen aus.

Es war schon nach neun. Sie rollte sich auf dem Heuballen zusammen und vergrub das Gesicht in den Händen. Wer sollte sie jetzt trösten? Was sollte werden, wenn sie mit ihren Wutausbrüchen Pete vertrieb und er seine ganzen Zusatzeinkünfte mitnahm? Dann müsste sie mit Maia und Himself (wie sie den Hengst Lake of the Woods privat nannte) in einen Wohnwagenpark ziehen, und es wäre so demütigend! Sie würde die Farm verkaufen müssen. Sie sah den Artikel in der Zeitschrift *The Blood Horse* schon vor sich, denn ihr Großvater war berühmt gewesen und Himself hatte den Gotham und den Woodward gewonnen und war in England gewesen und hatte den St. Leger und den Cambridgeshire gewonnen, was ihn als Deckhengst, modemäßig betrachtet, nicht besonders auszeichnete, deshalb musste er sich beweisen, zumal er keinen Tropfen Blut von Mr. Prospector oder Northern Dancer in den Adern hatte. Es würde eine sehr tragische Geschichte sein, mit einem Foto von ihr mit Himself am Halfter und dem Baby auf der Hüfte und der Überschrift: »Junge Mutter und Züchterin opfert alles für noch unbewährten Deckhengst«. Und alle möglichen Geschichten über das Gestüt stünden dann drin, was ihr Großvater für ein wunderbarer Pferdekenner gewesen war und wie sie in seine Fußstapfen hatte treten wollen, aber in der Welt der Rennpferde hatte eine Frau es immer sehr schwer …

Sie war so versunken, dass sie nicht hörte, wie Sam in seinem Lieferwagen vorfuhr, und er fand sie klitschnass auf dem Heuballen liegen, das Gesicht in den Händen. »Ich muss die Farm verkaufen!«, rief sie aus.

»Zuerst mal musst du aufstehen und in die Sattelkammer gehen, denn du bist völlig durchnässt. Und du zitterst vor Kälte.«

»Wirklich?«

»Etwa nicht?«

Ja, er hatte Recht.

Die Sattelkammer war kalt, und Sam machte den Kerosinofen an und nahm eine Abschwitzdecke und legte sie ihr um. Dann nahm er, ganz nach Sam'scher Manier, ein Handtuch und rubbelte ihr die Haare.

Trotzdem, sie musste den Dingen ins Auge sehen. »Ich muss die Farm verkaufen. Pete wird mich verlassen, und ich würde nie Geld von ihm annehmen außer für das Kind, und die Farm ist alles, was ich habe, außer Himself, und den kann ich nicht verkaufen.«

»Hat Pete gesagt, dass er dich verlassen will?«

»Noch nicht, aber ich bin so ein Ekel, dass er blöd wäre, wenn er es nicht täte.«

»Wann will er dich verlassen?«

Krista überlegte einen Augenblick. »Bald, wenn ich reingehe und ihn anschreie, weil er nicht nach dem Baby gesehen hat und Wow gestern Abend draußen gelassen hat, nachdem ich den ganzen Tag damit zugebracht hatte, ihn zurechtzumachen, weil er nach Fair Hill kommt, wo alle anderen Pferde Söhne und Töchter von Seattle Slew und Nurejev sind.«

»Wir haben noch Zeit, ihn sauber zu machen, bevor der Transporter kommt.«

»Meine Güte, nein! Er ist so dreckig, du würdest ihn nicht mal anfassen.«

»Also, es ist zehn Uhr. Komm, wir sehen ihn uns mal an.«

Krista seufzte, dann nahm sie eine alte gewachste Jacke vom Haken und zog sie über. Sie folgte Sam in den Stall. Jetzt wurde sie erst recht deprimiert. Ein dreckiges Pferd hatte nun mal nichts Heldenhaft-Tragisches an sich.

Wow schaute neugierig über die Tür der Box, als sie näher kamen. Er klopfte mit den Vorderknien leicht gegen die Tür und warf den Kopf hoch. Krista hob das Halfter und die Führleine auf, die sie vorher auf den Boden hatte fallen lassen.

Sam sagte: »Ich habe einen Freund in Kalifornien, er war in dieser Woche Sachverständiger in einem Prozess.«

»Aha?«

»Der Kläger trat in den Zeugenstand, und der Anwalt der Gegenseite sagt zu ihm: ›Ist es wahr oder nicht, dass Sie dem Streifenpolizisten nach dem Unfall gesagt haben, es gehe Ihnen gut?‹

›Also, ich führte mein Pferd am Straßenrand entlang …‹ Der Anwalt sagt: ›Beantworten Sie die Frage mit Ja oder Nein. Ist es die Wahrheit, dass Sie dem Beamten gesagt haben, es gehe Ihnen gut?‹ Und der Typ sagt: ›Also, ich führte …‹ Da dreht sich der Anwalt zum Richter und sagt: ›Bitte veranlassen Sie den Zeugen, die Frage zu beantworten‹, und der Richter sagt: ›Ich würde eigentlich gerne hören, was der Zeuge zu sagen hat.‹«

Krista hatte die Hand auf dem Riegel.

»Der Zeuge sieht also den Richter an und sagt: ›Also, ich führte mein Pferd an der Straßenseite entlang, ohne einem in die Quere zu kommen, als dieser große Halblaster dahergedonnert kommt und knallt mit der Breitseite rein und fegt uns über den Rand. Und ich lag also da, wie der Streifenwagen ankommt, und ich hör ihn die Böschung herunterkrachen, und dann sagt er: ›Dieses Pferd sieht übel aus‹ und erschießt es auf der Stelle. Und wie der Typ zu mir kommt, fragt er: ›Wie geht's Ihnen?‹, und ich sage …‹«

»›Gut!‹«, sagte Krista und lachte, obwohl ihr Gesicht noch ganz tränenfeucht war. »Das ist der übelste Witz, den ich je gehört habe.«

»Wieso Witz?«, sagte Sam. »Das ist eine wahre Geschichte.« Aber er lächelte dazu.

Krista öffnete die Tür der Box und zog das Halfter über Wows Kopf und führte ihn hinaus. »Er sieht gar nicht so schlimm aus, Krista«, sagte Sam. Und das stimmte. Er war trocken und ziemlich sauber, nur über und über mit kleinen Schnipseln bedeckt. »Er hat sich wahrscheinlich in der Spreu gerollt, um sich selbst abzutrocknen, während du anderweitig beschäftigt warst.«

»Das hat er schlau gemacht«, sagte sie.

Sie arbeiteten einträchtig zusammen. Sam untersuchte das Pferd kurz, es war nicht schwer, denn es lagen keine Beschwerden vor, dann bürstete er ihn ab, während Krista die Kletten aus seinem Schweif pflückte. Er bandagierte ihm die Beine, und sie wischte dem Pferd mit einem nassen Schwamm übers Gesicht und zupfte noch ein paar Kletten aus der Mähne. Als der Transporter vorfuhr, sah das Pferd nicht perfekt aus, aber doch wie ein gesundes Winterpferd, fit und dicht behaart, gut gebürstet und ordentlich in Baumwollbandagen und eine grüne Wolldecke eingepackt. Seine Reise ging nur rund zwanzig Meilen die Straße hinunter und zwei Gesellschaftschichten hinauf. Er stieg in den Transporter wie ein Profi, und erst im letzten Augenblick lief Krista die Rampe hinauf und umarmte ihn. Dann

wandte sie sich an den Fahrer: »Sie dürfen eins nicht vergessen«, sagte sie.
»Und das wäre?«
»Dieser Einjährige ist mit Secretariat so nah verwandt, wie's überhaupt nur geht.«
»Echt?«
»Allerdings.«
Vielleicht. Aber es hörte sich gut an, und es war Ausdruck von Kristas unbeirrbarem Vertrauen auf Wows Zukunft, die sie nur noch aus der Ferne verfolgen würde. Sie gab dem Pferd einen Kuss auf die Nüstern, drehte sich rasch um und ging die Rampe hinab. Fünf Minuten später war der Transporter mit lautem Ächzen und Quietschen wieder auf der Straße.
Sie hatte schon genug geweint und wandte sich deshalb nur mit einem Seufzer ab, und Sam stand direkt hinter ihr und lächelte. Das Einfachste, was sie nach einem solchen Anfall sagen konnte, war wohl: »Danke schön. Hast du zu tun?«
»Hier ein paar Spritzen, dort ein paar Zähne. Nichts Dringendes. Möchtest du reden?«
Krista wusste, dass sein Piepser jeden Moment losgehen konnte – Koliken, Atemprobleme, Fleischwunden, Schädelbrüche, Kniegelenksluxationen, Fehlgeburten, Hornhautrisse –, viel Zeit hatte er nicht. »Ja, ja, ich würde gerne reden.« Seit drei Jahren machte sie das so – sie ließ sich von Sams Gegenwart, seiner praktischen, großherzigen Art beruhigen. Das allein war fast die ganzen Tierarztrechnungen wert – wenn er nur ab und zu vorbeikam.
Sie gingen zurück in die Sattelkammer, die jetzt eher zu warm war und nach gut eingeseiftem und viel benutztem Leder roch. Auf dem Schreibtisch lagen die Rechnungen, die Krista schon vor zehn Tagen hätte abschicken müssen. Sie seufzte und wandte den Blick ab. »Wir können nicht mehr lange so weitermachen, Sam«, sagte sie. »Wenn wir diese Fohlensaison durchstehen ... Na gut. Also, ich nehme an, wir werden diese Saison noch schaffen. Aber ich weiß, dass uns alle ringsum angucken und denken, na, die lassen die ganze Farm verkommen, sehen die Pferde nicht schmutzig aus, sie vernachlässigt bestimmt ihr Kind. Ich wage kaum noch rauszugehen. Bei meinem

Großvater sah hier alles makellos aus. Ich habe es ja versucht, aber Pete will nicht um acht Uhr abends ins Bett gehen, deshalb stehe ich erst um sechs Uhr auf, und dann schäme ich mich, weil ich alles erst am Vormittag fertig habe …«
Sam machte den Mund auf.
»Wir müssten eine Hilfe einstellen, aber das können wir uns nicht leisten. Natürlich könnten wir irgendein Mädchen finden, das bis zum Umfallen den Stall sauber machen würde und dabei noch dankbar wäre, sich hier abrackern zu dürfen, aber das kann ich nicht machen.«
Sam hustete. Wie alt mochte er sein?, überlegte Krista. Um die fünfzig? Ein bisschen rundlich, aber breitschultrig und ruhig, so wie die meisten Männer, die ihr Leben damit verbrachten, die Flut der drohenden Pferdekatastrophen einzudämmen.
»Und weißt du, was meine Mutter mir gesagt hat? Sie hat gesagt: Tu's nicht, Krista, zieh nicht dorthin. Verkauf die verdammte Farm und das verdammte Pferd und mach etwas, das mehr Spaß macht, geh als Datenverarbeiterin ans Pentagon und sitz fünfzig Jahre lang in derselben verstaubten Bürowabe mit zehntausend Dollar im Jahr. Als ich ihr gesagt habe, dass ich schwanger bin, war sie sicher, im nächsten Satz würde ich ihr mitteilen, dass ich die Farm verkaufe.«
Sam lächelte. Vielleicht hätte sie einen viel älteren Mann heiraten sollen, dachte sie.
»Und direkt nachdem sie den Artikel im *Blood Horse* hatten, dass ich den Betrieb übernehmen würde, ist ein Typ aus Texas auf mich zugekommen und hat mir, na ja, er hat mir einen Haufen Geld angeboten, aber ich hab's nicht angenommen, und ich hab's nicht mal gewagt, meiner Mutter davon zu erzählen, aber …«
»Du hast es nicht angenommen und damit hat sich die Sache.« Seine Stimme war sehr beruhigend, tief und sicher.
»Bei meinem Großvater sah das alles so leicht aus.«
»Dein Großvater regte sich nie auf. Als ich gerade erst anfing, hatte es etwas sehr Beruhigendes an sich, für ihn zu arbeiten. Hol mal tief Luft.«
Sie holte tief Luft und dachte, wie angenehm es war, wenn ihr jemand ab und zu sagte, was sie tun sollte.
»Weißt du, einmal hat mich dein Großvater geholt, ich sollte ihm mit

einem Hengst helfen, der zum ersten Mal deckte. Außer uns beiden war niemand da, und ich war ein blutiger Anfänger, aber dein Großvater blieb die ganze Zeit völlig gelassen. Weißt du, auf den großen Gestüten, da haben sie sechs, sieben Helfer bei jeder Beschälung. Aber dein Großvater sagte immer, im schlimmsten Fall könnte man die beiden zusammen lassen, und dann würden sie es schon von selbst hinkriegen, weshalb sollte man sich also Sorgen machen, weil man nur zu zweit war. Die ganze Zeit pfiff er vor sich hin, nie war er angespannt, niemals ließ er die Pferde spüren, dass irgendetwas nicht stimmte. Das konnte er. Egal was schief ging, es war immer leichter, wenn die Pferde nichts davon mitbekamen.«

»Ja«, sagte Krista. Sie seufzte. Dann sagte sie: »Aber er sah doch ganz gut aus, als er weggefahren ist, oder?«

»Er sah prima aus. Wie geht's Maia?«

Sams Piepser ertönte.

Krista sagte: »Bestens.« Sie seufzte.

»Das wär's dann für heute, oder?«

»Ja.«

Sie kamen aus der Sattelkammer, und Krista sah den Gang in der Mitte des Stalls hinunter. Elf saubere Boxen auf jeder Seite, für die Stuten, die in ein paar Tagen ankommen würden.

»Er ist der Letzte?«, sagte Sam.

»Außer Himself habe ich jetzt ein paar Tage lang kein Pferd hier. Eines Tages haben wir vielleicht unsere eigenen Stuten.«

»Ganz bestimmt, Schätzchen«, sagte er. »Lass dir Zeit.«

Sie ging mit ihm bis zu seinem Wagen. Himself stand im strömenden Regen in seiner Stalltür, die Ohren in ihre Richtung gespitzt. Sie sah Pete durchs Küchenfenster, er hatte Maia im Arm. »Was mach ich jetzt?«, sagte sie. »Ich hab nichts zu tun.«

»Schlaf eine Runde«, sagte er.

ZWEITES BUCH

1998

JANUAR

Kapitel 10
Der Fluch der Gewinner

Deirdre konnte sich oft gar nicht entscheiden, was sie beim Trainieren von Rennpferden am meisten störte, so viele Anwärter auf diese Ehre gab es. Aber sobald sie auf eine Versteigerung ging, wusste sie wieder ganz sicher, dass es die Auktionen waren. Die Zweijährigen in den Trainingsauktionen zu sehen störte sie aus leicht ersichtlichen Gründen: Beim Anblick dieser Babys, die über die Rennbahn galoppierten und mit ihren zarten Beinen auf die harte Erde hämmerten, biss man unwillkürlich die Zähne zusammen. Und die Jährlingsversteigerungen fand sie aus anderen, ebenso ersichtlichen Gründen unangenehm: Hier waren die Babys noch jünger, fett und glänzend, mit zu viel Gewicht auf ihren zarten Gelenken, überfüttert und zu schnell gewachsen. Man brauchte keine Röntgenaufnahme ihrer Karpalgelenke, um zu sehen, dass sie jetzt schon gefährdet waren. Aber diese Versteigerungen gehörten nun mal zu ihrem Job, denn dort bot sich immerhin die Chance, ihre Besitzer zu halbwegs vernünftigen Kaufentscheidungen zu bewegen. Und das musste sie, wenn sie in diesem Jahr erfolgreich sein wollte. (Helen hatte ihr das vor drei Tagen ganz trocken gesagt, als sie sich wortreich über die bevorstehende Reise bei ihr beschwert hatte.) Was sie an dieser Zuchtversteigerung konkret am wenigsten mochte, war, dass es so verdammt kalt war. Im September war es wenigstens warm und angenehm, wenn man die Ställe besuchte und sich die Pferde zeigen ließ. Im November konnte man sich dann in dem großen Amphitheater, wo die Pferde zum Bieten auf ein Podest geführt wurden, von dem kühlen Wetter draußen aufwärmen. Und im Juli gab es Eistee in rauen Mengen.

Sie war mit George und Skippy und Mary Lynn nach Keeneland gekommen, um an der Gemischten Januarauktion für Zuchtpferde und im Training befindliche Pferde teilzunehmen. Skippy und Mary Lynn hatten rund fünfhunderttausend Dollar zur Verfügung und wollten fünf bis neun von bestimmten Hengsten gedeckte Stuten erwerben. Da Skippy ganz auf das Kentucky Derby fixiert war, riet Deirdre ihnen zu Stuten mit klassischen Vätern wie Secretariat, Caro, Hoist the Flag, Vaguely Noble, Stage Door Johnny, Northfields, Key to the Mint, die selbst aber von jungen Hengsten gedeckt waren, die noch keine bedeutenden Nachkommen hervorgebracht hatten und deren Deckgebühren deshalb noch nicht astronomisch hoch waren. Skippy hatte auf dem Weg nach Keeneland zwar allem Anschein nach dieses Prinzip des preiswerten Ankaufs und hohen Verkaufs völlig eingesehen, doch kaum waren sie angekommen, schien ihn aller Verstand zu verlassen. Immer wieder kam er an und zeigte Deirdre im Katalog die Stuten, die von Hengsten wie A. P. Indy, Storm Cat, Seattle Slew und Nureyev gedeckt waren und in deren Augen Skippy eine gewaltige Zukunft erkannte. Deirdre fluchte wie ein Bauarbeiter, aber es half nichts. Pflichtschuldigst marschierte sie in der Kälte durch die Ställe und starrte allen Stuten in die Augen, aber alles, was sie darin sehen konnte, war der Wunsch, bloß nicht hier zu sein, sondern auf einer hübschen Weide irgendwo mit anderen Stuten. Deirdre hatte keine Ahnung, was in Skippys Kopf vorging. Mit vereinten Kräften konnten sie, Mary Lynn und George ihn meistens manipulieren, beschwatzen oder im Zaum halten. Jetzt zeigte ihm Deirdre eine adrette kleine braune Stute, Tochter von Hoist the Flag, aus der Mutter des großen kanadischen Deckhengstes Vice Regent. An ihr war alles richtig und gesund, aber sie war achtzehn Jahre alt. Sie war von Manila gedeckt. Deirdre mochte alles an ihr, einschließlich der Tatsache, dass Manila ein regelrechtes Schnäppchen war, betrachtete man seine Beständigkeit und die Tatsache, dass er für keine Moden anfällig war. Sie unterhielt sich gerade mit Skippy über die Stute (Mary Lynn hielt sich irgendwo anders warm) und hatte ihn fast so weit, dass er zuhörte, als ein breiter Bursche auftauchte, dessen Bild Deirdre in *The Blood Horse* gesehen hatte. Er steuerte direkt auf sie zu. Skippy, der sich Deirdre mit gerade so viel Aufmerksamkeit zuwandte, um von den Nonnen keinen Klaps auf den Handrücken zu

verdienen, nahm eine verdächtig steife Haltung an. »Sie sehen sich diese Stute an?«, fragte der Mann.
Skippy, der alte Verräter, sagte: »Deirdre hier hat etwas für sie übrig.«
»Hm«, sagte der Mann. Snell hieß er, Max Snell, und damit war es auch schon geschehen. Skippy folgte dem Typ wie an der Leine zu der Gruppe, die um eine andere Stute herum stand, eine sechsjährige Gewinnerin von anderthalb Millionen Dollar, Tochter von Seattle Slew, gedeckt von Seeking the Gold. Deirdre ging hinter Skippy her, als hinge auch sie an der Leine. Kein Zweifel, das war eine schöne Stute. Sie sah toll aus, voller Selbstvertrauen, mit intelligentem Blick und angenehmer Haltung. Aber Skippy konnte sich diese Stute unmöglich leisten. Das Problem war nur, dass Skippy jetzt, nachdem er sich diese Stute und ein paar Ähnliche angesehen hatte, mit allem, was er sich leisten konnte, unzufrieden sein würde, und egal, was sie kauften, er würde meinen, seinen Möglichkeiten nicht gerecht zu werden.
»Sehen Sie mal«, sagte der Typ, »das ist eine Stute! Sehen Sie sich diese Schulter an! Und diese Fesseln! Diesen Motor! Das ist Ihre Stammstute, wie sie leibt und lebt, Hollister. Und sie ist von einem tollen Hengst gedeckt. Darauf müssen Sie achten. Seeking the Gold ist ein großartiger Hengst.«
Deirdre rief: »Scheiße, Sie brauchen keine gottverdammte Stammstute, Sir. Sie haben vor, ein paar Rennpferde zu züchten, weiter nichts. Haben Sie das vergessen?«
»Ist das Ihre Trainerin?« Und dann: »Hm«, als bestünde die wichtigste Eigenschaft eines Trainers darin, dem Besitzer gegenüber Respekt zu zeigen, eine Eigenschaft, die weitaus höher zu bewerten sei als Ahnung von Pferden oder Intelligenz oder sogar Männlichkeit. »Wissen Sie, ich habe einmal versucht, eine Stute zu kaufen, und mein Trainer hat es mir ausgeredet. Dabei hatte sie nicht mal den Nachweis, den diese Stute hier hat. Ich habe auf ihn gehört, denn er hat mir gesagt, sie sei überteuert, obwohl für einen wie mich ehrlich gesagt nichts überteuert ist, wenn Sie wissen, was ich meine?« Er sah sie beide prüfend an, und ja, sie wussten genau, was er meinte. »Egal. Wissen Sie, wie diese Stute hieß?«
Verdammt nochmal, woher sollten sie wissen, wie diese Scheißstute geheißen hatte, dachte Deirdre.

»Gana Facil. Sie war gedeckt von Cahill Road. Mein Trainer meinte, sie sei überteuert, und ich war nicht vernünftig genug, meinem eigenen Instinkt zu folgen. Ich erkannte etwas in dieser Stute. In ihren Augen. Und ehrlich gesagt sehe ich in den Augen dieser Stute dasselbe, klar und deutlich wie der helle Tag.«

»Sie hat einen schönen Blick, Sir, das stimmt«, sagte Deirdre. »Einen sehr netten Blick.« Und dann: »Machen Sie ein Angebot auf sie?«

»Tja ...« Snell gluckste laut und zufrieden. Skippy nahm wieder seine steife Haltung ein. Dann erblickte Snell einen anderen Mann, den er kannte, winkte ihm zu und ging davon. Deirdre und Skippy blieben stehen, beide mit einem unguten Gefühl. Kurz darauf sagte Skippy: »Ich hab jetzt genug Pferde gesehen. Ich meine allmählich, sie sehen alle gleich aus. Ich möchte zurück ins Hotel und mich ausruhen. Wo ist George?«

George fungierte hier als ihr Fahrer.

Sogar bei einer so kleinen Auktion bestand das Problem darin, dass die Klassen so eindeutig definiert waren. Skippy, der daran gewöhnt war, verdammt reich und verdammt wichtig zu sein, wusste hier nicht so recht, wer er war. Er hatte nicht ein Zehntel von dem Geld, das Snell besaß, und nicht mal ein Prozent der Erfahrung von manchen Leuten hier, die ihr ganzes Leben mit Rennpferden umgegangen waren. Er war auch nicht der bestgekleidete Mann am Platz, was für einen Pferdebesitzer in einer schwierigen gesellschaftlichen Situation unter Umständen von großem Nutzen sein konnte. Und er war Rechtsanwalt. Das hieß, dass er seinen Unterhalt verdiente. Viele hier taten das nicht. Aber dafür hatte er George, und George war so reizend, so irisch, so gut aussehend und so sprühend vor Lebenskraft, dass die Leute stehen blieben, wenn George und Skippy vorbeikamen, und dann sagten sie zueinander: Wer ist das denn mit dem Typ da, und sie sagten das so, als hätte beispielsweise Skippy Mary Lynn verlassen und ließe sich jetzt hier mit einem Filmstar blicken. Und wenn Skippy dann in den Fond seines Wagens stieg und George auf den Fahrersitz, dann machte das großen Eindruck. Und George, du lieber Himmel, er war ganz hin und weg von der Wirkung, die ein Ire in Amerika hatte. Er brauchte nichts zu tun, als den Mund aufzumachen und etwas zu sagen, was zu Hause jeder Hinz und Kunz hätte sagen können, und schon lag man ihm zu Füßen. Deirdre fand, dass George ein bisschen zu selbstbewusst wurde. Da kam er auch schon an. Deirdre übergab den Anwalt ihrem Cousin, die beiden verschwanden, und sie konnte sich in aller Ruhe ihren Plänen widmen, von denen Skippy seinen Nutzen und Vorteil haben würde. Das Schöne hier war ja, dass es Pferde in Hülle und Fülle gab, die man sich ansehen konnte, und sie sah sich sehr gerne Pferde an.

Beim Abendessen bemerkte Deirdre, dass Skippy außergewöhnlich still war, als habe man ihn in Schutzgewahrsam genommen. George, der neben ihr saß, sagte: »Mary Lynn, Liebchen, ist Ihnen nicht so gut?«

»O mein Gott«, sagte Mary Lynn und wankte vom Tisch zur Toilette.

Deirdre dachte nicht daran, ihr hinterherzueilen, bis George sie unter dem Tisch vors Schienbein trat und sie sagte: »Aua! Was ist los?« Da merkte sie erst, was sie zu tun hatte.

Ein paar Abende zuvor hatte George noch zu ihr gesagt: »Cousinchen, es geht mir einfach über den Verstand, warum der Herr im Himmel dir so wenig Gespür gegeben hat.«

Also schön, sie folgte Mary Lynn ins Bad, und da stand Mary Lynn und erbrach sich in die Toilette. Also schön, Deirdre hielt der Frau den Kopf. Und als sie fertig war, hielt sie sie am Arm und half ihr hinaus und sagte: »Was kann ich für Sie tun?« Na schön.

»Bringen Sie mich zurück ins Hotel. Nein, George soll mich zurück ins Hotel bringen. Und sorgen Sie dafür, dass Skippy keine von den beiden Stuten kauft.«

»Welche Stuten?«

»Das rechte Vorderknie der Seattle-Slew-Stute ist nach außen gedreht und die Storm-Cat-Stute ist eine Storm-Cat-Stute.«

»Ach, diese Stuten sind viel zu üppig für uns, Mary Lynn. Machen Sie sich keine Sorgen.«

Mary Lynn sah sie an.

»Wir haben doch einen Plan, oder nicht?«

»Meine Liebe«, sagte Mary Lynn, »ich will Ihnen sagen, was an Skippy so besonders ärgerlich ist. Wissen Sie, wir waren beide Niemands. Wir haben uns im College kennen gelernt und hatten nie Geld, aber das machte nichts. Egal, wie wenig Geld wir hatten, Skippy kam immer mit Schnäppchen für die Wohnung an. Erst waren es Straßenstände, und die Schnäppchen kosteten alle 25 Cent oder einen halben Dollar. Dann waren es billige Supermärkte, dann Macys. Er hat bei Tiffany Schnäppchen gekauft, bei Barney's, bei Giorgio in Beverly Hills. Haben Sie schon mal von Maxfield Bleu gehört? Das ist ein Geschäft an der Melrose Avenue in L. A., wo sie tausend Prozent auf die Kleider aufschlagen und einen obendrein noch verächtlich angrinsen. Skippy kauft etwas bei Maxfield Bleu und meint, er hat ein Schnäppchen gemacht.«

»Mit anderen Worten, er meint, alles, was er kauft, ist ein Schnäppchen.«

»Ja. Egal, wie viel es kostet. O Gott ...«

Sie gingen zurück in die Toilette.

Nachdem George Mary Lynn ins Hotel gebracht hatte und zum Auktionspavillon zurückgekehrt war, versuchte Deirdre mit ihm eine Strategie auszutüfteln. Erstens mussten sie so weit wie möglich von Snell entfernt sitzen. Zweitens mussten sie dafür sorgen, dass Skippy in der Mitte zwischen ihnen saß. Drittens mussten sie seine Hände an den Sitz schnallen. Viertens mussten sie ihm den Mund zukleben. Und fünftens mussten sie ihm eine Tüte über den Kopf stülpen. Während sie diese Strategie entwickelten, mussten sie lachen, und Deirdres Laune wurde besser, aber was ihren Einfluss auf Skippy anging, war sie nicht so optimistisch.

Deirdre selbst hatte zehn gute Stuten ausgesucht und nahm an, dass sie mit viel Glück fünf davon kriegen würde. Heute Abend wurden nur zwei davon verkauft. Als Skippy zwischen ihnen Platz nahm (die ersten beiden Punkte des Plans hatten geklappt), war er offensichtlich wieder außer Rand und Band. Gleich zum Auftakt sagte er: »Also, Mary Lynn ist für heute Abend wohl kaltgestellt. Ich habe gerade mit ihr telefoniert, sie fühlt sich gar nicht gut.« Er sagte das in einem triumphierenden Ton, während er auf die Vorderkante seines Sitzes rutschte und die Hände auf die Knie stützte. »Wann fangen sie an?« Und da fingen sie an.

»Aha«, sagte Skippy.

Eine schöne Fuchsstute kam in den Ring. Das Bild einer Matriarchin, fand Deirdre. Sie warf einen Blick in den Katalog. Es war eine berühmte Stute namens Red Shift, Tochter einer berühmten Stute namens Red Beans und Schwester von drei weiteren berühmten Stuten namens Red Scare, Red Square und Infrared. Diese roten Stuten waren so berühmt, dass ihre Nachkommen, unabhängig davon, von welchem Hengst sie gedeckt waren, immer Namen bekamen, die sich auf sie bezogen. Red Shift hatte Night Shift hervorgebracht und Shiftless, Moveitorloseit und Day Shift, eine zweijährige Stute vom Vorjahr, die im Hoffnungsrennen in Saratoga gegen die Hengste Zweite geworden war.

Deirdre und George warfen sich einen Blick zu, als Skippys Hand ohne vorherige Absprache in die Höhe ging. Deirdre zog sie runter, aber der Auktionär hatte das Angebot schon gesehen. Zum Glück kam das nächste Angebot gleich darauf. Deirdre und Skippy fochten einen kleinen Kampf aus, und Skippy sagte mit gepresster Stimme: »Zweihunderttausend ist ein Schnäppchen für diese Stute! Das weiß ich!«

»Sie kostet jetzt schon dreihunderttausend«, sagte George.

»Das ist auch noch billig! Lassen Sie mich los!«

»Behalten Sie Ihre Scheißhand unten«, sagte Deirdre viel zu laut. Die Leute in der Nähe drehten sich um und sahen sie an.

»Das ist eine tolle Stute! Die beste Stute hier!«

Dann tat Deirdre etwas, das sie später selbst kaum noch glauben konnte. Sie warf ihr rechtes Bein herum und pflanzte sich auf Skippys Schoß, sodass sie ihm ins Gesicht sah und er nicht mehr den Ring sehen konnte. Sie nutzte den Augenblick verblüfften Schweigens, schob ihr Gesicht nah an seines und sagte: »Skippy, mein Süßer, Sie verdienen diese tolle Stute nicht! Und ich verdiene es nicht, ihre Nachkommen zu trainieren. Lassen Sie sie in Frieden!«

Sie stieg von Skippys Knien.

»Was zum Teufel machen Sie da?«, sagte Skippy. »Was soll das?«

»Ich habe Prinzipien!«

»Was für Prinzipien? Die Stute geht an den, der am meisten bietet, egal wer es ist.«

»Ich lehne jede Diskussion darüber ab.«

Dann war dieser Verkauf vorbei, und die Stute hatte einen Preis von 936 000 Dollar erzielt.

George bot Skippy einen Schluck Wasser an. Kleine Schweißperlen traten an seinem Haaransatz hervor. »Ich hatte keine Ahnung, dass Sie so stark sind«, murmelte er Deirdre zu. »Sie sehen so klein aus.«

»Süßer«, sagte Deirdre, »wenn man auf 600 Kilo schweren Holsteinern über ein Meter fünfzig bis ein Meter achtzig hohe Dreifachhürden gesprungen ist, dann mit Kehrtwendung in einen einsfünfziger Engpass und dann im gestreckten Galopp über einen vier Meter breiten Wassergraben gesetzt ist, dann ist so ein Anwalt kaum der Rede wert.«

»Machen Sie das nicht noch einmal.«

»Bieten Sie so, wie wir es besprochen haben!«, sagte Deirdre.

»Bitte«, riet George.

»Bitte«, sagte Deirdre.

»Na gut«, sagte Skippy, Und er sah sie schief an.

Kurz darauf kam die Storm-Cat-Stute, gedeckt von Theatrical (Irland) ruckend und bockend in den Ring. Sie knirschte mit den Zähnen, peitschte mit dem Schweif und schlug aus. »Das ist eine echte Storm Cat«, sagte George.

»Das sind die Sieger«, sagte Skippy. Er führte den Namen Snells im Munde und behauptete, er besitze vier Storm Cats, zwei an der Rennbahn und zwei auf dem Gestüt. Aber er machte kein Angebot. Die Storm-Cat-Stute wurde für 564 000 Dollar verkauft.

Jetzt kam die Seattle-Slew-Stute in den Ring. Bell Starr war ihr Name. Im Katalog stand, dass sie im Februar fohlen würde, und so sah sie auch aus. Deirdre hatte die Stute in einem Rennen gesehen. Sie wusste noch, wie zäh und aggressiv sich die Stute gezeigt hatte, sie preschte voran und kämpfte mit dem Jockey darum, schneller rennen zu können. Deirdre hatte damals gemeint, sie wäre mit Steroiden behandelt, aber selbst jetzt, hochträchtig, sah sie lebhaft drein, und das war ja ein Beweis, dass ihr Tempo und Schwung ziemlich selbstverständlich waren. Eine solche Stute im Stall zu haben wäre wunderbar. Deirdre warf Skippy einen Blick zu. Er saß auf seinen Händen wie ein braver Junge. Sie sah die Stute wieder an. Die ersten Angebote wurden gemacht, aber es ging langsam. Beim dritten Angebot waren sie erst bei acht-

undsiebzigtausend. Deirdre schaute in den Katalog. Sie hatte sich die veranschlagten Rücklagen notiert: 350 000 Dollar. Schweigen trat ein.
»Bieten Sie«, sagte sie.
»Was?«
»Bieten Sie neunzig.«
Er bat neunzig.
Jemand anders bat hundertzehn.
»Bieten Sie hundertfünfundzwanzig.«
Er bat hundertfünfundzwanzig.
Jemand anders bat hundertfünfzig, ein Dritter hundertfünfundsiebzig.
Deirdre lehnte sich zurück, sie war gerettet. Sie seufzte erleichtert, und dann wandte die Stute den Kopf und sah über alle Leute in den ersten drei Reihen hinweg Deirdre direkt ins Gesicht. Wie kam das bloß, dachte Deirdre: Bei allen Pferden waren die Augen braun und groß und saßen an derselben Stelle im Kopf, und trotzdem sahen sie alle unterschiedlich aus. Wie kam es, dass manche nach innen blickten und manche zum Horizont, und andere blickten einem direkt ins Gesicht. »Bieten Sie«, sagte sie.
»Sie ist schon bei zweihundertfünfundzwanzig.«
»Bieten Sie.«
»Zweihundertfünzig!«, rief Skippy.
»Guter Gott im Himmel!«, sagte George.
Inzwischen waren sie bei dreihundert.
»Ich habe mich verliebt«, sagte Deirdre.
»Wessen Geld bieten wir hier?«, fragte Skippy.
»Ihres«, sagte Deirdre. »Bieten Sie dreihundertfünfundzwanzig.«
Im nächsten Augenblick waren sie schon bei vierhundert.
»Snell bietet gegen Sie«, sagte George.
»Wirklich?«, sagte Skippy.
»Es ist doch bloß Geld«, sagte Deirdre. »Sie haben einen Haufen.«
Bei fünfhundert hatten sie ihre obere Grenze erreicht, und Skippy senkte pflichtbewusst die Hand.
Jetzt waren sie bei sechshundert.
Die Stute hob den Kopf, spitzte die Ohren nach einem Geräusch. Es war eine braune Stute. Deirdre, die in ihrem Leben Tausende von

Pferden gesehen hatte, fand, sie sah herrlich aus. Sie sagte: »Bieten Sie sieben, ich übernehme die Hälfte.«

»Was!«, rief George. »Schätzchen, so viel Geld hast du doch gar nicht!«

»Ich werd es schon auftreiben. Bieten Sie!«

Skippy hob seine Karte und sagte: »Sieben!« Das war das Schlusswort, und im nächsten Augenblick gehörte die Stute ihnen.

»Cousine, hast du noch nie vom Fluch der Gewinner gehört?«, sagte George.

»Was ist das?«, sagte Skippy. Deirdre war zu platt, um irgendetwas zu sagen.

»Das ist ein ökonomisches Prinzip bei Auktionen. Wer gewinnt, steht unter einem Fluch, weil er oder sie eine Prämie für das Vergnügen des Gewinns bezahlt haben.«

»Gütiger Himmel«, sagte Deirdre. Sie begriff jetzt, dass sie etwas würde tun müssen, was sie bei anderen Leuten erlebt hatte und sich geschworen hatte, nie selbst zu tun. »Ich muss jetzt mein Haus für ein Pferd verschulden!« Sie barg den Kopf in den Händen. Deirdres Haus war ihr ganzer Stolz. Sie hatte es gekauft, nachdem sie ihr bestes Springpferd für hunderttausend Dollar verkauft hatte, und als sie den Scheck ausstellte, hatte sie sich geschworen, nie wieder ein Pferd zu besitzen. Das war jetzt zehn Jahre her, und das Haus hatte unter Beweis gestellt, in welchem Maße es sich von einem Pferd unterschied, indem es stetig 12 Prozent pro Jahr im Wert gestiegen war. Aber auch mit geschlossenen Augen sah sie jetzt das Gesicht der Stute vor sich, deutlich wie der helle Tag, und bei dem Gedanken, dass sie jetzt ihr gehörte, spürte sie eine echte Welle des Glücks in sich aufsteigen. Und dann kam der Mann mit dem Klemmbrett zu ihnen, und Skippy hob die Hand und unterschrieb.

Kapitel 11
Der Baron

Dick Winterson war ein erfolgreicher Trainer und ein viel beschäftigter Mann. Er hatte eine Reihe von Rennpferden, die eine Million Dollar wert waren (nun ja, er hatte auch ein paar Pferde für eine halbe oder eine Viertelmillion Dollar, denn der Pool der Millionenpferde war zwar sozusagen tief, aber dafür auch ziemlich klein, und Baffert und Lukas hatten die Beckenränder weitgehend aufgekauft. Aber Dick hatte keine Angst vor ihnen. Oder nur ganz selten. Vor ein paar Jahren hatte Dick nie Angst vor ihnen gehabt. Und auch nicht vor Alan Jerkins oder John Kimmel. Egal welchen Trainer man nannte, Dick hatte nie vor ihm Angst gehabt. In der Regel mochte Dick andere Trainer. Er teilte etwas mit ihnen, und er war ein offener, extrovertierter Typ, oder war es jedenfalls früher gewesen. Auch jetzt wussten Wayne, Bob, Allan und John wahrscheinlich noch nicht, dass Dick Angst vor ihnen hatte, es sei denn, sie konnten es riechen, wie Hunde. Er alberte immer noch mit ihnen und den anderen herum, wenn er sie sah. Er stand beim Morgentraining neben ihnen und redete mit ihnen über die Eigenarten bestimmter Pferde. Er saß mit ihnen noch in der Cafeteria. Aber wenn die Übungsarbeit vorbei war, wenn die anderen in ihre Büros gingen und mit den Besitzern telefonierten oder Korrespondenz erledigten, ging Dick zu seinem Therapeuten. Er war ein Mann der Rennbahn, deshalb stellte er sich seine Angst und seine Therapie auch als eine Art Rennen vor, Kopf an Kopf, Sunday Silence und Easy Goer, Affirmed und Alydar, die berühmten Paare der Rennen. Oder, Gott bewahre, Foolish Pleasure und Ruffian. Die Schwierigkeit lag nur darin, dass er nach dem zweiten Bogen nicht mehr wusste, welches Pferd seine Angst war und welches seine Therapie. Manchmal versuchte er, seinem Therapeuten einzureden, das Vollbluttraining sei anders geworden, seit die Typen Eingang gefunden hatten, die von den Quarterpferden kamen, das war eine härtere, abgebrühtere Sorte, aber sein Therapeut ignorierte diese Realitäten und erklärte, das Gewinnen und Verlieren sei die Quelle seines Kummers und nicht ihre Lösung, und ruhigere, organischere Bilder seien ihm

zuträglicher. Blühen. Knospen. Fruchten. In der Erde graben, den Dünger darauf streuen, die Erde behutsam um den Stängel der Pflanze aufhäufeln und dergleichen. Wayne Lukas verglich sein Leben nie mit Bildern aus dem Bereich des Gartenbaus, dachte Dick, das war bombensicher. Er nickte, als sein Therapeut ihm diesen Vorschlag machte, nahm ihn aber nicht auf. Seine Angst und seine Therapie waren mittlerweile im Einlauf aufs Ziel, und Dick hatte das bestimmte Gefühl, dass das Rennen in wenigen Augenblicken vorbei sein würde. Und jetzt hatte er ein Verhältnis mit der Frau eines seiner Besitzer. Das hieß nicht, dass er ›mehr Angst‹ hatte, wie er seinem Therapeuten erklärte, sondern dass er ›öfter Angst‹ hatte. Sein Therapeut hatte ihm gesagt, diese Unterscheidung sei bedeutungslos, aber Dick fand sie eher beruhigend. Irgendwie hieß das für ihn, dass er noch nicht vollends in Panik geraten war.
Sein Betrieb, die Arbeitsreiterinnen und die Pfleger, seine beiden Assistenten, sein Büroleiter und der Futterwart, das alles lief jetzt wie von selbst. Er hatte alles seit Jahren gut organisiert, und sie alle wussten, was sie zu tun hatten. Sie behielten einen kühlen Kopf, kümmerten sich um die Pferde und hielten sich an ihre Routine. Er gewann immer noch in den Rennen, sein Gewinnprozentsatz lag im Herbst bei 18%, das war genauso, wie es immer gewesen war. Aber jeder Gewinn, sogar die großen Stakes-Rennen, bei denen sein Bild in die *New York Times* und die Rennzeitung kam, bewiesen ihm bloß eines: dass das Leben nur aus Zufällen bestand. Er ließ ein Pferd als Favorit mit einer Quote von eins zu fünf starten, sah zu, wie es mit zehn Längen Vorsprung ins Ziel donnerte, und war immer noch nicht überzeugt. Überzeugt von was? Das wusste Dick selbst nicht. Sein Bruder, der in einer Oberschule in Queens Französisch unterrichtete, meinte, er sei in einer Existenzkrise. Dick hatte eigentlich keine Ahnung, was das hieß, aber es hörte sich nicht gut an, es war nichts, was er in Gulfstream brauchen konnte, wo alles so nett war, und noch weniger etwas, das er mit nach Belmont Park schleppen sollte. Belmont Park war groß, es war eine so riesige Rennbahn, dass man erst mal kalte Füße kriegte. Belmont Park war wie ein sich unendlich ausdehnendes Universum, ein Vakuum, dass sich vor den eigenen Füßen auftat – Dick schüttelte den Kopf, um diese Bilder zu verscheuchen.

Er musste sich entscheiden, ob er Luciano mit nach New York nehmen sollte.

Luciano war sein Pferdemasseur und der einzige Balsam für seine wunde Seele. Jeden Tag kam Dick nach der Therapie zurück auf die Rennbahn (im Laufe der Jahre hatte er so viel Geld verdient, dass er sich täglich seine Therapiesitzung leisten konnte) und sah zu, wie Luciano die Pferde massierte. Luciano war nur zur Hälfte Italiener, er war groß, und mit seinem roten Haar und seinen blauen Augen sah er eher irisch aus. Wenn die Pferde seine Stimme im Gang hörten, drängten sie sich an die Absperrungen ihrer Boxen, um an ihn heranzukommen. Sie liebten ihn wesentlich mehr als ihre Pfleger, und obwohl Luciano nur Pferde behandelte und keine Menschen, war Dick fest überzeugt, dass Luciano seinen Zustand besser behandeln würde als sein Therapeut, eine einzige Sitzung mit Ganzkörperbehandlung, dabei würde er die Angst einfach hinauskneten und -quetschen. Aber er bat nicht darum, er sah Luciano nur dabei zu, wie er die Pferde behandelte, und plauderte mit ihm.

Sie hatten zwar nie darüber gesprochen, aber Dick wusste, dass Luciano wusste, dass er Probleme hatte. Luciano gab ihm deshalb dauernd wohl gemeinte Ratschläge, die manchmal italienisch und manchmal irisch gefärbt waren. Als Dick heute Luciano an seiner Bürotür vorbeikommen sah (er tat so, als sehe er sich gerade ganz rational das Konditionsbuch an, aber vor etwa zwei Wochen hatte er angefangen, die Nennung seiner Pferde durch Hochwerfen einer Münze zu entscheiden, sein Gewinnprozentsatz hatte darunter nicht gelitten), stand er auf und ging um den Schreibtisch herum, dann warf er einen Blick aus der Tür. Luciano duckte sich gerade unter der Schranke der Box eines Vierjährigen namens Rah Rah, der bislang etwa eine halbe Million gewonnen hatte. Dick warf seine letzte Münze hoch, das Ergebnis sagte ihm, dass die Jungstute Laurita im Shirley-Temple-Ausgleichsrennen für Jungstuten ab vier Jahren starten sollte, Zusatzgeld hunderttausend Dollar. Dann trat er hinaus in den Gang. Er sah Rah Rahs Kopf im Stallhalfter, sein Bein hing über der Boxschranke, und er hörte Luciano murmeln. Er schlenderte hinüber und sagte: »Hallo!«

»Hallo, Dick«, sagte Luciano. »Wie geht's?«

»Ganz gut. Gestern hatte ich einen Sieg und einen zweiten Platz bei zwei Rennen. Die Besitzer waren hin und weg.«

»Toll«, sagte Luciano.

Die Hände in den Taschen, sah Dick zu, wie Luciano seine Finger in den Hals des Hengstes drückte und kleine Kreise beschrieb, manchmal innehielt, um Knötchen zu lösen, mal streichelte, mal mit den Daumen über einen Teil des Muskels fuhr. Rah Rah stand ruhig da. Dick trat auf ihn zu und berührte die Nase des Pferdes, er wusste, was jetzt kommen würde. Rah Rah hob die Nase und begann, Dick zu bearbeiten, da, wo sein Hals in die Schultern überging. Mit seiner beweglichen Oberlippe drückte und wühlte er auf der Haut von Dicks Hals unter dem Hemdkragen, manchmal fuhr er dabei seine Schulter hinab, manchmal an seinem Hals hinauf und manchmal machte er sich an seinem Unterkiefer zu schaffen. Dick ließ es zu, obwohl er wusste, dass er einen Biss riskierte – beim Putzen bissen sich die Pferde oft gegenseitig, sie hatten das gern, denn Mähne und Fell schützten sie. Ungeschützt wie er war, mochte Dick es nicht so gern, aber er sah darin eine Geste von Anhänglichkeit.

»Also, hör zu«, sagte Luciano.

»Ich höre zu«, sagte Dick.

»Wie passt deine Frau hier ins Bild?«

Dick zuckte innerlich zusammen, aber ließ es sich nicht anmerken. »Gar nicht.«

»Wo arbeitet sie nochmal?«

»Sie unterrichtet Gesangstechnik an einem College in New York.«

»So was wie Singen?«

»Ja, Gesang. Sie hasst Rennbahnen. Und sie hasst Florida.«

»Ist sie eine gute Sängerin? Weißt du, diese Pferdebesitzer hier, die würden sich vielleicht mal gern mit einer guten Sängerin unterhalten.«

»Sie singt gut, aber sie singt Lieder, die keine richtige Melodie haben. Charles Ives und so. Anton Webern. Alban Berg. Manchmal auch Schubert.«

»Von dem hab ich schon gehört«, sagte Luciano.

»Ich habe die Erfahrung gemacht, dass diese Schubertlieder ganz hübsch werden, wenn man sie an die fünfzigmal gehört hat.«

»Und sie kann Rennbahnen nicht leiden?«

»Schon seit eh und je. Sie leidet unter Agoraphobie. Die Rennbahn ist nichts für Leute mit Agoraphobie.«
»Was ist das denn?«
»Es heißt so viel wie ›Angst vor dem Marktplatz‹. Angst vor Orten, an denen viel los ist.«
»Aha. Dann würde sie nicht gern in den Logen oben sitzen und mit den Besitzern über Konzerte und dergleichen reden? Ballett? Oper? Manche Besitzer sehen doch so aus, als hätten sie Stil.«
»Manche Besitzer haben auch Stil, Luciano.«
»Die Dame, der die Stute gehört, die über das andere Pferd gesprungen ist.«
Dick trat nach rechts, und Rah Rah nahm sich die linke Seite seines Halses vor. Luciano war inzwischen bei seinem Widerrist angekommen. »Laurita.«
»Hm, ja. Mrs. Maybrick.«
»Ja. Die hat Stil.«
Sie schwiegen eine Zeit lang. Luciano wandte sich jetzt dem Rücken zu und grub seine Finger fest hinein. Rah Rah hatte Dick plötzlich vergessen und senkte die Nase bis fast auf den Boden, gleichzeitig drehte er dabei den Kopf zur Seite und zog die Oberlippe breit. Er grunzte ein paar Mal wohlig.
»Das gefällt ihm«, gluckste Luciano.
»Das gefällt ihnen allen«, sagte Dick.
»Vielleicht würde sie dann gern deine Frau kennen lernen?«
Dick starrte Luciano an und fragte sich, ob er Gedanken lesen konnte, dann antwortete er nur: »Aber Louisa kann die Rennbahn nicht leiden.«
»Wie habt ihr euch denn kennen gelernt?«
»Wir waren zusammen in einer Band. So ungefähr. Wir gehörten zum Fußvolk einer Band, und manchmal spielten wir mit ihnen. Ich hab Gitarre gespielt, und sie hat gesungen.«
Luciano fuhr zärtlich mit den Händen über Rah Rahs Hinterteil und begann dann mit den kleinen Kreisbewegungen auf den großen Muskeln. Rah Rah lehnte sich gegen den Druck. »Du warst Musiker?«, sagte Luciano.
»So was Ähnliches. Ich wollte meinem Vater gegenüber so tun, als

würde ich kein Pferdetrainer, aber das hat sich nicht lange gehalten.«

»Na ja, das sieht man«, sagte Luciano. »Pferdetraining ist eine Vollzeitbeschäftigung, soweit ich das verstehe. Du kommst vor Tagesanbruch hierher, du bleibst den ganzen Tag, du gehst zu den Rennen, du bringst die Pferde ins Bett. Wann siehst du denn überhaupt deine Frau, wenn sie nie zu den Rennen kommt?«

»Darüber habe ich auch mit meinem Therapeuten gesprochen.«

»Das ist bestimmt eine gute Idee«, sagte Luciano. Er schüttelte die Hände aus und ging um das Pferd herum, fing am Hals mit der rechten Seite an. Er war jetzt seit gut zwanzig Minuten bei der Arbeit. Er nahm fünfzig Dollar pro Behandlung. Jedes Pferd in einer geregelten Trainings- und Rennphase bekam eine Behandlung pro Woche. Dick kam selbst für diese Kosten auf, womit er im Endeffekt seine wöchentlichen Einnahmen um 50 Dollar pro Pferd senkte. Andererseits war seine Gewinnquote angestiegen und machte manchmal den Verlust wieder wett. Die Differenz, die Dick den »Vig« nannte, das Insider-Wort für die Kommission der Buchmacher, war die Zeit, die er sich sparte, weil er den Besitzern nicht erklären musste, wie gern die Pferde es hatten, dass es kein Hokuspokus war, dass sein Stall dadurch glücklicher war, dass er selbst glücklicher war, weil die Pferde glücklicher waren, und jeden Tag sah, dass sie glücklicher gemacht wurden. Das Leben auf der Rennbahn war hart für die Pferde, kein Gras, kein Auslauf, keine Gefährten zum Liebkosen. Es war ein Glück, dass Vollblüter reine Arbeitspferde waren. Kein Ackerpferd konzentrierte sich jemals so auf seine Arbeit, wie es ein Vollblutpferd gern tat, aber trotzdem gab es Dick immer einen Stich, wenn er sah, wie sie lebten. Aber was bedeutete heutzutage schon ein Stich ins Herz für ihn? Ein Stich war ein Augenblick, jeder Augenblick war ein Stich.

»Du kommst mir ein bisschen niedergeschlagen vor«, sagte Luciano.

»Tatsächlich?«

»Veränderungen bringen immer Stress mit sich.«

»Tatsächlich?«

»Du hast keine Ahnung, wo du in sechs Monaten sein wirst.«

»In sechs Monaten bin ich in Saratoga.« Guter Himmel, dachte Dick. Ich hoffe, ich bin in der richtigen Stimmung.

»Das meinst du jetzt! Aber in sechs Wochen kannst du tot sein.«

Er zuckte auf typisch italienische Weise die Schultern.
»Vielen Dank, Luciano.«
»Wieso muss das so schlecht sein?«
»Hast du auch wieder Recht.«
Der Masseur minderte den Druck zur Hinterhand hin, das Pferd reckte den Kopf vor und legte ihn auf Dicks Schulter. Luciano fuhr mit seinen philosophischen Ausführungen fort. »Zu jedem Zeitpunkt weiß man doch ziemlich genau, wer man ist und wo man ist. So ist das Leben. Selbst wenn man den Fehler begeht und sein Leben prüft, was ich übrigens immer versuche zu vermeiden, ist man doch zu jedem Zeitpunkt irgendwie derselbe. Das ist beruhigend. Aber irgendwann summieren sich alle diese Zeitpunkte, und auf einmal findet man sich irgendwo als irgendjemand wieder, der man nie sein wollte und, was noch schlimmer ist, den man niemals begriffen hätte, wenn man jemals gewusst hätte, dass man diese Person einmal sein würde. Verstehst du, was ich meine?«
»Das ist so ziemlich die Geschichte meiner Ehe. Und die ihrer auch.«
»Wessen?«
»Die von meiner Frau.«
»Tja«, sagte Luciano. »Alle sind gleich. Das tröstet mich irgendwie. Jedes Pferd ist natürlich anders. Nimm zum Beispiel meinen Vater.«
»Deinen Vater?«
»Mein Vater war ein Baron.«
»Wirklich?«
»Klar«, sagte Luciano. »Und er wusste über alles Bescheid, was dazugehört.«
»Was gibt's denn da zu wissen?«
»Na ja, als italienischer Baron hat man Wein, verschiedene Frauen, Essen, Besitzinteressen, Schulden und überall Verwandtschaft. Damit kannte er sich aus. Aber dann kam der Krieg. Der Krieg war nicht von Baronen für Barone gemacht, wie mein Vater immer sagte, deshalb passten die Barone nicht zum Krieg und der Krieg nicht zu den Baronen.«
Dick lachte.
»Na ja, so was kommt vor«, sagte Luciano vollkommen ernsthaft. »Mein Vater war zufällig hier in Florida, als der Krieg ausbrach, und

er ist hier geblieben. Sein ganzes Wissen ließ sich hier nicht anwenden, also, sein Wissen galt nicht, denn es war italienisches Wissen, aber das war ihm nicht klar, und so tat er einfach das, was er immer gemacht hatte, und als der Krieg vorbei war, hatte er hier ein Restaurant, in dem es guten Wein gab, er hatte eine Frau, eine Geliebte, ein paar nette Immobilien und auch ein paar Schulden. Der Krieg war also zu Ende, und er ging zurück nach Italien und meinte, alles würde jetzt da weitergehen, wo es aufgehört hatte, aber Italien hatte sich natürlich völlig verändert. Und mein Vater hatte sich auch völlig verändert. Jetzt kannte er sich bestens damit aus, wie man ein Baron in Florida war, aber wusste nicht mehr, was für einen Baron in Italien galt. Und ich denke mir jetzt Folgendes: Ich glaube, die beiden, Italien und mein Vater, hatten sich in genau dem gleichen Maß und auf die gleiche Art und Weise verändert, und wenn er sich entschlossen hätte, dort zu bleiben, dann hätten er und Italien sich irgendwo wieder getroffen, aber das wusste er nicht. Er meinte jetzt nur, dass er Italien hasste, aber Florida hasste er auch, und weder seine Frau noch seine Geliebte machten ihm besonders viel Spaß. Und das war sein Fehler. Er dachte, das Problem läge an ihnen, aber es gab gar kein Problem.«
Dick konnte Lucianos Gedankengang allmählich nicht mehr folgen.
»Es gibt kein Problem. Wenn ich meine, dass es ein Problem gibt, komme ich hierher, lege die Hände auf die Pferde, dann gehe ich und esse einen Teller Gnocchi mit Gorgonzolasauce, und es gibt kein Problem mehr. Und wenn ich immer noch meine, dass ich ein Problem habe, dann trinke ich eben ein kleines Glas Wein.«
Er war jetzt wieder an Rah Rahs Rücken angelangt, und das Pferd tat dasselbe wie vorhin, es streckte den Kopf nach unten, schloss die Augen und grunzte, nur ging es diesmal dabei auch ein wenig in die Vorderknie. »Hat er einen wehen Rücken?«, fragte Luciano.
»Er ist ein bisschen bockig, wenn jemand aufsitzt. Dein Vater muss dann doch in Italien geblieben sein, wenn du in Rom aufgewachsen bist?«
»Ja, aber er hat immerzu bloß gejammert und wünschte, er wäre in Florida geblieben. Als ich nach Amerika kam, sollte ich eigentlich nach Kalifornien, aber bin dann ausgerechnet hier gelandet.« Er lachte.

Luciano war tatsächlich klüger und tröstender als sein Therapeut, vielleicht lag es daran, dass er halb Italiener war. »Sag mal, Luciano, hast du Lust, mit mir nach New York zu kommen? Für die Sommersaison?«

»Na ja, ich weiß nicht, also, hier unten kenn ich mich aus, ich kann's noch nicht sagen. Da oben ist es teuer. Das weißt du ja. Ich hab seit meiner Jugend hier gelebt. Manchmal kann ich es selbst kaum glauben.«

»Das ist ein Grund mitzukommen.«

»Mal sehen.«

»Ich kann dir jeden Tag Arbeit geben, so viel du willst.«

»Hm«, sagte Luciano und ließ es offen. Dicks Hilfstrainer Andy erschien neben ihm. »Hast du dein Handy abgeschaltet?«, fragte er. »Du hast sechs Nachrichten von Al Maybrick wegen der Laurita-Stute.«

Dick seufzte, zog sein Handy aus der Tasche und schaltete es an. Es klingelte sofort. »Hallo, hallo«, sagte Dick auf seine fröhliche Art. Er begrüßte den Mann, den er gehörnt hatte, jetzt in wesentlich besserer Stimmung als früher, als seine Reizbarkeit Al gegenüber noch rein und einfach gewesen war.

»Hier ist Al Maybrick. Dick, ich versuche die ganze Zeit, Sie zu erreichen. Ich bin ein bissch–«

»Hallo, Al. Ja. Ich lasse Laurita in dem Ausgleichrennen laufen. Kommen Sie zum Rennen?«

»Ich weiß nicht. Es ist ein großer Sprung für sie, in eine andere Klasse …«

»Ich dachte, das wollten Sie?«

»Ja, das stimmt, aber als ich in meiner Gruppe davon geredet habe, haben sie gesagt, ich wollte es so gerne wegen meiner Großspurigkeit und dass ich besser auf Sie hören sollte, weil Sie der Fachmann sind und sich nicht so von Phantasien leiten lassen.«

Dick wurde flau, wenn er daran dachte, wie sie beide unfähig waren, einen überzeugenden Plan zu entwickeln. Andererseits hatte die Münze entschieden.

»Also Al«, sagte Dick, »ich habe drüber nachgedacht, und ich glaube, sie ist so weit, dass sie laufen kann. Wir sollten es wagen.«

»Wir kommen«, sagte Al.

»Sie und …?« Das war gut, diese gespielte Ahnungslosigkeit.
»Rozzy und ich. Sie macht sich nicht viel aus Rennen. Ich hab ihr alles erklärt, bis mir der Kopf fast geplatzt ist, aber sie kriegt dann bloß diesen Blick, Sie kennen das ja.«
Kannte er das? »Was für einen Blick?«
»Ach, ich weiß nicht. Ist auch egal. Ich komme auf jeden Fall.«
»Toll«, sagte Dick ohne eine Spur von Rückgrat.

Kapitel 12
Wal Mart

Bone Bones, der mit Taufnamen nach seinem Großvater mütterlicherseits Chester Jones hieß, brauchte wirklich dringend eine Flasche Pepto-Bismol, und wahrscheinlich lag das daran, dass er in Lowell, Massachusetts, war. Bone hatte an sich beobachtet, dass der einzige Ort, an dem ihm nicht irgendwo etwas wehtat, seine alte Heimatstadt Boonville, Missouri, war.
In San Francisco, einer Stadt, gegen die die meisten anderen Mitglieder des Gefolges nichts einzuwenden hatten, bekam er Schmerzen in den Füßen. In New York City bekam er Kopfweh, das sich um die Schläfen zog. In Phoenix brachte ihn sein linkes Knie immer fast um. Aber Neuengland und die Nordwestküste am Pazifik waren am schlimmsten, lauter Beschwerden mit den Innereien, Magenschmerzen, Leberstiche, Halsweh. Jetzt hatte er jedenfalls kein Pepto-Bismol mehr und überredete Donny, Ho Ho Ice Chills zweiten fest angestellten Sicherheitsmann, bei der Durchfahrt am Wal Mart anzuhalten.
»Keine Hemden«, sagte Donny.
»Was?«, sagte Bone.
»Du bist immer so scharf auf diesen Wal-Mart-Stil. Und keine Schlappen. Deine Füße sind zu groß für diese Dinger und außerdem sind sie hässlich.«
Bone hatte solche Magenschmerzen, dass er sich mit diesen Verboten

ohne weiteres abfand, nur damit Donny ihn endlich am Eingang rausließ. Als er die Abteilung mit den Medikamenten erreichte, konnte er kaum noch aus den Augen sehen und merkte außerdem, dass er dringend zur Toilette musste, aber vor lauter Schmerzen konnte er sie nicht finden. Er blieb stehen, streckte die Hand aus und lehnte sich gegen einen Stapel Waren. Genau in dem Augenblick kam die schönste Puppe, die er je in seinem Leben gesehen hatte, den Gang hinunter und blieb vor ihm stehen. Sie war groß, und sie bewegte sich wie hohe Grashalme, die sich in einem leichten Wind hin- und herwiegen. Ihre Lippen teilten sich und ihre Augen wurden groß, und die Zöpfchen auf ihrem Kopf bebten, und sie sagte: »Alles okay?«

Auf ihrem Namensschild stand: »Ich heiße Tiffany. Kann ich Ihnen behilflich sein?«

»Wo ist das Klo?«, fragte Bone.

Tiffany sagte: »Dreh dich um, geh geradeaus den Gang hinunter, gleich da drüben.«

Von Schmerzen befreit und mit gänzlich wiederhergestellten Lebensgeistern kam er heraus, in der richtigen Stimmung für ein neues Hemd, dachte er, aber das war ihm ja verboten. Alle Mitglieder des Gefolges waren verpflichtet, ihre Kleidung in Los Angeles zu kaufen. Er ging zurück in den Gang mit den Medikamenten, nahm zwei große Flaschen Pepto-Bismol und trug sie zur Kasse. Die Kassiererin bückte sich gerade und richtete etwas unter der Kasse, deshalb sah er sie erst, als sie sich aufsetzte und ihn anlächelte, und er stellte fest, dass er sich keineswegs geirrt hatte. Das war wieder diese Tiffany, und auch jetzt, wo er keine Schmerzen mehr hatte, war ihre Schönheit Balsam für seine Seele, wie sein Großvater zu sagen pflegte, wenn er von besonders guten Dingen sprach, wie beispielsweise Wels aus dem Missouri bei Boonville, in Maismehl paniert und in Butter gebraten, dazu scharfe Sauce und gedünstetes Grüngemüse. Er hatte so etwas noch nie gemacht (hatte allerdings davon gehört, dass sie in anderen Gruppen so etwas taten), doch jetzt sagte Bone mit einer ganz coolen Stimme, genauso, wie es sich gehörte: »Ho Ho Ice Chill hat mich reingeschickt, damit ich dich hole, Schätzchen. Kannst du dir den Nachmittag freinehmen?« Das hatte er sich ausgedacht. Ho Ho hielt nämlich gerade ein Schläfchen.

Tiffany tippte den Betrag in die Kasse, es waren 10,67 Dollar, und sie gab ihm 39,33 heraus. Er sah, dass sie nicht geschminkt war, ihre Fingernägel waren unlackiert und kurz geschnitten. Sie war absolut und total echt. Sie riss den Kassenbon ein, steckte ihn zu dem Pepto in die Tüte, reichte sie ihm und sagte: »Danke für Ihren Einkauf bei Wal Mart.« Bone genierte sich jetzt zwar ziemlich, doch er war auch ein wenig erleichtert.

Aber dann, als er sich umgedreht und zwei, drei Schritte zur Tür gemacht hatte, sagte sie: »Ja.« Und deshalb musste er die Sache jetzt durchziehen. Sie legte auf der Stelle ihren kleinen Wal-Mart-Kittel auf die Kassentheke und sagte: »Ich hol nur rasch meine Handtasche, warte am Vordereingang auf mich.« Als Bone zum Vordereingang kam, sah er, dass Donny drüben auf der anderen Seite des Parkplatzes stand, und er konnte ihn nicht mal vorwarnen. Sie trat hinter ihm aus der Tür. Donny fuhr vor. »Hallöchen«, sagte Bone und öffnete die Glastür.

Als er ihr ins Auto half, musterte Donny sie mit einem Blick, dann wandte er sich zu ihm und sagte ganz lässig: »Na, endlich hast du mal was aus dem Wal Mart mitgebracht, das man gern mit nach Hause nimmt.« Bone nickte, als sei er völlig Herr der Lage, aber in Wirklichkeit hatte er keine Ahnung, wie es so weit gekommen war und was hier überhaupt lief.

Kapitel 13
Einfach adieu, einfach hallo

Roberto Acevedo ging nicht mehr zum Physikunterricht. Sein Vater und – nach einigem Zögern – auch seine Mutter hatten zugestimmt, dass er die letzten anderthalb Jahre der Oberschule später nachholte und jetzt erst einmal ritt, solange er heiß war, und das war er. Mit einem doppelten Bug, einer Gewichtserlaubnis von 3 Kilo, ritt er mit 50 Kilo, etwa dem Gewicht der meisten weiblichen Jockeys, aber er war kräftig, und man konnte ihn einfach auf jedes Pferd setzen. Er hatte die feinfühlige Hand, die Hand, die Hand. Jeder auf der Rennbahn wusste, dass er die Acevedo-Hand hatte, so wie Mozart das Mozartgehör hatte, all das, was jeder andere Acevedo hatte, und noch ein bisschen obendrauf. Aber Roberto war abergläubisch. Er hatte den Verdacht, dass seine Acevedo-Hand in Wirklichkeit nur eine Justa-Bob-Hand war, und er überredete Buddy Crawford, ihn Justa Bob in jedem Rennen reiten zu lassen, in dem das Pferd startete. Es war eine Art Feineinstellung, die er dabei bekam. Alle paar Wochen merkte er, dass er nicht mehr ganz auf der Höhe war, dann nahm er eine Lektion beim Meister, war danach wieder völlig entspannt und voller Selbstvertrauen und übertrug das, was er gelernt hatte, auf die jüngeren, weniger erfahrenen Pferde. Justa Bob hatte ein einfaches System, und er versuchte nie, daran herumzupfuschen. Es ging darum, die Zügel entschlossen, aber sanft zu halten, Acht zu geben und sich auf den Rhythmus einzulassen. Manchmal zeigte er Roberto, wo er eine Lücke finden konnte, manchmal zeigte er Roberto, wie er im weiten Bogen vorbeiziehen konnte, und manchmal zeigte er Roberto, wie er vermied, etwas Dummes zu tun, denn manchmal ließ er ihn wissen, dass sie zwar beide eine Lücke sahen und er vielleicht auch so gebaut war, dass er hineinkommen würde, aber eigentlich nicht der Typ Pferd war, der auch wieder hinausgelangte. Das war für einen unerfahrenen Jockey eine gute Lehre – einschätzen zu lernen, wie viel Pferd er da unter sich hatte, und Justa Bob wusste immer genau, wie viel Pferd er war. Bei vier Rennen hatten sie einen Sieg, einen zweiten Platz (um eine Nasenlänge), einen vierten Platz (um eine Nasenlänge) und einmal einen zehnten Platz von zwölf. In diesem Rennen hatte Justa Bob gleich von Anfang an wissen lassen, dass ihm die Rennbahn zu groß war. Justa Bob hatte jetzt zweiunddreißig Rennen abgehakt. Er war sechs Jahre alt.

Roberto stand mit Buddy dabei, als der Typ herauskam und das rote Schildchen um Justa Bobs Nase hängte. Buddy war gelassen, oder besser gesagt gleichgültig.

Obwohl Buddy ihn einschüchterte (wen schüchterte er nicht ein?), wagte Roberto die Bemerkung: »Ich hoffe, der neue Besitzer lässt mich ihn reiten. Man kann eine Menge von ihm lernen.«

»Ich möchte wetten, dass er nach Golden Gate oder Bay Meadows geht.«

»Ach so.«

»Was hier ein gutes Verkaufspferd ist, gibt dort ein gutes Ausgleichspferd ab.« Damit ging er davon. Er hatte Roberto nicht viel zu sagen. Roberto wusste, dass er darüber nicht traurig sein sollte. Aber er freute sich trotzdem, dass er zufällig über den Parkplatz kam, als das Pferd zwei Tage später verladen wurde.

Als sie ihn aus der Box zogen, mit bandagierten Beinen und fertig für den Transport, war ihm zumute, als begegnete er einer Verflossenen auf der Straße. Er war schließlich nur »Justa Bob«, bloß ein brauner Wallach ohne besondere Kennzeichen, er hatte keinen Stern, keine Blesse, keine weiße Fessel. Er war schlaksig, hatte einen ziemlich großen Kopf, lange Ohren, klare Augen. Die anderen Pferde, die nach Norden gingen, wurden die Rampe hinaufgeführt, ein paar von ihnen fielen richtig auf. Justa Bob war bloß er selbst, und niemand schenkte ihm viel Beachtung. Roberto schniefte trotzdem ein bisschen, er kannte das Pferd so gut, er kannte es wie seine eigenen Geschwister, und jetzt musste er zusehen, wie es für immer aus seinem Leben verschwand. Er kannte ihn nicht auf eine Art und Weise, über die er reden konnte, sondern irgendwie mit seinem Körper. Sie klappten die Rampe hoch, der Fahrer stieg ein, und der Motor des Transporters heulte auf. Roberto merkte plötzlich, dass der Pfleger, der das Pferd für Buddy trocknete, neben ihm stand, er war herangekommen, ohne dass Roberto es gemerkt hatte. Sie sprachen Spanisch. Der Pfleger sagte: »Weißt du, was mir an dem Pferd fehlen wird?«

»Nein.«

»Er ist eine echte Persönlichkeit, weißt du.«

»Hm, ja.«

»Jeden Tag scheißt er in seinen Wassereimer. Jeden Tag mach ich ihn sauber, und ich schreie deshalb herum. Jeden Tag steht er da, wenn ich an seine Box komme, und starrt in seinen Wassereimer, als wollte er sagen: Wie kommt bloß diese ganze Scheiße hier herein? Ich glaub, der macht Witze mit mir!« Der Pfleger lachte. »Er ist das einzige Pferd mit Humor, das ich jemals gehabt habe.«

Roberto lachte. Unten, am Ende der Straße sah er den großen Cargill-Transporter die Kontrollschranke passieren, dann in Richtung Landstraße fahren, wo er nach links abbog und davonrumpelte.

Die Fenster waren offen, und Justa Bob, eines der letzten Pferde, die aufgeladen worden waren, konnte hinausschauen. Seit fast drei Jahren, also sein halbes Leben lang, war er nicht von der Rennbahn weggekommen. Weder in Santa Anita noch in Hollywood Park. Der Transporter zuckelte die Century Avenue hinunter, an Jack in the Box und McDonald's vorbei, an Pfandleihen und Obdachlosen vorbei und einem Mann in rosa Westernstiefeln, der zu dem Transporter hinaufblickte und an ein Pferd dachte, das er als Kind gekannt hatte, in Utah, noch vor dem Krieg. Wenn Justa Bob und seine Gefährten teure Stakes-Pferde auf dem Weg nach Osten gewesen wären, wäre der Transport in Richtung Ontario-Flughafen gefahren, aber stattdessen bog er nach Norden auf die Schnellstraße 405 ein, und Justa Bob und seine neuen Freunde konnten von der Autobahn aus nur kleine Blickfetzen erhaschen – von den Bergen und den Autos und den Gebäuden, die die Straße säumten. Sie hatten Gelegenheit, über die Größe der Tiefebene von L. A. nachzusinnen und über die Größe der Welt und ihre brodelnde Intensität. Der Fahrer des Transporters, der diese Strecke alle zwei, drei Tage fuhr, hatte es schon lange aufgegeben, über den Sinn von allem nachzudenken, darüber, ob es Ausdruck spätkapitalistischer Korrumpierung natürlicher Werte durch die industrialisierte Verwandlung von Zeit und Entfernung in Gebrauchsgüter war, oder Ausdruck des menschlichen Dranges zu erbauen und dann zu zerstören, oder Ausdruck der ewig vorwärts drängenden, zielorientierten Männlichkeit, die sich immer weiter auf diesen selig-unwandelbaren Ozean zuschob, der gleich hinter den Bergen lag. Manchmal kam es ihm in den Sinn, wie merkwürdig es war, eine Ladung Pferde zu transportieren, und als regelmäßiger Kirchgänger hoffte er zu Gott, dass er nie einen Unfall haben würde, denn ein Unfall mit Pferden wäre wohl das Spektakulärste, das man sich vorstellen konnte. Und sobald er daran dachte, zwang er sich dazu, nicht darüber nachzudenken.

Nach einiger Zeit bogen sie in Richtung Norden auf die 5 ab, und da blieben sie dann gut fünf Stunden lang. Vielleicht gefiel ihnen der Anblick der Mandelbaumhaine des Central Valley, vielleicht bemerkten sie ihn auch gar nicht, vielleicht dösten sie vor sich hin oder verbrachten die Zeit damit festzustellen, wie unangenehm sie die Pferde neben ihnen fanden, die ausschlugen und abweisend die Ohren zurücklegten. Die Fahrt ging jedenfalls glatt, und es ließen sich keine plötzlichen beunruhigenden Laute vernehmen. Manchmal hielt der Transporter an, und einer der Männer öffnete die Tür und sah bei ihnen nach dem Rechten. Bewegung war besser als Stillstand. Obwohl sie sich gegen die Bewegung stemmen mussten, wirkte sie beruhigend. Die meiste Zeit über war es in dem Transporter still, und Justa Bob selbst befand sich in einem Zustand der Seligkeit, sowie er sich im Staate Kalifornien befand. Er wusste genau, wer er war, und genau, wo er war, ohne Erinnerungen, ohne Erwartungen. Es war genau so, wie Roberto ihn kennen gelernt hatte: Er war ein gescheites Pferd auf dem Weg zur Weisheit. Ans Ziel zu gelangen war etwas Unvermeidliches. Er hatte nichts anderes zu tun, als nur still dazustehen und sein Gewicht gleichmäßig auf dieser stabilsten aller Konstruktionen, nämlich seinen vier Beinen, gleichmäßig zu verteilen.

Als die Pferde in der frühen Abenddämmerung in Golden Gate Fields ankamen, fanden Fred Linklater, der neue Trainer, und Jose Quiver, ihr neuer Pfleger, dass sie ziemlich gut aussahen. Wie alle Pferde aus Südkalifornien sahen sie so aus, als seien sie an beste Pflege und beste Unterkunft gewöhnt. Als Gruppe waren sie graziös und glänzend, die weißen Abzeichen schimmernd, die Mähnen halblang und verzogen, die Schweife fließend und ohne jede Verfilzung. Sie waren Verkaufspferde, die unter Stakes-Pferden gelebt hatten, und es war mit ihnen so ähnlich wie mit den schlechtesten Häusern in den besten Gegenden – sie hatten von der Umgebung profitiert. Fred bildete sich immer ein, dass die Pferde aus Südkalifornien aus dem Transporter stiegen, zwischen den Stallgassen entlanggingen und sich entsetzt umschauten. Es war feucht hier. Man konnte die Bucht hören und riechen. Die Ställe waren alt. Die Boxen waren ein wenig eng, und das Stroh sah nicht sehr tief aus. Die Unterkünfte für Pferde und Pfleger waren überbelegt. Die Pferde wussten so gut wie die Trainer und die

Pfleger selbst, dass Mütter mit Säuglingen und Kinder und Männer und sogar alte Leute in den pferdelosen Boxen lebten. Aber natürlich sagte keiner ein Wort darüber. Hier waren alle ärmer. Hier gab es keinen Missing-Link-Futterzusatz (fünfunddreißig Dollar pro Tüte), keinen braunen Zucker im Futter und keine kleinen Vitaminpäckchen. Hier gab es weniger Massage und Chiropraktik. Es würde weniger schmerzstillende Spritzen mit Hyaluronsäure in die Fessel- und Knöchelgelenke geben. Von allen wurde erwartet, dass sie ihr Bestes gaben, solange sie konnten. Und was am wichtigsten war – es gab kein Zurück nach Santa Anita oder Hollywood Park oder Del Mar. Diese Zeiten waren auf immer vorbei, jedenfalls für diese Pferde.

Justa Bob ließ sich mit dem üblichen Gleichmut ausladen und blickte sich mit der üblichen Wachheit um. Jose mochte ihn sofort. Jose und Fred bemerkten beide, dass er auf dem linken Vorderbein ein wenig lahmte, das war anscheinend immer der Fall, wenn man ein Pferd in einem Verkaufsrennen erwarb. Jose brachte ihn in seine Box, führte ihn hinein, drehte ihn herum und nahm das Stallhalfter ab. Er hatte eigentlich keine Zeit, sich länger bei dem Pferd aufzuhalten, weil noch andere ausgeladen werden mussten, aber er blieb doch kurz bei ihm, klopfte ihm auf den Hals und sprach auf Spanisch mit ihm: »Caro caballo, muy bueno, sí señor. Du wirst hier ein gutes Pferd sein, nicht wahr? Wirst für Jose ein paar Rennen gewinnen, ja?« Dann bückte Jose sich und blies Justa Bob behutsam in die Nase, um deren Länge er immer gewann. (Das war nur eine von den Eigenarten, die sie aneinander kennen lernen und über die sie sich wundern würden.) Justa Bob zuckte mit den Ohren. Dann trat er an sein Heu und schnupperte daran (es roch ein wenig anders als das Heu, an das er gewöhnt war, aber zu guter Letzt würde er es auch fressen). Als Nächstes wandte er sich dem Wassereimer zu und nahm Augenmaß, aber er trank nichts. Am nächsten Morgen würde Jose sich an diesen Augenblick erinnern, als Justa Bob dastand und seinen Wassereimer anstarrte und Jose nicht wusste, warum er das tat. Am nächsten Morgen würde er es wissen.

Kapitel 14
Gerettet

Seitdem Farleys Pferde in Stall 26 und die von Buddy Crawford in Stall 88 standen, begegnete Oliver Buddy nur noch selten außerhalb der Rennbahn. Buddy war zu nervös, um zu essen, so wirkte es jedenfalls. Niemand hatte ihn jemals essen sehen. Er trank Kaffee und Dr. Pepper, ganze Kästen davon standen mit den anderen Vorräten im Futterraum. Deshalb war Oliver sehr überrascht und zugegebenermaßen auch beunruhigt, als er aus einer Box kam, wo er eine neue dreijährige Stute aus Frankreich betrachtet hatte, und sah, oder eher spürte, wie Buddy ihm wie eine feuchte Bö, der Vorbote eines Sturms, die Stallgasse hinunter entgegengeweht kam. Merkwürdigerweise hatte er niemanden bei sich. Normalerweise stolzierte er herum wie jemand von der Königsfamilie, er selbst trug nichts, weder Geld noch sein Handy, nicht mal ein Taschentuch. Ein Hilfstrainer zu seiner Rechten und ein anderer zu seiner Linken mussten auf Fragen antworten wie: »Wo ist denn jetzt das verdammte Telefon?« oder »Wie funktioniert dieses Scheißding? Wähl mir diese verdammte Nummer.«
Und doch, da war er, das Ding an sich, ein unumsorgter Mann. Oliver machte einen Schritt zurück in die Box, aber dann sah er, dass es gar nicht nötig war. Buddy hatte die Augen auf die geschlossene Tür zu Farleys Büro geheftet, auf der das plastikbeschichtete »Tibetische Buch des Vollblut-Trainings« in der Nachmittagssonne glänzte. Farleys Jalousien waren hochgezogen. Oliver sah ihn drinnen, er beugte sich über seine Aktentasche und steckte etwas hinein.
Jetzt beobachtete Oliver, wie Buddys Rücken sich krümmte, während er die Stallgasse hinunterwetzte. Im nächsten Moment sah er, dass Farley aufblickte und aus dem Fenster schaute. Ein überraschter Ausdruck huschte über sein Gesicht, machte jedoch gleich einem anderen Blick Platz, der Nichtbeachten und Nichtwundern zum Ausdruck brachte. Er schloss seine Aktentasche. Buddy riss die Tür auf und zog sie hinter sich zu. Von wegen nicht wundern. Meistens hielt sich Oliver um die Mittagszeit gerne noch ein paar Minuten dort auf, schlenderte zwischen den Ställen umher, betrachtete die Pferde, die gewa-

schen, abgetrocknet, in Decken gehüllt und in ihrer frischen Streu standen, wie Broschen in samtausgekleideten Schachteln, Onyx, Perlen, Bernstein und Granat. Aber heute war es anders. Anstatt sich um das Büro herumzudrücken und zu überlegen, was da drinnen wohl vor sich ging, spurtete er zur Kantine. Egal was los war, dort würde man Bescheid wissen.

Vier Tische waren ziemlich voll besetzt. Oliver holte seinen Kaffee, um sich kurz zu beiden Gruppen zu setzen. Am ersten Tisch hörte er, dass Harry Isenman die schöne englische Arbeitsreiterin, mit der er sechs Wochen zusammengelebt hatte, vor die Tür gesetzt hatte, weil er kein einziges Rennen gewonnen hatte, seit sie eingezogen war. Das konnte nichts mit Buddy zu tun haben, dachte Oliver, denn der schenkte Frauen noch weniger Beachtung als dem Essen. Am zweiten Tisch erzählte einer der Trainer aus den guten alten Zeiten davon, wie Native Dancer gezüchtet wurde. Die Geschichte handelte von Native Dancers Vater, Polynesian, der an einer scheinbar tödlichen Lethargie zu leiden schien, bis er in einen Bienenstock geriet, die Bienen seinen Kopf mit Stichen übersäten und ihn zu einer siegreichen Rennkarriere anstachelten. Dann folgte die übliche Diskussion, die sich um Glück drehte und um die Frage, wer das Pferd des Jahrhunderts war und warum. Am dritten Tisch gab es einen winzigen Hinweis – Buddy und ein anderer Trainer, der für denselben Besitzer arbeitete, waren übers Wochenende auf dem Gestüt in Santa Ynez gewesen, um sich die Jährlinge anzusehen. Am vierten Tisch gab es einen konkreteren Hinweis: Jemand war am Morgen im Rennbüro gewesen, ganz früh, zu einer Uhrzeit, zu der nur Buddy dort war, und er hatte gesehen, wie Buddy all seine Nennungen fürs Wochenende strich. Während Oliver bei Buddy gearbeitet hatte, war er nur ein einziges Mal geschickt worden, um ein genanntes Pferd zu streichen. Meistens sagte Buddy: »Mensch, lass den blöden Jockey das Pferd selbst streichen, wenn ihm nicht gefällt, wie er läuft.« Aber das war alles. Ehrlich gesagt war niemand besonders interessiert. Daran merkte man, dass Buddy hier nicht viele Freunde hatte. Harry Isenmans Liebesleben war allen wichtiger als Buddy Crawfords Angelegenheiten.

Als Oliver wieder zu Farleys Büro kam, saß dieser auf seinem Stuhl, starrte an die Decke und trommelte mit einem Bleistift auf die Schreibtischkante. Bei Olivers Anblick erwachte er aus seiner Versunkenheit. Er stand auf, nahm seine Aktentasche, warf einen Blick auf seine Uhr. »Wenn ich jetzt gehe, habe ich noch Zeit für ein Schläfchen«, sagte er.

»Was sollte das denn eben? Wollte er dich wieder beschuldigen, ihn verhext zu haben?«

»Nee.«

»Er war ganz allein.«

»Ja.«

»Und?«

»Komm mit mir zum Auto.«

Sie gingen durch den Stallbereich, der um die Mittagszeit, nachdem die Tagesarbeit getan war und bevor die Rennen anfingen, wie eine Ruheinsel dalag. Die Pferde, die nicht in ihrer frischen Streu schliefen, dösten über ihrem Heu.

Erst als sie draußen im offenen Gelände waren, sagte Farley: »Also, er hat gesagt, ich hätte ihn doch nicht verhext und das Pferd wäre nur deshalb gestürzt, weil, äh, weil Jesus es so wollte.«

Dank seiner Erziehung war Oliver diese Art von Argumentation verhältnismäßig vertraut. »Weil er ihm die Augen öffnen wollte?«, fragte er.

»So scheint es. Das Pferd hat ja überlebt. Das ist anscheinend Teil seiner Argumentation. Jesus verlangte nach Verletzung, aber nicht nach Tod, das ist ein Zeichen für Gottes Gnade, und das Pferd erholt sich prächtig, wofür Buddy sehr dankbar ist.«

»Dankbar? Aber Buddy sind danach noch zwei Pferde gestürzt.«

»Ja, aber da hatte ihn niemand gewarnt. Ich habe ihn wegen dieses Pferdes im Herbst gewarnt, was ein weiterer Beweis für Jesus' Gnade ist, und die beiden anderen betrachtet er als eine Art Verstärkung. Ich habe ihn zur Rechenschaft gezogen, und er hat nicht darauf gehört. So hat er es ausgedrückt. Er ist gekommen, um sich bei mir dafür zu bedanken, dass ich ihn zur Rechenschaft gezogen hatte, und um mich um Verzeihung zu bitten, weil er nicht darauf gehört hat. Er hat auch gesagt, er würde aufhören, alle meine Pferde zu kaufen.«

»Und was hast du gesagt?«

»Ich habe gesagt, dass jeder Trainer Pferde auf dem Gewissen hat, ich mache da keine Ausnahme.«
Oliver wunderte sich.
Farley antwortete, ohne dass Oliver fragen musste: »Vor ungefähr sieben Jahren hatte ich einen Wallach, der auf dem rechten Auge blind war. Ich ließ ihn vielleicht sechsmal starten, aber immer, wenn er eine Innenposition zog, strich ich ihn, weil er nervös wurde, wenn ihm Pferde auf seiner blinden Seite nahe kamen, und er war gut genug, um die lange Außenbahn zu laufen und Geld einzubringen. Der Besitzer liebte ihn. Sei's, wie es sei, eines Tages zog er die Startnummer zwei. Ich war durchaus bereit, ihn zu streichen, aber er war in so guter Form und so rennbereit, dass ich beschloss, es nicht zu tun. Ich ließ die Dinge ihren Lauf nehmen. Bei jedem Rennen, bei dem ich ihn hatte starten lassen, war er immer so aus der Startbox gesprungen, dass er vorne war, deshalb sagte ich dem Jockey, er sollte versuchen, einen guten Sprung hinzukriegen, und wenn das nicht ging, dann sollte er ihn zurückfallen und einfach die Runde laufen lassen. Plan A und Plan B. Aber dann passierte Folgendes: Das Starttor ging auf, und das Pferd Nummer drei wurde von der Nummer vier angestoßen, schlug vor dieses halb blinde Pferd und warf es glatt über das Geländer. Genickbruch. Ich weiß, wenn er sie gesehen hätte, wäre er schnell genug gewesen, um auszuweichen, und wenn ich ihn gestrichen hätte, wäre er erst gar nicht dabei gewesen. Der Jockey brach sich die Schulter und war für zwei Monate aus dem Verkehr gezogen. Und weil sie deshalb kein Geld hatten, ging die Frau des Jockeys mit einem ihrer Kinder nicht zum Arzt, und die Kleine kriegte Lungenentzündung.« Er sah Oliver an. »Davon hat sie sich aber erholt, und ich kann dir gar nicht sagen, wie dankbar ich dafür bin.«
»Du kannst doch nicht …«
»Mir die Schuld geben? Ich gebe mir nicht die Schuld für den Unfall. Unfälle passieren die ganze Zeit. Aber es war so … ich ging ein Risiko ein und wollte sehen, was passierte. Es war ein komisches Gefühl, so wie bei jeder anderen Versuchung, der man erliegt. Es tut mir sehr Leid, dass ich mit diesem Gefühl kokettiert habe.«
»Man kann nicht für jedes kleine Gefühl die Verantwortung übernehmen.«

»Genau das muss man. Man schafft es nicht, aber man muss es trotzdem.«
Bei diesem Gedanken fühlte sich Oliver plötzlich erschöpft. Er seufzte. Farley sah ihn an, grinste sein herrliches Grinsen und sagte: »Mach dir keine Sorgen. Du machst es ja schon.«
»Wirklich?«
»Ja.« Sie gingen ein paar Schritte weiter. »Jedenfalls hat Buddy erzählt, als er am letzten Wochenende auf dem Gestüt war, hätte Jesus ihm dort all die Krüppel gezeigt, die er auf dem Gewissen hatte, einen nach dem anderen: Zweijährige, Dreijährige, Vierjährige und so weiter, wie sie in ihren Ausläufen herumhumpelten, mit dicken Karpalgelenken, dicken Fesseln, alles, was du dir nur vorstellen kannst. Es hat ausgesehen, als läge ein Heiligenschein um sie, hat er gesagt. Dieser Typ, für den er jetzt trainiert, der hat Tausende Morgen da oben, er lässt die Pferde auf die Farm kommen und da rumhängen, wenn sie die Rennbahn absolviert haben, deshalb nehme ich an, dass er eine ganz schöne Auswahl zu sehen bekommen hat.«
»Na und?«, sagte Oliver, und trotz seiner Müdigkeit schoss plötzlich der Zorn aus ihm wie eine Rakete. »Für ihn ist es prima, wenn er gerettet wird. Aber was ist mit den Opfern? Das habe ich auch nie in der Kirche zu Hause bei meinen Eltern verstanden. Sie streckten dem heimkehrenden Sünder immer eine verzeihende Hand entgegen, doch die Auswirkungen seiner Sünden waren immer noch für jedermann sichtbar. Hier ein blaues Auge und da ein gebrochener Arm, und Kinder, die nichts zu essen kriegen, und dergleichen. Schließlich habe ich mir gedacht, dass der Sünder für alle interessanter war als die Folgen der Sünden, deshalb scharten sich alle um ihn oder sie, und zum Teufel mit dem ganzen Rest. Einer wurde gerettet, das war die einfache Seite der Sache. Die Bescherung wieder in Ordnung zu bringen, das ist das Schwierige.«
Farley gab keine Antwort. Sie gingen durch das Tor zum Parkplatz und kamen an Farleys Auto an. Er schloss auf, öffnete die Tür und warf seine Aktentasche hinein. Schließlich sagte er: »Also, ich will dir sagen, was ich dazu meine. Ich meine, es ist nicht an uns, ihm zu verzeihen. Wir gehören nicht zu denen, denen er wirklichen Schaden zugefügt hat, zumindest stehen wir nicht oben auf der Liste. Ich nehme

an, ich werde einfach abwarten. Das ist immer am besten – einfach abwarten und zusehen, was passiert.«

Das war so merkwürdig an Farley, dachte Oliver, diese Art, wie er auf Abstand zu gehen schien, immer wachsam und bereit, und nur abwartete, was geschehen würde. Es war ganz konsequent. Es beeinträchtigte nicht seine Hilfsbereitschaft, ja nicht einmal sein Verantwortungsgefühl, aber es war doch kühl, oder nicht? Seine Sympathie für einen Menschen existierte Seite an Seite mit dieser anderen Eigenschaft, diesem Interesse an dem, was diesem Menschen widerfahren könnte.

Farley schlug die Tür zu, und Oliver trat von dem Auto zurück. Er hatte noch ein paar Dinge zu erledigen, bevor er sich selbst auf den Heimweg machte. Farley winkte und fuhr durch das Tor hinaus.

Als er eine Stunde später auf den Parkplatz kam, war natürlich Buddy Crawford da. Er stand über den offenen Kofferraum seines Lexus gebeugt und starrte hinein. Auch jetzt war er allein. Oliver huschte mit eingezogenem Kopf zu seinem Auto, aber es war zwecklos. Er hatte gerade den Schlüssel hervorgezogen und stocherte im Schloss herum, als er die verhängnisvollen Schritte hörte und die verhängnisvolle Hand auf seiner Schulter spürte.

»Mein Sohn«, sagte Buddy.

Buddy war ein gutes Stück kleiner als Oliver. Als Oliver auf ihn hinabschaute, nahm er die Hand weg. »Hallo, Buddy«, sagte Oliver. »Wie geht's?«

»Das ist eine wunderbare Frage, mein Sohn, und ich werde sie dir gerne beantworten, denn es geht mir besser als je in meinem Leben.«

Um einer Beichte vorzugreifen, sagte Oliver lächelnd: »Ich habe gerade mit Farley geredet.«

»Das ist doch verdammt gut, oder nicht?«

»Ja, das find ich auch, Buddy.«

»Willst du wissen, wie es passiert ist?«

»Ich hab eigentlich keine Zeit …«

»Mein Sohn, für den Herrn hast du immer Zeit.«

»Ja, mag sein.« Letzten Endes hatte Oliver immer noch nicht die Kraft, sich Buddy zu widersetzen. Während Buddy einen detaillierten Bericht seiner Bekehrung gab, die etwas mit der Frau seines Cousins zu tun hatte, einem Basketballspiel in einer Oberschule und einem Typ aus England, den er getroffen hatte, der in Frankreich Rennpferde hatte, aber auch Schafe für moslemische Sekten züchtete, die noch Ritualopfer darbrachten, stellte Oliver fest, dass er nicht imstande war, aufmerksam zuzuhören und der Geschichte zu folgen. Stattdessen stand er nur da und betrachtete Buddys Gesicht und dachte daran, wie es gewesen war, als er für ihn gearbeitet hatte. Zwischenfälle, die ihm nur noch verschwommen in Erinnerung gewesen waren, zogen jetzt klar und detailliert wieder an ihm vorbei. Als er vielleicht eine Woche für Buddy gearbeitet hatte, wurde er zum ersten Mal von ihm als »Arsch« bezeichnet. Buddy sagte das in einem ganz normalen Ton. Anstatt »Hier, Oliver, guck dir mal das verdammte Karpalgelenk von dem Hengst hier an«, sagte er: »Hier, du Arsch, guck dir mal das verdammte Karpalgelenk von dem Hengst hier an.« Oliver dachte zuerst, er hätte sich im Namen geirrt und hätte Bart oder Matt oder so etwas gesagt, aber dann war sein Blick dem des Pferdepflegers begegnet, der genickt hatte. He, du Arsch. Zwei oder drei Wochen später hatte Buddy seine Drei-Uhr-Regel eingeführt. Oliver sollte jetzt nicht mehr wie bisher um vier Uhr morgens in den Stall kommen, sondern um drei Uhr, und bis vier Uhr musste er Buddy per Fax über die Kondition der Pferde Bericht erstatten. Es war ganz unmöglich, innerhalb von einer Stunde die Beine von einhundert Pferden zu untersuchen, deshalb schaffte er es nie vor halb fünf, das Fax abzuschicken, und das führte zu ewigen Beschwerden. »Ich warte. Bildest du dir verdammt nochmal ein, ich hätte Lust, herumzusitzen und auf dich zu warten?« Aber damals hatte Oliver nicht reagiert. Diese Beschimpfungen waren wie ein Wolkenbruch oder ein Sturzbach. Manche Leute behaupteten tatsächlich, dass sie Buddy mochten, er sei kernig, ehrlich, lebhaft, manchmal witzig und immer, immer, immer war Buddy wie ein offenes Buch. Viele sahen darin eine Tugend. Sie sollte wohl die Komplementärtugend zum Vorschein bringen, die darin bestand, ihn verkraften zu können.

Jetzt spürte er den Zorn, den er damals und auch in der Zwischenzeit nicht gespürt hatte. Diese Bekehrung bewirkte das, Buddys strahlendes Gesicht, seine offensichtliche Freude. Und es war Freude. Buddy gewann immer, und er gewann in großem Stil. Er hatte Pferde zu allen großen Stakes-Rennen in Amerika geschickt und hatte etliche davon gewonnen. Was man dann in seinem Gesicht sah, war nicht dasselbe wie jetzt, es war Triumph oder Schadenfreude oder was auch immer. Doch während er jetzt seine Geschichte zu Ende erzählte, hatte sein Gesichtsausdruck nichts von dieser Befangenheit an sich. Sein Lächeln drang durch seine Gesichtszüge wie durch einen Schleier und legte sein Inneres genauso zuverlässig offen, fand Oliver, wie es seine Beschimpfungen getan hatten. Buddy war wirklich wie ein offenes Buch, und jetzt zeigte dieses Buch etwas anderes, etwas völlig Neues, das vorher noch nicht da gewesen war. Es war das, was seine Mutter und seine Tanten als Gotteswunder bezeichnet hätten, und Oliver, der im Erkennen solcher Dinge geschult war, erkannte das.

Das hieß aber nicht, dass er sich damit abfand. Was war das noch für ein Gleichnis, das Gottes vollkommene Gnade veranschaulichen sollte? Ein Typ ging hinaus und heuerte Arbeiter für seinen Weinberg an, und er bezahlte denen, die nur eine Stunde gearbeitet hatten, genauso viel wie denen, die den ganzen Tag gearbeitet hatten. Diejenigen, die den ganzen Tag gearbeitet hatten, wurden zornig darüber, aber der Herr zeigte kein Verständnis für sie. Nicht nur bestand er darauf, dass sie ihre Verträge bis auf den letzten Buchstaben erfüllten, er setzte diejenigen, die zu spät gekommen waren, sogar über sie und züchtigte die, die sich beschwert hatten. Wie oft hatte Oliver dieses Gleichnis in seinem Leben gehört? Vielleicht hundertmal. Wie viele Male hatte er dazu genickt und es verstanden? Vielleicht hundertmal. Aber als er jetzt Buddys strahlendes Gesicht sah, fragte er sich unwillkürlich, was Gerechtigkeit hieß und Verdienst und hundert Pferde hier und in Hollywood Park, die kaum noch laufen konnten, aber alle fünf Tage starten mussten, Woche um Woche, Monat um Monat.

Er merkte, dass Buddy von ihm eine Reaktion erwartete.

»Ich muss los, Buddy«, sagte er. »Gratuliere. Ehrlich.«

Er stieg in sein Auto und fuhr davon.

FEBRUAR

Kapitel 15
Leidenschaft

Jetzt, da Rosalind Maybrick sich selbst auf so etwas eingelassen hatte, stellte sie fest, dass hoffnungslose Affären zweifellos sehr aufschlussreich waren. Sie wusste jetzt mehr über sich selbst, Al, Dick, Louisa, das Leben, die Liebe und Pferde als jemals zuvor, und wahrscheinlich auch mehr, als ihr gut tat. Natürlich hätte sie sich damit zufrieden geben sollen, sich mit erlesenen Sammlerstücken auszukennen. Als Kind hätte sie den Rest ihres Lebens darüber witzeln können, wie oberflächlich und hohl sie war, und sie wäre eines Tages begraben worden, ohne eine Spur zu hinterlassen, aber diese Chance war jetzt vorbei. Sie hatte das Gefühl, dass sie überall Spuren hinterließ, Lichtstreifen, wenn ihre Hände durch die Luft glitten, Nachbilder, wenn sie den Kopf wandte, phosphoreszierende Fußabdrücke, wo sie auch ging, eine Aura ihrer selbst in der Luft, während sie sich bewegte. Ihre Liebesbegegnungen mit Dick strahlten in letzter Zeit ein erschreckendes Licht aus, das gegen ihre Lider drückte, egal wie fest sie sie geschlossen hielt. Wenn er sie fragte, warum sie Tränen in den Augen hatte, konnte sie ihm nicht die Wahrheit sagen – dass das Licht sie blendete. Sie konnte nur davon reden, wie trocken ihre Augen in letzter Zeit waren. Er glaubte natürlich, dass sie weinte, und fragte: Warum weinte sie? Was war los?

Ach, sie war jetzt eine Seherin, eine Wahrsagerin, eine Prophetin und eine Hexe. War nicht jede mit dem zweiten Gesicht begabte Frau seit Medea hoffnungslos in einen Mann verliebt gewesen, der das Licht ringsum nicht sehen konnte? Dessen Gedanken mit anderem beschäftigt waren – zum Beispiel mit dem Meer, zum Beispiel mit den Bergen, zum Beispiel mit der Ziellinie? Hoffnungslosigkeit war der Preis, den jede Seherin zahlen musste, um sehen zu können, und zwar nicht freiwillig. Keine Frau, die bei Verstand war, wollte so etwas überhaupt sehen. In New York sah sie abends meistens Al. Al, wie er vom Abendessen aufstand, einen Blick auf den leeren Barschrank warf, seine Taschen nach den Zigaretten abtastete, die er seit zehn Jahren nicht mehr rauchte. Al, wie er sich am Hintern kratzte. Al, wie er sich die Haare zurückstrich. Al, wie er sich die Hose zurechtzog. Al, wie er sie anschaute.

Früher war er einmal ein attraktiver Mann gewesen, lange bevor sie ihn kennen lernte, aber die Jahre des Erfolgs hatten ihre Spuren hinterlassen. Er hatte verlernt, auf die Augen anderer Menschen zu achten, und wenn er jemanden sah, der ihn anschaute, erkannte man, wie der Gedanke »scheiß auf alle« über sein Gesicht glitt. Natürlich behandelte er sie nicht so. Er war immer nett zu ihr. Aber man konnte nicht bei fast jedem Menschen denken »scheiß drauf«, ohne insgesamt eine solche »Scheiß drauf«-Haltung zu haben. Aber wenn das alles gewesen wäre, hätte Rosalind Al längst verlassen. Über seinem jetzigen Selbst aber lagen andere Schichten. Da war der Mann, dem es Leid tat, dass er so war, wie er war, der wusste, dass er andere verletzte und vergraulte, der tat, was er konnte, um das nicht mehr zu tun, was er tat, was immer es auch war und was er nicht begriff und was Leute vergraulte, und der damit die Leute genauso vergraulte. Da war der Mann, an den Rosalind sich gebunden hatte, von dem sie sich nie vergraulen lassen würde, wie sie sich geschworen hatte. Das war der Mann, den sie von Zeit zu Zeit dabei ertappte, wie er sie ansah, und zwar mit einer solchen Sehnsucht und einer solchen Verwirrtheit in den Augen, dass sie wusste, das kam von irgendwoher, das viel tiefer als Ehe, als Liebe, viel tiefer als Männlichkeit und Vaterschaft lag. Sie erkannte diesen Blick wie nie zuvor, als sie noch keine Seherin war, und er ließ sie zur Salzsäule erstarren. Und über diesem Mann lag noch eine andere Schicht, das war der vierundsechzigjährige Sterbliche, der dringend ein Wunder brauchte, dessen innere Widersprüche sich schließlich so verfestigt hatten, dass er nun in einer Sackgasse steckte. Aggressivität war es gewesen, die Al aus Schenectady, New York, hinausgetrieben hatte, wo er wie sein Vater ein Leben als Maurer geführt hätte. Missachtung jeglicher Autorität hatte ihn in seinen

Geschäftsmethoden erfinderisch und einfallsreich gemacht. Sein zupackender Ehrgeiz hatte ihm nicht nur Geld beschert, sondern auch tolerante Kinder, Häuser, siegreiche Rennpferde, eine schöne Umgebung, wohin er sich auch wandte. Seine unglaubliche Energie hatte harte Arbeit nicht nur möglich, sondern nötig gemacht, er hatte die Anstrengung genossen und auch das Recht zu prahlen. Es hatte Zeiten gegeben, da waren diese Eigenschaften von Al nur als gelegentliche Zufallsgedanken über Rosalinds Radarschirm geflimmert. Aber jetzt sah sie das Ganze und wie es zusammengehörte, sie sah, dass es alles zusammengehörte, und das erfüllte sie mit Hoffnungslosigkeit – in Bezug auf ihn und in Bezug auf sie selbst. Sie konnte ihn nicht verlassen, und er konnte sich nicht ändern. Welche Rolle spielte da Liebe? Rosalind wusste es nicht, denn jetzt, nachdem ihr Gesicht acht Wochen lang von Liebe übergossen worden war, wusste sie noch weniger, was Liebe war, als vorher, als sie mit ihren Freundinnen zusammengesessen und über jedermanns Affären gesprochen hatte.
Rosalind sah sich selbst ebenso klar und deutlich wie Al. Die Liebe hatte sie in einzelne Teile zerlegt. Da war der psychotherapeutische Teil, in dem sich alles um ihren Vater, ihre Mutter und ihre Schwestern drehte. Ihre Mutter aufmerksam und makellos, ihr Vater wortkarg, zwischen ihnen die (seltenen? häufigen?) Auseinandersetzungen. Dann war da der Teil, der mit der Gesellschaft zu tun hatte, mit dem Wechsel vom Appleton der Mittelschicht ins Manhattan der Oberschicht. Sie wusste, dass sie ein Neuling war, und selbst wenn man in ihren Kreisen keinen perfekten Benimm von ihr erwartete, ja perfekten Benimm sogar als etwas Typisches aus Appleton betrachtete, und der perfekte Benimm, in dem sie Zuflucht suchte, gerade dazu angetan war, ihr überhaupt keine Erleichterung zu verschaffen, wäre das Aufgeben dieses perfekten Benimms doch ein zu hoher Preis für die Erleichterung gewesen, als würde man ausgeweidet, dachte sie sich. Ein anderer Teil war ihr Temperament. Sie war stur, war immer stur gewesen, und galt auch als stur. Solche Eigenschaften waren angeblich angeboren. Dann war da der weibliche Teil. Sie wusste, dass Dick sie weniger liebte als sie ihn, falls er sie überhaupt liebte. In einer so unwürdigen Situation hatte eine Frau einzig und allein ihre Würde als Schutz. Dann war da der Teil der anmaßenden Närrin, denn das

war sie damals gewesen, als sie im Flugzeug saß und dachte, es sei irgendetwas Kleines, das sie brauchte, und dann hatte sie die Hand danach ausgestreckt, es sich genommen und war damit nicht fertig geworden, aber so hatte sie sich gebettet und deshalb musste sie jetzt so liegen. Dann war da ihre Verletzlichkeit – zum ersten Mal in ihrem Leben war sie verletzlich. In der Tat war es aber so, dass sie als Mensch eigentlich netter war als je zuvor. Man lächelte sie aufrichtig an. Man berührte sie öfter, sprach sie öfter mit Kosenamen an, machte ihr mehr Komplimente, die nicht nur ihren Kleidern galten. Man dankte ihr, und sie dankte anderen mit größerer Herzlichkeit. Freunde sagten ihr, sie sei weicher geworden, ein paar weniger höfliche Bekannte sagten, sie fänden sie jetzt netter und andere fänden sie auch netter. Und dann war da der tolle Sex. Der Sex war toll. Sie war hingerissen, Dick machte ihr Komplimente. Sie erkannte, dass sie sie für mangelnde Liebe entschädigen sollten, und in der zunehmenden Häufigkeit von Dicks Komplimenten erkannte sie, wie er versuchte, sich selbst davon zu überzeugen, dass er letzten Endes auch etwas davon hatte, aber Al machte nicht viele Komplimente, deshalb genoss sie es.

Und Dick selbst – ihn sah sie auch in Teile zerlegt und mit Etiketten versehen vor sich. Seine Arbeit machte ihm Angst. Wenn sie gelegentlich eine Nacht zusammen verbrachten, schreckte er meistens aus einem Albtraum auf – von Pferden, die stürzten, Pferden, die in der Startbox hängen blieben, Pferden, die auf Jockeys lagen, und Jockeys die unter der schweren Masse schrien. Einmal wachte er morgens auf, es war richtiger Morgen, der Morgen seines freien Tages und deshalb nach Sonnenaufgang, und er erzählte ihr von seinem Traum, in dem alle Pferde im Stall geröntgt worden waren und man festgestellt hatte, dass sämtliche Pferde alle vier Beine gebrochen hatten, obwohl sie alle ruhig und friedlich in ihren Boxen standen. Die Rennbahnleitung war vorbeigekommen und hatte verlangt, die Pferde sofort einzuschläfern, und er war genau in dem Augenblick aufgewacht, als er seine Zustimmung gegeben hatte. Er wachte schreiend auf und sagte sofort: »Jetzt haben sie bestimmt alle Stressfrakturen.« Er empfand große Distanz zu seiner Frau und fühlte sich unfähig, ihr zu helfen. Er hatte keine Freunde, die Rosalind als solche ansehen würde, bis auf sie. Und ihr erzählte er Dinge auch nur, wenn er es nicht mehr aushalten konnte.

Er war etwa zwanzig Jahre jünger als Al und schien deshalb noch nicht so festgefahren, aber auch ihm war nicht zu helfen. Bei ihm war sie an die Grenzen ihrer Macht gestoßen, sie könnte ihn höchstens ab und zu von seinen Ängsten ablenken. Schlimmstenfalls war ihre Gegenwart Anlass für seine Ängste, und dann wurde sie zu etwas, das keiner von ihnen ertragen konnte, nämlich zur Quelle seines Unbehagens und einem Grund, sich davonzumachen.

Über die Liebe lernte sie, dass sie unmöglich war. Über das Leben lernte sie: Je mehr man wusste, desto mehr Kraft brauchte man, um zu überleben. Über Pferde lernte sie, dass alles Mögliche passieren konnte, egal, wie sehr man sich sorgte. Als sie sich noch nicht gesorgt hatte, war ihr das interessant vorgekommen. Jetzt fand sie es beängstigend, und es gab kein Mittel dagegen.

All diese Gedanken gingen ihr in einem einzigen Augenblick durch den Kopf, während Dick mit einem Stöhnen in sie eindrang und sie jedes Mal wieder überrascht war, wenn seine Vorhaut zurückglitt, und alles in ihr warm und weich zerschmolz. Alle diese Gedanken kamen zwischen seinem Stöhnen und ihrem Schrei einen Augenblick später. Dann ließen all diese Gedanken sie los, und sie verlor sich wieder in der Schwärze dieser Krankheit, dieser Liebe, dieser Folter, dieser Gegenwart, dieses Schreckens, dieser Explosion. Mein Gott, sagte sie. Mein Gott, o mein Gott.

Eileen kam unter dem Bett hervor, nahm Wachhundhaltung ein und starrte Rosalind an. Die Schreie auf dem Bett nahmen zu, eine ungefällige Harmonie für Eileens Ohren. Und dann hörten sie auf. Eileen drehte sich um, ging zum Heizkörper und hob ihr Bein. Sie war ein Weibchen. Aber sie war ein Jack-Russel-Weibchen. Und deshalb hob sie ihr Bein.

Dick tat das, was er oft machte, wenn er einigermaßen sicher war, dass Rosalind eingeschlafen war. Er drehte sich zu ihr und betrachtete sie ganz ruhig. Vielleicht lag es daran, dass er noch nie vorher mit einer blonden Frau geschlafen hatte. Sie hatte schönes Haar, dicht, glatt, mit honig- und champagnerfarbenen Strähnen. Meistens trug sie es hochgesteckt. Wenn es sich löste, was immer wie von selbst zu geschehen schien und nicht wie etwas, das sie oder er verursacht hatten, fiel es in einem dichten Vorhang über ihren Rücken. Ihre Haut war genauso weich und blass wie ihr Haar, und ihre Augen waren ganz blau. Sie trug auch meistens blasse Farben, helle Brauntöne, Beige und Grau, bis hin zu ihrer Spitzenunterwäsche. Sie zeigte keinerlei Abnutzungsspuren. Hätte er nicht gewusst, wie alt sie war (fünf Jahre älter als er), er hätte es nie erraten. Vielleicht lag es an dieser Blondheit und Blässe, die sie umgab, dass er ihre Gegenwart in den letzten Wochen als so beruhigend empfunden hatte. Alles, was sie tat, jede Geste, war maßvoll, und zwar nicht als Ergebnis einer bewussten Entscheidung, dachte er, sondern aus natürlicher Langsamkeit. Sogar ihr Lächeln war langsam, und selbst ihre sexuellen Reaktionen waren langsam. Ihre sexuellen Reaktionen hatten ihn fasziniert, weil sie darin das Gegenteil von Louisa war. In all den Jahren ihres Zusammenlebens hatte er immer das Gefühl gehabt, er müsste Louisa zurückhalten und bremsen. Mit ihr zu schlafen war ein Akt wunderbarer Selbstbeherrschung, der Zauber lag in dem »noch nicht, noch nicht, noch nicht«. Die Herausforderung und das Spiel bestand darin, es so lange hinauszuzögern, bis sie es beide nicht mehr aushalten konnten. Mit Rosalind zu schlafen war ganz anders. Er wusste nie genau, wann das Liebesspiel begann, wohin es führte, ob sie beide erregt waren oder nicht. Die Erregung stellte sich unangemeldet ein und überraschte zumindest ihn. Rosalind schien nie von etwas überrascht zu werden. Zuerst hatte er sich gefragt, wann sich diese Langsamkeit in Anstrengung verwandeln würde, aber das war nie eingetreten. Der Liebesakt mit Rosalind war wie eine lange, versunkene Betrachtung, weil sie eine solche Ruhe ausstrahlte. Er hatte nicht damit gerechnet, dass diese Affäre so lange dauern würde, weil ihm sein Gewissen so zusetzte, aber er fühlte sich außerstande, diese Versunkenheit aufzugeben, obwohl er sich immer wieder sagte, dass sie ihn früher oder später satt haben würde, denn er hatte wenig Zeit und Aufmerksamkeit für sie und schien überhaupt nur eines zu können, nämlich sich über seine Arbeit zu beschweren. Und er ging nicht mehr zu seinem Therapeuten.

In der letzten Zeit fragte er sich oft, ob er überhaupt an Rosalind herankam. Ihre natürliche Ruhe schien größer geworden zu sein, und er nahm an, dass es damit zusammenhing, dass er ihr langweilig wurde. Vielleicht wäre es eine Erleichterung, dachte er manchmal, obwohl er

das, worin es ihm eine Erleichterung verschafft hätte, nämlich die Heimlichkeiten und Lügen, voll und ganz in sein Leben integriert hatte. Natürlich wäre es eine Erleichterung, was den Betrug gegenüber Louisa anging, aber einerseits hatte er sich daran gewöhnt, sie zu betrügen, und andererseits würde der Betrug auch nach dem Ende der Affäre andauern, bis er ihn zu irgendeinem vorläufig unbekannten Zeitpunkt auf irgendeine vorläufig unbekannte Weise eingestehen und dafür Buße tun würde, worauf er sich nicht freute. Rosalind und er hatten nie einen Streit oder auch nur einen Konflikt. Für Dick war das etwas ganz Neues, so etwas hatte er noch nie erlebt. Lag das an ihrer angeboren Gefasstheit? War es ein Zeichen wahrer Liebe oder wahrer Gleichgültigkeit? Lag es an der Seltenheit ihrer Begegnungen? Lag es daran, dass er ihr oder sie ihm gefallen wollte? Sein Leben mit Louisa und mit Pferden hatte ihn gelehrt, dass man nur durch Konflikte in den anderen Einblick bekommen konnte. Ohne Konflikte hatte er das Gefühl, nur eine Oberfläche zu sehen. Letzten Herbst saß er einmal mit einem Besitzer und dessen Frau zusammen, und das Gespräch kam auf Al und Rosalind. »Ich denke immer an ineinander verschränkte Räder, wenn ich die beiden sehe«, hatte der Ehemann gesagt.
»Höchstens ein Rad«, sagte seine Frau abschätzig. »Ich habe noch nie jemanden getroffen, der so wenig zu sagen hat wie diese Frau. Sie besteht nur aus guten Manieren.«
Dick fühlte jetzt um Rosalinds willen einen Stich, wenn er an diese Bemerkung zurückdachte, der er damals gar keine Bedeutung beigemessen hatte, aber er fragte sich auch, ob das, was er in ihr sah, nur ein Produkt seiner Phantasie war. Das waren lauter Probleme, die er mit seinem Therapeuten besprechen konnte, wenn er den Mut aufbrachte, wieder zu ihm zu gehen.
Sie schlug die Augen auf. Er stützte sich auf einen Ellbogen, strich mit der Hand das Haar aus ihrem Gesicht und sagte: »Wie geht es dir?«
»Wunderbar, danke.« Erst dann drehte sie sich um und sah ihn an. Sie betrachtete ihn einen Augenblick lang, und er sah, dass sie schön war, aber irgendetwas an ihrem Gesicht hielt den Betrachter davon ab, sie als schöne Frau wahrzunehmen. ›Ich bin nicht Manns genug dafür‹, dachte er bei sich. Vielleicht war das der Grund, warum Rosa-

lind mit Al verheiratet war. Al war ein so unsensibler Rüpel, er wäre gar nicht in der Lage, in Rosalind das zu erkennen, was sie wirklich war.

Al. Natürlich hatte Dick auch Gefühle, was Al anging, und diese machten ihm keine Ehre. Früher hatte er Al bloß als einen Pferdebesitzer unter vielen betrachtet, einen penetranten Besserwisser, wie die meisten Besitzer, bei denen man aufpassen musste, dass ihnen kein Exemplar des Konditionsbuches in die Hände fiel, aber im Grunde menschlich. Jetzt sah er in Al einen groben Trottel, der alles falsch machte. Seine Art zu stehen beleidigte Dick. Seine Art zu sprechen beleidigte Dick. Sein Gang beleidigte Dick. Sogar seine Art, die Rechnungen immer pünktlich zu bezahlen, beleidigte Dick. Und Dick genoss es, sich sozusagen stellvertretend für Rosalind beleidigt zu fühlen. Das war der einzige Punkt, in dem Dick sich Eileen verwandt fühlte. Dick war klug genug zu wissen, dass es sein eigenes Vergehen gegen Al war, das ihn beleidigte, aber er gab sich dem Gefühl trotzdem hin wie einer Woge, und seine Nackenhaare sträubten sich.

»Wann musst du gehen?«, fragte er.

»Ich habe noch ein wenig Zeit. Hast du morgen ein Pferd am Start?«

»Zwei. Eins im zweiten und eins im sechsten Rennen.«

»Ich muss morgen zurück nach New York. Samstagabend muss ich eine Dinnerparty geben.«

»Dann werde ich dich länger nicht sehen.«

»Wann läuft eines von unseren Pferden wieder?«

»Am Samstag in einer Woche ist ein gutes Rennen für Laurita.«

»Mal sehen.«

Es waren diese einfachen Unterhaltungen, die Dick so angenehm fand. Ihre Stimmen waren so entspannt und gelassen. Die Gewissheit der Zukunft war ein Trost. Pferde konnten jederzeit sterben, aber dieser Raum hier, in den man zurückkehren konnte, der blieb, mit Rosalind die Ruhe ausstrahlte, mit diesem Zimmer, das ebenso wie die anderen Zimmer der Wohnung, die sie und Al in Florida gekauft hatten, kühl, karg und auf japanische Weise sauber blieb.

Jetzt schloss Dick die Augen. Er fühlte, wie sie die Hand auf seine Schulter legte und begann, ihn zu streicheln, von der Schulter über den Hals bis ins Haar hinauf und wieder hinunter, um sein Handge-

lenk, dann über den Bizeps und zurück den Nacken hinauf bis zur Wange, am Kinn entlang und über den Hals, mit der ganzen Handfläche strich sie über seine Haut. Er schlief ein.
Eileen sprang aufs Bett, spazierte bis zum Kopfkissen, wühlte sich mit ihrer kleinen Schnauze unter die Laken und rutschte hinunter, bis sie neben seinem Bauch lag, ihr raues Fell drückte sich an die Haare auf seiner Brust.
Nachdem sie Dick in den Schlaf gestreichelt hatte, legte Rosalind einen Augenblick lang die Hand auf ihr eigenes Gesicht, dann stand sie auf. Sie ging ins Bad, machte ihr Haar zurecht, dann suchte sie im Kleiderschrank ein weizenfarbenes Leinenkleid, sandfarbene Schuhe und eine Korallenkette aus. Sie blieb so lange wie möglich im Badezimmer, denn sie fürchtete sich vor dem letzten Blick auf sein Gesicht. Fast zwei Wochen ohne ein Treffen mit ihm waren ein Vakuum, das sie womöglich mitten aus ihrem eigenen Ich heraus in seinen Sog reißen würde. Aber das dachte sie immer, und bisher waren diese Zeiträume auch vergangen. Sie tauschte ihre Schuhe gegen dunklere ein, ging dann mit vorsichtigen Schritten durch das Schlafzimmer und setzte sich aufs Bett. Er öffnete die Augen. Sie waren hellbraun, fast grün. Sie berührte seine Lippen mit dem Daumen, legte dann den Daumen auf ihre eigenen Lippen, während er sie ansah. »Danke, Liebling«, sagte sie, mehr wagte sie nicht zu sagen.
Er nickte schläfrig. »Ich dachte, du hättest noch etwas Zeit.«
»Ich muss unterwegs noch einiges erledigen.«
»Ach so.« Sie spürte Enttäuschung in seiner Stimme. »Rosalind …«
Dann hielt er inne. Sie hasste es, wenn er mitten im Satz abbrach. Sie wusste, dass er ihr etwas Wichtiges sagen wollte. Ein Grund dafür, dass sie jetzt ging, war, dass sie das vermeiden wollte, denn sie war sicher, er würde ihr sagen, dass es so nicht weitergehen konnte. Sie legte die Hand über seinen Mund, er sollte schweigen, und er schwieg. Sie sah ihm ein, zwei Minuten lang in die Augen. Das war genug für sie, um sich sein Gesicht einzuprägen. Sie nickte leicht, als wollte sie sich selbst zum Gehen auffordern, dann stand sie auf. Eileen rührte sich an seiner Brust, rieb gegen seine Haut und kam dann zum Vorschein. Das Letzte, was er von Rosalind hörte, waren die Worte: »Komm schon Eileen, komm, Schätzchen.« Die Tür schloss sich hin-

ter ihr. Dick fuhr sich mit der Zunge über die Lippen und sagte das, wozu ihm in ihrer Gegenwart der Mut gefehlt hatte. »Ich liebe dich.«

Während sie draußen mit Eileen, die neben ihren Füßen saß, auf den Fahrstuhl wartete, fiel Rosalind etwas ein, das sie ihm hatte sagen wollen, denn ihr war ein Name für diesen Zweijährigen eingefallen. Es war ein Wort, mit dem sie ihre Liebe zu ihm, Dick, bezeichnete, aber sie war zu zurückhaltend, um ihm das zu sagen. Es war »Limitless« – grenzenlos. Dann schloss sie die Augen und dachte darüber nach, ob sie dann doch zu guter Letzt etwas Drastisches und Chaotisches würde tun müssen.

Kapitel 16
Epic Steam

Dagoberto Gomez stand auf der Trainertribüne in Gulfstream und genoss den Anblick der sich im Wind wiegenden Palmen im Innenfeld, als sein Handy klingelte. Es war Gordon Lane, der Besitzer von Epic Steam. Er war ein rücksichtsvoller Mann, der immer um sieben Uhr dreißig Ostküstenzeit anrief, ganz gleich, in welcher Zeitzone er sich selbst gerade befand. Dagoberto hatte ihn persönlich nur einmal gesehen, das war vor etwa zweieinhalb Jahren bei der Septemberauktion in Keeneland gewesen. Wenn es um die Jährlingserwerbungen des Mannes ging, hatte Dagoberto meistens mit Sir Michael Ordway aus England zu tun, einem Agenten von Vollblutpferden. Als Exilkubaner und Einwohner von Queens fand Dagoberto, er müsse sich nicht darum kümmern, wie denn nun der jeweilige gesellschaftliche Status von Mr. Gordon Lane und des Schleimers par excellence Sir Michael Ordway einzuordnen sei. Seine Frau hatte ihm in *Vanity Fair* einmal ein Bild von Mrs. Gordon Lane gezeigt, die eine Art Prinzessin war, aber Dagoberto hatte weder sie noch ihre beiden Töchter, die ebenfalls Prinzessinnen waren, jemals zu Gesicht bekommen. Wenn er über diese Sirs und Prinzessinnen nachdachte, empfand Dagoberto manchmal den leisesten Schatten einer Ahnung eines flüchtigen

Körnchens Sympathie für Fidel Castro, das Arschloch des 20. Jahrhunderts, und fragte sich, ob der Beruf des Rennpferdtrainers, den er sich ausgesucht hatte, nicht doch ein klein wenig korrupt war. »Guten Morgen, Mr. Lane«, sagte er. »Wie geht es Ihnen heute Morgen?«
Über das knisternde Rauschen Chinas hinweg sagte die schnurrendseidige Stimme von Gordon Lane, in der sich Vorderer Orient und Irland mischten: »Dagoberto, mein Sohn, ich habe gehört, dieser Hengst Epic Steam hat die Startkarte bekommen.«
»Ja, Sir, das hat er. Ein zähes, cleveres Pferd ist er.«
»Guter Bursche. Was haben Sie für Pläne, mein Sohn?«
Mr. Gordon Lane nannte Dagoberto immer »mein Sohn«, obwohl Dagoberto bestimmt zehn Jahre älter war als er. Aber bei jener einen Begegnung hatte Gordon Lane diese Aura uralter, geheimnisvoller Korruption umgeben, die zwangsläufig aus einem Leben in ständiger Heimlichkeit erwächst. Dagoberto blickte über die Rennbahn, wo Epic Steam die 800 Meter mit einem A. P.-Indy-Hengst trainierte, und sagte: »Er sollte so weit sein, dass er starten kann, wenn er wirklich zwei wird. Das ist in etwa zwei Wochen. Er ist ein Monster.«
»Wie viel haben wir für ihn bezahlt, Dagoberto?«
»Vierhundertfünfundzwanzigtausend, Sir.«
»Ist er das wert?«
»Er ist ein forsches Tier, Sir, aber schwierig im Umgang. Ein wenig hinterlistig.«
»Läuft er gern?«
»Der Junge hat es nicht leicht, ihn unter Kontrolle zu kriegen, Sir. Aber wir können noch nicht genau sagen, wie gern er läuft. Ich setze meinen stärksten Burschen drauf.« Genau in diesem Augenblick sah Dagoberto, wie Epic Steam an dem A. P. Indy Colt vorbeizog, obwohl der Arbeitsreiter strengste Anweisung hatte, mit dem anderen Hengst auf einer Höhe zu bleiben. Dann bewegte sich Epic Steam scharf nach links, vor den anderen Hengst, und brachte diesen dazu, plötzlich zu pullen und den Kopf herumzureißen. Dagoberto runzelte die Stirn. Man sah nicht gern, wie ein Pferd einem anderen einen quälenden Augenblick bereitete. Und dann stand der Junge, der Anweisung hatte, die beiden in einem leichten Galopp auslaufen zu lassen, in den Steigbügeln und riss die Zügel zurück, und Epic Steam hielt den Kopf

gesenkt, weil er versuchte, seinen Reiter aus dem Sattel zu ziehen. Die anderen Pferde auf der Rennbahn stoben ihm aus dem Weg. Es war eine Sache von Sekunden. Es war auch eine Sache von Sekunden, dass Dagoberto zu Mr. Gordon Lane sagte: »Sir?«

»Ja, mein Sohn?«

»Mein, äh, mein Gespür sagt mir, dass wir ihn verkaufen sollten.«

»Bei der Barretts-Auktion für Zweijährige im Training?«

»Jawohl, Sir.«

»Sie sind der Boss, Dagoberto. Rufen Sie Sir Michael an, ja?«

»Jawohl, Sir.«

Das Gespräch war zu Ende.

Dagoberto konnte es noch nicht richtig glauben, dass er gerade seinen viel versprechendsten Läufer und seinen bestentwickelten Zweijährigen losgeworden war. Vor zehn Minuten noch hatte er das Pferd beobachtet und hatte sein erstes Rennen geplant, hatte lässig an die ganze Saison der Zweijährigen gedacht, die offen vor ihm ausgebreitet zu liegen schien, sechs, sieben Siege, Rosinen, die er aus dem Kuchen picken und in den Korb legen konnte, den er bei sich hatte. Es war ein Pferd mit Klasse, begabter und gesünder als die meisten, die Dagoberto erlebt hatte.

Epic Steam kam jetzt um den Bogen vor der Tribüne. »Was war das denn, Jonas?«, rief Dagoberto hinunter.

»Er hat mir fast die Arme aus den Schultern gerissen!«

Jonas, der wegen der Hitze hier in Florida immer in ärmellosen Hemden ritt, hatte das breiteste Kreuz auf der Rennbahn. Die Muskeln entfalteten sich wie ein Fächer von seinem Nacken über den Rücken hinunter, und seine Schultern und Bizepse wölbten sich wie Grapefruits in einem Beutel. Aber die Muskeln im Hals des Pferdes waren geschmeidiger und stärker. Und er war offenbar kein Pferd, das Schmerz empfand.

Dagoberto steckte sein Handy zurück in die Tasche. Der A. P.-Indy-Hengst trabte mit seinem Reiter unten vorbei. »Ich hab das mitgekriegt«, rief Dagoberto ihm zu. »Ist mit deinem Pferd alles in Ordnung?«

»Gefallen hat's ihm nich, Chef. Ich sag dir, der is keine Memme hier, der Bursche, aber der Schwarze da, der macht ihn nervös. Wie er am

Start stand, der Junge hier, da wollte er die ganze Zeit von dem da wegdrängen, und er hat ihn die ganze Zeit im Blick gehabt.«
»Wir trainieren die beiden nicht mehr zusammen.«
Epic Steam war der Albtraum eines Pferdeführers. Wenn er abgespritzt wurde, versuchte er, die Wasserstrahlen zu beißen, die über seine Brust liefen. Man musste die Kette der Führstange unter seiner Lippe herführen, über das Zahnfleisch legen und sie ganz fest halten und außerdem auch den Ellbogen immer in Bereitschaft haben, um ihn ihm ins Gesicht zu stoßen, wenn er versuchte zu beißen. Einzig und allein Rosalba war stark genug und ruhig genug und groß genug, um mit ihm umzugehen. Epic Steam hatte ein wenig Respekt vor Rosalba, denn ab und zu, wenn er mit besonderem Eifer seine Mätzchen machte, packte sie sein Ohr und drehte es so fest herum, dass er den Kopf senken musste. Und sie war tückisch dabei. Sie tat es nicht oft und immer nur dann, wenn er nicht damit rechnete. Dann schoss ihre Hand hervor wie eine Schlange und packte das Ohr. Das war der Grund, weshalb er eigentlich gar nicht kopfscheu war, und niemand, vor allem nicht Dagoberto, ahnte, dass er eine solche Behandlung erfuhr. Rosalba ihrerseits war der Meinung, das Pferd brauchte genau diese Behandlung. Wenn ein Pferd auf die Rennbahn kam, war es bereits größer und oft auch schneller als ein Mensch, aber das wusste es noch nicht. Man hatte vielleicht einen Monat, um sich mit dem Pferd ins Benehmen zu setzen, dafür zu sorgen, dass sich die Meinung des Pferdes von der Stärke des Menschen und der eigenen Schwäche festigte. Dieser Epic Steam war ein gutes Beispiel. Er bereitete Rosalba nicht die geringsten Schwierigkeiten. Er mochte sie zwar nicht, hatte aber eine gesunde Angst vor ihr. Aber man redete ohnehin zu viel von diesem Zeug, fand Rosalba. Zuneigung oder Abneigung war nicht das, was die Welt in Gang hielt. Was die Welt in Gang hielt, war das Wissen, wer der Boss war. Bei Epic Steam war sie der Boss. So einfach war das.
Epic Steam seinerseits lebte in einer Welt, in der es so etwas wie Zuneigung nicht gab. Da ihn nie jemand gern gehabt hatte, wusste er gar nicht, was Zuneigung war. Er wurde nur selten gestreichelt. Sein Pfleger, derjenige, der ihn normalerweise streicheln, mit ihm sprechen und ihm Karotten geben würde, hatte Angst vor ihm. Er hielt Epic

Steams Box peinlich sauber, wickelte ihm sorgfältig die Nachtbandagen und tat alles genau nach Vorschrift. Oft war es so, dass er Rosalba bat, das Pferd für ihn zu halten, wenn er ihm nur einen Augenblick den Rücken zuwenden musste. Das Pferd sah aus, als mache ihm das nichts aus. Er bot sich nie an, wie es die meisten Pferde tun, und obendrein war er stößig, was sich allmählich zu einem Problem auswuchs. Den ganzen Tag wieherte er die Jungstuten an und warf sich in seiner Box hin und her, wenn eine Stute, die rossig war, vorbeigeführt wurde. Die meisten jungen Hengste gewöhnten sich an das gemeinsame Training, wenn sie nicht zu nah beieinander untergebracht waren und der Trainer ein paar Vorsichtsmaßnahmen traf, aber Epic Steam gewöhnte sich nicht daran. Als Dagoberto mitteilte, dass der Hengst in ein paar Wochen nach Kalifornien gebracht würde, machte sich allgemeine Erleichterung breit.

Persönlich fand Rosalba, das Pferd müsse kastriert werden, und damit hatte es sich.

Persönlich fand Epic Steams Pfleger, das Tier müsse kastriert werden, und damit hatte es sich.

Und persönlich fand Jonas, das Tier sei jetzt schon so stark im Hals und den Schultern, dass er kastriert werden müsse, sonst würde man ihn nicht mehr reiten können.

Dagoberto dachte bei sich, er hätte dem weltreisenden und nie erreichbaren Besitzer vorschlagen können, das Pferd zu kastrieren, aber jetzt wurde er verkauft. Ein Pferd mit diesem Stammbaum und Talent würde bei einer Auktion als Wallach Zigtausende, vielleicht sogar Hunderttausende weniger erzielen.

Na ja, dachten alle, jetzt mussten sie sich nur noch eine kurze Zeit mit ihm herumschlagen. Das war eine Erleichterung.

Es war ja nicht so, dass Epic Steam, der jetzt ordentlich für die Nacht eingepackt, makellos sauber und atemberaubend schön in seiner Box stand, all das absichtlich tat. Ja, es stimmte, er war ein echtes Problem, von dem Augenblick an, wenn der Pfleger frühmorgens kam, bis zu dem Zeitpunkt, wenn jedermann froh war, ihn für weitere zweiundzwanzig Stunden los zu sein. Aber er wollte eigentlich gar kein Querschießer sein. Er konnte sich nur nicht anders ausdrücken. Jetzt, da er auf der Rennbahn war, war er sogar glücklicher als in seinem ganzen kurzen Leben zuvor. Ohne zu wissen, was eine Rennbahn war, hatte er sofort Bescheid gewusst. Sobald er den Fuß darauf gesetzt hatte, wusste er, dass er da war, wo er hingehörte. Er lief gerne. Seiner Liebe zum Laufen verlieh er Ausdruck, indem er sich aufbäumte, bockte, durchging oder nach rechts oder links ausscherte, wenn der Reiter versuchte, ihn zu dirigieren. Vielleicht dachte er, wenn er den Reiter loswürde, würde er auf die Art und Weise und zu den Zwecken laufen können, die ihm wichtig waren. Es war ihm klar, dass der Zweck des Laufens sowie aller anderen Aktivitäten darin bestand, mit Stuten in Berührung zu kommen. Stuten gaben ein lautes und eindeutiges Zeichen von sich, dass sie ihn erwarteten und dass die anderen Hengste auf der Rennbahn nur im Weg waren. Als Hengst hatte er die Aufgabe, die anderen aus dem Weg zu räumen, obwohl viele von ihnen älter und erfahrener waren als er. Jeder Morgen auf der Rennbahn war für Epic Steam ein Spießrutenlaufen aufgrund der Provokationen der älteren Hengste. Fast alle älteren Hengste, und die Stuten übrigens auch, wussten eine ganze Menge mehr als Epic Steam. Sie waren in Rennen gewesen, sie kannten sich aus mit dem Laufen, mit Taktik und Siegen, sie wussten, wie es war, umsorgt zu werden, andere zu mögen und gemocht zu werden. Sie lebten in einem sozialen Universum von Menschen und Pferden. Epic Steam war in diesem Rahmen ein primitiver Rohling. Er war eigentlich nicht verrückt wie sein Vater, aber die Gerüchte, die eine genetische Verbindung zwischen den beiden herstellten, waren in aller Munde. Epic Steam bekam bereits einen Ruf auf der Rennbahn, dabei war er noch nicht einmal in einem Rennen gestartet.

Es war sein Schicksal, über die anderen hinauszuwachsen, Thema von Gesprächen und Gegenstand von Übertreibungen zu sein, es war sein Schicksal, seiner Bestimmung gerecht zu werden. So schien es jedenfalls.

Kapitel 17
Schulanfang

Die Trainingsanlagen in der Hauptniederlassung der Tompkins Ranch in Kalifornien – Central Valley Complex, Rennsport und Zucht weltweit, Die edelsten Vollblüter –, die acht Kilometer neben der Schnellstraße lagen, hinter der Feriensiedlung und dem Restaurant und gegenüber von Mandel- und Aprikosenplantagen, zeichneten sich durch keinerlei architektonische Anspielungen auf England, Irland, Frankreich oder Kentucky aus, sie waren demnach weder elegant noch moosbedeckt, noch auf alt getrimmt. Man hätte das machen können – die Tompkins konnten alles importieren, sogar die triefende, neblige Feuchtigkeit, die man für Mehltau und ewige Nässe braucht, aber der Architekt, der in den dreißiger Jahren mit dem Bau beauftragt worden war, hatte zuvor einen Komplex mit Lebensmittelgeschäft, Kino und Warenhaus in Hollywood entworfen und sah jetzt alles nur im Lichte der Bagdad-Mekka-Culver-City-Achse, deshalb hatten die Anlagen Kacheln, Springbrunnen und Blumen, Kuppeln und Hängebögen, die über die ganze Länge des Stalldachs verteilt waren, und ein Minarett, das aus dem Heuspeicher emporwuchs. Die Fenster der Remise für Großgeräte trugen Spitzbögen. Die im Training befindlichen Pferde wurden in einem gartenähnlichen Hof gestriegelt und gesattelt, bevor sie durch einen Torbogen mit einem verblassten Wandbild von Beduinen, die auf ihren arabischen Rössern durch den Sand galoppierten, auf die Rennbahn geführt wurden. Hierhin wurde Froney's Sis zusammen mit vier der anderen zweiundvierzig Zweijährigen auf der Ranch gebracht, als sie nach zwei Monaten auf der Weide am ersten Februar wieder mit dem Training begann.

Sie kam in eine Box. Bei ihrem letzten Besuch hier war Froney's Sis auch in einer Box gewesen, ansonsten kannte sie nur das Leben auf einer großen, sonnigen, bewässerten Weide, auf der nichts als ein paar blechgedeckte Unterstände standen, die Schatten spendeten. Sie war auch an die ständige körperliche Nähe anderer Stuten gewöhnt, die an sie stießen, sie stupsten, ihren Hals und ihren Widerrist sauber hielten, sie bissen, sie traten und ihr ganz allgemein sagten, wie sie sich zu verhalten hatte. In ihrer neuen Unterkunft sah sie eine Stute rechts neben sich, eine links neben sich, aber sie konnte sie nur berühren, indem sie die Oberlippe durch die Trennlatten steckte. Alle Berührungen wurden jetzt plötzlich abstrakt. Deshalb stapfte Froney's Sis in ihrer Box auf und ab. Ihr Pfleger bemerkte es in der ersten Nacht, in der zweiten Nacht und auch in der dritten Nacht, als all die anderen Junghengste und -stuten sich schon allmählich einlebten. Hin und her und hin und her, von einer Ecke in die andere, kehrt nach rechts, kehrt nach links. Die anderen fraßen ihr Heu mit besonnenem Genuss, aber Froney's Sis ließ einen großen Teil ihres Heus und den größten Teil ihrer Körner liegen. Nach vier Tagen hatte sie nach Jack Perkins' Schätzung fünfzig Pfund verloren. »Sie ist immer noch verunsichert«, sagte er.

Mit ihren täglichen Lektionen ging es auch nicht gut. Die Pferde wurden in einer Gruppe hinausgebracht. Am ersten Tag führte er sie nur um die maurische Anlage, zeigte ihnen die Hortensien und die Bougainvillea und die Rosen, die Springbrunnen und die Kieswege. Sie spazierten um die Remise und durften die Traktoren drinnen anschnauben. Sie wurden nach draußen auf die Rennbahn geführt. Wenn sie schnaubten und scheuten und zurückwichen, folgten die Betreuer ihnen und sprachen besänftigend auf sie ein. Die älteren Pferde, die Führpferde, die zur Beruhigung da waren, sahen desinteressiert zu. Am ersten Tag dauerte jede Einzellektion etwa eine Stunde. Die Lektion mit Froney's Sis dauerte zwei Stunden und war für jeden eine Geduldsprobe, sogar für das Führpferd, ein alter Schecke, der die Ohren anlegte, sobald sie sich näherte. Schließlich schaffte sie es, zitternd vom Springbrunnen zum Garten zur Remise zur Rennbahn zum Garten zum Springbrunnen zu gehen. Am Schluss war sie so verschwitzt, dass sie gebadet werden musste, aber zum Glück war sie zu erschöpft, um sich dagegen zu wehren.

Am nächsten Tag, als die anderen Kleinen sich zu einem netten Spaziergang rund um die Rennbahn anschickten, musste Froney's Sis die Lektion vom Vortag wiederholen, diesmal mit einem etwas freundlicheren Führpferd. Als dieser Tag zu Ende ging, hatte der Trainer sie in Gedanken schon in die Gruppe der langsamen Schüler eingestuft. Waisenfohlen waren manchmal so. Die verwaisten Fohlen in seiner

Obhut, die es zum Rennpferd gebracht hatten, konnte er an einer Hand aufzählen. Irgendwie schienen sie weniger Verstand zu haben als andere Pferde.

Die kleine Stute machte zwar langsame Fortschritte, aber über etwa sieben Tage waren sie regelmäßig. Sie hatte keine schlechte Veranlagung. Sie schien ihren Pfleger zu mögen. Sie stand beim Baden, hob die Hufe brav hoch. Sie legte nie die Ohren an oder war gereizt. Sie war nur nervös oder verwirrt oder beides. Neue Erfahrungen schienen ihr den Boden unter den Füßen wegzuziehen. Am achten Tag brachte der Pfleger sie hinaus, stellte sie neben das Pony und legte ihr einen leichten Rennsattel auf den Rücken. Dann ging er um sie herum auf die linke Seite, zog den Gurt unter ihrer Brust durch und schnallte ihn im ersten Loch fest. Sie stand still. Der Pfleger und sein Helfer wechselten einen Blick, dann zogen sie den Gurt ein Loch fester. Das Pferd stand still. Der Pfleger lächelte. Das dritte Loch war der magische Punkt. Das Schlimmste, was passieren konnte, war, dass der Sattel über die Mittelhand hinunterrutschte und unter die Beine der Stute geriet. Beim dritten Loch wäre er zu fest dafür. Er zog den Gurt sanft hoch und schob eine Schnalle in das dritte Loch. Die Stute stand still, und der Pfleger meinte schon, er hätte es geschafft. Er zog an der anderen Schnalle. Prozedur normal, Reaktion normal. Alle schöpften Hoffnung.

Die Stute fiel um, als hätte sie einen Stromstoß bekommen.

Das Führpferd machte zwei Sätze zurück.

Der Helfer des Pflegers rannte zum Trainer.

Alle vier, Pfleger, Trainer, Helfer und Führpferd, standen im Kreis um die Stute herum und beobachteten sie. Der Helfer des Pflegers dachte, sie sei tot. Der Pfleger dachte, sie sei eine Nervensäge. Der Trainer dachte, sie sei zu kompliziert für jemand, der eigentlich nicht mehr mit dem Herzen bei der Arbeit war, da jetzt Golf sein Steckenpferd war und er auf dem Golfplatz in der Feriensiedlung eine Nachmittagsrunde geplant hatte. Das Führpferd konnte sich nicht daran erinnern, sich jemals so wegen etwas angestellt zu haben, wie es diese Stute bei jeder Kleinigkeit tat.

»Soll ich kaltes Wasser auf sie schütten?«, fragte der Helfer des Pflegers.

»Wir können warten, bis sie wieder zu sich kommt.«
Das Führpferd gab ein viel sagendes Grunzen von sich.
Die Stute kam zuckend zu sich.
Der Pfleger hielt sie fest im Griff und folgte ihr rückwärts, seitwärts, vorwärts, wieder seitwärts, wieder rückwärts. Sie bockte, als sei das ihr Lebenszweck, drehte ihr Gesicht von einer Seite zur anderen, schlug nach vorne und nach hinten aus, scheute, buckelte den Rücken. Die drei anderen Jährlinge und ihre Betreuer hatten sich beim ersten Bocken verzogen und beobachteten sie jetzt vom Eingang des Stalls aus, wo auch der Trainer stand. Der Pfleger machte seine Sache sehr gut, dachte er. Er war ein junger Mexikaner, vielleicht fünfundzwanzig. Er war völlig ungerührt, als nehme er dieses Bocken und Zucken gar nicht wahr. Das war die Haltung, die der Trainer gerne bei Leuten sah, die mit Pferden zu tun hatten. Pferde, vor allem, wenn sie noch sehr jung waren, waren sagenhaft empfänglich für affektive Signale. Ein guter Reiter musste Füße wie Blei, Hände wie Seide und das Temperament eines Sandsacks haben, diese Meinung vertrat jedenfalls der Trainer. Er sah es nicht einmal gerne, wenn ein Betreuer einem aufgeregten Pferd besänftigend zuredete. Wenn man einem aufgeregten Pferd besänftigend zuredete, bekam das Pferd den Eindruck, seine Aufregung sei berechtigt.
Schließlich stand die Stute wieder zitternd auf allen vier Beinen und blieb auch stehen. Sie stand ganz still in einer komischen Haltung, in sich zusammengeschrumpft, als könnte sie zwischen sich und dem Sattel einen Abstand schaffen, aber sie stand still, vielleicht war sie zu erschöpft, um sich zu bewegen. Der Pfleger machte einen Schritt auf sie zu und blieb vor ihr stehen. Er wartete einen Augenblick ab, dann begann er, sie um die Augen zu streicheln. Sie war schweißbedeckt. Der Pfleger sah den Trainer an, dieser nickte und bedeutete ihm mit einer Geste, dass er sie vorwärts führen sollte. Sie machte ein, zwei Schritte, buckelte den Rücken, machte noch einen Schritt und noch einen und noch einen. Nach etwa zehn Schritten entspannte sich ihr Rücken, ein kurzes Zittern durchlief sie, dann ging sie etwas bereitwilliger voran. Als sie etwa eine Minute gegangen war, hob der Trainer die Hand, der Pfleger brachte die Stute zum Stehen, und zu dritt, mit dem Führpferd als zusätzlichem Beistand, schnallten sie rasch den

Ledergurt ab, der Ursache des Unglücks war. Der Pfleger führte die Stute fort und wusch sie.

An demselben Tag, allerdings nach Einbruch der Dunkelheit, fuhr Joy Gorham mit Elizabeth Zada zur Ranch. Elizabeth Zada war die voluminöseste Frau, die Joy jemals kennen gelernt hatte, sie war eins achtzig groß und wog gut ihre 85 Kilo. Elizabeths Nähe wirkte sich beruhigend auf Joy aus, denn sie hatte etwas Erdmutterhaftes an sich. Selbst wenn schwere Gegenstände wie etwa ausgediente Raumstationen vom Himmel fielen, würde Elizabeth sie abschmettern, ohne ihren Gesprächsfluss auch nur zu unterbrechen. Ihr Gesprächsfluss war gewaltig. Elizabeth war sechzig Jahre alt. In diesem Augenblick hielt sie gerade einen Vortrag über ihre Sexualität.

»Also, wenn man einen Orgasmus hat, ist das ein Ausfluss von Energie. Sie wird einfach verströmt und ist weg. Das kann man sich nicht leisten. Ich habe vor Jahren, lange bevor ich angefangen habe, mich damit näher zu befassen, schon festgestellt, dass man von einem bestimmten Alter an, das übrigens bei vierundzwanzig Jahren liegt, diese Energie einfach verströmt und deshalb verliert. Man muss diese Energie in sich drin behalten, damit sie sich ansammelt.«

Joy, die am Steuer des Lieferwagens saß, rutschte auf ihrem Polster hin und her und stellte sich einen Dampfkochtopf vor, dessen Druckventil klappert und klopft.

»Und dann entweicht sie durch den Kopf.«

»Wie bitte?«

»Ja, sie entweicht durch den Kopf. Durch den Scheitelpunkt des Kopfes. Da ist nämlich ein Energieraum, wo die geistige Energie nach oben zur Gottheit hinaufschießt. Ich persönlich stelle mir das immer wie die Fontanelle bei einem Baby vor. Diese Fontanelle will man wiederhaben. Sie schließt sich im ersten Jahr, in dem sich das Baby von der Gottheit löst, doch später kann man sie durch Meditation wieder öffnen. Aber das ist meine eigene Idee. Das steht nirgendwo in den Büchern, die ich gelesen habe. Aber all das andere ist nachgewiesen.«

Als ausgebildete Naturwissenschaftlerin fragte Joy wohlweislich nicht, wer es nachgewiesen hatte.

»Auf jeden Fall hat man diese Sexualenergie in seinem niederen

Selbst. Man hält sie nun fest, lenkt sie durch das Rückgrat nach oben, da ist nämlich ein enger Kanal, dann erblüht sie sozusagen im Kopf und – ffft – entschwindet nach draußen. Ein wunderbares Gefühl, ehrlich.« Sie räusperte sich. »Meine Güte, ich habe seit ewigen Zeiten keine Pferde mehr um mich gehabt. Bestimmt fünf Jahre. Aber vielen Dank.«

Dass Joyce jetzt mit Elizabeth Zada im Dunkeln zur Ranch fuhr, kam so: Joy war beim Zahnarzt, um sich eine neue Füllung machen zu lassen, als die Assistentin mit einer auffälligen Frau hereinkam und zu Joy sagte: »Das hier ist Elizabeth, sie möchte gerne Pferden Gedanken lesen. Im Ernst. Ich hab gesehen, dass Sie auf der Ranch arbeiten.« Bevor Joy wusste, wie ihr geschah, hatte Elizabeth ihre ganze Abwehrhaltung aus dem Weg geräumt, sie zum Abendessen eingeladen und geredet und geredet und geredet, und jetzt saßen sie im Auto.

»Ich habe das Gefühl, ich habe nur noch Pferde um mich«, sagte Joy. »Wenn ich an Menschen denke, dann kommt es mir so vor, als wären sie wie im Fernsehen, sogar Mr. Tompkins, vor allem Mr. Tompkins, aber wenn ich an die Pferde denke, dann ist es, als wären sie bei mir im Zimmer. Das haben Pferde so an sich, sie sind einem immer ganz nah.« Joy nahm die letzte Kehre zur Hintereinfahrt der Farm. Es war fast acht Uhr. »Noch anderthalb Kilometer«, sagte sie.

»Männer sind für den Orgasmus einer Frau nicht verantwortlich. Darauf fallen wir immer wieder rein, vor allem in der Ehe. Ich jedenfalls. Jahrelang hab ich mich bei Nathan Zada beklagt, dass er nicht die richtige Technik hatte. Du weißt schon, mach's höher, mach's tiefer, sei zärtlicher, sei geschickter, sei jemand anders, verdammt nochmal. Was mache ich, Prinzessin Elizabeth, mit Nathan Zada, einem erbärmlichen kleinen Kürschner? Armer Nathan, Friede seiner Asche.«

»Ist er verstorben?«

»Du meine Güte, nein. Er hat mich verlassen, wegen einer Floristin. Sie wohnen jetzt in Arizona.«

»Ach.«

»Ich sage Friede seiner Asche, falls er mal bei einem Unfall auf der Autobahn in seiner Karre verbrennt.« Elizabeth lachte dröhnend. Sie fuhren durch das hintere Tor in die Farm ein und auf den Hengstbereich zu, wo Mr. T. jetzt untergebracht war. Jetzt erhaschte Mr. T.

jeden Tag ein paar Blicke – auf die Stuten, die vorübertrabten, auf den Deckstall, auf die Hengste, die hüpften, tänzelten und angaben. Er war zwar ein Wallach, aber das hielt ihn nicht davon ab, auch ein bisschen zu tänzeln und anzugeben. Joy war sich nicht sicher, ob er hier optimal aufgehoben war, aber sein Auslauf hatte das ganze Jahr über gutes, aufwändig bewässertes Gras, und sein Zustand hatte sich in wenigen Wochen beträchtlich gebessert. Er wog immer noch rund fünfzig Kilo zu wenig, aber er war nicht mehr dasselbe Pferd, das aus Texas angekommen war. Viele, die ihn sahen, hielten ihn für einen Hengst, aber für Joy war er der absolute Inbegriff der nützlichsten Pferdesorte, nämlich der Wallache. Der Unterschied lag am Hals. Die männlichen Hormone verdickten den Hals eines Hengstes, machten ihn schwer und betonten den Mähnenkamm. Mr. T.s Hals war zart, und wenn er zu dünn würde, sähe er aus, als hätte er einen Hirschhals. Aber wenn sie ihn am Halfter führte oder wenn er von sich aus mit hoch gestellten Ohren durch seinen Pferch trabte und den Hals gebogen hielt, dann bildete er genau die richtige Rundung, verjüngte sich aus dem Schulteransatz heraus und war sanft in den Kehlriemen gedrückt. Er war leicht und athletisch, hatte genau diesen rein funktionierenden Organismus, den nur ein Pferd ohne Fortpflanzungstrieb haben konnte.

Joy parkte den Lieferwagen und sah ihn sofort, ein verschwommener weißer Umriss im Dunkel. Er hob den Kopf und kam mit gespitzten Ohren auf das Tor zu. Die anderen Auslaufkoppeln waren leer, die Hengste wurden zur Nacht hineingebracht. Als sie aus dem Wagen stieg, begrüßte er sie sofort, sie hörte das Gatter unter seinem Gewicht ächzen, als er sich daran presste. Sie hatte immer das Gefühl, dass er sie anzog, sei es aus Freundschaft, wegen seiner Schönheit oder aus anderen, tiefer liegenden Gründen. Sie hatte ihn gern, den alten Burschen. Sie prahlte über ihn, bis die anderen, mit denen sie zusammenarbeitete, die Augen verdrehten, aber sie dachte: Seht ihn euch doch nur an! Sie hatte seinen Stammbaum erforscht und festgestellt, dass er von St. Simon abstammte, dem berühmtesten Pferd des 19. Jahrhunderts, von dem es in ihrem Buch hieß: »Da er keinen Makel hatte, vererbte er auch keinen.« Als sie das Bild von St. Simon betrachtete, sah sie Mr. T., nur schaute sie aus diesem Bild ein schwarzer Kopf anstatt Mr. T.s weißem an. Joy war so stolz auf diesen klassischen Kopf, als wäre es ihr eigener. Sie war auch stolz auf seine Sehnen. Sie hatten es mit einem Weidegefährten versucht, einem Führpferd von der Rennbahn, das sich erholen musste, aber am zweiten Tag hatte es Mr. T. unterhalb des Mittelgelenks ins Bein gebissen. Als die Tierärztin Mr. T. die Sehnen geröntgt hatte, sagte sie: »Was sagten Sie eben, wie oft ist er gestartet?«

»Zweiundfünfzigmal.«

»Erstaunlich«, sagte die Tierärztin. »Was macht er jetzt?«

»Vorerst nur ein bisschen spazieren reiten.«

Die Tierärztin schüttelte den Kopf. »Normalerweise sehe ich solche Sehnen nicht bei Rennpferden, die älter als drei sind.« Sie hätte genauso gut sagen können: »Ihr Kind ist ein Genie, und wir wissen, dass es das direkt von Ihnen geerbt hat.«

»Das hier«, sagte Joy zu Elizabeth, die ununterbrochen geredet hatte, während Joy Mr. T. betrachtete und gar nicht zugehört hatte, »das hier ist das Pferd, von dem ich Ihnen erzählt habe. Sie können gleich hier anfangen.«

»Wie heißt er?«

»Mr. T.«

»Hmmm«, sagte Elizabeth.

Dafür hatte Joy Elizabeth mit aufs Gestüt gebracht, und zwar absichtlich so spät, damit es schon dunkel war und die anderen alle schon weg waren. Elizabeth hatte Joy beim Essen erklärt, ihre Fähigkeit, mit Tieren zu kommunizieren, sei an ihre erwachende Sexualität gebunden, und beides war erst spät in ihrem Leben eingetreten, erst nach den Wechseljahren. Nach den Worten »Tierkommunikation« hatte Joy den Faden der Ausführungen verloren, auch als es um die Sexualität ging, aber Elizabeth war eine Person, die man einfach beachten musste, und jetzt waren sie beide hier.

»Also«, sagte Elizabeth, »mir ist die Kommunikation mit Raubtieren vertrauter, denn deren Gedankenmuster und Sensorien sind unseren ähnlicher. Aber es gibt nicht viele Raubtiere zum Kommunizieren. Ich möchte es gerne mit Pferden versuchen, da gibt es eine größere Erhebungsauswahl.«

Mr. T. stand zwischen ihnen, durch und durch wachsam. Zuerst sah er Joy an, dann Elizabeth. Also, wenn ich daran glauben würde, dach-

te Joy, dann hätte ich das Gefühl, er wollte gleich anfangen zu reden. Sie tätschelte ihm den Hals, aber er zog ihn fort. »Hmm«, machte Elizabeth. »Können wir zu ihm hineingehen?«
Joy öffnete das Gatter und trat hinter Elizabeth in den umzäunten Auslauf. Mr. T. stellte sich zwischen sie. Im nächsten Moment stupste er Elizabeth vor die Brust. Joy fand das interessant, denn normalerweise suchte er nicht viel Körperkontakt und sorgte lieber dafür, dass er für sich blieb. Dann stupste er Joy vor die Brust.
»Er strömt«, sagte Elizabeth.
»Was heißt das?«
»Das ist ein Bilderfluss. Ich weiß nicht genau, was die Bilder bedeuten, denn ehrlich gesagt habe ich von Pferden keine Ahnung.«
Sie hockte sich hin, stützte eine Hand an den Zaun, um ihr Gleichgewicht zu halten. Mr. T. senkte den Kopf und reckte ihn ihr entgegen. »Möchte er etwas?«, fragte Joy.
»Er will etwas, das groß und rot ist. Wie ein Ziegelstein. Ein großer Ziegelstein.«
»Das könnte ein Salzstein sein. Den hat er.«
»Na ja, vielleicht will er noch einen.«
»Ist ihm kalt? Will er eine Decke? Die anderen Pferde können abends reingehen.«
»Nein, er mag das. Die Kälte ist erfrischend.«
»Wie drückt er das aus?«
»Er strömt ein Bild aus, wie er sich im Schmutz wälzt und aufspringt und mit den Hufen ausschlägt.«
»Er wälzt sich gern.«
»Ich glaube nicht, dass ihm kalt ist.«
»Wen mag er gern? Mag er andere Pferde?«
»Er mag Sie gern.«
Ein heißer Schauer überlief Joy. Es war unglaublich, wie glücklich sie das machte, zumal sie seinem anhänglichen Verhalten schon hatte entnehmen können, dass er sie mochte.
»Ist hier noch ein anderer Schimmel, den er sehen kann?«
»Zwei Koppeln weiter ist ein Grauschimmelhengst. Er ist erst vier. Im Dezember ist er von der Rennbahn gekommen.«
»Ist er verletzt?«

»Er hatte eine Sehne überdehnt. Er soll sich ein bisschen erholen, im Herbst wollen sie versuchen, ihn wieder auf die Rennbahn zu schicken.«

»Vorne rechts?«

»Ja.«

»Mr. T. sagt, seiner Meinung nach ist er ein sehr schönes Tier. Er hat ein großes Herz.«

»Im Sinne von liebevoll oder wörtlich?«

»Ich weiß nicht. Es ist das Bild von etwas Großem, Heißem in der Brust des Pferdes.«

»Er ist eine wunderbare Züchtung. Auf einer Seite hat er Mahmoud und Blue Larkspur und War Admiral.«

»Ich weiß nicht, was das heißt.«

»Das heißt, dass er für ein Pferd wahrscheinlich ein besonders großes Herz hat.«

»Mr. T. mag ihn gern. Die anderen sind ihm egal. Ein sehr dunkles Pferd mag er nicht gern, es hat einen weißen Streifen auf dem Gesicht, etwa von den Augen bis auf die Hälfte der Nase.«

»Das ist Halo Highlights. Er hat seinem Pfleger vor zwei Jahren den Finger abgebissen. Aber er ist nicht so böse.«

»Mr. T. sagt, das wäre er aber gern.«

»Wie sagt er das?«

»Ich sehe nur ein dunkles Pferd, das den Kopf heftig schüttelt und etwas mit den Ohren macht. Mr. T. sagt, er ist hinterhältig, und er will, dass Sie sich von dem Pferd fern halten.«

»Das tue ich auch.«

»Mr. T. weiß, wenn Ihnen etwas passiert, würde er irgendwohin gebracht.«

»Wohin?«

»Ich sehe eine Art heißen, flachen Reitplatz, wo viele Pferde zusammengepfercht sind, ohne Schatten. Ein Mann mit einer Peitsche kommt immer wieder durch das Tor.«

»Bucky Lord.«

»Wer?«

»Das ist der frühere Besitzer von Mr. T. Er hat die Pferde hungern lassen.«

»Er hat sie auch geschlagen, sagt Mr. T.«

Joy hatte sich fest vorgenommen, skeptisch zu bleiben, und jetzt glaubte sie jedes Wort, obwohl sie schon bei Wahrsagern gewesen war und wusste, dass sie einem direkt das gaben, was man wollte, um einen aus der Defensive zu locken. »Hat er Schmerzen oder Beschwerden?«, sagte sie.

Elizabeth schwieg einen Augenblick, dann sagte sie: »Nein.«

»Will er irgendetwas?«

»Er will das Gatter öffnen und hinausgehen und durch das Gestüt spazieren und sich alles ansehen.«

»Ja, ich habe auch beobachtet, dass er sich am Gatterriegel zu schaffen gemacht hat.« Joy bekam langsam das Gefühl, dass ihr das zu viel wurde, dass das, was im Kopf des Pferdes vorging, sie überwältigte, ihr fast das Gefühl gab, schwindlig zu werden. Elizabeth sprach ganz besonnen. »Also, vergessen Sie nicht, dass ich noch nie mit Pferden gearbeitet habe«, sagte sie. »Ich weiß deshalb nicht, wie weit ich auf sie eingestimmt bin, aber Mr. T. wirkt sehr kopflastig. Er sieht sich um und beobachtet die Dinge. Er ist oft besorgt, weil er Angst hat, es könnte etwas passieren. Er hat mir das Bild einer Zuchtstute vermittelt, die auf den Zuchtstall zugeht. Er hat gesagt, in ihrem Kopf sei es ganz leer gewesen, als wäre sie in einem Schockzustand. Das hat ihm Angst gemacht.«

»In der letzten Woche hat sich eine Stute aufgebäumt und ist gestürzt. Der Hengst hat sie dann gebissen. Es war ein ziemlicher Aufruhr.«

»Vielleicht ist es dieselbe Stute.«

Joy war ganz sicher.

»Wie viel Uhr ist es?«, fragte Elizabeth. »Ich bin erschöpft.«

»Ungefähr neun.«

Auf der Heimfahrt wurde Joy das Gefühl nicht los, dass sich zwischen ihr und den Pferden ein Schleier gelüftet hatte, ein Schleier, der nicht besonders dicht gewesen war. Es überlief sie kalt, aber gleichzeitig war es so einfach und klar. Warum nicht? Ja wirklich, warum nicht?

Dann kam ein sehr wichtiger Deckhengst aus Kentucky an. Er war vierzehn Jahre alt. Er hatte das Preakness-Rennen gewonnen und den Jockey Club Gold Cup und das Santa Anita Handicap. Er hatte im

Laufe der Jahre mehrere Stakes-Sieger hervorgebracht und hatte eigentlich seine Aufgabe erfüllt. Eine Woche nachdem bekannt geworden war, dass er nach Kalifornien kam, war er ausgebucht. Achtzig Stuten zu fünftausend Dollar pro Plopp. Mr. Tompkins schickte Joy eine E-mail (Mr. Tompkins schickte ihr liebend gern E-Mails aus der anderen Ecke des Büros und saß dann da, die Füße in den staubigen Westernstiefeln auf dem Schreibtisch, und sah zu, wie sie sie las, ein echtes Wunder der modernen Technik), dass Jack Mr. T. im Trainingskomplex übernehmen würde. Er konnte morgens als Führpferd arbeiten, nachmittags konnte sie ihn reiten. Sie drehte sich auf ihrem Stuhl um und nickte ihm zu, aber er sagte: »Nein! Nein! Schick mir eine E-Mail!« Also schrieb sie ihm, dass sie am selben Nachmittag noch das Pferd im Transporter dorthin bringen würde. »Toll! Vielen Dank!«, schrieb er ihr zurück.

So wurde Mr. T. das Führpferd von Froney's Sis, und als seine Rolle bei ihrem Training einmal Routine geworden war, ging es mit den Fortschritten der Jungstute schneller voran. Alles, was ein Mensch in guter oder schlechter Absicht mit einem Pferd anstellen konnte, war für ihn ein alter Hut. Satteln, Zaumzeug anlegen, an der Laufleine trainieren, dann probeweise belastet mit einem Sack an einem Stab, das Gewicht eines Arms auf ihrem Rücken, das Gewicht eines Arms und einer Schulter, das Gewicht eines Oberkörpers, das Gewicht eines Reiters. Die Stute zitterte. Verkrampfte die Beine. Durchlief einen Panikanfall und kam wieder heraus, da, wo Mr. T. ganz ruhig stand, ein Hinterbein lässig angewinkelt.

Man brachte ihr bei, mit dem Führpferd zu arbeiten, von seinem Reiter geführt neben ihm herzugehen, und es stellte sich heraus, dass Mr. T. ein strenges Führpferd war. Er mochte es nicht, wenn ihr Kopf an seiner Schulter vorbeizog, aber er wollte auch nicht, dass sie zurückblieb. Wenn sie sich schlecht benahm, legte er die Ohren zurück, zog mit einem Blick auf sie den Mund kraus und machte weiter. Sie beschloss dann, ihm zu folgen. Und er war groß, während sie klein war. Jack kam es so vor, als schöpfte sie aus der herrschaftlichen Nähe des Wallachs Sicherheit. Jack betrachtete das Ganze als eine typische Mann-Frau-Beziehung: Der Wallach hatte eine ganze Palette von Interessen und Dingen, die ihn beschäftigten, die Stute hatte nur Augen für den Wallach, sein Entgegenkommen ihr gegenüber war ganz unpersönlich, es war Ausdruck seiner natürlichen Charakteranlagen, aber sie nahm jede Aufmerksamkeit persönlich und blühte wirklich auf. Im Vergleich mit den anderen war sie immer noch unreif, aber um den ersten März herum begann sie als Rennpferd zu funktionieren.

Joy kam jeden Tag nach der Arbeit und schleppte ihren Dressursattel an. Um diese Zeit waren alle Pferde schon in ihre Boxen gebracht, und Jack ließ sie den alten Wallach auf dem Innenfeld der Rennbahn reiten. Ab und zu beobachtete er sie. Er hatte schon öfter beim Dressurreiten zugesehen. Er hielt nicht viel davon, jedenfalls nicht für Vollblüter. Eines Tages nahm er sich noch eine Arbeit vor und blieb in der Nähe, bis Joy das alte Pferd zurück in den Hof brachte. Dieses lässige Klock-klock auf dem Kies war ein Geräusch, das Jack besonders gern hatte, es war der Begleitrhythmus seines ganzen Lebens, und er dachte, er könnte die gute Bewegung eines Pferdes genauso gut hören wie sehen – vier feste, klare, gleichmäßige Schläge, mit denen das Pferd seine Entspanntheit und sein Selbstbewusstsein kundtat. Mr. T. kam mit einem Klock-klock, Klock-klock über den Kies. Joy ließ ihn anhalten und nahm den Sattel ab, und Jack sagte: »Solange er hier ist, solltest du ihn vielleicht einmal in der Woche um die Rennbahn galoppieren lassen.«

»Meine Güte, Jack, er ist achtzehn Jahre alt. Er erholt sich gerade vom Verhungern.«

»Das würde ihm gut tun. Dieser Dressurkram macht ihn ganz steif.«

»Dressur macht sie geschmeidig. Sie strecken die Oberlinie und werden durchlässiger.«

»Was hast du gesagt, wie viele Rennen hat er auf dem Buckel?«

»Zweiundfünfzig.«

»Lass ihn galoppieren. Erst mal langsam. Es wird ihm gefallen, und es bringt seine Lebenssäfte wieder in Bewegung, das wird ihn reinigen.«

Joy lächelte in sich hinein. Es hörte sich an wie ein Ausspruch, den ihre Großmutter hätte tun können. Aber sie sagte: »Aber es geht ohnehin nicht. Ich habe meinen Springsattel verkauft. Im Dressursattel ist das Galoppieren sehr unangenehm.«

»Dann nimm einen Übungssattel.«

Sie blickten quer über den Hof auf diese nur von den Steigbügeln zusammengehaltenen Fetzchen Nichts auf dem Sattelständer. Joy schüttelte den Kopf. »Wenn du meinst, er müsste galoppieren, meinetwegen, aber das kann dann jemand anders machen.«

»Hast du es noch nie gemacht?«

Joy schüttelte den Kopf. Jack begegnete ihrem Blick, und in seinen Augen sah sie ein Urteil, dabei hatte er diesen Gedanken nicht einmal klar in seinem Kopf: »Was bist du denn für eine Reiterin?«

»Dann zeig's mir«, sagte sie.

»Gern. Der alte Bursche ist ein gutes Pferd zum Lernen. Er ist groß und stabil und erfahren und er möchte nicht hinfallen. Es wird euch beiden Spaß machen.«

Joy warf einen Blick auf Mr. T., der neben ihr stand und mit den Zähnen knirschte und ganz so tat, als hätte er kein Wort von diesem Gespräch mitbekommen.

Am nächsten Tag hob Jack persönlich sie auf den schmalen Lederstreifen, der über Mr. T.s Rücken gegurtet worden war. Sie schob die Füße etwa bis zum großen Zeh in die Steigbügel. Die Knie reichten ihr bis zum Hals, bis wohin auch ihr Herz schlug. Der Pfleger führte Mr. T. im Schritt, und Joy hatte das Gefühl, auf einem unsicheren Zaunpfosten hin und her zu schwanken. Vielleicht zum ersten Mal seit zwanzig Jahren packte sie die Mähne. Eine Welle der Angst lief ihr von der Brust bis in den Nacken, aber dann fielen ihr Bilder von Jockeys ein. Als sie sich so zusammenfaltete, wie sie es bei ihnen gesehen hatte, fühlte sie sich sicherer. Der Pfleger führte sie über das Gras auf die Rennbahn. Jack stand schon am Geländer und grinste breit. »Schmieg dich einfach hinein«, sagte er, »bleib über seinem Mittelpunkt und überlass es ihm, dich im Gleichgewicht zu halten. Wenn du genau in der Mitte bist und dich klein genug machst, fühlst du dich immer sicherer, je schneller er rennt. Das ist der Gyroskop-Effekt.«

Mr. T. fand diese neuen Entwicklungen offenbar sehr anregend. Er zuckte mit den Ohren vorwärts und rückwärts und holte zu großen, freudigen Galoppsprüngen aus. Sie sah, dass ein paar Pfleger und Übungsreiter sich jetzt am Außengeländer eingefunden hatten. Sie hoffte, es ging ihnen eher darum zu sehen, wie der alte Bursche lief,

als darum, wie das alte Mädchen ins Gras biss. Unaufgefordert fiel Mr. T. in einen kräftigen Trab, wobei er sie mit jedem Schritt hochsteigen ließ. Sie legte die Hände um die Gummizügel und nahm sie fester in den Griff. Das Pferd zog das Kinn ein, nicht um sich zu widersetzen, sondern um sie seinerseits fester in den Griff zu nehmen. Das gab ihr das Gefühl, als seien ihr Hinterkopf und sein Unterkiefer mit einem Draht verbunden, der sie im Sattel hielt und gleichzeitig vibrierend Informationen übermittelte. Sie trabte einmal um die Bahn und kam wieder bei Jack an. »Also, der Bursche ist nicht gut in Form, aber du wiegst wohl kaum mehr als 45 Kilo«, sagte er. »Fang hier mal mit einem leichten Galopp an, galoppiere langsam um die halbe Bahn, dann schnalz ihn zu einem schnellen Galopp an. Wenn du wieder bei mir ankommst, nimm die Zügel über Kreuz, leg die Hände auf seinen Nacken, roll dich zusammen und lass ihn das machen, was er will. Wahrscheinlich wird er die Führung übernehmen und sich richtig ins Zeug legen. Verlier nicht die Zügel, wenn er das macht, und versuch nicht, dich ihm zu widersetzen. Er wird dich dazu benutzen, sein Gleichgewicht zu halten. Das muss er machen, um dein Gewicht auf seinem Rücken auszugleichen. Wenn er anfängt zu ermüden und dir ein bisschen nachgibt, zügele ihn einfach.«
Na ja, dachte Joy, wir wollen mal sehen. Sie lockerte den Griff ein wenig, und er ging in einen Kanter über. Im Gegensatz zu Jacks Plan hatte sie nur vor, nett in einem sanften Kanter um die Bahn zu reiten und den schnellen Galopp ein anderes Mal zu versuchen. Es war ein lieblicher Galopp, sie wiegte sich nicht darin, sondern es schien nur unter ihr zu schaukeln und sie mitzutragen, als wäre sie ein Floh am Hals des Pferdes. Als sie um den Bogen kam, gab sie ganz sicher kein Schnalzen von sich, aber er ging trotzdem fließend in den zweiten Gang über, und nach zwei, drei Sätzen meinte sie, den raschen Vierertakt des Galopps unter sich zu spüren. »He!«, sagte sie. Das Pferd schien sich in die Länge zu strecken und irgendwie niedriger zu werden. Ihre Augen tränten, und ihre Ohren waren von einem leeren Lärm erfüllt. »Brrrr!«, sagte sie, aber er machte nicht Brrr. So alt und schlecht in Form er auch war, er bewegte sich geschmeidig voran und ließ sich nicht zurückhalten. Sie kam in einem wesentlich schnelleren Tempo wieder bei Jack an, als sie losgeritten war. Als sie an ihm vor-

beikam, bemerkte sie sein Grinsen wie einen verwischten Streifen und führte die Zügel über Kreuz. Sofort stemmte sich Mr. T. gegen ihre Hände, Arme und Schultern, sodass sie die Fäuste in seinen Nacken drücken musste. Wenn sie nicht ganz auf ihn eingestimmt gewesen wäre, wäre er unter ihr durchgegangen. Aber sie war auf ihn eingestimmt. Er schien sie mit Kraft zu erfüllen, während er beschleunigte, eine Kraft, die von ihren Zehen und Händen bis in den Mittelpunkt ihres Körpers strömte und sich da konzentrierte, ihr die Stärke und das Gleichgewicht verlieh, um stillhalten zu können. Er lief jetzt schneller als jeder Durchbrenner, den sie je geritten hatte, aber sie hatte nicht das Gefühl, dass er nicht wusste, was er tat, ganz im Gegenteil. Er wusste, wo jeder Fuß gerade war, weil er ihn setzte. Hören und Sehen war ihr jetzt vergangen, ihre Augen waren völlig verschwommen, und sie hörte nichts als ihre eigene Stimme, die einen Laut von sich gab, der weder Sprechen noch Stöhnen war. So ritten sie ein Stück. Sie wusste nicht, wie weit. Er schien mit jedem Satz hochzuwogen, deshalb gab sie es auf, ihn dirigieren oder halten zu wollen, und dann ebbte das Wogen ab, und ihr Körper wusste, dass er sich jetzt erschöpft hatte und bereit war, wieder in den Trab zu wechseln. Als das geschehen war, stellte sie fest, dass sie am ganzen Körper zitterte, als hätte sie ein riesiges Gewicht gestemmt und ihre ganze Kraft verbraucht. Als er im Schritt ging, war sie so weit, dass sie dachte, sie fiele herunter.

»Wie hat's dir gefallen?«, rief Jack.

»Ich weiß nicht!«, rief sie zurück. »Ich brauche erst mal ein Schläfchen!«

Sein Lachen dröhnte herüber.

Mr. T. brauchte kein Schläfchen. Wer sich gerade die lang gehegte Leidenschaft erfüllt hat, wieder ein langbeiniger Junghengst im Fluss von Bewegung und Energie zu sein, braucht kein Schläfchen, oder höchstens am nächsten Tag, wenn Schmerzen und Muskelziehen einsetzen und man kaum imstande ist, in seinem arabischen Phantasiereich herumzuhumpeln, und sogar das bewässerte Gras, kostbar wie Edelsteine, nicht ganz so verlockend ist wie ein kleines Nickerchen im Schatten.

MÄRZ

Kapitel 18
Zweijährige im Training

Wenn Buddy Crawford gemeint hatte, das normale Leben auf der Rennbahn sei nichts als Stress und Druck, und das hatte er (wer hatte solche Schlafstörungen wie er, das wollte er gerne mal wissen? Oder zum Beispiel diese Verdauungsprobleme? Druck, vierundzwanzig Stunden am Tag und sieben Tage die Woche, so sah seit dreißig Jahren sein Leben aus, und er beschwerte sich nicht, auch wenn es ihm vielleicht nicht passte. Er dachte oft, eine Stelle als Professor in einem College oder so etwas würde besser zu ihm passen – er hatte einen Cousin, der den ganzen Tag Bücher las und sich ein paar Notizen machte, und der lebte ganz nett, obwohl er körperlich nicht besonders fit war. Ein bisschen dick war er. Ehrlich gesagt sogar richtig dick. Vielleicht wäre das ein guter Tausch. Im Laufe der Jahre hatte er mit einer gewissen Sehnsucht darüber nachgedacht, wenn der Druck wirklich schlimm wurde, aber jetzt war es natürlich zu spät dafür), dann wollen wir jetzt mal von seinem neuen Leben reden.

Apropos Druck. Zweijährige starten zu lassen war Druck, das war immer so gewesen. Wenn man seiner Auslesetheorie anhing, dann bildeten die Zweijährigen die Grundlage der Pyramide. Ein ganzer Haufen von ihnen kam herein, dann schied ein ganzer Haufen aus, und was übrig blieb, waren die Dreijährigen, die es überlebt hatten, Zweijährige zu sein. Der Druck, unter dem er jetzt stand, dieser Druck, den Jesus selbst ausübte, der war etwas ganz Neues. Mit Jesus war das so: Er legte die Regeln fest, aber man musste selbst herausfinden, wie man sich an sie zu halten hatte. Oder, wie Buddys Vater ihm immer gesagt hatte: »Ich sag sie nur, ich erklär sie nicht.« Jesus erlaubte einem nicht, einen Zweijährigen starten zu lassen, dessen Wachstumsplättchen sich noch nicht geschlossen hatten. Jesus erlaubte einem nicht, ein Pferd starten zu lassen, dass nicht fit war. Jesus erlaubte keine Fußklammern. Jesus erlaubte einem nicht einmal den Gedanken daran, dem Pferd mit einer stromgeladenen kleinen Vorrichtung am Hals einen netten Stromstoß beizubringen, um es daran zu erinnern, dass es noch nicht an der Ziellinie war. Was Jesus mochte, waren faire Rennen, wie Buddy bald feststellte – keine Tricks, keine Drogen, keine leisen Manipulationen seitens des Jockeys. Keine Versuche, die Regeln zu missachten. Und wie jedermann wusste, der jemals in der Sonntagsschule gewesen war, Jesus konnte man im Gegensatz zum Rennbahnpersonal nicht hereinlegen. Jesus sah jede Einzelheit von jedem Rennen, als wären seine Augen eine Million Videokameras, die aus jedem Winkel filmten.

Das und dazu noch die Maiden, die noch nicht gesiegt hatten, am Start, da konnte man sehen, was dabei rauskam. Buddys Pferd Elijah hatte seinen ersten Start, und er war nicht der Einzige in dem Rennen. Von sieben Pferden waren drei noch nie gestartet, und eines war erst einmal gelaufen. Die Jockeys hatten total Angst. Buddys eigener Jockey erblasste trotz seiner Erfahrung (jedes Gelenk zweimal gebrochen, Schädelbruch, Nasenbruch, Milzriss, Rippenquetschungen), als Buddy ihm sagte, was er früher nie einem Jockey gesagt hätte, nämlich dass das Pferd einen Rechtsdrall hatte und ein bisschen unbeholfen war. »Wir geben ihm eine Chance«, sagte Buddy. »Jeder verdient eine Chance.« Der Jockey sah ihn an. »Warum?«, stand ihm deutlich in den Augen geschrieben.

Sie rückten in die Startboxen ein. Dafür konnte man Jesus danken. Als sie in den Startboxen standen, konnte man sie nicht gut sehen, und dafür konnte man Jesus danken. Dann ertönte die Klingel, und die Tore der Startmaschine sprangen auf, und das Chaos begann. Drei sprangen sofort heraus, zwei blieben einen Sprung zurück, eines noch einen Sprung hinter diesen, und das letzte einsame Kerlchen ließ die anderen erst mal hundert Meter weit rennen, bis es seinem Jockey gelang, ihn mit der Gerte ins Rennen zu treiben. Dann blieb er wie angewurzelt stehen. Buddy ließ den Blick aufs Feld schweifen, das Fernglas an die Augen gedrückt. Elijah lief vor einem anderen Hengst, der den verblüfften Ausdruck eines Pferdes hatte, dem zum ersten Mal Dreck ins Gesicht flog. Kaum hatte Buddy das bemerkt, zog Elijah los, erst nach rechts, dann nach links. Wenn das letzte Pferd weniger als zwanzig Längen entfernt gewesen wäre, wäre er abgeschnitten worden, aber das hatte das Handtuch geworfen und brachte kaum noch einen Spaziergalopp zustande. Nur das erste Pferd lief nicht im Zickzack. Dahinter steckte Elijah jetzt in einem Stau, der aussah, als ob vier verschreckte Kinder sich Trost suchend aneinander klammerten. Sie überquerten alle auf einem Foto die Ziellinie und gingen dann nacheinander stolpernd und strauchelnd in Trab über. Keine Verletzten. Jesus sei Dank dafür. Elijah kam auf die Anzeigetafel, brachte ein bisschen Geld. Jesus sei Dank dafür. Und Buddy Crawford sah, dass er selbst jetzt auch die Startbox verlassen hatte, auf in ein neues Leben in seinem alten Umfeld. Die Hände zitterten ihm. Er hatte nicht gewonnen, Jesus sei Dank dafür, denn er musste sich unter anderem daran gewöhnen, ein Verlierer zu sein. Jesus selbst hatte gesagt, für ein Kamel sei es leichter, durch ein Nadelöhr zu gelangen, als für einen Trainer mit einer fünfundzwanzigprozentigen Gewinnquote in den Himmel.

Und dann, rund zwei Wochen vor der Barretts-Auktion von Zweijährigen im Training, bekam Buddy einen Anruf von seinem alten Bekannten Sir Michael Ordway. Sir Michaels oberfeiner Akzent brachte Buddy meistens auf die Palme, aber jetzt war er so verunsichert, dass allein die Vertrautheit dieses Klangs etwas Beruhigendes an sich hatte, und er konnte selbst kaum glauben, wie erfreut er war, von dem Turfa-Agenten zu hören. Sir Michael war ebenfalls hocherfreut, mit Buddy zu sprechen, und das gab Buddy das Gefühl, dass sie sich vielleicht sogar als Freunde bezeichnen könnten. Vielleicht waren sie immer Freunde gewesen, und Buddy hatte es nur nicht gemerkt? Jedenfalls kam Sir Michael direkt zur Sache. »Buddy, alter Junge«, sagte er. »Können Sie sich noch an die Stute Pure Money erinnern? Sie war die Mutter von Pure Profit und dieser Stute, die nach Argentinien verkauft worden ist, Pacifier hieß sie.«

Buddy konnte sich an alle drei ganz gut erinnern, wer konnte das nicht? Aber Sir Michael hatte eine umständliche Art zu reden, wie alle Engländer.

»Sie wissen vielleicht, dass sie einen Zweijährigen von Land of Magic hat. Wissen Sie noch?«
Land of Magic hatte Buddys großen Renner Magnesium in jenem Jahr dreimal geschlagen. Es war eine Miniversion der großen Konkurrenzkämpfe gewesen. Es hatte Buddy ziemlich mitgenommen, wenn man ehrlich war.
»Er ist Nummer zehn bei der Barrets-Auktion.«
»Was haben Sie für den Jährling bezahlt?«
»Vierhundertfünfundzwanzigtausend.«
»Wie ist er im Training?«
»Hervorragend.«
»Wer ist sein Trainer?«
»Dagoberto Gomez.«
»Ich möchte wetten, ich hab ihn in Keeneland gesehen. Hübscher Junghengst.«
»Er ist ein Tempopferd. Ein typisch kalifornisches Pferd.«
»Meinen Sie?«
»Er gehört jetzt mir, und ich habe einen möglichen Käufer im Sinn.«
Buddy wurde hellhöriger. Sir Michael hatte ihn seit Jahren nicht mehr in einen seiner Coups einbezogen. »Hat er bereits Pferde?«
»Eine Firma für Computer-Software, eine Funktelefongesellschaft, mehrere Hotels in Kanada, ein Baseballteam einer unteren Liga, die Frau hat mehrere Bekleidungsunternehmen mit Fabriken in China, aber Pferde haben sie keine.«
»Alter?«, fragte Buddy.
»Achtundvierzig.«
»Sie sind Agent des Verkäufers?«
»So ist es.«
»Wer ist der Agent des Käufers?«
»Dermot Callaghan.« Einer von Sir Michaels ältesten Spezis.
»Wo wohnt der Bursche?«
»La Jolla. San José. Lake Tahoe. Ich glaube, er hat auch ein Haus auf Kauai. Sie wissen Bescheid.« Ja, Buddy wusste Bescheid. Goldene Äpfel warteten auf ihn. Der Goldapfelbaum musste nur mal kräftig geschüttelt werden.
»Frau?«

»Verabscheut alle Tiere, sofern sie nicht gehäutet, gegerbt und zu Kleidungsstücken, Möbeln oder Bettüberwürfen verarbeitet worden sind. Dritte Frau. Ein ziemlich junges Ding, kennt man ja. Aber sie wollen im großen Stil ins Renngeschäft einsteigen. Meine Frau hat sie auf einer Party kennen gelernt. Sie haben durchblicken lassen, dass sie alles im großen Stil tun. Ist bei ihnen Ehrensache. Sie hat ihnen erzählt, dass ich ein paar zuverlässige Trainer an der Westküste kenne.« Sir Michaels Frau, Lady Ordway, besuchte viele Partys. Sie war zwar eine Lady, hatte aber nie etwas dagegen, mit Leuten zu plaudern, die über unbeschränkte Mengen Geld verfügten.

»Ja, ich stehe zur Verfügung«, sagte Buddy.

»Sehr gut«, sagte Sir Michael.

Buddy legte den Hörer auf und starrte geradeaus an die Wand, dabei fiel ihm zum ersten Mal, seit er Sir Michaels Stimme vernommen hatte, sein Gewissen ein. Doch auf der Wand erschien keine Schrift und in seinem Gewissen rührte sich nichts. Zu diesem Thema hielt Jesus den Mund.

Am nächsten Morgen, als Buddy die Faxe aus Golden Gate las, die ihn über die laufende Kondition seiner Pferde an diesem Morgen informierten, klingelte auch prompt sein Telefon, und mit lauter Stimme stellte sich ein Jason Clark Kingston vor. Man konnte keine Zeitung in Kalifornien in die Hand nehmen, ohne auf den Namen und ein Foto von Jason Clark Kingston zu stoßen. Er war ein schwerer Brocken von einem Mann mit einem teigigen Gesicht. Gejammer über die Kontrollbehörden war publicitymäßig seine Dauernummer. »Mr. Kingston!«, sagte Buddy. »Es ist mir eine Ehre, mit Ihnen zu sprechen!«

»Ich habe gehört, Sie sind ein guter Pferdetrainer.«

»Ja, ich trainiere viele Pferde und habe einiges an Erfahrung.«

»Taugen Sie was?«

»Mein Gewinnpro…«

»Taugen Sie was?«

Buddy warf noch einmal einen Rat suchenden Blick auf die Wand vor ihm und in das Herz in seiner Brust. Es herrschte ungetrübte Ruhe.

»Ich gewinne gern, Mr. Kingston, und ich tue nichts, was ich nicht gern tue.«

»Haben Sie schon mal das Kentucky Derby gewonnen?«

»Nein, aber ich hab das Preakness-Rennen gewonnen und zweimal den Breeders' Cup, einmal im Sprint und einmal in der Meile. Sie wissen ja, dass der Breeders' Cup ein äußerst bedeutender Tag im Rennkalender ist. Nicht so spezialisiert wie beispielsweise Triple Crown. Und das Classic ist in diesem Jahr mindestens vier Millionen wert. Ich habe außerdem in jedem größeren Rennen in Kalifornien Siege gehabt, in manchen sogar mehrere Male.«

»Die Leute sagen alle, Sie sind toll.«

»Wer sind diese Leute?«

»Mal sehen. Ich hab's aufgeschrieben. Sir Michael. Callaghan, der Ire. Dieser Typ in Kentucky, Beaufort Hall. Barry Kennedy. Der Typ in New York. Moishe Kellerman. Und dieser andere, Martin Norman.«

»Das ist eine starke Liste, Sir.« Eine starke Liste von Sir Michaels dicksten Kumpels. Er selbst nahm sieben, aber diese Leute bekamen höchstens ein Prozent für eine telefonische Empfehlung. So hatte es früher gut funktioniert. »Sind Sie Pferdeliebhaber, Sir?«

»Ich könnte einer werden.«

»Ich nehme an, Sie haben Erfahrung mit Pferden?«

»Nein, habe ich nicht. Deshalb brauche ich zuverlässige Beratung. Wissen Sie, ich will Ihnen etwas rundheraus sagen. Ich versteh keinen Furz, wenn es um Pferde geht, aber ich möchte im großen Stil ins Renngeschäft einsteigen.«

»Warum möchten Sie das? Pferderennen stehen nicht mehr hoch im Kurs. Sie wären besser beraten, in einen anderen Sport zu investieren.« Buddy wusste, dass Jesus wusste, dass er jetzt sehr ehrlich war.

»Ich danke Ihnen für Ihre Offenheit, Crawford. Ich werde mich erkenntlich zeigen. Ich habe einen Traum gehabt. Einen immer wiederkehrenden Traum. Dreimal habe ich ihn gehabt. Ein Pferd kam hier in meinen Vorgarten galoppiert und wieherte zu mir hinauf, und ich ging hinunter, und es kam zu mir und legte seinen Kopf an meinen. Ich wachte auf und war so glücklich wie noch nie. Wissen Sie was?«

»Was denn?«

»Also, ich mache mein Geld mit Software-Entwicklungen für Funktelefone, und die Idee dazu kam mir auch genauso im Traum. Dreimal derselbe Traum. Ich stamme aus Skokie, Illinois, und jetzt habe ich siebenhundert Millionen Dollar, deshalb höre ich auf Träume.«

»Ich bin Ihnen dankbar, dass Sie mir das erzählt haben. Haben Sie das auch Sir Michael gegenüber erwähnt?«

»Ja, er hat sich sehr für diese Geschichte interessiert und hat mir erzählt, er hätte eine ähnliche Erfahrung gehabt.«

»Zweifellos«, sagte Buddy. Zweifellos war Sir Michaels Wunsch, mit siebenhundert Millionen Dollar nähere Bekanntschaft zu schließen, durchaus aufrichtig. »Kommen Sie doch mal zur Rennbahn heraus, und ich zeige Ihnen alles. Wir sehen uns ein paar Pferde an und essen zusammen zu Mittag.« Jesus hatte bestimmt nichts gegen einen Mann einzuwenden, der freundlich und hilfsbereit war.

Jason Clark Kingston und seine Frau Andrea Melanie Kingston kamen gleich vier Tage hintereinander auf die Rennbahn. Kingston war ein schwerer, unbeholfener Mann mit riesigen Füßen, vielleicht Größe zweiundfünfzig oder so, obwohl er höchstens 1,80 Meter groß war. Die Frau war in der Tat sehr jung. Beide taten Buddy ein bisschen Leid, bis sie den Mund aufmachten. Sie waren seit drei Jahren verheiratet. Im ersten Jahr hatten sie mehrere Häuser gekauft und renoviert. Eines war eine ehemalige Bruchbude von rund 1000 Quadratmetern, die sie abgerissen und zu einem Anwesen im spanischen Kolonialstil von rund 4000 Quadratmetern gemacht hatten. Im zweiten Ehejahr hatten sie genug Kunst gesammelt, um alle Häuser damit voll stopfen zu können. In einem Haus waren Europäer, in einem anderen amerikanische Primitive. Im dritten Haus waren orientalische Sachen und im vierten ganz eklektisch Kunst des 20. Jahrhunderts. »Ich finde, es sieht alles wie Schrott aus«, sagte Andrea Melanie. »Lauter Sachen mit Stacheln und Spitzen, aber wir sind ohnehin nur selten in dem Haus. Wir brauchen es nur, wenn wir gebeten werden, Wohltätigkeitsveranstaltungen zu geben, dann lassen wir diese Organisationen das Haus benutzen und geben Cocktail- und Dinnerpartys und bekommen eine Unmenge Spenden.«

»So was lässt sich doch bestimmt von der Steuer absetzen«, sagte Buddy – vorsichtig, wie er meinte.

»Klar«, sagte Jason. »Und immer wenn in unserer Gegend die Republikaner eine Show abziehen, dann geben sie bei uns ihre Dinners, so fünftausend Dollar pro Gedeck. Das ist ein gutes Geschäft, in jeder Hinsicht.«

»Ganz bestimmt«, sagte Buddy.

»Letztes Jahr haben wir alles Mögliche angefangen. Jason hat ein paar antike Autos gekauft, und ich habe italienische Möbel gekauft. Museumsreife Stücke. Wir haben auch eine Insel in der Karibik gekauft. Jason hat versucht, die Cleveland Indians zu kaufen. Kennen Sie die?«

»Ja«, sagte Buddy.

»Er wollte sie nach La Jolla holen. Alle dachten, es wäre ein Witz. Ich will Ihnen was sagen, aber ich sag das nur, weil Sie so nett sind. Wenn man auf einem bestimmten Niveau angekommen ist, kann man das Geld nicht schnell genug loswerden, und das ist gar nicht einfach. Ich hätte nie gedacht, dass ich das mal sagen würde, aber es stimmt. Manchmal kann ich nachts deshalb nicht schlafen.«

»Wie meinen Sie das?«, fragte Buddy.

»Man kann es so verteilen, wie man will«, sagte Jason gereizt, »oder man kann es der Regierung überlassen, es zu verteilen. Wenn man Ersteres nicht macht, ist man zum Letzteren gezwungen. Das bringt mich auf die Palme, das kann ich Ihnen sagen.«

»Ich bin auch Republikaner.«

Nach den vier Tagen mit den Kingstons nahm Buddy einen Tag frei. Er rief Sir Michael an. Sir Michael sagte: »Sie haben sie inzwischen getroffen, nicht wahr?«

»Hm, ja.«

»Sie haben sich Ihre Träume und Hoffnungen angehört?«

»Ja.«

»Meinen Sie, ihre Erwartungen lassen sich erfüllen?«

»Absolut.«

»Das Pferd kommt drei Tage vor der Auktion an. Ihr Anteil an dem Pferd beläuft sich auf 125 000 Dollar.«

»Einverstanden.«

»Sie können nach dem Verkauf bezahlen.«

Es war ein einfacher Trick. Die vier Verschwörer zahlten Sir Michael die halbe Million zurück, die er für das Pferd bezahlt hatte, dann teilten sie die Differenz zwischen der halben Million und dem, was Kingston letzten Endes bezahlen würde. Wenn er beispielweise zwei Millionen zahlte, würde Buddy mit seinem »Beitrag« von 125 000 Dollar 375 000 verdienen.

»Hört sich gut an.«
»Es gibt zwei Mitbieter. Einer davon ist Farouk.«
»Kapiere. Sagen Sie«, meinte Buddy vertraulich, »haben Sie nicht bei manchen Leuten das Gefühl, dass sie wirklich selbst schuld sind?«
Sir Michael räusperte sich. »Wissen Sie, mein Junge«, sagte er, »ich habe oft über einen wesentlichen Unterschied zwischen meinen Landsleuten und Ihren nachgedacht. Vielleicht liegt es daran, dass wir alle auf die gleiche Schule gegangen sind und uns schon kannten, als der liebe Gott noch jung war, jedenfalls gibt es etwas, was ein Engländer nie vergisst.«
»Und was ist das, Sir Michael?«
»Dass jeder, den er kennt, auf die eine oder andere Weise selber schuld ist.«
Das war das letzte Mal, dass er von Sir Michael hörte. Zur Auktion kam er natürlich nicht. Jetzt, da der kleine Coup feststand und er sich zur Teilnahme daran verpflichtet hatte, erwartete Buddy, dass sich sein Gewissen oder Jesus melden würden. Ein Zeichen wäre nicht schlecht gewesen – ein brennender Busch, Wasser, die sich teilten, ein Pferd, das in menschlicher Sprache sprach. Oder auch nur ein bisschen Schuldbewusstsein, da Buddy ja wusste, dass der Fachausdruck für diesen kleinen Plan »Betrug« lautete. Aber es herrschte Schweigen. Da hatte sein Gewissen ihn wochenlang gepiesackt, gezwickt und gestoßen, war wegen aller möglichen Dinge grob geworden, seit Jesus ihn am Schlafittchen gepackt hatte – wie lange war das jetzt her? Sechs Wochen? Sechs Leben? Nichts verlangsamte den Lauf der Zeit so sehr wie eine persönliche Wandlung –, doch jetzt war alles hell und einfach. Vielleicht interessierte sich Jesus nicht für Geld? Vielleicht interessierte sich Jesus nicht für Jason und Andrea Melanie? Vielleicht war Jesus wie die Finanzüberwachungsbehörde SEC, die, wie Buddy wusste, das Geschäft mit Vollblütern deshalb nicht regulierte, weil die Spitzeninvestoren dort einfach mehr Geld für juristische Beratung hatten als die Regierung? In jedem Fall hielt sich Jesus sehr bedeckt, und als das Pferd ankam, fuhr Buddy nach Pomona, um es sich in völliger Unvoreingenommenheit anzusehen.
Die Auktionsagentur, in der Sir Michael auch einen Spießgesellen sitzen hatte, war eine der schicksten, und sie saßen in großer Aufma-

chung an einem guten Platz, ziemlich weit vorn, mit einem 32-Zoll-Bildschirm und Video, wo man die Bänder von den Zweijährigen bei der Arbeit sehen konnte. Jedes Pferd hatte ein Schild, in grün-goldenen Lettern beschriftet, worauf Geburtsdatum und Stammbaum des Tieres standen. Buddy warf einen Blick auf ein paar Tiere. Zweijährige im Training waren immer in wunderbarem Zustand und sahen aus, als könnten sie am selben Tag noch in einem Rennen starten, alles, was sie brauchten, war eine Mitfahrgelegenheit zur Rennbahn. Der Probelauf über 200 Meter fand am Morgen statt, und die Nummern waren aufgezogen. Epic Steam, so hieß er, hatte seinen schon absolviert, und zwar in der Blitzgeschwindigkeit von 10,3 Sekunden. Darüber würde man reden. Er ging zu Marv, dem Leiter der Agentur.
»Hallo. Was gibt's Neues?«, fragte er.
»Hallo, Buddy«, sagte Marv.
»Hast du was Schönes für mich?«
»Nur Schönes, Buddy, das weißt du doch. Verdammt nochmal, letztes Jahr hatten wir Darling Corey. Du hast doch gesehen, was die geleistet hat.«
»Alle haben das gesehen.«
»Hübsche Stute. Hab ich damals schon gedacht. Und wie steht's bei dir?«
»Besser denn je«, sagte Buddy. Aus dem Augenwinkel sah er die Mädchen die Tür der Box mit der Nummer 10 öffnen. Der Hengst zögerte einen Augenblick, einen langen Augenblick, bis er hinauskam, aber dann trat er aus der Box und es war, als nähme er gar kein Ende. Buddy war nicht der Einzige, der starrte. Alle drehten sich um und guckten. Er war groß und glänzend und ganz schwarz und einfach geheimnisvoll. Er sah aus wie ein Cadillac mit einem Mafiaboss darin. Sie führten ihn auf den Hof hinaus und stellten ihn auf. Jeder, der in der Nähe war, machte einen Schritt zurück, egal, ob sie im Weg standen oder nicht.
»Hast du jemals Land of Magic gesehen?«, fragte Marv.
»Von dem hab ich verdammt nochmal mehr gesehen, als mir lieb war, wenn du dich erinnerst.«
»Weißt du noch, wie der blickte, über deinen Kopf hinweg, als wäre man gar nicht da? Als sehe er jemandem in der letzten Reihe der Tri-

büne in die Augen? Guck dir diesen Hengst an. Der hat denselben Blick.«

»Land of Magic war ein Mistkerl und das ist er immer noch, soweit ich höre.«

»Ach, dieser Junghengst ist nicht übel im Training. Man muss bloß die Augen offen halten, wie bei jedem Zweijährigen. Er ist ein klein wenig empfindlich mit dem linken Ohr, aber weiter hat er kein Problem.«

Der Hengst wieherte plötzlich und bog den Hals. Buddy sah, dass gerade ein anderes Pferd weiter unten in der Stallgasse aus der Box geführt wurde. »Ein bisschen stößig vielleicht«, sagte Marv.

Buddy konnte jede einzelne Bemerkung leicht interpretieren. Das Pferd war der widerborstige Sohn eines verrückten Hengstes, und die einzig vernünftige Art, mit ihm umzugehen, wäre, ihn zu kastrieren. Es war ratsam, nicht zu viel Interesse zu zeigen. »Was hast du sonst noch Schönes?«

»Schöner Deputy Minister. Mutter aus der Mount Livermore. Schöner Twining, aus einer Nureyev-Stute. Erstling. Sieht gut aus, wenn du mich fragst. Ein paar Salt Lakes. Sehr gefragt dieses Jahr.«

Und so weiter und so fort. Buddy brachte den Nachmittag damit zu, Videos zu sehen und Zweijährige zu begutachten. Er hätte leicht ein halbes Dutzend für seine verschiedenen Besitzer kaufen können.

Die Nummer zehn sollte am ersten Abend vorgeführt werden, und Buddy sorgte dafür, dass ihn der Chauffeur mit dem Lexus 470 so früh abholte, dass sie ausreichend Zeit hatten. Am Ritz-Carlton in Pasadena hielten sie an, um die Kingstons abzuholen. Andrea Melanie sprudelte über vor Begeisterung für das Auto. »Gefällt er Ihnen nicht?«, sagte sie. »Wir haben ihn heute erst gekauft. Wir hatten überhaupt keinen Geländewagen, können Sie sich das vorstellen? Manchmal versäumt man einfach etwas und ist dann ganz überrascht, wenn es einem auffällt. Ich dachte, dass bei einem der Häuser vielleicht ein Suburban oder etwas in der Art steht, und ich habe überall angerufen, aber nein! Ich fand das einfach zum Lachen. Na ja, wir hatten gesehen, dass an der Rennbahn lauter solche Geländewagen herumstanden, und ich hab zu Jason gesagt: ›Also, wenn wir jetzt in diese Sache einsteigen, dann muss man es uns auch ansehen‹, und wir haben den

Wagen direkt aus dem Autosalon gekauft. Wir kaufen eigentlich nie einen Wagen direkt aus dem Salon, aber der hier hatte zufällig die volle Ladung, also dachten wir – warum nicht? Man kann ihn später immer nochmal zurückbringen und ein paar Extras einbauen lassen, wenn man will.«

Buddy sah sich in dem Lexus um. »Volle Ladung« war ein netter Ausdruck, und Buddy selbst hatte sich immer zu Wagen der oberen Preisklasse hingezogen gefühlt, die die volle Ladung hatten, aber jetzt hatte er den Verdacht, Jesus könnte bald von ihm verlangen, dass er einen Dodge Caravan oder dergleichen fahren sollte. Er fragte: »Was würden Sie denn noch zusätzlich nehmen?«, nur um zu hören, was sie sagten, egal, was es war.

»Jedes Auto in unserem Wagenpark hat ein schnurloses Computer-Modemlink und einen Laptop-Computer auf dem Beifahrersitz und auf beiden Rücksitzen«, sagte Jason gewichtig.

»Und eine Minibar mit Kühlschrank«, sagte Andrea.

»Einen in die Decke eingebauten Minifernseher«, sagte Jason.

»Jason hat seine eigenen Programme«, sagte Andrea Melanie liebevoll.

»Eine messingbeschlagenes Wurzelholzfach …«

Andrea Melanie beugte sich zu Buddy und flüsterte ihm ins Ohr: »Für Sexzubehör, wissen Sie. Ist das nicht albern?« Sie lachte und warf Jason einen koketten Blick zu. Dann flüsterte sie Buddy zu: »Wir mögen es immer ganz spontan.«

»Ich bin übrigens gestern schon mal hinausgefahren, um mir das Pferd anzusehen«, sagte Buddy. »Ich glaube, seine Spontaneität wird Ihnen gefallen. Jedem fällt das auf.«

»Ach!«, rief Andrea Melanie aus. »Ich hoffe, wir kriegen ihn. Ich liebe ihn jetzt schon.«

Buddy fand es immer interessant zu beobachten, dass unerfahrene Pferdebesitzer, die er mit zu einer Auktion nahm, offenbar meinten, es sei eine Art Privileg, einen Batzen Geld loszuwerden, um ein Pferd zu kaufen. »Wissen Sie, Mrs. Kingston, so bekommen Sie einen guten Einstieg. Das Pferd ist trainiert und auf Rennen vorbereitet. Sie brauchen nicht zu warten, wie bei einem Jährling, und man geht nicht die Risiken einer Zucht ein.« Das war sogar die Wahrheit. Danke, Jesus.

»Man trifft die Entscheidung, und damit hat es sich«, sagte Jason. »Das gefällt mir. Wissen Sie, was ich immer sage? Ich sage: Immer impulsiv handeln, denn der Impuls ist immer richtig. In meinem Berufszweig wimmelt es von Typen, die früher ihrem Impuls gefolgt sind und es jetzt nicht mehr tun. Früher waren sie interessant und lustig, heute nicht mehr. Früher leiteten sie ihre eigenen Betriebe, heute macht das jemand von Coca-Cola für sie. Das ist tödlich, wenn Sie mich fragen.« Er seufzte. Seine Frau sah ihn mitfühlend an.

In gewisser Hinsicht lief die Auktion genau nach Plan. Buddy kam herein und führte die Kingstons zu den Plätzen, die er reserviert hatte. Er stellte sie ein paar gutartigen und vertrauenswürdigen Figuren vor, natürlich keinen anderen Trainern, aber einem Tierarzt, den er kannte, ein paar Züchtern, ein paar Maklern, einem Mann, der für die Zeitschrift *The Blood Horse* schrieb. Dann gingen sie hinaus in den Auslaufbereich und sahen sich mit den anderen Besuchern die Pferde an, die darauf warteten, hineingebracht zu werden. Die Käufer und ihre Agenten standen in den üblichen Gruppen zusammen. Die Briten und die Iren trugen ihre gewachsten Barbour-Jacken und Tweed-Kappen. Die Australier hatten ihre großen Hüte auf. Überall sah man Cowboyhüte und -stiefel, schließlich war man ja in Südkalifornien, und am ersten Abend der Auktion waren die Spitzentrainer, die alle mit Quarterpferden angefangen hatten, stark vertreten. Buddy trug einen Anzug. Jesus zufolge war ein hübscher dunkelgrauer Anzug die fast bei allen Gelegenheiten angemessene Kleidung, und zu den positiven Begleiterscheinungen seiner Jesusfindung gehörte auch die Tatsache, dass er nach Jahrzehnten der Unentschiedenheit in Kleidungsfragen plötzlich die Lösung gefunden hatte. Als sie dort standen, kam Callaghan auf sie zu, und Andrea Melanie sagte: »Dermot! Da bist du ja! Das hier ist Buddy.«

»Ah, Buddy«, sagte Callaghan.

»Heh, Baby«, sagte Buddy. »Wir haben im Laufe der Jahre allerhand Geschäfte gemacht, altes Haus, nicht war?« Übrigens alles schmutzige Geschäfte.

»Ja, Geschäfte, allerdings.« Dermot grinste fröhlich. Es gab Menschen, die gingen über die Straße und sahen einen Hundertdollarschein in der Gosse liegen. Anstatt sich zu bücken und den Schein aufzuheben, wetteten sie lieber um zwanzig Dollar, dass der Nächste ihn aufheben würde oder der danach oder der danach. Und wenn sie ihre zwanzig Dollar gewannen und den Hunderter verloren, hatten sie immer noch das Gefühl, sie hätten einen guten Schnitt gemacht. Dermot Callaghan gehörte zu diesen Leuten. Buddy wusste genau, dass er bei diesem Geschäft irgendetwas Schräges im Sinn hatte, das ihn gut und gerne um sein Viertel beim Anteil bringen konnte, aber das ging Buddy nichts an.

»Danke, dass du uns gestern Abend in dieses Restaurant mitgenommen hast, Dermot. Wir wussten einfach nicht, wohin.« Sie wandte sich Buddy zu. »Wir sind mit ihm in den Garten gegangen, der zu dieser Bibliothek hier gehört.«

»Die Huntington-Bibliothek«, sagte Callaghan.

»Wo hat der nochmal sein Geld gemacht?«, fragte Jason.

»Eisenbahnen«, sagte Callaghan.

»Und er hieß Huntington?«

»Genau wie die Bibliothek«, sagte Callaghan.

Buddy schlenderte fort, nur einen Augenblick lang.

Das Pferd wurde herausgebracht, als die ersten paar Zweijährigen versteigert wurden. Die Betreuer führten ihn rings um den Auslaufbereich, aber hielten ihn leicht auf Abstand. Buddy überließ es Callaghan, die Kingstons auf ihn aufmerksam zu machen. Sie waren entsprechend beeindruckt. Er war ja auch entsprechend beeindruckend. Auch ohne etwas von Pferden zu verstehen, sah man, dass er größer, schwärzer und selbstbewusster war als jedes andere Pferd im Führring.

Buddy und Callaghan warteten ab, bis sich das Ehepaar ganz an ihm satt gesehen hatte, dann führten sie sie in den Auktionsraum. Als sie sich hinsetzten, entdeckte Buddy Farouk, der drüben in einem Abschnitt Platz nahm. »Das ist wie ein Theater in Rundform, mit dieser kleinen Bühne da unten. Ich hab am College in Hauptfach Theaterspielen gehabt«, sagte Andrea Melanie.

Es dauerte nicht lange, dann leuchtete die Nummer des Junghengstes auf, und er wurde hereingeführt. Er kam ganz leichtfüßig herein, machte vier oder fünf Schritte, dann blieb er stocksteif stehen, hob den Kopf und den Schweif und starrte die versammelten Bieter an.

Die Lichter im Raum ließen das Schwarz seines Fells in strahlenden Kreisen aufglänzen, die über seine Schultern und Flanken glitten. Seine Nüstern blähten sich und er wieherte eine Herausforderung. »Meine Güte«, sagte Andrea Melanie.

Auf ein Zeichnen des Auktionators hin begann Farouk mit einem Angebot von dreihunderttausend. Andrea Melanie richtete sich in ihrem Sitz auf und reckte den Hals. Der andere Mitbieter, den Buddy nicht erkannte, setzte bei dreihundertfünfzig ein, und Callaghan hob die Hand für vier. Jemand anders bot mehr, dann wieder jemand anders noch mehr. Bei einer Million gaben sie auf. Farouk, der andere Mitbieter und Callaghan brachten das Angebot auf zwei Millionen hoch. Buddy warf Jason, der neben Callaghan saß, einen verstohlenen Blick zu. Er wirkte ruhig und interessiert, weder eingeschüchtert noch nervös. Jedes Mal, wenn sich ein Bieter zu Wort meldete, sagte Andrea Melanie, die neben Buddy saß: »Mein Gott!« Als sie bei drei Millionen angekommen waren, warf Farouk ihnen einen Blick zu. Das war der heikelste Augenblick. Farouk hatte das Angebot so hoch gedrückt, wie es seiner Meinung nach möglich war. Sir Michael hatte wahrscheinlich geschätzt, was die Kingstons seiner Meinung nach zu zahlen bereit waren, und das hatten sie jetzt erreicht. Nun mussten Buddy und Callaghan nicht nur Farouk, sondern sie alle aus der Klemme holen. Wenn man ein Ehepaar bei sich hatte, war damit, wie Buddy wusste, der Augenblick gekommen, in dem man erraten musste, wie die Ehe funktionierte. Es war kein Zufall, dass einer von ihnen sich um den Mann kümmerte und der andere um die Frau. Aber Buddy war nicht sicher, dass sie ihre Zuständigkeiten richtig verteilt hatten. Callaghan hatte ein Händchen für Frauen, er, Buddy, dagegen ganz eindeutig nicht. Buddy hörte, wie Callaghan zu Jason sagte: »Also, was meinen Sie?«

Jason sagte gar nichts.

Buddy sah zu ihm hinüber. Er sah aus, als hätte er Zweifel bekommen. An diesem heiklen Punkt fragte sich Buddy immer, ob es nicht eine zuverlässigere Möglichkeit gab, einen Schwindel zu organisieren, aber natürlich gab es die nicht. Ein bisschen Risiko musste ja dabei sein, nicht wahr? Jeder, der etwas mit Rennen zu tun hatte, zog gute Chancen einem garantierten Ergebnis vor.

Andrea Melanie schaute jetzt Jason an. Sie sah aus, als überlegte sie, ob sie ihren Einfluss geltend machen sollte.
Wenn man ihn genau betrachtete, wirkte Jason Kingston nicht wie jemand, auf den man Einfluss ausüben konnte.
Jason Kingston sah erst seine Frau an, dann Buddy. Da Buddy in diesem Augenblick kein schlechtes Gewissen hatte, konnte man ihm wohl auch keine Schuldgefühle am Gesicht ablesen, aber vielleicht, dachte er, vielleicht konnte man seine lebenslängliche Unehrlichkeit im Gesicht erkennen? War Jason Kingston schlau genug, das zu sehen?
»Also drei Millionen, Dermot?«, sagte der Auktionator.
Buddy wagte es nicht, zu Farouk hinüberzublicken.
Er sah, wie Dermot dem Auktionator mit einer hochgezogenen Augenbraue andeutete, noch einen Augenblick abzuwarten.
Jason Kingston wandte seinen Blick von Buddys Gesicht ab und gab kein Zeichen von sich. Buddy fuhr sich mit der Zunge über die Lippen und flüsterte Andrea Melanie zu: »Ich bin sicher, dieses Pferd kann das Kentucky Derby gewinnen.« Das stimmte sogar. Es war so wahr, wie die Sonne am Himmel stand. Warum fühlte es sich wie eine Lüge an?
In diesem Augenblick drehte sie sich zu Jason um und sagte: »Bitte, Liebling?«
Jason stupste Callaghan an und nickte.
Callaghan hob den Finger.
»Drei Millionen und einhunderttausend?«
Callaghan und Jason nickten gleichzeitig.
Jetzt sah Buddy Farouk an. Der schüttelte den Kopf und tat so, als sei er enttäuscht.
Der Auktionator sagte. »Verkauft an Dermot Callaghan für drei Millionen einhunderttausend.«
Andrea Melanie stieß einen spitzen Schrei aus. »Mein Gott, ich will mehr!«
Und sie kriegten mehr. Als die Auktion vorbei war, hatten die Kingstons zehn Millionen für Zweijährige ausgegeben, und Buddy musste Platz für sechs weitere Pferde finden. Auf seinem Konto musste er Platz für die 375 000 Dollar – plus/minus der kleinen Kommissionen hier und da – finden, die Sir Michael in seine Richtung geschaufelt

hatte. In der Zukunft musste er Platz für eine Erwiderung dieser Gefälligkeit finden (Jesus wusste wohl schon, was das sein würde, wahrscheinlich eine Art Test, denn das war vielleicht der langfristige Sinn dieser ganzen Sache), und er musste in seinem ohnehin schon ausgelasteten Tag Platz für unzählige Streicheleinheiten finden, die Andrea Melanie Kingston verlangen würde, und das konnte eine echte Bestrafung werden, wie er jetzt, da er den Gewinn seiner Investition eingefahren hatte, langsam erkannte. Dieser Jesus war ein Gauner, und zwar ganz besonders dann, wenn er sich still verhielt und abwartete, dass man seine eigenen Entscheidungen traf.
Als Epic Steam kaum drei Tage in Buddys Stall stand, wiehernd in seiner Box umhertrampelte, die Stuten anstarrte und auf jede erdenkliche Art Aufruhr veranstaltete, war Buddy so weit, dass er das Tier kastrieren lassen wollte. Aber man konnte nicht gut zu einem Besitzer gehen und ihm eröffnen, dass der Zweijährige, für den er gerade drei Millionen bezahlt hatte, der noch nicht mal sein erstes Rennen gelaufen war und den Stammbaum eines Königs hatte, seine besten Stücke, seinen wahrhaft prachtvollen Familienschmuck entfernt bekommen musste, und das nur wegen ein paar Pflegern und Arbeitsreitern, die dreihundert Dollar die Woche verdienten. Und man ging auch nicht zu Jesus und erzählte ihm, dass man, bloß weil man den letzten Test nicht bestanden hatte, den nächsten auch nicht bestehen würde. Jedenfalls nicht sofort.

Kapitel 19
Das Kentucky Derby (1)

Was Tiffany an ihrer Beziehung mit Ho Ho Ice Chill am liebsten hatte, waren die Besuche bei seiner Familie in Connecticut. Ho Hos Vater war ein gut aussehender Mann von zweiundsechzig, ein ehemaliger Verteidiger bei den New York Giants namens Lawrence Morton, der mit Rotariern essen ging, mit den anderen Immobilienmaklern am Ort Golf spielte, kleine Vorträge über positive Motivation hielt und fast immer lächelte. Aber Lawrence' Lächeln war noch lange nicht so breit wie das seiner zweiten Frau, Marie, einer Französin, die richtig aus Frankreich kam. Sie hatten eine zehnjährige Tochter namens Alienor, die bereits ihren persönlichen Stil entwickelt hatte. Alienor schwärmte für Paloma Picasso und trug jeden Tag die gleiche Kombination: schwarze Jeans und ein blendend weißes T-Shirt mit kleinen französischen Turnschuhen und einem Halsband aus winzigen Glasperlen. Sie erklärte Tiffany, dass sie keinen Grund sah, an dieser Aufmachung jemals etwas zu ändern. Marie bemerkte schulterzuckend, das sei eine sehr französische Einstellung. Tiffany fand es sagenhaft aufregend zu wissen, was eine französische Einstellung war. Der Grund für Maries unentwegtes breites Lächeln war der, dass sie Lawrence vergötterte. Warum auch nicht? Jeder vergötterte Lawrence, er strahlte eine friedliche Ruhe aus, die an einen tiefen klaren See erinnerte. »Also«, sagte Marie einmal, als sie in der sonnendurchfluteten Küche der Mortons bei Tee und Keksen saßen, »es hat ein Jahr gedauert, bis ich Lawrence so weit hatte, dass er sich in mich verliebt hat, und damals war ich eine sehr schöne Frau. Aber ich wusste, wenn Lawrence mich wirklich einmal richtig ansehen und es sich in den Kopf setzen würde, mich unter seine Fittiche zu nehmen, dann würde das für immer sein. Ach!« Sie lächelte und schloss die Augen allein bei dem Gedanken an Lawrence.

Ho Ho Ice Chill war der einzige Rap-Sänger von Lawrence' Kindern. Ho Hos Schwester Ivy war Rechtsanwältin, seine Schwester Helen führte mit Lawrence das Immobiliengeschäft, und sein Bruder Norman war Marketingmanager bei Microsoft in Seattle. Wenn Ho Ho einen Rat brauchte, ging er manchmal ins Internet und ließ Normans Marketinggruppe ein paar Ideen zu einer Werbekampagne oder dergleichen für sich entwickeln. Aus diesem Grund hatte Microsoft Ho Hos Plattenfirma zur möglichen Übernahme anvisiert. Aber das machten sie mit allem so, erklärte Ho Ho. Die Mutter der vier war in Oakland in Kalifornien lokalpolitisch engagiert.

Wenn Tiffany daran zurückdachte, wie sie sich damals mit Bone Bones aus dem Wal Mart einfach davongemacht hatte, bildete sie sich manchmal ein, sie hätte gewusst, dass alles so kommen würde, aber das war natürlich unmöglich. Was jedoch stimmte, war, dass sie ange-

ödet genug gewesen war, um etwas zu riskieren. Sie hatte ihren üblichen Unwillen, sich auf ihr Aussehen zu verlassen, überwunden, und sie hatte Schwein gehabt.
Tiffany genoss jedes Wort, das sie bei den Mortons hörte: Frankreich, Tapenade, Paloma Picasso, Microsoft, bitte sehr, danke schön, Liebling, Schätzchen, chéri, Earl Grey, Orchideen, Knoblauch, Abschluss, Investition, Akt (in Gemälden), Terrasse, fahrbarer Rasenmäher, maman, s'il vous plaît, ce soir, assiette, coq au vin, daube, glace. Ho Ho hingegen widmete sich mit Hingabe den Worten, die Tiffany kannte, aber nur äußerst ungern benutzte, und die sich auf Sex, Drogen und Gewalt bezogen, auf Hartgesottenheit und den Drang, sich in dieser Welt aller Unbill zum Trotz einen Namen zu machen. Ho Ho mochte Tiffany wirklich gern, das musste man zugeben, aber sein Idol war Tiffanys Bruder Roland, den er natürlich nie getroffen hatte. Ja, Roland war im Gefängnis gewesen. Ja, Roland hatte einen Freund gehabt, der ermordet worden war. Nein, Roland hatte selbst nie jemanden umgebracht. Ja, Roland hatte ein lautes großes Maul. Ja, Roland war ein schlimmer Mann oder eine verlorene Seele oder beides. Ja, Tiffany hoffte, Bruder hin, Bruder her, dass sie Roland nie wieder sehen würde.
Ho Ho war seit etwa zwei Jahren ein Rap-Star. Tiffany hatte schon von ihm gehört. Er war nicht so berühmt wie manche, aber berühmter als etliche andere. Wie die anderen Familienmitglieder war auch er eine Marketingkanone. Er hatte einen regelrechten Instinkt, der ihm sagte, was die Leute wollten, noch bevor die Leute wussten, dass sie es wollten. In Größe und Körperbau kam er nach seinem Vater, weshalb er bedrohlicher aussah, als er wirklich war. Er hatte ein Gefolge. Er hatte Freundinnen. Er hatte Videos und Berater und einen Anhang. Was er nicht hatte – und woher auch?, dachte Tiffany –, war eine Idee, wie er sich als Killer präsentieren konnte. Ho Ho wusste instinktiv, dass er nie ins Gefängnis kommen würde, so wie Roland mit zehn Jahren instinktiv gewusst hatte, dass sein Weg ins Gefängnis führte. Ho Ho ging davon aus, dass seine Karriere noch ein Jahr dauern würde, dann würde er etwas anderes vermarkten. Aber um dieses eine Jahr hinter sich zu bringen, brauchte er neues Material, und dafür hatte er Tiffany, die ihm alles von Roland erzählte, was sie noch in

Erinnerung hatte. Das übernahm er dann wortwörtlich in seine Stücke. Sie und Ho Ho taten zwar sehr überzeugend so, als wären sie scharf aufeinander. Aber in Wirklichkeit waren sie es nicht und fanden das auch okay. Sie hatte für Sex nicht viel übrig, und Ho Ho war in seine Komparatistikprofessorin verliebt, die er in seinem Jahr am College kennen gelernt hatte, und er bewahrte ihre Dissertation und ihr Bild neben seinem Bett auf. Tiffany gefiel der Titel der Dissertation: »Von Hier nach Dort: Die visionären Reisen des Matsuo Basho«. Aber wenn Ho Ho davon erzählte, was die Frau tagein, tagaus machte, war Tiffany sicher, dass sie zu so etwas keine Lust hatte. Letzten Endes wollte sie sich auch in dem schönen Haus in Connecticut nicht viel länger herumdrücken, obwohl ihr das noch lieber war als Reisen zu Musikauftritten. Als sie geklärt hatten, dass er nicht von ihr erwartete, sie solle sich der Befriedigung seiner Leidenschaften widmen, fragte sie Ho Ho des Öfteren:

»Also, Baby, sag mir, was soll ich tun?«

Ausbildung. Büro. Arbeit als Mannequin. Wieder Ausbildung. Irgendetwas mit Restaurants. Einzelhandel. Immobilienverwaltung. Ausbildung. Die Gegend war hier zwar hübscher, dachte Tiffany, aber im Grunde gab es in Connecticut dieselben Probleme wie überall. Und das Wetter deprimierte sie. Die Narzissen sprossen zwar allenthalben, aber es war kühl und feucht. Es sah aus, als könnte man rausgehen, aber in Wirklichkeit konnte man es nicht. Marie bot sich an, ihr Kochen beizubringen, aber Tiffany mochte diese Gerichte zwar gern und hatte wirklich etwas für ihre Namen übrig, aber sie hatte keine Lust, sie zuzubereiten.

Aber eines Sonntags dann, als sie alle am Tisch saßen und Maries Cassoulet aßen (wieder so ein herrliches Wort, dachte Tiffany), schlug Ivy Ho Ho vor, ein Rennpferd zu kaufen. Lawrence schüttelte den Kopf. »Vor zehn Jahren war das eine gute Methode, Steuern abzuschreiben, aber heutzutage muss man sich darum kümmern.«

»Was bedeutet abschreiben?«, sagte Tiffany.

Ivy sah sie liebevoll an. »Das macht man dann, wenn man zu viel Geld verdient und etwas braucht, was einem Verluste bringt, die den Verdienst ausgleichen.«

»Na ja«, sagte Ho Ho. »Pferde mag ich.«

»Ich hab noch nie ein lebendes Pferd gesehen«, sagte Tiffany. »Nur im Fernsehen.« In Lawrence' Nähe achtete jeder darauf, sich gepflegt auszudrücken, sogar die ungehobelteren Mitglieder von Ho Hos Anhang hielten sich daran.

Alle am Tisch sahen sie an.

»Mon Dieu!«, sagte Marie. »Chérie, du hast noch nie ein Pferd gesehen? Mein Vater, drüben in Frankreich, der hat Pferden das Leben gerettet. Einmal hatten wir dreißig Pferde im Garten, und die Zeitung kam und hat Fotos gemacht und einen Artikel darüber gebracht, und alle Pferde haben ein Zuhause gefunden.«

»Ich will das Kentucky Derby gewinnen«, sagte Ho Ho. »Ich will der erste Schwarze und der erste Rap-Sänger sein, der einen Derby-Sieger besitzt.«

»Es hat einen tollen schwarzen Jockey gegeben«, sagte Lawrence. »Er hat mehr Rennen gewonnen als je ein anderer Jockey. Er hieß Isaac Murphy.«

»Was ist das Kentucky Derby?«, fragte Tiffany. Sie meinte die Frage nicht ganz ernst. Aber es war immer interessant, wie Ho Ho auf ihre Fragen reagierte.

»Ho Ho«, sagte Ivy lachend. »Kauf dem Mädchen ein Pferd. Sie hat eine Menge zu lernen.«

Ho Ho drehte sich auf seinem Stuhl um. Der Stuhl ächzte unter seinem Gewicht. Er war einer von diesen schweren Männern, die Furcht erregend aussehen, wenn man ihnen allein auf der Straße begegnet. Tiffany wusste, dass er unter anderem deshalb immer mit seinem Gefolge umherzog, weil er Weiße beruhigen wollte – keine Gruppe von Schwarzen konnte sich so auffällig kleiden und eine solche Haltung zur Schau tragen, ohne dass ein seriöses Unternehmen dahinter stand. Um jede Furcht vor ihm zu zerstreuen, brauchte man nur nahe genug an ihn heranzutreten, um in seine Augen zu sehen – dunkel, funkelnd und gutmütig, die Augen eines Mannes, der immer noch bereitwillig das Wiegenlied sang, das ihm seine Mutter zwanzig Jahre vorher vorgesungen hatte. »Willst du ein Pferd, Baby?«, fragte er.

Tiffany nickte.

»Und was für ein Pferd willste?«

»Möchtest du«, sagte Marie tadelnd.
»Was für ein Pferd möchtest du, Baby?«
»Ein Pferd, das im Kentucky Derby gewinnt«, sagte Tiffany.
»Dann kaufen wir eins«, sagte Ho Ho. »Wen kennen wir aus Kentucky?«
»Lamar ist aus Kentucky«, sagte Helen.
»Morgen rufen wir ihn an«, sagte Ho Ho.
Sie hatte zwar nie ein echtes Pferd gesehen, aber das Bild des Pferdes, das sie wollte, strömte wie von selbst in ihren Kopf, es war rötlich wie eine Kupferpfennig und glänzend. Tiffany sah, dass Marie sie anlächelte. »Wie war das denn mit all den Pferden um euch herum?«, fragte sie Marie.
»Es war viel Arbeit. Manche von ihnen waren abgemagert und krank. Wir haben sie gefüttert und gestriegelt und gestreichelt. Sie waren immer sehr dankbar.«
»Wirklich?«
»Ja. Pferde sind sehr liebevolle Tiere«, sagte Marie.
Tiffany wandte sich an Ho Ho. »Vielleicht gleich nach dem Essen?«
Alle lachten sehr nachsichtig. So lachte man bei den Mortons. Immer nachsichtig.

Kapitel 20
Wrack

Es war saukalt. Die Tribüne lag nach Westen, zur untergehenden Sonne hin, aber die gab keine Wärme, und der Wind mit einer Temperatur knapp über dem Gefrierpunkt fühlte sich an wie eine eisige Woge. Auch nach zweiundzwanzig Jahren in Amerika hatte Deirdre sich an das Wetter noch nicht gewöhnt. Temperaturen von 35 Grad und 90 Prozent Luftfeuchtigkeit im Sommer, im Winter bittere Kälte, und kaum etwas dazwischen. Die zwölf Pferde, die starteten, hatten im Auslauf alle durchfroren gewirkt. Jetzt trabten sie zum Stallbereich, wo das Starttor wie eine Eisplatte in der blassen Sonne stand. George wettete. Deirdre hatte ein Pferd namens Mighty Again am Start, aber in Wirklichkeit würde es seinem Namen nie wieder gerecht werden und sich in voller Kraft zeigen. Drei Wochen zuvor hatte Deirdre ihn kastrieren lassen, um seine Konzentrationsfähigkeit zu steigern. Die Besitzer, zwei Typen mit Bürstenhaarschnitt, standen unten am Geländer. Sie wetteten schon seit Jahren, waren aber vor kurzem erst Besitzer geworden. Sie standen lieber dort unten, und immer wenn ihr Pferd lief, hatten sie die Sachen an, die ihnen Glück brachten. Ihre Glücksbringerkleidung war eine bunte Mischung aus den verschiedensten Modeepochen, dazu gehörten sogar die Oxfordschuhe des Vaters von einem der beiden aus den vierziger Jahren, als der betreffende Vater einen Treffer mit einer Quote von 125 : 1 in Oaklawn gehabt hatte. Deirdre war nicht ganz sicher, ob diese Besitzer Stil hatten oder nicht, aber sie mochte sie. Sie hatten irische Vorfahren, Mahoney und Byrne, aber das war nicht der Grund dafür, dass sie sie mochte. Es gab massenhaft Iren, die Deirdre furchtbar fand.

Das galt jedoch nicht für George, der gerade die Stufen hinunterkam und sich neben sie setzte. »Lieber Himmel, Cousine, hier oben friert man sich ja den Arsch ab.«

»Komm mir nicht so deftig, junger Mann.«

»Du lächelst ja, Cousine.«

»Weiß selbst nicht, warum.«

»Ab und zu kannst du es dir nicht verkneifen. Egal, wie du dich anstrengst.«

»Egal, wie ich mich anstrenge ...«

Deirdre hob das Fernglas an die Augen, um das Einrücken in die Startboxen zu beobachten. Ereignislos, aber langwierig. Zwölf Pferde waren zu viel. Es waren immer zu viel, aber um diese Tageszeit ganz besonders. Sie seufzte.

»Hast du die Stute gesehen? Ach, da lächelst du schon wieder, dann musst du sie gesehen haben.«

»Ja, hab ich.« Deirdre war extra nach Lexington geflogen, um sich das neugeborene Fohlen anzusehen, das pünktlich am ersten März zur Welt gekommen war.

»Und die Göttin?«

»Und die Göttin.«

»Ein schönes Paar. Die wird ein tolles Rennpferd, diese Stute.« Deirdre hatte Bilder mitgebracht.
»Beiß dir auf die Zunge, George!«
»Du lächelst ja gar nicht.«
»Scheiße, beiß dir auf die Zunge! Ich will nicht, dass du irgendetwas über die Zukunft dieses Fohlens sagst, egal ob es gut oder schlecht ist!«
George sah sie an und nickte. »Ich bitte um Verzeihung, Cousine.« Sein hübsches Gesicht war ernst geworden. Er meinte, was er sagte. Die Glocke schrillte, und ihnen fiel ein, dass sie ja das Rennen sehen wollten.
Die zwölf Pferde sprangen schön in einer Reihe aus der Startmaschine, keines hing nach, keines ging durch. Deirdre hatte das Fernglas auf Mighty Again gerichtet und sah, dass er ziemlich gut lief, sein Gleichgewicht fand. Es dauerte etwa einen Monat, bis der Organismus eines frisch kastrierten Pferdes das Testosteron abgestoßen hatte, aber an der Haltung des Pferdes ließ sich eine eindeutige Verbesserung feststellen, die auch beim Training deutlich geworden war. Jetzt liefen die Pferde in einer geschlossenen Gruppe die Gegengerade hinab, das war typisch für ein Verkaufsrennen mit zwölf Pferden dieser Art – sie hatten weder Strategie noch System, taten einfach ihr Bestes. Wenn bloß nicht das Pferd an der Spitze gewesen wäre, das Pferd mit der Nummer fünf, das gleich in die Außenbahn gegangen und nach vorn vorgeprescht war. Es war ganz besonderes Pech, dass gerade dieses Pferd an der Spitze war, denn als es stolperte, sich überschlug und quer auf der Seite zu liegen kam, landete es genau im Weg aller folgenden Pferde, und in den nächsten zehn Sekunden gingen vier weitere Tiere nacheinander zu Boden, wie Dominosteine. Mit ihnen die Jockeys. Zwei Pferde schafften es gerade noch auszuweichen, wobei eines von ihnen seinen Jockey verlor, sechs zogen ziemlich glatt auf die Außenseite. Vielleicht gingen sie bis ins Ziel. Deirdre sah nichts davon. George war aufgesprungen und schrie. Sie ebenfalls. Und alle anderen Leute ringsum auch. Sobald das letzte Pferd vorbei war, fuhr der Krankenwagen, der dem Rennen folgte, heran, und Deirdre sah jetzt auch den Wagen des Tierarztes und die Pferdeambulanz auf der Rennbahn. Sie strengte die Augen an, um Mighty Again auszuma-

chen. Er war braun. Ein Brauner hatte sich aufgerappelt. Jemand packte ihn, und als Deirdre ihn genau betrachtete, sah sie, dass sein Huf baumelte. Aber das machte ihm nicht viel aus. Es würde sicher noch eine Viertelstunde dauern, bis er es merkte. Deirdre konnte durch das Fernglas den Blick in seinen Augen sehen. Es war ein Blick voll Verwunderung, bei dem sich Deirdre das Herz zusammenkrampfte. Ein Unfall mit vier Pferden! Gott im Himmel! Jetzt waren zwei aufgestanden, aber Mighty Again lag noch auf der Erde. »Komm!«, rief sie George zu.

Sie rannten von der Tribüne, durch den Gang mit den Wettbüros, die Stufen hinunter zu ihrem Wagen. Sie wusste genau, was sie erwartete. Vor ihnen lag der Tod. Die Frage war nur, wie viele und wer. »Heilige Maria, Mutter Gottes«, murmelte sie, »bete für uns Sünder, uns Pferdetrainer, die diese armen Viecher in diese Lage gebracht haben. Mach ihr Leiden kurz und erweise ihnen deine Gnade. Amen. Amen. Warum habe ich nicht gewartet? Warum habe ich dieses Pferd nach Philadelphia gebracht?«

Sie hielt vor einem der Ställe, sprang aus dem Wagen, George gleich hinter ihr her, schlüpfte unter dem Geländer an der Zielgerade hindurch. Sie fasste kurz nach Georges Hand. Dann gingen sie zu Mighty Again, der auf der Seite lag. Seine Augen waren vor Angst weiß umrandet, die Lippen hatte er leicht geöffnet. Er sah aus wie immer, aber er war nicht aufgestanden, was für ein Pferd sehr ungewöhnlich ist. Pferde hassen es, am Boden zu liegen. Dominic, der Jockey, kniete neben dem Kopf des Pferdes, sein eigenes Gesicht war blut- und schmutzverschmiert. Ronald, Mighty Agains Pfleger, der gleich über das Innenfeld herbeigelaufen war, hockte daneben und schüttelte den Kopf. »Dom? Bist du verletzt?«, fragte Deirdre.

»Bloß die Rippe. Hab ’ne Rippe gebrochen oder so.«

»Komm, in den Krankenwagen mit dir.«

»Sie sind alle gleichzeitig zu Boden gegangen. Wie konnte das passieren? Wir waren oben, und im nächsten Moment lagen wir unten. Ich kapier es nicht. Wie ist denn das passiert?«

Sie nahm seine Hände und zog ihn von dem Pferd weg. »Das führende Pferd hat sich überschlagen, Schätzchen. Und jetzt geh in den Krankenwagen.«

»Mir fehlt nichts.«
»Das werden wir sehen. Wir kümmern uns um das Tier.« Sie strich ihm mit der Hand übers Gesicht. »Geh in den Krankenwagen, Schätzchen. Ich will nicht, dass du innere Blutungen bekommst. Komm, sei brav.«
Er stieg in den Krankenwagen.
Mighty Again atmete noch, aber seine Atemzüge waren laut und mühsam. Die Augen hatte er jetzt geschlossen. Er war nie eins ihrer Lieblingspferde gewesen, von Anfang an hatte er Schwierigkeiten gemacht, und er war nicht sehr gescheit, aber er hatte einen schönen Kopf. Sie kniete neben ihm, strich die Mähne über seinem Hals glatt und sprach auf ihn ein. »Alles gut, mein Liebling. Gleich ist alles wieder in Ordnung.« Ronald, der sich auch über das Pferd beschwert hatte, liefen Tränen übers Gesicht. Er sagte kein Wort. Der Bahntierarzt kam, den sie nur vom Sehen kannte. Er kniete sich neben ihr hin und sagte: »Wir müssen ihn auf die andere Seite drehen.«
»Das ist übel.«
»Es sieht nicht gut aus, wenn er nicht aufstehen will.«
»Was ist passiert?«
»Ich nehme an, dem ersten Pferd ist die Aorta geplatzt. Sein Zahnfleisch ist weiß wie Kreide. Sein Jockey ist getreten worden, aber er kann alle Glieder bewegen. Ein anderer Jockey ist bewusstlos. Keiner tot. Vielleicht haben wir noch Glück gehabt.«
Mighty Agains Körper war warm und riesig. Nie war ein Pferd so riesig wie dann, wenn man es aufrichten musste. Bei einem Turnier war einmal ein Springpferd eines anderen Trainers im Transporter gestürzt, die Beine steckten unter dem Leib, man konnte es nur hochkriegen, indem man es mit der Peitsche und allen möglichen Ermutigungen dazu brachte, sich zum Aufstehen zu entscheiden, auf so engem Raum konnte man es unmöglich hochheben. Aber Mighty Again hoben sie hoch, mitten auf der sandigen Rennbahn. Sie legten Schlingen um seine Knie und Fesseln, und zu mehreren Leuten – die einen von hinten ziehend, die anderen von vorne schiebend – bekamen sie die Beine in die Luft und konnten ihn auf die andere Seite wälzen. Er gab ein tiefes, hohles Stöhnen von sich. Sobald er auf der anderen Seite lag, streckte er ein Vorderbein vor und stand auf. Man

sah sofort, was geschehen war – die linke Schulter, auf der er gelegen hatte, war zertrümmert, und ein langer Riss zog sich über seinen Brustkasten, der auch eingedrückt war. Er stand auf drei Beinen. Sein linkes Vorderbein baumelte. Deirdre sah den Tierarzt an. »Mit ihm ist es aus«, sagte sie.

»Ja. Mit ihm ist es aus.«

»Herr im Himmel, vergib mir diese Sünde.«

»Deirdre, es war ein Unfall.«

Aber sie schüttelte den Kopf.

Ronald führte Mighty Again zur Pferdeambulanz, höchstens vier Schritte weit. Das Pferd hielt einen Augenblick inne, dann stieg es hinein. Deirdre sagte: »George, geh und hol die Besitzer, wenn sie zum Stall kommen wollen. Wir warten mit dem Einschläfern, bis wir mit ihnen geredet haben.« Da standen die beiden Pferde in der Ambulanz, eins mit gebrochener Schulter, das andere mit einem gebrochenen Bein. Wenn das nächste Rennen startete, würden sie beide nicht mehr leben, nahm Deirdre an. Sie schüttelte den Kopf. Das Pferd, das an der Spitze gelaufen war, war schon tot. Das vierte Pferd lag auch da. Sie warf dem Tierarzt einen Blick zu. »Genickbruch«, sagte er. Deirdre stöhnte, sie hatte das Gefühl, alles stürzte über ihr zusammen. »So fühlt man sich wohl auf einem Schlachtfeld«, sagte sie.

»Wahrscheinlich«, sagte der Tierarzt.

Sie blickte über das Feld auf die große Tribüne, zu all den Augen und Körpern hin, die sich angestrengt reckten und starrten, um zu sehen und zu wissen, was sie hier sah und wusste. Es war zu viel. Die physische Gewalt des Todes war zu viel für sie. Zu viel Blut, zu viel Knochen, zu viel rasselnder Atem, zu viel Schweiß und Gestank auf einmal und zu plötzlich. Sie hatte im Laufe der Jahre mehrere Tode gesehen, von Pferden und von Menschen. Sie war sogar selbst fast gestorben, als sie nach dem Rückgratbruch eine Lungenentzündung bekam. Wie oft musste man das durchmachen, bevor man dem gewachsen war? Sie hatte das Gefühl, ihre Fähigkeit, es zu ertragen, wurde eher schwächer als stärker.

Hinter ihr sagte George: »Nel mezzo del cammino di nostra via.«

Sie sah ihn an und erwiderte auf Englisch: »Ich hab den Weg verloren, George.« Die blauen Augen ihres Cousins waren so schön, aber in ihnen lag kein Trost. Sie gingen zusammen hinter der Pferdeambulanz her, ein Leichenzug über die Rennbahn.

Kapitel 21
Ein Tag beim Rennen

Zuerst machten sie am Getränkeladen seines Vaters Halt, und Jesse holte sich einen Schokoladenriegel aus dem Regal, während sein Vater die Kasse öffnete und eine Hand voll Geld herausnahm. Er zählte es nicht einmal nach, stopfte es sich bloß so in die Tasche. Als sie wieder im Auto saßen, schielte Jesse verstohlen auf die Socken seines Vaters. Sie passten zusammen, beide einfarbig grau. Sie passten auch zur Hose, und das war eine Erleichterung. Eine Zeit lang fuhren sie schweigend ihres Weges, und Jesse guckte aus dem Fenster. Er fuhr gerne nach Santa Anita hinaus. Es war eine lange, sonnige Strecke. Etwa um die Zeit, als sie den Highway 5 unterquerten, wurde sein Vater plötzlich lebhaft. »Ah, Jesse, sieh mal, der Baum da! Das ist ein schöner Baum. Weißt du was – ich wette mit dir, dass dieser Baum seit fünfzig Jahren hier neben der Straße steht, und ich habe ihn nie bemerkt. So geht man durchs Leben, man fährt unzählige Male über dieselbe Straße, und auf einmal bemerkt man etwas. Das ist ein Geschenk. Dieser Baum will mir etwas sagen. Dieser Baum will mir sagen, dass wir einen guten Tag haben werden. Meinst du nicht?«

»Ich will's hoffen, Dad.«

»Ich habe meine Glückssocken an. Hast du auch deine an?«

»Das letzte Mal, als ich diese Socken anhatte, haben wir die Zweierwette getroffen.«

»Hat deine Mutter sie seitdem gewaschen?«

»Ja, schon.«

Sie überlegten eine Weile, dann sagte Leo: »Ach, vielleicht macht das nichts.«

»Dad, ich hab sie seitdem ganz oft angehabt. Diesen Treffer in der Zweierwette hatten wir im letzten Sommer.«
»Aber nicht zur Rennbahn?«
»Nein, nicht zur Rennbahn.«
»Das ist jetzt also das erste Mal seit dem Treffer, dass du sie zur Rennbahn anziehst?«
»Ja.«
»Na, dann ist ja gut.«
Jesse atmete hörbar aus.
Leo fing an zu singen. Dann fuhren sie von den Schnellstraße ab und bogen in den Parkplatz ein. An Glückstagen parkten sie immer auf dem Vorzugsparkplatz, dann brauchten sie nicht so weit zu laufen. Das kostete fünf Dollar. Das war ein Teil der Unkosten, die man so niedrig wie möglich halten wollte. Sie parkten, stiegen aus und schlossen den Wagen ab. Es gab zwei Dinge in Santa Anita, die sein Vater nie anschaute: das Einkaufszentrum nebenan und jedweden Mercedes, der zwischen ihrem Auto und dem Eingangstor geparkt war. Wenn Jesse hinguckte, machte das nichts, ja es war sogar besser, wenn er sie erspähte und ihn warnte. Heute waren nicht viele da, und Leo schaffte es auch, den Blick auf den Boden gerichtet zu halten. Und er zählte das Geld: Es waren 278 Dollar und 32 Cent, zusammen mit den 87 Cent, die Jesse in der Tasche hatte. Sie mussten ihr Geld zusammenlegen. Das brachte auch Glück.
Sie waren fast am Tor, ohne einem einzigen Mercedes begegnet zu sein, als die Katastrophe hereinbrach. »Verdammte Scheiße«, sagte Leo leise und ernst. Jesse wusste, dass er besser nicht fragte, aber er tat es trotzdem. »Was ist los, Dad?«, sagte er.
»Scheiße, ich hab eine Nonne angeguckt.«
»Was?«
»Ich kann's nicht fassen. Ich hab eine verdammte Nonne angeguckt. Da ging sie, und ich hab sie angeguckt.«
Eine Nonne anzugucken war das Schlimmste, was man machen konnte, das wusste Jesse. Jetzt könnten sie genauso gut nach Hause fahren. Aber vorsichtshalber schaute Jesse sich erst einmal um. »Ich sehe keine«, versuchte er vorsichtig.
»Da drüben.« Leo gestikulierte in Richtung Westen, ohne einen wei-

teren Blick zu riskieren. Jesse sah immer noch keine Nonnen, nicht mal eine Frau sah er. Aber Jesse wusste, dass es zwecklos war, sich zu streiten. »Willst du dann lieber heimfahren?«, sagte er nach einer Weile.

Leo blieb stehen und wandte sich Jesse zu. Er machte ein sehr ernstes Gesicht, und er legte Jesse beide Hände auf die Schultern. Jesse hob das Gesicht und sah seinem Vater direkt in die Augen, wie man es ihm etliche Male gesagt hatte. »Jesse«, sagte Leo. »Jesse, mein Sohn. Einerseits haben wir diese, äh, du weißt schon.« Ja, die Nonne. »Andererseits haben wir die Socken, zwei Paar, den Baum, keinen Mercedes, kein Einkaufszentrum und fast dreihundert Mäuse. Ich will dir was sagen. Hier ist die Rennzeitung.« Er zog sie aus der Tasche und schlug die Seite mit dem ersten Rennen auf. »Lies vor, wer startet.« Leo warf den Kopf zurück und schloss die Augen, er lauschte.

Jesse las vor: »Lonesome Jones, Howdy Babe, Hickey's Prince, Gottalottayotta, Prigogine, Sandtrap, Baby Max und Holy Mackerel.«

Leo sagte nichts. Er grübelte eine Weile, dann sagte er: »Hast du nicht einen Freund, der Max heißt?«

»Nein«, sagte Jesse. »Keine Mäxe.«

Leo hob resigniert die Arme. »Also gut. Gehn wir einfach. Vielleicht haut es ja hin. Komm, Junge, gucken wir uns ein paar Pferde an!«

Sie gingen durch den Einlass, die Frau dort lächelte und sagte: »Hallo, Leo! Viel Glück dann!«, sie durchquerten die Halle mit den Wettschaltern und kamen hinaus auf das kachelbelegte Vorfeld, das sich zum Zieleinlauf, zum Ziel und zum Siegerehrungsring hinunterzog. Es war ein klarer, sonniger Tag, ein schöner Märztag, und der Bogen der Berge stand dunkelgrün gegen den blauen Himmel. Es war Mittwoch, deshalb waren noch nicht viele Leute auf den Tribünen, und Leo nahm seinen Platz ein. Er hatte seine Rennzeitung dabei, bekritzelt mit Notizen, die er sich am Vortag nach dem Abendessen gemacht hatte, sein Kissen, das er immer mitbrachte, aber nie benutzte, sein Fernglas, seine Thermosflasche mit Kaffee und seine Stifte, um sich, falls nötig, weitere Notizen in der Rennzeitung zu machen. Er lächelte. Er fuhr Jesse durch die Haare und sagte: »Also! Da sind wir! Gut gemacht! Das ist doch wirklich der schönste Ort der Welt hier, nicht wahr? Harte Arbeit, härter als das Rumstehen im Laden, aber letzten

Endes doch viel besser.« Leo holte tief Luft, straffte die Schultern, sah sich in seinem eigenen kleinen Reich um und sagte: »Also gut, mein Junge! Wir machen uns besser ans Werk, es gibt Geld zu gewinnen!« Das erste Rennen war ein Verkaufsrennen mit einem Preisgeld von dreißigtausend Dollar, sieben Achtelmeilen lang, für Pferde ab drei Jahren. Sie setzten auf eine Kombination von Lonesome Jones und Sandtrap. Sandtrap war der Favorit, aber Leo war der Meinung, er sei nicht mehr in Spitzenform. Lonesome Jones hingegen war in seinem letzten Rennen, dem ersten Start nach einer sechswöchigen Pause, übel gestolpert. Auf der Gegengerade war er angestoßen worden, deshalb hatte er den Boden zu weit genommen, kam dann aber trotzdem nur um eine Kopflänge als Dritter durchs Ziel. Seine Geschwindigkeitsergebnisse lagen im Bereich der Spitzenwerte der Pferde in diesem Rennen, und Leo war der Meinung, als Dreijähriger könne sich das Tier durchaus noch verbessern. Vor allem war er ein guter Tipp, die Zehn-zu-eins-Quote vom Morgen war leicht gesunken, aber nur auf acht zu eins. Sandtrap war eindeutig der Spitzenkandidat auf dem Feld. Sogar jetzt, da er nicht mehr in bester Form war, war er siegesverdächtig, und die Wetter setzten verstärkt auf ihn. Leo kombinierte die beiden Pferde für die Zweierwette mit See Me Now, einem Pferd im zweiten Rennen, das ihm gut gefiel. Nachdem er seine Wetten gemacht hatte, wurde er ganz ruhig und stand mit Jesse in der Mitteltribüne, um die Pferde auf ihrem Weg zum Start zu beobachten. Der Start lag in der Rinne, so weit wie möglich von der Haupttribüne entfernt. Der Ansager verkündete laut und klar wie eine Fanfare: »Die Pferde nähern sich jetzt der Startmaschine. Die Pferde haben die Startmaschine erreicht. Lonesome Jones ist in seine Startbox eingerückt. Jetzt Howdy Babe ...«, und so weiter, bis zu Holy Mackerel. Dann trat eine kurze Pause ein, ein schriller Klang ertönte, im nächsten Augenblick klappten die Tore der Startboxen auf, und die Pferde waren heraus. Leo presste das Fernglas an die Augen und war mucksmäuschenstill. Jesse konnte nur die Farben vom Renndress der Jockeys erkennen, aber er wusste, dass Lonesome Jones Violett trug und dass Violett um mehrere Längen hinterherhing. Der Favorit war eines von zwei Pferden in Gelb. Eines dieser beiden führte. »Na also!«, seufzte Leo tonlos, als das violette Pferd anfing, an den anderen vorbeizuziehen. Und der Ansager sagte: »Jetzt zieht das Pferd mit der Nummer eins, Lonesome Jones, an Howdy Babe und Prigogine vorbei. Immer noch in Führung ist Sandtrap, der Favorit.« Leo wurde aufgeregt, als die Pferde um den Bogen kamen, und er wippte auf den Fußspitzen auf und ab. Jesse konnte sie jetzt ganz deutlich sehen, von vorn, mit gesenkten Köpfen, die Füße hochgezogen, die winzigen Rundungen ihrer Hufe, die ausholten und sich nach vorne streckten, wie ein Echo der winzigen Rundungen ihrer geblähten Nüstern. Dann kamen sie in die Zielgerade, und der Winkel änderte sich. Jetzt waren sie Pferde, wie Gummibänder lang gezogen von ihren Nasen bis zu ihren Schwanzspitzen, mit den Jockeys darauf, die auch in die Länge gezogen waren – Hände, Arme, Köpfe, Rücken, und dann die Krümmung ihrer Beine. Manche der bunten Jockeyarme hoben und senkten sich, noch etwas in die Länge Gestrecktes, eine Schulter, ein Ellbogen, ein Arm, eine Hand, eine Gerte. Hinter Jesse wurde gebrüllt und neben ihm auch, das war sein Vater, denn da kam Lonesome Jones auf der Außenbahn, fand eine Lücke und schlüpfte hindurch, fraß die Strecke auf. Das rote Pferd hingegen blieb zurück, das grüne Pferd blieb zurück, das blaue Pferd und das schwarz-braune Pferd blieben zurück. Leos Hand lag auf Jesses Kopf und drückte nach unten, als die Pferde die Ziellinie überquerten. Im nächsten Augenblick blinkte auf dem Totalisator die Aufschrift »Foto-Finish« auf, und sie mussten warten. Aber Leo war sicher. »Sie haben's geschafft! Sie haben's geschafft! Ich hab es doch gewusst! Perfekt ausgesucht. Eins und sechs. Das ist bei mir immer eine tolle Wahl gewesen, denn als ich sechzehn war, da bin ich mit diesem Mädchen gegangen, das hieß Peggy Sue. Echt! Und dieses Lied war so ein Riesenhit, dass statistisch gesehen mein Durchschnitt mit eins und sechs über die Jahre viel höher war als normal! Also, du gehst jetzt zur Information und holst die Bestätigung, nur Versager wetten nach Schema ...«

Die Ergebnisse flackerten auf, und der Sieger war das Pferd mit der Nummer sieben, Baby Max. Um eine Kopflänge hatte es gewonnen. Lonesome Jones und Sandtrap waren auf dem zweiten und dritten Platz.

»Verdammt nochmal«, sagte Leo.

Das hieß, dass sie alle Wetten verloren hatten, die erste und die Zwei-

erwette. Sechzig Dollar, dachte Jesse. Sechzig Dollar waren weg. »Komm, Dad, wir fahren nach Hause«, sagte er.
Leo starrte Baby Max an, der gerade zur Siegerehrung geführt wurde, aber dann schüttelte er sich, sah zu Jesse hinab und lächelte. »Nee, nee. Jetzt sind wir hier. Wir müssen uns bloß ein bisschen mehr anstrengen. Sieh mal, hier sind zehn Dollar, kauf dir etwas zu essen. Geh und lass mich eine Zeit lang in Ruhe. Ich muss mich konzentrieren, und du lenkst mich ein bisschen ab. Du kannst nichts dafür. Ich muss nur einfach in diese Sphäre kommen, na ja, du weißt schon. Sei ein braver Junge.«
Jesse nahm den Zehner und ging hinter Baby Max und seinem Gefolge her, als sie unter der Tribüne hindurch nach draußen ins Freie gingen. Der Jockey und der Trainer lächelten, aber es war ein professionelles Lächeln. Für den Jockey war es nur das erste von etlichen Rennen an diesem Tag. Jesse machte es Spaß, ihn zu betrachten. Er war kaum größer als Jesse, aber er ging wie ein Mann, und zwar wie ein ziemlich selbstbewusster Mann. Wenn er zu dem Trainer aufblickte, um ihm von dem Rennen zu berichten, schien er nicht hoch-, sondern hinunterzublicken. Jesse machte es immer Spaß, Jockeys zu beobachten. Bei ihnen waren Bauch und Rücken anders als bei allen anderen Leuten auf der Rennbahn, stark, gerade, biegsam und kraftvoll. Leo achtete nicht besonders auf die Jockeys, und er hatte Jesse auch davon abgeraten. »Wer gewinnen will, setzt nicht auf einen Jockey«, sagte er, aber Jesse schaute trotzdem gern.
Draußen im Freien sah er, dass die Pferde für das zweite Rennen den Sattelbereich verließen und zum Führring gingen.
Leo sah nicht gerne zu, wie die Pferde gesattelt wurden oder die Parade im Führring absolvierten. Er behauptete, es sei zu verwirrend, und zum Schluss würde man dann wegen ein paar Vorgefühlen wetten und nicht aufgrund von Form, Nummern und bisheriger Leistung. Wenn man die Pferde im Sattelbereich beobachtete, war das so, als brächte man sich selbst in Versuchung zur Liebe auf den ersten Blick, und wenn man sich selbst nicht beherrschen konnte, dann musste man die Dinge unter Kontrolle behalten, und das tat Leo, indem er innerhalb der Rennbahn blieb. Aber Jesse gefiel das Drumherum am besten. Dann konnte er sich vorgaukeln, dass es beim Pferderennen eigent-

lich gar nicht ums Wetten ging, sondern darum, sich die Pferde anzusehen. Das Schärfste dabei war, wie verschieden sie alle waren. Das zweite Rennen zum Beispiel war für zweijährige Stuten, die zum ersten Mal starteten. Sechs Jungstuten wanderten mit ihrem Anhang herum. Nur eine von ihnen war ruhig. Das war eine Fuchsstute, die Nummer zwei. Sie stand still da, hatte den Kopf erhoben und die Ohren gespitzt, während ihr Trainer das Nummerntuch über ihrem Rücken glatt strich.

»Das ist Buddy Crawford, der Trainer da«, sagte eine Frau, die neben Jesse stand. »Er hat einen Haufen Rennen gewonnen. Angeblich dreht er aber krumme Dinger.«

Trotzdem, das Pferd gefiel Jesse. Er sah aufs Programm. Sie hieß »Residual«. Jesse lehnte sich ans Geländer, um die Stute besser zu sehen. Die Leute, die rings um die Stute standen, legten ihr den Sattel auf, dann schnallten sie die Gurte fest. Sie streichelten sie ständig, und Jesse sah, warum. Sie hatte ein sehr glänzendes Fell, aber ganz davon abgesehen hatte sie etwas an sich, dass man sie einfach streicheln wollte. Er selbst hätte sie gern gestreichelt. Ringsum machten alle anderen Stuten etwas, sie verrenkten den Hals oder sprangen herum. Eine stand ganz starr vor Anspannung da, hob ein Vorderbein und krümmte es unter sich, dann setzte sie es wieder auf und hob das andere Vorderbein. Residual rieb nur einmal sanft mit einer Seite ihrer Nase über den Ärmel ihres Pflegers, es sah aus, als wollte sie ihn beruhigen, fand Jesse. Jetzt machte sich die Stute Nummer eins auf den Weg nach draußen, und Residual folgte ihr. Die letzten vier Jungstuten machten Theater, aber Residual sah nur die Fans an, die am Geländer des Führrings standen, und als sie an die Stelle kam, wo sie ihren Jockey in Empfang nehmen sollte, blieb sie stehen und wartete. Jesse warf einen letzten Blick auf sie, dann rannte er unter der Haupttribüne hindurch zurück. Leo saß auf der Betontreppe und studierte immer noch seine Form. Jesse ging zu ihm. Als Residual auf die Bahn kam, rief er: »Sieh dir mal Nummer zwei an, Dad! Du musst auf sie setzen!«

»Ich wette nie Jungfernrennen mit zweijährigen Stuten«, sagte Leo. »Das ist wie Lottospielen.«

Jesse warf einen Blick auf den Totalisator. »Ihre Quote steht sechs zu eins. Das sind gute Chancen.«

»Ja, das sind gute Chancen. Aber ich hab meine Grundsätze, Jesse.«
»Pincay reitet sie, Dad«, sagte Jesse.
»Trotzdem.« Er legte eine Hand auf Jesses Schulter und sah ihm in die Augen, dann sagte er mit sehr ernster Stimme: »Jesse, mein Sohn, diese kleinen Mädels haben keinen blassen Schimmer vom Rennen. Die Startbox geht auf, und sie stehen da und wissen nicht, wie's weitergeht. Da kann alles Mögliche passieren ...«
»Aber das ist doch gut, Dad.«
»Na ja, das ist im weiteren Sinne gut, sagen wir mal, im universalen Sinne, in dem Sinn etwa, dass man sein Leben lang jede Woche seinen Lohn bekommt, und man weiß, das krieg ich jetzt jeden Freitag, mein ganzes Leben lang, und man weiß, die Frau gibt soundsoviel für Essen aus und soundsoviel für die Miete und dergleichen, na ja, manche Leute leben halt gern so, und andere nicht. Und in einem solchen Sinne hat diese Vorstellung, dass alles Mögliche passieren kann, etwas Befreiendes an sich. Aber hier, in diesem Rennen, sind die Dinge, die passieren können, nicht so gut ...«
»Ich habe zehn Dollar zu Hause. Ich würde sie dir geben, wenn du sie jetzt auf sie setzen könntest.«
»Jesse, die Sache ist so: Ich möchte, dass du aus meiner Erfahrung lernst. Also, mein Vater, der hat in jedem Rennen gesetzt, aber ich ...« Er hielt inne. Dann sagte er: »Ach, früher oder später musst du es ja selbst lernen. Also gut. Wie willst du deine zehn Dollar setzen?«
Die Pferde trabten lässig. Residual bewegte sich weiter fließend und ruhig. Pincay, der stärkste Jockey, der älteste Jockey, der wunderbarste Jockey, saß gelassen auf ihrem Rücken. Dreimal streckte er die Hand aus, um ihren Hals zu streicheln, langsam, nicht um sie zu beruhigen, sondern offenbar, weil er es gern tat. »Noch zwei«, sagte Jesse. »Zwei für den Sieg und zwei Platzwetten. Die Gewinnchancen stehen jetzt acht zu eins, Dad. Ich glaube, sie ist völlig unterschätzt.«
»Also gut, Junge, wenn du das Wort ›unterschätzt‹ benutzen kannst und weißt, was es heißt, dann bist du wahrscheinlich so weit, dass du dir deine eigene Meinung bilden kannst.«
An den Wettschaltern standen nicht viele Leute an, und sie waren bald wieder am Zaun und sahen zu, wie die Pferde beim Aufreiten im Trott und dann im Trab an den Tribünen vorbeizogen. Die Stute mit

der Nummer fünf wäre am liebsten ihrem Führpferd auf den Rücken gestiegen, so nah war sie daran, bei dem Lärm und Durcheinander der Zuschauer auf den Tribünen die Nerven zu verlieren. Den anderen gefiel es ganz offensichtlich auch nicht, sogar Residual warf einen Blick hinauf, aber bald hatten sie den Lärm hinter sich gelassen. Dabei ahnten sie wohl kaum, dass sie kurz darauf wieder mitten hineinreiten würden. Jesse hielt seine Wettscheine fest in der Hand. Er wusste, dass die Stuten das durchmachen mussten, nach ein, zwei Malen würden sie sich so verhalten wie die Pferde im vorigen Rennen, sie würden dem Tumult nicht nur gewachsen sein, sondern ihn sogar genießen. Aber diese jungen Stuten hier scheuten und hüpften, und die Reiter auf den Führpferden behielten sie nah bei sich. Sie verschwanden hinter dem Bogen, und nur wenn Jesse die Hand über die Augen legte und angestrengt blinzelte, konnte er die Startmaschine am Ende der Rinne erkennen. Kurz darauf kamen das erste Pferd und sein Pony dort an. Die Stute scheute und wich zurück. Das Pony folgte ihr einen Schritt, dann blieb es stehen, bis die Stute wieder herankam. Ein Mann neben ihnen sagte zu seinem Freund: »All die Jockeys tun jetzt beten.«

Der Freund nickte.

»Weiß du«, fuhr der Mann fort, »überall müssen die Schwächeren dran glauben, aber bloß beim Pferderennen sieht man's mit den eigenen Augen, wie die, die's nicht schaffen, dran glauben müssen.«

»Beim Fußball auch.«

»Also, da is aber ein Unterschied. Da kommt so ein Kerlchen monatelang zum Training und hält dann die ganze Saison bloß die Bank warm, und ziemlich bald begreift er, dass er nichts taugt, und dann verschwindet er. Aber Pferde, die kommen erst gar nicht dazu, eine Bank warm zu halten. Sie müssen es alle zusammen versuchen, alle gleich. Sie sind nie wieder so gleich wie in diesen Maidenrennen.«

»Hm«, sagte der Freund.

»Dann müssen sie dran glauben. Das macht sie fertig.«

»Hm«, sagte der Freund. »Wen haste?«

»Ich hab eine Dreierwette, die noch 'nen Funken Leben in sich hat. Ich hab diesmal fünf-fünf-fünf gewettet.«

»Mensch, das ist 'ne verrückte Wette! Ich kenn einen, der hat ein Jahr

lang so was gemacht. Er hat auf die Pferde gesetzt, die ihm am besten gefielen, und auf den Kandidaten mit den niedrigsten Chancen. Das hat er ein Jahr gemacht, und am Schluss hat er zwar viele Favoriten gehabt, aber diese Achtzig- oder Hundert-zu-eins-Pferde haben oft genug gewonnen, um ihn ein Jahr lang aus den roten Zahlen zu halten. Ich hab immer gefunden, dass das ein gutes System ist.«
»Warum wendest du es dann nicht an?«
»Ach, das war sein System. Ich hab mein eigenes.«
»Haben wir wohl alle.«
»Jesse«, sagte Leo. Er hatte das Fernglas an die Augen gesetzt. »Sind sie drin?«, fragte Jesse. Zum allerersten Mal gab Leo ihm das Fernglas.
Die Glocke schrillte, und die Tore öffneten sich. Residual war natürlich in der zweiten Box. In einem normalen Rennen war es so, dass sich die Tore öffneten und die Pferde in einer Reihe heraussprangen. Ein guter Start war ein schöner Anblick, einen Augenblick lang taten alle dasselbe, und im nächsten Moment tat jedes Pferd etwas anderes. Aber das hier war ein schlechter Start. Residual sprang hinaus, aber die Stute in Box Nummer eins stand einen Augenblick lang still, und die in Nummer vier sprang hinaus, aber blieb dann wie angewurzelt stehen. Die Stute in der Außenbahn zog quer hinüber zum Innengeländer, und zwar nicht so, als führte ihr Jockey sie dorthin, sondern als ginge sie durch. Und die Stute mit der Nummer drei bäumte sich auf und warf ihren Jockey ab. Jesse nahm das Fernglas von den Augen und sah Leo an, der den Kopf schüttelte. Aber dafür war jetzt keine Zeit. Nun bekam das Feld langsam Struktur. Residual und das Pferd mit der Nummer sechs waren vorn, aber gleich hinter ihnen kam die Stute ohne Reiter mit baumelnden Zügeln. Die Nummer eins war jetzt auf der Bahn, aber kämpfte gegen ihren Jockey. Sie und die beiden anderen hatten mindestens vier Längen Abstand zu der ersten Gruppe. Jesse richtete das Fernglas auf Residual. Als sie hinter dem Zeug im Innenfeld verschwand, das alles vor den Blicken der Zuschauer verbarg, wirkte sie wie eingekeilt. Die Stute mit Jockey schien sie in Richtung Innenbahn zu drücken, und die Stute ohne Reiter war ihr dicht auf den Fersen. Aber sie schwebte, dachte Jesse. Sie schwebte.
Er richtete das Fernglas auf den Anfang der Kehre und wartete. Als

sie wieder in sein Blickfeld kamen, hatte sich das Bild verändert. Jetzt liefen alle sechs Pferde an den Rails entlang, eines hinter dem anderen. Die Stute Nummer sechs, deren Jockey eine weiße Kappe trug, führte, die ohne Reiter war zweite, Residual kam an dritter Stelle, die Stute mit der Nummer eins an vierter, dann die Nummer vier, die gleich nach dem Start stehen geblieben war, und an letzter Stelle die Nummer fünf. In dieser Reihenfolge kamen sie um den Bogen, wie auf einem Karussell. Jesse hörte, wie Leo »Scheiße!« sagte, in seiner Stimmung schwang Überraschung mit, und zwar mehr, als er sich in der Regel gestattete. Als sie zur Zielgerade ansetzten, sah Jesse, dass manche Jockeys alles Mögliche versuchten. Der führende Jockey sah sich um und griff nach der Gerte, die letzten beiden zogen an die Außenseite. Dem Pferd hinter Residual ging einfach die Puste aus, und es verschwand aus Jesses Blickfeld. Pincay tat erst einmal gar nichts, dann ließ er einfach die Hände am Hals der Stute hinaufgleiten, und es sah aus, als hebe er ab. Jesse hatte keine Ahnung, wie das möglich war, aber Leo sagte ja immer, Pincay bringe alles fertig. Residual schwebte immer noch. Sie schwebte um die Stute ohne Reiter herum, die aus Angst vor dem Lärm der Menge den Kopf herumriss, als sie an der Tribüne vorbeikamen. Sie schwebte davon, weg von den Pferden hinter ihr, bis an die Stute heran, die in Führung war, schien sich um sie zu legen und dann zu überholen. Sie gingen ins Ziel. Wieder blinkte auf dem Totalisator »Foto« auf. Jesse gab Leo das Fernglas, und Leo sagte: »Tja, Maidenstuten sind Maidenstuten, wie mein Vater immer zu sagen pflegte. Kein Mensch auf der Welt kann das Herz einer Maidenstute ergründen.«
»Residual hat es doch perfekt gemacht, Dad.«
»Sie ist ganz gut gelaufen, Junge. Sie ist hat keine Probleme gemacht, aber ich glaube nicht, dass sie gewonnen hat.«
»Nichts hat ihr etwas ausgemacht, Dad. Alles hat sie ganz gelassen hingenommen. Sie hat es nicht mal bemerkt.«
»Mein Kind, vom Gesichtspunkt des Wetters betrachtet, ist nur ein Sieg perfekt. Alles andere ist hübsch, weiter nichts.«
Die Ergebnisse erschienen auf der Tafel. Residual hatte nicht gewonnen. Aber sie war Zweite. Jesse holte seine Wettscheine aus der Tasche. Er hatte noch zwei Platzwetten und eine für den dritten Platz.

Er warf einen Blick auf den Totalisator und addierte. »Ich kriege trotzdem noch 35 Dollar, Dad, und die zehn, die ich gesetzt habe, auch. Das sind 45 Dollar. Das Geld war gut angelegt.«
Leo fuhr ihm durchs Haar. »Ja, da hast du Recht, mein Junge.«
Als die Pfleger herauskamen, um ihre Pferde abzuholen, sah Jesse, wie Residual auf ihren Pfleger zuging und mit der Nase über den Arm fuhr. Pincay nahm seinen Sattel ab, aber bevor er ging, streichelte er die Stute noch einmal, und sie sah ihn an. Pincay lachte. »Nettes Mädchen ist das«, hörte Jesse ihn zu dem Pfleger sagen. Dann tauchte Buddy Crawford auf und redete mit Pincay. Pincay nickte und lächelte. Buddy Crawford schüttelte den Kopf. Dann lachte Pincay, es war ein Lachen, wie man es manchmal sieht und merkt, dass derjenige, der lacht, ganz sicher ist, dass alles in bester Ordnung ist und dass er Recht hat. Der eigene Vater konnte dies sagen und die eigene Mutter jenes, und der Trainer konnte sich über irgendeine Kleinigkeit ärgern, und vielleicht war nicht alles nach Plan gelaufen, aber wenn man sah, dass ein Pferd trotz alledem noch schweben konnte, dann war alles in Ordnung.
Leo hatte die Wettscheine eingelöst, jetzt kam er mit dem Geld zurück und drückte es Jesse in die Hand. Jesse warf einen Blick darauf. Leo lächelte, aber es kam ihm sonderbar vor. Er fragte sich, ob er jemals dieselben Dinge wissen würde, die andere Leute wussten, ob er jemals so etwas Einfaches wie Geld ansehen und irgendetwas Einfaches darüber wissen würde. Sogar die Zahlen in den Ecken sahen geheimnisvoll aus. Sein Vater erzählte ihm immer Sachen, was ihn die Besuche auf der Rennbahn lehren sollten, über das Leben und den Präsidenten und wie man sein sollte und solches Zeug. Man lernte sehr viele Dinge auf der Rennbahn, und sein Vater wusste über alles Bescheid. Aber sein Vater hatte nicht gesehen, wie die Stute geschwebt war. Vielleicht waren er und Pincay die Einzigen, die es gemerkt hatten. Ja, das war ein nettes Mädchen, diese Stute.
Sein Vater wippte auf den Fußballen und hatte die Hände in der Tasche. Das dritte Rennen fing an. Beim dritten Rennen waren sie eigentlich immer so weit, dass Leo sich irgendwo allein hinsetzen musste, um nachzudenken. Unaufgefordert ging Jesse zu einer Bank am Führring und setzte sich hin. Er zog das Comicheft aus der Hosentasche.

Dann kam das vierte Rennen.
Und dann das fünfte. Als die Pferde zum sechsten Rennen hinausgebracht wurden, merkte Jesse, dass er eingenickt sein musste, denn eine schwarze Dame mit einem großen Sonnenhut tippte ihn an. Er setzte sich auf und sagte: »Entschuldigung«, weil er meinte, er wäre vielleicht auf sie gerutscht, aber sie sagte: »Schätzchen, guck dir das mal an: Ich hab diese beiden im nächsten Rennen. Da ist Easy Pieces, er ist der große Fuchs da, stammt von Sea Hero ab, du weißt ja sicher, wer das war, und da ist Boraboola. Er ist ein Pleasant Colony.« Jesse starrte das gewaltige Tier an, es war fast ganz schwarz, hatte nur eine weiße Fessel. »Also, wen findest du gut? Ich denk mir das so. Dieses Rennen ist 1800 Meter lang, auf Gras. Dieser Boraboola ist vielleicht ein Distanzpferd. Er hat den Stammbaum und den Knochenbau, und er startet nicht oft, es ist, als ob sie ihn schonen wollten. Diese Pleasant-Colony-Pferde sind Spätentwickler. Ja, und Sea Hero war ein großes Rennpferd, aber als Zuchthengst hat er sich noch nicht bewährt, man weiß also nicht, wie man seine Abkömmlinge beurteilen soll, du verstehst schon. Aber dieser Fuchs da, in meinen Augen hat der den richtigen Bau.«
Jesse sagte: »Wie sieht seine Rennform aus?«
»Schätzchen, ich achte nicht auf die Rennform, ich achte auf das Pferd.«
»Ich auch«, sagte Jesse.
»Ich weiß nicht«, sagte die Frau. »Ich kann mich einfach nicht entscheiden.«
»Mir gefällt das schwarze Pferd.«
»Na ja, ganz schwarz ist er ja nicht. Kein Vollblutpferd ist schwarz, heißt es immer, aber wenn du mich fragst, ich hab schon welche gesehen.«
»Der gefällt mir wirklich. Er ist heute sehr stolz und selbstbewusst.«
»Also gut.«
Die Frau stand auf und ging zu den Wettschaltern. Jesse dachte darüber nach, ob er sich das Rennen ansehen sollte, aber er hatte eigentlich keine Lust. Er tastete mit der Hand nach dem Geld in seiner Tasche, dann fiel ihm ein, dass er Hunger hatte.
Das Rennen fand statt, während er seinen Burger mit gebratenen

Zwiebeln aß. Er sah es sich auf dem Bildschirm an. Boraboola gewann um eine Länge. Der Fuchs wurde Dritter. Jesse spürte, wie ihn eine stille, tiefe Genugtuung überkam. Natürlich hatte er selbst nicht gewettet, ein Neunjähriger dürfte ja gar nicht alleine wetten, aber sein Tipp hatte gesiegt. Er wusste, dass er am Abend im Bett daran denken würde und auch morgen, wenn er aufstand und zur Schule ging. Es war etwas Schönes, an das er immer und immer wieder denken konnte.

Im neunten Rennen gingen natürlich viele Leute, weil sie die Stoßzeit vermeiden wollten oder weil sie genug hatten oder weil sie einfach müde waren, aber für Leo kam es gar nicht infrage, zu gehen, bevor alles vorbei war. Leo war immer dafür, hart zu arbeiten und gute Arbeit zu leisten. Und das neunte Rennen war manchmal der absolute Hammer, das wusste Jesse. Das achte Rennen war immer der Höhepunkt, es hatte große Namen, viel Geld war im Spiel, und die besten Pferde und Trainer konkurrierten. Das neunte Rennen war das, was Leo als Hundefutterrennen bezeichnete, viele alte Wallache und ältere Stuten, die bessere Tage hinter sich hatten, keine Tiere, die in Zuchtställe übernommen werden würden und zu ungesund waren, um abverkauft zu werden, deshalb quetschten die Trainer und Besitzer das Letzte an Gewinn heraus, bevor die Tiere weggebracht wurden.

»Wohin?«, hatte Jesse einmal gefragt.

»Wohin wohl, mein Junge?«

Jesse wusste Bescheid. Jesse wusste, dass Kühe dorthin gebracht wurden und Schweine, Schafe, Hühner und Truthähne auch. Warum also keine Pferde? Aber wenn er sich vorstellte, dass zum Beispiel Residual, Boraboola oder Easy Pieces dorthin gebracht würden, dann machte ihm das wieder Angst.

Der Grund, weshalb das neunte Rennen ein Hammer sein konnte, war der: Wenn sein Vater einen guten Tag gehabt hatte und seine Wettgewinne wieder einsetzte, dann konnte er das alles in einem kurzen Augenblick verlieren. Wenn er einen schlechten Tag hatte, setzte er unter Umständen immer weiter, um sein Geld zurückzubekommen. Theoretisch konnte er natürlich auch alles in einem kurzen Augenblick gewinnen, aber das war weniger wahrscheinlich. Und diese Pferde, alt, nicht mehr ganz gesund und unberechenbar, waren schwieriger für Wetten abzuschätzen, und außerdem war sein Vater bestimmt auch müde. Jesse machte sich auf die Suche nach seinem Vater. Auf einmal vermisste er ihn. Als er unter der Tribüne hinaustrat, sah er ihn sofort: Stocksteif stand Leo da, hatte das Fernglas an die Augen gedrückt und verfolgte die Pferde, die zum Start geführt wurden. Es war ein 1200-Meter-Rennen, also wenigstens kurz. Aus der Entfernung ließ sich unmöglich sagen, ob Leo bisher gewonnen oder verloren hatte, so still stand er da. Jesse ging zu ihm, und genau in dem Augenblick, als er neben ihm stehen blieb, starteten die Pferde. Leo ließ sofort die Hand auf Jesses Kopf fallen, damit er nichts sagte. Es liefen wenige Pferde, nur fünf. Ein Mann in ihrer Nähe sagte: »Guck dir diese Klepper an. Das wird bis Mitternacht dauern. Die Nummer vier sieht aus, als wüsste sie nicht mehr genau, wie sie die Füße bewegen soll.«

Die fünf Stuten kamen um die Kehre. Leo drückte die Hand ein bisschen fester auf Jesses Kopf. Als die Pferde, geführt von der Nummer zwei, über die Ziellinie kamen, hob er die Hand, und kurz darauf sagte Leo die Zauberworte: »Gut so!« Jesse sah zu ihm auf. Er lächelte. Leo hatte einen guten Tag gehabt. »Hab bloß ein bisschen Geld auf diese niedliche alte Stute gewettet, aber wir holen's uns trotzdem ab. Goosey Lucy. Was für ein Name. Diese Namen, die sie den Vollblütern geben, die sind toll. Ein Gedicht für sich. Manchmal liest man sich das Programm durch, und es hört sich an wie ein Lied oder ein Gedicht oder so. Goosey Lucy. Tja, Schätzchen, deinetwegen hab ich heute gewonnen.«

Goosey Lucy war mit einer Quote von vier zu eins gestartet, und Leo bekam zweiundzwanzig Dollar heraus, die er mit dem übrigen Geld behutsam in seiner Brieftasche anordnete. Die Dollars fielen ihm nicht aus den Taschen, wie es manchmal geschah, aber in der Brieftasche befand sich ein anständiger Packen, der einen lustigen Abend verhieß.

Auf dem Weg nach Hause, als die Sonne über dem Highway 210 unterging und ganz Los Angeles vor ihnen ausgebreitet lag, sang Leo sein übliches Loblied. Jesse hörte es gern. »Es gibt keinen zweiten Ort, der so ist wie die Rennbahn, mein Junge. Da findest du Leute aller Art und Herkunft. Auf der Rennbahn wird niemand ausgeschlossen. Schwarze, Juden, Hispanos, Chinesen, Koreaner – alle lieben die Rennbahn. Kinder spielen, Leute picknicken, Familien brechen das Brot miteinander auf der Rennbahn. Reiche, Arme und alles, was dazwischen ist. Es spielt keine Rolle, was man im Leben tut, mein Junge, den reichsten Mann, den du je zu Gesicht bekommen kannst, wirst du auf der Rennbahn sehen, wo er daherspaziert und genauso seine Wettscheine in der Hand hält wie du. Und den ärmsten Mann, den du je zu Gesicht kriegen wirst, siehst du wahrscheinlich auch auf der Rennbahn, denn jeden Tag wird da jemand sein, der gerade alles bis auf den letzten Heller am Wettschalter verspielt hat. Ein Bettler auf der Straße mit einem Zehner im Hut ist reicher als dieser Mann auf der Rennbahn. Und das ist nur die sozioökonomische Seite der Sache, das sagt mir zwar sehr zu, aber es ist eben nur eine Seite. Sieh dir die Jockeys an, das sind tolle Sportler. Manche sagen, sie sind schräg, aber das sag ich nicht, ich finde, sie sind tolle Sportler. Wenn man den Körper eines Jockeys auf den eines Basketballspielers vergrößern würde, wäre der Jockey stärker, muskulöser, koordinierter, in jeder Hinsicht besser. Jockeys sind einfach so. Darüber gibt es Untersuchungen. Das sieht man da also auch. Aber dann ist da noch was, und das habe ich am allerliebsten: Jedes einzelne Pferderennen ist etwas, das man einfach nicht verstehen kann. Tag für Tag geschieht es acht-, neunmal, Menschen und Pferde kommen an, stellen sich auf, starten ihr Rennen, und dann ist alles nur noch ein Geheimnis. Welches Pferd hat einen Haarriss, welches Pferd sieht irgendetwas Komisches, welchem Pferd geht es besonders gut, welcher Jockey spornt welchen anderen Jockey an. Es ist ein Geheimnis, das sich durch keine Formel, keine Theorien, keine Wissenschaft ergründen lässt, und es geschieht jeden Tag vor unseren Augen. Und außerdem ist es auch eine Geschichte. Jedes Pferd ist eine Geschichte, jeder Jockey, jeder Besitzer, jeder Trainer, jeder Wetter, jedes Rennen. Ein Fußballspiel ist eine Geschichte, einmal pro Woche. Das ist langweilig. Ein Tag beim Rennen, das sind tausend Geschichten, mit Gras und Bäumen und Wind und Bergen im Hintergrund. Weißt du was, im Sommer fahren wir mal in einen richtigen Pferdehimmel. Dann fahren wir nach Del Mar.«

Kapitel 22
Justa Neck – Einfach ein Hals

15. März: Rennen 2 (Golden Gate Fields): Rah Rah Mutter von Twins Club. Startzeit: ca. 1:15 Uhr. 1400 Meter. Preisgeld 12 000 Dollar. 55 kg, für männliche Pferde ab vier Jahren und älter. Für Pferde ohne Sieg in zwei Rennen über 1200 Meter und mehr seit 1. Januar GAG 1,5 Kilogramm, in einem solchen Rennen seit 1. Februar, 2,5 Kilo. Verkaufspreis: 10 000 Dollar. Wenn 8000 Dollar, 1 Kilo.

In Massachusetts gab es einen Schimmelwallach, der mit fünfzehn noch Rennen lief. Er hatte fast zweihundert Starts hinter sich. Zwischen den dunklen Vollblutpferden, mit denen er lief, sah er aus wie Hi Ho Silver, der die Bahn hinunterzischte. Er startete immer als der Zweit- oder Drittfavorit, nur aufgrund sentimentaler Wetten. Auf jeder Rennbahn in Amerika standen Pferde in ihren Boxen, die im »Form« mehr als hundert Starts neben ihrem Namen hatten. Zwei Stallgassen von Justa Bobs Box entfernt stand eine zehnjährige Stute, die einhundertfünfundzwanzigmal gestartet war. Sie hatte die letzte Box in der Reihe, und den ganzen Nachmittag stand sie da, die Brust gegen die Tür der Box gepresst, und horchte auf die Rennbahn. Wenn sie hörte, wie die Glocke schrillte und die Starttore aufgingen, wieherte sie. Etwa alle drei Wochen wurde sie herausgeholt und lief in einem Grasbahnrennen. Meistens siegte sie oder wurde Zweite. Sie war seit acht Jahren nicht von der Rennbahn weg gewesen.

Justa Bob war sechs und hatte neununddreißig Starts hinter sich. Ruhetag, Schritttag, Trabtag, Galopptag, Arbeitstag, Renntag. Er kannte sich mit jedem Tag genau aus. Heute war Renntag. Das Gitter über seinem Stall war geschlossen, damit sein seelischer und körperlicher Zustand keinen schädlichen Einflüssen von außen ausgesetzt war. Andere Pferde gingen zur Arbeit hinaus, und er fraß Heu. Das Heu wurde weggenommen und dann auch sein Wassereimer. Andere Pferde wurden am Renntag gereizt oder nervös, aber Justa Bob döste nur ein bisschen mehr als sonst. Er wusste, was er zu erwarten hatte, und seine einzige Aufgabe war es, das hinzunehmen. Er erwartete, besonders sorgfältig geputzt zu werden, und das geschah auch. Er erwartete, dass seine Hinterbeine bandagiert wurden, und das geschah auch. Er erwartete, aus der Box geholt und den Gang zwischen den anderen Boxen hinabgeführt zu werden, und das geschah auch. Er erwartete, um den Sattelplatz herumzugehen, in eine der Buchten geführt zu werden, gezäumt, gesattelt und freundlich getätschelt zu werden und die Hufe ausgekratzt zu bekommen, und das geschah auch. Er erwartete, zwischen zwei anderen Pferden in das kühle Sonnenlicht hinausgebracht zu werden, und das geschah auch. Er erwartete, das Gewicht des Jockeys auf dem Rücken zu spüren, und das geschah auch. Wie ein erfahrener Kartenspieler, der einen Packen von einundfünfzig Karten hochhebt und gleich weiß, dass eine fehlt, konnte Justa Bob genau abschätzen, welches Gewicht er auf dem Rücken trug und wie schwer es sein würde. Er erwartete, dass das Führpferd, das ihn zum Starttor begleiten sollte, leicht gereizt sein würde, und so war es auch. Und so kam es, dass Justa Bob, dessen Erwartungen sich alle erfüllt hatten, so entspannt war, wie ein Pferd nur sein konnte. Er gönnte sich einen ruhigen Moment in der Startbox und sprang dann mit einem Satz nach vorn, als die Tore mit dröhnendem Knall aufklappten.

Justa Bob wusste, dass er bestimmte Dinge zu erwarten hatte, sobald er und die anderen Pferde die Startbox verlassen hatten. Im Laufe der Jahre war er gebissen, gestoßen, von fremden Jockeys geschlagen und von fallenden Pferden aus der Bahn gebracht worden. Auch wenn er auf den Beinen geblieben war, waren rings um ihn andere Pferde zu Boden gegangen. Dieses Rennen versprach nicht anders zu werden. Zu beiden Seiten von ihm liefen Pferde, das war besser, als in der Außenbahn zu sein. Ein paar Pferde zogen an ihm vorbei. Er stabilisierte sich ein wenig und ging dann in einen regelmäßigen rhythmischen Galopp über. Ohne dass ein Mensch davon wusste, denn es gab keine Untersuchungen darüber (obwohl an der Universität von Davis eine geplant war), konnte Justa Bob bis drei zählen. Das hieß, er erkannte, dass sich vor ihm mehr als zwei Pferde befanden, aber weniger als viele, was sein Gehirn als vier oder mehr definierte. Mit anderen Worten waren es drei. Drei war eine gute Zahl. Er galoppierte energisch weiter, tat seine Arbeit, eine Arbeit, die er gern hatte. Ziem-

lich bald wurde das dritte Pferd müde und fiel zurück, und Justa Bob kam zu dem Schluss, dass das zweite Pferd auch nicht besonders fit aussah, seine Flanken zitterten ein wenig. Justa Bob überholte es, schöpfte dabei aus der Energie, die er hatte ansammeln können, weil er so vollkommen entspannt war. Jetzt war nur noch ein einziges Pferd vor ihm, und Justa Bob erkannte diesen Typ, das war der Spitzenläufer, der immer vorn sein musste. Sie kamen aus der Kehre, Justa Bob an der Bande, er zog jetzt nach vorn. Das erste Pferd verdrehte die Augen mit einem Seitenblick auf Justa Bob und legte die Ohren an. Aber Justa Bob erkannte, dass das nur ein Bluff war. Der Jockey auf dem anderen Pferd griff zur Gerte auf der linken Seite, und das Pferd bewegte sich ein wenig von Justa Bob weg. Aber beim Schock des Gertenhiebs verkrampfte sich das andere Pferd gerade genug, dass Justa Bob sich weit strecken konnte und überholte. Jetzt spürte Justa Bob die vertraute Kraft, die von all dem Lärm ringsum wie eine Woge in ihm aufstieg, getragen von der Erwartung, dass das Rennen bald vorüber sein würde, und der Art und Weise, wie ihn der Jockey auf seinem Rücken dirigierte. Alles war normal. Die Bahn vor ihm war frei. Das andere Pferd schien zurückzubleiben.
Aber Erwartungen sind natürlich dazu geschaffen, widerlegt zu werden, und Pferdeerwartungen machen da keine Ausnahme. Justa Bob war nicht der Einzige auf der Bahn, der überrumpelt war, als das Pferd, an dem er gerade vorbeigezogen war, herüberlangte, Justa Bobs Jockey mit dem Maul an seiner Hose und dem Schenkel darin packte und ihn aus dem Sattel zog. Es war wirklich schwer zu sagen, wer überraschter war – der Jockey des anderen Pferdes, der einen Logenplatz hatte, oder Justa Bob, der als Pferd ein Blickfeld von fast 360 Grad hatte und alles sehen konnte. Justa Bobs Jockey war selbst äußerst überrascht, als er merkte, dass er nur wenige Meter vor dem Ziel im Begriff war, zwischen acht stampfenden Beinen zu Boden zu gehen, während sich weitere sechzehn Beine in geringem Abstand näherten. Er wollte keinesfalls, dass ihn das beißende Pferd losließ oder dass seine Hose riss. Dieser Augenblick, vielleicht nur einen weiten Galoppsprung lang, schien eine Ewigkeit zu dauern, aber schließlich spuckte das Pferd ihn aus, und er baumelte in der Luft, die Arme um Justa Bobs Hals, während Justa Bob sich hin- und herbewegte, um

ihm Halt zu geben und ihm zu helfen, wieder hochzukommen. Der andere Jockey rettete die Situation, indem er seinem Pferd die Gerte übers Gesicht zog, um es rasch auf die Außenbahn zu lenken. Als sich zwischen den Pferden ein Freiraum öffnete, ließ sich Justa Bobs Jockey fallen und rollte sich auf der Bahn zusammen, und ein, zwei Sekunden später ging Justa Bob ohne Reiter durch Ziel. Der Lärm war ohrenbetäubend. Justa Bob lief aus und drehte um, dann trottete er zu seinem Pfleger, der ihm schon entgegengelaufen kam.

Während der ganzen anschließenden Untersuchung des Hergangs stand Justa Bob auf der Bahn, sein Pfleger tätschelte ihn, und der humpelnde Jockey tätschelte ihn, und der Trainer tätschelte ihn, und er selbst ließ sich das Rennen durch den Kopf gehen. Hätte er etwas befürchten sollen? Hätte er etwas vermeiden können? Es ließ sich schwer sagen. Alles in allem jedoch war ihm so etwas noch nie passiert, dachte Justa Bob, deshalb musste es ein dummer Zufall sein, nichts weiter. In jedem Fall bestätigte der Zwischenfall seine feste Meinung, dass es immer am besten war, um eine Haaresbreite zu gewinnen.

Sie mussten lange warten. Er reckte sich, senkte seine Rute, urinierte und gab sich entspannt einem kleinen Nickerchen hin. Der Pfleger lachte. »Wer ist dieser Kerl hier?«, fragte er den Trainer.

Der Trainer lachte und sagte: »Justa Bob.«

Die Untersuchung dauerte ewig. Die Regeln sagten eines – dass ein Pferd nur mit einem Reiter gewinnen kann –, doch das Herz sagte etwas anderes. Hoch oben über Justa Bob debattierten die Richter, sahen sich das Video an und debattierten und sahen sich das Video an. Letzten Endes entschieden sie sich für die Regeln, der Aggressor kam an die letzte Stelle und Justa Bob an die vorletzte. Aber es war trotz allem ein sehr aufbauendes Erlebnis gewesen, allein die Tatsache, dass so etwas passieren konnte. Justa Bobs Trainer war der Meinung, er habe noch nie so schön ein Rennen verloren.

Kapitel 23
Nachtschicht

In dem Augenblick, als das Telefon klingelte, schlug Krista die Augen auf und sah auf die Leuchtanzeige der Uhr. Es war ein Uhr siebenunddreißig. Sie nahm ihr Handy und hörte ihre eigene Stimme: »Hier ist Donut. Ich bekomme mein Fohlen. Steh auf.« Krista setzte sich auf und griff nach ihren Jeans. Hinter ihr, auf der anderen Seite des Betts, drehte sich Pete auf die andere Seite. »Brauchst du mich?«, fragte er.
»Ich glaube nicht.«
»Ich komme gleich.«
»Nein, lass. Maia könnte aufwachen.« Sie hätte sich gerne weisgemacht, dass sie hellwach und voll auf Draht war, aber als sie aufstand, taumelte sie und musste sich festhalten. Auf dem Weg durch die Küche nahm sie sich eine Cola aus dem Kühlschrank. Es war das sechste Fohlen der Saison. Sie hatte noch acht vor sich. Bislang war keine ihrer Befürchtungen eingetroffen. Jeder, der Tierarzt Sam inbegriffen, hatte ihr geraten, für die Saison qualifizierte Hilfe zu holen, aber jemand, der speziell für die Geburt der Fohlen kam, war teuer, und bei fünfzehn, sechzehn Stuten, die über einen Zeitraum von fünf Monaten fohlten, rentierte sich eine solche Ausgabe nicht. Stattdessen hatte sie in eine kleine Vorrichtung investiert, einen Sensor, den Sam in die Labiae der Stute, unmittelbar vor der Vaginalöffnung, einnähte. Wenn die Fruchtblase sprang, übermittelte der Sensor ein Signal an einen Empfänger, der den Telefonanruf an ihre Nummer auslöste. Jeder, der es ausprobiert hatte, behauptete, es sei unfehlbar, es gab wesentlich weniger Fehlalarm als mit einer Art Gurt, der einen Alarm auslöste, wenn die Stute sich hinlegte. Deshalb hatte sie nur drei schlaflose Nächte gehabt, denn eine der Stuten hatte ihr Fohlen am Nachmittag und eine um neun Uhr abends zur Welt gebracht. In den drei vorhergehenden Jahren hatte sie in der Fohlsaison im Stall geschlafen und versucht, im Blick zu behalten, welche Stute Milch absonderte, aber die Methode, die sie jetzt hatte, war eigentlich erträglicher als die Monate, in denen sie Maia nachts gestillt hatte.
Sie zog eine Jacke über, es war Ende März und noch kalt draußen. Sie

hatte den Anruf erwartet, denn der Bauch der Stute hatte sich gesenkt und sie hatte am Abend nervös gewirkt. Die Sterne leuchteten hell. Sie fühlte sich wunderbar. Sie ließ das Handy in die Tasche gleiten und dachte an die sechsundzwanzig Hengst- und Stutenfohlen, bei denen sie in den letzten drei Jahren Geburtshilfe geleistet hatte. Es war eine Menge, wie es ihr vorkam, es war etwas wie ein Schatz, ein Zeugnis ihrer Fähigkeit und ihres Engagements. Und sie sahen alle gut aus – das war der Einfluss von Himself.

Die Stute lag auf der Seite in dem sauberen Strohbett, den bandagierten Schweif hatte sie hinter sich ausgestreckt. Der Anblick der beruhigend heftigen Konvulsionen, die durch ihren riesigen Leib liefen, war vertraut. Sie war keine junge Stute mehr, kein Rennpferd, sondern ein Springpferd aus der Gegend, das eine Menge Preise gewonnen hatte und dann in Pension gegeben wurde. Es war ihr erstes Fohlen. Krista hob den schweren schwarzen Schweif und schob ihn zur Seite.

Und da sah sie die Katastrophe, die sich anbahnte. Das Fohlen schickte sich schon an herauszukommen, aber anstelle von zwei winzigen Hufen, zur Seite versetzt, und einer winzigen Nase, die sich an das Rohrbein schmiegte, sah sie nur einen kleinen Huf. »Das nennt man Dystokie«, dachte sie, dann zog sie ihr Handy hervor und rief Pete im Haus an. Er klang wach, als er abhob. »Ich brauche dich hier«, sagte sie.

»Ich hab gerade angefangen, Maia die Flasche zu geben. In fünfzehn Minuten bin ich da.«

»Ich muss sofort jemand haben. Sam braucht vierzig Minuten, bis er hier ist.«

»Ruf Margret Lerner an. Sie hat gesagt, du könntest immer anrufen.«

Krista ging in die Hocke. Die Stute hatte einen weiteren Wehenkrampf, das falsch liegende Fohlen bewegte sich leicht, sodass man mehr von ihm sah. Einerseits war Margaret Lerner der hilfsbereiteste Mensch auf der Welt und ein alter Hase im Umgang mit fohlenden Stuten. Andererseits mied Krista Margaret Lerner, soweit es nur irgend ging, was nicht einfach war, denn die Frau lebte gleich gegenüber, auf der anderen Straßenseite.

»Krista?«, sagte Pete.

»Okay«, sagte sie. Sie drückte auf »Ende«, dann wählte sie Margarets Nummer. Margaret war auch wach. Als Krista die Lage des Fohlens beschrieb, sagte Margaret: »Mein Gott, ich bin sofort da!« Und das war sie auch. Krista war froh, als sie die Reifen von Margarets Lieferwagen auf dem Kies knirschen hörte und dann ihr Gesicht an der Tür der Box auftauchen sah. »Lass sie aufstehen!«, rief Margaret.

»Ich hab es versucht. Sie reagiert nicht.«

Margaret kniete sich neben die Schulter der Stute und sagte: »Steh auf und strahle, Mama.« Sie stupste sie und schubste sie. Krista schüttelte die Leine, die sie an das Halfter der Stute geschnallt hatte, die Stute machte die Augen weit auf und sah sie an. »Komm, du musst aufstehen, Schätzchen«, sagte Margaret wieder und gab ihr einen festen, unnachsichtigen Klaps auf den Hals. Endlich ließ sich die Stute auf den Steiß rollen und knickte ein Vorderbein ab, aber dann bekam sie die nächste Wehe und verharrte in dieser Stellung.

»Also, jetzt!«, sagte Margaret. Sie stemmte sich gegen die Stute, und Krista zog an dem Tier, bis es auf den Beinen stand. Dann trat Margaret hinter die Stute, bewegte mit einer Hand den Schweif zur Seite und schob ihre große flache Hand in die Vaginalöffnung. »Lehn dich mit Schulter und Hals gegen ihre Schulter und ihren Hals«, wies sie Krista an. Krista tat, was sie ihr sagte. Margaret achtete auf die Wehenkontraktionen, und als eine Wehe allmählich abflaute, vollführte sie mit der Hand plötzlich einen heftigen Stoß. »Gut«, sagte sie dann. »Ich hab's geschafft.«

»Du hast das Fohlen wieder reingeschoben?«

»Jawoll. Jetzt müssen wir sie herumführen.«

Zuerst war die Stute zögerlich und wollte sich wieder hinlegen, aber als Margaret sie von hinten stupste und Krista von vorne zog, machte sie erst zwei Schritte, dann wieder zwei, dann drei. Schließlich ging sie in gleichmäßigem Schritttempo in der Box umher. Sie hatte immer noch Wehen, aber ihr Bauch dehnte sich jetzt nach unten, und Krista konnte den Umriss des Fohlens erkennen, das wieder nach hinten in diese Wölbung rutschte. Margaret zog einen Geburtshilfehandschuh aus der Jackentasche und sagte: »Warte mal einen Augenblick.« Dann langte sie hinein. Krista konnte sehen, wie sich ihr Arm und ihre Schulter bewegten, während sie vorsichtig nach dem festsitzenden

Körperteil tastete. Schließlich sagte sie: »Ich hab's. Nur das Knie ist etwas geknickt. Ich glaube, das kriegen wir hin. Wir drehen es hier nur ein bisschen zur Seite. Die Knochen sind hart, aber die Gelenke sind ganz weich, nicht wahr, Mama? Jetzt drehen wir das Knie ein bisschen nach außen, und dann suchen wir den Fuß. Aha. Da ist er. Den nehmen wir jetzt und lassen ihn rausgleiten. Mensch, ich wünschte, ich könnte beide Hände reinkriegen. Braves Kerlchen. Ich kann die Fessel und die Sehne fühlen. Probleme scheinen keine da zu sein, hat sich nur im letzten Augenblick falsch gedreht. Wollte wohl aus seiner Mama rausgaloppieren, der kleine Kerl, nicht wahr?«

»Ich bin so froh, dass du hier bist«, sagte Krista.

»Hab schon Schlimmeres gesehen«, sagte Margaret.

Davon war Krista überzeugt. Sie bewegte die Stute weiter, und Margaret sagte: »Sag mal, hast du gehört, was letzte Woche mit den beiden Pferden in dem Stall am Fluss passiert ist?«

Krista schüttelte den Kopf.

»Also, der Typ, dem sie gehören, wusste, dass die Straße in dem großen Gewitter überspült werden konnte, deshalb hat er ihnen mehr Futter als sonst gegeben und ist nach Hause gefahren. Zwei Tage später kam er wieder, das war nach dem großen Gewitter, man kam kaum durch und in den Stall. Eins von den Pferden war in seiner Box ertrunken. Wasser war eingedrungen, wahrscheinlich war das Pferd dann ausgerutscht und ins Wasser gefallen. Der Schlamm bis zur Tür …«

Krista schloss die Augen und schluckte.

»Und das andere hatte sich bei dem Kampf das Bein gebrochen. Das musste er direkt da erschießen. Das Bein baumelte nur noch. Zwei Pferde. So 'n Reinfall, was?«

»Das ist eine schrecklich traurige Geschichte.«

Margaret schüttelte den Kopf. »Find ich auch. Aber warum hat der Typ sie nicht mit dem Transporter rausgeholt?«

»Vielleicht hatte er keinen Transporter, oder die Straße war schon überspült oder so.«

»Und dann war da dieser andere Typ …«

»Erzähl mir nichts davon.«

»Nein, das ist eine gute Geschichte. Die geht gut aus.«

Krista hatte Zweifel daran, denn sie kannte Margaret, aber sie nickte.
»Also, der Typ kommt spät von der Rennbahn zurück, macht noch einen Besuch bei seinen Pferden im Stall, sieht nach. Es ist ein Stall mit Stallgasse, und zwei von den vier Pferden gucken aus den Hinterfenstern, haben die Ohren hochgestellt. Die beiden anderen fressen bloß Heu. Der Typ geht also raus, rauf ins Haus, um sich zu duschen, und während er in der Dusche ist, hört er auf einmal so einen sagenhaften Lärm und rennt im Bademantel raus. Da war glatt diese Rieseneiche auf den Stall gefallen, stell dir das mal vor! Kaum fünf Minuten nachdem er aus dem Stall gegangen ist, war der Ort ein Trümmerhaufen.«
»Eben hast du doch gesagt, diese Geschichte ginge gut aus.«
»Ja! Den Pferden ist nichts passiert. Sogar das Pferd, das in der Box gleich daneben stand, war aus dem Weg gesprungen und hatte sich gegen die Wand gedrückt. Es hatte einen gehörigen Schrecken, weiter nichts. Der Baum hatte vor allem die Sattelkammer getroffen. Fünf Minuten! Aber die beiden Pferde, die aus dem Fenster guckten, die wussten Bescheid. Die fühlten, wie die Erde sich bewegte, wenn du mich fragst.«
»Sie will sich wieder hinlegen«, sagte Krista. Die Stute spannte jetzt die Muskeln an und scharrte mit den Hufen. Als sie aufhörten, sie anzuschieben, ging sie in die Knie. Krista trat einen Schritt zurück. Die Stute gab ein langes kehliges Stöhnen von sich, legte sich auf die Seite und streckte sich aus.
»Weißt du noch, diese Stute von Bob Roberts, die sie rauf zum New Bolton Centre gebracht hatten?«, sagte Margaret. »Als sie zurückkam, sah sie ganz prima aus. Sie hatten sie auf einer Koppel, gleich hinter dem Stall, es war keine Decksaison oder so. Ich glaube, sie war auch unfruchtbar, egal, jedenfalls hatte die Stute neben ihr ziemlich bald einen Wahnsinnsdurchfall …«
»Weißt du, Margaret, ich kenne wirklich niemand, der so viele Geschichten auf Lager hat wie du. Es ist irre.«
»Ja, ich sammle sie irgendwie. Also, diese Stute, die rauf nach New Bolton gegangen war, schied Salmonellen aus, wie sie gesagt haben, und die andere Stute …«
»Aber manchmal finde ich sie doch etwas heftig.«

»Nach etwa vier Tagen mussten sie sie einschläfern lassen, und als sie die Autopsie machten ...«
»Diese Geschichte zum Beispiel ist wirklich übel ...«
»Sie hatte überall im Innern Salmonellenabszesse. Kaum zu glauben, dass sie überhaupt so lange gelebt hat. Das findest du also wirklich übel, ja?«
»Ja, wirklich.«
»Also, ich meine, das ist so ...«
Krista kroch auf allen vieren zum hinteren Ende der Stute und hob ihren Schweif. Ein beruhigender Anblick bot sich ihr: zwei kleine Füße, vorschriftsmäßig versetzt, und die kleine Nase. Mit der nächsten Wehe schob sich der Kopf bis zu den Ohren hinaus, eine weitere brachte ihn ganz zum Vorschein. Krista stieß einen Seufzer der Erleichterung aus. Noch eine, höchstens zwei Wehen, und das Fohlen wäre draußen. Mit dem kleinen Finger wischte sie die Nüstern des Neugeborenen aus. »Sie hat aufgegeben, ich habe keine Ahnung, warum«, sagte Margaret. »Los, komm schon, Mama. Gib dem Kleinen noch einen Schubs.«
Aber die Stute schien ganz desinteressiert, vielleicht war sie erschöpft. »Faules Mädchen«, sagte Margaret. »Komm schon, Pferd, drück das Baby raus.« Nichts. Krista und Margaret wechselten einen Blick, und Krista fühlte, wie die Panik, die sie bis jetzt unterdrückt hatte, wie eine Woge über sie schwappte. Am Kopf und an den Füßen des Fohlens konnte man erkennen, dass es ein großes Tier war, das von der Mutterstute besonders viel Anstrengung verlangte. Aber Donut war irgendwo weit weg, als habe sie mit dem Geschehen hier gar nichts zu tun.
»Man weiß nie im Voraus, was eine Stute macht, die zum ersten Mal fohlt«, sagte Margaret. »Ist das die Stute von Black Oak? Sie war ein hübsches Springpferd. Früher ...« Dann hielt sie inne. »Na gut, Baby«, sagte sie, »jetzt holt die alte Margaret dich persönlich raus.«
Sie setzte sich ins Stroh, das Gesicht dem Schweif der Stute zugewandt, und stemmte ihre gestiefelten Füße gegen die Hinterbacken des Pferdes. Dann langte sie in die Stute hinein und packte das glitschige Fohlen um die Rohrknochen oberhalb der Fesseln. Sie krümmte die Knie und den Rücken, beugte ihr Gesicht, bis es fast auf die

Nase des Fohlens stieß, und hievte das Baby unter lautem Ächzen etwa zehn Zentimeter vorwärts. »Ich muss versuchen, es besser in den Griff zu bekommen«, sagte Margaret. Sie wischte sich die Hände an der Jacke ab, dann fasste sie wieder nach den Beinen des Fohlens. Diesmal brachte sie den Körper in eine Stellung, aus der sie die Drehung in den Schultern des Fohlens so manipulieren konnte, dass sie nacheinander und nicht gleichzeitig herauskamen. Sie hievte und ächzte noch einmal, dann streckten sich ihre Beine plötzlich, und das Fohlen schoss in Margarets Arme und auf ihren Schoß. Sie saßen einen Augenblick lang still da, dann lachte Krista. Margaret wischte das Fruchtwasser behutsam aus dem Gesicht des Fohlens. Das Kleine grunzte und holte tief Luft, und Krista sagte: »Mannomann.«

»Ein großer Bursche«, sagte Margaret.

»Nein«, sagte Krista, »ein großes Mädchen.«

»Weißt du«, sagte Margaret, »dein Großvater hat sich immer wenige Stunden nach der Geburt eines Fohlens entschieden, welches er behalten wollte und welches er verkaufen würde. Das hing ganz davon ab, wie sie der Welt entgegentraten.«

Die Stute war völlig geistesabwesend, deshalb wischten sie das Fohlen neben der liegenden Stute ab. Die kleine Fohlenstute war dunkel, aber sie hatte eine fächerförmige Blesse zwischen den Augen und eine weiße Schnippe zwischen den Nüstern, und der linke Hinterfuß war weiß.

»Die Mutterstute wacht besser mal auf und guckt sich ihr Baby an. Beim ersten sind sie so unberechenbar«, sagte Margaret.

Das Fohlen war dafür hellwach und sah sich um. Zwei-, dreimal richtete es den Blick auf Kristas Gesicht und sah sie ein paar Sekunden lang an. Es drehte auch den Kopf und betrachtete den massigen Körper der Mutterstute, die zu guter Letzt auch den Kopf hob, um das Fohlen anzuschauen. Krista wusste, dass das der entscheidende Augenblick war. Manche Stuten, die zum ersten Mal fohlten, waren so verblüfft über das, was ihnen da geschah, dass sie es nicht fertig brachten, eine Beziehung zu dem Fohlen zu entwickeln und ihrem hormonell gesteuerten Nährtrieb nachzugeben. Doch Donut wieherte jetzt liebevoll, nicht laut, aber entschieden. Das Fohlen sah sie an und wieherte zurück. Krista hatte das unheimliche Gefühl, dass das Fohlen besser Bescheid wusste als die Stute. Im nächsten Augenblick begriff Donut, was los war. Sie rappelte sich auf, tapste durch das Stroh, beugte den Kopf zu dem Fohlen, streichelte es mit der Nase und begann ihm dann das Gesicht zu lecken. Das Fohlen hob das Gesicht zu seiner Mutter, die zunehmend hingebungsvoll und freudig mit der Zunge über das Fell fuhr. Margaret und Krista standen auf und traten zurück, nachdem sie der Mutterstute auf den Hals geklopft hatten.

»Jetzt ist es gut«, sagte Margaret.

»Ja, scheint so«, sagte Krista. »Vielen Dank.« Die Stute würde sich noch einmal hinlegen und die Plazenta ausstoßen, aber das war eigentlich nie ein Problem.

»Soll ich morgen rüberkommen und nach der Plazenta sehen? In ein, zwei Tagen kommt doch sicher Sam vorbei und untersucht die Gebärmutter, oder?«

»Ja, klar«, sagte Krista. »Sieh sie dir an, so ein schönes Fohlen.« Und dann streckte sich die kleine Stute und stellte sich hin.

APRIL

Kapitel 24
Aus dem Lot

Als Dick Winterson am Morgen des Rennens erfuhr, dass seine Frau Louisa kommen wollte, tat er gar nichts. Er redete es ihr nicht aus und er rief Rosalind nicht an, um sie zu warnen. Die Aussicht, zwischen Al und Rosalind mit dem verdammten Hund zu sitzen, erfüllte ihn bereits mit Grauen, der Hund würde ihn anstarren und ihm auf jede mögliche Weise zu verstehen geben, dass er, sollte er nur sprechen lernen, Al alles sofort haarklein berichten würde. Dick empfand ein Grauen, das keine Steigerung mehr zuließ, nur noch diese umgekehrte Fernglas-Wahrnehmung, bei der alle Leute aus großer Entfernung in winzigen Fahrzeugen auf ihn zuzukommen schienen. Er stand am Eingangstor und lächelte. Er hörte, wie der Ansager Tom Durkin das fünfte Rennen ankündigte. Laurita startete im siebten Rennen, den Rokeby Stakes, einem Rennen für dreijährige Jungstuten, 1800 Meter auf der Grasbahn. Al, Rosalind und Eileen stiegen aus dem Mercedes. Der Wagen wurde weggefahren. Sie surrten auf ihn zu wie auf Rädern. Sie waren sehr klein, grell und scharf umrissen. Er begrüßte sie. Er sagte: »Haben Sie etwas dagegen, wenn wir noch einen Augenblick hier warten? Meine Frau Louisa kommt auch zum Rennen.«

»Wie nett«, sagte Rosalind auf der Stelle und lächelte.

»Ach ja?«, sagte Al. »Ist sie Pferderennfan?«

»Nein, eigentlich nicht. Ich glaube, sie ist seit Jahren nicht mehr in Aqueduct gewesen. Ab und zu kommt sie im Sommer nach Saratoga. Früher haben wir dort immer ein Haus gemietet, das uns sehr gefiel, aber soviel ich gehört habe, ist es jetzt verkauft worden. Ich weiß noch nicht genau, was ich diesen Sommer mache. Dieses Haus …«

»Wie geht's der Stute?«, sagte Al, denn er merkte auf Anhieb, wenn jemand Stuss redete. Aber er wartete Dicks Antwort nicht ab. »Diese Stute kann es nämlich in den Breeders' Cup schaffen. Ich habe es mir durch den Kopf gehen lassen. Wenn wir jetzt anfangen, es zu planen, sind wir vielleicht bereit, wenn es so weit ist.«

»Tja ...«, sagte Dick, aber da kam Louisa in ihrem Camry an, genauso grell und klein wie die anderen. Dick war so benommen, dass Als Worte in der grellen Luft um ihn herum einfach aufstiegen, ungehört und unbeachtet. Louisa hielt den Wagen vor dem Parkwächter an und blieb still sitzen.

»Was ist los?«, fragte Al. »Ist sie das?«

»Ja«, sagte Rosalind.

Die Wagentür ging auf, und Dick ging auf seine Frau zu. Sie blieb weiter sitzen, der Parkwächter stand vor ihr und sah sie erwartungsvoll an. Dann stieg sie mit einem plötzlichen Ruck aus und ließ ihre Tasche fallen. Der Parkwächter hob sie auf. Inzwischen war Dick angekommen und reichte dem Parkwächter eine Fünfdollarnote. Seine Hand langte hinüber in eine andere Welt, in die winzige, ferne Welt des Parkwächters. »Hallo!«, sagte er gut gelaunt. Louisa sah ihn an. Sie hatte angeboten, zum Rennen zu kommen. Sie wusste nicht, dass er mit Rosalind Maybrick ins Bett ging. Jetzt, da er sie betrogen hatte, sah er sie durch ein immer dornenreicheres Gestrüpp von Worten, die nicht ausgesprochen werden konnten, und seine Liebe zu ihr erfüllte ihn immer mehr, als wäre die Leitung zwischen ihnen nicht mehr kurz und breit und imstande, etliche Kubikmeter Liebe zu leiten, sondern lang, eng und teilweise verstopft. Was nicht von ihm zu ihr gelangen konnte, kam immer wieder zurückgeflutet und überschwemmte ihn.

Louisas Blick war voller Gequältheit und Bedauern, denn sie hatte einen Agoraphobieanfall und war trotzdem zur Rennbahn gekommen. Die Rennbahn war ein Albtraum für jeden, der an diesem Zustand litt. Es wimmelte hier von Menschen, die Anlage war riesig und lärmerfüllt. Wenn Louisa einen ihrer Anfälle hatte, musste man mit ihr umgehen wie mit einem gestörten Pferd. Man musste Selbstvertrauen ausströmen – ihre gesteigerte Wachsamkeit ließ sich immer von ihm oder von den anderen jeweiligen Begleitern leiten. Das lag außerhalb ihrer Kontrolle, es lag an elektrischen Energien oder Pheromon, es war keine Frage des Bewusstseins. Auf der Stelle und ohne sie zu berühren stellte Dick sich innerlich ganz darauf ein, in ihrer Anwesenheit vollkommene Ruhe auszustrahlen. Er hatte ein Bild von sich selbst als schützendes Gebäude, dreiseitig, klein, ohne Fenster. Sie konnte es betreten, wenn sie wollte, wenn sie es bemerkte. Aber sie musste es von sich aus tun. Man konnte auch kein Pferd in einen Transporter zerren, ohne zu riskieren, dass es stieg und sich den Kopf stieß. Manche Pferde waren an so etwas gestorben.

Er stellte Louisa, Al und Rosalind einander vor. »Wie nett, Sie kennen zu lernen«, sagte Rosalind.

»Gehen wir jetzt zu unseren Plätzen?«, sagte Al. »Holen Sie mir doch eine Rennzeitung, Dick. Ich sage Ihnen, ich mache keine Witze mit dieser Breeders'-Cup-Geschichte. Sie ist eine gute Stute, und ich will Ihnen sagen, ich bin lange genug im Geschäft. Wie lange … vielleicht elf Jahre. Wie viel Geld hab ich dafür ausgegeben? Rosalind, wie viel Geld habe ich auf diese verdammten Pferde verschwendet?«

»Ich weiß es nicht, Liebling.«

»Es ist jedenfalls ein Haufen gewesen. In diesem Jahr ist der Breeders' Cup in Churchill Downs. Wir müssen …«

Und dann lösten sich alle seine Worte wieder in Luft auf. Dick sah, wie er kläffte, aber er konnte kein Wort verstehen. »Verlassen Sie sich besser nicht darauf, Al«, sagte er. Kläff, kläff, kläff. Jetzt bellte er selbst, ohne dass man ein Wort verstehen konnte.

Aber er beobachtete Louisa. Später meinte er, das was dann geschah, habe ihm endgültig das Herz gebrochen. Zuerst einmal räusperte Louisa sich. Dann legte sie die Hand über den Mund, beugte den Kopf zurück und schloss die Augen, nur einen kurzen Augenblick lang. Dann ließ sie die Hand über den Hals gleiten, hielt unterhalb der Kehle kurz inne und fuhr dann weiter hinab, drückte sie schließlich auf die Brust, da, wo das Herz war, als wollte sie es dazu bringen, ruhiger zu schlagen. All das nahm vielleicht eine, höchstens zwei Sekunden in Anspruch, und vielleicht merkte sie nicht einmal, dass er sie ansah. Danach jedenfalls holte sie tief Luft und lächelte ihn, ihren Mann, an und sagte: »Komm, wir gehen.« Da lag sie vor ihm wie ein offenes Buch, die ganze Geschichte ihrer Unfähigkeit, dahin zu gehen, wo er sein Leben verbrachte, in einem riesigen, chaotischen Raum, wo sich nichts vorhersagen oder auch nur planen ließ und wo er sich seit vielen Jahren vollkommen wohl fühlte. Wie war das möglich, dass sie beide, jeder für sich, so zutiefst verschiedene Wege gegangen waren, dass sie es kaum noch über sich brachten, die Welt des anderen zu betreten? Betrat er ihre Welt öfter als sie die seine? Es war sicher schon Jahre her, seit er das letzte Mal an dem College gewesen war, wo sie unterrichtete, und er hatte auch kaum je ein Konzert besucht, denn er fand die Musik, die sie am liebsten mochte, nervtötend und kaum erträglich. Zu Hause, in ihrem vertrauten Terrain, in Wohnzimmer, Küche, Schlafzimmer, Arbeitszimmer, Esszimmer, lauter Zimmer, in denen sie in völliger Vertrautheit und scheinbarer Normalität leben konnte, wirkte er genau wie sie – anscheinend normal und anscheinend glücklich verheiratet. Aber er sah jetzt ein, dass er noch weniger Anteilnahme an ihrem Leben gezeigt hatte als sie an dem seinen, denn sie war ja immerhin nach Aqueduct gekommen. Wenn einer in einem kleinen Zimmer festsaß, Angst hatte, hinauszugehen, und Angst hatte, drinnen zu bleiben, dann war er das und nicht sie. Es war ein kleines Zimmer, das Rosalind Maybrick nach ihrem Gutdünken betrat und verließ, dachte Dick, und dabei war sie so frei, wie man nur sein konnte.

»Ich bin so weit«, sagte Louisa.

»Gut«, sagte Rosalind, und ihre Stimme klang nach wie ein Glockenschlag. Er folgte Louisa, während sie die Rituale befolgte, die es ihr möglich machten, sich zu bewegen, und er hätte sie so gerne am Ellbogen gefasst, aber er wagte es nicht. Man darf einen Menschen, der an Agoraphobie leidet, im akuten Zustand nie anfassen. Sie kamen zum Sattelplatz. Rosalind sah auf Eileen hinab und befahl ihr, sich zu setzen. Eileen setzte sich direkt hin, bums, als wollte sie angeben. Der Pfleger und der Hilfstrainer hatten die Stute schon fertig in ihrer Box, obwohl die Pferde für das sechste Rennen gerade erst herausgebracht wurden. »Da ist sie«, sagte Dick gut gelaunt. »Sehen Sie, Al, sie ist richtig aufgeblüht.« Rosalind wusste, was er damit meinte – dass das Pferd hart trainierte, aber bei hervorragender Gesundheit war, gut atmend und zufrieden, hundertprozentig, wie man beim Rennen sagte. Rosalind nahm Eileen auf den Arm, und zu viert betraten sie den Sattelplatz und gingen zu der Stute hinüber. Die beiden Männer traten dann zur Seite. Rosalind hörte Als hartnäckiges Genörgel: »Jetzt ist es

April. Wir müssen sie in eins von diesen tollen Rennen stecken. Ich sag Ihnen: polter polter, dröhn dröhn – der Breeders' Cup!«

Dicks Frau war zwar gut fünf Jahre jünger als Rosalind, aber sie gehörte zu den Frauen, an denen die Zeit nicht ohne Spuren vorübergeht, und diese Spuren waren nicht sehr schmeichelhaft. Ihr Gesicht war ein wenig aufgeschwemmt und ihr Haar ein wenig gescheckt, brünett und grau. Natürlich war sie eine Künstlerin, wie Rosalind wusste, und ihre Erscheinung war für sie zweitrangig. Das konnte Rosalind respektieren. Aber heute strahlte sie etwas aus, das Rosalind nicht ganz einordnen konnte. Eine Art Schmerz. Dass Rosalind nicht selbst Schmerz ausstrahlte, lag allein daran, dass ihre Tarnvorrichtungen voll funktionstüchtig waren und einem regelmäßigen Wartungsprogramm von Elizabeth Arden, Bliss, Isaac Mizrahi, Jil Sander und Giorgio Armani unterzogen wurden.

Mit dieser Frau, mit Louisa, war Dick also seit zwanzig Jahren verheiratet, doch zusammen waren sie noch länger. Rosalind hatte ihm behutsam das Geständnis entlockt, dass er kein gewohnheitsmäßiger Ehebrecher war, dass er all diese Jahre über zwar nicht hundertprozentig treu gewesen war, aber das, was er über Sex und Liebe wusste, in seiner Ehe und nicht außerhalb davon gelernt hatte. Rosalind, die bislang selbst überhaupt keine Ehebrecherin gewesen war, verstand von Erotik vielleicht weniger als von Perserteppichen, amerikanischen Chippendalemöbeln, amerikanischer Malerei des 19. Jahrhunderts oder chinesischem Porzellan, um vier Dinge zu nennen, mit denen sie mehr Erfahrung hatte als mit Sex und die ihr bis vor einiger Zeit auch lieber gewesen waren als Sex. Aber sie hatte ausgiebig Erfahrung darin, als Kundin zufrieden gestellt zu werden, und bei Dick war sie eine ausgesprochen zufriedene Kundin. Zumindest kurzfristig. In dem Augenblick unmittelbar nach ihrem Beischlaf war sie bis über beide Ohren zufrieden, aber wenn er sich von ihr abwandte, um einen Schluck zu trinken oder ins Badezimmer zu gehen oder sich die Nase zu putzen oder was auch immer, dann begann diese Zufriedenheit sich allmählich aufzulösen und hörte nicht damit auf, bis Rosalind schließlich, wenn er ging, egal wohin er gehen musste, meistens zur Rennbahn, oder wenn sie ging, einsam und von Sehnsucht gepeinigt war, was sie aber nie wagte, ihm zu verstehen zu geben.

Jetzt war die Stute gesattelt, und sie folgten dem Pfleger, dem Pferd, Dick und Al hinaus in den Führring. Der Jockey war inzwischen auch aufgetaucht und spazierte zwischen den beiden Männern daher, mit der typischen Forschheit schwatzte er auf sie ein. Rosalind hörte sich selbst mit Louisa reden – Sie haben sich ganz spontan entschieden herzukommen, Sie kommen nicht sehr oft, ja, Rennen sind auch nicht meine Spezialität … –, aber sie sah sie gar nicht richtig an, bis sie die Tribüne über dem Sattelplatz erreichten und sie hörte, wie Louisa heftig einatmete und dann einen Schrei ausstieß. Dick, der vor ihr stand, zuckte zusammen wie vom Schlag getroffen, und Rosalind merkte, wie sie aus ihrer Schale der Selbstversunkenheit hinaustrat und Dinge zur Kenntnis nahm. »Fehlt Ihnen etwas?«, sagte sie und setzte Eileen wieder hin.

Ein entsetzlich gequälter Ausdruck streifte über Louisas Gesicht, und sie griff nach Rosalinds Hand. »Halten Sie bitte nur meine Hand, bis die Startboxen aufgehen und die Pferde rauskommen.« Rosalind brachte ein beruhigendes Lächeln zustande, und so standen sie da, während die Pferde auf die Bahn kamen und sich auf den Weg zu den Startboxen machten. Louisa ließ Rosalinds Hand los, als sie zu ihrer Loge auf der Tribüne hinaufstiegen, und Dick blieb, immer noch im Gespräch mit Al, gerade so lange stehen, dass sie ihn einholen konnten. Al schwatzte natürlich immer noch von seinen Rechten und Privilegien als Rennpferdbesitzer. Rosalind übergab Louisa an Dick, und er lächelte sie an, voller Dankbarkeit, anders als er sie jemals zuvor angelächelt hatte. Rosalind erwartete, dass er den Arm um seine Frau legen und sie an sich drücken würde, aber das tat er nicht. Er ließ sie vorgehen und folgte ihr dann die Stufen hinauf und in die Loge. Sie setzte sich hin und schien sich zusammenzurollen, die Hände legte sie in den Schoß und die Füße streckte sie nach hinten unter den Sitz. Dick saß auf der einen Seite von ihr, auf der anderen Seite saß Rosalind mit Eileen auf dem Schoß. Eileen richtete sich auf, legte die Vorderpfoten auf das Geländer und spitzte die Ohren, als sei sie für das Rennen bereit. Al saß auf der anderen Seite von Dick. »Höchste Zeit, dass das Pferd wieder raus auf die Bahn kommt«, sagte er. »Es ist zwei Monate her, seit sie das letzte Mal gestartet ist.«

»Heute ist sie bereit«, sagte Dick. »Und wenn Sie wollen, dass sie zum

Breeders' Cup geht, müssen Sie zulassen, dass sie Reserven für später aufspart.« Er hörte sich ganz begeistert an, aber Rosalind wusste aus Gesprächen mit ihm, dass er besorgt war. Er verabscheute die Startmaschine. Eines war sicher: Seit dem Beginn ihrer Krankheit – denn so bezeichnete sie diese Affäre für sich – hatte sie mehr über Pferderennen gelernt als je zuvor. Wahrscheinlich zu viel. Jetzt wusste sie jedenfalls genug, um sich Sorgen zu machen, während sie in ihrem früheren Leben in seliger Ahnungslosigkeit über dieses ganze gesellschaftlich wertlose Unterfangen hinweggeglitten war.

Dick hob das Fernglas an die Augen, und Al tat dasselbe. Laurita rückte als Zweite in die Startbox. Sie war an siebter Stelle vom Startpfosten aus, in diesem Rennen war das eine gute Position. Das letzte Pferd sträubte sich beim Einrücken, und Dick hustete. Das war ein Zeichen von Unruhe. Erkannte Al das? Erkannte Louisa das? Vielleicht wusste allein Rosalind genug über das, was in Dick vorging, um dieses Husten zu verstehen. Dann waren alle Pferde eingerückt, die Glocke ging, und die Pferde waren draußen, strömten in einer geschlossenen Gruppe über das grüne Gras. Rosalind hatte kein Fernglas und konnte nicht erkennen, welches von den Pferden Laurita war, aber das machte nichts. Das Gewinnen überließ sie Al und Dick. Sie kümmerte sich nur um die Sicherheit. Sie schloss die Augen, fasste Eileen um die Schultern und ließ ihre Kräfte wirken. Ihr Gehör war gut. Sie hörte acht Pferde, zweiunddreißig Beine, alle heil und gesund. Das war etwas Neues für sie: Sie erkannte jetzt an den einzelnen, gleichmäßigen Schlägen der Pferdehufe auf die Oberfläche der Rennbahn, dass die Pferde in Sicherheit waren. Sie hätte sogar darüber erstaunt sein können, aber sie hatte »Rain Man« gesehen, deshalb wusste sie, dass die Fähigkeit, im Chaos Ordnung zu schaffen, bei Menschen mit einer nicht der Norm entsprechenden geistigen Veranlagung, zu denen sie ja jetzt gehörte, eine ziemlich verbreitete Eigenschaft war. Sie hörte, wie die Pferde um den zweiten Bogen kamen. Wenn man die Augen schloss, schien ein Rennen viel schneller abzulaufen, als wenn man zuschaute, und das empfand sie als sehr wohltuend.

Und dann fuhr Louisa von ihrem Sitz auf wie ein Geschoss, das die glatte Oberfläche des Meeres durchstößt, und rannte. Und Dick fuhr von seinem Sitz auf und rannte hinter ihr her, als zöge sie ihn an einem unsichtbaren Draht mit sich. Und Eileen gab einen einzigen Beller von sich. »Was ist denn mit denen los?«, sagte Al. »Das Rennen ist doch nicht mal vorbei.«

Rosalind dachte rechtzeitig daran, ihren Blick jetzt auf den Zieleinlauf zu richten, wo Laurita im gestreckten Galopp die Bemühungen einer anderen Stute abwehrte, die bis an ihre Schulter gelangt war, aber es nicht weiter schaffte und an der Ziellinie um eine Viertellänge zurückfiel. Sie sprangen auf und jubelten, und Rosalind rief aus: »Dieses Pferd arbeitet hart für dich, Al.«

»... Breeders' Cup. Aber wohin sind die beiden? Ich kann doch nicht allein zur Siegerehrung.«

»Al, ich glaube, bei den beiden stimmt etwas nicht.«

»Was stimmt nicht? Wieso soll etwas nicht stimmen? Wir haben gerade einen großen Preis gewonnen.«

»Adrenalin ist kein Allheilmittel, Al.«

»Was soll das heißen?«

Aber dann verschwand er selbst und überließ es ihr, allein und mit mehr Würde zur Rennbahn zu gehen. Kurz darauf sah sie ihn in einiger Entfernung. Er schüttelte erst dem Pfleger die Hand, dann dem Jockey. Dann umarmte er die Stute unbeholfen. Rosalind bahnte sich bedächtig einen Weg zu dem Pferd. Dick war nirgendwo zu sehen, das war etwas unangenehm, allerdings nicht unangenehmer als manche andere gesellschaftliche Situation, mit der Rosalind in der Vergangenheit zu tun gehabt hatte. Was sie hasste, war die Tatsache, dass sie auf seine Abwesenheit nicht vorbereitet war, denn das wäre notwendig gewesen, um damit umgehen zu können. Was auch immer mit Louisa los war, es konnte kaum quälender sein als das, was jetzt mit ihr vorging (ihr Ich versank unwiederbringlich und tödlich in ein Dunkel), mit dem einen Unterschied, dass sie daran gewöhnt war, ihre Tarnvorrichtungen einzusetzen, um die totale Katastrophe zu verhindern. Aber als sie für das Foto posierten, schrillten die Alarmglocken in ihrem Kopf so laut, dass sie meinte, jeder auf den Tribünen könnte es hören. »Was ist los mit dir?«, sagte Al. »Was ist heute bloß mit allen Leuten los? Ich versteh es nicht.«

Louisa Malone-Winterson war durchaus in der Lage zu verstehen, was mit ihr geschah – es ging jetzt so seit zehn Jahren, und sie hatte alle möglichen Therapien hinter sich. Sie war sogar durchaus in der Lage, es zu bedauern, zu entschuldigen und zu verzeihen, aber sie war nicht imstande, es abzulegen. Für sie war ein ausgewachsener Agoraphobieanfall immer so, als klopfte sie an einem Haus an, das sie zu kennen meinte, doch dann war es nicht so, dass sich die Tür öffnete, ein bekanntes Gesicht sie anlächelte und sie hereingebeten wurde, sondern sie sah sich in einen Windkanal gesogen, glatt, gesichtslos, heftig wogend, und ihr blieb nichts als ein dünner Faden Gewissheit, an den sie sich klammern konnte – sie musste unweigerlich durch diesen Windkanal hindurch, der Anfall würde vorübergehen, auf der anderen Seite würde sich eine Tür öffnen, sobald sie dort ankam. Diese Gewissheit war tröstlicher, wenn sie keinen Anfall hatte, aber sie hatte gelernt, sich auch während eines Anfalls daran zu klammern. Es war auch wahrscheinlich, dass ihr nichts zustoßen würde, wie sie wusste, obwohl eine entfernte Möglichkeit bestand, dass sie stürzen, in ein fahrendes Auto oder sogar vor eine Mauer laufen konnte. Ja, in ihrem Kopf hatte sie eine kleine, abgeschottete Kammer, von der aus sie ihr eigenes Verhalten durch ein kleines, geschütztes Fenster beobachten konnte.

Sie lief durch die Wetthalle und hinaus auf den Vorplatz der Rennbahn. Sie fand sich an der Stelle wieder, wo der Aufgang zur Untergrundbahn anstieg, das war kein guter Platz, ja es war sogar der schlechteste Platz, den sie sich aussuchen konnte, denn von hier aus hatte sie das Gefühl, dass das Dach des Vorplatzes auf sie zu- oder von ihr wegstürzte, als sei sie in einem Trichter, und hinter ihr türmte sich die Tribüne so riesig, dass sie es nicht wagte, in diese Richtung zu schauen. Jetzt war Dick bei ihr, er kippte auf sie zu und packte sie, obwohl sie zurückwich. Er fasste sie am Ellbogen und begann, sie wieder hineinzuziehen, durch die Drehtür und den Vorraum in die Halle unterhalb der Rolltreppen, und aus der sicheren kleinen Kammer in ihrem Kopf befahl sie sich, sich ihm nicht zu widersetzen, sondern ihm zu folgen. Er hatte sie bisher immer an einen sicheren Ort gebracht, deshalb sollte sie Vertrauen zu ihm haben, aber der Widerwille dagegen, angefasst zu werden, war so groß, dass sie mit dem Ge-

danken spielte, ihn zu beißen oder zu treten, so benahmen sich ja Pferde, und er hatte Pferde doch so gern. »Liebling, mach die Augen zu«, sagte er, »mach die Augen zu.« Er führte sie zu der Wand, die den Rolltreppen gegenüberlag.
Früher hatte sie das getan, vor langer Zeit, und versuchte sich daran zu erinnern, wie es ging. Aber Schrecken und Angst zwangen ihre Lider auf. Sie war ausgeliefert. Schließlich tat er das, was er tun musste, er legte ihr die Hand über die Augen und versperrte ihr den Blick auf alles ringsum. Dann ließ er sich auf die Bank sinken und zog sie auch hinunter, ohne den Arm von ihren Schultern und die Hand von ihren Augen zu nehmen. Es war brutal, und sie wollte weglaufen. Aber das war der springende Punkt bei einer Agoraphobie. Mitten in einem Anfall gab es kein Vor und kein Zurück. Die Unfähigkeit, weder das eine noch das andere zu tun, zwangen sie in ein Dilemma, das sich nicht lösen ließ, deshalb fing sie an zu schreien. Sie wusste, dass sie schrie, es war ziemlich eindeutig, und der Schrei hallte in dem verglasten Raum wider, aber sie konnte nicht aufhören. Und dann sagte Dick: »Louisa, du schadest deiner Stimme. Bitte tu dir das nicht an, Liebling.«
»Lass mich los.«
Er ließ sie los. Der Drang wegzulaufen verschwand sofort. Er hatte die Hand von ihren Augen genommen, und sie bedeckte sie jetzt mit ihrer eigenen Hand. Kurz darauf war sie in der Lage, tief Luft zu holen. Dann wurde ihr klar, was geschehen war, und die Erleichterung darüber, die Tür am Ende des Windkanals gefunden zu haben, verwandelte sich in Reue und Beschämung, und sie brach in Tränen aus. Er legte nicht den Arm um sie. Sie hatte ihm beigebracht, das nicht zu tun. Aber er blieb neben ihr sitzen, während sie weinte.

In der Regel verließ Al die Rennbahn, sobald sein eigenes Pferd gelaufen war. Er interessierte sich nicht besonders für die Pferde von anderen Männern, die er kannte. Er war bereits in einer Männergruppe, bei den Anonymen Alkoholikern, und das reichte ihm vollauf. Aber diesmal war er so verwirrt, dass er einfach hinter dem Pfleger und dem Pferd herstiefelte. Ehrlich gesagt wusste er nicht, was er tun sollte. Dick und seine Frau waren auf äußerst mysteriöse Weise verschwunden. Rosalind hatte gesagt, sie könnte es nicht mehr aushalten, und war mit dem verdammten Hund in den Wagen gestiegen. Als er mit einsteigen wollte, hatte sie gesagt: »Später, Al, wenn du nichts dagegen hast.« Natürlich hatte er etwas dagegen, aber wenn sie es nicht mehr aushalten konnte, dann verschonte er sie besser. Natürlich kam es nicht ganz unerwartet. Sie hatte zwar noch nie gesagt, dass sie es nicht mehr aushalten konnte, aber er wusste, dass sich manche Leute seit Jahren fragten, wie sie es mit ihm aushalten konnte. In seiner AA-Gruppe sagten die anderen es ihm sogar ins Gesicht: »Wie hält deine Frau es bloß mit dir aus?«

Nachdem die Stute vorschriftsmäßig nach dem Rennen gepinkelt hatte, um zu beweisen, dass ihr keiner irgendwelche illegalen Mittel eingetrichtert hatte, folgte er ihr in den Stall. Ein Typ namens Luciano wartete dort schon auf sie. Er stellte sich Al als Pferdemasseur vor. Das fand Al nun sofort sehr interessant, und er vergaß einen Augenblick lang, dass seine Frau es mit ihm nicht mehr aushalten konnte.

»Was zahle ich Ihnen dafür? Sie massieren das Pferd?«

»Dick zahlt mir fünfzig Dollar pro Massage. Und – ja.«

»So viel zahl ich meinem eigenen Masseur.«

»Nicht mehr?«

»Na ja, bei der Kur im letzten Sommer habe ich ein paar Massagen für neunzig bekommen. Nicht schlecht, muss ich sagen. Meiner Meinung nach. Aber wenn mein Typ mich behandelt hat, ist er schweißgebadet.«

»Hat Probleme, Sie loszulassen, was?«

»Wahrscheinlich.«

Luciano hatte angefangen, das Pferd zu behandeln, aber jetzt warf er einen professionellen Blick auf Al und sagte: »Mir sieht es danach aus, dass Sie ein wenig Chiropraktik brauchen. Massage hat ihre Grenzen. Wenn man aus dem Lot ist, läuft man herum und verfällt immer wieder in dieselbe Gangart. Muskeln halten die Knochen, das stimmt, aber die Knochen ziehen die Muskeln. Ich persönlich sehe es als einen dialektischen Prozess. These: Das Rückgrat ist verrenkt. Antithese: Die Muskeln arbeiten gegen das Rückgrat. Synthese: Kladderadatsch. Scheiße, das tut weh!« Al und Luciano lachten beide, und Al lehnte sich gegen die Tür der Box. Die Stute sah ihn einen Augenblick lang an, so wie sie es vor dem Rennen getan hatte. Dann reckte sie den Kopf vor und schloss die Augen. »Das gefällt ihr, was?«, sagte Al.

»Ihnen etwa nicht, wenn Sie massiert werden?«

»Ich weiß nicht. Glaub schon. Wahrscheinlich ja, wenn ich es regelmäßig machen lasse.«

Luciano war ein umgänglicher Typ, dachte Al, nicht so wie die meisten Typen, mit denen er seine Zeit verbrachte, und er machte es sich noch bequemer. »Damals, als diese Stute hier das Rennen in Florida gewonnen hat, da hatten wir eine große Feier. Ich hab einen Haufen hingeblättert für diese Party. Dabei war es nicht mal ein großes Rennen wie das hier.«

»Ich war auch da. Hervorragender Champagner. Vielen Dank.«

»Hm, ja. Meine Frau macht das alles. Wissen Sie ...« Aber dann schwieg er.

»Was?«

»Ich hab keine Ahnung, was hier los ist. Dick und seine Frau sind abgehauen, dann ist Rosalind abgehauen, und ich stehe jetzt hier. Der Stall ist leer. Es war ein großes Stakes-Rennen, und es ist, als wäre es allen egal.«

Luciano unterbrach die Massage, seine Hände lagen noch auf dem Pferd. Einen Augenblick lang spielte er mit dem Gedanken, Al zu sagen, dass Dick und Rosalind ein Verhältnis hatten, aber dann redete Al weiter. »Wahrscheinlich bin ich ein mürrischer Typ, und ich habe hinterher ziemlich über die Rechnung gemeckert, aber das soll nicht heißen, dass ich nicht gerne feiere. Wissen Sie« – er musterte Luciano und forschte nach Neidsymptomen, und als er keine feststellte, fuhr er fort: »Ich mache so viel Geld mit meinem Unternehmen, dass der Gewinn eines solchen Rennens kaum ins Gewicht fällt, das ist also nicht der Grund zu feiern. Und die Stute ist wahrscheinlich nur froh, wenn sie gut durchmassiert wird. Alles, was ich will, ist der Breeders' Cup, sonst nichts. Ich nominiere alle meine Fohlen. Kostet mich fünfhundert Dollar pro Kopf. Ist nicht gerade Taschengeld, wenn man es sich überlegt, aber ich hab nie ...«

»Es hört sich an, als wären Sie einsam.«

»Wer, ich?«

»Ja, Sie.«
»Einsam.«
»Ja, das würd ich sagen.«
»Hm. Dann sollte ich vielleicht meinen Paten anrufen.« Aber das wollte er nicht. Al rief Harold nur sehr ungern an, denn Harold würde ihm nur ein paar praktische Schritte nennen, die er jetzt unternehmen sollte und die irgendeine Form von Unterwerfung beinhalten würden. »Sagen Sie mal«, sagte er, »Dick und seine Frau sind rausgerannt. Ich hab das nicht verstanden. Er hat nicht mal gesehen, wie das Rennen ausging. Sie hat so einen kleinen Schrei ausgestoßen, als hätte sie sich wehgetan oder so.«
»Sie hat ein psychisches Problem. Er hat mir mal davon erzählt. Irgendetwas, das mit Angst zu tun hat.«
»Und Rosalind …« Als Gesicht verdüsterte sich. Bald würde er sich der Tatsache stellen müssen, dass sie es nicht mehr aushalten konnte. Und dabei war sie gut im Aushalten gewesen, ein echter Weltmeister. Er seufzte. Stille trat ein, nur unterbrochen von dem leisen Ächzen der Stute, der Luciano nach und nach die verhärteten Stellen in den Flanken löste. »Aber wissen Sie, ich verdiene einen Start im Breeders' Cup. Das ist eine gute Stute. Sie verdient einen Start im Breeders' Cup. Wissen Sie, dass ich schon seit elf Jahren im Geschäft bin? Und dauernd lese ich von diesen Typen, die vor drei oder vier Jahren angefangen haben, Pferde zu starten, und jetzt schon einen Derbysieger oder dergleichen haben. Wissen Sie was? Das Derby interessiert mich gar nicht. Darin bin ich anders. Aber der Breeders' Cup, der interessiert mich …« Zu guter Letzt fühlte er jetzt doch einen gewissen Zorn in sich aufsteigen.
Luciano warf einen Blick auf Al, dann auf die Stute, dann wieder auf Al. Schließlich sagte er: »Mögen Sie Gnocchi? Und vielleicht ein Glas Wein? Das ist mein letztes Pferd heute …«
Al, der seit bestimmt fünfundvierzig Jahren nicht mehr, ja vielleicht überhaupt noch nie eine Bekanntschaft mit einem Mann gehabt hatte, die nicht beiderseits von Verpflichtungen und Konkurrenzgefühlen bestimmt war, hielt endlich den Mund vom Breeders' Cup. Nach einem kurzen Schweigen, für das er selbst sogar dankbar war, sagte er: »Hm, ja, o. k. … Ja.«

Kapitel 25
Tripp Trapp

Tiffany saß mit ihrem neuen Trainer zusammen. Tiffany war dreimal beim Rennen gewesen, zweimal in Aqueduct und einmal im Belmont, um den Stall des Trainers zu besuchen. Belmont gefiel ihr besser. Sie hatte noch nie etwas gesehen, das grenzenloser Schönheit so nahe kam, wie sie fand. Lawrence hatte seine Kontakte genutzt, um Ho Ho einen Trainer zu besorgen, und hatte Dagoberto Gomez ausfindig gemacht. Dagoberto war ganz professionell. Sein Stall war tipptopp, seine Stallburschen alle Kubaner, mit einem glühend unbeirrbaren Blick sorgte er dafür, dass kein Pferdebesitzer aus der Reihe tanzte. Es gab eine Reihe von Dingen, die den Besitzern streng untersagt waren: Sie durften die Hände nicht über Taillenhöhe heben, die Pferde nicht füttern außer mit den von Dagoberto zur Verfügung gestellten Karotten, und auch das nur in Anwesenheit des Pflegers, keine unangemessenen Kleidungsstücke und Schuhe tragen, keine Kinder mit in den Stall bringen, kein Konditionsbuch haben und keine Vorschläge zu bevorstehenden Rennen machen, und sie durften nicht mit anderen Trainern oder Besitzern, die bei anderen Trainern waren, sprechen. Dafür durfte ein Besitzer Dagoberto jede erdenkliche Frage stellen – über Pferde, Kochrezepte, Musik, Politik, Literatur oder Gott, und Dagoberto hatte auf jede Frage eine überlegte und wohlformulierte Antwort parat. Ja, sagte Lawrence, Dagoberto war so kontrollbesessen, wie es nur ein Kubaner sein konnte, aber in einem Jahr bei Dagoberto würden Ho Ho und Tiffany vielleicht etwas lernen, was ihnen nirgendwo sonst beigebracht werden konnte.

Tiffany war nach Dagobertos Vorschrift gekleidet: Sie trug einen dezenten schwarzen Hosenanzug und schwarze Gucci-Trotteurs. Er mochte es nicht, wenn der weibliche Anhang seiner Besitzer glitzernde, rüschige oder pastellfarbene Kleidung trug, aber er hatte auch etwas dagegen, wenn sie Jeans anhatten. Die Rennbahn war eine Klassengesellschaft, sagte Dagoberto, und alle, Pferde wie Menschen, mussten Klasse zeigen. Ho Hos gesamtes Gefolge trug statt L. A.-Rapperkluft jetzt sportliche Jacketts und Oberhemden. Sie maulten, weil es wieder wie in der Schule war. Ja, dachte Tiffany. Jawohl. Die anderen hatten alle heute gebettelt, nicht auf die Rennbahn zu müssen, sogar Ho Ho, der ja der Besitzer des Pferdes sein würde, wenn sie sich eins anschaffen sollten, fand es irgendwie öde dort. Sie mochten alle fünfzehnminütige Viertelzeiten zum Beispiel, aber keine Sportveranstaltungen, die eineinhalb Minuten dauerten. Aber Tiffany brannte darauf herzukommen. Sie hatte den Moderator des Kentucky Derby im Radio aufgenommen. Sie hörte sich das Band ziemlich oft an. Die Worte, die er benutzte, und die Aufgeregtheit seiner Stimme machten sie froh. Sie hatte eine ganze Liste neuer Worte, die sie lautlos vor sich hin sang: Viertelmeile, hinter der Führung, Jährlinge, Fesseln, Sprunggelenk, Flanke, Kruppe, Widerrist, Router, Röhrenknochen, Hengstfohlen, Scheuklappen, Blesse und natürlich Jungstute. Das war das schönste Wort überhaupt, fand sie, Jungstute, ein Wort voll von natürlicher Sanftheit. Ihr war aufgefallen, dass Dagoberto dieses Wort immer mit einer gewissen Zuneigung aussprach, so hartherzig und hartgesotten er als Selfmademan auch war.

Dagoberto mochte Tiffany. Er saß mit ihr in seiner Loge, während die Pferde hinaus auf die Bahn kamen, und befragte sie dazu. »Nummer eins, mein Fräulein. Was gefällt Ihnen an ihr?«

»Sie hat einen schönen Kopf.«

»Ja, das stimmt.«

»Sie macht große Schritte.«

»Wie meinen Sie das?«

»Ja, es sieht so aus, als träten die Hinterfüße vor die Stelle, auf die die Vorderfüße treten.«

»Jetzt Nummer zwei.«

»Sie hat ein sehr rundes Hinterteil. Und sie glänzt.«

»Was gefällt Ihnen nicht an ihr?«

Tiffany überlegte. Das Pferd verfiel in einen natürlichen Trab, wurde wieder ins Schritttempo gebracht. »Irgendetwas stimmt nicht mit den Hinterbeinen. Sie sind zu grade oder so.«

»Nummer drei.«

»Sie sieht verschreckt aus. Ihr Kopf ist hochgereckt. Sie ist nass geschwitzt.«

»Nummer vier.«
»Sie ist rundum hübsch. Sie ist kleiner als die anderen, na ja, vielleicht nicht kleiner, aber zarter. Sie erinnert mich an eine Ballerina. Ich hab ein paar Mal Ballett im Fernsehen gesehen.«
»Jetzt Nummer fünf.«
»Sie sieht traurig aus.«
»Das finde ich auch. Nummer sechs.«
»Sie sieht langweilig aus. Ganz hübsch, aber nicht richtig hübsch. Sie sieht aus, als wollte sie den Rest ihres Lebens bei Wal Mart arbeiten. Mit ihr könnte ich mich nicht anfreunden.«
»Nummer sieben.«
»Sie sieht irgendwie gemein aus. Sie gefällt mir überhaupt nicht.«
»Nummer acht.«
»Sie sieht aus wie ein Baby, aber mir gefällt ihre Offenheit.«
»Ihre Offenheit?«
»Die anderen sehen aus, als, äh, als wären sie schon mit zu vielen Typen aus der Gegend gegangen und meinen, sie wüssten alles, aber sie ist noch neugierig.«
»Und jetzt die große Frage: Welche möchten Sie haben?«
»Von diesen da?«
»Ho Ho hat gesagt, ich sollte für Sie eine kaufen. Sie haben ja jetzt die Besitzerlizenz, deshalb habe ich einen Kauf angemeldet. Welche möchten Sie?«
Tiffany raschelte mit der Rennzeitung, aber Dagoberto legte die Hand darauf, bevor sie sie aufschlagen konnte. »Nein, chiquita, schauen Sie selbst hin, meine Liebe. Entscheiden Sie sich nach dem, was Sie sehen.«
Jetzt liefen sie im Kantergalopp. Tiffany ließ den Blick über das Feld schweifen und traf ihre Wahl. Die Langweilige, die Gemeine, die mit den geraden Hinterbeinen, die Ängstliche und die Traurige schied sie sofort aus. Nach kurzem Zögern schloss sie die Ballerina aus. Jetzt musste sie sich zwischen Nummer eins und Nummer acht entscheiden, zwischen großen Schritten und Offenheit. Tiffany fuhr sich mit der Zunge über die Lippen. »Man muss sich wohl immer entscheiden, nicht?«, sagte sie. »Entweder Offenheit oder große Schritte, beides zusammen geht nicht.«

»Nicht auf diesem Niveau. Auf diesem Niveau muss man sich entscheiden. Aber Entscheidungen sind etwas Gutes.«

Die Pferde rückten in die Startboxen ein. Tiffany sagte: »Nummer acht. Ich mag Nummer acht.« Die Tore der Startboxen gingen mit einem dröhnenden Knall auf.

»Bueno«, sagte Dagoberto. »Die hatte ich auch für Sie ausgesucht, denn sie hat noch nicht gelernt zu verlieren. Sie ist nicht die Schnellste oder die mit dem besten Körperbau oder dem besten Stammbaum, aber sie ist die, der ich am leichtesten etwas beibringen kann, deshalb habe ich sie gekauft.«

Tiffany sah ins Programm. »Tellmeenow.«

»So heißt sie.«

»Tellmeenow.«

Sie sahen sich das Rennen an. Nummer eins machte auf der Geraden schlapp. Die Gemeine lief an zweiter Stelle hinter der Ballerina. Tellmeenow nahm den Bogen zu weit, dann holte sie auf und machte der Gelangweilten den dritten Platz streitig.

»Sie hat nicht gewonnen«, sagte Tiffany.

»Das ist ihr dritter Start«, sagte Dagoberto. »Sie hat noch nicht gelernt zu laufen. Aber sie wollte schneller als das vierte Pferd sein, und das ist ihr gelungen. Kommen Sie, wir gehen und sehen uns unser neues Baby an.«

Tiffanys Herz schlug ihr bis zum Hals, als sie aufstanden und die Box verließen. Sie ging hinter ihm die Stufen hinunter, bis sie an eine Stelle kamen, wo sie den Ring für die Siegerehrung überblickten. Sie sahen kurz zu, wie die Siegerstute und ihr Anhang feierten, dann folgte sie Dagoberto von der Tribüne. In der Zwischenzeit hatte jemand ein rotes Schild an Tellmeenows Zügel gehängt. Das war für sie. Das war ihr rotes Schild. Tiffany ging hinter dem Pferd her, ohne zu zeigen, wie aufgeregt sie war, und betrachtete die beiden weißen Hinterläufe – die jetzt ihr gehörten –, den glänzenden, fließenden Schweif – der jetzt ihr gehörte – und die gedrungenen Flanken – die jetzt ihr gehörten. Dieses hintere Ende des Pferdes reichte ihr vorläufig vollkommen als Besitz aus, das und der Klang der Pferdehufe – die jetzt auch Tiffany gehörten – auf dem Beton. Dagoberto nickte und murmelte vor sich hin. »Gesund. Guter Bewegungsapparat.« Tiffany hörte nichts davon.

Das dunkle Fell der Stute schimmerte im Licht des späten Nachmittags. Schecke. Auch ein neues Wort. Die Stute wandte den Kopf nach links, dann nach rechts. Sie marschierte weiter. Sie war müde, dachte Tiffany. Jetzt gingen sie einen breiten Weg hinab, der auf ein umzäuntes Gebäude zuführte. Am Zaun hing ein Schild, darauf stand: Test-Stall. Sie gingen hinein, und Tiffany sah, wie einer von Dagobertos Pflegern mit einem Halfter auf die Stute zutrat. Der Pfleger, der sie geführt hatte, nahm ihr jetzt den Zügel ab – er zog ihr das Teil, das hinter den Ohren lag, über den Kopf und wartete einen Augenblick ab. Die Stute hielt kurz inne, dann öffnete sie den Mund und ließ die Metallstange, das Gebiss, los. Im nächsten Moment hatte sie das Halfter an. Dagoberto sagte zu Tiffany: »Also gut. Wollen Sie sie streicheln?« Tiffany streckte die Fingerspitzen aus und ließ sie den Hals der Stute hinuntergleiten, dann trat sie näher heran und berührte sie leicht über ihren herrlichen großen Augen. »So ist es richtig«, sagte Dagoberto. »So ist es richtig. Nicht direkt vor ihr stehen. Da hat sie einen blinden Fleck. Stehen Sie seitlich von ihr. Ja, so.« Tiffany machte eine hohle Hand, und die Stute legte ihre Nase hinein, schnaubte leise und kitzelte Tiffanys Handfläche mit den Haaren auf ihrem Maul. Ihr Atem war warm und sanft. Tiffany, die sich mit Schönheit auskannte, fand, dieses Pferd sei das schönste Geschöpf, das sie jemals gesehen hatte, und mindestens doppelt so schön wie eben, als sie noch einem anderen Besitzer gehörte. »Sie seufzen ja«, sagte Dagoberto.

»Das will ich meinen«, sagte Tiffany. »Das will ich wohl meinen.«

Jetzt wandte die Stute den Kopf und legte ihn langsam auf Tiffanys Schulter, dann schnaubte sie plötzlich durch die Nüstern aus. Tiffany wandte sich ihr zu, und die beiden, die Stute und das Mädchen, blickten einander lange in die Augen. Der Pfleger begegnete Dagobertos Blick und lächelte beglückt, dann schüttelte er den Kopf. Dagoberto schüttelte auch den Kopf und lächelte. Was sollte man da machen? Manchmal, sich selbst zum Trotz und wohl wissend, wie trügerisch der Schein sein kann, obwohl man alt war und sein ganzes Leben im Pferdegeschäft zugebracht hatte und so viel trügerischen Schein hatte fallen sehen, um die nackte und manchmal hässliche Wirklichkeit dahinter zu offenbaren, obwohl man eine Frau und Kinder hatte, die selbst schon ihre Kinder hatten, und man im tiefsten Innern wusste, dass Schönheit das Vergänglichste überhaupt auf der Welt ist, trotz alledem geschah es manchmal doch, dass die Schönheit eines Anblicks einem den Atem verschlug und das merkwürdige Gefühl gab, als spüre man einen Finger, der übers Rückgrat fuhr und im Nacken kitzelte, bis man dachte, wenn man nicht jeden Tag in aller Öffentlichkeit und von hartgesottenen Männern umgeben wäre, könnte man davor erschaudern.

Kapitel 26
Farm der Tiere

Ende April zog der Rennbetrieb von Südkalifornien immer von Santa Anita nach Hollywood Park um. Oliver befand sich zwar weiterhin in der Phase, nicht nach sichtbarem Fortschritt zu verlangen, aber er gestattete sich, um Gnade zu beten. Dann hatte er ein gutes Gefühl, kurzfristig jedenfalls, doch wenn er dann hinschaute, sah er immer noch keine Sieger. Natürlich hatten sie Pferde im Stall, die gesiegt hatten: Redhead (Halbschwester der wunderbaren Jungstuten Red Shift, Red Scare und Infrared, alle Töchter der großen Renn- und Zuchtstute Red Beans und Enkelinnen des großen Rennpferdes Red God), die zwei Millionen Dollar und alle möglichen großen Rennen gewonnen hatte, ging in perfekter Kondition ins Santa Anita Derby, fünf zu eins, die perfekte Quote in einem Starterfeld männlicher Pferde, lief allem Anschein nach in guter Form die Gegengerade hinab, als ihr Jockey sie parierte. »Ich dachte, sie hätte sich vertreten«, sagte der Jockey, und obwohl auf dem Videoband kein Anzeichen eines Fehltritts zu erkennen war, blieb er der festen Überzeugung, dass sich die Stute mit dem Hinterfuß den Vorderfuß aus dem Tritt geschlagen hatte und dass es deshalb das einzig Sichere gewesen war, sie zu parieren. Farley stimmte dem Jockey zu, aber auf der Rennbahn berieten sich etliche Wetter mit ihren bevorzugten Killern darüber, wie viel es kosten würde, diesen Jockey auf alle Ewigkeit in Pension zu schicken.

Und dann war da A Likely Prospect. A Likely Prospect war ein Zweijähriger, ein Sohn von Mr. Prospector persönlich und einer Secretariat-Stute, ein Stammbaum, wie er auf Erden nicht besser sein konnte. Er war so weit, dass er laufen konnte, war perfekt trainiert, wusste, wie er aus der Startbox springen musste, wusste, wie er mit anderen Pferden zu laufen hatte, wusste, wie er vom Geländer weg und darauf zu ziehen musste. Er wurde auf den ersten Start vorbereitet und galoppierte auf der Bahn. Die Arbeitsreiterin hatte gerade den Galopp beendet und trabte das Pferd aus, als ein anderer Zweijähriger seinen Reiter abwarf und blindlings A Likely Prospect rammte, der von dem Zusammenprall bewusstlos zu Boden stürzte. Die Arbeitsreiterin sprang auf und schrie: »Er ist tot, er ist tot!«, aber da hob das Pferd den Kopf, und Farley kam von der Tribüne angelaufen und Oliver direkt hinter ihm. Das Pferd rappelte sich auf, aber er humpelte und lahmte, wie sich herausstellte, hatte er ein Sesambeinchen gebrochen. Er musste nicht eingeschläfert werden. Er konnte am Leben bleiben, um vielleicht mit einer Karriere als Zuchthengst in die Fußstapfen seines eigenen Vaters zu treten. Aber im Rennstall war es aus für ihn.

Es gab noch andere Fälle. Das ganze Meeting in Santa Anita war voller Pannen und unglücklicher Zwischenfälle gewesen. Oliver nützte es wenig, dass Farley sie verarbeitete, indem er mit Berichten von noch unglückseligeren Zwischenfällen aufwartete, die aus seinem unerschöpflichen Geschichtenschatz stammten. Zum Beispiel Horatio Lukes Geschichte von Hialeah, in der das Pferd das Rennen gewann, aber durch das Geländer ins Innenfeld brach und in dem Teich dort ertrank, oder die Geschichte von einem Trainingsunfall: Ein Pferd hatte gerade seine Übungen gehabt und wurde jetzt zu einer Verschnaufpause mit dem Gesicht zum Geländer pariert, als zwei andere Pferde vorbeiliefen. Der Innenzügel des außen laufenden Pferdes riss, das Pferd scherte aus, in das stehende Pferd hinein, und die unaufhaltsame Kraft brachte das unbewegliche Objekt ums Leben. Und dann der schlimmste Unfall, den Farley jemals persönlich gesehen hatte: Ein gutes Pferd machte seine Geschwindigkeitsarbeit an der Innenseite und prallte frontal mit einem ausgebrochenen Pferd zusammen, das in die Gegenrichtung auch auf der Innenseite lief. Beide Pferde kamen um. Farley schöpfte so etwas wie Beruhigung aus diesen Geschichten mit ihrer Moral: »Es hätte noch schlimmer kommen können«, aber Oliver ängstigten sie, als sei die Rennbahn übersät mit toten und verunglückten Tieren, die er jeden Tag vorsichtig umschiffen musste.

Aber das Bedrückendste bei alledem war Buddy Crawfords Erfolg. Er hatte eine Gewinnstatistik von 30, und jeden Tag sah Oliver seine Pferde auf der Trainingsbahn, von den Verkaufspferden bis hin zu den großen Stakes-Pferden, und alle trainierten wie Ungeheuer. Crawford kaufte keins von Farleys Pferden mehr, aber das war ein sehr schwacher Trost.

Oliver sah die Sache so: Farleys Problem bestand darin, dass er nicht nach einem Weg suchte, sein sinkendes Glück zu wenden, sondern stattdessen dem Schwein zu viel Aufmerksamkeit schenkte.

Das Schwein war im Februar gekommen, ein Geschenk eines Farmers aus San Diego, zum Dank dafür, dass er Heu und Korn, das vom vorigen Sommer übrig geblieben war, umsonst bekommen hatte. Das Schwein war damals etwa einen Monat alt und wog rund zwanzig Pfund. Farley fand es niedlich – es war schwarzweiß, und Farley behauptete, es sei ein Polen-Chinaschwein – und setzte es in einen mit Maschendraht umzäunten Auslauf auf dem Hof. Dann kam eine Stute an, die nervlich ein Wrack war. Sie stampfte in ihrer Box umher, biss in ihr Stallhalfter, schlug aus, wenn andere Pferde vorbeigingen. Farley gab das Schwein zu ihr in die Box. Die Stute beruhigte sich sofort. Sie schnüffelte an dem Schwein, nuckelte an dem Schwein und scheuchte es hierhin und dorthin. Anfangs hatte das Schwein Angst vor dem Pferd. Aber bei der Nachmittagsfütterung entdeckte es, dass es unter dem Futtereimer der Stute nach Fressen angeln konnte, und dort hielt es das Maul in Bereitschaft. Nach drei Tagen entdeckte das Schwein die Vorzüge von Pferdemist, der von da an sein Hauptnahrungsmittel wurde. Der Pfleger der Stute und Farley fanden das beide äußerst befriedigend. Der Pfleger deshalb, weil er jetzt die Box nicht mehr säubern musste, denn ein großer Teil des Pferdemists ging jetzt in den Schweinemagen, wo er in eine wesentlich kleinere Menge Schweinekot verwandelt wurde, der sich leicht beseitigen ließ. Farley bezeichnete das als das Hongkong-Prinzip. In Hongkong, wo Farley mehrere Male auf der Rennbahn gewesen war, wurden am frühen

Abend Unmengen von Lebensmitteln in die teuren Restaurants geliefert, von wo aus sie kurz danach in immer noch ansehnlichen Mengen aus der Hintertür an die Küchen weniger teurer Restaurants weitergereicht wurden, und so ging es die Kette immer weiter hinab, bis wesentlich kleinere Mengen fünf Stunden und fünf Verarbeitungszyklen weiter in den Essensbuden am Wasser landeten. Farley stand herum und sah dem Schwein manchmal geschlagene zwanzig Minuten zu.

Und dann kam eine Krise. Farley ließ einen Zweijährigen in einem Ausgleichsrennen starten, für das der Junghengst noch nicht reif war. Er geriet im Führring ein wenig in Schweiß. Als der Jockey aufsaß, sagte Farley zu Oliver: »Er wird das Pferd streichen lassen, ich weiß es.« Sie gingen auf die Tribüne, um sich das Rennen anzuschauen, und Farley sagte nur noch einen Satz: »Das war mein Gewissen eben, das gesprochen hat. Dieses Pferd sollte nicht starten.« Das Pferd wurde Fünfter, keine schlechte Leistung, aber die Besitzer waren enttäuscht. Als sie wieder im Stall waren, sagte Farley: »Das mache ich nie wieder«, und dann ließ er eine Woche lang kein Pferd starten. Keiner im Stall begriff, was los war. Die Pferde arbeiteten und galoppierten, aber jedes Pferd, das auf der Nennliste für ein Rennen stand, wurde gestrichen. Das Gejammer auf den Besitzerrängen schwoll zu einem Tosen an, aber Farley hatte nur Augen für das Schwein. Das Schwein war nun beträchtlich größer als bei seiner Ankunft, und es folgte der Stute überallhin, immer in der Hoffnung, den fallenden Dung aufzuschnappen, was ihm auch meistens gelang. Die Box war makellos sauber, nur der Kopf des Schweins verdreckt. Der Pferdemist landete darauf, dann schüttelte es ihn ab und verschlang ihn. Sogar die Pfleger, die in der Regel den Überlebenskampf nüchterner betrachteten als andere, empfanden bei diesem Vorgang noch etwas mehr Ekel als Farley. Das musste man Farley lassen – Außergewöhnliches weckte in ihm weder Ekel noch Langeweile.

Am Freitag wies Farley Oliver an, das Pferd zu streichen, das sie für den Start genannt hatten, und flog nach San Francisco, um sich ein Theaterstück anzusehen. Es handelte von einem jungen Chinesen mit drei Frauen, der beschließt, zum Christentum überzutreten, um eine Ehe führen zu können, die auf Liebe und Partnerschaft beruht. Eine der Frauen bringt sich mit einer Überdosis Opium um, wie Farley am nächsten Tag Oliver erzählte, die zweite stirbt unter mysteriösen Umständen, und dem Mann bleibt nur noch die Frau, die er von Anfang an nicht hatte leiden können. »Was meinst du«, sagte Farley. »Hätte er übertreten sollen oder nicht?« Oliver hatte keine Ahnung, worauf diese Unterhaltung hinauslief. »Ich weiß nicht«, sagte Farley. »Aber ich glaube, das Stück will damit sagen, dass es im Leben nicht darum geht, ob man persönlich glücklich ist.«

Oliver hatte eindeutig das Gefühl, dass Farley seine Gedanken nicht zu weit in diese Richtung wandern lassen sollte. Und dann sagte Farley ihm, er sollte das einzige Pferd streichen, dass sie an diesem Tag hatten starten lassen wollen. Buddy Crawford gewann das zweite Rennen, das dritte Rennen und das neunte Rennen mit einem Pferd, das er von Farley gekauft hatte, als er ihm noch Pferde wegkaufte. Das Wetter war schön, die Bäume wiegten sich im Wind, die Pferde waren herrlich, der Nachmittag ging in Abenddämmer über, aber Oliver hatte plötzlich das Gefühl, dass er die Spielregeln nie wieder begreifen würde. Jedes Gesicht, in das er blickte, war eine leere Wand, die ihm nichts darüber verriet, wer er war, wo er war und was er tat.

Es war nicht gerade hilfreich, dass seine Freundin mit einer Gruppe anderer Reiseveranstalter in Großbritannien unterwegs war, wo sie all die Stätten begutachtete, die anscheinend von Außerirdischen errichtet worden waren. Die Reiseveranstalter wollten eine große 17-tägige Tour zusammenstellen, die zur Erholung vom Unfassbaren und Geheimnisvollen auch einen zweitägigen Shopping-Ausflug nach London mit Stationen bei Harrods und Fortnum and Mason und einem Musicalbesuch enthielt. Er holte sich eine Portion Schwertfisch-Tacos mit pico de gallo, Reis und Bohnen und aß sie allein in seiner Wohnung, dann stellte er seinen Wecker auf drei, damit er um fünf an der Rennbahn sein konnte, und als er das alles hinter sich hatte, merkte er, wie ihn der Gedanke an den Eisenwarenladen seines Vaters zu Hause in North Carolina fast mit Sehnsucht erfüllte. Dichtungsringe, Bolzen, Schrauben, Axtschäfte, Türschlösser, Hämmer, Werkzeuggurte, Kreissägen, Nägel, Splintbolzen, Türschlösser, Schlitzschraubenzieher, Handschleifer, Fräser und Baumsägen. Die geordnete, ruhevolle Betrachtung und anschließende Auswahl von Gegenständen, die sich nicht von selbst bewegen konnten, die keine eigene Motivation hatten und da blieben, wo man sie hinlegte – das hatte wirklich etwas für sich. In einer solchen Welt hatte persönliche Sorgfalt tatsächlich eine bleibende Wirkung. Man legte etwas weg oder hängte etwas auf, und eine Stunde oder ein Jahr später würde sich die Sache im Wesentlichen unverändert an derselben Stelle befinden. Bei einem Pferd fand man nie etwas unverändert vor. Das Beste, was man erhoffen konnte, waren minimale Veränderungen in vorhersehbarem Rahmen. Um drei Uhr morgens hatte er noch kein Auge zugetan. Er drückte auf den Weckknopf, bevor der Wecker losging, zog sich an und fuhr wieder zur Rennbahn.

Er war immer der Erste dort, und nur im Juni und Juli kam er nach Sonnenaufgang an. War es nicht irgendwie deprimierend, dass er seit fünf oder sechs Jahren keinen Sonnenaufgang versäumt hatte? War er wirklich ein Morgentyp? Er wusste es nicht. Pferde waren Morgentypen. Alle Pferde waren hellwach. Er ging an den Boxen entlang, nahm Bandagen ab und betastete Beine, merkte sich, welche Tiere etwas Hitze hatten und welche vom Knie bis zum Fuß hinten und vorne kalt wie Stahl waren. Es war ein Vergnügen, das musste er zugeben: die Beine eines Pferdes zu betasten, das am Vortag gearbeitet hatte oder galoppiert war, und an einen schmiedeeisernen Pfosten zu denken – fest und kalt und schmerzunempfindlich. In Farleys Stall waren mehr Pferde kalt als heiß. Und in Buddys Stall, ja, da waren mehr Pferde heiß als kalt. An manchen Tagen war jedes Pferd heiß. Er rief sich die Gewissensbisse ins Gedächtnis, an denen er jeden Tag in den vier Monaten seiner Anstellung bei Buddy gelitten hatte und an denen er jetzt nicht mehr litt. Aber eigentlich konnte er sich daran nicht mehr besonders gut erinnern, während ihm das Geld, das er verdiente, und die Gewinne noch bestens in Erinnerung waren.

Farley kam herein, als die zweite Gruppe bewegt wurde. Er erkundigte sich nach dem Befinden jedes einzelnen Pferdes, dann sagte er nur: »Nimm Duplicate Deputy aus dem dritten.«

»Aber er ist bereit«, sagte Oliver. »Er ist fit. Er ist gesund.«

»Es ist nicht das richtige Rennen für ihn.«

»Warum? Ich meine ...«

Farley schüttelte den Kopf, immer freundlich, immer ausgeglichen. »Nimm ihn raus.«

Oliver drehte sich auf dem Absatz um, ohne ein Wort zu sagen, und ging in Richtung Rennbüro.
Im Büro der Rennleitung erlaubte er sich etwas Illoyales. Zwei oder drei Leute waren dort, als er das Pferd streichen ließ, und er sorgte dafür, dass sie ihn hörten, und als sie ihn anschauten, verdrehte er die Augen und zuckte mit den Schultern. Dann sagte er: »Das Pferd ist bereit. Ich begreif es nicht.«
Er benahm sich, als wüsste er, was richtig sei, und Farley nicht. Und dann tat es ihm Leid, den ganzen Weg zum Stall über.
Farley saß in seinem Büro und telefonierte, die Jalousien waren heruntergelassen. Als die dritte Gruppe so weit war, dass sie zum Bewegen hinausgebracht werden konnte, kam Farley heraus und gab seine Anweisungen, dann folgte er den Pferden zur Bahn. Es war kein angenehmer Tag, sondern windig und kühl. Als sie die Tribüne betraten, klingelte Farleys Handy. Farley nahm den Anruf entgegen, und Oliver hörte, was Farley sagte: »Hallo, Bob ... Sie sind Rechtsanwältin? ... Ja, Ms. Hornsby ... Ja, ich weiß, dass Mr. Huxley der Geschäftsführer von Soma Features ist ... Für Mr. Huxley trainiere ich keine Pferde.«
Dann folgte eine Pause. Oliver wusste genau über Bob Huxley Bescheid. Er hatte herrlich gezüchtete Pferde, aber er war anspruchsvoll, um es milde auszudrücken. Farley sagte: »Jawohl, das tue ich. Mit Vergnügen.«
Als er das Handy wegsteckte, fragte Oliver vorsichtig: »Was war das Vergnügen?«
»Dass ich mich geweigert habe, Pferde von Huxley zu trainieren.«
»Er hat gute Pferde!«
Farley sah ihn belustigt an. »Also, als er aufgehört hatte, Drohungen auszustoßen, stellte er zu seiner Anwältin durch, die mir allein in diesem Anruf dreimal gedroht hat, mich zu verklagen.«
»Das meint sie nicht so. In Hollywood reden die immer in diesem Ton.«
Farley zuckte mit den Schultern. Oliver wusste, wenn er jetzt den Mund aufmachte, würde er den Rest seines Lebens damit zubringen, in Carthage Eisenwaren zu sortieren.
Nachdem alle Gruppen fertig waren, musste Oliver ins Büro. Farley hatte irgendwelche Blätter in der Hand und las. Er machte ein paar

Bemerkungen, nahm die Brille ab und sagte: »Wie geht's dem Schwein? Ich hab es so gern, dieses Schwein.«
Oliver gab keine Antwort.
»Oliver, weißt du, über was ich nachgedacht habe?«
»Was denn?« Er wusste, dass er ärgerlich klang.
»Also, es war vor ein paar Jahren, als die Stammstute und ich das Gestüt dichtgemacht hatten und unsere eigenen Wege gingen.«
Farley redete nie von seiner Scheidung, deshalb setzte Oliver sich auf und hörte zu.
»So etwa neun Monate nachdem ich ausgezogen war, stand ich eines Morgens auf, und mein erster Gedanke war: Warum vögelt mich niemand?«
Oliver war achtundzwanzig, und der Gedanke war ihm vertraut.
»Also, zu diesem Zeitpunkt damals war ich seit zwei Jahren in Therapie.«
»Tatsächlich?« Keiner auf der Rennbahn gab zu, in Psychotherapie zu sein.
»Klar. Und zwei-, dreimal pro Woche ging ich in eine Selbsthilfegruppe.«
»Wirklich?«
»Aber ja. Wir leben doch in Kalifornien, oder etwa nicht? Also, ich hatte mehrere Freundinnen, die ich gerne mochte, ein oder zwei sogar sehr gern. Ich wusste die Antwort auf meine Frage ganz genau. Das heißt, es gab eine ganze Reihe Antworten, teils allgemeiner, teils besonderer Art. Eine der Frauen hatte einen Freund. Die andere hatte eine Beziehung hinter sich, in der sie missbraucht worden war, und davon erholte sie sich gerade. Eine andere war sexuell sehr aktiv, und ich wollte mich nicht auf Probleme mit Geschlechtskrankheiten einlassen. Und ich hatte hart daran gearbeitet, die Geschichte meiner eigenen Sexualität zu verstehen, die nicht sehr hübsch war.«
»Ach ja? Zu wenig oder zu viel?«
Farley lachte laut, aber eine Antwort gab er nicht. »Ich wusste, warum ich nicht gevögelt wurde«, sagte er stattdessen. »Aber ich dachte: Wenn keine mit dir schlafen will, heißt das, dass dich niemand liebt, du bist nicht begehrenswert, denn jeder andere wird gevögelt. Die

eine hat einen Freund, die andere hat viele Freunde, und die Dritte hat bald einen Freund, und das wirst nicht du sein.«
Oliver räusperte sich. Er war eigentlich nicht mehr sauer. Farley war zu sonderbar, man konnte nicht lange sauer auf ihn sein.
»Sogar die Leute in meiner Selbsthilfegruppe wurden gevögelt. Das sollten sie eigentlich nicht, und bei den Treffen saßen sie herum und redeten davon, wie sie sich damit quälten und wie zwiespältig ihre Gefühle in Bezug auf die Vögelei waren, aber im tiefsten Innern schienen sie alle erleichtert zu sein, dass sie gevögelt wurden und ich nicht. Ich war das Beispiel, das Mieseste vom Miesesten, das, was am heftigsten zu verabscheuen war. Egal welche moralische Überlegenheit ich empfunden haben mag, nichts hätte mich damals davon überzeugen können, dass es nicht so war.«
»Mannomann.«
»Mein Therapeut vögelte. Jeder auf der Rennbahn vögelte. Marlise, meine Exfrau, vögelte anscheinend, denn sie ging dauernd zum Essen aus, und das war für sie immer eine Art Vorspiel gewesen.«
Oliver hüstelte.
»In erster Linie wollte ich lernen, mich selbst zu verstehen, und ich wollte aufhören, die Fehler zu machen, die ich mein Leben lang gemacht hatte. Ich wollte nicht, dass meine Vergangenheit meine Zukunft diktierte. Ich wollte einen Freiraum, ein Zeitfenster zwischen Vergangenheit und Zukunft, wo ich eine Zeit absitzen und etwas lernen konnte. Das war es, was ich mit ganzem Herzen und ganzer Seele wollte.«
Oliver merkte, wie er rot wurde. Von Herz und Seele sprach man auf der Rennbahn nur dann unbefangen, wenn es sich um die von Pferden handelte.
»Eine dieser Frauen zog mich sehr an, so sehr, dass ich ihr in meiner Lernbegierigkeit die absolute Wahrheit sagte, nämlich dass ich es nicht wagte, mit ihr zu schlafen, und sie glaubte mir, weil ich völlig ehrlich und offen und aufrichtig war. Aber auf einmal war es ganz egal, was gescheit oder weise oder wahr oder wirklich oder heilig war. Ich dachte, ich könnte keinen Schritt mehr gehen, wenn mich nicht jemand vögelte oder küsste oder nicht wenigstens eine Frau, vorzugsweise diese konkrete Frau, mich, Farley, als ganz konkreten Mann begehrte.«

»Was hast du gemacht?«
Farley beugte sich vor, ein ganz nüchterner Ausdruck lag auf seinem Gesicht, und Oliver konnte dem Blick nicht ausweichen. »Ich stand auf und zog mich an, um auf die Rennbahn zu fahren«, sagte er. »Ich stieg in mein Auto, und nach vielleicht zehn Minuten auf der Schnellstraße, in denen ich ununterbrochen an diese Frau dachte, fuhr ich meinen Wagen zu Schrott. Mitten auf der rechten Fahrbahn lag ein Reifen, und ich war so in Gedanken, dass ich gar nicht merkte, wie jeder andere Wagen auswich, ich fuhr gegen den Reifen, wurde aus der Bahn geworfen, prallte vor einen Brückenpfeiler, und mein Auto war Totalschaden. Ich hatte dieses Auto sehr gern.«
»Scheiße.«
»Ja, Oliver, das war Scheiße. Aber es war eine gute Lehre.«
»Dass man nicht ...«
»Dass ich nicht meinen sollte, dass ich wusste, was ich tat.«
»Redest du vom Gewinnen? Wenn du vom Gewinnen redest, verstehe ich die Geschichte nicht. Ich weiß nur eins, nämlich dass ich gewinnen will.«
»Ich gewinne auch gerne.«
»Bei jedem Sport muss der Wunsch zu gewinnen stärker sein als alles andere.«
»Ich glaube, hier ist es das Pferd, bei dem der Wunsch zu gewinnen stärker sein muss als alles andere. Die Menschen haben ein wenig Spielraum.«
»Tatsächlich? Ich weiß nicht, was los ist!«
»Ich auch nicht.«
»Welche Lehre können wir denn hier ziehen?«
»Das weiß ich noch nicht.«
»Warum machen wir das alles, wenn wir nicht gewinnen?«
»Ich weiß es nicht.«
»Nach all der Zeit weißt du es nicht?«
»Ich weiß immer weniger.«
»Aber deinem Ton nach zu schließen, scheint dich das nicht aufzuregen.«
»In diesem Augenblick gerade nicht.«
»Warum nicht?«

»Wenn wir in der Lage wären, zu verstehen, was geschieht, dann würde nicht besonders viel geschehen.«
Oliver lehnte sich in seinem Stuhl zurück und sah aus dem Fenster. Er überlegte, ob es an der Zeit war, sich eine andere Arbeit zu suchen. Auf der Rennbahn war es so: Wenn man nicht gewann, wurde erwartet, dass man sich irrationalen Verhaltensweisen verschrieb, bis man wieder anfing zu gewinnen. Flüche, Zorn, kleine Glücksbringerrituale, zumindest das Hofieren von Besitzern. »Was ist aus der Frau geworden?«, fragte er.
»Sie hat geheiratet. Sie hat jetzt ein kleines Kind. Sie war viel jünger als ich.«
»Was hat dir das Warten gebracht?«
»Na ja, sie hat ihr Kind Farley genannt.«
Oliver konnte darin keinen besonderen Trost erkennen, aber Farley lächelte vor sich hin, er lächelte sein glückseliges Farley-Lächeln.
Oliver stand auf und verließ das Büro. Er war nicht mehr ärgerlich. Was ihn beschäftigte, war nur die Frage, ob seine Verwirrung endgültig war. Als er an der Box vorbeikam, die die Stute mit dem Schwein teilte, sah er, dass die Stute gelassen ihr Alfalfa fraß, während das Schwein hinter ihr stand. Just in dem Augenblick, als Oliver ihnen einen Blick zuwarf, stellte das Schwein sich auf die Hinterbeine und biss die Stute in die linke Fessel. Sie hob den Schweif, stieß eine Ladung aus, das Schwein ließ sich auf die Vorderpfoten fallen und machte sich an die Arbeit.

MAI

Kapitel 27
Troisième Cours

Audrey Schmidt konnte nicht anders, sie dachte unwillkürlich, wenn sie mit ihrem Vater diesen Ausflug unternommen hätte, wäre es warm und die Sonne schiene. Ihr kam es vor, als hätte jedes Mal in all den Jahren, wenn ihr Vater mit ihr einen besonderen Ausflug unternahm – und alle ihre Ausflüge waren etwas Besonderes, denn sie mussten immer genau geplant und auf seine Pflichten in der Armee abgestimmt werden –, die Sonne geschienen. Auch wenn sie es nicht laut sagte, für sich war sie der Meinung, dass ihr Vater einen Vorrat an Sonnenschein mit sich führte. Heute schien die Sonne nicht. Es war so neblig, dass man das Château nicht sah und das Geländer auf der anderen Seite der Rennbahn kaum erkennen konnte. Audrey und ihre Mutter standen still da, Audrey hatte die Schulter an den Arm ihrer Mutter gelehnt. Sie beklagten sich nicht.

Audrey hielt ihren *mutuel*-Streifen in der Hand. Er war glatt und silbrig, etwas, was man leicht fallen lassen oder in der Tasche verlieren konnte. Ihre Mutter wettete nicht gern, aber sie tat Audrey jetzt jeden Gefallen, deshalb hatte sie hundert Francs auf eine Stute gewettet, die Audrey gefiel, ein Pferd namens Zania, von Linamix und aus einer Mutterstute von Darshaan. Audrey wusste nicht besonders viel über französische Pferde, und das störte sie, aber im Zweifelsfalle setzte sie immer auf einen Grauschimmel. Linamix' Nachkommen waren alle Grauschimmel. Das Pferd wurde von einer Frau namens Christiane Head trainiert, die berühmteste Trainerin in Frankreich. Audrey und ihre Mutter hatten zugesehen, wie Madame Head das Pferd sattelte. Sie tat alles auf eine Art, die Audrey an Frauen mochte: ruhig, unbeirrt und fließend. Audrey hatte sie angestarrt, so lange sie konnte.

Audrey hatte sich diesen Ausflug seit so langer Zeit und in solchen Einzelheiten ausgemalt, und jetzt war alles so anders, als sie es sich vorgestellt hatte, dass sie das Gefühl hatte, nicht sie selbst zu sein, sondern in einem anderen elfjährigen Mädchen zu stecken, das mit seiner Mutter das unternahm, was Audrey mit ihrem Vater machte. Sie meinte fast, sie könnte nach rechts oder links schauen und dann die wirkliche Audrey Schmidt mit dem wirklichen Richard Schmidt sehen, die in der Frühlingssonne standen und sich darüber unterhielten, wie die Pferde aussahen und wie sie laufen würden.

Aber der wirkliche Richard Schmidt war in Wirklichkeit tot, und Audrey befahl sich selbst, das Wort »tot« auszusprechen, um sich dazu zu zwingen, es zu glauben. Heute war es auf einen Tag zwei Wochen her, da war er wie jeden Morgen zur Arbeit gefahren, und dann war mittags sein vorgesetzter Offizier bei Audreys Mutter erschienen und hatte ihr mitgeteilt, ihr Mann habe an seinem Schreibtisch einen schweren Herzinfarkt erlitten und sei noch vor der Einlieferung ins Krankenhaus gestorben. Natürlich konnten alle beim Militär Herzmassage und Wiederbelebungsmethoden durchführen, aber Audreys Vater war wahrscheinlich schon tot gewesen, bevor sein Kopf auf den Schreibtisch sank. Zu diesem Zeitpunkt waren sie seit genau einem Monat in Frankreich. Für diesen Umzug hatte Audrey ihre Reitstunden aufgeben müssen und auch die Hoffnung auf ein eigenes Pferd. Dieser Ausflug jetzt hatte ein Trostpreis sein sollen.

Niemand konnte begreifen, wie es zu seinem Tod hatte kommen können. Seit seinem Eintritt in die Kadettenakademie von West Point war Oberst Richard Schmidt alle sechs Monate auf seine körperliche Gesundheit hin abgeklopft und abgetastet und untersucht und eingestellt und durchleuchtet worden. Jeden Montag, Mittwoch und Freitag lief Oberst Richard Schmidt fünf Kilometer und jeden Dienstag, Donnerstag und Sonntag sieben Kilometer. Sonntags hob er Gewichte. Er hatte braune Haare und eine kräftige Gesichtsfarbe, und keiner konnte sich erinnern, ihn jemals krank erlebt zu haben. In Audreys Anwesenheit sagte der Geistliche ihrer Mutter Florence immer wieder, manchmal sei für einen Menschen einfach die Zeit gekommen zu gehen. Florence nickte und Audrey auch. Die Zeit kam, und man musste gehen – theoretisch war das ein einleuchtendes Konzept, solange man nicht fragte, warum. Sobald der Geistliche weg war, hörte Florence auf zu nicken und schüttelte stattdessen den Kopf. Audrey sah, dass ihre Mutter vorläufig über das, was ihrem Vater und ihnen zugestoßen war, so ratlos war, dass sie nur so reagierte: Sie nickte eine Zeit lang, dann schüttelte sie eine Zeit lang den Kopf, dann nickte sie wieder. Florence hatte versucht, Audrey alles zu erklären und dem Ganzen einen Sinn abzugewinnen, aber es hatte nicht geklappt. Nach zwei Versuchen schließlich sagte sie: »Audrey, ich muss dich bitten, einfach zu warten, bis ich so weit bin. Ich denke sehr langsam im Moment. Ich kann offensichtlich nicht schneller. Aber alles wird wieder gut.«

Der sonnige Zweitagesausflug in herrlichem Frühlingswetter, den Audrey und ihr Vater hier hatten verbringen sollen, hatte sich in einen nebligen Zweitagesausflug in schneidender Kälte und Verlorenheit verwandelt. Nicht einmal der Besuch im Pferdemuseum, den sie am Vortag gemacht hatten, hatte ihre Stimmung gebessert. Wegen des Wetters waren außer Audrey und ihrer Mutter höchstens fünfundzwanzig Zuschauer bei der Pferdevorführung. Die Reiter kamen auf zwei Lusitanopferden, beides Grauschimmel. Sie trabten sehr elegant umher, dann mussten die Pferde ein paar Kunststücke vorführen, den Kopf beugen, sich setzen und legen. Als die Pferde danach wieder in den Stall gingen, waren sie tropfnass, und zwar nicht vom Schweiß, sondern von dem kalten Nebel. Sie taten Audrey Leid, weil sie aus ihrem warmen Stall hatten nach draußen kommen müssen. Die Ausstellungsstücke im Museum waren ganz hübsch, zum größten Teil waren es Gemälde. Der Rennstall war wie eine Burg, zu Hause hatte Audrey noch nie einen solchen Stall gesehen. Er war so aufwendig und solide gebaut, dass die Pferde darin wie Haustiere, wie Hunde oder Katzen wirkten und nicht wie Tiere, die im Freien leben.

Nach dem Pferdemuseum waren sie in ein Restaurant gegangen und hatten die Spezialitäten der Gegend probiert, die alle viel Sahne, Butter und Schinken enthielten. Danach waren sie ins Hotel zurückgekehrt. Den Rest des Abends versuchten sie mit Lesen herumzubekommen. Sie kannten keine Freunde in der Nähe. Der Nebel war dicht und unheimlich für ihre Mutter, die darin fahren musste. Um neun Uhr knipsten sie das Licht aus, und Audrey hörte ihre Mutter im Dunkeln weinen und wusste, dass sie selbst jetzt um keinen Preis weinen durfte, denn wenn in einem Zimmer alle weinten, wuchs die Traurigkeit zu groß und unerträglich an und würde ihnen den Rest geben. Audrey wachte früh auf. Sie lag im Bett und tat so, als schlafe sie. Die Stunden krochen dahin, bis sie endlich hörte, wie sich ihre Mutter im Bett umdrehte und sich aufsetzte. In einem Ton verwunderter Überzeugung sagte sie: »Wir gehen dann wohl zurück nach Maryland. Ich will auf keinen Fall wieder nach Texas.« Audrey gab keine Antwort. Dann standen sie auf, und das war eine Erleichterung.

Audreys Kopf arbeitete auch nicht besonders schnell. Sie hatte sich etwas vorgenommen, die Stimme ihres Vaters in ihrem Kopf zu hören. Daran arbeitete sie. Bis jetzt hatte es nicht geklappt. Das war der allerletzte Beweis dafür, dass er wirklich und wahrhaftig weg war. Solange sie denken konnte, war er sehr beschäftigt und oft verreist gewesen, aber sie hatte immer seine Stimme im Kopf gehabt, sie hörte, wie er ihr sagte, sie solle ihr Bett machen, ihrer Mutter helfen, an fröhliche Dinge denken, verantwortungsvoll handeln, an ihn denken, wenn er weg war. Seit ihrer frühesten Kindheit hatte er immer zu ihr gesagt: »Wenn du mich vermisst, brauchst du bloß an mich zu denken, und ich bin bei dir.« Sie wusste nicht, wie es funktionierte, aber sie hatte es gekonnt, und jetzt konnte sie es nicht mehr hören, deshalb fühlte sie nicht mehr, dass er bei ihr war. Das machte ihr Angst.

Der Nebel lichtete sich etwas, und die Pferde gingen an den Start. Solche Pferderennen hatten etwas sehr Unernstes an sich, fand Audrey. Die Traktoren und Maschinen und Menschenmengen und Gebäude und Lautsprecher und die weggeworfenen Wettscheine überall, die sie aus Amerika kannte, sah man hier nicht, vor allem heute nicht. Rennen konnten in Amerika sehr trostlos wirken, aber es war nie einsam. Hier in Frankreich sah es aus, als könnte es nie trostlos sein, dafür war der Rasen zu grün, aber heute war es sehr einsam. Audreys Mutter sagte: »Und jetzt?«

Audrey wusste nicht, was sie sagen sollte, denn sie wusste ja selbst nicht, was jetzt kam. Sie drückte ihre Schulter nur ein bisschen fester gegen den Arm ihrer Mutter, und ihre Mutter legte den Arm um Audrey. Dabei wurde Audrey klar, wie klein sie beide waren. In Paris versuchten wenigstens alle Armeeangehörigen, sie über den Tod ihres Vaters hinwegzutrösten.

Der Nebel lichtete sich ein wenig mehr. Jetzt konnte man das Pferdemuseum erkennen, ein dichteres Grau, das durch den Nebelschleier schimmerte. Der Rasen schien ein grünes Eigenlicht auszustrahlen, die Starttore gingen auf, und die Pferde schwärmten leise heraus, die Hufschläge gedämpft vom feuchten Wetter und dem Gras. Obwohl sie gewettet hatte, empfand Audrey kaum Spannung. Und wenige Minuten später senkte sich der Nebel über die Pferde und ließ sie von dieser Welt verschwinden. Es wurde erst ganz still, als die Pferde verschwanden, dann redeten alle ringsherum los. Auf Französisch. Konnte einer die Pferde sehen? Wo waren sie? Würden sie das Rennen unterbrechen? Audreys Mutter sah sie an, als wüsste sie die Antwort auf diese Fragen, aber Audrey zuckte mit den Schultern. Sie wusste, dass sie sich eigentlich um die Pferde Sorgen machen sollte – konnten sie irgendetwas sehen? Konnte sich jemand verletzen? Aber die Pferde waren weg – wie sollte man sich da Sorgen machen?
Die Leute wimmelten jetzt durcheinander und riefen laut auf Französisch, aber die Pferde tauchten nicht auf. Audrey warf einen Blick auf die Uhr, aber das half auch nicht weiter, denn sie hatte nicht auf die Uhr gesehen, als die Pferde verschwanden. Und dann senkte sich der Nebel auch über sie, und Audreys Mutter verschwand ebenfalls. Natürlich war sie noch da, Audrey spürte ihren Arm um ihre Schulter, aber sie konnte ihre Mutter nicht mehr sehen, ihr verhärmtes Gesicht, ihre Blässe, ihren Kummer, ihre Verwirrtheit. Eigentlich war es irgendwie erleichternd, so allein und doch so von allen umringt dazustehen. Zum ersten Mal seit zwei Wochen spürte sie so etwas wie Ruhe. Sie atmete tief durch die Nase ein und durch den Mund aus. Sie rieb den *mutuel*-Schein zwischen Daumen und Zeigefinger. Und dann kam ein Wind auf und wehte den Nebel zur Seite, auf die Tribüne zu, und da waren die Pferde – direkt vor ihnen galoppierten, rasten, wogten und rollten sie über das Gras, was das Zeug hielt, als wären ihre Augen Nebelscheinwerfer. Sie waren so nass, dass alle dunkel aussahen. Man konnte sie nicht auseinander halten. Und dann, bevor sie alle zusammengedrängt die Ziellinie überquert hatten, hüllte sie der Nebel wieder ein. Das Zielfoto zeigte nichts als Gräue. Am unteren Rand sah man ein paar Hufe, aber keine Nasen, keine Nummern, keine Jockeys.
»Also, so etwas Seltsames habe ich noch nie gesehen«, sagte Florence.

»Ich auch nicht«, sagte Audrey.
»Ich wünschte, dein Vater wäre hier und hätte das gesehen.«
»Ich auch«, sagte Audrey.
Sie seufzten.
Aber komischerweise fühlte Audrey sich etwas besser. Etwas Interessantes war geschehen. Im Gegensatz dazu war in den letzten zwei Wochen zwar alles neu, aber gleichzeitig auch auf eine düstere Weise öde gewesen.
»Möchtest du etwas essen, Herzchen?«, sagte Florence.
Audrey nickte. Florence nahm sie bei der Hand. Sie gingen ein paar Schritte, und Audrey sagte: »Papa könnte doch bei uns sein, oder nicht? Es scheint nicht so, aber er könnte doch da sein?«
Florence sah sie an, dann sagte sie: »Ja. Ja, er könnte hier sein. Es gibt viele Leute, die das sagen würden. Aber weißt du, ich bin mir darüber noch nicht so im Klaren.«
»Wir können ja sagen, dass er bei uns ist, und warten ab, was passiert.«
»Ja«, sagte Florence. »Genau das sollten wir tun.«

Kapitel 28
Spring- und Jagdpferd

Sobald Deirdre in die Cold Spring Road eingebogen war und zwischen den weißen Holzzäunen entlangfuhr, die zu beiden Seiten des Schotterwegs die Struktur des Geländes nachzeichneten, begann ihr Herz zu hämmern, und es hämmerte immer weiter und immer heftiger, als sie auf den Parkplatz neben dem Stall fuhr, in eine Lücke setzte, den Motor abstellte und aus der Windschutzscheibe sah. Sie hatte erwartet, dass sie irgendeine Reaktion zeigen würde, denn sie war seit sechs Jahren nicht an ihrem alten Stall gewesen, seit sie ihn endgültig an Ellen verkauft hatte. Sie hatte sich nicht bewusst fern gehalten, dachte sie. Jede Art von Umgang mit Pferden nahm einen mit Haut und Haaren in Besitz. Es gab Leute auf der Rennbahn, die überhaupt nie irgendwo anders hingingen. Sie gönnte sich gelegentlich ein Konzert oder ein gutes Essen, das machte sie eine Spur weniger einseitig als viele. Aber trotzdem.

Natürlich hatte sich einiges verändert. Ellen hatte eine Reithalle bauen lassen. Das hatte Deirdre immer gewollt, aber hatte es sich nicht leisten können. Der Stall war neu angestrichen. Die abgesetzten Einfassungen, die früher grün gewesen waren, waren jetzt schwarz. Die Weiden waren unterteilt, das hieß, dass man mehr Pferde auf weniger Raum draußen haben konnte. Deirdre fand die aufkeimende Missbilligung beruhigend, die sich bereits um die hämmernde Beklommenheit in ihrer Brust bemerkbar machte. Missbilligung darüber, wie andere ihren Betrieb führten und ihre Pferde behandelten, war das tägliche Brot im Geschäft mit Springpferden, und nach so vielen Jahren schmeckte es erstaunlich frisch. Sie öffnete die Autotür und stieg aus. Die Anzahl der Autos auf dem Parkplatz verriet ihr, dass einiges los war, aber erst als sie um die Ecke des langen Mittelstalls kam, sah sie es mit eigenen Augen.

Mindestens zehn Leute ritten dort, sechs auf der Hauptreitbahn und vier im Springbereich. Zwei weitere führten ihre Pferde zum Abkühlen auf dem Gras umher. Drei Lehrer, darunter auch Ellen, standen herum und starrten ihre Schützlinge in gespieltem oder echtem Entsetzen an. Als Deirdre die Reithalle betrat, hörte sie Ellen rufen: »Lorelei! Du sitzt auf einem Pferd, nicht auf einem Motorrad! Wenn du dich in die Kurve legst, ohne ihn auszubalancieren, stolpert er!«

Lorelei, die auf einem kleinen Braunen saß, nickte. Deirdre trat ans Geländer der Reitbahn und lehnte sich dagegen. Ohne sich umzusehen, rief Ellen: »Was kann ich für Sie tun?«

»Na, ich weiß nicht recht. Wie wär's mit einem Pferd zum Reiten?« Deirdre trug den irischen Tonfall dick auf.

»Deirdre! Endlich kommst du mal! Ich hatte schon die Hoffnung aufgegeben!«

»Ein bisschen spät, aber besser als zu früh.«

»Willst du wirklich reiten?«

»Das war bloß ein Witz.«

Ja, sie war richtig liebevoll, kam zum Zaun und umarmte Deirdre unaufgefordert und küsste sie auf beide Wangen, das war gar nicht so übel, denn es brachte ihren inneren Aufruhr etwas zur Ruhe. Sie gab ein Ächzen von sich, mit dem sie Ellens Grinsen quittierte, und sagte: »Als du angerufen hast, hab ich mir gedacht, ich komm besser mal vorbei und sehe nach, ob du die hübsche Stute zuschanden geritten hast, die ich dir im Winter geschickt habe.«

»Heiß wie ein Schießeisen ist die! Wir können sie nicht zuschanden reiten, weil sie sich gar nicht reiten lässt.«

»Kennst du diese Statistik, dass in jeder einzelnen Gruppe von Menschen sechzehn Prozent Idioten sind? Ich sag dir, sechzehn Prozent aller Pferde sind so nutzlos wie ein Loch im Kopp, und diese Stute gehört dazu, aber du wolltest sie ja haben.«

»Ich wollte sie haben, und du wolltest sie verkaufen! Wie geht's George?«

»Jeden Tag, den Gott werden lässt, hebt sich der Vorhang, und George betritt die Bühne und ist der Star der Veranstaltung. Es ist allmählich ein bisschen langweilig, wie alle strahlen, wenn sie den Burschen sehen. Du strahlst ja selbst, dabei müsstest du wirklich dagegen gefeit sein.«

»Keiner ist gegen George gefeit.«

»Er ist ein irischer Bursche, der sich in nichts von den anderen unterscheidet.«

»Ha! Aber er ist ein hoffnungsloser Fall, das weiß ich selbst, deshalb gehen wir besser und schauen uns die Pferde an.«

Sie traten in den dunklen, breiten Gang. Staub stieg in jedem goldenen Sonnenstrahl auf, der hineinfiel. Bei dem Klang von Ellens Stimme schob sich in jeder Box ein Pferdekopf über die Schranke, die Augen hellwach und die Ohren gespitzt. Gleich vorne, das musste The Jackal sein, Ellens Grand-Prix-Pferd. Deirde erkannte die weiße Raute an seiner linken Nüster. Deirdre hatte ihn als Zweijährigen eingeritten, das war vor zwölf Jahren, als Ellen gerade mit Springreiten anfing und Deirdre bereit war, jedes Pferd über jedes Hindernis bei jeder Geschwindigkeit und in jeder Klasse zu reiten. Sie trat auf ihn zu und legte ihm die hohle Hand unter das Kinn. Es war glatt, ohne ein einziges Barthaar. »Also, wie soll das arme Tier bloß sein Gras finden, wenn du ihn so glatt rasierst?«, sagte sie

Ellen lachte. »Ich hab noch nie bemerkt, dass er damit auch nur die allergeringsten Schwierigkeiten hat.«

»Aber wie soll er dann all die Elfen und Geister ringsum spüren?«

»Sieh dir den hier an, Deirdre. Den hab ich von Mike Huber in Texas. Er hatte ihn bis zur Fortgeschrittenen Klasse trainiert, aber sein Reiter konnte ihn beim Querfeldeinreiten nicht mal mit einer doppelt gedrehten Drahttrense halten. Er ist ein tolles Springpferd. Ich hab ihn grade so weit, dass er eine Knebeltrense annimmt, und es klappt. Er ist zwei Meter gesprungen. Ich will aus ihm ein Puissancepferd machen.«

»Da hör sich das mal einer an, meine Liebe. Was war das noch für ein Mädchen, das immer gerufen hat: Deirdre, nein, mach sie nicht höher! Ist das ein Meter? Mach es nicht höher!« Sie lächelte wieder.

»Hier ist die Stute.«

Geschniegelt und gestriegelt und gut genährt glitt die Stute, die Deirdre im Winter an Ellen verkauft hatte, aus der Box wie aus einem Handschuh, auf Zehenspitzen, mit geblähten Nüstern und gespitzten Ohren. Sie fegte mit wehendem Schweif in dem breiten Gang um sie herum. »Ich bringe sie in den Reitstall, und sie stellt sich vor den Spiegel«, sagte Ellen. »Dreht sich hierher und daher, posiert. Manchmal bringt sie fünfundvierzig Minuten damit zu. Es ist ein Vergnügen, ihr dabei zuzusehen.«

»Reitest du sie nicht?«

»Sie braucht noch etwas Zeit, um sich vom Leben auf der Rennbahn zu erholen.«

»Ach, was war sie für eine Prinzessin! Wählerisch mit dem Essen und wählerisch mit dem Boden und wählerisch mit der Gesellschaft. Tss, tss. Was für ein unnützes Viech! Am besten würde man sie erschießen. Und lass dich ja nicht verleiten, sie als Zuchtstute zu benutzen.«

»Das hast du gesagt.«

»Sie hat weder das Temperament noch den Stammbaum.«

»Ich weiß, aber sie ist ...«

»Schätzchen, du bist eine Pferdenärrin. Du hast keine Maßstäbe. Du liebst die Lahmen und die Fußkranken und die Launischen und vor allem die Blinden. Aber wenn du sie züchten willst, müssen sie auf irgendeine, allgemein anerkannte Weise nützlich sein. Darüber haben wir schon mal geredet.«

»Ich weiß, aber …«
»Versprich mir, dass du diese Stute nicht zur Züchtung benutzt, jedenfalls nicht, bevor sie eine Lebensaufgabe übernimmt und sich darin beweist.«
»Versprochen.«
»Na, dann ist ja alles gut.«
»Sie ist so hübsch …«
»Marilyn Monroe war auch hübsch, mein Schatz, aber sie war nicht dazu geschaffen, Mutter zu werden.«
»Na gut.«
Sie gingen hinaus und sahen noch eine Zeit lang den Reitstunden zu. Schließlich kam Ellen zur Sache. Sie sprach in diesem besorgten Tonfall, der Deirdre immer so ärgerlich machte. »George hat Martin von dem Unfall erzählt. Martin hat Hope davon erzählt, und Hope hat es mir erzählt.«
»Aha.« Wenn jemand diesen besorgten Ton anschlug, musste man selbst in einem besonders ironischen, kühlen Ton antworten.
»Hast du mit jemandem darüber geredet?«
»In welcher Hinsicht?«
»In jeder Hinsicht.«
»Ich habe den Besitzern erklärt, dass das Pferd eingeschläfert werden muss.«
»Sonst nichts?«
»Was gibt es sonst dazu zu sagen? Der Jockey hat sich eine Rippe gebrochen und war nur eine Woche raus.«
»Du musst mit jemandem darüber reden.«
»Meinst du vielleicht therapeutisch?«
»Ja, vielleicht. Vielleicht meine ich auch freundschaftlich.«
»Was gibt es da zu sagen?«
»Wie war es für dich gefühlsmäßig?«
»Das soll ich jetzt hier gleich vor dir ausbreiten?«
Ellen sah sie gelassen an und sagte: »Ja, das will ich.«
»Das kann ich nicht.«
»Warum nicht?«
»Du wirst mich da auch nicht zu bringen.«
»Du siehst nicht gut aus.«

»Ich sehe nie gut aus, mein Schatz. Ich sehe immer mürrisch und menschenfeindlich aus, weil ich immer mürrisch und menschenfeindlich bin, und die Sonne hat meine einst helle Haut in Leder verwandelt, und mein Rücken tut mir so weh, dass ich meinen Chiropraktiker zur Verzweiflung treibe.«

»Aber normalerweise siehst du nur ärgerlich und entschlossen aus. Jetzt siehst du …«

»Los, sag's schon, Schätzchen.«

»Du siehst gebrochen aus.«

»Vielleicht wenn ich die grauen Haaren überfärbe …«

»Erzähl mir, wie es war.«

»Das wirst du nicht wissen wollen.«

»Doch, das will ich.«

»Ich will es nicht erzählen.«

»Ich will aber, dass du es erzählst.«

Deirdre seufzte. Sie wurde mürbe.

»Ich mache uns mal einen Tee«, sagte Ellen.

»Ich glaube, ich gehe jetzt besser.«

»Nein, das wirst du nicht. Du trinkst jetzt mit mir eine Tasse Tee.«

Und das taten sie dann auch, und zwar in dem hübschen Sattelraum mit dem Zierrand rings um die Wandleiste mit Bildern von Jagdpferden und Jagdhunden, die über eine irische Phantasielandschaft galoppierten, und mit den Eichenschränken voller Trophäen und Medaillen. Ellen scheuchte die Corgis davon, und Deirdre setzte sich. Ellen reichte ihr eine Tasse Tee. »Ich hab nichts davon, wenn ich darüber rede«, sagte Deirdre kategorisch.

»Warum nicht?«

»Weil ich nicht möchte, dass es Macht und ein Eigenleben gewinnt.«

»Ich sehe dir doch an, dass es das schon hat. Und Martin hat gesagt …«

»Ach!«

»… dass du fünf Besitzern geraten hast, ihre Pferde woanders hinzugeben.«

»Das waren billige Pferde.«

»Ein Trainer lebt nicht nur von Siegern.«

»Billige Pferde bleiben schneller auf der Strecke.«

»Wovon willst du leben?«
»Das bekomme ich jeden Tag zu hören. Es sieht offenbar so aus, dass ich nichts habe, wovon ich leben kann, jedenfalls sagt mir das meine Buchhalterin.«
Ellen starrte in ihre Tasse, dann sagte sie: »Und was bedeutet dir das?«
»Deshalb hast du mich angerufen! Du hast mit George geredet, und jetzt sind meine finanziellen Aussichten allgemeiner Gesprächsgegenstand!« Sie wurde allmählich ärgerlich.
»Nein, das ist es nicht nur, nicht in erster Linie.«
»Meint George etwa, dass ich irgendwelche therapeutischen Gespräche brauche?«
»Ehrlich gesagt meint er, du solltest in die Kirche gehen und mit dem Pfarrer sprechen.« Sie machte eine Pause. »Wie wütend bist du wirklich? Ich kann es nicht genau einschätzen.«
Deirdre setzte ihre Tasse mit Nachdruck ab, aber dann sagte sie: »Ich weiß es selbst nicht.«
»Deirdre, ich bin damals mit dir ins Krankenhaus gefahren, als du das Rückgrat gebrochen hattest, ich hab draußen vor der Intensivstation gesessen und darauf gewartet, dass die Ärzte mir sagten, ob du dich jemals wieder würdest bewegen können.«
»Ja, das hast du, und ich habe mich dafür bei dir bedankt.«
»Nicht sehr herzlich.«
»In meinem nächsten Leben werde ich herzlicher.«
»Es ist mir egal, ob du herzlich bist oder nicht. Ich habe dich lieb, auch wenn wir uns kaum noch sehen. Du hast mir ein Leben ermöglicht, dieses Leben hier, und dafür sage ich jeden Tag aufs Neue Dank.«
Deirdre fand das sehr verblüffend. »Wem?«, fragte sie.
»Jedem, der gerade zuhört. Aber ich habe dich nicht nur aus Dankbarkeit lieb. Ich habe dich gern, weil du so bist, wie du bist. Du fehlst mir.«
Deirdre sah sie an. Was hatte es zu bedeuten, wenn Ellen sagte, dass sie sie lieb hatte? George hatte sie lieb, aber er musste ja, er war bei ihr angestellt und sie waren Verwandte. Sie und George hatten einander lieb wie die rechte und die linke Hand. Deshalb überraschte es sie, dass Ellen etwas zu ihr sagte, was noch niemand auf der Welt zu

ihr gesagt hatte. Sie sagte es einfach so. Im Laufe der Unterhaltung. Um ihre Überraschung zu überspielen, sagte sie: »Ich will dir mal sagen, welche Frage ich mir bei der Geschichte stelle.«
»Was denn?«
»Also, die Pferde bildeten eine geschlossene Gruppe. Es war ein großes Starterfeld, und ein paar blieben zurück, aber acht Pferde liefen in einer Traube, und das Pferd, das die Führung hatte, ging zu Boden, es knallte hin, quer über die Bahn. Das fällte die drei nächsten wie Kegel, aber die vier, die dann kamen, konnten ausweichen, und ihnen passierte nichts. Es war wie bei so einer Massenkarambolage auf der Autobahn, fünfzig oder hundert Autos donnern ineinander, bevor man überhaupt weiß, was los ist. Ich wache nachts auf, weil mich dieser Gedanke beschäftigt.«
»Wie meinst du das?«
»Wie hat es für sie ausgesehen? Wie haben sie es wahrgenommen?«
»Oder wie haben sie es empfunden?«
»Was?«
»Na ja, vielleicht haben sie etwas gesehen. Wir wissen ja eigentlich gar nicht, wie sie sehen. Aber vielleicht haben sie auch etwas gespürt, irgendeine Störung im Feld.«
»Was ist das denn?«
»Na, so etwas wie ein Magnetfeld, oder ein Energiefeld, oder ein Gravitationsfeld. Ein Stein in einem Bach.«
»Und die Pferde waren das Wasser, das drum herumgeflossen ist.«
»Fische, die drum herumgeschwommen sind. Sie sind anders als wir. Sie brauchen nicht zu wissen, dass sie etwas wissen, sie müssen es nur einfach wissen.«
Nach einer Weile sagte Deirdre: »Erinnerst du dich an das Springpferd, das ich mal eine Zeit lang hatte, Tinker?«
»So ein großer Schecke?«
»Also, das war das reizbarste Viech, das man sich denken kann. Bockte bei jeder Gelegenheit, bäumte sich am Gatter auf. Trotzdem habe ich ihn damals zum Penn-National-Turnier mitgenommen und, das werde ich nie vergessen, da gab es eine dreifache Kombination von drei Schritten aus einer Ecke direkt nach einem großen Oxer. Das Pferd musste sich strecken, dann wenden, sich dann zusammenkrüm-

men. Dann hörte ich, wie sein Huf an den Oxer schlug, nur ein kleines Klacken, und das lenkte mich beim Wenden ab, und ich drehte den Kopf, und dann kam diese Dreifachkombination. Einen Augenblick lang hatte ich sie ganz vergessen. Und dieser Tinker donnerte ganz allein durch diese Kombination: Wumm, kein Sprung, wumm, ein Sprung, wumm und raus. Er hat es einfach gemacht.«

»Das machen sie immer so. Die ganze Zeit geben sie uns alles bloß auf Kredit. So macht es ihnen Spaß, das weiß ich.«

»Was macht ihnen Spaß?«

»Es macht ihnen Spaß, was sie tun. Was wir von ihnen verlangen.«

»Wirklich? Das frage ich mich nämlich, wenn ich aufwache. Peitsche ich mit meiner sündigen Seele diese armen Viecher in einen frühen Tod? Sie sind nicht dazu gebaut, so weit so schnell zu laufen. Sie sind nicht dazu gebaut, in einem Stall zu leben, ohne Körperkontakt miteinander. Sie sind gewiss nicht dazu gebaut, über Hindernisse zu springen, mit sechs Monaten von der Mutter abgesetzt zu werden, geritten zu werden, Hafer zu fressen und Decken zu tragen. Ach was!«

»Nein, dazu sind sie nicht gebaut, aber ihr Bau kommt dem entgegen, und der Seele in diesem Bau macht es Spaß. Deirdre, sie haben gern etwas, über das sie nachdenken können. Sie haben gerne Probleme, die sie lösen können. Wenn wir ihnen keine aufgeben, beschaffen sie sich welche. Ich hatte mal diesen Appy-Wallach, weißt du noch, diesen kleinen Kerl, nicht viel größer als ein Pony. Er öffnete selbst die Tür seiner Box, dann ließ er alle Stuten raus und promenierte mit der ganzen Herde den Gang hinunter und durch den Stall, als wollte er all den anderen Wallachen zeigen, dass er der Chef war.«

»Ach ja.« Sie konnte nicht behaupten, dass es ihr besser ging, dachte Deirdre, aber schlechter ging es ihr auch nicht. Sie konnte behaupten, dass sie Ellens Freundschaft spürte, ein anstrengendes, aber angenehmes Gefühl, das ihr aus vergangenen Jahren wohlvertraut war. Sie war eine introvertierte Person. Warum das so war, erforschte sie lieber nicht zu eingehend. Es war bestimmt etwas Irisches, das ihr im Nacken saß, wohin sie auch ging, wie das mit irischen Dingen so ist. Sie seufzte.

»Ich wette, du könntest wieder reiten.«

»Guter Gott im Himmel, Mädchen!«

»Ich wette mit dir!«

»Ich wette, ich könnte mir mit einem Stock ins Auge stoßen, aber das heißt noch lange nicht, dass ich vorhabe, es zu tun!«

Ellen lachte, dann sagte sie: »Also, du änderst dich nie, meine Liebe. Du bringst mich immer zum Lachen.«

»Ich gehe jetzt.« Deirdre stand auf. »Lass diese Stute nicht decken, und wir bleiben Freunde.«

Ellen stand auch auf, und sie gingen hinaus aus der hübschen Sattelkammer in den Gang, der voller Pferde war und voller Ponys, die auf Bodenricks standen, und kleinen Mädchen, die sie hielten. Jedes einzelne Mädchen hatte diesen pferdeverliebten Blick, den seligen, schicksalhaften Blick eines Passagiers, der die *Titanic* besteigt.

Als sie an Deirdres Auto ankamen, öffnete Ellen den Schlag für sie. »Wir bleiben Freunde«, sagte sie.

»Na ja, ich überleg es mir mal«, sagte Deirdre. Aber es stimmte. Ellen war eine dieser Unerschütterlichen, die man nicht aus der Bahn werfen konnte.

Kapitel 29
Verdeckte Absichten

Nach Residuals zweitem Sieg, bei dem sie um zehn Längen vor einer Seattle-Slew-Stute, einer Gone-West-Stute, einer Storm-Cat-Stute und einer In-Excess (Irl.)-Stute durchs Ziel ging, stand es für alle, die mit ihr zu tun hatten, fest, was ihr Ziel sein sollte: Churchill Downs, Breeders' Cup, Jungstutenrennen, am 7. November 1998.

Ach ja, der Breeders' Cup. Buddy hatte immer etwa hundert Pferde im Training, und ein bestimmter Prozentsatz von ihnen bekam immer den Breeders' Cup zu sehen, zumindest von ferne. Aber Jesus, der sich als gerissener Bursche entpuppte, hatte jedem diesen Breeders'-Cup-Floh ins Ohr gesetzt. Fünfzigmal am Tag hörte er das Wort, von jedem, der auch nur das Geringste mit der Stute zu tun hatte, und das war ein echter Beweis, denn normalerweise waren Leute auf der

Rennbahn so abergläubisch, dass sie nie von ihren Plänen oder Erwartungen redeten. Dafür waren die Zeitungsleute da – um Hoffnungen zu wecken, die dann in letzter Minute zunichte gemacht werden konnten. Wenn sie einen nach den Plänen fragten, die man hatte, und man ihnen sagte, es handele sich hier ja um Pferde, da könnte man sich auf nichts verlassen, dann schrieben sie über die Bescheidenheit, die man an den Tag gelegt habe, als wäre es nicht die wichtigste Lebenslehre der Rennbahn überhaupt, dass man sich auf nichts verlassen könnte, und als hätten sie, die Zeitungsleute, nie irgendetwas begriffen. Ja, in der Tat, die Tricks, die Jesus auf Lager hatte, die machten Buddy sehr reizbar. Aber dann war er natürlich gezwungen, noch mehr Geduld aufzubringen, um seiner Reizbarkeit entgegenzuwirken oder sie zumindest zu kaschieren. Aber schließlich konnte er sich ja immer mit dem Wissen trösten, dass er etwas gelernt hatte, nämlich: Je glatter die Dinge liefen, desto vorsichtiger musste man sein. Wenn man in der Scheiße steckte, hatte man nur eine Wahl, nämlich aus der Scheiße rauszukommen. Wenn man wie die Made im Speck saß, hatte man dauernd etwas zur Auswahl, und für einen Mann wie ihn, einen Mann, der bis vor wenigen Monaten jeden Tag impulsiv gehandelt hatte, war Auswahl gefährlich.

Eines Abends, als er kniend sein übliches Gebet sprach, richtete er sich plötzlich auf und setzte sich auf sein Bett. Er sah aus dem Fenster, in Richtung Vollmond, denn in dieser Gegend vermutete er Jesus, und sagte: »Also, die Sache ist so. Ich hab gedacht, ich wäre erlöst. Das stand im Angebot. Ich sollte dich als meinen persönlichen Erlöser akzeptieren, und das war's. Und weißt du was – ich hab es sogar gespürt. Ich fühlte mich erlöst und alles, was dazugehört. Ich war glücklich. Aber jetzt merke ich die ganze Zeit, dass ich mich immer weiter erlösen lassen muss. Bin ich erlöst? Bin ich nicht erlöst? Was soll ich jetzt tun? Habe ich etwas falsch gemacht? Sollte ich reuevoll sein oder einfach weitermachen und ein besserer Mensch sein? Sprichst du zu mir? Sprichst du nicht zu mir? Bin ich ein guter Mensch? Bin ich ein Sünder? Immer noch ein Sünder? Weißt du was? Ich bin müde! Ich bin erst achtundfünfzig! Mein Vater ist sechsundachtzig, und sein Vater ist mit dreiundneunzig gestorben! Das sind noch dreißig Jahre! Der Gedanke macht mich ganz fertig.

Ich kann es nicht!« Und dann tat er etwas, was in der Regel nur ein Versager tat – er brach in Tränen aus.
Ihm nächsten Augenblick kam natürlich prompt seine Frau ins Zimmer. Buddy liebte seine Frau. Wahrscheinlich. Sie war ein netter Mensch, wie seine Mutter, aber nicht besonders interessant. Sie war all diesen undankbaren Kindern, die immer zu allem ihre Meinung äußern mussten, eine gute Mutter gewesen, so wie seine Mutter. Er hatte schon lange keinen Sex mehr mit seiner Frau gehabt, und er hatte auch mit anderen Frauen keinen Sex. Er hatte all diese Pferde, die er trainierte, all seine Ängste und dieses Faxgerät, das morgens um vier Uhr anfing, Berichte auszuspucken – wann sollte er da noch Sex haben? Seine Frau ging zum Wandschrank und öffnete die Tür. Sie tat so, als merkte sie nicht, dass er auch im Zimmer war. Sie streifte ihre Schuhe ab, dann bückte sie sich und stellte sie auf den Schuhständer. Sie öffnete den Reißverschluss ihres Kleides, schlüpfte hinaus und hängte es auf. Sie zog ihre Strumpfhose aus. Sie waren seit zweiunddreißig Jahren verheiratet. Das sah man ihr an. Sie streifte ihren Morgenmantel über, dann sagte sie: »Also, was ist los?«
Buddy merkte plötzlich, dass er aufgehört hatte zu weinen, während er sie beobachtete. »Ach nichts«, sagte er.
»Buddy, du weinst doch. Ich habe dich in all diesen Jahren nie weinen sehen. Was gibt's zu weinen?« Sie klang nicht besonders mitfühlend.
»Ehrlich gesagt glaube ich nicht mehr, dass ich erlöst bin.«
»Warum nicht?«
»Weil alles immer schwieriger wird anstatt leichter. Fühlst du dich erlöst?«
»Ich weiß nicht. Ich gehe gern in die Kirche. Die Leute dort zeigen irgendwie Interesse.«
»An was?«
»An mir.«
»Ach so.« Buddy spürte ein spontanes Desinteresse bei dieser Vorstellung und sah wieder aus dem Fenster.
»Warum bringt dich das zum Weinen?«, sagte sie. Ihre Stimme war jetzt sanfter, und sie legte ihm die Hand aufs Bein.
»Ich will dir mal was sagen. Als der Herr in mich fuhr, war das so ein gutes Gefühl, dachte ich. Ich dachte, ich könnte alles tun bei diesem

Gefühl, aber dann gab es so viel zu erledigen und zu bedenken, und ich kann mich gar nicht mehr richtig an dieses Gefühl erinnern.«

Seine Frau lächelte ihn an. »Erinnert dich das nicht an etwas?«

»Ja, an das erste Mal, als eins von meinen Pferden einen Preis gewonnen hat.«

»Sonst noch etwas?«

»Siehst du, das ist es ja gerade. Alles wird zu einer Prüfung.«

»Es tut mir Leid. Ich wollte nicht, dass es wie eine Prüfung aussah. Aber alles, was du gesagt hast, erinnert mich ans Verheiratetsein.«

»Wirklich?«

»Ja.«

»Daran hab ich noch nie gedacht.«

Sie sah ihn an, erst kühl, dann gefühlvoll, dann so, als wollte sie gleich loslachen. Schließlich sagte sie: »Buddy, manchmal frage ich mich, ob du je ein Gespür dafür gehabt hast, dass wir verheiratet sind.«

»Natürlich habe ich das. Wir haben doch dieses Haus hier, oder etwa nicht? Wir haben vier erwachsene Kinder, und wir fahren in Urlaub.«

»Wir haben schon lange keinen Urlaub mehr gemacht.«

»Du kommst auf die Rennbahn.«

»Ich bin auch schon lange nicht mehr auf der Rennbahn gewesen.«

»Wir gehen jeden Sonntag zusammen in die Kirche und ich bin auch auf ein paar von diesen Zusammenkünften gewesen.«

»Ja, mein Lieber, aber das heißt nicht, dass du wirklich ein Gefühl dafür hast, mit mir verheiratet zu sein.«

»Mit wem sonst sollte ich denn verheiratet sein?«

»Das meine ich ja. Ich glaube nicht, dass du ein Gefühl dafür hast, verheiratet zu sein.«

»Wir sind seit Jahren verheiratet. Wofür sonst sollte ich denn ein Gefühl haben?«

»Für irgendeine Vorstellung von Ehe, die nichts mit mir zu tun hat.«

»Willst du irgendetwas?«

»Meinst du damit, ob ich etwas von dir will, dass mir beweisen würde, dass du ein Gefühl dafür hast, dass du mit mir verheiratet bist?«

Buddy fand diesen Satz ziemlich verwirrend, deshalb sagte er: »Hm, ja.«

»Nein.«

»Was denn dann?«
»Ich will etwas von dir, das *dir* beweist, dass du ein Gefühl dafür hast, mit mir verheiratet zu sein.«
Jetzt war Buddy wirklich sehr verwirrt. Ihm kam es vor, als werfe sie lange Wortstränge nach ihm, und in dem Moment, in dem sie ihn erreichten, verdrehte sie diese Stränge so, dass sich die Bedeutung veränderte. Wahrscheinlich war es das Beste, wenn er ihr das ganze Knäuel wieder zurück in den Schoß warf. »Weshalb meinst du denn, du hättest ein Gefühl dafür, mit mir verheiratet zu sein?«, fragte er.
»Ich weiß nicht, ob ich das habe. Natürlich, ich weiß, wie es sich anfühlt, dich im Haus zu haben. Es ist, als lebte man mit einem Motor, der die ganze Zeit laut läuft. Rauf, runter, in dieses Zimmer, in jenes Zimmer, essen, vom Tisch aufspringen, dauernd fluchend, am Telefon brüllend, lachend, dauernd in irgendein Geschäft verwickelt. Du brauchst viel Platz und machst viel Lärm.« Sie sah ihn an, und er machte wohl ein komisches Gesicht, denn sie lächelte ein bisschen und sagte: »Buddy, du bist sehr lebhaft, und du bist immer ganz du selbst. Alles in dir spiegelt sich auf deinem Gesicht.«
Buddy dachte an seine Wut und seine Unehrlichkeit und seine Grausamkeit und seine Achtlosigkeit mit Tieren und Menschen, und er sagte: »Ich weiß.«
»Trotzdem liebe ich deine Energie«, sagte sie dann. »Das Leben hat dich nicht auf dieselbe Weise kleingekriegt wie mich. Du bist wie ein Gummiball, den man nicht länger als eine Sekunde unter Wasser halten kann.«
»Wirklich?«
»Ja. Egal was passiert, du kannst nie genug kriegen. Die meiste Zeit bemerkst du nicht einmal, was passiert. Du scheinst dir nichts zu Herzen zu nehmen.«
»Wirklich nicht?«
»Du bist sehr zuverlässig.«
»Wirklich?«
»Ja. Der Motor läuft immer weiter, scheint nie eine Reparatur oder Neueinstellung zu brauchen. Weißt du überhaupt, wie ungewöhnlich das ist?«
»Nein.«

»Na ja, Buddy, ich weiß, dass du nicht viel über dich nachdenkst. Deshalb ist es so schwer für dich, erlöst zu werden. Aber ich glaube, du machst es schon richtig.«

»Meinst du wirklich?«

»Jawohl.« Sie küsste ihn auf die Stirn, so wie seine Mutter es getan hätte. Es war ein wenig irritierend. Man heiratete eine Frau und ignorierte sie über dreißig Jahre lang, und dann stellte sich heraus, dass sie sich all diese Meinungen über einen gebildet hatte, und dann küsste sie einen wie die eigene Mutter, und das war ganz in Ordnung, ja, es war sogar gut so. Aber er fühlte sich immer noch ein wenig irritiert, deshalb sagte er: »Meinst du, ich könnte es schaffen, diese Stute in den Breeders' Cup zu kriegen?«

»Warum nicht?«, sagte sie.

»Es gibt zwei oder drei Kandidaten. Auch dieser Epic Steam. Das könnte mein bestes Jahr werden. Ich könnte wie Baffert oder Lukas werden«, sagte Buddy.

»Ach, Liebling ...«, begann sie, aber er unterbrach sie wie üblich. »Aber warum will ich das? Das kann ich nicht verstehen.«

Früh am nächsten Morgen stand Residual in ihrer Box, mit einer Leine an den Ringbolzen gebunden, und wurde gestriegelt und gesattelt. Sie war ein Geschöpf, in dem alle guten Dinge zusammenkamen. Der Anfang ihres Stammbaums war gut, wenn auch nicht von modischer Großartigkeit. Aber über die fünf Generationen, die beim Bloodstock Service nachgewiesen waren, war sie zufällig vielfach mit St. Simon, mit Stockwell und mit Pocahontas, der großen Stute des 19. Jahrhunderts, verwandt. Hinzu kam, dass Baba Yaya eine wunderbare Mutterstute gewesen war: aufmerksam und erfahren, liebevoll und fest, mit einer hohen Stellung in der Hierarchie der Stutenherde. Und alles, was die an Residual Beteiligten von ihr dachten, stimmte. Ihr Besitzer war großzügig mit dem Geld – für Vitamine und zusätzliche Nährstoffe, Massage und andere gute Dinge. Leon, den Buddy mit Vorliebe als den »idiotischen Hilfstrainer« bezeichnete, achtete besonders auf sie, sorgte dafür, dass ihre Beine jeden Tag ganz kalt waren, hatte jeden ihrer Schritte im Blick, sah immer wieder in der Box nach ihr, gab ihr Karotten und Äpfel. Sie schloss ihn ins Herz, sie wollte ihn zu ihrem ganz eigenen Menschen machen, und es gelang ihr. So glänzend rotbraun und seidig, mit so sanften, großen Augen, wer konnte ihr da widerstehen? Sie war dazu geschaffen, geliebt zu werden, so wie sie ihm das Kinn auf die Schulter legte und ihm in die Augen sah. Und sie passte sich wunderbar ihrer Arbeitsreiterin Deedee an, der unbeschwerten Weiblichkeit der Frau, ihrem leichten Gewicht und ihrer sanften Stimme. Sie gab sich ganz in die Hände der Reiterin, und es war eine Freude, sie zu reiten. Der Jockey ging auch gern mit ihr um. Die Stute hatte etwas ganz Einfaches beim Rennen gelernt: Jedes Mal, wenn sie ihre Kräfte zusammennahm, um dieses Extra an Energie aufzubringen, das sie brauchte, um durch eine Lücke zu ziehen und in Führung zu gehen, hatten St. Simon, Pocahontas und Stockwell das bereitgehalten, was sie brauchte. Anatomisch betrachtet war das eine höhere Sauerstoffversorgung des Blutes, das von ihrem großen Herzen in den Rest ihres Körpers floss und verhinderte, dass sich in ihren Muskeln Milchsäure sammelte, aber sie empfand diese Leichtigkeit als etwas Größeres, es war, als ströme ihr damit die Zuneigung und Anteilnahme, die sie selbst ausstrahlte, von allen Seiten wieder zu. Jeder konnte das sehen. Alle sagten dann zueinander, sie sei nicht zu streng mit sich selbst, aber was sie meinten, war, dass sie mit niemandem streng war. Und wenn ihr Bursche sie aus der Box führte, machte jeder lächelnd einen Schritt auf sie zu.

Aber das sollte nicht heißen, dass sie irgendwie vorhatte, für den Breeders' Cup aufgestellt zu werden.

Kapitel 30
Einfach eine Hornspalte

Wenn Justa Bob, der sich eine schmerzhafte Hornspalte in der rechten Vorderwand des Hufes zugezogen hatte, sein Leben Revue passieren ließ, fiel ihm nichts ein, was sich mit dem Ort, an dem er sich jetzt befand, oder den Menschen, bei denen er sich befand, vergleichen

ließ. Ein Zaun war zwar da, aber der war niedrig und bestand größtenteils aus vertikalen Latten. Er umgrenzte einen kleinen Bereich, auf dem kein Gras wuchs. Dafür gab es da ein Haus, in dem Menschen unterschiedlicher Größe ein und aus gingen, und es gab ein weiteres kleines Haus, in dem sich Hühner befanden, und eine Reihe merkwürdiger Gegenstände, zu denen die kleineren Hausbewohner jeden Tag liefen, um darauf herumzuklettern. In der Ecke, die Justa Bob hier zugewiesen war, befanden sich sein Wasser- und sein Futtereimer und sein Heuhaufen. Nur ein paar schmale Bretter trennten seinen Bereich von dem Rest des Anwesens. Es war vor allem seine Höflichkeit, die ihn veranlasste, in seiner Ecke zu bleiben. Jeden Tag kam ein sehr kleiner alter Mensch, der dem Anschein nach weiblichen Geschlechts war, zu ihm und gab ihm Futter und Wasser. Zweimal am Tag befestigte sie eine Stange an seinem Halfter und führte ihn behutsam durch die ganze Anlage, wobei sie die Kinder und Hühner wenn nötig aufscheuchte. Das war alles sehr anders als die Rennbahn und als das Gestüt, wo er zur Welt gekommen war, und als das Trainingszentrum, wo er ausgebildet worden war. Außer der Frau waren noch zwei Männer da, die sich um seinen Fuß kümmerten. Sie betasteten ihn, betrachteten ihn, nickten dem Fuß zu, lächelten ihn an, redeten mit ihm und stopften etwas hinein, das eine kurze Zeit lang lindernd wirkte. Justa Bob hatte das Gefühl, dass sie ihn nur als Anhängsel seines Fußes zur Kenntnis nahmen.
So merkwürdig es war, Justa Bob hatte an diesem Ort nichts auszusetzen. Das Futter war süß und nahrhaft, das Heu war reichlich, das Wasser war ganz gut und schmeckte nicht schal, und die alte Frau behandelte ihn immer freundlich und taktvoll. Sie hielt sich streng an einen Zeitplan, und aus Dankbarkeit dafür verzichtete er darauf, in den Wassereimer zu machen. Wenn die Kinder ihm um die Füße liefen, was manchmal vorkam, hielt er still, nur nach den Hühnern schlug er ab und zu aus.
Lin Jay Hwang, »der Pisser«, war erpicht darauf, den Wallach Justa Bob bald wieder nach Golden Gate zu bringen, aber es gab keinen Grund, seinem Trainer eine Tagesrate von fünfzig Dollar am Tag zu zahlen, wenn das Pferd nur in seiner Box stand. Bei einer Hornspalte konnte man nie wissen. Sie konnte auswachsen und verschwinden, sie

konnte aber auch bis ans Lebensende des Pferdes bleiben. Es gab verschiedene Behandlungsmethoden, alte und neue, aber es war immer eine langwierige Sache, wie das Auswachsen eines verletzten Fingernagels oder einer verschnittenen Frisur. Aber trotzdem konnte es gut gehen. Der Pisser, der eine Vorliebe für die Bestimmung von Gewinnchancen hatte, seit er 1983, frisch vom Schiff aus China, als Mathematikgenie und Exrotgardist Handicapper geworden war, versuchte oft zu definieren, welche Chancen eine Hornspalte oder eine Sehnenzerrung oder ein Kondylarbruch oder ein Chip im Knöchel hatte, aber zu viele Pferde hatten auf die eine oder andere Weise die Wahrscheinlichkeit widerlegt. Schließlich sah er ein, dass eine solche Chancenberechnung nur einer statistischen Menge überschaubarer Größe vorbehalten sein konnte, zum Beispiel den acht oder zehn Pferden in einem Rennen. Es würde immer ein Pferd geben, das unweigerlich die berechneten Chancen widerlegte.

Diesem Pferd namens Justa Bob, oder »Die Eisenpflaume«, wie seine Mutter ihn auf Chinesisch nannte, stand es auf die Stirn geschrieben, dass es ein solcher Widerleger war. Er sah nicht nach viel aus, bloß ein braunes Pferd war er, aber auch nach zweiundvierzig Starts, acht Siegen, sechs zweiten, vier dritten und einigen vierten Plätzen schien er sich durch die Erfahrungen kaum verändert zu haben – und kaum verändern zu können. »Gutes Pferd«, sagte seine Mutter in ihrer üblichen orakelhaften Manier. Der Pisser selbst war fünfundfünfzig, seine Mutter fast achtzig. Sie erkannte ein gutes Pferd auf den ersten Blick, und da sie selbst jeder Veränderung durch Erfahrung trotzte, erkannte sie ihre Verwandtschaft mit dem Tier. So gut hatte ihr seit Jahren keines der Pferde gefallen, die der Pisser in den Verkaufsrennen erwarb. Deshalb kümmerte sie sich auch persönlich um die Eisenpflaume. Der Pisser war sich ziemlich sicher, dass sie Kräuter in sein Futter mischte. Das war ihm auch recht. Dem Pisser war alles recht, was seine Mutter tat.

Den Pisser hatten die Erfahrungen des Lebens sehr verändert, obwohl er selbst schon seit seiner Schulzeit in einer kleinen Stadt in der Provinz Hupei als Pisser bekannt war. Diesen Namen hatte er sich erworben, als er es in den Pinkelwettbewerben in der Schule zweimal so weit schaffte wie die anderen Jungen. Als er nach Amerika kam, stellte er fest, dass »Pisser« als besonders krass, interessant oder unangenehm empfunden wurde. Das kam ihm gerade recht, deshalb übersetzte er seinen Namen und behielt ihn. Auf die Rennbahn, nach Golden Gate Fields und Bay Meadows war er geraten, weil er in seinem Beruf als Algebralehrer keine Arbeit finden konnte. Nach seinen Erfahrungen in der Kulturrevolution, als er mehrere Jahre auf Reisplantagen in der Provinz Guangschu verbracht hatte, hatte er nicht das geringste Bedürfnis nach weiterer körperlicher Arbeit und versuchte es deshalb mit Glücksspielen. Als Mathematiker zog er Variable dem reinen Zufall vor, deshalb zog es ihn eher zur Rennbahn als zu Lotterien oder Pokerstuben. Im ersten Jahr oder noch länger hatte er wahrscheinlich nie von seiner Rennzeitung auch nur aufgeblickt, um sich ein richtiges Pferd anzusehen, aber als er dann schließlich hinguckte, gefiel ihm das, was er sah. Außerdem sah er, dass man Pferde besitzen und in Rennen kaufen konnte, um dann das Spiel von beiden Seiten führen zu können, es war, als ob man Getreide anbaute und gleichzeitig auf dem Agrarmarkt agierte. Deshalb hatte er immer ein paar Pferde bei ein paar Trainern. Er war immer schon vormittags unterwegs und sah den Pferden bei der Arbeit zu, und er ging zu fast jedem Rennen. Seine Frau hatte sich mit all dem abgefunden, obwohl sie lieber mitten in San Francisco in einer chinesischen Gemeinde gelebt hätte als draußen in Pleasanton bei den Weißen, wo sie ein Pferd halten konnten, das sich von der Rennbahn erholen musste. Sie selbst hatte eine Arbeit, die ihr gut gefiel, sie verkaufte Modellkleider bei Saks, und ihre Kundinnen, die sie »Klienten« nannte, gaben oft mehr für ein Kleid aus, als der Pisser für ein Pferd bezahlte.

Die Mutter des Pissers hatte ein Leben hinter sich, von dem der Pisser zwar einiges mitbekommen hatte, das er sich aber in großen Teilen immer noch nicht richtig vorstellen konnte. Rhythmisch wie die Meeresbrandung waren Geschichte und Tod in Wogen über sie hinweggegangen. Am meisten faszinierte den Pisser an ihrer Biographie, dass sie sich selbst einen Namen gegeben hatte, weil sie als siebte Tochter ihren Eltern, Kleinbauern in der Provinz Fukien, keinen Namen wert war. Übersetzt bedeutete ihr Name »Runder Kiesel«, ein Name, der sich von allen anderen chinesischen Frauennamen, die er kannte, unterschied. Möglicherweise hatte sie noch nie ein Pferd gesehen, bevor der Pisser sein erstes Objekt heimbrachte. Damals war sie immer wieder im Kreis um das Tier herumgegangen, eine hübsche Stute namens Ladidah, die ihm drei Rennen gewann, bevor sie von jemandem in einem Verkaufsrennen weggekauft wurde. Seine Mutter war ein Meter vierzig groß, vielleicht auch nicht. Vielleicht mochte sie ihn, vielleicht auch nicht, vielleicht mochte sie seine Frau, vielleicht auch nicht, vielleicht mochte sie seine Kinder und die Enkelkinder, die zu Besuch kamen, vielleicht auch nicht. Seine Mutter hatte allem Anschein nach keine Wünsche und kein Begehren, keine Hoffnungen, keine Ängste, keine Krankheiten, keine Beschwerden, ja sie schien genau so zu sein, wie sie sich benannt hatte: ein runder Kiesel.

Was die Eisenpflaume an dem Runden Kiesel am meisten faszinierte, war ihr Duft. Er brachte seine Nase oft dicht an ihr Gesicht und schnüffelte ihren Geruch ein. Sie ließ es zu. Nach dem Gesicht schnüffelte er meistens weiter ihre Schulter entlang, oder über ihren Rücken oder ihre Brust hinab oder in ihrem Haar. Sie ließ es zu. Sie hob nie die Hand, um ihn zu berühren oder zu streicheln, sie sah ihn nie an und sprach nie mit ihm, aber sie stellte sich für Erkundungen zur Verfügung, und die Eisenpflaume erkundete. Sie war unendlich faszinierend für ihn. Wenn er an ihren Händen lecken oder auch wenn er sie in die Wange zwicken wollte, zeigte sie keine Reaktion, nicht einmal ein unterdrücktes Zusammenzucken, wie es jedes aufmerksame Pferd wahrnehmen konnte. Die Eisenpflaume erkannte, dass der Runde Kiesel absolute Ruhe war, ein freier Raum im Durcheinander des Hauses mit dem Hühnerhaus und dem Garten und den Werkzeugen und Geräten und Transportanhängern, dem Lärm und Geschnatter und den Wünschen und Frustrationen und Träumen und Enttäuschungen. Einen solchen Freiraum hatte er noch nie erlebt, deshalb schnüffelte und schnupperte er und stupste und suchte und stieß sie sanft mit seinem Kopf an und ließ seine Pferdeäpfel in einer Ecke seines Pferchs fallen, wo sie sie leicht aufheben konnte. Die Pferdepfleger auf der Rennbahn meinten wahrscheinlich, es liege nicht im Bereich der Möglichkeiten eines Pferdes, sich bewusst für so etwas zu entscheiden, aber der Runde Kiesel war natürlich mit keinem Pferdepfleger vergleichbar. Wenn sie ihn vorschriftsmäßig nach seinem Be-

wegungsplan herumführte, beobachtete er sie und sog ihren Geruch ein. Für ihn veränderte sich der gesamte Rhythmus des Lebens.
Die Mutter des Pissers war es auch, die dafür sorgte, dass bei ihrem Sohn das Gefühl der Überlegenheit, das die dialektische Erziehung ihm vermittelt hatte, nicht überhand nahm. Er ertappte sich oft dabei, dass er um sich schaute und die Amerikaner, die er kannte, ihre Torheit, Lautstärke und Sorglosigkeit verständnislos betrachtete. Dann kam es ihm so vor, als sei sogar ihre körperliche Größe ihre eigene Schuld, als wüssten sie nie, wann der rechte Moment gekommen sei, mit etwas aufzuhören, wozu auch das Wachsen gehörte. Und seine Kollegen, die Wetter, schienen noch weniger beherrscht als die meisten anderen, falls das überhaupt möglich war. Immer johlten, riefen und klagten sie. Wenn sie erfolgreich auf ein Pferd mit wenig Chancen tippten, meinten sie, das habe irgendeine besondere Bedeutung im Hinblick auf ihren persönlichen Ruhm. Wenn sie ein großes Rennen verloren, schrien sie, als hätte der Jockey oder gar das Pferd diese Niederlage gerade mit Absicht geplant. Selbst seine besten amerikanischen Freunde, diejenigen, die unerschütterliche Systeme hatten, die nie ein Pferd ansahen, die alle möglichen externen Faktoren in Betracht zogen, wie zum Beispiel die Stelle, wo das Innengeländer angebracht war, und Windrichtung und Geschwindigkeit, selbst diese Amerikaner wurden gelegentlich von der Vorstellung einer persönlichen Erlösung in Versuchung geführt – dass die Zahlen sie direkt anschauen und ihnen ihre Gnade zuteil werden lassen würden. Bei solchen Gelegenheiten merkte der Pisser, wie ihn nach und nach in jeder Faser Verachtung ergriff, und dann fuhr er nach Hause und betrachtete seine Familie und sein Haus und sein Leben, und er spürte, wie die Verachtung, die er für andere empfunden hatte, tausendfach verstärkt zurückschlug und über ihn hinwegbrandete. Und dann sah er seine Mutter an, die vor dem Pferd herschlich, und das Pferd, das sie mit gespitzten Ohren anstarrte, die Nase nur wenige Zoll von ihrem Nacken entfernt, und dieser Anblick erschien ihm als ein derartiges Rätsel, dass er zu dem Schluss kam, dass er gar nichts wusste, und er stieg hinab von den Höhen seiner Verachtung und ging ins Haus und trank ein Glas Wasser, und dann ging es ihm besser.

An dem Tag, an dem die Eisenpflaume wieder zum Training zurück nach Golden Gate Fields gebracht werden sollte, stand der Pisser noch früher auf als sonst, lange vor Tagesanbruch. Die Eisenpflaume schlief noch in seinem Pferch, die Knöchel entspannt, die Hufe gestreckt, seine Rippen hoben sich in regelmäßigem Wogen, seine Ohren hingen herunter. Der Pisser hatte den Anhänger schon an seinen alten Laster gekuppelt und die Bandagen bereitgelegt, als das Tier sich schließlich seufzend auf sein Brustbein rollte, dann einen trägen Fuß ausstreckte und sich aufrichtete. Der Pisser führte alles Notwendige in geordneter Ruhe aus, und nach kurzer Zeit schon stand das Pferd mit dem Futternetz ums Maul hinter der verriegelten Ladeklappe im Anhänger, und der Pisser war so weit, dass er aufbrechen konnte. Er nahm seine Kaffeetasse vom der Umzäunung der Koppel, ging um den Wagen herum und stieg ein. Als er die Tür öffnete, erkannte er im Licht der kleinen Türlampe seine Mutter auf dem Beifahrersitz. Der Pisser verriet nicht, wie verwundert er war – der Runde Kiesel war noch nie mit ihm zur Rennbahn gekommen –, sondern löste nur die Handbremse und fuhr auf die Straße hinaus. Er spürte, wie sich alles, was er völlig gewohnheitsmäßig von diesem Tag erwartet hatte, verflüchtigte. Er lächelte.

Wenn man seine Mutter immer an ein und derselben Stelle sah und sie tagein, tagaus denselben Verrichtungen nachging, dann hatte man keinen Anlass, viel über sie nachzudenken, aber wenn man sie draußen auf der Straße neben sich sitzen hatte, durch die vertraute heimatliche Wohngegend fuhr und dann auf die Schnellstraße, und wenn man sah, wie sie aus dem Fenster schaute, dann wirkte plötzlich alles, angefangen von der Fahrerkabine des Wagens über die Auffahrt zur Schnellstraße bis hin zu den vorbeifahrenden Lieferwagen, groß, schnell und außergewöhnlich. Manchmal wurde der Pisser, vor allem in seinen Träumen, daran erinnert, dass er selbst ganze Welten hatte hinter sich bringen müssen, um dahin zu gelangen, wo er jetzt war. Im Rückblick war es Furcht erregend, vor allem, wenn in ein und demselben Traum Gegenstände oder Personen aus verschiedenen Welten vorkamen. Der Pisser dachte manchmal an das alte topologische Vierfarbenproblem, demzufolge in einem zweidimensionalen Raum nur vier Flächen aneinander grenzen können, und dass ein Kartograph deshalb nur fünf Farben braucht, um eine Karte herzustellen. Deshalb war es nur in einem Albtraum möglich, dass sich Lehrer aus seiner Kindheit, der Tod seines Vaters während des Großen Sprungs, Prügel, die er einmal bezog, als er nach der Universität zur Zeit der Kulturrevolution aufs Land ging, der erste Mensch, dem er begegnete, der nach Amerika gegangen und zurückgekommen war (ein Kollege, der an derselben Schule wie er Mathematik unterrichtete), und seine Frau in einem schwarzen Kostüm und hochhackigen Schuhen vor einer Stange mit Kleidern wie Schlangen ineinander zu verknäueln schienen und einander auf ganz unmögliche Weise berührten. Er musste sich dann zwingen, aufzuwachen, und sich all die Schritte in Erinnerung rufen, die er in der Zwischenzeit gemacht hatte, und mit jedem Schritt die machbare und glaubwürdige Distanz zwischen den einzelnen Welten nachvollziehen. Und die Zeit kam ja auch noch ins Spiel. In seinen Träumen fielen Zeit und Raum zusammen, aber im Leben waren Zeit und Entfernung identisch. Das Gehen und Warten, der Zwang, langsam und bedächtig seinen Weg zurückzulegen, bewahrte einen vor diesem ganz eigenen Schrecken, in zwei oder drei Welten auf einmal zu sein.

Wie viel befremdender mussten die Dinge für seine Mutter sein, die da wie ein Zeichen, ein Schnörkel an die Tür gelehnt saß (er vergewisserte sich, dass die Tür verriegelt war), die Hand auf dem Armaturenbrett, den Blick auf die Straße geheftet, die Füße knapp über dem Boden unter dem Sitz baumelnd. Sie trug eine weite, olivgrüne Hose, ein weißes Hemd und Kinderturnschuhe; ihr Haar, grau, drahtig und dick, war im Nacken zu einem Knoten gerollt. Sie konnte nicht lesen. Sie hatte natürlich nie gelernt, Chinesisch zu lesen, und Englisch zu lernen war in ihrem Alter undenkbar gewesen. Er war nicht ganz sicher, wie viele Kinder sie zur Welt gebracht hatte. Er und seine Frau hatten ausgerechnet, dass es sieben waren, aber es mochten auch mehr gewesen sein. Früher hatte der Runde Kiesel eine Menge gesprochen, meistens waren es Anweisungen und Ermahnungen und nicht viel über sich selbst oder ihr Leben. Jetzt sagte sie seit Jahren nur noch sehr wenig. Es gab einen amerikanischen Ausdruck, an den sich allerdings kein amerikanisches Kind hielt: Kinder soll man sehen, aber nicht hören. Das traf auf seine Mutter in ihrer zweiten Kindheit zu, wie sie dies und jenes tat, den ganzen Tag über beschäftigt war, immer sichtbar, aber nie äußerte sie mehr als ein, zwei Worte, und die sagte sie immer auf Englisch.

Der Runde Kiesel ihrerseits wusste sehr wohl, dass ihr Sohn Hwang Lin sie immer noch als seine Mutter betrachtete, obwohl sie selbst schon vor Jahren dem Muttersein entwachsen war. Es war wie mit so vielen anderen Dingen, von denen sie eine Zeit lang gemeint hatte, das sei sie selbst, die sie aber dann hinter sich gelassen hatte – sie war die Tochter ihrer Eltern, die Schwester ihrer Brüder, die Frau des Mannes, an den ihre Eltern sie verkauft hatten, die Frau des Mannes, den sie sich ausgesucht hatte, nachdem der erste Mann angeblich in der Provinz Hunan von Dieben umgebracht worden war. Eine Mutter eine Mutter eine Mutter eine Mutter immer und immer wieder, eine Frau, die fegte, eine Frau, die kochte, eine Frau, die nachts Exkremente schleppte, eine Frau, die die Kinder anderer Frauen hütete, eine Frau, die im Krankenhaus die Betten machte und mit der Hand die blutigen Laken wusch, eine Frau, die Gärten bepflanzte und Hühner schlachtete und Schweine ausblutete und Wasser trug und abwartete, was man ihr sonst noch zu tun auftrug, eine Frau. All diese Dinge hatte sie wie Hülsen abgeworfen, eine nach der anderen. Jetzt nannte sie sich nur noch Runder Kiesel. Die Arbeit war getan, wenn sie sie hinter sich gebracht hatte, aber sie spürte nicht mehr, dass sie arbeitete, genauso wenig wie sie spürte, dass sie atmete. Es würde nicht mehr lange dauern, und sie würde auch diese letzte Hülse abstreifen. Manchmal dachte sie darüber nach, was sie dann entdecken würde, aber sie dachte eigentlich auch nicht mehr viel nach, denn es war völlig gleichgültig, über was man nachdachte, was man sich wünschte oder sogar was man bekam. Der Runde Kiesel wusste bereits, dass fast alles, was existierte, größer war als sie selbst. Sogar die meisten ihrer Urenkel waren größer als sie. Aber das war ja immer so gewesen. Ihre Mutter, ihr Vater, ihre Brüder und Schwestern, ihre Ehemänner, ihre Söhne und Töchter, Kriege, Revolutionen, Hungersnöte, Epidemien, die Summe, um die ihre Eltern sie verkauft hatten, die Arbeit, die ihr aufgetragen wurde, die Befehle, die man ihr gab, und jetzt diese Pferde. Alles. Aber ihre Empfindungen dazu hatten sich auch geändert.

Größe hatte ihr einst Angst gemacht, jetzt war das nicht mehr so. Jetzt, da sie über nichts mehr nachdachte, sich nichts mehr wünschte und nichts mehr darum gab, was sie bekam, trug die Größe aller Dinge außerhalb ihrer selbst sie sanft daher, die stete, tiefe Strömung eines breiten Flusses, der unter einem gnädigen Himmel durch ein breites Tal fließt. Sie war ja nur ein kleiner Kiesel, sie brauchte keine heftige Naturgewalt, die sie zu ihrem Bestimmungsort trug.

Sie blickte sich um und seufzte. Vor ihr, in der Windschutzscheibe des Lastwagens, ging die Sonne auf, und sie legte die Hand über die Augen. Als sie an einer roten Ampel stehen blieben, stampfte die Eisenpflaume ein wenig, und sie spürte, wie der Lastwagen unter ihr vibrierte. Hwang Lin sah sich um, aber der Runde Kiesel wusste, dass es nur das Pferd war, das seine Musik machte.

Der Pisser war froh, als sie an der Rennbahn ankamen, wo alles vertraut war. Nirgendwo war so viel los wie im Stallbereich einer Rennbahn um sieben Uhr morgens. Pferde blickten über die Türen ihrer Boxen. Andere Pferde kühlten an ihren Laufmaschinen ab. Wieder andere wurden auf die Bahn hinausgeritten oder standen dampfend im Sonnenlicht und ließen sich mit Schwamm und Striegel bearbeiten. Hier, auf der Rückseite der Rennbahn, sah kein Pferd hässlich aus. Alle hoben die Köpfe, drehten die Körper, schwangen die Schweife, schüttelten die Mähnen in unzähligen anmutigen Bewegungen. Der Pisser hatte im Laufe der Jahre viele Pferde gesehen, Pferde jeder Rasse und jeden Alters. Pferde waren generell etwas Gutes, fand er. Aber Vollblüter, fand er, waren generell mehr als nur etwas Gutes. Schönheit strömte durch ihre Körper wie eine stete Meeresbrise, manchmal, wenn er in der Stimmung dazu war, hatte er den Eindruck, als ströme sie von einem zum anderen Pferd in einem Energieaustausch, der sie alle miteinander verband, und alle zu ihnen gehörigen Menschen auch, dann wurden die genetischen Bande zwischen den Tieren fast für das bloße Auge erkennbar als ein Stromkreis, ein einziger Stromkreis, der sich überall wiederholte, wohin man den Blick auch wandte. Das waren gute Tage. Aber die Fahrt mit seiner Mutter hatte ihn heute mit Wehmut erfüllt, sie hatte ihm bewusst gemacht, wie wenig er für sie tun konnte. Wenn sie etwas wollte, würde er es ihr sofort geben, aber es nützte nichts, sie zu fragen. Sie wollte nie etwas. Er war

zu spät gekommen, um ihr etwas zu geben, und das gab ihm jetzt ein Gefühl der Nutzlosigkeit. Er fuhr den Anhänger vorsichtig zum Stall C, wo sein Trainer schon bereitstand, um mit der dritten Gruppe hinauszureiten. Aber das machte nichts. Der Pisser wusste, was er zu tun hatte, in der Box war bereits ein tiefes Lager aus gelbem Stroh aufgeschüttet. Der Heubeutel des Pferdes hing neben der Tür.
Die Pferde gingen zur Übung, und der Pisser stieg aus seinem Lastwagen. Er schloss die Tür behutsam und ging zur Tür des Anhängers. Er öffnete die Seitentür und band den Wallach los, dann ging er zum hinteren Ende des Wagens und klappte die Laderampe hinunter. Die Eisenpflaume stand ganz still da, bis der Pisser sagte: »Brav, mein Junge.« Dann machte die Eisenpflaume vorsichtig einen paar Schritte rückwärts, die Hufe tasteten sich über die Rampe. Der Pisser griff nach der Halfterleine, aber da war seine Mutter schneller als er, ihre Hand schöpfte sie behutsam aus der seinen. Das Pferd sah sich um.

Da war er wieder, Justa Bob, einfach ein Rennpferd. Justa Bob blähte die Nüstern und sog schnaubend die vertrauten Gerüche ein. Jawohl. Er ließ die Ohren kreisen wie Satellitenschüsseln. Wandte den Kopf hierhin und dorthin, um mit seinen großen Augen den Schauplatz zu betrachten, für den er geboren war. Die Haut über seinen Muskeln bebte, wie wenn sich Fliegen darauf setzten, aber das lag nicht nur an der Aufregung. Er hatte lange kein anderes Pferd gesehen, jetzt war er wieder unter Pferden, und Signale flogen kreuz und quer in alle Richtungen. Er wieherte einen lauten Gruß, sofort wieherten andere Pferde zurück: hallo, hallo, hallo, ich bin hier, ich bin auch hier, hallo, in Wellen lief das Wiehern vom Stall C weiter durch den ganzen Stallbereich, bis es, irgendwo in der Ferne, sich gar nicht mehr auf Justa Bob bezog, sondern nur noch auf dieses »Hallo, ich bin hier, wo bist du, ich bin auch hier«.

Seine Mutter hielt das Pferd, während der Pisser unter ihm hockte, die Bandagen entfernte und zur Seite warf. Er fuhr mit der Hand über die Beine, wo die Bandagen gewesen waren. Kühl und fest. Die Hornspalte war gut ausgewachsen, jetzt konnte ein Pflaster darauf, das Koronarband war weich und heil. Das war eine stabile Struktur, dieses

Pferd namens Justa Bob. Nicht der Schnellste der Welt und nicht der Hübscheste, aber seine Struktur war verdammt gut. Seine Basis stand fest und gleichmäßig unter dem Rest seines Körpers, und der Rest seines Körpers bewegte sich gleichmäßig auf dieser Basis. Er war wirklich eine schöne Frucht, und er war wirklich aus Eisen. »Okay, Ma«, sagte der Pisser, »wir führen ihn ein bisschen herum, dann bringen wir ihn in die Box.«
Er wollte ihr schon das Pferd abnehmen, tat es aber dann doch nicht. Es war nicht so einfach, ein Pferd hier im Stallbereich von Golden Gate herumzuführen. Es herrschte viel Betrieb, und der Boden war uneben. Er wollte auf keinen Fall zusehen müssen, wie seine kindliche Mutter stolperte und unter das Pferd fiel, womöglich noch so, dass das Pferd auf sie trat. Zu Hause sah sie schon klein aus, aber hier wirkte sie noch kleiner, selbst der kleinste Jockey war größer als sie. Und das Pferd war ganz aufgeregt, weil es wieder daheim war, es wölbte den Hals und hob die Füße hoch. Der Pisser wandte sich ab und machte sich an dem Anhänger zu schaffen, reinigte ihn und schloss die Klappe. Er wollte sich nicht einmischen und er wollte nicht, dass sie sah, dass er Tränen in den Augen hatte. Seine Mutter ging durch sein Leben hindurch, und sie ging immer schneller. Er hatte nichts, was er ihr geben konnte, kein Abschiedsgeschenk. Er konnte nichts tun, als sie einen Augenblick lang zu beobachten, sie und das Pferd, das immer noch, trotz all der Ablenkungen ringsum, dem Runden Kiesel gehorsam folgte, die Nase nur wenige Zoll von ihrem Nacken entfernt, die Ohren aufgerichtet, mit behutsamen Schritten. Ein so seltsames Bild hatte er noch nie gesehen.

Der Runde Kiesel führte die Eisenpflaume in die Box und drehte ihn herum, damit er mit dem Kopf nach vorne stand. Sie langte hinauf, öffnete die Schnalle des Halfters und nahm es ab. Der Pisser richtete inzwischen die Decke des Tieres. Der Pfleger würde gegen Mittag kommen und dem Pferd für die nächste Nacht die Beine bandagieren. Morgen würde er mit leichtem Training anfangen. Mit etwas Glück konnte das Pferd in sechs bis acht Wochen wieder starten. Egal, dachte der Pisser. Seine Mutter ging vor ihm aus der Box, er schob den Riegel vor und gab dem Pferd dann ein Stück Karotte, das er in der Tasche hatte. Seine Mutter drehte sich nicht um. Es war unmöglich festzustellen, ob sie Zuneigung für das Pferd empfand. Sie wanderte durch den Gang zwischen den Boxen. Das Pferd schaute ihr hinterher, die Ohren so weit wie überhaupt möglich nach vorn gelegt. Und dann fing er wieder an zu wiehern und hörte nicht auf. Er schlug die Knie vor die Tür der Box, drehte und wand sich und warf sich nach vorn und wieherte wieder, drehte und wand sich und warf sich nach vorn. Der Runde Kiesel drehte sich nicht um. Die Verzweiflung des Pferdes wurde größer. Der Runde Kiesel öffnete die Tür des Lastwagens, stieg ein und schloss die Tür. Die Eisenpflaume sah zu und wieherte wieder. So etwas hatte der Pisser noch nie erlebt. Er schüttelte den Kopf, dann schloss er die obere Hälfte der Tür von Justa Bobs Box und verriegelte sie, dann ging er auch zu seinem Wagen. Manchmal musste man ein Pferd eben dem Dunkel seiner Box überlassen, damit es etwas begreifen und hinnehmen konnte.

JUNI

Kapitel 31
Eine schlimme Stute

Farley stand auf der Tribüne und starrte auf die Trainingsbahn. Er beobachtete Arturo, der versuchte, Froney's Sis mit dem Führpferd zu leiten. Er hatte vorgehabt, zweimal mit ihr um die 1200-Meterstrecke zu traben, dann eine Runde zu galoppieren und sie dann wieder zurückzubringen und abzukühlen. Sie war am Vortag und am Tag davor und am Tag davor mit einem Führpferd gelaufen. Davor hatte einer der Pferdeführer sie im ganzen Stallbereich der Rennbahn herumgeführt, das ließ er gerne mit allen Pferden machen, wenn sie gerade angekommen waren. Sie schien so weit zu sein, dass sie mit einem Führpferd lernen konnte, aber mit der Zeit schien sie immer weniger dazu in der Lage zu sein. Jetzt sah es so aus, als sei sie unfähig, überhaupt etwas zu lernen, und es wurde von Tag zu Tag schlimmer. Sie bockte und schlug aus und scheute, egal wie dicht Arturo sie an dem Führpferd laufen ließ. Jedes Pferd, das in ihre Nähe kam, machte ihr Angst. Wenn sie zurück zum Stall kam, war sie schweißüberströmt und zitterte am ganzen Leib.

Arturo wurde ärgerlich.

Das Pony wurde ärgerlich.

Farley wurde neugierig. Einer von Neil Drysdales Zweijährigen näherte sich von hinten auf der rechten Seite der Stute, aber hielt durchaus noch Abstand. Die Stute verdrehte den Kopf, um ihn zu sehen, dann scheute sie und scherte aus, wie ein Kind im Kino, das unbedingt das Ungeheuer sehen will und dann Zeter und Mordio schreit. Arturo trieb das Führpferd an, er hoffte, die Stute damit voranzuziehen, damit sie eine Vorstellung vom Laufen bekam, aber die Stute stemmte die Hinterhufe auf den Boden und warf den Kopf hoch.

Ach, das war eine schlimme Stute.

Farley rief: »Lass sie einfach Schritt gehen, Arturo. Sie ist in Panik.« Er sah, wie Arturo nickte, dann verlangsamten sie ihr Tempo zum Schritt und zogen auf die Außenbahn.

Sie war eine schlimme Stute, eine Stute mit unklarem Stammbaum, eine gemeine Glasperle an der Tompkin'schen Perlenkette. Sie würde bestenfalls in Ausgleichsrennen laufen können und Mr. Tompkins ein paar tausend Dollar bescheren, die direkt an die Steuerbehörde gehen würden. Wahrscheinlicher war, dass sie es nie weiter als in ein Verkaufsrennen bringen würde, falls sie es überhaupt schaffte, ins Rennen zu kommen. Ihre seelischen Probleme machten ein Training sicher schwierig und zeitraubend. Ihre Mutter war gestorben, damit fiel auch das Motiv einer Verbesserung der Produkteliste der Mutterstute aus. Die Zeit, die er auf sie verschwendete, rentierte sich bestimmt überhaupt nicht.

Aber sie war interessant.

Arturo, das Führpferd und die Stute verließen die Rennbahn und machten sich auf den Weg zurück zum Stall.

Farley strich sich über den Bart und betrachtete das Pferd, während er ihnen folgte. »Heh«, sagte er zu Ron Ellis. »Heh«, sagte er zu Mel Stute. »Heh, heh«, sagte er zu Neil Drysdale. »Heh, du«, sagte er zu Bob Frankel. Allesamt erfolgreiche Trainer, aber er nahm keinen von ihnen wahr. Er erwärmte sich gerade für etwas, das er immer wieder interessant fand, etwas, das von vorneherein aussichtslos erschien, eine vergebliche Mühe, ein Zen-Koan – wie trainiert man ein nutzloses Tier dazu, eine nutzlose Funktion auszuüben?

Er lächelte.

Im Stall sagte Arturo ihm: »Diese Stute will ich nich mehr führen. Die macht mich sauer, Boss. Ich bin nich gern sauer bei die Pferde.«

»Wir überlegen uns eine andere Lösung, Arturo.«

Um sechs Uhr morgens fuhr Joy in ihrem alten Ford Ranger in den Stallkomplex, wo die Stuten fohlten. Sie wollte nachsehen, ob in der Nacht etwas geschehen war. Es war Anfang Juni, 176 Fohlen waren geboren, und nur noch ein paar warteten sozusagen auf Landeerlaubnis.

Sie ging den Gang zwischen den Boxen entlang. Es war jetzt heller Tag, Zeit, die Stuten hinauszulassen, deren Fohlen alt und stark genug waren, um in einem größeren Bereich als der Stallbox herumzutollen.

Jose half ihr, die Stuten hinauszubringen. Jorge ging mit den Fohlen, eine Hand um ihren Rumpf gelegt, unterhalb der winzigen zuckenden Schweife, den anderen Arm um ihre Brust.

Als sie damit fertig waren, sah sie einen Transporter im Hof, der eine Stute brachte. Sie sollte hier ihr Fohlen bekommen und dann von einem Tompkins-Hengst gedeckt werden. Zora, eine der Betreuerinnen der Zuchtstuten, stand oben auf der Laderampe. »Komm und sieh dir das mal an«, sagte sie.

Die Stute stand mit gespreizten Beinen im Transporter und ließ den Kopf hängen. Sie war schweißbedeckt und hochträchtig. Sie ächzte. Zora schwenkte ihre Transportpapiere. »Sie ist in einer Woche fällig«, sagte sie. »Sie scheint völlig erschöpft. Unglaublich, dass sie sie so spät geschickt haben, und dann bei diesem Wetter!«

»Wo ist sie her?«

»Ich habe sie in Temecula geladen«, sagte der Fahrer. Und dann sagte er: »Ich musste zwischendurch Pause machen, um zu schlafen.«

»Wann ist sie in den Transporter geladen worden?«

»Etwa um drei gestern Nachmittag.«

»Haben Sie unterwegs überhaupt mal nach ihr gesehen?«

»Na ja, der zweite Fahrer ist ausgefallen.«

»Wir müssen sie aus dem Transporter holen und in eine Box zum Fohlen bringen. Ich habe schon den Tierarzt gerufen.«

Joy trat an den Kopf der Stute heran und kniff am Halsansatz, wo die Schultern begannen, leicht in die Haut. Die Falte glättete sich nicht. »Sie ist völlig dehydriert«, sagte Joy. Sie hob die Oberlippe der Stute und drückte den Finger gegen ihr Zahnfleisch. Es dauerte endlos lange, bis der weiße Kreis, den ihr Fingerabdruck hinterlassen hatte, wieder durchblutet war. »Möglicherweise ist sie sogar im Schockzustand«, sagte Joy.

»Ich hab wohl ein bisschen zu lange geschlafen«, sagte der Fahrer. »Ich hatte vor ein paar Nächten so eine lange Fahrt von …«

»Also …« Joy führte die Stute aus dem Wagen. »Der Besitzer hätte nicht so lange mit dem Transport warten sollen, und Sie hätten nicht einschlafen sollen, und so kam eben das eine zum anderen«, sagte sie. »Jetzt müssen wir sie erst mal bewegen und ihr etwas zu trinken geben.«

Zora ging in den Stall und brachte eine leichte Decke heraus, während Joy die Stute zu einem Wassereimer führte. Das Tier trank nur einen Schluck. »Ach, meine Arme, du tust mir ja so Leid.« Fünfzehn Stunden hatte die Stute allein in dem Transporter gestanden, vielleicht hatte sie sich bewegen wollen und war in Not gewesen, weil sie festgebunden war. Vielleicht hatte sie sich wälzen wollen, weil sie spürte, dass das Fohlen nicht richtig lag. Joy gab Zora das Führseil und nahm die Papiere. Die Stute stammte von Hoist the Flag, einem bedeutenden Zuchthengst, und war gedeckt von Avenue of Flags, einem teuren Hengst kalifornischer Züchtung. Der Besitzer hätte wirklich allen Grund gehabt, sorgfältig zu sein, aber er war es nicht gewesen.

Jetzt war es fast Mittag. Alle waren gegangen. Die Wärter waren beim Mittagessen. Dunya, Farleys Buchhalterin, war auf ihrer täglichen Joggingrunde. Alle Telefone schwiegen. Alle Besitzer auf der ganzen Welt waren dabei, auf Gedeih und Verderb Geld zu machen. Farley hatte die Ergebnisse des Trainings an diesem Tag aufgeschrieben und steckte den Papierkram in seine Aktentasche. Nur FitzGerald, der Akupunkteur, war noch beschäftigt – am anderen Ende des Gangs arbeitete er an dem High-Brite-Hengst. Zu beiden Seiten der Gänge standen die Pferde und fraßen, dösten, schliefen. Sogar das Schwein in der letzten Box am Ende der Reihe schlief. Farley zog die Tür seines Büros hinter sich zu und ging hinüber zu Froney's Sis. Sie stand in ihrer Box und hatte das Gesicht der hinteren Ecke zugewandt. »Hallo, Mädchen«, sagte er. »Dreh dich um und sieh mich an.« Sie ignorierte ihn. Er senkte die Stimme und schnalzte ihr zu. Sie klappte ein Ohr nach hinten. »Komm schon, Mädel«, sagte er. »So schlimm ist es da draußen gar nicht. Es wird dir gefallen, wenn du dich bemühst.« Er schüttelte ihr Heunetz, und sie drehte den Kopf. Aber dann wandte sie ihn wieder ab. Er zog eine Karotte aus der Tasche und brach sie entzwei. Bei diesem Geräusch drehte sich die Stute herum, machte einen Schritt auf ihn zu, nahm ein Stück Karotte zwischen die Lippen.

Und dann tat sie das, was er erhofft hatte. Sie suchte nach dem nächsten Stück, mit gespitzten Ohren und gebogenem Nacken. Er steckte ihr ein weiteres Stück zwischen die Lippen und streichelte ihre Backe, dann ihr Kinn. Als sie die Karotte aufgegessen hatte, nahm er das Halfter und das Führseil von dem Haken neben der Box und ließ es über ihren Kopf gleiten. Dann klappte er die Lade vor der Box zurück und ließ die Stute heraus. »Komm, Schätzchen«, sagte er. »Wir gehen nur ein bisschen spazieren.«

Die erschöpfte Stute stand jetzt in einer Box. Sie hatte ein schmerzlinderndes, fiebersenkendes Mittel bekommen, und man hatte ihr durch die Nüstern Mineralöl in den Bauch eingeflößt, um einer Kolik vorzubeugen. Jetzt bekam sie intravenös Flüssigkeit zugeführt. Joy beobachtete sie gerade beim Urinieren, ein gutes Zeichen, obwohl der Urin immer noch ein wenig dunkel war. Aber sie sah wohler aus und entspannt, und das war noch wichtiger. Joy hatte sie ein wenig gestriegelt, sie war jetzt sauber und trocken und nicht mehr schweißverkrustet. Vielleicht war das am wichtigsten, dachte Joy manchmal – allein die Aufmerksamkeit, das Zureden, das Streicheln. Man unterschätzte doch immer, wie es einem Pferd zusetzte, wenn es sich einsam und isoliert fühlte.

Dem Fohlen ging es gut, hatte der Tierarzt gesagt. Es hatte einen kräftigen Herzschlag und war allem Anschein nach groß.

Ein Pferd war nicht gern allein, jahrein, jahraus nur von seinem eigenen Kram umgeben und den eigenen isolierten Gedanken ausgeliefert. Ein Pferd wollte nicht nur einen Freund haben. Ein Pferd mochte es nicht, wenn es nie angefasst wurde, nie am Widerrist gekrault und am Kopf gefasst wurde. Ein Pferd verbrachte nicht gerne Monate, ohne seinen Hals an den eines Freundes zu legen. Ein Pferd mochte nicht gern ganz für sich in einer Ecke der Weide stehen und zu den anderen hinüberblicken, vor denen es sich aber fürchtete. Diese Art Verhalten führte dazu, dass ein Pferd zu viel nachdachte und jede Entscheidung zu sorgfältig erwog.

Jetzt schwitzte Joy. Die Sonne stand hoch über dem Central Valley, und die Augen begannen zu schmerzen. Wahrscheinlich würde es heute so heiß werden, dass es unzumutbar sein würde, Mr. T. zu reiten, inzwischen ihr größtes Vergnügen. Sie ging ins Büro, um ihre Sonnenbrille zu holen.

In Joys Fach lag ein Rundschreiben, darauf stand: »An die Mitarbeiter der Tompkins-Pferdeställe! Meldet euch jetzt an! Der letzte Ausflug in diesem Frühling! Am 7. Juni lädt Mr. Tompkins zehn Mitarbeiter des Pferdebetriebs zu einem Besuch beim Rennen in Hollywood Park ein! Wer zuerst kommt, mahlt zuerst! Mehrere Pferde von Tompkins Worldwide Racing sind am Start!«

Joy warf Hortense, Mr. Tompkins' Sekretärin, die am anderen Ende des Büros saß, einen Blick zu, dann schaute sie aus dem Fenster, ob sie den Mann persönlich irgendwo erspähen konnte. Er war nirgends zu sehen.

»Hortense, müssen wir weiße Werbejacketts anziehen?«, fragte sie.

»Baumwollhemden hat er gesagt. Für weiße Jacketts ist es zu heiß. Das habe ich ihm gesagt.«

»Vielen Dank.«

»Kommst du mit?«

»Ich weiß nicht, ich hab's noch nie gemacht.«

»Es macht Spaß, Schätzchen. Diese DC-3 steht allerdings auf einem anderen Blatt. Mitten aus dem Zweiten Weltkrieg. Ich mach immer gern mit. Komm, ich melde dich an. Du siehst aus, als könntest du ein bisschen Abwechslung brauchen.«

»Das glaube ich auch. Wie viele haben sich schon angemeldet?«

»Nur zwei, außer dir. Und es ist schon übermorgen. Er wird enttäuscht sein. Aber ich sag ihm immer wieder, keiner marschiert gern herum wie eine Schulklasse. Aber er hört nicht auf mich.«

»Meinst du, ich könnte eine Freundin mitbringen?«

»Warum nicht. Er hat immer gern viele Leute um sich.«

Wenn er den Morgen immer mit einem Nickerchen auf dem Parkplatz begänne, würde vielleicht jeder Tag so wie dieser, dachte Farley. Etwa um fünf Uhr morgens hatte er an einem Deli auf dem Century Boulevard angehalten und sich ein Bagel mit Lachs und Frischkäse und eine Tasse Kaffee geholt. Das stellte er auf dem Armaturenbrett seines Wagens ab und fuhr auf den Parkplatz für die Trainer. Es war noch kühl draußen und dämmrig, und als er seinen Wagen geparkt hatte, überkam ihn plötzlich die außerordentlich beruhigende Erkenntnis, dass er jetzt nicht aussteigen, sondern den Sitz zurückklappen und einschlafen sollte, und das tat er auch. Als er vielleicht zehn, fünfzehn Minuten später aufwachte, schien die Sonne auf die Windschutzscheibe und hatte seinen Bagel gewärmt, und der Kaffee war so weit abgekühlt, dass er ihn trinken konnte, und er saß da und biss ab und kaute und trank und wusste, dass es ein guter Tag würde.

Er hatte drei Pferde am Start, zwei in diesem Rennen und eines im neunten. Dieses Rennen jetzt war sein ganz persönliches Rennen, er hatte die Rennleitung gebeten, das Rennen für seine französische Stute auszuschreiben. Es war zwar ein Rennen für Pferde beiderlei Geschlechts, aber diese Stute war stark und in bester Verfassung. Im Stall dachte Farley, sie könnte es auf der Rennbahn mit jedem Turf-Pferd aufnehmen, und als er sie draußen mit den anderen sah, wusste er, dass es stimmte. Sie war angenehm im Umgang, aber hatte Selbstbeherrschung und Selbstvertrauen. Sie war groß und hatte diesen typischen französischen Körperbau: Beine wie Pfosten, einen schlanken Körper, tief angesetzten Hals, große Ohren. Ihre Besitzer hatten ihr Geld mit Kabelfernsehen, dem Verkauf von Lebensmitteltrocknern für den Heimgebrauch und Kräuterpillen gemacht. Die Stute bekam täglich eine ganze Liste von Kräutertabletten, außerdem regelmäßige Chiropraktikbehandlungen, Massage und Akupunktur. »Wir würden unsere Tiere nie schlechter behandeln als uns selbst«, sagte Alise, die Frau. Alise und Vincent hatten zwar, wie sie Farley zu verstehen gaben, nur ein Rennpferd, aber auch fünf Katzen, vier Hunde, eine Ziege, zwei Frettchen, ein Huhn, drei Perlhühner und einen Esel. Wenn es so etwas wie Wiedergeburt gab, dachte Farley, dann würde er gerne als Tier bei Alise und Vincent wieder geboren.

Jetzt war die Stute gesattelt, Chris McCarron saß auf ihr und war in lockerem Trab auf dem Weg zur Startbox. Farley genoss die beruhigende Anwesenheit von Alise und Vincent, die neben ihm in der Loge saßen, Händchen hielten und sich leise unterhielten. Sie sprachen immer leise. Sie stellten nie Fragen, interessierten sich aber immer für das, was er zu sagen hatte. Sie hatten hervorragende Manieren, wie die Stute. Die perfekten Besitzer. Farley gähnte. Er gähnte fast nie vor einem Rennen. Er war eigentlich immer eher angespannt. Aber diese französische Stute und ihre Besitzer strahlten etwas ungemein Beruhigendes aus. Heute hatte er bei dem Gedanken an seinen Beruf und sein Leben ein so gutes Gefühl wie seit Monaten nicht mehr. Jetzt, im Lichte dieses guten Tages, erkannte er erst, wie schlecht es ihm gegangen war.

Gerade kam eine ganze Gruppe in die angrenzende Loge, die von Joe Zimmer. Farley lächelte, es war eine Gruppe von Tompkins, wahrscheinlich von der Ranch. Kyle Tompkins hatte Pferde bei allen möglichen Trainern auf der ganzen Rennbahn, im ganzen Land, auf der ganzen Welt. Die Gruppe von der Ranch trug Baumwollhemden mit der Aufschrift »Tompkins Ranch heißt perfektes Rindfleisch«, die einen Kreis um den Kopf eines Hereford-Ochsen bildete. Nur eine besonders große Frau mit sehr lauter Stimme hatte der Uniform entgehen können. Sie saß Farley am nächsten, gleich auf der anderen Seite der Abtrennung. Es war noch weit bis zum Start, die Pferde kamen erst in die Gegengerade. Die Sonne schien warm. Über ihnen kamen bauchige Düsenflugzeuge aus Europa an. Farley schloss die Augen.

»Welcher ist unserer?«

»Der Fuchs mit der Blesse. Der Jockey ist ganz in Weiß und hat ein silbernes ›T‹ auf dem Rücken.«

Schweigen.

»Nein, ich kann's nicht sehen«, sagte die laute Stimme wieder. »Diesem Fuchs tut der Rücken weh. Direkt hinter dem Sattel.«

»Ich kann mir nicht vorstellen, dass Mr. Zimmer ein Pferd starten würde, das nicht in Ordnung ist.«

»Noch ist er in Ordnung. Gerade so steif, dass er durchkommt, ohne schlappzumachen.«

»Was meinst du?«

Schweigen.

»Das braune in dem rosa Hemd mit grünen Punkten.«

»Das ist eine Stute. Die anderen sind Hengste. Also, ich weiß nicht.«

Schweigen.

»Also, die sieht mir von Kopf bis Fuß prima aus.«

»Jawohl«, dachte Farley und öffnete die Augen. Die andere Frau, nicht die große, sondern eine ziemlich kleine, sah ihm direkt ins Gesicht, als er die Augen öffnete. Er lächelte. »Sie reden von meinem Pferd«, sagte er.

»Die Stute?«

»Ja. Sie ist erst vor einem Monat aus Frankreich gekommen.«

»Welcher Abstammung?«

»Blushing Groom.«

Die Pferde gingen im Schritt durch eine Öffnung im Innengeländer der Sandbahn und den Berg hinauf zu den Startboxen, die sich auf dem Gras befanden.

»Hm, hm«, sagte die Kleine, die ihn immer noch ansah. Er merkte, dass er lächelte. Sie lächelte auch. »Keine weißen Jacken«, sagte er.

»Wir haben mit Streik gedroht, falls wir die weißen Jacken außerhalb der Ranch anziehen sollten, diese Hemden sind ein Kompromiss. Morgen ziehen wir Hemden an, auf denen steht: ›Auch Ihre Haut kann perfekt sein‹. Er hat uns in seiner DC-3 hierher geflogen. Auf dem Heck steht: ›Tompkins – die Perfektion der Flotte‹.« Sie lachten beide.

»Ich trainiere auch ein paar Pferde für Kyle Tompkins.«

»Jetzt sind sie in der Startbox«, sagte Alise.

Farley wandte die Augen von der Kleinen ab. Sie war sehr hübsch, fand er, auf diese sonnengegerbte, aufgeweckte Art, die Frauen haben, die mit Pferden umgehen. Sie hatte blaue Augen. Die Startboxen flogen direkt vor ihnen auf, und die Stute preschte los. Sie rannte, als wäre sie allein, zwei, drei Pferdelängen vor den anderen Pferden. Farley setzte sein Fernglas an die Augen und richtete es auf das Gesicht des Jockeys. Chris sah entspannt und glücklich aus. Er bewegte die Lippen.

Es war das langweiligste Rennen, das Farley je gesehen hatte. Die Stute lief das ganze Rennen über mit gutem Vorsprung an erster Stelle, nach dem zweiten Bogen legte sie Geschwindigkeit zu und gewann noch ein paar Pferdelängen. Ihre Ohren waren die ganze Zeit gespitzt. Als sie die Ziellinie überquerte, sagte Alise: »Wie wunderbar! Was für einen herrlichen Tag wir hier verbringen! Vielen Dank, Farley!« Und Vincent sagte: »Gute Leistung, muss ich sagen.« Keine Freudenschreie. Das Tompkins-Pferd wurde Dritter.

Na ja, dann mussten sie hinunter zur Bahn und zur Siegerehrung gehen. Sie mussten Aufhebens um die Stute machen, die kaum ins

Schwitzen geraten war. Sie mussten dies tun und jenes und jenes und dieses, und als Farley wieder hinauf in seine Loge kam, war die Tompkins-Schar weg. Bevor das fünfte Rennen anfing, rief er Joe Zimmers Handy an. »Hallo, altes Haus«, sagte er. »Hier is Farley Jones. Kennst du diese Leute von Tompkins?«

»Hm, ja.«

»Wie heißt diese Kleine? Die kleine Blonde?«

»Keine Ahnung, Farley. Hab ich nicht mitbekommen. Hat sie dir gefallen?«

Da genierte sich Farley plötzlich, er murmelte etwas, hängte auf und dachte nicht mehr an die ganze Geschichte. Forsche nicht nach und schenke keine Aufmerksamkeit. Nimm nichts zu Herzen.

Manchmal waren diese Grundsätze schwieriger zu befolgen als sonst.

Als Joy zwei Tage später wieder im Büro war, nahm sie Mr. Tompkins' Ausgabe der *Thoroughbred Times* aus seinem Fach und blätterte darin. Dann legte sie sie zurück. Sie nahm die neueste Ausgabe von *Blood Horse* und blätterte darin, aber darin fand sie auch nichts. Weder in der einen noch in der anderen Zeitschrift war ein Bild von Farley Jones, und nachdem sie fünf Minuten darauf verschwendet hatte, danach zu suchen, genierte sie sich vor sich selbst so sehr, dass sie die Zeitschrift wieder in das Fach stopfte und rasch aus dem Büro huschte, als sie Hortense von der Toilette zurückkehren hörte.

Für Farley war es tatsächlich ein Schock, wieder in die Gemütsverfassung zu verfallen, die inzwischen normal für ihn geworden war. An diesem Tag, just in dem Augenblick, als Joy nach seinem Bild suchte, wusste er genau, dass sein Leben nur noch eine Durchhhalteübung war. Der einzige Tag seit etlichen Monaten, an dem er sich nicht hatte zwingen müssen, bei Laune zu bleiben, hatte ihm gezeigt, wie sehr ihn jeder Tag anstrengte, an dem es nötig war. Heute. Morgen. Telefonate – Pferde – Tod. Diese Verbindung kam ihm auf der Stelle in den Sinn, und obwohl er gleich darüber lachte, weil es so dumm war, viel zu dumm, um es jemals laut zu sagen, blieb der Gedanke noch da, ein nadelstichgroßes schwarzes Loch genau in der Mitte seines Hirns.

Kapitel 32
Belmont

Dick saß allein mit dem Fernglas in der Hand in seiner Box und wartete darauf, Laurita zuzusehen, wie sie den Weg um die Rennbahn zur Startbox zurücklegte, das waren 200 Meter. Ihre Gewinnchancen hatten sich von zwei zu eins auf acht zu fünf verbessert. Sie war Favoritin, zusammen mit Exotic Wood, die aus Kalifornien gebracht worden war und mit zwei zu eins zweite Favoritin war. Die kalifornische Stute war ein Jahr älter und um mehrere Lebensspannen gemeiner, sie würde schwer zu schlagen sein, und das Pferd und die an ihm Beteiligten schüchterten Dick ein wenig ein. Das hätten sie jedenfalls getan, wenn er in seinen Gedanken noch Platz für irgendetwas anderes gehabt hätte als für das Nacherleben seiner Zeit mit Rosalind Maybrick, die nun zu Ende war.

Bird of Paradise war ein großes Rennen, und Lauritas Bild war sogar in die Rennzeitung gekommen, aber Rosalind und Al waren nicht in New York, sondern irgendwo in Europa. Al war mit der Herstellung großer Metallgegenstände beschäftigt, die nur mit schweren Hebeanlagen bewegt werden konnten, und Rosalind war mit dem Erwerb kleiner Porzellangegenstände beschäftigt, die nur mit äußerster Behutsamkeit bewegt werden konnten. Ungarn. Da waren sie jetzt. Al hatte ihm das gesagt. Sie sollten ihn heute Abend anrufen, um zu erfahren, wie das Rennen gelaufen war.

Eigentlich tat es sehr gut, allein zu sein. Er saß ganz ruhig da. Manchmal dachte er an Rosalind, oder vielmehr durchlebte er dieses Gefühl in Gedanken wieder, als sei es Wirklichkeit, wenn ihre Finger ihn an Schulter und Nacken berührten, über seine Wange und sein Kinn streiften und dann wieder zurück über den Hals zu seiner Schulter. Damit hatte sie ihn bezaubert, nicht mit dem Liebesakt, den Blicken oder anderem Zubehör einer Affäre, sondern nur mit dieser fließenden Berührung. Genau da, in der Berührung, die ebenso Knotenpunkt seiner Ehe wie Knotenpunkt seines Lebens mit Pferden war, da lag die Quelle seiner tiefsten Sehnsucht nach Rosalind.

Aber dann war da noch Louisas Cousin, der gerade zu Besuch gekommen war und mit ihm über Louisa sprechen wollte. Der Cousin war der Meinung, Louisa sei einem Nervenzusammenbruch nahe. Er machte sich Sorgen um sie. Sie hatten zwei Tage damit verbracht, auf der Rennbahn herumzuspazieren, der Cousin in feinen Lederschuhen und er, und sich sehr intensiv über Louisa unterhalten. Dick hatte ihm nichts von seiner Affäre gesagt, aber der Cousin hatte bemerkt, er wirke etwas gereizt.

Es war schön, ein Rennen zu sehen. Bei einem Rennen konnte alles Mögliche passieren. Laurita benahm sich sehr gut. Sie gehörte zu den Pferden, die sich immer gut zurechtfinden, egal in welches Leben es sie verschlägt.

Der Cousin war Psychotherapeut – inzwischen über fünfzig. Er hatte seine berufliche Laufbahn vor vielen Jahren als Kabarettist begonnen, war dann zur Psychotherapie übergewechselt und behandelte jetzt nur Sterbende. Er bezeichnete sich als Todestherapeut. Dick fand den Mann zwar freundlich, er war voll guter Absichten und Louisa zweifellos auch sehr zugeneigt, aber andererseits besessen von dem Gedanken an seinen eigenen Tod.

So nett Laurita auch war, neben dieser Stute Exotic Wood sah sie aus wie ein Amateur. Diese Stute schritt weit aus, schaute sich um, wies das Führpferd in die Schranken. Dieser Stute stand »Boss« auf die Stirn geschrieben.

Rosalind hatte ihm auch gerne über den Bauch und die Brust gestreichelt, ganz leicht und ziellos, erst abwärts, dann aufwärts, dann in immer kleiner werdenden Kreisen und zurück, in größer werdenden Kreisen. Dabei redeten sie über Pferde und dergleichen, und er spürte ihre Berührung kaum. Wie kam es dann, dass er jetzt spürte, wie sich die Haare unter seinem Hemd erst in diese, dann in jene Richtung legten? Er hätte sich fast unters Hemd geguckt, um zu sehen, was da los war.

Der Vater des Cousins war tatsächlich auf eine höchste merkwürdige Weise zu Tode gekommen, aber Dick war nicht sicher, welche Bedeutung das hatte oder ob es überhaupt etwas zu bedeuten hatte. Irgendwann hatte der Vater seinen Alltagsberuf als Versicherungsagent an den Nagel gehängt, um sich seiner größten Leidenschaft zu widmen, nämlich dem Trompetenspiel in einer Big Band. Während der Kind-

heit des Therapeuten verbrachte der Vater den größten Teil seiner Zeit weit weg von zu Hause auf Tourneen und Konzerten. Die Band reiste im Bus.
Jetzt hatten die Pferde die Startmaschine erreicht und traten so gesittet hinein wie Debütantinnen, die sich aufstellen, um ihre Bewunderer vorbeidefilieren zu lassen.
Als alle drinnen waren, folgte eine außergewöhnlich lange Pause, in der Dick sich vorstellte, wie all diese Stuten ganz ungeniert über ihre Trainer und Jockeys herzogen. Und dann läutete es, und die Tore klappten auf.
Manchmal wanderten Rosalinds Hände auch ganz ohne erotische Absichten über seine Hoden und hinab, auf die Innenseiten seiner Schenkel. Dick unterdrückte ein kurzes Stöhnen bei dieser Erinnerung.
Die jungen Damen liefen gut, in einer Schar, so wie draußen auf dem freien Feld irgendwo.
Eines Nachts hatte der Bus der Big Band auf einer vereisten Straße in New Hampshire einen schrecklichen Unfall, und es gab einige Tote und Schwerverletzte unter den Mitgliedern der Band.
Die Rakete, eine A. P.-Indy-Stute namens Ann Page, zog an Exotic Wood vorbei. Laurita war Vierte oder Fünfte, tief im Rudel.
Manchmal fuhr sie auch nur mit dem Finger über sein Rückgrat und kitzelte ihn im Nacken.
Der Vater des Todestherapeuten kam dabei auch ums Leben. Er hatte sich auf seiner Trompete aufgespießt. Als der Todestherapeut diese Worte aussprach, »auf der Trompete aufgespießt«, musste Dick so lachen, dass er fast hinfiel. Zum Glück hatte der Todestherapeut so viel Therapieerfahrung, dass er nichts persönlich nahm, und er wartete ganz ruhig, bis Dick sich wieder im Griff hatte.
Exotic Wood zog im Bogen auf. Ann Page fiel zurück wie ein Stein. Laurita hätte jetzt auch nach vorn ziehen müssen, tat es aber nicht.
Einmal hatte er im Halbschlaf auf dem Bauch gelegen und gespürt, wie sich ihre kühlen Finger und Hände um seine Fersen legten. Als er über die Schulter ihr Gesicht anschaute, sah er, dass sie versonnen seine Füße betrachtete. So sah es jedenfalls aus. Wenn er ihr Gesicht anschaute, wurde sein eigenes Gesicht ganz warm.

Laurita preschte immer noch nicht vor, aber eine andere Stute, eine irische Kenmare-Stute, tat es und zog mit zu Exotic Wood auf, um mit ihm das Endspurtduell auszutragen.
Es war zwei Uhr morgens, in einem Bus in New Hampshire. Hätte die Trompete nicht in ihrem Kasten unter dem Sitz sein sollen? Hatte er sie auf dem Schoß? Im Mund? Spielte er gerade darauf? Betrachtete er sie? Wie konnte es passieren, dass der Bus ausgerechnet in dem Augenblick verunglückte, als die Trompete zur Waffe werden konnte?
Exotic Wood legte die Ohren flach an den Kopf und bleckte die Zähne. Die andere Stute ließ sich einschüchtern, was in Stutenrennen manchmal vorkam – und verlor die Konzentration. Exotic Wood ging als Erste durchs Ziel, mit einer Pferdelänge Vorsprung. Laurita wurde Fünfte. Dick stand auf und ging hinunter, um mit dem Jockey zu sprechen, aber es war ziemlich klar, was passiert war, beziehungsweise es war klar, dass etwas ganz Alltägliches passiert war.
Was hatte es zu bedeuten, wenn man etwas mit ganzem Herzen und gerne tat, etwas normalerweise so Ungefährliches wie das Trompetespielen in einer Big Band, das dann plötzlich zum Verhängnis wurde? An welcher Stelle war die falsche Entscheidung getroffen worden? Von wem? Jockeys treffen jeden Tag Entscheidungen auf Leben und Tod, aber Musiker? In der Regel werden die Kinder von Jockeys aber keine Todestherapeuten. Sie werden oft auch Jockeys.
Er wusste genau, dass seine Sehnsucht nach Rosalind stärker geworden war, nachdem sie ihre Beziehung beendet hatten. Es war so gewesen: Sie hatten sich zum Essen im Forty-four's auf der vierundvierzigsten Straße zum Abendessen getroffen, Al war irgendwohin verreist, und Louisa hatte spät Unterricht, und während sie ihr Krabben-Risotto aß, hatte sie gesagt: »Es ist zu viel für mich«, was ihn sehr überraschte, denn die ganze Sache war zu viel für ihn, aber er hatte gedacht, es sei eigentlich nicht genug für sie, und deshalb hatte er, ohne zu überlegen, gesagt: »Ja«, ohne es zu meinen, und hatte nicht gesagt, was er eigentlich meinte (oder so ungefähr meinte), nämlich »bitte nicht«, und Rosalind hatte den Kopf abgewandt, und er hatte ebenso viel Erleichterung wie Trauer verspürt, und als sie ihm ihr Gesicht wieder zuwandte, hatte sie genau das in seinem Blick gelesen. Sie hat-

ten zu Ende gegessen, sich die Rechnung geteilt, und er hatte genug Verstand gehabt, nicht zu fragen, ob er damit nicht mehr ihr Pferdetrainer war, und sie hatte ihn nie wieder berührt.

Der Jockey, übrigens auch der Sohn eines Jockeys, sagte, ihr hätte der Boden nicht behagt. Er war ein wenig aufgeweicht vom Regen am Tag davor. Die Stute hatte nicht richtig Fuß fassen können. Dick nickte. Vollkommen verständlich.

Wie wirkte sich das eigene Dilemma des Cousins auf seine Fähigkeit aus, Dick Ratschläge zu erteilen, die Louisa betrafen? Gab es da einen Faden, der das alles zusammenhielt: die Trompete und den Cousin und Louisa und Rosalind und den Charakter von Exotic Wood und all diese einsamen Augenblicke und Gedanken und seine totale Unfähigkeit hinzunehmen, dass es mit diesen Berührungen vorbei war? Dick, der sich da befand, wo all das zusammentraf, fühlte sich ratlos und überfordert. Irgendein Sinn schien sich ihm aufzudrängen, aber welcher? War es nicht die Lehre, die man bei jedem Rennen lernte, dass es keinen Sinn, keinen Plan gab, nur das Chaos, auf das man sich tagtäglich einließ? Dick dankte dem Jockey, tätschelte die Stute und schickte sie mit dem Wärter zurück in den Stall, damit sie massiert und umsorgt wurde. Dann ging er hinaus zu den Parkwächtern und bat um seinen Wagen. Als der Mann ihm den Wagen brachte, saß keine Rosalind darin, obwohl es immer hieß, auf der Rennbahn sei alles möglich. Aber Dick begriff auch, dass, wäre Rosalind während ihrer Affäre eines Tages plötzlich und unangemeldet aufgetaucht, es ebenso wahrscheinlich gewesen wäre, dass er zurückschreckte, wie dass er sie umarmte, oder vielmehr, zuerst wäre er zurückgeschreckt, dann hätte er sie umarmt, oder umgekehrt. Erst jetzt, da das Umarmen nicht mehr infrage kam, wollte er es die ganze Zeit.

Kapitel 33
Um die Wette

Als Buddy um drei Uhr früh in seinen Lexus stieg, um sich auf den Weg nach Hollywood Park zu machen, stand ihm der kalte Schweiß schon auf der Stirn. Die Presse hatte ihn jetzt jeden Tag auf dem Grill, so kam es ihm zumindest vor. Er wurde so berühmt wie Baffert oder Lukas, und obwohl Buddy sich vor fünf Jahren noch beim Gedanken daran die Lefzen geleckt hätte, wachte er jetzt mit einem Gefühl von Panik auf, sofern es ihm überhaupt gelungen war einzuschlafen, was nur in jeder dritten oder vierten Nacht der Fall war. Bislang war die Publicity sehr gut gewesen, aber jede Form von Publicity gab Jesus natürlich wunderbar Gelegenheit, ihn hereinzulegen. In diesem Licht sah Buddy jetzt alles. Jeden Tag stand er auf und bereitete sich darauf vor, mit den Tretminen umzugehen, die der Tag für ihn bereithielt: sie zu umgehen, zu entschärfen, nach achtzehn Stunden erschöpft ins Bett zu fallen und dann vor Sorge über das, was der nächste Tag ihm bringen würde, wach zu liegen.

Man hätte meinen können, er hätte nur zwei Pferde im Stall: Residual, die Engelsstute, und Epic Steam, den Teufelshengst. Sie lagen Kopf an Kopf. Nach ihrem ersten Sieg Anfang Mai hatte die Stute mit einem Vorsprung von sechs bis zehn Pferdelängen ein Ausgleichs- und ein Stakes-Rennen gewonnen und hatte in einem anderen Preisrennen knapp den ersten Platz verfehlt. Buddy hatte sie in einer Woche beim Valley Girl Stakes eingeplant. Am Tag darauf sollte Epic Steam in seinem fünften Rennen, dem Albert Brooks Handicap, starten. Nach seinem ersten Sieg, ebenfalls im Mai, hatte er seinen Wärter in die Brust gebissen, ihn zu Boden geworfen und getreten, dann hatte er sein Ausgleichsrennen gewonnen, dann das Hollywood-Producers-Stakes-Rennen und das Century Boulevard Handicap. Er lief einen anderen Stil als die Stute, er stolzierte und wollte, dass man das Rennen für ihn machte. Wenn er durch das Rudel zog, musste der Jockey ihn davon abhalten, die anderen Hengste zu beißen, und immer kam ein Augenblick, in dem der Jockey Anstrengungen unternehmen musste, um ihn nach vorn zu bekommen. Immer hieß es laufen oder kämpfen. Bis jetzt hatte das Pferd sich immer fürs Laufen entschieden, allerdings mit beträchtlicher Angst seitens seines Jockeys Rinaldo Ortega, der immer gemeint hatte, er könnte jedes Pferd dazu bringen, ein bestimmtes Ziel zu erreichen. Die Stute hatte 148 000 Dollar gewonnen. Der Hengst hatte 214 000 Dollar gewonnen. Wenn sie in diesen Rennen beide gewannen, würden die Einnahmen der Stute auf über 300 000 und die des Hengstes auf über 400 000 ansteigen. Die Besitzerin der Stute, eine ältere Dame aus altem kalifornischen Geldadel, betrachtete Buddy als wahrhaftigen Heiligen, weil er diese Stute für 23 000 Dollar bei der Einjährigenauktion in Keeneland entdeckt hatte und sie ihr »beschert hatte. Sie ist ein Engel in meinem Leben. Ich habe solches Glück«, erzählte sie jedem Reporter, der sie interviewte oder einen Blick in ihre Richtung warf. Für Jason Clark Kingston war Buddys Heiligenstatus noch nicht geklärt, aber da Epic Steam dabei war, eine halbe Million Dollar Gewinn einzufahren, blühte Jason in seinem neuen Status als Sportsmann auf. Es hatte durchaus begriffen, dass das Pferd nicht als Rennpferd, sondern als Deckhengst das eigentliche Finanzpotenzial darstellte. Aus diesem Grund hätte er keinen Gefallen an Buddys derzeitigem Hormonbehandlungsplan für das Pferd gefunden, der in einem hübschen Progesteronimplantat bestand, das unter der Mähne eingepflanzt werden sollte, wo es niemand bemerken würde, weil niemand auf die Idee käme, das Pferd zu streicheln. Die Anwendung von Progesteron bei einer Stute war völlig legal, und Trainer setzten es dauernd ein. Es sorgte dafür, dass die Stuten nicht rossig wurden. Aber die Anwendung von Progesteron, um die Aggressivität bei einem Hengst einzuschränken, war etwas so Neues und Unerhörtes auf der Rennbahn, dass Buddy wusste, dass das Tier nie darauf getestet werden würde.

Buddy gefiel sich in dem Gedanken, dass das Progesteronimplantat eine Eingebung von Jesus persönlich war. Durch Buddy stellte Jesus seine Güte unter Beweis. Das Pferd war eine Gefahr und das Malheur des Pflegers ein sicheres Zeichen dafür, dass es höchste Zeit war, etwas zu unternehmen. Unglücklicherweise war die Lösung oder zumindest die Methode, die auf der Hand lag, nämlich das Tier zu beschneiden, nicht durchführbar, eben weil sie so sichtbar war. Das Pferd hatte ein Paar Hoden, die groß wie Pampelmusen waren, und Jason Clark

Kingston würde ihr Fehlen bemerken. Der Mann war selbst sexbesessen, wie Buddy fand, und die offensichtlichen Sexualmerkmale des Pferdes waren das, was seinen Besitzer außer dem Geld am meisten ansprach. Es blieb auch nicht viel anderes übrig. Die gurrende Zuneigung, die Residual von ihrer Besitzerin erwiesen wurde und die die Stute mit leisem Wiehern und Liebkosungen und langen liebevollen Blicken erwiderte, kam bei einem Pferd, dem man sich nur bewaffnet nähern konnte, nicht infrage. Jason gefielen diese Hoden, und als Buddy ein einziges Mal das Richtige tat und dem Besitzer ihre Entfernung nahe legte – mit der üblichen Ausrede, dass sie dem Pferd »zu schaffen machten« –, sagte Jason: »Wenn sie ihm zu schaffen machen, wird er nicht wollen, dass man sie anfasst, wenn er gearbeitet hat. Versuchen wir es doch mal so.« Dann musste Buddy natürlich zu dem Pferd gehen und es vor Jasons Augen an die Hoden fassen, und Buddy tat es auch, und ausnahmsweise hatte das Pferd stillgestanden wie ein Baum. Alles hatte seinen Preis, jedenfalls galt das für diejenigen, die tagtäglich mit dem Tier umgehen mussten. Das Problem bei Jason, zumindest was Buddy betraf, bestand darin, dass er zwar von Pferden nichts verstand, aber sich dafür interessierte, und dass er clever war. Er konnte immer eins und eins zusammenzählen und hatte auch keine Probleme, auf vier, acht und sechzehn zu kommen. Jason tauchte dauernd auf der Rennbahn auf.

Es war für Buddy auch nicht unbedingt von Vorteil, dass Jason die Presse anzog, und die Nachricht, dass er jetzt der Besitzer eines erfolgreichen Rennpferdes war, war ein Geschenk des Himmels für Reporter in allen Zeitungssparten. Die Besitzerin von Residual war auch oft in der Zeitung, aber eher auf den Klatsch- als auf den Wirtschaftsseiten, und vornehmlich als Drahtzieherin für gute Zwecke, sie mobilisierte Unmengen von reichen Leuten für Wohltätigkeitsveranstaltungen, und bei jeder von ihr organisierten Veranstaltung dieser Art brachen die Einnahmen irgendeinen Rekord. Die Reporter meinten, für Buddy müsse das die Erfüllung eines lang gehegten Wunschtraums sein, man stellte ihn als fleißigen Pferdetrainer der Mittelklasse dar, der es nie geschafft hatte, groß rauszukommen. Anstatt die Liste der Rennen vorzuzeigen, die er in all den Jahren gewonnen hatte, in denen er sich irrigerweise für erfolgreich und wichtig gehalten hatte,

hörte er auf Jesus, hielt die Klappe und verzog die Lippen zu einem charmanten Lächeln.
Verstärkte Präsenz in der Presse allerdings bedeutete nicht unbedingt nur Erfreuliches. Für Buddy bedeutete das: Es bestand die entfernte Möglichkeit, dass jemand von Epic Steams Implantat Wind bekam (Funktionierte es? Funktionierte es nicht? Buddy änderte seine Meinung jeden Tag), aber das war nicht das Einzige. Es bestand zum Beispiel auch die Möglichkeit, dass jemand bemerkte und sich dazu äußerte, dass der Lieferwagen von Tierarzt Curtis Doheny jeden Tag vor seinem Stall stand. Chris Doheny war ein schräger Typ als Tierarzt. Vor vielen Jahren, als Buddy noch größtenteils Pferde in Verkaufsrennen startete, hatten Curtis und Buddy gemeinsam an mehreren »Projekten« gearbeitet, wie Curtis es gerne nannte, und nur sehr wenige von den Leuten, mit denen sie zusammenarbeiteten, waren in diese Projekte sozusagen eingeweiht. Jockeys, Arbeitsreiter, andere Tierärzte, andere Trainer, Besitzer, Vertreter der Rennbahnleitung oder des Jockey-Clubs gehörten auf jeden Fall nicht zu diesen Eingeweihten. Curtis' Lebensweg hatte ihn durch mehrere Entziehungskuren geführt, und selbst seine nächsten Freunde, wie zum Beispiel Buddy, vertrauten nicht mehr auf seine Fähigkeit, den Mund zu halten. In der letzten Zeit hatte sich Curtis auf eine ganz bestimmte Form von Eigenwerbung verlegt. Immer, wenn ein Trainer obenauf war, gute Pferde startete, die siegten, dann parkte er seinen deutlich erkennbaren Lieferwagen vor diesem Stall, ganz gleich, ob er zu diesem Zeitpunkt mit dem betreffenden Trainer zusammenarbeitete oder nicht. Die Absicht dabei war, wie Buddy meinte, bei anderen Trainern, vor allem den jungen und weniger erfahrenen, den Eindruck zu erwecken, dass die Erfolgssträhne dem »alten Curtis-Zauber« zu verdanken war, wie Curtis es zuweilen gerne nannte. Seit zehn Tagen hatte Curtis seinen Wagen vor Buddys Stall geparkt. Jetzt brauchte er nur noch einen Reporter, der ausnahmsweise ein wenig Bescheid wusste – zum Beispiel über Curtis Dohenys Ruf – und ihn nach Curtis fragte. Und der dann Curtis nach ihm fragte. Wie alle Typen auf der Rennbahn schöpfte auch Curtis gern aus seinem tiefen Born der Geschichten, und zwar ohne jedes Gespür dafür, wem er damit auf die Füße treten konnte. Er hatte zum Beispiel diese Marcaine-Geschichten auf

Lager, die davon handelten, wie man einem Pferd ein Gelenk blockieren konnte, damit das Pferd keine Schmerzen hatte. Meistens ließ es sich wieder rückgängig machen, aber nicht immer. Oder diese Sublimase-Geschichten. Sublimase war ein synthetisches Produkt, etwas Ähnliches wie Morphium. Eine ganz gute Sache, bei der man allerdings auf keinen Fall dem Jockey sagen durfte, dass dieses Mittel verabreicht worden war, weder vor noch nach einem Sturz. Und wie vielen Pferden hatte Curtis für ihn im Laufe der Jahre Nerven durchschnitten? Man durchtrennte den Nerv über dem Knie, und das Pferd spürte nie wieder die Sehne oder das Band in diesem Bein. Das praktizierten Trainer seit Generationen. Buddy konnte sich nicht vorstellen, dass sein Mentor Simon Dawkins, der am Anfang des Jahrhunderts als junger Mann über Australien aus England gekommen war und sich mit sämtlichen Tricks auskannte, einen Trainingsstall hätte führen können, ohne zehn Prozent seiner Pferde den Nerv zu durchschneiden.
Es bestand auch die entfernte Möglichkeit, dass einer der Reporter beim Training der ersten Gruppe am Morgen auftauchte, die Buddy gerne draußen hatte, bevor noch die Sonne über Century Boulevard aufging. Wenn ein solcher Reporter scharfsinnig genug war und außerdem im Dunkeln gut sehen konnte, könnte er unter Umständen feststellen, dass die hübsche Residual nicht mehr ganz das Mädchen war wie am Anfang der Saison. Es müsste ein außerordentlich scharfsinniger Reporter sein, denn niemand – außer Buddy natürlich – konnte richtig definieren, wie sich die Sommerkampagne auf die Stute auswirkte. Sie lief immer noch leichtfüßig und mit aufgerichteten Ohren. Ihr Nachlassen hatte sich rasch und ehrlich einem Virus und einem Fieber zuschreiben lassen, dafür gab es etliche Zeugen, von denen manche unanfechtbar waren. Ja, sagte sein Tierarzt, wenn die Stute hundertprozentig in Ordnung wäre, hätte sie das Virus vielleicht nicht bekommen, aber ein Virus war ein Virus. Die Presse verstand, was ein Virus war. Sogar Buddy, gemeinhin nicht als Mann der Wissenschaft bekannt, konnte einem Reporter erklären, dass Hunderte von Pferden, die in warmem Wetter auf engem Raum standen, für ein Virus ein gefundenes Fressen waren. Doch da er an die hundert Pferde in seinem Stall hatte, hatte Buddy auch mehrere Tierärzte. Sogar

früher, als die meisten Trainer ein und denselben Tierarzt für alles hatten, benutzte er mehrere. Verschiedene Tierärzte hatten verschiedene Meinungen. Einer seiner Tierärzte zum Beispiel war der Meinung, dass die Stute den Druck der Sommerkampagne spürte. Sie fraß weniger, obwohl sie hart trainierte. Dieser Tierarzt verabreichte ihr täglich etwas Tagamet, für alle Fälle. Nach einer Woche fraß sie wieder alles auf. Ein anderer Tierarzt war gelassener. Natürlich spürte sie den Druck, aber dann musste man ihr eben helfen, das zu verkraften. Zuerst gab man ihr Progesteron, um ihr den zusätzlichen Stress zu ersparen, alle drei Wochen rossig zu werden. Und außerdem hatten Steroidpräparate eine wunderbare Wirkung bei Stuten, vor allem, wenn sie mit Hengsten startete. Steroidpräparate wurden allgemein verwendet, sie waren nicht illegal, machten Stuten aber oft schwieriger im Umgang. Bei Residual konnte Buddy allerdings keine besondere Wirkung feststellen. Ihre Persönlichkeit blieb zu etwa 98 Prozent dieselbe. Strengte sie sich noch mehr beim Laufen an? War sie konkurrenzbewusster? Das war schwer zu sagen. Als ein Spitzenpferd mit hohem Tempo brauchte sie nicht so konkurrenzbewusst zu sein.

Er selbst aber geriet inzwischen immer tiefer in das, was sein Vater, der alles beim Namen nannte, als Absicherungsfalle bezeichnete. Der erste Schritt in die Absicherungsfalle war der Gedanke, dass etwas schief gehen könnte, anstatt abzuwarten, ob etwas schief ging. Der nächste Schritt war, dass man etwas kaufte, was vielleicht verhindern konnte, dass das, was schief gehen konnte, tatsächlich schief ging. Dann begann man nach Anzeichen zu suchen, dass das, was man gekauft hatte, auch funktionierte, und dann verlor man die Fähigkeit zu beurteilen, was wirklich los war, und deshalb kaufte man immer mehr, und dann stand man dumm da. Man wusste nicht mehr, wo oben und wo unten war, und weil man so durcheinander war oder, wie sein Vater es ausdrückte, den Kopf schon im eigenen Arsch stecken hatte, schob man ihn weiter rein, weil es da wenigstens gemütlich war. Die beiden Pferde verwirrten ihn, denn das Einzige, was er wirklich über sie wusste, war, dass sie Extreme waren: Das eine war ein extremes Miststück und das andere ein extremes Goldstück. Jedes Mal, wenn eines der beiden Pferde wie ein normales Pferd reagierte – zum Beispiel, wenn jemand an der Box des Hengstes vorbeiging, ohne dass das Tier

sich mit zurückgelegten Ohren und gebleckten Zähnen gegen die Boxtür warf, oder wenn sie mit dem Schweif schlug –, fiel es Buddy leichter zu glauben, dass seine Absicherungsmethode funktionierte, und deshalb noch mehr auszuprobieren, nur damit er seinen Kopf noch ein bisschen höher schieben konnte, wo es so warm und eng war. Er wusste selbst nicht, warum. Keiner der beiden Besitzer brauchte noch mehr Geld, und im Unterschied zu manchen Besitzern wussten sie das auch. Sogar er selbst, Buddy, spürte nicht mehr diese alte Gier nach Geld wie früher. Sich aus der Tasche von Jason Clark Kingston zu bedienen, hatte etwas Überflüssiges an sich, von dem schlechten Gewissen einmal ganz zu schweigen. Beide Pferde hätten auf der Stelle für diese Saison aufhören können und hätten trotzdem mehr als gut abgeschnitten. Die Welt war voll von Trainern, die fanden, fünf Rennen seien vollauf genug für Zweijährige.
Aber wie gut waren sie denn? Früher hieß es einfach, lass sie laufen, laufen, laufen, das war die allgemein anerkannte Regel. Und schließlich erkannte man, wie zum Beispiel bei Lexington, Stymie, John Henry, Kelso, Phar Lap, Citation oder Count Fleet, dass man da etwas sah, was man im ganzen Leben nicht vergessen würde. Aber was hielt Jesus davon? Wozu verleitete das? Zur Bewunderung von Größe? Zu der Grausamkeit und Ausbeutung, wie Buddy sie in der Vergangenheit so routinemäßig betrieben hatte, für Geld und Ruhm und weil er nicht anders konnte?
Er kannte Jesus einfach noch nicht lange genug, um zu wissen, wie er zu diesen Fragen stand. Buddys Prediger hatte ihn darauf hingewiesen, dass Jesus die Geldwechsler aus dem Tempel vertrieben hatte, aber Buddy begriff nicht, dass sich das auch auf Glücksspiele bezog. Die Bibel war in vielen Bereichen kein eindeutiger Ratgeber, und deshalb geriet man da auch in diese Absicherungsfalle, man blätterte hier und versuchte es mit einem anderen Abschnitt dort, schlug jenes Kapitel in der Mitte auf, um zum Beispiel zu erfahren, dass »viele berufen, aber nur wenige auserwählt« sind. Nun ja, die Maxime »laufen, laufen, laufen lassen« sorgte zweifellos dafür, dass die wenigen, die auserwählt waren, von den vielen gesondert wurden, die berufen waren. Oder wenn der Engel sprach: Ich bringe dir eine Botschaft von großer Freude, die allen Menschen zuteil sein wird. Das ließ sich auf

Pferderennen nun beim besten Willen nicht anwenden, egal, wie man es drehte und wendete. Und wenn man einmal anfing, sich Absicherungen, geheime Absicherungen, zu kaufen, hatte man keinen mehr, den man fragen konnte, weil außer einem selbst niemand alle Fakten kannte.

Die Ankunft an der Rennbahn brachte ihm auch keine Erleichterung. Als er in seine Lücke auf dem Parkplatz fuhr, sahen die Leute ihn schon an. Er winkte und lächelte nach altehrwürdiger Präsidentenmanier sein »Ich bin kein Schieber«-Lächeln und ging gemessenen Schrittes zu seinem Stall. Es war draußen noch kaum hell und drinnen noch ganz dunkel, doch in den Gängen zwischen den Boxen herrschte ein verdächtiger Betrieb. Der Mann, der fürs Futter zuständig war, stand am einen Ende des Ganges von Epic Steams Box und schüttelte den Kopf im Gespräch mit einigen Männern, in denen Buddy Journalisten erkannte. Er schüttelte den Kopf, weil Buddy ihn angewiesen hatte, im Zweifelsfall so zu tun, als könne er kein Englisch. Der Mann von der Zeitung in San Diego versuchte es auf Spanisch, aber der Fütterer, der aus Tijuana kam, tat so, als könne er das auch nicht. Buddy ging, wieder mit geübtem Winken, an den vier Männern vorbei, die sich umdrehten und auf ihn zustürzten. »Na, wie geht's, Jungs«, sagte er, aber es war nicht als Frage gemeint. Am anderen Ende des Ganges, jenseits der Box von Epic Steam, stand Georgette, die sein Büro leitete. Sie tat so, als könne sie überhaupt nicht sprechen. Alle anderen standen in einigem Abstand gegenüber der Metalltür der Box des zweijährigen Hengstes. Es war ein langer Weg, wie immer, wenn man nichtsahnend ist. Auf halbem Weg kam Leon, der Hilfstrainer, mit bewusst lässigem Gebaren auf ihn zu, grüßte winkend die Reporter und sagte leise: »Ich hab versucht, dich zu Hause anzurufen, Boss, aber du warst schon weg.«

»Woher wussten diese Reporter, dass ich jetzt mit diesen Pferden arbeite?«

Leon zuckte mit den Achseln, dann sagte er verlegen: »Aber Buddy, du arbeitest mit den besten Pferden immer zuerst. Die Leute wissen, dass ...«

»Sonst noch was schief gegangen?«

Aber da waren sie nun. Und nicht nur sie. Oscar, Epic Steams Wärter, hielt etwas hoch, damit Buddy es sehen konnte. Es war eine steife graue Katze. »Hab in Stroh gefund, Boss.«

»Er hat sie im Stroh gefunden«, sagte Leon.

»Pferd hat tottmacht.«

»Das Pferd hat die Katze getötet«, sagte Leon.

»Hat an Wand geknall«, sagte Oscar.

»Er hatte sie am Nacken hochgehoben und gegen die Wand geschmettert«, sagte Leon.

»Hab in Stroh gefund.«

»Ja«, sagte Leon. »Er hat sie heute Morgen im Stroh gefunden, als er ausgemistet hat.« Sie sahen ihn beide an. Alle sahen ihn an.

Buddy sprach sanft und bedacht. »Ich glaube nicht, dass das Pferd die Katze getötet hat«, sagte er.

Wie zur Antwort suchte Epic Steam seinen Blick, legte die schwarzen Ohren zurück und warf sich gegen die Schranke der Box.

»Wahrscheinlich hat die Katze irgendwo Rattengift gefressen und ist hierher gekommen, um zu sterben«, sagte Buddy.

Das Genick der Katze war gebrochen, und ihr Kopf nach einer Seite abgeknickt.

»Sie hat sich wohl im Stroh zusammengerollt«, sagte Buddy.

Die Haut der Katze war abgeschürft, wo das Pferd den Kadaver mit den Hufen herumgestoßen hatte.

»Und dann hat das Pferd sie ein bisschen mit den Hufen herumgeschubst, so ein Zweijähriger ist ja neugierig.«

Epic Steam schnaubte und stieß ein mächtiges herausforderndes Wiehern aus.

»Er ist eben ein Junge, aber es ist alles nur Spiel.«

»Klar, Boss«, sagte Leon.

»Klar, Boss«, sagte Oscar.

»Oscar«, sagte Buddy«, »du lässt die verdammte Katze verschwinden.«

Oscar nickte.

»Aber erst mal sattelst du den Burschen hier und bringst die erste Gruppe raus.«

Er ging zurück zu den Reportern. »Ach, da war eine tote Katze in der Box. Wahrscheinlich Rattengift. Keiner wollte sie anfassen. Sie wissen schon. Aberglaube und so. Schlechtes Zeichen.«

»Ein schlechtes Zeichen für nächste Woche?«
Buddy lachte heiter. »Das hängt von der Arbeit ab.«
Die Reporter lachten auch heiter. Er führte sie geschlossen zurück in sein Büro. Einer von ihnen sagte: »Hat das Pferd schon andere Beute gerissen?«
Alle lachten. Buddy gab keine Antwort.
Fünfzehn Minuten später war die erste Gruppe fertig und die Reiter konnten aufsitzen. Epic Steam stand wie immer ganz vorn, die Hengstkette fest über das Zahnfleisch gelegt. Wie üblich vollführten sie ihr kleines Ballett. Buddy trat auf ihn zu, zwanzig Meter weit entfernt, am Ende der Boxenreihe, führte ein Wärter eine Stute quer über den Gang; Epic Steam hörte einen Augenblick auf zu knirschen und zu springen und stand still, mit aufgerichteten Ohren. Buddy bückte sich und tastete fest und sicher seine Beine ab, als er sich aufrichtete, trat Leon vor und warf den Arbeitsreiter in den Sattel, und das Pferd kam heraus. Der Arbeitsreiter hatte Anweisung, das Pferd um jeden Preis in Bewegung zu halten. Ein Pferd in Bewegung war weniger leicht imstande, zu scheuen, zu bocken, zu steigen und dergleichen. Es war weniger leicht, aber nicht unmöglich. Aber es funktionierte. Vielleicht war sein Gewaltinstinkt durch den Tod der Katze vorläufig gestillt, jedenfalls setzte sich Epic Steam fast normal in Gang, und die Reporter waren sehr erfreut, dass sie sich jetzt Residual zuwenden konnten.
Vorher waren alle vor dem Hengst ein paar Schritte zurückgewichen, jetzt traten sie alle ein paar Schritte auf die Stute zu. Zwei streckten die Hand aus, um sie zu streicheln, wahrscheinlich ganz unbewusst. Buddy hielt sie nicht ab. Es war ganz gut, wenn ihre Köpfe ein bisschen sentimental umnebelt wurden.
Ja, sie schien jeder Hand entgegenzukommen, als dehnte sie sich durch Zuneigung aus. Sie stellte die Ohren auf, schnupperte an der Hand des Reporters der Rennzeitung, dann wandte sie den Kopf und sah ihm tief in die Augen. Buddy bückte sich und tastete ihre Beine ab. Heute waren sie kalt, so kalt, dass jeder es fühlen könnte. In der letzten Woche hatte er eine Spur Hitze in ihrem linken Knöchel gespürt. Er hatte beschlossen, sie nicht zu röntgen, sondern auf ein Medikament zu setzen. Die Hitze war jetzt verschwunden. Sie stand sicher, aber wachsam, wie auf Zehenspitzen. Er warf den Reiter in

den Sattel, und die Stute setzte sich sofort in Bewegung, als könne sie die Arbeit nicht erwarten. Als sie die Gasse hinunterging, drehten sich alle Köpfe von Pferd und Mensch, Huhn und Ziege, Katze und Terrier nach ihr um. Buddy folgte ihr mit den Reportern. »Sie hat sich gut gemacht, eine schöne Stute. Aber schöne Stuten gibt es jedes Jahr.«

Er warf einen Blick auf die Reporter, sie starrten fasziniert der glänzenden rotbraunen Hinterseite und den weißen Fesseln hinterher. Das war der Anblick eines Pferdes, wie er Buddy gefiel, der Schweif wie ein glitzernder Wasserfall, die klar umrissenen Sprunggelenke, und darunter die graziös angehobenen Fesseln im perfekten Winkel, dann die eingewölbten silbrigen Ballen. Wenn man so ein Pferd von hinten betrachtete, wurde einem alles klar, was mit Rennpferden zu tun hatte, man erkannte, warum ein 500 Kilo schwerer Körper wirken konnte, als schwebe er in der Luft. Im Allgemeinen hielt man Buddy nicht für einen Ästheten, wenn es um Pferde ging, und es stimmte, dass ihm beim Anblick eines hübschen Kopfes, eines anmutigen Halses oder eines sanftes Auges das Herz nicht überfloss, aber wenn er wie jetzt hinter einem Pferd herging, konnte er eine ganze Zeit lang auf diese Wunderfesseln starren.

Nach seinen Anweisungen sollten drei der Pferde in dieser Gruppe auf Zeit arbeiten – die Stuten sechshundert Meter, der Hengst achthundert. Der Hengst sollte den Stuten voraus gegen die Laufrichtung bis zum achten Pfosten um die Bahn traben, dann umdrehen, bis zum Achthundert-Meter-Pfosten galoppieren und dann achthundert Meter arbeiten. Residual und eine zweitklassige Stute von Glitterman sollten in umgekehrter Richtung bis zur Startlinie gehen, dann umwenden und bis zum Sechshundert-Meter-Pfosten galoppieren und von da an gestoppt werden. Sie würden mit der Arbeit fertig sein, wenn Epic Steam, der immer allein arbeitete, so weit war, dass er anfangen konnte. Die anderen Pferde in der Gruppe galoppierten nur. Auf dem Weg zur Trainertribüne – Leon an der Spitze, dann Buddy und die Reporter in einem Halbkreis um ihn herum – stellte Buddy fest, dass er weder ihre Fragen noch seine Antworten hören konnte, obwohl er ihnen welche gab. Jesus regelt das schon, dachte er. Wahrscheinlich würde er am nächsten Tag in der Zeitung lesen, was Jesus gesagt hatte.

Epic Steam verschwand hinter der Totalisatortafel am anderen Ende der Rennbahn. Die Stuten waren noch im Bogen, die Glitterman-Stute am Geländer, Residual auf der Innenseite. Epic Steam war schon ziemlich berüchtigt, und Buddy konnte darauf verzichten, dass er seinen Ruf mit Wiehern, Kreischen, Steigen und Abkauen des Gebisses vor allen unter Beweis stellte. Alle anderen sollten Abstand halten. Das taten sie ohnehin immer.
Buddy richtete das Fernglas auf die Stuten. Er sah sie lässig zum Pfosten hin traben, dann preschten sie davon. Die Scheinwerfer über der Bahn wurden schwächer, während der Himmel heller wurde. Die Glitterman-Stute war braun, deshalb waren die beiden leicht zu unterscheiden, auch auf diese Entfernung. Die Stuten liefen etwa zweihundert Meter Kopf an Kopf, entsprechend den Anweisungen, dann zog Residual an. Ein echter Ferrari war sie. Nach vierhundert Metern schien die Glitterman-Stute gegen eine Wand zu laufen, aber das war nur eine Illusion. Buddys Uhr nach lief sie so gut wie sonst auch, obwohl ihr Herz vielleicht dabei brach. Das musste man manchmal auf dem Weg zum Breeders' Cup tun, man musste ein zweitklassiges Pferd nehmen und ihm immer und immer wieder das Herz brechen, alle fünf Tage lang, nur damit das große Pferd seine Selbstachtung nicht verlor. Residual sollte sechshundert Meter laufen, aber nicht im Raketenstil. Gerade so, dass sie gut in Übung blieb. Sie kam um den Bogen vor die Tribüne, sie lief leicht, froh, mit aufgerichteten Ohren. Deedee, die Arbeitsreiterin, saß auf ihr wie eine Katze, die ausholenden Bewegungen des Pferdes liefen wie eine Woge durch ihren Körper. »Sie sehen aus wie Wasser«, sagte ein Reporter. »Hat sich das Mädchen schon als Jockey versucht?«
»Zu lang in den Beinen«, sagte Buddy. Das waren seine Worte. Daran konnte er sich hinterher genau erinnern.
Die Glitterman-Stute trabte jetzt. Das bemerkte Buddy. Andere Pferde waren hier und da auf der Bahn verstreut bei der Arbeit. Die Sonne ging schön auf. Alles schien in Ordnung. Und dann sagte einer der Reporter: »Guckt mal da!«, und da kam Epic Steam an, gleich links von ihnen. Buddy hatte keine Ahnung, was das Pferd gemacht hatte, er hatte die Stuten im Blick gehabt. Epic Steam hatte die Stuten wahrscheinlich auch im Blick gehabt, oder zumindest Residual, denn er

kreischte auf und galoppierte dann los, während sein Reiter in dem Versuch, ihm den Kopf herumzureißen, heftig an seinem Maul zerrte. Aber das Pferd hatte einen Hals wie Granit und ein Maul wie Stahl. Er raste auf die Stute zu, die gemeinhin als Beine bezeichneten Muskelpakete streckten und krümmten sich unaufhaltsam. Die Stute, die dabei war, zum Traben überzugehen, zuckte mit den Ohren, und Deedee, das konnte Buddy genau sehen, wurde starr und sah sich um. Es musste ein Furcht erregender Anblick sein, diese riesige schwarze Bestie, die über die Bahn auf sie zupreschte. Mit welcher Absicht, mochte Jesus allein wissen. Die Stute zuckte wieder mit den Ohren, vorwärts, rückwärts. Was er vorhatte, war schwer zu erraten. Normalerweise näherte sich ein Hengst einer Stute nicht so unvorsichtig, aber das traf auf Hengste zu, die Bescheid wussten. Man konnte nie wissen, wie weit Epic Steam Bescheid wusste. Er rannte auf die Stute zu, und die zog ab. Sie waren jetzt direkt unter der Trainertribüne. Buddy sah Deedees leichenblasses Gesicht. Aber sie bekam sich in den Griff, brachte die Stute ins Gleichgewicht und drückte sich gekrümmt an ihren Hals. Das Mädchen und die Stute hatten sich zur Flucht entschieden. Den Reportern, die um ihn herumsaßen, wurde das auch klar. Sie hielten den Mund und beugten sich vor. Im nächsten Augenblick war das große dunkle Pferd der Stute auf den Fersen, sein Reiter stand in den Steigbügeln und legte sich mit den Zügeln nach hinten. So rasten sie in den Bogen, die Stute am Geländer, der Hengst direkt hinter ihr, ihre Ohren waren aufgerichtet, seine zurückgelegt. Alle Pferde in ihrer Bahn stoben zur Seite. Buddy erkannte, dass er sie beißen wollte. Manche Hengste waren so. Er hatte so etwas schon im Zuchtstall gesehen – ein Hengst, der die Stute angriff und biss, sie zu Boden warf. Dabei war er so viel größer als sie, wahrscheinlich wog er an die hundert Kilo mehr, bei ihm türmten sich die Muskeln. Aber als sie aus dem Bogen kamen, schaffte sie es – sie schwebte mit derselben Leichtigkeit von ihm fort, wie sie die Stute beim Rennen abgehängt hatte, ohne Anstrengung, sogar vergnügt, froh, ihm damit eine Niederlage beizubringen. Bald hatte sie zwei Pferdelängen Vorsprung, und so blieb es, der Hengst lief angestrengt, um die Stute einzuholen, die Stute fließend und mühelos. Zwanzig Schritte? Wirklich so viel? Dann war der Hengst so erschöpft, dass der Reiter ihn wieder unter Kontrolle bringen konnte, es gelang ihm, den Kopf des Pferdes nach außen zu wenden und ihn zu parieren. Sobald sie außer Gefahr waren, gingen die Stute und ihre Reiterin wie fließend in einen Trab über, wie ein großes Düsenflugzeug, das zu einer perfekten Landung ansetzt.

»Mann o mann«, sagte einer der Reporter.

»Scheiße«, sagte Buddy.

»Tja«, sagte einer der Reporter, »das kann für deine Pläne doch nicht gut sein, Buddy, oder?«

»Die Stute war gut«, sagte der Typ von *The Blood Horse*.

»Also diese Stute ...«, sagte der von der *Thoroughbred Times*. Und dann sahen sie sich alle an. Auf ihren Gesichtern stand: »Du hast das doch auch gesehen, oder nicht? Du hast dasselbe gesehen wie ich? Ja. Ja. Und wenn sie nie wieder laufen, wir haben sie gesehen.«

»Stell dir mal vor, der Reiter hätte nicht die ganze Zeit gegen ihn angekämpft«, sagte ein anderer.

»Kastrier ihn«, sagte der Typ von *The Blood Horse*. »Kastrier ihn, und du gewinnst das Kentucky Derby.«

»Aber diese Stute!«

Und so weiter und so fort. Buddy beobachtete die Stute durch das Fernglas, im Trab, im Trab, im Schritt. Sie sah jetzt ziemlich fertig aus. Wie viel war sie insgesamt gelaufen? Eine Meile? Das war eine ganz schöne Strecke für eine Zweijährige. Sie ließ den Kopf hängen, sogar aus dieser Entfernung konnte er sehen, dass sie schwer keuchte. Er richtete das Fernglas auf den Hengst. Der war immer noch mit Adrenalin voll gepumpt. Er kämpfte immer noch, war immer noch aufgedreht, aber Buddy sah trotzdem, dass er da zwei müde Pferde hatte, zwei sehr müde Pferde, die wahrscheinlich aus ihren jeweiligen Rennen gestrichen werden sollten.

Was für eine Erleichterung.

Und nach so vielen Monaten der Geduld war es auch eine Erleichterung, nachdem die Reporter verschwunden waren, im Stall einen Wutanfall zu bekommen. »Boss!«, rief Duane, Epic Steams Arbeitsreiter. »Ich konnte ihn einfach nicht halten! Wir sind zu schnell da drüben angekommen, und dann stieg er und drehte sich und zog mich im Kreis. Da drüben war alles voll von Leuten. Ich hab bloß

gedacht, vielleicht kann er sich ein bisschen von seiner Energie abrennen.«
»Boss«, sagte der Hilfstrainer Leon ernst, »ich habe keine Ahnung, wie diese Reporter Wind von seinem Arbeitsplan bekommen haben. Wirklich nicht. Aber ich werde dem nachgehen, das verspreche ich.«
»Boss«, sagte die Arbeitsreiterin Deedee leise, »ich hab einen verdammten Schrecken gekriegt. Aber ich wusste, dass sie ihn abhängen konnte. Ich wusste nicht, was ich sonst hätte tun sollen.«
Der Wutanfall, die Aufregung, der Morgen, die hundert Pferde, die er zu trainieren hatte, die Rennen des Tages, der Tag selbst, das alles verblasste, und Buddy kam erst vier, fünf Tage später wieder zu sich. Er saß auf seinem Bett und zog sich die Schuhe aus. Es war gerade dunkel geworden, das Licht an seinem Faxgerät leuchtete und die roten Ziffern auf seinem Wecker auch. Es war wirklich bewundernswert, wie Jesus Gebete erhörte, sogar die, die man noch gar nicht ausgesprochen hatte. Die Presse zum Beispiel war verschwunden. Keine Anrufe, keine Besuche, keine Geschichten über seine Laufbahn, die ihm ganz fremd vorkamen. Und auch kein Epic Steam mehr. An dem Tag des Rennens, an dem er hatte starten sollen, aber dann gestrichen werden musste, hatte Sir Michael Ordway ihn angerufen und ihm erzählt, er habe zufällig gerade Jason Clark Kingston auf einer Party in Los Angeles getroffen, und Jason habe ihm zufällig erzählt, das Pferd sei ein unbezähmbarer Stutenvergewaltiger, vor dem Andrea Melanie eine Todesangst habe. Er, Sir Michael, habe zufällig gerade an diesem Tag mit einem Mann in New York gesprochen, der an einem viel versprechenden Rennpferd interessiert sei und ein wenig Geld übrig habe und so weiter und so fort, und sie hätten ein Geschäft gemacht, wobei Jason Clark Kingston 1,2 Millionen Dollar erwartete, was für den neuen Besitzer, der gerade für 4 Milliarden Dollar seine Spielzeugladenkette verkauft hatte, offenbar ein Klacks war. Epic Steam war also, mit einer massiven Dosis Beruhigungsmittel versehen, in ein Flugzeug nach New York verfrachtet worden, und jeder in Kalifornien hatte von seinem Aufenthalt dort profitiert.
Die Besitzerin der Stute, eine ältere Dame, die sich bestens darauf verstand, die gute Seite aller Dinge zu sehen, war besorgt, weil die Stute nach der Rückkehr aus dem Stall ein wenig verkrampft war, am fol-

genden Abend eine leichte Kolik bekommen und im rechten Vorderknöchel eine kleine Schwellung hatte. »Das arme Ding«, jammerte sie. »Ich habe selbst mit dem Tierarzt gesprochen, Buddy, ich weiß, du kannst es nicht leiden, aber ich wollte wirklich unbedingt seine ungeschminkte Meinung hören, und ich schicke sie zurück auf die Farm. Sie hat genug geleistet, mehr als genug für so ein Kind. Das arme Ding. Sie hat sich sicher zu Tode erschrocken.«

Deshalb war die Stute an diesem Morgen auf den Transporter geladen worden und machte sich wahrscheinlich gerade mit dem süßen Leben in Santa Ynez vetraut. Und dann hatte die Besitzerin der Stute gesagt: »Aber lass uns in jedem Fall dieses Jahr nach Saratoga zur Auktion fahren. Diese Stute ist einfach etwas, auf das ich mich jeden Tag wieder freue. Vielen Dank, Buddy, du bist wirklich ein Genie, Schätzchen.«

Deshalb stellte Buddy die Schuhe neben seinem Bett ab, schloss die Augen und sagte Dank, einen echten, herzerwärmenden Dank, weil die Prüfungen fürs Erste vorüber waren und Jesus ihm eine Pause gönnte, eine Ruhepause, fünf Wochen bis zur Jährlingsauktion, eine Zeit, in der er seine Kräfte sammeln und Atem schöpfen konnte.

JULI

Kapitel 34
Ontologie

Joy hatte sich immer wieder gewundert, dass der erste Tompkins, Jacob seines Namens, diese Ranch genau dort erbaut hatte. Dieses »genau dort« hatte unter so gut wie keinem Gesichtspunkt etwas zu bieten, ja es hatte nicht einmal so etwas wie eine »Genau-Dortigkeit« an sich, denn die Landschaft erstreckte sich meilenweit in jede Richtung unverändert, so flach und trocken und frei von allen besonderen Merkmalen, wie Joy es noch an keinem anderen Ort gesehen hatte. Auch ohne Luftfeuchtigkeit war es zu heiß, um zu denken, zu reden, Pferde zu streicheln oder den Blick von den Füßen zu heben. Das Tompkins Ranch Hotel und die dazugehörige Ferienanlage (Zielort Perfektion) verfügten über drei Schwimmbäder und sollten dem erschöpften Stippvisitenurlauber hier, mitten in diesem Niemandsland, ein Mittelding von Tahiti und Jamaica vorgaukeln. Man betrachtete es als empfindliche Störung der Perfektion, wenn Angestellte der Ranch als staubbedeckte Central-Valley-Figuren in dieser karibisch-südpazifischen Phantasielandschaft auftauchten, egal wie heiß es war.
Aber Joy zögerte keinen Augenblick, als das Telefon im Büro klingelte und Elizabeth Zada sie einlud, sie und ihren neuen Geliebten Plato Theodorakis in der Feriensiedlung zu besuchen, wo Plato für drei Tage eine Suite gemietet hatte. Elizabeth und Plato hatten seit einiger Zeit eine Beziehung, und Joy kannte ihn noch nicht. Wie sie nun sah, war er klein und behaart, also ganz und gar nicht Joys Typ, aber umso mehr Elizabeths Typ. Und Elizabeth, eine auffällige Frau jenseits des Klimakteriums, schien auch sein Typ zu sein. Na ja, dachte Joy, während sie Zeugin des Schauspiels ihrer Beziehung wurde, man konnte wirklich nie wissen.

Plato war Dozent in Berkeley. Sein Fach war Zukunftstheorie. Auf ihre Art und Weise befasste sich Elizabeth auch mit Zukunftstheorie, denn sie schrieb an drei Büchern gleichzeitig: der Schilderung ihres eigenen geistigen Werdegangs, der Beschreibung ihres Systems und ihrem spirituellen Ratgeber für Aufgaben im Haushalt. Plato war Experte für die Zukunft von An- und Verkauf. Das schloss alles Mögliche ein, angefangen von der Zukunft des Geldes bis hin zur Zukunft von Rohstoffen und Handelsbeziehungen. Plato, der auf Kreta geboren war, war für seine Doktorarbeit an die Universität zurückgekehrt, nachdem er in Chicago eine nicht unbeträchtliche Summe Geld mit Devisenhandel verdient hatte, doch im Grunde seines Herzens war er Theoretiker, wie er Joy anvertraute. Er war auch groß im Geldausgeben, aber als Theoretiker des Geldausgebens führte er genau Buch und setzte seine Ausgaben von den Steuern ab. Er hatte sieben Jahre Zeit, ein Buch zu schreiben und Gewinn zu machen. Plato und Elizabeth hatten sich kennen gelernt, als sie ihn anrief, um ihn über Haushaltsführung in China, dem Land der Zukunft, zu befragen. Sie fanden beide solchen Gefallen an der Stimme des anderen, dass ihre körperliche Erscheinung der gegenseitigen Anziehung keinen Abbruch tun konnte. »Weißt du was«, sagte Elizabeth vertraulich zu Joy, als Plato zum Abkühlen ins Schwimmbad verschwunden war, »ich habe noch nie einen behaarten Mann gemocht, aber wenn man ihn mal mag, dann könnte kaum etwas so liebenswert sein wie das Wasser, das an ihm abläuft wie kleine Bächlein durch langes Gras.« Joy war bereit, ihr das zu glauben.

Der Komplex der drei Swimmingpools lag vom Rest der Ranch abgeschirmt hinter ein paar sanften Hügeln, die Mr. Tompkins als Teil des Gesamtkonzepts hatte anlegen lassen. Man lag unter Pergolen und Sonnenschirmen, die einen vor der erbarmungslosen Glut der Sonne im Central Valley schützten, und wo man auch hinschaute, sah man plätschernde und rauschende Wasserfälle und Bächlein, die sich von den Pools zum Golfplatz zu einer dichten Reihe aus Palmen und Pinien – alle aus Hawaii importiert – zogen, hinter der verborgen der Futterplatz der einhunderttausend Stück zählenden Rinderherde lag. Im Schatten von Königspalmen lagen die Cabanas und Gästepavillons, behängt mit bewässerten Bougainvillea und Jasmin, und entlie-

ßen den Strom der Gäste in den Pool-Komplex, wo sie sich auf Schritt und Tritt vor Tischen voller Speisen wieder fanden, größtenteils Obst und pastellfarbene Getränke. Rindfleisch (Tompkins Perfection erster Klasse) war auf diesen Tafeln nur dezent vertreten und meistens in Zubereitungen mit exotischen Kräutern und Gewürzen. Die aufdringliche Cowboy-Atmosphäre, die auf dem Rest der Ranch herrschte, war hier stark gedämpft. Nachdem sie eine Zeit lang Plato beim Schwimmen und Tauchen zugeschaut hatten, setzte er sich wieder zu ihnen. »Einmal habe ich eine Inszenierung von ›Romeo und Julia‹ gesehen, die in Skandinavien spielen sollte. Das Bühnenbild war voller Runenzeichen, und Romeo und Mercutio und Tybalt hatten Wikingerhelme mit Hörnern auf. Alle anderen trugen Pelzmützen. Und die Stiefel verliehen dem Ganzen noch einen russischen Hauch. Daran erinnert mich dieser Ort hier. Hier stehen Dinge auf kleinem Raum beisammen, die man normalerweise nie nebeneinander sehen würde. Aber das ist die Zukunft. Und deshalb gefällt es mir hier.«
»Du solltest Mr. Tompkins kennen lernen«, sagte Joy. »Um sein Leben zu diversifizieren.«
»Hat er einen Unternehmenstheoretiker?«
»Ich weiß es nicht. Aber alle tragen weiße Kittel. Dazu musst du bereit sein.«
»Und was machst du hier?«
»Ich arbeite mit den Rennpferden. Mit den Zuchtpferden, um genau zu sein. Im Frühling arbeite ich mit den Zuchtstuten, im Sommer und Herbst mit den Fohlen, die abgesetzt werden. Und dann fängt die Zuchtsaison wieder von vorne an.«
»Wohnst du hier?«
»In Waterone. Ich habe eine Zeit lang auf der Ranch gewohnt, aber das ist lange her. Ich habe in Waterone ein kleines Gästehaus gemietet.«
»Gibt es Leute, die nach Waterone zu Besuch kommen?«
»Ich glaube kaum. Ich habe das Häuschen schon seit Jahren gemietet.«
Plato wandte den Blick von ihr ab, offensichtlich desinteressiert an ihrer bodenständigen und bäurischen Tätigkeit, doch als seine Augen auf Elizabeth in ihrem schwarz-silbernen Badeanzug und silbernen Sarong fielen, lächelte er mit sichtlichem Vergnügen. Sie erwiderte

sein Lächeln. Joy gab es einen Stich, plötzlich fühlte sie sich einsam. Sie hatte sich keine Freundin gewünscht, und Elizabeth war nicht die Freundin, die sie sich gewünscht hätte, aber sie hatte die Freundschaft mit Elizabeth oft als etwas betrachtet, das ihr gut tat, aber auch als Schutz diente gegen zu viel Grübelei und Arbeit. Seit dieser Beziehung nun hatte sie Elizabeth seltener gesehen und sie fehlte ihr. Natürlich hatte sie erwartet, dass sie durch Elizabeths Alter davor gefeit sein würde, wie ein Teenager mit ansehen zu müssen, dass die beste Freundin mit einem Jungen geht und man selbst keinen hat. Dabei hatte Elizabeth sie gewarnt, dass so etwas passieren könnte, weil ihre Sexualität ein in der Entwicklung befindliches Projekt war. Das Gute war nur, dass sie die beiden ungestört beobachten konnte, weil sie so miteinander beschäftigt waren, dass sie es nicht merkten, und auch gut war daran, dass man bei diesem Anblick wirklich glauben konnte, dass zwei Seelen einander finden, lieben und begehren konnten, auch wenn nicht beide oder, wie in diesem Fall, beide nicht den herkömmlichen Vorstellungen von Schönheit entsprachen. Wie zur Bestätigung von Joys Beobachtung streckte Elizabeth jetzt die Hand aus und kitzelte den Pelz über Platos Brustbein, und er griff mit sichtlicher Leidenschaft nach ihrer anderen Hand. Ihre Gesten waren langsam und lässig. Sie sahen wirklich vor allem einander an. Vielleicht, dachte Joy, vielleicht spürte sie in ihrem Neid, ihrer Eifersucht und Einsamkeit die Berührungen der beiden stärker als die beiden selbst. Sie wollte wegschauen, weil sie nicht daran denken mochte, wie lange es her war, seitdem sie zum letzten Mal verliebt gewesen war, aber dann wiederum wollte sie hinschauen, weil es schön war zu wissen, dass es Liebe gab und dazu noch in solcher Nähe.

»Wie geht's Mr. T.?«, fragte Elizabeth.

»Frag ihn doch selbst«, sagte Joy.

Elizabeth sah sie an und lachte. »Na gut«, sagte sie dann. Im nächsten Augenblick sagte sie: »Sein Wasserspender funktioniert nicht, und er hat Durst.«

Joy fuhr beunruhigt auf. »Wirklich? In dieser Hitze?«

»Um was geht's hier?«, sagte Plato. »Wer ist Mr. T.?«

Joy war schon aufgesprungen und auf dem Weg zu dem Telefon am Handtuchstand.

Sie rief den Wärter des Hengststalls an und bat ihn, nach Mr. T.s Wasserspender zu sehen. Als sie zurückkam, saß Plato vornübergebeugt und sah Elizabeth auffallend amüsiert an. »Er hat dir gesagt, ein anderes Pferd hätte eine Krankheit, die nicht auf dem Röntgenbild erschien?«, sagte er. »Und als sie es andersherum gescannt haben, haben sie es gesehen?«
»Ach«, sagte Joy, »das Pferd mit dem Kahnbein. Das Pferd von der Westseite. Ja. Aber das ist keine Krankheit. Es ist ein Syndrom, wobei ein kleiner Knochen in den Hufen des Pferdes allmählich degeneriert.«
»Er sah es als blitzende Lichter.«
Joy war sich gar nicht bewusst, wie ihr diese Unterhaltungen mit Elizabeth zur Gewohnheit geworden waren, aber angesichts von Platos Unglauben und Verblüffung, wurde ihr auf einmal seltsam zumute, als habe sie sich, ohne es zu merken, in den Bereich der Verrücktheit verirrt.
»Aber ich kann sie selbst scannen«, sagte Elizabeth. »Einmal sind wir beim Rennen gewesen, und ich habe jedes Pferd, das startete, gescannt und habe das einzige ausgesucht, dass wirklich von Kopf bis Fuß gesund war. Und das hat auch gewonnen.«
»Fandest du nicht, dass der Trainer sehr nett aussah?«, riskierte Joy.
Plato ignorierte sie völlig. »Hattest du auf das Pferd gewettet?«
»Nein«, sagte Elizabeth. »Das Wetten hatte ich vergessen.«
»Du bist beim Rennen gewesen und hast vergessen zu wetten?« Platos Verwunderung darüber ließ alles bisherige Staunen verblassen. »Also, als ich damals in Cambridge war, bin ich jedes Wochenende zum Rennen gegangen. In England ist das Wetten die reinste Form der Marktspekulation. Meiner Meinung nach ist der Totalisator ein philosophischer Gräuel, eine Form von Sozialismus. In England haben alle Rang und Abstammung – die Besitzer, die Pferde, die Trainer, die Wetter, die Buchmacher, die Jockeys. Man könnte sie alle in eine Datenbank stecken und so sortieren, wie man es mit Pferdestammbäumen macht, und so könnte man ihre relative Erfolgs- und Misserfolgsquote aufzeichnen, ihre historischen Beziehungen, das Verhältnis von Erbe und Erziehung. Also, das Menschengenomprojekt wäre ein Klacks im Vergleich mit einer solchen Studie, wirklich.«

»Du denkst immer in großen Maßstäben, Liebling«, sagte Elizabeth.
»Mr. T. hat englische Vorfahren«, sagte Joy.
»Also, was hast du ihn Interessantes gefragt?«
»Tja, also ... Was er von den anderen Pferden hält. Wie es ihm geht.«
»Alles ganz unmittelbar.«
»Na ja«, sagte Joy. »Pferde sind in ihrem Denken ganz unmittelbar. Immer im Hier und Jetzt, du weißt schon.«
»Woher weißt du das?«
Joy lächelte, dann sah sie Elizabeth an, die ihren Blick erwiderte.
»Tja, so sind sie eben«, sagte Elizabeth. »Physisch.«
»Woher weißt du das?«
»Kommt dir dieses Gespräch nicht verrückt vor?«, sagte Joy. »Ich habe eine Ausbildung als Wissenschaftlerin, ich meine immer ...«
»Sieh dich doch um«, sagte Plato. »Was ist verrückt?«
Joy sah sich um. Er hatte Recht. Ein Rasta-Mann und eine Blondine in weißem Kittel, beide auf Rollerblades, die Blondine mit einem Tablett in der Hand, auf dem eine zum Umriss der Freiheitsstatue geschnitzte Ananas saß, plauderten müßig neben dem Pool. Als sie auseinander gingen, um davonzugleiten, erblickte sie hinter ihnen zwei eineiige Zwillingspaare, zwei Frauen und zwei Männer, alle identisch gekleidet, die identische Taschen zum zweiten Abschlag trugen.
»Kommt, wir gehen rüber«, sagte Plato. »Wo sind die Rennpferde untergebracht?«
»Wir brauchen nirgendwohin zu gehen. Der Kanal ist klar und deutlich.«
»Was für ein Kanal?«
»Also, eigentlich ist es kein Kanal. Ich nenne es immer eine Durchdringung.«
»Eine was?«, fragte Joy.
»Eine momentane Allgegenwärtigkeit, die durch gerichtete Aufmerksamkeit entsteht. Ich habe meine eigenen Begriffe prägen müssen. Durchdringung. Allgegenwart. Wachheit. Wir haben ihm eben diese Frage gestellt, deshalb ist er jetzt in einem Zustand der Wachheit.«
»Warum sagst du nicht einfach, er ist wachsam?«
»Weil er sich dessen nicht bewusst ist. Er bemerkt nicht aktiv etwas,

er steht nur zur Verfügung. Vielleicht schläft er sogar. Wenn wir hinübergehen, wendet er sich uns zu, aber das ist rein physisch. Mein Lieblingswort ist ›einheitig‹. Wenn er in einem echten Zustand von Wachheit ist und ich in einem Zustand der Durchdringung und Allgegenwärtigkeit rings um uns, dann bezeichne ich das als ›einheitig‹.«

»Liebling, du bist ein Genie«, sagte Plato. Elizabeth lächelte, und Joy kam es so vor, als lächele sie in dem Wissen, dass sie, unabhängig davon, ob sie ein Genie war oder nicht, auf jeden Fall innig geliebt wurde.

»Was willst du ihn fragen?«, sagte Joy zu Plato.

In diesem Augenblick klingelte das Telefon am Handtuchstand, der zuständige Angestellte hob ab, sprach und winkte Joy herbei. Als sie zurückkam, berichtete sie mit Genugtuung, der automatische Wasserspender sei tatsächlich verstopft gewesen und jetzt in Ordnung gebracht worden.

Plato Theodorakis, der Mann der Zukunft, der durch nichts aus der Fassung zu bringen war, sah sie ziemlich fassungslos an. Elizabeth lachte. »So was passiert die ganze Zeit mit diesem Pferd.«

Plato lehnte sich zurück und schloss einen Augenblick lang die Augen, dann beugte er sich vor. »Was kommt denn für ihn bei alledem raus?«, sagte er.

»Bei was?«

»Präzisier es nicht. Sieh, was er sagt. Frag ihn, was für ihn dabei rauskommt.«

Elizabeth strahlte Plato an, dann schloss sie einen Moment die Augen.

»Bei was, fragt er«, sagte sie.

»Einfach bei allem. Er soll es selbst definieren.«

Elizabeth schloss wieder die Augen, dann öffnete sie sie und sagte: »Mist.«

»Was?«

»Er sagt, für ihn kommt Mist dabei raus. Heu, Futter, Gras, wovon er gern mehr hätte, ganz oft jeden Tag.«

»Ich hab dir doch gesagt, sie sind fürs Unmittelbare«, sagte Joy.

»Ich glaube, er macht einen Witz«, sagte Elizabeth, ohne die Augen zu öffnen.

»Na gut«, sagte Plato. »Das wollen wir sehen. Frag ihn, was er ist.«
»Er ist ein Pferd«, sagten Joy und Elizabeth wie aus einem Mund.
»Aber was ist das seiner Meinung nach? Wie definiert er das? Unterworfene Völker zum Beispiel haben meistens einen Namen für sich selbst, der ihre Identität im Gegensatz zu dem ihnen allgemein beigelegten Namen neu definiert. Die Lakota lassen sich zum Beispiel nicht gerne Sioux nennen. Etwas in der Art.«
»Er hat nichts dagegen, als Pferd bezeichnet zu werden.«
Plato schüttelte den Kopf. »Ich meine ...«
»Er sagt, es ist besser, als Hund genannt zu werden?«
»Als Hund zu sein oder genannt zu werden?«
»Beides.«
Plato seufzte. »Er treibt ... äh, mit mir wird hier ein Spielchen getrieben.«
»Vielleicht«, sagte Elizabeth. »Ich kann es nicht genau feststellen.«
»Ich wünschte, ich könnte seinen Gesichtsausdruck sehen«, sagte Joy. »Ich werde ziemlich gut im Deuten seines Gesichtsausdrucks.«
»Zieht ihr mich auf?«, fragte Plato Elizabeth.
Sie öffnete die Augen und lächelte unergründlich.
»Theoretiker werden immer aufgezogen, weil sie alles zu ernst nehmen.«
»Vielleicht ziehe ich dich auf.«
Bei dem bloßen Gedanken daran begannen beide breit zu lächeln.
»Frag ihn, was er von allem am besten kennt.«
Beide sahen sie an, dann schloss Elizabeth wieder die Augen. Eine lange Pause trat ein. Dann sagte sie: »Ich sehe ein Bild vom Boden.«
»Er kennt sich mit Geläufen aus«, sagte Joy.
»Sehr interessant«, sagte Elizabeth. »Ich bekomme einen ganzen Strom von Bildern. Zuerst konnte ich nicht erkennen, was sie darstellen sollten, aber jetzt sehe ich, dass das, was wie fließendes oder strömendes Wasser aussieht, in Wirklichkeit Boden ist, der fließt oder strömt, Rasen, Sand, Hügel, Mulden, flaches Gelände, aber ich sehe auch Boden ganz aus der Nähe, grüne Pflanzen und Gräser und Blätter und andere Vegetation.«
»Grasland«, sagte Joy.
»Es fließt alles auf ihn zu, wie ein Fluss.«

»Oder er bewegt sich darüber hinweg.«
»Aber es ist nicht nur visuell«, sagte Elizabeth. »Es vermittelt mir ein anderes Gefühl, eine wellenförmige Fläche, der sich mein Körper anpasst.«
»Warum auch nicht?«, sagte Joy. »Stell dir doch nur vor – sie haben die ganze Zeit alle vier Beine auf dem Boden und die Nase auch meistens dicht daran.«
Sie wusste, dass sie sich überheblich anhörte, aber in Wirklichkeit bekam sie bei Elizabeths Worten eine so seltsame, aufregende Empfindung, als bewege sich die bislang so ruhige und stete Erde auf sie zu und umfange sie. »Stell dir doch mal vor, wie es sein muss, wenn man sich bei einem Tempo von 45 Stundenkilometern fortbewegt, mit der Nase immer vorn. Da hast du Wachheit!« Sie lachte.
»Was kennt er sonst noch?«, sagte Plato.
»Er kennt Joy«, sagte Elizabeth. »Unsere Joy hier. Er gibt mir ein interessantes Bild von ihr. Wie mit einem Fischaugenobjektiv aufgenommen. Sie ist im Mittelpunkt, groß und ganz weiß angezogen, und rings um sie stehen andere Pferde und Leute, die aber kleiner und unschärfer sind. Ich glaube, das ist ein Bild voller Liebe.«
»Frag ihn, ob er weiß, was Liebe ist«, sagte Plato.
Ein kurzes Schweigen trat ein. Joys Herz hämmerte.
»Natürlich weiß er das, sagt er.«
»Pferde sind sehr anhängliche Tiere«, sagte Joy, aber sie konnte nur mit Mühe sprechen.
»Also, was ist los?«, sagte Plato.
Elizabeth schwieg lange, sie hatte die Augen geschlossen, ihr Gesicht drückte Verwunderung aus. Schließlich sagte sie: »Also, was er mir zeigt, lässt sich am besten damit umschreiben, dass er sagt, Liebe sei Durchdringung. Und er sagt, dass es besonders durchdringend ist, wenn Joy in der Nähe ist.«
Ach, dachte Joy, ich bin so dumm. Schritt für Schritt habe ich mich von strengen funktionalen Definitionen, von wissenschaftlichen Methoden, von Biologie, Physiologie, Chemie, Biomechanik und Ordnung wegbewegt, und hier befinde ich mich in einer neuen Welt, wo ich nicht weiß, wie ich existieren soll oder wer ich bin, und es ist ganz anders als jede Zukunft, die ich mir jemals vorgestellt habe.

»Ich wünschte, wir könnten irgendetwas Sozialtheoretisches aus diesem Pferd rauskriegen«, sagte Plato. »Ich weiß nicht, irgendwas mit Gemeinschaft und Gesellschaft. Nicht bloß Weltanschauung.«
»Vielleicht später«, sagte Elizabeth. »Er ist müde, und er begreift ohnehin nicht richtig, auf was du hinauswillst.«
Joy lehnte sich zurück in ihren Liegestuhl und blickte auf die berankten Streben der Pergola über ihr. Ja, dachte sie, sie konnte all das gleichzeitig im Sinn behalten, den Boden, der auf sie zuwogte, die Liebe des Pferdes, die sie wie eine schöne Glaskugel umgab, ihr eigener Blick auf Mr. T.s Gestalt und sein intelligentes Gesicht in dem Moment, wenn er sich ihr zuwandte, und wenn sie all dies gleichzeitig in ihrem Kopf in der Schwebe hielt, dann wirkte es wie ein Zauber gegen Verdruss und Einsamkeit, gegen Leere und Erschöpfung und sogar gegen Neid auf Elizabeth und Plato, die neben ihr saßen und sich küssten. Sie seufzte glücklich. Auf den grünen Hängen ihr gegenüber stieg das Berieselungswasser in einer Fontäne kleiner Tropfen auf, so glitzernd und so kostbar wie Diamanten.

Kapitel 35
Doppelschlag

»Weißt du was«, sagte Louisa, »es gibt so viele Dinge, die man sich jahrelang wünscht, und wenn man sie dann endlich hat, dann hat sich gar nichts geändert, alles ist so wie immer. Das ist mit fast allem so. Aber jetzt, nach all den Jahren, in denen ich um einen Stundenplan gebeten habe, bei dem ich montags und freitags freihabe, habe ich ihn endlich für diesen Sommer bekommen, und es ist genauso, wie ich es mir immer vorgestellt habe.«
»Und wie ist es?«, fragte Dick.
»Wie der Himmel auf Erden«, sagte Louisa und lächelte ihn über den Frühstückstisch an. Es war Montagmorgen, halb neun, vor ihm standen ein Spiegelei, zwei Scheiben gebratenes Rosinenbrot, Wurst und

ein Glas Preiselbeersaft. Vor ihr stand das Gleiche. Sie frühstückten. Zusammen. Und die Sonne stand schon hoch am Himmel. Und was noch ungewöhnlicher war, sie hatten für den Tag einen Ausflug nach Woodstock geplant, wo sie zu Mittag essen wollten. Und wenn sie wieder heimkamen, wollten sie vielleicht ins Kino gehen. Es war wie ein Rendezvous. Es war wohl seit Jahren das erste Mal, dass sie einfach so ausgingen, nicht, um einander zu beweisen, dass sie oder er sich doch für das Leben des anderen interessierte, und auch nicht zu irgendeinem Zweck wie Essen, Schlafen, Kleidung und Behausung. Louisa hatte seit ein paar Monaten keinen Anfall von Agoraphobie gehabt. Dick meinte, dieser Ausflug sollte das sowohl feiern als auch auf die Probe stellen. Deshalb hatte er etwas ambivalente Gefühle.

Die galten nicht nur dem Ausflug. Er würde dieser Tage ein Pferd zum ersten Mal starten, eine Zweijährige, die die Besitzer bei einer Trainingsauktion im Frühling gekauft hatten. »Wie sollen wir sie nennen?«, hatten sie gesagt, vielleicht war es nur eine dahingeworfene Bemerkung. »Ambivalence«, hatte er gesagt, es sollte ein Scherz sein. Aber es war ein passender Name, zumal ihr Vater Two Punch hieß, und so hatten sie sie eintragen lassen. Manchmal wollte sie laufen, manchmal nicht. Natürlich war das bei den meisten so, aber weil sie Ambivalence hieß, musste es bei ihr so sein. Der Name war gut, aber natürlich hatte er dazu auch eine ambivalente Einstellung.

Die Sache war nämlich die, dass er sein Gespür dafür verloren hatte, wie er dieses Pferd trainieren sollte, und sie steckte die anderen an. Bei einem Zweijährigen brachte man dem Körper etwas bei, aber der Kopf musste mitziehen. Manche brauchten lange, bis sie kapierten. Häufiges Arbeiten und ständiges Rennen erzog sie zur Konzentration und zeigte ihnen, was sie tun mussten, besonders den Stuten. Aber häufiges Arbeiten und ständiges Rennen waren hart für die Pferde. Und Ambivalence hatte einen ambivalenten Stammbaum. Stage Door Johnny war darin, aber auch Storm Bird. Sie hatte eine kräftige Dosis Sprintanlage, wenig im Mittelbereich und wieder viel Stehvermögen, das war ungewöhnlich bei einem amerikanischen Pferd. War sie ein Sprinter? Oder war sie ein Steher? Was die Dosierung anging, hatte er natürlich auch eine ambivalente Einstellung. Die Folge davon war, dass er sie erst auf eine Art trainierte – alle fünf Tage Arbeit, komme, was da wolle – und sich dann entschied, sie anders zu trainieren, mit langem langsamem Galopp und Arbeit nur dann, wenn sie ein wenig aufgepeppt werden musste. Die Folge war, dass entweder er keine Ahnung hatte, wer sie war, oder dass sie selbst keine Ahnung hatte, wer sie war. Entweder oder.

»Dick?«, sagte Louisa.

»Liebling.« Aber die Tatsache, dass sie ihm einfach so in die Gedanken gefahren war, ließ einen plötzlichen, heftigen Ärger in ihm aufsteigen.

»Bist du noch da?«

»So halb.« Dass sie seinen Ärger spürte (was er an ihrer Stimme merkte), machte ihn nur noch ärgerlicher. Vielleicht war es so, dachte er, weil man ausgerechnet heute nicht mit einem Streit rechnete, musste es zu einem kommen.

»Bist du wirklich mit deinen Gedanken hier? Wenn nicht, können wir uns das alles auch sparen.«

»Was können wir uns sparen?«

Sie räusperte sich und überließ es ihm, zu erraten, was sie meinte. Oder es zu wissen. Man konnte sich die Mühe sparen, zusammen zu sein, darauf wollte sie hinaus, ließ ihm aber die Möglichkeit offen, zu meinen, es gehe nur um die Pläne für diesen Tag.

»Tut mir Leid, Liebling«, sagte er. Immerhin ein Versuch. Aber ihr Gesicht hatte sich verdüstert. Es würde kein perfekter Tag. Bei diesem Gedanken wurde ihm klar, dass er das vorgehabt hatte – ein perfekter Tag als Sprungbrett in ein neues, weniger ambivalentes gemeinsames Leben. Wenn man einen Tag oder eine Stunde oder auch nur einen Augenblick reiner Liebe für den Ehepartner haben konnte, dann würde das schon für alles andere reichen, nahm er an, aber die Augenblicke rannen ihm durch die Hände und waren überschattet von Ambivalenz und Unaufmerksamkeit. Plötzlich wurde ihm klar, dass Ambivalenz natürlich nichts anderes war als Unaufmerksamkeit – getarnt als Unentschlossenheit. Ach, es war ein solcher Wirrwarr. Die Düsternis auf Louisas Gesicht wich einem anderen, härteren Ausdruck, der aussah wie Entschlossenheit. Und dann stieß sie ihren Teller zurück. »Denkst du eigentlich auch mal an etwas anderes als Pferde?«, sagte sie.

»Natürlich, ich …« Aber ein Restbestand seines weitgehend verflogenen Ärgers war noch da, das konnte sie hören, und das reichte ihr.
»Wirklich?« Sie reckte ihr Kinn vor. »Sag nicht ›natürlich‹. Denk nach, bevor du redest.«
Da er die meiste Zeit an Rosalind Maybrick dachte, sagte er: »Ich denke viel an Pferde, aber …«
»Aber was?«
»Ich träume auch oft von anderen Dingen.«
»Zum Beispiel?«
»Zum Beispiel dass ich nackt in einem Restaurant bin. Oder meine Hausaufgaben nicht gemacht habe.«
»Mit Vergnügen?«
»Was?«
»Macht es dir Vergnügen, wenn du träumst, du wärest nackt in einem Restaurant?« Sie hörte sich ärgerlich an.
Und das brachte seinen Ärger wieder zum Aufflackern, der jetzt mehr ein nagender Groll war. »Ja, es macht mir Spaß. Ich bin überhaupt nicht verlegen, und Frauen stehen von ihren Plätzen auf und kommen zu mir und sehen mich voller Verlangen an.«
Sie lehnte sich heftig in ihrem Stuhl zurück und starrte ihn an. Natürlich hatte er so etwas noch nie im Leben geträumt. Er hatte es mit der Absicht gesagt, sie zu verletzen.
»Ich hatte mich auf einen netten Tag gefreut«, sagte sie.
»Ich mich auch.«
»Warum willst du ihn dann kaputtmachen?«
Er hätte fast etwas gesagt, wie dass er ihn gar nicht kaputtmachen wollte oder so, aber dann sagte er: »Weil ein netter Tag bei uns geheuchelt wäre.«
»Was?«
»Ich kann nette Tage nicht ausstehen. Ein netter Tag ist genau das, was ich auf den Tod nicht ausstehen kann. Wenn wir einen Tag zusammen verbringen, muss es immer perfekt oder eine Katastrophe sein.«
»Warum?«
»Wenn wir nicht langsam etwas gemeinsam haben, was schwarz oder weiß ist, wissen wir bald nicht mehr, warum wir überhaupt noch zusammen sind.«

»Ich liebe dich.« Aber der Ausdruck von Entschlossenheit war auch aus ihrem Gesicht verschwunden. Angst malte sich darauf ab.
»Wirklich?«
»Ja. Liebst du mich nicht?«
»Ich weiß es nicht, Louisa. Ich weiß nicht mehr, was Liebe ist. Wenn ich es überhaupt je gewusst habe.«
Er merkte, dass er endlich auf dem Weg dazu war, die Wahrheit zu sagen.
»Sag nicht so etwas.«
»Warum nicht?«
»Weil mir dann schwindlig wird.«
»Schwindlig wie vor einem Anfall?«
»Ich weiß nicht. Nein. Schwindlig, als hätte ich jede Orientierung verloren. Dick, wir sind seit fünfundzwanzig Jahren zusammen.«
»Das weiß ich.«
»Liebst du mich noch?«
»Ich weiß nicht, was Liebe ist. Ich weiß es nicht mehr. Ich weiß überhaupt nicht mehr, was irgendetwas ist. Ich laufe herum und sehe mir diese Typen auf der Rennbahn an, die alle genau wissen, was alles ist, sogar wenn sie nicht Recht haben und nie gewinnen und jede Woche bei ihnen ein Pferd auf der Strecke bleibt und sie ihre Rechnungen nicht bezahlen können, aber sie wissen genau Bescheid. Sie wissen einfach über alles Bescheid, und sie sind zu jeder Tages- und Nachtzeit bereit, dir alles zu erzählen, was sie wissen, aber ich kann nicht behaupten, dass ich auch nur irgendetwas weiß.«
Sie hörte nicht zu. Wenn er ihr nicht sagen konnte, dass er sie liebte, konnte sie nicht zuhören. So einfach war das. Deshalb versuchte er es wieder mit Ehrlichkeit.
»Ich habe ein Verhältnis gehabt.«
»Mit wem?«
»Mit Rosalind Maybrick.«
»Auch noch, als ich damals zu dem Rennen gekommen bin?«
»Ja.«
»Das habe ich mir gedacht. Hast du sie geliebt?«
»Ja.«
»Hat sie dich geliebt?«

»Ich weiß nicht.«

»Das finde ich wunderbar, bei ihr weißt du, was Liebe ist, und du weißt, dass du sie liebst, aber bei mir weißt du es nicht.«

»Ich war bei ihr auch ambivalent.«

»Ich hasse das.«

»Was.«

»Verschwinde, verdammt nochmal.«

»Von wo?«

»Aus dieser Wohnung. Das ist meine Wohnung. Das sind meine Möbel. Das ist mein Geschirr, und das sind meine Servietten und meine Stühle und mein ...«

Ihr Gesicht glühte. Er merkte, dass sie so gemein war, wie sie nur konnte mit diesem »mein, mein, mein«. Sie war ihr ganzes gemeinsames Leben über sanftmütig und großzügig gewesen. Jetzt schloss sie die Augen und suchte nach einer anderen Form von Gemeinheit. »Du hast überhaupt kein Gefühl für Rhythmus«, sagte sie. »Als du in der Band gespielt hast, war dein Tempo immer ungleichmäßig.« Sie lächelte boshaft. »Alle haben hinter deinem Rücken darüber gelästert.« Dass das die schlimmsten Beschimpfungen waren, die ihr einfielen, brachte ihn fast so weit, dass er wusste, dass er sie liebte. Er seufzte wieder und stand vom Tisch auf. Jetzt würde er seine Sachen packen, dachte er, aber er würde es langsam tun, um sie zu reizen und um dafür zu sorgen, dass ihre Ehe an diesem einen Tag so weit wie möglich auseinander ging. Das war die einzige Hoffnung, die sie hatten, dachte er. Er wandte sich vom Tisch ab und machte sich auf den Weg ins Schlafzimmer. Hinter ihm brach sie lautstark in Tränen aus. Das störte ihn unglaublich, aber gleichzeitig begriff er, dass das ein hervorragender Anfang war, und dabei empfand er nicht die geringste Ambivalenz.

Kapitel 36
Vage Chancen

Florence Schmidt hatte eine Psychotherapeutin – die im Rahmen ihrer Witwenansprüche von der Armee bezahlt wurde – namens Marguerite, eine mitfühlende und liebenswerte Frau, die immer makellos gepflegt und schön gekleidet war, aber nicht diesen Nimbus der Undurchdringlichkeit hatte, der Florence' Meinung nach die meisten Frauen dieser Art umgab. Marguerite setzte Florence nicht unter Druck, weil sie, wie sie gelegentlich sagte, lieber abwartete, bis Florence sich selbst unter Druck setzte, und weil sie, wie die Tatsache bewies, dass sie sieben Kinder großgezogen hatte, eine Frau von unerschöpflicher Geduld war. Da die Witwenzuwendungen seitens der Armee auch unerschöpflich waren, konnten sie es sich leisten, bis in ihr nächstes Leben hinein damit abzuwarten, sagte die liebenswerte Therapeutin lächelnd. Es bestand kein Grund zur Eile. Florence sagte ihren Freunden, sie gehe zur Psychotherapie, aber in Wirklichkeit ging sie wegen der Schönheitstipps. Diese Tipps hatten nichts damit zu tun, dass sie andere Männer auf sich aufmerksam machen wollte, sondern nur damit, dass sie mehr über ihre eigene Identität herausfinden wollte. Wenn sie dasaßen, manchmal im Gespräch, manchmal schweigend, registrierte Florence, was ihre Therapeutin trug und wie sie geschminkt war und wie sie ihre körperlichen Vorzüge zur Geltung brachte. Die Frau hatte zum Beispiel dunkelbraune Augen, aber ihre Haare waren blond, das war eine ungewöhnliche Kombination. Nach ein paar Wochen Therapie kam Florence zu dem Schluss, dass sie die Haare färbte, und sie ging heim und sah in den Spiegel. Es stimmte, ihr dunkles Haar mit den grauen Strähnen war zu kontrastreich, deshalb ging sie in einen Schönheitssalon, und die dortige Therapeutin namens Martine machte ihr eine Haartönung. Wenn sie nun von Marguerite eine Bemerkung dazu erwartet hätte, wäre sie enttäuscht worden, aber sie hatte es nicht erwartet. Das Nächste, was ihr an Marguerite auffiel, war, dass ihre Strümpfe ganz bestimmt nicht von L'eggs waren. Deshalb ging sie in ein Geschäft für Lingerie und machte sich kundig. Die Strümpfe, die so aussahen wie die von Marguerite, waren aus Seide und kosteten fünfzehn Dollar das Paar. Sie kaufte zwei Paar und ließ die Verkäuferin namens Natalie auch zwei cremefarbene Tanga-Slips und ein pfirsichfarbenes Seiden-Panty in die Tüte packen. Danach verwandte sie vier Wochen und vierhundert Dollar Armeezuwendungen auf das Studium von Marguerites Schuhen. Marguerite trug jedes Mal ein anderes Paar Schuhe, das waren also vier verschiedene Musterbeispiele europäischen Lederhandwerks, jedes für rund 175 Dollar. Als Florence das nächste Mal zu Macy's ging, betrat sie als Marguerite die Schuhabteilung und ließ Denise ihr ein Paar flacher Arche-Schuhe mit Reißverschluss hinten und ein Paar brauner Slingpumps verkaufen. Als sie zu ihrer nächsten Therapiesitzung ging, trug sie die braunen Slingpumps mit den Strümpfen und der neuen Unterwäsche. Marguerite riskierte die Bemerkung, Florence wirke selbstverwirklichter als sonst. Aber das Warten ging weiter. Florence war eine Schülerin. War immer eine Schülerin gewesen. Sie wusste ganz genau, dass sie ohne Marguerite, Martine, Natalie und Denise diese Dinge nie gekauft hätte.

Am nächsten Tag flog sie mit Audrey nach Los Angeles, um zum ersten Mal seit Richards Tod seine Eltern zu besuchen. Sie wusste, dass Marguerite ihr fehlen würde, aber sie brauchte eine Pause. Sie wusste außerdem nicht, warum sie sich eigentlich verändern sollte, denn es war ja durchaus möglich und vielleicht sogar wünschenswert, dass sie ihr Aussehen so bewahrte, wie Richard es gekannt hatte, und zwar für den ganzen Rest ihres Lebens, das sie, vom Steuerzahler finanziert, allein mit Audrey und in einem vom Kummer überwältigten geistigen Vakuum verbringen könnte.

Im Flugzeug saß Florence neben der in die *Thoroughbred Times* vertieften Audrey und rechnete aus, was sie bislang für ihr Aussehen ausgegeben hatte – lauter Ausgaben, die von ihrem Lebensunterhalt abgingen. Sie kam auf sechshundert Dollar, das waren fünfhundert Dollar mehr, als sie sich leisten konnte, für Schuhe, Friseur und Unterwäsche auszugeben. Sie lehnte sich zurück und sah aus dem Fenster, dabei dachte sie darüber nach, ob sie versuchte, ihr Aussehen zu verbessern oder überhaupt erst eines zu bekommen. Audrey neben ihr sagte: »Meinst du, Opa nimmt mich mit nach Del Mar? Am Samstag haben sie dort fünf Stakes-Rennen.« Apropos Aussehen, dachte Florence. Audrey war kein dünnes kleines Mädchen mit schmalem Gesicht und glattem schwarzem Haar mehr. Ihre Schultern wurden breiter, ihr Haar wurde dicker und ihr Kinn ausgeprägter, als sei es der erste Schritt bei der Umsetzung ihres Lebensplans, Richard ähnlicher zu sehen.

»Wenn du nach Del Mar möchtest, kann ich auch mit dir hinfahren«, sagte Florence. Nicht, dass Florence Audrey jetzt jeden Wunsch erfüllte. Aber Audrey hatte, genau wie Richard, eine Berufung, und Florence hatte keine. Im Großen und Ganzen fand Florence, dass Audreys Berufung ganz in Ordnung war.

Richards Vater musste an diesem Tag zwar arbeiten, aber er gab Audrey hundert Dollar zum Wetten, und als sie nach der langen Fahrt an der Rennbahn angekommen waren, konnte Florence nur Audrey hinterherlaufen, vom Sattelring zum Wettschalter zur Tribüne, und dabei beobachten, mit welcher intensiven Konzentration sie ihre Entscheidungen traf. Florence musste die Wetten natürlich abschließen. Audrey sagte ihr, was sie zu tun hatte. Sie sagte zu ihr: »Du gehst also hin und sagst: ›Erstes Rennen, zehn Dollar auf Nummer fünf als Sieger.‹ Dann gibst du ihm dein Geld und nimmst deinen Wettschein. Vergiss nicht, dein Ticket zu prüfen, bevor du vom Wettschalter weggehst.« Florence hatte nichts gegen Audreys Ton, den die meisten Mütter befehlend gefunden hätten.

Das Pferd mit der Nummer fünf im ersten Rennen war dunkel, und der Jockey trug ein Hemd mit roten und weißen Rauten. Mehr bemerkte Florence nicht, aber Audrey unterrichtete sie. »Diese Stute stammt von Rainbow Quest ab, und ihre Mutter ist eine Gone-West-Stute. Ich weiß nicht. Sie sieht gut aus, aber von dem Jockey habe ich noch nie gehört. Er hat eine doppelte Gewichtszulage.« Sie blickte auf und musterte den Jungen wieder. Ja, sie starrte ihn regelrecht an, dachte Florence, als wollte sie seine Gedanken lesen. Und merkwürdigerweise sah er dann direkt zu ihr herüber und lächelte sie an. Ohne den Blick von ihm abzuwenden, sagte Audrey: »Das ist sein Ausgleichsgewicht als Lehrling. Aber das ist in Ordnung. Er ist in Ordnung. Komm, wir setzen auf ihn.«

Das Pferd siegte mit Gewinnchancen von acht zu eins. Florence hatte kaum Zeit, ihre neunzig Dollar abzuholen, dann eilten sie wieder zum

Sattelring. Das Wetter war angenehm und Del Mar wie ein Garten voll bunter Blumen. Es war fast so, ja eigentlich sogar genauso wie Ferien, dachte Florence. Hätte sie nicht gewusst, dass dem nicht so war, hätte sie gesagt, dass sie sich gut amüsierte. »Steck die neunzig Dollar, die wir gewonnen haben, in die eine Tasche, und die neunzig, die wir noch von Opa haben, in die andere.« Florence tat, was sie ihr sagte. Audrey bezog wieder ihren Posten und traf ihre Wahl. Sie entschied sich für einen Fuchs mit einem Jockey in Violett, aber als die Jockeys aus dem Führring auf die Bahn kamen, war auch dieser Lehrlingsjockey dabei, wieder auf einem dunklen Pferd, aber diesmal trug er Grün. Er lächelte Audrey an und winkte, und als sie zum Wettschalter gingen, sagte sie zu Florence, sie solle fünfzig auf ihn setzen und nur zehn auf das Pferd, das sie zuerst ausgesucht hatte. »Aber es müssen die fünfzig von unserem Gewinn aus dem letzten Rennen sein«, sagte sie. »Und die zehn müssen von Opas Geld sein.«

»Was ist denn der Unterschied, Audrey? Geld ist ...«

»Bitte, Mama.«

Als sie ihre dreihundert Dollar abholten, die sie von dem grünen Pferd bekommen hatten, rollte Florence die Scheine zusammen und steckte sie kommentarlos in die richtige Tasche.

Beim dritten Rennen fiel Audreys Wahl auf den Favoriten, der nur mit einer Quote von drei zu zwei startete, eine schlechte Wette, doch Audrey wollte trotzdem zehn Dollar vom Geld ihres Großvaters darauf setzen. Aber der junge Jockey, der, wie Audrey entdeckt hatte, Roberto Acevedo hieß, hielt wieder nach ihr Ausschau. Sie stand genau da, wo der Ring an den Pfad unter der Tribüne grenzte. Im Vorbeireiten lehnte sich dieser Roberto kurz hinunter und berührte Audrey oben am Kopf. Audrey kam gar nicht dazu zu reagieren, aber hinterher schob sie Florence vor sich her, als sie zum Wettschalter liefen. Sie setzten hundert aus der rechten Tasche auf Robertos Pferd. Er siegte mit einer Quote von zwölf zu eins. Florence musste nach Luft schnappen, als sie nach dem Rennen die dreizehnhundert Dollar abholte. Sie hatten jetzt 1580 Dollar gewonnen. Audrey sah Florence fest in die Augen. Jetzt war sie wirklich ganz genau wie Richard. An dem Tag, als er ihr sagte, dass sie nach Frankreich gehen würden, hatte er sie genauso angesehen. »Jetzt setzen wir tausend Dollar, Mama«, sagte sie.

Aber Roberto war nicht im vierten Rennen, und Audrey wettete nur zehn Dollar vom Geld ihres Opas auf eine Schimmelstute, die Fünfte wurde.
Als sie vor dem sechsten Rennen an der Absperrung standen, kam Roberto aus dem Jockeyraum. Er blieb stehen, schaute sich um, sah Audrey und kam direkt auf sie zu. Er sah nett aus, ein Latino-Typ, wie Florence bemerkte, und jung. Er war ungefähr so groß wie Audrey, so groß wie Florence selbst, eins fünfundsechzig – wann war Audrey so gewachsen? Er trat auf Audrey zu, legte die Hände auf ihre Wangen und küsste sie mitten auf den Mund. Florence erschrak, aber Audrey nicht. Als Roberto sich umdrehte und, unter allgemeinem Lachen und Raunen ringsum, zu seinem Pferd lief, drehte Audrey sich auf dem Absatz um und sprintete zum Wettschalter. Florence lief hinter ihr her. Sie setzten ihre tausend Dollar.
Das Pferd gewann mit drei zu eins. Jetzt hatten sie 4580 Dollar gewonnen. »Audrey, ich will jetzt nach Hause«, sagte Florence. »Wir haben eine Menge Geld, und ich bin unruhig, wenn ich es in der Tasche habe.«
»Noch eins«, sagte Audrey in Richards Befehlsstimme. Florence fuhr sich mit der Zunge über die Lippen. Die ganze Zeit fragte sie sich, was Roberto nach diesem Kuss als Nächstes machen würde. »Das war ja ein ziemlicher Kuss, Audrey«, sagte sie. »Du kennst ihn nicht mal.«
»Er ist ein Jockey.«
»Ja und?«
»Ich bin auch Reiterin.«
»Ja und?«
»Deshalb ist das völlig in Ordnung. Es geht nicht ums Küssen, Mama. Wenn es ums Küssen ginge, wäre es ekelhaft. Das weißt du doch.«
Da musste Florence lachen, aus lauter Dankbarkeit, dass Audrey doch noch nicht so ganz erwachsen war.
Sie blieben also bis zum achten Rennen. Die Pferde kamen heraus. Die Besitzer und die Trainer kamen heraus. Die Jockeys kamen heraus. Roberto sah sich nach Audrey um, die ihn schon anstarrte und darauf wartete, dass er ihr den Blick zuwandte. Sie sahen sich lange an, und nachdem er aufgesessen war, stand Audrey einen Augenblick unentschlossen da. »Na?«, sagte Florence. Die Chancen des Pferdes

standen fünf zu eins. Sie konnten zweitausend wetten und zweitausend behalten. Florence wurde ganz aufgeregt bei diesem Gedanken und zählte im Geiste schon die vierzehntausend Dollar, die sie heimbringen würden. Die Pferde kamen nacheinander aus dem Führring. Roberto warf Audrey ein liebenswertes Lächeln zu, als er an ihr vorbeiritt. »Na?«, sagte Florence.

»Keine Wette. Das verliert er.«

»Was?«

»Mir gefällt das Pferd nicht. Roberto verliert das. Ein übles Rennen. Zu viele Pferde und alle alt. Komm, wir fahren heim.«

»Willst du das Rennen nicht mal sehen?«

»Nein. Komm, gehen wir.«

»Woher weißt du, dass er es verliert?«

»Ich weiß es nicht.«

»Weiß er, dass er verliert, oder nur du?«

»Er ist sich noch nicht ganz sicher, aber ich weiß es. Deshalb habe ich ihn nicht richtig angeguckt. Ich will nicht, dass er in dieses Rennen mit dem Wissen geht, dass er verliert. Sonst passiert ihm noch etwas.«

»Audrey, das verstehe ich nicht.«

»Mensch, Mama, verdammt nochmal, ich verstehe es auch nicht. Aber es stimmt trotzdem.«

»Sag nicht verdammt nochmal, wenn du mit mir redest. Das gehört sich nicht.«

»'tschuldigung.«

Das war etwas, was sie verstand, dachte Florence, als sie auf dem Parkplatz nach dem Wagen ihres Schwiegervaters suchten. Dinge, die sich zwischen einer zwölfjährigen Tochter und ihrer Mutter im mittleren Alter nicht gehören. Und ehrlich gesagt war das irgendwie erleichternd. Das Bündel Geldscheine lag so rund und dick wie eine Glühbirne in ihrer rechten Tasche. Sie stiegen ins Auto und nahmen ihren Gewinn nach Hause.

AUGUST

Kapitel 37

Jährlinge zum Verkauf

Man musste erlebt haben, was für eine Hölle Keeneland im Juli war, um den Himmel von Saratoga im August goutieren zu können. Buddy fand, selbst wenn es heiß wurde, was nicht oft vorkam, waren die Bäume so groß und schattig, dass sie Erinnerungen an die alten Zeiten ohne Klimaanlagen wachriefen und einen glauben ließen, dass man die Hitze nicht nur ertragen, sondern sogar darin gedeihen konnte, dass man ein Mann des 19. Jahrhunderts werden konnte, wie Colonel O'Bradley, der Man O'War starten ließ, ein Mann vom alten Schlag, der weniger Bequemlichkeiten, aber mehr Energie hatte, weniger Bildung, aber mehr Intelligenz und ein kürzeres Leben, aber längere Tage als die erbärmlichen Sünder am Ende des 20. Jahrhunderts, zu denen er selbst gehörte. Nach längerer Zeit war Saratoga der erste Ort, an dem Buddy Crawford nicht den Wunsch verspürte, tot zu sein.

Buddy machte einen Unterschied zwischen diesem Wunsch und dem Wunsch, Selbstmord zu begehen, was er nicht wollte, denn er war kein depressiver Typ und war es nie gewesen. Er war ein aufbrausender Typ und war es immer gewesen, und Jesus hatte dafür volles Verständnis und konnte es sogar nachfühlen, könnte man sagen, denn war er nicht selbst auf diesen Baum wütend geworden, der nicht Früchte tragen wollte, als er es ihm befahl, oder wie war das? Buddy war nicht gerade eine Leseratte, und obwohl er sich eine Bibel gekauft hatte, die in normalem Englisch geschrieben war, schlief er immer wieder über den Geschichten ein, wenn er sie nicht nur überflog, aber die Sache war ja so: Wenn man ganz schnell las, fanden die Augen wie von selbst die wichtigsten Stellen, und dann fuhr Jesus in einen und sagte, was an dem Rest wichtig war. Der Unterschied zwischen dem

Wunsch, tot zu sein, und dem Wunsch, Selbstmord zu begehen, war der, dass Selbstmord ein typisch erbärmlicher Impuls war, den Versager hatten, während der Wunsch, tot zu sein, nur eine Art Vorliebe war, wie wenn man lieber Haferflocken zum Frühstück hatte als eine Tasse Kaffee und eine Zigarette. Vor allem jetzt, da Buddy wusste, dass ihn der Lohn des ewigen Lebens erwartete, erschien ihm der Wunsch, tot zu sein, eher vergleichbar mit dem Wunsch, nach Hawaii zu ziehen oder dergleichen.

Wenn er tot wäre, dachte Buddy, dann müsste er nicht unentwegt über seinem Dilemma brüten. Ja, er war Residual und Epic Steam losgeworden, aber dadurch hatte sich nichts geändert. Er gewann immer noch ununterbrochen. Beim Hollywood Meeting: 103 Pferde am Start, vierunddreißig Sieger, zwanzig Zweite, sechsundzwanzig Dritte, eine Gewinnquote knapp unter 30 Prozent, jeder Verlierer auf der Rennbahn konnte es in der Rennzeitung nachlesen. Und in den zwei Wochen, die er jetzt in Del Mar war, lief es genauso. Aber Jesus mochte Verlierer, das ließ sich überall nachlesen, und ganz besonders mochte er gute Verlierer. Das war sein Dilemma. Offensichtlich konnte er kein Verlierer werden, doch die Sanftmütigen und so weiter. Es war sonnenklar. Aber trotzdem, wenn man nachts aufwachte und sich sagte, Jesus würde einen mit einer vierprozentigen Gewinnquote lieber haben, war man nicht sicher, ob das ausreichend dafür entschädigte, dass man sich selbst dann wesentlich weniger mochte. Aber der Grund dafür, dass er jetzt in Saratoga nicht tot sein wollte, war der, dass es nicht wohlerzogen war, und deshalb hatte auch niemand diesen Wunsch. Außerdem trapsten seine Besitzer hinter ihm her und erwarteten von ihm, seine zukünftigen Sieger zu bestimmen. In Wirklichkeit war es sogar so, dass jeder, der mit Pferderennen zu tun hatte, in Saratoga den brennenden Wunsch hatte, niemals zu sterben, damit er Jahr für Jahr wieder nach Saratoga zurückkehren konnte, bis die Meere versiegten und Vollblutpferde ausstarben.

Die Jährlinge sahen in diesem Jahr gut aus, fand Buddy, jedenfalls sahen sie irgendwie gut aus, aber er ertappte sich dabei, dass er seltsame Anwandlungen hatte. Zum Beispiel stand da ein Jährling, und er beugte sich in lang erprobter Manier hinab, um festzustellen, ob die Beine des Tieres auch gerade und makellos waren. Ja, dachte er dann, oder nein. Ja oder nein. Ein Mann wie er, der seit Jahrzehnten Trainer war, wusste, was makellos hieß. Nicht nur, dass er wusste, was fehlerfrei hieß, er war auch dafür bekannt, dass er es wusste, warum hätte er sonst diese Herde von Besitzern bei sich? Aber dann brachte ihn irgendetwas an den Beinen durcheinander, und er bekam Zweifel an seinem eigenen Fachwissen. War das Knie einwärts gedreht? War das Bein ein wenig krumm? Ja? Oder nein? Brachte die Tatsache, dass die weiße Fessel vor seinen Augen vibrierte, sein Urteil ins Wanken, und vibrierte die weiße Fessel wirklich? Und wenn die weiße Fessel vibrierte – was hatte das zu bedeuten? Es war wie zu Hause in Kalifornien – man wachte auf und meinte, das Bett hätte geschwankt, aber jetzt schwankte es nicht mehr. War es ein Erdbeben? War es ein Schwerlastwagen auf der Straße, ein Hund unter dem Bett, ein Traum, sein Herz, das auf einen Infarkt zu schlug, ein Eindringling, der ihn wecken wollte, ein Pferd in seinem etliche Meilen entfernten Stall, das umkippte und den Boden zum Beben brachte, Jesus, der Aufmerksamkeit von ihm verlangte? In dem Augenblick, in dem man aufwachte, wusste man es nicht. Alle diese Möglichkeiten kamen infrage. Also ja oder nein? Und überhaupt – wenn schon? Pferde mit geraden Beinen liefen oft wie dicke Frauen und Pferde mit Korkenzieherbeinen wie Panther. Und in Anbetracht seines Dilemmas – was wollte er denn überhaupt? Gewinner oder Verlierer? Wenn ihm all diese Gedanken durch den Kopf gegangen waren, wusste er nicht mehr, ob die Beine dieses Tieres ihm anfangs gerade vorgekommen waren oder nicht, und er hockte da und glotzte wie ein Trottel, also stand er auf und ging zum nächsten Pferd, und alles wurde verschwommen, so wie sein Leben seit dem Tag, an dem er Jesus in sich aufgenommen und den Drogen, den Elektroimpulsen und den Renneisen abgeschworen hatte.

Er stand also auf und ging zum nächsten Pferd, ihm auf den Fersen das Klacken von Andrea Melanies hohen Absätzen und das Klatschen von Jason Clark Kingstons großen Füßen. Sie waren so begierig darauf zu kaufen, kaufen, kaufen, dass es ihnen ganz egal war, wenn sie ihm auf die Füße traten. Hier stand ein großer Fuchshengst und da war Farley Jones, ganz allein, demonstrativ cool wie immer, strich er sich über den Bart und hielt sich abseits. Farley ging in die Hocke, dann stand er auf

und sagte ohne die geringste Spur von Selbstzweifel offenbar nur zu sich: »Gute Füße. Vorne gerade. Gute Sprunggelenke.«
Buddy merkte sich die Auktionsnummer, und als Farley weg war, drehte er sich zum Kreis seiner Besitzer und sagte zu Jason Clark Kingston: »Der könnte in Ihr Programm passen.«
Alles in allem und in dem Wissen, dass er wieder wünschen würde, tot zu sein, sobald er zurück in Südkalifornien war, hoffte Buddy, die Auktion in Saratoga möge ewig dauern. Es war vorstellbar – Pferde würden herbeigebracht, Pferde würden weggebracht, Geld würde herbeigebracht, Geld würde weggebracht, aber die Trainer und Agenten und Besitzer würden einfach tagein, tagaus in der milden Brise umherwandern, in einem Jährlingsnebel, bis Jesus kommen würde, um alle von ihrem Elend zu erlösen.

Es war eine Regel, auf die man sich verlassen konnte, dachte Farley: Je mehr man einem aus dem Weg ging, desto öfter lief man ihm über den Weg. Er hatte zum Beispiel den ganzen Tag versucht, Buddy Crawford aus dem Weg zu gehen, und den ganzen Tag über war Buddy immer wieder in seiner Nähe aufgetaucht. Zu Hause in Südkalifornien sah er Buddy Crawford manchmal wochenlang nicht, aber hier in Saratoga brauchte er sich nur umzudrehen, und da war Buddy und sah ihn an, umringt von einer Besitzerschar, die ihn auch ansah. Und in Buddys Augen meinte Farley – war es wirklich möglich? – Sehnsucht zu sehen. Farley war bemüht, jegliches Unbehagen wegen der Besitzer oder der Sehnsucht zu unterdrücken, aber reine, nackte Sehnsucht, ohne eine Beimischung von Reizbarkeit, Zorn, Übellaunigkeit, Groll, Aggression oder andere hitzige Regungen war eindeutig eine schmerzliche Empfindung für Buddy und stellte für Farley eine soziale Herausforderung dar, wahrscheinlich deshalb, weil er selbst etwas von dieser Sehnsucht spürte. Er war zu der Auktion gekommen, ohne einen einzigen Besitzer im Schlepptau zu haben, und er hatte eigentlich auch kein bestimmtes Ziel hier, außer dass er sich, wie alle in Saratoga, amüsieren wollte. Und das hatte er auch versucht, er war in der Stadt herumspaziert, er war auf der Auktion herumspaziert, er war auf der Tribüne herumspaziert und hatte ein paar Rennen gesehen, er hatte mit dem Mietwagen einen Ausflug in die

Adirondacks gemacht, war nach Tanglewood gefahren und hatte sich ein wenig Mozart genehmigt, wovon die anderen Trainer keine Ahnung hatten, er war aus dem Auto ausgestiegen und durch die Gegend gewandert. Und obwohl er selbst von der Ostküste, aus New Jersey, kam, hatte ihn die Luftfeuchtigkeit überrascht und ausgelaugt. Nein, er amüsierte sich nicht. Ja, er war nicht am rechten Ort, er sollte in Del Mar sein. Sein Bedauern über den Fehler, den er gemacht hatte, wuchs mit jedem Versuch, sich zu entspannen. Der Besitzer, den er nicht im Schlepptau hatte, der bramarbasierende, quengelnde Besitzer, der Angst hatte, zu viel Geld auszugeben, grandiose Ideen hatte, prahlte, der gezügelt und geleitet werden musste, folgte ihm überallhin, ein schwarzes, besitzerförmiges Loch, wie ein Schatten und für jeden Trainer, der einen Besitzer im Schlepptau hatte, schreiend sichtbar. Erst ein Besitzer machte einen Trainer zu dem, was er war. Ohne die Gier, das Ungestüm, die Ignoranz und vor allem das Geld des Besitzers hatte man als Trainer keinen Bedarf für Erfahrung, Skepsis oder Weisheit. Ohne einen Besitzer war man einfach irgendein Typ.

Farley hatte gemeint, er schaffte es. In ganz Südkalifornien war er herumspaziert und hatte geredet und gehandelt, als wüsste er genau, worum es im Leben ging. Tugend sei ihr eigener Lohn, man musste die Dinge nehmen, wie sie kamen, loslassen können, die Schläge abfangen. Oliver hatte er sicher täglich Vorträge über diese Grundsätze gehalten. Aber wie er jetzt müßig auf der Auktion umherschlenderte, so tat, als schaue er sich die Jährlinge an, ohne sie wirklich wahrzunehmen, wusste er, dass man letzten Endes diesen egomanischen Besitzer brauchte, der neben einem stand und einem die Ohren von den eigenen Bedürfnissen voll quatschte, denn nur durch diesen Kontrast wusste man, wer man selbst war.

Aber er hatte weder ein Pferd zum Rennen in Saratoga mitgebracht noch einen Besitzer zur Auktion. Seine Besitzer waren dieser Tage so billig wie seine Pferde. Diejenigen, die persönlich Klasse besaßen, wie das Paar mit den Kräuterpräparaten, waren mit ihren Finanzen vorsichtig, und diejenigen, die schärfer aufs Kaufen gewesen wären, hatten kein Geld. Er sah sich trotzdem die Jährlinge an, aber mit jeder Stunde wurde Farleys Stimmung düsterer. Es trug nicht gerade zur

Verbesserung der Stimmung bei, dass einige seiner früheren Besitzer, die er bei vergangenen Gelegenheiten dieser Art besonders kindisch oder sogar infantil gefunden hatte, jetzt hier waren und in Buddy Crawfords Armen heulten oder den ewigen Refrain herunterleierten: Kentucky Derby, Triple Crown, Breeders' Cup, ich will, ich will, ich will.

Überall klingelten die Handys, aber seines schwieg. Wer bin ich?, dachte Farley. Wo bin ich? Was habe ich hier verloren?

Und dann fiel er in Ohnmacht.

Als Farley wieder zu sich kam, lag Buddy Crawfords Hand auf seiner Stirn, und als Farley ihn ansah, sagte er: »Herr im Himmel, verdammt nochmal, Alter, geht's dir gut?«

Es war irgendwie beruhigend.

Im nächsten Moment nahm ein gut aussehender, glatthäutiger Junge von etwa dreizehn Jahren Buddys Platz ein, stellte sich als Kardiologe von einem dieser Doppelnamen-Krankenhäuser in New York City vor. Hinter diesem zeichnete sich das Gesicht von Ralph Halliberton ab, einem Trainer in Belmont und Aqueduct, dessen Bild Farley im *Blood Horse* gesehen hatte. »Hat er einen Herzinfarkt, Doktor?«, sagte Ralph zu dem Jungen, und der Junge sagte etwas, das sich unerklärlicherweise wie ein Flötensolo anhörte, das Farley vor drei Tagen in dem Mozartkonzert gehört hatte, und das war alles, und er schloss die Augen. Er erkannte nur Buddy Crawfords Stimme, die über dem allgemeinen Lärm ratterte: wer verdammt was verdammt warum verdammt wie verdammt wann verdammt.

Die Zeit verging. Farley setzte sich auf. Jemand brachte ihm einen Stuhl. Er holte ein paar Mal tief Luft und schniefte ein, zwei Male und rieb sich das Gesicht. Als Erstes nahm er Gerüche wieder wahr, die altvertrauten Gerüche von Heu und von Pferden und von schwitzenden Männern. Und dann Töne – redende Menschen, klappernde Hufe, Wiehern und Schnauben. Gerüche und Geräusche, Beweise des Lebens, das wieder in Gang kam. Farley legte sich die Hand in den Nacken und drehte den Kopf, erst auf die eine, dann auf die andere Seite, er strich sich den Bart glatt und seufzte tief auf. Schließlich bekam das, was er sah, auch eine Bedeutung. Das Gesicht des Kardiologenknaben erhob sich vor ihm wie ein Mond, und der Mund sagte:

»Also, ich glaube nicht, dass das ein Herzinfarkt war. Aber lassen Sie mich trotzdem eine kurze Anamnese machen.«
Er beantwortete die üblichen Fragen. Sein Alter und Geschlecht waren gegen ihn, sein Gewicht und seine Lebensweise waren für ihn. Sein Cholesterinspiegel war niedrig, die Krankheitsgeschichte der Familie unauffällig. Trotzdem, man konnte nie wissen. Farley nickte. Buddys Kopf hüpfte hinter dem des Arztes auf und ab, die Augen immer noch voll Sehnsucht. Farley schüttelte den Kopf und schloss die Augen. Dann sagte er zu dem Arztknaben: »Kann ich aufstehen? Ich möchte gerne zurück in mein Hotel.«
»Ich wüsste nicht, was dagegen spräche.« Dann sagte er ein wenig verschämt: »Ich will mir auch noch ein paar Pferde ansehen.«
»Sie sind Besitzer?«
»Na ja, ich habe ein, zwei Pferde. Aber keine Derbykandidaten. Jedenfalls noch nicht.« Er grinste.
Farley seufzte, dann sagte er: »Haben Sie mein Leben gerettet?«
»Nein. Sie waren nicht in Lebensgefahr.«
»Trotzdem bin ich Ihnen dankbar, deshalb will ich Ihnen jetzt etwas über das Pferdegeschäft sagen, was ich noch keinem Menschen gesagt habe.«
»Was denn?«
Farley öffnete den Mund. Der Kardiologieknabe sah ihn erwartungsvoll und sanft an.
»Es tut mir Leid«, sagte Farley. »Ich weiß es nicht mehr.«
Er erhob sich von dem Stuhl und machte sich auf zum Parkplatz, wo er fast mit einer Frau zusammenstieß, die wie eine Statue am Ende der Stallgasse stand. Glatt, blond und hellhäutig, von undefinierbarem Alter, in Beige- und Naturtöne gekleidet, stand sie in sonnenumflutetem Kontrast zum dunklen Holzgrün des Stalles und fing ihn auf, als er ihr entgegenstolperte. Sie schien ihn mühelos wieder auf die Füße zu stellen, obwohl er groß war und sie nicht. Ihr Griff war sicher, überraschend kräftig und beruhigend. Er fühlte ihn noch am Ellbogen und der Brust, als sie die Hände schon wieder weggezogen hatte.
»Danke!«, sagte er. »Entschuldigen Sie vielmals. Ich bin nur …«
Rosalind lächelte langsam. »Ist schon gut, mein Lieber«, sagte sie mit ruhiger, voller Stimme.

Rosalind wartete auf Al. Sie machten jetzt alles zusammen. Sie sah und hörte alles, was Al Maybrick tat, Stunde um Stunde, Tag um Tag, Nacht für Nacht. Sie trennten sich nie. Eileen trippelte Al auf den Fersen, als sei sie angeklebt. Jetzt kam er aus der Herrentoilette. Er sah heute etwas gerötet aus, aber das war in Ordnung, es war besser als gestern, als er so ausgesehen hatte, als stehe der Schlaganfall unmittelbar bevor. »Ich weiß nicht«, sagte er, als er auf sie zukam. »Irgendwas stimmt nicht. Hast du dieses Immodiumzeug mit?«
Rosalind öffnete die Tasche und gab ihm eine Packung mit Tabletten. Eileen, die direkt hinter Al stand, legte den Kopf in den Nacken und schoss Rosalind einen Blick zu, dann ließ sie sich auf den Bauch fallen und streckte alle viere von sich. »Dieser A. P.-Indy-Hengst, den wir im Katalog gesehen haben, müsste in diesem Stall hier stehen.«
»Hm«, sagte Al.
Sie drehten sich beide gleichzeitig um. Rosalind hakte sich bei Al unter, und so wanderten sie den Gang durch den Stall hinunter, die Türen der Boxen zu beiden Seiten markierten die zurückgelegte Strecke. Eileen schwirrte wie auf Kufen hinter ihnen her. »Welche Nummer?«, fragte Al.
»Einhundertvier«, sagte Rosalind.
»Ich hab eine Geschichte gehört, über Nureyev«, fing Al an. »Ein Typ in Texas hat sich von irgendwoher ein Zebra besorgt, irgend so ein besonderes Zebra, und er hatte es sich in den Kopf gesetzt, das Zebra von Nureyev decken zu lassen.«
»Ach, Al«, sagte Rosalind.
»Das hatte dieser Typ bei allen Heiligen geschworen. Ist ja auch egal. Nureyev deckt nur nachts, und als dieser Texaner eine Million Decktaxe bot, da bekamen die Leute Interesse. Angeblich ist er nicht mehr so fruchtbar.«
Schritt für Schritt für Schritt. Rosalind fand es interessant, sich in Als persönlichen Lebensraum hineinzuversetzen. Es war, als steckte sie in seinem Körper, zumal er auf seinen Körper so fixiert war. Er hatte Pillen, Tabletten, Lotionen, Salben, Pastillen, Tropfen. Rosalind trug das alles in ihrer Tasche, und auch seine zusammenknüllbare Mütze. Früher hätte sie gedacht, dass ihr das unangenehm war, aber das war es nicht. Al war so auf seinen Körper fixiert, dass sie sehr gut über ihn

hinwegsehen konnte. Vielleicht hatte er auch noch ein paar persönliche Eigenschaften. Andere reagierten auf ihn so, als hätte er noch welche, aber Rosalind empfand sie nicht mehr. Vielleicht empfand sie im normalen Sinne gar nichts mehr. Keine Vergangenheit, keine Zukunft. Wenn sie die Dinge im normalen Sinne empfinden würde, bekäme sie vielleicht Angst vor dem, was sich da abspielte. Aber sie hatte keine Angst. Sie war neugierig. Es faszinierte sie.

»Das Gestüt erklärt sich also bereit, das Zebra anzunehmen, nach Mitternacht wird es gebracht und sie holen es rein. Also, Nureyev scharrt und quiekt ein bisschen und zeigt ein wenig Interesse, aber anscheinend hat er etwas Angst vor der Zebrastute, deshalb lassen sie ihn gehen. In der nächsten Nacht bringen sie das Zebra rein, bringen ihn rein, dasselbe. Da geht der Hengstmanager zu dem Pferd, dem teuersten Pferd in der Bluegrass-Gegend, vielleicht auf der ganzen Welt, wie man sagt, und versucht, es zu beruhigen. Führt ihn rüber zu dem Zebra und lässt ihn an ihr schnuppern und so. Und das Zebra geht auch darauf ein. Aber er will sie immer noch nicht besteigen, und sie wollen nicht allzu viele Leute dabeihaben, wie man verstehen kann, der Jockey Club und so weiter, deshalb wird in dieser Nacht auch nichts daraus.«

Schritt, Schritt, Schritt. Die Ställe in Saratoga schienen in diesem Jahr besonders lang zu sein. Ewig. Aber das war auch in Ordnung. Jedes Gefühl von Endlosigkeit eröffnete die Chance zu überdenken, wie viel Hin und Her man aufgegeben hatte. Am einschneidendsten war das fehlende Hin und Her von An- und Abwesenheit. Wo war Dick? War er schon hier? Waren das seine Schritte? Nein? Wie lange noch? Jetzt? Was machte er, wenn er nicht hier war? Kam er zu spät? Wie viel zu spät? Da kam er. Da war er. Sah er genauso aus? Was würde er jetzt tun? Was sollte das heißen? War es das, was sie von ihm wollte? Woher konnte sie wissen, was sie wirklich von ihm wollte? Im Zimmer. In ihren Armen. In ihr. Und dann nicht mehr in ihr. Nicht mehr in ihren Armen. Nicht mehr im Zimmer. Nicht mehr in der Nähe. Und dann nicht mehr existent, so fühlte es sich an, als sei die Liebe selbst abgestorben. So sehr sie sich auch bemühte, sich immer wieder sagte, er sei ja schließlich ein Mann, der arbeitete, seinen Lebensunterhalt verdiente, Pferde trainierte und seinen eigenen Ängsten und Rätselhaftigkeiten unterworfen war, immer, wenn er wegging, trat eine so vollkommene Abwesenheit ein, die sie ein, zwei Tage lang völlig leer werden ließ, bis sie sich nach und nach wieder zusammenfand, aus irgendwelchen abgelegenen Winkeln ihres Denkens eine Absicht und dann einen Plan erschuf. Würde sie ihn morgen wiedersehen, am Tag danach, nächste Woche, in zwei Wochen? Aber die Pläne waren ja das Schlimmste überhaupt. Die entzogen einem das gegenwärtige Leben bis auf den letzten Tropfen, bis man nur noch ein leerer Behälter war und der Geist des eigenen Ich sich an die Dämpfe der Zukunft verloren hatte, immer in der Erwartung, Gestalt zu bekommen. Es reichte jetzt. Dann war es besser, alle persönlichen Eigenschaften, alle Hoffnungen, alle Pläne, alle Träume aufzugeben. Dann war es besser, permanent überrascht zu sein, wenn die Augenblicke sich wie Funken entzündeten und aufblitzten, leb wohl, leb wohl, leb wohl.

»In der nächsten Nacht bringen sie die Zebrastute also wieder zu Nureyev in den Deckstall. Sie machte ihm Augen und alles, was dazugehört. Hätte nicht bereiter sein können. Der Tierarzt tastete sie ab, sie hatte ein Follikel, so groß wie ein Kumquat. Perfekt. Aber Nureyev konnte oder wollte immer noch nicht. Der Züchter nimmt Nureyev also beiseite und flüstert ihm ins Ohr: ›Junge, dafür gibt's eine Million Kröten. Die Saison ist damit erledigt. Das sind acht Stuten weniger für dich. Einmal nur, keine Garantie. Das steht im Vertrag. Keine Saison-Garantie.‹ Und Nureyev macht dieses typische Hengstgesicht, wo sie die Nase kräuseln, und er nickt mit dem Kopf. Sie ist bereit. Das weiß er.«

Schritt, Schritt, Schritt. Auf der Oberfläche, abseits von diesem leeren Mittelpunkt ihrer selbst, den sie empfunden, aber nicht verstanden hat, Einkäufe, Dinnerpartys, Pferderennen, Termine beim Friseur und bei der Schneiderin, Als Körper, Dick, der aus irgendeinem Grund nicht da war, sodass man ihm nicht zufällig über den Weg laufen konnte, alles in Ordnung, alles weit weg.

»Aber dann guckt Nureyev den Züchter an, und er beugt sich näher zu ihm und sagt: ›Aber wenn sie so scharf darauf ist, warum zieht sie dann nicht den Schlafanzug aus?‹ Hier, das ist die Box«, sagte Al.

Rosalind vergaß nicht zu lachen.

Es war spät. Die braune Stute, Abkömmling von Belle Starr, wartete darauf, in den Auktionspavillon geführt zu werden und auf die goldfarbene Bühne zu treten, wo ihr Wert in Zigtausenden, in Hunderttausenden oder sogar Millionen auf der Anzeigetafel über ihrem Kopf aufscheinen würde, während die Angebote durch den Raum flogen. Vorerst war sie nur als Pferd Nummer sechsundzwanzig bekannt. Sie bewegte sich langsam, aber mit einem schwungvollen, großzügigen Schritt. Ihr Kopf drehte sich anmutig hin und her, während sie sich umsah und alles in sich aufnahm. Der Betreuer der Stute blieb mit ihr vor dem Verkaufspavillon stehen. Sie stand ruhig da, ihre Halfterleine hing locker durch. Ihr Betreuer tätschelte sie ein wenig und ließ die Hand über ihren Hals gleiten. Sie war für diese Auktion so gestriegelt und gebürstet worden, dass seine schwielige Hand ihr Haar kaum fühlte, so fein war es. Aber wie immer wusste er die weite Fläche weicher Seidigkeit zu schätzen, die ein Pferd ihm bot. Wenn man es recht überlegte, gab es nichts, kein Hundeohr, keinen Frauenbauch, keine Kinderwange und keinen elektrisierten Katzenrücken, der der Handfläche eines Mannes ein so unerschöpflich weites Feld bot. Im nächsten Moment führte der Betreuer sie hinein und ließ sie auf die kleine Bühne treten. Erst ging eine Hand hoch, dann die nächste. Wenn der Auktionsleiter rief, kreiselten die Ohren der Stute.

Al saß neben Rosalind. Ihm gefiel diese Stute ganz gut, und er überlegte, ob er mitbieten sollte. Er sah Rosalind an, ob sie mit einem Zeichen, mit irgendeinem Zeichen zu verstehen gab, dass ihr die Stute auch gefiel. Rosalinds Kaufinstinkt war untrüglich. Aber Al bekam kein Zeichen von ihr, nicht einmal ein Zeichen, dass sie anwesend war. Er wusste, wenn er sie jetzt anstieß und um etwas bat, würde sie es ihm lächelnd geben, deshalb fragte er sie die ganze Zeit nach so vielen Dingen. Aber wenn sie ihm gerade nichts reichte, war das Licht aus und niemand zu Hause, das sah Al. Er seufzte und schaute sich im Pavillon um. Er dachte kurz an einen Zwischenfall vor sieben oder acht Jahren. Sie waren zusammen in den Catskills unterwegs, nur sie beide. Draußen in den Bergen hatten sie eine Reifenpanne. Und kein Handy dabei. Al, als Mann, war ausgestiegen und hatte angefangen, den Reifen zu wechseln. Aber Al hatte zwei linke Hände bei solchen Arbeiten. Sein Vater hatte ihm immer gesagt, er sollte zusehen, dass etwas aus ihm würde, denn wenn er mit Werkzeug umgehen müsste, käme er nicht weit. Er fummelte also mit dem Reifen und dem Werkzeug im Kofferraum herum und fluchte und wurde ärgerlich, und dann schwebte Rosalind in ihrem cremefarbenen Hosenanzug aus dem Wagen und sagte: »Geh und setz dich hin, Schätzchen.« Schließlich war sie ja aus Appleton, Wisconsin. Nicht dass er ihr nicht zugetraut hätte, dass sie einen Reifen wechseln konnte. Aber die Werkzeuge hüpften ihr nur so in die Hände und der Reifen hüpfte nur so auf die Achse. Hatte er das vielleicht im Kino gesehen? Al wusste es nicht. Vielleicht war sie einfach praktisch veranlagt. Aber sie hatte den Reifen in zehn Minuten gewechselt, hatte kein Fleckchen auf ihren Schuhen oder ihrem Anzug, wischte sich die Hände an einem Papiertaschentuch ab, und sie fuhren weiter. Wenn das Licht bei ihr aus und keiner zu Hause war, hatte er genau das Gegenteil von dem Gefühl, das er damals bei dem Reifen hatte, dass alles in Sicherheit und im Prinzip auch in Ordnung sei, trotz seiner Fehler und Wutanfälle. Jemand anders kaufte die Stute, und Al blieb ruhig sitzen.

Einen Block weiter und ein paar Reihen hinter ihnen sah Farley der Stute nach, die den Auktionspavillon verließ, und wandte dann den Blick wieder dem blonden Kopf zu und dem grauhaarigen erkahlenden Kopf daneben. Sie waren ein seltsames Paar, die kühle, alterslose Blondine und der zappelige Aufmerksamkeitsheischer. Besitzer, die zu irgendjemandem gehörten, aber das Selbstbewusstsein oder das Wissen hatten, allein zur Auktion zu kommen. Farley seufzte. Wenn er heute den Herzinfarkt gehabt hätte, wie er gemeint hatte, würde ihm jetzt jemand oder, was noch besser war, wahrscheinlich eine ganze Schar von Leuten sagen, was er zu tun hatte. Da er aber keinen Herzinfarkt gehabt hatte, musste er es selbst herausfinden.

Hinter ihm saß Buddy Crawford, der ihn fast die ganze Zeit im Auge behielt. Seine Besitzer hatten alles gekauft, wozu er ihnen geraten hatte, und jedes Mal, wenn Farley Jones nickte, den Kopf schüttelte oder sogar nur zuckte, bekam Buddy Zweifel an sich selbst. Er reagierte darauf, indem er noch mehr kaufte. Neben ihm saß Andrea Melanie mit zuckenden Händen. »Buddy, wissen Sie was«, fing sie an, »als ich ins College kam, also nach Bennington, da ist meine Mutter mit mir zu Gump's gefahren und hat zu den Verkäuferinnen gesagt: ›Bringen Sie alles, was Sie haben, alles in Größe 36 und 38‹, und wissen Sie was, wir haben alles gekauft, was nur im Entferntesten ordentlich aussah. Dieser Einkauf damals ist das Einzige in meinem ganzen Leben, das mir so viel Spaß gemacht hat wie die Auktion hier.«

»Nun ja«, sagte Buddy, aufrichtig wie immer, »Pferderennen soll ja auch Spaß machen. So muss man es sehen.«

»Ach, Buddy«, sagte Andrea Melanie. »Ich bewundere Sie wirklich so sehr. Sie nennen das Kind beim Namen. Kein Wunder, dass jeder Sie für einen Heiligen hält.«

Wäre es nicht schön, so ruhig und selbstbeherrscht dazusitzen wie Farley Jones?, dachte Buddy. Wenn er nach Südkalifornien und zu seinem Wunsch, tot zu sein, zurückfuhr, dann wäre das der Grund.

Als der Wärter die Stute aus dem Pavillon führte, blickte er hinauf in die späte Dämmerung unter den riesigen Bäumen. Eine Brise voller Düfte wehte sanft um Pferde und Menschen, ließ Worte, Wiehern und Gerüche in Bruchstücke zerfallen, zerstreute menschliches Planen mit dem Rascheln und Rauschen von Blättern und Zweigen. Dies war das himmlische Saratoga, wo alle Etats und Geschäftspläne, aller Ehrgeiz und alle selbstgefälligen Träume unter den alten Bäumen und in dem noch viel älteren Wind brachen und abkühlten, das »ich will« wurde zum »so ein Gefühl!«, das »ich muss haben« zum »was für ein Abend!«, Unzufriedenheit mit der Vergangenheit und Angst vor der Zukunft wandelten sich zu einem langen, wohligen Seufzer, der schon hundert Jahre alt, aber immer noch frisch und immer noch so erstaunlich und überraschend war.

Kapitel 38
Der Blindgänger

Zwei Wochen nach der Auktion fuhr Al ganz spontan allein nach Saratoga, um zu sehen, wie dieser Blindgänger, den sie aus irgendeinem Grund Limitless genannt hatten, seinen dritten Start hatte. Al hatte kaum noch Interesse an Pferden, sie hatten kein Einziges auf der Auktion gekauft, aber er hatte gerade nichts Besseres zu tun und kam an der Grand Central Station vorbei, und es machte irgendwie Spaß, dann aus dem Zug zu steigen und ein Taxi zum Eingang der Tribüne zu nehmen, anstatt den Parkservice zu benutzen. Irgendwie bekam man in Saratoga immer gute Laune.

Für Laurita war heute kein Start geplant, soweit Al wusste, aber er hatte seit zehn Tagen nicht viel mit Dick Winterson gesprochen, seit er wusste, dass Rosalind etwas mit ihm gehabt hatte. In welchem Ausmaß sie etwas mit ihm gehabt hatte, wusste er nicht. Liebe, Sex, eine Nacht, eine Woche, wann es angefangen, wann es aufgehört hatte, was es für sie bedeutet hatte und dergleichen. Es gab Dinge, die um einen herum geschahen, über die man etwas, aber nicht alles wissen sollte, das hatte er auch den republikanischen Kongressleuten, die er kannte, in Zusammenhang mit dieser Clinton-Geschichte gesagt. Nun ja, diese ganze Clinton-Sache sorgte dafür, dass man das, was man selbst im Laufe der Jahre getan haben mochte, auf einmal anders betrachtete, und auch das, was die eigene Frau mit dem eigenen Pferdetrainer getan haben mochte, und wieso ausgerechnet mit dem, das wüsste er gern. Man hatte dann nicht mehr die Ich-schlag-sie-tot-Einstellung, sondern eher die So-was-passiert-die-ganze-Zeit-Einstellung (denn das war die mehr oder weniger normale Einstellung, wenn man im Laufe der Jahre das getan hatte, was man eben im Laufe der Jahre so tat).

Er nahm sein Programm und seine Rennzeitung zur Hand und sah, dass das Pferd im dritten Rennen startete, ein Maidenrennen mit Spezialgewicht, achtzehntausend Dollar, all das hatte Dick am Vortag seiner Sekretärin mitgeteilt, aber Al hatte es vergessen, weil er ja gar nicht hingehen wollte. Und Dick rechnete auch nicht damit, ihn zu sehen. Vielleicht wusste Dick gar nicht, dass er, Al, wusste, dass er etwas mit Rosalind gehabt hatte? Das war doch ein gewisser Kitzel, oder nicht?

Das Pferd war schlecht in Form. In seinem ersten Rennen mit acht Pferden am Start war es Siebter geworden, mit einem Abstand von vierzehn Längen. »Zeigte kein Engagement«, war der Kommentar. In seinem zweiten Rennen, wieder mit acht Pferden am Start, wurde es wieder Siebter. Jetzt hieß es »Hat den Bogen zu weit genommen«. Aber man musste es nur ansehen und wusste gleich, dass es in beide Rennen erst gar nicht eingestiegen war. Dick kannte sich noch nicht aus mit dem Pferd. Das war aus der Rennzeitung ersichtlich. Er könnte natürlich mit Dick über das Pferd reden. Aber sie alle, Pferd, Trainer, Ehefrau und er selbst als Besitzer waren jetzt in diesen Sumpf zwischenmenschlicher Beziehungen geraten, der Al sehr unangenehm war, wo keiner wusste, was er tun sollte, jedem etwas Leid tat und keiner viel sagte. Und was man sagte, diente nur der Tarnung. In seinem früheren Leben als knallharter Trinker hätte Al mit Sätzen aufwarten können, die sein AA-Pate als »Flaschenweisheiten« bezeichnete, zum Beispiel: »Scheiß oder geh vom Pott«, »Himmelarsch, was geht hier vor?« oder »Verdammt nochmal, was bildest du dir eigentlich ein?« Jetzt musste er geduldig sein, und, ganz ehrlich gesagt, Geduld war manchmal ziemlich dicht an der Gleichgültigkeit. Aber das war ein Zustand, in dem man sich zwar ein wenig Ruhe gönnen, aber in dem man nicht leben konnte. Es war zu langweilig, und die meiste Zeit hasste er nichts so sehr wie Langeweile.

Er sah, dass das Pferd die Startnummer 4 bekommen hatte, das Rennen ging über 1000 Meter, und der Handicapper sagte von dem Pferd: »Keine Zucht, keine Form, keine Chance. Zwei gute Arbeiten machen noch kein Rennpferd.« Meistens wurde Al ein wenig defensiv, wenn die Handicapper so abfällig über ein Pferd sprachen, besonders wenn es eine bodenständige Züchtung war, aber manchmal war es einfach so – da musste man sagen: Ja, du hast Recht, Mann, und es dabei bewenden lassen.

Er ging in seine Loge. Die Pferde für das erste Rennen waren noch nicht mal herausgeführt worden, er war viel zu früh. Es schien auch niemand da zu sein, den er kannte, keiner von den anderen Besitzern, und so setzte er sich hin und streckte die Beine aus. Im Schatten war es angenehm kühl, er schloss die Augen und versuchte, es zu genießen. Nach der Zugfahrt war er in einer komischen Stimmung. Es war schön, dass niemand im Zug wusste, wer er war, oder sich dafür interessierte. Es war schön, seinen Fahrschein zu kaufen und »danke sehr« zu sagen, ohne vom Fahrscheinverkäufer als etwas Besonderes behandelt zu werden. Es war schön, sich am Bahnhofsbuffet um einen Bagel anzustellen und den Verkäufer sagen zu hören: »Und was ist mit dir, Kumpel? Willst du was oder verbrauchst du bloß Platz?« Es war schön, wenn der Schaffner den Fahrschein nahm, ohne einem ins Gesicht zu sehen, und wenn man den abgerissenen Ticketstummel dann hinter sich in den Sitz steckte. Es war sogar schön, direkt neben einem anderen Fahrgast zu sitzen, einem Schwarzen, der einen Kuchen auf dem Schoß hielt, und zu überlegen, wo er wohl hinfuhr. Es war schön, nicht die ganze Zeit Alexander P. Maybrick sein zu müssen oder Al M. oder auch bloß »Schätzchen«. Es war schön, namenlos zu sein.

Al wachte jetzt manchmal nachts auf und geriet in Panik. Das war vielleicht die einzige Auswirkung seiner Entdeckung, dass Rosalind was mit dem Pferdetrainer gehabt hatte. Er wusste nur so viel, dass da was gewesen war und dass jetzt nichts mehr war, denn dass etwas gewesen war, hatte er entdeckt, als er ein paar Tage nach der Auktion unter dem Bett nach seiner Uhr gesucht hatte und dabei einen Zettel von dem Pferdetrainer gefunden hatte. Darauf stand ein Datum, das nur ein paar Monate zurücklag, und außerdem die Worte: »Ich weiß nicht, was ich jetzt tue, und ich weiß nicht, was ich damals getan habe, aber ich habe dich geliebt und ich liebe dich wahrscheinlich immer noch. Es tut mir Leid.« Es stand nicht ausdrücklich darauf, dass es an Rosalind gerichtet war, aber es war ganz bestimmt nicht an Al gerichtet, und wenn man vier hatte und zwei abzog, dann hatte man unweigerlich zwei. Damals hatte er komischerweise nur einen Gedanken: Das ist ihr Problem. Aber zwei Tage später war er plötzlich aufgewacht und in Panik geraten. Er hatte an Rosalind geschmiegt dagelegen, den verdammten Hund mit seinem haarigen Körper zwischen ihnen, und er hatte seinen Arm nur ein bisschen fester um sie gelegt. Aber wenn er die Augen schloss, hatte er das Gefühl, dass sie ganz weit weg war, obwohl er mit offenen Augen sah, dass sie zwei Zentimeter vor seiner Nase lag. Da begriff er, dass es keine Rolle spielte, wo sie war. Er hatte sich immer auf sie und auf die Sicherheit, die sie ihm gab, verlassen, aber jetzt sah er, dass sie unerforschtes und unbekanntes Gelände war. Sie konnte ihm keine Sicherheit geben. Es hatte nichts mit Bereitschaft zu tun. Könnte, sollte, wollte – das war alles dasselbe. Deshalb kümmerte ihn die Sache mit dem Pferdetrainer nicht so besonders. Der Fehler lag bei ihm, in mehr als einer Hinsicht. Wenn Rosalind ihm keine Sicherheit gab, dann gaben ihm Geld, Investitionen, Guthaben und AA-Paten und Kollegen noch viel weniger – er ging natürlich die ganze Liste durch, es dauerte nicht lange. Er spürte damals, wie sich die Panik steigerte. Und dann war er aufgestanden und zur Arbeit gegangen und zu seinen Besprechungen, und er hatte versucht, nicht daran zu denken, dass sie was mit dem Pferdetrainer gehabt hatte. Aber seitdem hatte er noch zweimal einen Panikanfall erlebt.

Wie konnte man diese beiden Erfahrungen ins Gleichgewicht bringen? Einerseits, umgeben von seinem Besitz und seinem Namen, an seine Frau geschmiegt, die sich dafür entschieden hatte, nicht wegzugehen, geriet man in Panik, andererseits allein im Zug, allein auf der Tribüne in Saratoga, und eben nur einer unter vielen, nicht. Wenn die anderen Besitzer nicht da waren, brauchte man nicht einmal ein Besitzer zu sein, und all das hieß, man konnte einfach irgendjemand sein. Die Pferde für das erste Rennen kamen jetzt heraus, und Al hatte nicht mal gewettet. Aber er war froh, als er die Pferde sah. Es war anstrengend, dieses In-sich-Gehen, wie sie das nannten. Bei seinem AA-Treffen gab es Frauen und sogar Männer, die sich die ganze Zeit mit so etwas befassten. Normalerweise hatte Al nur Verachtung für sie übrig, aber jetzt sah er, dass sie vielleicht ein bisschen mehr Respekt verdienten.

Al hatte zwar eigentlich vorgehabt, in den Sattelring zu gehen und alles so zu machen wie immer, aber als das zweite Rennen anfing, blieb er einfach auf seinem Platz sitzen, als gehörte das Pferd in dem Rennen jemand anderem. Er stand nicht mal auf, um zu wetten. Andere Besitzer kamen an, die er flüchtig kannte, und er winkte ihnen nur kurz zu. Würde, könnte, sollte – nichts von alledem war wichtig. Er

saß bloß da. Die Pferde kamen heraus, ritten im Trab und Galopp zur Startmaschine, wo auch immer die war, die Glocke schrillte, die Tore der Startboxen flogen auf, die Pferde liefen um die Bahn, die Bahn leerte sich, und dann kamen sie wieder. Wie merkwürdig, dachte Al. Jetzt kamen die Pferde zum dritten Rennen heraus. Sein Pferd, ein Brauner, der keine besonderen Kennzeichen hatte, schritt zum Start, nur mit einer Nummer markiert. Der Renndress in Als Farben sah gut an dem Jockey aus, aber das galt für alle. Es war die Vielfalt der Farben, durch die das Bild schön wurde, das bunte Kaleidoskop, das die Pferde aus den Jockeys formten, während sie sich ihr Rennen woben. Es war ein kurzes Rennen, nur 1000 Meter. Al beugte sich vor und sah sich um, vor allem, um sich ein wenig zu recken, und da sah er Luciano, diesen Pferdemasseur, auf sich zukommen. Es war komisch, was er damals gemacht hatte, er war mit ihm einfach in ein billiges Lokal in der Stadt gegangen. Wenn er jetzt darüber nachdachte, musste Luciano natürlich von der Affäre gewusst haben. Das war bestimmt der Grund gewesen, weshalb er mit ihm essen gegangen war. Genau in dem Moment, in dem Al daran dachte, sah er, dass Luciano ihm zuwinkte. Und dann kam er näher. Al schaute weg und hoffte, er würde weitergehen, aber Luciano blieb stehen und sagte: »Hallo, Mr. Maybrick! Ich glaube, Dick hat keine Ahnung, dass Sie hier sind.«
»Ich bin auch nicht hier.«
»Ach so, ich sag's nicht weiter. Also …«
Al gab auf. »Also, setzen Sie sich.«
»Ja?«
»Ja. Setzen Sie sich. Aber erzählen Sie mir nichts von dem Pferd.«
»Na gut.«
Das Pferd ging mit seinem grauen Führpferd zur Startbox. Luciano streckte die langen Beine aus und legte sie auf den Sitz neben ihm. »Also«, fing er an, »was halten Sie von dieser Clinton-Geschichte? Ganz schöner Skandal! Ich seh es mir jeden Tag an. Ich frag mich bloß: Was meint Hillary wohl dazu? Kein Mensch wagt es, sie zu fragen.«
»Vielleicht weiß sie nicht, was sie sagen soll.«
»Ach, natürlich weiß sie, was sie sagen soll.«

»Was denn?« Al sah Luciano mit aufrichtiger Neugier an.
»Ich glaub, du brauchst 'ne Zigarre.«
Dann legten sie beide den Kopf in den Nacken und lachten lauthals. Die Pferde waren fast am Start. Al hatte den Überblick verloren und erkannte Limitless nicht mehr in der Menge.
»Haben Sie diesen Film gesehen, wo John Travolta ihn gespielt hat?«
»Nein. Ich geh nicht oft ins Kino.«
»Warum nicht? Kino ist doch wunderbar. Es gibt Wochen, da gehe ich jeden Abend ins Kino.«
»Gibt's denn so viele gute Filme?«
»Ach was, aber das ist mir egal. Gut muss ein Risotto sein, Gnocchi müssen toll sein, verstehen Sie? Sachen, die echtes Genie verlangen. Filme kommen und gehen, wie alles andere. Ich hab den ganzen Film über gelacht. Wenn Hillary wirklich Emma Thompson wäre, dann ging's uns allen besser; wissen Sie, dass die dasselbe Problem gehabt hat?«
»Wer?«
»Emma Thompson. Mit diesem Typ.«
»Mit welchem Typ?«
»Kenneth Branagh. Hat mit anderen rumgemacht. Und jetzt spielt er Woody Allen, hab ich gehört. In einem Film von Woody Allen über einen Typ, der immer hinterm Rücken seiner Freundinnen mit anderen rummacht. Das hab ich von einem von Dicks Besitzern gehört, der ist Produzent in der Stadt. Filmleute sind ganz versessen auf Pferderennen, wissen Sie das?«
»Das hab ich gehört. Sagen Sie, meinen Sie, jeder betrügt?«
Luciano sah ihn an, und sein Blick bestätigte Al, dass er die ganze Zeit Bescheid gewusst hatte, dass Rosalind was mit dem Pferdetrainer gehabt hatte. Aber irgendwie verletzte es ihn nicht so, wie man hätte meinen sollen. Es hatte etwas Tröstendes an sich. Luciano sah nachdenklich drein, dann sagte er: »Es ist entweder so oder so. In Italien macht es jeder. Aber hier? Wenn man's macht, dann macht es jeder, und wenn man's nicht macht, dann gibt es das gar nicht. Ich hab zum Beispiel eine Freundin.«
»Was macht sie?«
»Sie reitet für einen anderen Trainer. Wir sind zusammen aus Florida

hierher gekommen. Ich will Ihnen erzählen, wie das mit ihr war, wollen Sie es hören?«

»Klar.«

»Also bei meinen anderen Freundinnen, da hab ich immer mit anderen Mädchen rumgemacht. Ich dachte immer, als Italiener wäre ich mir das sozusagen schuldig, wissen Sie, also das hab ich natürlich nicht so wörtlich gedacht, aber eben so als Mann, da denkt man mit dem Schwanz und mit seiner Herkunft und damit, wie der eigene Vater war, und nicht so sehr mit dem Kopf. Jedenfalls sind wir dann zusammen gewesen, und manchmal war der Sex sehr gut und manchmal nicht so gut, und ich dachte schon daran, mir eine andere Freundin zu suchen. Sie müssen nämlich wissen, dass ich beschlossen habe, nie zu heiraten. Aber eines Abends gingen wir ins Kino. Wir wohnten damals nicht zusammen, deshalb musste ich nach Hause, damit ich früh aufstehen konnte, um zur Rennbahn zu fahren, und sie ja auch. Wir redeten also über dies und jenes, über den Film und über uns und unsere Beziehung, und ich sage Ihnen, das ist ein Thema, das ich normalerweise hasse. Also, wir waren in ihrer Wohnung, und ich wollte gehen und wollte ihr einen Gutenachtkuss geben, da bei ihr in der Küche, mit allen Jalousien offen und so weiter, und beim ersten Kuss wurde sie weich wie Butter, und ich wurde hart wie ein Stein und groß, der Schwanz stieg mir bis an den Bauchnabel, entschuldigen Sie die Ausdrucksweise, aber das gehört zur Geschichte. Wir küssten uns so ein paar Minuten lang, aber ich musste nach Hause, deshalb gingen wir nicht ins Bett oder so, und danach hab ich gedacht: Was für eine Schande, diese vergeudete Gelegenheit für eine tolle Vögelei, verstehen Sie?«

»Ja«, sagte Al. Die Pferde waren jetzt an der Startmaschine, und Al sah auf dem Monitor, den die Rennleitung freundlicherweise in seiner Loge angebracht hatte, dass das erste Pferd in die Startbox einrückte.

»Aber jetzt bin ich wirklich froh, dass wir damals nicht gevögelt haben, denn ich hab etwas gelernt, das hab ich nie vergessen. Wir waren in der Stimmung, weil wir geredet und zusammengesessen hatten, ohne irgendwas zu tun. Man meint immer, jetzt muss ich diese Frau in Stimmung bringen, indem ich sie hier anfasse oder da oder sie soundso lange oder auf diese oder jene Weise küsse und so, und manchmal meint man, man muss sich selbst auch irgendwie in Stimmung bringen, und wenn sie mich nicht hier anfasst oder da reibt, dann schaffen wir es nicht. Aber damals, an dem Abend, da waren wir in Stimmung, nur weil wir zusammen gewesen waren. Und seitdem hab ich gemerkt, dass es jedes Mal so ist – wenn wir geistig so weit sind, dann sind wir auch körperlich so weit. Wenn wir geistig nicht so weit sind, dann schaffen wir es auch körperlich nicht, egal was man anstellt. Dann geht man lieber Tortellini essen oder ins Kino. Das haben wir jetzt gelernt, und ich betrüge sie nicht mehr. So war es bei mir. Die beste Vögelei, die ich jemals nicht gehabt hab.«

Die Startboxen öffneten sich und die Pferde sprangen heraus. Das Rennen dauerte ungefähr eine Minute. Die Pferde gingen ins Ziel, Limitless war Fünfter, ungefähr sechs Längen hinter dem Sieger und vor vier anderen Pferden.

»Erzählen Sie weiter«, sagte Al.

»Wollen Sie meine Meinung wissen?«, sagte Luciano. »Ich denke Folgendes: Die ganze Jugend über läuft man vor den Mädchen weg, die man kennt, und will ein Mädchen finden, das man nicht gut genug kennt, um es zu dem zu machen, was man sich vorstellt, aber die lernt man dann doch immer besser kennen, denn das wollen die Mädchen so. Man macht es die ganze Zeit, und jedes Mal, wenn man es macht, hat es weniger zu bedeuten. Und dann, wenn man Glück hat, dann macht man es mit einer, die man wirklich kennen lernen will, und dann will man es nie wieder mit einer machen, die man nicht kennt.«

»Was wissen Sie denn von ihr?«

»Ich weiß nicht. Ich kann's nicht sagen. Ich weiß von ihr, was ich weiß.« Al sah ihn an. Luciano lächelte glücklich in Gedanken an all das, was er von diesem Mädchen, wer sie auch sein mochte, wusste.

»Ja, genau das wollen Frauen«, sagte Al. »Sie wollen immer bloß reden, bevor man Sex hat.«

»Hm, ja. Ich mein nicht diese Art Gerede wie: Soundso hat meine Gefühle verletzt, und ich hab einen scheußlichen Tag hinter mir, und Liebling, was stimmt denn bloß mit mir nicht und so. Das ist nicht die Art Gespräch, bei dem man in Stimmung kommt. Das weiß sie. Es ist eher in der Art wie: Das hab ich gesehen, das hab ich empfunden, das hab ich getan, ist das nicht interessant, und wie war's bei dir, Liebling? Diese Art Gespräch.«

Al verstand den Unterschied. Er sagte: »Meine Frau sagt fast gar nichts.«
»Na ja«, sagte Luciano. »Fragen Sie sie, was sie heute gesehen, empfunden und getan hat. Vielleicht erzählt Sie es Ihnen.«
Die Pferde waren verschwunden, und die Rennbahn war leer. Luciano beugte sich vor, als wollte er aufstehen und gehen. Al gab es einen Stich. »Und jetzt können wir über das Pferd reden«, sagte er.
»Ach, du lieber Himmel, das Pferd.«
»Was meinen Sie?«
»Dick hat verdammt nochmal keinen blassen Schimmer, was er mit diesem Pferd anfangen soll. Das Pferd hat keinen Schimmer, was es mit sich selbst anfangen soll. Er schaukelt, er scharrt, er drückt sich mit der Brust gegen die Boxsperre, er schnappt jedem, der vorbeigeht, nach der Kleidung. Mein Rat ist: Schicken Sie ihn zurück auf die Trainingsfarm. Er ist noch nicht so weit für das Leben auf der Rennbahn.«
»Haben Sie Dick das gesagt?«
»Ja, schon, aber ich bin nicht der Besitzer. Sagen Sie es Dick. Sie sind der Besitzer.«
»Ja, allerdings, ich bin der Besitzer.«
Luciano stand auf. »War nett mit Ihnen zu reden, Mr. Maybrick.«
Nach dem Rennen ging Al mit allen anderen hinaus. Er hatte nicht gewettet und außer mit Luciano mit niemandem gesprochen, und jetzt wollte er wieder zurück in die Stadt. Das dachte er jedenfalls, aber als er auf der Rolltreppe stand, die unter der rotweißen Markise in den Innenhof hinunterführte, wusste er, dass er Dick Winterson über den Weg laufen würde, und ein, zwei Minuten später sah er ihn auch prompt beim Führring, und der Trainer sah Al auch. Und weil er zur Rennbahn gekommen war und sich das Rennen angesehen hatte, ohne dem Trainer etwas davon zu sagen, wusste der Trainer jetzt, dass er, Al, wusste, dass der Trainer was mit seiner Frau gehabt hatte. Und dass sie außerdem einen Blindgänger von einem Pferd hatten.
Trotzdem, Al ging zu ihm hin, und das war auch eine lehrreiche Erfahrung, denn wenn man wusste, dass einer mit der eigenen Frau geschlafen hatte, einmal oder viele Male, wer sollte oder wollte das schon wissen, dann sah man ihn mit anderen Augen an als vorher. Man

sah, dass er ein gut aussehender Mann war, ein bestimmter Typ. Jünger als man selbst, vielleicht um zwanzig Jahre, noch mit dichtem dunklem Haar auf dem Kopf, der Bauch noch unter Kontrolle, die Schultern noch da, wo sie sein sollten. Natürlich sah man, dass der Mann nicht mehr jung war, aber eine gewisse Veränderung hatte sich bei ihm noch nicht vollzogen. Sein Körper war noch sein Freund und kein großer dicker Hund, der im ganzen Haus furzte, schiss und pinkelte, der bellte, jaulte, sein Fressen verschlang, an der Leine zerrte, den alles juckte und schmerzte. Er war auch irgendwie hübsch, nicht wie ein Filmstar, aber hübsch für einen normalen Mann. Man sah den Kontrast zwischen ihm und sich selbst. Al war nie hübsch gewesen. Er war nicht mal als Baby niedlich gewesen. Das Beste, was man jemals über sein Aussehen gesagt hatte, war »dynamisch«.
Al trat also auf ihn zu, und sie gaben sich die Hand, und der Typ sagte: »Ich habe Sie vor dem Rennen verpasst. Ich wusste nicht, dass Sie vorhatten zu kommen, Al.«
»Ich hatte es auch nicht vor, aber dann kam mir doch die Idee. Das Pferd ist ein Reinfall. Nicht so wie diese Laurita-Stute.«
»Ja, sie ist ein gutes Pferd. Sie ist nur ein bisschen müde. Das kommt vor im August.«
»Solange es nicht im November vorkommt.« Fast hätte er »Breeders' Cup« gesagt, aber er brachte es nicht über sich. Vielleicht hatten die beiden über ihn geredet, zum Beispiel dass er ihnen wie ein Trottel vorkam wegen diesem Breeders' Cup.
»Al, ich glaube nicht, dass das Pferd ein Reinfall ist. Ich glaube, ich habe im Umgang mit ihm noch nicht den richtigen Weg gefunden. Er hat die nötige Energie, aber er weiß nicht, wohin er sie lenken soll.« Damit wollte er ihn herausfordern, einen anderen Trainer zu suchen, dachte Al. »Reden Sie weiter«, sagte er.
»Also, er ist sehr sensibel. Die meisten sensiblen Pferde werden wütend oder ängstlich, wenn man eine bestimmte Grenze überschreitet. Dieser Kerl hier wird aber nicht wütend, er hat nicht für einen Groschen Wut im Leib. Und er bekommt auch keine Angst. Er wird verblüfft. Mir wäre es fast lieber, wenn er wütend würde, denn damit kann man umgehen. Aber irgendwie muss ich noch rauskriegen, wie ich ihm klar mache, um was es geht. Er ist noch etwas unreif.«

»Schicken Sie ihn zurück auf die Trainingsfarm. Die mochten ihn doch gern, wenn ich mich recht erinnere.«
»Ja, das stimmt. Aber ich würde das Rätsel gerne selbst lösen.«
»Welchen Sinn soll das denn haben?« Na ja, das hatte er ein wenig aggressiv gesagt.
Der Kerl warf ihm einen Blick zu. »Also …«
Dann fiel ihm der alte Al ins Wort. »Wenn Sie nicht im Gefühl haben, was Sie tun müssen, dann kommen Sie nie dahinter.«
»Ja, aber …«
»Hören Sie zu. Ich hab einen Haufen Unternehmen, ja?«
»Ja, natürlich …«
»Ich will Ihnen sagen, wann ich ein Unternehmen kaufe. Ich kaufe es dann, wenn die Leute, die das Unternehmen führen, anfangen, alle möglichen neuen Sachen auf einmal auszuprobieren. Denn das heißt, dass sie vergessen, wie man dafür sorgt, dass die Dinge funktionieren. Der Betrieb ist noch nicht zusammengebrochen, und die Typen sind ganz aufgeregt wegen all dieser neuen Sachen, die sie ausprobieren, denn sie wissen noch nicht, dass das der erste verzweifelte Schritt ist, wenn man alle möglichen Neuheiten ausprobiert.«
»Ich probiere keine Neuheiten aus …«
Al senkte die Stimme und milderte auch den Ton. »Dick, Sie sind ein guter Trainer, und ich will das Pferd nicht zu einem anderen Trainer geben«, sagte er. »Wenn Sie das Pferd mögen, glaube ich, dass er Begabung hat …«
»Ich glaube, er ist ein Pferd, das eine Distanz …«
»Na schön. Nehmen wir an, er mag keine Zweijährigen-Rennen und muss in der Trainingsfarm noch seine Zeit abwarten.«
»Al …«
»Dick.« Man sah ihm den inneren Kampf am Gesicht an. Al sagte nichts, stand nur da und beobachtete. Es war sonnenklar, das Gesicht des Trainers sagte: »Krieg ich nicht mal diese Kleinigkeit? Nicht einmal das? Diesen läppischen kleinen Versuch?« Dann seufzte er und schüttelte den Kopf. Die Antwort war nein. »Okay, Al«, sagte er. »Sie sind der Boss. Ich schicke ihn zurück auf die Farm und sage ihnen, sie sollen ihn ein paar Monate lang draußen rumlaufen lassen.«
»Sagen Sie ihnen, das Pferd soll tun, was es will.«

»Hm, ja.«
»Ich meine es ernst. Sagen Sie ihnen, sie sollen rauskriegen, was das Pferd will, und das soll es tun können. Die Farm kostet so viel wie ein Internat in der Schweiz, dann sollen sie die Pferde auch so behandeln wie die Kinder in den Internaten.«
Dick lächelte. Er hatte auch ein hübsches Lächeln. Das gefiel Rosalind sicher. Sie hatte eine Schwäche für hübsche Dinge.
»Ich verstehe, Al.« Sie gaben einander nochmal die Hand. Dann sagte Dick: »Danke, das Sie hergekommen sind.« Und, verdammt nochmal, er sah wirklich so aus, als meinte er es, deshalb sagte Al: »Hm, ja, ich bin auch froh, dass ich gekommen bin.« Und damit hatte es sich. Jeder wusste jetzt Bescheid, da war Al sicher. Im Großen und Ganzen betrachtet hatte das etwas für sich.

Kapitel 39
Ausnahmsweise keine Pferde

Mary Lynn und Skippy wohnten in einem architektonischen Paradeobjekt in Potomac, in reiner Entfernung bemessen nicht sehr weit von Georges und Deirdres Wohnort, aber Deirdres Meinung nach doch zu weit, um die Einladung zur Geburtstagsparty nicht wie einen Passierschein permanent in der Hand zu halten, um sie an jedem Kontrollpunkt vorzeigen zu können. George fand das unnötig und lachte, wenn sie immer neue »Kontrollpunkte« ausmachte.
Auf der Autofahrt redete George die ganze Zeit von der Gelegenheit, mit tatsächlichen oder potenziellen Rennpferdbesitzern Kontakte zu knüpfen, die sich nach einer Möglichkeit umsahen, etwas Geld umzuverteilen. »Sie sind Demokraten«, sagte Deirdre.
»Das ist ein Problem, aber nicht unüberwindlich. Es gibt auch Demokraten, die Rennpferde haben.«
»Nur billige. Sie haben ein zu schlechtes Gewissen, um mehrere hunderttausend Dollar für ein Pferd auszugeben.«

»Skippy aber nicht. Ich sag's dir, Cousinchen. Die stehen auf Tierschutz. Das kann man auch umdrehen ...«
»Du hörst und hörst nicht auf damit, George. Du kennst meine Meinung.«
Georges volle Lippen wurden zu einem dünnen Strich, ein Zeichen für einen seltenen Zustand bei ihm – er war wirklich verärgert. Deirdre fühlte sich kurzfristig eingeschüchtert und schaute aus dem Fenster. »Ich glaube, ich muss dir mal sagen, wo's langgeht, Cousine.«
»Versuch's mal«, sagte Deirdre.
»Du stellst dein Licht unter den Scheffel. Es gibt Pferde, mit denen du etwas machen könntest, was uns unter Umständen, verzeih den Ausdruck, einen Lebensunterhalt einbringen könnte. Seinen Lebensunterhalt zu verdienen, indem man einem armen Viech eine Aufgabe gibt, ist keine Sünde. Vor einem Jahr um diese Zeit, wenn du dich recht erinnerst, hattest du einen Stall voll freudiger Arbeiter, aber damit warst du nicht zufrieden, und auch wenn ich geschworen habe, nicht in unserer gemeinsamen Vergangenheit herumzuwühlen, um herauszufinden, warum du so großen Gefallen an Selbstzerstörung findest, bin ich arg versucht, es doch zu tun. Was sich hier aufdrängt, ist der Begriff ›widernatürlich‹.«
Da war natürlich der Unfall. Deirdre wusste, dass sie beide daran dachten, aber da sie inzwischen verschiedene Schlüsse daraus zogen, konnte man ihn nicht mehr beim Namen nennen. Es war, als hätten sie zusammen eine Kreuzung erreicht und hätten sich dann nicht einigen können, welche Straße sie nehmen sollten. Sie hatten die Straße genommen, die sie wollte, aber je weiter sie darauf fuhren, desto tiefer wurde ihre Zwietracht. Es war fast wie in einer Ehe, und einer der Gründe, weshalb sie diesen Zustand immer vermieden hatte. Es war auch genau wie in einer Ehe, dass sie wusste, welchen Preis sie würde bezahlen müssen, wenn sie zurückbellte, deshalb sah sie ihn lieber nicht an, sondern blickte geradeaus und sagte: »Vielen Dank, dass du so offen deine Meinung sagst«, und eine halbe Minute später steuerte sie den Wagen zwischen den Torpfosten von Skippys und Mary Lynns architektonischem Paradeobjekt hindurch. Sobald sie im Haus waren, sprangen sie auseinander und strebten in entgegengesetzte Richtungen, wobei Deirdre sich ebenso einsam wie wütend fühlte.

Das architektonische Paradeobjekt hatte mehrere Abstufungen von Innen- und Außenbereich, wobei große Pflanzen und scheinbar planlose frei stehende Wände zur Verwirrung beitrugen. Erst rund dreißig Meter von dem Tisch mit Häppchen entfernt war sie richtig draußen im Freien, und nicht weit von dieser Stelle entfernt verengte sich die Landschaft oder Gartenlandschaft wieder, wo sie an die Grenzen des Grundstücks zu stoßen schien. In der Tat, sehr elegant, und Deirdre hatte auch an sich keine Einwände dagegen, jedenfalls nichts, was über ihre grundsätzlichen Einwände gegen das Leben im Allgemeinen hinausging. Ach, sie war eine verbitterte Frau, wie George ihr immer sagte, und die herrliche Stute und die wunderbare Fohlenstute, die sie in diesem Jahr hervorgebracht hatte, waren nicht mehr genug, um Licht in ihr Leben zu bringen. Das letzte Fohlen der Stute, auch eine Jungstute, war in diesem Jahr bei der Jährlingsauktion in Saratoga für zweihunderttausend Dollar verkauft worden, und das war ein gutes Zeichen für das nächste Jahr. Auf diesen Auktionen überschnitten sich die herkömmliche Weisheit des Pferdeexperten (es ist nie zu früh, ein Pferd zu verkaufen, es kann am nächsten Tag schon Selbstmord begehen) und die Regeln des Kapitalismus (die Arbeiter können sich das, was sie produzieren, nicht leisten). Es konnte gut sein, dass in einem Jahr schieres Geld in nicht unwesentlichen Mengen auf ihr Konto fließen würde. Aber die herrliche kleine Stute würde jemand anders trainieren, jemand weit weg in Südkalifornien. »Das kann dir nicht gefallen, Cousine«, hatte George gesagt, und er hatte natürlich Recht.

Sie wanderte in einen kleinen Hain, machte einen Bogen um eine Hecke und wollte gerade ein Obstbaumspalier bewundern, das sich an einer der planlos errichteten Wände entlangzog, als sie bemerkte, dass sie ihre Gastgeberin zwar gefunden hatte, sich diese aber in den Armen eines Mannes befand, der nicht Skippy war und ganz offensichtlich auch in eine andere ethnische Kategorie gehörte als dieser. Mary Lynn nahm sie nicht wahr, denn sie hatte die Augen verdreht und stand fest an ihr Gegenüber gepresst. Deirdre drehte sich auf dem Absatz um und floh.

Erst als sie mehrere planlose Wände zwischen sich und dem küssenden Paar wusste, fühlte sie sich in Sicherheit, aber jetzt tauchte natürlich Skippy, den sie bisher nicht gesehen hatte, direkt neben ihr auf. »Da sind Sie ja! Ich habe George gesehen und habe Sie gesucht. Haben Sie den Weg ohne Probleme gefunden? Das Haus ist fast fertig. Es kommt in eine Architekturzeitschrift. Sie müssen den Architekten kennen lernen. Haben wir in den nächsten Wochen ein Pferd am Start? Ich muss dauernd geschäftlich nach Seattle. Haben Sie schon mal erwogen, ein, zwei Pferde dorthin zu bringen? Ich habe im nächsten Jahr diesen großen Fall dort. Wir könnten ...«

»Hallo, Skippy.«

»Haben Sie die ...«

Deirdre manövrierte ihn vorsichtig zurück ins Haus. Dass sie es ihm zuliebe tat, hielt sie nicht für wahrscheinlich. Möglicherweise tat sie es Mary Lynn zuliebe, damit die Frau die wie auch immer geartete Ekstase, in der sie sich gerade befand, voll ausleben und zu einer zufriedeneren Gemütsverfassung gelangen konnte. Vielleicht tat sie es auch sich selbst zuliebe, um sich eine unangenehme Situation zu ersparen. Sie erreichten den Tisch mit Erfrischungen. Skippy hatte inzwischen schon einige Minuten vor sich hin geschwatzt, aber Deirdre hatte den Faden verloren und wusste nicht einmal mehr, um was es ging. Als er einen Moment innehielt, um ihr Gelegenheit zu einer Antwort zu geben, sagte sie: »Haben Sie schon von den Häppchen gekostet?«

»Noch nicht, ich ...«

»Aber dann los. Es ist alles köstlich. Ich konnte mich kaum davon losreißen.« Mit diesen Worten führte sie ihn um den Tisch und belud einen Teller. Und sie hielt den Blick unauffällig nach Westen gerichtet, um nach Mary Lynn Ausschau zu halten, aber so wie der Architekt die Anlage gestaltet hatte, war man überall gut gedeckt. Im Prinzip konnte man in vollem Feuerschutz von jeder Stelle des Gartens zu jeder Stelle im Haus gelangen.

Sie hatte kaum eine halbe Minute mit Skippy dagestanden, als die Meinungsmacher ihn schon umringten.

»Er macht das doch seit Jahren. Ich habe Stephanopoulos gesagt ...«

»Stephanopulos? Ich hab es Carville gesagt. Mehr als einmal. Auf Stephanopoulos hat er nie gehört.«

»Auf Carville hat er nie gehört. Ich habe zu Jordan gesagt, und zwar immer und immer wieder ...«

»Jordan! Aber hör mal! Der Einzige, auf den er je gehört hat, ist Web…«
»Keine Spur, Jake. Keine Spur. Es sah immer so aus, als hörte er zu … ich hab immer gedacht, er hörte mir zu. Ich kann dir gar nicht sagen, wie oft ich ihn im Oval Office in die Ecke gedrängt hatte …«
»Wie konntest du ihn denn im Oval Office in die Ecke drängen?«
»Ich hätte ihn schütteln können …«
Skippy kam gleich in Fahrt. Deirdre klopfte ihm auf die Schulter und schob sich unauffällig aus der Gruppe, allerdings nicht, ohne vorher noch ein Häppchen Räucherlachs-Mousse auf Endivie mit einem Minishrimp zur Verzierung zu schnappen.
Sie trat ins Wohnzimmer, das in heiterem blauweißen Chinoiserie-Stil mit dekorativen gelben Satin-Akzenten gehalten war, und blieb trotz ihres Zorns stehen, um George zu bewundern. Er stand in einer Gruppe, die sich um ihn gebildet hatte und vornehmlich aus Frauen bestand. Sie hörte das Gelächter, das um ihn perlte, ein Wasserfall der Verzückung.
Sie drehte sich zu dem Geschenkestapel um. Er war bedrückend hoch. Deirdre hatte das sichere Gefühl, dass Mary Lynn nicht geneigt sein würde, in ihrem – wie auf den ersten Blick deutlich wurde – bereits ziemlich voll gestopften Domizil so viele neue Gegenstände unterzubringen. Aber Deirdre hatte für Geschenke allgemein nicht viel übrig. Sie seufzte, wandte sich um und sah sich unversehens dem Mann gegenüber, den Mary Lynn eben im Garten geküsst hatte. Er war ein gut aussehender Schwarzer in einem feinen grauen Anzug und mit einer sehr modischen Brille, klein und oval. Er lächelte sie an, aber nicht so, als erkenne er sie wieder. Sie erwiderte sein Lächeln und stellte fest, wie überrascht sie war, dass Mary Lynn, eine Frau, die so uninteressant aussah, dass man sie daheim in Irland als »fade Trine« bezeichnet hätte, einen solchen Mann geküsst hatte. »Sie sehen sich auch den Haufen Geschenke an, was?«, sagte sie
»Immer wieder erstaunlich.«
»Wieso das?«
»Sehen Sie es mal so: Das ist eine einzige Frau. Sie besitzt bereits schätzungsweise zehntausend Gegenstände, je nachdem, wie man sie kategorisiert. Hier liegen jetzt noch mal hundert, hundertfünfzig Din-

ge, die meisten davon bestehen aus mehr als einem Teil. Und Daniel hat noch mehr Gegenstände als sie, das heißt, allein in diesem Haus befinden sich zwanzig- bis dreißigtausend Gegenstände. In diesem Land leben einhundertundfünfzig Millionen Menschen. Nehmen wir mal an, dass jeder einzelne im Durchschnitt nur dreitausend Gegenstände besitzt. Trotzdem heißt auch das bereits Wohnraum für siebenhundertundfünfzig Milliarden Gegenstände. Das sind siebenhundertundfünfzig Milliarden Dinge, die hergestellt, ausgeliefert und verkauft worden sind.«

»Bei dem Gedanken will man am liebsten nie wieder einkaufen gehen.«

»Das will ich sowieso nicht. Und Sie?«

»Ich kaufe nur Pferde, und sogar dann danke ich dem Herrn, wenn ich keine gekauft habe.«

»Was für Pferde?«

»Rennpferde.«

»Dann sind Sie ...«

»Ich bin ihre Trainerin.«

»Sie müssen unbedingt ...«

Und da kam sie durch die Tür ins Zimmer und hakte sich bei dem Mann unter. »Von ihr wollte ich gerade sprechen«, sagte er. »Verzeihen Sie, ich habe Ihren Namen eben nicht mitbekommen.«

Die schönste Frau, die sie je gesehen hatte, lächelte sie an, und Deirdre sagte: »Ich heiße Deirdre. Deirdre Donohue.« Dann streckte sie ihre Hand fast anmutig aus und sagte: »Haben Sie Pferde? Sind Sie mit Mary Lynn befreundet?«

»Nein, ich bin nur mit Norman hier. Ich bin sozusagen die Freundin seines Bruders. Norman arbeitet bei Microsoft. Skippy und Norman arbeiten zusammen an diesem Fall. Ich heiße Tiffany Morse.«

Um die Dürftigkeit ihres Vorrats an Höflichkeitsfloskeln zu tarnen, wandte sich Deirdre wieder an Norman: »Welches Geschenk ist denn von Ihnen?«

Norman zeigte auf ein aufwendig verpacktes würfelförmiges Päckchen.

»Was ist es?«

»Software.« Er grinste verschmitzt, und Deirdre rutschte die Frage

heraus: »Und wie kommt es, dass Sie das Geburtstagskind eben draußen im Garten geküsst haben?«
»Ach, Norman«, sagte Tiffany gedehnt.
Aber Norman ließ sich dadurch nicht aus der Fassung bringen. Sein Lächeln verschwamm und verhärtete sich nicht, sondern wurde, wie Deirdre fand, aufrichtig glücklich. »Ach ja«, sagte er. »Ich glaube, Mary Lynn ist die Frau für mich.«
»Ach, Norman«, sagte Tiffany wieder. Und sie schüttelte den Kopf. Dann wandte sie sich Deirdre zu und sagte: »Alle auf dieser Party reden über Clinton.« Tiffany fasste Deirdre mit einer ganz natürlichen Geste am Ellbogen und führte sie von dem Tisch mit den Geschenken weg. »Kommen Sie, gehen wir hinaus und reden wir über Pferde«, sagte sie. Deirdre warf Norman einen Blick zu. Tiffany sagte: »Wir brauchen Norman nicht. Er will bloß über Mary Lynn reden. Ich bin nur mitgekommen, um sie mir anzusehen. Ciao, Norman. Geh und iss etwas, damit ich über dich tratschen kann.«
Norman drehte sich gehorsam um und ging ins Esszimmer.
»Sie hatte die Augen ganz verdreht. Sie atmeten ganz schön schwer.« Tiffany schaute zur Decke. »Ich persönlich, ich kann Norman und Ho Ho überhaupt nicht verstehen. Eigentlich kann ich keinen in der Familie verstehen. Sie sind ganz anders als die Leute, mit denen ich groß geworden bin.«
»Ho Ho?«
»Normans Bruder. Er ist Rap-Sänger und irgendwie mein Freund, aber seine CD ist jetzt ein totaler Reinfall, deshalb steigt er aus dem Musikgeschäft aus und geht in einen Kochkurs. Sein neues Hobby ist jetzt Wurstmachen.«
»Vom Rap zur Wurst?«
»Und vor ein paar Tagen hat er mir seine Pferde gegeben. Sein Steuerberater hat ihm gesagt, wenn er ins Restaurantgeschäft einsteigt, braucht er keine Pferde mehr, um Steuern abzuschreiben. Sein Gefolge braucht er wahrscheinlich auch nicht mehr, deshalb sehen sie sich jetzt alle nach neuen Jobs um.«
»Meint Norman es ernst mit Mary Lynn?«
»Er mag ihre herrische Art so gern. Wie alt ist sie – fünfundvierzig? Er ist erst zweiunddreißig.«

»Ja, sie hat wirklich eine herrische Art.«
»Er hatte eine Freundin in Seattle, die war Offizier auf einem Flugzeugträger. Sie war genauso, das hat mir seine Stiefmutter erzählt. Diese Freundin habe ich aber nie kennen gelernt. Ich kenne Ho Ho erst seit acht Monaten.«
Jetzt saßen sie auf einem Sofa. Deirdre fiel nichts ein, was sie sagen konnte, deshalb stellte sie die Frage, die sie im Laufe der Jahre am häufigsten gestellt hatte: »Wie viele Pferde haben Sie?« Tiffany hatte ihr wirklich verdammt nochmal die Sprache verschlagen.
»Zwei, die in Rennen starten. In Saratoga habe ich gerade einen Jährling gekauft. Red Ransom.«
Deirdre seufzte.
»Ich wünschte, ich wäre Trainerin«, sagte Tiffany. »Dann würde ich jeden Tag auf die Rennbahn gehen.«
»Ach, Schätzchen, das ist nichts, was man sich wünschen sollte.«
»Ich weiß, was Sie jetzt sagen werden«, sagte Tiffany. »Mein Trainer sagt es auch dauernd. Ob ich weiß, wie lange er gebraucht hat, bis er da war, wo er jetzt ist, ein Trainer der Mittelklasse? Ob ich weiß, wie oft er kein Geld auf seinem Geschäftskonto hatte, um Heu zu kaufen oder seine Hypothek zu bezahlen oder die Schulgebühren für seine Kinder? Ob ich weiß, wie viele Besitzer ihn im Laufe der Jahre beschissen haben, wie viele Pferde plötzlich vor einem großen Rennen einen Chip im Bein hatten oder beim Rennen ein Hufeisen verloren oder gleich an der Startbox den Jockey über die Absperrung warfen? Manche sterben einfach, an Lungenembolie oder an ganz ungeklärten Dingen. Sie laufen – und im nächsten Augenblick sind sie tot. Ob ich weiß, wie schwer es ist, Pfleger zu finden, die mit Pferden umgehen können, Arbeitsreiter, die reiten können, Besitzer, die den Mund halten und zuhören können, Pferde, die sich entspannen können? Wenn ich früher mit ihm darüber geredet habe, hat er mich auf Englisch angeschrien. Jetzt schreit er mich auf Spanisch an. Er meint, ich sollte mich an Normans Familie halten. Sie haben mich gern. Aber ich will keine Ausbildung machen. Die machen alle Ausbildungen, als wäre es der Himmel. Wissen Sie was, als Ho Ho beschlossen hatte, aus dem Musikgeschäft auszusteigen, da hatte er auch mit den Pferden und dem ganzen Anhang noch so viel Geld, dass er einfach ein

Restaurant hätte kaufen können, und zwar ein gutes, und dazu einen tollen Koch und so weiter. Aber in seiner Familie heißt es immer, man kauft sich nicht etwas, man lernt es. Ganz ohne Diskussion. Wenn man nicht mehr weiß, was man tun soll, macht man wieder eine Ausbildung.« Sie seufzte.

»Ihnen hat's auf der Schule wohl nicht gefallen. Mir auch nicht. Diese Nonnen hatten einen regelrecht im Schwitzkasten. Jesulein rechts, Jungfrau Maria links, Mathe von hinten und Shakespeare von vorn.«

»Ich finde gut, wie Sie reden.«

»Na, so was. In Amerika kann man sagen, was man will, wenn man es mit einem irischen Akzent sagt, kommt es immer gut an. Mein Cousin George sagt einen Blödsinn nach dem anderen, und alle scharen sich um ihn und nicken wie Aufziehpuppen.«

»Wollen Sie hören, wie ich rede?«

»Ja, gern.«

»Mädchen, was hast du für eine Ahnung von dieser Party …«, und dann folgte ein ganzer Wortschwall, von dem Deirdre überhaupt nichts verstand. »Ho Ho hat es gern, wenn ich so rede, früher jedenfalls«, fuhr Tiffany fort. »Er hat sich dann alles aufgeschrieben. Ich hatte noch nie ein Pferd gesehen, bevor ich mit Ho Ho zusammen war. Aber jetzt denke ich an nichts anderes mehr.«

Deirdre merkte, wie sie immer breiter lächelte, aber versuchte, es auf ihre gewohnte Weise zu verdecken. »In welcher Klasse starten sie?«, fragte sie.

»Also, ich hab Dagoberto gesagt, auch wenn Ho Ho sich um alles kümmert und diese Kosten damals ein Klacks für ihn waren, ein Pferd muss genug für seinen eigenen Unterhalt abwerfen, und er hat mir ein paar gute Pferde in Verkaufsrennen besorgt, und so machen wir das jetzt, verkaufen weiter, kaufen neue und gehen dabei in der Klasse meistens höher. Aber wissen Sie, ich will nicht nur über zwei Pferde nachdenken, ich will über zwanzig, dreißig Pferde nachdenken. Ich will nicht nur auf die Rennbahn gehen und zusehen, wie meine Pferde arbeiten. Ich gehe jetzt jeden Tag dorthin, aber Dagoberto hat andere Besitzer, um die er sich kümmern muss, und andere Dinge zu tun, und er meint, ich weiß ohnehin schon genug. Dagoberto hat vom ersten Tag an meinen Stall im Gewinn gehalten, aber das ist mir jetzt langweilig.«

»Na, Trainieren ist bestimmt nicht langweilig. Aber Pferde sind tragische Viecher, besonders gute Pferde und ganz besonders Vollblutpferde. Ich war früher Springreiterin. Bei einem guten Springpferd ist die Züchtung egal. Viele Warmblutpferde sind gute Springer. Springen setzt den Pferden gar nicht so sehr zu, wie es aussieht. Sie absolvieren ihre Hürden, bevor sie überhaupt merken, dass sie arbeiten, solange sie keine Angst haben. Aber beim Rennen ist es anders, es gibt beim Rennen immer einen Moment, da muss sich ein Pferd entscheiden, ob es durchzieht. Ein Vollblutpferd hat eher die Neigung, nicht durchzuziehen. Das erwarten wir aber von den Tieren. Doch um welchen Preis, frage ich mich. Wir verlassen uns darauf, dass sie durchziehen, ohne Rücksicht auf den Preis, der zu zahlen ist. Das ist das Herz, wissen Sie. Pferde haben viel Herz. Aber das ist auch ihr Untergang, dass sie den Preis erst zu spüren bekommen, wenn sie ihn bezahlt haben. Jeden Tag, besonders dann, wenn ich ein Pferd am Start habe, frage ich mich, wenn ich morgens aufwache: Darf ich von diesem Pferd heute erwarten, dass es den Preis zahlt, wenn es nötig ist? Ich weiß nicht, was ich anderes tun würde, um mir den Lebensunterhalt zu verdienen, aber …« Sie spürte, dass jemand hinter ihr stand, und drehte sich um. Tiffany drehte sich auch um. Es war George. Er lächelte Tiffany an, aber nicht Deirdre. »Ach, ich hab gedacht, du wärst beschäftigt, Cousin«, sagte sie.

Tiffany betrachtete ihn eingehend, und Deirdre nahm die Gelegenheit wahr, sie eingehend zu betrachten. Apropos Schönheit … Es hatte nicht nur etwas mit ihrem Aussehen zu tun, mit ihrer Figur oder mit ihren reizenden Eigenarten und ihrem Stil (sie trug ein amethystfarbenes schulterfreies Leinenkleid und eine Kette aus goldenen Sonnen mit Gesichtern, perfekt geflochtene kleine Zöpfchen modellierten ihren Kopf und fielen ihr mit leisem Klirren goldfarbener Glasperlen auf die Schultern). Ihre Schönheit war ein stetes Fließen innerhalb der von ihrer Haut so zart bestimmten Grenzen. Man konnte es fast mit den Augen verfolgen, wie es hierhin kräuselte und dorthin wogte, als sie zu George sagte: »Sind Sie auch Pferdetrainer?«

»Ja, bei Deirdre. Haben Sie Pferde?«

»Ich hab zwei. Mit dem Jährling zusammen drei.«

Georges und Deirdres Blicke kreuzten sich. »Und Sie sind für die Demokraten?«, sagte er.
»Ich weiß nicht. Ich habe noch nie gewählt.«
George setzte sich zu ihnen. »Sicher hat sie Ihnen die ganze Zeit davon erzählt, wie schrecklich alles ist.«
»Ich will es trotzdem«, sagte Tiffany. »Meine Pferde haben seit April vierundneunzigtausend Dollar gewonnen.«
»Wo stehen sie?«, fragte George.
»Sie sind in Belmont untergebracht. Sie laufen dort, und auch in Aqueduct und Saratoga.«
»Wenn Sie sie nach Maryland brächten, könnten sie in einer höheren Klasse laufen«, schlug George vor.
Deirde platzierte ihren Absatz auf Georges Fuß und bohrte ihn hinein, bis er einen Aufschrei nicht mehr unterdrücken konnte, dann sagte sie: »Wenn Ihre Pferde da Geld machen, sollten Sie die nicht nach Maryland bringen, das können Sie mir glauben.«
George brachte ein Geräusch aus der Kehle hervor, ein sehr irisches Geräusch, das eine Mischung aus Abscheu und Resignation war. Deirdre schüttelte den Kopf und fuhr an Tiffany gerichtet fort. »Behalten Sie Ihre Pferde in New York, meine Liebe. Da ist das Geld und auch der gute Boden.« Da hatte sie es wieder gemacht, wieder hatte sie das zurückgewiesen, was sie so gerne haben würde. Sie warf George einen Blick zu, er sah wieder verärgert aus.
»Aber wenn Sie zu mir kommen, kann ich Ihnen ein paar Sachen beibringen. Dann sehen wir, wie weit wir kommen.«
Sie wandte sich George zu. »Du kannst jetzt gehen, George, später hast du Gelegenheit, mich ins Gebet zu nehmen.«
Er wuchtete sich aus dem tiefen Sofa und machte sich davon, aber vorher gab er ihr noch einen Klaps auf den Kopf. Sie kannte diesen Klaps. Darin lag mehr Zuneigung als Ärger. Sie lächelte in sich hinein. Es war nicht angenehm, mit George auf Kriegsfuß zu stehen. Aber hier saß jetzt Tiffany. »Also, Sie sagen mir jetzt, ob Ihr Freund Norman diesen reizenden Haushalt hier in die Brüche gehen lässt, denn mein Unterhalt hängt zum größten Teil von Mary Lynn und Skippy ab, ich brauche beide dringend, und wenn sie nach Seattle geht, na ja, da nennt man das auch Pferderennen, aber …«

»Sie hat ihm schon gesagt, dass es nichts wird.«
»Aber sie hatte die Augen ganz schön verdreht.«
»Deshalb hat sie ihn ja weggeschickt.«
»Die Ehe bringt die Leidenschaft um?«
»Das denken viele.«
»Ja, nicht wahr?«
»Es ist fast die Regel.«
Deirdre nickte, obwohl sie nie verheiratet gewesen war und auch, wie sie meinte, nie Leidenschaft empfunden hatte. Tiffany drehte den Kopf zur Seite, sodass Deirdre ihr Profil sehen konnte. Da wurde sie Zeuge dieses Moments, der selten genug in einem Kind sichtbar wird und bei einem Erwachsenen noch seltener – diese innere Wärme wahren Glücklichseins, das die Miene langsam, nach und nach erfüllt. Dann wandte sich Tiffany ihr zu – das Mädchen konnte höchstens zwanzig sein, halb so alt wie Deirdre – und sagte: »Vielen Dank, Deirdre. Ich komme in einer Woche.« Sie küsste sie auf die Wange.
Als Deirdre später mit George auf dem Heimweg war, redete sie über Tiffany. »Das war es doch verdammt noch mal fast wert, diesen Ausflug nach Washington zu machen und den ganzen Nachmittag das Gerede über Clinton anzuhören«, sagte sie. Aber in Wirklichkeit war sie gar nicht so sarkastischer Stimmung. Was sie empfand, war schlichte und sicherlich flüchtige, sicherlich kurzlebige, sicherlich nur vorübergehende und unbeständige Freude, grundlos und schwachköpfig und bescheuert. George sagte nur: »Ach, Cousinchen, du nimmst dir alles so zu Herzen.« Sie sah, dass er gar nicht mehr ärgerlich war, nur resigniert. Vielleicht war es nicht das beste Omen, aber es kam ihr gerade gelegen, um ihren Willen durchzusetzen.

Kapitel 40
Auf nach Osten

Justa Bob verließ Golden Gate Fields in einem Pferdetransport nach Arapaho Park in Colorado. Lily Dodd (dreiundzwanzig) hatte ihn von dem Pisser gekauft, ihr Vater und ihr Großvater waren schon Trainer gewesen, sie ließ ihn dreimal starten, er wurde einmal Zweiter und einmal Dritter. Von Lily kaufte ihn Hakon Borgulfsson, ein Isländer, der einzige Pferdetrainer isländischer Abstammung in Amerika. Hakon Borgulfsson hatte einen Transporter für sechs Pferde und verband die Teilnahme an Verkaufsrennen gern mit der Förderung der Opernkarriere seiner Tochter Thora. Thora war auf Proben zu »Judith und Holofernes« in Denver, nach Hakons Geschmack ein schwieriges und deprimierendes Stück, aber nicht im Entferntesten so schlimm wie die Oper »Wozzeck«, in der sie im letzten Jahr in einer Männerrolle aufgetreten war. Das Stück wurde in Houston aufgeführt, und Hakon ließ unterdessen ein paar Pferde auf der Lone-Star-Bahn laufen. Er versuchte, sie so oft wie möglich auf die Rennbahn zu holen, damit sie sich ein wenig erholen konnte. Justa Bob hatte mehrere Beschwerden. Er hatte einen winzigen Chip im linken Knie und in beiden Knöchelgelenken einen Anflug von Arthritis. Im Becken hatte er eine Stressfraktur. Das trockene Wetter in Colorado könnte Wunder für ihn wirken.

Colorado war eine Lektion für sich, besonders für ein kalifornisches Pferd wie Justa Bob. Man hätte nicht behaupten können, Hakon sei kein Pferdekenner, und das behauptete Justa Bob auch nicht, aber so sehr er sich auch bemühen mochte – Hakon war einfach kein Pferdekenner. Hakon war eine Leseratte, ein Ästhet, eine mildtätige Seele, er versäumte es nie, einem Obdachlosen etwas zu geben. Hakon konnte in einer halben Stunde auf einem Campingherd eine tolle Mahlzeit zaubern, wozu er oft gezwungen war, wenn er an der Rennbahn Quartier bezog, um Geld zu sparen, das er dann für Bücher ausgeben konnte. Er hatte immer etwas, was er mit anderen teilen konnte. Seit fünfzehn Jahren und dreihunderttausend Meilen fuhr Hakon jetzt seinen Dodge-Truck, aber Pferde waren ihm immer noch ein hei-

liges Geheimnis, und egal wie viel er las, besprach, beobachtete, sich beriet und von wohlmeinenden Freunden Tipps geben ließ, nichts brachte für ihn Licht ins Dunkel dieses Geheimnisses. Hakon fütterte nur wenig Alfalfaheu, weil er sich das nicht leisten konnte, deshalb hatte Justa Bob den Tag über wenig zu tun. Er fütterte Kleiebrei, der zu heiß war, und übel schmeckendes Wasser und Sojaöl anstatt Maisöl. Er bandagierte die Beine seiner Pferde selbst, weil er sich keinen Pfleger leisten konnte, aber er bandagierte so ungleichmäßig, dass auf einen Teil des Beins zu viel Druck ausgeübt wurde und auf einen anderen zu wenig. Er ließ fast nie den Tierarzt kommen, weil er seine eigenen Theorien darüber hatte, wie die Genesung von Pferden vor sich ging, und weil er meistens nicht verstand, was der Tierarzt ihm sagte. Für seine Pferde war das Leben bei Hakon eine natürliche Überlebensübung, und Hakon wusste, dass andere Pferdeleute in Bezug auf ihn gerne die alte Rennbahnweisheit zitierten: Glück haben ist besser als gut sein. Und Hakon hatte Glück. Er ließ ein Pferd fast nie so hart arbeiten, dass die Summe der einzelnen kleineren Schäden zu seinem Zusammenbruch führte, aber wenn seine Pferde gekauft wurden und zu anderen Trainern kamen, die weniger Glück hatten, brachen sie bei der eher normalen Arbeit dort manchmal bald zusammen. Hakon hielt sich für eine geniale Naturbegabung und seine unkonventionellen Methoden für den besten Beweis seines Talents.
Nach einem ereignisreichen Monat, in dem Justa Bob in den Arbeitsstunden auf der Rennbahn herumgammelte und sich bei zwei Starts einen Sieg und einen dritten Platz ergammelte, trennten sich die Wege von Hakon Borgulfsson, Justa Bob und Thora. Hakon kehrte mit einem leeren Pferdetransporter und etwas Geld in der Tasche nach San Francisco zurück, wo er ein paar neue Pferde kaufen konnte, die er dann vielleicht zum Überwintern nach Arizona bringen würde. Thora nahm ein Flugzeug nach St. Louis, wo sie in einer komprimierten Version des »Ring«-Zyklus sämtliche weiblichen Hauptrollen singen sollte. Und Justa Bob kam nach Chicago, wo William Vance, sein neuer Besitzer, einen Stall in Sportsman's Park hatte.
William hatte siebenundzwanzig Pferde im Training, die alle einer Besitzergemeinschaft gehörten, an der außer ihm alle möglichen Freunde und Angehörigen beteiligt waren. Als Justa Bob auf der

Rennbahn an der Cicero Avenue ankam, herrschte gerade eine Hitzewelle, und er war schon ziemlich dehydriert. Und William war auch nicht da, um ihn in Empfang zu nehmen, weil sein Sohn Alphonse gerade an diesem Tag eine Ehrung für seine Arbeit in einem staatlich geförderten Sommerprogramm an der örtlichen High School erhielt. Als der Wärter Justa Bob in die Box führte, wo das Stroh zwar hoch aufgeschüttet lag, aber merkwürdig roch, und wo ihn Lieschgrasheu anstatt Alfalfaheu erwartete, wandte sich Justa Bob von all diesen ungewohnten Sinneseindrücken ab und schiss zum Zeichen seiner Verzweiflung in den Wassereimer. Er war müde von der langen Fahrt. Er hatte Durst, aber nachdem er in seinen Wassereimer geschissen hatte, hatte er keine Lust mehr, daraus zu trinken. Er sah sich um. Alles war so fremd. Er schloss die Augen.

Der Pfleger sah noch einmal nach dem Pferd, er wollte heute früh gehen. William hatte es nicht gern, wenn die Pferde allein gelassen wurden, aber er selbst würde in weniger als einer Stunde hier sein, deshalb meinte der Wärter, ruhig gehen zu können. Justa Bob war nicht das einzige Pferd, das lethargisch wirkte. Einige schwitzten in ihren Boxen, obwohl der Ventilator direkt auf sie gerichtet war. Da der Wärter mit Justa Bob nicht vertraut war, wusste er natürlich nicht, dass es für Justa Bob ganz ungewöhnlich war, kein Interesse an seiner Umgebung zu zeigen.

Auf dem Weg von der Schule brannte in William Vance' Auto eine Zündkerze durch, und der Wagen blieb liegen. Aber William meinte, das machte nichts. An diesem Nachmittag hatte er kein Pferd am Start – bei diesen Temperaturen hatte kein Mensch ein Pferd am Start. Homer, der Pfleger, war im Stall, die neuen Pferde waren wahrscheinlich noch gar nicht eingetroffen, und alles in allem machte er sich keine Sorgen, er war stolz auf seinen Sohn, der ein Stipendium für die Wesleyan University in Middletown, Connecticut, bekommen hatte und außerdem eine nette Freundin hatte, die ans Connecticut College für Mädchen ging, und deshalb beschloss er, heimzugehen und ein Schläfchen zu halten und später im Auto seiner Freundin zur Rennbahn zu fahren, aber sie war bis vier Uhr bei der Arbeit. Er nahm den Bus zu ihrer Wohnung, um dort auf sie zu warten, und deshalb konnte Williams Freund Romero ihn auch nicht zu Hause erreichen, als er

merkte, dass Justa Bob stöhnte und auf seine Flanken starrte, was hieß, dass sich bei ihm eine Kolik anbahnte.
Und dann fiel der Strom aus, und Romero hatte andere Dinge zu tun. In Justa Bobs Innereien verstärkte sich die Peristaltik des Dickdarms, und das bereitete ihm ziemliche Schmerzen. Er stapfte in seiner Box herum und blieb alle paar Minuten still stehen, um im Stroh zu scharren. Manchmal reckte er Kopf und Hals vor und öffnete das Maul. Der Schmerz wurde stärker. Er warf einen Blick auf seine Flanken, aber von außen war nichts sichtbar, das auf die Dinge schließen ließ, die sich in seinem Innern abspielten. Er scharrte noch etwas, dann legte er sich hin. Eine Zeit lang krümmte er die Beine und Hufe unter sich und versuchte, sich zu entspannen. Aber wie zwanghaft starrte er immer gebannter auf die nichts sagende Fläche seiner Flanke. Dieser Schmerz war ein Geheimnis. Etwa anderthalb Stunden nachdem der Schmerz begonnen hatte, legte sich Justa Bob ausgestreckt auf die Seite und rollte sich dann auf die andere Seite. Das war eine altbewährte Methode, Schmerz zum Ausdruck zu bringen und manchmal zu lindern, man wälzte sich immer wieder hin und her. Aber Justa Bob hatte sich noch nicht an die Dimensionen seiner neuen Box gewöhnt, und als er sich auf die andere Seite gewälzt hatte, stellte er fest, dass er gegen die Wand geklemmt lag und sich nicht mehr zurückrollen lassen konnte. Es war nicht das erste Mal in seinem Leben, dass er sich eingeklemmt hatte. Von Natur aus neigte er dazu abzuwarten, was ihn in seinem Leben schon etliche Male gerettet hatte. Manche Pferde können abwarten, andere können es nicht. Diejenigen, die es nicht können, haben mehr Probleme. Justa Bob war ein Abwarter, aber als er sich auf die Seite gewälzt und sich eingeklemmt hatte, war noch etwas passiert, nämlich sein Dickdarm hatte sich um 180 Grad gedreht. Ein Rest des Heus aus dem Transporter, das noch dabei war, verdaut zu werden, hörte auf, sich zu bewegen, und verklumpte. Jetzt waren die Schmerzen noch viel schlimmer als eben, aber Justa Bob versuchte weiter abzuwarten.
»Fast tot« ist eine relative Feststellung. Justa Bobs Herz war noch in Ordnung und sein Hirn funktionierte noch, aber rein zeitlich betrachtet, war Justa Bob um fünf Uhr nachmittags dem Tod wesentlich näher als um zwölf Uhr am Mittag. Am Mittag war er in einem Land, im

Land der Gesundheit gewesen, und der Tod war in einem anderen Land, aber im Laufe des Nachmittags hatte die Kolik eine Brücke zwischen den beiden Ländern geschlagen. Justa Bob glitt langsam in einen Schockzustand. Seine Augen waren halb geschlossen. Er stöhnte. Ab und zu schlug er, ohne es selbst zu wollen, mit den Füßen gegen die Betonklötze der Box und kratzte sich mit den Hufen über die Beine. Die Pferde in den umliegenden Boxen beobachteten ihn und wieherten ab und zu. Alle registrierten die Ankunft von William Vance gegen fünf. Normalerweise hätte William ihre erhöhte Nervosität bemerkt, denn sie war keineswegs verhalten, aber er war noch benommen von seinem Schläfchen und lethargisch nach der Tortur einer Fahrt durch Chicago in einem Auto ohne Klimaanlage.

Ganz gelassen ging er auf die Box zu, von der er meinte, dass sie noch leer war.

William Vance war ein Mann in mittlerem Alter, ein Schwarzer aus dem tiefen Missouri. Seine erste Erinnerung war die an ein Maultier seines Vaters, das Hyacinth hieß, und die späteren Erinnerungen kreisten alle um die Reitpferde, die sein Vater in seiner kleinen Anlage bei Sedalia trainierte oder umtrainierte. Sein Vater hatte als Hufschmied angefangen und dann begonnen, daneben auch mit schwierigen oder kaputten Tieren zu arbeiten, um sie wieder für die Reitbahn fit zu bekommen. William war neunzehn, als er das erste Vollblutpferd zu sehen bekam. Er war mit seinem Vater und dessen Freunden zu einer großen Reitpferdauktion gefahren. Ein Vollblut war für William genug. Er hatte am selben Tag noch in Kentucky eine Farm gefunden, wo er arbeiten konnte, und er blieb dort, als sein Vater und die anderen Männer die Pferde heimbrachten. Sein Vater hatte zu ihm gesagt, er würde als Rennpferdtrainer niemals seinen Lebensunterhalt bestreiten können, weil Weiße ihm nicht ihre Pferde überlassen würden, also verdiente er seinen Lebensunterhalt als Trainer für schwarze Besitzer. An den meisten Pferden, die er trainierte, hatte er einen Anteil, und wenn sie gewannen, bekam er ein kleines Taschengeld. Er zahlte pünktlich seine Rechnungen, er wohnte nicht an der Rennbahn, sein Sohn brauchte nicht zu arbeiten, als er auf die Oberschule ging, nur wenn er keine Einsen hatte, musste er die Boxen ausmisten, aber er da lernte er lieber. Williams Gewinnquote lag um 15 Prozent. Es machte ihm Spaß.

Er näherte sich Justa Bobs Stall und hörte ein Stöhnen. Der Augenblick, in dem er erkannte, dass das Pferd am Boden lag und nur noch halb bei Bewusstsein war, war einer der schlimmsten seines Lebens. Ob man für die Kolikoperation eines Pferdes bereit ist, fünftausend Dollar auszugeben, ist eine Entscheidung, die man im Voraus treffen muss. Man muss den kommerziellen und den gefühlsmäßigen Wert des Pferdes abwägen und auch die möglichen Folgen für seine Leistung. Man musste entscheiden, ob das Pferd ein Haustier, eine landwirtschaftliche Investition oder ein Sportler war. Man musste genau wissen, wie es mit den eigenen Ausgaben- und Einnahmenkonten aussah. Man musste den Wert der Rücklagen kennen, die man hatte, und sich über die Prioritäten im Klaren sein, die einen dazu veranlassen konnten, darauf zurückzugreifen. William Vance unterschied in seinem Stall zwischen den Pferden, die eine Operation verdienten, und denen, die keine verdienten, aber er wusste nicht, in welche Kategorie Justa Bob gehörte. Er kannte das Pferd nicht persönlich und hatte nur eine sehr vage Vorstellung von seiner Rennleistung und seinem Potenzial. Er war nur einmal mit der Hand über die Beine des Pferdes gefahren und hatte seine Füße abgetastet, und das war unmittelbar nach dem Rennen gewesen, in dem er ihn gekauft hatte. Er wusste nicht einmal, ob Justa Bob ein gutmütiges oder ein übellauniges Pferd war, aber er wusste, dass er als Wallach in einem Zuchtstall keine Zukunft hatte. So kam es, dass er einen kurzen Augenblick lang, der ihm endlos vorkam, jede Regung als eine Versuchung zur Sünde empfand. Einmal die Versuchung, gegen sein Bankkonto zu sündigen, einfach den Tierarzt anzurufen und alles Nötige zu veranlassen, obwohl er sich den ganzen Tag mit dem Gedanken herumgeschlagen hatte, woher das Geld kommen sollte, das sein Sohn zum Leben in Middletown, Connecticut, brauchen würde.

Und dann die Versuchung, gegen den Mut zu sündigen, einfach woanders hinzusehen und so zu tun, als sei nichts geschehen. Als er diese Versuchung spürte, fiel der Strom gerade wieder aus, und das verstärkte den Impuls noch. Er könnte einfach nach Hause gehen, die Klimaanlage einschalten, die Hose ausziehen und …

Und dann die Versuchung, gegen das Mitgefühl zu sündigen, zu wissen, was passierte, es zu erkennen und anwesend zu sein und zuzuse-

hen, wie es geschah. Als ihm diese Versuchung bewusst wurde, ging der Strom wieder an.
Aber dann war sein Körper entschlossener als sein Kopf. Noch während er die einzelnen Möglichkeiten gegeneinander abwog, rief er um Hilfe. Romero kam den Gang heruntergelaufen, sie gingen in die Box, packten den Schweif des Pferdes und zogen sein Hinterteil von der Wand weg. Während Justa Bob sich dann selbst aufrappelte, rief William schon auf Romeros Handy den Tierarzt an, der im Stall nebenan war und sich sofort auf den Weg machte. Und damit war die Entscheidung getroffen, denn wenn ein Tierarzt und ein Trainer einmal zusammen sind und anfangen, Schmerz und Not zu lindern, ist es sehr schwer, damit aufzuhören, bis das Tier wieder gesund auf den Füßen steht und die Tierarztrechnung höher ist, als man sich leisten kann.
Als Justa Bob wieder auf wenn auch etwas unsicheren Füßen stand, begriff William, dass er das jetzt bis zum bitteren Ende durchziehen würde und dass das Geld schon von irgendwoher kommen würde. Was ihn dabei hätte überraschen sollen, war die Tatsache, dass es ihn überraschte. Seine stete Redewendung war: »Ach, das Geld wird schon von irgendwoher kommen.« Er streichelte den schweißbedeckten Hals und Kopf des Pferdes. Der Körper des Pferdes schien zu ächzen, so hörte sich sein Stöhnen jedenfalls an.
Und so kam es, dass Justa Bob auf einen Transporter verladen wurde und eine Albtraumfahrt antrat, die ihn durch den dichten Verkehr nach Naperville brachte. Früher war auf der Rennbahn eine Veterinärklinik gewesen, die es heute nicht mehr gab. Es war Naperville oder finito, jedenfalls was Justa Bobs Dickdarm anging. Die ganze Strecke über hatte William Vance das Gefühl, dass alle Autos von Chicago die Bahn frei machten, um den guten alten Bob durchzulassen. Vielleicht war das ein Zeichen dafür, dass die Mitgefühlslösung die richtige gewesen war, doch während der Fahrt hatte William mehr Zweifel und Befürchtungen, als er schlucken konnte. Die Klinik war ja erst der Anfang. Wenn das Pferd starb, war es auch aus, aber die fünftausend Dollar würde er trotzdem bezahlen müssen, doch vielleicht war das noch die beste Lösung, denn die Nachsorge würde auch einen Haufen kosten, und dann wäre das Pferd draußen auf der Farm, wo es drei Monate lang Heu und Hafer verbrennen würde, bis es wie-

der auf die Rennbahn kommen und das Training aufnehmen konnte, als Sechsjähriger, das durfte man auch nicht außer Acht lassen, und manchmal werden sie nach einer Kolikoperation nie wieder leistungsfähig. Aber William Vance hatte nur ganz selten in seinem Leben gehofft, dass ein Pferd sterben würde, und zwar nur dann, wenn ein Pferd so schwer verletzt war, dass es die beste Lösung wäre, und zwar je früher, desto besser. Genau das war der Unterschied zwischen Hakon Borgulfsson und William Vance: Hakon war zwar gebildet, gutmütig und sanft, und William war jähzornig und manchmal sehr schwierig im Umgang, aber Hakon war der Meinung, Verletzungen und Tod ereilten ein Pferd aus dem Nirgendwo, als Werk eines blinden Schicksals, während William wusste, dass der Tod und auch Verletzungen häufig Entscheidungen waren, die man für das Tier traf. Für den Tod hätte er sich nie entscheiden können, nicht einmal als Wunsch.

In der Klinik nahm man ihm jede Entscheidung ab, sobald das Tier aus dem Transporter in die Hände der Tierärzte, des Anästhesisten und des Assistenten geriet. »Na, komm schon, Junge«, sagten sie. »Ganz ruhig jetzt. Geh weiter. Hier sind wir.«

Sie brachten ihn in den Ultraschallraum und machten eine Aufnahme von seinem Bauch. William sah zu und wusste nicht, auf was er hoffen sollte. Aber der Tierarzt wusste es dafür, und so war es dann auch: eine Dickdarmverschlingung, lange nicht so übel und lebensbedrohlich, wie sie im empfindlicheren Dünndarm gewesen wäre. Dann brachten sie ihn in den OP, gaben ihm Beruhigungsmittel, damit er zu Boden ging, und ließen ihn sanft hinabgleiten. Dann wurden ihm Gurte an den Schienen umgelegt, seine Rohrknochen wurden gepolstert und festgeschnallt, und die Gurte zogen sich stramm, als er hochgehievt und auf den Tisch geschwenkt wurde. Dann ließen sie ihn auf den Rücken sinken, legten Schienen und Polster um ihn herum und steckten einen großen Schlauch in seine Luftröhre. William ging, deshalb sah er Justa Bob nicht daliegen, seine geöffneten Augen, die, ohne etwas zu sehen, nach rechts und links schossen, während er immer tiefer in die Bewusstlosigkeit sank, die Beine, die in der Luft geknickt waren wie bei einem Hund, der auf dem Rücken liegt, seinen langen schwarzen Schweif, der leicht über den Boden streifte.

Auf der Heimfahrt erahnte William nach seiner kurzen Erfahrung mit Justa Bob in Schmerz und Not dieselben Eigenschaften bei ihm, die seine früheren Besitzer auch alle entdeckt hatten: dass er geduldig, gutmütig und vernünftig war, dass er einiges wusste und mehr lernen konnte, dass er zwar nicht besonders hübsch oder unglaublich athletisch, aber wertvoll war. William seufzte, wie er es immer tat. Als er den Transporter und den Lieferwagen an der Rennbahn abgestellt hatte und noch einmal nach seinen anderen Pferden geschaut hatte, war es fast elf Uhr abends, und er war müde. Er fuhr im Wagen seiner Freundin zu ihrer Wohnung, und als er hereinkam, sah er, dass das Licht aus und sie schon schlafen gegangen war. Er streifte die Schuhe ab und ging leise ins Schlafzimmer. »Hallo, Schatz, ich hab dich vermisst«, murmelte sie mit ihrer Singsangstimme im Halbschlaf. »Ist alles in Ordnung?«

Er zog sich aus und legte sich neben sie, und sie drehte sich um und legte die Arme um ihn, und er sagte: »Ja, alles in Ordnung. Bloß diese Affenhitze.«

»Gut, dass du gekommen bist. Ich hatte schon gedacht, du wärst vielleicht …« Und dann schlief sie ein.

In der Klinik war es kein Kunststück, Justa Bob zu retten. Sie machten einen fünfzehn Zentimeter langen Einschnitt durch die Faszie der Mittellinie. Der gasgefüllte Dickdarm quoll geradezu durch den Einschnitt heraus, und sie schnitten ihn auf. Der krankhafte Dunst von saurem, gärendem Futter stieg daraus auf, nicht der süßliche, gesunde Geruch von Pferdemist, sondern ein dunkler, bedrohlicher Geruch. Sie säuberten den Enddarm und wuschen ihn vorsichtig aus, wobei sie ihn so wenig wie möglich berührten, denn mit jeder Berührung konnte er beschädigt werden und an der Innenwand der Bauchhöhle haften bleiben. Den gesäuberten Darm nähten sie zu und ließen ihn wieder in die geräumige Bauchhöhle sinken, die er eben noch so prall ausgefüllt hatte. Sie nähten die beiden Seiten der Bauchinnenwand fest zusammen und ließen nur einen kleinen Wulst, an dem die Ränder überlappten. Sollte das Pferd jemals wieder starten, war die Stabilität der Bauchinnenwand absolut erforderlich. Zum Schluss hefteten sie die rasierte Oberhaut zusammen. Es war eigentlich eine simple Prozedur, aber sie ließ sich nicht so einfach und schnell erledigen.

Da das Pferd nun so entspannt war, nutzten sie die Gelegenheit und reinigten ihm die baumelnde Rute, denn diese Mühe hatte sich Hakon nie gemacht. Dann wurde Justa Bob in eine Box geschwenkt und dort auf die Seite gelegt. Seine Augen begannen sich wieder hin und her zu bewegen, ein Zeichen dafür, dass er aufwachte. Sobald er weitgehend bei Bewusstsein war, bekam der Instinkt, um jeden Preis zu stehen, die Oberhand, und er arbeitete sich hoch, voll gepumpt mit Schmerzmitteln. Beutel mit Flüssigkeiten wurden mit Schläuchen und Kanülen an seinen Hals angeschlossen. Seine Beine wurden behandelt und bandagiert, wo er sie abgeschürft hatte. Er wurde gestreichelt und getätschelt und man machte viel Aufhebens um ihn.

Kapitel 41
Der Wallach als gute Fee

Als Farley aus Saratoga zurückkam, war es an der Westküste schon spät, nach acht, und als er im Stall in Santa Anita Halt machte, um sich zu vergewissern, dass alle Pferde wohlauf waren und auf ihren vier Beinen standen, war es bereits neun. Eins, zwei, drei, vier, fünf, und so weiter bis zweiundvierzig. Es war ein beruhigender Anblick, alle diese Hinterteile in der Luft. Deshalb war er wahrscheinlich umso unvorbereiteter, als er in seinem Büro eine Flasche Wasser aus dem Kühlschrank nehmen wollte und den Kopf des Schweins darin fand. Schwarzweiß und hier im Kühlschrank viel größer als in der Box mit der Stute. Farley erkannte zwar das Gesicht des Schweins, aber trotzdem rannte er sofort zu der Box, um sicherzugehen, und tatsächlich – die Stute stand allein da, ohne Schwein, und fraß ihr Heu. Unterdessen war es halb zehn und Farley wollte sich schon auf die Suche nach Julio, dem Nachtwärter, machen oder Oliver anrufen, aber ihm fiel ein, dass sie jetzt schliefen, und außerdem – was hätten sie ihm sagen können, das er sich nicht selbst zusammenreimen konnte? Das Schwein war inzwischen groß. Farley hatte selbst nicht recht gewusst, was aus ihm werden sollte. Die guatemaltekischen Wärter hatten wahrscheinlich das Nächstliegende getan. Zweifellos lagen ein paar hundert Pfund saftigen Schweinefleischs in den verschiedenen Kühlschränken und Gefriertruhen des Stallbereichs herum. Es war vernünftig. Es war einleuchtend. Es war das einzig Richtige.

Sobald Oliver ihn am nächsten Morgen in seinem Büro erspähte, kam er herein. »Wir stecken ganz schön in der Scheiße wegen dem Schwein«, begann er.

»Bestimmt ...«

»Ich hab versucht, dich anzurufen, aber du warst nicht mehr im Hotel, dann hab ich es auf deinem Handy versucht. Ich habe dir eine Nachricht hinterlassen.« Das klang vorwurfsvoll.

Farley wollte nicht zugeben, dass er einen Tag verbringen wollte, ohne seine Nachrichten abzuhören. »Als ich den Kühlschrank aufmachte, hab ich mir sofort gedacht ...«

»Sie haben es gejagt. Das Vieh ist durch die ganze Stallgasse gehetzt, und sie sind ihm mit Messern hinterher.«

»Wer?«

»Mario und Heberto und auch zwei von Logans Wärtern. Er hat seine Leute rausgeschmissen. Die Pferde sind bald durchgedreht von dem Gequieke.« Farley versuchte, ein Grinsen zu unterdrücken, aber es gelang ihm nicht ganz. »Die Rennbahnverwaltung tobt«, sagte Oliver streng. »Das mit dem Schwein ist zu weit gegangen. Du hast es zu weit gehen lassen.«

»Ja, ich weiß«, sagte Farley. »Ist jemand verletzt worden?«

Oliver schüttelte den Kopf. »Nein. Außer dem Schwein«, setzte er dann hinzu. In dem Augenblick hörte man das zischende Geräusch von Hydraulikbremsen, und Oliver lehnte sich zurück, um aus dem Fenster zu sehen. »Ach ja, Tompkins schickt übrigens ein neues Pferd.«

»Wie alt?«

»Kein Rennpferd. Du wirst schon sehen. Er hat in deiner Abwesenheit angerufen und sich nach seiner Stute erkundigt, und ich habe ihm gesagt, dass sie sich nicht richtig einlebt. Er hat eine Theorie, was sie angeht.« Dann stand er auf und verließ das Zimmer. Farley fragte sich, ob Oliver kündigen wollte.

Farley ging hinaus und sah den großen Tompkins-Wagen. Der Fahrer war schon dabei, die Rampe hinunterzulassen. Dann stieg eine Frau aus der Fahrerkabine, er erkannte sie sofort wieder, und sie kam lächelnd auf ihn zu. Dieses lächelnde Gesicht.
Kein Zweifel, Joy Gorham war ein hübsches Mädchen. Ein bisschen klein, ein bisschen nachlässig in ihrer Aufmachung, ein bisschen androgyn, wie Frauen es so an sich haben, die mit Pferden umgehen. Ihre Hände waren überraschend groß und wirkten sehr stark, und wenn Farley sie so betrachtete, wusste er, dass sie ganz aus Muskeln bestand, aus den Muskeln, die man braucht, wenn man knapp fünfundvierzig Kilo wiegt und ein Pferd von fünfhundert Kilo bewegen will. Das waren Dinge, die Farley zwar wahrnahm, aber nicht beachtete. Die Hauptsache war, dass er ihr Gesicht nur einmal gesehen hatte, es ihm aber noch genau in Erinnerung war. Das war ein schöner Tag gewesen damals, ein entspannter Tag, ein Tag ohne Ängste und Sorgen. Beim Anblick von Joys Gesicht schwemmten die Empfindungen dieses Tages wieder in ihm empor, trotz des Schweins. Ich Glückspilz, dachte er.
Da ist er, dachte Joy, der Mann mit den nettesten Augen, die sie je gesehen hatte. Sie gab ihm ein Blatt Papier. Eine E-Mail, die Mr. Tompkins ihr geschickt hatte. Er hatte ihr beim Lesen zugeschaut und sie dann die Nachricht ausdrucken lassen. Mr. T. blieb oben an der Rampe stehen, wachsam. Joy nahm das Führseil vom Fahrer entgegen. Mr. T. setzte sich in Bewegung. Er sah sich um, erst zu den Ställen hinüber, dann zu ein paar Pferden, die vorbeikamen. Sie führte ihn die Rampe hinunter. Farley ging zu ihm und tätschelte ihm den Hals. Mr. T. stupste Farley mit der Nase in die Brust. Mr. T., einst dunkelgrau mit einem rautenförmigen Stern und einer weißen Fessel und jetzt weiß ohne besondere Kennzeichen, erinnerte sich natürlich an jedes menschliche Wesen, das er je gekannt hatte. Dazu war ein Pferd verpflichtet, das war ein Überbleibsel aus früheren Zeiten, als seine Vorfahren Beutetiere waren. Manche Menschenwesen, wie zum Beispiel Bucky Lord, weckten schmerzliche Erinnerungen, aber an seinen alten Trainer Farley erinnerte er sich gern. Er war wie Joy der Meinung, dass dieser Mann Sanftmütigkeit ausstrahlte, Wärme oder Licht, oder einfach Verheißung und Ruhe. Damals wie heute.

Farley las die Nachricht: »Jack Perkins sagt, die Jungstute hat mit ihm ganz gut trainiert, deshalb schick ich ihn dir. Versuch's mal mit ihm.« Farleys Hand glitt am Hals des Pferdes hinauf bis zu seinem Ohr, und Mr. T. senkte den Kopf, um die Liebkosung zu genießen. »Er ist ein altes Rennpferd, das wieder auf der Ranch gelandet war. Ich reite ihn, und die Stute ist gut mit ihm zurechtgekommen.«

»Wie heißt er?«

»Mr. T.«

Aber sie erwähnte nicht den Namen, unter dem er eingetragen war, den hätte Farley erkannt, und als sie sich das letzte Mal Mr. T.s Rennliste angeguckt hatte, hatte sie auf die Namen der Trainer nicht geachtet.

Mr. T. war ein Pferd mit ausgezeichneten Manieren und großer Zurückhaltung, und er zwang Farley keine Zuneigungsbeweise auf. Erinnerungsleistungen beeindruckten ihn ohnehin nicht, und Zufälle auch nicht. Er war ein Pferd. Er hatte keine Vorstellung von Normalität. Sein ganzes Leben war ein Beleg dafür, dass jederzeit alles möglich war. Man konnte überallhin geraten, alles machen, vom Laufen und Springen im Paradies bis hin zum Verhungern in Texas. Aber er stieß einen langen Pferdeseufzer aus. Eins von Jim Logans Pferden kam vorbei, gefolgt von Logan selbst. »Heh, Baby!«, rief er, dann grunzte er wie ein Ferkel. Farley wusste, dass es den ganzen Tag so gehen würde.

»Möchten Sie frühstücken gehen?«

»Ich hab nur auf diese Frage gewartet«, sagte Joy.

»Wir können in die Cafeteria gehen, aber da wird es viel Gegrunze geben. Ich bin gestern zur Legende geworden.«

Am nächsten Tag ritt Orlando Mr. T. auf die Trainingsbahn, und Arturo ritt wie immer Froney's Sis. Die beiden Pferde begrüßten einander verhalten, oder vielleicht begrüßten sie sich auch gar nicht, aber die Anwesenheit des großen gelassenen alten Wallachs entspannte die Stute offensichtlich und machte sie weniger empfindlich gegenüber den anderen Pferden auf der Rennbahn. Sie trabte hübsch in seinem Schatten, gerade und glatt. Farley und Joy standen freundschaftlich nebeneinander an der weißen Plastikabsperrung. Sie hatten zusammen gefrühstückt. Sie hatten zusammen zu Mittag gegessen. Sie waren beim Rennen gewesen. Sie hatten zusammen zu Abend gegessen. Sie hatten die Geschichte von dem Ferkel in allen möglichen Versionen gehört und in jeder Form – als Tragödie, Komödie, Satire, Klage, Skandal und Witz. Sie hatte neben ihm gestanden und die Überreste der Lache betrachtet, wo das Schwein ausgeblutet worden war. Sie hatte sich den Kopf im Kühlschrank angesehen. Er hatte sie am Abend zum Hotel gebracht und am Morgen wieder abgeholt. Jetzt waren sie bei dem Thema, das ihnen am leichtesten fiel – sie redeten über Pferde.

»Er bewegt sich gut«, sagte er.

»Er hat ein paar Stakes-Rennen in Europa gewonnen.«

»Wie oft ist er gestartet?«

»Zweiundfünfzigmal.«

»Hm. Wo ist er gestartet?«

»Hier in der Gegend. An vielen Orten.«

»Wer hat ihn wohl trainiert?«

»Das weiß ich nicht mehr. Ich kann Hortense fragen, wenn ich zurück bin.«

»Wann fahren Sie zurück?«

»Morgen, nehme ich an. Meinen Sie, ich könnte …«

»Was?«

»Meinen Sie, ich könnte ihn morgen noch ein letztes Mal im Stallbereich reiten? Ich hab ihn das ganze Jahr geritten, jeden Tag.« Sie sagte nicht, was sie wirklich dachte, nämlich dass sie ohne Mr. T. nichts mehr auf der Ranch hatte, was sie dort hielt.

Sie senkte den Blick, dann schaute sie angestrengt zu den beiden Pferden hinüber. Wie oft hatte Farley im Laufe der Jahre diesen Blick gesehen, diesen Blick, den ein Mensch auf ein geliebtes Pferd richtete, eine Mischung aus Weichheit und Reue, Staunen, Reserviertheit und Freude? Liebe spiegelte sich auf ihrem Gesicht, eine Liebe, die er selbst nur allzu gut verstehen konnte. Wie viel Zeit hatten sie zusammen verbracht? Vierzehn Stunden? Das war ziemlich lange, wenn man darüber nachdachte. »Sagen Sie mal, Joy«, fing Farley an, »warum gehen Sie überhaupt zurück? Ich habe hier Arbeit für Sie. Es ist August. Ich habe Pferde hier und in Del Mar, und dieses Jahr ist nicht so einfach gewesen. Und Ihre Zuchtstuten kommen doch auch erst im Dezember. Sie könnten ...«

»Aber es ist eine kritische Phase für die Fohlen, die abgesetzt werden ...« Joy sah die staubigen Weiden in der Hitze vor sich, die sie jetzt würde allein abklappern müssen. Sie sah ihn an. Sie hatte schon vergessen, wie er aussah. Sie wandte den Blick ab und betrachtete Mr. T. und Froney's Sis und all die anderen Pferde und Reiter. Die Trainer, die an der Absperrung standen, die Tribüne und all das Leben dort und all das Grün der Landschaft. Was war so schwer daran, das Central Valley zumindest für eine kurze Zeit gegen Pasadena und Del Mar einzutauschen? Sie fuhr sich mit der Zunge über die Lippen. Ja, dachte sie. »Ja« war ein Wort, das sie nur mit Schwierigkeiten aussprach. »Nein« war viel einfacher. Sie war ein »Nein«-Typ auf der ganzen Linie: keine Mitbewohner, keine Freundinnen außer Elizabeth, kein Freund, keine Partys, nichts Ungewöhnliches durfte passieren. Sie hatte das Gefühl, dass sie ein richtiges »Ja« nicht über die Lippen kriegen würde, deshalb sagte sie: »Na gut.«

Er grinste, und dabei fiel ihr wieder ein, wie gelassen er am Vortag den ganzen Spott wegen des Ferkels hingenommen hatte.

»Ob Sie dieses Ferkel jemals hinter sich lassen können?«

»Auf so eine Geschichte wird man doch nicht verzichten! Nein, dieses Ferkel wird mir jetzt ewig anhängen. Wenn ich Pech habe, nennen sie mich am Ende noch ›Schweinchen‹.« Aber er lächelte. »Schon mal ein Rennpferd geritten?«, fragte er im nächsten Moment.

»Nur Mr. T.«

»Sie haben den Körperbau dafür.«

Seit seiner Scheidung war er mit vielen Frauen ausgegangen und war auch – trotz der Geschichte, die er Oliver erzählt hatte – gevögelt worden. Er hatte selbst mit Interesse festgestellt, dass es ihm im Laufe dieser Jahre zunehmend gleichgültig wurde, wie die Frauen aussahen oder was sie konnten. Heutzutage sah jede Frau toll aus und konnte etwas. Am Ende des Jahrtausends waren Frauen zwischen dreißig und sechzig Macherinnen wie nie zuvor. Sie rechtsanwalteten, bemutterten, doktorten, kochten, springritten, sie räumten ihre Schränke auf und bauten Immobilien um, sie diskutierten offen über Sex, Politik, Geld, Geschlechterrollen und seine eigenen Idiosynkrasien. Sich heutzutage unter Frauen zu bewegen war ein Wandeln in unablässigem Glanz, fand Farley manchmal, und er hielt sich für einen Glückspilz, dass er nach so vielen Jahren Ehe die Gelegenheit dazu hatte. Sogar seine Exfrau Marlise war ein Inbegriff der Aktivität geworden, ihr wahres Talent lag, wie sie ihm berichtete, im Zielschießen mit einer ganz bestimmten Art von Pistole. Offensichtlich besaß sie die Fähigkeit, im Takt ihres Herzschlags zu schießen. Sie nahm an Wettbewerben im ganzen Staat teil, wo sie Abhänge hinaufrannte, sich hinter Absperrungen warf und auf Zielscheiben schoss, die die Form von Männern und geweihgeschmückten Tieren hatten.

In den – zugegebenermaßen wenigen – Stunden, die sie seit dem Vortag miteinander verbracht hatten, hatte Joy von Pferden geredet und von Mr. Tompkins und von dieser Frau namens Elizabeth und manchmal auch davon, was sie an einer Uni im Mittelwesten gemacht hatte, bevor sie die Stelle an der Ranch bekam. Im Umgang mit Tieren war sie sanft und kompetent. Aber im Unterschied zu den meisten Frauen, die er kannte, schien sie keine höheren Ziele und auch keine Liste von Wünschen und Bedürfnissen zu haben; sie fragte ihn nicht nach Pferden, die vielleicht die Rennbahn verlassen würden, und redete auch nicht von Pferden, die sie gerne besäße. Sie ritt diesen alten Wallach. In den vierzehn Stunden, die sie zusammen verbracht hatten, hatte sie kein einziges Mal etwas erwähnt, das sie besaß oder besitzen wollte.

Eine Szene aus seiner Kindheit fiel ihm ein: einmal, er war vielleicht drei oder vier, lag er auf einer Decke im Garten, wo er seinen Mittagsschlaf halten sollte, und sah seiner Mutter dabei zu, wie sie Wäsche aufhängte. Seine Mutter musste damals etwa siebenundzwanzig gewesen sein, eine zierliche, blonde Frau. Die Sonne stand in ihrem Rücken, und er erinnerte sich daran, wie ihr dunkler Umriss hinter jedem weißen Laken sichtbar wurde, das sie an die Leine klammerte, ihre hochgereckten Arme und Ellbogen, ihre Hüften und ihre Taille. Jedes Mal, wenn sie eine Wäscheklammer befestigte, sah er unter dem Laken, wie sie sich auf die Zehenspitzen stellte. Es war wie ein Schattenspiel. Er lag da und sah ihr schläfrig dabei zu, wie sie an der Reihe der Laken entlangging, manchmal erschien sie als Schatten und manchmal als seine Mutter, und die kurzen Augenblicke zwischen den Laken, wenn sie in ihrer wirklichen Gestalt da war und ihm einen Blick zuwarf, hatten etwas Überraschendes an sich und erfüllten ihn mit Liebe zu ihr. Da war sie, und ein paar Sekunden später war sie wieder da und dann wieder. Irgendetwas an dieser Erinnerung assoziierte er mit Joy, etwas in ihr, das ganz unabhängig war von ihrem Aussehen und von dem, was sie tat oder wollte oder vorhatte oder getan hatte, wurde auch immer wieder für einen kurzen Augenblick sichtbar. Vielleicht war er der Einzige, der es sah, vielleicht war es nicht einmal wirklich vorhanden, er wusste es nicht, aber es war jedenfalls der Grund für sein plötzliches Interesse an ihr, dachte er.

Er wandte den Blick wieder den beiden Pferden zu. Die Stute wirkte tatsächlich sehr entspannt. Aber der Wallach warf den Kopf herum und zog. »Lass ihn mal galoppieren!«, rief Farley Orlando zu. Der nickte – und los ging es, nach drei Sätzen im Kanter hatte das alte Pferd die Oberhand, wechselte das Sprungbein und schoss der Stute davon. »Auweia«, sagte Farley. »Das war ein Fehler.«

Orlando war ein kräftiger Reiter, und sofort hatte er die Zügel fest am Hals des Pferdes angezogen. Ein Pferd, das einem Menschen außer Kontrolle geraten war, galt als völlig außer Rand und Band, aber Joy, die beobachtete, wie der weiße Wallach mit jedem Schritt weiter ausholte, sah deutlich, dass er sich selbst unter Kontrolle hatte. Er widersetzte sich Orlando, aber eigentlich achtete er nicht besonders auf ihn. Seine Ohren waren aufgerichtet. Er war weder aufgeregt noch erschrocken. Er lief einfach sehr schnell.

»Ein schöner großer Schritt!«, sagte Farley.

»Den kenn ich vom Reiten«, sagte Joy, »aber ich hab ihn nie gesehen.«

»Wie offen sein Schultergelenk ist. Er hat lange Vorderbeine und kann sie wirklich strecken. In seinem Alter zieht es ihn bestimmt hier und da, aber er läuft ganz gleichmäßig und effizient. Und jetzt ...« Das Pferd ging wieder in Trab über. »Also, ich glaube, man kann die beiden problemlos zusammen arbeiten lassen, es sei denn, sie kann nicht mit ihm Schritt halten. Mensch, ich wüsste wirklich gern, wer ihn trainiert hat. Wie alt ist er nochmal?«

»Achtzehn.«

»Hm.«

Froney's Sis hatte einmal gebockt und den Kopf herumgeworfen, als

der Wallach davongaloppierte, aber jetzt trabte sie ruhig auf ihn zu, die beiden Reiter ließen die Pferde im Schritt gehen und wichen auf den Außenrand der Bahn aus.
Erst jetzt wurde Joy plötzlich klar, wozu sie sich bereit erklärt hatte. Sie sollte hier bleiben? Ihren kleinen Kokon verlassen? Eine neue Wohnung finden? Umziehen oder all ihr Zeug loswerden? Ihre Gewohnheiten ändern? Sie warf einen Blick auf Farley, der gerade mit einem anderen Trainer sprach. »Ja, der Kopf ist in meinem Kühlschrank, aber Heberto hat geschworen, dass er ein Rezept dafür hat«, sagte er. Am meisten Angst hatte sie vor all dem Zeug, das sie angesammelt hatte. Ihr kleines Häuschen war voll gestopft mit Reitzubehör, Kleidung und Büchern. Sie selbst kam kaum zurecht, für jede Mahlzeit musste sie ein Stück des Tisches freiräumen, wenn sie schlafen ging, musste sie einen Platz auf ihrem Bett freiräumen, nur die Badewanne war leer ... Sie würde es nie schaffen, das ganze Zeug da rauszuholen.
Farley wandte sich ihr wieder zu. »Ich habe eine Idee«, sagte er. »Bleiben Sie bis zum Oak Tree Meeting. Vielleicht hat die Stute in drei Monaten genug gelernt, und Mr. T. kann nach dem Meeting wieder nach Hause, und bis dahin wissen Sie auch, ob Ihnen das Leben hier gefällt. Eines ist sicher – einen solchen Ort gibt's nicht nochmal. Mein Büro kann Ihnen helfen, ein Zimmer zu finden ...«, und so weiter und so fort, ein sanftes Wiegenlied, und Joy nickte und nickte, und als sie hinter den Pferden her wieder am Stall angelangt waren, brachte sie ein weiteres »Na gut« heraus.
»Hab ich schon gefragt, unter welchem Namen Mr. T. eingetragen ist?« Ihr »Na gut« freute Farley mehr, als er nicht nur ihr, sondern auch sich selbst gegenüber zuzugeben wagte, deshalb blieb er bei diesem neutralen Thema.
»Ach nein. Warten Sie mal ... Terza Rima.« Joy hüstelte. Plötzlich reckten sich alle möglichen Zweifel empor, ein ganzer Wall rings um sie. Sie blickte auf ihre Fußspitzen.
»Das ist nicht Ihr Ernst?«
»Doch, so heißt er. Als er ankam, sah er so runtergekommen aus, dass ich erst dachte, es sei ein wenig anma...« Sie brauchte einen Augenblick, bis sie die Verblüffung in seiner Stimme hörte. Sie sah ihn an.

Vielleicht war es das erste Mal, dass sie eingehenden, längeren Blickkontakt hatten. Es hatte die übliche Wirkung.

Farley lachte verblüfft. »Ich habe das Pferd selbst ein Jahr lang trainiert. Er war eine solche Schönheit! Ein Bild von ihm im Sattelring in Hollywood Park war jahrelang auf der Rückseite irgendeiner Werbebroschüre.«

»Ist das wahr?«

Das war es, was Farley auch später noch kaum fassen konnte, nicht der Tod des Schweins, nicht einmal das Erscheinen von Joy und wie ihn das wachrüttelte, sondern die unverhoffte Rückkehr des alten Wallachs, dessen Gang er jetzt natürlich wieder erkannte, dem all die Unbill des Alters und der Meilen so wenig hatten anhaben können. Und am nächsten Morgen war der Kopf des Schweins aus dem Kühlschrank verschwunden, und Farley stellte keine einzige Frage nach seinem Verbleib.

SEPTEMBER

Kapitel 42
Ein Traum

Als Dick Winterson im September von Saratoga nach Belmont Park zurückkam, fiel ihm ein, dass er vielleicht mit Dagoberto Gomez ein paar Worte über diesen Hengst Epic Steam hätte wechseln sollen, bevor er ihn aus Kalifornien herübertransportieren ließ, aber eigentlich hätte das auch nichts geändert. Das Tier konnte laufen, es war eine Höchstzüchtung, er war eine Pferdeschönheit von geradezu monströsen Ausmaßen, er konnte das Derby gewinnen, Preakness, Belmont, Travers, Withers, den Ascot Gold Cup, St. Leger, den Grand Prix Arc de Triomphe, den Breeders' Cup Classic, den Dubai World Cup, jedes beliebige Rennen. Er war in Hollywood Park einmal durchgegangen. Na schön. Überall auf der Welt gingen Pferde durch. Und er war ein wenig hengstig, das war klar. Aber er war ein Land-of-Magic-Hengst. Es wimmelte von Land-of-Magic-Hengsten. Man war streng mit ihnen, und meistens gaben sie klein bei. Er hatte sich das Pferd in der Box angeschaut, und bei diesem Anblick – die angelegten Ohren, die Lippen gekräuselt, eine Farbe wie Nerz mit einem Glanz wie rostfreier Stahl, die Hufe, die rhythmisch ins Stroh schlugen – hatte er unwillkürlich gedacht: Seit fünfundzwanzig, dreißig Jahren trainierte er Pferde, und wenn er jetzt seine Karten richtig spielte, dann könnte das der Höhepunkt sein. Vielleicht brauchte er eine solche Herausforderung, um aus seinem Tief wieder herauszukommen. So gesehen war es gut, dass er nicht mit Dagoberto gesprochen hatte. Dagoberto hätte ihn gewarnt, hätte ihn dazu gebracht, sich »warum« zu fragen anstatt »wie«. »Wie«, das war der einzige Weg in die Zukunft. Warum, warum nicht – das waren Fragen, die er sowieso nicht beantworten konnte, deshalb versuchte er es besser erst gar nicht.

Und überhaupt, hatte man schon jemals einen erfahrenen Pferdeexperten gesehen, ob in Rennen, Springen oder Dressur, der sich ein Pferd ansah und sagte: »Ich versuch's erst gar nicht«? Draußen im Westen gab es Typen im Rodeo, die immer wieder auf neue bockende Pferde stiegen und zum Teufel hofften, dieses Pferd würde ihnen einen Stoß versetzen wie noch kein anderes Pferd vorher. Wenn man nicht groß darüber nachdachte, konnte man es fast verstehen. Ein Pferd konnte bei einem Mann diese »Ich werd es schon schaffen«-Haltung wecken, und Epic Steam hatte diese Wirkung auf Dick Winterson. Was machte das schon, dass er es bei seiner Frau nicht schaffte, bei seiner Geliebten nicht schaffte, bei sich selbst nicht schaffte. Bei einem Pferd wenigstens schaffte er es, was auch immer das heißen sollte. Am Tag nach seiner Rückkehr wies er den Tierarzt an, das Pferd auf ein Beruhigungsmittel zu setzen und gründlich zu untersuchen. Der Tierarzt stellte nichts fest, und Dick ließ ihn für einen kurzen Trab hinausbringen. Der inzwischen berühmte Zwischenfall, als er durchgegangen war (sowohl im *Blood Horse* als auch in der *Thoroughbred Times* hatte man darüber berichtet), war inzwischen gut zwei Monate her. Dick hatte den Artikeln entnommen, dass die Arbeitsreiter die Situation verpfuscht hatten und dass die Stute eine Rakete war, aber der Hengst hatte sie fast eingeholt, obwohl er die ganze Zeit gegen seinen Reiter gekämpft hatte. Dick schloss daraus, dass in dem Pferd wirklich etwas steckte, was man mit etwas Phantasie aus ihm herausholen konnte.

Aber das Tier war keine Freude, nicht im Mindesten. Er biss, schlug aus, krümmte den Hals und wieherte alle Stuten an. Zuerst einmal musste er seine harten Jungs auf ihn ansetzen. Wayne, seinen Pflegercowboy, ehemaliger Rodeo-Clown, ehemaliger Polospieler, ehemaliger Deckhengstpfleger in Kentucky, dem einmal ein Pferd einen Finger abgebissen hatte, als er um Haaresbreite zu langsam gewesen war. Das passierte ihm jetzt nicht mehr. Dick hatte vor, ihn auch das Pferd zum Abkühlen führen zu lassen, denn er traute den anderen nicht zu, dass sie brenzlige Situationen vermeiden konnten. Und Frankie war auch noch da, ein Arbeitsreiter, den er manchmal einsetzte. Er war normal groß, etwa einsachtzig, wog 80 Kilo und stemmte Gewichte. Er ritt auf der ganzen Rennbahn die bösen großen Pferde, und die betreffenden Besitzer zahlten zusätzlich dafür. Und die Stuten waren auch noch da. Dick hatte in diesem Jahr vier ältere Stuten, die starteten, zwei Fünfjährige, eine große Vierjährige und eine Sechsjährige. Das waren harte Mädels, die auf Progesteron gesetzt waren, damit sie nicht rossig wurden. Sie sorgten mit großem Nachdruck dafür, dass sich die Männer in ihrer Umgebung benahmen. Dick hatte vor, Epic Steam in eine Box zwischen den Stuten zu stellen, dann würde man sehen, ob sie dem jungen Kerl ihre Benimmregeln beibringen konnten.

Die wirkliche Gefahr war natürlich, dass Chaos auf der Rennbahn ausbrechen konnte. Dieses Problem konnte man lösen, indem man entweder vor oder nach den anderen Pferden mit ihm arbeitete, also entweder vor Morgengrauen oder nach zehn Uhr morgens. Zurzeit fand in Belmont gerade ein Meet statt, und es war schwer, ein freies Fleckchen zu finden, aber er beschloss, es lieber mit dem späteren Zeitpunkt zu versuchen, lieber in der Hitze als davor. So bestand immer die Möglichkeit, den Kerl auszuloten, ihn dazu zu verlocken, sich zu erschöpfen. Das Benehmen wurde oft besser, wenn sie mehr bewegt wurden. Der Haken dabei war nur, dass sich ihre Kondition dann stetig verbesserte und sie immer mehr Arbeit brauchten und man schließlich riskierte, sie zu Tode zu trainieren, aber dieser Hengst hatte anscheinend keine Nachteile, die intensive Arbeit zum Vorschein bringen würde.

Als Dick sich einen ausreichenden Eindruck verschafft hatte, ging er zu Wayne und wies ihn an, die Stuten zu verlegen, dann zog er sich in sein Büro zurück und hing Tagträumen über Legenden nach. Der Hengst war bereits eine Legende oder zumindest eine bekannte Gestalt. In kürzester Zeit hatte Dick sich eine herrliche Phantasievorstellung zurechtgebastelt, in der er und der Hengst die Stars waren – er in der Haupt- und der Hengst in der Nebenrolle. Die Stationen des Kreuzwegs waren sämtliche großen Dreijährigenrennen, und der Himmel war er selbst, beim Gespräch mit einem Reporter in fünfzehn Monaten, wobei er in selbstverleugnender Bescheidenheit seine eigene legendäre Rolle als Pferdeexperte herunterspielen würde. Ich wusste, dass es in ihm steckte, ich hab es gleich gesehen und so weiter und so fort. Es klopfte an der Tür, und der Tierarzt kam herein. Er

legte einen kleinen Gegenstand auf den Tisch. »Was ist das?«, fragte Dick.
»Ein Progesteronimplantat. Wird bei Kühen benutzt.«
»Ach ja?«
»Das hab ich dem Hengst aus dem Hals geholt. Es war unter der Mähne angebracht.«
»Von so etwas hab ich noch nie gehört.«
»Manche Leute haben es versucht. Quarterhorse-Typen, die Hengste vorführen, benutzen es manchmal, um den Hengsten ein wenig Dampf abzulassen. Die Rennbehörden würden den Urin eines Hengstes nie auf Progesteron untersuchen, deshalb taucht es nie in Tests auf. Man könnte aber darauf testen.«
»Und jetzt hast du es rausgenommen, und das heißt, dass er noch schlimmer wird?«
»Keine Ahnung. Es gibt keinen Beleg dafür, dass testosteronabhängige Verhaltensweisen von Progesteron beeinflusst werden. Es ist möglich. Es ist aber auch möglich, dass es ihn für die Zucht versaut. Ich hab keine Ahnung. Ich werde meine müßige Bitte vorbringen.«
»Kastrieren.«
»Ja, kastrieren.«
»Der Besitzer hat eins Komma zwei Millionen in ihn gesteckt.«
»Er hat Talent.«
»Andererseits kann er jederzeit umkippen. Dann sind eins Komma zwei Millionen futsch, er hat keine Zukunft als Zuchthengst und wahrscheinlich nicht mal als Reitpferd. Wenn er kastriert wird und dann nicht starten kann, würde man ihn wahrscheinlich einschläfern lassen müssen. Stell dir mal vor, Mr. Prospector wäre kastriert worden? Er ist kaum gestartet, aber hat seinem Besitzer im Deckstall mehr eingebracht als je ein Pferd zuvor.«
»Das amerikanische Vollblut wäre gesünder, einfacher und weniger inzüchtig, wenn Mr. Prospector kastriert worden wäre. Das ist meine Meinung, kein wissenschaftliches Forschungsergebnis. Lass ihn kastrieren.«
»Zuerst will ich ein paar Dinge versuchen. Das ist nicht das erste Pferd hier, das sich schlecht aufführt. Mit denen sind wir auch fertig geworden.«

»Ja, das stimmt, zum Glück auch ohne Unfälle und Verletzungen, und du hast Glück, dass Wayne und Frankie da sind, denn die Pferde hören auf sie. Und jetzt zu der zweiten Sache, die ich dir sagen wollte.«
»Und das wäre?«
»Viel Glück. Sein Herz schlägt etwa zweimal in der Minute. Es muss so groß wie ein VW sein. Meinst du, so einen Tiger kann man reiten?«
»Ich weiß nicht.«
Er wusste es wirklich nicht. Als der Tierarzt draußen war, sah er sich das Implantat auf seinem Schreibtisch an, es hatte die Größe und Form eines dicken Nagels ohne Kopf. Das war vielleicht eine Idee. Wie wär's mit zweien?
Später am Morgen ritt Frankie das Pferd auf der Hauptbahn aus, rings um das riesige Oval. Dick behielt jeden einzelnen Schritt des Tieres im Blick, was nicht einfach war, denn er kubettierte und tänzelte und bockte und stieg und kreischte. Er bockte gut. Wie die meisten athletischen Pferde. Frankie kam lachend zurück. Typisch Frankie. Dick ließ sie noch eine Runde machen, er wollte anfangen, die Erschöpfungstaktik auszuprobieren. Als sie diesmal zurückkamen, rief Dick: »Was muss ich dir zahlen, damit du den Kerl den ganzen Tag reitest?«
»Wer ist der Besitzer?«
»Er hat gerade seine Spielwarenkette für siebzehn Milliarden an die Chinesen verkauft.«
»Tja, ein Jahresgehalt von hunderttausend Dollar würde mir wahrscheinlich reichen.«
»Ist gebongt, Baby.«
Das Pferd drückte die Nase gegen die Knie und bockte. Frankie riss seinen Kopf hoch und lachte. »Meine Freundin reitet Vielseitigkeitspferde. Sie hat einmal in Irland einen Kerl wie den hier bekommen, und als er bockte, hat sie ihn voll in einen Baum rennen lassen. Er hat nie wieder gebockt. Jetzt reitet sie ihn mit einer Drahtseiltrense.«
»Ich werde mir Gedanken darüber machen, was für ein Gebiss wir für ihn nehmen.«
»Sie hat ein altes Buch aus England über Gebisse und Zaumzeug und dergleichen, was man alles so in der guten alten Zeit benutzte. Du könntest dir was anfertigen lassen.«

»Und du könntest zur Vernunft kommen und aufhören, diese Pferde zu reiten.«
»Ich hab finanzielle Verpflichtungen, Mann.«
Sie lachten beide, und Dick ging zurück in sein Büro.

Am nächsten Tag war das Pferd eine Spur ruhiger, und Dick konnte seinen Gang besser beobachten. Er war rhythmisch, aber nicht flüssig, das war überraschend, bedachte man die Geschichten von seinem Tempo. Aber sie bummelten noch. Er hatte einen großen Schritt, und bei einem Vollblut verriet das in der Regel mehr als der Trab. Auch diesmal kam Frankie lachend mit ihm zurück. Das war zumindest ein gutes Zeichen. Das Pferd war in guter Verfassung und zum Rennen bereit. Das Belmont-Futurity-Rennen stand bevor, die Anmeldefrist war noch nicht vorbei, und der Besitzer hätte sicher nichts dagegen, wenn seine Investition allmählich rentabel würde. Und wieder ließ sich Dick in Sekundenschnelle zu etwas verführen, gegen das er normalerweise gefeit war: Er malte sich den Gang zur Siegerehrung aus, und dann den Zug wie auf geschmierten Kufen zum Derby, zum Preakness, zu den Belmont Stakes und so weiter und so fort.
Natürlich hatte er noch andere Pferde im Stall. Bevor Epic Steam kam, hatte Dick ein paar Favoriten gehabt, und er hatte sich so kühl wie möglich ausgerechnet, in welchem Rennen er welches Pferd starten lassen sollte und wie er die Anlagen der Tiere am besten nutzen konnte. Er war für seine gute Wahl bei Rennen bekannt, getreu der Binsenweisheit: »Ein Trainer hält sich in der besten Gesellschaft auf, die er finden kann, und ein Pferd in der schlechtesten.« Der Handicapper hatte die Aufgabe, zu verhindern, dass ein gutes Pferd den Pferden mit geringeren Talenten das Geld klaute. Als Trainer hatte man die Aufgabe, den Handicapper zu überlisten. Darin war Dick sehr gut, und er hatte einen Stall voll mit profitablen Pferden, die ihre vernünftigen Besitzer voll und ganz dafür entschädigten, dass ihre Namen und Fotos bei den großen Rennen nicht in der Zeitung standen. Aber Epic Steam drohte jetzt, das alles zu sprengen. Man konnte ihn anscheinend in jedem Rennen einsetzen, und er hatte eine Gewinnchance. So *schien* es jedenfalls. Es musste eine Illusion sein. Dick erkannte es als Illusion. Aber das hieß nicht, dass er es nicht glaubte.

Am dritten Tag fand Dick, das Pferd sei vielleicht einem Galopp gewachsen und der Reiter könne einen Galopp im Griff behalten. Ein langer Trab am Vortag hatte das Pferd ermüdet, und als er gesattelt und zur Bahn geführt wurde, konnte man beim besten Willen nichts feststellen, was über die normalen schlechten Manieren eines Zweijährigen hinausging. Frankie hatte nichts dagegen, es zu versuchen. Wayne sagte: »Ich glaub, ich hab ihn durchschaut. Er ist gar nicht so übel. Empfindlich ums linke Ohr. Kennst du Rosalba Dingsbums, die bei Gomez die Pferde zum Abkühlen führt?«
»Nein.«
»Sie dreht ihnen manchmal die Ohren um. Ich hab es selbst gesehen.«
»Wer weiß, was der Junge alles durchgemacht hat.«
»Das kann man wohl sagen.«
Sie waren ein zufriedenes Grüppchen, das da zur Trainingsstunde zog, jeder dachte, es gehe leichter als erwartet, und hielt es für sein eigenes Verdienst.
Und das Pferd galoppierte sehr hübsch los. In einer geraden Linie, er benahm sich anständig, zeigte seinen schönen großen Sprung, galoppierte ungefähr das Doppelte der normalen Strecke und ging dann ruhig wieder in Trab über. Und da musste er natürlich stolpern. Er ging in die Knie und rappelte sich wieder auf und trabte ungleichmäßig weiter, doch als das, was ihn hinausgebracht hatte, wieder im Lot war, kam der Hengst nicht wieder in den richtigen Takt, er blieb ungleichmäßig im Gang, so leicht, dass man es kaum sehen konnte, und Dick wollte es auch nicht sehen und sagte sich, er kenne den Gang des Pferdes ja noch gar nicht richtig und vielleicht sei das nur seine Eigenart, es gab ganz gesunde Pferde, die unbeholfen wirkten. Aber Epic Steam war alles andere als unbeholfen. Er lief ungleichmäßig. Er lahmte.
Und Dick, der vor vier Tagen das Pferd überhaupt noch nie gesehen hatte, fühlte, wie ihm das Herz brach.
Es gab immer diesen kleinen Zeitraum zwischen dem Augenblick, in dem man feststellte, dass bei einem Pferd etwas nicht stimmte, und der Untersuchung des Tierarztes, in dem man beschloss, sich keine Gedanken zu machen, die Probleme nicht zu besprechen, nicht schwarz zu sehen. Das war dieser Zeitraum, in dem man hoffnungsvoll vor sich hin summte. Aber es hatte keinen Zweck. Das eigene Herz, das die

Wahrheit kannte, war schon gebrochen. Wenn der Tierarzt ins Büro kam und sich hinsetzte, um einem die schlechte Nachricht zu überbringen, ließ er nicht das Fallbeil sausen, er nahm nur ein Stück von deinem Herz und hielt es dir hin: Das ist die Diagnose. So lautet sie. Die Diagnose bei Epic Steam lautete: Ein Splitter im Fesselgelenk des rechten Vorderbeins. Auf der Röntgenaufnahme fast nicht erkennbar. Fast nicht da. Aber es war da. Dann beantwortete der Tierarzt all die müßigen Fragen: Warum?

»Vielleicht ist es passiert, als er durchgegangen ist. Aber danach ist er transportiert worden. Vielleicht hat er es auch vorher schon gehabt. Manchmal reißt es und bricht später erst ab.«

»Wie lange?«

»Ach, vier Monate müssten auf jeden Fall reichen. Dreißig Tage in der Box, dann neunzig Tage auf der Farm. Anfang Januar kann er wieder ins Training, würde ich sagen. Es gibt wirklich jeden Grund zu hoffen, dass es gut heilt. Aber man muss ihm Zeit lassen.«

»Vollständige Genesung?«

»Wenn du ihm die Zeit lässt.«

Sie sahen einander an. Über diesen Schreibtisch waren so viele schlechte Nachrichten gewandert, der Tierarzt begriff wahrscheinlich gar nicht, dass es diesmal aus irgendwelchen Gründen besonders schlimm war, dachte Dick.

»Hör mal«, sagte der Tierarzt, »erinnerst du dich an die Geschichte von John Henry?«

»Hm, ja.«

»Das war ein Trottel und ein Mistkerl. Man hielt ihn für wertlos und hat ihn kastriert und abverkauft. Sie haben sich einen Blödmann ausgesucht und ihm das Pferd für zwanzigtausendnochwas aufs Auge gedrückt.«

»Die beste ›Wer zuletzt lacht‹-Geschichte aller Zeiten, aber …«

»Er kam wieder und war vom Kopf her so weit, dass er laufen konnte, und er ist sechs Jahre lang gelaufen.«

»Er war ein tolles Pferd. Kein Stammbaum, aber …«

»Sie haben ihn kastriert und weggegeben. Ich kann ihn kastrieren, während er sein Mittagessen frisst.«

»Ich kann das nicht. Ich muss es dem Besitzer sagen.«

»Sag es ihm. Er hat noch nie ein Pferd gehabt. Sag ihm, was er wissen muss und was er tun soll.«
»Das Pferd hat sich eigentlich nicht schlecht benommen.«
»Du hörst nicht zu und du schaust nicht hin.«
»Ich will es nicht.«
»Warum nicht?«
»Er ist nicht John Henry. Man kann nicht von einem Pferd auf ein anderes schließen, obwohl Leute es immer wieder versuchen. Jeder Münzwurf ist anders, die Chancen sind immer dieselben, egal wie oft Kopf rauskommt. Dein Beweis ist kein Beweis, es ist nur eine Art, immer wieder dasselbe zu sagen. Das Pferd ist umgänglich. Wir haben drei Tage mit ihm verbracht, bevor das hier passiert ist. Wir haben erst angefangen, ihn zu trainieren.«
»Jetzt wirst du sehr dickköpfig.«
»Tatsächlich?«
Der Tierarzt ging kopfschüttelnd hinaus.
Na ja, vielleicht wurde er wirklich sehr dickköpfig, aber vielleicht hatte er auch eine Zukunftsvision. Man konnte zu so einem frühen Zeitpunkt nicht wissen, ob etwas eine Einbildung, ein Plan oder eine Zukunftsvision war. Aber man beschnitt nicht die Möglichkeiten, die man hatte, nur weil man diese Frage nicht genau beantworten konnte. Er griff zum Telefon. Der Besitzer hatte natürlich keine eigene Farm. Epic Steam war sein einziges Pferd. Beim zweiten Läuten hob der Mann ab. »Hallo, hier ist Herman Newman.«
»Hallo, Mr. Newman«, sagte Dick. »Hier ist Dick Winterson, von der Rennbahn.«
»Hallo, Dick! Bleibt es bei morgen? Sir Michael kommt auch mit. Er wollte zuerst nicht, aber ich hab ihm gesagt …«
»Also, Mr. Newman, mit dem Pferd stimmt etwas nicht. Ich hatte gerade den Tierarzt hier …«
»Ich dachte, das Pferd sei in Kalifornien untersucht worden? Sir Michael hat mir gesagt, er hätte es von dem besten Tierarzt im Staat ansehen lassen.«
»Das weiß ich. Aber bei seinem ersten Galopp hier ist das Pferd gestolpert und in die Knie gegangen. Danach hat sich sein Gang nicht wieder normalisiert, deshalb habe ich ihn von meinem Tierarzt unter-

suchen lassen. Er hat einen winzigen Splitter im rechten vorderen Fesselgelenk. Das ist das Gelenk unter dem Knie. Wie das Knöchelgelenk beim Menschen. Sir Michaels Freund hätte es kaum sehen können, wenn das Pferd nicht auffällig in der Bewegung gewesen wäre. Es ist sehr schwach ausgeprägt.«

»Er hat das Bein gebrochen? Müssen wir das Pferd jetzt einschläfern lassen?« Der Mann hörte sich ganz verzweifelt an.

»Das ist nicht wie bei Black Beauty, Mr. Newman. Das Pferd spürt es kaum. Es ist ein winziger Knochensplitter, der aus dem Gelenk gebrochen ist. Das Leben des Pferdes ist nicht im Geringsten gefährdet.«

»Hat man mir ein krankes Pferd verkauft?«

Dafür waren die Beweise nicht stichhaltig genug. »Das Pferd ist jetzt nicht gesund«, sagte Dick. »Es ist sechs Wochen her, dass Sie es gekauft haben. Nachdem er damals durchgegangen ist, ist er nicht mehr galoppiert und hat sich nicht angestrengt, deshalb könnte man es als nicht diagnostizierte Beschwerde bezeichnen. Er kann es sich aber auch heute zugezogen haben, als er gestolpert ist. Es ist ein ziemlicher Brocken von einem Pferd. Er ist groß und stark und voller Energie. Er kann es sich nachts in seiner Box zugefügt haben.«

»Und was wird jetzt?«

»Er muss jetzt für drei, vier Monate auf eine Erholungsfarm. Da steht er einen Monat in einer Box, dann auf der Wiese.«

»Ist er im November zurück?«

»Eher Ende Dezember.«

»Und was wird aus dem Derby? Das ist am ersten Samstag im Mai.«

»Na ja …« Aber Dick brachte es nicht fertig, es zu sagen, weder zu Newman noch zu sich selbst. Deshalb sagte er: »Heikel, aber nicht unmöglich. Hängt davon ab, wie gut er heilt, wie er trainiert. Knapp wird es in jedem Fall.«

»Aber ich verstehe nicht, wie auf einmal alles so schwarz oder weiß ist.«

»Hören Sie?«

»Ja?«

»Es ist so: Jedes Jahr im Juli fangen alle Trainer an, darüber nachzudenken, ob sie einen Zweijährigen haben, den sie zum Derby schicken können. Lukas hat fünfzig, Baffert hat hundert. Das ist schon ein Haufen Pferde, den nur die beiden haben. Und dann kommt der Rest von den Trainern. Wir haben zusammen vielleicht hundert wirklich aussichtsreiche Kandidaten. Das hört sich nach viel an. Aber nur zwölf oder vierzehn oder siebzehn davon kommen ans Ziel und nur eines gewinnt. Es gibt eine Redewendung, die werden Sie oft zu hören bekommen und auch selbst brauchen: ›So sind Pferde eben.‹ Leute, die aus anderen Bereichen in dieses Spiel einsteigen, wissen eigentlich gar nicht, dass sie da eine Anlage haben, die jeden Tag, jederzeit in die Hose gehen kann. Wenn Ihnen das nicht gefällt, dann sollten Sie sich sagen, dass Ihnen Ihre Erfahrung eine Lehre gewesen ist, die Sie nicht mal teuer zu stehen kam.«

»Er ist doch ein gutes Pferd, oder nicht? Relativ gesehen, meine ich?«

»Eines der besten, die mir je untergekommen sind. Aber er ist ein Brocken. Ich will es Ihnen offen sagen, er ist ein Herzensbrecher. Wenn Sie nur Geld mit ihm verlieren, haben Sie Glück.«

»Was meinen Sie damit?«

»Er ist unberechenbar. Pferde sind von Natur aus allgemein unberechenbar, aber bei ihm ist es noch mehr. Er kann Ihnen das Blaue vom Himmel holen. Er hat in Kalifornien ein paar tolle Rennen gemacht. Aber er ist nicht beständig.«

»Ist er verrückt?«

Dick brauchte eine Weile, bis er darauf Antwort gab. Er dachte an die letzten drei Tage, an all die Male, die er vor der Box des Tieres gestanden hatte, an das, was Wayne gesagt hatte, was Frankie gesagt hatte und was der Tierarzt gesagt hatte, und dann sagte er: »Nein. Bei einem Pferd heißt verrückt, dass es sich mit irgendetwas quält, das ist jedenfalls meine Meinung. Er hat nur Unmassen Energie und einen sehr starken Eigenwillen.«

»Was soll ich tun?«

Das war der Augenblick, es zu sagen. Kastrieren. Aber Dick sagte es nicht. Er dachte nicht mal daran. Er sagte nur: »Schicken Sie ihn zum Auskurieren, lassen Sie ihn zurückkommen, dann sehen wir weiter. Halten Sie sich für jemanden, der Glück hat?«

Etwas verschämt: »Ja, ehrlich gesagt schon.«

»Es gibt einen Spruch im Pferdesport, der heißt: Besser Glück haben als gut sein.«

»Na gut.«
»Na gut.«

Im fünften Rennen hatte Dick ein Pferd am Start, eine ältere Stute, die er auch für die Aufgabe vorgesehen hatte, Epic Steam gegenüber Stutenmacht auszuüben. Es wäre schön gewesen zu sehen, ob es klappte. Während er sie sattelte, betrachtete er sie anerkennend. Sie war eine zähe kleine Schimmelstute, die schon an die vierzig Starts absolviert hatte. Sie lief beständig in Ausgleichsrennen und hatte in drei Jahren rund zweihunderttausend Dollar gewonnen. Wenn sie keinen Gewinn mehr einbrachte, würde ihr Besitzer, der nur Stuten hatte, aber nicht züchtete, mit ihr dasselbe machen wie mit allen seinen Pferden: Er würde sie für einen Haufen Geld an Japaner verkaufen. Manche Besitzer hatten Glück und waren gut und obendrein auch noch schlau. Aber Dick wurde traurig, wenn er sie ansah. An ihr war nichts Aufregendes. Sie hatte alle Eigenschaften, die man bei rechtem Verstand von einem Rennpferd erwarten konnte: Sie war gesund, entschlossen, weiblich, fähig, gewinnträchtig und kompetent. Vor fünf Jahren wäre er glücklich gewesen, einen Stall voll mit solchen Pferden zu haben. Aber er wusste nicht, wie er dahin zurückkonnte, wie er diese Sehnsucht abstreifen sollte, die Epic Steam drei Tage lang gestillt hatte, und die jetzt doppelt und dreifach so stark war wie vorher, sodass ihm alles, was er hatte, so nichtig vorkam. Er warf den Jockey in den Sattel. Sie waren nur zu dritt, Jockey, Pfleger und Trainer. Die Stute wurde von ihrem Besitzer nicht gefeiert, keiner wird gefeiert, der Tag für Tag zur Arbeit geht und seine Aufgabe bestens erledigt. Er sah ihr hinterher, wie sie hinaus auf die Bahn ging. Es war ein schöner Tag, fast herbstlich. Er schloss seine Wette ab, setzte fünfzig auf seine Stute als Siegerin, die Chancen standen vier zu eins, sie war die zweite Favoritin. Dann ging er hinauf auf die Tribüne. Die Riesenbahn und das weite Land ringsum taten bei ihm immer die gleiche Wirkung: sie besänftigten, beruhigten und erschreckten ihn, alles zur gleichen Zeit.
Während er mit den Augen der Stute folgte, die zum Start trabte, dachte Dick an all die guten alten Zeiten, die man bei Pferderennen vermissen konnte. Man konnte die achtziger Jahre vermissen, die Pferde waren zwar nur gut und nicht toll gewesen, dafür gab es aber schon

morgens um zehn Uhr Champagner im Büro. Die Besitzer hatten nicht nur Geld (das hatten Besitzer immer), sie ergötzten sich auch daran, es auszugeben. Man konnte auch die siebziger Jahre vermissen, das letzte Jahrzehnt der großen Rennpferde, und man konnte die Sechziger, die Fünfziger, die Vierziger, die Dreißiger vermissen, Kelso, Nashua, Citation, Seabiscuit, all die Zeiten, die man nicht erlebt hatte und an die man sich nicht erinnern konnte, die aber alle ganz anders gewesen waren als jetzt.

Kapitel 43
Entschuldigtes Fernbleiben

Seit Jesse einen Klassenlehrer und keine Lehrerin mehr hatte, fürchtete er sich vor den Besprechungen, die ihm früher nichts ausgemacht hatten. In den ersten vier Schuljahren war Leo mit ihm zu den Lehrerinnen hineingegangen, hatte reizend gelächelt, den einen oder anderen kleinen Witz gemacht, dass er selbst ganz aufgeregt sei, von Jesse mal ganz zu schweigen, er, Leo, sei nie besonders gut in der Schule gewesen und wollte ihnen jetzt mal erzählen, was aus ihm geworden sei, und egal was er sagte, die weiß-, braun- oder blondhaarigen Lehrerinnen lächelten und waren bezaubert und alles lief glatt. Sie sahen über sein entschuldigtes Fernbleiben von der Schule hinweg (fünf- bis zehnmal pro Halbjahr), obwohl Leo offen sagte, dass er Jesse an diesen Tagen mit auf die Rennbahn nahm. Mr. Snowdon gefiel das allerdings nicht gerade. Ehrlich gesagt gefiel es Mr. Snowdon sogar überhaupt nicht. Mr. Snowdon hatte selbst sechs oder neun Kinder, wie man erzählte (die Schüler der fünften Klasse wussten eigentlich nicht so genau, wie viele). Jesse sah ein, dass Mr. Snowdon eine andere Einstellung zu Leo hatte als jemand, der kein Vater war. Heute war zufällig kein voller Schultag, am Nachmittag fand irgendeine Lehrerkonferenz statt, deshalb war es keine große Affäre, wenn er ein bisschen früher gehen wollte. Bis zum Mittagessen hatten sie nur noch Kunst und Pause. Aber als Jesse am Vortag Mr. Snowdon gesagt hatte, dass sein Vater ihn heute früher abholen würde, hatte Mr. Snowdon Leo angerufen und ihn um ein Gespräch gebeten. Jesse fand das nicht besonders gut.

Jesse graute vor diesem Gespräch unter anderem auch deshalb, weil Mr. Snowdon besonders gern über Verantwortungsbereitschaft sprach. Alles, was sie im Unterricht machten, hatte irgendwie immer etwas mit Verantwortungsbereitschaft zu tun. Eines Morgens auf dem Spielhof war zum Beispiel dieser Kevin zu einem Mädchen namens Nicole gegangen, die eine Trainingshose anhatte, und er hatte diese Trainingshose an den Taschen gepackt und sie ihr ganz runtergezogen. Sie hatte das Gleichgewicht verloren und war hingefallen, dabei hatte sie sich das Knie und die Hand aufgeschürft. Sie hatte ziemlich geweint. Bis nach der Naturwissenschaftsstunde war sie bei der Krankenschwester, es war schon fast Mittag, als sie wiederkam. Da Jesse in der ersten Reihe saß, hörte er jedes Wort, das Mr. Snowdon zu Kevin sagte, und nahm es sich, wie er meinte, wesentlich mehr zu Herzen als Kevin.

Jesse hatte angenommen, es gehe darum, dass Kevin gemein zu Nicole gewesen war und schuld war, dass sie sich wehgetan hatte, aber Mr. Snowdon sagte Kevin, dass es nur um Verantwortungsbereitschaft ging. Er fragte kein einziges Mal, ob es Kevin wohl gefallen hätte, wenn ihm jemand die Hose runtergezogen hätte, und er sagte auch nichts davon, dass man Mädchen anders zu behandeln hatte als Jungen. Er sagte Folgendes, und zwar genau mit diesen Worten: »Also, Kevin. Da stehst du jetzt vor mir, und ich muss entscheiden, wie ich mit dieser Situation umgehe und was ich deinen Eltern sagen soll und wie du für deine Tat bestraft werden sollst. Was meinst du, Kevin, was daran am schlimmsten ist?«

»Ich weiß nicht«, sagte Kevin.

»Na, sag irgendetwas, was dir einfällt.«

»Äh, schicken Sie mich jetzt zum Direktor?«

»Das könnte ich machen.«

»Ich will nicht zum Direktor.«

»Du hast aber nicht zu bestimmen, ob du zum Direktor gehst oder nicht, nicht wahr?«

»Ja.«
»Wer hat es denn zu bestimmen?«
»Sie, Mr. Snowdon.«
»Das heißt, ich habe hier die Verantwortung.«
»Hm, ja.«
»Wer hat mir denn die Verantwortung übertragen?«
»Der Direktor?«
»Nein.«
»Die Schule?«
»Nein.«
»Ich weiß nicht«, sagte Kevin.
»Du selbst.«
»Ich?«
»Ja. Als du aufgehört hast, dich für das, was du tust, verantwortlich zu fühlen, hast du die Verantwortung abgegeben. Jetzt hast du nichts mehr zu bestimmen. Jetzt habe ich zu bestimmen, dann der Direktor und dann dein Vater oder deine Mutter.«
»Schicken Sie mich denn jetzt zum Direktor oder nicht?«
»Das weiß ich noch nicht genau, aber ich bin derjenige, der das zu bestimmen hat. Verstehst du das?«
»Glaub schon.«
Vielleicht, vielleicht auch nicht, dachte Jesse. Mit Kevin geriet man schnell in ein Gespräch, das sich im Kreis drehte. Aber Jesse verstand ganz genau, um was es ging. Wenn man immer verantwortlich handelte, konnte man weitgehend bestimmen, was man zu tun hatte. Wenn man das vergaß und zum Beispiel einem Mädchen die Hose runterzog, dann hatte ein anderer zu bestimmen, was mit einem geschah, und in diesem Fall war es klar, dass Kevin mindestens vier Erwachsenen auf Gedeih und Verderb ausgeliefert sein würde: Mr. Snowdon, Mr. Larson (dem Direktor), seinem eigenen Vater und dem Vater von Nicole. Es war wie eine Matheaufgabe. Eine Person gab etwas auf, und vier Leute kriegten es. Das war eine Lehre, an die Jesse dachte, als das Gespräch immer näher rückte.
Die anderen Kinder gingen hinaus in die Pause, und Leo kam herein, die Autoschlüssel klimperten in seiner Hosentasche. Die beiden zusammen zu sehen war vielleicht das, was am schwersten war. Leo war

groß und gut aussehend, Jesse kannte sein Gesicht so gut, alles, was Leo dachte, ließ sich ablesen wie in einem offenen Buch. Mr. Snowdon würde auf der Straße keinem Menschen auffallen. Er lächelte und streckte Leo die Hand hin, und Leo schüttelte sie rasch und sagte: »Tja, schön, Sie zu sehen. Vielleicht. Das wissen Sie ja sicher besser?« Er lachte. Jesse stand von seinem Platz auf und ging nach vorne. Mr. Snowdon bedeutete ihm mit einer Geste, in der vordersten Bank Platz zu nehmen. Sozusagen zur Einleitung begann Mr. Snowdon Leo zu erklären, was sie in der Klasse gerade machten. »Aha, aha«, sagte Leo. »O ja. Das ist gut.« Er nickte freundlich.

»Wir sind mitten im Bruchrechnen.«

Leo sagte: »Ja, damit kenne ich mich bestens aus.« Jesse schloss die Augen.

»Ach wirklich?«, sagte Mr. Snowdon. »Also, die Brüche, die die Kinder …«

»Ja, nehmen Sie zum Beispiel die Zwischenzeiten: in einem 1100- oder 1200-Meter-Rennen sind zweiundzwanzig Sekunden ziemlich häufig. Aber wenn das Rennen länger ist, will man, dass die Zeiten für die letzten Streckenteile schneller sind. Also, im siebten Rennen gestern, wissen Sie, im Hauptrennen, das sind 1700 Meter auf der Grasbahn, da ist der Sieger den letzten Streckenteil in zweiundzwanzigeinhalb gelaufen. Bei dieser Leistung würde ich sagen, dieses Pferd hat eine Chance.«

»Eine Chance?«

»Eine Chance für den Breeders' Cup Classic, obwohl, ehrlich gesagt, all diese Dreijährigen kommen heutzutage ganz plötzlich auf die Bühne. Das ist nicht so wie früher, als ich klein war und man zusehen konnte, wie sich ein tolles Pferd über ein Jahr oder noch länger entwickelte.«

»Die Bruchrechnung, mit der wir arbeiten …«

»Das ist nicht dasselbe, das weiß ich. Aber wissen Sie was, seit eh und je kennt Jesse sich aus mit Halben und Vierteln und Achteln und Sechzehnteln. Im ersten Schuljahr hat er schon gewusst, dass das San-Juan-Capistrano-Rennen eindreiviertel Meile lang ist, das sind vierzehn Achtelmeilen. Das hat kein anderes Kind in seiner Klasse gewusst.«

Als Jesse die Augen öffnete, sah er, dass sich Mr. Snowdon verblüfft in seinem Stuhl zurücklehnte. »Entschuldigen Sie. Bruchrechnung war eigentlich nicht der Grund, weshalb ich Sie hergebeten habe …«
»Ach so. Ja. Natürlich. Was ist das da?« Er zeigte auf einen Aufsatz von Jesse, der ans Anschlagbrett geheftet war.
Mr. Snowdon lächelte. »Jesse hat einen sehr schönen Text über ein Buch geschrieben, das wir in der Klasse vorgelesen haben. Das Buch heißt ›Wo der rote Farn wächst‹. Ich habe den Kindern das Buch vorgelesen …«
»Gibt es Kinder, die in der fünften Klasse noch nicht lesen können?«
»Ich vertrete die Meinung, dass das Vorlesen eine wichtige Form der Vermittlung von Literatur ist, auch wenn die Kinder schon selbst lesen können.«
Leo ging zum Anschlagbrett und las Jesses Aufsatz. Als er fertig war, sagte er: »Ich kann mir nicht denken, dass ein Buch über ein Kind, das ein paar Jagdhunde haben will, die hilflose Tiere auf Bäume hetzen, damit sie ohne erfindlichen Grund getötet werden können, für das Leben der Kinder hier in L. A. irgendeine Bedeutung hat. Wissen Sie was, Sie sollten sich überlegen, ob Sie am Schuljahresende nicht mit der Klasse einen Ausflug nach Hollywood Park machen. Es gibt keinen Ort, der für diese Kinder wichtiger sein könnte. Sie müssten zum Beispiel durch Inglewood fahren. Da haben Sie schon eine ganze Geschichtsstunde. Wussten Sie, dass bei den Unruhen vor ein paar Jahren die Flugzeuge nicht über die übliche Einflugschneise den Flughafen anfliegen konnten, weil man befürchtete, die Leute würden auf die Maschinen schießen? Und da sehen Sie Leute aus der ganzen Welt. Man hört Koreanisch, Spanisch, Chinesisch, Englisch, Russisch, alle Sprachen, die Sie sich vorstellen können. Und ein Gang durch den Stallbereich auf der Rennbahn ist ein echtes Erlebnis, aus nächster Nähe, da wird veranschaulicht, wie dieses Land funktioniert. Wissen Sie, wie dieses Land funktioniert, Mr. Snowdon?«
»Ja, natürlich, ich …«
»Verzeihen Sie, wenn ich das so deutlich sage, aber ›Wo der rote Farn wächst‹ hat nichts damit zu tun, wie dieses Land funktioniert.« Er wandte sich an Jesse. »Wie funktioniert dieses Land, mein Sohn?«
»Äh, es gibt Pferde für Stakes-Rennen, für Ausgleichsrennen und für

Verkaufsrennen. Und außerdem gibt es Geschwindigkeitspferde und Distanzpferde. Größtenteils liegt es an der Zucht, aber manchmal hat das Pferd einfach Herz, und dann bringt es eine bessere Leistung, als man von seiner Abstammung erwartet hätte.«

»Zum Beispiel …«, ermunterte Leo ihn.

»Zum Beispiel Holy Bull«, sagte Jesse. »Er war von Great Above.«

»Holy Bull war ein Pferd mit Herz«, sagte Leo und seufzte. »Weiter.«

»Es ist, äh, es ist einfacher, in der Klasse abzusteigen, als aufzusteigen«, sagte Jesse. »Man ist nicht sein Leben lang ein Stakes-Pferd.« Das war einer von Leos Lieblingssprüchen.

»Was ist mit den Wetten?«, lockte Leo ihn weiter.

»Wetten ist alles«, sagte Jesse.

»Also«, begann Leo und wandte sich belehrend Mr. Snowdon zu, »nichts könnte wahrer sein. Wenn die Kinder im Herbst hierher kommen, haben sie schon ihren Ausgleich. Seit dem Kindergarten haben sie jedes Jahr ihren Ausgleich bekommen, und inzwischen steht Ihre Klasse so ziemlich fest. Und Sie können gar nicht anders, Sie sehen sich an, wie sie eingestuft sind, und setzen Ihre Wette entsprechend. Sie teilen sie in Gruppen ein und bringen der einen Gruppe, den Stakes-Pferden, etwas anderes bei als den Verkaufspferden. Die Kinder wissen alle ganz genau, wer ein Verkaufspferd ist und wer die große Nummer. Was bist du, Jesse?«

»Ich bin ein Ausgleichspferd, Papa.«

»Aber du willst in eine bessere Klasse aufsteigen, mein Sohn, oder nicht?«

»Jawohl.« Jesse wagte nicht, Mr. Snowdon anzusehen.

»Ein guter Lehrer achtet nicht auf die Leistungen in der Vergangenheit oder auf die Klassifizierung an sich«, sagte Leo.

»Nun ja«, sagte Mr. Snowdon, »Voraussagen sind natürlich nie hundertprozentig …«

»Voraussagen. Da sagen Sie was. Ich persönlich vertraue Voraussagen mehr, als Sie es können.« Er beugte sich vor, im Begriff, Mr. Snowdon etwas Wichtiges mitzuteilen. Jesse sah aus dem Fenster. »Es gibt Zeichen«, sagte Leo. »Es gibt immer Zeichen.«

»Was für Zeichen?«

»Ob man einen Gewinntag hat oder nicht.«

»Ich dachte, Sie haben eine Getränkehandlung, Mr. Harris?«
»Ja, das stimmt. Das ist mein tagtägliches Geschäft. Aber ein Mensch braucht auch Leidenschaften. Haben Sie eine Leidenschaft, Mr. Snowdon?«
»Ich, äh, ich schnitze gern. Aber ich würde das nicht als Leidenschaft bezeichnen. Vielleicht sollten wir zu Jesse zurückkehren. Jesse zeigt im Allgemeinen ein ausgeprägtes Verantwortungsbewusstsein. Ich habe deshalb großen Respekt vor ihm. Ja, Jesse ist ein prima Junge.«
»Macht keine Dummheiten, was? Ja, das hört man gern.« Leo lachte fröhlich.
»Bei meinem Anruf erwähnte ich bereits, dass das entschuldigte Fernbleiben von der Schule für Ausflüge zur Rennbahn Jesse nicht gut bekommt. Ich muss Ihnen sagen, dass meiner Meinung nach ein Kind nie die Schule versäumen sollte, um Sportveranstaltungen beizuwohnen.«
Leo rümpfte die Nase. »Aber mir ist völlig klar, dass Jesse, auch wenn er mein Sohn ist und ich das als sein Vater sage, seinem Alter an Klugheit weit voraus ist. Können Sie mir ein anderes Kind nennen, das ein System hat? Jesse hat ein System.« Er beugte sich vor und sagte mit leiser Stimme zu Mr. Snowdon: »Ein Vater hat die Aufgabe, seinem Sohn ein System zu hinterlassen, vielleicht ist das seine einzige Aufgabe. Ich nehme diese Verantwortung sehr ernst.«
Es herrschte Schweigen. Jesse merkte, dass sein Vater Mr. Snowdon ausmanövriert hatte, denn Mr. Snowdon fing an, seine Papiere zusammenzulegen, als sei die Besprechung jetzt vorbei, dabei hatte sie erst zehn Minuten gedauert. Aber irgendwie gab es nichts mehr zu sagen, es war, als wäre die ganze Rederei auf einmal nicht mehr der Mühe wert. Jesse fühlte eine Leere im Magen, als hätte Mr. Snowdon ihn abgeschrieben. Er schaute den Lehrer an und sah, dass er ihn nicht abgeschrieben hatte, aber wahrscheinlich Leo. Das überraschte ihn eigentlich nicht. Der Lehrer legte Jesse die Hand auf den Kopf und sagte: »Sie haben einen prima Sohn, Mr. Harris, ich habe großen Respekt vor ihm.« Er klang traurig, als nehme er Abschied, obwohl das Schuljahr gerade erst anfing. Aber Leo schien das gar nicht aufzufallen. Er stand auf, vielmehr er hüpfte auf seine beturnschuhten Füße und sagte: »Tja, vielen Dank für alles, für das, was Sie gesagt haben.

Er ist ein prima Junge. Keiner weiß das besser als ich, und vielleicht noch seine Mutter.« Er lachte. »Und danke, dass Sie uns diesen Termin um halb elf gegeben haben. Heute ist der erste Tag der Rennen. Ich liebe Santa Anita. Zwischen dem Ende von Del Mar und der Eröffnung des Oak Tree Meet gibt es immer eine kleine Durststrecke in Südkalifornien. Liveübertragungen sind ja gut und schön, aber ein Tag auf der Rennbahn, ja, das ist lehrreich und vergnüglich zugleich. Bist du fertig, Junge? Ich will nicht die Doppelwette des Tages verpassen.«

Sie gingen mit großen Schritten aus dem Klassenraum und dann aus der Schule. Stiegen ins Auto. Als sie sich angeschnallt hatten, sagte Leo. »Hast du die Glückssocken an?«

Jesse nickte.

»Ein Nicken kann ich nicht hören«, sagte Leo.

»Ja, ich hab sie an, Dad.«

»Braver Junge. Also, jetzt wollen wir mal sehen. Wir brauchen ein paar Zeichen.«

Jesse warf einen Blick auf Leo am Steuerrad, er saß nach vorn gelehnt, ließ die Augen schweifen, lächelnd und voller Tatendrang, so wie er immer aussah, wenn sie zur Rennbahn fuhren, als dächte er gar nicht daran, dass er am Abend dieses Tages vielleicht enttäuscht und wütend sein würde. Aber wie konnte er das nicht wissen? Jesse war erst elf, und er wusste es. Seine Mutter ging nie auf die Rennbahn, und sie wusste es. Jesse hielt seinen Vater meistens für gescheit. Niemand sonst redete wie sein Vater, niemand sonst prägte ihm all diese Unterschiede in Klasse, Begabung und Abstammung ein wie sein Vater, und doch war da diese einfache Kleinigkeit, diese einfachste Kleinigkeit der Welt, die er nicht wusste. Jesse schaute aus dem Fenster. Sie waren fast an der Autobahn. Die Schule war jetzt für alle aus, deshalb verpasste er nichts, aber Jesse hatte das Gefühl, dass er trotzdem etwas verpasste. Was wäre geschehen, wenn Mr. Snowdon es Leo einfach verboten hätte, wenn er gesagt hätte: »Nein, Mr. Harris, ich lasse Jesse nicht gehen. Ich kann es nicht erlauben.« Eine Kraftprobe, wie im Film. Aber sobald Jesse sich diese Szene ausmalte, wusste er, dass es unmöglich war. Leo konnte mit ihm machen, was er wollte, und auch ein Klassenlehrer konnte ihn nicht davon abhalten. Mr. Snowdon war auch ein Vater. Man konnte es so betrachten, dachte Jesse, als sie die Autobahnauffahrt hinauffuhren: Die Chancen waren eins zu soundso viel gewesen, Leos Sohn zu werden, und neun zu soundso viel, Mr. Snowdons Sohn zu werden, und er hatte es sozusagen aller Wahrscheinlichkeit zum Trotz geschafft. Der Wagen beschleunigte, und Jesse spürte, wie die Geschwindigkeit seinen Körper gegen den Sitz presste.

OKTOBER

Kapitel 44
Eine unerwartete Wendung

Später wusste Krista gar nicht mehr, weshalb sie hinaus zum Stall gegangen war. Es war kalt und nass für Oktober, und sie und Pete wollten gerade schlafen gehen. Als sie um neun nach den Pferden geschaut hatte, war alles in Ordnung gewesen. Jetzt war es elf, und Pete wollte noch Nachrichten sehen. Maia schlief friedlich, bevor Krista hinausging, sah sie noch einmal nach ihr. Sie hatte keine Vorahnung, nicht den leisesten Schimmer, wie war das möglich? Wayward, die alte Stute, wälzte sich am Rand der Koppel hin und her, sie hatte eine böse Kolik. Krista rannte zurück ins Haus, wählte Sams Nummer auf dem Handy, sagte Pete Bescheid, der sofort auf den Beinen war und sich im Hinauslaufen den Mantel überzog. Aber sie konnten doch die Kleine nicht allein im Haus lassen, oder? Sie lief wieder hinein, sah nach Maia, lief hinaus, und sobald sie draußen war, wollte sie wieder zurücklaufen.

Die alte Stute bot einen schlimmen Anblick. Sie lag wie ein Hund auf dem Rücken, warf den Kopf im nassen Gras hin und her, hielt die Beine über dem Leib gekrümmt und wälzte und drehte sich langsam von einer Seite auf die andere. Sie gab Laute von sich, die aus ihrem tiefsten Inneren stiegen, ein Stöhnen, das sich wie ein Ächzen ihres ganzen Körpers anhörte und gar nicht aufhören wollte. Ihr Bauch, der gar nicht so groß wirkte, wenn sie stand, breitete sich jetzt über sie aus, und Krista war wie gelähmt bei dem Gedanken an das Fohlen, das darin hin- und herrutschte. Vor ein paar Monaten hatte Sam bei allen Stuten eine Ultraschalluntersuchung vorgenommen, und Krista hatte die geisterhaften kleinen Fohlen im Innern angestarrt, ihre dünnen Beine und der nach unten gekehrte Kopf und Hals schwebten im

Fruchtwasser. Es war viel seltsamer als die Ultraschallbilder von Maia. Sie schien sich in dem Fruchtblasenbad ganz zu Hause zu fühlen, zusammengerollt lag sie darin wie ein runder Fisch, aber bei Fohlen war es anders, ihre Beine waren zu lang, sie waren fürs Laufen gemacht und nicht fürs Schwimmen. Krista trat von der Seite an den Kopf der Stute heran, beugte sich über sie und sagte leise: »Hallo, meine Liebe! Tut dir der Bauch weh? Kannst du aufstehen?«
Die Stute nahm sie wahr. Das war ein gutes Zeichen, wenn die Pferde ganz weggetreten waren, nahmen sie gar nichts mehr wahr, jedenfalls stand das in dem tierärztlichen Ratgeber für Notfälle unter dem Stichwort Kolik. Aber die Stute war bereit aufzustehen. Sie rollte sich herum, zog die Beine an und ließ Pete das Halfter anlegen. Er tätschelte ihr den Hals, und sie stand auf, dabei gab sie ein anderes Geräusch von sich, das sich eher wie Schnauben als Stöhnen anhörte. Das Handy klingelte. Sam war in der Gegend, schon zu ihnen unterwegs, sagte ihr, die Stute dürfe nur stehen. Dann ging Krista hinein, um nach Maia zu sehen. Die Stute stand ruhig mit gesenktem Kopf neben Pete. Pete kraulte sie an den Ohren. Krista kam wieder hinaus, blieb ein paar Minuten bei den beiden stehen, dann sagte sie: »Vielleicht sollte ich sie herausholen. Das Babyphon reicht nicht bis hierher.«
»Sie schläft doch, oder?«
»Ja.«
»Sie schläft seit vier Monaten jede Nacht durch ...«
Krista machte den Mund auf, um etwas zu sagen, etwas Ärgerliches, aber da kam Sam. Noch im Aussteigen zog er sich schon den Vinylhandschuh über, der bis zur Schulter reichte, und schmierte ihn mit Gleitfett ein. Er brauchte die Hand nicht weit in den Anus der Stute einzuführen. »Uterustorsion, nach rechts verdreht, im Uhrzeigersinn.«
»Was heißt das?«, sagte Pete.
»Die ganze Gebärmutter mit dem Fohlen drin hat sich verdreht. Ich kann das breite Mutterband oben und unten fühlen.«
»Mein Gott«, sagte Krista. »Ich überlege gerade, ob ich Maia ...«
»Also, ich brauche euch beide«, sagte Sam. »Wir drei können schon einiges ausrichten, aber vier oder fünf wären besser.«

»Mach dir keine Sorgen, mit ihr ist alles in Ordnung«, sagte Pete.
»Na gut«, sagte Krista, aber sie hatte ihre Zweifel. Ein Baby schrie immer dann am lautesten, wenn die Mutter es nicht hören konnte, meinte sie.
»Habt ihr eine Latte, fünf Zentimeter dick, 30 breit und etwa dreieinhalb Meter lang?«
Krista lief los und holte ein Brett aus dem Stapel, den sie immer zum Reparieren der Zäune vorrätig hatten. Sie schleifte es hinüber. Es war dunkel, und sie stolperte ein paar Mal, fiel aber nicht hin. Sam gab der Stute ein paar Spritzen. »Es dauert vielleicht einen Moment«, sagte er. Er hörte sich ziemlich gelassen an. Krista konnte nicht beurteilen, ob es daran lag, dass eine Uterustorsion nicht so ernst war, oder daran, dass es eben Sam der Tierarzt war, der in jeder Krise professionelle Gelassenheit ausstrahlte. Er stellte sich neben die Stute und drehte ihren Kopf sanft auf sich zu. Die Beine des Tieres begannen in den Knien nachzugeben. Er zog ihren Kopf noch ein Stück weiter zu sich hin und schob ihre Schulter zurück. Zuerst ging sie vorne in die Knie, dann hinten. Sie sank auf das Brustbein und ließ sich dann auf die rechte Seite gleiten. Sie hatte die Augen halb geöffnet, Sam rieb etwas über die Augen und band dann ein Handtuch darum. Die Stute streckte die Beine aus. Sie lag jetzt flach. Sam nahm das Brett und legte es wie eine Wippe auf ihren Bauch als Angelpunkt. Das eine Ende lag im Gras, das andere ragte etwa 45 Zentimeter über das Rückgrat der Stute hinaus. »Setz dich darauf, Schätzchen«, sagte er zu Krista.
»Wie bitte?«
»Setz dich auf das Brett, genau auf die Stute, ungefähr in der Mitte zwischen Kruppe und Mittellinie. Pete und ich rollen das alte Mädchen auf die andere Seite, und du hältst mit deinem Gewicht das Fohlen fest.«
Krista und Pete wechselten einen Blick.
»Ich wünschte, wir hätten noch jemand da«, sagte Sam. »Für den Kopf der Stute.«
»Es ist Mitternacht«, sagte Krista. »Margaret Lerner ist vielleicht noch auf, aber sie …«
Sam sah sie kurz an, dann sagte er: »Ich glaube, ich schaffe es schon.

Hol mir noch ein paar Handtücher.« Krista, die nicht erpicht darauf war, sich auf den Bauch der Stute zu setzen, holte sie bereitwillig. Er baute einen kleinen Stapel unter dem Kopf der Stute auf und hob ihre Nase in die Richtung, in die sie gedreht werden sollte.
»Seid leise«, sagte er. »Wir wollen sie nicht wecken.«
»Jetzt?!«, sagte Krista.
»Jetzt!«, sagte Sam.
Krista und Pete sahen sich noch einmal kurz an, dann setzte sie sich auf das Brett. Sie fühlte, wie der Bauch der Stute unter ihrem Gewicht nachgab. Sam trat an die Vorderbeine, wo er ihren Kopf sehen konnte, und Pete an die Hinterbeine. Langsam begannen sie, das Tier zu heben. Krista saß ganz still und versuchte, nicht daran zu denken, dass sie mit ihrem Gewicht Druck auf das Fohlen ausübte. Sie hielten kurz inne, Sam richtete etwas am Kopf des Pferdes, dann hoben sie die Füße und Knie weiter hoch. Krista saß da. Sie hoben weiter. Krista saß. Sie hoben, hievten, stöhnten, atmeten schwer. Die Stute schien nicht zu leiden, ihr Atem ging ruhig. Sie lag auf dem Rücken. Die beiden Männer rutschten ächzend zur Seite. Sam machte vorsichtig einen Schritt über ihren Kopf und Hals, dann ließen sie Zentimeter um Zentimeter ihre Beine zu Boden sinken. »Mannomann«, sagte Pete. Kurz bevor die Hufe der Stute im feuchten Gras landeten, schoben sie den Handtuchstapel auf die andere Seite. Sie hatten es geschafft, sie umzudrehen. »Mannomann«, sagte Pete wieder, er keuchte. »Ganz schön schwer.« Krista stand auf.
»Gut zweihundert Kilo pro Mann«, sagte Sam, ebenfalls keuchend. Sie sahen einander an, während sie nach Luft schnappten. Dann zog Sam wieder seinen Gummihandschuh über, kniete sich hinter die Stute und führte die Hand ein. Kopfschüttelnd zog er sie wieder heraus. »Immer noch verdreht«, sagte er. »Komm, wir versuchen es nochmal.« Sie hoben das Brett ab, Krista hielt den Kopf der Stute, und sie rollten sie wieder herum. Beim zweiten Mal ging es leichter. Sie wussten genau, was zu tun war. Beim ersten Mal war es Krista so vorgekommen, als hätte sie Stunden auf dem Brett gesessen, aber beim zweiten Mal ging es ganz schnell, vielleicht weil sie Angst hatte, was Sam sagen würde, wenn er die Stute wieder abtastete. Es war, wie sie befürchtet hatte. »Nein«, sagte er. »Nochmal.«

Sie machten es noch einmal. Diesmal hatte Krista das Gefühl, dass die Zeit nur so raste, denn sie wusste, was am Schluss kommen würde. Etwas Schreckliches, der Tod.

Als sie aufstand, schloss sie die Augen und wartete darauf, dass es geschah.

Aber Sam sagte: »Sie wacht auf. Das ist gut. Versuchen wir noch etwas anderes.« Er räusperte sich und steckte die Hände in die Taschen, wartete. »Vielleicht sollte mal einer nach dem Baby sehen«, sagte Pete. Krista fuhr zusammen. Sie hatte Maia völlig vergessen. Noch ein Grund, sich zu schämen. Und wenn … Sie rannte ins Haus, wo das Baby ruhig und ungestört schlief. Im schwachen Licht des Nachtlämpchens beugte sich Krista über die Kleine und strich ihr prüfend über die Wangen. Keine Spur von Tränen.

Als Krista zurückkam, hob die Stute den Kopf. Dann rappelte sich das alte Mädchen ächzend auf und suchte auf noch etwas weit gespreizten Beinen das Gleichgewicht. Sie schüttelte sich, wirkte ganz lebendig. Krista konnte sich nicht vorstellen, wie es sich anfühlte, wenn sich Gebärmutter und Baby einfach um 180 Grad drehten. Aber sie hatte auch noch nie gehört, dass bei einer Frau so etwas passiert war. Gott sei Dank.

»Passiert das, äh, bei älteren Stuten öfter, oder wie?«

»Ach, ich weiß nicht. Große Hunde und Pferde haben das Problem, dass im Innern alles ziemlich locker ist. Und dann rollt es hin und her.«

»Vielleicht hab ich bei der Fütterung irgendwelche Anzeichen übersehen«, sagte Pete.

»Wahrscheinlich war sie da noch völlig in Ordnung. Manche Dinge im Leben kündigen sich an, andere kommen aus heiterem Himmel. Plötzlich tut sich vor dir der Boden auf, und es passiert etwas, womit keiner gerechnet hat.« Sam schüttelte den Kopf. »Komm, wir bringen die Stute dort hinüber, wo es heller ist, und dann müssen wir uns etwas zurechtbasteln, irgendeine Lichtquelle. Ich möchte gerne genau sehen, was ich mache.«

Sie brauchten zehn Minuten, um ein paar Arbeitslampen zu finden. Die Stute war inzwischen ganz wach und sah sich suchend nach Heu um. Sie war noch so voll gepumpt mit Schmerzmitteln, dass ihr die potenzielle Katastrophe in ihrem Innern keine Angst machte. Aber Krista hatte Angst. Sie hatte Angst, dass dieser Augenblick jetzt auf lange Zeit der letzte relativ unbeschwerte Moment sein würde, dass sie darauf zurückblicken und sich daran erinnern würde, wenn die Stute sterben und das Fohlen sterben und Kadaver zu beseitigen sein würden, wenn es Kummer und Trauer und wieder einen Anlass geben würde zu sagen: »So sind Pferde eben.« Sie stellte sich das Fohlen als Kadaver vor. Himself war ein Fuchs, die Stute braun. All diese Nearco-Nasrullah-Bold-Ruler-Pferde waren braun, deshalb würde das Fohlen es auch sein. Aber Himself hatte vielleicht ein wenig Farbe ins Spiel gebracht, einen kleinen Stern oder eine Blesse, eine weiße Fessel oder zwei. Man konnte nie wissen.

»Also gut«, sagte Sam, »ihr habt doch einen Einschließstock im Hengststall, oder?«

»Ja.«

»Los, kommt.«

Sie setzten sich in Bewegung. Himself war das einzige Pferd dort im Stall, und als sie das Licht anmachten, blinzelte er. Beim Anblick der Stute wurde er hellwach und stieß tiefe, leidenschaftliche Schnauber aus. Pete schloss die obere Hälfte seiner Boxtür, aber sie konnten sehen, wie er die Nase darüber reckte, um einen Blick von dem, was vor sich ging, zu erhaschen. »Stell sie dort in den Einschließstock, dann klemm die beiden Lampen so fest, dass sie auf ihre Hüfte scheinen.« Er ging zu seinem Wagen und kam in einem sauberen weißen Overall und mit Chirurgenhandschuhen zurück. Er hatte vier Spritzen in der Hand und eine Maske um den Hals. Die Stute trat ganz bereitwillig in das Gestell, das ihren Körper fest umschloss, klack, klack, rasteten die Scharniere um Beine und Schulter ein, dann stand sie da und sah zu Himself hinüber. Sam sah Krista an. »Krista, willst du vielleicht den Besitzer anrufen und ihm erklären, dass ich jetzt eine Dreitausend-Dollar-Operation vornehmen werde?«, sagte er.

»Ja, das sollte ich vielleicht tun. Gibt es keine andere Möglichkeit, das Fohlen zu retten? Oder die Stute?«

»Nein.«

Krista schloss die Augen. Wenn er sich sträubt, bezahlen wir eben trotzdem, dachte sie. Ein heftiger Anfall von finanziellem Schwindelgefühl überkam sie. »Ja, mach es«, sagte sie.

»Jetzt geht's los, Schätzchen. Keine Angst.«

Er gab der Stute die Spritzen, zwei in den Hals und zwei in die Wirbelsäule. »Hast du schon mal von einer Rückenmarksnarkose gehört?«

»Ja.«

»Sie hat gerade etwas Ähnliches bekommen. Ich möchte, dass sie hellwach ist und aufrecht steht, aber nichts spürt. Jetzt achte auf ihr Rückgrat.«

Krista sah hin. Kurz darauf zeichnete sich im Rückgrat eine Rundung zur rechten Seite hin ab, fast wie eine Welle. »Siehst du?«, sagte Sam. »Alle Nerven auf dieser linken Seite sind blockiert, aber nicht auf der rechten. Das hat diese Wirkung. Es ist nicht von Dauer und es tut nicht weh. Fertig?«

»Wofür?«

»Für etwas, was du vielleicht nie wieder zu sehen bekommst.«

»Gut, ich bin fertig.«

Sam rasierte die Flanke der Stute von der Hüfte an nach vorn, dann schrubbte er sie dreimal mit drei verschiedenen Schwämmen ab. Er ging einen Schritt zurück, betrachtete das Tier einen Augenblick lang, trat dann wieder auf es zu. Er griff nach einem Skalpell und nahm mit einer raschen Bewegung einen vertikalen Einschnitt in der Seite der Stute vor. Der Einschnitt war 25–28 cm lang, und er musste sich ziemlich anstrengen, um mit dem Messer nicht nur durch die Haut, sondern auch durch die Muskeln zu gelangen. Die Schnittstelle öffnete sich, klaffte aber nicht. Es kam nicht viel Blut heraus. Krista starrte darauf. Im Licht der Lampen sah man im Innern der Stute die bräunlich-lederfarbene Masse der Gebärmutter, die glänzend und aufgeschwollen darin lag.

»Bitte sehr«, sagte Sam. »Sieh mal genau hin.« Krista sah genau hin, und Pete kam von der anderen Seite herbei und sah auch genau hin. Krista hatte eigentlich erwartet, mehr zu erkennen, vielleicht den Umriss eines Hufs oder der Nase. Trotzdem, es war beängstigend zu denken, dass nur eine dünne Membran, dünn wie die Haut eines Ballons, zwischen dem Fohlen und der Außenwelt war.

Jetzt hatte Sam wieder seine langen Gummihandschuhe an, nun an beiden Armen. Wieder sagte er »Fertig?«, aber diesmal hörte es sich eher so an, als sage er es zu sich selbst. Er beugte sich vornüber, auf die horizontale Leiste des Einschließstocks zu, und ließ einen Arm behutsam, aber gezielt in den Einschnitt gleiten. Mit der anderen Hand griff er nach der Querleiste des Gestells, um sich im Gleichgewicht zu halten. »Ich hab's«, murmelte er.

»Was?«

»Das, äh ...« Er war ganz konzentriert. Dann lehnte er sich gegen die Seite der Stute, und es kam Krista so vor, als drücke sich seine Schulter beunruhigend tief in den Einschnitt. »Das, äh, das Gebärmutterhorn. Komm, sei brav, gleich ist es vorbei.« Eine Pause trat ein. Krista sah, wie die Adern an seinem Hals hervortraten. Was vorher nur wie ein wenig Blut gewirkt hatte, sah jetzt, da es sich über seinen Kragen und die weiße Vorderseite des Overalls verteilte, nach ziemlich viel aus. Er biss sich auf die Unterlippe. »Da ist das Band. Aua, meine Gute, kein Wunder, dass das wehtut. Sei brav und steh still.« Die Stute wirkte, als sei ihr völlig gleichgültig, was da mit ihr vorgenommen wurde. Sie sah sich nicht einmal um. Pete stand auf der anderen Seite, streichelte ihren Hals und raunte ihr ins Ohr, aber Krista sah wie gebannt Sam zu. »Na gut, jetzt hab ich was«, sagte er.

»Was?«, sagte Krista.

»Ich hab ein Körperteil von dem Fohlen. Vielleicht das Hinterteil. Das wär mir am liebsten.«

Die Stute begann jetzt, sich langsam und rhythmisch von einer Seite zur anderen zu wiegen, und Krista sah, dass Sam sie schaukelte, er schaukelte ihre Gebärmutter hin und her, wie ein Auto, das im Eis festsitzt. »Liebergottimhimmel«, sagte sie, aber ganz schnell, um ihn nicht in seiner Konzentration zu stören. Sie konnte jetzt nicht mehr die Flanke der Stute sehen, deshalb blickte sie auf Sams Gesicht. Er hatte die Augen weit aufgerissen und die Lippen geschürzt, es kostete einige Anstrengung, gleichzeitig Kraft anzuwenden und liebevoll zu sein. Die Stute schaukelte. Sams Arm bewegte sich hin und her. Sam schaukelte. Krista hätte am liebsten gestöhnt, es dauerte alles so lange. Sie warf Pete einen Blick zu, aber der hatte den Kopf an den der Stute gelegt, und die beiden schienen in eine raunende Trance vertieft. »Ist ja alles

gut, Schätzchen«, murmelte Pete ihr ins Ohr, »gleich ist alles wieder in Ordnung. Braves Mädchen, braves Mädchen, braves Mädchen.«
»Na, komm schon, Schätzchen, komm schon, meine Gute«, gurrte Sam. Seine Stimme klang vor Anstrengung gepresst, aber immer noch sanft.
Plötzlich machte er eine ruckartige Bewegung. Dann entspannte sich sein Gesicht zu einem Lächeln, und er zog den Arm aus dem Einschnitt. »Das hätten wir«, sagte er. »Alles in Ordnung.«
»Im Ernst?«, sagte Krista.
»Ja. Ihr fehlt nichts mehr. Die Bänder sind in Ordnung, ich kann keine Risse ertasten, die Uteruswand scheint intakt zu sein, und das Fohlen bewegt sich normal darin. Trotzdem sollten wir morgen oder übermorgen eine Ultraschallaufnahme machen, bloß um auf Nummer Sicher zu gehen. Uff!« Er reckte die Arme hoch und rollte die Schultern, dann schloss er die Augen und drehte den Kopf von einer Seite zur anderen. »Das Schwerste dabei ist, dass man dieses Gewicht nur mit einem ausgestreckten Arm bewegen kann. Das Fohlen und das Fruchtwasser und das alles, das wiegt zusammen bestimmt über zwanzig Kilo. Wenn man bloß mit beiden Armen hineinkönnte. Aber das geht nicht. Na ja. Ist ja alles gut gegangen. Jetzt nähen wir die Gute besser wieder zu. Wie viel Uhr ist es?«
»Schon nach zwei«, sagte Pete gähnend. Er reichte Krista die Halfterleine. »Ich seh mal nach Maia.«
»Du gehst besser schlafen«, sagte sie.
Er nickte. Er musste am Morgen zur Arbeit, und überhaupt war es besser, wenn einer von ihnen im Haus war. Sie überlegte, ob sie wohl am Morgen daran denken würde, ein besseres Babyphon zu kaufen, oder ob all die anderen Dinge diesen Gedanken wieder verdrängen würden – bis zum nächsten Mal, wenn sie wünschte, sie hätte es gekauft. Sam nähte den Schnitt mit säuberlichen kleinen Stichen zu. Die Stute schien immer noch ganz unbeeindruckt. »So etwas habe ich seit der Ausbildung nicht mehr gesehen«, sagte Sam.
»Natürlich musste es hier passieren. Muss es immer der berühmte Tropfen sein, der das Fass zum Überlaufen bringt, oder kann es auch ein ganzer Wasserfall sein?«
»Große, etablierte Gestüte haben auch ihre Notfälle, Krista.«

Er klang nicht unfreundlich, eigentlich hörte er sich sogar sehr freundlich an, aber trotzdem überlief sie eine heiße Welle der Verlegenheit, und sie brachte keinen Jammerton mehr über die Lippen. Als er wegfuhr, war es halb vier.

Eine halbe Stunde später sah sie noch einmal nach Maia und ging endlich schlafen. Wenn man sein Kind dabei beobachtete, wie es die Nacht durchschlief, war das eigentlich viel wunderbarer, als wenn man in seligem Vergessen selbst all diese Stunden verschlief. Die Erinnerung an das, was sie eben gesehen hatte, verschwamm schon in ihrem Kopf. Pete schnarchte, irgendwie ein beruhigendes Geräusch. Sie schloss die Augen.

Am Morgen war sie so müde. Maia sah aus, als krabbele sie unter Wasser umher. Krista ahnte, dass sie kaum bis zum Mittagsschlaf auf den Beinen bleiben würde. Gegen zehn Uhr gab sie auf und rief ihre Mutter an, die sofort kam, die Kleine mit in die Shopping Mall nahm. Bevor sie losfuhr, sagte sie: »Dein Großvater hat Sam geliebt, das will ich dir nur sagen.« Und dann fing sie zum Glück nicht wieder mit der alten Leier an, sondern sagte nur: »Also, Schätzchen, ich bin froh, dass alles gut gegangen ist, wirklich. Ach, sieh dir doch nur mal diesen kleinen Liebling hier an. Vielleicht kommen von den ersten Fohlen bis Neujahr ein paar auf die Bahn, und dann …«

»Ein paar sind schon gestartet. Gewonnen hat noch keiner.«

»Ach, ich bin sicher, das kommt noch.« Und dann, als Krista den Babysitz im Wagen ihrer Mutter festschnallte, zum ersten Mal die Worte: »Weißt du, Schätzchen, wenn du ein kleines Darlehen brauchst, ach, sieh dir mal dieses Babygesicht an, meine Güte …«

Krista wehrte nicht sofort ab. »Ich sag dir Bescheid«, sagte sie, weiter nichts. Und dann: »Schau doch mal, ob es ein besseres Babyphon gibt, eins mit größerer Reichweite.«

Ihre Mutter nickte nur.

Kapitel 45
Einfach der Mittelwesten

Es war nicht Justa Bobs Sache, darüber nachzudenken, wie und warum er auf diese Farm mit diesem Teich und diesen Pferden und Maultieren geraten und anscheinend dort vergessen worden war. Erstens hatte Justa Bob nur eine sehr verschwommene Vorstellung von Zeit. Die Vielzahl scharf umrissener Bilder, die seine Erinnerung bildeten, hatten keine Reihenfolge wie im menschlichen Gedächtnis. Sie waren eher wie ein Bestand, auf den sich neue Erfahrungen beziehen ließen. Gelegentlich ergab es sich, dass er etwas Erinnertes in Zusammenhang mit etwas, das sich in der Gegenwart ereignete, wieder erlebte. Er konnte nicht genau feststellen, wo der Unterschied zwischen Gegenwart und Erinnerung lag, aber nach einigen Minuten war er immer so weit, dass er den Unterschied erkannte. Man konnte das als Lernen bezeichnen – er war imstande, den Unterschied zwischen Vergangenheit und Gegenwart zu erkennen. Was Justa Bob von Pferden mit niedrigerer Intelligenz unterschied, war, dass er bereit und sogar begierig war, diesen Unterschied kennen zu lernen.

Er war jetzt lang genug mit diesen Pferden und Maultieren auf der Koppel hier gewesen, wo der alte Mann sich um ihn kümmerte, und er wusste, wo er stand. Es war weder hoch noch tief. Einerseits waren manche Pferde hier reizbar und sogar streitsüchtig. Andererseits war Gras in Hülle und Fülle vorhanden, und er konnte in dem Teich stehen, der seine Fesseln kühlte. Justa Bob stand jeden Tag im Teich und döste dort lange vor sich hin.

Seinen Spaß hatte Justa Bob aber nicht mit dem alten Mann, sondern mit drei anderen, kleineren Menschenwesen, die nie da waren, wenn der alte Mann kam, und oft kamen, wenn der alte Mann weg war. Justa Bob sah zum Beispiel zu, wie der alte Mann in seinem weißen Lieferwagen wegfuhr, und kurz darauf tauchten die jockeyartigen Menschlein auf. Wenn der alte Mann weg war, liefen sie den Pferden und Maultieren auf der Weide hinterher, streichelten sie, gaben ihnen Karotten und Äpfel, stiegen auf ihren Rücken, fielen hinunter, traten und schrien die Tiere an, balgten miteinander, rannten herum,

schwammen im Teich und verschwanden, sobald der weiße Lieferwagen wieder sichtbar wurde.
Als die kleinen Menschen merkten, dass sie auf ihn klettern konnten und nicht abgeworfen wurden, bekam er mehr Leckerbissen von ihnen. Justa Bob war kein Bocker. Er hatte so lange und so hart als vorwärts blickendes Rennpferd gearbeitet, dass es ihm nie in den Sinn gekommen wäre, etwas gegen einen Reiter zu haben. Sie stiegen gar nicht jockeymäßig auf seinen Rücken, jeweils zu zweit, dann zogen sie an seiner Mähne, kreischten, stellten sich auf seinen Rücken, wackelten auf ihm herum, drängten ihn zum Teich, tätschelten, klopften und umarmten ihn und gaben ihm dann Karotten, Zucker und Äpfel. Sie nannten ihn Sammy. Nach einiger Zeit riefen sie schon laut nach ihm, »Sammy, Sammy, Sammy!«, sobald sie oben auf der Hügelkuppe erschienen, und Justa Bob trabte ihnen entgegen. Wenn sie auf ihm ritten und er spürte, wie sie hin und her rutschten, verlangsamte er das Tempo, ging im Schritt oder blieb stehen, während sie wieder Halt fanden oder hinunterfielen, dann sah er sie zwischen seinen Füßen, unter seinem Bauch oder hinter sich im Gras liegen. Ihr Lärm und ihre Lebhaftigkeit machten ihn nicht so nervös wie die anderen Pferde, denn er war an lautstarke Betriebsamkeit gewöhnt und fand das Leben auf der Koppel im Vergleich zur Rennbahn ziemlich eintönig.
Im Großen und Ganzen hatte Justa Bob einen herrlichen Urlaub. Deshalb war er gar nicht beglückt, als er eines Morgens die Gestalt von William Vance am Gatter erkannte. Er hatte eine ganz klare Erinnerung an William Vance, obwohl er kein einziges Mal an ihn gedacht hatte, seit er hierher gekommen war. Mit seiner Erinnerung an William Vance kam auch die Erinnerung an starke Schmerzen und großes Unwohlsein, und das empfand er nicht als etwas, das passiert war, sondern als etwas, das in Anwesenheit von William Vance geschehen würde. Deshalb ging Justa Bob nicht mit den anderen Tieren zum Gatter hinauf, wo der alte Mann die Futtereimer hereinbrachte, sondern drehte sich um und trabte in die andere Richtung, über die Kuppe des Hügels und hinunter zu den Bäumen auf der einen Seite des Teiches, wo er sich abseits in den Schatten stellte. Und kurz darauf kamen sie auch schon mit Halfter und Führseil in der Hand und einem Eimer voll Futter. Justa Bob hatte großen Appetit auf diesen süßen

Geschmack, aber er durchschaute den Trick und wich aus seinem derzeitigen Schlupfwinkel. Als unternehmungslustiges Pferd begriff Justa Bob sehr bald, welche Möglichkeiten der Teich bot, und watete hinein, bis er bis zu den Knien darin stand, obwohl das Wasser in der letzten Zeit eigentlich für solche Vergnügungen zu kühl geworden war. Er hatte natürlich nicht die Voraussicht zu wissen, dass die Männer zögern würden, in den Teich zu gehen, aber als er im Wasser stand, sah er, dass die Männer am Rand stehen blieben. Er war drinnen und sie nicht, das reichte ihm schon. Er kreiselte mit den Ohren. Er hörte, wie sie redeten.

»Verdammt«, sagte William. »Was nun?«

»Der Bursche ist ganz versessen auf diesen Teich. Er steht jeden Tag ein paar Stunden im Wasser.«

»Ich hab nicht den ganzen Tag Zeit. Ich möchte heute Abend wieder in Chicago sein.«

»Es ist nicht viel mehr als einen halben Meter tief. Du kannst reingehen und ihn holen. Aber wir könnten auch zusammen frühstücken gehen. Ich möchte wetten, dass er rauskommt und mit den anderen frisst. Wie lang hab ich dich nicht gesehen ... bestimmt vier, fünf Monate.«

Die beiden Männer drehten sich um, gingen über die Hügelkuppe davon und verschwanden aus seinem Blickfeld. Justa Bob hatte den Drang, einen ganz instinktiven Drang, zu sehen, wo sie hingingen und was sie taten. So war es immer mit Menschen – sie drehten einem den Rücken zu, und man folgte ihnen unwillkürlich. Bei Hunden war es genauso. Hunde kamen auf die Weide gerannt, und als Pferd lief man davon, dann ließen sich die Hunde auf diese typische Hundeart ablenken und schweiften in eine andere Richtung ab, und man trottete hinter ihnen her. Aber Justa Bob folgte den Männern nicht. Sein Gefühl, dass da, wo William Vance war, auch Schmerz sein würde oder konnte, war zu stark. Und der kühle Teich war beruhigend. Wenig später kamen die anderen Pferde über den Hügel in seine Richtung, alle auf der Suche nach einem Plätzchen für ein Nickerchen nach dem Frühstück. Als sie ihr Plätzchen gefunden hatten, verspürte Justa Bob noch weniger Lust, den Teich zu verlassen.

Irgendwann kamen die Menschen wieder. Justa Bob hatte sich be-

wegt, das Wasser hatte um ihn geplätschert, aber es war wieder still.
»So eine Scheiße«, sagte William Vance. »Hast du Stiefel?«
Sie drehten sich um und gingen wieder den Hügel hinauf.
Als sie weg waren, zogen die anderen Tiere zu einem anderen Teil der Weide, wo sie hofften, den Fliegen zu entkommen. Die Bäume bewegten sich im Wind, und das Wasser kühlte, aber die Fliegen waren trotzdem überall. Für ein kalifornisches Zuchtpferd wie Justa Bob waren diese Fliegenschwärme etwas ganz Neues. Er überlegte, ob er den anderen folgen sollte, weil die Fliegen ihm allmählich zu sehr zusetzten. Es gab mindestens drei Sorten Fliegen: große Pferdebremsen, die in seine Ohren und unter seine Mähne krochen und sich da festsetzten. Die musste man entschlossen mit den Zähnen abpflücken oder abschütteln. Und kleinere, die immer wieder ankamen, stachen und davonflogen. Ihre Stiche waren beißender und unangenehmer als die der Pferdebremsen. Man konnte den ganzen Tag mit dem Schweif gegen sie anwedeln, ohne irgendetwas auszurichten, sie ließen erst ab, wenn es dunkel wurde oder man irgendwo hineinging. Andere kleine Fliegen flogen über die Wasseroberfläche. Sie bissen nicht, aber setzten sich in sein Bauchfell und kitzelten und krabbelten an empfindlichen Stellen zwischen seinen Hinterbeinen umher, wo er spärlich behaart war. Manchmal war es um die Mittagszeit so schlimm, dass alle Pferde auf der Weide die Fliegen nicht mehr aushalten konnten, und sie liefen vor ihnen davon, bis sie erschöpft und verschwitzt waren.
Die beiden Männer kamen wieder den Hügel herunter, sie brachten Halfter, Karotten und Eimer und lächelten breit. Der Mann, dem er misstraute, kam ins Wasser gewatet. Justa Bob stand reglos da. Der Mann sprach sanft auf ihn ein. »Hallo, Schätzchen«, sagte er, »wie geht's dir? Ich hab dich vermisst. Willst du nicht zurück auf die Rennbahn, Schätzchen? Sieh dich doch an. Ein Pferd mit über vierzig Starts, ein echtes Rennpferd, ein harter Bursche, Justa Bob, ein Pferd mit System. Du willst doch nicht dein Leben in Gesellschaft von ein paar Maultieren auf einer Weide vergeuden? Dafür bist du doch viel zu gut, Schätzchen.« Er hatte ihn fast erreicht. Einerseits mochte Justa Bob seine Stimme. Andererseits begann es in seinem Bauch ungemütlich zu zucken. Ohne zu verstehen, warum, wich Justa Bob ein, zwei Schritte zurück, dann drehte er sich um und ging weiter in den

Teich hinein, was die Insektenhorden, die sich auf ihm niedergelassen hatten, in Aufruhr versetzte. Ein Zittern lief über seine Haut, und seine Ohren zuckten. Die Stimme des Mannes blieb unverändert. »Na, na, Schätzchen, tu das doch nicht«, sagte er. »Lauf doch nicht weg. Das sind keine Anglerstiefel hier, es sind einfache Gummistiefel. Ich will keine nassen Füße kriegen. Und das Wasser ist kalt. Gefällt dir das? Magst du das gern? Mein Papa sagt, du stehst immer hier. Du hast dich hier bestimmt prima erholt. Da bin ich ganz sicher. Komm her, Schätzchen. Komm zu mir. Wir werden Spaß haben. Ich bin mit all meinen Rennpferden Freund, wirklich.« Seine Stimme war so leise, dass Justa Bob die Ohren in seine Richtung drehen musste, um ihn hören zu können. Und er hatte noch eine andere Eigenschaft – er war ein langsamer, gelassener Mensch. Wie die meisten Pferde hatte Justa Bob ein gutes Gespür dafür. Es gab zappelige Menschen. Egal was sie machten, man erschrak immer dabei, manchmal wollte man ihnen einen warnenden Tritt versetzen, sowohl um sie zur Besinnung zu bringen als auch um sie loszuwerden. Und es gab friedliche Menschen, egal was sie machten, auch wenn sie einem einen kräftigen Klaps versetzten, man bekam nie Angst, denn wenn sie einen Klaps verabreichten, verdiente man ihn auch. In der Nähe dieser Menschen war es angenehm. Und dann gab es all die anderen, die nicht eindeutig identifizierbar waren. Bei ihnen blieb man immer wachsam. Aber auch diese Überlegungen hielten Justa Bob bei seinem Rückzug in die Mitte des Teiches nicht auf. Bald war er bis zum Bauch im Wasser, tiefer als je zuvor. Der Grund des Teiches saugte seine Hufe richtig in sich hinein, das war ein angenehmes Gefühl, und das Wasser plätscherte kühl, wo eben noch die Bremsen gesessen hatten. Jetzt krochen ihm die Bremsen über die Flanken.
William Vance blieb stehen, wo er stand, mit hängenden Armen. Justa Bob konnte ihn nur mit dem rechten Auge sehen. Mit dem linken Auge sah er die anderen Pferde in einiger Entfernung. Ein paar grasten, die meisten betrachteten den Menschen. William wartete einen Augenblick, dann wandte er sich halb von Justa Bob ab und sah in die andere Richtung. Justa Bob verspürte wieder diesen instinktiven Drang, diesen Drang, näher heranzugehen, um zu sehen, was das Menschenwesen tat. Seine Füße steckten so fest im Schlamm, dass er

dem Drang widerstehen konnte. Dann folgte ein langer Augenblick. Da Justa Bob kaum eine Vorstellung von Zeit hatte, hätte er nicht sagen können, wie lang der Augenblick war, nicht einmal relativ. Im Laufe dieses Augenblicks geschahen Dinge. Fliegen stachen ihn, und er biss nach ihnen. Er bewegte seinen Schweif rhythmisch hin und her. Er nahm einen Schluck Wasser. Er schiss in den Teich. Die anderen Pferde zogen ab. Aber William Vance blieb still stehen. Er rührte weder die Hände noch die Arme, Beine oder den Kopf. Er hielt den Blick von Justa Bob abgewandt. Er sagte nichts. Er atmete, nichts weiter. Justa Bob konnte es hören, sehen und spüren, einen Atemzug nach dem anderen. Und während der Mensch atmete, spürte Justa Bob, wie Schmerz und Unbehagen immer weiter fortrückten. Er lernte – Schmerz und Unbehagen fanden jetzt nicht statt. Der Mensch hatte jetzt weder Schmerz noch Unbehagen um sich, sondern Ruhe, Sanftheit, Karotten und süßes Futter. Empfindungen und Gerüche, die sich angenehm vermischten und etwas verhießen. Es war keine dauernde Verheißung, denn Justa Bob war nicht in der Lage, Dauer zu verstehen, aber es war eine kurzfristige Verheißung, die immer verlockender wurde. Der Mann lachte. Der Klang an sich war angenehm und weckte in Justa Bob eine Reihe von Erinnerungen an Menschen. Lachen war gleichbedeutend mit guten Dingen – mehr Leckerbissen, mehr freundliches Tätscheln, ganz allgemein ein heiteres Gefühl. Dann drehte sich der Mann um und schritt aus dem Wasser. Und in diesem Augenblick sah Justa Bob keinen Grund, ihm nicht zu folgen. Deshalb ging er hinter ihm her. Der Mann ging weiter. Und Justa Bob folgte ihm weiter. Aus dem Teich hinaus. Durch das Gras den Hügel hinauf. Über den Hügel. Das flache Stück entlang. Zum Gatter. Der Mann drehte sich um. Justa Bob blieb stehen, dann machte er noch ein paar Schritte nach vorn und berührte den Mann mit der Nase an der Brust. Und er begriff, dass es ein Mann war, in dessen Nähe man sich aufhalten konnte, ohne Unbehagen zu empfinden. Der Mann legte ihm das Halfter an und schnallte es fest. Er gab ihm Stück für Stück eine Karotte, sprach auf ihn ein und öffnete das Gatter. Justa Bob spürte keine Schmerzen und er ließ zu, dass er den Schmerz vergaß.

William Vance verstand nur vage, was geschah, aber er hatte Geduld.

Wie Justa Bob hatte er eine Ahnung. Er konnte nah bei einem Pferd stehen und wissen, was da war: Intelligenz, eine gute Veranlagung, Versöhnungsbereitschaft, Neugier, Freude an der Arbeit. Er spürte, dass all das bei Justa Bob in außergewöhnlich hohem Maße vorhanden war. Das musste nicht bedeuten, dass er wieder einbringen konnte, was er für das Pferd ausgegeben hatte, aber es erfüllte ihn mit Freude, dass er das Geld ausgegeben hatte. Als sie die Reise von Missouri nach Chicago hinter sich gebracht hatten, stellte er ihn in eine gute Box, zwischen zwei freundliche Wallache, deren Besitzer immer Karotten mitbrachten und ihren Tieren viel Aufmerksamkeit schenkten. Und so sehr er versuchte, es zu vermeiden, blieb er doch bei ihm länger stehen, um mit ihm zu reden, als bei den anderen und gab ihm selbst ab und zu eine Karotte. Das Abenteuer der Bekanntschaft mit einem neuen Pferd – immer wieder gleich und immer wieder voller Überraschungen – begann von neuem. Und dabei fühlte sich William Vance von Kopf bis Fuß ein wenig glücklicher.

Kapitel 46
Eine Maid

Froney's Sis stand in der Box hinter der Maschendrahttür und betrachtete interessiert die Gruppe, die sich da versammelt hatte. Das Warnschild auf der Außentür der Box und an der Wand daneben besagte, dass sich heute kein Fremder der Stute nähern durfte, weil ihr ein Rennen bevorstand. Joy fand, dass diese Schilder immer aussahen wie Verbotstafeln mit der Aufschrift »Kein Zutritt«. Sie taten die Absicht des Trainers kund, aber boten dem Pferd keinen Schutz vor äußeren Einwirkungen. Das taten nur ihre Beschützer und Betreuer, die auch alle anwesend waren: Joy selbst, Farley, Oliver, der Pfleger, ihr Arbeitsreiter, Elizabeth, Plato, Mr. Tompkins, der geschäftlich in L. A. zu tun hatte, und natürlich Mr. T. Es war der dritte Start für die Stute, ein Maidenrennen im Spezialgewicht für zweijährige Stuten mit einem Preisgeld von sechzehntausend Dollar. In der Rennzeitung hatte der Handicapper neben die Ergebnisse der Stute geschrieben: »Warum lässt man dieses Pferd noch starten?« Sie waren sich einig, dass er ihren letzten Start einfach nicht zur Kenntnis genommen hatte, da war sie Fünfte geworden und hatte zwei andere Stuten geschlagen.

Aber es war egal, was die Leute sagten, und auch, dass ihre Quote am Morgen dreißig zu eins war. Jeden Tag gab es ein Pferd, dessen Chancen am Morgen dreißig zu eins eingeschätzt wurden.

»Also gut«, sagte Farley mit einem Blick auf seine Uhr. »Zeit, sie rauszubringen.«

Oliver riegelte die Tür der Box auf, und der Pfleger trat hinein, dabei redete er ihr leise gut zu. Mr. T. stand gelassen an der ihm zugewiesenen Stelle. Elizabeth beobachtete ihn. »Diese Stute bekommt leicht Angst, deshalb halten wir uns bei ihr an ein strenges Ritual, damit sie immer weiß, was als Nächstes passiert«, erklärte Farley Mr. Tompkins. »Umberto, ihr Pfleger, geht zum Beispiel nie auf sie zu, ohne ihr zuzureden, er halftert sie immer auf dieselbe Weise und führt beim Satteln die Handgriffe immer in einer bestimmten Reihenfolge aus. Wenn sie hier mit Mr. T. zum Training geht, geschieht es immer um dieselbe Tageszeit und in derselben Ordnung. Er geht vorne, sie gleich hinter ihm. Sie nehmen immer denselben Weg.«

»Hört sich für mich danach an, dass Sie sie ziemlich verwöhnen«, sagte Mr. Tompkins.

»Ja, das stimmt«, sagte Farley. »Aber es funktioniert. Es ist das Einzige, was bei ihr funktioniert.«

»Ihr Kopf ist voller Nebel«, sagte Elizabeth erläuternd.

»Was?«, fragte Mr. Tompkins. »Wer sind Sie?« Joy stellte fest, dass Mr. Tompkins tatsächlich größer war als Elizabeth, und auch breiter. Sie hätte nicht gedacht, dass jemand voluminöser als Elizabeth sein konnte.

»Wir haben uns im Sommer mal kennen gelernt, aber vielleicht erinnern Sie sich nicht mehr daran. Mein Beruf ist die Kommunikation mit Tieren. Ich kommuniziere mit der Stute. Wenn sie die Grenzen überschreitet, die sie versteht, füllt sich ihr Kopf mit Nebel.«

Mr. Tompkins sah Elizabeth an. Drei Schritte lang (sie waren jetzt auf dem Weg aus dem Stall) war sein Gesicht völlig ausdruckslos, dann sagte er: »Sie sind also eine Art Psycho für Pferde?«

»Ja, so was Ähnliches.«

»Wer gewinnt dieses Rennen?«

»Das weiß ich nicht. Ich bin keine Hellseherin oder Prophetin. Ich kommuniziere nur mit Tieren.«

»Ich besitze seit vierzig Jahren Rennpferde«, sagte Mr. Tompkins. »Ich habe noch nie ...«

»Sie ist eine ungewöhnliche Stute«, sagte Farley.

»Ach ja?«, sagte Mr. Tompkins. Er sah plötzlich ganz interessiert aus.

»Keine ungewöhnliche Begabung«, sagte Farley.

Mr. Tompkins machte ein langes Gesicht.

»Nur ein ungewöhnliches Tier.«

»Warum trainieren Sie sie dann?«

»Weil es mich interessiert«, sagte Farley. Joy lächelte ihn an. Allein seine Stimme zu hören, machte sie oft schon glücklich genug. Er brauchte nicht einmal mit ihr zu reden oder ihr Aufmerksamkeit zu widmen, seine Stimme vibrierte durch sie hindurch und schuf Harmonie. In ihrer letzten Beziehung mit Dean, damals, als sie noch an der Uni war, hatte immer etwas gefehlt, weder das, was sie ihm gab, noch das, was von ihm kam, war jemals genug gewesen, aber das hier war ganz anders. Kein Warten und Verlangen nach dem, was danach kam, nur Dankbarkeit hier und jetzt, dafür, dass sie seine Stimme hörte, während er mit Mr. Tompkins sprach.

»Und wer sind Sie?«, wandte sich Mr. Tompkins an Plato.

»Ich bin Futurologe.«

»Gewinnt mein Pferd das Rennen?«

»Die Futurologie ist nicht auf ein Einzelbeispiel oder ein unmittelbar bevorstehendes Ereignis zugeschnitten.«

»Worauf ist sie denn zugeschnitten?«

»Die Vorhersage für die Entwicklung Ihres Familienvermögens über die nächsten fünfzig oder vielleicht auch hundert Jahre, je nach dem Modell und der Präzision der jeweiligen Spezifikationen.«

»Arbeiten Sie auch auf der Rennbahn? Sie hören sich an wie einer von denen, die ein System zum Wetten haben, aber kein Geld.«

»Ich bin Professor in Berkeley.«

Farley war hinter den beiden Männern zurückgeblieben und nahm Joys Hand. Kurz darauf legte er ihr den Arm um die Schultern. Während sie gingen, merkte sie, wie sie sich immer näher an ihn drückte, als könnte sie nicht genug von ihm bekommen, obwohl sie eben noch das Gegenteil gedacht hatte. Ein solches Benehmen auf der Rennbahn war gewagt und schamlos, denn Tratsch und Spott waren hier an der Tagesordnung, und es war gefährlich, Gefühle zu zeigen, aber sie taten es trotzdem und trugen die ihren ungehemmt offen und strahlend zur Schau.

»Haben Sie sich mit der Entwicklung unseres Familienvermögens in den nächsten fünfzig Jahren beschäftigt?«, fragte Mr. Tompkins.

»Ja, ich habe die öffentlich verfügbaren Daten in einem Experiment verwendet, über das ich eine Arbeit geschrieben habe. Es ging auch um andere Familien. Rockefeller, Milken, McCaw zum Beispiel.«

»Wie haben wir abgeschnitten?«

»Nicht schlecht, aber es gab unbekannte persönliche Faktoren.«

»Zum Beispiel?«

»Die Frage, ob Ihre Kinder aus erster Ehe mit Ihren Kindern aus zweiter Ehe einen Rechtsstreit um Familienbesitz führen werden. Solche Dinge verschlingen sehr viel Geld, das sich in der Regel nicht wieder reinholen lässt.«

»Warum sollten sie das tun?«

»Es kommt oft vor. In den meisten Fällen, in denen das Vermögen mehr als einhundert Millionen Dollar wert ist, kann man es fast voraussetzen.«

»Wie kann ich das verhindern?«

»Damit habe ich mich in meinem Modell nicht befasst.«

»Warum haben Sie mich nicht angerufen und gewarnt?«

»In dem Experiment ging es nicht um Sie, Mr. Tompkins. Es ging um ein Modell. Ich wollte sehen, wie es funktionierte und was das Ergebnis war. Sie lieferten nur Daten.«

»Ach so«, sagte Mr. Tompkins.

»Es war meine Dissertation.«

»Verstehe«, sagte Mr. Tompkins.

»Die Stute sieht jetzt gut aus«, sagte Farley. »Als sie von der Farm kam, war sie klein und mager, aber seht sie euch jetzt mal an. Sie ist bei der Arbeit aufgeblüht. Das ist ein gutes Zeichen.« Joy hatte den Kopf so dicht an seiner Brust, dass sie meinte, seine Worte mehr durch die Resonanz wahrzunehmen, als zu hören.

Mr. Tompkins warf einen Blick auf Mr. T. »Für den Burschen hat es also ein Happy End gegeben«, sagte er dann.

»Jawohl«, sagte Joy.

»Ihm gefällt's doch sicher, dass er wieder auf der Rennbahn ist.«

»Er hat ein effizientes Wettsystem, aber kein eigenes Geld«, sagte Elizabeth.

»Meint er, diese Stute hier gewinnt das Rennen?«

Joy fiel auf, dass Mr. Tompkins ein wenig eingeschüchtert wirkte, wenn er Elizabeth ansah.

Elizabeth betrachtete Mr. T., der gelassen voranschritt. Sie waren jetzt fast an der Stelle, wo er umkehren musste. Er durfte nicht wie die anderen Wetter einen Blick auf die Pferde im Sattelring werfen. Joy hüstelte, aber Mr. Tompkins war völlig von Elizabeth fasziniert.

»Er sagt, das kann man nie wissen«, verkündete sie schließlich. »Er strömt mir das Bild einer grünen Fläche zu, mit Absperrungen auf allen Seiten und großen weißen Gebäuden.«

»Longchamp«, sagten Farley und Mr. Tompkins gleichzeitig.

»Er galoppiert hinter einem anderen Pferd her und überholt es, dann kommt ein Hund aus der Tribüne gelaufen und ... ja, das andere Pferd hat Angst vor dem Hund und stößt Mr. T., und deshalb scheren beide zur Seite hin aus, und ein anderes Pferd kommt von weit links und zieht an ihnen vorbei.«

»Das ist möglich«, sagte Mr. Tompkins. »Die Franzosen nehmen ihre Hunde überall mit hin. Aber was ist mit diesem Rennen hier?«

»Er muss hier bleiben«, sagte Elizabeth. »Aber meistens gehe ich, sehe mir die Pferde an, berate mich mit ihm und mache dann meine Wette.«

»Das ist nicht Ihr Ernst?«, sagte Mr. Tompkins.

»Ich hab schon genug für das ganze Jahr gewonnen«, sagte Elizabeth. »Mehr als genug. Mit meinen Gewinnen vom Frühjahr habe ich einen Sexkurs für Plato und mich auf Hawaii bezahlt.«

»Sexkurs?«

»Na ja, Tantra-Yoga und so. Man durchdringt die eigenen Chakras mit Rosenknospen und dreht sie im und gegen den Uhrzeigersinn und dergleichen. Es war sehr lehrreich.«

»Hat auch Spaß gemacht«, sagte Plato.

»Danke, Mr. T.«, sagte Elizabeth. Mr. T. hielt inne, blieb stehen und wandte sich um. Als er sich von der Stute entfernte, drehte sie den Kopf und gab ein klägliches Wiehern von sich.

Sie führten sie weiter. »Sie ist nicht mehr so ängstlich wie früher«, sagte Joy. »Früher hat sie sich im Kreis gedreht und ist gestiegen, wenn er ging.«

Elizabeth schaute in ihre Handtasche, holte ein Taschentuch heraus und schnäuzte sich. »Wir wollen sie dazu bringen, dass sie ihre Welt neu deutet.«

»Was sagt er über meine Frau und meine Kinder?«, sagte Mr. Tompkins.

Elizabeth schwieg kurz. »Er will wissen, wie viele Stuten in Ihrer Herde sind und ob Ihre Kinder schon entwöhnt sind«, sagte sie.

»Tatsächlich?«

»Nein. Er hat keine Meinung zu Ihren Problemen mit der Stammplanung.«

Sie betraten alle zusammen den Sattelring. Joy löste sich von Farley, jeder hatte jetzt seine eigenen Aufgaben. Der Pfleger führte die Stute zweimal an allen Sattelbuchten vorbei, bevor er sie in ihre Bucht mit der Nummer fünf treten ließ. Es war ein Rennen für sechs Stuten. Froney's Sis stand mit hoch gerecktem Kopf und gespitzten Ohren da, angespannt sah sie sich um und musterte die anderen Starter. Ihr Anhang scharte sich um sie, während der Pfleger begann, die Bandagen von ihren Beinen zu entfernen. Oliver breitete das Nummerntuch über ihren Rücken. Keiner sagte etwas, außer dem Pfleger, der ihr ununterbrochen leise zuraunte. Farley legte der Stute den Sattel auf den Rücken, zählte bis drei und langte nach dem Gurt unter dem Bauch des Pferdes, den Oliver ihm von der anderen Seite anreichte. Joy stand am Kopf der Stute und streichelte ihr mit den Fingerspitzen sanft über Stirn und Ohren. Sie hatte das Gefühl, als spüre sie Farleys Bewegungen durch den Körper der Stute. Als er fertig war, trat er einen Schritt zurück, der Pfleger führte sie hinaus, und Farley kam zu Joy hinüber und nahm wieder ihre Hand. Was sollte werden, wenn dieses Miteinander zu Ende ginge?, dachte Joy. Was dann? Kurz darauf kamen die Jockeys aus ihrer Stube. Roberto Acevedo, der Jockey, den sie immer nahmen, kam lächelnd auf sie zu. Farley stellte ihn Mr. Tompkins vor.

Im Führring bildeten sie wieder einen Kreis um die Stute, und Farley warf den Jockey in den Sattel. Mr. Tompkins griff nach Elizabeths Arm.

»Also, was sagt er?«

»Tja«, sagte Elizabeth, »er sagt, es ist ein sehr gemischter Haufen. Er hat sie alle zu verschiedenen Zeiten beim Training gesehen, die Stute Nummer sechs aber nur einmal, doch die hat lange Beine und ist etwas unbeholfen, muss noch ein wenig wachsen. Er hält nicht viel von ihr.«

»Sie steht fünf zu zwei.«

»Ich achte nie auf das, was menschliche Handicapper zu sagen haben. Mr. T. meint, sie ist ein Pferd für die Grasbahn. Für die Bedingungen in diesem Rennen hier nicht besonders geeignet. Er gibt ihr keine großen Chancen.«

»In meinem Kopf dreht sich alles.«

»Vielleicht sage ich Ihnen einfach seine Wettvorschläge. Unsere Stute auf dem ersten, Nummer zwei auf dem zweiten und Nummer sieben auf dem dritten Platz. Ich mache eine Dreier-Wette. Fünfzig Mäuse.«

Die ganze Gruppe folgte der Stute aus dem Führring unter die Tribüne, dann lösten sich Elizabeth und Mr. Tompkins aus der Gruppe und gingen zu den Wettschaltern.

Auf dem Totalisator erschien Froney's Sis mit Chancen von sechzig zu eins, aber als sie Platz nahmen, waren es schon vierzig zu eins. »Was macht er denn da?«, fragte Joy. Dabei kam ihr eine Unterhaltung eigentlich ganz überflüssig vor.

Farley lachte. »Weißt du, ich glaube, Tompkins hat nie auch bloß zwanzig Dollar auf ein Pferd gesetzt. Aber sieh dir mal an, was er auf sie gesetzt hat! Es ist von dreitausendfünfhundert auf siebentausendfünfhundert hochgegangen. Ich wusste nicht, dass Elizabeth eine solche Überredungskünstlerin ist.«

Draußen auf der Bahn lief die Stute ruhig neben ihrem Führpferd, sie schaute sich nicht um, ruckte nicht mit dem Kopf, zuckte nicht mal

mit den Ohren. Den Sommer über hatte sich ihre Farbe sehr schön aufgehellt, und sie hatte auch Muskeln angesetzt. »Elizabeth ist die größte Überredungskünstlerin, die ich je gesehen habe«, sagte Plato. »Ich hoffe, sie überredet Mr. Tompkins dazu, mich einzustellen.«
»Du hast doch eine Stelle in Berkeley«, sagte Joy. »Ist das nicht gut genug?«
»Ich würde den Tompkins-Stil dem Berkeley-Stil vorziehen. Vergiss nicht, dass ich in Chicago an der Börse gehandelt habe. Ich habe das Gefühl, dass mir eine Veränderung bevorsteht.«
»Weißt du was«, sagte Farley, »ich merke, dass mir auch eine Veränderung bevorsteht. Ganz langsam habe ich die leise Ahnung eines Hoffnungsschimmers, was diese Stute angeht. Sie sieht glücklich aus. Sieh mal, sie rückt problemlos in die Startbox ein.«
»Pferderennen ist der perfekte Sport für den Kapitalismus«, erklärte Plato. »In jedem Rennen gewinnt ein Pferd, und dann reden alle darüber, ob es Glück war oder Können oder Taktik oder Zucht. Dann kommt das nächste Rennen, und ein anderes Pferd gewinnt. Wahrscheinlich ein Pferd, das beim letzten Mal verloren hat. Mikrokosmisch betrachtet ist die Struktur sehr starr, aber makrokosmisch betrachtet ist sie sehr flexibel.«
Elizabeth und Mr. Tompkins kamen just in dem Augenblick auf die Tribüne, als die Startboxen aufgingen und die sieben Maiden auf die Bahn preschten. Es war ein schönes Rennen, zumindest für ihre Gruppe. Die Schimmelstute sprang glatt heraus, gleich neben der großen Fuchsstute, und die beiden zogen zum Geländer, die Fuchsstute außen, Froney's Sis innen. Die Fuchsstute war eine zuverlässige, zielstrebige Läuferin, und Roberto konnte sie als Schutz für seine Stute nutzen. Froney's Sis, die durch Mr. T. daran gewöhnt war, ein Pferd dieser Größe und Stetigkeit als Schutz neben sich zu haben, schien Schritt um Schritt mit der anderen Stute mitzuhalten, und der Fuchsstute gelang es nicht, sie hinter sich zu lassen. Die Stute an der Spitze fiel unterdessen zurück, und als sie um den Schlussbogen kamen, liefen vier im Verband. »Die Zwischenzeiten sind auch nicht übel«, sagte Farley. »Vielleicht kann diese Stute rennen.«
Als sie in die Endgerade bogen, beobachtete Joy, wie Roberto die Stute aufforderte, eine Entscheidung zu treffen. Die anderen Stuten

mussten sich auch entscheiden, zum Beispiel, ob sie zu erschöpft waren. Die große Stute war in der Tat müde und fiel zurück. Froney's Sis lief jetzt nur noch eine halbe Länge hinter der Favoritin, einer braunen Stute von Deputy Minister, der aus jeder Pore Spitzenklasse strahlte, ihr Besitzer war Mabee, Baffert ihr Trainer und Stevens ihr Reiter. Sie startete erst zum zweiten Mal, bei ihrem ersten Start war sie Dritte geworden. Ihr gehörte dieses Rennen. Nur dass Froney's Sis aus irgendeinem pferdespezifischen Grund, den es später zu ergründen galt, ausholte und sich streckte und an der Ziellinie um einen Kopf voraus war.
Auf dem Totalisator blinkte »Zielfoto«, aber das galt dem dritten und vierten Platz. Und dann erschien die Nummer ihrer Stute auf der Tafel, die Fünf, genau vor ihnen und mit der größten Selbstverständlichkeit.
Farley wandte sich an Mr. Tompkins. »Wie viel haben Sie gesetzt?« Er drückte Joy an sich.
Mr. Tompkins, den bloße Geldsummen nie aus dem Konzept brachten, sagte: »Ach ja. Fünftausend. Das hatte ich gerade in der Tasche, und Elizabeth hat gesagt, ich sollte nur in die Tasche greifen und setzen, was ich rausholte. Ich hatte vergessen, dass ich fünftausend bei mir hatte, aber …«
»Dann haben Sie zweihunderttausend Dollar gewonnen«, sagte Plato.
»Ja, richtig.«
»Ich hab fünfzehntausend gewonnen«, sagte Elizabeth. »Ich hab nämlich die Dreifachwette richtig getroffen.«
»Wissen Sie«, sagte Plato zu Mr. Tompkins, »ich wüsste gerne, was Sie davon halten, dass Geld und Besitz in den Händen eines ganz kleinen Prozentsatzes der Weltbevölkerung konzentriert sind?«
»Tja«, sagte Mr. Tompkins, »das will ich Ihnen sagen. Je mehr ich ausgebe, desto mehr verdiene ich. Ich weiß auch nicht, woran das liegt.«
»Karma«, sagte Elizabeth. »Und auch Dharma.«
»Was meinen Sie damit?«
»Es ist Ihnen durch Ihr Dharma bestimmt, in diesem Leben in Geld zu schwimmen. Vielleicht sind Sie in Ihrem letzten Leben verhungert oder so, deshalb haben Sie sich entschieden, in die Familie Tompkins

geboren zu werden, damit Sie ordentlich zu essen kriegen würden. Oder so ähnlich. Sind Sie das Geld satt?«
»Ja, irgendwie schon. Meine Kinder reden zu viel davon, das bin ich leid.«
»Darf ich«, begann Plato, »darf ich Sie unterbrechen und fragen, ob Sie eine Stelle für mich haben?«
»Als was?«
»Zukunftsmanagement. Richtungsfindung. Verortung der unbekannten Dimension der Zeit. In Theorie und Praxis. Ich könnte auf einem ganz neuen Gebiet Ihr Unternehmensintellektueller werden.«
»Wie sehen Ihre Gehaltsvorstellungen aus?«
»Zweihunderttausend wären fürs erste Jahr ganz schön.«
Mr. Tompkins räusperte sich. Die Stute trabte zurück zum Ring für die Siegerehrung. Man sah, dass sie mit sich zufrieden war. Mr. Tompkins beobachtete sie einen Augenblick lang, während Umberto auf sie zutrat und den Zügel nahm. »Na gut«, sagte er. »Ich verstehe nicht mal die Hälfte von dem, was Sie sagen, aber wenn Sie das wirklich können, wovon Sie reden, gebe ich Ihnen den Job. Nehmen Sie diesen Zettel hier und gehen Sie damit zu dem Auszahlungsschalter. Mich kennt man da, mir nehmen sie gleich die Hälfte weg, aber Sie kennt keiner. Holen Sie das Geld und bringen Sie es hierher. Was Sie da bekommen, können Sie als Ihr erstes Jahresgehalt behalten. Um die Steuern müssen Sie sich selbst kümmern. Ich muss nach dem Siegerfoto jetzt zum Klo.«
Sie standen auf und gingen zur Siegerehrung, alle zusammen. In dem Augenblick, als der Fotograf auf den Auslöser drückte, sagte Elizabeth: »Tja, jetzt geht's im März wieder nach Hawaii, zum Kurs für Fortgeschrittene.«
Farley lächelte Joy an und strich ihr über die Wange. Sie beschloss zum soundsovielten Mal, nicht mehr darüber nachzugrübeln, womit sie das alles verdient hatte.

NOVEMBER

Kapitel 47
Breeders' Cup

Al trank Kaffee und las die *New York Times*. Der Kopf tat ihm weh, er hatte Schmerzen im Knie, in der Schulter, im Rücken, im großen Zeh und in einem Backenzahn. Er überlegte, ob es noch zu früh war, um Rosalind zu wecken und ihr sein Leid zu klagen. Am Vorabend hatten sie kurz über den Breeders' Cup gesprochen, in diesem Jahr fand er in Churchill Downs statt, das war nicht sehr weit weg, und sie hätten in dieser Pension in Versailles absteigen können … wie hieß die noch? Aber wo war Laurita? Wo war sein Trainer? Und wo war seine Gemahlin? Ja, sie war im Bett, aber wo stand sie im Hinblick auf diesen, seinen sehnlichsten Wunsch? Er trank den Rest aus seiner Tasse und schenkte sich mehr Kaffee ein, dann griff er nach einem Krapfen. Er war heute Morgen schon unterwegs gewesen, ganz allein, in seinem Mercedes, und bei diesem Ausflug hatte er Krapfen gekauft, das Schlimmste, was er seinem Herz, Magen, Darm, seinem ganzen Körper antun konnte. Er betrachtete den Krapfen, es war Nummer vier, und er sah gut aus, mit orangefarbenem Zuckerguss und schwarzen Sprenkeln. Ein solcher Krapfen war fast so gut wie ein Gläschen. Er warf einen Blick in die Schachtel. Er hatte auch noch einen blauen und einen rosafarbenen Krapfen gekauft, die lagen noch da und warteten. Die Regression in Essensgelüste der Kindheit war ein typisches Symptom bei Leuten, die ihren Willen nicht bekamen, das wusste er aus seiner AA-Gruppe. Das mochte wohl sein, aber der Krapfen (Al biss ein großes Stück ab) war vorzüglich.

An diesem bestimmten Morgen, dem Morgen des wichtigsten Tags im Jahr in der Welt des Pferderennens, hätte Al es sehr begrüßt, wenn seine Frau und sein Trainer pflichtschuldigst bemerkt hätten, dass er ein Heiliger war. Er hatte die Tatsache, dass sie etwas miteinander gehabt hatten, einfach ignoriert. Er hatte kein Wort darüber verloren und war verständnisvoll und nachsichtig gewesen. Er hatte eine echte Anstrengung unternommen, die Verletzung, die ihm, Alexander P. Maybrick, zugefügt worden war, nicht zur Kenntnis zu nehmen. Er hatte die Augen aufgemacht, denn das hatte seine erste Frau ihm immer gesagt – Mach die Augen auf, Al, wach auf und riech den Braten – und er hatte gesehen, dass Rosalind mindestens so unglücklich war wie er, und, na ja, Dick auch, mit dieser komischen Frau, die er hatte, kein Wunder, dass jemand wie Rosalind ihm gefiel. Er hatte die ganze Sache ein paar Mal in seinen AA-Treffen zur Sprache gebracht, man hatte ihm den Rat gegeben, dankbar zu sein und nichts zu unternehmen, und er war dankbar, aufrichtig und ehrlich dankbar, dass Rosalind ihn nicht verlassen hatte, als sie es sehr wohl hätte tun können und, wie manche ihm zu verstehen gaben, hätte tun sollen; man hätte ihr keinen großen Vorwurf deshalb gemacht, sondern sie wahrscheinlich noch getröstet und gelobt, weil sie ihn so lange ertragen hatte – und er hatte nichts unternommen. Aber nicht nur gab es weder von Rosalind noch vom Pferdetrainer ein Zeichen der Anerkennung seiner Heiligkeit, es gab nicht einmal ein nennenswertes Zeichen des Mitgefühls mit ihm, der auch in diesem Jahr wieder kein Pferd im Breeders' Cup hatte. Auf Lauritas ausgezeichnete Leistungen im Frühling und Sommer war ein blasser Herbst gefolgt – zwei Starts, kein Sieg –, und dann hatte sie sich eine Kondylärfraktur zugezogen, und das war's. Was ihn aber eigentlich auf die Palme brachte, war ihr Ton. Sie reagierten auf seine Enttäuschung mit Ungeduld. Al war der Meinung, und er war sicher, dass ihm da sogar seine AA-Gruppe Recht geben würde, dass sie in Anbetracht der Vorfälle des letzten Jahres etwas Nachsicht mit ihm haben und Mitgefühl zeigen könnten. Auf einen Verrat größeren Kalibers musste nicht noch einer kleineren Kalibers folgen. Und einer Verletzung nicht noch eine Beleidigung. Al merkte, wie er eine Wut entwickelte, die nicht mal die Krapfen besänftigen konnten.

Er nahm sich vor, in die Innenstadt zu fahren und das Rennen in irgendeinem anonymen Wettbüro zu verfolgen. Er wollte fahren, ohne Rosalind etwas davon zu sagen, aber dann fragte er sich, ob sie überhaupt merken würde, dass er weg war.

Auf der Farm in Maryland, wo Limitless noch immer sein Bild von sich selbst entwickelte, war es die ganze Woche über kühl und regnerisch gewesen und die Pferde hatten nachts im Stall bleiben müssen. Die Koppeln waren matschig, es gab kaum Gras, und es tat den Pferden in jeder Hinsicht besser, Heu von der ersten Mahd zu fressen. Die Ställe waren gut gelüftet und bequem, die Trainingseinrichtungen hervorragend konzipiert, das Personal intelligent und erfahren. Nacht für Nacht zerlegte Limitless die Einrichtung seiner Box. Er saß auf seinem automatischen Wasserspender, bis sie die Vorrichtung ganz beseitigten und einen Eimer anbrachten, aber er schaffte es, auch diesen zusammen mit dem Futterbehälter abzureißen. Das machte er dreimal, dann bekam er sein Futter in einem Gummibehälter, aber auch damit gab es Theater – sobald er ein, zwei Happen gefressen hatte, packte er die ganze Wanne mit den Zähnen und kippte sie um. Er machte einen unglaublichen Lärm. Der Stallwärter, der seine Wohnung in dem Stall hatte, wachte nachts zwei-, dreimal von dem Trampeln und Stoßen auf. Am Morgen des Breeders' Cup stellten sie fest, dass er die Wand zwischen seiner Box und der angrenzenden demoliert hatte. Die beiden Pferde waren unverletzt, aber hatten den Platz gewechselt. Der Stallwärter bekam fast einen Herzanfall, als er die Köpfe der beiden Pferde aus der jeweils falschen Box blicken sah. Als die Wand wieder hergerichtet war, scharrte Limitless im Stroh, in dem Lehmboden und dem morschen Granit darunter, als wollte er sich einen Tunnel in die Freiheit schaufeln. Am Tag des Breeders' Cup ließen sie ihn hinaus. Ja, der Boden war unsicher und gefährlich, ein großer Sandplatz ohne jeden Schutz vor dem Wetter. Da rannte und rannte er mit fliegender Mähne und wehendem Schweif, blieb stehen, drehte um, schlug nach hinten aus. In der Regel sah man es nicht gerne, wenn ein Pferd so rannte, denn dabei konnte ihm alles Mögliche zustoßen, aber Limitless hatte sich durchgesetzt. Der Leiter der Farm und der Besitzer kamen überein, dass er auch im Winter draußen bleiben sollte.

Regnerisch und kühl war es auch in Pimlico, wo Tiffany im Stallbereich dabei war, eine Box mit Streu zu versehen. Sie stand in der Box von Hopefully, einem vierjährigen Wallach, der gerade draußen beim

Galopp war und in zwanzig Minuten zurückkommen würde. Sie hatte den Strohballen in die Box gezogen, jetzt nahm sie ihr Messer heraus und schnitt die Kordel durch. Das zusammengepresste goldene, sauber duftende Stroh fiel auseinander. Tiffany steckte ihr Messer fort, nahm die Heugabel, stieß damit in die Streu und begann sie zu verteilen. Deirdre hatte es gern, wenn das Stroh ein gleichmäßig tiefes Bett bildete und an der Wand zu einem großen gemütlichen Nest aufgeschüttet war. Tiffany dachte weder an den Breeders' Cup noch an irgendetwas anderes. Sie stach und warf und verteilte, hörte das angenehme Rascheln der trockenen Halme, spürte den inzwischen schon vertrauten Holzstiel der Heugabel in der Hand, beugte sich, streckte sich, hob an. Das Verteilen der Streu war fast so schön wie das Striegeln der Pferde. Zuerst befestigte man die Halfterleine des Pferdes an einem Haken im Stall, dann nahm man die schwarze Striegelbürste und fuhr in kreisenden Bewegungen über den Pferdekörper von den Ohren bis zum Schweif, aber nie über die Beine. Anschließend bürstete man es mit einer steifen Bürste, diesmal aber auch die Beine. Danach kam eine weiche Bürste dran. Damit striegelte man auch das Gesicht, über den Nasenrücken, um die Ohren und unter den Kinnbacken. Meistens wandten die Pferde einem dabei das Gesicht zu, auch die, die das Striegeln und die steife Bürste nicht mochten. Nach dem Striegeln stellte man sich links von dem Pferd und seinem Hinterteil zugewandt hin, hob seine Hufe und reinigte sie mit einem Metallhaken, dem Hufkratzer. Dann kämmte man die Mähne und den Schopf und pflückte alles heraus, was sich im Schweif verfangen hatten. Und dann wachte man auf und merkte, dass fünfzehn oder zwanzig Minuten vergangen waren, dass man innen ganz warm und kribbelig geworden war und das Pferd sauber glänzte. Es war genauso, wie Tiffany es sich bei Dagoberto immer vorgestellt hatte, wenn sie ihn bat, sie doch mehr mit den Pferden umgehen zu lassen. Sie wollte so nah wie möglich an den Pferden sein, so nah, dass sie sie anfassen und streicheln konnte und hörte, wie sie zwischen den Kiefern das Heu zermalmten und wie es in ihren Bäuchen gurgelte und wie sich die Luft in und aus ihren Nüstern bewegte. Und der Breeders' Cup hatte gar nichts damit zu tun.

Rosalind stand auf, setzte sich an ihren Schreibtisch und las die Einträge für alle Rennen in Churchill durch, dann nahm sie ein Blatt von ihrem Briefpapier und schrieb, ohne zu zögern, sieben Namen auf: Silverbulletday, Answer Lively, Reraise, Da Hoss, Escena, Buck's Boy und Awesome Again. Sie steckte das Blatt in einen Umschlag, klebte ihn zu und schrieb ihren Namen quer über die Rückseite. Sie schob den Umschlag in eine Schublade und verschloss diese. Eileen, die unter der Decke gelegen hatte, sprang vom Bett, streckte sich und ging in den Flur hinaus. Rosalind nahm es kaum wahr. Sie dachte daran, dass sie sich jetzt mit Pferden auskannte. Sie hatte das Gefühl, dass all diese Jahre mit Al und Dick und den Trainern, die sie früher gehabt hatten, all diese Jahre, in denen sie zu Pferderennen gegangen war und all die Leute hatte reden hören, nicht umsonst gewesen waren, sondern nur darauf gewartet hatten, dass in ihrem Kopf eine Lücke frei wurde. Als sie, so schmerzlich es auch war, diesen Platz für Dick frei machte, war dabei auch diese Lücke frei geworden.
Nach dem Anflug einer Auseinandersetzung, die sie und Al am Vorabend gehabt hatten, war ihr klar geworden, dass Al ihr auf die Schliche gekommen war. Das war an sich schon ein peinliches Dilemma, und Rosalind fühlte sich ausgeliefert. Dieses Gefühl des Ausgeliefertseins wiederum führte zu einer Reihe anderer Empfindungen – Beschämung, Kummer, Zwiespältigkeit und Angst. Alle diese Regungen hatten einen unwürdigen Aspekt. Die Angst hatte überhaupt nur diesen unwürdigen Aspekt. Bei der Angst drehte es sich darum, dass man nicht ungeschoren davonkommen würde. So kam es ihr jetzt jedenfalls vor.
Sie stand auf und ging in ihre Kleiderkammer, wo sie wie üblich ihre dezente, elegante, teure Garderobe betrachtete und überlegte, was sie anziehen sollte. Aber heute hatten die Kleider etwas geradezu Flüchtiges, Ungreifbares an sich, als gehörten sie gar nicht ihr, als wären sie auch dadurch, dass sie sie ausgesucht, gekauft, gemocht und getragen hatte, dass sie sich der Form ihres Körpers angepasst hatten, nicht ganz in ihren Besitz übergegangen. Dabei überkam sie ein leichter Schwindel, und sie lehnte sich gegen die Tür.

Roberto Acevedo war mit drei gebrochenen Rippen im Krankenhaus, die Brüche hatte er sich bei einem Unfall im Training am Vortag zugezogen. Der Hengst war mit einem Ruck zur Seite gescheut, hatte den Kopf hochgerissen und war über die Absperrung gefallen. Es war ein ganz unberechenbarer Unfall und Robertos erste richtige Verletzung. Das Pferd war sofort wieder auf den Beinen gewesen und unverletzt. Roberto war jetzt 1,62 groß, siebzehn Jahre alt, 55 Kilo schwer und immer, immer hungrig. Er hatte nicht mehr viel Zeit vor sich, deshalb wollte er am selben Abend noch raus aus dem Krankenhaus und am Montag wieder reiten. Mit Training und Rennen ritt er durchschnittlich acht Pferde am Tag. Aus Rücksicht auf seine Verletzung hatte er vor, das auf sechs zu reduzieren. Zur Inspiration las er Dick-Francis-Romane. Er hatte einen bei sich im Krankenhaus. Es ging in erster Linie um Landschaftsmalerei, aber auch ein bisschen um Pferde. Er hatte so viele Romane von Dick Francis gelesen, dass er genau wusste, was er tun würde, wenn er ein Meter fünfundsechzig groß und 57 Kilo schwer sein würde. Dann würde er nach England gehen und der erste mexikanische Steeplechase-Jockey sein, der den Cheltenham Gold Cup gewann.

Nachdem er sich entschieden hatte, seine Tagesunternehmung mit einer demonstrativen Strategie der Missfallensbekundung zu kombinieren, die darin bestehen sollte, dass er wegfuhr, ohne jemandem Bescheid zu sagen, erhob sich Al von der Frühstücksbar, brachte seine Tasse zum Abwaschbecken und ließ Wasser hineinlaufen. Eileen kam in die Küche und sprang auf die Frühstücksbar, sie schaffte es beim ersten Anlauf.

Audrey, die vor kurzem dreizehn geworden war, stand vor Tagesanbruch auf. Sie hatte Spezialausgaben von der *Thoroughbred Times*, *The Blood Horse* und der *New York Times*. Sie hatte auch alle Artikel über den Breeders' Cup, die sie im Internet finden konnte, ausgedruckt. Das Erste, was ihr auffiel, war, dass dieser Jockey, Roberto Acevedo, keines der kalifornischen Pferde ritt, was sie ein wenig enttäuschend fand. Trotzdem, ihre Favoriten waren Da Hoss auf der Meile, Silverbulletday bei den Jungstuten, Escene im Stutenrennen,

Buck's Boy auf der Grasbahn und Slip Away im Classic, aber sie wusste, dass es dumm sei würde, im Classic gegen die Nennung Nummer eins zu setzen, drei hervorragende Pferde, die als ein Wett-Tip liefen. Sie hegte auch beträchtliche Zweifel daran, dass Skip Away mit dem Geläuf in Churchill zurechtkommen würde. Er hatte schon vorher dort Schwierigkeiten gehabt. Ihre Mutter war noch gar nicht wach, aber Audrey war schon angezogen, sie lag auf ihrem Bett und wog ihre Wettchancen gegeneinander ab.

In der Dunkelheit vor dem Morgendämmer hörte sie manchmal die Stimme ihres Vaters im Kopf, wie so oft früher, als er noch lebte. Er war immer zwischen vier und fünf Uhr aufgestanden, dann brühte er sich Kaffee auf, machte sich für seinen Dauerlauf fertig, summte oder redete vor sich hin, schaute nach ihr, gab ihr einen Kuss, strich die Decke glatt. Er wusste nichts von dem Haus, in dem sie jetzt lebten, nichts von ihrer Schule, von dem Reitstall, wo sie jetzt Stunden nahm, von ihren neuen Freunden. Aber vor einem Jahr hatten sie den ganzen Morgen, bis er zur Arbeit ging, über den wunderbaren Schimmel Skip Away geredet, dann hatte er sie vom Büro aus angerufen, und sie hatten das Rennen zusammen gesehen. Als er nach Hause kam, hatte er eine Überraschung für sie: sechsundvierzig Dollar, die er bei der Gemeinschaftswette im Büro gewonnen hatte. Und jetzt war Skip Away, außer ihr selbst und ihrer Mutter natürlich, das Einzige, was in diesem Jahr noch unverändert so war wie im letzten. Audrey richtete sich auf, warf einen Blick auf das Bild des Pferdes, dann legte sie sich wieder hin und schloss die Augen.

Al wandte sich vom Abwaschbecken ab, gerade noch rechtzeitig, um zu sehen, wie Eileen den rosafarbenen Krapfen aus der offenen Schachtel schnappte, mit hoch erhobenem Kopf über die Frühstücksbar trottete und auf den Boden sprang. Was ihn dabei am meisten in Wut brachte, war die Tatsache, dass sie so lässig davontrabte, ihr dreistes Komma von einem Schwanz hoch in die Luft gereckt, und er hatte nur den einen Wunsch, das kleine Scheusal so zu erschrecken, dass es um sein Leben rannte.

Justa Bob fraß sein Morgenheu. Er war achthundert Meter galoppiert und achthundert Meter getrabt und war jetzt angenehm müde.

Elizabeth und Plato hatten seine regelmäßige Frühmorgenerektion um vier Uhr genutzt. Nachdem sie Sex gehabt hatten und Plato noch ein wenig weiterschlief, stand Elizabeth energiegeladen auf, ging in seine neue Küche (er wohnte nicht mehr in Berkeley, sondern in einer hübschen Eigentumswohnung in Fresno) und aß ihre Lieblingsspeisen zum Frühstück: weiße Tortilla-Chips mit einem Dip aus Parmesan, Jalapeño und Artischocke und eine Schale Hühnersuppe mit Matzebällchen. Für den Tag hatte sie sich vorgenommen, mit der Niederschrift des Kapitels über nichtreaktive Kindererziehung zu beginnen. Beim Frühstück kam ihr der erste Satz des Kapitels in den Sinn: »Sobald Ihr Kind sprechen kann, können Sie ihm beibringen, Folgendes zu sagen, wenn Sie ärgerlich sind: ›Mami, wovor hast du Angst?‹« Sie schrieb diesen Satz auf, dann ging sie im Bademantel hinaus und holte die Zeitung von der Einfahrt. Sie schlug als Erstes den Sportteil auf. Die Berichte waren eher knapp, aber das machte ihr nichts aus, sie hatte ihre Wahl getroffen. Mr. T. hatte zu den Informationen über etliche Pferde beim Breeders' Cup keinen Zugang, er war nicht in der Lage, sich zwischen Skip Away, den er nicht kannte, und anderen Pferden, die er gesehen hatte, zu entscheiden. Er selbst war nie in Churchill Downs gelaufen, deshalb konnte er auch nichts über das Geläuf sagen. Ein von einem Pferd entwickeltes Wettsystem war insofern problematisch, als es ganz unmittelbar war, dachte Elizabeth. Es gab nicht viele Modelle, die man zu Grundsätzen verallgemeinern konnte. Aber Mr. T. interessierte sich ohnehin nicht viel für allgemeine Grundsätze, wenn er ein breiteres Bild vermittelte, lag das nur daran, dass er ein Wallach war.

Die erste Frage, die sich Rosalind stellte, war nicht, was Eileen machte oder warum Al schrie, sondern wie ein rosa glasierter Krapfen ins Haus gekommen war. Diese Frage beschäftigte sie, als Al ihr die Hände auf die Schultern legte und sie um ein Haar geschüttelt hätte, es dann aber doch nicht tat. Stattdessen nahm er die Hände von ihren Schultern, ohne sie auch nur fest gepackt zu haben. Der Körperkontakt hatte höchstens eine halbe Sekunde gedauert. Das wusste sie, auch als sich ihre Blicke begegneten und sie da an der Schlafzimmertür standen und einander ins Gesicht starrten. Aber sie hatte seine Kraft zu spüren bekommen, den Unterschied zwischen ihrem Gewicht und seinem, zwischen seiner Größe und ihrer, zwischen ihrem Geschlecht und seinem, und diese Informationen schossen wie digitalisiert zwischen ihnen hin und her. Sie zwang sich dazu wegzuschauen, den langen Korridor hinab bis zur Küche, auf die Üppigkeit der Böden und Perser, das winterliche Licht, das durch die Fenster fiel, die dunklen Senkrechten der Tür- und Fensterrahmen, all dieses Solide, Stete, Ruhige. Sie begriff, dass der Augenblick, möglicherweise Angst zu spüren, schon vorüber war, und atmete tief ein.

Ellen, Audreys neue Reitlehrerin, holte sie ab. Sie hatte ein paar Leute bei sich, die Audrey nicht kannte, und Audrey hielt den Mund, sie war ein wenig enttäuscht. Aber während der Fahrt plätscherten, sprudelten und wogten die Gespräche um sie herum, und sie hatte ihr Geld und die Pferde, die sie sich ausgesucht hatte, und als sie sie erwähnte, meinte Deirdre, die Irin, die, wie sich herausstellte, Trainerin in Pimlico war, sie habe gut gewählt. Die andere Frau hieß Tiffany, sie hatte ein paar Pferde in New York und sie arbeitete bei Deirdre, und außerdem war sie sehr hübsch. Natürlich hatte sie fast das Gefühl, dass ihr Vater mit ihnen im Auto saß, und als sie sagte, sie sei viermal mit ihrem Vater in Pimlico gewesen, drückte Deirdre sie kurz an sich, und sie begriff, dass sie alle über sie geredet hatten und wussten, dass ihr Vater tot war, und zuerst störte sie das, aber dann war es fast tröstlich.

Es gab nur noch eines, das Michael Ordway an Partys gefiel, und das war die entfernte Möglichkeit, dass *sie* auftauchen konnte. Er hatte sich früher auch für *die anderen* interessiert, aber die Schönheit verblühte, und er wurde ihrer nacheinander überdrüssig, wie das eben so ist. *Sie* war dieser letzte, höchste Reiz. Bei jeder Zusammenkunft hielt er nach ihr Ausschau, seine Erwartung speiste sich aus dem Wissen, dass *sie* unmöglich auftauchen konnte. Es war so ungefähr das Einzige, was ihm am Leben noch gefiel: Welchem Mogul konnte er zu welchem Zeitpunkt ein Pferd verkaufen? Es war so leicht, Mogulen Rennpferde zu verkaufen. Er hatte an Software, Hardware, Aktien und Wertpapiere Pferde verkauft, und dann gab es natürlich auch die, die sich gleichsam natürlich anboten: Unterwäsche, Kosmetik, Spielzeug, Golfplatzanlagen, Industrievermietungen, amerikanische Wohnwagenparks, Rock 'n' Roll, Rap, Hip-Hop und Bach. (Ein billiges Pferd, ein zähes Geschäft, eine bestandene Herausforderung.) Er hatte jeder Branche ein Pferd verkauft, außer vielleicht dem französischen Dekonstruktivismus, und das lag nur daran, weil der Dekonstruktivist einen Herzinfarkt erlitt, bevor er den Scheck schicken konnte. Jeder Knallkopp (ach, er mochte dieses Wort) bekam, was sein Geld wert war – vier Beine und einen Wunschtraum. Er hielt den Blick auf die Tür gerichtet. *Sie* war in Schottland, wie er vor kurzem gehört hatte. Er fragte sich, wen *sie* im amerikanischen Rennen wohl favorisierte. Er nahm einen kleinen Schluck von seinem Wein. Er redete wie immer. Manchmal schaltete er beim Reden kurz zu seinem tatsächlichen Hirn um. Es war eine gute Party, Mogule in Hülle und Fülle. Und dann kam *sie*. *Sie* war nicht durch die Tür gekommen, vielleicht durchs Dach, direkt aus den Gefilden der Seligen. Da war *sie*, am anderen Ende des Raumes. *Sie* trug ihre Handtasche am Arm. *Sie* lächelte. *Sie* war da. »Sir Michael«, sagte *sie*. »Eure Majestät«, erwiderte er. »Geht es Ihnen gut?«, sagte *sie*. »Sehr gut«, erwiderte er. »Wissen Sie«, sagte er. »Ja«, erwiderte *sie*. »Ich hab da einen schönen Hengst von Land of Magic, der vielleicht zu haben ist. Erinnern Sie sich an ihn?«, fragte er. »O ja«, sagte *sie*.

Es war so: Buddy hatte eines Tages zu seiner Frau gesagt, zum Breeders' Cup wolle er so weit wie möglich von dem ganzen Theater entfernt sein, und deshalb waren sie vor zwei Tagen hier auf der großen Insel Hawaii angekommen, rund fünf beschwerliche Kilometer tief in einer Dschungelschlucht im Norden der Insel. Buddy, ein Mann ohne innere Reserven, hatte seit ihrer Ankunft fast die ganze Zeit geschlafen. Man war in Baumhäusern untergebracht, natürlich ohne Fernsehen und Zeitungen. Vor ihrer Abreise aus Pasadena hatte sie alle Pferdemagazine aus seinem Koffer entfernt. Sie hatten auch ihr eigenes Essen mitgebracht und konnten jetzt zusehen, wie es verschimmelte.

Als sie da saß, auf den Wasserfall draußen lauschte und den muffigen Modergeruch spürte, der ihr aus den Bettlaken in die Nase stieg, war Buddys Frau nicht mehr so sicher, dass sie den richtigen Ort gewählt hatte, aber morgen, nach dem gefährlichen Tag, würden sie nach Mauna Lai umziehen, das war ein richtiger Ferienort, wo sie nicht mehr über ihren eigenen Mangel an inneren Reserven nachdenken müsste, wo sie Zeitschriften kaufen, shoppen, die Kinder anrufen und Buddy aus dem Weg gehen konnte, der vor dreißig Jahren vielleicht ein angenehmerer Zeitgenosse gewesen war, vielleicht aber auch nicht.

Al legte die Hände auf den Rücken, obwohl er wusste, dass sie ihm nicht mehr gefährlich werden konnten, und er hielt Rosalinds Blick genauso lange stand wie sie seinem. Als sie den Blick abwandte, sah er zu Boden. Er wusste, dass sie wusste, dass seine ganze Kraft, was auch immer das sein mochte, sich gegen sie erhoben hatte, etwas, was er immer für unmöglich gehalten hatte, und er wusste, dass sie wusste, dass es sich jetzt, Molekül um Molekül, von Zorn in Beschämung verwandelte. »Ich brauche ein Paar Schuhe«, sagte er und ging an ihr vorbei ins Schlafzimmer und dann in seine Kleiderkammer.

»Also«, sagte Sam der Tierarzt, »was haben wir denn hier?« Er war in der Abteilung für Installationszubehör in einem großen Haushaltswarengeschäft. Der junge Mann, mit dem er redete, er war vielleicht fünfundzwanzig, er wirkte wie ein Anfänger in der Abteilung, hilfsbereit, aber nervös. Sam schniefte und rieb sich wie ein alteingesessener Vermonter mit der Hand über die Wange. »Ja«, sagte der junge Mann. »Wie sieht es mit einem hübschen Vier-Zoll-Verbindungsstück aus PVC aus, cirka 25 Zentimeter lang, Sie wissen schon, für eine nicht stabile Verbindung.« Sam sah die Teile bereits aus dem Augenwinkel, und prompt ging der junge Mann zu dem Behälter und zog ein Verbindungsstück heraus. »Ja, das ist richtig«, sagte Sam. »Dieses Vier-Zentimeter-Gelenk. Das ist doch das, was ich brauche, oder nicht? Vielleicht messen Sie es einfach mal?«
Der junge Mann holte sein Bandmaß aus der Tasche und maß den Durchmesser der Ausstülpung. »Ja, stimmt«, sagte er. »Vier Zentimeter.«

»Gut. Das gehört hier dran.« Sam zog eine Vinylmanschette aus der Manteltasche, stülpte sie auf ein Ende des Schlauchs, schlug sie zurück, zog sie über den Schlauch und steckte die beiden anderen Enden von Manschette und Schlauch zusammen. »Na, wie sieht das aus?« Er hielt es dem jungen Mann vor die Nase. Dieser blickte hindurch. »Prima, Sir«, sagte er.
»Also gut«, sagte Sam. »Und jetzt, hm, jetzt brauchen wir noch ein Reduzierstück für diesen Teil« – damit zeigte er auf das Ende der Ausstülpung – »und ein einschraubbares Ventil. Wissen Sie, man muss das Ventil abnehmen können, die Außenhaut der Manschette mit warmem Wasser füllen und dann das Ventil wieder draufsetzen können. Wenn es dann zu fest ist, muss man etwas von dem Druck wieder ablassen können.«
»Dem Druck?«
»Dem Druck auf den Penis.«
»Ach ja.« Der junge Mann sah ihn an und rührte sich nicht, deshalb begann Sam, in den aufgestellten Behältern zu suchen. »Wissen Sie, ein einfaches Ventil, wie für einen Fahrradreifen.«
»Aha. Ja. Nun, da wollen wir mal nachschauen.«
Er wandte sich um, aber Sam, der schon wusste, wo sie lagen, weil er das nicht zum ersten Mal machte, ging zu einem Behälter und holte heraus, was er brauchte. »Hier ist es ja«, sagte er. Er gab dem jungen Mann das Stück Schlauch und sagte: »Halten Sie das mal.« Dann schraubte er das Reduzierstück und das Ventil in die Ausstülpung. »Das hätten wir«, sagte er. »Sehen Sie, wenn nötig, kann man jetzt einfach ein bisschen Wasser entweichen lassen, und es tut gar nicht weh. Jetzt brauchen wir nur noch einen schönen, festen Stöpsel für die Öffnung am Ende, damit nichts von der Sammelflüssigkeit heraustropft.«
»Sammelflüssigkeit?«
»Ja. Aber es muss weich sein, damit er dagegen stoßen kann, ohne sich zu verletzen.«
»Wer?«
Sam wandte sich lächelnd ab und tat so, als habe er die Frage nicht gehört. Er fand eine Kappe für den Schlauch und sagte: »Vielleicht polstere ich das hier einfach ab. Haben Sie ein Stück Schaumgummi?«

»Das gibt's in der Abteilung für Baubedarf.«
Sam nahm dem jungen Mann das PVC-Rohr aus der Hand. »Vielen Dank. Ich glaube, die anderen Sachen finde ich alle beim Baubedarf.«
Er wandte sich ab, ließ sich Zeit. Manchmal stellten sie keine Fragen. Aber dieser Bursche fragte: »Wer stößt gegen das Ende?« Und dann: »Was ist das überhaupt?«
»Was? Das hier?« Sam lächelte.
Der Junge nickte.
»Das ist eine künstliche Vagina für ein Miniaturpferd.«
»Eine was?«
Sam sprach besonders laut und deutlich: »Eine künst-li-che Va-gi-na. Sieht super aus. Vielen Dank für Ihre Hilfe.«
»Vielen Dank für Ihren Besuch.«
Eigentlich war noch keine Decksaison, aber der kluge Mann beugt vor, wie sich Sam dann auf dem Weg zu seinem Auto sagte.

Als Al hinausgegangen war, sich allein in den Mercedes gesetzt hatte und Gott weiß wohin davongefahren war, dachte Rosalind, sie hätte etwas sagen sollen. Stattdessen hatte sie sich umgedreht und war hinaus ins Wohnzimmer und dann in den Garten gegangen, eine Reaktion, die für sie typisch war. Sie war nie reaktionsschnell und schlagfertig gewesen. Sie hatte immer geglaubt, dass es in jeder Krise am besten war, einem Menschen Gelegenheit zu geben, die Fassung wiederzufinden. Außerdem war sie seit Jahrzehnten nun nicht mehr im Unrecht gewesen und deshalb nicht mehr daran gewöhnt, sich zu entschuldigen, ehrlich zu entschuldigen. Erst als sie im Garten stand und Al weggefahren war, wurde ihr klar, dass eine Entschuldigung am Platz war. Aber das Problem bestand darin, dass es ihr sogar allein im Garten, meilenweit von Al entfernt, schwer fiel, diese Worte auszusprechen. Es war nicht so schwer zu sagen »Es tut mir Leid«, aber es war schwer zu definieren, was ihr eigentlich Leid tat. Am meisten tat ihr nämlich Leid, dass sie sich selbst so unglücklich gemacht hatte, dass es nicht geklappt hatte, dass bei all diesem inneren Aufruhr nichts herausgekommen war. Ihr Verrat an Al erschien ihr wie eine abgelegene Nebenwirkung des eigentlichen Dramas, deshalb hätte sie es nicht besonders aufrichtig gefunden, ihm in die Augen zu blicken und sich zu entschuldigen, denn das wäre dann eine Folge der Angst und nicht der Liebe. Und plötzlich wünschte sie, mit jemandem darüber sprechen zu können, und sei es auch nur, um festzustellen, dass sie sich selbst gegenüber ehrlich war und ihre Motive beim Namen nannte.

Residual war wieder bei der Arbeit und legte sechshundert Meter speziell für Leon und Deedee in Blitzgeschwindigkeit zurück. Danach waren sie sich einig, dass sie jetzt wussten, wie sie mit dieser Stute umzugehen hatten. In Deedees Anwesenheit rief Leon die Besitzerin an und erzählte ihr, wie prächtig es der Stute ging, wie gut sie arbeitete und wie glücklich und gesund sie jetzt aussehe und dass Buddy in Ferien sei. Die Besitzerin war sehr freundlich, dankte Leon dafür, dass er sie auf dem Laufenden hielt, und sagte im Flüsterton: »Wissen Sie, manchmal wünschte ich, Sie wären der Trainer. Buddy ist natürlich ein Genie, aber in Wirklichkeit mag die Stute Sie am liebsten.« Leon tat so, als habe er das nicht gehört, und sagte nur: »Ich weiß, Mrs. Warren, Buddy ist manchmal etwas nachlässig im Kontakt mit den Besitzern, aber er meint es gut. Er hat einfach so viele Pferde und Besitzer.«

Leon legte auf, und er und Deedee sahen einander ein paar Minuten lang lächelnd an. Buddy spielte ihnen derzeit in jeder Hinsicht in die Hände. Sogar die kritische Situation im Sommer, als Leon dem Typ von der *Racing Form* den Tipp gegeben hatte, dieser allen anderen Bescheid sagte und sie dann alle zusammen ausgerechnet an dem bewussten Tag aufkreuzten, hatte sich zum Guten gewendet. Buddy war an die Decke gegangen, aber dann war er so froh gewesen, Epic Steam loszuwerden, dass er die Sache ganz vergaß. »Weißt du was – nächstes Jahr könnten wir beim Breeders' Cup sein«, sagte Leon.

Deedee fasste zärtlich nach Leons Händen und sagte ihm, dass sie schwanger war.

Herman Newman saß vor dem Fernseher, sah den Breeders' Cup und versuchte, etwas zu lernen. Es gab alle möglichen verschiedenen Rennen. Das Classic-Rennen hatte ein Preisgeld von fünf Millionen Dollar und ein bisschen. Das hieß drei Millionen für den Gewinner. Das war nicht schlecht, dachte Herman Newman. Das war ganz gewiss nicht schlecht. Genau in diesem Augenblick klingelte das Telefon, und Sir Michael fragte ihn aus heiterem Himmel, ob er Epic Steam an die Königin von England verkaufen wollte. Herman sah sich nach seiner Frau um, aber sie war in der Küche. Er wollte, dass sie den Hörer in die Hand nahm und selbst hörte, was Sir Michael da sagte, denn er war sicher, dass sie ihm das sonst nie und nimmer glauben würde, aber er sagte bloß, er würde es sich durch den Kopf gehen lassen. Das sagte er immer. Er dachte gerne in allen Einzelheiten über die Vor- und Nachteile einer Sache nach. Als er aufgelegt hatte, blieb er an seinem Schreibtisch sitzen und dachte an eine Geschichte, die ihm sein Großvater erzählt hatte: Eines Tages im Jahre 1910 spazierte er über die Straße in St. Petersburg und sah mit eigenen Augen, wie seine Wohnung in die Luft flog. In dieser Nacht hielt er sich mit seinem Freund V. I. Lenin versteckt. Als die Pferde im Fernsehen zum Startpfosten paradierten, überlegte Herman, ob diese Familienlegende einen Einfluss auf die Entscheidung haben sollte, ob er sein Pferd der Königin von England verkaufen sollte oder nicht.

Es war Jahre her, seit Al versucht hatte, in Manhattan einen Parkplatz zu finden. Während er in seinem Mercedes zwischen Third Avenue und Park Avenue, fünfundfünfzigster und achtundfünfzigster Straße herumkurvte, wurde er den Gedanken nicht los, dass jemand anders diesen Parkplatz für ihn finden könnte und sogar sollte. Es machte ihn ärgerlich, dass er ihn selbst finden musste, und dachte immer wieder, er müsste doch nur jemanden – seinen Geschäftspartner, seinen Steuerberater, seinen Fahrer, seinen anderen Geschäftspartner, seine Sekretärin, Rosalind – anweisen, einen Parkplatz für ihn zu finden, und er würde gefunden. Natürlich gab es Parkgaragen. In seinem Bürogebäude sechsunddreißigste Straße/Sixth Avenue war eine Parkgarage, wo er sogar kostenlos parken konnte, aber er hatte seine eigenen Grundsätze. Wenn er einen Parkplatz in den Fünfziger-Straßen wollte, dann wollte er eben einen Parkplatz in den Fünfziger-Straßen. Al merkte, dass er seinen Mittelpunkt verlor. Es war, als sähe er zu, wie etwas Teures, zum Beispiel eine von diesen chinesischen Vasen, die Rosalind im Wohnzimmer aufgestellt hatte, vom Regal fiel. Man streifte daran, ging weiter, drehte sich einen winzigen Augenblick später um und sah, wie sie kippte, weiter kippte und dann in den freien Raum stürzte. Und da war er jetzt, im freien Raum, nur noch Sekundenbruchteile trennten ihn von der unvermeidlichen Zersplitterung.

Farley war mit der letzten Gruppe auf der Bahn, und Joy war an den Boxen von Mr. T. und der Stute beschäftigt. Im Büro war der Fernseher eingeschaltet, gerade lief die Einführung in das Jungstutenrennen. Ab und zu warf sie einen Blick ins Büro, um zu sehen, ob die Parade zum Start schon angefangen hatte. Sie war immer noch fasziniert davon, dass Pferde und Leute, die sie hier auf der Bahn gesehen hatte, sich jetzt anschickten, an diesem Rennen teilzunehmen, so wie Farley vor vier Jahren, als das Rennen auch in Churchill Downs stattgefunden hatte und er eine gute Tochter von Kenmare namens Kenneth Square hatte, die Sechste geworden war.
Joy war weder Arbeitsreiterin noch Hilfstrainerin im eigentlichen Sinne. Sie arbeitete streng genommen weder für Farley noch für Mr. Tompkins, aber sie war glücklich mit ihrer Arbeit. Sie kümmerte sich natürlich um Mr. T., aber sie kümmerte sich auch um ein paar andre Spezialfälle. Zum Beispiel hatte Joy Farley darauf aufmerksam gemacht, dass hochklassige Dressur- und Springpferde, die fit waren, oft zweimal am Tag bewegt werden und nicht nur einmal, und jetzt ließ Farley sie nachmittags zwei von den Dreijährigen mit dem Führpferd auf der Trainingsbahn bewegen. Er nutzte auch ihre Fertigkeit als Reiterin. Pferde, die aus dem Gleichgewicht waren und ganz allgemein zu wenig Selbstsicherheit hatten, bekamen ein wenig Dressurarbeit, um die Rückenmuskulatur zu entwickeln. Außer Mr. T. ritt sie jetzt täglich zwei oder drei Pferde und führte ein oder zwei weitere Pferde an der Führleine aus. Sie sprach mit Besitzern und ihren Ehepartnern, nahm einfache Anrufe entgegen, sie ging mit Farley auf Auktionen und nahm geringfügige tierärztliche Behandlungen vor. Vor einer Woche, am Ersten des Monats, hatte sie ihre eigene Wohnung aufgegeben und war mit all ihren Sachen zu ihm in die Wohnung gezogen. Vor sechs Monaten hatte Joy sich die Frage gestellt, was Liebe eigentlich war, und sie hatte keine Ahnung gehabt, dass es so leicht, so friedlich, freundlich und interessant sein würde.

Die Pferde der dritten Gruppe kamen allmählich von der Bahn zurück. Joy huschte ins Büro und sah, dass die Parade begonnen hatte. Da war Silverbulletday, Mr. T.s Favoritin bei den Jungstuten, aber sie persönlich gab Excellent Meeting den Vorzug. Sie brauchte Farley gar nicht zu sehen oder zu hören, sobald er in den Raum kam, spürte sie seine Anziehungskraft überall und geriet automatisch in seine Umlaufbahn. Er nahm ihre Hand und sagte: »Ich habe Silverbulletday immer gern gehabt.« Wo er war, dachte sie, da konzentrierte sich die Liebe, da sammelte und verdichtete sich dieses normalerweise so luftige, dünne, unstabile Ding, und welches kleine, wandernde Objekt, wie sie es war, würde nicht davon angezogen?

Nach dem Turfrennen entschied sich Herman Newman gegen den Verkauf seines Pferdes.

Auf der Trainingsfarm war es dunkel, als der leitende Stallwärter aus seinem Haus kam, wo er das Classic-Rennen gesehen hatte. Er hätte nicht auf den Sieger getippt, dachte er, aber er hätte auf diese Nennung gesetzt. Er streckte sich und gähnte. Wie bereits den ganzen Tag hörte er in der Ferne den dumpfen Donner galoppierender Hufe. Er schüttelte den Kopf, ihm war nicht wohl bei dem Klang.

Als Al keinen Parkplatz fand, fuhr er wieder nach Hause und saß dann eine unbestimmte Zeit lang in seinem Wagen in der Garage. Danach ging er ins Haus. Nur ein paar Lampen brannten, und Rosalind war nirgends zu sehen. Al suchte nicht nach ihr, doch ihm fiel auf, dass die Schachtel mit den Krapfen verschwunden war, und das war gut so. Er schloss sich in seinem Arbeitszimmer ein und rief Aeroflot an. Er buchte einen Flug nach Moskau. Es war höchste Zeit, dort eine große Fabrik zu bauen, dachte er, eine Fabrik zur Herstellung schwerer Gegenstände, die noch nicht näher definiert waren, aber mit Sicherheit jedermann eine Menge Kopfzerbrechen bereiten würden.

Unmittelbar bevor sie ins Bett ging, öffnete Rosalind den Umschlag, den sie am frühen Morgen zugeklebt hatte, und las ihre Auswahl durch. Sie hatte alle sieben Sieger richtig getippt. Wenn sie die Sechserwette gemacht hätte, hätte sie über vierunddreißigtausend Dollar gewonnen. Sie saß einen Augenblick lang still da, kraulte Eileens Bauch und dachte über diese Unstimmigkeit nach. Wie konnte sie gleichzeitig nichts und alles wissen? Es schien unmöglich und dennoch paradox genug, um wahr zu sein. In diesem Augenblick hatte sie keine Ahnung, was als Nächstes passieren würde, und trotzdem fühlte es sich an, als sei schon etwas in ihr, das vollendet war, und das Kraftfeld des Nichtwissens zwischen ihr und diesem Etwas war sehr schwach, gerade noch stark genug, um ihr zu widerstehen. Eigentlich war alles, von dem man dachte, dass es im nächsten Augenblick passieren würde, schon vollendet. Manchmal konnte man sich daran erinnern, aber meistens nicht. Vielleicht war es diese Vorstellung, die sie mit einer gewissen Ruhe erfüllte.

Kapitel 48
Eileen nimmt Notiz

Möglicherweise hatte Eileen als Jack-Russell-Terrier ihre eigene Rangordnung von Dingen, die sie gern tat. Möglicherweise gab es bestimmte Punkte in dieser Rangordnung, die nicht ins Konzept von Alexander P. Maybrick passten, der derzeit heftig mit Eileen um Rosalind Maybricks Aufmerksamkeit konkurrierte, und möglicherweise interessierte sich Eileen nicht im Geringsten für die Meinung von Alexander P. Maybrick. Oder besser gesagt, Eileen kümmerte es nicht, was Alexander P. Maybrick gefiel oder missfiel, aber mit ihren siebeneinhalb Kilo musste sie manchmal eine Niederlage einstecken. Alexander P. Maybrick hatte wenig Hemmungen, Eileen vor die Tür zu setzen und sie dort sitzen zu lassen. Alexander P. Maybrick verstand auch nicht die Bedeutungsnuancen, die die verschiedenen Orte, an denen sie ihre Fäkalmarkierungen für ihn hinterließ, zum Ausdruck bringen sollten. Das war eine eigene Sprache. Jeder Jack Russell, ja überhaupt jeder Hund, hätte diese Sprache problemlos verstanden, aber Alexander P. Maybrick wollte sie nicht verstehen. Schön. Dann musste er auch die Konsequenzen tragen. Aber es war so wie bei jedem Missverständnis – Konsequenzen gab es für beide Parteien. Und so fing Eileen gelegentlich einen empfindlichen Klaps ein und noch häufiger war sie gezwungen, ein Unterwerfungsritual vorzuführen, was zwar reine Formsache und völlig inhaltsleer war, aber ihr dennoch nicht behagte. Ernster jedoch wurde es, wenn Rosalind mal nicht da war und Eileen gerade mal nicht mitgenommen hatte, denn dann setzte Alexander P. Maybrick Eileen gerne mal in den Hundezwinger draußen und ließ sie ziemlich lange darin.

Für einen Hund, dessen Vorfahren beim Schwanz gepackt und in Fuchsbauten hinabgelassen wurden, war ein kurzer Aufenthalt in einem Hundezwinger keine Zumutung, aber es war das Prinzip der Verbannung in den Zwinger, das Eileen beleidigte, und deshalb ergriff sie nach ein paar besonderen Ungeheuerlichkeiten dieser Art (wo war Rosalind überhaupt?) die Gelegenheit, die ihr Alexander P. Maybricks offen stehende Schranktür bot, schritt hinein und exkrementierte und urinierte auf einige Schuhe darin. Den Schuhen mit dem stärksten persönlichen Geruch gab sie dabei den Vorzug, denn eine klare Stellungnahme war hier gefordert, und als Jack-Russell-Terrier scheute Eileen nie vor einer klaren Stellungnahme zurück. Ein Zipfel von Alexander P. Maybricks Bademantel baumelte bis auf den Boden. Eileen nutzte diesen Umstand und versetzte ihrer Stellungnahme einen letzten kleinen Schnörkel. Dann lief sie aus dem Schlafzimmer in die Küche, wo die Tür zum Garten glücklicherweise einen Spalt weit aufgelassen war. Sie drückte die Tür auf und ging hinaus.

Der Tag begann erst, und Eileen war voller Energie. Zuerst machte sie sich an ihren täglich wiederholten Versuch, das Problem mit dem Maulwurf zu lösen. Im hinteren Teil des Gartens befand sich ein Bau mit vier Eingängen. Eileen wusste, dass ein Maulwurf Tag und Nacht dauernd durch diese Öffnungen ein und aus ging. Er hatte vier Eingänge und vier Ausgänge. Wenn er sich, was oft geschah, in seinem Bau hin und her bewegte, konnte Eileen hören, wie er sich über sie lustig machte, aber sie kam nicht dahinter, wie sie ihm das Handwerk legen konnte. Vögel, die auf Zweigen saßen, hatte sie schon öfters erwischt und getötet. Ratten, Mäuse – kein Problem. Aber dieser Maulwurf. Und genau in diesem Moment fuhr das längste schwarze Fahrzeug, das zum Haushalt gehörte, in der Einfahrt vor und entließ vor Eileens Augen ihre geliebte Rosalind. Eileen stürzte auf sie zu, und Rosalind lachte, beugte sich zu ihr hinab und hob sie hoch.

»Ach, mein kleiner Liebling!«, rief sie aus. »Wie geht es dir? Warst du auch brav, während ich in Singapur war? Es tut mir so Leid, dass ich dich nicht mitnehmen konnte! Und ganze zwei Wochen bin ich weg gewesen!« Sie drückte Eileen an die Brust und liebkoste ihr Gesicht, dann streichelte sie ihre Ohren. Eileen genoss diese wunderbare Behandlung und war überzeugt, dass sie doch diejenige war, die allen anderen vorgezogen wurde. Letzten Endes war es ja die Ungewissheit, die sie am meisten traf. Hätte sie eindeutig und endgültig gewusst, ob sie in der Rangordnung oben oder unten stand, wäre sie vielleicht nicht gezwungen gewesen, gegen Al so vorzugehen, wie sie es tat, aber wenn er oben war, musste sie ihn runterdrücken, und wenn er unten war, musste sie dafür sorgen, dass er es auch wusste.

Rosalind trug Eileen ins Haus. Sie sprach mit Delilah, dieser Frau, die immer da war, aber in Eileens Augen keine Beachtung verdiente, was in erster Linie daran lag, dass Delilah der Meinung war, sie – Eileen! – verdiene keine Beachtung. Diese Frau Delilah nun sagte: »Mr. Maybrick ist für drei Wochen nach Moskau gereist, ein dringender Auftrag.«

»Aha. Ach ja. Nun gut«, sagte Rosalind. Sie trug Eileen ins Schlafzimmer und setzte sie aufs Bett. Eileen sprang sofort hinunter. Rosalind setzte sich aufs Bett. »Nein, Eileen, komm her, mein Schätzchen«, sagte sie. Eileen gehorchte. Rosalind hob sie wieder hoch und streichelte ihr über das Gesicht und die Ohren. Eileen leckte Rosalind am Kinn und wand sich dann höflich hin und her, nur um Rosalind mitzuteilen, dass sie zwar äußerst glücklich war, sie zu sehen, doch der Tag schritt voran und es gab viel zu tun. Aber Rosalind ließ sie nicht los. Sie streifte die Schuhe ab und legte sich hin, dabei hielt sie Eileen so in der Armbeuge, dass Eileens Hinterbein unter dem Gewicht von Rosalinds Körper eingeklemmt war. Eileen versuchte, sich wieder hinauszuwinden, diesmal tat sie es mit mehr Nachdruck, bis sie sich schließlich befreit hatte und vom Bett hüpfte. Zufällig lief gerade ein Eichhörnchen draußen vor der Verandatür vorbei, deshalb musste Eileen heftig bellen und ihre Pfoten an die Glasscheibe legen und dann, als das Eichhörnchen sich kaum einen Meter weit von ihr niederließ und diese Eichhörnchengrimassen schnitt, musste Eileen unzählige Male an der Tür hochspringen (sie konnte bis fünf zählen, es müssen also sechs oder sieben Male gewesen sein). Inzwischen jodelte sie in den höchsten Tönen, denn man konnte ja nie wissen, wie gut man draußen gehört werden konnte. Das sollte auch ein Signal für Rosalind sein, dass sie jetzt das einzig Richtige tun und sie hinauslassen sollte, aber Rosalind lag nur still auf dem Bett und sagte mit sehr leiser Stimme: »Lass gut sein, Eileen. Hör auf.« Eileen hörte natürlich sofort auf, denn diese leise Stimme war verdächtig und Besorgnis erregend, deshalb ließ sie das Eichhörnchen Eichhörnchen sein, sprang wieder aufs Bett und leckte Rosalind das Gesicht. Rosalind reagierte nicht, deshalb leckte Eileen direkt am Mund, was in ihrer Erfahrung immer ganz schön für Aufregung sorgte, aber Rosalind drückte nur Eileens Kopf beiseite, sogar ganz sanft. Kein Spucken und kein Würgen.

Jetzt ließ sich Eileen auf die Hinterbeine fallen und musterte Rosalind. Rosalind schlief nicht und schickte sich auch nicht an zu schlafen. Sie hatte die Augen offen, ihr Körper war nicht entspannt, und ihre Atemzüge waren nicht gleichmäßig und lang wie im Schlaf, wenn Eileen unter die Decke kriechen und sich an Rosalinds warmen Bauch drücken konnte, etwas, was sie in den letzten paar Wochen sehr vermisst hatte. Jetzt war es so, dass Eileen nicht wusste, was los war. Sie betrachtete Rosalind noch eine Zeit lang, dann hatte sie den Drang, sie anzubellen, aber konnte es nicht, deshalb drehte sie sich ein paar Mal im Kreis. Aber auch dann passierte nicht viel, Rosalind hob nur die Hand und ließ sie auf Eileens Rücken sinken. Ein paar Minuten später kam dieses nicht beachtenswerte Menschenwesen herein und sagte: »Alles in Ordnung, Mrs. Maybrick? Soll ich Ihnen etwas bringen?«

Rosalind setzte sich plötzlich auf, und Eileen sprang vom Bett. Die Nichtbeachtenswerte sagte: »Scht, du Töle!«, aber Eileen bellte weiter aus vollem Halse, bis sie hörte, wie Rosalind sagte: »Ich bin nur müde. Ist schon gut, Delilah, mir fehlt nichts.« Sie stand auf.

Die Nichtbeachtenswerte sagte: »Ich bringe Ihnen eine Tasse Tee, Mrs. Maybrick.«

»Danke, Delilah.«

Eileen verließ das Zimmer und ging in die Küche, um Wasser zu trinken. Sie saß wachsam zu Füßen der Nichtbeachtenswerten, während die Frau den Tee aufbrühte, und hörte zu, wie sie vor sich hin brummelte: »Sie hat nicht gewusst, dass er verreisen würde, darauf kannste Gift nehmen, mein Lieber. Absolut! Hier gehen Dinge vor, mein Lieber, frag nur Delilah, ich hab's mit eigenen Augen gesehen. Ich weiß Bescheid!« Dann folgte sie der Frau zurück ins Schlafzimmer. Rosalind hatte sich umgezogen und trug Stiefel. »Ach, ich kann nicht schlafen, Delilah«, sagte sie wesentlich aufgeweckter als vorher, fand Eileen. »Könntest du John bitten, in zehn Minuten den Mercedes vorzufahren? Ich fahre selbst.«
»Ja, Mrs. Maybrick.«
»Vielen Dank.«
Und kurz darauf thronten sie im Mercedes. Rosalind saß am Steuer und Eileen lag auf dem Rücken neben ihr und ließ sich den Bauch kraulen, auf und ab und auf und ab, und der Himmel zog über ihnen an der Windschutzscheibe vorbei. Anfahren, Stopp, links abbiegen, rechts abbiegen. Das war wesentlich besser als der Zwinger, dachte Eileen, und wenn es nach ihr ginge, hätte Rosalind ruhig für immer und ewig so weiterfahren können.
Dann schlief Eileen ein, und als sie nach längerer Zeit aufwachte, sah sie, wie Rosalind etwas aus dem Fenster reichte, und hörte sie sagen: »Vielen Dank, Harvey«, und dann bogen sie irgendwo ein und blieben stehen, und Rosalind schaute zu ihr hinunter und sagte: »Da sind wir.« Eileen wusste ganz genau, wo sie waren. Die zahlreichen köstlichen Düfte dieses Ortes waren unverwechselbar. Sie waren auf der Rennbahn.
Rosalind öffnete ihre Tür, und Eileen war schon draußen. Rosalind blieb stehen, um den Mantel anzuziehen, und Eileen entfernte sich ziemlich weit von ihr, bis sie merkte, dass sie etwas zu übermütig geworden war, und stehen blieb, um zu warten. Nein, sie rannte zurück. Rennen war besser als Warten. Und Luftsprünge waren besser als Rennen. Sie hörte Rosalind lachen, ha ha ha, deshalb machte sie noch einen Luftsprung.
Aber dann gingen sie doch zu dem üblichen Ort. Eileen war überall auf der Rennbahn gewesen. Ihrer Erfahrung nach gab es keinen zwei-

ten Ort, der so interessant war wie der Stallbereich einer Rennbahn. Das Rennbahnungeziefer war fett und selbstbewusst. Es war meistens ziemlich eingebildet und nahm Eileen nicht so ernst, wie sie es ihres Wissens verdiente. Eileen hatte auch die Erfahrung gemacht, dass die schlichte Tatsache, dass sie ein Jack-Russell-Terrier war, auf der Rennbahn einen Bonus bedeutete. Nirgendwo auf der Welt wurde man so liebkost und bewundert und beachtet wie ein Jack-Russell-Terrier auf der Rennbahn. Alles in allem war es ein himmlischer Ort für Eileen, aber meistens gingen sie nicht dahin, wo die guten Dinge waren. Dick Dick Dick – so nannte Eileen den Typ, weil Rosalind ihn so genannt hatte, wenn sie und Eileen anfangs bei ihm waren – hielt außer Pferden keine anderen Tiere, nicht mal Katzen.
Rosalind öffnete die Tür zu Dick Dick Dicks Büro, und er blickte auf und sagte: »Ach, hallo.«
Rosalind sagte: »Ich bin gerade aus Singapur zurück.«
»Tatsächlich? Wie war es?«
»Nett. Ich eröffne jetzt eine Galerie. Das war Als Idee. Ich arbeite eigentlich schon seit dem Sommer darauf hin.«
»Wo soll sie sein?«
»Madison Avenue und vierundsiebzigste Straße.«
»Aha.«
»Die Lage ist sehr gut.«
»Es wird bestimmt ein Erfolg.«
»Kunst ist das Einzige, was mir noch Spaß macht.«
Eileen stellte fest, dass die Tür einen Spalt weit aufstand, und spazierte hinaus. Sie blieb stehen und betrachtete prüfend das Gelände. In der Luft mischten sich mehrere herrliche Düfte, und sie wollte sich Zeit lassen mit der Entscheidung, welchem sie folgen sollte. Ja, es stimmte schon, dass Rosalind ihr mehr Freiheit ließ, wenn sie bei Dick Dick Dick war. Aber »mehr« war relativ. Der Stallbereich der Rennbahn war groß, und sie hätte mehrere Tage auf einmal gebraucht, um ihn nach Herzenslust zu erkunden. Jetzt hörte sie: »Eileen, komm hierher!« Sie drehte sich um und ging zurück in den kleinen Raum, gerade rechtzeitig, um zu hören, wie Dick sagte: »Ja, ich lebe jetzt draußen in Queens, nicht weit von der Rennbahn. Es ist nur vorübergehend.«

»Ich kann's nicht glauben, dass du es ihr gesagt hast. Es war doch schon vorbei.«
»Sie wollte es so.«
»Ach, Dick.«
»Ich meine das nicht so, wie es sich anhört. Ich meine es wörtlich. Sie wollte von mir, dass ich mich für eine Richtung entschied, anstatt mich immer und ewig zu weigern, eine Entscheidung zu treffen, und das habe ich getan. Ich musste ihr von dir erzählen, das war die einzige Möglichkeit, einen Weg aus dieser Sackgasse zu finden.«
In Eileens Augen hatte Dick Dick Dick immer noch diese für einen Jack-Russell-Terrier so ärgerliche Eigenschaft, dass er nie wusste, was er tun sollte. Eileen wusste immer, was sie zu tun hatte, und sie wusste es aus tiefster Überzeugung, auch wenn es das Falsche war. Die Tür stand immer noch einen Spalt offen, und Rosalind starrte wie gebannt Dick Dick Dick an, deshalb ging Eileen wieder hinaus, diesmal raste sie aber schnurstracks die Stallgasse hinunter, um nicht mehr in Hörweite zu sein, wenn Rosalind wieder nach ihr rief.
Ah, welch ein Genuss! Pferdeköpfe schoben sich über die Boxtüren, als sie vorbeilief. Pferde blickten in der Regel verächtlich auf Hunde hinab, das wusste Eileen. Sie hatte bemerkt, dass Pferde im Allgemeinen eine sehr hohe Meinung von sich selbst hatten und nur voneinander Anerkennung und Unterweisung annahmen. Jack Russells waren ähnlich, sie waren nicht wie andere Hunde, die Menschen anscheinend als tatsächliche Chefhunde anerkannten und nicht wie Eileen bloß so taten. Pferde und Jack-Russell-Terrier ließen Menschen ihren Willen, vielleicht war das der Grund, weshalb sie Respekt voreinander hatten. Eileen schwenkte nach rechts aus dem Stall hinaus, hüpfte auf den Dunghaufen und wälzte sich ekstatisch darin. Dann machte sie eine kleine Scharrübung, bohrte nach wenigen Minuten ihre Nase in das Loch, das sie gegraben hatte, und wühlte damit in der warmen, stark riechenden Dämmerung. In eine Wolke von Dungduft gehüllt, krabbelte sie aus der Vertiefung und arbeitete sich zur Spitze des Haufens, um sich einen Überblick über das Gelände zu verschaffen. Von dort rannte sie geradewegs in die gestiefelten Beine einer Person, die sie hochhob. Sie blickte in das Gesicht der Person (Eileen selbst roch jetzt so stark, dass sie sich auf visuelle Signale verlassen musste, um

festzustellen, ob ihr diese Person bekannt war, was hier der Fall war). »Da hab ich dich«, sagte die Person. Es war eine Frau. »Komm, sie suchen dich schon.«
Und so wurde sie wieder in den Herrschaftsbereich von Dick Dick Dick geschleift, und dort setzte man sie doch tatsächlich in ein Waschbecken und sie wurde gebadet und in ein Handtuch gehüllt und abgerubbelt, und dabei lachten die Leute die ganze Zeit, und dann brachte man sie wieder zu Rosalind, die sich mit Dick Dick Dick zusammen gerade eines der Pferde anguckte, das mit anderen Pferden in einer Reihe stand. Eileen zappelte in Rosalinds Armen und hörte, wie Rosalind sagte »einen Augenblick«, und dann steckte Rosalind doch tatsächlich die Hand in die Tasche und zog eine Leine heraus und knipste sie einfach so an Eileens Halsband.
Sie setzte sich vor Rosalind und Dick Dick Dick und ließ den Blick über die Hufe des Tiers vor ihr schweifen. Sie waren groß. Einer war weiß. Alle vier sahen aus, als stünden sie ganz fest auf dem Boden, aber Eileen wusste, dass sich das jeden Augenblick ändern konnte. Pferde hatten so ein Glitzern um sich, besonders um die Füße, das hatte nichts mit Größe zu tun, denn Menschen hatten dieses Glitzern nicht an sich und auch große Hunde nicht. Als das Glitzern sich änderte, wechselte Eileen den Platz. So ließ sich auf einfache Weise mögliche Unbill vermeiden. Dick Dick Dick beugte sich jetzt hinunter und legte seine Hand auf das Bein des Pferdes und strich daran entlang nach unten, hielt inne, strich weiter, hielt inne, strich weiter. Dasselbe machte er mit dem anderen Bein. Dann richtete er sich auf und warf eine Frau auf das Pferd. Er sagte zu Rosalind: »Du solltest dir ein paar beim Galoppieren ansehen, da du schon hier bist.« Sie wandten sich um und folgten den Pferden den Gang hinunter. Eileen trabte zwischen den beiden.
Schwatz schwatz schwatz. Die Schwatzmenge, die zwischen zwei menschlichen Wesen unablässig durch die Luft strömte, war für Eileen eine ständige Quelle des Ärgers. Sitzen, schwatzen, stehen, schwatzen, gehen, schwatzen, im Bett liegen, schwatzen, essen – der heiligste Augenblick des Tages – und schwatzen. Und dann störten sie sich an dem ganz gezielten Klang echten Gebells. Ach, diese Leine versetzte sie immer in schlechte, trübe Stimmung. Rosalind zerrte sie

voran, und Eileen wurde nicht gerne vorangezerrt. Sie ließ den Müllcontainer hinter sich, folgte ihnen über einen Grasflecken, und dann befanden sie sich mit einigen Männern auf einer Art Podest. Rosalind und Eileen waren die einzigen weiblichen Wesen. Eileen ging zu einem Pfosten in der Ecke, so weit die Leine sie ließ, und hob ihr Bein daran. »Eileen!«, rief Rosalind aus, »doch nicht hier!«

»Nächste Woche hole ich das Pferd von der Trainingsfarm ab«, sagte Dick Dick Dick. »Angeblich hat er sich sehr gut entwickelt. Hat Al dir das erzählt? Aber jetzt sieh dir den mal an!« Selbstverständlich hatte Eileen kein Interesse daran, ihren Hals zu verrenken, um einen Blick auf ein Pferd zu erhaschen, das Hunderte Meter weit entfernt galoppierte und dessen Lebenszweck ihr überhaupt ein Rätsel war. Was sie von Pferden wusste, war, dass sie kein Ungeziefer töteten, nicht einmal Anstalten machten, Ungeziefer zu töten, sondern vielmehr erwarteten, dass Ungeziefer für sie getötet wurde, und mehr musste man eigentlich nicht über Pferde wissen. Die gestiefelten Füße der Männer auf diesem Podest allerdings waren etwas anderes. Von der Leine zur Untätigkeit verurteilt, beschäftigte sie sich damit herauszufinden, wo diese Füße vorher gewesen waren. Dick Dick Dick sagte: »Hier, nimm das Fernglas und sieh ihn dir an.«

Eine Pause trat ein. Eileen bemerkte, dass einem der Männer ausgelassener Speck auf den Stiefel getropft war, den sie für ihn ableckte. Schwatz schwatz schwatz.

Sie wandten sich um, weil sie das Podest verlassen wollten, und es gab weiteres Gezerre, weil Eileen sich noch nicht ganz entschlossen hatte, ihnen zu folgen. Aber Rosalind schien das nicht zu bemerken. Das war das, was sie an Dick Dick Dick immer so in Rage gebracht hatte. Er machte Rosalind blind und taub für Eileens dringendste Anliegen. Dann gingen sie zurück ins Büro von Dick Dick Dick. Er ging zuerst hinein. Dann ging Rosalind hinein. Eileen hatte sich an Rosalinds Fersen geheftet und trippelte gleich hinter ihr durch die Tür, die Rosalind sofort fest schloss. In diesem Büro war es Eileen schummriger zumute denn je, deshalb sprang sie auf Rosalinds Schoß und rollte sich mit halb geschlossenen Augen zusammen. Sie konnte ihn trotzdem noch sehen, am anderen Ende des Raumes, von wo aus er herüberstarrte. Und dann sagte Rosalind: »Ich fühle mich so verloren. Es ist jetzt sechs Monate her. Ich fühle mich immer noch verloren. Mehr als vorher.«

»Rosalind, ich bin verloren. Wenn ich morgens aufwache, erkenne ich den Ort nicht wieder, wo ich lebe.«

»Es tut mir Leid, dass ich dich verletzt habe.«

»Hast du das? Womit hast du mich verletzt? Weil du es angefangen hast? Weitergemacht hast? Es abgebrochen hast?«

In diesem Raum war es so düster, dachte Eileen, das Einzige, was sie jetzt retten könnte, wäre ein Katze, die arrogant durch den Raum stolzierte. Sie wimmerte. Rosalind ließ die Hand schwer auf ihren Kopf fallen, aber es war nicht besänftigend. Ehrlich gesagt tat es ziemlich weh.

»Ich dachte, wenn ich hierher komme, finde ich vielleicht etwas, das mich ... ja, das gute Erinnerungen weckt.«

»Aber ...«

»Aber es hat mich nur daran erinnert, dass es auch damals nicht gut war. Das hatte ich vergessen. Ich musste es tun, und ich habe dich wahnsinnig geliebt, aber es hat mir alles Schmerz bereitet.«

»Warum meinst du, dass du es tun musstest?«

So kann das nicht weitergehen, dachte Eileen. Sie setzte sich auf, sprang mit einem Satz auf den Boden und begann, vor Dick Dick Dick zu kreiseln, aber das nützte nichts, deshalb bellte sie ihn an, wauwauwauwau. Sie ging zu seinem Schreibtisch, wo sie mit steifen Beinen und hochgerecktem Schwanz Position bezog und sich in Rage bellte. Dick Dick Dick blickte erschrocken auf sie hinab, und die beiden Menschen waren so überrascht, dass sie sie erst eine Zeit lang gewähren ließen, bis Rosalind mit einem Ruck an der Leine riss und sagte: »Eileen!«

Pah! Natürlich meinte sie das gar nicht so. Eileen blähte sich auf. Die nächste Bellphase hob sie in die Höhe, mit jedem Beller hüpfte sie auf. »Eileen! Eileen!« Ruck. Ruck. Wauwauwauwau. Und dann versetzte er ihr mit seiner Riesenhand einen Schlag. Sie merkte, wie sie in die Luft geschleudert wurde, quer durch den Raum segelte und vor etwas stieß. Sie und der getroffene Gegenstand landeten mit Getöse auf dem Bücherregal und gingen von da aus zu Boden. »Um Himmels willen«, sagte Rosalind, »was machst du da?«

Eileen lag wie betäubt auf dem Rücken. Das Bellen hatte aufgehört. Das Getöse hatte aufgehört. Im Raum herrschte völliges Schweigen. Dick Dick Dick sprang auf und kam zu ihr, kniete neben ihr auf dem Boden und schob die Hände unter ihren Körper. Eileen schaute zu Rosalind hinüber, die wie versteinert dasaß. Dick Dick Dick war jetzt völlig verändert, das behagte Eileen nicht, aber Rosalind war ja nicht ansprechbar, und im Sturm ist natürlich jeder Hafen recht. Sie leckte ihm die Hand. Er trug sie zu seinem Schreibtisch und bettete sie darauf, hielt sie weiter mit einer Hand und wählte mit der anderen eine Telefonnummer. »Hey, Larry«, sagte er, »hier ist Dick Winterson. Wo bist du? Kannst du kurz rüberkommen und ein bisschen Kleintierbehandlung vornehmen? Ja, es ist ein Notfall. Danke. Wir sind in meinem Büro.«
Jetzt kam der Schmerz. Rücken, Kopf, Bein, aber eigentlich nichts Besonderes. Doch sie blieb ganz still liegen und starrte Rosalind an, in die erst wieder Leben kam, als es an der Tür klopfte. Dick rief »Ja, bitte!«, und ein Mann kam herein. Er hatte den Geruch. Eileen rollte sich auf die Seite und stand auf. Rosalind stand auch auf und kam zu ihr und streichelte Eileen über die Ohren, während sie untersucht wurde. »Es war nicht so lang, wie Sie meinen«, sagte der Tierarzt zu Rosalind. »Ich habe selbst Jack Russells und ich versorge sie selbst. Hat ein Pferd sie getreten? Meine ist mal von einem Pferd in die Luft geschleudert worden. Sobald sie gelandet war, stürzte sie sich auf das Pferd, um es zu zerfleischen. Ihr fehlt nichts. Sie braucht einen Tag Ruhe. Morgen ist sie vielleicht noch ein bisschen steif.«
»Danke«, sagte Dick.
»Keine Ursache, mein Bester«, sagte der Tierarzt. Dann ging er hinaus.
»Wir gehen jetzt besser«, sagte Rosalind. »Ich sehe ein, dass es ein Fehler war herzukommen. Ich bin auch von der Reise erschöpfter, als ich dachte.«
»Rosalind, es tut mir so Leid.«
»Ich glaube, wir haben beide den Punkt erreicht, wo es miteinander nicht mehr weitergeht. Ich dachte, das würde sich vermeiden lassen, aber …«
Rosalind nahm Eileen in den Arm, Eileen kuschelte sich an ihre war-

me Brust und schloss die Augen. Sie hörte, wie Rosalind die Tür öffnete, dann gingen sie hinaus. Meistens gab es mehr Schwatzerei, wenn Leute auseinander gingen, aber diesmal war es nicht so.
Ha, dachte Eileen. Sie wimmerte einmal, als sie die Stallgasse hinuntergingen, und dann noch einmal, als sie ins Auto stiegen. Eigentlich ging es ihr aber ganz gut. Als Rosalind sie auf den Sitz legte, sprang Eileen sofort in den Fußraum, um etwas zu untersuchen, das wie alte Pommes frites aussah. Aber es war nur ein bisschen Dreck. Sie hüpfte wieder auf den Sitz und sah aus dem Fenster. Ein Mensch ging vorbei, er trug einen Hut und roch übel, eigentlich in jeder Hinsicht ein Anbellobjekt, aber Eileen ließ sich ihre Erfahrung eben eine Lehre sein. Sie hielt den Mund. Und Rosalind auch.

DEZEMBER

Kapitel 49
Liebe

Sie hatten gelacht. Ihre Gesichter waren noch offen und glücklich vom Lachen, und deshalb war Farley kurz auf die Tribüne gekommen, obwohl er eigentlich zum Führring hätte gehen müssen. Die Besitzer von Bernard Baruch waren gewichtige Männer, Brüder. Sie nannten alle ihre Pferde nach Finanzmännern. Einer ihrer größten Sieger war ein Pferd namens Lorenzo di Medici gewesen. Sie behaupteten, diese Namen seien ein Witz, aber sie waren unwitzige Männer, ohne Sinn für Spielerisches, ohne Heiterkeit, ohne Vergnügen. Er brauchte eine Dosis Joy, um das Rennen mit den beiden durchzustehen. Sie waren auch große Wetter. Große Wetter ohne eine Spur Sorglosigkeit waren ein wenig gefährlich. Aber sie hatten gute Pferde, und Bernard Baruch und sein Stallgefährte Ivan Boesky waren die Ersten, die sie Farley zum Training gegeben hatten. Ivan Boesky war eine Stute. Das fanden die Brüder auch sehr witzig.
Er setzte sich neben Joy, und sie drehte sich zu ihm, und sein Arm schob sich um ihre Schultern, als wäre dort eine spezielle Einkerbung dafür, und ihr Arm schob sich um seine Taille, und in den Monaten, seit sie zusammen waren, hatten sie keinen einzigen Streit gehabt, und bei dem Gedanken seufzte er vor Glück. »Ich habe zwei Minuten Zeit«, sagte er. »Ich dachte, ihr amüsiert euch hier oben vielleicht ein bisschen zu gut.«
Sie wandte ihm das Gesicht zum Kuss zu, und er küsste sie, dann begrüßte er die anderen. Plato war schon voll in Fahrt.
»Ich benutze gern das Wetter als Modell«, sagte er. »Physiker haben in den letzten Jahren die Entdeckung gemacht, dass es bestimmte Systeme gibt, die sie analysieren können, andere, die sie aller Erwartung

nach analysieren können, und manche, die sie nie werden analysieren können. Zu Letzteren gehört das Wetter. Und auch Pferderennen. Und die Zukunft.« Er spreizt sich, dachte Farley. Er spreizt sich, weil er meint, er sei für die Analyse der Zukunft zuständig.
»Der Schlüssel dazu ist das, was ich als Kaskadeneffekt bezeichne«, sagte Plato. »Systeme, die sich analysieren lassen, sind im Wesentlichen stabile Systeme. Sie entwickeln sich so, wie sie angefangen haben, und gehen immer weiter, bis eine Kraft von außen sie kurzfristig destabilisiert. Es funktioniert wie eine schlechte Ehe. Zur Destabilisierung ist eine immer größere Kraft erforderlich. Er trinkt mehr, sie hat mehr Affären, sie streiten mehr, er droht ihr, aber die Ehe wird trotzdem immer schlechter. Sie lassen sich scheiden, und die Ehe erreicht neue Negativrekorde, da die Partner sogar die Trennung einander vorwerfen. Das ist Stabilität. Nordirland, der Balkan. Das sind stabile Systeme.« Farley lachte, er musste an seine Ehe denken. Es hatte weder Trinkerei noch Ehebruch gegeben, sondern Konflikte und Missverständnisse, und sie hatten beide gemeint, genau zu wissen, was in dem anderen vorging, obwohl sie keine Ahnung davon hatten. Elizabeth ließ die Hand über Platos behaarten Arm gleiten. Farley legte den Arm fester um Joys Schultern. Elizabeth sagte. »Ich hätte nicht auf die Nummer vier setzen sollen.«
»Warum nicht?«, sagte Joy.
»Mr. T. hält nichts von ihm.«
»Wie kommt das?«, sagten Plato und Joy wie aus einem Mund.
»Er hat ihn vor ein paar Tagen bei der Arbeit gesehen. Er meint, er sei zu stark gefordert worden und hat keine Reserven mehr für das Rennen.«
»Kommuniziert ihr gerade?«, fragte Joy.
»Ich habe mir von ihm Rat geholt, als ich vom Wettschalter kam.«
»Wie hast du ihn für Mr. T. kenntlich gemacht?«
»Farbe, Alter, weiße Abzeichen, Geschlecht.«
»Ich glaube nicht, dass das präzise genug ist«, sagte Plato.
»Kein Wettsystem ist perfekt«, sagte Elizabeth.
Farley musste zugeben, dass er nicht daran glaubte, dass das alte Pferd irgendetwas mitteilte. Er musste aber auch zugeben, dass Elizabeth bemerkenswert gute Ergebnisse am Wettschalter hatte. Und dass er

selbst meistens mit der allgemeinen Analyse des Tieres übereinstimmte.

»Warum hast du dann überhaupt auf das Pferd gesetzt?«, fragte Plato.

»Was Mr. T. angeht, muss ich gestehen, dass wir kommunizieren, aber nicht immer einer Meinung sind«, sagte Elizabeth. Alle lachten. »Red nur weiter, Liebling«, sagte Elizabeth zu Plato.

»Man kann auch instabile Systeme analysieren, wenn man den Ursprung der Instabilität kennt. Nehmen wir zum Beispiel die Besiedlung des nordamerikanischen Kontinents durch Europäer, das, was die meisten Leute als amerikanische Geschichte bezeichnen. Alles an diesem System ist instabil: Migration, Wohlstand, die drei Bereiche der Regierung, die Marktwirtschaft, das Wählerverhalten, die Beziehung der Regierung zu den Medien, die ethnische Mischung der Bevölkerung, Sexualverhalten, Familienleben. Auf Mikro- und Makroebene, als ganzer Kosmos ist es instabil. Frieden folgt auf Unruhen, Unruhen auf Frieden, heute hab ich Arbeit, morgen hab ich keine.«

»Und was sind die Wurzeln der Instabilität?«, fragte Joy.

»Es gibt nur eine«, sagte Plato. »Deshalb lässt es sich analysieren.«

»Und das wäre?«, sagte Joy.

»Die Überzeugung, dass es etwas Unbekanntes gibt, das anders ist als all die bekannten Dinge. Etwas, das Neugier weckt, manchmal weckt es auch Angst, aber es ist und bleibt eine Überzeugung. In einem stabilen System sind sich alle einig, dass alles bekannt ist. In einem stabil-friedlichen System wie in Frankreich sind sich alle einig, dass das, was bekannt ist, auch gut ist, und ein großer Teil der nationalen Energie fließt in Selbstlob. In einem stabilen Konfliktsystem wie in Nordirland sind sich alle einig, dass das, was bekannt ist, tragisch und bitter ist, und ein großer Teil der nationalen Energie fließt in Selbstzerstörung. Aber im Fall eines weit verbreiteten Glaubens, dass vieles unbekannt ist, gibt es keine Einigkeit, dann gibt es nur Wogen der Angst und der Hoffnung, und beides ist destabilisierend.«

»Hoffnung ist der amerikanische Traum«, sagte Joy.

»Träume«, sagte Plato, »Träume sind unlogische Täuschungen, die Folge willkürlicher Entladungen von Elektrizität im schlafenden Hirn. Sie lassen sich nicht verstehen und auch nicht eigentlich mitteilen.«

»Was ich an dir so liebe, ist dieser völlige Mangel an Sentimentalität«, sagte Elizabeth.
Die Pferde rückten in die Startboxen ein. Die Tore klappten auf, und sie liefen los. »Es stimmt nicht, dass auf der Rennbahn alles möglich ist«, sagte Plato. »Auf der Rennbahn ist nur eine bestimmte Anzahl von Dingen möglich. Aber bei jedem einzelnen Geschehen gibt es die Möglichkeit eines messbaren Resultats. Jedes messbare Resultat tritt in eine eher geometrische als arithmetische Beziehung zu jedem anderen Geschehen. Wie viele Pferde sind in diesem Rennen? Zehn. Und zehn Jockeys. Und jetzt hängen sie alle zusammen in der ersten Kurve. Wenn wir die zehn Reiter und die zehn Jockeys als zwanzig Universen betrachten oder als zwanzig Galaxien oder Sterne, verstehen wir, warum ein Rennen so gefährlich ist. Zwischen Universen, Galaxien und Sternen liegen gewaltige Entfernungen. Jeder kleine Vorgang, der auf einem davon stattfindet, ist durch den Raum von den anderen isoliert. Während diese Pferde in einer Bewegung bei Hochgeschwindigkeit näher aneinander heranrücken, erhöht sich die Möglichkeit, dass jeder beliebige kleine Vorgang in einem dieser zwanzig Universen …«
»Wie eine Stressfraktur?«, sagte Joy.
»… ein anderes Universum oder mehrere beeinflusst. Da reicht schon eine einzige Faser, ein einzelner elektrischer Impuls, eine einzige chemische Fehlkommunikation.«
»Jetzt ziehen sie auseinander«, sagte Elizabeth. »Mr. T. hat Recht gehabt. Er hat gesagt, dieser Schimmel könnte abseits von dem führenden Pferd nach vorn ziehen.«
»Wie konnte er das wissen?«, fragte Joy.
»Er hat gesagt, Pferde, die aus dem Abseits herankommen, hassen die Arbeit und lieben Rennen. Er hat diesen Kerl noch nie richtig arbeiten sehen.« Farley auch noch nicht.
»Ich wusste nicht, dass er morgens so genau auf die anderen Pferde achtet«, sagte Farley.
»Was soll er denn sonst tun?«, sagte Elizabeth. »Und außerdem – wenn es jemals ein Pferd mit einer Theorie gegeben hat, dann ist er das.«
Die Pferde gingen ins Ziel. Das Pferd mit der Nummer vier hatte sein Rennen auf der Trainingsbahn vergessen. Das Pferd Nummer sechs

war aus dem Abseits gekommen und um eine Nasenlänge Zweiter geworden.
»Haben wir etwas einzulösen?«, fragte Plato.
»Nein«, sagte Elizabeth.
»Nichts ist passiert«, sagte Joy. »Nach dem, was du gesagt hast, hatte ich einen Augenblick lang richtig Herzklopfen. Ich konnte nur noch daran denken, dass eins der Pferde stolpern würde. Gott sei Dank.«
»Das denke ich auch«, sagte Elizabeth. »Das denke ich jeden Tag. Welten prallen aufeinander. Gott sei Dank, dass sie meistens nur einander durchqueren.«
Vor sechs Wochen war Joy zu ihm in die Wohnung gezogen. Seit sie mit Mr. T. hier angekommen war, waren fast fünf Monate vergangen. Sie stellte immer wieder unter Beweis, dass sie ihn genauso eindeutig und ehrlich liebte wie er sie, und er sah ihre Beziehung gern als ein Gegenbeispiel zu seiner Ehe. Wo vorher Pflichten waren, waren jetzt Gaben. Wo vorher Meinungsverschiedenheiten gewesen waren, war jetzt Einigkeit in Wünschen und Erwartungen. Wo vorher alles unentwegt ausgehandelt werden musste, war jetzt friedliche Stille. Es war eine unglaubliche Wohltat für ihn. Was allerdings nicht wegging, war dieses bohrende Gefühl, dass er sich ihrer nicht sicher sein konnte, dass sie nur zeitweilig, flüchtig, verlierbar war. Meistens schob er das auf die lange Zeit, die er auf der Rennbahn verbracht hatte, wo er Pferde kommen und gehen sah, Talent kommen und gehen sah, Unversehrtheit kommen und gehen sah. Im Frühling hatte er gedacht, er hätte sich endlich damit abgefunden, sei endlich weise, endlich philosophisch, aber dann kam Joy, und sein hart errungener Gleichmut in Bezug auf seine Karriere hatte diese alte Angst wieder hervorgebracht, nur mit einem neuen Gesicht.
»Kommst du mit und umschmeichelst die Brüder?«
»Möchtest du das gern?«
»Sie möchten es. Wenn sie dich sehen, fällt ihnen vielleicht wieder ein, dass eine zwanzigprozentige Rendite auf ihre Investition nicht das Einzige ist, was es im Leben gibt. Umarm mich, küss mich, halt meine Hand, mach sie neidisch.«
Und er bekam, was er wollte – ihre Gegenwart, die Empfindung ihres Körpers, der sich an seinen drückte, ihre Hand, die in seiner lag.

Barnard Baruch stand in seiner Sattelbucht, ein hervorragendes Beispiel dafür, was man mit Geld im Bereich von Pferdefleisch kaufen konnte. Sohn von Gulch aus einer Nureyev-Stute mit Stakes-Siegen, ein großes, rassig wirkendes Pferd, ruhig, klug, korrekt und aufgeschlossen. Wenn er heute nicht den ersten Sieg davontrug, dann beim nächsten Mal. Die Brüder standen an der Absperrung und warteten auf ihn, beide im Anzug, mit jovialem Lächeln auf dem Gesicht. Und als sie Joy begrüßten, ja da fassten sie mit beiden Händen nach ihrer kleinen Hand, die Glückspilze.

»Sieht gut aus«, sagte der ältere Bruder.

»Sehr fit«, sagte der Jüngere.

»Schönes Pferd«, sagte Farley.

»Das wird bestimmt lustig«, sagte Joy.

Jetzt kamen die Jockeys. Der Renndress der Brüder war gelb – Farley hatte noch nie eine Farbe gesehen, die so nach Gold aussah – und sehr schön, Desormeaux sah toll darin aus. Joy nahm Farleys Hand, als sie im offenen Sattelring standen, aber ihm fiel auf, wie ungezwungen sie mit den Brüdern Konversation machte, wie sie sie aus ihrer Ernsthaftigkeit herauslockte. Einmal stellte sie sich auf Zehenspitzen und flüsterte dem einen etwas ins Ohr. Beide lachten. Farley hielt sie einen Augenblick zurück, nachdem er den Jockey auf das Pferd geworfen hatte, und sie sagte: »Ich hab ihm gesagt, wir haben eine zuverlässige Quelle im Stall, die meint, dass Bernie das Rennen gewinnt.«

»Hast du ihm gesagt, dass es sich um ein Pferd handelt?«

»Das muss man ihnen langsam beibringen.«

Alle hatten sie gern, dachte Farley mit einem kleinen Stich Eifersucht. Nur weil sie ein so abgeschiedenes Leben geführt hatte, meinte sie, sie wäre eine Einzelgängerin.

Bernard Baruch gewann das Rennen, sie machten das Foto, das Pferd pinkelte ins Glas, und danach ging Farley zu ihm in den Stall, um seine Kondition zu prüfen. Er tastete die Beine ab und musterte sie genau, die Füße ebenfalls. Keine Kratzer oder Schrammen. Das Pferd schien gesund und auch zufrieden. Am nächsten Morgen würde er natürlich steif sein, es dauerte immer eine Zeit lang, bis das Adrenalin von dem Rennen abgebaut war, deshalb konnte das Pferd in der Tat noch keinen Schmerz empfinden. Aber so gründlich Farley ihn auch abtastete, ihm über Rücken und Beine fuhr und mit der Hand über den ganzen Körper strich, er stellte nichts Verdächtiges fest. Die einzige Frage, die offen blieb, war geistiger Art: Hatte es dem Pferd gefallen? Angesichts der Tatsache, dass er den größten Teil des Rennens geführt hatte, ungefährdet und von Desormeaux sehr freundlich geritten, war es unwahrscheinlich, dass er irgendeinen seelischen Schaden davongetragen hatte. Das Laufen an sich war das, wofür das Pferd sich entscheiden musste, nicht das Durcheinander, der Dreck im Gesicht, das Schubsen und Rangeln, schlüpfriger Boden oder, was vielleicht am schwersten war, wer er im Vergleich mit den anderen war. Heute jedenfalls wusste er, wer er im Vergleich zu den anderen war und dass er das, was er war, auch sein wollte.

Auch wenn er sich auf den Hengst konzentrierte und leise mit dem Pfleger und dem Fütterer sprach, hieß das nicht, dass er Joy nicht bemerkte, die weiter unten in der Stallgasse stand, sich über die Absperrung von Mr. T.s Box beugte und auf ihn einredete. Er sah, wie das Pferd den weißen Kopf an ihre Brust legte und leicht dagegen drückte und wie sie den Druck erwiderte. Ihre Hände wanderten zu seinen Ohren hinauf und streichelten sie sanft. Farley spürte die Berührung, hatte sie selbst schon gespürt. Fast hätte er sich gewünscht, selbst haarige Ohren zu haben. Im Laufe der Jahre hatte er festgestellt, dass Pferdeohren hervorragende Streichelobjekte waren, vorausgesetzt, das Pferd mochte es. Die Hände legen sich wie angegossen darum, und das Ohr glitt wie Seide über die Handfläche. Jeder Pferdekenner wusste, dass man sich nie genau vor den Kopf eines Pferdes stellt, denn dann konnte das Pferd einen nicht sehen, und so ein Pferdekopf, der unvermittelt nach vorn stieß, war ein ziemlich kraftvoller stumpfer Gegenstand. Aber er hatte immer gemeint, dass ein Pferd den Menschen dort zwar nicht sehen, doch am intensivsten spüren konnte, und wenn es dem Menschen vertraute, dann genoss es, wenn er dort stand, die Hände an seinen Ohren und die Wange an seiner Stirn. Der Kopf des Pferdes war fast in ihrem Schoß. Wenn ein Pferd nicht Liebe in dem Sinn empfand wie wir, was war es dann, was er da sah? Vielleicht trug das Pferd es nicht mit sich herum, um darüber zu brüten und nachzudenken und zu überlegen, was sich in seinem Le-

ben dadurch verändert hatte, aber man musste doch nur hinschauen – er fühlte es ganz bestimmt, er suchte es, streckte sich dem entgegen, gab sich dem hin, konnte nicht genug davon kriegen.
Es gab Pferde, die waren aus Liebe gestorben, das wusste Farley. Es kam nicht oft vor, aber von Zeit zu Zeit hörte man solche Geschichten. Swale war, kurz nachdem er von seinem Pfleger getrennt worden war, mysteriöserweise gestorben. Man konnte annehmen, dass er aus Kummer gestorben war, und manche Leute dachten das auch. Männliche und weibliche Pferde brachten Zuneigung auf unterschiedliche Weise zum Ausdruck. Farley hatte manchmal den Eindruck, dass Wallache und Hengste größere Schwierigkeiten hatten, mit ihren Bindungen zurechtzukommen. Jungstuten waren oft sehr liebevoll, auf dem Gestüt lebten Stuten in einer Welt aus Bindungen, in einem Hormonnebel der Mutter- und Schwesternschaft. Wenn du wissen willst, wie man eine gute Mutter ist, hatte er einmal anlässlich eines denkwürdigen und nur schwer verzeihlichen Streits zu der Stammstute gesagt, dann fahr raus auf ein Gestüt, stell dich zwischen die Stuten und Fohlen und versuch, es mitzukriegen. Eine schlechte Mutter war ängstlich, aber nachlässig. Eine gute Mutter war aufmerksam und ruhig. So einfach war das, hatte er zu ihr gesagt. Was eine zwanzigjährige Zuchtstute über Liebe und Macht nicht wusste, das brauchte man auch nicht zu wissen. Hengste waren anders, in jedem Alter. Sie lebten allein und näherten sich auch in der freien Wildbahn den Stuten nur selten. Im Unterschied zu Hengsten hatten Wallache Freunde und leidenschaftliche Bindungen. Sie sublimierten die Sexualenergie, und das Interessante dabei war, dass Menschen ihnen diesen Zustand zufügten, die Tiere jedoch etwas Neues daraus gemacht hatten. Wallache hatten ja wirklich ihre ganz eigene Kultur, es war eine Kultur, die auf Zuneigung, Liebe und Leidenschaft beruhte, wie auch immer man es nennen wollte. Wallache waren der Beweis dafür, dass Liebe kein Instinkt, sondern eine Entscheidung war, ein erlerntes Verhalten, eine Fähigkeit, die man über Jahre entwickelt.
Farley trat einen Schritt von dem Hengst zurück. »In Ordnung, Rafael«, sagte er zu dem Pfleger. »So weit sieht er gut aus. Bandagier ihn und steck ihn ins Bett. Er ist jetzt ein Sieger. Sorg dafür, dass er im Penthouse wohnt.«

»Jawoll, Boss.« Rafael lächelte. Und als die beiden sich zum Gehen aufmachten und im Gang waren, küsste der Pfleger das Pferd natürlich auf den Hals. Es ging einfach nicht anders.

Joy kam von hinten an ihn heran und legte die Arme um seine Taille. Er fühlte, wie sie den Kopf an seinen Rücken legte, und er drückte sich gegen sie. Was wäre, wenn?, dachte er auf eine Art und Weise, die er sich seit Jahren nicht mehr gestattet hatte. »Was wäre, wenn?« war ein sich unendlich verzweigender Weg durch einen dunklen Wald, der letzten Endes zu Verzweiflung und Lähmung führte. »Was wäre, wenn das Pferd im Derby gewinnt?« war genauso gefährlich wie »Was wäre, wenn das Pferd stürzt und sich das Genick bricht?«. Jahre mangelnder Stabilität in der Ehe hätten ihn ein für alle Mal gegen die Versuchungen des »Was, wenn« gefeit machen sollen. Aber da war es wieder, eine dieser Lehren, die man niemals lernt. Er wandte sich um und nahm sie in die Arme, ebenso sehr aus Liebe wie aus Angst.

DRITTES BUCH

1999

JANUAR

Kapitel 50
Das sind sie

Erster Januar. Heute sind sie drei Jahre alt. Von den 55 431 Stuten, die 1995 gedeckt wurden, wurden rund vierundvierzigtausend trächtig, und 1996 kamen 32 217 Fohlen zur Welt. Davon starteten 11 056 als Zweijährige in Rennen. In jedem der 4639 Zweijährigenrennen gewann eines. In drei kurzen Jahren sind einige gestorben, viele haben versagt, viele haben einen Haufen Geld gekostet, das sich nie wieder einbringen lässt. Zweiunddreißigtausend Fohlen sind zweiunddreißigtausend Geschichten, denn ein Vollblutpferd bleibt nie unbemerkt oder undiskutiert. Und die meisten Geschichten sind dramatisch. Für den Mann, dessen bildschönes und teures Fohlen (schon mit geleisteter Decktaxe, die nicht rückzahlbar war) im Alter von zwei Monaten mit sechs Schlangenbissen in der Nase tot auf der Weide gefunden wurde, hat das Jahr eine tragische Note, obwohl seine vier anderen Fohlen springlebendig sind und gut gedeihen. Für die Frau, die ihre bislang unfruchtbare Stute im Januar auf die Zuchtfarm schickte, um sie früh decken zu lassen, und einen Anruf bekam, dass ihr Pferd im siebten Monat trächtig war, hat das Jahr etwas von einer Komödie der Irrungen: All der Aufmerksamkeit, all dem Ultraschall und Beobachten zum Trotz hatte die Stute ihr Geheimnis für sich behalten. Für die Besitzer und Fans von Silver Charm und Skip Away und Real Quiet und Silverbulletday und Da Hoss hat das Jahr etwas von Spannung und Abenteuer, jeder Sieg ist schließlich ein Triumph über die Wahrscheinlichkeit, denn die Chancen, ein Rennen zu gewinnen, sind fünfzigtausend zu eins, egal was die Handicapper sagen.

Dreijährige Dressurpferde sind noch weitgehend untrainiert, dreijährige Springpferde sind noch kein einziges Mal gesprungen, dreijährige Wagenpferde haben noch keinen Wagen zu Gesicht bekommen. Dreijährige Hüter-, Rodeo- und Freizeitpferde haben ihr Training zum größten Teil hinter sich und ihre Laufbahn vor sich. Aber dreijährige Vollblutpferde laufen im Kentucky Derby, im Stakes-Rennen von Preakness und Belmont. Dreijährige Rennpferde nähern sich dem Gipfel ihrer Leistungskraft, schicken sich an, die kühnsten Träume ihrer Besitzer zu erfüllen und, wenn möglich, zu Legenden zu werden.

William Vance hat ein paar Dreijährige im Stall, einige davon potenzielle Gewinner von Stakes-Rennen, doch auch für diese liegt das Kentucky Derby auf einem anderen Stern. Aber er hat Justa Bob, der inzwischen sieben ist. Es ist die seltsamste Geschichte, die William Vance je passiert ist, und in ihrem Licht erscheint ihm das Leben wie ein Roman. Hier ist dieser einfache Braune, im Stockmaß eins dreiundsechzig hoch, keine besondere Schönheit. Er hat einen Anflug von Senkrücken und Hirschhals. Der rechte Vorderfuß ist vom Knie abgedreht. Das Sprunggelenk ist ein bisschen tief und der Kopf ein wenig klobig. Seine Unterlippe hängt etwas nach unten. Seine Ohren sind eine Spur eselig. Aber seit er zurück auf der Rennbahn ist, zuerst in Hawthorne und jetzt hier in Louisiana, hat er bei vier Starts viermal gewonnen. Nach dem zweiten Rennen hat William Vance ihn ganz aus der Gruppe für Verkaufsrennen herausgenommen. Jetzt gewinnt er Ausgleichsrennen, natürlich immer um eine Nasenlänge: Der Galopp ist eine asymmetrischer Gangart, eine Reihe rhythmischer Sprünge. Der Kopf eines Pferdes bewegt sich hin und her und auf und ab, während es springt. Wenn die Nase unten ist, ist das Pferd auch weiter vorn. Bis zu einem gewissen Grad wird das Nicken von der Geschwindigkeit und der Siegeswilligkeit des Pferdes gemindert, die Anatomie des Galopps ist nicht hundertprozentig Schicksal. Auch wenn Kartesianer es bezweifeln, ein Rennpferd selbst versteht unter Umständen, wie es seine Nase weiter nach vorn bringen kann als ein anderes Pferd, und es hat unter Umständen auch den Wunsch, das zu tun. William Vance braucht sich mit diesem philosophischen Problem nicht auseinander zu setzen, aber irgendetwas muss er sagen, weil die Leute darüber reden wollen, und

deshalb sagt er immer: »Ich weiß nicht. Ich weiß nicht«, denn er will das Glück nicht herausfordern.
Dann gewinnt das Pferd ein fünftes Mal, und ein Typ von der *Times-Picayune* kommt vorbei und will, dass William Vance ihm etwas Interessantes erzählt, und er sagt: »Ich trainiere seit sechsundzwanzig Jahren Pferde und verdiene meinen Lebensunterhalt damit. In der Regel habe ich fünfzehn bis zwanzig Pferde im Stall, im Laufe der Jahre habe ich also eine ganze Menge zu sehen bekommen, aber ein Pferd wie Justa Bob ist mir noch nie untergekommen.«
Er hat das Gefühl, dass das nicht interessant genug ist, deshalb beugt er sich vor und zeigt dem Typ die Narbe von der Kolikoperation, die sich an der Mittellinie von Justa Bobs Bauch entlangzieht.
»Wir hatten eine unglaubliche Hitzewelle, als ich das Pferd gerade unten in Colorado gekauft hatte«, erzählt er. »So eine Willkommen-in-Chicago-Woche mit 40 Grad im Schatten, und als ich abends in den Stall kam, ging es dem Pferd sehr schlecht. Die Operation hat mich alles in allem sechstausendachthundert Dollar gekostet, und das Pferd war dreieinhalb Monate aus dem Verkehr gezogen. Solche Summen kann man mit einem sechsjährigen Pferd in Verkaufsrennen eigentlich nie wieder reinholen.«
Der Zeitungsfritze nickt und lächelt. William weiß nicht genau, wie viel er von Pferden versteht.
»Der Tierarzt hat mir gesagt, er würde wohl nie wieder so leistungsfähig sein wie vor der Operation. Und vorher war er kein Stakes-Pferd. Ich dachte mir einfach, na ja, dann war's eben eine gute Tat.« Dann sagt er: »Ein Mensch mit einem schwachen Herzen sollte dieses Pferd nicht starten lassen. Das könnte tödlich enden.«
Darüber lacht der Typ und schreibt es auf. »Und wie viel haben Sie gewonnen?«, fragt er dann.
»Etwa sechzigtausend.« William hustet und verschluckt die Zahl halb. Sogar hier auf der Rennbahn, wo solche Zahlen allgemein bekannt sind, findet er es als Mann aus dem Mittelwesten etwas ungehörig, exakte Summen zu nennen. »Und jetzt habe ich Besitzer, die vor sechs Monaten noch nicht im Traum daran gedacht hätten, zu mir zu kommen.«
»Ist das Ihrer Meinung nach das Beste bei der Sache?«

»Nee, nee«, sagt William und lacht. »Es ist spannend, dieses Pferd zu beobachten. Immer wieder fragt man sich: Hat er diesen letzten Zoll nicht falsch kalkuliert? Aber das kommt nie vor.«
Als der Artikel später erscheint (nach Justa Bobs sechstem, aber noch vor seinem siebten und achten Sieg), meint William, er hätte sich in dem Interview ganz gut geschlagen, aber was ihm wirklich gefällt, ist das:
»Die Wetter in der Gegend von New Orleans sind ganz versessen darauf. Sie setzen gerne auf Justa Bob und gerne gegen ihn. Mary Hardesty, Dauergast auf der Rennbahn, setzt immer auf Justa Bob und sagt: ›Er ist eine sichere Wette, die nicht danach aussieht. Man ist versucht, immer mehr auf ihn zu setzen, und kurz vor dem Ziel denkt man: Mein Gott, jetzt hab ich alles verloren. Aber dann hat er die Nase doch wieder vorn.‹
William Vance hat in seinem Büro sechs Zielfotos des Pferdes hängen. Pferdekenner halten es für eine Art Rekord. William Vance lässt sich manchmal selbst verleiten, auf sein Pferd zu setzen. ›Ich will nur so viel sagen‹, erklärt er: ›Ich hab etwas Geld für das Medizinstudium meines Sohnes auf die Seite legen können.‹ Hat er eine Erklärung für die Leistung des Pferdes? ›Also, als er die Monate auf der Farm meines Vaters in Missouri verbracht hat, stand er jeden Tag in einem Teich, der von einer Quelle gespeist wurde. Das heilt alle Beschwerden.‹
Aber das ist nicht der Grund, weshalb er lächelt. ›Er ist ein nettes Pferd‹, sagt er. ›Er ist angenehm im Umgang, und es ist ein Vergnügen, ihn im Stall zu haben. Ich frage mich oft, ob er Humor hat‹, sagt Vance.«
William bringt den Artikel eigenhändig zum Kopierladen, lässt ihn auf ein Stück Sperrholz aufziehen und hängt ihn direkt über Justa Bobs siebtes Siegesfoto. Und wenn jetzt Leute über die ganze Sache reden wollen, gibt er ihnen den Artikel zu lesen.

Kapitel 51
Anonym

Rosalind fand es bemerkenswert, dass sie bei all ihren Reisen und auch bei ihren Porzellaneinkäufen noch nie zuvor in Irland gewesen war, wo sie sich nun am Anfang des neuen Jahres befand. Alle Welt, vor allem im Pferdemilieu, kam aus Irland oder fuhr dorthin. Al war sogar mehrmals im Curragh und auf dem Coolmore-Gestüt und bei den Jährlingsauktionen gewesen, aber Rosalind hatte bisher nie einen Anlass gehabt. Jetzt war sie gekommen, um sich Bilder anzusehen, aber daraus wurde nichts, weil der Maler seinen Flug aus Ankara verpasst hatte und frühestens morgen, vielleicht auch erst am Tag darauf da sein würde, und zu diesem Zeitpunkt würde Rosalind auf dem Weg nach Delhi gerade in Spanien Zwischenstation machen. Nun war sie also in Dublin und hatte einen freien Tag vor sich. Da das Thema Irland die Welt erobert hatte und die meisten Leute allem Anschein nach zumindest einen Teil ihrer Ausbildung und täglich eine gewisse Zeitspanne damit verbrachten, sich eine Meinung über die Ereignisse in Irland – weit mehr als über Frankreich oder andere Länder – zu bilden, fand Rosalind es umso überraschender, dass sie hier überhaupt keine Bekannten hatte und niemand sie kannte. Es gab also keine Menschenseele, die sie hätte anrufen können, und sie war hier in Irland, all ihrem Geld und all ihren Kontakten an anderen Orten zum Trotz, ein Niemand.

Wie ihr Herz bei diesem Gedanken höher schlug!

Kein Licht blinkte am Telefon in ihrem Hotelzimmer.

Keine Faxe oder Nachrichten kamen für sie, nachdem sie bei ihrer Ankunft am Vortag mit dem Künstler selbst gesprochen hatte.

Kein Mensch wusste, dass sie genau an diesem Tag fünfzig wurde. Kein Mensch hatte eine Geburtstagsparty für sie organisiert. Sie hatte keine dem Trost oder der Pflege ihres Ichs gewidmeten Termine in einem Schönheitssalon gebucht. Keine Freundin hatte im Cité Grill oder im Lutèce einen Tisch für den Lunch bestellt, um mit ihr allgemeine Klagelieder über das Verrinnen der Zeit anzustimmen.

Nun war sie hier, und der 3. Januar 1999 lag vor ihr wie ein unbeschriebenes Blatt. Vielleicht würde nicht einmal Al anrufen, er war in Sibirien mit dem Bau einer Art Stahlwalzwerk beschäftigt. Das weltweite Funknetz stellte nur unregelmäßig Verbindungen mit Sibirien her, und Rosalind hatte ihn gebeten, sich keine Sorgen zu machen. Seit dem Breeders' Cup hatten sie sich überhaupt kaum gesehen.

Rosalind ging die breite, wunderbar polierte Eichenholztreppe hinunter ins Foyer des Hotels. Als sie nach links in den Speisesaal bog, wo das Frühstück serviert wurde, sah sie auf die Uhr. In Appleton, ihrem Geburtsort, war es erst kurz nach 1 Uhr morgens. Sie war noch nicht auf der Welt, aber die Wehen, die in ihrer Geburt kulminieren würden, hatten schon eingesetzt.

Der Speisesaal des Hotels war eine angenehme Mischung von abgewetzt und hübsch, nichts war neu, aber alles war gepflegt. Sie setzte sich an ihren blütenweiß gedeckten Tisch, ein ehemaliges Baby von gut drei Kilo mit nur einem Hauch von Flaum als Haar. Fünfzig Jahre war das her. Kaum zu glauben.

Jetzt erschien ein gut aussehender blauäugiger Mann mit einem Korb, in dem sich etwas Warmes befand. »Bitte schön, junge Frau. Heute Morgen gibt's feine Rosinenwecken, die Butter steht da. Was darf's denn heute sein, Kaffee oder Tee?«

»Tee bitte«, sagte Rosalind und hob die Serviette von dem Korb. Fünf, sechs viereckige Wecken lagen in dem Nest. Die flachen Unterseiten und die gewölbten Oberseiten knusprig und sattgelb. Die Butter, mit der sie bestrichen waren, rann ihr über die Finger, und sie leckte sie ab. Dann biss sie in einen Wecken. Er war warm und aromatisch. Die Kruste buttrig, das Innere schwer, weich und bröcklig. Es war gerade süß genug, um daran zu erinnern, dass die Orangenmarmelade neben der blassen cremigen Butter perfekt dazu passen würde, wenn man nur aufhören könnte zu essen und sich die Zeit nähme, sie aufzustreichen. Rosalind schloss die Augen. Auch der Duft war köstlich, nach Keksen, Rosinen und Butter. Ihre Großmutter war eine große Keksbäckerin gewesen, jeden Morgen kamen ganze Bleche mit Keksen aus dem Ofen, die waren für ihren Großvater und die Brüder ihres Vaters, die auf dem Hof arbeiteten und vom ersten Melken hereinkamen, wenn Rosalind über die Hintertreppe von der Schlafveranda stieg. Sie war damals vielleicht fünf oder sechs, und es war Som-

mer, denn im Sommer fuhren sie auf den Hof hinaus. Die Brüder ihres Vaters waren große Männer, alle drei, sie hatten große Bäuche und breite Schultern, alle drei waren damals noch unverheiratet und stapften deshalb groß und schwer auf dem Hof umher. Bei dem Gedanken an die Onkel sah sie auch die runden, schweren Dinge wieder vor sich, die zu ihnen gehörten – schwarze Buicks, schwarzweiße Rinder, Traktoren, Heuballen, alles war groß und gefährlich, lauter Dinge, von denen sie sich fern halten sollte und vor denen sie sich in Acht nehmen musste. Auf dem Hof sollte es lustig sein, so stellten es jedenfalls die Eltern ihr und ihren Schwestern gegenüber dar, aber die Felder waren voller Kuhfladen, die Brombeeren voller Dornen und der Teich voll Entengrütze, sie durften nicht auf die Bäume klettern, und ihr Großvater war barsch mit all seinen Söhnen, die, wie sie jetzt begriff, längst auf eigenen Füßen hätten stehen sollen. Beim nächsten Biss in den Wecken fühlte sie wie einen Stich die alte Furcht, wenn sie alle hereingetrampelt kamen, aus ihren Stiefeln stiegen und schon beim Frühstück anfingen, untereinander zu zanken. Sie aßen mit herzhaftem Appetit und unter viel Geklirr von Besteck und Geschirr, unter Gebrüll und Geraunze. Das war natürlich nie an sie oder ihre Schwestern gerichtet, sie wurden wie etwas Besonderes behandelt, etwas Zartes und Zerbrechliches, aber untereinander hatten sie keinerlei Hemmungen, und Fausthiebe auf den Tisch waren die Regel. Sie und ihre Schwestern warfen einander bei dem Gedröhn bange Blicke zu, und der Appetit verging ihnen, deshalb mussten sie umso länger dasitzen, bis sie aufgegessen hatten, was auf ihren Tellern war, denn Verschwendung wurde auf der Farm nicht geduldet. Wenn die Männer wieder hinaus zur Arbeit gegangen waren, würgten sie es schließlich hinunter. Rosalind nahm noch einen Bissen von dem Wecken.
Als sie die Augen öffnete, stand der Tee vor ihr, und außerdem hatte sich eine Frau zu ihr an den Tisch gesetzt, eine schlanke dunkelhaarige junge Frau von vielleicht dreißig Jahren. Sie trug ein schwarzes Kostüm mit hohem weißen Kragen. Sie lächelte. »Hallo«, sagte sie, »haben Sie etwas dagegen, wenn ich mich setze? Hier ist kein Stuhl mehr frei, und ich muss auf diese Frau warten, die ich interviewe. Sie ist Dichterin und ein bisschen schwierig und so, und ihr Agent hat mir gesagt, ich dürfte auf keinen Fall zu spät kommen, deshalb bin ich

jetzt zwanzig Minuten zu früh, ob Sie's glauben oder nicht. Aber die Tische sind alle besetzt, und der Oberkellner will mich nicht im Restaurant warten lassen, deshalb hab ich ihm gesagt, dass ich zu Ihnen gehöre. Sie sahen so hübsch hier aus, wie ein Strand an der Karibik, ehrlich.«

Rosalind lachte laut auf und sagte: »Das ist das netteste Kompliment, das ich seit Jahren bekommen habe.«

»Aha. Sie sind Amerikanerin. Hab ich mir gedacht. Sie waren ja ganz vertieft in Ihren Wecken.«

»Tatsächlich? Möchten Sie einen?«

»Ja, gern. Mit ein wenig Marmelade, das wäre wunderbar.«

»Ich dachte gerade an den Hof meines Großvaters. Meine Großmutter machte immer ein ähnliches Gebäck, fast wie Wecken. Aber es war keine glückliche Erinnerung. Eher angsteinflößend.«

»Und deshalb mögen Sie kein Frühstück? So ist das. Auf einmal hasst man etwas ganz Normales wie Frühstück und bezahlt Tausende Pfund, damit man herausbekommt, dass es daran liegt, dass man einmal gesehen hat, wie sich die eigenen Eltern mit erhobenen Gabeln über den Tisch aufeinander gestürzt haben. So war es bei mir jedenfalls, dabei stimmte das gar nicht.«

»Was stimmte nicht?«

»Die Sache mit den Gabeln. Keiner, weder meine Geschwister noch meine Tanten und Onkel, konnten sich daran erinnern, dass meine Eltern jemals versucht hatten, sich gegenseitig die Augen auszustechen, und das passt auch eigentlich gar nicht zu ihnen. Nachdem ich wochenlang mit meiner Analytikerin über diese Gabelgeschichte geredet hatte, stellte ich fest, dass es gar nicht passiert war, und da sagte sie: ›Na gut, dann tun wir eben so, als wäre es passiert.‹ Und ich muss ehrlich sagen, an dem Tag war großes Heulen und Zähneklappern! Und dann sagte sie: ›Jetzt wollen wir uns aber in Erinnerung rufen, dass es nicht passiert ist, und Sie können nach Herzenslust frühstücken.‹ Dann verabschiedete ich mich von dieser Augen-Ausstech-Geschichte, und ich muss schon sagen, alle in der Familie waren sehr erleichtert. Tja, die tausend Pfund für die Analytikerin waren Tatsache, die Gabeln aber nicht. Aber wissen Sie was, danach haben wir festgestellt, dass man jeden Gedanken zu einer Erinnerung aufbauen und ihn dann wieder loswerden kann, und das funktionierte hervorragend. Und all das, was wirklich passiert ist, na ja, das kann man auch loswerden, weil man sich nicht daran erinnert, und es ist alles bloß eine Geschichte.«

Rosalind lachte.

Die junge Frau sagte: »Ich glaube wirklich, dass ich die einzige erfolgreiche Analyse in der Geschichte der Menschheit genossen habe. Ach, da ist sie ja schon.«

Am gegenüberliegenden Ende des Speisesaals rauschte eine Frau mit graublonder Hochfrisur in den Raum. Sie trug ein lilafarbenes Gewand und signalisierte in jeder Hinsicht ihren Status als Künstlerin.

»Ich hab sie mal auf einer Party kennen gelernt«, sagte Rosalind. »Viel Glück beim Interview.«

»Sie redet wie ein Wasserfall. Das ist das Tolle daran, wenn man sie interviewt. Man drückt auf den Knopf, schreibt alles auf, verleiht dem Ganzen ein wenig Zusammenhang – und fertig. Vielen Dank für den Wecken.«

»Vielen Dank für den Rat.« Aber die junge Frau hatte ihre Aufmerksamkeit schon der Dichterin zugewandt, und Rosalind war wieder allein. Sie trank den Tee und aß noch einen Wecken. Aber das war jetzt genug. Sie sah dem Tag beschwingt und unternehmungslustig entgegen. Diesem Tag. Ihrem fünfzigsten Geburtstag! Sie warf einen Blick auf die Uhr. Immer noch nicht geboren. Aber es würde nicht mehr lange dauern.

Vielleicht war sie so mit ihren Gedanken beschäftigt, dass sie deshalb kein Wort von dem verstand, was ihr der Mann an der Rezeption sagte, als sie nach Taxis fragte. Als er zu Ende geredet hatte und sie wieder voller Hilfsbereitschaft anlächelte, stellte sie fest, dass sie überhaupt nicht zugehört hatte. Er hätte genauso gut den Mund halten können. Es war ihr peinlich, und sie sagte: »Danke. Das ist sehr freundlich.« Dann trat sie aus dem Hotel hinaus. Gegenüber lag ein Park, gleich vor ihr brauste der Verkehr vorbei, deshalb wandte sie sich nach rechts und ging die Straße hinunter. Über eine unbekannte Straße in einem unbekannten Land an einem sonnigen Tag, in eine Richtung, von der sie gar nicht wusste, wohin sie führte. Sie war so glücklich wie seit Jahren nicht mehr. Sie kam zu einer Ampel und ging hinüber, denn der Verkehr schien tatsächlich stehen zu bleiben. Sie fühlte sich jedenfalls fern von jeder Gefahr. So sehr, dass ihr jeder Schritt genau richtig zu sein schien. Sie bog ab, überquerte eine weitere Straße und erreichte eine geschäftige Fußgängerzone, die mit Ziegelsteinen gepflastert war. Zu beiden Seiten waren Geschäfte. Ah. Käufer, und ganz besonders Käuferinnen, waren in der Regel nicht besonders hoch angesehen, aber Rosalind wusste ganz genau, dass das Kaufen die Welt im Innersten zusammenhält. Sie und Al beispielsweise schienen sich an den weit voneinander entfernten Enden eines bestimmten Kontinuums zu befinden. Er errichtete Fabriken für die Herstellung gewaltiger Metallgegenstände. Er beschäftigte starke, schwitzende Männer und bereiste Gegenden wie Osteuropa und Sibirien, weil das die letzten Bastionen starker, schwitzender Männlichkeit waren. Der einzige große Metallgegenstand, den Rosalind je anfasste, war ihr Mercedes. Ihre Welt bestand aus schönen tragbaren Dingen, und ihre Kunst bestand darin, zu wissen, wo diese sich befinden sollten, und sie dorthin zu schaffen. Aber im Grunde war es so, dass sie das Interesse an einem Gegenstand verlor, sobald sie ihn erworben hatte. Die schön eingerichteten Räume, die andere für das Produkt hielten, waren in Wirklichkeit nur ein Nebenprodukt. Das Produkt war der Fluss an sich. Sie blieb stehen und sah die Straße hinab, die sich vor ihr erstreckte, und sie wusste, dass sie, wenn sie am anderen Ende der Straße ankam, den Fluss der Objekte um die Welt wesentlich verändert haben würde. Was jetzt noch in Fenstern und Ladentheken ruhte, würde bald in Bewegung gesetzt, getragen, wie alle Gegenstände auf der Welt, von der Strömung des Geldes. Die Strömung des Geldes bildete in ihrem und Als Haus, mitten in ihrem Bankkonto einen kleinen Strudel. So viel kam hinein und so viel ging hinaus, dass das Konto einen regelrechten kleinen Golfstrom entwickelte, eine warme Strömung von Konsum, deren Wellen sich in die ganze Welt hinaus ausbreiteten. Dabei war sie keine Frau, die rein wirtschaftliche Interessen verfolgte. Ihr kleiner Beitrag zum Kapitalismus war nur ein glücklicher Zufall, nichts weiter. Der wirkliche Lohn bestand für sie darin, dass sie immer wieder, mit jedem Augenblick, jeder Kauferfahrung, entdeckte, wie gut sie den Wert von Dingen zu schätzen verstand. Gewiss, man konnte auch den Wert von einförmig hergestellten großen Metallgegenständen zu schätzen wissen. Sie waren nützlich und oft ansprechend in der Form. Aber als geborene Wertschätzerin brauchte man Abwechslung und Einmaligkeit, um die eigenen Talente zu entwickeln.

Rosalind überquerte die Straße wieder und betrachtete eine Auslage mit kostbar angefertigten Holztruhen und -schränken. Daneben war ein Fenster voll Belleek-Porzellan und Waterford-Kristall. Sie entdeckte drei Produktlinien, die ihr neu waren, am besten gefiel ihr davon ein Satz kelchförmiger Wassergläser aus Milchglas mit einem federartigen Muster, das durchsichtig war. Daneben lag ein Schuhgeschäft. Schuhe waren interessant, weil sie eine künstlerische und eine funktionale Seite hatten, deren Zusammenhang mit dem Preis wenig greifbar und undefinierbar war. Sie ging zurück zu dem Geschäft mit den Holztruhen und trat ein.

Rosalind fand merkantile Beziehungen immer befriedigend, und je teurer das Geschäft, desto glücklicher waren sie und die Besitzer, einander gefunden zu haben, denn sobald sie ein Geschäft betrat, wussten diese, dass sie diejenige war, auf die sie gewartet hatten. In diesem Geschäft zum Beispiel standen drei Personen hinter der Theke. Sie blickten auf, sahen Rosalind, lächelten, und der Mann kam hinter der gläsernen Auslage hervor auf sie zu. Das war sicher der Geschäftsführer oder sogar der Besitzer, dachte Rosalind. Sein Lächeln war nicht einmal geldgierig. Er freute sich aufrichtig, sie zu sehen, und dadurch wusste sie, was für eine sagenhafte Käuferin sie war.

»Sie haben sehr hübsche Sachen hier«, sagte sie.

»Danke, meine Liebe«, sagte er.

»Ist das Handarbeit?«

Mit der freundlichsten Geste der Welt fasste er ihren linken Arm über dem Ellbogen und sagte: »Passen Sie auf, hier ist der Teppich ein bisschen uneben. So, da wären wir schon.« Er führte sie in einen kleinen Winkel im hinteren Teil des Ladens, wo lauter Kommoden standen. Hoch und schmal ragten sie vor ihr auf, bernsteinfarben und mit Griffen aus einem Material, das nach granatrotem Halbedelstein aussah. »Also, junge Frau, sehen Sie sich die hier mal an. Die fertigt Padraig Mahoney in Galway. Er schreinert eine pro Jahr. Vier hab ich hier, das ist die Arbeit von vier Jahren. Die ist von 1993. Diese von 1994. Die hier 1996 und diese 1997. 1995 habe ich letztes Jahr verkauft, und 1992 vor drei Jahren, und ich hab 1998 bestellt, aber sie ist noch nicht angekommen.«

»Sie sehen sehr interessant aus.«

»Ja, nicht wahr? Natürlich haben sie überhaupt keinen Verwendungszweck.« Er nahm einen kleinen Griff zwischen Daumen und Zeigefinger und zog die Schublade heraus. »Also, was soll man da hineinlegen? Das ist doch viel zu kurz.«

»Das ist nicht zum Reinlegen«, sagte Rosalind. »Das ist zum Anschauen.« Und sie hatte Recht, denn auf dem Boden der Schublade befand sich eine Intarsienarbeit in verschiedenen Holztönen. In der Ecke links oben war ein Wolf dargestellt, in der Ecke rechts unten ein Mann. Zwischen den beiden sah man ein Rudel Wolfshunde, die, in verschiedenen Stadien der Aufgeregtheit, einen Hügel überquerten. Die Zeichnung der Tiere war erstaunlich in Detail und Linie. Jeder Hund (manche waren teilweise von anderen verdeckt) war klar und deutlich und voller Energie und Bewegung. »Darf man es berühren?«, fragte Rosalind.

»Nett, dass Sie fragen. Ja, unbedingt.«

Man spürte keine Kanten. Die ganze Arbeit war abgeschliffen und poliert worden.

Sie trat einen Schritt zurück. Das Äußere der Kommode wirkte ganz schlicht, bis man genau hinsah und merkte, dass die einzelnen Bretter geteilt und so aneinander gepasst waren, dass die goldene Maserung des Holzes an der Seite der Kommode ein spiralförmiges Muster und auf der Oberseite ein Sonnenradmuster ergab, aber das Ganze war sehr dezent.

»Eins will ich Ihnen sagen, wenn's recht ist«, sagte der Besitzer. »Padraig Mahoney macht nie einen Fehler. Sehen Sie, wie glatt die Ecken hier sind, jede einzelne? Ein durchschnittlicher Kunstschreiner erlaubt sich hier und da ein bisschen Verzierung, damit er einen Fehler machen kann, aber dieser Mahoney, der behandelt jeden Zentimeter mit antiken Hobeln, die er restauriert hat, und er macht nie einen Fehler.«

»Aber nichts sieht hart aus«, sagte Rosalind.

»Ja, er hat ein sinnliches Auge, nicht wahr?«

Rosalind wandte sich um und sah den Besitzer an, der die Kommode mit unverhohlener Freude betrachtete. »Ja, das hat er«, sagte sie.
»Wirklich«, sagte der Mann. Die Ladenklingel ertönte, und der Mann sah sich um. Jemand war hereingekommen. »Schauen Sie sich alles in Ruhe an«, sagte er. »Ich bin gleich wieder da. Lassen Sie sich Zeit.«
Das tat sie auch. Sie fing oben an und öffnete jede Schublade. Das Teil hatte zwanzig Schubladen, zwanzig Episoden der Geschichte von dem Mann, den Jagdhunden und dem Wolf, und auch eine Frau kam darin vor, die ihr Haar kämmte, und zwei Pferde, die an der Deichsel einer Kutsche gingen. Das Wunder war nicht, dass Padraig Mahoney ein ganzes Jahr, sondern dass er nur ein Jahr dafür brauchte. Aber als sie die letzte Schublade schloss, trübte sich ihre Stimmung. Ja, die Bewunderung machte es. Natürlich, dachte sie, natürlich war sie keine Kaufkünstlerin oder eine Wertschätzerin erster Klasse, es war nur zu offensichtlich, dass sie in nichts eine Künstlerin war. Sie ging in die Knie, bückte sich und reckte den Kopf so, dass sie die Unterseite der Kommode betrachten konnte. Tatsächlich, da war noch ein Bild, diesmal von einem Mann mit Adlernase und buschigen Augenbrauen. Der Besitzer war inzwischen zurückgekommen. »Aha«, sagte er über ihr, »sehen Sie. Das ist der wahre Künstler. Das hat er auf der Unterseite jedes Stücks. Ein Kunde – ich glaube, er hat die 1975er-Kommode gekauft – hat mich im letzten Jahr angerufen und mir erzählt, dass er gerade erst das Bild auf der Unterseite entdeckt hatte. Und jedes ist anders. Mann könnte sie alle nebeneinander aufstellen und daran sehen, wie Padraig gereift und gealtert ist.«
»Ich bin völlig hingerissen.«
»Das ist jeder. Kommen Sie, meine Liebe, ich helf Ihnen auf. Tja. Mit Padraig Mahoney können wir uns alle nicht vergleichen, das hat gar keinen Zweck. Und überhaupt mit Künstlern. Als Jugendlicher hab ich mich immer mit Laurence Olivier verglichen. Meine Güte, wie gern wollte ich so ein Schauspieler werden. Ein englischer Schauspieler, wohlgemerkt, obwohl wir ein paar gute Iren haben, aber ein irischer Schauspieler war mir nicht gut genug. Jetzt bin ich zufriedener, ich bin nützlich, schließe morgens den Laden auf und mache die Bücher und sperre abends wieder zu.«
»Hat er auch etwas mit Rennpferden gemacht?«

»Ja, das hat er, das war 1994. Er hatte im Curragh etwas Geld verloren und wollte es drüben in Cheltenham wieder reinholen. Wissen Sie, wenn die ihr Rennen um den Goldpokal haben, dann streichen die so viel von den irischen Wettern ein, dass sich der englische Rennbetrieb das ganze Jahr damit finanzieren lässt.«
Er öffnete eine Schublade, dann eine weitere. Diesmal war es keine Geschichte, nur unzählige Rennpferde, die liefen, sprangen, stürzten, sprangen, stiegen, bockten, liefen, sprangen, Füchse, Rappen, Schimmel, Braune, alle bis in die herrlichsten Details ausgearbeitet. »Wie viel?«, sagte Rosalind.
»Ich will's Ihnen gleich sagen, billig sind sie nicht.«
»Wie viel?«
»Fünfzigtausend für die mit den Rennpferden, fünfundfünfzigtausend für die andere.«
Und das war der Augenblick, wo alle glücklich wurden, denn Rosalind fand es preiswert, zum einen, weil sie so viel Geld besaß, zum anderen, weil so viel Liebe und Sorgfalt auf den Gegenstand verwendet worden war, den sie da erwarb. »Ich nehme die mit den Rennpferden. Sie ist für meinen Mann. Er besitzt Rennpferde.«
»Wie wunderbar. Mr. Mahoney wird sich wirklich freuen, er verkauft nur selten etwas. Er wird persönlich nach Dublin kommen und die Verpackung und den Versand überwachen, und wenn das Stück auch nur die geringste Beschädigung aufweist, was allerdings noch nie vorgekommen ist, wird er zu Ihnen fliegen und es selbst reparieren.«
»Vielen Dank. Ich habe wirklich das Gefühl, dass ich so etwas noch nie gekauft oder gesehen habe.«
»Das haben Sie auch nicht, junge Frau.«
Er hatte Recht. Wenn es einen auf der Welt gab, der so gut wie alles hatte, dann war es Al, aber ein solches Stück hatte er hundertprozentig noch nicht. Es konnte keinen perfekteren Höhepunkt ihres Werkes geben, dachte Rosalind, als Al an ihrem eigenen Geburtstag etwas zu schenken, das er noch nicht hatte und nicht hätte finden können, von dem er nicht wusste, dass es existierte, und das nicht den geringsten Nutzen für ihn besaß.
Kurze Zeit später stand sie vor dem Geschäft auf der Straße. Kinder liefen herum, Musikanten spielten, es herrschte allgemein ein freund-

liches Durcheinander. Das Wetter war nicht schlecht für die Jahreszeit. Die Sonne schien sogar. Sie ging weiter und blickte in die Schaufenster, aber nach dieser käuferischen Spitzenerfahrung konnte sie sich den Rest des Tages freinehmen. Kein Porzellan, kein Kleidungsstück, kein Bild, kein Musikinstrument, nichts würde diesen Kauf übertreffen können.
Rosalind schlenderte also die Straße hinunter, sie betrachtete zwar noch die Auslagen in den Schaufenstern, aber eher so wie andere Leute, wie sie selbst es früher getan hatte, von den Dingen getrennt, wie hinter Glas, als hätte sie kein Geld. Nach einiger Zeit wechselte sie die Straßenseite. Wenig später bog sie ab, ging eine andere, weniger belebte Straße hinunter, bog wieder ab. So ein schöner sonniger Tag. Jeder, an dem sie vorbeikam, erwähnte das. Der erste sonnige Tag in diesem Winter. Sie sah auf die Uhr. Jetzt war sie geboren. Ihre eigene Geburt war natürlich die einzige, die sie erlebt hatte. Vielleicht war das seltsam, dachte sie. Vor allem hier in Irland wirkte es seltsam.
Rosalind konnte sich nicht entsinnen, ob sie jemals Kinder gewollt hatte. Als sie Al heiratete, war er fünfundvierzig und sie dreißig, und sie war zum Teil auch deshalb erleichtert gewesen, weil sie wusste, dass sie keine Kinder haben würden. Al brauchte seine gottverdammte Ruhe, wie er es damals ausdrückte. Melissa war damals wahrscheinlich dreizehn oder vierzehn, Al junior in der Abschlussklasse der High School und Georgina im letzten Jahr in Wellesley. Jetzt kam es ihr natürlich seltsam vor, dass sie ihrerseits diese Entscheidung nie infrage gestellt hatte, ja dass es ihr nicht einmal wie eine Entscheidung vorgekommen war. Ihr Leben war doch voll von solchen Dingen, oder nicht? Wie sie sich frisierte. Was sie morgens anzog. Mit wem sie zu Mittag aß. Sogar wo sie wohnte. Als sie damals, vor vielen Jahren, zu Al gezogen war, hatte sie das Haus von oben bis unten umgestaltet, aber ein Umzug wäre ihr nie in den Sinn gekommen. Vielleicht hatte Al sie sogar gefragt, ob sie ein neues Haus gebaut haben wollte, und vielleicht hatte sie diese Frage gar nicht gehört. Vielleicht waren Erwerbungen die einzigen Entscheidungen, die sie je getroffen hatte. Sie schaute auf. Sie stand jetzt vor einigen großen Gebäuden, die nach Büros aussahen. Sie starrte sie an, nicht wegen der Gebäude, sondern

weil sie überlegte, warum sie nie eine Entscheidung darüber getroffen hatte, ob sie Kinder haben wollte oder nicht.
Sie sah ihre Mutter vor sich. Seit wie vielen Jahren hörte sie sich an, wie ihre Freundinnen sich über ihre Mütter beschwerten? Sicher schon seit vierzig Jahren. Sie hatte nie mitgeklagt. Über Rosalinds Mutter konnte man sich nicht beschweren, so sehr man sich auch bemühen mochte. Sie war ruhig, liebevoll, stoisch, ohne leidend zu wirken. Sie hatte nie mit Rosalind oder ihren Schwestern laut oder heftig gesprochen. Sie hatte ein wunderbares Lächeln. Es war ein Lächeln, dessen man als Tochter nie überdrüssig wurde. Rosalind vermutete, dass sie in ihre Mutter regelrecht verliebt gewesen war. Und ihre Schwestern auch. Da waren sie sich einig. Trotzdem, ihre Mutter sagte immer: »Kinder sind so eine große Verantwortung.« Und sie hatte diese Verantwortung sehr ernst genommen, hatte mit ihnen die Schularbeiten gemacht, ihnen Kleider genäht, dafür gesorgt, dass sie die nahrhaftesten Mahlzeiten bekamen, mit ihnen ernsthaft über Jungen und Miteinander-Gehen und Sex gesprochen. Sie hatte ihnen gezeigt, wie man sein Zimmer sauber hält, wie man richtig Wäsche macht (sie hatte einen Tick, was Wäsche im Trockner anging: Egal, was sie gerade tat, wenn der Trockner ausgelaufen war, sprang sie sofort auf und lief in den Keller, um die Kleidung herauszunehmen und aufzuhängen oder zu falten), wie man Bechamelsauce und Mürbeteig macht. Sie hatte ihre Klavierübungen überwacht und war zu jeder Schulveranstaltung gegangen. Jeder Augenblick in Rosalinds Kindheit hatte deutlich gemacht, dass Mutterschaft für keine andere Beschäftigung Zeit ließ und ein Unterfangen war, auf das man sich nicht leichtsinnig einließ, obwohl Rosalinds Mutter natürlich schon von Natur aus nicht zu Leichtsinn neigte. Nun ja. Manchmal fehlte sie Rosalind nicht. Ihren Schwestern fehlte sie manchmal auch nicht. Das hatten sie einander eingestanden, irgendwann einmal auf Antigua.
Sie hatte fast das Gefühl, dass ein leiser Groll in ihr aufstieg. Da kam ein Mann an ihr vorbei und sagte: »Dort ist Ihr Bus.«
Direkt vor ihr standen Busse. Sie waren ihr nicht aufgefallen, und sie hatte auch gar nicht vor, mit dem Bus zu fahren.
»Das ist der Bus, den Sie nehmen müssen. Sie fahren bis zur Endhaltestelle, da steigen Sie aus. Die Fahrt dauert nur zwanzig Minuten.«

»Reden Sie mit mir?«, fragte Rosalind. Der Mann sah sehr gut aus, er war um die vierzig und trug einen weichen blauen Pullover.
»Sie steigen besser ein, junge Frau«, sagte er. »Der fährt jeden Moment ab.«
Und sie stieg ein. Er winkte ihr, als der Bus abfuhr. Sie winkte zurück und formte tonlos ein »Danke« mit den Lippen.
Sie ließ sich in den Sitz zurücksinken, bereit, sich dem Groll auf ihre Mutter zu stellen, aber sie konnte ihn nicht mehr finden. Ihre Mutter war ihre Mutter. Es war, als hätte sie den Groll an der Bushaltestelle stehen lassen. Sie lachte. War es so einfach? Ließ man seine Gefühle einfach hinter sich, Hologramme des eigenen Ichs, die die Landschaft sprenkelten? Anscheinend war das hier in Irland so.
Der Bus fuhr seines Weges, überquerte einen Fluss – das musste der Liffey sein – und zischte weiter. Etwa die Hälfte der Plätze waren besetzt. Ab und zu hielt der Bus an, aber niemand stieg aus oder ein. Irgendwie schien sich das damit zu erklären, dass es sich um einen irischen Bus handelte, und Rosalind hörte auf, sich darüber zu wundern. Die Gegend, an der sie vorbeifuhren, war flach, nicht besonders malerisch. Zum Schluss hielt der Bus vor einem großen Gelände, das für die Jahreszeit überraschend grün war. »Wo sind wir hier?«, fragte sie den Fahrer.
»Das hier ist Phoenix Park, junge Frau. Bis sechs heut Abend fährt alle zwanzig Minuten ein Bus von hier in die Stadt, danach alle vierzig Minuten.« Sie stieg aus. Als sie auf die Uhr schaute, sah sie, dass es fast Mittag war. Es war sicher zehn oder sogar zwanzig Jahre her, seit sie das letzte Mal einen Nachmittag im Park verbracht hatte. Erstens deshalb, weil sie eher für Kultur als für Natur zuständig war, und zweitens deshalb, weil Spaziergänge im Park für die Leute waren, die nichts Besseres zu tun und kein Geld dazu hatten. Drittens war es der dritte Januar, was vielleicht auch ein Grund dafür war, dass der Park menschenleer war. Sie ging also in den Park.
Sie konnte ihre Stimmung nicht genau definieren. Normalerweise würde sie bei der Aussicht auf einen Nachmittag allein in der Gesellschaft von Gras und Bäumen eine gewisse Ungeduld und Furcht vor Langeweile empfinden. Sie war jetzt fünfzig Jahre alt. Seit dreißig Jahren plante sie nun mit der Unerbittlichkeit einer Maschine ihre Tage,

Wochen und Jahre. Sie reiste mit Reiseführern im Gepäck und mit System. Nach jedem Besuch an einem neuen Ort hatte sie einen hervorragenden Überblick über historische Stätten, Kunst- und Kunstgewerbemuseen, gehobene Einkaufsmöglichkeiten, Restaurants, Konzertsäle und Opernhäuser. Wenn sie später wieder an einen Ort kam, wusste sie genau, was sie beim vorigen Mal verpasst hatte und diesmal sehen wollte. Ihre Freunde riefen dauernd bei ihr an und fragten, was sie an diesem oder jenem Ort sehen oder wo sie essen gehen sollten, und sie hatte immer einen tollen Vorschlag. Im Rückblick sah es aus, als habe sie die Welt erkundet. Aber warum? Vielleicht deshalb, weil sie nichts Besseres zu tun hatte, wie sie sich jetzt bereitwillig eingestand.

In diesem Park nun, wo weit und breit kein Mensch war, konnte man problemlos über all die Dinge nachdenken, die es auf der Welt zu tun gab. Sie stand in diesem stillen, leeren Mittelpunkt, und rings um sie drehte sich in konzentrischen Kreisen eine Galaxie der Betriebsamkeit, in der alle außer ihr etwas zu tun hatten, und auch sie würde bald wieder etwas zu tun haben. An einem Rand der Galaxie war Al, der mit mehreren Männern über eine Baustelle ging. Alle redeten aufgeregt auf Englisch und Russisch über den Bau einer Straße, den Anschluss an die Wasserversorgung und die Müllbeseitigung. Es war ein ungeheures Unternehmen, das besonders spannend war, weil die Bedingungen vor Ort primitivster Natur waren, nachdem das ursprüngliche rudimentäre Potenzial des Geländes zerstört worden war. Ein Wiederaufbau war so gut wie unmöglich, deshalb war die Herausforderung, die das Projekt darstellte, besonders anregend. An einem anderen Rand befand sich Dick, der gerade auf der Rennbahn ankam, gerade anfing, sich mit den tagtäglichen Erfordernissen und Ansprüchen von fünfzig Pferden, zehn Arbeitsreitern, achtzehn Pferdepflegern, zwanzig Besitzern, fünf Pferdeführern, dem Fütterer, den Buchhaltern, Tierärzten und dem ganzen übrigen Personal zu befassen. Es war ein ungeheures Unternehmen, das die Unergründlichkeit der Pferde und die unzähligen Meinungen, die jedem Pferd anhafteten, umso spannender machte. Ihre Freunde in New York schliefen jetzt noch, aber sie waren auch beschäftigt damit, einen Traum nach dem anderen zu träumen. Wie viele Kinder gab es auf der Welt? Und wie

viele Mütter und Väter und Großmütter und Tanten und Onkel und Kinderfrauen wischten über Gesichter, setzten Essen vor, schoben kleine Arme durch kleine Ärmel, schnürten Schuhe, erzählten, schimpften mit, spielten Sandkuchenbacken mit, räumten auf hinter, spazierten neben, ignorierten das Weinen oder hielten die Hand von einem Kind, besprachen, beklagten, küssten, suchten, schlugen, vermissten, umarmten, erwarteten, streichelten ein Kind? Wie viele jäteten, pflanzten, hegten, stutzten, ernteten etwas? Wie viele kochten? Wie viele aßen? Wie viele urinierten? Wie viele hoben ihr Werkzeug auf, legten ihr Werkzeug ab, schalteten den Fernseher ein, schalteten den Fernseher aus, erledigten Telefonate, spielten ein Instrument, tanzten? Wie viele redeten? Stritten? Liebten sich? Griffen nach Waffen? Wie viele flüsterten einem anderen ein Geheimnis zu? Wie viele nahmen Telefonate entgegen, die andere machten? Wie viele warteten auf etwas? Wie viele standen Schlange, fuhren Autos, winkten Taxis herbei, stiegen in Züge ein, schritten Gangways hinab, flogen ab? Wie viele schlenderten Landwege entlang? Misteten Kuh- und Schweineställe aus, führten ihre Hunde spazieren? Wie viele wollten kaufen? Wie viele wollten verkaufen? Wie viele hatten Geldsorgen? Wie viele setzten einen Stein auf den anderen? Wie viele fällten Bäume? Wie viele lasen? Wie viele betrachteten Gemälde? Wie viele loggten sich ins Internet ein? Wie viele trieben auf einem See, einem Fluss, auf dem Meer? Wie viele kämpften sich durch dichten Dschungel, steile Berghänge hinan, über vereiste Flächen, den Broadway hinauf, den Rodeo Drive hinunter, die Champs-Élysées entlang, über den Tiananmen-Platz und die Piazza San Marco? Wie viele schauten zum Mond hinauf? Wie viele zur Sonne? Wie viele dachten nach über Tod, Ehe, Liebe? Milliarden natürlich.
Aber obwohl sie nichts von alledem tat, obwohl sie nur dastand, war Rosalind nicht unglücklich. Es war eine Erleichterung, eine Zeit lang frei von all diesen Aktivitäten zu sein, dort zu stehen und zu spüren, wie sich genau dort in Phoenix Park ein Raum auftat, ein Kreis um sie, in dem überhaupt nichts war. Sie holte tief Luft. Der Atem rann durch sie hindurch, von oben nach unten. Sie atmete noch einmal tief ein. Dasselbe passierte. Es war wie ein Seufzer. Dick hatte ihr einmal gesagt, er hörte es so gerne, wenn Pferde seufzten. Der Seufzer eines

Pferdes war der Ausdruck eines Pferdes, das seine Angst verlor. Sie holte noch einmal Luft. Es sah so aus, als könnte man in dem Park spazieren gehen, und sie machte sich auf den Weg.

Natürlich hatte es in ihrem Leben auch einen anderen Mann gegeben. Seit siebenundzwanzig Jahren gab sie sich Mühe, diesem anderen Mann namens Henry Dixon nicht zu viele Gedanken zu widmen. Dann und wann stieß sie noch auf seinen Namen. Er hatte sein Leben damit verbracht, ehemalige Warenhäuser in SoHo auszubauen. Sonst wusste sie nichts über dieses Leben, zum Beispiel, ob er Kinder hatte oder verheiratet war. Er musste jetzt an die sechzig sein, als sie ihre Beziehung hatten, war er zweiunddreißig und sie dreiundzwanzig. Als sie zusammen waren, hatte sie nicht die nötige Lebenserfahrung gehabt, um Henry zu verstehen, aber später, als sie mit so vielen Bauunternehmern und Innenarchitekten zusammengearbeitet hatte, erkannte sie, dass er eine methodische Eigenschaft hatte, die er mit seinen Berufskollegen teilte, eine beruhigende Fähigkeit, sich zwischen dem Projekt als Ganzem und seinen Einzelheiten hin- und herzubewegen. Früher hatte sie Bauunternehmer und ihre Arbeiter persönlich gekannt, später gab sie natürlich nur noch Aufträge. Sie hätte Henry beauftragen können, wenn sie ein umgebautes Loft in SoHo gewollt hätte, und ihn dann mit einem Scheck bezahlen können. Diesen hässlichen Gedanken hatte sie doch gelegentlich gehabt, oder nicht?

Aber warum hatte sie das gedacht? Henry hatte sie immer mit ausgesuchter Freundlichkeit behandelt. Er war herzlich, fast förmlich, er dankte ihr, er begrüßte sie, er fragte danach, wie ihr Tag gewesen war, er entschuldigte sich. Am Ende ihrer Beziehung war sein Benehmen noch genauso gut wie am Anfang, und das hatte sie geärgert, es war, als wollte er Distanz wahren. Er sah gut aus und war gut gebaut. Er berührte sie. Er hielt ihre Hand, fuhr mit dem Daumen über ihren, legte den Arm um ihre Taille, ihre Schultern, drückte sie an sich. Er schien ihr immer sein Wohlgefallen mit den Händen auszudrücken, egal was sie gerade machten. Eine von keinem Vorbehalt getrübte Zuneigung. Wie oft fand man so etwas? Sie hat es seitdem nie wieder gefunden.

In ihrer Erfahrung war so etwas seltener als Geld, aber damals hatte

sie das nicht gewusst. Sie dachte, die Zuneigung habe etwas damit zu tun, dass sie begehrenswert war, und nicht damit, dass er liebenswürdig war. Jetzt wäre sie dankbar für liebevolle Zuneigung. Und er war ein guter Liebhaber. Er brachte ihr Liebespraktiken bei, von denen sie auch eine Zeit lang meinte, es sei ein Wissen, das sie selbst besäße, und nicht etwas, das ihnen beiden gehörte. Dann stellte sie fest, dass dem nicht so war, und dann vergaß sie es. Bei Frauen kam es, wie sie wusste, nicht selten vor, dass sie dem armen Mann nachtrauerten, den sie hatten gehen lassen, und sich insgeheim fragten, ob viel Geld auf die Dauer einen schlechten Einfluss hatte, da so viele Ehemänner selbst unglücklich waren oder andere unglücklich machten. Rosalinds Eltern hätten gesagt, dass viel Geld in der Tat einen schlechten Einfluss habe, aber das galt eigentlich für alles. Erfahrung an sich hatte einen schlechten Einfluss, und angesichts dieser Tatsache blieb einem nichts anderes übrig, als den Mund zu halten und es zu ertragen.
Wenn sie an Henry Dixon dachte, konnte sie nur sagen, dass seine Liebesfähigkeit größer gewesen war als die ihre, dass sie seine Fähigkeit an ihrer eigenen gemessen hatte, es versäumt hatte, eine Entscheidung zu treffen, und sie dann getrennte Wege gegangen waren, und wofür sie sich letzten Endes entschied, war ein Leben, dessen Grundlage nicht Liebe war, sondern etwas anderes, beispielsweise, dass sie wusste, was sie wollte, was voraussetzte, dass man wusste, was man wollen konnte, was wiederum voraussetzte, dass man alles mit kühlem Blick begutachtete, Ausführung und Wert zu beurteilen imstande war, skeptisch war und sich nicht für dumm verkaufen ließ. Aber in der Sache mit Dick Winterson hatte sie sich doch für dumm verkaufen lassen, oder nicht?
Sie setzte sich auf eine Bank und schlug die Beine übereinander. Sie ließ den Blick über den weiten, baumbestandenen Rasen gleiten, und plötzlich fiel ihr eine Angewohnheit von Henry Dixon ein, an die sie jahrelang nicht mehr gedacht hatte. Er hatte immer an sie geschmiegt geschlafen. Jetzt schliefen sie und Al natürlich in einem großen Bett und so weit voneinander entfernt, dass nur Eileens vergebliche kleine Anstrengungen die getrennten Hälften des Betts etwas wärmten. Aber Henry Dixon hatte sie immer an sich gedrückt, und das war beruhigend und sicher. Wie einsam war sie seitdem gewesen, seit Henry

Dixon? So einsam, dachte sie, dass sie sich eine ganze Welt gebaut hatte. Und dann brach sie in Tränen aus.

Ja, sie weinte und weinte. Sie verschmierte ihre Schminke und brachte ihr Haar durcheinander und wurde ganz nass und wusste die ganze Zeit, dass sie aus Selbstmitleid weinte. Einsamkeit, selbst das Eingeständnis, dass es das war, was sie empfand, war so normal wie die Luft zum Atmen, und es war ja schließlich auch der Preis, den man für die Unabhängigkeit zahlte, oder nicht? Es war einsam, wenn man ganz oben war, es war einsam, wenn man ganz unten war, es war einsam dazwischen und es war einsam, egal ob man in einer Gruppe war oder nicht. Einsamkeit, das begriff sie, war etwas, das man immer empfand, aber manchmal vergessen konnte. Wenn man es immer empfand, bestand aber kein Grund, so ein Theater darum zu machen. Aber sie machte es trotzdem. Sie weinte noch ein wenig, dann riss sie sich zusammen, dann weinte sie noch etwas, dann riss sie sich wieder zusammen, ging sogar so weit, ihr Haar zu lösen, zu kämmen und wieder aufzustecken, und als sie die letzte Haarnadel hineinschob, fing sie wieder an zu weinen, als wollte ihr Körper sämtliche Flüssigkeit durch die Tränenkanäle ausschütten. Sie weinte, bis sie Henry Dixon fast ganz vergessen hatte, und war nur noch eine Weinmaschine, die sich selbst in Gang hielt, und dann weinte sie noch ein wenig, bis sie plötzlich dicht neben sich eine Stimme hörte, die sagte: »Aber liebe Frau, jetzt wischen Sie doch nicht das Gesicht mit dem Rock ab, das kriegen Sie nie wieder raus aus dem Stoff. Hier, ich hab ein großes Taschentuch bei mir, und es ist sogar sauber.«

Rosalind richtete sich auf. Neben ihr saß eine Frau, die etwa in ihrem Alter sein mochte, sich aber nicht so gut gehalten hatte. Ihr Haar war dunkel und glanzlos, mit grauen Strähnen durchsetzt, und sie trug einen unförmigen grauen Pullover über einem ebenso unförmigen rosafarbenen Pullover und darüber einen offenen Regenmantel. Außerdem hatte sie einen rosa Wollrock und dunkelbraune Schuhe an. Sie lächelte. »Heulen im Park«, sagte sie. »Das kenn ich doch nur zu gut. Ich hab wohl mein Leben lang jeden Tag in irgendeinem Park geheult. Tut einem gut.«

»Meinen Sie?«

»Ach aber ja. Mindestens hält es die Dinge in Bewegung. Ich persönlich finde es entspannend. Wenn ich nach Hause komme, bin ich eine langmütigere Frau als vorher, als ich hinausgestürmt war.«

»Ich glaube, ich habe seit Jahren nicht mehr geweint.«

»Dann muss es jetzt aber wehgetan haben.«

»Vielleicht. Ich weiß nicht. Ich sehe bestimmt schlimm aus.«

»Ja, das tun Sie. Sie sind klatschnass. Aber die Sonne scheint. Sie sind bald wieder trocken.«

Rosalind hatte erwartet, dass die Frau ihr anbieten würde, sie mit nach Hause zu nehmen, wo sie sich ein bisschen zurechtmachen konnte. Da stieg wieder ein zitternder Seufzer in ihr auf, und Rosalind spürte, dass das jetzt der letzte war und dass sie sich vorläufig ausgeweint hatte. Sie gähnte.

»Na, sehen Sie«, sagte die Frau. »Gleich schlafen Sie noch ein, wenn Sie nicht aufpassen.«

»Ich bin wirklich etwas müde.«

»Das glaub ich gern.«

»Ich hatte das Gefühl, dass ich vielleicht versäumt habe, den Mann zu heiraten, den ich wirklich liebte. Deshalb habe ich geweint.«

»Das muss doch schön gewesen sein, sich auszuheulen, weil man einer Sache so grundlos nachtrauert. Das ist ein Kummer, den Sie pflegen sollten, darauf kann man immer wieder zurückkommen, wenn man Erleichterung braucht.«

Rosalind lachte.

»Ach, aber es ist doch wahr. Der nette junge Bursche, so schön und so treu, das nette junge Mädel, Sie selbst natürlich, immer fein angezogen und hübsch und niedlich, und das Leben, das Sie zusammen gelebt hätten, lieblich und reizend, so wären Sie zusammen gealtert, nicht diese alte Schachtel, die aus Ihnen geworden ist, verheiratet mit dem Tyrannen, den Sie aus Ihrem Alten gemacht haben. War er Ire, der Junge, den Sie hätten lieben sollen?«

»Vielleicht. Die meisten Leute in Amerika haben etwas Irisches im Blut. Er war reizend.«

»Wissen Sie was, wir waren zwölf Schwestern zu Hause.«

»Nein, ich …«

»Zwölf Schwestern. Und ich selbst hab zehn Töchter, und jede von meinen Schwestern, die keine Nonne ist, hat mindestens acht Töch-

ter. Wir sind sogar in der Zeitung gewesen. Seit hundert Jahren ist in unserer Familie kein Sohn geboren worden, und wir haben uns ganz schön bemüht. Mein Mann, der sagt immer, wir O'Malley-Mädels, wir essen diese Y-Chromosomen zum Frühstück. Inzwischen ist es ein richtiger Witz. Aber ich sag Ihnen was, das weiß ich, weil ich diese Dutzende von Mädels beobachtet habe.«
»Und das ist?«
»Es spielt überhaupt keine Rolle, wen man liebt oder wer einen liebt. Man hat immer sein eigenes Schicksal. Und es spielt auch keine Rolle, ob man sich darüber freut oder darüber jammert. Es ist Ihr eigenes.«
»Das klingt ziemlich düster.«
»Ja?«
»Für mich ja, im Moment jedenfalls.«
»Na ja, vielleicht. Aber irgendwann sehen Sie es anders.« Die Frau stand auf. »Sie können das Taschentuch behalten«, sagte sie. »Ich hab ganze Stapel davon.«

Vielleicht hatte der Mond sie geweckt. Als sie die Augen aufschlug, stand er jedenfalls genau über ihr, eingerahmt von den Vorhängen und der Fensterbank. Es war schön, ihn zu sehen und zu erkennen, denn alles andere war ihr fremd. Das Zimmer war groß und auf eine gepflegte, altmodische Weise aufwendig eingerichtet. Links von ihr war eine Tür, schräg rechts gegenüber von ihr war eine Tür, und am Fußende des Bettes ein Fenster, das bis zum Boden reichte. Neben dem Bett stand ein Telefon. Das war ihr nicht fremd, es war ein Hoteltelefon. Sie hob den Hörer ab und drückte die 0. Als sich eine Stimme auf Englisch meldete, sagte sie: »Wo bin ich?«
»Guten Abend, Mrs. Maybrick. Sie sind im Royal Ireland Hotel in Dublin in Irland.«
Rosalind dankte für die Auskunft.
Als sie aufstand, um die Jalousie herunterzuziehen, hatte sie gar nichts an und sah, dass ihre Kleidungsstücke zusammengeknüllt und sehr schmutzig zwischen dem Bett und einer Tür auf dem Boden lagen. Ohne die Jalousie herunterzuziehen, setzte sie sich auf die Bettkante und hob ihren Rock und einen Schuh auf. Der Rock war völlig verschmutzt und der Schuh lehmverkrustet. Rosalind betrachtete sie ver-

wundert. Dann stand sie auf und schaute in den Spiegel. Ihre Hände wanderten sofort zu ihrem Haar, das noch teilweise aufgesteckt war. Durch den Schlaf oder aus irgendeinem anderen Grund war es entsetzlich verheddert. Grashalme und Blätter hingen darin, und sie fing an, sie vor dem Spiegel herauszuzupfen. Das Mondlicht war hell genug. Ihr war klar, dass es sehr ungewöhnlich für sie war, so nackt und unfrisiert dazustehen, aber das machte ihr gar nichts aus. Sie warf einen Blick auf die Uhr. Die Uhr war weg. Sie wusste, was auch immer mit ihr passiert war, ihr selbst war nichts passiert. Sie war sicher und warm in ihrem Hotelzimmer. Sie stellte im Spiegel keine Schnittwunden oder blauen Flecken fest und fühlte keine Schmerzen. Sie verschränkte die Arme über dem Kopf und streckte sich. Sie fühlte sich gut. Ausgeruht und wach. Sie bückte sich und sammelte ihre Kleider auf, die Strümpfe, den anderen Schuh, Hemd, Unterrock und Jacke. In der Jackentasche steckte ein großes zusammengeknülltes Taschentuch. Ihre Handtasche stand neben der Tür. Sie öffnete sie und warf einen Blick hinein. Alles war da. Sie faltete die Kleidung und legte sie in einem Stapel auf den Schreibtisch. Dann kehrte sie aufs Bett zurück und versuchte sich daran zu erinnern, was zwischen dem Abschied von der Frau mit dem Taschentuch und jetzt geschehen war. Hatte sie sich verirrt? War sie irgendwie eingeschlafen und hatte den Kopf auf altes Laub gelegt? Hatte sie jemanden getroffen? Sie stellte sich diese Fragen mit Interesse und ohne Sorge, und da sich gleichzeitig keinerlei Hinweise auf irgendwelche Verletzungen feststellen ließen, gab ihr dieser Umstand die beruhigende Gewissheit, dass das, was geschehen war – was auch immer es sein mochte –, harmlos war. Aber es war ein Rätsel. Ihr fiel nichts dazu ein.

Im hellen Licht des Mondes hob sie die Hände und betrachtete sie. Sie waren sauber. Sie sah sich erst die Innenflächen an, dann die Handrücken. Sogar die Fingernägel waren makellos und unbeschädigt. Gut. Aber ihre Hände sahen interessant aus, perlmuttfarben im Mondschein. Sie legte die Handflächen zusammen, betrachtete sie wieder, legte sie sich dann auf die Wangen. Sie waren kühl und beruhigend. Natürlich. Leute sagten oft, dass ihre Berührung beruhigend wirkte. Al bat sie manchmal, ihm die Hand auf die Stirn zu legen, um zu prüfen, ob er Fieber hatte. Er hatte nie Fieber, aber es beruhigte ihn. Dick auch. Ihre Stiefkinder und Stiefenkel. Das war komisch, es war etwas, das sie im Lauf der Jahre bemerkt hatte, ohne es sich jemals klarzumachen. Ihre Hände gaben etwas, ohne dass sie unbedingt eine Absicht dabei hatte. Das war ein angenehmer Gedanke. Sie legte das Gesicht in die Hände. Ach ja.

Ihr Gesicht. Rosalind brauchte es nicht im Spiegel zu betrachten, um es genau vor sich zu sehen. In all den Jahren hatte sie ihr Gesicht oft genug im Spiegel betrachtet. Sie brauchte es sich wahrscheinlich nie wieder anzusehen. Sie nahm die Hände vom Gesicht und wandte es dem Mond zu. Vielleicht fühlte sie es, winzige Silberkörnchen, die sich auf ihren Wangen, ihrer Stirn und Nase und ihrem Kinn sammelten, sich auf ihren Lippen und Augen niederließen, an ihrem Hals haften blieben, auf ihr wirres Haar rieselten. Da, wo all diese Lichtquanten sich ballten, da war ihr Gesicht, wie in einer Maske. Sie empfand es wie einen Kitzel, diesen winzigen Abstand zwischen ihrem Selbst und dem, was das Licht offenbarte. Und das war es doch, durch das man nicht hindurchsehen konnte, oder? Das lernte man in der Schule – wenn man etwas betrachtete, sah man nur die Lichtreflexion. Das Ding an sich konnte man nie sehen, jedenfalls nicht mit den Augen. Die Augen waren für diese Welt geschaffen, mit ihrer Sonne, ihrem Mond und deren vielen Nachahmungen. Vielleicht gab es andere Welten innerhalb dieser Welt, für die die Augen nicht geschaffen waren. Aber sie berührte ihr Gesicht nicht, sie wollte die Lichtkörnchen, die dort schimmerten, nicht stören. Dafür stand sie auf und ließ das Licht über ihren ganzen Körper rinnen, über ihre Schultern und Brüste, ihren Bauch und ihre Hüften, Schenkel, Knie und Schienbeine und die Knöchel, ein trockener Fluss von Infinitesimal-Perlchen, fast hörbar, wenn die Ohren imstande wären, einen so angenehmen Klang wahrzunehmen, eine Note, die auf die andere fiel, eine Flut der Harmonien, die sie vom Scheitel bis zur Sohle in Schwingungen versetzten. Sie stand ganz still, um die Schwingung nicht zu stören, und hielt die Arme vom Körper abgewinkelt. Ihre Augen waren noch geschlossen, aber das Mondlicht war so hell, dass sie alles genau erkennen konnte.

Es war ein ähnliches Gefühl wie ein Orgasmus, dachte Rosalind, es hatte diese tiefe Fülle. Wenn es nicht orgasmisch war, war es etwas ganz Neues, ein Gefühl, wie sie es noch nie zuvor gehabt hatte. Das

Vernünftigste war natürlich, einfach nur dazustehen und es zu fühlen, keine Frage zu stellen, und das tat sie auch. Und unterdessen wurde ihre Haut durchlässig, und die Lichtpartikel, die schwer darauf lagen, drangen plötzlich in sie ein und begannen in ihrem Innern zu vibrieren, aber es gab kein Innen und kein Außen mehr. Sie war von allen Seiten durchdrungen, eingenommen, durchsetzt, ersetzt, entfernt, erledigt.

Es gab keinen Höhepunkt, keine Bewegung nach oben oder unten. Das Gefühl war da, und dann seufzte sie und setzte sich wieder auf ihr Bett, und das Gefühl war weg. Nichts kam mehr danach, keine Sehnsucht, kein Verlustgefühl, keine Angst, nur ein weiterer Seufzer. Und dann glitt sie zwischen die Laken ihres irischen Betts und schlief traumlos, bis der Duft von Wecken und Tee mit Zitrone sie rechtzeitig für ihren Flug weckte, obwohl der Speisesaal des Hotels vier Stockwerke weiter unten und am anderen Ende des Gebäudes lag. Aber in Irland war anscheinend alles möglich.

Kapitel 52
Liquidität

»Also«, sagte Mary Lynn zu Deirdre, »was ich an Vollblütern am meisten schätze, ist die Tatsache, dass sie so liquide sind.«

»Als Vermögenswerte meinen Sie?«, fragte Deirdre.

»Du lieber Himmel, ja«, sagte Mary Lynn. »Verglichen mit dem Haus, dem Strandhaus, dem Boot, der Kunst, den alten Autos und all dem Krempel, den Skippy im Laufe der Jahre gekauft hat, mein Gott, wir werden Jahre brauchen, um das auseinander zu tüfteln.«

Deirdre verstand sie so, dass sie ihn nicht wegen des Typs von Microsoft verließ, sondern aus Prinzip. Sie hatte keine Lust mehr, die Wohltätigkeitsfee zu sein, die mit einem Drahtzieher in Washington verheiratet war. Welcher Faktor am schlimmsten war – die Wohltaten, die Ehe, die Macht oder Washington selbst –, entzog sich einer Analyse, aber nichts davon war für sie mehr attraktiv, und da Skippy nichts anderes konnte, als in Washington unter den Mächtigen Drähte zu ziehen, konnte man ihn nicht verpflanzen, und deshalb …

Deirdre hatte das Gefühl, dass von ihr in diesem Punkt weibliche Solidarität erwartet wurde. Deshalb waren sie nicht auf der Rennbahn, sondern in einem Restaurant, wo sie zu Mittag aßen. Sie hatte dieses Gefühl deshalb, weil George, bevor sie die Rennbahn verließ, zu ihr gesagt hatte: »Ich wette, es geht um Scheidung, also zeig Mitgefühl, Schätzchen.« Während der Graupensuppe und der Krabbenterrine auf Chicorée mit aromatischen Gemüsen hatte Deirdre sich jedes Wort verbissen und ihre weibliche Erfahrung auf ein schwesterliches Gefühl hin erforscht, aber es stellte sich heraus, dass sie keine relevante weibliche Erfahrung hatte und zu schwesterlichen Gefühlen nicht imstande war. Andererseits stellte sie überrascht fest, dass sie weder wütend noch entsetzt war. Sie hatte selbst dafür gesorgt, dass sie die meisten Besitzer loswurde, und entsprechend hatte sie auch selbst alles auf die Hollister-Karte gesetzt. Wenn die Hollister-Pferde (die gut liefen und Gewinn abwarfen) sich verflüssigten und davonschwammen, würden ihr noch sechs Pferde im Stall bleiben, drei Ausgleichspferde, die ihr vielleicht zwanzigtausend Dollar im letzten Jahr eingebracht hatten, und drei Pferde für Verkaufsrennen, die ja ohnehin nur vorübergehend da waren. Und die Wunderstute und ihre herrliche Tochter waren natürlich genauso liquide wie alle anderen und würden auch weitergegeben. Eine andere makellose Tochter der Stute hatte, inzwischen dreijährig, in Kalifornien ein Stakes-Rennen gewonnen, womit sich der Wert der Mutterstute weiter erhöhte und Skippys und Mary Lynns Hälfte weit aus Deirdres Erschwinglichkeitsbereich rückte.

»Wissen Sie«, sagte Mary Lynn, »Skippy sagt dauernd: ›Aber sie setzen ihn nicht ab! Sie haben nicht mal die einfache Mehrheit! Ich verstehe nicht, warum du mich verlässt! Warte bis nach der Abstimmung. Warte bis nach der Wahl!‹ Warten kann er alleine. Das ist nicht die erste und nicht die letzte Ehe, für die diese ganze Geschichte einfach zu viel war.«

»Da bin ich sicher«, sagte Deirdre. »Aber es geht doch nicht nur darum.«

»Das wissen Sie«, sagte Mary Lynn, »und ich weiß es auch, aber Skippy meint, alles geht nur darum. Deshalb sage ich immer zu ihm: Die müssen verheiratet bleiben, aber wir anderen nicht.«
Deirdre aß ihren Nachtisch – Zitronentorte mit Himbeersauce –, ohne loszuflennen. Sie fluchte nicht und sie erhob kein Wehgeschrei, knirschte nicht mit den Zähnen und raufte sich nicht die Haare, sie dankte Mary Lynn nur für ihre lange Zusammenarbeit und wünschte ihr alles Gute.

Als sie später George fragte, warum sie wohl alles so ruhig hingenommen hatte, sagte er: »Aber Cousine, das war ja keine todesähnliche Erfahrung. Es war eine echte Todeserfahrung. Bei so etwas hilft kein Widerstand.«
Deirdre hatte immer angenommen, der Tod käme plötzlich oder zumindest schnell genug, aber das hier kam tropfenweise und gab ihr ausgiebig Gelegenheit, sich zu fragen, warum es ihr so wehtat, etwas aufzugeben, das ihr so viel Verdruss bereitete. Zuerst einmal beschloss George, nach Irland zurückzugehen. Er hatte seine Gründe, aber es waren nur Vorwände, und sie beide wussten das. Geld, Arbeit, Vorlieben – in Wirklichkeit wollte er einfach wieder in Irland sein, und seine Berufserfahrung bei ihr würde ihm vielleicht helfen, eine Arbeit auf einem Gestüt oder bei einem Trainer dort zu bekommen. Tiffany gefiel das gar nicht. »Also, erstens, George, die Sache hier ist noch nicht vorbei, deshalb brauchst du dein Flugticket nicht jetzt schon zu kaufen. Und zweitens, sogar wenn Deirdre eine kleine Pause machen und sich zum Beispiel auf Tahiti einen längeren Urlaub gönnen würde und die Pferde zu anderen Trainern kämen, könntest du dir immer noch eine andere Arbeit suchen, und das wäre eine sehr gute Gelegenheit für dich, deine Stellung zu verbessern, indem du eine Arbeit in Kalifornien annimmst oder oben in New York. Ich wette mit dir, dass Dagoberto …«
»Das hört sich ziemlich anstrengend an, Liebchen.«
»Natürlich, das ist es auch …«
»Ich hab vor, nach oben zu gleiten, nicht zu strampeln.«
»Also, dazu will ich dir mal was sagen«, sagte Tiffany. »Im Fernsehen hab ich gesehen, dass Menschen schwerer sind als Wasser, und des-

halb bildest du dir besser erst gar nicht ein, dass du irgendwo nach oben treiben kannst.«
George lachte.
»Außerdem verlassen in England immer mehr Trainer das Geschäft. Das hab ich in der *Thoroughbred Times* gelesen. Sogar der Trainer der Königin von England steigt aus, weil er mit den Rennen in England nicht genug Geld macht ...«
»In Irland braucht man kein Geld zu machen, Schätzchen, man braucht nur eine Beschäftigung, um den ganzen Tag die Zeit totzuschlagen ...«
»Und die Scheichs bringen ihr ganzes Geschäft nach Frankreich, weil die Buchmacher in England bloß ein Prozent von ihren Einnahmen abgeben, denn sie haben Pferderennen gar nicht nötig und können sich nur an Fußball halten ...«
»Du liest wohl Pferdemagazine in deiner Freizeit?«
»Jawohl, das tu ich, und das täte dir auch gut. Jetzt ...«
»Ich glaub, ich muss mein Niveau finden, Tiff. Und du musst deins finden. Ich hab bloß das Gefühl, dein Niveau ist ein paar Etagen höher als meins.«
»Also, wenn ich deine Erfahrung und dein Wissen hätte, würde ich nicht ausgerechnet nach Irland gehen.«
»Was du nicht sagst. Weißt du denn nicht, dass man es da mit der Muttermilch einsaugt? In Irland atmet man es einfach ein. Du solltest mit mir gehen, Schätzchen. Sie würden dich auffressen vor Begeisterung, als wärst du ein Rosinenwecken.«
Na ja, bei den Worten hüpfte Deirdres Herz doch etwas, aber Tiffany schüttelte den Kopf, dass ihre kleinen Zöpfchen flogen, und sagte: »Nein danke.«
Und George buchte seinen Flug, und sie wussten alle, dass er froh war, heimzufahren und wieder ein Ire unter Iren zu sein.
Und dann kam Helen eines Morgens zu Deirdre und sagte: »Liebe Deirdre, ich will dir erzählen, was ich vorhabe, ich werde zwar auch in Zukunft deine Bücher führen, aber ich mach es von zu Hause aus, ich bin jetzt nämlich im Beratergeschäft.«
Sie hielt Deirdre eine Anzeige entgegen, die lautete: »Welche Telefongesellschaft? Welches Handy? Welcher Computer? Welcher Internet-

Provider? Welche Versicherung? Und wohin soll ich zum Mittagessen gehen? Vertrauen Sie mir die Organisation Ihres Lebens an. Ich kenne mich mit ALLEM aus, und … ich lese auch das Kleingedruckte! AUF GEHT'S, Helen Vanden Plas 1-800-876-5432«

»Was nimmst du?«

»Fünfundsiebzig Dollar die Stunde.«

»Hat schon jemand angerufen?«

»Sechsundzwanzig bis jetzt. Zehn Aufträge.«

»Willst du ein Rennpferd kaufen? Lässt sich gut von der Steuer absetzen.«

»Ach, Schätzchen, als ob ich das nicht wüsste. Ich lass dich nicht im Stich, Schätzchen. Ab und zu komme ich her, und wir essen zusammen zu Mittag.«

Vielleicht würde sie das wirklich tun. Jedenfalls war es schön zu wissen, dass sie es vorhatte.

Zwei Tage später kam der Transporter und holte die Pferde von Mary Lynn und Skippy Hollister ab. Zwei gingen nach New York, eins nach Kentucky und die anderen drei nach Kalifornien. Deirdre sah Tiffany dabei zu, wie sie die Pferde bandagierte. Sie bandagierte die Füchse in Grün, den Schimmel in Rot, einen Braunen in Gelb und den anderen in leuchtendem Blau. Sie machte es sehr gut, von oben nach unten, nicht zu fest und nicht zu locker. Dann führte sie sie nacheinander die Rampe hinauf und schnallte sie in den Boxen fest. Von den sechs Pferden, die nicht den Hollisters gehörten, war jetzt nur noch eins da, denn sie hatte allen Besitzern gesagt, dass sie aus dem Betrieb ausstieg. Dieses letzte Pferd sollte am Nachmittag starten und würde mit Sicherheit gekauft. Wenn nicht, würde der Besitzer, der pro Jahr vielleicht ein Pferd in einem Rennen kaufte und verkaufte, es am nächsten Tag mitnehmen, und damit hatte es sich.

Nur Tiffany blieb.

Deirdre hatte ihr geraten, zu Dagoberto zurückzugehen, der jetzt in Florida war. Mit der Erfahrung, die sie in fünf Monaten bei Deirdre gesammelt hatte, und ein bisschen Überredung von Deirdre selbst, von der Tatsache, dass Tiffanys Pferde seit August 114 000 Dollar und insgesamt schon 200 000 Dollar gewonnen hatten, einmal ganz zu schweigen, würde Tiffany bei Dagoberto schon ziemlich freie Hand haben, davon war Deirdre überzeugt. Tiffany sagte nichts zu diesem Thema, und Deirdre sagte auch nichts mehr, denn das, was inzwischen das Schönste an ihrem Alltag war, das, was sie in die sanfte, dankbare und gelassene Frau verwandelt hatte, zu der sie wie durch ein Wunder geworden war, das war der Anblick Tiffanys in Jeans und buntem T-Shirt mit ihren australischen Stiefeln und dem Cowboyhut und ihren winzigen kleinen Zöpfchen darunter. Tiffanys Arbeit ins Deirdres Stall war flexibel, vor allem jetzt, da nur noch ein Pferd da war. An diesem Tag, dem letzten, den das Pferd in ihrem Stall verbrachte, beschloss sie, ihn dreimal von oben bis unten zu striegeln, dann putzte sie sein Zaumzeug und dann ordnete sie das Stroh in seinem Stall, dass die Halme alle säuberlich nebeneinander lagen, so sah es jedenfalls aus. »Du reibst dem armen Viech noch die Haare ab«, sagte Deirdre.

»Ich hab sonst nichts zu tun. Die anderen Boxen habe ich alle gestern ausgeräumt. Und den Futterraum habe ich auch sauber gemacht. Er kann ein bisschen Zuneigung gut gebrauchen. Er hat anscheinend nicht viel davon bekommen. Ich glaube, das macht sie etwas fade.«

»Schätzchen, ein schlecht gezüchtetes Pferd, das von dreißig Starts nur drei gewonnen hat, ist ein bisschen fade.«

»Vielleicht wacht er auf, wenn er ein wenig Zuneigung bekommt, und hat plötzlich einen Grund, na ja, zu …«

»Ein Rennen zu gewinnen?«

»Ja, zum Beispiel.«

»Du bist ganz schön sentimental, das muss ich sagen.«

»Die Pferde mögen mich aber.«

»Ja, das stimmt, Tiffany, du könntest ein paar schöne Tiere striegeln, deine eigenen zum Beispiel.«

»Du hast gesagt, du willst sie nicht hier haben.«

»Es ist für mich wichtig, dass du einen Lebensunterhalt verdienst, du bist eine junge Frau mit einer nicht unbeträchtlichen Leidenschaft für Pferde. Ich zahle dir einen Hungerlohn, und das hört jetzt auch auf, deshalb brauchst du …«

Tiffany konnte dieses Gerede nicht ausstehen, deshalb fiel sie ihr sofort ins Wort: »Wie viele Pferde hattest du zu den besten Zeiten im Stall?«

»Rennpferde? Vielleicht vierzig. Das war vor drei oder vier Jahren.«
»Vor dem Unfall?«
»Lange davor. Aber als ich Springpferde hatte, hatte ich sechzig Pferde im Stall, etwa fünf Jahre lang. Das war ein ziemliches Unternehmen für eine Vierundzwanzigjährige. Ich wusste nicht, auf was ich mich da einließ; und das war gut so, es ist das Beste, was man machen kann, wenn es um Pferde geht, wenn du mich fragst.«
»Wie viele hast du jeden Tag geritten?«
»Sechs oder acht. Aber ich habe sie nicht geputzt. Ich hatte ein paar junge Männer, die nur dafür zuständig waren. Jung in dem Sinne, dass sie unverheiratet waren, aber sie waren älter als ich, ach, alle waren damals älter als ich. Allein die Anmeldungen für die Turniere und das Instandhalten des ganzen Zubehörs und der Ausrüstung für die Turniere war eine Vollzeitbeschäftigung. In der Turniersaison waren sie so sauber und gepflegt, man konnte ihnen mit dem Fingernagel gegen den Strich über die Haut fahren, ohne dass eine Spur Dreck hängen blieb, und das waren Pferde, die jeden Tag draußen waren und alles taten, um sich schmutzig zu machen.«
Tiffany seufzte.
»Das ist kein erstrebenswertes Leben, mein liebes Mädchen.«
»Aber ohne den Wirbelsäulenbruch wärest du noch dabei.«
»Lass uns lieber über dich reden. Ich hab mich mit Bill Trout unterhalten, er hat ein paar Pferde, die du striegeln kannst, zwei Sieger in Ausgleichsrennen und einen Zweijährigen aus guter Zucht. Er hat gesagt, wenn du ein bisschen die Wartung machst und er sieht, wie du mit den Pferden arbeitest, würde er …«
»Deirdre, ich habe fünf Pferde in Florida stehen. Wenn ich sie hier hätte, müsste ich viel weniger bezahlen, wenn sie in den Norden gebracht werden, hätte ich viel weniger Kosten.«
»Also, Schätzchen, ich will dir mal was sagen, und ich werd es nur einmal sagen, also hör auf, an der Mähne von dem Pferd herumzukämmen, und hör zu.«
Tiffany hob den Kopf und richtete ihren strahlenden Blick auf Deirdre.
»Ich bin fertig mit diesem Geschäft.«
»Essen ist fertig, Menschen sind am Ende.«

»Danke für den Hinweis. Ich bin am Ende mit diesem Geschäft. Ich hab dir immer gesagt, dass es kein gutes Geschäft ist, und ich weiß, dass wir unterschiedliche Meinungen haben, was seine Vorzüge im Vergleich zu anderen Betätigungsfeldern angeht, wie zum Beispiel dem Handel mit Drogen oder Anti-Trust-Prozessen, Tätigkeiten in der Regierungsverwaltung, einem Leben in staatlichen Gefängnissen, Rap-Musik, italienischer Küche, Kassieren im Wal Mart, Singen im Kirchenchor oder Immobilienhandel. Ich habe Respekt vor deinen Ansichten, meine Liebe, aber ich selbst bin ausgebrannt von dieser Arbeit. Mir reicht es.«

»Du weißt so vieles, was ich vielleicht nie lernen werde …«

»Letzte Nacht hab ich wach gelegen und überlegt, wie viele Pferde in den letzten dreißig Jahren wohl durch meine Hände gegangen sind. Ich bin auf dreitausendfünfhundert gekommen. Dreitausendfünfhundert Pferde, die ich berührt und geritten habe, über die ich nachgedacht, von denen ich geträumt, deren Schicksal ich entschieden habe, die ich verloren, verletzt, kaputttrainiert, falsch beurteilt und gerätselt habe.«

»Von denen du gelernt hast.«

»An die ich mich sinnlos gebunden habe«, sagte Deirdre.

»Kannst du dich an alle ihre Namen erinnern?«

»Das nicht, aber ich glaube, mit ein wenig Hilfe könnte ich mich an irgendetwas von jedem Pferd erinnern.«

Tiffany kam aus dem Stall. »Ich weiß, dass dir das mehr ausmacht, als du zugeben willst«, sagte sie.

»Tatsächlich?«

»Ich weiß, dass du traurig bist.«

»Dann weißt du mehr als ich, Tiffany.« Deirdre sah auf die Uhr. Noch anderthalb Stunden bis zum Rennen, das war spät, denn das Pferd würde erst im letzten Rennen starten. Tiffany trat vor Deirdre und stemmte die Hände in die Hüften. Deirdre sah sie an. »Weißt du was, Deirdre«, sagte sie, »bis jetzt hat dich noch kein Mensch gefragt, was du jetzt tun willst.«

»Und warum meinst du, dass ich es dir verraten würde?«

Tiffany lächelte spitzbübisch. »Vielleicht weil ich die Letzte bin, die hier ist, und weil wir allein sind?«

»Ich bin eine querköpfige Frau und ich tue nie das, was man von mir erwartet.«
»Das sagst du immer, aber das finde ich gar nicht. Ich finde dich sehr süß.«
»Muttergottes im Himmel!« Deirdre verschränkte die Arme vor der Brust. »Ich werde hier nie wieder einem in die Augen sehen können.«
Das Pferd hob den Kopf von dem Heu, an dem es gerade fraß, schob ihn über die Tür der Box und spitzte die Ohren in ihre Richtung. Er war ein Durchschnittspferd, ein uninteressanter vierjähriger Fuchs mit einer Durchschnittsblesse auf der Stirn. Sie hatte ihn vor rund drei Wochen für den Besitzer gekauft und ihn seitdem einmal starten lassen. Sie hätte ihn nicht genommen, aber der Besitzer glaubte fest an Form, Graphen und Zahlen und meinte, das Pferd würde bestimmt bald einen Aufschwung erleben. Aber es trödelte ohne Aufschwung vor sich hin, ganz in seinem glanzlosen Stammbaum versunken, wie Deirdre dem Besitzer sagte. Es würde wohl kaum zu den dreitausendfünfhundert Pferden gehören, an die Deirdre sich erinnern würde. Nicht mal jetzt konnte sie seinen Namen behalten. Und dennoch, so unbedeutend das Pferd auch war und so ausgebrannt sie sich fühlte, der Anblick dieser neugierigen Augen und der wachen Ohren an dem langen Gesicht (ein Pferd geht in eine Bar, und der Barkeeper sagt: »Warum so 'n langes Gesicht?« Ein Pferd geht in eine Wirtschaft, und der Wirt sagt: »Warum so 'n langes Gesicht?«, das war ein Universalwitz) heiterte sie auf.
»Aber was willst du machen?«, fragte Tiffany.
»Tja, das ist ja die Schwierigkeit. Ich weiß, was ich nicht machen will, aber ich weiß nicht genau, was ich machen will. Aber das ist ja gerade die Chance, oder nicht? Pferde waren das, was ich wollte, und Pferde haben mich …« Ihre Stimme versiegte.
»Ich hatte immer das Problem, dass ich nicht wusste, was ich tun konnte.«
»Na ja. Ich hab nie Kochen oder Nähen gelernt und auch nicht, wie man einen Mann beglückt, meine Lehrer hab ich auch nie zufrieden gestellt, ich kann keine Bücher lesen und nicht fernsehen, also … Ach, ich gehe jetzt lieber in die Kantine und esse einen Happen. Und du striegel das ruhig nochmal, ich glaube, da ist gerade ein Staubkörn-

chen auf ihm gelandet, und wenn der Besitzer kommt, dann übe dein Kommunikationstalent an ihm, denn eines musst du wissen, mein Schätzchen: Egal wie viel Ahnung du von Pferden hast, es ist alles für die Katz, wenn du den Besitzern nicht das Gefühl geben kannst, dass sie wichtig sind.«
Und sie drehte sich um und ging.

Es war kaum fassbar, wie rasch das alles dahingeschmolzen war, diese dreieinhalbtausend Pferde, diese Freunde, die sie alle ins Herz geschlossen hatte. Mit etwas Glück würde an diesem Nachmittag alles vorbei sein, und wenn sie am Abend ins Bett ging, würde sie nichts sein als eine einundvierzigjährige Frau, die nach Jahren der Arbeit und Mühe nichts vorzuweisen hatte. Überall auf der Rennbahn gingen Trainer unter. Trainer gingen nun mal unter, das war ein Teil ihrer Arbeitsplatzbeschreibung. Man verlor seinen Stall mit Stakes- und Ausgleichspferden, und wenig später tauchte man in Charlestown oder Fingerlakes mit ein, zwei Pferden wieder auf, wohnte auf der Rennbahn und kochte auf einem Campingherd. Wo war man in der Zwischenzeit gewesen? Oder man verlor die eigenen Pferde und arbeitete für jemand anders und striegelte dessen Pferde. Oder man war vorzeigbar, dann ging man nach Kentucky, New York oder Kalifornien und arbeitete auf einem Gestüt oder einer Trainingsfarm. Dank der wunderbaren Stute und ihrem Fohlen machte sie wenigstens keinen Verlust. Das war nicht immer so. Aber Deirdre machte sich keine Illusionen darüber, dass sie am Ende war. George hatte Recht gehabt, sie hatte sich alles viel zu sehr zu Herzen genommen, und was sie Tiffany nicht klarmachen konnte, war, dass sie es einfach nicht mehr aushielt. Das Drama, das anderen noch Vergnügen bereitete, hatte sie ausgelaugt.
Und konnte es nach dreieinhalbtausend Pferden noch eines geben, das sie gefangen nahm? Das sagen konnte: Ich bin noch interessant genug für dich. Das wollte sie sehen, ob so ein Pferd ihres Weges kommen konnte. Das wollte sie sehen, ob es sie in dem Laden oder dem Büro oder Café oder der Gebrauchtwarenhandlung finden würde, wo sie, Deirdre Donohue, gedachte, ihre neue Existenz aufzubauen und ihr Glück zu suchen.

Kapitel 53
Wunderbar

Nach Neujahr kam Residual aus den Ferien wie eine Debütantin im goldenen Tüllrock. Sie gewann die Artemis Stakes, ein Gruppe-II-Rennen. Ihr Bild war in *The Blood Horse*, wie sie ganz allein im Handgalopp ins Ziel ging. Man hörte auf, vom Breeders' Cup zu reden, und fing an, vom Kentucky Derby zu reden. Buddy fühlte den altvertrauten Ehrgeiz in sich aufsteigen, und er fühlte ihn auf altvertraute Weise, beruhigend und wohl bekannt, eine angenehme Auffahrt, in die sein Lexus ganz von selbst einbog, die klar und unzweideutig zu einer ganz bestimmten Schnellstraße und einem bekannten und begehrten Ziel führte. Er hatte eine Offenbarung: Das ganze Ringen mit seinem Gewissen oder mit Jesus oder was auch immer, das er im letzten Jahr betrieben hatte, konnte er auch beiseite lassen. So einfach war es. Und dann erklärte Deedee ihm, dass sie schwanger war.

Buddy wusste ganz genau, dass Residual nicht zu den Pferden gehörte, die sich einfach an einen anderen Arbeitsreiter gewöhnten. Er hielt Deedee zwar für eine taube Nuss, aber im Hinblick auf Pferde war sie eine ausgesprochen einfühlsame taube Nuss. Buddy nahm sie beiseite, hinter den Stall, wo niemand sie hören konnte, und flüsterte ihr ganz leise zu, so leise, dass nicht mal Jesus es hören konnte. Deedee konnte es natürlich auch nicht hören. »Was?«, sagte sie.

»Hast du einen Schwangerschaftsabbruch erwogen?«, murmelte Buddy.

Deedee schnaubte.

»Ihr seid noch sehr jung, du und Leon.«

Deedee ließ den Blick in die Ferne schweifen.

»Kentucky Derby.«

»Ich hab es schon meiner Mutter gesagt.«

Damit hatte sich die Sache.

Es gab also eine Verzögerung mit Residual, während sie versuchten, eine andere Reiterin zu finden, die sie mochte. Es war eine heikle Sache. Sie war nie unangenehm oder störrisch, aber selbst wenn die Reiterin sie mochte – und das war bei allen der Fall –, sah man sofort, dass sie ihren Rhythmus nicht so fand wie mit Deedee. Schließlich überredete Buddy den Jockey, jeden Morgen aufzukreuzen, aber nicht einmal er hatte das Gespür, das Deedee hatte. Er hatte Probleme, das Konkurrenzdenken bis auf den letzten Rest auszuschalten und ganz auf die Stute einzugehen. Er war nicht schlecht, obwohl Buddy es im Allgemeinen nicht mochte, wenn Jockeys die Pferde bei der Arbeit ritten. Wenn der Jockey aufsaß, war es das Zeichen, dass jetzt etwas anderes stattfand, und Buddy meinte, es verwirre ein Pferd, wenn der Jockey morgens aufsaß. Und dann brach sich der Jockey auf einem billigen Verkaufspferd (ehrlich gesagt war es eines von Buddy billigen Verkaufspferden) das Handgelenk und fiel für zwei Wochen aus. Buddy versuchte anderen Trainern einen Arbeitsreiter abspenstig zu machen, und bei der Gelegenheit begriff er, dass niemand für ihn arbeiten wollte, nicht mal wenn es darum ging, dieses phantastische Pferd zu reiten.

Marvelous Martha war über fünfzig, so viel war sicher. Keiner wusste, wo sie herkam, und sie redete nicht darüber. Einem Gerücht zufolge war sie irgendwann eine Woche lang mit dem berühmten Jimmy Williams verheiratet gewesen. Darüber redete sie auch nicht. Aber sie war so legendär, dass vor langer Zeit jemand eine Stute nach ihr benannt hatte, und die Stute hatte mehrere Ausgleichsrennen und einen Preis gewonnen und dann neun Fohlen zur Welt gebracht, von denen sieben Rennpferde wurden, sechs Sieger und ein Preissieger. Marvelous Martha lebte in Berkeley und arbeitete nachmittags und abends als freiberufliche Theaterregisseurin in der Gegend um San Francisco. Morgens ritt sie Pferde in Golden Gate. Sie hatte keine anderen Pflichten, sie säuberte nicht das Sattelzeug, plauderte nicht und wurde bar bezahlt, und da sie nicht Auto fuhr, musste sie per Taxi abgeholt werden. Sie kam teuer. Buddy flog nach San Francisco und suchte sie in ihrem Haus in Berkeley auf. Sie empfing ihn misstrauisch. Er schilderte ihr sein Problem.

»Mary Bacon ist geritten, bis ihr Baby geboren wurde. Was stellt sich dieses Mädchen so an?«

»Sie macht es nicht.«

»Ich hasse L. A.« Sie schenkte eine Tasse grünen Tee ein und schob sie ihm über den Tisch zu.
»Ich kann sie vorübergehend nach Santa Anita bringen.«
»Und mich im Ritz unterbringen?« Ihre Augen funkelten.
Buddy verschluckte sich fast.
Marvelous Martha lachte. »Keine Angst. Eine Mietwohnung tut es auch.«
»Willst du rauskommen und sie ausprobieren?«
»Ich komme immer mit den Pferden aus. Mit ihr bestimmt auch.«
»Gut, dann ...«
»Keine Chemie, keine Steroide, keine Renneisen. Jeden Morgen arbeite ich in der ersten Gruppe. Keine Presse. Ich rede mit keinem. Und wenn ich absitze, steht ein Glas mit Spinat-, Weizengras- und Karottensaft schon für mich bereit. Samstags fahre ich nachmittags heim und komme montagabends zurück. Du zahlst. Auch die Taxifahrt vom und zum Flughafen in Oakland.«
Was sollte er machen? Außerdem ging das sowieso alles auf die Rechnung der Besitzerin.
Und Martha wurde ihrem Namen gerecht, sie war wunderbar. Natürlich war sie mit Jimmy Williams verheiratet gewesen, selbst jetzt, mit über fünfzig, sah sie auf einem Pferd noch sexy und betörend aus. Residual wirkte glücklich und entspannt und zeigte bei der Arbeit sagenhafte Leistungen. Buddy meldete sie für das Delilah-Handicap-Rennen (Gruppe I) an, das am 7. Februar stattfinden sollte. Das würde eine schöne Vorbereitung für das Rennen gegen die Jungs sein, dachte er.
Die ältliche Besitzerin fragte immer wieder: »Ist das auch gut für sie? Schadet ihr das auch nicht? Sie ist so ein liebes Ding. Sie braucht wirklich nicht zum Kentucky Derby, Buddy, das bedeutet mir gar nichts.«
Aber Buddy bedeutete es etwas. Er hatte im Laufe der Jahre mehrere Derbykandidaten gehabt. Keiner hatte es jemals an den Start gebracht. Diese Stute hatte sehr gute Chancen. Wenn er mit seiner Frau in die Kirche ging – das tat er noch, seine Zweifel behielt er für sich –, versprach er, dass er sich bei Jesus wieder melden würde, wenn das Triple-Crown-Rennen vorbei war.

Und dann starb die Besitzerin. Eines Morgens wachte er auf, und die Zeitungen waren voll davon. Azalea Warren, die letzte echte Warren, eine Familie, nach der Bergbaustädte in ganz Kalifornien benannt waren, die Urgroßenkelin von Frederick Warren, die Enkelin von Senator Ezra Washington Warren, Tochter von, Cousine von, Schwester von, Nichte von. Aber keine Mutter von. Miss Warren hatte keine Nachkommen. Am nächsten Tag rief ihn ein Bankier an und sagte ihm, dass die Pferde auf einer Auktion verkauft werden sollten. Buddy erklärte, die besten Auktionen würden erst in ein paar Monaten stattfinden. Könnten sie denn vorläufig sozusagen auf Eis gelegt werden?, fragte der Bankier.

Buddy erklärte, dass es sich bei einem Rennpferd um einen dynamischen und keinen statischen Vermögenswert handelte. Man musste es in Bewegung halten und weiterbringen, sowohl im wörtlichen Sinne als auch im Training. Er wurde sogar richtig wortreich für seine Verhältnisse und erging sich in Ausführungen über die vorübergehende und unvorhersehbare Natur des Wertes, den ein Rennpferd darstellte. Er erläuterte es am Beispiel von Residual. Jetzt war sie heiß wie eine Rakete und mindestens eine siebenstellige Summe wert, aber sie konnte morgen sterben und wäre keinen Heller mehr wert, weil Miss Warren von Tierversicherungen nichts gehalten hatte. Der Bankier antwortete mit einem langen Schweigen, und Buddy schaute unterdessen aus dem Bürofenster. Die Jalousie war hochgezogen. Draußen im Stallgang kamen und gingen die Pferde, Arbeitsreiter warfen ihr Sattelzeug über die Stange und säuberten es, der Pferdedoktor Curtis Doheny spazierte vorbei, zwei Jockey-Agenten kamen an, und dann gingen die Pferde und die Menschen in verschiedene Richtungen auseinander, und Buddy sah sie. »Wie kann ich sie denn dann am besten verkaufen, solange sie noch etwas wert ist?«, fragte der Bankier.

»Das kann ich für Sie regeln, gegen die übliche zehnprozentige Kommission.«

Das mit der üblichen Kommission verstand der Bankier ohne weiteres.

Buddy wollte ihm weiterhelfen. »Sie müsste natürlich geschätzt werden.«

»Wer macht so etwas?«

»Ein Pferdeagent.«
»Können Sie mir ein paar nennen?«
»Ich kann Ihnen zwei oder drei Namen nennen.«
»Gut.«
»Sir Michael Ordway ist einer.« Während er dem Bankier Sir Michaels Nummer diktierte, sah Buddy sie näher kommen, sie stolzierte den Gang hinunter, die Sonnenbrille in der Hand und Begierde im Gesicht. Andrea Melanie Kingston. In dem Augenblick, als Buddy sein Gespräch beendete und auflegte, ging die Tür zu seinem Büro auf. »Oh, Buddy!«, sagte sie beim Eintreten, und er sagte: »Mrs. Kingston, heute ist Ihr Glückstag.« Danach war alles kinderleicht. Er führte Andrea Melanie zu Residuals Box. Die Stute fraß gerade ihr Heu. Andrea Melanie sagte: »Oh, Buddy!«, und die Stute hob den schönen Kopf, richtete ihre glänzenden Augen auf Andrea Melanie und blickte ihr direkt ins Gesicht. Als Buddy die »zehn Prozent Kommission vom Käufer« erwähnte, nickte Andrea Melanie so begeistert, als handele es sich dabei um eine besondere Vergünstigung.

Zwei Tage vor dem Rennen war der Verkauf abgeschlossen, und am Tag des Rennens taten alle so, als gingen sie zu einer Hochzeit. Andrea Melanie trug ein cremefarbenes Kostüm und einen glänzenden kleinen Hut. Jason Clark Kingston, nunmehr Residuals Besitzer und gerade um 1,4 Millionen Dollar erleichtert, trug einen Nadelstreifenanzug. Marvelous Martha war am Morgen nach Hause gefahren und erschien jetzt in einem pinkfarbenen Gewand. Leon trug einen blauen Blazer, und Buddy hatte seinen üblichen dunkelgrauen Anzug an. Buddys Frau, die am Morgen angerufen und ihren Besuch angekündigt hatte, kam in Türkisblau, mit passenden Schuhen. Deedee flocht der Stute ein paar Zöpfchen. Der Jockey trug Rostrot. Die Sonne schien, und die Stute sah wie vergoldet aus. Als der Jockey aufgesetzt worden war und sie hinter den Pferden aus dem Führring gingen, sah Buddy, wie Fans die Hände nach ihr ausstreckten und riefen: »Hallo, Pferdchen! Hallo, Residual! Hey, Baby!«, und dann riefen sie ihm zu:
»Viel Glück, Buddy!«
»Tolles Pferd, Buddy!«
Buddy selbst war nicht glücklich. Er fühlte sich wie auf einer Party,

die zu lange vorbereitet worden war und zu viel gekostet hatte, und jetzt wartete alles darauf, dass der Spaß jeden Augenblick eintraf. Genauer gesagt, es war wie bei einer Hochzeit. Es brachte Unglück, alles so zu planen. Dann ging die Klappe runter. Es blieb kein Spielraum für Unerwartetes. Die Stute hatte 55 Kilo auf dem Rücken, aber es mochten gut 200 sein, wenn man die Last all der Erwartungen dazurechnete.
Aber er setzte ein vergnügtes Gesicht auf, hielt Andrea Melanies Hand, sah ihr tief in die Augen, versicherte ihr, wie sehr er an die Stute glaubte, aber schon während er diese Worte sagte, merkte er, wie er immer kleiner wurde und weiter wegrückte. Auf dem Weg zur Loge trennte er sich von der Gruppe, um seine Wette zu setzen, und er wettete mit Zuversicht, aber ohne Freude oder Angst. »Hundert Dollar auf Nummer vier als Siegerin im siebten Rennen«, sagte er, und er wusste, dass das der schlimmste Augenblick seines Lebens war. Das wusste er deshalb, weil all die anderen schlimmsten Augenblicke seines Lebens wie eine Lawine über ihn hinwegrollten, all die Male, wenn sein Vater sich mit einem enttäuschten Kopfschütteln von ihm abgewandt hatte, die Zeit, als er darauf gewartet hatte, größer zu werden als eins fünfundsechzig und nicht weiterwuchs, all die Male, wenn er merkte, dass er zornig war und sich der Zorn rings um ihn ausdehnte. Jeden schlimmen Augenblick, den er erlebt hatte, durchlebte er jetzt aufs Neue. Dass es der schlimmste Augenblick war, wusste er auch deshalb, weil eigentlich alles stimmte. Alles war so prima, wie es auf dieser Welt für ihn nur werden konnte, und das machte ihm klar, dass es nie eine Erleichterung geben würde. Er nahm seinen Schein und verließ den Wettschalter. Der Wettschein kam ihm plötzlich seltsam vor. Die Wettschalterhalle kam ihm seltsam vor. All die anderen Wetter und Rennbahnbesucher wogten um ihn herum, und er hatte keine Kraft mehr. Er sackte fast in sich zusammen, aber stattdessen setzte er einen Fuß vor den anderen und schaffte es auch in die Loge, wo die Hochzeitsgäste zuschauten, wie die Braut in der Parade zum Start geführt wurde. Er stützte den Kopf auf die Hand und dachte: »Verdammt nochmal, ich weiß nicht mehr, was ich mache.«
Das Rennen war 1800 Meter lang, deshalb befand sich der Start am oberen Ende der Geraden. Er sah die Pferde hineingehen, er hörte

die Glocke, er sah, wie die Startboxen sich öffneten und die Pferde heraussprangen. Sie liefen an ihnen vorbei. Residual war dabei, aber das hatte keine Bedeutung für ihn. Die Pferde gingen in den ersten Bogen. Residual war nach vorn gezogen und hatte die Führung übernommen, aber auch das nützte nichts. Buddy hatte das Gefühl, dass weder diese Stute noch irgendein anderes Pferd ihm jemals wieder eine Reaktion entlocken würde.

Aber natürlich war das nicht so. Als die Pferde in die Gegengerade kamen, hatte er plötzlich den Eindruck, dass irgendetwas mit der Bahn nicht stimmte, und dann, einen Sekundenbruchteil später, sah er, was es war. Die Startmaschine hatte sich nicht bewegt. Sie stand quer über die Bahn, als sei sie festgemauert. Buddy wandte den Blick von den Pferden und wurde richtig wach, als alle anderen auf der Tribüne auch wach wurden, gerade rechtzeitig, um zu sehen, wie der Mann, der normalerweise mit seinem Traktor die Startmaschine von der Bahn zog, aufsprang und die Arme schwenkte. In dem Augenblick rief der Ansager auch schon: »Jockeys! Haltet die Pferde an! Stoppt die Pferde!« Die halbe Tribüne, die Hälfte von Buddys Begleitern sprangen auf. Die anderen drückten sich tiefer in die Sitze. Die Sonne schien. Die Pferde rannten weiter. Residual führte immer noch, inzwischen um anderthalb Längen. Sie gingen in den zweiten Bogen. Der Ansager schrie jetzt: »Jockeys! Köpfe hoch! Alex! Chris! Haltet die Pferde an!«

Haltet das Herz an, dachte Buddy. Er warf einen Blick auf Andrea Melanie. Tränen strömten ihr übers Gesicht. Jason Clark Kingston war kreideweiß bis an die Haarwurzeln. Die Pferde liefen in einer dichten Gruppe, der Pfeil hatte den Bogen verlassen, die Kugel den Gewehrlauf. Es gab kein Zurück mehr. Das dachten jetzt alle.

Aber nein. Es waren Pferde, keine Geschosse. Durch das Fernglas sah Buddy, wie erst der Kopf der Stute hochfuhr, dann die Köpfe der anderen Pferde. Dann brach der gleichmäßige Fluss der Geschwindigkeit auf, strudelte, kreiselte hierhin und dorthin aus, und dann waren es nur noch einzelne Reiter und Pferde, die sich über die Bahn verstreut bewegten. Das Rennen war vorbei, die Gefahr vorüber, die Erwartung des Schrecklichen genommen, und nichts war verloren außer dem Preisgeld.

In dieser Nacht kniete Buddy neben dem Bett, wie es seine Gewohnheit war, und sagte Dank, was nicht seine Gewohnheit war, von ganzem Herzen sagte er Dank, so wie man Dank sagt, wenn man einer Möglichkeit ins Auge geblickt hat, die man nie wieder sehen will. Ja, es war sogar so, dass er sich wieder ein bisschen erlöst fühlte. Nicht auf inspirierende Weise erlöst, aber ein bisschen erlöst, so wie damals als Junge, wenn sein Vater sagte: »Ich gebe dir noch einmal eine Chance.«

FEBRUAR

Kapitel 54
Epistemologie und Hermeneutik

In Belmont Park bekam man Epic Steam schnell in den Griff. Gut, im Stall war er von Stuten umgeben, die alle Progesteron bekamen und auf keinen Fall rossig wurden. Nun ja, sie wandten bei ihm eine Stallbremse an, diese nette kleine Seilschlinge, an deren Ende ein Holzpflock befestigt war und die man immer fester um die Oberlippe des Pferdes schlingen konnte. Immer wenn Luciano mit ihm arbeitete, wurde er gezwickt, und Frankie verlangte von Dick eine anständige Lebensversicherung für die Zeit, in der er mit dem Pferd arbeitete, aber Epic Steam ging nicht durch, tobte nicht in der Startbox und griff auch keine anderen Pferde an. Dick wusste, dass die Pfleger ihn genau im Blick hatten und dass der Starthelfer ihn erst recht beobachtete, aber an dem Pferd war nichts zu beanstanden. Dick beobachtete das Pferd auch, und er konnte nicht genug von ihm kriegen. Er konnte den Blick nicht von dem Tier wenden. Jeder Sprung versetzte ihn in Entzücken. Insgeheim glaubte Dick, in ihm die Wiederkehr von Ribot oder Nearco zu erkennen, beide Pferde tauchten mehr als einmal in seinem Stammbaum auf, und beide waren seinerzeit schwer zu bändigen gewesen. Das Pferd ließ sich nicht streicheln und man konnte sich ihm nicht freundlich nähern. Aber man konnte es den ganzen Tag über beobachten und sah sich nicht satt. Man musste allerdings dafür sorgen, dass er ermüdete, nur sicherheitshalber. Er arbeitete über Strecken von 1200 und 1400 Metern. An seinen freien Tagen galoppierte oder trabte er, aber eigentlich hatte er keine freien Tage. Als Herman Newman nach einer unzulässigen Unterhaltung mit anderen Besitzern, die ihre eigene Meinung hatten, Zweifel an diesem Programm äußerte, wurde Dick ein wenig streng. »Citation! Wissen Sie, dass Citation eine ganze Meile als Arbeitsprogramm hatte? Man musste zwei Pferde mit ihm arbeiten lassen, eins am Anfang und eins am Ende, damit er richtig parierte! Das ist Ihr erstes Pferd, Mr. Newman, deshalb sehen Sie nicht, wie außergewöhnlich er ist, aber er könnte eine Legende werden!« Und dann immerzu Derby, Derby, Derby, nur um ihn ein bisschen zu verunsichern. Es lohnte sich, nicht nach Florida zu gehen, den ganzen normalen Betrieb zu ändern, nur damit das Pferd in Belmont und Aqueduct bleiben konnte, wo viel Platz war, nur damit er das Tier beobachten konnte.

Im Prinzip arbeitete der Hengst sehr gut, und Dick hatte ihn so weit, dass er starten konnte. Ja, der Hengst arbeitete so gut, dass Dick versucht war, sich selbst als Genie zu betrachten – als jemanden, der die wenigen einfachen Elemente versteht, die jeden Prozess vorantreiben, auch wenn sich dieser vorher hoffnungslos schleppend entwickelte. Und jetzt, da der Hengst so gut arbeitete, sahen ihn viele in einem anderen Licht. Seine Marotten schienen ebenso gezügelt worden zu sein wie seine Bösartigkeit. Auch seine Unberechenbarkeit wirkte nicht mehr abschreckend, und Dick wusste, dass Herman Newman der Star der Szene war.

Sie redeten jeden Tag. Herman Newman war ein netter Mensch, aber man musste ihm alles immer wieder sagen. Was waren Scheuklappen nochmal? Was waren Längen nochmal? Sagen Sie mir doch noch einmal, was Legend ist? Was meinen Sie damit – prophylaktisch? Arthritis bei einem Dreijährigen? Wie war das noch – ist eine Minute acht Sekunden auf 1200 Meter gut bei der Arbeit? Und erinnern Sie mich noch einmal daran – was soll ich diesem Reporter sagen?

Es gab etliche Entschuldigungen, Herman Newman sagte immer: Wissen Sie, ich nehme dieses, wie heißt das noch ... Ginkgo biloba für mein Gedächtnis, und vielleicht wird es schlimmer, ich weiß nicht. Ich hab es immer gern, wenn man mich direkt daran erinnert, was ich schon weiß. Meine Frau macht das verrückt. Aber wissen Sie, man tut ja heute nicht dasselbe wie gestern. Jeden Tag geht die Sonne wieder ganz neu auf. Und Soundso hat mich auch wieder angerufen.

Soundso. Das war Dicks größte Sorge. Herman Newman konnte jeden Moment verführt werden. Alle naselang riefen ihn Pferdemakler an. Franzosen, Engländer, manchmal auch Amerikaner. Dann rief er

Dick an und fragte um Rat. Dieser Typ Tommy Ormond hat angerufen. Sein Käufer war ein stiller Mensch, der seinen Namen nicht in der Zeitung sehen wollte. »Japaner«, sagte Dick.

»Die Japaner haben kein Geld mehr«, sagte Herman Newman.

»Ganz oben doch«, sagte Dick.

»Warum wollte er mir wohl seinen Namen nicht sagen?«

»Im Pferderennsport gibt es viel Geheimniskrämerei«, sagte Dick.

»Erklären Sie mir nochmal, woran das liegt.«

»Weil es um eine Menge Geld geht, vor allem was die Wetten betrifft.«

»Sollte ich das Pferd verkaufen?«

»Das sollten Sie mich nicht fragen«, sagte Dick.

»Wen soll ich sonst fragen? Ich kenne außer Ihnen keinen. Sagen Sie mir doch nochmal, warum ich das Pferd nicht verkaufen soll.«

»Weil es ein tolles Pferd ist. Es kann für Sie gewinnen und Ihnen eine Menge Geld einbringen.«

»Verstehe.«

Wenige Stunden später: »Hallo, hier Herman Newman. Mich hat einer angerufen, Simon St Melbourne. Ist er Australier?«

»Nein, Engländer.«

»Er hat einen Käufer.«

»Ich wette, es ist jemand aus Hongkong. Er hat Verbindungen in Hongkong.«

»In Hongkong ist noch viel Geld. Teils von den Chinesen. Meinen Sie, Peking ist an dem Pferd interessiert?«

»Ich habe keine Ahnung, Mr. Newman.«

Und dann: »Hier spricht Herman Newman. Mich hat einer angerufen, der heißt Gustave Galopin oder so.«

»Araber. Die interessieren sich erst seit kurzem für amerikanische Pferderennen.«

»Erklären Sie mir doch nochmal …«

Genau genommen gab es keinen Grund, warum der Mann sein Pferd nicht verkaufen sollte. Herman Newman war kein Pferdefanatiker, er schien sich in seiner neuen Rolle als Besitzer nicht besonders wohl zu fühlen. Gleichzeitig gab es auf der ganzen Welt verdiente Menschen, die viele Jahre und Millionen Dollar verschwendet hatten, ohne jemals auch nur in die Nähe eines Pferdes wie Epic Steam zu kommen. Warum sollte Herman Newman, der sich nicht einmal einen Tag lang merken konnte, was eine Scheuklappe war, ein solches Pferd besitzen, wenn Männer, die etwas von Pferden verstanden, die Pferde im Blut hatten, die manchmal sogar meinten, sie wären in einem früheren Leben selbst ein Pferd gewesen, keine Chance bekamen? Ach ja. Von all den Ungerechtigkeiten auf der Welt war eine so einfache Sache wie die Pferdebesitzverteilung die größte.

Es gab nur einen Grund, weshalb Herman Newman Epic Steam behalten sollte, und zwar weil Dick Winterson das Tier trainieren wollte. Wenn er ihn in einem guten Rennen starten ließ und gewann, womit Dick rechnete, dann würde der Druck, das Richtige zu tun, für Herman Newman nur noch größer werden.

Epic Steam war so weit, dass er in einem Rennen starten konnte. Und, was noch wichtiger war, Herman Newman war so weit, dass das Pferd starten konnte. »Sagen Sie mir doch nochmal, warum wir die Count Fleet Stakes versäumt haben? Und was war noch der Grund, warum Sie ihn von den Whirlaway Stakes gestrichen haben, wenn das das richtige Wort ist? Ich kann ihn gerne transportieren lassen. Was Sie wollen. Erklären Sie mir das nochmal – warum wollen Sie ihn nicht transportieren lassen?«

»Er ist schwierig im Umgang.«

»Hatten Sie mir nicht gesagt, er hätte einen neuen Anfang gemacht?«

»Ja, das stimmt.«

»Sie trauen ihm nicht?«

»Ich fange an, ihm zu trauen.«

»Was war denn noch der Grund, weshalb Sie ihn nicht starten lassen wollen?«

»Ich will ihn starten lassen. Aber es muss das richtige Rennen sein.«

»Was wäre denn das richtige Rennen?«

Ein Rennen, das kein Mensch beachtete.

»Vielleicht die Paumonok Stakes.«

»Habe ich davon schon gehört?«

»Nein. Es ist ein Vorbereitungsrennen. Wenn er gut abschneidet, kann er in einem berühmten Rennen starten.«

»Na gut. Und wann läuft dieses Rennen?«

»In ein paar Wochen.«
»Soll ich auch kommen?«
»Ja, auf jeden Fall, Mr. Newman.«
»Sie sagen mir vorher Bescheid, was ich anziehen und tun soll.«
»Sie machen wirklich voll mit, Mr. Newman.«
»Ich will Ihnen was sagen. Es ist mir völlig egal, ob ich wie ein Blödmann aussehe. Das ist mir immer egal gewesen. Leute, die sich über ihre Erscheinung Sorgen machen, kommen im Leben nicht weit. Sie müssen sich dauernd ihrer selbst vergewissern. Dafür braucht man viel Zeit, und die habe ich in meinem Alter nicht. Und wenn ich wie ein Blödmann aussehe, was macht das schon, verstehen Sie?«
»Ja, das verstehe ich. Die Paumonok Stakes, Mr. Newman. Ich halte Sie auf dem Laufenden.«
»Sagen Sie, was ist das Rennen nochmal wert?«
»Rund hunderttausend Dollar für den Sieger.«
»Das ist ein hübsches Sümmchen.«
»In der Tat.«

Erst am Morgen des Rennens fiel Dick auf, dass er Epic Steam noch nie hatte starten lassen. Er hatte mit ihm gearbeitet, hatte über seine früheren Rennen gelesen und sich so ungefähr jedes Rennen ausgemalt, das er kannte, und Tag und Nacht waren seine Gedanken um dieses Pferd gekreist, aber wenn es darum ging, was das Pferd in einem Rennen tatsächlich tun würde, also im Sattelring, im Teststall, unter der Tribüne, draußen auf der Bahn unter den Augen und dem Lärm von zehntausend Zuschauern, davon hatte er keine blasse Ahnung. Das war ein beträchtliches Versäumnis.
Zu Herman Newman sagte er: »Das Pferd ist gut eingestellt und fit. Er hat hervorragend trainiert. Meiner Meinung nach könnte er nicht besser vorbereitet sein.« Lauter Schüsse ins Dunkel.
Sich selbst rief er all seine eigenen Statistiken in Erinnerung. Wie viele Pferde er trainiert, wie viele Rennen gewonnen und wie viel Geld er verdient hatte. Und so weiter und so fort. Aber es half nichts. Jeder Schritt, den dieses Pferd aus dem Stall tat, war ein Schritt mit verbundenen Augen auf den Rand eines Abgrunds zu. Man wusste nicht, wo es in die Tiefe ging. Das Training hatte sich eigentlich gut entwickelt,

die letzten zwei Wochen über hatten sie ihn sogar mit einem vierjährigen Wallach trainiert, um ihn wenigstens etwas an die Nähe eines anderen Pferdes zu gewöhnen. Der Wallach war ein großes, selbstbewusstes Grasbahn-Pferd, ein wenig phlegmatisch. Sein Arbeitsreiter war auch groß und phlegmatisch, und wenn Epic Steam die Ohren anlegte, um seinen Partner zu beißen, zog er ihm mit der Peitsche eins übers Gesicht, worüber Epic Steam dann in Ruhe nachdenken konnte. Dick hatte solche Praktiken nicht gern, aber es funktionierte wenigstens.
Dick überlegte, warum es manchmal so war, dass zwar alles dafür sprach, dass es gut gehen würde, man aber trotzdem nicht davon überzeugt war.
Frankie hatte eine ganze andere Einstellung zu der Sache. Er zuckte bloß mit den Schultern und sagte: »Du willst meine Meinung hören, Boss? Hör auf, so viel Wind um dieses Pferd zu machen. Setz den Jockey drauf, sag ihm, er soll laufen, und damit hat es sich. Du kriegst noch einen Herzinfarkt vor lauter Anstrengung, dieses Pferd zu ergründen. Mein Fazit? Das ist verdammt nochmal ein Pferd, sonst nichts.«
Herman Newman kam und er brachte auch seine Frau mit, die zu Dicks Erleichterung zu den Frauen gehörte, mit denen Dick nie ins Bett gehen würde, und Herman Newmans Söhne kamen auch mit ihren Frauen, für die dasselbe galt, und es war, als führte man eine Gruppe Touristen aus einem Reisebus herum. Einer der Söhne machte auch in Spielwaren, der zweite war Professor älterer russischer Geschichte oder etwas in der Art, und der dritte war ein Rabbiner. Jawohl, ein richtiger Rabbi mit dem Hut und dem Mantel und den Schläfenlocken. Dick hatte noch nie einen Rabbi auf der Rennbahn gesehen, aber er freute sich. Vielleicht war das der Schlüssel für Herman Newmans Glückssträhne, dachte er. Er sah zu, dass er an den Rabbi streifte und dann das Pferd mit dieser Hand berührte, denn er wollte den Rabbi nicht auffordern, sich selbst dadurch in Gefahr zu begeben, dass er sich dem Pferd näherte.
Die Newmans bildeten in sicherem Abstand einen Kreis um das Pferd und betrachteten es. Und während sie es so betrachteten, legte es doch tatsächlich einen Augenblick lang seine Nervosität ab und be-

trachtete sie. Dick nutzte diesen Augenblick geschickt aus und warf den Jockey in den Sattel. Der Jockey und er wechselten einen Blick. »So weit, so gut, das hätten wir geschafft«, sagte der Blick.

Dick geleitete die Newmans durch die Halle mit den Wettschaltern und in die Loge. Es dauerte einige Zeit, weil die Newmans alles bestaunten, was sie sahen. Sogar Herman, der schon einige Male hier gewesen war, schien wieder aufs Neue über alles zu staunen. Als sie auf den Plätzen saßen, hatte Epic Steam schon sein Führpferd abgeholt und war draußen auf der Bahn. Der Rabbi, der bei genauerem Hinsehen sehr jung wirkte, beugte sich hinter seiner Frau zu Dick hinüber und berührte ihn am Ärmel: »Unser Pferd da scheint mir eine gewisse Unnachgiebigkeit zu besitzen.«

»Sie sind nicht der Erste, der das bemerkt, aber es überrascht mich, dass Sie das so schnell festgestellt haben.«

»Ist das eine gute Eigenschaft bei einem Rennpferd?«

»Ja – mit gewissen Einschränkungen.«

Der Mann drückte die Finger in seinen Bart und betrachtete die Rennbahn. »Äußerst ritualisiert«, sagte er.

»Es läuft immer gleich ab«, sagte Dick. »Jeden Tag und überall, das ganze Jahr über.«

»Das gefällt mir«, sagte der Rabbi. »Vielleicht komme ich öfters.«

»Man sieht nicht viele Rabbis auf der Rennbahn.«

»Was haben die Nummern zu bedeuten, die da angezeigt sind?«

»Das sind die Gewinnchancen. Die Chancen für unser Pferd stehen drei zu eins. Er ist viele gute Rennen gelaufen, aber er ist lange nicht mehr gestartet, deshalb mögen die Wetter ihn, aber er ist nicht der Favorit.«

»Das ist eine merkwürdige Entscheidung für meinen Vater.«

»Warum?«

»Unsere Vorfahren waren alle Revolutionäre. Ich bin das schwarze Schaf der Familie. Mein Großvater wäre gestorben, wenn er gewusst hätte, dass sein Enkel Rabbi wird. Er ist fast gestorben, jedenfalls hat er das behauptet, als mein Vater ihm gesagt hat, dass er in Aktien investiert. Als er uns erzählt hat, dass er ein Rennpferd gekauft hat, ist meine Mutter mit ihm zum Arzt gegangen. Tatsächlich. Aber jetzt haben wir nichts mehr dagegen. Ich will Ihnen etwas sagen: Mein Vater ist ein durch und durch unschuldiger Mann, jedenfalls soweit ich ihn kenne. Er hat nie ein Spielzeug hergestellt, das vom Markt genommen werden musste oder von dem auch nur behauptet wurde, es sei riskant für Kinder. Aber das meine ich nicht mit unschuldig. Damit ist man einfach nicht schuldig. Es geht mehr darum, dass jede Erfahrung neu für ihn ist, egal wie oft er etwas schon gemacht hat.«

»Das habe ich schon gemerkt«, sagte Dick. Epic Steam rückte in die Startbox, ging rückwärts wieder hinaus, schritt wieder hinein, dann wieder hinaus. Zwei Männer traten hinter ihn. Er schlug nach hinten aus, aber traf sie nicht. Dann rückte er in die Box ein und blieb da.

»Jetzt geht's los«, sagte Dick zu dem Rabbi.

Das große dunkle Pferd sprang aus der dritten Box und preschte voran. Für Dicks Augen war er das einzig Erkennbare in dem Wirbel von Pferdefleisch. Das war noch nicht einmal beabsichtigt. Sein Blick fiel einfach auf Epic Steam und blieb an ihm haften, und die anderen Pferde verschwanden. Epic Steam führte nicht, er lag ungefähr vier Längen zurück in der dritten Bahn und galoppierte voran wie ein normales Rennpferd. So ging es weiter. Dick begann wieder, sich für ein Genie zu halten. Sich als Genie zu sehen war wie eine Art innerer Schmelzprozess, als ob sich Stein in Melasse verwandelte. Die Pferde kamen aus dem ersten Bogen, Epic Steam so klar und deutlich wie der Mond in einer dunklen Nacht. Dick sah, wie sein Schweif wehte, seine Muskeln sich dehnten, die Hand des Jockeys auf dem Zügel, die hielt, aber nicht zog. »Jedes Pferd lässt sich trainieren« – das würde er den Presseleuten sagen, wenn sie fragten. Es liefen auch andere gute Pferde in dem Rennen, Pferde, von denen man nur Positives sagte und hörte. Dick konnte sie nicht erkennen. Weiter unten auf der Gegengerade scherte Epic Steam aus, erst auf die vierte, dann auf die fünfte Bahn. Die Pferde gingen in den zweiten Bogen. Die drei Pferde, die führten, liefen im Verbund am Innengeländer. Epic Steam war jetzt der Fünfte, aber er lief einen weiten Bogen.

»Es sieht so aus, als ob das Pferd unglaublich weit außen läuft. Ist das geometrisch gesehen nicht unklug …«

»Sehen Sie mal!«, sagte Dick.

Das große dunkle Pferd fegte um den Bogen, weit von den anderen entfernt. Und als sie in die Endgerade kamen, war Epic Steam mitten auf der Bahn, jetzt ganz allein, und Dick begriff, dass er so immer laufen musste – ganz weit außen. Das war die einzig sichere Methode. Natürlich war das Pferd fit genug, den Mount Everest zu besteigen. Und das machte sich jetzt bezahlt. Ohne von irgendetwas ringsum abgelenkt zu werden, schoss das Pferd auf die Ziellinie zu, so weit von den anderen entfernt, dass diese ihn gar nicht sahen und sich nicht anstacheln ließen. Vielleicht hatten ihn sogar die anderen Jockeys nicht wahrgenommen. Er war ein Tarnbomber. Der Jockey brauchte nicht mal nach der Peitsche zu greifen, es sah wirklich so aus, als müsste er sich nur gut festhalten und hoffen, das Pferd rechtzeitig stoppen zu können, um es in den Ring zur Siegerehrung zu schaffen. Das Pferd siegte um eine Länge. Erst dann, in diesem Augenblick, in dem er still dasaß, fühlte Dick, wie tief seine Angst gewesen war, die er Gott weiß wie lange verdrängt hatte. Dann stand er auf und geleitete die Newmans hinunter zur Siegerehrung. Sie kamen natürlich aus dem Staunen nicht heraus.

Sie standen da mit dem Fotografen und mit der Schauspielerin, die dem Präsidenten beim Überreichen des Pokals behilflich sein sollte, und warteten darauf, dass Epic Steam mit dem Jockey und dem Pfleger zurückkam, und Dick sagte zu dem Rabbi: »Das verdient Ihr Vater wirklich.«

»Sie mögen das so sehen«, sagte der Rabbi. »Und es stimmt auch sicher. Aber das Wunderbare an meinem Vater ist, dass er selbst nie einen Gedanken darauf verschwendet, ob er etwas verdient.«

Dick fragte sich, über was Herman Newman wohl mit anderen Besitzern reden würde, wenn er in eine solche Unterhaltung geraten sollte.

Und dann kam das Pferd, erschöpft, aber immer noch strahlend, mit gebogenem Hals, geblähten Nüstern und vorstehenden Venen, voller Stolz und glücklich, könnte man sagen. Herman Newman hatte alle Warnungen vergessen, die Dick jemals ausgesprochen hatte, trat auf das Pferd zu und umhalste es. Und dann stellten sie sich alle auf, und der Fotograf knipste das Foto, und Dick fiel wieder ein, dass beim Pferderennen immer und ewig galt, dass Glück besser ist als Genie. Und das sagte er auch den Jungs von *The Blood Horse* und der *Thoroughbred Times*, als sie ihn fragten.

Kapitel 55
Park Min Jong

Jesse fragte sich oft, ob seine Gedanken die Dinge, die geschahen, beeinflussten. Zum Beispiel hatte seine Mutter ihn gerade zum Essen gerufen, und er ging auf den Tisch zu und sah, dass es Auberginenauflauf mit Käse gab, und dabei dachte er, dass er Auberginenauflauf mit Käse nicht mochte, da flog die Haustür auf, und Leo stürmte herein. Seine Mutter sagte: »Ach, Leo, da bist du ja, ich habe gerade ...«
Aber Leo rannte ins Schlafzimmer. Jesse ging zur Schlafzimmertür und sah, dass sein Vater eine Pistole in der Hand hielt und Kugeln hineinlud. Außer im Kino und im Fernsehen hatte Jesse noch nie eine Pistole gesehen.
Leo stopfte Kugeln in die Trommel. Jesse drehte sich um und ging hinaus zu seiner Mutter, die ganz ruhig am Tisch saß. Er setzte sich auf seinen Platz. Sie sagte gar nichts, schien ihn nicht einmal zu bemerken, aber als Leo ins Zimmer kam, fuhr sie auf. »Ich fahre jetzt zu Park Min Jong.«
Von diesem Park hatte Jesse noch nie gehört. »Warum nimmst du eine Pistole mit, Dad?«, fragte Jesse, als Leo die Pistole in sein Schulterhalfter schnappen ließ und den Arm in den Gurt schob. »Sind da Gangs?«
»Ich gehe nur auf Nummer Sicher. Ich brauche es nur, wenn ich muss, aber ich geh auf Nummer Sicher.«
»Auf Nummer Sicher für was?«, fragte seine Mutter leise, eher so, als müsste sie es sagen, ohne es wirklich zu wollen.
»Es ist ganz einfach. Gestern um halb zwölf hab ich den Buchmacher angerufen, ich kann's mir von der Telefongesellschaft bestätigen lassen. Und ich habe gesagt: Gib mir fünfzig auf das sechste Pferd im ersten Rennen und fünfzig auf das dritte Pferd im sechsten Rennen. Die Chancen standen acht zu eins bei dem ersten Pferd und sechs zu eins bei dem zweiten. Ich weiß genau, dass das meine Wetten waren, weil ich mich so genau an das Gefühl erinnere, das ich dabei hatte – sechs eins drei zwei, weißt du noch, das war die Nummer von der Wohnung, in der wir damals gewohnt haben.«
»Die Nummer war sechs eins drei drei«, sagte Jesses Mutter.

»Ja, genau, aber man kann im dritten Rennen keine Zwillingswette machen. Das muss im zweiten Rennen sein.« Er sah sie liebevoll-ungehalten an. »Weißt du, ich kann einfach nicht verstehen, warum du das nicht begreifen kannst«, sagte er. »Die Zwillingswette ist das Einfachste überhaupt am Pferderennen. Auf jeden Fall waren das die Wetten, die ich gesetzt habe. Muss ich mich jetzt auf Band aufnehmen? Ein Art von unanfechtbarer Aufzeichnung führen? Mensch, was ist denn los in diesem Land? Als Mickey Cohen den Betrieb geführt hat, ja, das könnte mein Vater euch sagen, da lief alles bestens, aber das lag, unter uns gesagt, daran, dass sie Juden waren.«

»Wohin gehst du mit der Pistole, Leo?«

»Diese koreanischen Buchmacher haben ihren eigenen Boss, wie alle. Das ist es, was mit dem Land hier los ist. Jede ethnische Gruppe hat ihren eigenen Boss. Es ist nicht mehr so wie früher, Jesse, wie damals, als ich jung war, da war alles zentralisierter. Jetzt muss man runter ins koreanische Viertel latschen oder …« Er verstummte. Es sah aus, als stünden ihm die Haare zu Berge. Jesse hat immer das Gefühl, dass seinem Vater die Haare zu Berge standen, wenn er wütend wurde. »Warum zum Teufel vergeude ich hier meine Zeit? Die Auszahlung für diese Wette war verdammt nochmal über vierzehnhundert Dollar, und wenn ich die nicht kriege, dann gibt's da eine andere Auszahlung, das kann ich euch versprechen!«

»Leo …«

Aber sein Vater hatte eine Jacke übergeworfen und war durch die Tür verschwunden, bevor seine Mutter den Satz zu Ende bringen konnte. Sie stand auf und ging in die Küche, ohne ihn anzusehen. Jesse setzte sich an den Tisch und fixierte den Auberginenauflauf mit Käse. Er war rot mit weißem Käse obendrauf, und über den Käse zogen sich orangefarbene Fettstreifen, und an den Seiten stak etwas Schwarzes, Krustiges hervor. Der Auflauf verbreitete einen starken Geruch, wahrscheinlich roch er nicht mal übel, er konnte sich sogar vorstellen, dass er gut roch, wenn man in einer bestimmten Laune war. Aber er war nicht in dieser Laune.

Seine Mutter kam aus der Küche, sie hatte einen Korb mit Brot in der Hand und lächelte. Sie stellte das Brot auf den Tisch und setzte sich hin, und im nächsten Moment fuhr ein großer Löffel in die Auberginen, und ein großer Klumpen davon landete auf seinem Teller. Dampf stieg wie ein Geist daraus auf. Auf dem Teller seiner Mutter landete auch ein großer Klumpen. Sie lächelte immer noch. Jesse war dieses Lächeln wohl bekannt. Es war ein Lächeln, das sie ganz gut hinkriegte, und zu mehr als diesem Lächeln war sie im Moment nicht fähig. Während Jesse den größten Teil der Auberginen in sich hineinschaufelte, dachte er an die Jockeys auf der Rennbahn und ihre Mägen, und er dachte daran, wie die Aubergine um den Knoten in seinem Magen herumwanderte. Als sie fertig waren, sagte sie: »Ich räum das schon weg, Schätzchen. Es ist nicht viel. Warum machst du dich nicht an deine Hausaufgaben, dann können wir vielleicht ein Spielchen machen, bevor du ins Bett gehst.«

Er hatte keine Hausaufgaben auf, deshalb las Jesse ein paar Kapitel aus einem Gruselbuch, das unter seinem Bett lag. Dann holte er etwas von all dem alten Zeug unter seinem Bett hervor, lauter Bonbonpapierchen lagen dort herum, etwas Popcorn, ein paar verhutzelte Apfelbutzen, ein paar Papierfetzen. Er verstand zwar nicht, wie die Sachen unter dem Bett so zerreißen konnten, aber so war es nun mal. Weil seine Mutter ihn offensichtlich gerne in ihrer Nähe haben wollte, kam Jesse schließlich wieder aus seinem Zimmer, ging quer durch den Wohnraum und setzte sich neben sie. Sie lächelte sofort, und dann sagte sie das, was Jesse den ganzen Abend vermieden hatte, sich selbst zu sagen: »Ich hoffe, dein Vater wird nicht verletzt.«

»Ich wusste gar nicht, dass er eine Pistole hatte«, sagte Jesse.

»Komm, wir spielen Uno Stacko.«

»Na gut.«

Sie ging zum Regal hinüber und holte das Spiel, ein großer Stapel roter, grüner, gelber und blauer Plastikstücke, die wie Träger geformt waren. In dem Spiel musste man versuchen, die unteren Träger zu entfernen und sie oben auf den Stapel zu legen, bis man einen sehr wackligen Turm hatte, der plötzlich umkippte. Leo gab ihm immer einen Dollar, wenn er selbst den Turm zum Einsturz gebracht hatte. Aber er nahm Jesse auch immer einen Dollar ab, wenn Jesse den Turm hatte umkippen lassen. Leo war jemand, der eher an Gerechtigkeit als an Gnade glaubte. Das sagte er seit Jahren immer und immer wieder, er

hatte es schon gesagt, als Jesse noch gar nicht wusste, was Gerechtigkeit oder Gnade bedeutete.
Sie baute den Stapel sorgfältig auf, sodass er genau parallel zu dem Pappdeckel stand, der dazugehörte, dann gab sie ihm den Würfel. Er würfelte eine Zwei und zog ein Nummer-Zwei-Stück aus der Mitte des Stapels und setzte es obendrauf. Dann zog seine Mutter eine Vier heraus und so weiter. Er hatte Angst, dass sie etwas über Leo sagen könnte, aber als sie den Mund aufmachte, sagte sie: »Ich hab heute Abend da angerufen, ich fange mit Fahrstunden an.«
»Wirklich?«
»Er hat gesagt, es würde länger dauern, weil ich schon fünfunddreißig bin, aber ich glaube, es ist höchste Zeit.«
»Warum?«
»Nun, ich will Autofahren lernen. Es ist eigentlich ganz spannend.«
Sie war zweimal dran und zog eine Eins und eine Zwei heraus. Jesse zog eine Vier. Sie spielten eine Zeit lang schweigend, und Jesse merkte, wie er sich allmählich in das Spiel vertiefte. Vor langer Zeit war es sein Lieblingsspiel gewesen, als er vier oder fünf war. Damals fand er den wachsenden Turm fast ein bisschen unheimlich, aber er war immer sehr stolz darauf gewesen, dass er die Träger so ruhig auflegen konnte. Er war so versunken in das Spiel, dass er selbst überrascht war, als er sich sagen hörte: »Mit Leo stimmt was nicht.« Er sagte auch nicht »Dad«, sondern »Leo«, als kenne er seinen eigenen Vater nicht besonders gut.
»Ach, Jesse«, sagte seine Mutter.
»Ja, wirklich. Ich glaub, er hat einen Gehirntumor.«
»Wie kommst du denn darauf?«
»Weil mit ihm was nicht stimmt. Er sagt Dinge, die passen nicht zusammen.«
»Ich glaub nicht, dass er einen Gehirntumor hat, Schätzchen.«
»Aber du meinst auch, dass mit ihm was nicht stimmt?«
»Ja.«
»Dann sag mir, was es ist.«
Jesse rechnete damit, dass sie jetzt ein Wort gebrauchen würde, das er nicht verstand, irgendein Krankheitswort, aber sie sagte: »Er ist so voller Sehnsucht.«

»Wonach sehnt er sich?«
»Wahrscheinlich danach, dass er sich nach nichts mehr sehnt.«
Das verstand Jesse sehr gut. Erstens wusste er, was Sehnsucht war, und zweitens konnte er sich diesen endlosen Kreis der Sehnsucht nach der Befreiung von aller Sehnsucht gut vorstellen. »Findest du, dass Leo gut aussieht?«, fragte er.
»Ja.«
»Ich auch. Hast du ihn deshalb geheiratet?«
»Vielleicht. Damals war er anders. Er war erst zweiundzwanzig. Alle diese Marotten saßen noch nicht so fest. Und ich war erst zwanzig. Es ist einfach so, Jesse. Leo braucht jemanden, der ihm sagt, dass er nichts Schlimmes getan hat.«
»Aber das hat er. Er hat viele schlimme Sachen gemacht.«
Sie lehnte sich zurück auf der Couch. »Ich weiß, Jesse«, sagte sie. »Das ist ja das Problem, das ich nicht lösen kann.« Sie sah ihn an. »Und du kannst es auch nicht lösen«, sagte sie.
»Ich weiß«, sagte Jesse. Er wusste es wirklich. So oft hatte er gesagt: »Ist schon gut, Dad«, aber sein Vater hatte ihm nicht geglaubt. Und das war das Problem, dachte Jesse: Auf der einen Seite war da die Rennbahn, Geld, Vorzeichen, Pferde, schulfrei, Sonnenschein und ganz allgemein ein angenehmes Gefühl, das am Ende des Tages besser oder schlimmer sein konnte. Das kannte Jesse ganz genau. Aber andererseits waren da jetzt eine Pistole und die Bereitschaft, sie zu benutzen, und die Leute, gegen die sie vielleicht benutzt würde. Und es gehörte alles zusammen. Was sollte Jesse davon halten?
»Hast du Angst, Mom?«, fragte er.
Sie nickte, und dann sagte sie: »Aber nicht die ganze Zeit«, und Jesse begriff, dass es immer mehr Schwierigkeiten gegeben hatte, als er gewusst hatte, dass er die ganze Zeit in einem Auto im Nebel auf einer kurvenreichen Straße gesessen hatte, und er war der Einzige im Auto gewesen, der nicht wusste, dass der Wagen manchmal, vielleicht sogar oft, scharf an den Rand der Straße rutschte und dass es eigentlich nur Glückssache war, dass er immer weiterfuhr.
Was auch immer bei Park Min Jong ablief, zum Glück für alle Beteiligten war es nicht schlimm, denn Leo war in bester Laune, als er nach Hause kam. Er kam in Jesses Zimmer und weckte ihn und setzte sich

zu ihm aufs Bett und sagte ihm ein paar Dinge, die er wissen musste. Jesses Mutter kam an die Zimmertür und einmal sagte sie: »Leo, es ist zwei Uhr früh«, aber Leo sagte: »Liebling, wenn der Junge lernen muss, wie die Dinge auf der Welt laufen, ist es egal, wie viel Uhr es ist.« Leo sprach mit Jesses Mutter immer nur in liebevollem und freundlichem Ton.

Zuerst einmal nahm Leo die Pistole aus dem Schulterhalfter und legte sie auf Jesses Bett, dabei achtete er genau darauf, dass der Lauf von allen weg auf eine Ecke des Zimmers gerichtet war, wo Jesses Kleiderständer stand, auf dessen Spitze Pu der Bär saß. »Mein Sohn«, sagte Leo, »ich will dir sagen, was heute Abend geschehen ist, weil ich will, dass du genau weißt, was für ein Mensch ich bin. Wenn du über mich urteilst, und alle Söhne urteilen über ihre Väter, das gehört zum Leben, dann musst du die ganze Geschichte kennen.«

»Ja, gut«, sagte Jesse.

»Also, mein Sohn, es gab einmal einen Typen namens Henry David Thoreau. Er wohnte in der Nähe von Boston, aber damals gab es Suffolk Downs noch nicht, deshalb war er kein Mann für Pferderennen, aber er hat trotzdem ein paar gute Sachen gesagt, und eine davon, das war, dass die Masse der Menschen ein Leben in stiller Verzweiflung lebt. Die erste richtige Rennbahn im Nordosten, Jerome Park, die hatte der Großvater von Winston Churchill aufgebaut …«

Jesse meinte, an dieser Stelle könne er gefahrlos Interesse zeigen, indem er fragte, wer Winston Churchill war.

»Winston Churchill war ein britischer Politiker, der klein genug war, um Jockey zu sein, aber natürlich konnte er sein Gewicht nicht in den Griff kriegen. Es gibt ein berühmtes Bild von ihm mit zwei anderen Typen, der eine ist Franklin Roosevelt, der unser Präsident war, und der andere ist Joe Stalin, der, soviel ich weiß, auch nichts mit Pferderennen am Hut hatte, aber in der letzten Zeit kommt in Russland allerhand Interessantes ans Tageslicht, vielleicht wird es da noch Überraschungen geben. Aber das gehört jetzt nicht zur Sache.«

Jesse sah ein, dass es besser war, den Mund zu halten.

»Mein Vater lebte ein Leben in stiller Verzweiflung, und das ist der Grund. Er ließ sich von den Buchmachern in die Ecke drängen. Ich kann dir gar nicht sagen, wie oft mein Vater nach Hause kam und die

Buchmacher hatten seine Wetten geändert oder hatten ihm das Geld nicht ausgezahlt oder hatten ihn einfach ganz ignoriert, indem sie seine Wetten nicht annahmen. Weißt du, wenn ein Buchmacher stirbt, steht in der Zeitung im Nachruf immer: ›Fritz Schmitz erwarb sich ein Vermögen mit fragwürdigen Investitionen.‹ Das stimmt.« Er wandte sich an Jesses Mutter, die immer noch in der Tür stand, und sagte: »Wusstest du das, Allison?«

Jesses Mutter schüttelte den Kopf.

»Ich fand das immer witzig. Ich meine, es war witzig als Ausdruck, die Art und Weise, wie sie versuchen Geld abzuschöpfen, ist überhaupt nicht witzig, und sie machen das genau wie die reichen und mächtigen Leute, die auch immer mehr nehmen, als ihnen zusteht. Übrigens, apropos Joe Stalin, mir ist eben etwas Witziges eingefallen. Einmal, das war noch an der Ostküste damals, dachte ich gerade aus irgendeinem Grund an Stalin, und ausgerechnet da stand in der Rennzeitung ein Pferd namens ›Marxist‹, deshalb setzte ich hundert Pfund auf ihn als Sieger, weil ich ja gerade an Joe Stalin gedacht hatte, der doch ein Marxist war. Weißt du, was ein Marxist ist, Jesse?«

Jesse schüttelte den Kopf.

»Also, heute gibt's keine Marxisten mehr, aber so ganz falsch lagen die nicht, denn die kannten sich damit aus, wie das Geld funktioniert und wie die Buchmacher funktionieren und wie die Rennbahn immer zu viel von dem Wettgeld bekommt, und auch noch etwas, nämlich dass die Macht immer aus dem Lauf von einem Gewehr kommt. Der Marxismus war eine ganze Philosophie über das Schmiergeld. Weißt du, was Schmiergeld ist? Das ist der Anteil, den der Mittelsmann kriegt, und es geht darum, dass die kleinen Fische immer das Schmiergeld bezahlen und die dicken Fische nicht.«

Jetzt blickten alle auf die Pistole, die auf dem Bett lag.

Leo seufzte. »Jedenfalls gewann dieses Marxistenpferd damals dreißig zu eins, und deshalb hatte ich immer eine Schwäche für Joe Stalin, der mir damals gerade im richtigen Moment eingefallen war, um auf einen der besten Außenseiter zu setzen, auf die ich je gewettet habe.«

Jesse wusste nicht genau, worauf das alles hinauslaufen sollte, aber er wollte nicht noch zu weiteren Abschweifungen ermuntern und hielt deshalb den Mund. Leo starrte weiter die Pistole an. Endlich kam Jesses Mutter auch ins Zimmer herein und setzte sich auf das Fußende von Jesses Bett.

»Als ich so alt war wie du, beschloss ich, dass ich nicht wie mein Vater ein Leben in stiller Verzweiflung leben wollte«, fuhr Leo fort. »Das heißt ja, dass ich über meinen Vater urteilte und an ihm etwas auszusetzen hatte. Das weiß ich, und ich hoffe, es wird mir verziehen, denn es ist etwas Natürliches, und eines Tages wirst du es auch tun und dir wird es auch verziehen werden. Daran habe ich heute gedacht, als ich zu Park Min Jong fuhr. Dass ich über meinen Vater geurteilt hatte und dass ich, um das zu rechtfertigen, so handeln musste, dass ich meinem Urteil gerecht wurde. Du siehst also, mein Sohn, als ich heute Abend hinausgerannt bin, habe ich das für dich getan, mein Sohn. Und für meinen Vater. Und auch für deine Mutter. Aber da kommt noch etwas hinzu. Die koreanische Gesellschaft ist sehr patriarchalisch. Weißt du, was das heißt?«

Jesse schüttelte den Kopf.

»Das heißt, dass der Vater über den ganzen Stall bestimmt, und alle hören auf das, was er sagt. Und als ich zu Park Min Jong fuhr und meine Pistole mitnahm, da gingen mir all diese Dinge durch den Kopf, und auch meine vierzehnhundert Dollar. Wenn meiner Familie vierzehnhundert Dollar zustehen, die ich als Mann und Vater verdient habe, dann muss ich die kriegen, verstehst du.«

Jesse riskierte ein Nicken.

»Das ist eins von meinen Prinzipien. Und …« – damit zog er ein ganzes Bündel Bargeld aus der Tasche – »… ich hab sie gekriegt.« Es war ein ziemlich großer Packen, deshalb nahm Jesse an, dass sie es ihm in kleinen Scheinen gegeben hatten. Leo blätterte fünf Scheine ab und legte sie auf die Bettdecke, auf Jesses Knie. »Das ist für dich, mein Sohn«, sagte er.

»Danke, Dad.«

»Die Sache mit diesem Geld war mir eine Lehre. Frag mich danach.«

»Was war es?«

»Ich hab gelernt, dass die Koreaner einen respektieren, wenn man ihnen die Stirn bietet. Die Chinesen tun das nicht, und einem Russen willst du nie im Leben die Stirn bieten, von russischen Buchmachern

sollte man sich um jeden Preis fern halten. Die Juden sind immer noch die Besten, und das sag ich nicht, weil wir jüdisch sind. Es sind eben alles Lehren. Das ganze Leben besteht aus Lehren, und wenn man jeden Tag gut aufpasst, dann lernt man auch was.« Er stand auf. »Kapiert?«
Jesse nickte.
»Du bist ein guter Junge«, sagte Leo. Er zog Leos Mutter an der Hand hoch und legte den Arm um ihre Taille. Sie hatte die ganze Zeit nur einen Satz gesagt, und jetzt sagte sie den zweiten, und zwar: »Leo, lass die Pistole nicht da liegen.«
Leo drehte sich um, hob die Pistole auf, betrachtete sie, wog sie in der Hand und sagte: »Mein Sohn, wenn du an dem Punkt angekommen bist, wo du über deinen Vater urteilst, denk daran, dass ich die Nerven hatte, sie mitzunehmen, aber nicht so blöd war, damit zu schießen, in Ordnung?«
»In Ordnung.«
Als Leo aus dem Zimmer ging, knipste er das Licht aus. Kurz darauf, als Jesse wusste, dass die Schlafzimmertür seiner Eltern geschlossen war, stand Jesse auf und zog die Vorhänge auf, aber da war nichts zu sehen, weder Mond noch Sterne. Er ging wieder ins Bett. Er legte sich auf den Rücken und zog die Decke bis zur Brust hoch. Leo brauchte ihm gar nichts mehr über Park Min Jong zu erzählen, Jesse wusste auch so genau, was dort abgelaufen war. Leo meinte natürlich, der Buchmacher hätte ihm Respekt erwiesen, als er ihm das Geld gab, aber Jesse begriff, dass das gar nicht sein konnte. Und wie er da lag, mitten in der Nacht, war es ihm plötzlich, als sähe er Leo durch die Augen des Buchmachers, in seiner ganzen Armseligkeit. Das ganze Gerede. Das ganze System. Die Rennbahn selbst. Alles daran war so armselig. Und alle Theorien der Welt und alles Geld der Welt konnten daran nichts ändern.

Kapitel 56
Hühnchen

Jetzt, da Rosalind begriffen hatte, dass ihre Funktion im Leben einfach darin bestand, Anweisungen zu befolgen, hatte sie wesentlich weniger Probleme. Eine Auswirkung der Informationsrevolution war, dass es allenthalben Anweisungen in Hülle und Fülle gab und dass man sie meistens in einer von drei bis zehn Sprachen befolgen konnte. Außerdem kamen Leute in die Galerie, Arbeiter, Künstler, andere Händler, Kunden, Freunde, die alle auch ihre Anweisungen mitbrachten. Künstler zum Beispiel schwelgten geradezu in Anweisungen. Die exakte Befolgung ihrer Wünsche, was Art und Ort der Hängung betraf, war eine Zen-Übung in Disziplin, Nutzlosigkeit, Geduld und schließlich Entrückung des Selbst von der materiellen Ebene der Existenz. Freunde und andere Händler hatten unzählige Anweisungen, wie man mit den einzelnen Künstlern umzugehen hatte, und Rosalind merkte sich alles. Das Telefon klingelte ununterbrochen, und Stimmen aus der ganzen Welt sagten ihr, wo sie was abholen musste, was sie bezahlen, wohin sie etwas schicken, wie sie etwas zu verpacken, was sie zu erwarten hatte. Rosalind nickte und lächelte und wusste genau, was sie in welcher Stimmung zu tun hatte.

Auf diese Art und Weise geübt, stand sie eines frühen Abends in ihrer Galerie und genoss einen Augenblick der Ruhe (das Februarwetter auf der Madison Avenue war düster und kühl und die Galerie warm und hell), als das Telefon klingelte und Krista Magnelli ihr die Anweisung gab, am nächsten Morgen nach Belmont hinauszufahren und nach Limitless zu schauen. »Er ist jetzt seit zwei Monaten auf der Rennbahn«, sagte Krista, »und ich habe irgendwie so eine nagende Unruhe. Aber erstens will ich nicht gern Ihren Trainer anrufen und herumschnüffeln, und zweitens bin ich sicher, dass alles in Ordnung ist.«

Rosalind wusste natürlich genau, wie sie diese Anweisung zu befolgen hatte. Sie war unzählige Male nach Belmont gefahren. Keine Rücksprache mit irgendeiner Behörde in irgendeiner Fremdsprache war erforderlich. Aber es war gut, dass sie so lange und so sorgfältig Anweisungen befolgt hatte, sonst hätte ihr Herz bei dem Gedanken höher geschlagen, aber nicht aus Freude. Sie wäre bei dem bloßen Gedanken vielleicht sogar unwillkürlich ein, zwei Zentimeter zurückgetaumelt oder hätte den Kopf schütteln müssen, um eine etwaige kleine Wolke zu zerstreuen, die sich vielleicht da niedergelassen hatte. Aber weil sie jetzt so geübt war, sagte sie nur: »Ja, Krista, es ist wirklich Zeit, dass ich dort mal nach dem Rechten sehe. Vielen Dank, dass Sie mich daran erinnert haben. Al pendelt dauernd zwischen Russland und hier hin und her, und ich habe ...«

»Es ist ja nicht so, als ob ich irgendwie ein ungutes Gefühl hätte«, sagte Krista. »Oder jedenfalls nicht mehr als sonst ...«

»Wir hätten bestimmt davon gehört, wenn irgendetwas mit dem Pferd nicht stimmte. Ich bin sicher, dass es ihm gut geht.«

»Ja, ich habe ja auch kein ungutes Gefühl.«

»Ich freue mich auch darauf, das Pferd wiederzusehen.«

»Es ist sehr beruhigend, mit Ihnen zu reden, Rosalind.«

»Ich werde mich um alles kümmern.«

»Ich bin Ihnen sehr dankbar.«

Man musste vor allem eines verstehen: Wenn man einfach losfuhr, um einen Exgeliebten zu treffen, weil man es wollte oder brauchte, dann fühlte man sich natürlich nicht besonders wohl dabei, aber wenn man dorthin fuhr, weil man dazu angewiesen worden war, dann hatte man gar keinen Anlass, sich unwohl zu fühlen, weil die Anweisungen im weiteren Verlauf der Dinge auch eingeben würden, was man in Gegenwart des Exgeliebten sagen und tun musste. Und deshalb gab es dann gar keinen Anlass zur Sorge.

Eileen, die im Besenschrank geschlafen hatte, kam heraus in den offenen Galerieraum. Sie räkelte sich langsam nach hinten, dann nach vorn. Anschließend schüttelte sie sich heftig und sah Rosalind an. Rosalind redete kaum noch mir ihr, zumindest was Befehle anging. Sie hatten sich gegenseitig ausgelotet und waren schließlich zu einer Übereinkunft gekommen. Eileen war unter keinen Umständen bereit, bestimmte Ausdrucksformen aufzugeben, die sie als unerlässlich für ihr Wohlbefinden empfand. Andererseits kam sie, saß, lag, blieb stehen, war still, war liebevoll und respektierte Rosalinds Eigentum, ohne dazu ermahnt werden zu müssen. Für einen Jack Russell kam das, wie man Rosalind gesagt hatte, dem Zustand der Heiligmäßigkeit nahe. Rosalind nahm ihren Mantel. Eileen kam herüber und setzte sich neben sie. Rosalind schaltete das Licht im Büro und im Lagerraum aus. Alles andere war schon fest verschlossen. Eileen folgte Rosalinds klappernden Absätzen die Treppe hinunter, aus der Tür hinaus, die Straße hinunter. Als sie das Restaurant erreichten, wo Rosalind sich mit Freunden verabredet hatte, blieb sie vor der Tür stehen, beugte sich hinunter und öffnete ihre Handtasche. Eileen sprang hinein, legte sich hin und rollte sich zusammen. Rosalind öffnete die Tür und schritt hinein. Natürlich hatte der Empfangschef gesehen, wie der Hund in die Tasche sprang, natürlich war die Tasche verdächtig ausgebeult, aber der Empfangschef sagte nur: »Ich bringe Sie zu Ihrem Tisch, wenn Sie gestatten. Die anderen Gäste sind bereits da.«

Rosalind wusste, dass alles, was mit ihr zu tun hatte, bei ihren Freunden ein Gesprächsgegenstand war, und manche berichteten ihr getreulich den ganzen Klatsch über sie. Darlene und Max, Wanda und Fred, Danielle und Isaac begrüßten sie jetzt auch deshalb so überschwänglich und sogar herzlich – weil sie eben noch über sie geredet hatten. Sie stellte die Hundetasche behutsam in der Ecke ab und ging um den Tisch herum, küsste und lächelte und stieß kleine Ausrufe aus. Sie freute sich wirklich, sie alle zu sehen. Es machte ihr nichts aus, dass Max Darlene anschnauzte, Darlene Max annörgelte, Wanda lachend Freds Unzulänglichkeiten ausposaunte, Fred soff, Isaac so laut redete, dass man ihn im ganzen Restaurant hörte, und Danielle eine kleine Tischwaage mitgebracht hatte, um ihre Portionen zu wiegen, und nur von den Gramm Fett redete, die die Gerichte auf der Speisekarte enthielten. Es machte ihr nichts aus, dass sie über sie spekulierten, dass sie bezweifelten, dass ihre Galerie ein Erfolg werden konnte, dass sie fanden, dass Al wegen seines neuen Unternehmensprojekts wirklich sehr selten zu Hause war, dass ihre Anhänglichkeit an Eileen exzentrisch war. Es machte ihr auch nichts aus, dass sie meinten, sie hätte eine Affäre oder hätte eine gehabt, nur konnte sich keiner denken, mit wem.

Sie bestellte Risotto mit Safran und Jakobsmuscheln und frittierte Zucchini mit Rucola und Pfifferlingsstreuseln für sich und eine halbe Portion Süßkartoffelpüree (»ohne Minze bitte!«) für Eileen. Und dann dauerte es nur ein, zwei Minuten, bis sie einem jeden einen Wunsch erfüllt hatte. Fred rief aus: »Mein Gott, sie haben einen Badia a Coltibuono hier. Kostet achtundsiebzig Dollar, aber den hab ich immer mal kosten wollen.« Max nahm Darlenes Hand und führte sie zärtlich an seine Lippen. Darlene sagte: »Ich weiß, wo ich das Geld für diese Typen kriegen kann. Rosalind, kennst du jemand bei der Rockefeller Foundation?« »Ja«, sagte Rosalind. Wanda sagte: »Also, den ganzen Tag hat mir die Schulter wegen des Wetters wehgetan, aber jetzt ist alles weg.« Isaac sagte zu dem Kellner: »Ist dieses Gericht mit Zwiebeln?«, und der Kellner sagte »nein«. Und Danielle sagte: »Ah, bon, die Toilette ist endlich frei, darauf hab ich zwanzig Minuten lang gewartet.« Das war jetzt immer so. Sobald Rosalind das Zeichen gab, wobei sie selbst nicht mal wusste, was es war, erfüllten sich die Wünsche der Leute rings um sie sofort. Es war ein guter Indikator: nur 10 Prozent jeder beliebigen Gruppe waren jeweils zu einem beliebigen Zeitpunkt wunschfrei. Das fand Rosalind überraschend, zumal sie ja jetzt selbst zu den Wunschfreien gehörte.

Das Erfüllen von Wünschen hatte keine langfristige positive Wirkung, aber kurzfristig war es gut, es war eine Art Erleichterung. Wie früher, als Rosalind, damals in ihren Zwanzigern, geraucht hatte. Das Rauchen selbst tat ihr nicht gut, gut war nur das Gefühl, dass das Verlangen nach einer Zigarette vorbei war. Die Erfüllung von Wünschen tat ihren Freunden, wie sie bemerkte, auch nicht gut, sondern gab ihnen nur das Gefühl, dass dieser bestimmte Wunsch erledigt war, und je mehr sie das beobachtete, desto weniger Wünsche hatte sie selbst. Die Mahlzeit wurde serviert. Sie kostete. Es schmeckte gut.

»Stellt euch nur mal vor«, sagte Max, »hier sitzen wir, sieben Ehepartner, die zusammen alles in allem ihre achtzig, hundert Jahre Ehe auf dem Buckel haben. Ich habe heute mitbekommen, wie meine Tochter mit ihrem Verlobten geredet hat. Zuerst hat sie davon geredet, wo sie eine Wohnung suchen wollen, dann davon, wie sie sie einrichten wollen, dann von einem Restaurant, in das sie gehen will, dann hat sie ihm erklärt, wie er es anpacken soll, etwas Bestimmtes zu tun, das er ihrer Meinung nach tun soll, dann hat sie ihm von einer Freundin erzählt, die sich jetzt auch verlobt, dann ist sie aus dem Zimmer gegangen, und Darlene und ich haben über sie geredet, dann haben wir über etwas geredet, das wir kaufen wollen, dann über einen Urlaub, den wir machen wollen, dann über die Morrises, ihr wisst ja sicher, dass sie die Scheidung eingereicht hat, dann haben wir über etwas geredet, das ich für Darlene tun sollte.«

»Und er hat gesagt: ›Ist es nicht besser, überhaupt nicht zu reden?‹«, sagte Darlene. Sie drehte sich zu ihm: »Ich bin nicht deiner Meinung, dass Ehegespräche so sind, als hätte man die ganze Zeit das Fernsehen an.«

»Was ist es denn sonst?«, sagte Max.

»Ich glaube, das ist kein ungefährliches Thema«, sagte Wanda. »Furzen in der Ehe ist wesentlich ungefährlicher, wenn ihr mich fragt. Dabei gibt man wenigstens keinem etwas Persönliches preis.«

»Also, die Morrises hatten immer tolle Gespräche«, sagte Isaac. »Vielseitig, gebildet, klug, witzig. Man konnte dasitzen und ihnen stundenlang bei der Unterhaltung zuhören. Es war wie ein Film.«

»Aber denk doch mal nach«, sagte Max. »Wann habt ihr euch das letzte Mal mit eurem Ehepartner über ein eigentliches Thema unterhalten? Kein Problem, keinen Plan, nicht die Kinder, keine bestimmte Aufgabe, keinen Tratsch, kein Kontrollieren oder Herumkommandieren. Einfach etwas von allgemeinem Interesse.«

»Gestern Abend«, sagte Wanda. »Ich habe Fred von einem Typ in der Sexkolumne einer Zeitschrift erzählt, der wollte seine Freundin mit dem Rektum an sein Stereogerät anschließen und ihr einen ordentlichen Kitzel verpassen.«

»Der Autor der Sexkolumne behauptete, es gebe spezielles Zubehör dafür. Hatte ich noch nie gehört«, sagte Fred. »Wir haben bestimmt eine halbe Stunde darüber geredet.«

»Und Fred kann sich heute noch daran erinnern«, sagte Wanda.

»Wir reden jeden Tag über Clinton«, sagte Isaac.

»Du lieber Himmel«, sagte Wanda, »das ist ja pathologisch.«

»Und manchmal auch Mitterrand«, sagte Danielle.

»Wir reden über Gott«, sagte Darlene.

Rosalind sah sie an.

»Jeden Tag«, sagte Darlene.

Rosalind sah Max an.

Max sah einen Augenblick ganz verschreckt aus, als stünde er plötz-

lich nackt da. Dann sagte er: »Und über was redest du mit Al, Rosalind?«
»Pferde.«
»Kunst?«
»Al hat für Kunst nichts übrig. Ich rede mit anderen Leuten über Kunst.«
»Wenn man über Kunst redet, gibt man nur seine Meinungen ab«, sagte Danielle. »Oder es ist Tratsch. Sehr langweilig. Gott ist viel interessanter. Das hätte ich von dir nicht erwartet, Max.«
»Ich wusste nicht, dass ihr religiös seid«, sagte Wanda. »Ihr wirkt nicht religiös.«
»Es geht nicht um Religion«, sagte Darlene. »Es geht um Gott selbst. Was seine Eigenschaften sind und seine Vorlieben und so. Warum tut er dieses und nicht jenes, tut er überhaupt etwas, und wenn er nichts tut, warum lässt er dann zu, dass bestimmte Dinge getan werden. Ergreift er Partei und so etwas. Wenn jemand um einen Mercedes betet, könnte, würde, sollte Gott ihm den geben?«
Alle aßen. Eileen steckte den Kopf aus der Tasche und aß die süßen Kartoffeln vom Teller. Nach einer Weile sagte Isaac: »Reine Spekulation.«
Dann sagte Max: »Was gibt es denn über Pferde zu reden?«
»Über ihre Eigenschaften und Vorlieben.« Rosalind lächelte ihn verschmitzt an. »Warum tun sie dies und nicht jenes.«
»Jetzt ziehst du mich auf.«
»Sei doch nicht gleich beleidigt«, sagte Wanda. »Kaum fängt man an, von Gott zu reden, ist jeder beleidigt.«
»Ich bin gar nicht beleidigt.«
»Das ist er auch nicht«, sagte Darlene.
»Und ob sie gewinnen oder verlieren.«
»Wisst ihr was«, sagte Wanda. »Ich persönlich finde es total unakzeptabel, wenn man es unter der Decke macht.«
Ja, dachte Rosalind, sie hatten ihre Ehen offen gelegt, und zwar weniger durch das, was sie sagten, als dadurch, wie sie saßen, wie sie einander anguckten, wie sie sich aufeinander abgestimmt bewegten. Wenn Al da gewesen wäre, was hätten diese Freunde bei ihnen erkannt? Es war ihr jedenfalls peinlich gewesen zu sagen, dass sie und Al vor allem

über seine Beschwerden redeten, oder vielmehr er redete und sie schwieg. Sie nickte oder räusperte sich oder warf etwas ein, aber so wie die anderen redeten, sogar Max und Darlene, das gab es bei ihnen nicht.

Sie sah sich in der Runde um. Die Ehen von New Yorkern sahen immer anders aus als die Ehen ihrer Eltern und Verwandten im Mittelwesten, sie waren freiwilliger und willkürlicher, und diese Einsicht kam ihr gleichzeitig mit der Einsicht, dass sie jetzt vollkommen darauf eingestellt war, ein allein stehendes Leben zu beginnen. Ein solches Leben würde genauso sein wie jetzt – die Galerie, ein Restaurant, Eileen, lebhaftes Hin und Her, so wie damals, als sie in ihren Zwanzigern war, aber mit Geld und Kultiviertheit dabei. Al als Exehemann wäre genauso wie Al in Usbekistan. Eine Scheidung würde, wie ihr schien, nur darin bestehen, dass sie Als Haus in Westchester County verlassen und die Tür hinter sich abschließen würde.

Als sie am nächsten Morgen mit Eileen auf dem Beifahrersitz in ihrem Mercedes auf dem Weg zur Rennbahn war, hatte sie begonnen, ein wenig Mitleid zu entwickeln. Der arme Al, der seit Jahrzehnten die Klappe aufriss, und keiner wagte, ihn zu stoppen. Und dabei wollte er doch, dass man ihn stoppte. Er war so fordernd, weil er nicht wusste, wie er sich anders benehmen sollte. Sie dachte daran, wie es war, wenn sie mit ihm am Tisch saß und ruhig aß. Sie fühlte sich dann wie ein Stein, über den die unaufhörliche Brandung seiner Klagen immer und immer wieder hinwegrollte, aber für ihn war es vielleicht so, als wäre er in einem leeren Raum und müsste immer lauter schreien, um zu sehen, ob jemand da war. Denn wer war überhaupt in ihrer Schale drin?

Sie waren im Handumdrehen an der Rennbahn, fanden sofort einen Parkplatz, passierten das Tor. Es war kein angenehmer Tag, Reiter und Pferde drängten sich eingemummt zusammen, um sich vor dem kalten Wind zu schützen. Aber dafür kein Schnee oder Schneematsch. Rosalind hatte nicht lange darüber nachgedacht, als Al ihr gesagt hatte, dass Dick in diesem Winter die Pferde nicht nach Florida bringen würde, weil Aqueduct das ganze Jahr über brauchbares Geläuf hatte, aber jetzt kam ihr die Entscheidung wie ein Ausdruck von Masochis-

mus vor. Nicht einmal Eileen in ihrem kleinen fest zugeknöpften Mäntelchen fand heute irgendetwas hier, das sie faszinierte.
Gerade kam eine Reihe von Pferden in Dicks Farben auf dem Weg zum Eingang der Rennbahn vorbei. Sie waren wirklich hübsch, mit ihren langen Beinen und festen Bäuchen, in blaue Decken gehüllt, die ihre Flanken warm hielten, weißer Dampf stieg aus ihren Nüstern und schwebte ihnen um Kopf und Ohren. Die Reiter trugen Handschuhe und Sweatshirts mit Kapuzen und sahen noch engagierter aus als sonst. Das erste Pferd in Dicks Reihe stieg, als es die Bahn betrat. Sein Reiter lehnte sich nach vorn, und das Pferd kam bockend und austretend wieder auf alle vier Beine hinunter. Rosalind und Eileen entdeckten Dick.
Sie ging nicht sofort auf ihn zu. Ein Grund dafür war, dass er wie gebannt auf die Reihe seiner Pferde starrte. »Frankie, lass ihn lostraben«, rief er. »Versuch, ihn zu zügeln, aber nicht, ihn zu stoppen.« Das Pferd sprang nach vorn und Frankie mit ihm.
»Wer ist das?«, fragte Rosalind.
Dick fuhr herum.
»Du hast mich vielleicht erschreckt!«
»Tut mir Leid.«
»Er heißt Epic Steam. Vor ein paar Tagen hat er die Paumonok Stakes gewonnen. Er ist ein Ungeheuer.«
»Groß.«
»Riesig.«
»Was macht Limitless?«
»Sieh mal, da drüben ist er. Er arbeitet mit dem Fuchs dort. Ich freu mich, dass du gekommen bist. Ist Al auch da? Sie machen jetzt offizielle Arbeit, der Hengst ist Zweiter.«
»Wie macht er sich?«
»Ich weiß nicht.«
»Er ist doch schon ein paar Monate hier. Krista hat gesagt …«
»Sieh mal.«
Die beiden Pferde, der Braune und der Fuchs, gingen in Kanter über, ganz langsam und entspannt, und legten den Weg zur anderen Seite der Bahn am Außengeländer entlang zurück. Rosalind konnte sie kaum erkennen, so klein und verloren waren sie in der Weite und Be-

triebsamkeit. Sie kamen an der Tribüne vorbei. Limitless war ein kleines Stück vor dem Fuchs. Am 1400-Meter-Pfosten wechselten sie zum Innengeländer, vorsichtig überquerten sie die Bahn. Sie blieben einen Moment lang an dem Pfosten stehen, dann ging es los. Der Fuchs lief am Geländer entlang, Limitless war vor ihm.
»Sieh dir das an«, sagte Dick.
»Was?«
Er gab ihr das Fernglas. Sie setzte es an die Augen. »Die Zügel hängen ganz lose.«
»Ja und?«
»So kann man kein Pferd laufen lassen. Das ist gefährlich. Das Pferd kann alles Mögliche anstellen. Es braucht nur in die Bahn des Pferdes neben ihm auszuscheren, das reicht, um es zu disqualifizieren.«
»Schert er denn aus?«
»Bis jetzt noch nicht. Bis jetzt läuft er geradeaus.«
»Warum machst du dir dann Sorgen?«
Er gab keine Antwort. Eileen näherte sich ihm jetzt zum ersten Mal und schnüffelte an seinen Schuhen. Dann kam sie zurück zu Rosalind, setzte sich vor sie und sah zu ihr auf.
Die Pferde kamen aus dem Bogen. Sie näherten sich, und Rosalind sah ganz deutlich, dass Limitless sich von dem Reiter nichts gefallen ließ. »Er hat sich das Laufen selbst beigebracht«, sagte sie. »Ich bin sicher, dass er keinem anderen Pferd in die Quere kommen will. Meinst du nicht, dass er einen Plan hat? Ich bin da sicher.«
Dick drückte auf den Knopf an seiner Stoppuhr und sagte: »Wow!« Dann schob er die Uhr in die Tasche. »Aber das sage ich bei ihm immer.«
»So hat ihn die Züchterin genannt. Wow.«
»Entschuldige, lass mich mal kurz …« Er nahm ihr das Fernglas ab und setzte es an die Augen. Sie folgte seinem Blick zum gegenüberliegenden Ende der Bahn. Das große schwarze Pferd war jetzt in Bewegung. Sogar aus dieser Entfernung fiel er auf. Sein Umriss schien zu vibrieren. Im Nu gingen sie in den Bogen und wieder hinaus. Sie liefen vorbei und dann in den zweiten Bogen und um diesen herum. »Vielleicht geht er durch«, sagte Dick. »Vielleicht auch nicht. Ich hab Frankie gesagt, er soll ihm ein bisschen extra geben.«

Es sah aus, als fräße das Pferd die Strecke. »Ich habe in diesem Leben nur einen Wunsch«, sagte Dick, »ich will dieses Pferd ohne Zwischenfall in ein Gruppe-I-Rennen bekommen. Das Gotham wäre ideal.«
»Das ist dein einziger Wunsch?«
»Jawohl.«
»Hm«, sagte Rosalind. Möglich, dass das in ihrer Macht lag, aber sie konnte sich nicht entscheiden, und dann war der Augenblick vorbei. Das dunkle Pferd glitt in einen Trab, trabte ein paar weite Sätze, glitt dann in den Schritt. »Weißt du was, als sie mir diesen Kerl geschickt haben, hab ich gedacht, er bewege sich schlecht. Aber er hatte nur einen Chip im Bein.«
Rosalind lachte.
Aber sie sah, wie er das Pferd ansah. So etwas konnte vielleicht nur eine ehemalige Geliebte sehen, diesen halb gläubigen Unglauben, da ist sie, da ist es, darauf habe ich mein Leben lang gewartet, das darf ich nicht vermasseln. Es war weniger Begehren im Blick als Wachheit. Der Blick sagte: Das ist der eine, all die anderen sind all die anderen. Rosalind rümpfte die Nase. Limitless war in der Nähe, und sie sah ihn an, aber Dick nicht. Rosalind wollte sich dadurch nicht verstimmen lassen, durch diesen einen kleinen Fehltritt, dass ihr Pferd zugunsten eines anderen Pferdes übersehen wurde. Limitless und der Fuchs kamen unter ihnen seitlich zur Bahn zum Stehen und warteten. Rosalind betrachtete ihr Pferd. Die Flanken waren natürlich unter der Decke verborgen, aber sie konnte seine Beine sehen. Sie waren sehr lang für seine Größe, ein wenig kuhhessig. Der Arbeitsreiter saß ruhig auf dem Pferd, die eine Hand hatte er unter die Achsel geschoben, die andere auf der Zügelschnalle. Das Pferd wandte den Kopf und Hals, um den anderen Pferden zuzusehen, die am Geländer entlanggaloppierten. Sein Hals war lang, sein Kopf war lang, seine Ohren waren lang. Die Zügel führten in langem, anmutigem Bogen vom Gebiss über seine Schulter hinauf. War es das? Dieser Lederbogen? Als die beiden Pferde umdrehten und davongingen, sah sie, dass das Pferd auch diesen Rücken hatte, der sich direkt hinter dem Widerrist senkte und dann unter dem winzigen Sattel bis zum höchsten Punkt der Kruppe aufwärts schwang. Und die vier Beine unter ihm sahen fast durchsichtig aus von der Geschwindigkeit, die in ihnen steckte. Sie wollte Dick ir-

gendeine Reaktion entlocken und sagte: »Sieh dir mein Pferd an. Sieht er nicht genauso aus wie eins von diesen englischen Gemälden von Rennpferden – Mill Reef im Gehen oder etwas in der Richtung?«
Dick schaute kurz zu ihm hinüber. »Er ist fit.« Dann wandte er sich wieder dem großen Hengst zu, der das Gebiss im Maul hin und her schüttelte. »He, Frankie!«, rief er. »Alles okay? Er war ein richtiges Monster.«
Sie folgten den Pferden zum Stall. Eileen blieb Rosalind dicht auf den Fersen. Rosalind wählte ihre Worte. »Gefällt dir das Pferd also?«, sagte sie. »Meinst du, er hat etwas Besonderes?«
»Er hat alles. Größe, Rasse. Er hat schon fünf Rennen gewonnen, ich ...«
»Nein, ich meine Limitless.«
»Ach so. Klar. Also, er hat sich wirklich gemacht seit dem Sommer. Ich überlege, ob ich ihn in vier Wochen oder so in einem Rennen laufen lasse. Er ist schnell und er läuft gern. Wir müssen ihm nur zeigen, wie es geht.«
Das Unerwartete nun war, dass sie oder vielmehr ihr Körper darauf nicht die geringste Reaktion zeigte. Es hätte jeder beliebige Mann sein können. Er war wieder in das glatte Gewebe der Welt zurückgesunken. Irgendwann und irgendwie war er seit ihrer letzten Begegnung wieder zu jemandem geworden, der nicht besonders interessant war. Eine Freundin von ihr, die mehrere Ehemänner und Geliebte hinter sich hatte, hatte einmal gesagt: »Ach, ich weiß nicht. Irgendwann kommt immer der Augenblick, da sieht man ihn an und denkt sich: Na und?« Es war verblüffend, diese Erfahrung selbst zu machen. Ihre Augen glitten zu den glitzernden Fesseln des Pferdes vor ihnen anstatt zu Dicks Gesicht.
Gewiss, sie hatte nicht Dicks Erfahrung. Vielleicht hatte Limitless nicht viel Besonderes an sich (obwohl Rosalind in der Regel wenig Zweifel an ihrem ästhetischen Urteil hatte), aber an seiner ganzen Erscheinung war etwas Elastisches, das sich auf dem Rückweg zum Stall in der Bewegung seiner Hinterbeine konzentrierte. Bei ihm brauchte sie ihre Kräfte gar nicht anzuwenden, er hatte selbst Kräfte in Hülle und Fülle.
Sie stand am Kopf des Pferdes, während der Pfleger ihn zum Absat-

teln entgegennahm. Limitless war freundlich, Krista hatte ihn offensichtlich gern gehabt. Er richtete die Ohren auf und schnupperte an ihrem Pullover und ihren Händen. Sie streichelte ihn am Hals und unter dem Kinn, kraulte ihm die Stirn. Leise nannte sie ihn bei Kosenamen. Diese Augen. Faszinierend, freundlich. Pferdeaugen teilten etwas mit, das man nie ganz begriff, dachte Rosalind. Sie erwarteten immer mehr, als man geben konnte. Aber trotzdem, Limitless' Augen waren einmalig schön, langwimprig, offen, ruhig, selbstbewusst. »Mögen Sie ihn?«, fragte sie den Pfleger.

»Er macht keine Schwierigkeiten. Braves Pferd.« Das war alles.

Sie folgte Dick in sein Büro. Sie bemerkte, dass Eileen zögerte und dann ohne ihre übliche Selbstsicherheit hineinschlich. Rosalind hob sie hoch. »Und ... wie geht es dir?«, fragte er, als sie die Tür geschlossen hatte.

»Mir geht's gut. Ich habe nicht viel Zeit, ich möchte vor Mittag wieder in der Galerie sein. Wie geht's dir?«

»Ich bin umgezogen. Ich habe eine Wohnung in Queens gefunden, sie ist wirklich schön. Louisa gefällt sie.«

»Wie geht es Louisa?«

»Ihr geht's gut. Sie hat ein paar Konzerte gegeben. In der *Times* sind sie ganz begeistert von ihr. Zweimal bin ich auch gegangen. Wir sind gute Freunde.«

»Dick, hör zu. Ich gebe das Pferd zu einem anderen Trainer.«

»Rosalind ...«

Er starrte sie an und sie starrte ihn an, und ihre Blicke sprachen Bände, aber trotzdem wollte sie ihm auch sagen, warum, jedenfalls sagte sie dann: »Das Pferd kommt nicht an dich heran.«

»Ja«, sagte er. »Ich weiß, was du meinst. Ich komme auch nicht an das Pferd heran. Wem willst du ihn geben?«

»Ich weiß noch nicht. Wahrscheinlich werde ich eine Eingebung haben.«

»Wahrscheinlich.«

Und dann begleitete er sie zum Auto.

An diesem Abend zauberte sie einen Typ auf einer Party herbei. Er trat ein, gab seinen Mantel ab und ging schnurstracks auf sie zu, als sie

gerade neben der Räucherfischpastete stand. Sie sah, dass er selbst nicht mal wusste, warum er mit ihr reden wollte, aber er stellte sich ihr trotzdem vor: Sir Michael Ordway.
»Sie sehen aus wie jemand, der mit Pferden zu tun hat«, sagte sie. »Sind Sie vielleicht Pferdeagent?«
Er lachte, weil er es für Zufall hielt. »Haben Sie denn Pferde?«
»Ein paar. Zurzeit nur eins auf der Rennbahn.«
»Wissen Sie, das ist wirklich unglaublich, ich weiß zufällig von einem Pferd, ein schönes Tier …«
»Ich möchte kein Pferd kaufen.«
Er machte ein langes Gesicht, fing sich aber schnell wieder und strahlte. »Ob Sie es glauben oder nicht, ich habe einen sehr lieben Freund, dessen Namen ich leider nicht befugt bin preiszugeben, der ist immer an …«
»Ich möchte auch keines meiner Pferde verkaufen.«
»Es wäre ein echter Coup, und für Sie auch recht lukrativ …«
»Sir Michael, ich sage Ihnen, was ich möchte. Ich möchte, dass Sie etwas ganz und gar Selbstloses und Menschenfreundliches tun, wofür Sie nicht bezahlt werden und was Ihnen vielleicht nicht mal als Verdienst angerechnet wird. Nichts als ein Dankeschön bekommen Sie.«
Sir Michael starrte sie an, ließ den Blick in die entfernteste Ecke des Raumes wandern, wandte sich ihr dann wieder mit einem heiteren Lächeln zu.
»Das wäre eine interessante Abwechslung. Um was geht es?«
»Ich brauche einen guten Trainer.«
»Wer trainiert zurzeit Ihre Pferde?«
»Dick Winterson.«
»Aha. Glänzend. Sein Vater hat viel in England trainiert. Warum bleiben Sie nicht bei ihm? Er hat viel gewonnen.«
»Seine Pläne für das Pferd lassen sich mit den Plänen, die das Pferd für sich selbst hat, nicht vereinbaren.«
»Ja, und er hat jetzt auch diesen Epic Steam. Das ist ein Tier, das nimmt einen ziemlich in Anspruch.«
»Das kommt auch noch hinzu.« Rosalind nahm einen Schluck Champagner.

»Ich habe viele Freunde.«
»Ich würde Sie bitten, davon einmal abzusehen.«
»Um sozusagen meinen Kredit im Himmel zu mehren anstatt hier auf Erden.«
»Ich glaube, wir verstehen uns.«
»Darf ich Sie anrufen?«

Spät an diesem Abend rief Al aus Litauen an und legte sofort los. Seine Füße brachten ihn fast um, und er hatte diese Schmerzen, die ihm vom Knie in den Unterleib fuhren, sie waren nicht dauernd da, aber er ging zum Beispiel ganz normal daher, und auf einmal, zack, krümmte er sich vor Schmerzen, und man kriegte keine anständige Tasse Kaffee in diesem Land, obwohl es sogar das beste Hotel sein sollte, europäisches Niveau, haha, das heiße Wasser war aufgebraucht, bevor man überhaupt nass war, und diese Straßen, er hatte Kopfschmerzen von dem Moment an, in dem er morgens aufwachte, das musste an der Belüftung liegen …
»Al.«
Vielleicht hätte er diese anderen Schuhe mitnehmen sollen. Er konnte sich nie entscheiden, welche Schuhe er einpacken sollte. Er hasste diese verdammte Packerei sowieso. Warum hatte er sich eine Arbeit ausgesucht, bei der er aus dem Haus gehen musste und in diese gottverlassene …
»Al.«
Und die Heizung. Es war alles Dampfheizung, und das trocknete einem die Nebenhöhlen völlig aus. Er hatte die ganze Medikamentenkiste mitgebracht, die sie geschickt hatte, aber es war in den Zimmern so trocken, das Hirn fühlte sich an wie eine verhutzelte Walnuss, die im Kopf herumkollerte …
»Al, kannst du mich vielleicht später anrufen, wenn du etwas Vergnüglicheres zu erzählen hast?«
»Was?«
»Du klagst die ganze Zeit.«
»Natürlich klage ich.«
»Aber ich kann daran nichts ändern.«
»Ich will ja nur, dass einer freundlich zuhört.«

»Wozu?«

Eine lange Mobilfunkpause folgte, dann sagte er: »Ach, ich weiß nicht.«

»Was willst du denn wirklich?«

»Lachen zum Beispiel.«

Rosalind dachte daran, dass sie noch nie jemanden wirklich zum Lachen gebracht hatte.

Eine noch längere Mobilfunkpause trat ein. Al seufzte, sicher fing er wieder an, über seine Beschwerden nachzudenken.

Rosalind schloss die Augen, ihr Kopf war leer. Wieso war es so schwer, Al das zu geben, was er wollte? Sie gab doch sonst allen, was sie wollten? Da sie nichts zu verlieren hatte, fing sie an: »Also, als ich klein war, kannte mein Vater so einen Typ, der lebte in Milwaukee. Er hatte gehört, wenn er eine Hühnerzucht aufmachte, würde er vom Staat fünfzehnhundert Hühner umsonst bekommen. Er besorgte sich ein Stück Land und rief beim Landwirtschaftsministerium an und bestellte seine Hühnchen. Er war wild entschlossen, Erfolg zu haben, und als die Hühnchen ankamen, waren er und seine Frau tagelang damit beschäftigt, Löcher in jeweils einem halben Meter Abstand zu graben und die Hühnchen einzupflanzen. Sie bewässerten sie, düngten sie, alles. Aber kein einziges Hühnchen keimte.«

Al sagte kein Wort.

»Also riefen sie die Hühnchenbehörde wieder an, erklärten, die Tiere seien tot, und bestellten weitere fünfzehnhundert Stück. Der Hühnchenbeamte fragte sie aus – hatten die Hühnchen auch genug Nahrung und Wasser bekommen? Ja, klar, natürlich. Also, sagte der Beamte, dann gebt ihnen von allem ein bisschen mehr. Die Hühnchen kamen an, sie pflanzten sie wieder ein, aber diesmal bewässerten sie sie jeden Tag und gruben den Dünger direkt in die Erde ein. Immer noch nichts. Kein Hühnchen kam raus. Sie riefen die Behörde wieder an, und diesmal hieß es, sie würden jemanden schicken, der sich ihren Betrieb genau ansehen würde. Bitte sehr – sie hatten alles getan, was sie konnten.«

Al räusperte sich.

»Der Typ von der Behörde kommt also, und sie zeigen ihm das Hühnchenfeld und er geht umher. Sie sehen, wie er ein, zwei Hühnchen ausgräbt und den Kopf schüttelt. Den ganzen Morgen bleibt er dort draußen. Schließlich kommt er herein und sagt: ›Also gut, ich genehmige noch einmal fünfzehnhundert Hühnchen, aber sorgen Sie diesmal dafür, dass Sie sie ein bisschen weiter auseinander pflanzen.‹«

Al lachte.

Rosalind lachte

»Also, äh, Rosalind«, sagte Al. »Was hast du denn heute gemacht?«

Kapitel 57
Der Dämon kehrt zurück

Für Joy fühlte es sich an, als hätte sie ein Leben vergessen und sich an ein anderes erinnert. Sie vergaß, was zum Tag gehörte. Sie erinnerte sich daran, dass sie morgens aufgestanden und mit Farley zur Rennbahn gefahren war, dass sie Pferde gepflegt, geritten und andere Dinge für sie getan hatte, mit Farley in die Kantine gegangen war und mit anderen Trainern getratscht hatte, Pferde für Rennen fertig gemacht hatte und auf Rennen gewesen war, egal welche Tätigkeit es war, sie konnte sich an fast alles erinnern. Was sie nicht mehr wusste, war, wie sie es gemacht hatte, wie es sich angefühlt hatte, was ihr die Energie gegeben und sie dazu gebracht hatte, sie zu verbrauchen. Sie erinnerte sich an etwas, das sie gewusst hatte, bevor sie diesen letzten großen Fehler beging: Sie hatte gewusst, dass ein kleines Zimmer, wenig Kontakt mit anderen und ein voll gepackter Arbeitstag mit Routinebeschäftigungen es ihr möglich gemacht hatte, ihr Ziel zu verfolgen, das darin bestand, in einem kleinen Zimmer zu leben, wenig Kontakt mit anderen zu pflegen und einen mit Routinetätigkeiten voll gepackten Arbeitstag zu absolvieren. Ihr letzter großer Fehler bestand darin, dass sie gemeint hatte, sie könnte sich außerhalb dieser Grenzen bewegen. Es war nicht so, dass sie die Ranch vermisste (was konnte man daran vermissen? Im Rückblick oder Vorausblick sah alles gleich attraktiv oder unattraktiv aus), es war nur allgemein so, dass es als bes-

ser galt, wenn man funktionierte, als wenn man nicht funktionierte, und wahrscheinlich war das richtig so. Sie funktionierte nicht. Das war nicht gut.
Sie hörte Farley ins Zimmer kommen. Seit ihre neueste depressive Phase angefangen hatte, stand sie gar nicht mehr auf. Manchmal schob sie den Kopf unter der Decke hervor. Das tat sie jetzt. »Welcher Tag ist heute?«, fragte sie.
»Samstag.«
»Wie lange geht das jetzt schon?«
»Elf Tage.«
»Verlangst du nach Anzeichen des Fortschritts?«
»Ich versuche es nicht zu tun.«
»Hat es Auswirkungen auf deine erklärte Liebe zu mir?«
»Das bist nicht du für mich.«
»Und was, wenn es mein wirkliches Ich ist?«
»Das nehme ich lieber nicht an.«
»Als ich klein war, hat mein Vater mir von einem Schwein erzählt, das er als Kind einmal auf einem Jahrmarkt gesehen hatte. Es wog über tausend Kilo und konnte nicht mehr auf seinen Beinen stehen. Sein Vater hatte ihm gesagt, dass dieses Schwein weder schlief noch wach war. Es existierte immer nur in einer halb wachen Dämmerzone. Findest du eine solche Vorstellung attraktiv?«
»Nein.«
»Ich aber.«
»Was ist daran attraktiv?«
»Die Bewegungslosigkeit.«
Er setzte sich aufs Bett, strich ihr die Haare aus dem Gesicht und nahm ihre Hand in seine. Dann legte er die andere Hand auf ihren Ellbogen und bewegte ihren Arm hin und her, immer auf und ab, dabei streichelte er sie sanft. Er lächelte sie an. Sie ließ es zu. Er legte ihren Arm auf die Bettdecke. Es prickelte angenehm. »Du musst zur Rennbahn«, sagte sie. »Erzähl mir davon.«
Er ging die Liste der Pferde und ihrer Aufgaben durch. Froney's Sis war nicht dabei. Froney's Sis war wieder auf der Ranch. Gleichzeitig mit ihrer Abreise zur Ranch war bei Joy diese Sache eingetreten, die sie heimgesucht hatte. Es sah wie Ursache und Wirkung aus, aber das

war nicht so. Was sie heimgesucht hatte, hatte keine Ursache, hatte nie eine gehabt. Elizabeth sagte, in diesem Leben fände sich kein Anhaltspunkt dafür, sie müsse ein oder zwei andere Leben haben, die sie gleichzeitig erlebe. Ereignisse in den anderen Leben lösten Gefühle in diesem Leben aus. Vielleicht war sie in ihren anderen Leben gerade sehr krank. Vielleicht war sie tot, meinte Joy. Als Joy ihrer Mutter von Elizabeths Theorie erzählte, verwarf sie diese nicht auf der Stelle, was Joy überraschte, denn ihre Mutter hegte sonst einen unerschütterlichen Glauben an Psychopharmaka. Manchmal meinte Joy, wenn sie alle gleichzeitig mobilisieren konnte – Farley, der ihren Körper behandelte, Elizabeth, die ihre Erlebnisse in der Vergangenheit erforschte, ihre Mutter, die ihren Hirnstoffwechsel beeinflusste, Plato, der sie in den richtigen sozioökonomischen und kulturellen Kontext integrierte, und Mr. T., der ihr inneres Wesen in ein Konzept brachte, dann würde das ausreichen, um sie über den Rand des Abgrunds und zurück auf die Ebene des Wohlbefindens zu ziehen.
»Jetzt musst du wirklich los«, sagte sie.
»Ich weiß.«
»Ist deine Geduld unerschöpflich?«
»Vorläufig habe ich genug Geduld, und mehr brauche ich nicht.«
Als er weg war, dachte sie daran, dass seine Geduld wirklich unerschöpflich war. Wie war er zum Beispiel zu Froney's Sis gewesen. Bei diesem Gedanken musste sie schon wieder weinen.

›Jetzt weint sie sicher wieder‹, dachte Farley, als er auf die Schnellstraße 210 fuhr. Vor drei Wochen hätte er noch gesagt, dass er einen Punkt erreicht hatte, der für ihn bemerkenswert war, einen Punkt, der ihm viel bedeutete. Es lag nicht nur daran, dass er den größten Teil seiner Zeit mit einer Frau verbrachte, in deren Gegenwart er sich wohl fühlte und mit der es keine Konflikte gab. Es lag nicht nur daran, dass er sie immer näher und näher an sich heranziehen wollte, wenn sie sich an ihn lehnte und ihn berührte. Es lag nicht nur daran, dass ihre Unterhaltung ein unaufhörliches Duett war, harmonisch und maßvoll, manchmal ruhend, manchmal schneller werdend, ein Lied in vielen Sätzen. Es lag auch nicht nur daran, dass es ihn keine Mühe kostete, im Umgang mit ihr liebevoll zu sein, er fühlte vielmehr, wie er Geduld, Wärme und Sanftheit spendete, ohne Angst zu empfinden (er wünschte, er wäre immer so gewesen wie jetzt mit ihr zusammen). Um die Weihnachtszeit hatte er viel darüber nachgedacht, dass unvereinbare Wünsche und Erwartungen, wachsende Enttäuschungen und Missverständnisse im Rückblick jede bisherige Beziehung hatten scheitern lassen, ein Sack voll Schrott, der ihm am Bein hing und den er mit jedem Schritt weiterschleppte. Aber mit Joy hatte er das nicht. Sie waren beide zu dankbar, um Ärger und Vorbehalte zu spüren. Selbst jetzt, wo diese Sache sie heimgesucht hatte, war er immer noch dankbar. Dankbar für ihre Nähe, dankbar für ihre leise Stimme, dankbar für den Anblick ihres Gesichts, dankbar für ihre Bereitschaft, ihn gegen ihre Depression kämpfen zu lassen, indem er sie berührte, sie badete, sie hin und her bewegte. Er war dankbar dafür, dass sie sich ihm ausgeliefert hatte, zuließ, dass er sich um sie kümmerte und ihr seine Liebe zum Ausdruck brachte, dass sie sich nicht isolierte und den Halt verlor. Aber trotzdem.

Als er bei Baldwin die Schnellstraße verließ, verdrängte er diesen Gedanken impulsiv.

Aber dann, während er durch das Tor zu den Ställen fuhr und auf die Uhr schaute (es war Punkt sieben), zwang er sich dazu, sich diesem Gedanken zu stellen.

Wie lange?

Sein Tierarzt Barney, der Einzige, dem er persönliche Dinge anvertraute, hatte gesagt, man müsse es als eine Art Stallruhe betrachten. Dreißig Tage Stallruhe. Dreißig Tage Stallruhe war etwas, für das man Vorkehrungen treffen musste, aber es hatte nichts Erschreckendes an sich. »Und außerdem«, sagte Barney, »dreißig Tage Stallruhe wirken Wunder.«

Er fand eine Lücke und parkte.

Es war interessant, dachte er, dass jetzt, da er seinen Stall auf Dauer nach Santa Anita verlegt hatte, weder er noch irgendjemand eine Ahnung hatte, was aus dem Stallbereich in Santa Anita werden würde. Erst jetzt hatte er diesen Ort ins Herz geschlossen. Was er früher als behelfsmäßig und unbequem betrachtet hatte, kam ihm jetzt gemütlich vor. Auf dem Weg zu seinem Stall sah er sich um, nach Kräften bemüht, der nächsten Frage aus dem Weg zu gehen, aber als er ankam, wurde er natürlich sofort damit konfrontiert. Er sah es sofort, das schmale, intelligente weiße Gesicht, das sich über die Tür der Box schob, sicher um nach Joy Ausschau zu halten. Farley trat an Mr. T. heran und gab ihm den einen freundlichen Klaps auf die Wange, der gestattet war, dann wandte sich das Pferd ab. Oliver hatte ihn sofort erspäht und kam herüber. »Wie ging es mit der ersten Gruppe?«, fragte Farley.

Oliver erstattete Bericht.

»Was sonst?«

Oliver las die Liste für den Tierarzt vor.

»Und sonst?«

»Somerville hat nochmal angerufen. Er hat gesagt, du hättest gestern nicht zurückgerufen.«

»Das hab ich auch nicht.«

Sie wechselten einen Blick, den Farley nur zu gut verstand. Oliver flehte ihn an. Zwei der größten Besitzer an der Westküste hatten ihm jeweils drei Pferde angeboten, zwei Dreijährige und vier Zweijährige. Die Dreijährigen standen bereit, die Zweijährigen würden in etwa drei Wochen so weit sein. Er hatte noch nicht nein gesagt. Aber er hatte auch noch nicht ja gesagt. Er hatte keine Boxen frei und konnte zumindest vorläufig keine neuen bekommen. Die Ställe in Santa Anita waren kleiner als in Hollywood Park. Alles war gedrängter. Oliver wollte, dass er ein paar Pferde nach Hollywood Park brachte, wo er, Oliver, für sie verantwortlich sein würde, aber Farley mochte das Geläuf dort nicht. Er wollte dort nicht trainieren. Eine Box könnte er allerdings frei machen, die gleich hinter ihm, die Box von Mr. T.

Da die Stute auf die Ranch zurückgekehrt war, hatte Mr. T. nichts zu tun und auch keine Aussicht darauf, eine Aufgabe zu bekommen. Bei zehn Starts war die Stute einmal Erste, einmal Zweite und einmal Dritte geworden. Sie hatte zweitausendeinhundert Dollar eingebracht. Sie war gelegentlich nicht ganz auf dem Damm gewesen. Kurzum, sie war kein Rennpferd und sie würde nicht zurückkommen. Mr. T. hatte nicht ganz das Temperament für ein Führpferd. Er hatte es nicht gern, wenn männliche Pferde ihm zu nahe kamen, und er hatte zwar gute Manieren, aber war keineswegs phlegmatisch, und das musste ein Führpferd sein, damit man sich ganz auf es verlassen konnte. Und die letzten sechs Monate, in denen er galoppiert, gelaufen und gelegentlich aus der Startbox gesprungen war, hatte seinen Alterungsprozess beschleunigt. Er war steifer, launischer, schwieriger zu reiten. Er hatte auf der Rennbahn als Pferd keinen Nutzen, und die Rennbahn war kein Aufenthaltsort mehr, der ihm gut tat. Kein Gras, keine Freunde, keine freie Bewegung, keine Aufgabe. Es war Zeit für ihn heimzugehen, er gehörte immer noch Mr. Tompkins, und Mr. Tompkins würde natürlich einen Platz für ihn finden. Aber wie sollte, wie konnte Farley das bloß Joy beibringen? Ausgerechnet jetzt, am elften Tag ihrer dreißigtägigen Stallruhe. Sein Freund, der Tierarzt Barney, sagte, das sei unmöglich. Ihre Mutter sagte, es sei unmöglich. Sein eigenes Gewissen sagte ihm, es sei unmöglich. Ein Freund von ihm, der eine ähnlich tiefe Depression überstanden hatte, sagte, er dürfe ihr gegenüber nicht einmal erwähnen, dass er das Pferd woanders unterbringen wolle, zum Beispiel im L. A. Equestrian Center, das gar nicht so weit weg war, denn diese Vorstellung von dem Pferd an einem neuen Ort, wo es sich anpassen musste, einsam war, fern von allem Vertrauten, ganz allein unter Fremden, das wäre für Joy … Sah Farley das ein? Ja, Farley sah es hundertprozentig ein.

Zusätzlich zu dem »Wie lange?« stellte sich jetzt auch noch die Frage: »Wie schaffe ich …?«

»Du solltest ihn zumindest anrufen«, sagte Oliver. »Er schien ein wenig verärgert.«

Und dann waren da seine eigenen Dämonen, die wiederkehrten. »Ich rufe ihn an«, sagte er. »Nach dieser Gruppe.« Und da kamen sie auch schon, acht Pferde und acht Pfleger und acht Reiter, alle zusammen, die ihm erlaubten, den Anruf aufzuschieben.

Das war seine größte Versuchung, diese Sache, in der er Joy ebenbürtig war, die ihn vorher schon einmal den Kragen gekostet hatte. Natürlich konnte er Somerville anrufen, sein Handy hatte er ja bei sich, am Gürtel. Und irgendwie, ganz entfernt, wollte er diese Pferde ja auch in seinem Stall haben, alle sechs. Es waren zwei Salt Lakes, ein Vice Regent, ein A. P. Indy, ein Strawberry Road und vor allem eine Sadler's-Wells-Stute, die Somerville in Irland gekauft hatte. Er hatte billige Pferde, die er nach Hollywood Park schicken könnte, Pferde, die trotz des Geläufs gute Leistungen bringen würden. Und Oliver würde damit zurechtkommen. Wenn er jetzt Somerville anrief und dann den anderen Typ, Maraniss, dann könnten sie nach dem Training der vierten Gruppe schon die ersten Vorbereitungen treffen. Wenn er nicht anrief, würden Frankel oder Hofmans oder Mandella die Pferde bekommen, in Südkalifornien herrschte kein Mangel an guten Trainern, und Somerville und Maraniss hatten mit den meisten von ihnen Erfahrung.

Er war ungestört. Er konnte das Telefon in die Hand nehmen und die Anrufe machen.

Er sollte zumindest absagen. Überhaupt nicht anzurufen war eine unverhohlene Grobheit, und Besitzer, alle Besitzer, selbst die, die es nicht gewohnt waren, verhätschelt zu werden, erkannten eine Grobheit sofort.

Er hatte sich schon einmal so ins Aus manövriert, das war am Ende seiner Ehe gewesen, als er zwei Monate lang das Telefon einfach nicht mehr benutzt hatte. Er hob nicht ab, er rief nicht an, und er ließ seine Anrufbeantworter zu Hause und im Stall so voll werden, dass die Anrufer schließlich nur ein nicht enden wollendes Klingeln zu hören bekamen. Die Stammstute war wütend, unendlich frustriert gewesen. Es hatte sie in der bereits lang gehegten Annahme bestätigt, dass man auf rationaler Ebene nicht an ihn herankommen und appellieren, ihn verstehen konnte. War er bereit, alles zu zerstören?, fragte sie. Die Familie, seine Karriere, die letzten zaudernden Überbleibsel von Gefühl zwischen ihnen beiden, seine Selbstachtung? Irgendwie lautete die Antwort darauf ›ja‹. Im Grunde genommen war es ein Wunder. Indem man das Telefon nicht abnahm und niemanden zurückrief, war man imstande, sein ganzes Leben in unkenntliche Bruchstücke zersplittern zu lassen. Zwei Monate auf Bali, zwei Monate auf dem Mond hätten weniger gründliche Arbeit geleistet, als er es damit tat, dass er einfach nicht ans Telefon ging.

Und was machte er die ganze Zeit? Er fragte sich, warum er nicht ans Telefon gehen wollte. Pferde verschwanden ohne Vorwarnung aus seinem Stall. Wäre er ans Telefon gegangen, hätte er die Besitzer beruhigen können und die Pferde nicht verloren, oder zumindest erfahren, dass sie verlegt werden sollten. So aber tauchten die unterschiedlichen Pfleger und Hilfstrainer auf, manchmal auch nur die Fahrer der

Transporter, und fragten nach den Pferden, und er ließ sie gehen. Zum Schluss waren noch neun billige Pferde in seinem Stall, und dann kamen andere Pferde, die zu anderen Trainern gehörten, in seine Boxen beziehungsweise in die Boxen, die mal seine gewesen waren. Auch das stellte er nicht infrage.

Es war eine seltsame Episode, in der er eine Art Verwandtschaft zu Trunkenbolden, Selbstmördern, Plagiatoren, Magersüchtigen und Selbstzerstörern aller Art spürte. Wenn er darauf zurückblickte, hatte er das Gefühl, dass er gelähmt oder sogar verhext gewesen war. Über dieser ganzen Zeit hatte eine Stille gelegen. Draußen tobte der Sturm, denn jeder, den er kannte, war aus gutem Grund zornig auf ihn, und manche waren es bis heute, zehn Jahre danach, geblieben, aber im Innern war alles ruhig, und schließlich klingelte auch das Telefon nicht mehr. Nach einer Phase des Schweigens, von der er selbst nicht mehr wusste, wie lang sie gewesen war, machte er den ersten Anruf in seinem neuen Leben. Er rief den Verwalter eines Apartmentblocks an, der in der Zeitung eine Wohnung zur Vermietung inseriert hatte.

Alles in allem bereute er nichts, aber er wollte das Ganze nicht noch einmal durchmachen. Doch als er draußen auf der Bahn war, hatte er noch weniger Lust, die Anrufe zu machen. »Hallo«, sagte er, »wie geht's, hallo, Baby, hallo.« Es war ein angenehmer Tag. Kein Smog. Die Bergkette jenseits der Rennbahn schien wie von Licht umrissen. Drei seiner Mitarbeiter standen zwanglos kameradschaftlich zusammen. Ein paar Besitzer waren auch da. Man konnte sie immer an ihrer unwissend-wachsamen Befangenheit erkennen.

Seine Pferde erschienen auf der Bahn, bewegten sich im lockeren Trab zur anderen Seite der Bahn oder zur Rückseite der Rinne, zum Startboxtraining. Ich brauche Hilfe, dachte er, und dann klingelte das Handy an seinem Gürtel. Es klingelte dreimal. Alle, die in seiner Nähe standen, fingen an, nervös mit den Füßen zu scharren. Es war laut und unangenehm. Es klingelte ein viertes Mal, und er wusste, dass sich jetzt der Anrufbeantworter einschalten würde. Er hörte es ganz genau: »Farley Jones ist derzeit leider nicht zu sprechen. Bitte hinterlassen Sie eine Nachricht nach dem Pfeifton.« Aber diesmal klingelte das Telefon immer und immer wieder. Jemand, den Farley nicht sehen konnte, sagte »Scheiße«. Dann drehte sich Buddy Crawford um und sagte: »Farley, geh an dein gottverdammtes Telefon, sonst schmeiß ich es raus auf die Bahn.«

Farley hob das Telefon ans Ohr. Dabei hörte er einen der anderen Trainer sagen: »Zum Teufel, Buddy, schön zu sehen, dass du wieder der Alte bist.«

»Aber hallo«, sagte Buddy.

»Farley?«, sagte ein Engländer aus der Tiefe des Mobilfunkweltalls.

»Hallo«, sagte Farley.

»Meine Name ist Sir Michael Ordway.«

»Hallo.«

»Darf ich Sie etwas fragen?«

»Natürlich.«

»Haben Sie Platz für ein weiteres Pferd? Das Pferd ist der große Unbekannte, wenn Sie mich fragen, aber es sind interessante Besitzer.«

»Es tut mir Leid, ich habe keine Box frei und hier ist es so voll, dass ich nicht weiß, wann ich eine kriegen kann.«

»Dann halten Sie keine Pferde mehr in Hollywood Park?«

»Schon seit einigen Jahren nicht mehr.«

»Das ist schade.«

»Tut mir Leid«, sagte Farley.

»Wirklich«, sagte Sir Michael.

Oliver wusste, dass er nicht ans Telefon gehen sollte, wenn es klingelte, aber er tat es trotzdem, er konnte nichts dagegen machen, weil er immer schon abhob, bevor ihm klar wurde, was er da tat, und weil er meinte, es wäre vielleicht jemand, der Farley ein nettes Pferd schicken wollte, oder vielleicht sogar Farley selbst, der von der Bahn anrief, um ihm zu sagen, er habe es sich anders überlegt, er wolle ihn doch mit seinem eigenen Bestand nach Hollywood Park schicken, das sei nicht so ungewöhnlich, eigentlich komme so etwas sogar ziemlich oft vor. Aber es war seine Freundin. Sie legte sofort los. »Hast du mit ihm geredet?«

»Ich hatte noch gar keine Zeit. Er kam etwas später …«

»Man hat immer Zeit, wenn man sie sich nimmt.«

»Ich werde mir die Zeit nehmen. Das habe ich dir doch gesagt.«

»Ich habe keine Lust, mit siebenunddreißig Mitsubishi-Händlern und ihren Frauen für zwölf vergnügliche Tage nach Tokio und Kioto und Kuala Lumpur und Hongkong und Bali und Fidschi zu fahren und die ganze Zeit über dich und deine Situation da draußen nachdenken zu müssen, Liebling.« Sie dachte rechtzeitig daran, das letzte Wort etwas milder auszusprechen.

»Er wird die Sache anders sehen als ich. Er hat schon gesagt …«

»Was haben wir gestern Abend besprochen, Oliver?«

»Ich habe bestimmte Anforderungen. Berufliche Anforderungen.«

Und da war Farley, er öffnete die Tür und kam mit einem Lächeln und einem fragenden Blick in sein eigenes Büro spaziert. Oliver hob den Finger, aber er schaute seinen Boss nicht an.

»Ja, die hast du, mein Schatz, und denen musst du auch gerecht werden. Ich kann das nicht für dich machen, und das weißt du.«

»Ja, das weiß ich.«

»Also, sag mir noch einmal, um was du bitten wirst.«

»Ich glaube, ich kann das nicht tun.«

»Wir haben gestern Abend alles besprochen, Liebling.«

»Ich weiß, aber …«

»Du hast ein Problem mit deiner Konfliktscheu, Liebling. Du hast wirklich einen Tick mit deiner Unfähigkeit, eine schlechte Nachricht auszusprechen. Aber dadurch gleitet dir nur alles immer mehr aus den Händen. Ich glaube, es würde dir sehr gut tun, wenn wir jetzt kurz die Liste durchgehen würden, die fünf Aktionspunkte, die wir gestern besprochen haben, damit du sie wieder klar vor Augen hast.«

Farley schenkte sich eine Tasse Kaffee aus der Kaffeemaschine ein.

»Ich weiß, was du meinst, aber das ist es nicht, was ich …«

»Oliver, Schätzchen, weißt du, wie das ist, zu Hause, wenn das Team zum Beispiel um vierzig Punkte unten ist und keiner von den Jungs einen Schlag versucht oder einen Rebound kriegt?«

»Ja.« Ihr Vater war Basketball-Trainer an einer Oberschule.

»Und wenn Halbzeit ist, verschwinden sie alle in den Umkleideraum und stecken die Köpfe zusammen und gehen in sich, nicht?«

»Ja.«

»Genau an dem Punkt sind wir jetzt. Geh in dich. Rauf oder raus. Entweder oder. Du und er. Du und ich.«

»Ich weiß, worauf du hinauswillst, aber …«

»Gib ihm den Hörer. Ich weiß, dass er da ist. Ich rede selbst mit ihm.«
Nun ja. Und nur weil alles Mögliche passieren konnte, hielt Oliver Farley das Telefon hin und sagte: »Ist für dich.«
Farley setzte sich an seinen Schreibtisch und legte den Hörer ans Ohr. Oliver wandte sich vom Schreibtisch ab und betrachtete das Anschlagbrett mit den Siegerbildern vom letzten Jahr. Garden Variety gewinnt das Santa Luisa Handicap. Wieder Garden Variety, diesmal beim Willard-Scott-Preis. Parson Jack gewinnt das MGM Handicap. Duly Noted gewinnt das Judy-Garland-Futurity-Rennen. Oliver warf einen Blick auf Farley, der sich nachdenklich über den Bart strich. Oliver konnte sich denken, dass sie mit großem Nachdruck sprach. Er wandte sich wieder den Siegerbildern zu. Sterling Silver gewinnt das Calistoga-Rennen, Panettone gewinnt das Hitchcock-Rennen in Del Mar, Duly Noted gewinnt den Cardiff-Preis. Farley legte den Hörer auf. »Du bist gefeuert«, sagte er.
»Was?«
»Sie hat gesagt, du müsstest gefeuert werden, denn das sei genau die Gelegenheit, die du brauchst, um aus deinem beruflichen Sumpf herauszukommen und dir zu überlegen, wie du dir dein Leben vorstellst. Sie hat gesagt, du und ich, wir bestärken gegenseitig unsere natürliche Passivität, und das mag bei mir, in meinem Alter in Ordnung sein, nahe der Pensionsgrenze, mit erwachsenen Kindern und ohne finanzielle Verpflichtungen, angenommen, dass meine Wohnung abbezahlt ist …«
»Das hat sie gesagt?«
»Ja. Aber du hingegen fängst gerade erst an, und es ist ihr ganz klar, dass ein Tritt in den Hintern dein Leben verändern könnte, sie selbst ist zutiefst dankbar für jeden Tritt in den Hintern, den sie in ihrem Leben bekommen hat, und sie hat gefragt, ob ich jemals den Ausdruck gehört habe ›jeder Schlag gibt Auftrieb‹, also, kurzum, du bist gefeuert.«
»Es tut mir Leid, dass sie so mit dir gesprochen hat. Sie merkt nicht, dass sie unhöflich ist.«
»Sie war nicht unhöflich, sie war logisch und nachdrücklich und hat ein paar sehr gute Argumente vorgebracht. Also, du kannst gehen.«
»Aber ich will nicht gefeuert werden.«

»Es ist das Beste für dich.«
»Ich glaube, du machst Witze.«
»Nein, das ist kein Witz.«
»Willst du damit sagen, dass ich wirklich gefeuert bin?«
»Jawohl. Zu deinem eigenen Nutzen.«
»Und wen nimmst du als Assistenten?«
»Wahrscheinlich Joy. Sie bietet sich an.«
»Sie fährt jetzt für zwölf Tage mit irgendwelchen Autohändlern weg.«
»Also, ich rate dir: Sieh zu, dass du eine neue Arbeit oder zumindest einen Plan für deinen weiteren Berufsweg hast, wenn sie zurückkommt.«
»Ich glaube immer noch, dass du einen Witz machst. Du lächelst doch.«
»Ich lächele, weil sich all meine Probleme gelöst haben.«
»Wie meinst du das?«
»Ich habe Sir Michael Ordway abgewimmelt, deshalb kann Mr. T. bleiben. Joy hat eine Aufgabe, die sie auf Trab halten wird. Und über dich muss ich mir keine Sorgen machen, weil du selbst für dich sorgst.«
»Ich will nicht selbst für mich sorgen.« Aber das klang komisch, deshalb sagte Oliver schnell: »Ich meine, natürlich will ich normal für mich selbst sorgen, aber …«
»Merke dir Folgendes: Wenn du auf das Gefühl wartest, um zu handeln, handelst du nie, aber wenn du handelst, kommt das Gefühl von selbst.«
»Wirklich?«
»Die dritte Gruppe ist so weit. Ich schlage vor, bis morgen bist du weg. Was hältst du davon?«
»Ich hab gedacht, du magst mich gern! Ich hab gedacht, wir kommen gut aus!«
»Ja, ich mag dich und wir kommen gut aus, aber gefeuert ist gefeuert. Die ganze Situation hat ihre Logik.«
Er stand auf und verließ das Büro. Oliver nahm sofort den Hörer auf und wählte erst die Büro-, dann die Handynummer seiner Freundin, aber sie war nicht erreichbar.

Joy war erreichbar. Auch in ihrem jetzigen Zustand ging sie ans Telefon. Es kam ihr sogar hilfreich, edel und gut vor, ans Telefon zu gehen. Beim ersten Klingeln hörte sie auf zu weinen, beim zweiten schluckte sie und trocknete sich die Augen, beim dritten setzte sie sich auf, schlug die Decke zurück und sah, dass die Sonne schien, beim vierten Klingeln fand sie das Telefon unter dem Kissen, und beim fünften Klingeln sagte sie: »Hallo?«

»Hallo«, sagte Farley. Er brauchte sich nicht um einen sanften Ton zu bemühen, wenn er mit Joy sprach, kam das ganz von selbst.

»Hallo«, flüsterte sie.

»Hast du Interesse an einer festen Anstellung?«

»Wie meinst du das?«

»Kannst du hier meine Hilfstrainerin werden, möglichst ab morgen?«

»Hilfstrainerin mit Rennpferden? Geht Oliver nach Hollywood Park?«

»Olivers Freundin und ich haben beschlossen, dass er gefeuert werden soll.«

»Du hast ihn rausgeschmissen?«

»Ich oder sie, hat sie gesagt. Sie klang, als ob sie es ernst meinte. Und sie hat ziemlich überzeugend dargelegt, dass lieber ich dran glauben sollte als sie.«

»Das ist so seltsam.«

»Und deshalb brauche ich dich.«

»Ich kann nicht, ich …«

»Ab sofort. Es gibt eine Unmenge zu tun.«

»Stell ihn wieder ein.«

»Nein.«

»Es interessiert mich nicht. Ich habe nicht den nötigen Glauben an die Sache. Es wird mich wahnsinnig machen. Ich würde mir vorkommen wie früher auf der Uni. Ich habe Angst.«

»Aber du kennst dich damit aus, und ich brauche jemanden, der mir hilft. Der Stall ist voll. Du brauchst nur einen Fuß vor den anderen zu setzen. Sonst nichts.«

»Hast du unendliche Geduld?«

»Wirst du für mich alle Telefonate erledigen?«

»Ja«, sagte sie.

»Ja«, sagte er.
»Abgemacht?«
»Abgemacht«, sagte Joy. Sie legte auf. Und dann brach sie in Tränen aus.

Farley legte in seinem Büro den Hörer auf, schloss die Augen und atmete laut auf. Er hatte das Gefühl, dass er im letzten Augenblick die Hand ausgestreckt hatte, um sie festzuhalten, just in dem Augenblick, als sie dabei war, abzustürzen. Er wusste nicht, ob er sie würde halten können, denn jetzt war er überzeugter denn je, dass sie ihm letzten Endes entgleiten würde. Er hatte doch seine Methoden und Mittel, oder nicht? Geduld. Stoizismus. Ausdauer. Immer dieselben alten, alten Tugenden, bewährt und bewahrheitet. Sich bedeckt halten, hätte die Stammstute sogleich triumphierend dazu gesagt. Sich bedeckt zu halten war immer eine Versuchung für einen Mann mit Würde und Zurückhaltung wie ihn. Deshalb hatte er mit Joy einen kleinen Vertrag geschlossen. Barney hatte ihm davon erzählt. Er hatte in einem Buch von einem Mann gelesen, der mit seiner Frau jedes Jahr vertraglich vereinbarte, dass sie in diesem Jahr nicht Selbstmord begehen würde. Ein Jahr konnte sie bewältigen. Und die beiden lebten seit dreißig Jahren zusammen, immer von Jahr zu Jahr. Er stand auf und ging um den Schreibtisch herum. Es war Mittag jetzt, draußen war es still. Die Pferde, die am Morgen gearbeitet hatten, fraßen oder dösten. Nur Mr. T. schob den Kopf über die Tür der Box und sah ihn an. Farley hatte über seine frühere Verbindung mit dem Pferd nicht viel nachgedacht. Es war nicht einmal ein Jahr gewesen. In den fünfzehn Jahren, die seitdem vergangen waren, hatte er Hunderte von Pferden in seinem Stall gehabt. Natürlich war es merkwürdig, dass das Pferd wieder in seinem Leben aufgetaucht war und Joy mitbrachte, ein Wallach als gute Fee, ganz egal, was Elizabeth darüber faselte.
»Hallo«, sagte er.
Das Pferd spitzte die Ohren.
»Sag du mir, was ich jetzt tun soll. Sag du's mir, ich werde darauf hören. Abgemacht?«
Mr. T. sah ihn verständnisvoll an.

Kapitel 58
Nur ein Verkaufspferd

Am Valentinstag ließ sich William Vance von seiner Freundin überreden, für einen Teil des Gewinns, den Justa Bob eingebracht hatte, mit ihr nach Florida zu fahren, und dann überredete er sie, mit ihm Gulfstream zu besuchen. Und da sah er dieses Pferd, ein Sohn von Skip Trial, dem Vater von Skip Away, und aus einer Secretariat-Stute, das in ein Verkaufsrennen in Höhe von fünfundsiebzigtausend Dollar geraten war. Er brachte das Geld bei, und das Pferd gewann, es war erst sein dritter Start, aber nach dem Rennen lahmte er auf der Hinterhand, und als William ihn röntgen ließ, stellte sich heraus, dass er einen Hufbeinbruch hatte – nur ein Splitter, der auf einem verschwommenen Bild schwebte – und frühestens im Spätsommer eventuell mit einem Spezialhufeisen wieder würde laufen können. William hatte zu diesem Zeitpunkt das vage Gefühl, dass ihm eine Pechsträhne bevorstand, aber er schenkte dem keine Beachtung, und als er wieder nach New Orleans kam, um alles für die Rückkehr nach Chicago vorzubereiten, war er noch ziemlich guter Stimmung. Aber zwei Tage später wurde ein vierjähriger Hengst von ihm nach der Arbeit ganz steif, mitten auf der Bahn stand er so hart und verkrampft, dass man das Gefühl hatte, wenn man ihm einen Schlag versetzte, würde er wie ein Gong tönen. Sie wagten nicht, ihn zu bewegen, und brachten ihn im Transporter in den fünfzig Meter weit entfernten Stall. Sein Urin war fast schwarz. Eine vierjährige Stute, ein gutes, solides Ausgleichspferd, war mit dem Geläuf in Louisiana nicht zurechtgekommen und war seit Anfang der Saison überhaupt nicht gestartet. »Nicht gut«, sagte William zu Romero am Telefon, als er ihm davon erzählte. »Sie findet keinen Halt hier«, sagte er. »Sie sieht ganz weggetreten aus.« Aber auch da hatte William in den ersten Tagen nach der plötzlichen Lähmung des Hengstes noch das Gefühl, dass trotz des Hufbeinbruchs und den anderen Dingen alles wieder in Ordnung kommen würde. Obwohl der Urin des Hengstes kaffeeschwarz blieb – was ein sehr schlechtes Zeichen war –, hatten sie anfangs noch geglaubt, es gebe eine Chance, dass er … tja, was hofften sie wirklich? Dass er wieder

auf die Rennbahn zurückkehren würde? Diese Hoffnung gab William Vance bald auf. Zwei, drei, vier Tage vergingen. Das Pferd stand in der Box und regte sich nicht. Die Augen hielt es halb geschlossen, war unfähig oder nicht bereit zu essen, und Fitness und Fleisch verschwanden so rasch, dass man es kaum für möglich halten konnte. Nun ja, dachte William dann, schließlich war es ja ein Hengst, er sah gut aus und hatte einen ganz guten Stammbaum, irgendwo in Wisconsin oder Minnesota könnte ihn jemand als Deckhengst einstellen. Aber etwa eine Woche nach dem Zwischenfall erschien ein großer Knoten über seiner Kruppe, rund dreißig Zentimeter lang und zwölf, fünfzehn Zentimeter breit. Der Tierarzt kam und betastete ihn. Er schüttelte den Kopf. Man brauchte das Pferd kaum festzuhalten, so apathisch war es, aber sie sedierten es trotzdem und nahmen einen Einschnitt an der Schwellung vor. Eine schwarzbraune Flüssigkeit mit undefinierbaren Gewebefasern darin quoll und tropfte heraus. Auch ohne so etwas je gesehen zu haben, wusste William, was es war, noch bevor der Tierarzt es aussprach. »William«, sagte er, »das ist nekrotisiertes Muskelgewebe.«
»Es ist vorbei mit ihm«, sagte William.
»Ja, ich glaube auch«, sagte der Tierarzt.
Zehn Minuten später schläferten sie das Pferd ein. William ging hinaus zu seinem Auto und weinte.

Aber er hatte natürlich noch Justa Bob. Justa Bob hatte zu guter Letzt auch mal verloren und sogar zweimal, einmal war er Letzter und einmal Vorletzter in einem Ausgleichsrennen mit zweiundzwanzigtausend Dollar Preisgeld. Er war müde. William wollte ihn mit nach Chicago nehmen und ihm ein paar Monate Ruhe gönnen. Er rief Romero an. »Ich hätte den Skip-Trial-Hengst nicht nehmen sollen«, sagte er. »Jetzt steht er hier im Stall.«
»Von einem Hufbeinbruch erholen sie sich wieder ...«
»Ich habe kein Geld, um meine Rechnungen zu bezahlen, kein Geld, um heimzufahren. Die Tierarztrechnungen ...«
»Lass ihn starten.« William wusste, dass er Justa Bob meinte.
»Er ist zu erschöpft für die Konkurrenz. Ein ganzer Haufen frischer Pferde kommt dafür rein.«

»Lass ihn starten. Irgendjemand wird ihn nehmen.«
»Das weiß ich auch, davor hab ich ja Angst.«
»Hängst du an dem Pferd?«
»Ja, natürlich. Ich …«
»Du bist derjenige, der immer gesagt hat: Wenn du an einem Tier hängst, bist du erledigt.«
»Ich weiß, aber Justa Bob ist etwas anderes.«
»Kein Pferd ist anders, wenn du kein Geld hast, um heimzufahren.«

William machte Justa Bob selbst für das Rennen fertig. Er ging in die Box, machte ihn sauber und flocht ihm ein paar Zöpfchen in die Mähne, nur so aus Spaß. Er striegelte und bürstete ihn und rubbelte ihn ab, bis das braune Fell des Tieres wie Walnussfurnier aussah. Er pflückte die Haare seines Schweifs auseinander und glättete sie einzeln, sprühte ein wenig Silikonspray darauf. Er bandagierte seine Hinterbeine und zog gelbe Polobandagen über die Vorderbeine. Sein Renndress – nur ein gelbes Hemd mit weißen Ärmeln – sah auf dem Pferd auch gut aus.
Justa Bob stand ruhig und wachsam da. Er hatte jetzt vierundfünfzig Starts hinter sich und wusste bestens Bescheid. Als das vierte Rennen heranrückte, führte William ihn eigenhändig in den Stall zur Meldung und in den Sattelring. Er selbst trug saubere Khakihosen und ein weißes Hemd. Er sah gut aus. Sie sahen beide gut aus. Natürlich wimmelte es von Pferden und Trainern und Jockeys und Pflegern. In jeder Kategorie gab es ein paar hochklassige Exemplare, vor allem bei den Dreijährigen, die auf diesem Weg und nicht über New York, Florida oder West Coast das Derby anstrebten, aber William fand, das Justa Bob trotz allem auffiel. Nun ja, er war nicht besonders schnell und nicht besonders hübsch, aber er hatte sich gehalten, und zwar lange, und war immer kooperativ gewesen und hatte immer alles gegeben, was er hatte. William wünschte, der Typ von der *Times-Picayune* wäre jetzt hier, denn jetzt würde es ihm nicht die Sprache verschlagen. Er wüsste genau, was er sagen wollte. William warf einen Blick auf die Uhr. Zeit hinauszugehen.
Ja, die ganze Sache hatte etwas von einer Beerdigung an sich. Man wusste immer erst nach dem Rennen, ob das Pferd einen Abnehmer

gefunden hatte, aber um ehrlich zu sein – wenn nicht jetzt, dann … Wenn nicht jetzt, dann beim nächsten Mal. Wie immer im Rennsport hatten Geld und Gefühl verschiedene Wege eingeschlagen, und jetzt stand er da.

Er setzte den Jockey aufs Pferd, ein junger Bursche, der die Erfahrung brauchte. »Halt dich nur fest und lass ihn das Rennen laufen«, sagte er zu ihm. »Er weiß besser Bescheid als jedes andere Pferd hier. Und greif am Schluss nicht zur Peitsche. Wenn er noch Gas geben kann, wird er es von selbst tun. Und hab keine Angst, wenn er an der Zielgeraden in ein Gedränge gerät. Das macht er gern.«

Der Jockey nickte.

William ging nicht zu seinem Platz hinauf, sondern blieb mit den Wettern an der Absperrung stehen. Justa Bob hatte die Nummer eins gezogen, in einem 1800-Meter-Rennen wie diesem war das nicht schlecht.

Jedenfalls nicht, bis das Pferd Nummer zwei aus der Startbox kam und Justa Bob zum Geländer schubste und den jungen Jockey aus dem Gleichgewicht brachte, der nach außen abrutschte. Dann kam Justa Bob einen Sprung lang aus dem Tritt, vielleicht von dem verschobenen Gewicht. Und dann waren die anderen Pferde schon an ihm vorbei, und er blieb allein hinten zurück. Er scherte auf die Außenbahn aus, und der Reiter fand die Balance wieder. Und dann preschte Justa Bob los. Normalerweise war er ein Verfolger, das wusste William. Er war gerne gleich hinter dem führenden Pferd und sparte sich die Kraft für den einzigen Zug auf, den er zur Verfügung hatte. Und er war alt. Wenn sein Zug nicht funktionierte, hatte er nichts in Reserve, das war der Grund für seine Verluste. Aber jetzt lief er wie ein ganz anderes Pferd, volle Pulle, mit gesenktem Kopf und gestrecktem Rumpf. Er ließ alle Pferde hinter sich, die vor ihm gewesen waren, eines nach dem anderen. William war sicher, dass der Jockey nichts damit zu tun hatte, er saß bloß da. Es war faszinierend. Eins, zwei, drei, vier, fünf. Eins nach dem anderen hängte er ab und zog weiter nach vorn. William wusste nicht, ob der Jockey überhaupt hinschaute, wo das Pferd ihn hintrug, aus der Entfernung sah es aus, als hätte er den Kopf in die Mähne des Pferdes gedrückt. Sie kamen um den zweiten Bogen, jetzt war nur noch ein Pferd vor ihnen, ein vierjähriger Fuchs von A. P. Indy, ein gut gezüchtetes, einstmals teures Tier, das in der letzten Zeit ein paar gute Gewinne gemacht hatte. Beim Einlauf schwirrte Justa Bob wie mit Düsenantrieb an ihm vorbei und kam mit gut drei Längen Vorsprung ins Ziel. »Zum Teufel«, sagte William Vance. »Und ich hab gedacht, ich kenne mich mit diesem Pferd aus.«

Er lief hinaus auf die Rennbahn, dem Pferd entgegen, als sie ein paar Minuten später zurückkamen. Das Gesicht des Jockeys war kreideweiß. »Hallo, Mr. Vance«, sagte er. »Das hat mir ganz schön Angst gemacht.«

»Wieso das denn, Eddie?«

»Also, zuerst bin ich fast runtergefallen, aber er hat mich irgendwie wieder hochgehievt, so hat es sich jedenfalls angefühlt, denn er hat das Gebiss ins Maul genommen und ist gerannt wie der Teufel.«

»Hast du darauf geachtet, wo es hinging?«

Der Jockey fuhr sich mit der Zunge über die Lippen. »Also, teilweise eigentlich nicht.«

»Na ja, jetzt ist es ja vorbei. Und ihr habt gewonnnen.«

»Ja, das stimmt, Sir. Ein bisschen später werde ich mich sicher auch sehr darüber freuen.«

William führte das Pferd in den Ring zur Siegerehrung und ließ das Foto machen, auf dem sie nur zu dritt waren. Und dann passierte es natürlich. Der Ringsteward kam mit dem roten Schild und hängte es an Justa Bobs Zaumzeug, und da stand er nun.

Er machte seine zwanzigtausend Dollar mit dem Rennen, das war einmal das Gewinngeld und dann das, was er durch den Verkauf verdient hatte. Es war mehr als genug, um von New Orleans weg und zurück nach Chicago zu kommen, Justa Bobs Abschiedsknaller und Abschiedssegen. Als er später mit leicht belegter Stimme Romero davon berichtete, sagte Romero zu ihm: »Mann, weißt du noch, als du ihn das erste Mal gesehen hast, war er fast tot.«

Sechs Monate ist das her, dachte William Vance. Nur sechs Monate. Kaum zu glauben. Und dann hörte er sich selbst das sagen, was er nicht mal gewagt hatte zu denken. »Als sie ihn wegbrachten, kam es mir vor, als lahmte er ein bisschen.«

»Na, dann hast du doch Glück, dass du ihn losgeworden bist, Mann.«

»Klar«, sagte William. »Zum Verkaufen ist es nie zu früh.« Er lachte laut, jawohl, so wie man es eben macht, klar, er hatte Glück gehabt. Aber wenn er solches Glück hatte, warum hatte er dann so ein schlechtes Gefühl dabei?

MÄRZ

Kapitel 59
Auf nach Westen

Rosalind war nun Kunsthändlerin und machte die Entdeckung, dass sie damit einen Traum ihres Steuerberaters erfüllte: sie war hundertprozentig absetzbar. Alles, was sie kaufte, jedes Flugticket, jede Hotelübernachtung, jedes Essen in einem Restaurant außerhalb der Stadt oder mit einem Künstler, jede Benutzung ihres Wagens zum Zweck der Ausübung ihrer Tätigkeit als Kunsthändlerin, jede Mietwagenbenutzung – egal, was sie ausgab, sie konnte es absetzen. Es erschien sogar als recht und billig, Ausgaben für die Pflege ihrer persönlichen Erscheinung abzusetzen, da sie ein gewisses Image wahren musste. Das Ziel des Steuerberaters, ihre Steuerzahlungen auf null zu reduzieren, deckte sich allerdings nicht ganz mit Rosalinds Ziel – wohl noch ein Überbleibsel aus ihrer Jugendzeit im Mittelwesten –, ein verantwortungsbewusstes Leben zu führen. Die verschiedenen Gemeinden, in denen sie sich aufhielt, stellten ja immerhin eine ganze Reihe von Dienstleistungen und Einrichtungen zur Verfügung, wie Straßen, Straßenbeleuchtung, Polizei, Fluglotsen, Hochwasserschutz und dergleichen … – beim Anblick der belustigten Miene ihres Steuerberaters gingen Rosalind die Argumente aus. Sie schloss abwehrend die Augen und gewährte ihm einen Wunsch. Kurz darauf öffnete er die Schreibtischschublade und zog eine Packung Zigaretten heraus. »Rauchen Sie ruhig«, sagte Rosalind. »Ich habe nichts dagegen.«

Die Tatsache der vollen steuerlichen Absetzbarkeit jedoch ließ sich nur einmal im Jahr wirklich genießen, und in diesem, dem letzten Jahr des Jahrtausends, hatte Rosalind den Genuss bereits gehabt. Trotzdem trug es auch auf dem First-Class-Flug nach Los Angeles, den sie kurz nach der Besprechung mit ihrem Steuerberater bestieg, noch zu ihrer Entspanntheit bei. Sie hatte Geld, das sie ausgeben konnte, und Galerieraum, den sie füllen konnte, und war unterwegs, um einige Künstler zu treffen, die begierig darauf waren, diesen Raum zu füllen. Sie hatte auch die Namen von drei Trainern in Hollywood Park und Santa Anita, mit denen sie über Limitless sprechen wollte. Sie hatte keine Ahnung, was sie fragen wollte. Sie, die früher eine Art Schwiegerbesitzerin gewesen war, ein Anhang des Züchters, die begleitende Ehefrau, war jetzt die Verantwortliche. Aber, wie es inzwischen ihre Gewohnheit war, vertraute sie darauf, dass ihr schon rechtzeitig etwas einfallen würde. Oder Eileen, die still zusammengerollt in ihrer Reisetasche unter dem Sitz vor Rosalind lag. Die Stewardess ging vorbei, sie sah ein wenig gequält aus. Rosalind warf ihr einen Blick zu und gewährte ihr einen Wunsch. Kurz darauf ließ der Mann auf Sitz 1C vom Schlaf übermannt den Kopf auf die Brust sinken. Die Stewardess bemerkte es und war deutlich entspannter. Rosalind überlegte, ob diese neue Macht, über die sie verfügte, zeitlich befristet und in der Anwendung begrenzt war und woher sie kam, aber dann schien ihr die Sonne ins Gesicht, sie zog das Rollo herunter, und als sie damit fertig war, hatte sich ihre normale Gemütsverfassung wieder eingestellt, in der sie sich überhaupt keine Fragen stellte

Ihr Flugzeug landete kurz nach 10 Uhr morgens, um elf war sie unterwegs nach Santa Anita. Sie war in Belmont Park gewesen, in Saratoga, Churchill Downs, Newmarket, Chantilly, Longchamp, Cheltenham und Gulfstream, in manchen dieser Orte auch etliche Male, in Kostüm mit Hut und Seide und Spitze und allen möglichen teuren Schuhen, und jetzt kam sie nach Santa Anita, wo sie noch nie gewesen war, und sah sofort, dass dies ein Ort nach ihrem Geschmack war. Auf der anderen Seite der Straße, gegenüber dem Eingang, lag ein Arboretum, und der Park und die Sammlungen der Huntington Library waren nicht weit entfernt. Das Gebäude war grün und hellbraun gestrichen, im Innenhof standen gestutzte Bäume, über die ganze Länge der Tribüne zog sich eine Verzierung im Art-déco-Stil, die Rennbahn hob sich vor den Bergen im Hintergrund ab, und hinter dem Parkplatz erstreckte sich ein Einkaufszentrum, wo man sich ausruhen und erfrischen konnte. Sie hatte das starke Gefühl, an der Rennbahn angekommen zu sein, für die sie bestimmt war, und strich den Namen des Trainers in Hollywood Park bereits von ihrer Liste.

Der berühmte Trainer, der im Pferderennsport bereits Geschichte gemacht hatte, sollte sie am Vordereingang treffen, und sie rechnete damit, dass sie ihn von dem Bild, das sie von ihm gesehen hatte, erkennen würde, aber der Mann, den sie als Erstes erkannte, war derjenige, der im letzten Sommer in Saratoga auf sie gefallen war. Oder gegen sie getaumelt. Er erkannte sie auch, kam mit einem freundlichen Lächeln auf sie zu und ergriff spontan ihre beiden Hände, und zwar nicht so, als sei das seine Gewohnheit, sondern so, als könne er nicht anders. Sein Blick war nett und seine Stimme freundlich. Er sah mehr nach einem Lehrer oder Naturwissenschaftler aus als nach einem Pferdetrainer, aber andererseits hatte er auch diese Aura grenzenloser Geduld, die Pferdetrainer eigen zu sein schien. »Ich soll hier Richard Case treffen«, sagte Rosalind, »ich glaube, ich werde ihn wohl erkennen.« Sie schauten sich um. Aber er zögerte, und Rosalind sagte: »Sie sind also auch Pferdetrainer.«

»Ja.«

»Haben Sie Platz in Ihrem Stall? Ich habe ein Pferd ...«

Sie sah, dass er zögerte, aber dann sah er sie an und sagte: »Ja, eigentlich schon. Soll ich Richard für Sie anrufen?« Er griff nach seinem Telefon. Rosalind schloss die Augen. Es musste doch etwas geben, was man als Mensch mit der Fähigkeit, Wünsche zu gewähren, in einer solchen etwas peinlichen Situation machen konnte.

Aber anscheinend gab es das nicht. Im nächsten Moment erschien Richard Case, und er war ein vollkommen annehmbarer weltberühmter Pferdetrainer, Sohn einer Legende, Neffe einer Legende und dabei, selbst eine Legende zu werden. Er sah gut aus, sprach gewählt, hatte in Oxford studiert und hatte außerdem auch noch Platz in seinem Stall. Er hatte Al einmal getroffen und mochte ihn. Er hielt die Hand fest um Rosalinds Ellbogen gelegt, als er sie die Stufen zu seiner Loge hinaufführte, damit sie in Ruhe reden und sich ein, zwei Rennen ansehen konnten.

Es war ein 1000-Meter-Rennen für zweijährige Stuten, und aus der Rennzeitung wurde klar, dass es sich um allererste Wahl handelte – A. P. Indy, Seeking the Gold, Mr. Prospector, Holy Bull, Affirmed. In

Südkalifornien war das große Geld zu Hause, und hier fanden sich die besten Pferde zusammen, um auf die richtige Bahn zu kommen. Eileen saß auf einem eigenen Stuhl. Wie immer legte sie die Vorderpfoten auf das Geländer und schaute wach auf die Rennbahn hinunter. »Ich habe Ihnen ja schon gesagt, dass mein Pferd eine bodenständige Züchtung ist«, sagte Rosalind. »Und in seinen zwei Starts als Dreijähriger hat er nicht viel gebracht. Auf dem Papier sieht er nicht im Entferntesten so aus wie diese Stuten da.«
»Er ist keine Modezüchtung«, sagte Richard Case. »Aber sein Vater ist mir vertraut. Er hatte seine ersten Nachkommen im letzten Jahr, und sie haben noch nicht viel geleistet, aber er selbst war ...«
»Himself, so nennen sie ihn auf dem Gestüt.«
»... ein Spätentwickler. Er ist eine europäische Züchtung und ist auch zumeist in Europa gestartet. Die Europäer liebten ihn. Das Pferd ist mit Ribot über einen von dessen europäischen Söhnen in der Hengstlinie und Tom Rolfe in der Mutterlinie verwandt. Ich fand es immer merkwürdig, dass der Alte ihn hierher gebracht hat, aber er war ein komischer alter Kauz. Einmal hat er einen Artikel über die Veredelung von Vollblutzuchtstämmen durch Verbindung mit klassischen europäischen Blutlinien geschrieben. In vieler Hinsicht sehr altmodisch. Kam bei den Jungs in Kentucky nicht gerade gut an.«
»Mein Mann hat den Hengst ausgesucht. Ich habe keine Ahnung, warum. Aber das Pferd hat einen schönen Gang.« Eine der Stuten in dem Rennen hieß »Avarice«. Rosalind ließ »Geldgier« gewinnen. Sie kam auf der Endgeraden wieder richtig in Gang, legte die letzten vierhundert Meter in zweiundzwanzigeinviertel Sekunden zurück und ging als Außenseiterin mit einer Gewinnchance von dreißig zu eins als Erste durchs Ziel. Sogar ihr Jockey sah erstaunt aus. Richard Case lachte fröhlich. »Das war nett«, sagte er. »Sollen wir hinübergehen und uns die Pferde ansehen?«
Aber Rosalind kam sich vor wie auf der falschen Hochzeit. Der Bräutigam war so begehrenswert, wie man es sich nur wünschen konnte, und sie brauchte nur zuzugreifen, aber »Nein« stand ihm ins Gesicht geschrieben. Als sie auf den Weg kamen, der zu den Ställen führte, sah Rosalind in einiger Entfernung Farley Jones stehen, seine Freundin war bei ihm, sie nahm seine Hand, küsste ihn auf die Wange und

schmiegte sich in seinen Arm, und Farley selbst schien zu wachsen, als öffne ihn die Nähe seiner Freundin. Sie war klein und blond, so ziemlich aus demselben Stoff gemacht wie Eileen, dachte Rosalind. Richard Case sagte etwas Charmantes und Kluges. Rosalind nickte, aber sie hatte kein Wort mitbekommen. Gewinnprozente, Trainingsphilosophie, Geläuf, Rennen in Südkalifornien im Allgemeinen, das Turnier in Santa Anita ging zu Ende, Hollywood Park, dann Del Mar, war sie schon mal in Del Mar gewesen? Es war ein angenehmes Geräusch, wie das Plätschern eines Springbrunnens. Dann wurde es still. Rosalind begriff, dass sie jetzt etwas sagen sollte. Sie sagte: »Das Pferd ist launisch. Ich möchte, dass es etwas macht, was ihm leicht fällt und ihm ein Ziel im Leben gibt. Mein Mann möchte Siege sehen, es geht ihm nicht um das Geld, sondern um diesen Kitzel. Wir haben gerade eine gute Stute in Pension gegeben, die ihm regelmäßig für diesen Kitzel gesorgt hat. Es fehlt ihm. Aber für mich ist es wichtiger, dass es dem Pferd Spaß macht, was es tut. Wenn ihm Rennen keinen Spaß machen, soll er etwas anderes machen, aber er ist schnell. Was das angeht, sind sich alle einig.«
»Selbstverständlich«, sagte Richard Case. Sie kamen an seinem Stall an, und sie sah, dass er makellos sauber und in schönen Farben gestrichen war, ein Muster an Ordnung und Systematik. Farley Jones' Stall war von ihm aus der übernächste. Während Richard Case einen Anruf entgegennahm (das tat jeder Trainer und man konnte es ihnen nicht übel nehmen), spähte sie zu ihm hinüber. Die kleine Freundin ging zu einem der Pferde, einem Schimmel, und streichelte ihm über Ohren und Nase, dann gab sie ihm einen Kuss. Aus jeder Box sah ein Pferdekopf. Richard Case sagte: »Wenn Sie mich bitte noch einen Augenblick entschuldigen könnten«, und nahm einen weiteren Anruf entgegen. Und da ging Rosalind durch.
Als sie zu Farley kam, sagte sie: »Es ist komisch. Ich weiß, dass ich Sie erst jetzt kennen lerne, aber ich habe trotzdem das Gefühl, dass Sie mir gefehlt haben.«

Farley kam nie dazu, Rosalind Maybrick gegenüber diesen kleinen Zwischenfall in Saratoga zu erwähnen. Vielleicht legte er der Sache inzwischen zu viel Gewicht bei, deshalb meinte er, es würde sich vielleicht dumm anhören. Sie war eine angenehme, warmherzige Frau, und was sie sich für das Pferd wünschte, war eine schöne Abwechslung vom üblichen Trott. Ihre Unterhaltungen waren freundschaftlich, es ging um Pläne für den Transport des Pferdes und Vitamine und Extras, die Rosalind für das Pferd garantiert haben wollte, Persönliches kam nicht darin vor. Dennoch rief ihm ihre Gegenwart etwas ins Bewusstsein, das er nicht benennen oder definieren konnte. Es war ähnlich wie ein elektrischer Prozess, sie stellte an einem Ende einen Kontakt her und dann an einem anderen Ende, und die Moleküle zwischen den beiden Punkten ordneten sich. Elizabeth sagte: »Sie hat dein Herz berührt.«

Was sollte das heißen?

»Tja, so wird man elektrisiert. Man hat einen geladenen Draht in der einen Hand und einen zweiten in der anderen und dann – peng. Elektrisierung führt nicht immer zum Tod. Manchmal bringt sie einfach das Innenleben in Ordnung.«

Ja, vielleicht.

Jedenfalls wurde wie durch Zauber eine Box frei, und als das Pferd eine Woche später eintraf, sahen Farley und Joy es sich lange an. Rafael hielt den Hengst fest, und sie gingen immer wieder um ihn herum. In mancher Hinsicht sah er bloß wie ein Pferd aus. Er war braun mit einem Anflug von Weiß – einem winzigen Stern auf der Stirn und einem kleinen Dreieck auf der Innenseite der rechten hinteren Fessel. Sein Kopf war lang und schmal, ein Hechtskopf mit langen Ohren. Er war rundherum fit, der vorige Trainer hatte ihn perfekt in Kondition gebracht. Sein Bauch war hochgezogen, der Hals war schlank und muskulös, obwohl er ein Hengst war. Er war lang im Rücken, lang im Bein und lang im Vorderlauf.

Sie sahen zu, wie er hinausging, sie sahen zu, wie er zurückkam. Farley sagte: »Versuch das bitte noch einmal.« Sie sahen zu, wie er hinausging. Sie sahen zu, wie er zurückkam. Sie waren wie hypnotisiert.

»Das muss ein Übertritt von mindestens fünfundvierzig Zentimetern sein«, sagte Joy.

»Was schätzt du, wie groß er ist? Eins dreiundsechzig, vielleicht eins fünfundsechzig? Aber er hat die Hinterbeine von einem Pferd, das über einssiebzig groß ist.«

»Wer soll ihn reiten?«
»Ich weiß nicht. Warum sitzt du nicht auf und bewegst ihn ein wenig und versuchst, ein Gespür für seine Angewohnheiten zu bekommen.«
Als er sie eine Viertelstunde später auf das Pferd warf, sagte sie: »Ich glaube, so etwas habe ich noch nie gespürt. Es ist nicht bloß Kraft.«
Sie ließ ihn losgehen und bog um die Ecke der Stallgasse. Ein paar Minuten später tauchte sie am anderen Ende der Stallgasse wieder auf. Sie grinste. »Ich will nicht runter«, sagte sie.
»Dann bleib oben. Geh mit ihm auf die Bahn und lass ihn ein wenig traben.«
Es war Vormittag, und kaum jemand war auf der Rennbahn. Das Pferd ging ruhig voran, wandte den Kopf hierhin und dorthin und sah sich alles an. Er war entspannt. Als ein anderer junger Bursche plötzlich fünfzig Meter von ihm entfernt stieg, blieb Limitless stehen, schaute, setzte sich wieder in Bewegung. Vielmehr kam er fließend zum Stehen, floss durch die Ruhepause, ging fließend wieder in Schritt über. Sie erreichten die Bahn, wandten sich nach links und glitten in einen Trab auf der Außenbahn. Farley bemerkte, dass Joy höchstens mit einem Finger Kontakt mit dem Maul des Pferdes hatte, und dann ließ sie auch das los. Das Pferd trabte weiter, seine Sprünge waren groß und weich, der Kopf hochgereckt, der Körper im Gleichgewicht. Sie ritten einmal um die Bahn. Als sie zum Tor zurückkehrten, nahm Joy die Zügel kürzer, und er warf den Kopf so hoch, dass er sie fast aus dem Sattel geworfen hätte. »Da haben wir das Problem«, sagte Farley, der an der Absperrung stand.
»Aber das war meine Schuld. Es war gar nicht nötig. Er war schon von sich aus dabei zu verlangsamen.« Sie tätschelte das Pferd und ließ die Zügel locker. Das Pferd senkte den Kopf. Er ging noch einmal um die Bahn herum, noch einmal in diesem Schritt.
Als sie ihn in die Box stellten, die sie für ihn reserviert hatten, veränderte sich sein ganzes Verhalten. Seine Zufriedenheit und Gelassenheit waren verschwunden. Er rührte sein Heu nicht an, trank nicht von seinem Wasser, schnupperte nur an seinem Hafer und wandte sich dann ab. Farley beobachtete ihn, das Pferd machte keine Anstalten, sich einzugewöhnen, und ignorierte Farley, wenn er herantrat und mit ihm sprach. Seine Augen starrten nach draußen. Nach ein paar

Stunden ließ Farley ihn den Platz mit einem Pferd in einem Außenpferch tauschen, abseits vom Dunkel des Stalls. In dem Pferch war es ein wenig besser, zumindest nahm er von Zeit zu Zeit ein Maul voll Heu und er trank auch etwas, aber Eingesperrtsein war ganz eindeutig nichts für ihn.

Am nächsten Morgen rief Joy Elizabeth an. Diese war gerade dabei, den Vertrag für ihre drei Bücher auszuhandeln, die an zwanzig Verlage gegangen waren. Sie waren mitten in der Auktion. Bislang hatten sechs Verlage Angebote gemacht, die sich zwischen 250 000 und 475 000 Dollar bewegten. Elizabeth sah die Sache ganz elizabethanisch. Sie wollte das höchste Angebot annehmen, eine Hälfte davon durch einen Freund von Plato bei der Börse anlegen und eine Hälfte bei Mr. T. Dann wollte sie das Verhältnis zwischen ihrer Erwartung der Entwicklung der Anlagen und ihrer tatsächlichen Entwicklung studieren. Danach hatte sie vor, sich darin zu schulen, die Zukunft als die Vergangenheit und die Vergangenheit als nur eine von vielen Möglichkeiten zu betrachten, die hätten geschehen können, sollen, mögen. »Also, zum Beispiel«, fing sie an, »und entschuldige schon im Voraus, dass ich auflegen muss, wenn ein anderer Anruf reinkommt, nehmen wir also mal an, dass wir über etwas, das geschehen ist, unterschiedlicher Meinung sind. Nehmen wir mal an, Nathan Zada und ich sind unterschiedlicher Meinung über jede kleine Begebenheit in unserer Ehe. Das kann an drei Dingen liegen. Erstens, vielleicht war keiner von uns zugegen, um Zeuge der Katastrophe zu sein. Zweitens, vielleicht handelt es sich um zwei verschiedene Begebenheiten, die in keiner Beziehung zueinander stehen. Und drittens, vielleicht ist gar nichts geschehen. Er hat seinen Traum geträumt. Ich habe meinen Traum geträumt. Werde ich ihm jetzt sagen, dass er den falschen Traum geträumt hat? Ehrlich gesagt habe ich ihm das jahrelang gesagt, aber das habe ich ihm inzwischen verziehen.«
»Dass er den falschen Traum geträumt hat?«
»Nein, dass er mich dazu gebracht hat, solchen Mist zu reden. Na ja, es ist jedenfalls ein kompliziertes Thema. Langer Rede kurzer Sinn, die Vergangenheit ist so variabel wie die Zukunft, sonst wäre man nicht unterschiedlicher Meinung darüber. Wie geht's Mr. T.?«

»Gut. Ich wollte dich bitten, ihn zu einem neuen Pferd zu befragen.«
»Schätzchen, ist es ein Notfall?«
Joy sah zu der Koppel hinüber, wo Limitless den Kopf hängen ließ und anfing, sich hin und her zu wiegen.
»Ja«, sagte sie.
»Ich hab den Kopf voll von Geld und Sex. Ich kann da jetzt kein Pferd unterbringen.«
»Sex? Ich dachte, du steckst mitten in der Auktion?«
»Ja, aber Plato wandelt hier als eine Art Dauerversuchung in erigierter Nacktheit umher. Es ist sehr ritualisiert, aber die angebotenen Summen werden größer. Aber frag ihn selbst. Du kannst das. Oder frag das neue Pferd. Wie heißt es?«
»Limitless.«
»Ah, da klingelt es. Ich muss auflegen.« Bevor sie auflegte, hörte sie Elizabeth noch sagen: »Plato, Liebling, dreh dich doch mal ein bisschen mehr zur Sonne …«
Sie ging zu dem neuen Pferd hinüber und blieb am Zaun der Koppel stehen. Das Pferd schaute irgendwo in die Ferne, aber im nächsten Augenblick drehte es ihr den Kopf zu und spitzte die Ohren. Sie öffnete das Tor und trat in den umzäunten Bereich, dabei legte sie die Hände auf Taillenhöhe hohl zusammen. Er krümmte den Hals, um ihre Hände näher zu inspizieren. Nachdem er an ihren Händen gerochen hatte, schnupperte er vorn an ihrem Hemd, schob die Zunge hervor und leckte sie ein paar Mal. Dann wandte er sich wieder seiner Betrachtung der Ferne zu. Farley gesellte sich zu ihnen. »Ich mache einen kleinen Spazierritt mit ihm.«
»Liebling, du bist für ihn zuständig«, sagte Farley. »Du machst, was du am einfachsten findest. Wir stehen mit diesem Pferd nicht unter Druck. Du sollst ihn auch reiten.«
»Ich?«
»Jawohl«, sagte er und küsste sie auf den Scheitel. »Du.«
»Du opferst mir dieses Pferd. Ich kann ihn nicht reiten.«
»Du hast es doch schon getan.«
»Ich kann ihn nicht galoppieren und arbeiten lassen.«
»Ich glaube, dafür hast du jetzt genug Erfahrung. Du bist in den letzten sechs Monaten auf vielen Pferden galoppiert.«

»Lass Angelica ihn reiten. Sie hat eine nette Art.«
»Ja das stimmt. Aber du hast eine nettere Art. Angelica passt sich dem Pferd an, und das macht sie sehr gut, aber du bringst die Pferde dazu, dass sie sich dir anpassen wollen. Das habe ich dir schon öfter gesagt.«
»Ich habe nicht die Energie dafür.«
»Dieses Pferd hat genug Energie für euch beide. Sieh ihn dir an. Er besteht doch nur aus Energie.«
Joy streifte dem Pferd das Halfter über und führte es aus dem Pferch. Es lebte sofort auf.

Farley beobachtete sie oft zusammen, öfter als nötig, ja sogar öfter, als es seine Liebe oder seine Neugier auf dieses bestimmte Pferd verlangt hätten. Als er ihr das Pferd anvertraute, hatte er nicht ganz die Wahrheit gesagt. Sie hatte eigentlich nicht genug Erfahrung, und das Risiko war größer, als er zugeben wollte, aber offen gestanden hielt er es für möglich, sie auf diese Art und Weise durch Pflicht und Vergnügen einzubinden, ihr so viel zu tun und zu denken zu geben, dass das, was sie als ihre »Sache« bezeichnete, jeden Tag und Tag für Tag in Schach halten würde, dass sie, wenn nicht bei ihm, so doch bei dieser Aufgabe bleiben würde. Er selbst wahrte eine Lässigkeit, die voller Zweifel war. Er tat so, als registriere er nicht jeden Seufzer, studiere nicht den Winkel ihrer hochgezogenen Schultern, wache nachts nicht gleichzeitig mit ihr auf. Er tat so, als warte er nicht, suche nicht nach Zeichen, überhäufe sie nicht mit Aufgaben, Zuneigung, Hinwendung, Gedanken, Berührungen, Blicken, übertriebenen Reaktionen auf jede Bewegung und jedes Wort von ihr. Ein Mann, der wie er sein Leben lang reserviert gewesen war, konnte Reserviertheit perfekt vorspielen und Panik nach Bedarf ersticken. Das Pferd unterdessen war etwas anderes.

Zehn Tage nach seiner Ankunft, als Limitless die erforderlichen zwei Male gearbeitet hatte, ließ Farley ihn starten. Es war ein Ausgleichsrennen für sieglose Hengste und Wallache ab drei Jahren mit einem Preisgeld von zweiunddreißigtausend Dollar. Eines Morgens ging Farley hinaus, und eine Stunde später kam er zurück und sagte zu Joy: »Ich habe Roberto Acevedo gefunden.«

»Was hast du ihn gefragt?«
»Ob er ein Pferd mit einem seidenen Faden reiten kann.«
»Was hat er gesagt?«
»Dass er es gern versucht.«
Nach dem Rennen, das Limitless um zwei Längen gewonnen hatte, hörte Joy, wie Roberto zu Farley sagte: »Er hat eine Zielflugeinrichtung in der Nase. Er braucht nur die Startbox zu verlassen. Ich hätte den Zügel noch lockerer gelassen, aber ich hatte Angst, ihn dann aus Versehen zu reißen.«
Am selben Abend rief Farley Rosalind an, die gerade in Istanbul war, und überbrachte ihr die Nachricht. Sie dankte ihm. »Schicken Sie ihn für zwei Wochen auf eine Farm mit viel Weide.« Es war alles ganz entspannt und routiniert. Farley war nach reiflicher Überlegung zu der Ansicht gelangt, dass das Pferd doch noch ein nützliches Tier werden konnte.
In Istanbul legte Rosalind den Hörer auf und ließ sich zurück in ihr Bett sinken. Die Dämmerung war noch nicht angebrochen, aber draußen, vor ihrem Fenster waren Lärm und Stimmengewirr des täglichen Lebens der Stadt schon voll im Gange, und sie war hellwach. Eileen sprang aufs Bett und kuschelte sich in Rosalinds Arm. Rosalind fragte sich, wie sich eine Paarung von Vollblutpferden wohl anhörte. Bold Ruler nähert sich Soundsokönigin. Polynesian nähert sich Geisha. Pharos nähert sich Nogara. Die Stute steht still, wirft den Schweif zur Seite. Der Hengst springt, die Sache ist schnell passiert. Die versammelten Männer sind mit Führzügeln, Lederkitteln und Wollstiefeln beschäftigt. Lärm, Rufe, Ermunterungen. Man hätschelt die Stute. Das ist der Klang von Unwissenheit und Hoffnung. Zwanzig, fünfzig Jahre später werfen die Ergebnisse dieser Paarungen wie Secretariat, Native Dancer oder Nearco ein Licht der glücklichen Fügung auf diese weit zurückliegenden routinemäßigen Vorgänge. Kein Vollblutpferd wird ohne Absicht gezeugt, aber diese Pferde übersteigen die bloße Absicht, sie übersteigen Wunsch und Traum. Auch der emsigste und engagierteste Züchter fühlt im Innersten, dass er solches Genie und solche Schönheit nicht verdient. Es ist ein reines Geschenk. Es muss ein Ton sein, dachte Rosalind, ein dunkler, runder, klangvoller Ton für Nearco, ein flüssiges, reines C für Native Dancer, ein hoher, ätheri-

scher Klang für Secretariat. Der Klang einer Vollblutpaarung musste Musik sein, die leise war wie ein Gedanke, aber anhaltend, eine Musik, die immer noch vernehmbar war – für die, die imstande waren, sie zu hören. In Istanbul war es jetzt nach sechs Uhr früh, in Los Angeles daher nach sechs Uhr abends. Der Rennbetrieb war für den Tag vorüber, im Stall war es still, die Pferde standen zugedeckt mit bandagierten Beinen und fraßen Heu. Reihen sauberer, wohlgenährter Pferde, die in ihrem Stroh raschelten, schnaubten, grunzten, sich schüttelten, mit dem Schweif hin und her fegten, gelegentlich wieherten, und sie alle gaben diese stummen Töne von sich, den Nearco-Ton in Harmonie mit dem Princequillo-Ton, der Seattle-Slew-Ton in Harmonie mit dem Buckpasser-Ton, der alte Teddy-Ton immer noch in Harmonie mit dem Fairway-Ton. Das Summen, das Limitless umgab, war besonders lieblich, Rosalind erkannte es, so wie sie alles Schöne erkannte. Und mit dem Trainer stimmte die Harmonie auch. Er brachte seine eigene Musik mit ein, die teils Intuition war, teils Wissen, teils Absicht und teils Verlangen. All diese Dinge spielten für den Besitzer eine Rolle. Aber was für das Pferd eine Rolle spielte, war etwas anderes. Rosalind nahm an, dass es ein vibrierendes Mitklingen war, das dem Tier Entspannung und Konzentration vermittelte und ihm gestattete, sein eigenes Lied zu spielen, das Lied der DNA, die unzähligen Takte von A, T, G und C, die sich im Inneren entrollten. Die Phänotypen hoben die Köpfe, spitzten die Ohren, scharrten, schauten einander an. Der Genotyp wirbelte durch sie alle hindurch, eine ganze Partitur der Paarungen, die sich in tausend Ställen selbst spielte. Danke, dachte Rosalind. Die goldene Schale ist jetzt bei uns angelangt, bei Al und mir, Farley und Joy, Roberto und Rafael. Es galt, das zu erkennen und behutsam in Empfang zu nehmen.
Sie drehte sich wieder zum Telefon um und nahm den Hörer auf. Al war nur zwei Stunden weiter als sie, allerdings hatte sie eine eher verschwommene Vorstellung von seinem genauen Aufenthaltsort. Sie versuchte es mit seiner Handynummer, und er hob gleich beim ersten Klingeln ab. »Ja«, sagte er.
»Hallo, mein Lieber«, sagte sie.
»Rozzy.« Seine Stimme wurde sanft. Seine Stimme wurde immer sanft. Einen Augenblick lang wurde ihr klar, dass Al sie wirklich liebte.

»Das Pferd hat sein Rennen gewonnen.«
»Na ja, dann ist er wohl doch nicht so ein nutzloses Tier.«
»Ich glaube, Dick war nicht der richtige Trainer für ihn.«
»Nee. Nee, das war er auch nicht.«
Dann trat eine lange Pause ein. Irgendwann wusste sie, dass er an das letzte Jahr dachte, und sie dachte an das letzte Jahr, und er wusste, dass sie an das letzte Jahr dachte, und sie wusste, dass er wusste, dass sie an das letzte Jahr dachte, und als sie sagte »Verzeih mir, Al«, konnte er deshalb sagen: »Ach, ich hab dir schon lange verziehen, Rozzy. Ich hab nur nicht gewusst, wie ich es dir sagen sollte.«
»Ich, äh …«
»Wir brauchen nicht darüber zu reden, Rozzy. Vielleicht später, wenn wir uns beide kaum noch daran erinnern.«
»Ja, gut, Al.«
Dann trat wieder Stille ein, und sie hatte das Gefühl, es sei jetzt zwar nicht wünschenswert, aber angebracht, diese mit irgendwelchen Aussagen über das zu füllen, was nun bevorstand. Sie hielt es für besser, diesen Leerraum vorläufig zu schließen, deshalb sagte sie: »Wie geht's?«
»Die haben nichts hier außer Erz. Von wegen Infrastruktur. Von Infrastruktur kann keine Rede sein. Wenn ich Grips im Kopf hätte, würde ich das alles hier sausen lassen. Jerry ruft mich jeden Tag an und sagt mir, ich soll es alles sausen lassen. Es ist ja nicht so, dass ich im Ruf stehe, ein soziales Gewissen zu haben. Kein Grips, kein soziales Gewissen. Ich kann auch viele von den Typen hier nicht ausstehen, und die Mittel von Maybrick Industries sind auch nicht unbegrenzt …«
»Komm nach Hause.«
Sie war selbst überrascht, als sie sich das sagen hörte, zumal sie ja selbst weit von zu Hause entfernt war.
»Nee«, sagte er. »Nee. Es macht auch Spaß. Wenigstens kann ich oft an die Decke gehen, und sie haben nichts dagegen. Hier gehen alle an die Decke, und so erledigt man die Dinge.«
»Ich …« Aber tat sie das? Vermisste sie ihn wirklich? Genug, um es zu sagen?
»Ja«, sagte er. »Ich vermiss dich auch.«

»Ich …« Ihre Zunge war wie gelähmt. Das wusste sie genau, aber er sagte trotzdem: »Ja, Schätzchen, ich liebe dich auch.« Nachdem er aufgelegt hatte, betrachtete sie den Hörer eine Zeit lang, bevor sie ihn auf die Gabel legte.

Am nächsten Tag rief Joy Mr. Tompkins an und fragte, ob Farley ein Pferd schicken könnte, das einem anderen Besitzer gehörte, nur auf ein paar Wochen Urlaub. Mr. Tompkins sagte natürlich ja, was war schon ein Pferd mehr oder weniger bei Hunderten von Pferden, und so kam es, dass sich Limitless bald am Mittelpunkt der Welt befand: auf der einen Seite hunderttausend Zuchtrinder, auf der anderen ein Südseeparadies, Hollywood und Arabien ganz in der Nähe, Mandelbaumhaine und Pfirsichplantagen und Stuten und Fohlen und Luzernefelder, so weit das Auge reichte, und das helle, harte Licht der kalifornischen Sonne, das alle Lebewesen mit seinem Glanz überzog. Zwei Wochen lang lebte er im Freien, bei Tag und bei Nacht.

APRIL

Kapitel 60
Kentucky Derby (II)

Man konnte für sechshundert Dollar ins Derby kommen, wenn man Anfang Februar die Gebühr bezahlte. Das Pferd zwischen Anfang Februar und Anfang Mai auf dem richtigen Kurs zu halten kostete seine zwanzigtausend Dollar, und da schienen sechshundert Dollar nicht viel zu sein. Das war schade, dachte Buddy, da fast vierhundert Besitzer ihre sechshundert Dollar bezahlt hatten. Es war wie der Anfang von einem Marathonlauf auf einem Bild in der Zeitung, ein ganzes Volk von Läufern in einer geschlossenen Gruppe, und keiner sah besonders oder gesalbt aus. Buddy sah im *Blood Horse*, dass Lukas einundzwanzig hatte, Baffert sechzehn und dieser Kleine aus New York zwölf. Buddy hatte eins. Er hätte zwei haben können, wenn er dieses verrückte schwarze Pferd nicht hätte gehen lassen. Dieses verrückte schwarze Pferd hatte ein Stakes-Rennen in New York gewonnen, ohne auch nur im Mindesten verrückt zu wirken. Vielleicht war er selbst derjenige, der verrückt gewesen war, dachte Buddy, all diese Gedanken an Jesus, als er hätte Pferde trainieren, auf Rennen gehen, seinem Instinkt folgen sollen. Nun ja, man konnte behaupten, sein Instinkt sei in moralischer Hinsicht fragwürdig, das hatte er sich selbst mehrmals gesagt, aber er kehrte doch immer dazu zurück. Das musste einen Grund haben, und sei es auch nur den, dass er weder gescheit noch jung genug war, um sich einen besseren zuzulegen. Jedenfalls war es so, dass ihm die Art, Pferde zu trainieren, die Jesus von ihm verlangte, zu mühselig war. Er hatte nicht die Energie, seine Arbeit zu erledigen und gleichzeitig mit seinem Gewissen zu ringen. Er musste sich für das eine oder das andere entscheiden.

Sieben andere Stuten waren genannt. Am lustigsten wäre ein Kentucky Derby mit nur weiblicher Beteiligung, aber bei all den unwahrscheinlichen Dingen, die im Pferderennsport geschehen konnten, war diese Möglichkeit das Unwahrscheinlichste überhaupt. In 125 Jahren hatten dreimal Stuten das Derby gewonnen. Aber Residual hatte bei ihren verschiedenen Rennen jede Stute, die an der Westküste untergebracht war, irgendwann einmal besiegt, aber von jeder Stute, die sie besiegt hatte, war sie auch besiegt worden, deshalb war sie nicht konkurrenzlos. Im letzten Sommer war sie zweimal ohne jede Konkurrenz gelaufen, das hatte ihm gar keinen Spaß gemacht. Nun ja, es zeigte nur eines: Wenn man in sich ging, führte das dazu, dass man in einem triefenden Baumhaus im Dschungel von Hawaii wie ein Toter schlief, während der beste Breeders' Cup aller Zeiten ohne einen stattfand.

Nie wieder, dachte Buddy.

Nie wieder, gelobte Buddy.

Mit Hilfe von Steroiden, Progesteron und regelmäßigen Hyaluronsäurespritzen in die Gelenke lief Residual wie eine Maschine. Sie fühlte sich auch an wie eine Maschine. Alle sagten, sie sei reifer geworden. Sicher, sie war fast drei Zentimeter gewachsen und hatte rund 45 Kilo zugenommen. Ihr Fell war noch fast so fein und glänzend wie früher – sie war der Stute, die sie mal gewesen war, sehr ähnlich –, aber allen kam es so vor, dass die Reife ihr weniger gegeben als genommen hatte. Vielleicht lag es daran, dass das Laufen jetzt ihre Berufung war, während es vorher ihre Nebenbeschäftigung gewesen war. Ihre frühere Berufung – Zuneigung – war jetzt nur noch ein gelegentliches Steckenpferd. Sie kam, wenn man ihr Karotten bot, sie ließ sich streicheln, sie wieherte zärtlich diesen und jenen an, aber im Großen und Ganzen war sie reservierter. Sie arbeitete alle fünf Tage und vermittelte immer das Gefühl von Zufriedenheit nach einer gut erledigten Aufgabe. Marvelous Martha ritt sie mit Vergnügen und hielt sie für eine gute Stute, aber sie hatte nie mit Deedee ihre Eindrücke verglichen. Sie fand Deedee ein wenig verweichlicht (sie selbst hatte schließlich im sechsten Monat noch das Grand Prix in Indio geritten), und Deedee verschlug es vor Neid die Sprache, dass die Stute, die sie als ihr Eigentum und nur eine Leihgabe an Martha betrachtete, es vielleicht wirklich nach Churchill Downs schaffen sollte, und deshalb hatte sie

den Zwischenfall nie auch nur erwähnt, als der verrückte Hengst hinter ihnen her gewesen war und die Stute ein ganz entspanntes, glückliches, ungeniertes Reich der Geschwindigkeit entdeckte, das Deedee als Größe empfunden hatte. Da sie nicht wusste, dass es da war, versuchte Marvelous Martha auch nicht, es zu finden.
Jetzt, da Buddy wieder ganz der Alte war, dachte Leon, Hilfstrainer bei Buddy und Ehemann von Deedee und zukünftiger Vater von Alana Marie, überhaupt nicht mehr über die Risiken nach, die man auf sich nehmen musste, um einen Rennpferdstall aufzubauen, sondern nur noch daran, dass er seine Arbeit behalten wollte. Er war respektvoll, ängstlich und leicht eingeschüchtert. Das einzige Wesen im Stall, das ihn noch wirklich mochte, war die Stute, aber obwohl sie nur für ihn Augen hatte, hatte er nur Augen für Buddy.
Jedes Mal, wenn die Kingstons auf die Rennbahn hinauskamen, machte Buddy einen solchen Aufwand um sie und zeigte und erzählte ihnen so viel, dass sogar Jason Clark Kingston angenehm verwirrt war. Er nahm die Aussicht darauf, dass seine Stute im Kentucky Derby starten könnte, zwar als etwas hin, das ihm zustand, aber Andrea Melanie wirkte, als hätte sie den Verstand verloren. Wenn Buddy sie ansah und sagte: »Derby, Derby, Derby«, blickte sie ihn nur an und nickte, nickte, nickte.
Aber in Wirklichkeit war es so, dass sich früher alle einig gewesen waren, dass Residual eine erstaunliche, wunderbare, unvergleichliche Stute war, heute aber alle meinten, sie sei eine sehr gute Stute, eine der besten, und sicherlich lag so etwas wie das Derby im Rahmen ihrer Möglichkeiten, man konnte ja nie wissen.

Wichtig war, die Stute nach Keeneland zu kriegen, dachte Buddy. Der Keeneland-Meet dauerte fünfzehn Tage, der kürzeste Meet im Pferderennmilieu, aber in diesen fünfzehn Tagen gab es rund sieben oder acht Millionen in Preisgeldern. Jedes Rennen war einen Haufen wert, und jeder, der es irgendwie konnte, war dort, trainierte seine Pferde, aß im Speisesaal des Clubhauses, tratschte, ging abends auf Partys, beäugte all die Dreijährigen und spürte, wie sich das Feld für das Derby ringsum konsolidierte. Wenn Keeneland vorbei war, zog man ein wenig weiter hinauf nach Louisville. Buddy war einmal zuvor in Keene-

land gewesen, aber sein Pferd hatte sich da einen kleinen Knochenriss zugezogen (so eine Kleinigkeit, an der außer Derbyhoffnungen nichts und niemand sterben konnte), und deshalb hatte er es nie nach Louisville geschafft.
Alle im Stall wollten nach Keeneland, und zwar sehr gern, ja sie brannten darauf. Der Jockey sah die Höhe der Preisgelder in all diesen Rennen, in denen er vielleicht reiten konnte, schon als sichere Anlage für seine Rentenversicherung. Marvelous Martha war bei all ihrer Erfahrung nur einmal in Keeneland gewesen und auch damals nur zu Fuß. Als zweiundfünfzigjährige Arbeitsreiterin eines Derbykandidaten, dazu noch einer Stute, in Keeneland zu reiten, das würde eine Geschichte, die neben der denkwürdigen Gelegenheit stehen konnte, als sie auf einem matschigen Acker in Irland ein Pferd über ein 1,50 Meter hohes Hindernis gebracht hatte, und zwar im Dunkeln, nur von den Scheinwerfern von zwei PKWs und einem Pferdetransporter beleuchtet. Ohne einen Balken abzuwerfen. Leon war sich bewusst, dass ihn in Keeneland niemand kannte, deshalb konnte er da einen neuen Anfang machen und sich so zeigen, wie er immer sein wollte. Deedee wollte nur, dass sie verdammt nochmal alle aus Südkalifornien verschwanden und sie in Ruhe ließen.
Andrea Melanie, die Jason dazu überreden sollte, für alles zu bezahlen, war der Meinung, sie alle seien auf dem seligen Weg zu ihrem Starauftritt im berühmtesten Siegerehrungsring in Amerika.
Buddy machte sich immer wieder klar, dass Keeneland eine Etappe war und nicht das Ziel an sich. Zuerst rief man den Tex-Sutton-Pferdetransport an, dann verfrachtete man die Stute mit ihrem Pfleger und ihrem Zubehör in einen Pferdetransporter, dann wurde sie über die Rampe ins Flugzeug geführt und in ihre Box gestellt. Die Rückwand der Box wurde befestigt, und dann wurden rund elf weitere Dreijährige – manche berühmter, manche weniger berühmt als Residual – in ihre Boxen gebracht. Die Pfleger holten ihre Schlafsäcke hervor und ihre Kühltaschen und Zeitschriften und Getränke und machten es sich in den Gängen zwischen den Reihen von Pferden bequem.
Nachdem sie ihre Bedürfnisse hinsichtlich Unterbringung und Ernährung gegen die Chance einer ganz neuen Erfahrung in der Pferdewelt

abgewogen hatte (sie war schon FedEx und KLM geflogen, aber noch nie Tex Sutton), beschloss Marvelous Martha mitzufahren, und das war gut so.
Residual stieg natürlich ruhig in den Transporter und ruhig wieder aus, stand ruhig am unteren Ende der Flugzeugrampe und ließ sich ruhig ins Flugzeug führen. Sie war eingepackt wie ein Geburtstagsgeschenk, mit grünem Pelz über Hals und Nase, grünen Bandagen um Beine und Schweif, einer weichen, leichten grünen Decke, die sie von Brust und Widerrist bis zum Schweifansatz einhüllte. Sie war das drittletzte Pferd, das hineingeführt wurde, sie stand an der Außenwand, gleich bei der Rampe. Sie hatte kein Beruhigungsmittel gebraucht, aber Marvelous Martha hatte dennoch für alle Fälle ein paar Spritzen in der Tasche. Es war eine Grundregel im Umgang mit Pferden, dass man sich Zeit lassen musste, aber um 9 Uhr früh hatten sie geladen, und das Flugzeug rollte zur Startbahn, nur anderthalb Stunden nach dem planmäßigen Abflug. Sobald sie in der Luft waren, begannen Residual und ihre beiden Gefährten an ihren Netzen mit Lieschgras zu schnuppern, und Marvelous Martha öffnete ihre Kühltasche. Sie hatte einen Bananen-Himbeer-Shake mit Apfelblütenhonig, zwei Scheiben Rosinenbrot mit Frischkäse, eine kleine Thermoskanne mit Preiselbeersaft, ein paar Kräcker und ein Glas mit gefilte Fisch. Das baute sie alles vor sich auf. Als Lektüre hatte sie sich das »Chakra- und Kundalini-Arbeitsbuch« von Jonn Mumford mitgebracht. Die anderen Pfleger und Arbeitsreiter waren halb so alt wie sie und bei weitem nicht so gut ausgestattet. Sie hatte gerade das Kapitel aufgeschlagen, in dem es um die Aufladung des Solarplexus ging – was in jeder mit Pferden verbundenen Tätigkeit von Nutzen sein konnte –, als sie den ersten dröhnenden Klang hörte. Sie dachte sich nichts dabei. Residual über und neben ihr zuckte kurz mit den Ohren und wandte sich dann wieder dem Fressen zu. Dann ertönte wieder ein Knall. Marvelous Martha blickte auf. Ein paar andere – Menschen und Pferde – blickten auch auf und nach vorn. Es knallte wieder. Marvelous Martha biss noch einmal in ihr Rosinenbrot, dann packte sie alles sorgfältig wieder in die Kühltasche und schloss sie. Sie war ein methodischer Mensch. Sie stand auf, tätschelte Residual den Hals und schlenderte nach vorn, zur ersten Reihe der Boxen. Was sie dort sah,

gefiel ihr nicht. Ein brauner Hengst warf den Kopf hin und her, rollte mit den Augen und zitterte. Jedes Mal, wenn die Metalltrennwand zwischen ihm und den Pferden rechts und links neben ihm quietschte oder auch nur vibrierte, zuckte das Pferd zusammen und bäumte sich auf. Der Pilot hatte den Vorhang zwischen Cockpit und Laderaum zurückgezogen und sprach mit dem Pfleger. »Ja, ich hab ihn gespritzt«, sagte der Pfleger.

»Gib ihm noch was.«

»Weiß nich, Chef, vielleich fällt er um. Weiß nich.«

»Sind Sie allein bei dem Pferd?«

»Ja, Chef. Das Pferd vorher immer brav. Nie so.«

Ein paar andere Pfleger standen herum. Als Marvelous Martha sich näherte, traten sie auseinander. Sogar der Pilot war jünger als sie.

»Kann ich helfen?« sagte sie.

»Das Pferd muss ruhig gestellt werden«, sagte der Pilot.

Marvelous Martha trat an das Pferd heran, und es nahm sie wahr. Das war ein gutes Zeichen. Sie streichelte ihm über den Hals und den Kopf, nahm seine Ohren in die Hände und betastete die Spitzen. Es ließ sie gewähren, aber als die Trennwand wieder quietschte, sprang es wieder auf. Sie fragte den Pfleger, ob sie dem Pferd noch eine Spritze geben könne. Er zuckte mit den Schultern. »Gib dem Pferd noch eine Spritze«, sagte der Pilot. Sie gab dem Pferd noch eine Spritze.

Aber es half nichts. Auch als ein paar Minuten vergangen waren und das Beruhigungsmittel hätte wirken müssen, zitterte das Pferd noch immer und rollte mit den Augen. Marvelous Martha konnte nicht feststellen, ob es am Klang der Wand lag oder an der Vibration oder an dem Metall selbst. Sie streichelte das Tier und redete auf es ein. »Entspann dich, Schätzchen. Es ist alles gut. Du bist ein braver Junge.« Das Pferd stieg 20 Zentimeter in die Höhe und der Anbinderiemen riss. Das versetzte ihn in noch größere Angst, und er bäumte sich wieder auf. Die Pferde neben ihm wurden unruhig, diejenigen hinter ihm beobachteten das Geschehen aufmerksam. Der Innenraum des Flugzeugs schien plötzlich sehr klein, sehr voll und sehr krisenanfällig. Sie hatten jetzt eine Stunde Flug hinter sich und waren irgendwo über Arizona. Der Pfleger des Pferdes beugte sich vornüber und erbrach sich. »Wie heißt du?«, fragte Marvelous Martha.

»Maurilio«, stöhnte er.
»Maurilio, sieh mich an. Fass deine Handgelenke so und drück die Daumen auf diese Stelle hier, dann geht es dir besser.«
Er befolgte ihren Rat.
»Geht's besser?«
»Sí.«
»Dann mach das jetzt sauber.«
Aber das Pferd schnaubte und stampfte und warf den Kopf hin und her. Man hatte die Wahl, dachte Marvelous Martha: ein wütendes Pferd, ein stures Pferd, ein furchtloses Pferd, ein Pferd in Panik. Und ein Pferd in Panik war etwas, dem man auch in einem langen Leben mit Pferden nie begegnen wollte, denn Pferde in Panik konnten sehr übel sein. Sie hielt sein Halfter fest, als er den Kopf hochwarf, und er hob sie tatsächlich vom Boden hoch. Sie fühlte die Kraft des Adrenalins, das in diesem einen Augenblick durch ihn pumpte. Sie zog den Vorhang zwischen Cockpit und Pferd zurück und sagte: »Er lässt sich kaum noch im Zaum halten. Was machen Sie dann in der Regel?«
»Ihn erschießen oder landen.«
»Ist das jetzt die Wahl?«
»Das müssen Sie entscheiden.«
Marvelous Martha betrachtete das Pferd. Es war schweißüberströmt. Von dem heftigen Stampfen waren ihm die Bandagen unter die Hufe gerutscht, und zwei hingen lose hinab, aber natürlich ging niemand in die Box, um sie zu richten. Er riss jetzt an seinen Riemen, und die beiden Pferde hinter ihm begannen jetzt auch zu schwitzen. Panik konnte sich in einer Herde mit der Geschwindigkeit eines einzigen Herzschlags verbreiten, und in der Tat übertrug sich Panik auch durch das laute Pochen des Herzens. Die Information, die immer am schnellsten zwischen zwei Pferden ausgetauscht wurde, war: »Höchste Zeit zu fliehen«. Der Hengst stieg wieder. »Höchste Zeit, sich zu entscheiden«, sagte sie.
»Dann lande ich«, sagte der Pilot.
Sie landeten in Texas, in West-Texas, auf einer Landebahn, die sich kaum von den graugrünen Beifußsträuchern der umgebenden Prärie unterschied. Es war windig. Junge Ochsen standen wiederkäuend hinter einem Stacheldrahtzaun und starrten. Ausgeschlachtete Lie-

ferwagen lagen herum. Es war heißer Mittag. Sie hatten kein Wasser. Alle Pferde mussten ausgeladen, alle Boxen auseinander genommen werden. Das Pferd, das in Panik geraten war, musste mit seinem Pfleger dort bleiben, es dauerte eine ganze Stunde, bis alles telefonisch für ihn geregelt war. Die anderen Pferde mussten umhergeführt werden. Sie wollten das Gras probieren, das wenigstens grün war, aber sie durften nicht hingehen, weil der Boden voller Kuhlen war und überall Schrott herumlag. Frustration und schlechtes Benehmen sprang von einem Pferd zum anderen über, und obwohl Residual das Tier war, das sich am besten benahm und am besten versorgt war, war sie diejenige, die getreten wurde, und zwar mitten ins rechte Sprunggelenk. Als Marvelous Martha Buddy später davon erzählte, sagte sie nicht, dass sie es hatte kommen sehen, aber das hatte sie. Eine der Stuten drängte sich nach hinten an eine andere Stute, etliche Meter von Residual entfernt. Residual kümmerte sich nicht darum, aber ihr Pfleger, ein guter Pfleger, wollte sie von dem Gerangel fern halten und führte sie ein Stück weiter, und da kam die böse Stute mit ihrem Pfleger, den sie neben sich herschleifte, und sie marschierte direkt auf Residual zu und warf sich herum und versetzte ihr einen Tritt. Wenn das kein Karma war, dachte Marvelous Martha, was war es dann?

Kapitel 61
Ein Albtraum

Im Laufe der Jahre, rund fünfundvierzig waren es jetzt, sein ganzes Leben lang, hatte Dick immer wieder festgestellt, dass es oft irgendeine Kleinigkeit gab, der man anfangs gar keine Bedeutung beimaß, die dann aber plötzlich aus der Versenkung auftauchte und einen vernichtete. Er wusste, dass »vernichten« ein starkes Wort war, aber es war das Wort, das er wählte. Es war so: Am Tag nach dem Rennen in Paumonok kam der Starter zu ihm und sagte in verhältnismäßig sanftem Ton: »Dieser Epic Steam braucht noch etwas mehr Starttraining.

Er hat gestern das Rennen verzögert, und das möchte ich nicht noch einmal haben.«

Dick hatte natürlich genickt. Manche Pferde brauchten mehr Starttraining. Die Startmaschine war ein beängstigendes, gefährliches Ding, die technologische Antwort auf die zweitälteste Frage im Pferderennen – nach dem »Wer war der Schnellste?« kam immer »Sind alle gleichzeitig gestartet?«. Die Benutzung der Startmaschine bei lebhaften, gut konditionierten jungen Vollblütern war noch das Beste, was man aus einer schwierigen Situation machen konnte. Pferde fielen in der Startbox um, hin und hintenüber, und selbst wenn nichts dergleichen passierte und sie gut aus der Startbox sprangen, war die Belastung ihrer Rücken, Becken und Hüften beim Sprung aus dem Stillstand in einen Galopp etwas, das weder Gott noch die Natur vorgesehen hatten. Auch wenn Dick das alles einsah, bewirkte das noch lange nicht, dass Epic Steam auch nur ein Jota bereitwilliger in die Startmaschine einrückte.

Mit einem feinen Gespür für den Druck, den er in jeder beliebigen Situation ausüben konnte, benutzte der schwarze Hengst die Aufmerksamkeit, die sein Gefolge diesem Dilemma widmete, um auf mannigfache Weise zu demonstrieren, wie wenig er sich für das, was sie mit ihm vorhatten, erwärmen konnte. Dick versuchte auf Frankie zu hören, der natürlich am häufigsten mit dem Pferd in der Startbox war. »Wenn er reingeht, geht er rein. Wenn er nich reingeht, geht er nich rein«, sagte Frankie. Dick erkannte zwar das Tautologische dieser Aussage, gleichzeitig hatte sie aber auch etwas sehr Wahres an sich. Die Frage, die sich stellte, war: Wie viele Versuche machte man, um zu sehen, ob er reinging? Einerseits verstimmte jeder Versuch das Tier nur noch mehr. Andererseits gab es das oberste Prinzip im Pferdetraining, das besagte: Je mehr einem Pferd gestattet wird, seinen Kopf durchzusetzen, desto deutlicher begreift es, wie sich seine Stärke zu der der Menschen und seine Fähigkeit einzuschüchtern zu der der Menschen verhält.

Als oberstes Prinzip im Pferdetraining war das bei Epic Steam natürlich seit seiner Geburt angewendet worden. Er verstand es sehr gut als das oberste Überlebensprinzip: Jedes Mal, wenn ein Mensch den Schmerz hoch schraubte, musste das Pferd den Widerstand hoch schrauben. Der Schmerz ist nie so groß, dass Widerstand unmöglich ist, vielmehr ist es so, dass umso mehr Widerstand erforderlich ist, je größer der Schmerz ist. Epic Steam war ein gut trainiertes Tier. Er deutete Schmerz immer als Zeichen, dass etwas bevorstand und er sich bereithalten musste.

Deshalb kam es, dass er am ersten Tag des Starttrainings, als Frankie ihn nur ein wenig fester als üblich in die Startbox drängen wollte, die Ohren anlegte und die Vorderbeine steif machte und sich fünf, sechs Meter vor der offenen Tür der Box weigerte, einen Schritt weiter zu tun.

Frankie schwenkte die Gerte.

Das Pferd rollte mit den Augen und warf den Kopf hin und her.

Frankie sagte in rauem Ton: »Los, rein da!«

Das Pferd machte einen Schritt zurück.

Frankie wollte schon die Gerte auf die Flanke des Pferdes sausen lassen, aber dann besann er sich doch eines Besseren und rief ein paar Starthelfer herbei. »Na gut, fangen wir von vorne an«, sagte er. Er ließ das Pferd im Kreis nach links, dann im Kreis nach rechts gehen. Er ließ ihn von der Startbox weg, um die Startbox herum gehen. Die Männer öffneten die Startbox vorne und hinten und traten einen Schritt zurück.

Das Pferd ließ sich nicht reinlegen. Sobald Frankie »Startbox« dachte, blieb das Pferd wie angewurzelt stehen. Frankie zwitscherte ihm zu, gab ihm einen leichten Tritt, schloss die Augen und versuchte sich zu entspannen. Das Pferde stieg.

Frankie knallte auf den Boden.

Frankie war unverletzt.

Das Pferd lief fünf, sechs Schritte weiter, dann blieb es stehen und drehte sich um.

Nur dieser eine kleine Beweis von Interesse an ihm hielt Frankie davon ab, die Geduld zu verlieren. Er stand auf, winkte die anderen Männer zur Seite und ging auf das Pferd zu. Er nahm die Zügel über seinen Kopf und führte ihn zurück zu der offenen Startbox und dann hindurch.

Jemand warf ihn auf das Pferd, und er ließ das Pferd wieder durch die offene Startbox gehen, diesmal mit ihm auf dem Rücken. Danach sagte er: »Na gut, das reicht jetzt. Ich will mein Glück nicht auf die Probe stellen.«

Frankie hatte es gut gemacht, dachte Dick. Aber das änderte nichts daran, dass das Pferd nach dem ersten Tag Starttraining mit seinem Starttraining weiter hinterherhinkte als noch beim Rennen.

Fünf Tage später saßen Dick, Frankie und Herman Newman hinter verschlossener Tür in Dicks Büro und besprachen, was geschehen war. Zu diesem Zeitpunkt sah Herman Newman noch eher verwirrt als unglücklich aus. Dick wusste, dass sich das ändern würde. »Also, das hat nun leider dazu geführt, dass das Pferd für die Rennbahn gesperrt ist.«

»Erklären Sie mir noch einmal, was das heißt«, sagte Herman Newman.

»Epic Steam darf in Belmont nicht mehr trainieren und nicht mehr starten. Er hat einen Mann brutal angefallen.«

»Ich sehe sein Verhalten eigentlich nicht als brutal, also, ich verstehe, was er getan hat, aber …«

Jetzt machte Frankie den Mund auf. »Ich hatte sein Maul gut im Griff. Ich hatte so ein Gefühl, dass er etwas vorhatte, deshalb hatte ich ihn fest im Griff, aber er hat mich direkt aus dem Sattel geschleudert …«

»Brutal ist so ein starkes Wort …«

»Das ist ein Wort, das wir so benutzen«, sagte Dick und war sich ganz bewusst, dass er log. »Wir wissen, dass das Pferd keine brutalen Absichten hatte.«

»Also, erklären Sie mir das nochmal. Dieser Mann …«

»Der Starthelfer …«

»Er war mit ihm in der Startmaschine.«

»Ja, er hielt seinen Zaum.«

»Und du warst da, Frankie.«

»Ich wartete darauf, dass das Tor aufging.«

»Er langte rüber und packte den Mann am Hemd.«

»Und er hat ihm ein Stück aus der Brust gebissen«, sagte Dick.

»Und er hat ihn runtergezogen, unter seine Hufe. Oder der Mann ist gefallen.«

»Mr. Newman«, sagte Dick behutsam, »ich glaube, dass er den Mann heruntergerissen hat.«

»Aber das wissen wir nicht. Wir können nicht die Gedanken des Pferdes lesen.«

Doch, das können wir, dachte Dick.

»Und dann ist er auf den Mann getreten und hat ihm den Fußknöchel gebrochen.«

»Herman«, sagte Dick. »Mr. Newman …«

»Er ist auf ihn gestampft«, sagte Frankie. »Das machen Hengste so. Er ist auf ihm herumgestampft und hatte nicht vor aufzuhören. Er ist voll auf ihm herumgestampft …«

Dick warf Frankie einen Blick zu. »Aber so war es doch«, sagte Frankie.

Dick sagte: »Vollständige männliche Pferde können sehr aggressiv sein.«

»Vollständige?«

»Pferde mit Hoden.«

»Ach so. Dann ist es eine sexuelle Sache.«

»Ja.« Dick empfand eine kurze Erleichterung.

»Dann lassen wir ihm einfach die Hoden abschneiden, und die Sache ist in Ordnung.«

»Aber er ist gesperrt. Auch wenn er kastriert ist, darf er nicht mehr zurückkommen.«

»Aber wenn wir wissen, was das Problem ist, und das in Ordnung bringen, ich verstehe nicht …«

»Vielleicht hätten wir es vorher tun sollen, Mr. Newman. Aber jetzt ist es zu spät. Er hat einen Starthelfer brutal zugerichtet. Für die Rennbahnverwaltung ist das ein ganz klarer Fall.«

Jetzt verfiel Herman Newmans Gesicht. Sie saßen zu dritt schweigend da.

»Also, warten Sie mal, Dick«, sagte Herman Newman, »war da etwas mit dem Pferd, das Sie mir nicht gesagt haben, ich meine mit seiner Gemütsverfassung?«

Dick blickte rasch auf, dann weg, dann wieder hin. Alles, was er über das Pferd gesagt hatte, kam ihm wieder auf die Zunge. Unberechenbar, talentiert, launisch, nicht freundlich, versuchen Sie nicht, ihn zu strei-

cheln, geben Sie ihm keine Karotten oder Leckerbissen. Damit könnte er sich verteidigen, und einen kurzen Augenblick lang war er sehr versucht, das auch zu tun. Stattdessen sagte er: »Nun, ehrlich gesagt, Mr. Newman, ich glaube, ich habe Ihnen die Tragweite des problematischen Temperaments dieses Pferdes nicht klar genug dargestellt.«
»Das ist ein Schweinehund«, sagte Frankie.
»Wir haben eine Zeit lang gedacht, wir hätten ihn im Griff«, sagte Dick.
»Ich bin enttäuscht«, sagte Herman Newman. Dick wusste das, und er wusste auch, dass seine Enttäuschung nichts mit dem Derby oder Triple Crown oder dem Geld zu tun hatte, sondern dass es eine persönliche Enttäuschung war, die mit Dick selbst zu tun hatte. Seine Beschämung darüber war schneidend und schmerzhaft, aber zumindest war sie eindeutig. Dann brachte er ihm die eigentlich schlechte Nachricht bei. »Wahrscheinlich wird das Pferd an keiner guten Bahn mehr zum Training oder zum Start zugelassen. Im letzten Sommer hat es bereits einen Zwischenfall in Hollywood Park gegeben.«
»Sagen Sie das nochmal.«
»Ich glaube nicht, dass ich Ihnen davon schon erzählt habe.«
»Wurde jemand bei dem Zwischenfall verletzt?«
»Nein.«
»Da bin ich erleichtert.«
»Jedenfalls ist es so, dass Epic Steam als Pferd bekannt ist. Er hat mehrere Rennen gewonnen, darunter auch Paumonok, er war ein aussichtsreicher Kandidat für das Derby« – erstaunlich, wie er das so seelenruhig im Imperfekt aussprechen konnte – »und deshalb werden auch andere Rennbahnen nicht wollen, dass er dort trainiert oder startet.«
»Nicht wollen? Sie wollen ihn nicht, aber er kann?«
»Nein. Sie wollen ihn nicht, und er kann nicht.«
»Das ist sehr hart, dass man ihm nicht mal eine Chance gibt.«
»Ach«, meldete sich Frankie, »das Pferd hat einen Haufen Chancen gehabt. Das ist ein großer Schweinehund, dieses Pferd.«
»Das hast du gesagt«, sagte Dick.
»Ich sag's auch nochmal«, sagte Frankie. »Aber das soll nicht heißen, dass ich ihn nicht leiden kann. Ich kann ihn gut leiden.«

»Es ist alles so krass«, sagte Herman. »Es muss doch irgendeine Berufungsmöglichkeit geben.«
»Nein, die gibt es nicht«, sagte Dick. Er sah Herman Newman direkt in die Augen. Er nahm sein Gesicht fast in die Hände. Er sagte laut und deutlich: »Das Pferd ist erledigt, Mr. Newman.«
»Ich kann es kaum glauben«, sagte Herman Newman.
Ach, dachte Dick. Ach.
»Was machen wir jetzt?«
»Normalerweise würde ein Besitzer ihn verkaufen. Er hat einen guten Stammbaum und hat ein paar gute Rennen gewonnen. Gestüte kennen sich im Umgang mit solchen Tieren aus. Sie könnten Ihre Investition teilweise, vielleicht sogar ganz wieder hereinholen ...«
Herman Newman starrte ihn an. Das ist ein Mann, der nie einem Kind ein schlechtes Spielzeug verkauft hat, dachte Dick. Was um alle Welt hat er im Pferdegeschäft zu suchen?

Kapitel 62
Justa Favor

William Vance war wieder in Chicago, die Pferde standen in einem hübschen neuen Stall in Hawthorne, und der Frühling war gar nicht mehr weit, der Skip-Trial-Hengst genas rasch, und seine Pferde brachten ihm Geld ein, und er selbst konnte sich gar nicht mehr so recht an den Gemütszustand erinnern, in dem er sich in Louisiana befunden hatte. Es ließ ihm keine Ruhe, dass er Justa Bob so verloren hatte, ein Pferd, nach dem ihn jedermann in Chicago fragte, sobald er zurück war. Was ihm am meisten zu schaffen machte, war die Tatsache, dass das Pferd nach dem Rennen so gelahmt hatte. Hatte sein Schuldbewusstsein den Eindruck verstärkt? Oder abgeschwächt? Hatte das Pferd mit dem Kopf gebaumelt oder nicht? Hatte der Hufbeinbruch seines neuen Pferdes ihm die Vorstellung suggeriert? Je mehr er darüber nachdachte, desto unzuverlässiger wurde seine Erinnerung. Sein neuer Gemütszustand ließ ihn darauf vertrauen, dass er, der vor kurzem noch gemeint hatte, ein Pferd nicht halten zu können, das er schon besaß, jetzt ein Pferd wieder finden konnte, das verschwunden war.

Das Pferd stand nicht mehr in Fair Grounds. Das erfuhr er nach einer Woche der Nachfragen bei der dortigen Rennleitung. Er war auch auf keiner anderen Bahn in Louisiana, nicht in Louisiana Downs, nicht in Delta Downs, nicht in Evangeline Downs, wo manche Pferde trainierten, auch ohne dass es Meets gab. Und William konnte sich nicht mehr auf den Namen des Trainers besinnen, der ihn gekauft hatte, es war irgendetwas Französisches, glaubte er, ein typischer Louisiana-Name wie Delahoussaye oder Desormeaux, aber das war es nicht. Fing der Name mit D an? Er wachte nachts auf und versuchte, sich zu erinnern.

Bei diesem Vorhaben war seine Erfolgssträhne nicht von Vorteil. Er hatte jetzt zweiunddreißig Pferde im Stall, und sie liefen gut und gewannen. Er hatte Besitzer, mit denen er sprechen musste, und Reiter, denen er Anweisungen geben musste, und Jockeys, die er anheuern musste, und das alles fügte sich zu der hektischen, angenehmen Geschäftigkeit, die seine nagende Sorge verdrängte. Doch sobald es ruhig wurde und keiner mehr im Büro war, den man anrufen oder kontaktieren konnte, kehrte sie wieder. Er setzte kleine Anzeigen in *The Blood Horse* und die *Thoroughbred Times*: Informationen erbeten, brauner Wallach, sieben Jahre alt, Name Justa Bob von Bob's Dusty aus Justa Gal, von Rough Justice. Fünfhundert Dollar Belohnung.

Fünfhundert Dollar hätten Justa Bobs neuen Besitzer R. T. Favor, geb. Robert Biddle, brennend interessiert, aber er war ein Mann, der weder Lektüre pflegte noch Abonnements unterhielt und sich zwar als Pferdetrainer betrachtete und ab und zu, wenn er Geld hatte, ein Pferd kaufte, aber zurzeit mit keiner bestimmten Rennbahn verbunden war. Er hielt das Pferd in einem heruntergekommenen Stall außerhalb von Houston, und das Beste, was man über ihn sagen konnte, war, dass er das Pferd vorläufig nicht aktiv übel behandelte. Er fütterte es, gab ihm Wasser und Unterkunft und machte seine Box sauber, wenn er daran dachte. R. T. Favor war ein Mann mit vielen Namen

(das Pferd hatte er beispielsweise unter dem Namen Ronald de Montrière gekauft, auf den seine in Louisiana ausgestellte Besitzerlizenz lief) und einem Vorstrafenregister, das so lang war wie ein kleiner Roman, doch unter jedem Namen legte er ein aufbrausendes Temperament und Liebe zum Alkohol an den Tag. Er war kein Mensch, der den Dingen auf den Grund gehen wollte, und sah auch keine Veranlassung, Justa Bobs Lahmen, das an einem Riss im Vorderfußwurzelgelenk lag, einem Tierarzt zur Begutachtung vorzuführen, der womöglich eine Röntgenaufnahme gemacht hätte, die, wie alle Untersuchungen, mehr offenbart hätte, als R. T. wissen wollte. Er glaubte an die heilsame Wirkung von Boxenruhe, und das fügte sich auch gut, denn zu dem Stall, wo Justa Bob jetzt untergebracht war, gehörte kein Auslauf. Justa Bobs Lahmheit war typisch für das, was ihm immer passierte, behauptete R. T. gerne: Er hatte Pech mit Pferden, Ehefrauen, Freundinnen, Eltern, Chefs und Komplizen, obwohl er sich immer so bemühte. Und überhaupt, wie sollte er jetzt ein Pferd trainieren, da er alle möglichen Geschäfte abzuwickeln hatte.
Justa Bob war nicht unbedingt unglücklich über die Verhältnisse, in denen er sich befand. Die Box war eng und das Futter war verdächtig (er fraß, was ihm gesund vorkam, und ließ den Rest liegen), aber jede herausgebrochene Latte und jedes fehlende Brett gaben ihm die Möglichkeit, die Bekanntschaft mit R. T.s anderem Pferd namens Doc's Big Juan zu vertiefen, einem fünfjährigen Quarterhorse-Wallach, ein kräftiger Fuchs mit einer Laterne, blauen Augen und einer beträchtlichen Gelenkabnutzung in den Fessel- und Vorderfußwurzelgelenken. (Mal wieder typisch, sagte R. T. achselzuckend dazu.) Die beiden Pferde standen oft Nase an Nase oder Nase an Widerrist und knabberten hier und da aneinander, wobei sie die hervorstehenden Nägel, Drahtenden und abgebrochenen Bretter ringsum umgingen. Sie dösten. Sie behielten im Blick, was im Stall vor sich ging, und mieden so weit wie möglich die ruhelose Gegenwart von R. T. Favor. (»Nicht mal die verdammten Pferde können mich leiden«, bemerkte R. T., nahm es aber nicht persönlich.) Hätte Justa Bob gerne von Doc's Big Juan Abschied genommen, um in bessere Verhältnisse in Chicago zurückzukehren? Schwer zu sagen. Die Tiefe einer Bindung zwischen Pferden lässt sich genauso schwer messen wie der Wert einer solchen Bindung für das

restliche Wohlbefinden eines Pferdes. Man hätte jedoch nicht behaupten können, dass Justa Bob unglücklich war. Er war zwar nur ein Pferd, aber eine Einbuße begriff er genauso gut wie jeder andere.

Alle Geschäfte, an denen R. T. Favor bastelte, fielen ins Wasser, er konnte es nicht fassen. Einer lieferte ihm das völlig Falsche, und er musste es auslöffeln. Einer, der ihm Geld schuldete und ihm versprochen hatte, es ihm zurückzuzahlen, ließ sich nicht blicken, und als R. T. zu dem Motel kam, wo er wohnte, war der Mann abgereist. Dann erklärte seine Freundin, sie würde jetzt zu ihrem alten Freund zurückkehren, und sie behielt seine Matratze und seinen Lattenrost – beides von Sears und noch in bestem Zustand –, bis er ihr ein paar Dinge wiedergab, die ihr gehörten, die er aber vor zwei Monaten einem Freund verkauft hatte, ohne sie zu fragen. Es war an der Zeit, sich wieder dem Pferdetraining zuzuwenden, dachte R. T. Eines Tages kam er früh am Morgen – verdächtig früh, was Justa Bob anging – zum Stall und trug Sattelzeug über dem Arm. Er blickte über die Tür der Box und sagte: »Hallo, ihr Burschen, Zeit, dass ihr ein bisschen Geld verdient«, und warf den Sattel auf den Boden. Dann ging er einen Kaffee trinken.

Zwei Stunden später kam er zurück. Es war jetzt heller Morgen, und R. T. war ein wenig gereizt, weil er sich auf diese Sache mit einer Kellnerin eingelassen hatte. Das passierte manchmal, wenn man bloß eine Tasse Kaffee trinken und sich um nichts anderes kümmern wollte. Aber dann fing man an, mit der Kellnerin zu flirten, und sie war so eine dumme Ziege, und das stachelte einen an, und dann versuchte man, sie zu necken, nur ganz harmlos, und dann war es so, dass man nicht einfach gehen konnte, bevor man dieser Ziege ein Lächeln entlockt hatte, und das dauerte manchmal seine Zeit.

Und jetzt war es heiß. R. T. trat den Sattel beiseite, legte dem Fuchs das Halfter an und zog ihn aus dem Stall. Er war fett. R. T. wusste nicht mehr, wie lange es her war, dass er das Pferd gekauft hatte. War es nicht irgendwann im Januar gewesen, als er mit diesem Geschäft Geld gemacht hatte? Na ja, nichts tat einem Pferd so gut wie zwei, drei Monate Boxenruhe. Das Pferd scheute vor R. T.s unruhiger Gegenwart zurück, und R. T. riss heftig am Halfter. Justa Bob beobachtete sie. R. T. band den Fuchs an und bürstete ihn ab, dann kratzte er ihm die Hufe aus und sattelte ihn. Er ging zur anderen Seite des Stalls und holte einen Mann namens Lex, der Arbeitsreiter, Berater in Fragen von Pferdeverhalten und erfahrener Cowboy war, wie auf den Visitenkarten stand, die er sich hatte drucken lassen. Es gab nicht den geringsten Grund, warum er und Lex nicht zusammenarbeiten sollten, dachte R. T. Sie waren füreinander bestimmt.

Als Lex Doc's Big Juan zu der Arena traben ließ, die zu der Anlage gehörte (wenn er wieder Geld hatte, wollte R. T. die Pferde in einem richtigen Trainingszentrum unterbringen), wieherte Justa Bob ihnen hinterher. R. T., der noch nicht einmal besonders ärgerlich auf Justa Bob war, hob eine Bürste auf, warf sie gegen die Tür der Box und fauchte: »Halt's Maul.«

Und die üble Behandlung fing an.

MAI

Kapitel 63
Immer geht etwas schief

Sam zog eine lange Vinylmanschette über, schob den Schweif der Stute beiseite und ließ den Arm bis zur Schulter im Anus der Stute verschwinden. Sie machte einen kleinen Schritt zur Seite, aber war ansonsten geduldig. Krista konnte nicht hinschauen.
»Schöner Follikel«, sagte Sam. »Ich würde sagen, sie ist bereit.«
»Dann los«, sagte Krista.
Jetzt kam Pete mit Himself am Führzügel. Maia war zum Glück mit Kristas Mutter beim Einkauf. Kristas Mutter hatte sich bereit erklärt, in der Decksaison zu helfen, indem sie auf Maia aufpasste. Manchmal half sie mit dem Einkauf von Lebensmitteln.
Was für eine nette Stute, schien Himself zu denken. Seine Ohren waren aufgerichtet, sein Schweif war aufgerichtet. Er schien sich in elastischen kleinen Sprüngen vom Boden abzufedern. Die Stute flackerte mit den Augen wie verrückt, schlug den Schweif zur Seite, senkte die Lenden, und als er sie mit der Nase anstupste, schien sie zu sagen: »Ja, wirklich, ich bin bereit, bereit, bereit.«
Unverändert anmutig und manierlich streckte Himself seine Nase und kräuselte die Oberlippe. »Das hab ich mal bei einer Giraffe gesehen«, sagte Sam. »Im Zoo von St. Louis.« Die Stute ließ die Lenden um noch einen Zentimeter sinken, und Himself begann, am ganzen Körper zu beben. Krista fand, dass er herrlich schön aussah. »Dieser Bursche verleiht dem Wort ›Deckhengst‹ eine ganz neue Dimension«, brummte Sam vor sich hin, und dann sprang der Hengst auch schon ohne jeden Beistand von Helfern und Rutenmann und machte alles selbst. Die Stute stand empfangsbereit da, aber Krista starrte wie zwanghaft auf ihre Fesseln. Die Stute ruckte und hielt den Stößen

stand. Krista wusste, dass in Kentucky drei, vier Männer sich gegen die Brust der Stute stemmen würden, um sie zu stabilisieren. Krista zählte erst drei, dann vier Stöße und trat auf die Stute zu, weil sie erwartete, dass Himself jetzt absteigen würde, aber die Stöße gingen weiter, fünf, sechs, sieben. Pete und Sam wechselten einen Blick. Acht, neun. »Also, ich hab noch nie …«, sagte Pete.
Sam trat hinter Himself und schob die Hand zwischen die Hinterbeine des Pferdes. Zehn, elf. Zwölf. Zwölf Stöße war sehr viel. Die Schenkel des Hengstes bebten jetzt, aber es war kein Beben aus Begierde, sondern aus Erschöpfung. Und wenn er stürzte? Krista prüfte Himselfs Augen, um zu sehen, ob er sie zurückrollte, aber er sah geradeaus, mit starrem Blick, als ob er sich selbst Mut machen wollte. Er schnaubte und stieß und schnaubte und stieß.
»Keine Vibration«, sagte Sam.
»Das würde ich auch sagen«, sagte Pete.
»Das ist ein Fachausdruck. Keine Ejakulationsvibration. Hier.« Er schob Petes Hand zwischen die Beine des Pferdes. »Das ist ein Klopfen der Harnröhre.«
Das darf nicht wahr sein, dachte Krista. Auf Himselfs Rücken wellte sich die Haut zu einem Muster, und sie dachte unwillkürlich an große Gebilde wie Brücken und Straßen, die Verschleißerscheinungen zeigen, nachgeben und auseinander brechen. Sie schloss die Augen.
Aber das Pferd stieg einfach ab, wenn auch ein wenig unbeholfen, und die erigierte Rute schoss blass und glatt von den Hinterbeinen nach vorn. Er sah verwirrt und besorgt aus. Die Stute stöhnte vor Erleichterung, und Krista streichelte ihren Hals.
»Beweg sie ein wenig, dann geht's ihr besser«, sagte Sam.
Wieder ein Problem, dachte Krista. Mussten sie von jeder Absonderlichkeit heimgesucht werden, die es gab?
Himself sah vor allem sehr überrascht aus. Überrascht und müde. Er schüttelte ungeduldig den Kopf.
»Ejakulationsinkompetenz«, sagte Sam.
»Ist das eine Krankheit?«
»Nein, so etwas kommt gelegentlich vor. Schon gut. Schon gut. Ich mache jetzt etwas, was ich einmal bei deinem Großvater gesehen habe.« Er ging zu seinem Wagen.

Sam kam mit seinem Eimer aus rostfreiem Stahl, einer Nasenbremse, einer Rolle Gummischlauch, der Mundpumpe, dem Trichter und einer Halbliterflasche mit durchsichtiger Flüssigkeit. Im nächsten Augenblick hatte er Himself die Nasenbremse aufgesetzt, und Pete hielt ihn. Himself stand mit vorgebeugtem Kopf, halb schmerzvoll, halb lustvoll, ganz im Äther verloren. Es hätte genauso gut eine Kolikbehandlung sein können. Nur die Erektion verriet, dass es um etwas anderes ging. Sam nahm das Mundstück in den Mund und klärte den Schlauch. Schließlich goss er die durchsichtige Flüssigkeit langsam durch den Trichter in den Schlauch und damit in den Gaumen des Pferdes. Es war so still, dass Krista die Vögel singen und die Ahornbäume ächzen hörte. Krista seufzte selbst. Dann war Sam fertig und zog den Schlauch vorsichtig heraus. Pete lockerte die Nasenbremse. Himself kam zu sich und beugte sich vor, um die Lippe gegen das Knie zu reiben.

»Was war das?«, fragte Krista.

»Gin«, sagte Sam. »Er war bloß ein bisschen überdreht. Wir warten jetzt einen Augenblick, bis die Arznei wirkt.«

»Ein halber Liter?«, sagte Pete.

»Bei seinem Gewicht ist das nicht mehr als anderthalb Schnapsglas für uns. Wir werden sehen, was draus wird.«

Und das sahen sie. Es war sogar ziemlich gut, dachte Krista. Oder zumindest eine Erleichterung. Die Stute war kooperativ, die Ejakulation vibrierend. Krista brachte die Stute fort und gab ihr einen Beutel mit Karotten und eine schöne große Portion Wiesenheu. Als sie zurückkamen, kippten Pete und Sam ihre Gläschen, aber sie nahmen Bourbon und keinen Gin.

»Warum Gin?«, fragte Krista.

»Tja«, sagte Sam, »dein Großvater hat immer gesagt, Pferderennen ist ein englischer Sport mit einer langen Tradition. Gin muss die traditionelle Arznei gewesen sein. Ich betrachte es als eine Art veterinärmedizinisches Erbe. Es ist so ähnlich wie mit all diesen Pferden, die von Eclipse abstammen, es hat sich parallel dazu entwickelt.« Er betrachtete einen Augenblick lang sein Glas, es war eins von den Gläsern, die Krista und Pete zur Hochzeit bekommen hatten. Dann sagte er: »Mein Besuch heute war kostenlos. Diese Ginkur habe ich immer mal ausprobieren wollen. Prost!«

Kapitel 64
Ruhe und Frieden

Farley fand, dass es in Kalifornien immer ziemlich friedlich war, wenn das Triple Crown lief. Hollywood Park war offen, und die Pferde starteten, aber es war verschlafen, es gab nur wenige Stakes-Rennen und die besten darunter waren für Turf-Pferde. Die Presse war eben woanders und auch die führenden Industrien. Diese hatten es zu ihrer persönlichen Mission gemacht, Pferderennen dem allgemeinen Publikum zugänglich zu machen, wobei die Football-Nationalliga NFL ihr Muster und Fernsehen das Medium ihrer Wahl war. Farley hatte nichts dagegen einzuwenden, obwohl er persönlich die Meinung vertrat, dass Pferderennen auf der Rennbahn, Zeitunglesen, Standfotos, persönlich abgeschlossene Wetten und das Verfassen handschriftlicher Dankesbriefe natürlich zusammenhingen, während Football, Videos, Online-Wetten und das Nichtverfassen handschriftlicher Dankesbriefe auf andere Art zusammenhingen. Kurzum, da jeder, der jung, modern, gut gekleidet und ehrgeizig war, im Osten des Landes weilte, hatten die engagierten Akteure im Pferdemilieu die Rennbahn für sich. Und die engagierten Akteure hatten in ihrer stillen Art ziemlich viel für Limitless übrig.

Nach einem kalten Winter entsprach das Wetter in Pasadena ganz und gar den Erwartungen aller, die dafür bezahlten, dass sie dort leben konnten. Es war mild, hell und hoffnungsvoll. Farley war auch hoffnungsvoll. Er und Joy standen jeden Morgen nach Sonnenaufgang auf und fuhren zum Stall. Seine sechsundvierzig Pferde waren hellwach und zur Arbeit bereit, und sie arbeiteten gut. Jeden Tag oder jeden zweiten Tag ließ er ein paar nach Hollywood Park transportieren und dort starten. Nach dem Rennen transportierte er sie wieder zurück. Oder auch nicht. Verkaufspferde kamen und gingen. Er fand auch allmählich wieder Gefallen an dem Spiel. Joy widmete sich Limitless. Er kam genauso fit von der Ranch, wie er hingefahren war. Farley hatte keinen regelmäßigen Arbeitsplan für ihn und ließ Joy entscheiden, wenn sie mit ihm draußen auf der Bahn war, ob er laufen wollte oder nicht. Anfangs fand Farley es beunruhigender, als er erwartet hatte – er, der immer gedacht hatte, er habe ein Gespür für die Bedürfnisse der einzelnen Pferde –, aber als Joy an zwei aufeinander folgenden Tagen sagte, er wolle gerne laufen und dann am dritten Tag auch wieder, sträubte er sich. Das Pferd war jung und töricht. Es wusste nicht, wie es sich selbst belastete. Zu seinem Besten …

»Aber er hat solchen Spaß dabei«, sagte Joy. »Ich schlage ihm nicht gerne etwas ab. Ich meine wirklich …«

»Als Rosalind gesagt hat, wir sollten ihn machen lassen, was er will, hab ich nicht damit gerechnet, dass er so viel verlangt.«

»Du sagt doch sonst, sie haben immer Rennen im Kopf.«

»Ich bin auch derjenige, der meint, er ist durch und durch gesund. Was wäre, wenn er …«

»Was wäre, wenn … Das ist mein Spruch, nicht deiner. Wenn man jeden Satz mit den Worten anfängt: ›Was wäre, wenn …‹, dann kriegt man Prozac verschrieben.«

»Wirklich?« Farley freute sich über jeden Witz von Joy. »Dann lass ihn machen. Wir tun jetzt so, als gäbe es kein Was-wäre-wenn.«

Sie ritt ihn zur 1400-Meter-Marke und ließ ihn laufen. Er jagte achthundert Meter über die Bahn, dass die Funken flogen, dann trabte er mit aufgerichteten Ohren herum, als warte er auf eine Runde Applaus. Am Nachmittag führte sie ihn aus und ritt mit ihm spazieren. Manchmal blieben sie ein paar Stunden aus. Er konnte sich nicht verkneifen zu sagen: »Ich mag es nicht, dass ihr einfach davonspaziert. Was wäre, wenn …« Als wäre seine Angst, dass sie ihm entgleiten konnte, nur allgemeine Vorsicht.

Sie lächelte.

Er hielt den Mund. Einerseits hieß es immer, wenn man einen bösen Ausgang erwartete, würde er auch eintreten. Andererseits hieß es, man sollte sich für alle Widrigkeiten wappnen. In seinem Alter hätte er sich eigentlich schon sein Urteil über den relativen Wert solcher Binsenweisheiten bilden müssen, aber sie schienen alle gleichermaßen möglich, ebenso wie Redensarten wie »Wer vom Teufel spricht«, »Reden ist Silber, Schweigen ist Gold« und »Steter Tropfen höhlt den Stein«.

Drei Wochen nachdem das Pferd zum ersten Mal gelaufen war, ließ Farley es ein zweites Mal starten. Diesmal belief sich das Preisgeld auf achtundvierzigtausend Dollar. Immer noch ein Ausgleichsrennen. Roberto brachte ihn lässig mit drei Längen Vorsprung ins Ziel. »Gut, jetzt hast du ihn zweimal geritten«, sagte Farley. »Jetzt sag mir, wie er gerne läuft.«

»Du siehst ja, Boss …«

»Ich sehe, was ich sehe, aber du sollst es mir sagen.«

»Also, er ist ein Endspurtler. Er nimmt's in den ersten Abschnitten gerne leicht. Also, in der Zeit, wenn wir hinten in der letzten Gruppe hängen, habe ich das Gefühl, er denkt an gar nichts. Er amüsiert sich nur. Sieht zu, wie die anderen sich abmühen. Er selbst setzt keinen Stich Arbeit ein, nicht das, was man sich unter Arbeit vorstellt.«

»Er hat einen ganz schönen Sprung. Du solltest ihn nicht nur reiten, sondern dir auch mal anschauen.«

»Es geht glatt, Boss. Bloß ein bisschen uneben. So um den 600-Meter-Pfosten dann wacht er auf, sucht eine Öffnung und zieht rein. Ich habe das Gefühl, dass er die anderen Pferde gar nicht als Pferde betrachtet. Bei den meisten ist es ja so, sie sehen, wie ein Pferd auf der Außenseite näher kommt, und darauf fixieren sie sich, und dann wollen sie auch dahin. Das hab ich so oft gesehen, wenn ich auf einem Pferd nach vorn ziehe. Er rollt mit den Augen, bis man das Weiße sieht, und er guckt dein Pferd an und sagt: ›Mit mir nicht, Kumpel.‹ Aber der Bursche hier, der betrachtet sie nicht mal als Pferde.«

»Vielleicht sollte er in einer besseren Klasse laufen.«

»Das glaub ich auch, Boss. Aber abgesehen von der Sache mit seinem Maul ist es so, dass er nicht gern früh auf Tempo geht. Ich würde ihn nicht drängen wollen, wenn er mit Pferden läuft, die ihn in den ersten Abschnitten abhängen.«

Er schickte ihn für eine Woche auf die Farm, und zehn Tage später stufte er ihn höher für ein Sechzigtausend-Dollar-Rennen, aber immer noch in Ausgleichsgesellschaft. Rosalind erschien, um sich das Rennen anzusehen. Al war wieder in Usbekistan, aber Rosalind rechnete damit, dass er bald nach Hause kommen würde. Am Morgen standen die Wetten auf Limitless drei zu eins. Beim Start war er der Favorit mit zwei zu drei. Joy saß neben Rosalind und musterte sie ab und zu verstohlen. Sie bewunderte das verhaltene Lächeln an ihr, das einen Glanz und ein Strahlen über ihr Gesicht warf, als sie auf die

Startboxen schaute. Farley saß auf Rosalinds anderer Seite. »Das Problem ist, dass er bald keinen Ausgleich mehr hat«, sagte er. »Wenn er dieses Rennen gewinnt, muss ich ihn in einem Stakes-Rennen starten lassen.«
»Das hört sich gut an«, sagte Rosalind. »Meinen Sie, er schafft es nicht? Er bringt doch eine tolle Leistung.«
»Und zwar oft«, sagte Joy.
Farley blickte angestrengt auf die Bahn hinaus und strich sich mit der Hand über den Bart. »Aber bei ihm ist es wie mit einem Geschenk, das man auspackt«, fuhr Joy fort. »Manchmal will man es ein wenig hinauszögern. Das finde ich jedenfalls.« Sie streckte hinter Rosalind den Arm aus und griff nach Farleys Hand. Er drückte ihre Finger. »Ich finde das nicht«, sagte er.
»Was finden Sie denn?«
»Bei diesem Pferd habe ich in den letzten Wochen nach und nach ganze Brocken meines angesammelten Wissens über Pferdetraining aufgegeben.«
»Was zum Beispiel?«
»Zum Beispiel, dass sie nicht zu oft arbeiten sollen, dass langer, langsamer Galopp besser für das Pferd ist als häufige Arbeit, dass der Jockey das Pferd reitet und dies und das von ihm verlangt und so weiter.« Er lächelte. »Dass ein Pferd auf der Rennbahn zweiundzwanzig Stunden am Tag in der Box steht.« Er grinste. »Dass ich weiß, was in diesem Pferd vorgeht.«
»Nicht mal Elizabeth und Mr. T. wissen, was in diesem Pferd vorgeht«, sagte Joy.
»Wer ist das?«, fragte Rosalind.
»Mr. T. ist der Schimmel in der Box neben dem Büro, und Elizabeth ist unsere Expertin für Tierkommunikation.«
»Und was sagen die?«
»Tja, Elizabeth sagt, dass Mr. T. Limitless nicht erkennt. Sie kriegt nicht aus ihm heraus, was er damit meint. Wenn er ein Bild von Limitless an sie verströmt, ist sein Umriss nur teilweise ausgefüllt.«
Rosalind sah sie an. »Wie lustig«, sagte sie.
»Glauben Sie auch an diese Kommunikation mit Tieren?«
»Ich weiß nicht. Aber seine Züchterin hat zu mir gesagt, seine Augen

kämen ihr so vor wie die einer Frau, die im nächsten Augenblick ihren seidenen Morgenmantel zu Boden gleiten lässt.«
»Und außerdem habe ich immer gedacht, ein großes Pferd hätte auch eine starke Persönlichkeit«, fuhr Farley fort. »Klar markierte Eigenheiten sind angeblich ein Zeichen von Intelligenz und Selbstbewusstsein bei einem Pferd. Aber er ist irgendwie … farblos.«
Die Pferde näherten sich der Startmaschine. Joy sah, wie Limitless an lockerem Zügel in die vierte Box trat. Die anderen Pferde gingen wie normale Pferde hinein, also mehr oder weniger von ihren Jockeys gedrängt. »Er zeigt keine Zuneigung«, sagte sie. »Wenn er mich sieht, wiehert er nie freundlich, er scharrt nur, bis ich das Führseil anlege. Ich glaube, er hätte eine starke Persönlichkeit, wenn er nicht so in Gedanken versunken wäre.«
Die hinteren Tore der Startboxen klappten nacheinander zu. Einen Augenblick herrschte Stille, dann dröhnender Lärm, als die Tore vorne aufflogen. »Wir haben einen guten Start«, hallte die Stimme des Ansagers durch die reglose Luft.
Rosalind nahm an, dass es einen Interessenkonflikt darstellte, wenn sie ihre Kräfte bei einer Gelegenheit zum Einsatz brachte, an der ihr eigenes Pferd beteiligt war, deshalb verzichtete sie darauf, Signale auszusenden. Sie lehnte sich mit ganz unbelastetem Kopf in ihrem Sitz zurück und legte die Hände in den Schoß. Sie wünschte nichts. Neben ihr sagte Farley: »Schön locker.« Nach dem ersten Achtel des 1400-Meter-Rennens hatte das Pferd Nummer eins die Führung übernommen, und das Pferd mit der Nummer zehn war ihm dicht auf den Fersen. Dann kam eine geschlossene Gruppe von vier weiteren Pferden. Der Nächste war Limitless, gefolgt von drei Pferden in einer Reihe hintereinander. Sie dachte an die Einstellung, die sie jahrelang zu Rennen gehabt hatte – ein Rennen war ihr wie das andere vorgekommen. Ein paar Pferde, die liefen. Meistens zogen die, die erst hinten waren, nach vorn und gewannen. Oder das Pferd, das von Anfang an vorn gewesen war, blieb auch vorn. Immer und immer wieder dasselbe Muster, von Nummer eins bis Nummer vierzehn, in verschiedenen erdfarbenen Tönen. Besitzer, Trainer, Jockeys, Wetter jubelten oder seufzten oder fluchten oder weinten, und dann war es Zeit für das nächste Rennen, und dasselbe Muster wiederholte sich. So sehr auch jeder Beteiligte

das Resultat für seine persönliche Sache halten mochte, es war etwas Unpersönliches, die Nummern mussten in irgendeiner Reihenfolge ins Ziel gehen, das Muster musste sich zu irgendetwas fügen, acht- oder neunmal am Tag, Woche um Woche, Jahr um Jahr, Jahrzehnt um Jahrzehnt. Wie langweilig sie das früher gefunden hatte, nie hatte sie glauben wollen, dass es die große Oper oder das große Abenteuer war, das andere darin erblickten. Aber jetzt hatte sie für die Variationen zu dem Thema ein Gespür entwickelt. Für ein schönes und spannendes Rennen brauchte man kein großes Preisrennen oder bekannte tolle Pferde. Man brauchte nicht einmal eine Wette abgeschlossen zu haben. Man musste nur aufmerksam beobachten. Jedes Rennen fügte sich zu einem Bild, einer Geschichte, einem Muster. In diesem Fall bestand das Bild aus zwei Füchsen, die Kopf an Kopf vorne liefen, und aus Limitless, der nach außen zog, die zweite Gruppe überholte und die Pferde, die führten, ins Visier nahm. Die Geschichte entspann sich aus dem Augenblick, auf den er seine entscheidende Bewegung gelegt hatte. Er hatte ein paar hundert Meter weit überhaupt keine Aufmerksamkeit gezeigt, das konnte man auch ohne Fernglas sehen, und dann legte er zu und zog gleich mit dem zweiten Pferd, das vielleicht von der bereits zurückgelegten Strecke müde war, ihn auf der Geraden anrempelte und erschreckte. Der Aufbau war adagio, vivace, Pause, adagio, während Limitless sich von dem Stoß erholte, aber er fing sich nicht schnell genug und ging als Dritter durchs Ziel. Auf der Tafel blinkte das Wort »Untersuchung« auf, Farley sprang auf und rannte zur Bahn hinunter, und das Rennen wurde zu einem Streitfall.

»Ich habe schon gemerkt, dass er Körperkontakt überhaupt nicht mag«, sagte Joy. »Es überrascht mich gar nicht, dass er beleidigt war, als er angerempelt wurde.«

Die Nummern erschienen, Limitless blieb auf dem dritten Platz. Rosalind und Joy gingen hinunter zu den anderen, die auf der Bahn standen.

Farley schüttelte den Kopf. »Er ist nicht angerempelt worden«, sagte er. »Er hat nur gemeint, er würde angerempelt.«

»Rührmichnichtan«, sagte Rosalind.

Der Jockey, Roberto hieß er, sah sie an und nickte.

»Ich habe Ihnen ja gesagt, er ist sehr eigensinnig«, sagte Rosalind.

Farley sah sie an, als sie hinter dem Pferd und dem Pfleger unter der Tribüne hergingen. »Alle großen Pferde waren so. Das muss allerdings noch nichts heißen.«
»Lassen Sie ihn einfach machen, was er will«, sagte Rosalind. Am nächsten Tag reiste sie für eine Woche nach Sri Lanka. Ihre Galerie war zwar schon ziemlich voll, aber sie hatte es gern, wenn es voll gestopft aussah, wie eine Schatzkiste. Limitless reiste auf die Ranch.

Nachdem Limitless eine Woche auf der Ranch gewesen war, beschloss Farley, ihn einfach unauffällig nach San Francisco zum California Derby zu bringen. Es war ein Stakes-Rennen auf Grasboden, aber kein Gruppenrennen; die Presse war jetzt in New York und machte Wind um das Belmont-Rennen. Es war eine gemächliche Dreistundenfahrt von der Ranch aus. Das Preisgeld betrug 150 000 Dollar mit Zulage, und es waren Rosalind und Al, die durch Farley die weiteren 22 500 an Nachzüglergebühr zulegten. Das Wetter war regnerisch, und der Boden war weich, damit war Limitless bei seinen vier Starts in Kalifornien zum ersten Mal konfrontiert.
Das Pferd war besonders unruhig in seiner Box. Als Joy ihn herausholte und im Kreis bewegte, sie selbst eine kleine triefende Gestalt in ihrem langen dunklen Regenmantel, verlor Farley fast den Mut, es durchzuziehen. Aber er fand es interessant, dass das Pferd den lastenden Nebel nicht weiter beachtete. Als Rosalind ihn aus Capri anrief, um sich nach dem Pferd zu erkundigen, sagte sie: »Ach ja, das habe ich Ihnen noch gar nicht gesagt – im letzten Jahr war er auf der Trainingsfarm in Maryland den ganzen Winter über draußen. In Regen, Eis und Schnee. Kein Wetter hat ihm etwas ausgemacht.«
Das erklärte alles. Während die anderen Pferde, größtenteils kalifornische Züchtungen, im Rennen nur ungläubig auf den Boden starrten, galoppierte Limitless im Eiltempo zum Sieg. »Ich glaube, er ist bloß froh, nicht im Stall zu stehen«, sagte Joy, eingemummt in Mantel und Pferdedecke.
Farley rief Rosalind in Nizza an, und Rosalind rief Al in Helsinki an.

»Al«, sagte Rosalind, »ich glaube, wir sind in derselben Zeitzone.«
»Wirklich? Wo bist du denn, Rozzy?«

»Ich bin in Nizza. Erinnerst du dich noch an das Hotel, in dem wir damals mit deinen Kindern gewesen sind? Da bin ich.« Sie war nur deshalb dort abgestiegen, weil ein anderes Hotel ausgebucht war, aber dann erschien es ihr wie ein schicksalhafter Zufall, dass sie damit an eine angenehme Zeit erinnert wurde, die sie gemeinsam verbracht hatten.
»Das war ein gutes Hotel. Und es war eine tolle Reise damals, nicht? Da wurde noch nicht so viel gejammert. Wie viel Uhr ist es?«
»Kurz vor sieben.«
»Dann krieg ich wahrscheinlich gleich meinen Weckanruf.«
»Das ist dein Weckanruf, Al.«
»Dann weck mich auf.«
»Tja, also …« Rosalind zögerte. »Ich drehe mich jetzt um und kuschele mich an dich …«
»Können wir diesen kratzigen kleinen Hund aus dem Bett werfen?«
»Wir können sie sanft auf den Boden setzen.«
»Gut. Das kann ich machen. Du schmiegst dich also an mich. Ich hab diese Shorts an, die du mir geschenkt hast. Sonst nichts. Was hast du an?«
Rosalind war nackt. »Ich habe ein Seidennachthemd an, das ich letzte Woche in einem Antiquitätengeschäft in Paris gekauft habe. Es ist Ekrü mit ein wenig Spitze am Kragen.«
»Ekrü ist eine Art Beige, oder?«
»Ja.«
»Wie lang ist es?«
Rosalind dachte einen Augenblick lang nach. Dann sagte sie einer plötzlichen Eingebung folgend: »Kurz.«
»Mhm«, sagte Al. »Hast du was drunter an?«
Und obwohl sie nackt war und seit zwanzig Jahren mit Al verheiratet war und das hier angefangen hatte und außerdem noch log – trotz alledem wurde sie rot. Aber dann machte sie weiter. »Hm, nein.« Und das stimmte.
»Ich lege jetzt meinen Arm um dich und mit der anderen Hand fange ich an, mit deinem Haar zu spielen. Du hast nämlich tolle Haare, Rozzy. Das ist angenehm.«
»Ja, es ist sehr angenehm. Und ich mag den Geruch an deinem Hals.

Ich glaube, dein Kinn ist ein bisschen borstig.« Was sie sagte, rief ihr plötzlich in Erinnerung, wie vertraut ihr Als Geruch und Haut waren. Das war doch viel wert, oder nicht? Die Welt war so voll mit neuen Dingen, dauernd suchte man nach neuen Dingen, betrachtete Neues. Aus dem Schlaf gestört, wand sich Eileen zwischen den Laken heraus und sprang mit einem kleinen Plumps auf den Boden. Rosalind hörte Als Stimme im Ohr: »Meine Brust ist so behaart und deine Haut ist so, so, so …«

»Unbehaart?«

»Äh, ja. Das hab ich irgendwie immer gern gehabt.«

Rosalind lachte.

»Da kommt mein Weckruf. Ich kann hören, wie sie versuchen, auf der anderen Leitung durchzukommen. Ich hab gleich einen Termin.«

»Ich auch.«

»Aber leg noch ganz kurz dein Bein über meines. Ich drehe mich jetzt ein wenig zu dir herüber und lege dir die Hand aufs Gesicht.«

Rosalind schloss die Augen, die Vorstellung seines Verlangens ergriff plötzlich von ihr Besitz.

»Das ist gut«, sagte Al. »Ach, Rozzy.«

Rosalind drehte sich wieder auf den Rücken. Eileen sprang aufs Bett, ganz dicht vor ihr Gesicht, und starrte sie an, die Ohren aufgerichtet, Augen und Nase wie kleine schwarze Knöpfe. Rosalind musste sich eingestehen, dass ihr nicht wohl bei der Sache war. Etwas Neues ging vor. Ihr fiel von ferne wieder ein, warum sie sich damals in Al verliebt hatte. »Weißt du was, das Pferd hat das Stakes-Rennen gewonnen«, sagte sie. »Das California Derby. Sehr weicher Rasen.«

»Das hätte ich gern gesehen.«

»Ich auch.«

»Ich wünschte, wir hätten es zusammen gesehen. Was hat er gewonnen?«

»So um die Hunderttausend.«

»Wer weiß. Ist das mein Pferd für den Breeders' Cup?«

»Ich weiß nicht, Al.«

»Also, ich habe wirklich ein Pferd für den Breeders' Cup verdient.«

Dann legte er auf, und Rosalind legte auf, aber danach dachte sie den ganzen Tag, während sie Kunst einkaufte und mit Künstlern sprach und Soupe de poisson und Hühnchen mit gerösteten roten Paprika aß, immer wieder: Wer weiß? Ja, wer weiß?

Limitless stand in dem Transporter, der ihn zurück zur Ranch brachte, und schaute aus dem Fenster. Er fühlte sich in dem Wagen zwar eingeengt (er stand in einer Box von 1,20 mal 2,80 Meter Größe, den Kopf neben einem Heunetz angebunden, aus dem er manchmal einen Bissen schnappen konnte und manchmal nicht), aber empfand nicht dieselbe Unruhe wie in einer normalen Box. Zum einen spürte er die Bewegung des Fahrzeugs über die Straße durch seine Hufe, Knöchel und Beine aufsteigen. Wenn er sich in diese Bewegung vertiefte – und es wäre ihm nie in den Sinn gekommen, das nicht zu tun –, schläferte ihn das sanfte Schaukeln ein. Zum anderen erkannte er durchaus, dass die Landschaft draußen vorüberzog, dass er sich auf ähnliche Weise durch die Landschaft bewegte, als ob er auf seinen eigenen Beinen lief, und das war auch beruhigend. Er war Limitless. In seinen drei Lebensjahren hatte es keinen Augenblick gegeben, in dem er Bewegung nicht intuitiv als gut und richtig empfunden hatte.
Von diesen Grundtatsachen einmal abgesehen, erkannte er auch die Landschaft. Heiß, flach, unten goldbraun und oben strahlend blau. Es war die Landschaft der Freiheit. Irgendwo in dieser Landschaft würde der Transporter anhalten, die Rampe würde heruntergelassen, der Anbinderiemen würde ihm abgenommen, und er würde sich an einem Ort absoluter Behaglichkeit befinden, was für ihn nichts mit Hitze, Kälte, Regen, Obdach oder Hunger zu tun hatte (obwohl er hier Obdach hatte und auch beste Nahrung in Hülle und Fülle), sondern damit, dass er sich hier nach Herzenslust bewegen, laufen, traben, galoppieren, sich aufbäumen, bocken, ausschlagen, sich wälzen und grasen konnte. Wie jedes Genie, und er war ein Genie, wie seine Rennerfolge einmal beweisen sollten, hatte er weniger einen Plan als ein alles überstrahlendes Ziel. Das war eine Unausgewogenheit seiner Natur, die an chemischen Prozessen im Hirn oder am Aufbau seines Nervensystems im Ganzen liegen mochte. Sein Ziel war das Laufen. Und er hatte Glück. Er hatte nicht nur die Absicht zu laufen, er konnte auch laufen, oder vielleicht verhielten sich Ursache und Wirkung umgekehrt, und er konnte laufen und hatte deshalb die Absicht zu

laufen. Diese Endlosschleife summte unaufhörlich weiter: Er konnte laufen, er lief, er wollte laufen, er konnte laufen. Wie für alle Genies war das Ziel für ihn vordringlich, der Ansporn war unmittelbar und stark. Der Dreijährige vergaß nie, dass er sich bewegen wollte. Essen, Schlafen, Stuten beobachten, allgemein der Umgang mit Menschen oder Pferden, Stillstehen für ein Bad oder andere Prozeduren – das alles waren nur vorübergehende Ablenkungen von seinem eigentlichen Ziel, das er im Körper, im Denken, im Herzen spürte: Bewegung, Bewegung, Bewegung. Wie alle Genies hatte er keinen Sinn für Relativität, er konnte auch keinen Sinn für Relativität entwickeln und schien nicht einmal zu verstehen, dass es so etwas wie Relativität gab. Und deshalb erkannte er die Ranch als einen Ort, an dem er glücklich war oder zumindest doch fast vollkommen in dem Zustand der Entspanntheit, der sich einstellt, wenn man die ganze Zeit das tut, was man als Ziel anstrebt.

JUNI

Kapitel 65
Nicht Irland

In der Broschüre für die Kreuzfahrt, die Deirdre im Reisebüro in Silver Spring bekommen hatte, war die Rede von malerischen Bergen, herrlichen Fjorden, der bezaubernden, lebendigen Goldrausch-Stadt zwischen Gebirge und Meer. Es war auch die Rede von russischen Kirchen, phantastischer Flora und Fauna, dem großartigen Nordlicht und natürlich von allabendlicher Unterhaltung und erstklassiger internationaler Küche. Das Beste an den zwei Wochen aber wurde nicht einmal erwähnt, nämlich dass es weit und breit keine Pferde gab. Keine Pferde im Flugzeug, keine Pferde auf dem Kreuzfahrtschiff, keine Pferde in Juneau, keine Pferde dort, wo die Gletscher zu Eisbergen zerbrachen und ins Meer hinaustrieben. Man konnte Pferde in die Arktis und sogar die Antarktis bringen – dieser Brite namens Scott hatte sogar versucht, Ponys zum Südpol mitzunehmen, so eine typisch britische Schnapsidee –, aber Pferde in der Arktis zu halten war ein so durch und durch fruchtloses Unterfangen, dass es nur ein Mensch mit einem unüberwindlichen Drang zur Selbstzerstörung versuchen würde. Deirdre hoffte, keinem solchen Menschen zu begegnen und in diesen ganzen zwei Wochen kein Pferdewesen zu sehen, zu hören, zu berühren oder mit irgendeinem sechsten oder anderen höheren Sinn wahrzunehmen.

Sie nahm allerdings zur Kenntnis, dass man in Hanoi zurzeit eine Rennbahn baute.

Die Broschüre pries außerdem auch an, dass man mit den übrigen Passagieren und der freundlichen und geselligen Besatzung sehr viel Spaß haben würde. Verbittert und ungesellig, wie sie war, fasste Deirdre das als Aufforderung auf, alles, was sie zur eigenen Unterhaltung brauchte, selbst mitzuführen. Sie durchkämmte die Buchläden im nächsten Einkaufszentrum und erwarb schließlich vier Bücher mit insgesamt 7123 Seiten, das waren 123 Seiten mehr, als sie brauchte, wenn sie zwei Wochen lang jeden Tag zwanzig Stunden am Tag 25 Seiten pro Stunde lesen würde. Die Bücher waren »Shakespeares Gesammelte Werke«, Clerk und Siegels »Die Modernen Literaturen der nicht-westlichen Welt«, Braudels »Kapitalismus und Zivilisation« und Webers »Wirtschaft und Gesellschaft«. Sie gestand Tiffany zwar, sie hätte von den Autoren noch nie etwas gehört, aber das spielte wahrscheinlich keine Rolle. Diese Behauptung stimmte zwar nicht ganz, aber Tiffany glaubte ihr trotzdem. Auf dem Schiff stellte sie fest, dass sie bei ihrer Gewohnheit, um fünf Uhr morgens aufzustehen, in Anbetracht des Zeitunterschieds und trotz Max Weber, Fernand Braudel und Konsorten um zwei Uhr früh hellwach war und zu der Zeit, wenn das Abendessen serviert wurde, fest schlief. Das Gute daran war, dass man dadurch noch weniger Kontakt mit anderen Menschen haben musste. Ihre Kabine lag auf der Innenseite und war ungefähr halb so groß wie eine Stallbox. Sie hatte ihre Kleider in den Schrank gehängt, ihre Bücher neben dem Bett aufgestapelt und ihre Schuhe neben der Tür aufgestellt. Die Kabine war so klein, dass sie sie an eine Anachoretenzelle erinnerte, die sie mal in Irland gesehen hatte. Anachoreten ließen sich im Alter von etwa dreizehn Jahren einmauern und siebzig Jahre später, wenn sie tot waren, hinaustragen. All die Jahre dazwischen verbrachten sie damit, für die Seelen derer zu beten, die sie dort eingesperrt hatten, und wer wollte behaupten, dass ein solches Leben weniger erfüllt war als andere?

Sie legte sich aufs Bett und bemerkte, dass sie bereits seit einiger Zeit das lautlose Dröhnen der Schiffsmotoren spürte und dass sich das Schiff bewegte. Sie knipste das Licht aus. Jetzt war die Kabine dunkel. Sie schloss die Augen und öffnete sie. Die Kabine war in beiden Fällen gleich dunkel. Sie schloss die Augen wieder, dann öffnete sie sie wieder. Sie fragte sich, ob man wirklich siebzig Jahre brauchte, um jeden Gedanken auszulöschen.

Im Allgemeinen galt es als weise, an den Dingen die gute Seite zu sehen, das wusste Deirdre. Es gab keine Erfahrung, die nicht auch ihre gute Seite hatte. Der Tod zum Beispiel, den man allgemein als eine negative Erfahrung betrachtete, hatte unzählige gute Seiten. Bei jeder Beerdigung und jeder Totenwache wetteiferten die Trauernden darum, die guten Seiten zu entdecken. Nicht notwendigerweise im Leben des Verstorbenen (Soundso war ein hoffnungsloser Sünder ohne jeden Charme und obendrein auch noch hässlich), aber etwa in seinem Tod (es war wirklich höchste Zeit, dass die Familie und Verwandtschaft erlöst wurde), beim Leichenschmaus (wenigstens gibt's Kaviar oder Hühnchen oder vielleicht Thunfisch oder vielleicht auch nur Bier, Hauptsache flüssig) oder den Aussichten im Jenseits (Gott ist ja schließlich barmherzig, wenn er nicht unendlich barmherzig ist, wer ist es dann?). Gute Seiten gab es allenthalben. Besonders reichhaltig waren sie auf der Rennbahn vertreten, wo ständig aus heiterem Himmel Blitze einschlugen, die sich auf Träume ebenso verheerend auswirkten wie auf Scheckbücher. Die Mühe, ewig die guten Seiten zu erkennen, hatte sie wohl ausgelaugt?

Diese rumorende Dunkelheit hatte etwas Nettes an sich, fand sie.

Aber da sah sie schon wieder die gute Seite, sogar sie. Ja, sie langweilte sich auf diesem Schiff und sie war müde und fühlte sich beengt, und nachdem sie 2345 Dollar für diese Kreuzfahrt nach Alaska ausgegeben hatte, reute es sie heftig. Trotzdem, egal wie fest sie sich an ihren Ärger über diesen neuen sinnlosen und kostspieligen Entschluss – in ihrem bisher an solchen Fehlentscheidungen nicht armen Leben – klammerte, sie hatte automatisch diesen »Aber wenigstens«-Reflex. Wenigstens war diese stickige winzige teure Schachtel, in die man sie hier gesteckt hatte, in ein großes Bewegen und Lärmen eingebettet, die an sich eine flüchtige Aufregung boten.

Schockierend. Egal mit welcher Überzeugung man dem wahren Wesen der Dinge ins Auge blicken will, man kann nicht anders, man sieht die gute Seite.

Deirdre seufzte und schaltete das Licht an.

Es war eine Erleichterung, Tiffany nicht in der Nähe zu haben. Sie hatte sich überreden lassen, für Bill Trout zu arbeiten, aber da gab es für sie nur zwei Pferde zu striegeln, und das ließ ihr mehr als genug Zeit, sich mit großem Interesse Deirdres Kreuzfahrt zu widmen.

Das war auch so eine ermüdende Übung, ihre eigenen unermüdlichen Versuche, Tiffanys Aufmerksamkeiten zu deuten. Tiffany rief sie jeden Tag an, um sie etwas zu fragen, das sie genauso gut hätte Bill Trout fragen können. Tiffany ging mit ihr ins Einkaufszentrum und brachte sie dazu, sich ein paar hübsche Klamotten zu kaufen. Tiffany sah mit ihr die Reisekataloge an und fand das beste Angebot. Tiffany schenkte ihr eine neue Handtasche anstelle ihrer alten, die ihr zur dritten Hand geworden war. Tiffany holte sie ab, lud sie zum Frühstück ein und fuhr sie dann zum Flughafen. Tiffany gab ihr einen Abschiedskuss. Deirdre gab unumwunden zu, dass sie mit den Gepflogenheiten aus Tiffanys Herkunftsmilieu nicht vertraut war, deshalb war sie in einen Film gegangen, in dem eine schwarze Frau die beste Freundin der Hauptdarstellerin spielte, und sie hatte diesem Film entnommen, dass die außerordentliche Innigkeit von Tiffanys Freundschaft teils Dankbarkeit, teils ein Restbestand von Tiffanys Erziehung war, deshalb blieb sie vorsichtig. Da sie sich für einen von Natur aus vorsichtigen Menschen hielt, konnte sie nicht verstehen, warum ihr diese Vorsicht so schwer fiel. Die Schwierigkeit hatte aber vielleicht etwas damit zu tun, dass ihre Zuneigung zu Tiffany unverbrüchlich war wie ein Fels. Diese Zuneigung vereinigte alle Formen der menschlichen Liebe, die Deirdre bekannt waren, und sie kannte sogar ihre griechischen Namen, weil sie die entsprechende Schulbildung hatte. Da war philia, das war die Freundschaft, die sie für George empfunden hatte. Da war agape, das war ein weites, gütiges Gefühl, größer und inniger als Freundlichkeit, aber auf derselben Ebene. Und da war diese Art Liebe, wie man sie für Pferde empfand, ein ehrfürchtiges Staunen angesichts ihrer Schönheit, Kühnheit und Reinheit – dieses Gefühl weckte Tiffanys äußere Vollkommenheit in ihr. Und dann gab es Eros. Und das war Verlangen, oder nicht?

Nun ja, ihr Vetter George war so schwul, wie man nur sein konnte, und wer wusste schon zu sagen, welche von den vielen Cousins und Cousinen verschiedenen Grades auch diese Neigung hatten, und wer wusste zu sagen, dass es bei ihr nicht so war? Keiner der Männer – und es waren mehrere –, die mit ihr gegangen waren, wäre überrascht. Ein paar waren gut aussehende Burschen gewesen, gut gebaut und gutmütig und sogar, heilige Muttergottes, voller Zuneigung, und es hatte auch hier und da einen seltenen Fall von Geschlechtsverkehr gegeben, und sie hatte immer gedacht, sie schlage ihrer Mutter nach, die das Ganze auch als eine Falle angesehen hatte, eine List der eigenen DNA, die sich um jeden Preis in die Zukunft ausbreiten wollte. Ihre Mutter, die Heilige, hatte drei Kinder und nicht mehr und hatte in Deirdres ganzer Kindheit ihr gegenüber nie das Wort Ehe erwähnt. Tiffany hatte eine Wirkung auf sie wie ein Finger auf einen Klumpen Lehm. Jedes ihrer Worte, jede Geste, jedes Lächeln, jede Berührung, jeder Augenblick ihrer Gegenwart veränderte Deirdres innere Gestalt. Nach außen hin wahrte sie denselben Ausdruck, dieselben Gewohnheiten wie immer, aber innen war sie eine formbare Masse, auf der jede Berührung ihre Spur hinterließ. Vielleicht würde sie hier, allein in diesem kleinen Raum, weit entfernt von Tiffany, die Entschlusskraft finden, die sie gegen Tiffanys Gegenwart stählen und auf ihren unvermeidlichen Abschied vorbereiten würde. Und wenn man die gute Seite davon sah, tja … dann wäre man doch wohl verrückt.

Deirdre stand auf, schlüpfte in ihre Schuhe und öffnete die Tür zum Korridor. Nicht weit von ihr führte eine Treppe rechts vom Korridor ab. Sie stieg hinauf. Sie hatte Rückenschmerzen. Das war ihr vertraut. Die Treppe führte zu einer geöffneten Tür mit einer hohen Schwelle. Sie spürte einen frischen Wind durch die Tür. Dahinter lag natürlich das Deck, das Meer und die treibenden Nebelschwaden, dünne Schleier, die in Fetzen hingen und den Blick auf einen zunehmenden Mond und Sterne freigaben. Sie war nicht allein auf Deck, obwohl es nach ihrer Uhr vier Uhr morgens war. Längs des Schiffs sah man die äußeren Zacken des Kielwassers im Licht aufscheinen, das wahrscheinlich aus den Kabinen fiel. Sie nahm an, dass sie nicht weit vom Land entfernt waren. In der Ferne sah sie weit auseinander liegende Lichtpunkte. Und jetzt merkte sie, dass die Dunkelheit eigentlich gar nicht dunkel war. Jenseits des Schiffshecks, am Horizont, war die Nacht schon vergangen. Es gehörte ja schließlich zu den Attraktionen dieser Kreuzfahrt, dass man immer weniger Nacht und schließlich gar keine mehr hatte. Deirdre wandte sich nach rechts und stapfte in Richtung Heck über das Deck, mit der linken Hand hielt sie sich am Geländer fest. Es war so ähnlich wie auf der Rennbahn, wenn man sich als Pferd zum 600-Meter-Pfosten aufmachte, wo man vom Reiter gewendet, auf die Außenbahn gelenkt und zum Galopp angespornt wurde. Weißt du noch, dachte sie bei sich. Weißt du noch, dieses Gefühl, das du als kleines Mädchen hattest, dass du Reiter und Pferd zugleich warst, auf deinen zwei Beinchen trabtest, galoppiertest und tänzeltest und kleine Sprünge vollführtest, wie du dich dann, wenn es zu wild oder ungebärdig wurde, mit einem leichten Tätscheln auf dem eigenen Rumpf beruhigtest. Am Spätnachmittag, wenn du müde wurdest, ließest du dich sorgfältig abkühlen, stelltest dich in den Stall, nicht ohne vorher die Mähne zu kämmen und dir eine Karotte zu geben. Wie lieb war ihre Mutter immer gewesen, sie gab ihr klein geschnittene Karotten und Äpfel und sogar Zuckerwürfel als kleine Leckerbissen für das Pferd in ihr und sie sagte ihr, egal wie sehr ihr Pferd sich danebenbenahm, am Schluss verdiente es immer eine Belohnung, denn das mit dem schlechten Benehmen war nicht so gemeint, es war nur ein kleiner Fehler, und morgen wäre ja ein neuer Tag, nicht wahr? Es war ein guter Rat, ein Pferd nie in den Stall zu stellen, wenn man böse mit ihm war, sondern ihm immer etwas Lobendes und Nettes zu sagen, ihm eine Kleinigkeit zu geben und es am Kopf zu kraulen. Das tat man, egal, was passiert war, und man selbst fühlte sich besser dabei und ging weg mit einem guten Gefühl für den nächsten Tag.

Deirdre konnte mit Fug und Recht behaupten, dass die Pferde sie gemocht hatten, dass sie gut mit ihr arbeiteten, dass sie, was auch immer sie an enttäuschten Hoffnungen und unerfüllten Erwartungen darstellten, sie willkommen hießen, auf sie zukamen, sie begrüßten, beobachteten, was sie tat. Früher einmal war das genug, mehr als genug gewesen. Man stand auf, warf ein paar Kleidungsstücke über und lief hinaus zum Stall, und egal, wie man sich gerade fühlte, ob man müde war, Geldsorgen, Schmerzen oder Angst hatte oder verhärtet war, die Pferde holten einen sofort raus mit ihren gespitzten Ohren und geblähten Nüstern. Natürlich warteten sie auch auf ihr Futter, manche schepperten mit ihren Futtereimern oder traten vor die Boxentüren und wussten verdammt genau, wenn man spät dran war – aber nur ein Dummkopf konnte meinen, dass ein Pferd nichts als ein Heu- und Haferverwerter war. Ach ja, sie fehlten ihr schon ein bisschen.

Sie war am Heck des Schiffes angekommen und schaute hinunter. Inzwischen war es hell genug und das Wasser hier in diesem Puget-Sund oder wie auch immer das heißen mochte, das Wasser hier war so klar, dass man die Schiffsschrauben sehen konnte, die sich stampfend drehten. Große Kiefern und immergrüne Nadelbäume lagen als dunkle Schatten über den fernen Hügeln. Der Mond war verblasst, und die Sterne waren verschwunden. Stattdessen kreischte hoch oben ein ganzer Schwarm von Möwen. Heilige Muttergottes, auf so einer Seefahrt gab es ganz schön viel Lärm. Sie drehte sich um und machte sich auf nach vorne, die Hand immer noch auf dem Geländer. Drei in Decken eingehüllte Passagiere lagen auf Liegestühlen und blickten aufmerksam in die Ferne. Sicher Naturfreunde, Menschen, die die Schönheiten der Natur zu schätzen wussten. Ihr Onkel, Georges Vater, war auch ein Naturfreund gewesen. Nach wilden Jahren war er wie alle anderen auch Bauer geworden, aber er stand da und betrachtete den Sonnenuntergang, ging abends hinaus, um sich die Sterne anzusehen, nahm die Kinder mit an den Strand, um ihnen zu zeigen, wie sich die Brandung auf den Kieseln brach, nur so, aus Spaß. Vielleicht brauchte er Trost für irgendetwas. Er musste wohl George ziemlich ähnlich gewesen sein. George, immer noch ihr treuer Freund, war jetzt seit zwei Monaten wieder in Irland, er hatte ihr mehrmals geschrieben, von seiner Arbeit in Coolmore berichtet, Geschichten erzählt, er fühlte sich rundherum ausgewogen, glücklicher. Glücklicher als was? Sie hatte nicht geahnt, dass er unglücklich war, aber es stimmte. Er hatte Trost für etwas gebraucht, und den hatte er jetzt.

Das Schlimmste war, dass man immer weiter man selbst sein musste. Alles, was man gelernt hatte, all die Einsichten, zu denen man gelangt war, bildeten eine Kruste um das Ich. Man hatte jede Lehre, die man lernte, für so wichtig gehalten, jede Lehre schien wie eine Vorbereitung auf etwas, wie sonst sollte man das Schmerzliche an diesen Lehren aushalten – aber zum Schluss fügten sich die einzelnen Teile nicht zu einem sinnvollen Lehrplan, und was man erworben hatte, war widersprüchlich und verwirrend. Immer wieder sah man Pferde, bei denen das der Fall war. Wenn etwa eine Freundin bemerkte, dass man selbst jedes Mal, wenn das eigene Pferd nervös und ungebärdig wurde, ihm beibrachte, dass es keinen Grund zur Unruhe gab, und trotzdem wurde es immer fahriger und schwieriger. Genau das, was man selbst war, vermittelte auch einem Pferd das schlechte Benehmen, und

daran konnte man mit Absicht, Wünschen oder Willenskraft nichts machen.
Auch mit dreiundvierzig war es da besser, das Handtuch zu werfen, zuzugeben, dass all das Starren auf die gute, schöne Seite, all die Versuche, aus Erfahrung klug zu werden, nur ein Ergebnis gezeitigt hatten: Man war nur noch mehr man selbst und dessen noch überdrüssiger.
Aber trotzdem, ihre Mutter hatte ihr klein geschnittene Äpfel und Karotten gegeben und in die Hand gelegt und gesungen: »Das Pony geht in seinen Stall, der Wagen wird weggebracht, wir hatten einen schönen Ritt rings um die Corwyn-Bucht. Jetzt lege ich mich in mein Bett, die Hunde um mich herum. Der Mond steht über dem Wiesenweg und in seinem Bau schläft der Fuchs.«

In Maryland standen Tiffany und Ellen unterdessen in der Mitte der Hauptreitbahn in Ellens Reitschule, während Audrey auf dem Pony Moses im Kreis ritt. Es war früh am Morgen, deshalb waren außer ihnen nur zwei Pfleger da, die gerade angefangen hatten, die Boxen sauber zu machen. »Sie wollte sich nicht verladen lassen«, sagte Tiffany. Die beiden Frauen sahen sich an und lachten.
»Musstest du zur Peitsche greifen?«
»Nur beim Kleiderkauf.«
»Das muss ein schönes Stück Arbeit gewesen sein.«
»Mädchen, ich habe eine Langmut gezeigt wie Hiob selbst, wie meine Mama zu sagen pflegt.«
Ellen schüttelte den Kopf.
»Ich möchte gerne über sie quatschen«, murmelte Tiffany. »Jetzt ist sie viertausend Meilen weit weg, vielleicht ist es da nicht so riskant.«
»Sie kriegt es immer heraus. Vor allem, wenn man es gut gemeint hat.«
Tiffany schüttelte den Kopf. Das Pony trabte in einem gleichmäßigen Kreis, einmal, zweimal, dreimal. »Gut, Audrey«, sagte Ellen, »ich stelle jetzt einen Kreuzbalken auf.«
»Einen Kreuzbalken!«, rief Audrey aus.
»Sogar Michael Matz fängt den Tag mit einem Kreuzbalken an!« Und dann, an Tiffany gewandt: »Fährst du nicht heute nach New York, um dein Pferd laufen zu sehen?«

»Ja, direkt von hier aus. Ich wollte nur …«
Audrey und ihr Pony trabten über den Kreuzbalken, blieben stehen und trabten in umgekehrte Richtung zurück.
»Mag sie mich leiden?«, sagte Tiffany. »Ich glaube schon, aber manchmal redet sie vier Tage lang nicht mit mir, und ich weiß nicht, was los ist. Ich habe für sie hart gearbeitet.«
»Als sie nach dem Rückgratbruch aus dem Krankenhaus kam, hat sie anderthalb Jahre nicht mit mir gesprochen. Ich habe sie jeden Tag im Krankenhaus besucht. Ich habe ihr Sachen gebracht, ihr Haus geputzt, mich um ihre Pferde gekümmert. Sobald es irgendwie möglich war, hat sie aufgehört, mit mir zu sprechen.«
»Wie hast du dich dabei gefühlt?«
»Sie hat mir gefehlt, aber weißt du, irgendwie hatte ich damit gerechnet. Sie war nicht undankbar. Sie hatte sich bei mir bedankt, und sie meinte es ehrlich. Aber es gibt eben Leute, die sehen alles nur in dem Licht der Frage, ob sie etwas verdienen oder nicht, und je mehr man ihnen gibt, desto weniger haben sie das Gefühl, dass sie es annehmen können, weil sie meinen, sie hätten jetzt aufgebraucht, was sie meinen, verdient zu haben. Wenn sie dir nichts zurückgeben können, verdienen sie nichts mehr, und dann sperren sie dich aus ihrem Leben aus.«
Audrey trabte noch einmal über den Kreuzbalken hin und her, dann ging Ellen zu dem Hindernis, ließ das eine Ende eines rot-weißen Balkens zu Boden fallen und hob das Ende eines blauen Balkens hoch in eine Sprungmulde, sodass ein kleines Vertikalhindernis entstand. »Mach das jetzt auch mal im Trab!«, rief sie.
Sobald das Pony sah, dass das Hindernis von der minimalen Höhe des Kreuzbalkens aufgestockt wurde, lebte es sichtbar auf, spitzte die Ohren und hob den Schweif. Er trabte gekonnt auf das Hindernis zu und hüpfte darüber. Audrey drückte die Fersen hinunter und legte die Hände in die Mähne des Ponys. Ein paar Schritte nach dem Hindernis brachte sie es zum Stehen und drehte um. »Gut, noch einmal«, sagte Ellen. Und dann zu Tiffany: »Glaub mir, Tiff, sie hat dich gern. Ich bin sicher, dass sie dich liebt.«
»Hat sie das gesagt?«
»Mir? Was stellst du dir vor? Sie würde sich lieber einen auf den Schä-

del geben lassen, als so etwas zuzugeben. Audrey, trab immer hin und her, bis ihr beide ganz entspannt dabei seid.«

Tiffany beobachtete Audrey. Sie sah, wie sie sich entspannte und konzentrierte. Wie merkwürdig das war, dachte sie plötzlich, mit ihren zwei Pferden an der Rennbahn fertig zu werden, dann hierher zu kommen, zuzuschauen, dann ins Auto zu steigen und nach Belmont zu fahren, um ihre Stute in einem Rennen laufen zu sehen, in dem sie gute Chancen hatte zu gewinnen. Wie merkwürdig das war: Irgendwann einmal sagte man ja, warum nicht, das versuche ich mal, und dann landete man irgendwo, wo man vorne, hinten, rechts und links nur Pferde sah. »Aber wenn sie mich gern mag«, fing sie wieder an, »ich meine, wenn ich jemanden mag, dann kann ich nicht genug von diesem Menschen bekommen. So ungefähr. Es ist wie mit den Pferden. Ich hatte eins, und dann wollte ich noch eins, und jetzt dreht sich fast alles nur noch um Pferde. Aber bei ihr ist es irgendwie so, wenn sie etwas mag, dann fängt sie an, sich davon zurückzuziehen und es von sich wegzuschieben.«

»Stört dich das?«

»Nein, eigentlich nicht. Ich verstehe es bloß nicht. Also, ich meine, nichts an ihr stört mich eigentlich. Sie ist witzig, und all diese aufgesetzten Sachen, die durchschaut man doch sofort. Sie würde nie jemanden verletzen wollen.«

»Weißt du was?«

»Was?«

»Menschen lieben sie. Pferde lieben sie. Sie will immer das Beste für jeden, und sie legt sich krumm, um zu erfahren, was für den anderen von Vorteil ist, selbst wenn es ihren eigenen Plänen in die Quere kommt. Ich weiß noch, als sie die Springpferde hatte, kamen die Leute und wollten Pferde kaufen, und sie sagte: ›Nein, Schätzchen, der Bursche ist nichts für dich. Er hat Überbeine, der hält kein Jahr mehr!‹ Und dann wunderte sie sich, warum sie so viele Pferde im Stall stehen hatte. An der Rennbahn ging es besser, weil die Pferde wenigstens gekauft wurden, und damit ließen sich erst mal eine Menge Rechnungen bezahlen. Weißt du was?«

»Ja?«

»Einen Augenblick!« Ellen erhöhte das Hindernis um eine Stufe, jetzt war es etwa 60 Zentimeter hoch. »Okay, mein Kind«, sagte sie zu Audrey. »Bitte im Trab.« Sie wandte sich wieder Tiffany zu. »In all den Jahren, seit ich Deirdre kenne, bin ich ihr nie böse gewesen. Das kann ich von keinem anderen Menschen sagen.«

»Ich bin ihr auch nie böse gewesen. Und ich habe eigentlich auch nie gesehen, dass George auf sie böse war, obwohl er ein paar Mal so getan hat.«

»Nun, siehst du. Aber sie ist mysteriös.«

»Was ist das?«

»Rätselhaft.«

»Wie hast du das genannt?«

»Mysteriös.«

»Das gefällt mir. Mysteriös. Das wäre ein guter Name für ein Pferd. Eine Stute von Secret Hello. Weißt du, was ich wirklich brauche, ist eine nette Zuchtstute, so für fünfundzwanzigtausend Dollar, dann würde ich mir ein Fohlen züchten, um es gleich nach dem Absetzen zu verkaufen. Wenn man sie so jung verkauft, macht man fast hundertprozentigen Profit, hat Bill gesagt. Mysteriös.«

»Du bist besessen.«

»Das musst du gerade sagen!«

»Ich bin fertig!«, rief Audrey. »Kann ich jetzt eine Sprungfolge reiten? Mit dieser Dreifachkombination? Nicht zu niedrig!«

»Wer ist hier besessen?«, sagte Tiffany und wies mit einem Kopfnicken auf Audrey und das Pony.

»Wir geben Audrey ein sehr schlechtes Beispiel«, sagte Ellen. Aber sie grinste dabei.

Inzwischen war es ganz hell. Die graue Dämmerung wurde immer blauer und heller und verhieß einen strahlenden windigen Morgen. Deirdre war unentschlossen. Der Sonnenschein tat ihr gut, dagegen konnte sie nichts machen, es war genau dieser biologische Reflex, der dem freien Spiel des Intellekts so im Weg stand. Sie war versucht, zurück in ihre Box zu gehen und sich dort neben ihre Bücher zu legen. Und gleichzeitig hatte sie Hunger. Die Schifffahrtslinie machte Werbung damit, dass man zu jeder Tages- und Nachtzeit essen konnte, und vielleicht war es an der Zeit, die Speisen einer näheren Prüfung

zu unterziehen. Sie war nicht mehr allein bei ihrer Wanderung über Deck, ein paar Frühmorgenjogger zogen ihre Bahnen. Ein Mitglied der Schiffsbesatzung hisste gerade die Fahne am Heck.
Vor seiner Abreise hatte George sie zum Abendessen eingeladen und ihr alle ihre Lieblingsgerichte geboten. Wunderbare gebratene Klöße aus Krebsfleisch, Salat aus jungem Grüngemüse mit Balsamicovinaigrette, Kalbspiccata auf einem Bett aus gedünstetem Fenchel und Lauch, und eine beseligende Zitronen-Ingwermousse. Sie hatte ihm auch ein Geschenk gemacht: eine Schwarzweißfotografie, die sie in einer Galerie entdeckt hatte. Das Foto stellte sechs Sportler dar, nackt in Hinteransicht. Ein Baseballspieler, ein Marathonläufer, ein Basketballer, ein Jockey, ein Fußballer und ein Stabhochspringer. Es war eine nahtlose Collage, aber alle auf dem Bild waren auf einheitliche Größe mit dem Marathonläufer gebracht, der ein Meter achtzig maß. Und alle waren auf Hochglanz poliert. »Ich habe dieses Bild unter einem rein erzieherischen Gesichtspunkt ausgewählt, George«, hatte Deirdre gesagt. »Ich rechne damit, dass du es in der Küche aufhängst.«
»Wer ist das wohl?«, fragte er und deutete auf den Jockey.
»Könnte jeder sein, der perfekt aussieht«, sagte sie. »Der zieht direkt deinen Blick auf sich, nicht wahr?«
»Die sind immer die Ersten, die einem erzählen, dass sie am fittesten sind.«
»Auf dem Foto sieht es aber auch so aus, oder nicht?«
Sie hatten sich mindestens eine halbe Stunde über das Bild unterhalten, dann wurde er ernst. »Du hast alles für mich getan, Cousine«, sagte er.
»Du hast dir dein Geld wirklich verdient, George. Du hast deine Arbeit getan und deine sonnige Veranlagung behalten und nie den Zorn der Verwaltung oder der Besitzer auf dich gezogen.«
»Trotzdem, du musst meinen Dank annehmen.«
Sie schniefte und sagte: »Nun ja, gut. Und du musst meinen Dank annehmen, dafür, dass du mich dann und wann zum Lachen gebracht hast. Ich werde dich vermissen.«
»Ja, das wirst du, und ich will dir den Gefallen tun und dir noch einmal sagen, dass du ein sehr stolzer Mensch bist. Du hältst nicht viel

von den sieben Todsünden, das tut niemand in diesem Land, aber deshalb gibt es sie trotzdem.«
»Du kannst mich der Prasserei bezichtigen, George.« Sie nahm einen Löffel von ihrer Mousse. Von der Lust sagte sie kein Wort. »Aber wenn du mich fragst – die größte Todsünde ist das Leben an sich, denn es führt immer zum Tod, egal ob man morgens lange schläft oder nicht. Ich persönlich glaube, dass Schlaflosigkeit …«
»Der Priester in meiner Kirche nennt sie die ›sieben schlimmsten selbstauferlegten Todesstrafen‹«, fuhr er fort.
»Das ist typisch Kalifornien. Kein Wunder, dass du zurück nach Irland gehst.«
»Dein Stolz ist eine ganz schöne Last, die du dir auferlegt hast, Cousine.«
»Tatsächlich?«
»Der Stolz ist die Last, an der man am schwersten trägt, die Sünde Nummer eins, die Sünde, die einen von Gott trennt.«
»Ich wusste doch, dass dieser Name fallen würde.«
»Gott liebt dich, mein Schatz.«
»Ach, George …«
»All die Jahre habe ich mich deinem Stolz gefügt und kein Wort von Gott zu dir gesagt, aber jetzt ist es an der Zeit, dass ich es tue.«
»Warum?«
»Einfach so. Du weist die Liebe Gottes zurück, und schau dich doch selbst an. Du magst dich nach Herzenslust als verbitterte Frau bezeichnen, als könntest du es damit herunterspielen, aber es bleibt die Wahrheit, und die macht dich nicht froh.«
»Und die Liebe Gottes wird mich froh machen?«
»Das funktioniert so, Cousine: Zuerst gibst du zu, dass sie existiert. Dann gibst du zu, dass du sie sehen kannst, dann, dass du sie fühlen kannst, dann, dass du sie willst, und dann erwiderst du sie, und dann erfüllt sie dich. Und dann bist du glücklich.«
»Das hört sich nach einer ziemlich langen Geschichte an, George.«
»Stolz macht eine große Sache klein, meine Liebe.«
Dann hatten sie aufgehört, darüber zu sprechen, und am nächsten Tag hatte sie George zum Flughafen gebracht, und das war jetzt zwei Monate her. Er hatte bei ihr den Nagel auf den Kopf getroffen, und das

wussten sie beide. Ihr eigener Stolz hatte alles Große, was sie je erlebt hatte, klein und immer kleiner werden lassen. War sie nicht jetzt gerade dabei, hier unter diesen Naturfreunden all die Großartigkeit ringsum – das Meer, die Berge, das Morgenlicht – so klein zu machen, wie sie nur konnte, um nur nicht zugeben zu müssen, dass sie es nicht erleben konnte, nicht wusste, wie, immun dagegen war?

Aber wusste sie überhaupt noch, wie sie irgendetwas Großes dauerhaft machen konnte?

Inzwischen ging es rings um sie bunt und lebhaft zu. Das Deck war voll von Menschen, Urlauber, die am ersten Tag ihrer Ferien die Umgebung bestaunten, in die hinein sie erwacht waren. Wie sie geschlafen hatten, wie hungrig die Seeluft sie machte, wie schön sie alles hier fanden, es war alles so anders als zu Hause in Columbus, wie nett es war, mal etwas anderes zu sehen. Viele lächelten sie an und sagten »guten Morgen«. Sie lächelte zurück. Jedes Wort von ihr würde einen Schatten über ihr Vergnügen werfen.

Und dann hatte sie Tiffany so groß werden lassen, so groß, dass sie um ein Drittel der Welt hatte fahren müssen, um sie wieder auf das richtige Maß zu kriegen. Was hatte sie noch zu George gesagt, im Vorübergehen, als sei es ganz unwichtig und nur so dahingesagt? Dass sie es satt hatte, immer alles so aufzublähen. »Was habe ich davon, dass ich zugelassen habe, dass meine Leidenschaften mein ganzes Leben bestimmt haben? Ich bin erschöpft. Sonst nichts.« Aber es war alles nur zu wahr. Die Pferde hatten sie erledigt. Vielleicht würde Tiffany das Gleiche tun.

Sie ging zur Treppe und stieg auf das nächste Deck, das Promenadendeck. Hier oben war es viel eleganter, mit großen Fenstern rings um das Deck und polierten Holztüren und Gold und dergleichen. Sie wandte sich zum Speisesaal, wo jetzt um halb sechs Uhr morgens schon aufgedeckt war und alles vor Gläsern, Servietten, Besteck und Geschirr glänzte und strahlte. Sie spazierte an dem langen Buffet entlang, wo weiß gekleidete Männer Platten und Rechauds aufstellten. Brötchen. Frischkäse. Noch ein Frischkäse. Zwiebeln. Räucherlachs. Eine andere Sorte Lachs. Eine kleine Schale mit Kapern. Sie schaute auf. Schalen und Schüsseln und Platten dutzendweise, darauf häuften, stapelten, wölbten sich die Speisen, alles frisch und alles wie gemalt. Sie holte tief Luft und fühlte wieder, wie diese biologische Kettenreaktion einsetzte – Tageslicht, Essen, Schönheit, Luxus. Waren es nicht immer die simpelsten Dinge, denen man verfiel? Trotzdem. Sie ging ans Ende des Buffets und nahm sich einen Teller.

Tiffany ging mit Ellen um die Scheune herum und folgte ihr über einen Pfad, der zur Rückseite des Anwesens führte, zu einer baumbestandenen Weide, die von den anderen Koppeln durch Bäume abgeschirmt war. Hitze und Schwüle machten sich um diese Tageszeit schon bemerkbar, aber es hatte viel geregnet, und das Gras war grün und üppig. Pferde, die in Gruppen zu zweit oder dritt weideten, schauten auf oder kamen an den Zaun. Es war ein Anblick, der Tiffany inzwischen ganz vertraut war, aber ihr immer noch Freude bereitete. Sie erinnerte sich an etwas. »Ach, ich wollte dir noch etwas erzählen«, sagte sie. »Meine Mama hat mit ihrer Cousine geredet, und die hat gesagt, einer ihrer Großonkel habe in den zwanziger Jahren in North Carolina Pferde eingeritten. Er hatte keine Kinder, deshalb wusste die Cousine nicht viel über ihn zu sagen, aber meine Mama findet das Ganze jetzt nicht mehr so verrückt. Oder wahrscheinlich meint sie, eine Verrücktheit, die in der Familie liegt, ist besser als eine fremde.«

Sie gingen zwischen den Bäumen hindurch. In der gegenüberliegenden Ecke der großen Weide stand ein großes schwarzes Pferd. Es hob den Kopf, kam aber keinen Schritt näher. Er sah sie ein, zwei Minuten an, dann bockte er, schlug aus und furzte, anschließend galoppierte er los. Er lief auf den Zaun zu, zog den Kopf ein, wirbelte herum, schlug mit den Hinterbeinen aus und raste in die andere Richtung davon. Tiffany, die durch die Erfahrung mit ihren Rennpferden ein gutes Auge hatte, sagte: »Der ist schnell.«

»Sieh mal, wie er wendet. Er kann sich auf einer Vorderzehe drehen und auf seinen Hüften wippen.«

Er stieg, und seine Vorderbeine schienen fünf Minuten in der Luft zu sein. »Zum Springen geboren«, sagte Ellen. »Aber man kann ihn weder anfassen noch auf ihn zugehen.«

»Warum hast du ihn gekauft?«

»Ich habe ihn nicht gekauft. Sie haben ihn mir gegeben.«

»Wer?«
»Barry Jordan vom Patch-Creek-Gestüt, oben bei Chesapeake.«
»Ein Hengst?«
»Nicht mehr. Deshalb haben sie ihn mir gegeben. Der Besitzer hatte ihn auf der Rennbahn in New York, und er hat ein großes Rennen gewonnen, aber dann wurde er gesperrt, weil er einen Mann angefallen hat. Sie haben ihn erst auf ein Gestüt geschickt, um zu sehen, ob ihn das beruhigt, denn manchmal ist es ja der Stress bei den Rennen, der sie so abgedreht macht, aber er blieb abgedreht, und als der Gestütsbesitzer sagte, er würde ihn lieber nicht zum Decken nutzen, hat der Besitzer ihn kastrieren lassen.«
»Du weißt ja, was Deirdre sagt.«
»Jetzt kastrieren und damit die Zucht verbessern.«
»Hast du gesagt, du würdest ihn zu einem Reitpferd machen?«
»Ja, das hab ich gesagt. Mal sehen. Es dauert einen Monat, bis der Testosteronspiegel sinkt. Die Kastration ist jetzt zwei Wochen her. Aber ich habe alle Stuten von den hinteren Koppeln weggeholt. Mal sehen.«
»Wie heißt er?«, fragte Tiffany.
»Du wirst es nicht glauben – das wollten sie mir nicht sagen. Und sie haben mir auch nicht seine Papiere gegeben. Ich weiß nicht mehr als das, was die gesagt haben. Natürlich könnte ich mir seine Tätowierung ansehen und den Jockey Club anrufen. Aber vorläufig komme ich nicht nah genug an ihn heran, um die Tätowierung zu entziffern.« Sie lächelte, war völlig entspannt. Ellen ließ sich durch nichts aus der Ruhe bringen, und nichts an einem Pferd konnte sie einschüchtern. »Wir geben ihm einen Namen, wenn uns etwas einfällt.«
Dieses Pferd bot einen Furcht erregenden Anblick. Er stieg und rannte hin und her und schlug aus und legte die Ohren an, und zweimal rannte er auf den Zaun zu, als gälten seine bösen Absichten ihnen persönlich. Gleichzeitig aber war er ganz offensichtlich schön und begabt. »Huh, der gefällt mir nicht«, sagte Tiffany.
»Er ist ein böser Junge«, sagte Ellen, aber mit Zärtlichkeit in der Stimme. »Vielleicht wird er weniger böse, wenn er weniger Junge ist. Mal sehen.«
Sie wandten sich um und gingen davon, den Pfad hinunter und in den

Wald. Epic Steam hörte auf, seiner Meinung über die beiden Ausdruck zu verleihen, und blieb still stehen. Als sie verschwunden waren, senkte er den Kopf, um zu grasen, aber dann fing er an, am Zaun entlangzutraben. Seine Hoden war verschwunden, aber nicht vergessen. Der Zaun war ein Meter vierzig hoch, weiße Bretter mit einem elektrisch geladenen Draht, der darüber verlief und die Pferde davon abhalten sollte, am Holz zu kauen. Epic Steam war nicht im Entferntesten so gelangweilt, dass er Holz gekaut hätte, er war viel zu sehr an den Stuten interessiert, die er in der Ferne witterte. Noch wusste es niemand, aber eines Tages in nicht allzu ferner Zukunft würde er sein größtes Talent entdecken. Es war nur eine Frage der Zeit.

JULI

Kapitel 66
Lauter Frauen

Leon war zwar mit Piepser, Handy und Anrufspeicher ausgestattet, aber als bei Deedee die Wehen einsetzten, ging niemand ans Telefon. Mitten im Supermarkt in Arcadia, zwischen den Tortellini auf der einen und den Kräutern und Gewürzen auf der anderen Seite, ging ihr Fruchtwasser in einem klatschenden Schwall ab. Aber Deedee, die, ehemals 48 Kilo leicht, im Laufe ihrer Schwangerschaft 20 Kilo zugenommen hatte, fiel es gar nicht ein, in Verlegenheit zu geraten. Zuerst einmal warf sie einen Blick in ihren Einkaufskorb. Die tiefgefrorenen Sachen nahm sie lieber nicht mit, deshalb legte sie diese beiseite. Dann blieben noch ein Beutel Kartoffeln, ein paar Orangen, zwei Laib Brot, eine Schachtel Cheerios, ein Glas Erdnussbutter … ach, zum Teufel damit. Sie nahm ihre Tasche aus dem Kindersitz des Einkaufswagens, und ihr wurde klar, dass sie bei ihrem nächsten Einkauf diesen Sitz nicht nur für ihre Tasche benutzen würde. Ihre Absichten änderten sich im Flug. Erst hatte sie Lebensmittel einkaufen wollen, dann nur noch die nötigsten Dinge und jetzt, da sie zum ersten Mal in ihrem Leben Wehen spürte, hatte sie nur das Ziel, es bis zu ihrem Auto auf dem Parkplatz zu schaffen.

Sie blieb stehen. Unter ihrem T-Shirt fühlte und sah sie den Wehenkrampf. Er entfaltete sich nach oben, fühlte sich an wie ein Greifer, der sich um ihren Leib schloss und dann nachließ. Als der Krampf vorbei war, begann sie zu zählen, gleichzeitig ging sie los. Die Lehrerin im Geburtsvorbereitungskurs hatte gesagt, die ersten Wehen kämen etwa alle zehn Minuten, plus/minus einer Minute. Was Deedee zählte, war plus/minus acht Minuten. Die Wehen erfolgten alle zwei Minuten. Die zweite Wehe kam am Ausgang, die dritte auf halbem

Weg zum Wagen. Sie versuchte noch einmal, Leon zu erreichen, hinterließ noch eine Nachricht und sah auf die Uhr. Es war acht Uhr zweiundvierzig. Sie konnte nicht Wehen haben, gehen, zählen und gleichzeitig ins Telefon sprechen, deshalb sagte sie nur: »Leon, Scheiße, wo bist du?«

Als sie im Auto saß, hatte sie eine Wehe, die sechsunddreißig Sekunden dauerte, das ließ ihr etwas mehr als eine Minute Zeit, den Motor anzulassen und aus dem Parkplatz zurückzusetzen. Dann saß sie wieder sechsunddreißig Sekunden keuchend da, während sich hinter ihr die Autos stauten und warteten, dass sie weiterfuhr. Wenigstens hupten sie noch nicht. Dann meinte sie, sie würde ohnmächtig, und ließ das Fenster herunter, aber weil es draußen heiß war, half das nicht viel. Sie legte den Kopf an die Autotür und schloss die Augen. Da fingen die warteten Autos an zu hupen. Kurz darauf hörte sie inmitten des Lärms eine Stimme an ihrem Ohr: »Deedee, bist du das?«
Sie hob den Kopf. Es war Marvelous Martha. »Die Wehen kommen alle zwei Minuten«, sagte Deedee. »Wie hat Residual heute früh gearbeitet?«
»Wir sind nur gezockelt. Aber gestern ist sie in vierundvierzigeinhalb Sekunden achthundert Meter gelaufen. Rutsch zur Seite.« Deedee rutschte auf den Beifahrersitz. »In welchem Krankenhaus bist du?«
»Arcadia Methodist.«
»Hätte ich mir denken können.«
Deedee schob den Sitz so weit wie möglich zurück, aber das half nicht viel, weil das Baby, laut ihrem Arzt über vier Kilo schwer, inzwischen quer über ihren sämtlichen Bauchorganen lag. Sie legte die Füße auf das Armaturenbrett. »Bitte zwing mich nicht, mich anzuschnallen«, sagte sie. »Ohhhhhh.«
Deedee kam plötzlich der Gedanke, dass sie in den nächsten fünf Minuten oder Stunden sterben könnte, und plötzlich hatte sie das Bedürfnis, ihre Sünden zu gestehen.
»Es tut mir Leid, dass ich dich nicht gemocht habe«, sagte sie zu Marvelous Martha. »Ich war neidisch und wütend.«
»Das macht nichts, Kind.«
»Und ich bin gemein zu Leon gewesen. Ich bin vor allem deshalb

schwanger geworden, weil ich wollte, dass er sich nicht mehr so ablenken ließ.«

»Das hat auch funktioniert, Schätzchen. Er macht seine Arbeit jetzt viel besser.«

»Ich war nicht froh über die Schwangerschaft. Ich habe an eine Abtreibung gedacht.«

»Das tun die meisten, Liebling. Denken und tun ist nicht dasselbe.«

»Aaaahhhh!«

»Hast du gelernt, wie du atmen musst?«

»Heeheeheehaahaahaaheeheehee.«

»Gut. Das Baby weiß übrigens auch nicht, was du denkst.«

»Ich wünschte, ich hätte mich in der Schule mehr angestrengt und wäre aufs College gegangen.«

»Dafür ist es noch nicht zu spät.«

»Ich war scheußlich zu meiner Mutter. Und sie hat so viel für mich getan. Ich habe ihr mal Geld aus dem Portemonnaie gestohlen.«

»Und was hast du damit bezahlt?«

»Heeheeheehaahaahaaheeheeheeheehaahaahaahuuuuuh.«

»Es ist nicht mehr weit. Wir sind fast da.«

»Einen Kurs im Hindernisspringen bei George Morris. Als ich fünfzehn war. Ich hab es ihr über drei Monate nach und nach aus dem Portemonnaie genommen.«

»Na ja, wenigstens war's nicht für Drogen. Nach der Geburt kannst du es ihr zurückgeben.«

Falls ich das erlebe, dachte Deedee. Aber dann sagte sie. »Leon hat mir was gesagt.«

»Was denn, Schätzchen?«

»Er hat mir gesagt, dass er gesehen hat, wie Buddy und Curtis Doheny vor Residuals Box zusammenstanden. Als sie ihn sahen, haben sie sich ganz lässig abgewandt und sind den Gang hinunterspaziert. Aaahhhh. Heeheeheee. Da sind wir. O mein Gott!«

Marvelous Martha bog in die Einfahrt zur Notfallaufnahme und sah auf die Uhr. Der Dienst habende Sanitäter stand schon bereit. »Ich glaube, ihre Wehen kommen in einem Abstand von weniger als einer Minute.« Der Sanitäter öffnete die Beifahrertür, ein anderer brachte einen Rollstuhl heraus. Die beiden halfen Deedee aus dem Auto.

Marvelous Martha stieg aus, kam um den Wagen herum und nahm Deedees Hand. »Kannst du versuchen, Leon zu erreichen?«, sagte Deedee.
»Ich will's versuchen.«
»Danke, dass du im Supermarkt warst.«
Marvelous Martha lächelte. »Ist dein Gewissen jetzt rein?«
»So ziemlich.«
»Dann geh und krieg dein Baby.«
Aber als sie den Wagen aus der Notfalleinfahrt gefahren hatte, beschloss sie, zu parken und wieder ins Krankenhaus zu gehen, nur so, um zu sehen, wie es ging.
Hinter der Tür der Notfallambulanz lag Deedee schon auf einem Krankenhausbett. Eine Krankenschwester hielt ihr rechtes, eine andere ihr linkes Bein. Eine Ärztin beugte sich über Deedee und prüfte die Öffnung des Geburtskanals. Als Marvelous Martha eintrat, richtete sie sich auf und sagte: »Man sieht schon den Kopf. Los geht's. Wie heißt du? Deanie?«
»Deedee«, sagte Marvelous Martha.
»Deedee. Gut, Deedee, jetzt musst du pressen.«
»Hannnnhhhnnnn!«, stieß Deedee aus.
»Sehr schön«, sagte die Ärztin.
Marvelous Martha nahm Deedees Hand.
»Huuunnnnnnhhhhhnnnnn!«, schrie Deedee.
»Sehr gut! Da kommt es! Ja!«, riefen alle gleichzeitig, einschließlich mehrerer Patienten, die in der Notfallaufnahme auf die Behandlung warteten.
»Und noch einmal.«
»Oooooohhhaaaauuuuuuuunnnnhhhnnn!«, jammerte Deedee.
»Ja! Los! Prima! Ja! Ja!«, ertönte es von allen Seiten.
»Da ist sie schon«, sagte die Ärztin.
Marvelous Martha strich Deedee über die Stirn und beugte sich vor. Deedee schloss kurz die Augen. Sie keuchte. Bevor sie ein Wort sagen konnte, flüsterte Marvelous Martha ihr ins Ohr: »Eine Jungstute!«

Buddy und Leon waren mit einem Pferd zum Dwyer Handicap nach New York gefahren, und Marvelous Martha sollte eine Woche später mit Residual folgen, die für das Coaching-Club-American-Oaks-Rennen nominiert war. Die Stute arbeitete gut und hatte sich, wie es Marvelous Martha schien, wieder dem Tempo pur verschrieben. Seit Januar war sie viermal gestartet – das frühzeitig abgebrochene Rennen nicht mitgerechnet – und hatte zweimal gesiegt, einmal war sie Dritte und einmal Fünfte. Mit jedem Rennen wurde sie zäher und schneller. Der Tritt in Texas hatte sie nur für das Derby zurückgeworfen. Die Spitzenstuten, insbesondere die an der Westküste, waren in diesem Jahr alle sehr schnell, sie waren viel interessanter als die männlichen Pferde, und Residual selbst wollte mit ihnen mithalten. In nur einem Rennjahr waren sie von Debütantinnen zu Graduierten geworden. Sie stürmten mit rollenden Augen und zurückgelegten Ohren auf die Ziellinie zu, die kraftvollen Töchter von Stuten, die auf ihren Weiden die Herrscherinnen waren, und Marvelous Martha, die seinerzeit so manche zähe Stute geritten hatte, bewunderte die Bereitschaft dieses Pferdes, alles Nötige zu lernen. Ohne Buddy und Leon und Deedee, die sich mit Alana Marie Taylor-O'Connor in ihrer Wohnung eingesponnen hatte, machte es ihr solchen Spaß, dass sie vergaß, dass etwas schief gehen konnte, und dann ging etwas schief. Als sie eines Morgens auf die Bahn kam, um ihre täglichen Runden zu absolvieren – diesmal sollte es nach der Arbeit am Vortag nur ein Zockeltrab sein –, hatte die Stute eine große, weiche Schwellung, die sich über und um das rechte Karpalgelenk zog. Die Schwellung war warm und schmerzte. Die Stute lahmte etwas, humpelte aber nicht. Das Problem ließ sich leicht erraten, es kam häufig bei Rennpferden vor, vor allem bei solchen Raketen. Die Frage war weniger, ob sie einen Chip im Karpalgelenk hatte, sondern vielmehr, wie viele es waren. Der Pfleger brachte die Stute zurück in den Stall, und Marvelous Martha ging in Buddys Büro, um die Liste mit den Tierärzten zu suchen.

Sie rief zuerst Dr. Karen Busher-Sysonby an, von der sie wusste, dass sie hervorragend arbeitete, dann Andrea Melanie Kingston, die offensichtlich direkt neben dem Telefon saß. Marvelous Martha berichtete, dass das Pferd wahrscheinlich einen Chip im Karpalgelenk hatte, und bat darum, dass Jason zur Rennbahn kam, um selbst mit der Tierärztin zu sprechen. »Jason ist in Europa«, sagte Andrea Melanie.

»Nun ja, aber wenn sie operieren will, was wahrscheinlich ist, muss sie zuerst mit dem Besitzer sprechen.«
»Wirklich?«
»Ja, das nehme ich schon an.«
»Ist Buddy da?«
»Nein, Buddy ist in New York.«
»Wollen Sie sich mit ihm beraten?«
Marvelous Martha dachte kurz über das Wort »beraten« nach. Wenn das Pferd einen Chip im Karpalgelenk hatte, dann war das ein klarer Sachverhalt, über den man sich nicht beraten musste. Die Autorität, deren Rat Marvelous Martha ansonsten in der Regel einholte, war ihre Intuition. Eine solche Minimierung der Beratung hatte zur Folge, dass sie ihre Zeit produktiver anwandte und zwischenmenschliche Konflikte weitgehend vermied. Außerdem hatte sie im Laufe der Jahre festgestellt, dass die meisten Leute mit einer vollendeten Tatsache mehr oder weniger einverstanden waren. »Also, wir sollten mit der Tierärztin sprechen. Sie können ja auch entscheiden.«
»Wirklich?«
»Natürlich können Sie das. Obwohl Buddy und Ihr Mann telefonisch ja ohne weiteres erreichbar sind.«
»Und per Computer«, sagte Andrea Melanie. »Wir können alle Bilder und sonstigen Informationen an Jasons Computer schicken.«
»In diesem Fall gibt es eigentlich keine Entscheidungen zu treffen. Sie hat einen Chip im Karpalgelenk. Der muss raus. Wir können Gott danken, dass eine Tierärztin hier ist, die es machen kann. Wissen Sie, als ich ganz jung war, hatte ich mal einen Freund, der war ein richtiger Cowboy. Einmal war ich dabei, als er ein Feuer machte und sein langes spitzes Messer hineinhielt, und als ich ihn fragte: ›Lester, was machst du da?‹, schob er seinen Kautabak auf eine Seite und sah mich an und sagte: ›Schätzchen, ich schneide dem Pferd den Chip aus dem Bein.‹ Und das hat er dann auch getan. Einmal hat er sich selbst einen Zahn gezogen.«
»Das war Ihr Freund?«
»Nicht mehr lange nach dieser Sache.«
»Hatten Sie viele Freunde?«
»Ja. Aber darüber können wir ein anderes Mal sprechen. Warum

kommen Sie nicht zur Rennbahn und wir besprechen zusammen die Sache mit der Tierärztin?« Und das tat Andrea Melanie Kingston dann auch, und Telefone oder Computerlinks wurden gar nicht mehr erwähnt.

Dr. Karen Busher-Sysonby hatte eine wissenschaftliche Ausbildung, besaß eine außerordentliche Objektivität und war sich über die Umstände dieser Operation durchaus im Klaren. Das Pferd war schön und berühmt, der Trainer, für den sie nur einmal gearbeitet hatte und der nicht über den besten Ruf verfügte, war nicht zugegen, sie selbst hatte mehr Titel als Erfahrung, der Besitzer selbst war eigentlich kein Pferdefanatiker, diese Martha Dingsbums, die hier alles dirigierte, maßte sich mehr Verantwortung an, als ihr von Rechts wegen zustand, und das Blutbild des Pferdes wies eine leicht erhöhte Konzentration der roten Blutkörperchen auf. Die Röntgenaufnahme allerdings zeigte einen einfachen, münzgroßen Chip auf der distalen Seite des Radius vorne rechts. In vierzig Minuten wäre eine solche Operation erledigt, und sich bei anderen, die älter und männlichen Geschlechts waren, die Zustimmung für etwas zu holen, das auf der Hand lag, war eine weibliche Eigenheit, die Dr. Karen Busher-Sysonby überhaupt nicht schätzte, erst recht nicht bei sich selbst. Man konnte sein Leben damit verbringen, Zähne zu säubern und Spritzen zu geben, oder man konnte einfach das tun, um was man gebeten worden war, und das war etwas, das Dr. Karen Busher-Sysonby bereits in ihrem Studium praktiziert hatte.

Jetzt lag die Stute im Operationsraum auf dem Rücken, das rechte Vorderbein war abgestützt, das Karpalgelenk um 30 Prozent geneigt. Die Anästhesistin Portia Vedette sah wie immer aus wie im Halbschlaf und die technischen Assistentinnen sprachen leise miteinander. Karen bürstete das Karpalgelenk dreimal, dann machte sie zwei schmale Einschnitte für das Arthroskop. Das Innere des Karpalgelenks erschien plötzlich auf dem Monitor neben ihr, und sie begann, das Arthroskop behutsam hin und her zu bewegen, um Lage und Größe des Chips festzustellen. Da hatte sie schon einen Rand, ein neuer Monitor für die Praxis wäre nicht übel, sie kannte einen, der für Leute mit Sportpferden arbeitete, und er hatte eine viel bessere Ausstattung, man würde doch meinen, dass die reichste Rennbahn in Amerika oder vielleicht sogar der Welt … »Auweia«, sagte Portia, und Karen folgte dem Umriss der Kante, es war ganz dünn, aber anscheinend … »Auweia, Scheiße«, sagte Portia. Karen schaute auf den EKG-Bildschirm, und die oszillierende Linie, die Residuals Herzschlag abbildete, war flach wie der Horizont über dem Pazifik. Sie sah Portia an. Portia war hellwach, und die technischen Assistentinnen hatten aufgehört zu reden und starrten. »Atropin«, sagte Portia und gab der Stute eine Spritze. Die Linie begann wieder Ausschläge zu zeigen.

»Wie lange war es flach?«, fragte Karen. Sie atmete schwer.

»Nur ein paar Sekunden. Vielleicht zwanzig. Wie weit bist du?« Ihr Atem ging auch schwer.

»Ich habe den Außenrand des Chips abgetastet.«

»Also, pack ihn und hol ihn raus, diese Operation ist gelaufen.«

Karen sah wieder auf den Bildschirm, führte die Zange ein, fand den Chip und zog ihn vorsichtig durch den Einschnitt heraus.

»Näh zu«, sagte Portia, und Karen begann, die beiden kleinen Einschnitte zu schließen. Beim zweiten Stich sagte Portia: »Wieder tot.«

Karen schaute auf den EKG-Bildschirm. Die Linie war absolut flach. Sie zog die Nähte zu, entfernte die Tücher. Portia hatte der Stute noch eine Atropinspritze gegeben, aber die Linie blieb flach. »Wie lange schon?«

»Vierzig Sekunden bis jetzt.«

»Was nun?«

»Sauerstoff. Beten.«

Dorothy, eine der technischen Assistentinnen hinter ihnen, sagte: »Komm zurück, Baby, komm, komm zurück, Schätzchen.«

Karen warf ihr einen Blick zu. Sie starrte nach oben in eine Ecke der Zimmerdecke. »Da oben sehe ich dich schweben, und du weißt nicht, wie du dich entscheiden sollst«, sagte sie. »Aber du musst entscheiden, Pferdchen. Dein Leben hat gerade erst angefangen. Du hast noch viel vor dir. Du musst noch ein paar Rennen gewinnen und dergleichen.« Jetzt schloss die Frau die Augen und wiegte den Kopf hin und her. »Ja, mein Mädchen, ist ja gut, mein Stutenmädchen, ja.« Es hörte sich fast an wie ein Klagegesang. Karen sah Portia an, die den Blick einen Augenblick vom Monitor losriss und kurz mit den Schultern zuckte. Die Assistentin gurrte weiter. »Ja, komm, so ist gut, komm schon, mein kleiner Liebling, wo sollen deine Babys denn hin, wenn sie dich nicht finden können. Komm zurück, Liebling.«

»Da ist sie wieder«, sagte Portia. »Sieh mal. Und der Herzschlag ist ziemlich stark.«

Die Assistentin hatte es gar nicht gehört. Sie wiegte immer noch den Kopf. Dann atmete sie laut aus, schnaubte und weinte: »Komm zurück, kleines Mädchen, kleines Stutenmädchen!« Karen berührte sie an der Schulter. »Sie ist wieder da.« Die Assistentin hielt inne und nickte, aber sie sah kein bisschen verlegen aus. »Gut«, sagte sie. »Es hat funktioniert.«

»Etwas hat funktioniert«, sagte die andere Assistentin.

»Das Pferd«, sagte Karen eine halbe Stunde später zu Marvelous Martha und Andrea Melanie, »das Pferd darf nicht noch einmal operiert werden. Es ist anscheinend allergisch auf das Narkosemittel Halothan. Das kommt bei manchen Pferden vor. Es führt zu Herzstillstand.«

»Mein Gott«, sagte Andrea Melanie.

»Sie hatte einen Herzstillstand auf dem Operationstisch«, sagte Karen.

»Ich hab doch gewusst, dass wir zuerst hätten mit Buddy reden sollen.«

»Er hätte wohl kaum von der Allergie gewusst, es sei denn, sie ist schon einmal operiert worden.«

»Nein«, sagte Andrea Melanie. »Herzstillstand? Was heißt das genau?«

»Sie war tot«, sagte Marvelous Martha.

»Ja«, sagte Karen. »Das stimmt. Sie war etwa dreißig Sekunden tot und dann etwa eine Minute.«

»Mein Gott, Jason würde mich umbringen, wenn sie stürbe!«, rief die Besitzerin aus. »Ist sie schon wach?«

»Nein. Darauf warten wir jetzt. Aber Sie müssen eins wissen«, sagte sie.

»Sie könnte gestört sein, wenn sie aufwacht«, sagte Marvelous Martha.

»In der Tat besteht die Möglichkeit, dass sie in einem Zustand aufwacht, der einer Gehirnlähmung bei Menschen entspricht. Kommen Sie, wir gehen alle hinein und sehen zu, wie sie aufwacht.«

Die Stute lag noch ausgestreckt in der Aufwachbox, als sie eintraten. In ihrem Hals steckte eine intravenöse Kanüle. Die beiden Assistentinnen hockten neben ihr. Die eine streichelte ihren Kopf. Marvelous Martha kniete sich neben sie und berührte ihre Ohren. Keiner sagte ein Wort. Nach ein paar Minuten öffnete die Stute die Augen und hob den Kopf. Sie seufzte und sah sich um, dann ließ sie sich etwas zögernd auf den Rücken rollen und schaute sich wieder um. »Sie ist ruhig«, sagte Karen. »Das ist ein sehr gutes Zeichen. Wenn sie zappeln würde, könnte das ein Hinweis auf Hirnschädigung sein.« Aber Marvelous Martha sah sofort, dass die Stute immer noch sie selbst war – ruhig, brav, geistig gesund. Sie seufzte nur ein paar Mal und schüttelte den Kopf und die Ohren, wie jeder es machen würde. Sie fuhr sich mit der Zunge über die Lippen, gähnte, sah alle der Reihe nach an. Dann streckte sie die Vorderbeine aus und hebelte sich hoch.

»Haben Sie den Chip rausgeholt?«, fragte Marvelous Martha.

»Jawohl«, sagte Karen Busher-Sysonby. »Und jetzt muss ich zu meiner nächsten Operation. Rufen Sie mich an, wenn es ein Problem gibt.« Alle nickten.

Im Hinausgehen schob Karen die Finger um Dorothys Ärmel und drängte sie zur Tür. Dorothy sah sie verschüchtert an. Karen beugte sich zu ihr hinab – die Assistentin war ziemlich klein – und flüsterte ihr ins Ohr: »Du kannst immer mit mir arbeiten. Vielen Dank.«

Eine wissenschaftliche Ausbildung und eine natürliche Neigung zur Objektivität waren schön und gut, dachte sie, aber wenn eine Stute mit einem Wert von über einer Million Dollar im Spiel war, musste man alle Register ziehen, die zur Verfügung standen.

Am Abend desselben Tages, als Marvelous Martha wieder in Berkeley war, rief sie Karen Busher-Sysonby an. »Hatte der Tod der Stute eine natürliche Ursache?«

»Fragen sie mich lieber, ob ihre Wiederbelebung eine natürliche Ursache hatte.«

»Wie meinen Sie das?«

»Eine der Assistentinnen hat sie zurückgeholt. Sie hat gesagt, sie wäre im Raum umhergeschwebt, und sie hat sie gebeten, wieder in ihren Körper zurückzukehren.«

»Ich kenne jemand, dem das auch passiert ist. Sie ist von ihren Kindern zurückgeholt worden.«
»Hier handelt es sich um ein Pferd.«
»Na ja, wissen Sie, Ärzte hatten immer Zweifel an Akupunktur, bis sie an Pferden gesehen haben, dass es funktioniert.«
»Mag sein.«
»Aber an was ist sie gestorben?«
»Nun, ich habe Ihnen ja schon gesagt, dass eine Überempfindlichkeit gegen Halothan nicht selten ist.«
»Und alles andere war normal? Die präoperative Phase und all das?«
»Ja. Im Rahmen des Normalen. Die Werte bei den roten Blutkörperchen waren am oberen Rand der Norm, aber das war alles. Warum fragen Sie?«
»Ich reite sie jeden Tag. Ich bin dreiundfünfzig. Bevor ich mich wieder auf sie setze, möchte ich sicher sein, dass sie vier Beine hat, ein Herz und ein Hirn.«
»Also, die nächsten vier Monate werden Sie sich sowieso nicht auf sie setzen. Wenn sie wieder auf die Rennbahn kommt, sagen Sie mir Bescheid, dann behalte ich sie im Auge.«

Eine Woche später war die Stute auf einer Farm, um sich von der Operation zu erholen. Buddy war zurück (er war sauer, dass man ihn nicht zu Rate gezogen hatte, aber was sollte er machen, jetzt war alles gelaufen). Marvelous Martha kam für einen Tag aus Berkeley nach San Diego, aber sie fuhr nicht zur Rennbahn. Sie nahm ein Taxi nach La Jolla und stattete Andrea Melanie einen Besuch ab.
Marvelous Martha war braun und sehnig, ihr Fleisch, von dem sie nie viel gehabt hatte, sah aus, als sei es ihr an die Knochen geschweißt. Ihre Hände und Schultern waren breit und kräftig, als seien sie von einem anderen Körper geborgt. Ihr Haar und ihre blassblauen Augen wirkten von der Sonne gebleicht. Andrea Melanie fühlte sich eingeschüchtert, ein ähnliches Gefühl wie beim Anblick des Wüstenhorizonts. Sie konnte nicht fassen, dass jemand, eine Frau, so bei der Pflege ihres Äußeren versagen konnte. Sie war dementsprechend etwas abgelenkt, während Marvelous Martha mit ihr sprach. Zu viel Sonne war zu viel Sonne, das ließ sich nicht so leicht in Ordnung bringen, da

war Vorbeugung besser als alles andere. Andererseits aber konnte ein Peeling oder eine Hautabschabung Wunder wirken, besonders beim ersten Mal. Man brauchte es nicht immer wieder zu machen, sonst bekam man eine Haut, die aussah wie ein schimmernder Fischbauch. Ganz weiß, das sah man manchmal. »Wie bitte?«, fragte sie. Marvelous Martha wiederholte den Satz: »Deedee hat eine Kindbettbeichte gemacht, dabei hat sie auch erwähnt, dass Leon Buddy mit einem allgemein als schräg geltenden Tierarzt vor Residuals Box hat stehen sehen.«

»Wer ist Deedee?«

»Die frühere Arbeitsreiterin, die schwanger geworden ist.«

Das erinnerte Andrea Melanie daran, dass Marvelous Martha Freunde erwähnt hatte. In Anbetracht ihres Aussehens war das interessant. Andrea Melanie war zutiefst davon überzeugt, dass man keine Liebesbeziehungen mehr haben konnte, wenn das Aussehen ruiniert war, deshalb war es ratsam, die Vermögenswerte früh zu konsolidieren und festzuhalten. Sie war achtzehn Jahre jünger als Jason. Seine erste Frau war in seinem Alter gewesen, seine zweite Frau nur sechs Jahre jünger. Sie war sicher, dass seine fünfte Frau wahrscheinlich dreißig oder vierzig Jahre jünger sein würde als er.

»Ich habe so ein Gefühl.«

»Wie bitte?«

»Ich habe das Gefühl, dass etwas vorgeht, das ethisch nicht in Ordnung ist. Die Ärztin, die sie operiert hat, hat gesagt, die Blutwerte der Stute wären ein bisschen hoch.«

»Ach, jetzt ist sie doch auf einer Farm, und ehrlich gesagt ...« – Andrea Melanie beugte sich vertraulich zu der älteren Frau – »... ehrlich gesagt bin ich erleichtert. Alles wurde etwas zu aufregend und hektisch. Erst sollten wir zum Derby fahren, dann doch nicht, und dann startet sie, und das Rennen wird abgeblasen, und dann fahren wir nach New York. Ich weiß nicht. Das alles ist mir zu sehr wie ein Hollywoodfilm, all diese Schlenker und Wendungen in der Geschichte. Also, vor ein paar Jahren haben wir ganz viel Kunst gekauft, aber die Kunstwerke machen gar nichts. Pferde machen dauernd etwas.«

Als sie La Jolla verließ, musste sich Marvelous Martha eingestehen, dass sie wesentlich weniger optimistisch war als bei ihrer Ankunft, zumal Andrea Melanie nach allem, was sie ihr erzählt hatte, vor allem erpicht darauf schien, ihr eine unangebrochene Flasche La Prairie Soundso aufzudrängen, irgendetwas, was man sich ins Gesicht schmieren konnte.

Die Aufgabe, mit Marvelous Martha in ihrer ganzen Absonderlichkeit umgehen zu müssen, hatte Andrea Melanie zwar ziemlich strapaziert, aber sie hatte recht genau verstanden, dass Buddy mit dem Pferd etwas Fragwürdiges anstellte, um sie auf jeden Fall in das Breeders'-Cup-Rennen zu kriegen. Aber war das nicht seine Aufgabe?, überlegte sie. Bei fünfundsiebzig Dollar pro Kopf und Tag für die Pferde, die Jason bei ihm stehen hatte, war es nicht unbedingt eine Frage des Gewinns, aber sehr wohl eine Frage des Vergnügens, und Andrea Melanie war lange genug im Renngeschäft, um zu wissen, dass der Breeders' Cup mehr Vergnügen versprach als alles andere.

Kapitel 67
Tausch

Es war geplant, dass alle, die an Limitless beteiligt waren, zum Swaps-Stakes-Rennen nach Los Angeles kommen sollten, um ihn dort in seinem ersten Gruppe-I-Rennen laufen zu sehen. Es war ein Rennen für Dreijährige, das Preisgeld von fünfhunderttausend Dollar würde mit Sicherheit noch erhöht, da es verspätete Anmeldungen gab, und die Strapazen des Triple-Crown-Turniers hatten dafür gesorgt, dass unter den Dreijährigen die Spreu vom Weizen geschieden worden war. Elizabeth und Plato hatten gerade ihre Woche in Kauai hinter sich (»Ich kann dir nur eines sagen«, hatte sie Joy berichtet, »um eine wahre sexuelle Erleuchtung zu erzielen, musst du alles vergessen, was du jemals über Sex gewusst hast, sogar wer Mann und wer Frau ist.« »Wie macht man das denn?«, sagte Joy. »Mehr will ich nicht verraten«, sagte Elizabeth) und würden am Abend vor dem Rennen eintreffen. Al würde auf dem Flug von Japan nach Rio de Janeiro vierundzwanzig

Stunden Zwischenstation in Los Angeles machen. Rosalind sollte aus Edinburgh kommen. Krista und Pete würden auch kommen, allerdings nur von der Ostküste der Vereinigten Staaten. Sie hatten auch vor, am Vorabend schon da zu sein. Mr. Tompkins, der Interesse an dem Pferd entwickelt hatte, kam mit zehn Angestellten in seiner DC 3. Roberto ritt mehrere Rennen im Nebenprogramm, deshalb brauchte er nur aus dem Jockeyraum zu kommen. Farley kam aus Arcadia. Nur Joy zweifelte daran, dass sie rechtzeitig eintreffen würde. Sie musste erst innerlich aus dem Abseits finden, in das sie sich manövriert hatte.

Vier Tage vor dem Rennen war sie ohne Ankündigung aus Farleys Wohnung ausgezogen. Sie gab keine Erklärungen ab, weil sie nicht wusste, wie sie erklären sollte, warum sie ausgezogen war. Sie hatte sich einfach danach gesehnt, allein und von allem isoliert zu sein. Ihr Gästehaus auf der Ranch war perfekt gewesen, meinte sie jetzt. Hinter Stapeln von Pferdezeitschriften, Sattelzeug, Stiefeln, Stallzubehör, Arbeitskleidung und Reitausrüstung verbarrikadiert, hatte sie nichts zu tun und keinen Umgang mit Menschen gehabt, und das war genau das gewesen, was sie hatte bewältigen können. Sie erkannte diesen Gemütszustand sofort, denn sie lebte damit fast unausgesetzt, seit sie nach Kalifornien gekommen war. Sie war zwar nicht gerade glücklich darüber, aber sie begriff, dass dieser Zustand Teil ihrer selbst war, und nahm ihn an. Auf gewisse Weise war es auch sehr erholsam, denn die Art von Geselligkeit, die sie seit ihrer Bekanntschaft mit Elizabeth angestrebt hatte, kam ihr sehr anstrengend vor. Alles war anstrengend. Mr. T. war anstrengend. Limitless war anstrengend. Farleys Liebe und Güte waren anstrengend. Das war ganz offensichtlich, denn sie war erschöpft. An dem Tag nach ihrem Umzug aus der Wohnung in ein Motel in Ontario schlief sie sechzehn Stunden lang.

Als sie diese sechzehn Stunden geschlafen hatte – die Nacht, den Morgen und Nachmittag und ihre übliche Essenszeit hindurch –, trat bei ihr eine Art träger Gelassenheit ein, die sie davon abhielt, anderen mitzuteilen, wo sie sich befand, und sogar sich selbst gegenüber einzugestehen, dass sie »weg« war. Sie war nicht »weg«, weil sie ja hier war, genau da, wo sie wusste, dass sie war, und ein weiteres Schläfchen würde sich segensreich auf sie auswirken, dachte sie. Aber zuerst wollte sie ein Bad nehmen. Sie ging ins Badezimmer, ein wohltuend winziger, fensterloser Raum, wo die Badewanne hinter einem dunklen feuchten Duschvorhang verborgen war. Sie ließ Wasser einlaufen, zog ihr T-Shirt aus und schloss die Tür. Der Spiegel beschlug sofort. Sie schloss die Tür ab. Das Telefon war im anderen Zimmer, und sie wollte es nicht sehen. Die Wanne füllte sich, und sie stieg hinein.

Farley stand an der einzigen Stelle, von der aus er Mr. T. in seiner Box und Limitless in seinem Pferch sehen konnte. Beide Pferde fraßen ihr Heu, aber von Zeit zu Zeit sahen sie ihn beide an: Das alte Pferd drehte ihm seinen langen, weißen Hechtskopf zu, klassisch und elegant, während der Dreijährige den Kopf ruckartig hochreckte, um ihn zu betrachten, sein Profil war ungewöhnlicher, nicht schafsförmig, sondern lang und gerade, mit diesen riesigen Augen und den Nüstern, die rund und offen waren, wie die Blüten des Fingerhuts. Joy war jetzt seit vierundzwanzig Stunden fort, und er fühlte sich wie an diese Stelle gekettet, als brauchte er nur lange genug hier zu stehen, und sie würde plötzlich auftauchen, genau an diesem Punkt, an dem ihre drei großen Lieben – altes Pferd, junges Pferd, alter Mann – zusammentrafen. Er konnte auch die Tür seines Büros sehen, an der »Das Tibetische Buch des Vollblut-Trainings« hing, grau und schmutzig vom Staub vieler Pferdejahre. Die Regeln des »Tibetischen Buchs des Vollblut-Trainings« waren nicht leicht zu befolgen, wenn die Liebste ohne ein Wort verschwunden war. Jetzt, vierundzwanzig Stunden nach ihrem Verschwinden, schien alles in eine antitibetische Richtung zu drängen. »Schenke keine Beachtung und forsche nicht nach« hieß sicher »Schalte nicht die Polizei ein«. »Weise keine Schuld zu« hieß wohl »Lass Angst nicht in Zorn oder Verzweiflung umschlagen«. »Nimm dir nichts zu Herzen« hieße dann »Das ist nichts, was sie dir persönlich antut«. »Strebe nicht nach Anzeichen des Fortschritts« ermutigte zur Geduld. Und dann stand da: »Werde nicht Opfer der Faulheit«. Faulheit hieße: zulassen, dass diese Sache immer höher steigen und über ihm zusammenschwappen würde, eine Angst, die so groß und allumfassend wäre, dass sie seine Gedanken, Bewegungen, Hoffnungen lähmen würde. Und ein Zustand permanenter Besinnung zwang ihn, alles zu beobachten, Interesse zu haben, zu sehen, was passieren würde. Er gab sich noch eine Minute, den tibetischen Weg zu befolgen, und dann noch eine Minute. Mehr als jeweils eine Minute schaffte er nicht. In dieser Minute und dann in der nächsten wieder würde er versuchen, auf seine Intuition zu horchen, die ihm sagte, dass zwar einiges mit Joy nicht stimmte, aber dass sie irgendwo in Sicherheit war, etwas mit ihren Gedanken oder Gefühlen verarbeitete, bei dem er ihr nicht helfen konnte.

Wenn er Limitless anschaute, wurde er allerdings doch nervös. Sie ritt ihn, pflegte ihn, bewegte ihn stundenlang jeden Tag. Beim leisesten Anzeichen von Unruhe legte sie ihm das Führseil an und führte ihn hinaus. Sie wusste, dass Mr. T. allein zurechtkommen würde und er, Farley, auch, aber sie war die Einzige, die Limitless versorgen konnte, und das hatte sich jetzt bestätigt. Den ganzen Tag war das Pferd ängstlich und besorgt gewesen, er misstraute anderen Leuten, die sich ihm näherten, einschließlich Farley. Während Farley ihn betrachtete, fuhr der Kopf des Pferdes wieder hoch. Bei jedem Geräusch geschah das. Es spielte keine Rolle, ob das Pferd nach Joy verlangte, weil es an ihr hing, oder ob es nach ihr verlangte, weil es rauswollte, es war eindeutig, dass er nach ihr verlangte und sie erwartete. Sollte sie nicht zurückkehren (Farley merkte, dass er bei diesem Gedanken ein unfreiwilliges Stöhnen von sich gab), würde sich das Pferd natürlich an andere gewöhnen müssen, aber jetzt, drei Tage vor dem bislang größten Rennen seines Lebens, konnte so etwas von entscheidender Bedeutung sein.

Farley drehte sich um und ging die Stallgasse hinunter. Dabei hatte er die Vorstellung, sie zu suchen, als würde er um die nächste Ecke biegen und sie dort sehen, wie sie Bandagen wickelte, einen Eimer Wasser auskippte oder einen Schlauch aufrollte. Aber sie war nicht da. Er ging trotzdem weiter den Gang hinab, horchte mit jedem Schritt auf seine Intuition, bekam mit jedem Schritt größere Zweifel an sich selbst, ein stärkeres Bedürfnis, sich Rat zu holen. Es war lange her, dass er so gründlich den Wunsch verspürt hatte, sich einfach anzuvertrauen, sich in die Hände irgendeiner Autorität zu begeben und sich sagen zu lassen, was er tun sollte. Das wäre die Erleichterung, die er verspüren würde, wenn er die Polizei anriefe. Oder ihre Mutter oder Elizabeth. Aber ihre Mutter würde gleich einen Alarm schlagen, wie er nur den alleräußersten Notfällen angemessen wäre, und Elizabeth war eine Person, der Farley immer noch nicht so recht traute.

Er kam ans Ende des Gangs, blickte auf seine Fußspitzen, schaute umher, drehte sich um, ging zurück. Das war genau das, wozu die sechs Regeln des »Tibetischen Buches des Vollblut-Trainings« aufforderten. Und Vertrauen. Vertrauen, dass man keine Fragen stellen musste, Vertrauen, dass es nichts und niemanden anzuklagen galt, Vertrauen darauf, dass man nicht der Mittelpunkt der Welt war, Vertrauen, dass die Ereignisse von selbst ihre Bedeutung offenbaren würden, Vertrauen, dass man Herr der Lage blieb, Vertrauen, dass man sehen und verstehen konnte, wenn man die Ruhe dazu hatte. Es ging nicht darum, dass er Joy vertrauen musste, er musste dem Leben selbst vertrauen. Und wie sollte das möglich sein, nach dreißig Jahren auf der Rennbahn, wo Schock, Überraschungen und Unerwartetes an der Tagesordnung waren?

Und dennoch – da stand Mr. T., inzwischen neunzehn Jahre alt, und blickte Farley aus seiner Box heraus an. Farley wusste aus eigener Erfahrung, dass es schwer genug war, wenn die eigenen Kinder achtzehn oder zwanzig wurden, lesen, schreiben, Schecks ausstellen, Auto fahren und endlose Ratschläge anhören konnten, und man sie weggehen ließ, damit sie tun konnten, was sie wollten, nämlich weggehen – und seine eigenen Kinder waren ziemliche Abenteurer, einer war in Australien, einer in Jamaika, die beiden anderen weit gereist. Aber es war noch viel schwerer, ein Pferd die steile Rampe eines Pferdetransporters hinaufzuführen und zuzusehen, wie es ins Ungewisse fuhr, ungewiss für den menschlichen Beobachter, aber noch viel ungewisser für das Pferd. Man konnte ein Pferd nicht aufs Weggehen vorbereiten, ihm beschreiben, was es tun würde, wie die Menschen sein würden. Man konnte ihm nicht beruhigend versichern, dass es immer genug Heu und Hafer und Gras geben würde. Manchmal wusste man nicht, ob es der Fall sein würde. Man konnte ihm nicht beibringen, wie er seiner neuen Umgebung vermitteln konnte, dass er bestimmte Wünsche und Bedürfnisse hatte und dass er ein braves, williges Pferd sein würde, wenn diese erfüllt wurden. Manchmal gingen Pferde als ruhige, glückliche Wesen weg, und wenn sie zurückkamen, waren sie voller Ängste und schwierig im Umgang. Manchmal kam ein Pferd, das man als Zweijährigen trainiert hatte, in einen anderen Stall, und man war auf der Tribüne Zeuge, wie es sich als Vierjähriger das Vorderbein brach, und man wusste, dass es nicht passiert wäre, wenn man selbst der Trainer geblieben wäre, man wusste es, obwohl es nicht stimmte und obwohl es unrecht war, so zu denken. Farley trat an Mr. T. heran, legte den Arm um seine Nase, streichelte ihm die Stirn und die Kinnbacke. Das Pferd stand jetzt seit neunzehn Jahren auf eigenen Beinen, das Leben hatte es hierhin und dahin verschlagen, und er war zwar wählerisch mit dem Essen und manchmal launisch, und manche Dinge machten ihn nervös, aber da stand er, fit, glänzend und gesund, durchaus in der Lage, in einer Welt zurechtzukommen und zu gedeihen, die nicht auf ihn zugeschnitten war. Keiner hatte für das Pferd ein solches Leben im Sinn gehabt, sein Züchter hatte ihn wahrscheinlich als den neuen Nearco sehen wollen, ein erfolgreicher Rennhengst mit einer späteren festen Stelle auf einem Gestüt in Frankreich oder Deutschland. Aber jetzt stand er hier, nachdem er sich an allen möglichen Orten herumgetrieben und, wenn man Elizabeth glaubte, einiges von seinem Leben zu berichten hatte. Man konnte Mr. T. betrachten und sah, dass ihm Vertrauen auf der Stirn geschrieben stand, egal ob man an sein Wettsystem glaubte oder nicht. Farley legte seine Wange einen Augenblick lang an die des Pferdes und sagte: »Na gut.«

Joy lag wieder im Bett, konnte aber nicht schlafen, und versuchte, sich die Sehnsucht wieder in Erinnerung zu rufen, die sie hierher geführt hatte. Sie konnte sich an die Bilder erinnern, um die sie gekreist war, die Stille, die Dunkelheit. Aber diese Bilder waren Erinnerungen an ihre Wohnung auf der Ranch. Hatte sie nicht gewusst, dass sie das nicht wieder finden würde, egal wohin sie ging? War sie geistig nicht klar genug, um den Unterschied zwischen Erinnerung und Sehnsucht zu sehen? Was sie nicht mehr heraufbeschwören konnte, war das Gefühl an sich. Es musste sehr stark gewesen sein, aber jetzt war sie hier, ganz für sich, sie lag allein auf einem Bett in einem Zimmer, aber sie hatte weder die Empfindung, die sie gesucht hatte, noch die damit verbundene Befriedigung. Stattdessen hatte sie unzählige andere Empfindungen, aber keine war besonders stark. Erstens war da natürlich das, was man als Unbehagen des Ungehorsams bezeichnen konnte. Sie hatte zweifellos unrecht gehandelt, als sie ohne ein Wort der Erklärung sämtliche Verpflichtungen einfach hatte fahren lassen und dem Mann, den sie liebte und der sie auch liebte, Angst und Sorge bereitet hatte. Jetzt, da sie nicht mehr diese überwältigende Sehnsucht spürte, schien sie keine Rechtfertigung mehr dafür zu haben, dass sie weggegangen war, dass sie Limitless im Stich gelassen hatte, den sie, selbstsüchtig, aber konsequent, in den letzten Monaten ganz zu ihrem Eigentum gemacht hatte. Sie hatte sie allein gelassen, und nun empfand sie Sehnsucht nach ihnen. War das die Sünde, die sie verfolgte, dass sie das, was sie wollte, nicht schätzen und nicht einmal empfinden konnte, wenn sie es hatte? Letzte Nacht war alles einfach gewesen. Sie hatte geschlafen, sie hatte genussvoll geschlafen und war sechzehn Stunden lang vollkommen glücklich gewesen. Keine Träume, kein Aufwachen zwischendurch, nur eine Schiffsladung Schlaf, die sie den dunklen Fluss hinabtrug. Aber es war wie früher, ihr Körper war enttäuschend unfähig, dieses Gefühl zu bewahren, und jetzt lag sie hier, hellwach und reumütig.

Sie stand auf und ging ins Badezimmer. Sie betrachtete die Badewanne und spielte mit dem Gedanken, ein weiteres Bad zu nehmen, aber ihre Fingerspitzen waren noch faltig vom letzten Bad. Deshalb putzte sie die Zähne und reinigte sie mit Zahnseide, dann setzte sie sich auf den Toilettendeckel und schnitt sich die Zehennägel. Im Zweifelsfalle ist Körperpflege immer ratsam.

Ihr Problem bestand darin, dass sie sich immer als depressiv und ihren Zustand als Depression bezeichnete, aber in Wirklichkeit gar nicht wusste, wie sich eine Depression anfühlte. Manchmal war es wie Sehnsucht, manchmal wie Kummer, manchmal wie Erschöpfung, manchmal fühlte es sich wie Verwirrung an, manchmal wie Dummheit. Als sie Prozac nahm, hatte sich ihr Zustand wie all das zugleich angefühlt, aber es war weniger wichtig gewesen, als gäbe es eine Störung in der Leitung zwischen ihr und diesen Empfindungen. Was wäre, wenn sie sich nicht mehr als depressiv, sondern als müde oder durcheinander bezeichnete?, dachte sie. Dann würde sie doch wohl schlafen oder Klärung suchen? Wie wär's mit entmutigt? Oder mit Selbsthass? Angst? Dem Gefühl, von der Welt isoliert und in sich ver-

sunken zu sein? Was wäre das Gegenmittel dazu? Könnte sie Anweisungen befolgen? Einerseits war es einfacher zu sagen, sie sei depressiv. Andererseits schienen die einzelnen Medikamente gegen Depression nicht viel zu helfen. Die Depression war mal näher, mal ein wenig weiter entfernt. Vielleicht würde eine gezieltere Methode besser funktionieren, auch wenn sie zeitraubend und zu detailliert sein mochte.
Im Augenblick fühlte sich ihre Depression wie ein reiner Teenagerzustand an. Hier stehe ich, dachte sie mit einem Blick in den Spiegel. Ich sehe leblos und unangenehm aus. Meine Haut ist teigig und meine Augen sind stumpf und meine Haare sind ungewaschen, und ich bin überhaupt nicht attraktiv. Schlimmer noch, ich habe nicht das Bedürfnis zu gefallen. Ich könnte die Sorgen meines Liebsten mit einem Telefonanruf zerstreuen, aber ich will nicht. Diesen winzigen Sprenkel Liebe will ich nicht zeigen, obwohl ich in den letzten sechs Monaten Stunde um Stunde, Tag für Tag, Woche für Woche mit jedem Blick und jeder Geste Liebe gezeigt habe und dachte, es sei mir inzwischen ein natürliches Bedürfnis, Liebe zu zeigen.
Ja, es stimmte allerdings, ihre Depression hatte angefangen, als sie bei Farley eingezogen war. Das war auch etwas, wonach sie sich gesehnt hatte, sie hatte die ganze Nacht in seiner steten, liebevollen Gegenwart sein wollen. Sie hatte allerdings nicht damit gerechnet, dass sie in seiner Gegenwart wenig Schlaf bekommen würde. Sie schliefen eng umschlungen, deshalb war sie sich die ganze Zeit seiner Gegenwart bewusst, seiner Liebe zu ihr, sie war sich bewusst, dass er sich jeden Moment umdrehen, sie umarmen und küssen, ihr sein Verlangen und seine Lust schenken konnte, und sie war sich bewusst, dass sie das Gleiche tun konnte. Sie wachte auf und betrachtete sein Gesicht, wachte auf und küsste seinen Arm, seine Brust, seine Schulter, seine Wange, was ihr gerade am nächsten war. So leicht ihr Kuss auch war, so sehr sie sich auch bemühte, ihn nicht zu wecken, er erwiderte immer mit einer Berührung oder einer dankbaren Umarmung. Das Ergebnis war, dass sie seit Wochen an Schlafmangel litt, und dann kam diese Erschöpfung, dieser Stimmungsabfall, das Gefühl, nicht tun zu können, wonach sie sich sehnte, nämlich eng umschlungen zu schlafen. Als sie das letzte Mal mit jemandem zusammengelebt hatte – das war mit Dean gewesen, als sie noch an der Uni war –, überfiel sie diese

Depression auch fast sofort, nachdem sie zusammengezogen waren. Damals hatte sie gedacht, es liege an Deans Unruhe. Er war keinen Augenblick lang still, weder tagsüber noch nachts. Sogar vor dem Fernsehen raschelte er und drehte und wand sich und ächzte und redete und machte Pläne. An Dean war so wenig Liebenswertes gewesen, dass sie jahrelang mit ihm zusammengeblieben war und unterdessen immer depressiver wurde. Jetzt sah sie, dass ihre Depression zwar immer eine Geschichte hatte, aber die Tatsache, die ihr zugrunde lag, war ihre Unfähigkeit, mit jemandem zusammen zu sein, selbst wenn dieser Mensch die Ruhe, Güte, Liebe in Person war. Was sie anstrebte, war etwas ganz Kleines, ein einzelnes Zimmer mit einem kleinen Badezimmer und in einer dunklen kleinen Ecke des Badezimmers eine Badewanne mit einem schweren dunklen Vorhang, der kein Licht durchließ.

Farley indessen, in seiner Wohnung in Arcadia drüben, bekam auch nicht viel Schlaf. Auf der Rennbahn mit ihrem unaufhörlichen Betrieb war es schon schwer genug, sich eine geistige Klarheit zu bewahren, die teils Willenskraft, teils Geschäft war, aber hier, in seiner Wohnung, in seinem Bett, zwischen den Laken, in denen noch ihr Geruch hing, musste er regelrecht darum kämpfen. Er war ein Typ mit Methode, ein Typ mit Regeln, ein cleverer Typ. Das sagten alle über ihm. Die erste Regel war: »kühl bleiben«, die zweite Regel war: »aufpassen«, und die dritte Regel lautete: »Denk nach, bevor du handelst.« Die Stammstute hatte diese Regeln natürlich immer falsch interpretiert und sie häufig und gern kritisiert. Ihr zufolge lautete seine erste Regel »Rückzug«, die zweite »Sieh zu, anstatt zu handeln« und die dritte »Niemals spontan sein«. Sie konnte sich nicht genug darüber wundern, dass er auf der Rennbahn gelandet war, denn ihrer Meinung nach war er der geborene Buchhalter oder vielleicht Biologielehrer an einer sehr ruhigen Klosterschule auf dem Lande. Seit ihrer Trennung hatte sie sich natürlich für die krasseren Bezeichnungen seiner Person entschuldigt, aber sie hatte sie nicht zurückgenommen, nur ihr Verhältnis dazu hatte sich geändert.
Die erste Regel befolgte er ganz eindeutig nicht, denn er war schweißgebadet und der Kopf tat ihm weh, als führe eine Dampfwalze dar-

über. Als er aufstand, um auf und ab zu gehen, und dabei Joys Sachen zurechtrückte, stolperte er immer wieder, und als er aus dem Badezimmer kam, lief er im Dunkeln vor die Tür und stieß sich eine Beule an der Stirn. Was das »erst denken, dann handeln« anging, so war er gar nicht imstande zu denken, und es war ein Glück, dass es mitten in der Nacht war und deshalb kein Handeln von ihm verlangt wurde.
Natürlich hätte er Verschiedenes unternehmen können. Er hätte in sein Auto steigen können, um hektisch herumzufahren und nach ihr zu suchen wie nach einem entlaufenen Hund. Er könnte zur Polizei gehen, was ihn jetzt umso mehr reizte, weil es mitten in der Nacht war, was allem noch eine zusätzliche Note von Dramatik und Panik verlieh. Er konnte alle Notfallaufnahmen in Südkalifornien anrufen oder besser noch aufsuchen und ins Gesicht jeder Patientin blicken. Wenn er Joy nicht finden konnte, dann konnte er wenigstens anfangen, jede der drei oder vier Millionen Frauen in Südkalifornien auszuschließen, die nicht Joy waren. Oder er konnte wie ein verwundeter Stier brüllen. Oder er konnte den Kopf gegen die Wand schlagen, mit der Faust die Wand durchschlagen, in die Küche gehen, die Bratpfanne zur Hand nehmen und ein paar Teller damit zu Tode prügeln. Allein bei dem Gedanken begann er schon zu keuchen und zu schwitzen. Er ging ins Badezimmer zurück und drehte die Dusche auf.
Ach, er war so viel besser in dieser anderen Sache, dieser distanzierten, abgehobenen, schwebenden Sache, wo die Pferde arbeiteten und liefen und gewannen oder nicht gewannen, wo die Besitzer kamen und gingen und man sie amüsiert betrachtete, wo man distanziert und witzig und geheimnisvoll sein konnte und umgänglich und unerschütterlich. Er war so gut darin, nie das Beste oder Schlimmste zu erwarten, sondern nur, dass es irgendwie klappte. Er war so gut darin, gut zu ihr zu sein, verantwortlich und umsichtig und beruhigend und geistreich, und jetzt war sie trotzdem weg, trotz all seiner Bemühungen, und es war fast so wie damals in Saratoga, als er zusammengebrochen war, er war einfach umgekippt, und Rosalind Maybrick hatte ihn wieder auf die Füße gestellt, einfach so, indem sie ihn berührte. Sie war es, die er anrufen müsste, dachte er, aber er hatte keine Ahnung, wo sie war. Irgendwo in Europa, eigentlich nicht erreichbar, und deshalb musste er, der immer für sich selbst sorgte, auch diesmal wieder

für sich selbst sorgen, und das war alles so unfair, er sorgte für sich, er sorgte für die Pferde, er sorgte für Joy und sorgte für sein Personal und für seine Kinder und seine Besitzer und die finanziellen Bedürfnisse der Stammstute. Der Schweiß rann ihm über Gesicht und Körper, der Kopf explodierte fast, deshalb stieg er unter die Dusche, und das Wasser hämmerte auf ihn herab, auf seine Haare und seinen Bart und seine Augen und seinen Mund, strömte über Schultern und Bauch, die Haare auf seinem Körper, über seinen Penis und die Hoden und die Beine hinab, erst heiß, dann warm, dann kalt, dann eiskalt, bis seine Haut pochte, und er stieg erschöpft aus der Dusche, frottierte sich ab, ging zurück ins Schlafzimmer und wechselte die Bettwäsche. Dabei fühlte er sich besser. Er zog die Ecken des Spannbetttuchs ordentlich über die Ecken der Matratze, glättete das Oberlaken darauf, stopfte die Kissen in die frischen Bezüge, und dann legte er sich hin, nackt, kühl und trocken. Und dann streckte er die Hand aus und hob die Bettwäsche auf, die er abgenommen und auf den Boden geworfen hatte, die Laken, die mit ihrem und seinem Geruch voll gesogen waren, und er zog sie sich übers Gesicht und weinte.

Es war erst acht Uhr morgens an der Ostküste, als bei Joys Mutter das Telefon klingelte. Sie hob ab und stellte fest, dass Joy am anderen Ende der Leitung war und sehr verdrießlich klang. Es überraschte sie gar nicht, dass Joy um fünf Uhr früh schon wach war, Joy war seit ihrer Geburt um fünf Uhr morgens aufgewacht, was eines der Probleme war, die zwischen ihr und ihrer Tochter bestanden, doch in Joys Mutter inzwischen keine Schuldgefühle mehr weckten, weil sie nicht mehr der Meinung war, dass man ein Kind zur Welt bringen und es davor bewahren konnte, zu leiden oder ersatzweise neurotisch zu sein oder beides. Aber als Joy sagte: »Warum bin ich so?«, war sie doch ziemlich überrascht, weil Joy ihr diese Frage nie gestellt und die wiederholten Angebote ihrer Mutter, ihr diese Frage ungefragt zu beantworten, immer zurückgewiesen hatte, was Joys Mutter ihrer Tochter nicht mehr zum Vorwurf machte, weil sie nicht mehr glaubte, dass es möglich war, irgendjemandem irgendetwas beizubringen, erst recht nichts, was die betreffende Person dringend befolgen sollte.

Dennoch, sie war auf diese Frage vorbereitet, weil sie die Antwort unzählige Male geprobt hatte. »Weil du so sein willst«, sagte sie.

»Ich will müde sein und durcheinander und isoliert und ängstlich und voller Selbstvorwürfe und desorientiert und schroff und stur und freudlos?«
»Ja, jedenfalls lieber als etwas anderes.«
»Lieber als was?«
»Ich weiß nicht, was es sonst noch gibt.«
»Ein toller Mann, ein tolles Pferd, eine gute Arbeit.«
»Der Mann könnte dich verlassen.«
»Das wird er nicht.«
»Du könntest ihn verlassen.«
»Das werde ich nicht. Oder besser gesagt, das habe ich schon, aber ich würde es nicht tun.«
Joys Mutter beschloss, dieses Thema nicht zu berühren.
»Warum nicht?«, fragte sie.
»Weil es zwischen uns nichts gibt, was nicht stimmt. Ich bin es, bei der etwas nicht richtig ist.«
»Im Vergleich zu was?«
»Im Vergleich zu ihm. Im Vergleich zu dir. In Vergleich zu dem, was normal ist. Warum bin ich so?«
Wie diese Frage in Versuchung führen konnte. Hatten nicht Joys Mutter und ihre Schwester und ihre beste Freundin dieses Kapitel unzählige Male in allen Einzelheiten durchgekaut? Konnte sie nicht sämtliche Theorien auf Abruf aufzählen: Anlage, Erziehung, Gehirnstoffwechsel, Mangel an Willenskraft, tragische Weltsicht, Mutation, Pech, unbezeugte Traumatisierung, Hormonanstieg in der Gebärmutter, Umwelteinfluss, undiagnostizierte Kopfverletzung, Fluch? Aber sie sagte: »Die Frage, Joy, ist nicht ›warum?‹, sondern ›was nun?‹.« Und dann beschloss sie, es mit einer anderen Masche zu versuchen, die bei Joy nicht oft funktionierte. »Was möchtest du denn tun, Liebes?«
»Ich weiß es nicht. Ich weiß nur, nach was ich mich sehne.«
»Wonach sehnst du dich denn?«
»Jetzt in diesem Augenblick nach Farley und den Pferden und der Rennbahn.«
»Und wonach hast du dich vorher gesehnt?«
»Nach einem kleinen dunklen Zimmer und Ruhe und Frieden.«

Joys Mutter fuhr sich mit der Zunge über die Lippen und zog ihre eigene Erfahrung zu Rate. Sie war wirklich keine Expertin für Introspektion, Retrospektion, Reue und Umbesinnungen. Sie holte tief Luft und tat etwas, das ihr – immer noch – Angst einjagte: Sie sprach offen und ehrlich mit ihrer Tochter. »Du meinst einen Sarg, oder?«, sagte sie. »Du meinst einen winzigen Raum, wo du dich hinlegen und den Deckel über dir zuziehen kannst und nie wieder sehen oder denken musst, wo du aufhören kannst, zu atmen und zu grübeln, und nicht mehr zu fühlen brauchst, wie dein Herz schlägt und das Blut durch deine Adern fließt und sich alles jede Minute und jede Sekunde ändert. Das ist es, was du meinst, nicht wahr? Danach hast du dich gesehnt?«

Am anderen Ende der Leitung war es lange still, dann sagte Joy: »Ja.«

»Meinst du, du wirst glücklich sein, wenn du es bekommst?«

»Nein«, sagte Joy.

»Dann ist es höchste Zeit, dass du dir Gedanken darüber machst, wie du es vermeidest, denn ich habe das Gefühl, dass einem dieser Wunsch leicht gewährt wird, wenn man ein paar Mal darum bittet.«

»Kannst du ihn anrufen und ihm sagen, dass alles mit mir Ordnung ist?«

»Gib mir seine Nummer.«

Farley war endlich aufgestanden und noch zu Hause, als das Telefon klingelte. Es war Joys Mutter, ihre Stimme war ungerührt, und sie hatte nur eine kurze Nachricht für ihn: »Ihr geht es gut. Sie hat mich angerufen.«

»Wo ist sie?«

»Das weiß ich nicht.«

»Kommt sie zurück?«

»Das weiß ich nicht.«

»Was macht sie?«

»Das weiß ich nicht. Hören Sie auf zu fragen.«

»Warum?«

»Weil Sie damit die Latte immer höher hängen. Ich wette mit Ihnen, vor meinem Anruf haben Sie gedacht: ›Solange es ihr nur gut geht, das ist das Einzige, was zählt.‹«

»Ja, das stimmt, das habe ich gedacht.«
»Sehen Sie. Geben Sie sich jetzt damit zufrieden.«
Farley, der Joys Mutter immer für ziemlich beschränkt gehalten hatte, sah sich eines Besseren belehrt.
Trotz seiner Müdigkeit kümmerte er sich um alles, was zu regeln war, sobald er auf der Rennbahn war, und der Tag verging im Fluge. Er hatte Pferde in zwei Rennen, in einem Sieglosen-Spezialgewichtsrennen für dreijährige Stuten und einem Ausgleichsrennen für Hengste und Wallache. Im letzteren lief Bernard Baruch. Lorenzo de Medici lief in Kentucky, und Ivan Boesky war trächtig von Wild Again. Die Brüder hatten jetzt zwei weitere Stuten bei ihm, Carl Icahn und Billy Sol Estes, ein paar Zweijährige von Seeking the Gold, aber die Besitzer kamen nur persönlich, wenn es sich um ein großes Stakes-Rennen handelte. Billy Sol Estes war ein viel versprechendes Pferd. Als Bernard Baruch, der das Rennen gewonnen hatte, aus dem Teststall kam, war es schon spät. In seinem Büro fand Farley eine Nachricht von Elizabeth für Joy auf dem Anrufbeantworter, sie waren in Lihue von ihrem Flug gestrichen worden und würden es nicht zum Rennen schaffen. Er sah ein letztes Mal nach den Pferden und hinterließ Anweisungen für den Mann, der Nachtwache hatte, dann ging er zurück ins Büro, um seine Aktentasche zu holen, und da erwartete ihn eine Nachricht von den Leuten aus Maryland, die zu Hause bleiben mussten, weil ihr Kind krank war. Er fuhr nach Hause und fiel ins Bett, bis ihn um vier Uhr ein Anruf von Al Maybrick vom Flughafen in Narita weckte. »Hören Sie zu«, sagte Al, als hätte Farley eine Wahl. »Ich muss direkt von hier nach Murmansk und lasse Rio ganz aus. Im Prinzip ist mir das egal, aber ich hab Rozzy seit Wochen nicht gesehen. Richten Sie ihr aus, dass ich sie morgen in einer Woche in Stockholm treffe, ja?«
»In Ordnung«, sagte Farley.
»Wird das Pferd gewinnen?«
»Soviel ich gehört habe, tippt man darauf. Er sieht sehr fit aus.«
»Wessen Tipp ist es?«
»Jemand im Stall, der sich gut auskennt.«
»Das hab ich schon mal gehört. Ich nehme nicht an, dass es nach Murmansk übertragen wird?«

»Wohl kaum.«

»Vielleicht beim nächsten Mal. Vielleicht beim Breeders' Cup.«

»Gute Nacht, Al.«

Dann stand er auf, obwohl er noch zwei Stunden hätte liegen bleiben können, und fuhr zur Rennbahn.

In Santa Anita war schon alles hellwach, und Buddy Crawfords erste Gruppe war schon draußen, obwohl es noch so dunkel war, dass die Lampen brannten. Wenn Joy ihn verließ, konnte er auch wieder damit anfangen, dachte Farley. Mit diesen frühen, kühlen, reinen Stunden, die Zeit für die Leute auf der Rennbahn, deren Leben sich um nichts als Pferderennen drehte.

Als er nach der zweiten Gruppe hereinkam, bekam er einen Anruf von Rosalind, die ihm mitteilte, dass ihr Flug wegen einer Bombendrohung von Terroristen auf dem Rollfeld festgehalten worden war. Die Sache war jetzt zwar vorbei, aber sie würde es unmöglich bis zum Rennen schaffen, deshalb flöge sie direkt nach Caracas. Er richtete ihr Als Nachricht aus. Ihre Stimme wurde leiser. »Hat er gesagt, dass er dort sein wird?«

»Ja.«

»In Murmansk ist er auf dem Handy kaum zu erreichen, wenn er bei Ihnen wegen der Rennergebnisse anruft, sagen Sie ihm bitte, dass ich ihn Samstagmittag im Foyer des Hotels treffen werde.«

»Gut.«

Dann bekam er vom Hauptbüro die Mitteilung, dass Mr. Tompkins bei Fresno ein Triebwerk verloren hatte. Er war umgekehrt und sicher gelandet, würde es aber zum Swaps-Stakes-Rennen nicht schaffen. Farley sollte fünf Dollar auf Limitless wetten, er würde ihm das Geld demnächst zurückgeben. Es wurde später. Am Morgen standen die Chancen für Limitless in Wettbüros bei fünf zu zwei. Er war zweiter Favorit. Es sah aus, als würde sein Publikum bei diesem Rennen aus Farley und elftausend Unbekannten bestehen. Um drei Uhr führte Rafael das Pferd aus dem Pferch und brachte ihn zum Gaststall. Farley stand herum und wartete, aber sein Telefon klingelte nicht. Schließlich ging er allein zum Sattelring. Limitless und Rafael waren in Stand fünf, ruhig und allein standen sie da. Es war ein ordentliches, großes Rennen, acht Hengste und zwei Stuten. Baffert hatte zwei am

Start, Lukas eins, MacAnally eins. Besitzer, wohin das Auge reichte. Limitless stand beim Satteln still, aber auf den Zehen, seine Ohren zuckten hin und her. Rafael hielt ihn, während Farley erst das eine, dann das andere Vorderbein des Pferdes von den Bandagen befreite, dann nahm Farley ihn, während Rafael ihm den Schweif glatt strich und das Gesicht noch einmal trockenrieb. Die Wettchancen für ihn standen jetzt zwei zu eins, er war immer noch zweiter Favorit, nach einer der Baffert-Nennungen.

Der Ringsteward gab ihnen das Zeichen zum Aufbruch, und als Roberto erschien, wünschte man ihm von allen Seiten Glück, und hoffnungsvolle Wetter lehnten sich über die Absperrung. Er warf Roberto auf das Pferd, und als Roberto ganz behutsam die Zügel in die Hand nahm, spürte Farley, wie das Pferd voller Erwartung auflebte. Er ging hinter ihnen unter der Tribüne her. Die beiden Baffert-Pferde sahen toll aus. An einem Wettschalter setzte er für Mr. Tompkins fünf Dollar auf Limitless. Als er zu seiner Loge hinaufging, sah er, dass die Pferde und ihre Führpferde schon trabten. Limitless' Führpferd hatte wie immer Schwierigkeiten, mit seinem ausholenden Trab mitzuhalten.

Sie saß auf ihrem üblichen Platz, und als er zu ihr kam und sich neben sie setzte, schob sie die Arme unter seine Jacke, umarmte ihn und legte die Wange an seine Brust. Er legte die Hand auf ihren Kopf und drückte sie ganz fest an sich, und so blieben sie sitzen, bis die Pferde an der Startmaschine angekommen waren. Weil es ein Gruppe I-Rennen war, das erste dieser Art für Limitless, setzten sie sich dann auf und schauten zu, aber Farley hielt Joys Hand fest mit beiden Händen umschlossen.

Die Pferde sprangen problemlos und gleichmäßig aus den Startboxen, und im ersten Bogen hingen Limitless und General Challenge zusammen am Ende des Felds, was für keinen der beiden gut war, denn beide blieben gern allein den anderen auf den Fersen, während diese ihre Kräfte verbrauchten. Aber jetzt gaben sie sich gegenseitig Auftrieb, und sie hatten beide so viel Tempo, dass sie die Hauptgruppe unweigerlich einholten. Farley warf einen Blick zu Baffert hinüber, der das Fernglas an die Augen gepresst hielt. Auf der Gegengerade hängten die beiden Pferde Satz um Satz im Gleichmaß die übrigen

Pferde ab. Farley sah durch sein Fernglas, dass McCarron den großen Fuchswallach fest im Zügel hatte, während Roberto auf Limitless die Zügel fast ganz hingegeben hatte. Wie viel Limitless in der Reserve hatte, ließ sich schwer sagen, General Challenge jedenfalls hatte anscheinend eine Menge. Im zweiten Bogen waren sie direkt hinter den beiden führenden Pferden, die beide an den Rails liefen, das eine etwa eine Länge hinter dem anderen. Farley sah, wie Limitless ausscherte, um einen Bogen zu nehmen, und er sagte: »Ich glaube, Roberto hat vergessen, gegen wen er läuft.«

»Limitless ist das egal«, sagte Joy.

Das andere Pferd klebte buchstäblich an ihm, sie machten beide einen Bogen um das zweite Pferd und nahmen jetzt das erste aufs Korn. Farley sah, dass Roberto einen Blick auf McCarron warf, dann sah er, wie McCarron aus dem großen Wallach noch etwas mehr herausholen wollte. Sie waren auf Schulterhöhe des ersten Pferdes, Nase an Nase an Nase, Galoppsprung um Galoppsprung. Sie kamen zum achten Pfosten. Limitless' Zügel flatterten, Roberto hatte die Hände in der Mähne des Pferdes. McCarron hob die linke Hand mit der Peitsche. Der Jockey des ersten Pferdes hatte dem Pferd bereits zweimal die Gerte gegeben und hob schon wieder den Arm. In diesem Augenblick wechselte Limitless die Hand, streckte sich, legte die Ohren zurück und zog vor den anderen beiden nach vorn. Er kam mit einem Hals Vorsprung über die Ziellinie. Farley rannte zur Bahn hinunter, und um nur ja nichts zu riskieren, zog er Joy hinter sich her.

Nichts eignete sich so gut wie ein Sieg in einem Gruppe-I-Rennen, um die Welt in Ordnung zu bringen. Ein wenig Serotonin und ein paar Endorphine machten den Kopf klar, und man sah plötzlich ein, dass alle Gedanken, die düster und furchtsam gewesen waren … nun ja, dass sie eben falsch waren, vielleicht irgendwie auch klärend, aber dennoch entsprachen sie nicht der Wahrheit. Alles an einem Gruppe-I-Sieg war beruhigend, angefangen vom Ausdruck aufgeregter Zufriedenheit auf dem Gesicht des Pferdes und des Jockeys bis hin zu dem allgemeinen Lächeln auf der Tribüne und den zugerufenen Glückwünschen, wenn man für das Siegesfoto Aufstellung nahm. Nach der Aufregung kam der entspannte Augenblick im Teststall, wenn das Pferd die Hinterbeine zurückstreckte, den Schweif leicht hob, die

Rute senkte und in das Glas urinierte, und dann der Nachglanz beim Gang zurück zum Stall und den einzelnen Verrichtungen, dem Baden, Bewegen, Bandagieren, Massieren, bei denen man dem Pferd immer wieder klarmachte, was für eine gute Leistung es gebracht hatte und wie dankbar man ihm für diese Leistung war und dafür, dass man es hatte.

Farley hatte eine Regel: Träume waren tabu – man redete nicht von dem, was man sich für künftige Rennen vorstellte, und hörte es sich auch nicht an. Ein Sieg, gleich welcher, war immer so gut, dass man sich an ihm selbst freuen sollte. Dank Limitless saß Farley jetzt um zwei Uhr morgens hellwach im Bett, hielt Joy an sich gedrückt, spürte ihre liebevolle, weiche Wärme. Sie hatten beide geschlafen und waren dann unversehens zusammen wieder aufgewacht.

»Also, manchmal finde ich Kalifornien einfach überwältigend.«

Farley lachte.

»Ich habe deine Stimme so gern.«

»Das weiß ich.«

»Meine Mutter hat gesagt, ich wollte sterben, aber jetzt habe ich das Gefühl, dass es in Wirklichkeit nicht so war, es war mehr wie ein Vorwand. Oder so, als ob ich etwas Unechtes an die Stelle von etwas Wirklichem gesetzt hätte, an das ich mich nicht mehr erinnern konnte. Ich konnte mich einfach nicht mehr daran erinnern.«

»An was?«

»Das hier. Ich konnte mich an das hier nicht mehr erinnern. Ich wusste nicht mehr, wie sich deine Gegenwart anfühlt.«

»Fühlst du sie jetzt?«

»Ja.«

»Ich auch.«

»Dann ist ja alles gut«, sagte sie.

AUGUST

Kapitel 68
Selbstvervollkommnung

R. T. Favor kriegte Justa Bob und Doc's Big Juan nicht auf die Rennbahn, und zwar lag das an einem Unfall, den er eines Abends mit seinem Lieferwagen hatte, auf dem Heimweg von einer Bar kam er von der Straße ab. Im Grunde war es keine große Sache, er landete bloß im Straßengraben, aber der Wagen blieb an einem Baumstumpf oder so hängen, und er kriegte ihn nicht wieder raus aus dem Graben, und dann tat er etwas, das war wirklich zum Schieflachen, er nahm sein Gewehr von der Ablage im Rückfenster und schoss in die Tür auf der Fahrerseite von dem Scheißlastwagen, bamm, bamm, das Ding war abgekratzt, das brachte ihn so zum Lachen, der Motor war abgekratzt, und er ballerte drauf, und damit war es doppelt abgekratzt. Bloß ein Witz, ein kleiner Scherz, ganz harmlos, aber in einem Haus ganz in der Nähe wohnte zufällig ein Hilfssheriff (war das nicht wieder typisch?), und der wachte auf und kam raus, und obwohl R. T. genau wusste, dass er höchstens ein paar Mal auf den Wagen geballert hatte, nahm dieser Wichser eine Blutprobe, wie die Bullen es immer machen, wenn man ihnen irgendwie dumm kommt, und danach landete R. T. doch tatsächlich im Gefängnis! R. T. hatte schon früher die Erfahrung gemacht, dass jeder Polizist, dem er begegnete, schlecht gelaunt war, und dann guckten sie in seine Akte, und alles fing wieder von vorne an.

Es war August, und der Stallbesitzer, der Angel Smith hieß, behielt die Pferde im Auge, obwohl die Besitzer, die ihre Pferde hier unterstellten, die Arbeit selbst taten. Man konnte es sich aber nicht leisten, den Pferden das Wasser ausgehen zu lassen, damit bereitete man sich selbst nur Probleme, deshalb sorgte er dafür, dass R. T.s Pferde Wasser hatten, und am nächsten Tag gab er ihnen etwas von seinem eigenen Heu, weil sie vor leeren Futterkrippen standen. Am nächsten Tag machte er es genauso. Und am Tag danach kreuzte R. T. endlich auf. Er war zwar schon seit ein paar Tagen entlassen, aber die ganze Geschichte hatte ihm doch ziemlich zugesetzt, und außerdem war sein Wagen konfisziert worden, weil er seine Strafzettel nicht bezahlt hatte, und es war nicht einfach, ohne Wagen zum Stall zu kommen. Als er kam, war kein Mensch da, er schaute in den Stall und sah, dass jemand den Pferden Wasser und Heu gab, und da drehte er sich um und ging davon. Er hatte sein Gewissen beruhigt. Wenn sich jemand um sie kümmerte, obwohl er nicht da war, dann war alles gut. Er hatte sowieso die Nase voll von Texas. Es war heiß. Mit seiner alten Karre hätte er es nie an einen anderen Ort geschafft, aber mit dem Daumen wohl. Er ging zur Straße, stellte sich auf und streckte den Daumen aus, und es dauerte nicht lange, bis er in einem Auto saß, und wenn sich sein Gerichtstermin näherte, würde er weit, weit weg sein, und das war eine alte Gewohnheit, die sich über die Jahre hinweg immer wieder bewährt hatte.

Nach ein paar Tagen stellte Angel fest, dass R. T. sich seit einer Woche nicht hatte blicken lassen, deshalb wandte er sich an Lex mit der Bitte, R. T.s Rechnung zu bezahlen, aber Lex lehnte höflich ab. Noch unentschlossen, was er mit den beiden Tieren machen sollte, die er Amigo und Frank nannte, steckte Angel sie zusammen in einen Pferch, damit er ihre Boxen vermieten konnte. Der Pferch war etwa sechs Meter lang und sechs Meter breit und mit Maschendraht eingezäunt. Er lag im Windschatten des Stalls zur Straße hin. Mittags spendete der Dachüberhang etwas Schatten und nachmittags die Scheune selbst. Der Boden war hart verkrustete Erde wie in der Einfahrt. In der Mitte befand sich eine Vertiefung, die sich bei Gewittern mit Regenwasser füllte. Es war nicht bequem zum Liegen, aber das war nicht Justa Bobs Hauptsorge. Doc's Big Juan in der Nachbarbox zu haben, von wo aus er den Kopf durch das Zwischenfenster steckte, war eine Sache. Eine große Grasweide wäre sogar noch besser gewesen. Aber in einem Pferch von sechs mal sechs Metern hatte Justa Bob überhaupt keinen Flecken, den er sein Eigen nennen konnte. Der alte Mann warf das Heu einfach über den Zaun, sodass alles auf einem

Haufen landete. Justa Bob hatte keine Lust, das ohnehin schon spärliche Futter in solcher Nähe zu einem anderen Wallach zu fressen, und ihre Freundschaft sah sich auf harte Proben gestellt. Es ging nicht ohne Gekreisch, ohne Bisse und Tritte ab. Doc's Big Juan seinerseits war derselben Meinung wie Justa Bob: Gute Zäune sorgen für gute Nachbarschaft. Er war etwas jünger und rascher als Justa Bob, deshalb gelang es ihm, den Angriffen auszuweichen, während er seinem Gefährten selbst ab und zu einen Biss oder Tritt verpasste. Bald hatte Justa Bob drei anständige Bisswunden: eine an der Hinterhand, eine am Hals und eine auf dem Rücken. Er selbst hatte Doc's Big Juan einen Tritt ins Knie versetzen können, das anschwoll. Der Stallbesitzer fand, dass die beiden verglichen mit anderen Pferden, die er zusammen im Pferch gehalten hatte, ganz gut zurechtkamen. Sie würden sich schon aneinander gewöhnen.

In Maryland, wo Epic Steam, jetzt unter dem Namen »Sudden Intuition« oder »Toots«, weiterhin auf seinen zwei Morgen Grasland sein einsames Regiment führte, war es auch heiß. Ellen selbst kümmerte sich um ihn, alle anderen hatten strengste Anweisung, ihn in Ruhe zu lassen. Das war ein alter Cowboytrick zur Zähmung eines ungebärdigen Pferdes. Zuerst einmal isolierte man das Pferd von allem Umgang mit Pferden und Menschen. Eine Woche lang stieg sie nicht mal aus dem Wagen aus, sondern warf ihm das zusätzliche Heu im Vorbeifahren über den Zaun. Wenn er richtig einsam war, würde er sie schon begrüßen, und so war es auch – am siebenten Tag wieherte er ihr freundlich zu. Sie stieg sofort aus, trat an den Zaun, warf das Heu hinüber und sprach sanft mit ihm, aber nur kurz, und sie versuchte nicht, ihn anzufassen. Am nächsten Morgen stand er schon am Gatter und wartete auf sie. Sie warf das Heu zum größten Teil über den Zaun und sprach wieder mit ihm, aber diesmal zeigte sie ihm auch eine Karotte, die sie dann auf das Heu fallen ließ. Als er darauf zuging und sie aß, sprach sie weiter auf ihn ein, ruhig und freundlich, aber nicht schmeichlerisch. Dann stieg sie wieder ins Auto und fuhr davon. Die restlichen dreiundzwanzig Stunden und vierzig Minuten des Tages war Toots allein.

Nachdem er nun endlich sein Ziel erreicht hatte und die Gesellschaft langweiliger und strafender Menschen los war, wusste Epic Steam nicht so recht, was er mit sich anfangen sollte. Er trabte und galoppierte um die Weide, stieg, kreischte, bockte und spielte. Er trat gegen den Zaun, manchmal mehrmals hintereinander, und immer machte ihm der Klang des Aufpralls Spaß. Er blieb oft an irgendeiner Stelle stehen und lauschte wachsam auf die Geräusche von Pferden und anderen Geschöpfen, die der Wind ihm zutrug. Es gab Gewitter, eine unangenehme Neuheit in seinem Leben, denn er hatte keinen Unterstand und wurde nass, und der Wind pustete ihn durch. Er graste. Das Gras war köstlich, er probierte auch alle möglichen anderen kleinen Pflanzen zwischen den Grashalmen und die Rinde an den Bäumen, die auf der Weide standen, aber die Zaunpfähle ließ er in Ruhe, denn auf den Stich des stromgeladenen Drahts, der über die oberste Latte lief, konnte er verzichten. Er döste. Er schlief, aber meistens in der Nachmittagshitze und nicht nachts. Da er sich allein mit sich selbst vergnügen musste, wurde er ein wenig trüb und dann noch ein wenig trüber. Das allmähliche Versiegen des Testosterons fühlte sich für ihn wie das Abebben einer Art Frustration an, aber das war ein langsamer Prozess, denn seine Hoden waren gut entwickelt gewesen, und seine Probleme hatten zum Teil an ihrer Funktionstüchtigkeit gelegen, die seine Männlichkeit steigerte.

Eines frühen Morgens hatte er das, was man nur als Idee bezeichnen kann. Er stand in der Ecke der Weide, die dem Wald am nächsten war. Hinter dem dichten Laub der Eichen, Hickory- und Hackberrybäume waren die anderen Pferde zwar unsichtbar für ihn, aber ihre Gerüche und Geräusche drangen ungehindert herüber. Er hörte sie oft wiehern, dann wieherte er zurück, und sie erwiderten sein Wiehern. Jetzt trabte er zum Zaun und drückte die Brust gegen das Gatter. Das Gatter gab ein kleines Stück nach, weil die Kette nicht festgezurrt war. Er trabte ein Stück von dem Gatter fort und dann wieder darauf zu, wobei er sich mit der Brust davor warf. Dieses Spiel gefiel ihm, es gab ihm Hoffnung. Deshalb machte er noch einen Versuch, diesmal aus größerer Entfernung. Er war ein Kraftprotz, und es war für ihn ganz natürlich, Dinge aus dem Weg zu drücken. Seine Schwierigkeiten mit Menschen hatten unter anderem daran gelegen, dass sie ihn immer anschrien und stießen, wenn er sie in die Ecke drängte.

Unzählige Male hatte er Ellbogen, die Griffe von Mistgabeln und Schaufeln, gelegentlich auch einen Hufkratzer oder eine Klemme zwischen den Rippen gehabt. Jetzt trabte er zu einem dritten Anlauf wieder vom Gatter weg, er hatte vor, sich wieder dagegen zu werfen, diesmal allerdings ein wenig fester.

Aber als er das Gatter aus der Entfernung betrachtete, fiel ihm etwas anderes daran auf: Dahinter lag das gleiche Gelände wie davor – offenes Grasland. Das Gatter selbst bestand aus einem Querbalken, der direkt über dem Boden verlief, und einem deutlich abgegrenzten Balken am oberen Rand. Dazwischen waren drei Latten in einem Abstand von jeweils 30 Zentimeter. Man konnte, wie er feststellte, über, durch und auf das Gatter schauen. Es handelte sich, wie er feststellte, nicht um eine Wand. Er trabte darauf zu, dann drehte er um, trabte in die Mitte der Weide, drehte sich wieder dem Gatter zu, begann zu galoppieren und tat das, was am nächsten lag – er sprang aus seiner Koppel hinaus.

Später, als alle begriffen, was geschehen war, fand es eigentlich niemand verwunderlich. Er war ein junges, gut trainiertes Pferd, sein Stammbaum war voll mit Nearcos und Nasrullahs Erbteilen. Damascus, Raja Baba, Blue Larkspur, all die Blutlinien der großen Vollblut-Springpferde. Das Gatter war nur knapp anderthalb Meter hoch, und er war über ein Meter siebzig groß. Epic Steam selbst war auch nicht überrascht. Ein solcher Sprung reichte ihm, um zu wissen, dass Springen zu seiner Natur gehörte, dass man nie eingesperrt bleiben musste, wenn man springen konnte, dass anderthalb Meter eine leicht zu überwindende Höhe waren und dass man endlosen Aufruhr stiften konnte, wenn man es sich einmal zur Gewohnheit gemacht hatte, aus Weiden hinauszuspringen.

Er beglückwünschte sich zu seiner Flucht und machte sich sogleich daran, zwischen den Bäumen hindurchzutraben und die anderen Koppeln und Weiden zu erkunden. Sein Anblick brachte unvermeidlicherweise viel Leben in die anderen Pferde, es war ganz offensichtlich, dass er da war, wo er nicht sein sollte. Sie waren so mit ihm beschäftigt, dass sie ihr Heu und Korn ganz vergaßen, auf das sie wie jeden Morgen warteten. Es dauerte nicht lange, und sie galoppierten alle umher. Da er von Natur aus ein Unruhestifter war, stattete er jeder Weide einen Besuch über den Zaun ab und zettelte alle möglichen Konflikte an, die mit Vorherrschaft und Männlichkeit zu tun hatten. Er war ein neues Pferd. Jedes Pferd in der Herde bildete sich sofort seine eigene Meinung über ihn. Und da in diesen Sommernächten so viele Pferde draußen standen, hatte er ausgiebig Gelegenheit, sich umzutun.

Inzwischen war es halb acht, und alles wäre in Ordnung gewesen, wenn es nicht Sonntag gewesen wäre, der Tag, an dem Ellens Helferin, die fürs Füttern der Pferde zuständig war, sich eine halbe Stunde länger im Bett gönnte. Sie schlief in der Wohnung über dem Stall, bei geschlossenen Fenstern und eingeschalteter Klimaanlage. In dem Augenblick, als sie sich auf die andere Seite drehte, einen Blick auf die Uhr warf und beschloss, sich noch fünfzehn Minuten zu genehmigen, beschloss Epic Steam gerade, noch einmal diesen Trick mit dem Springen auszuprobieren, und wenige Sekunden später war er da, wo er schon so lange hatte sein wollen – auf einer Koppel mit vier Stuten. So etwas Aufregendes hatten die vier Stuten seit Jahren nicht mehr erlebt und sie standen stocksteif mit aufgerichteten Ohren und hochgezogenen Schweifen und starrten ihn an. Er fasste das als Ermunterung auf und zog auch den Schweif hoch, krümmte den Hals und vollführte eine wunderschöne Passage rings um die Weide, wobei er die Füße so schnell und hoch vom Boden hob, als laufe er auf heißen Kohlen. Alle Pferde auf all den anderen Weiden sahen zu und wieherten ihm dann und wann ermunternd zu. Nachdem er sich zu seiner eigenen Zufriedenheit präsentiert hatte, senkte Epic Steam den Kopf und schob ihn mit einer schlängelnden Bewegung auf eine Stute zu, eine kleine Braune. Er näherte sich ihr. Sie bewegte sich fort auf die anderen Stuten zu. Er hielt kurz inne, dann machte er einen weiteren Vorstoß. Ein junger Hengst hat von Natur aus keine Manieren, und das galt für Epic Steam erst recht. Ihr Rückzug weckte seine inhärente Aggression, und er setzte ihr nach. Er hatte vor, sie zu beißen. Ganz auf diese Absicht konzentriert, achtete er nicht auf seine Position im Hinblick auf die anderen Stuten, und erst als es zu spät war, wurde ihm klar, dass sie ihn nach Strich und Faden verbläuten.

Zu diesem Zeitpunkt stand die Fütterhelferin auf, gähnte, ging ins Bad, pinkelte und putzte sich die Zähne. Dann suchte sie ihre Jeans, ihr T-Shirt und ihre Stiefel zusammen und nahm sich eine Dose Cola. Sie setzte sich die Baseballkappe auf, die neben der Tür hing, und stieg hinunter. Zuerst ging sie in den Stall. Ihr fiel auf, dass die Pferde in den Boxen etwas unruhig waren. Sie fütterte sie, das dauerte etwa fünfzehn Minuten. Dann lud sie Futter und Heu auf die Ladefläche des Lieferwagens und fuhr aus der Futterkammer hinaus und um das Gebäude herum, an den Reitbahnen und der ersten Koppel vorbei zu den Weiden. Sie trat instinktiv aufs Gas, als sie sah, dass fast alle Pferde auf der Weide umhertrabten. Ihr erster Gedanke war, dass ein Rudel Hunde eingedrungen war, das war einmal passiert, und bei der Vorstellung spürte sie, wie ihr vor Angst der Adrenalinspiegel stieg. Aber sie hörte kein Bellen. Nur da, wo die Stuten standen …

Da stand er, der große Epic Steam, von seiner Intuition im Stich gelassen in einer Ecke der Weide am Gatter. Den Kopf hielt er gesenkt. Die Stuten grasten friedlich vor sich hin, sie hatten die Gefahr erkannt und erledigt. Die Füttergehilfin wusste nicht, ob sie zuerst Ellen anrufen oder das Pferd herausholen sollte – sie wusste, dass er als gefährlich galt. Aber als sie auf das Gatter zuging, sah er so jämmerlich und verlassen aus, dass sie eins der Halfter nahm, die dort hingen, und auf die Weide ging. Er schob den Kopf ins Halfter, und unter den interessierten Blicken der Stuten führte sie ihn hinaus. Er humpelte durchs Gatter und den Pfad entlang bis zu seinem friedlichen Plätzchen auf der anderen Seite des Wäldchens. Sie redete freundlich und mitleidig auf ihn ein, und er hatte nichts dagegen.

William Vance beschloss, die Suche nach Justa Bob aufzugeben. Der Jockey Club gab nur Informationen über denjenigen, in dessen Besitz das Pferd bei seinem letzten Start gewesen war, und das war William selbst. Der neue Besitzer hatte ihn seit sechs Monaten nicht mehr starten lassen. Das war ein schlechtes Zeichen. William konnte sich das nur damit erklären, dass das Lahmen des Pferdes, das er bemerkt hatte, ziemlich schlimm sein musste, wahrscheinlich eine Sehnenzerrung. Er stellte sich vor, dass der neue Besitzer ihn irgendwo auf einer Farm untergestellt hatte, wo er sich erholte. Wenn es jetzt sechs Monate her war, konnte das Pferd jederzeit wieder ins Rennen kommen, aber die landesweiten Rennzeitschriften brachten nur die Ergebnisse von

Preisrennen, und Justa Bob war ein Pferd für Verkaufsrennen. William verlor allmählich die Hoffnung und widmete der ganzen Sache nicht mehr so viel Aufmerksamkeit, aber seinem Gewissen gab es jedes Mal wieder einen Stich, wenn er in sein Büro kam und diese acht Zielfoto-Siegesbilder sah, manchmal mit Justa Bob auf der Außenbahn, manchmal auf der Innenbahn, aber immer hatte er den Kopf gesenkt und lang gestreckt, die Nüstern gebläht. Er hatte nichts unversucht gelassen, dachte er, außer vielleicht vor Ort persönlich nach ihm zu suchen und sich zu erkundigen. Wahrscheinlich sollte er einfach versuchen, ihn zu vergessen.

Audrey öffnete ihren Schrank, holte den Koffer heraus und legte ihn auf den Fußboden in ihrem Zimmer. Dann ging sie zur Kommode, langte in die oberste Schublade, nahm eine rosa Unterhose heraus und wickelte sie auf. Darin lag der Schlüssel zu dem Koffer. Sie schloss den Koffer auf und nahm einen abgewetzten Teddybär heraus. Das war Arnold. Die Naht an seinem Rücken klaffte. Sie schob zwei Finger in die Stofffüllung des Bären und betastete den Rand der Geldscheine, ein hübscher Packen, diese dreitausend Dollar, die sie gewonnen hatte, als sie am letzten Tag des Meets in Pimlico auf einen Außenseiter mit einer Gewinnchance von zwanzig zu eins setzte, von dem Deirdre ihr gesagt hatte, er habe keinen Stammbaum, keine Siege, kein Tempo und keine Hoffnung. Aber es war ein Schimmel, deshalb setzte sie trotzdem auf ihn, und jetzt hatte sie genug Geld, um ein Pferd zu kaufen und, was noch wichtiger war, die Erlaubnis ihrer Mutter. Sie schob das Geld zurück in den Teddybär, schloss den Teddybär in den Koffer, versteckte den Koffer im Schrank und den Schlüssel in der Unterhose. Sie war dreizehn und in der achten Klasse, alt genug, um ihr Geld auf einem Bankkonto zu haben, wie ihre Mutter ihr riet, aber wenn sie das Geld bei sich im Zimmer hatte, hatte sie das Gefühl, dass das Pferd, wie es auch immer heißen und aussehen mochte, schon ganz in der Nähe war.

Draußen ertönte eine Hupe, und Audrey schaute aus dem Fenster. Es war Deirdre. Audrey riss den Reithelm vom Bett, rannte zur Haustür und rief ihrer Mutter noch einen kurzen Abschiedsgruß zu, bevor die

Tür ins Schloss fiel. Kaum saß Audrey im Auto, fing Deirdre auch schon an. »Also, Audrey«, sagte sie, »man hat mich unter Berufung darauf, dass ich nichts Besseres zu tun habe, was nicht ganz der Wahrheit entspricht, sozusagen moralisch gezwungen, diesen Ausflug mit dir zu unternehmen. Ich selbst habe dabei die Absicht, dafür zu sorgen, dass du kein Tier kaufst, auf das sich nicht bedenkenlos auch deine Oma setzen könnte, und dir jedes Tier auszureden, das zu durchschnittlich oder zu eigenwillig ist.«

»Danke.« Audrey war ganz gelassen, weil sie damit rechnete, dass sie im ersten oder im zweiten Stall ein Pferd finden würden.

»Hast du schon mal um etwas gefeilscht, Schätzchen?«

»Um den Preis zu drücken, oder wie?«

»Ja, genau.«

»Nein.«

»Tja, Audrey, es ist ein Fluch, den ich dir wirklich nicht wünsche, aber du bist ein Pferdenarr von Natur aus, du kannst die Rennzeitung lesen, eine Wette setzen, ein Hufeisen abziehen und eine Dreierkombination nehmen. Wenn das dein Schicksal ist, dann gehst du schnell Pleite, wenn du sie nicht billig kaufen und teuer verkaufen kannst.«

»Ich will ihn kaufen und nicht verkaufen.«

»Dein Pferd ist nicht dein Liebster, Audrey. Wenn du lernen willst, was sie dir beibringen können, dann musst du hinnehmen, dass Pferde kommen und gehen und dass du am Ende immer einen Gewinn machst.«

»Na gut«, sagte Audrey ein wenig geknickt. Sie sah, dass sie schon fast an der Einbiegung zur Marshville Road waren. Da waren die ersten beiden Kandidaten. Sie setzte den Helm auf. Sie bogen in den langen Kiesweg ein, und Audrey dachte: Hier ist es. Wir sind fast da. Gleich, gleich kriege ich ihn zu sehen. Jeder Zaunpfahl, jeder Telefonmast, jeder Vogel, der vorüberflog, hat eine tiefere Bedeutung, das erkannte sie. Sie fuhren über die Hügelkuppe, und da lag der Stall, rotweiß angestrichen, und er stand darin, wahrscheinlich schon am Bodenrick. Sie hopste auf ihrem Sitz auf und ab. Sie bogen in den Parkplatz ein und hielten vor einem Schild mit der Aufschrift »Riders Park Here«. Hier hatte er bisher gelebt. All diese Dinge ringsum waren ihm vertraut. Jeden Tag kam er aus dem Stall und überquerte genau diesen Parkplatz auf dem Weg zum Springplatz. Er war dreizehn Jahre alt. (Beide Wallache, die sie hier ansehen wollten, waren dreizehn.)

Aber dann war es doch ganz anders. Die Pferde, die man ihr zeigte, waren schwerfällig und langweilig, bloß Pferde, nichts weiter. Ein Brauner und ein Fuchs. Sie versuchte, sich für den Fuchs zu begeistern, aber als sie auf ihm saß, waren seine Gangarten abgehackt und schwer zu reiten. Der Braune hatte nicht mal einen gesunden Zockeltrab, und Deirdre sagte zu dem Besitzer: »Der hier braucht einen Tierarzt, Schätzchen. Er hat Hitze im Fuß und einen digitalen Puls.« Und das war's.

Den ganzen Tag ging das so. Zehn Pferde sahen sie sich an, sie ritt sechs. Außer dem mit den abgehackten Gangarten zeigte man ihnen ein einäugiges Pferd, eines, das im Kanter nicht hinten die Hand wechseln konnte, eines, das bockte und sich um die eigene Achse drehte, wenn es an anderen Pferden auf der Reitbahn vorbeikam, eines mit einem hässlichen Kopf und ein sehr großes Pferd, das sie alle paar Minuten aus dem Sattel werfen wollte.

Als sie den letzten Stall verließen, sagte Audrey zu Deirdre: »Ihr habt wohl einen Plan ausgeheckt, um mir eine Lehre zu erteilen.«

»Ach, wirklich?«

»Ja. Du bist mit mir gefahren, um all diese Pferde anzuschauen, weil du wusstest, dass ich keins davon würde kaufen wollen.«

»Damit hatte ich gerechnet, das stimmt. Aber Audrey, das sind die Pferde in deiner Preisklasse. Das Pech dabei ist nur, dass du nicht in deiner Preisklasse reitest.«

»Der eine war nicht schlecht. Er hatte bloß einen hässlichen Kopf. Die Gangarten waren gut, und er sprang nicht schlecht.«

»Ja, das stimmt. Aber weißt du, du möchtest dich jeden Morgen wieder freuen, wenn du sein Gesicht siehst, ohne zu denken: ›Er ist nicht übel, aber er hat einen Kopf wie ein Sarg ohne Griffe‹. Ob du es glaubst oder nicht, eines Tages wird jemand kommen, der findet, dass sein Kopf hübsch oder edel oder charaktervoll ist. Und das ist derjenige, der den Burschen besitzen sollte.«

»Ich muss etwas mehr Geld gewinnen.«

»Wenn man es braucht, gewinnt man nie. Behalt du schön dein Geld in der Socke oder wo auch immer du es aufbewahrst, und dein Pferd wird schon erscheinen.«

»Wie wär's mit einem ehemaligen Rennpferd?«

»Mal sehen.«

An diesem Abend schrieb Audrey einen Brief an Miss Joy Gorham an der Tompkins Ranch. Darin stand:

Liebe Joy Gorham,

Sie können sich nicht mehr an mich erinnern, aber ich habe Ihnen einmal geschrieben, und Sie haben ein Pferd gerettet, um das ich mich in Texas gekümmert hatte. Er hieß *Terza Rima, und Sie haben in Ihrem Antwortbrief etwas über ihn geschrieben. Ich hoffe, er ist noch gesund und fröhlich. Seit damals habe ich Reiten und auch Wetten gelernt, und jetzt habe ich etwas Geld, um mir ein eigenes Pferd zu kaufen. Da Sie auf einer großen Zucht- und Rennfarm leben, habe ich mir gedacht, ob es bei Ihnen vielleicht ein Pferd gibt, das für mich infrage kommt. Ich reite ganz gut und gebe schon Stunden in meinem Reitstall. Ich führe Jagdpferde vor. Ich bin eins zweiundsechzig groß und wiege 53 Kilo. Ich habe dreitausend Dollar zur Verfügung. Ein Pferd würde bei mir ein sehr schönes Zuhause bekommen.

Mit freundlichen Grüßen

Audrey Schmidt

1245 Hopewell Drive

Morristown, Maryland

Sie legte ein Foto bei, das sie auf Moses zeigte, wie sie einen Sprung über einen dicht mit Blumen bepflanzten Oxer vollführten. Das Pony stand zum Verkauf. Ellen rechnete damit, vierzigtausend Dollar für ihn zu bekommen.

Audrey klebte den Umschlag zu, drückte einen kleinen Kuss darauf und trug ihn zum Briefkasten. Dann tat sie das, was ihre Mutter ihr immer riet – sie versuchte, die Sache zu vergessen.

Die Reise nach Kauai, die Arbeit an den Korrekturfahnen des ersten Bandes ihres dreibändigen Werkes »Geistliche Hausarbeit: ein Astrolabium für das nächste Millennium« und die Überwachung ihres Investitionsprojekts, das ständige Kommunikation mit Mr. T. erforderte (bisher warf die Investition auf dem Aktienmarkt rund 23 Prozent jährlich ab und die Investition auf dem Markt von Hollywood Park rund 22 Prozent), nahmen Elizabeth über Gebühr in Anspruch. Trotzdem hatte sie Zeit genug, zu merken, dass jemand dabei war, sich in sie zu verlieben, und dieser Jemand war Mr. Kyle Tompkins, Besitzer von Tompkins Racing und so ziemlich allem auf der Welt. Ein Thema, auf das Elizabeth in ihrem Werk ausgiebig einging, war die Zukunft der Monogamie. Die Monogamie hatte eine sehr bewegte Vergangenheit, wie sie aufzeigte, und am Beginn des gegenwärtigen Jahrtausends hatte sie nur die Funktion, Besitzverhältnisse zu regeln. Ganz gleich, wie man theoretisch die männliche Sexualität sah, sie fügte sich immer nur widerstrebend und vorübergehend in eine monogame Ehe. Frauen, die nicht durch Schwangerschaft und Kindererziehung gebunden waren, lieferten ebenfalls zahlreiche Beweise, die die Annahme rechtfertigten, dass sie nicht monogam veranlagt waren. Ihre eigene Erfahrung, die sie detailliert darlegte, war ein Beispiel dafür, dass die Entwicklung der eigenen Sexualität Disziplin, Konzentration, Geld und Zeit verlangte und nicht als ein rein müßiger Zeitvertreib zu betrachten sei. Damit hatte sie einen ganzen theoretischen Rahmen, in den sie die Tatsache einordnen konnte, dass Kyle Tompkins verheiratet war, und zwar nicht nur einfach verheiratet, sondern kalifornisch verheiratet, was hieß, dass impulsive oder leidenschaftliche Handlungen seinerseits diverse rechtliche Probleme nach sich ziehen und eine beträchtliche Anzahl unschuldiger Angehöriger der Arbeiterklasse aus der Bahn werfen konnten, indem die Mittel, die derzeit auf geordnete Weise in ihre Hände tröpfelten, in die Säckel der parasitären Klasse der Rechtsanwälte umgelenkt würden, die selbst in ruhigen Zeiten das Tompkins'sche Vermögen umkreisten wie Motten das Licht.

Elizabeth war sich auch vollkommen im Klaren darüber, dass Kyle Tompkins' Frau zweiundvierzig Jahre alt war, während sie, Elizabeth Zada, zweiundsechzig war, dass Mrs. Tompkins immer schon eine Schönheit gewesen war, während sie, Elizabeth Zada, von einem unansehnlichen Kind zu einem linkischen Teenager geworden war und dann, zur ausdrücklich bekundeten Erleichterung ihrer Mutter, die bestmögliche Ehe eingegangen war, die sich ihr damals in Gestalt von Nathan – Friede seiner Asche trotz all der Tiere, die er als Kürschner umgebracht hat – Zada bot, der selbst nicht gerade wie ein Kandidat für einen Schönheitswettbewerb aussah. Die Leidenschaft, die sie mit Plato verband, war ein Projekt, das sie begeistert entwickelt und mit Genuss zur Durchführung gebracht hatte, aber es blieb eine Tatsache, dass sie bisher noch nie echtes Begehren in einem Mann geweckt hatte, und das hatte eine enorme Wirkung auf sie. Wenn sie täglich ihre E-Mail öffnete, um neue Ausführungen von Kyle Tompkins vorzufinden, dann empfand sie dabei mehr freudige Erwartung als Missbilligung. Sie hatte sie Plato noch nicht gezeigt, obwohl er sicher viel dazu zu sagen gehabt hätte, denn er brannte immer darauf, seine Interpretationskünste zur Geltung zu bringen.

Plato unterdessen war nun reif für Ehe und Vaterschaft. Das sagte ihm Elizabeth nun schon seit einigen Monaten. Er war dreiunddreißig und beruflich fest etabliert. Seine Neigung zu ausgedehnten theoretischen Darlegungen mochten nicht jederfraus Sache sein, aber er hatte viel Geld, viel Selbstbewusstsein, klare Überzeugungen und eine Veranlagung zu Sanftmut und Geduld. Elizabeth konnte sich nicht vorstellen, dass es in Amerika einen Mann geben sollte, der besser auf das häusliche Leben vorbereitet war als Plato, und er war geneigt, dem zuzustimmen. Sie hatten sich zusammen gut amüsiert, aber eine Veränderung zeichnete sich ab, und Elizabeth schickte sich an, ihrem zweiten Band (»Zwillingssonnen: Persönliche Beziehungen in der Neuen Welt«) ein weiteres Kapitel hinzuzufügen, das den Titel tragen sollte: »Wir wollen uns schmelzen: Wie man sich entscheidet auseinander zu fließen«.

Kyle Tompkins war in ihrem Alter. Er konnte sich an Elvis erinnern. Er hatte »Rebellen ohne Grund« im Kino gesehen. Er schrieb: »Ich begehre dich«. Wenn sie das las, krampften sich ihre Zehen zusammen. Er wusste gut genug Bescheid, um mit Begehren um sie zu werben anstatt mit Geld, Aussehen, Intelligenz, Fähigkeiten oder Verheißungen. Sie löschte die Mail nicht, sondern klickte »als neu speichern«. Und jedes Mal, wenn sie es las, kam es ihr auch neu vor. Schließlich ging sie aus dem Internet und stand auf.

Plato saß in seinem Arbeitszimmer, er hatte die Jeans ausgezogen und die Hand in der Unterhose. »Hallo, Liebling«, sagte sie. »Hast du einen Augenblick Zeit?«

»Natürlich.«

Sie ging neben seinem Stuhl in die Knie, schob die Hand in seine Unterhose und legte sie auf seine. Er hatte eine hübsche Erektion, die er aber nur beiläufig streichelte. Sie küsste seinen Bauch. Er legte die andere Hand auf ihr Haar. »Was ist los?«, fragte er.

»Was meinst du, ist unsere Monogamiekritik etwas Empfundenes oder etwas Theoretisches?«

»Ich glaube, am besten geht man dem auf den Grund, indem man sich die Frage stellt, wie viele Regeln es zur Erhaltung der Monogamie gibt. Je mehr Regeln es gibt, desto mehr ist die damit geltend gemachte Einrichtung eine soziale Konvention und kein natürlicher Impuls. Sieh dir zum Beispiel den Kapitalismus an. Der Kapitalismus basiert auf dem natürlichen Impuls der Gier und Selbstsucht. Er funktioniert bestens ohne Regeln, alle Regeln, die es im Hinblick auf den Kapitalismus gibt, dienen der Einschränkung und Kontrolle seiner Funktion. Aber Monogamie funktioniert überhaupt nicht ohne Regeln, Gewohnheiten und Bräuche.«

»Aber wie stehen wir selbst gefühlsmäßig dazu?«

Er sah sie an, dann sagte er: »Ich glaube, wir verstehen das Verhältnis zwischen Freiheit und Eifersucht so: Wenn wir Liebe und Zuneigung als Nullsummenunterfangen betrachten, ist es so, dass das, was eine andere Person von einem von uns beiden besitzt, für den anderen von uns beiden einen Verlust darstellt. Wenn wir Liebe und Zuneigung jedoch als ein sich selbst erschaffendes und erneuerndes Unterfangen betrachten, das nicht an Vorstellungen von Entbehrung gebunden ist, dann ist jeder Liebeszuwachs bei einem von uns beiden ein Zuwachs für uns beide.«

»In welchem Sinne benutzen wir hier das Wort Liebe?«

»Ich glaube, wir sind uns einig, dass sich Liebe als Gefühl von beispielsweise Trauer, Freude, Begehren, Zorn und Angst unterscheidet und eher einen existenziellen Zustand darstellt, den jedes Individuum in unterschiedlichem Maße toleriert, je nachdem, was er oder sie aus der jeweiligen persönlichen Vergangenheit mit einer emotionalen Bindung assoziiert. Wir haben selbst erlebt, dass vergangene Bindungen von dem Begriff der Liebe losgelöst werden können und damit die Toleranz für diesen Zustand auf ein Maß erhöhen können, das wir vorher nicht für möglich gehalten hätten.«

»Mr. Tompkins begehrt mich.«

»Du klingst überrascht.«

»Das bin ich auch, ein bisschen jedenfalls.«

»Also, sieh es mal so: Mr. Tompkins ist es gewöhnt, sich seinen Vorlieben für das Ungewöhnliche hingeben zu können. Du bist derzeit zweifellos die ungewöhnlichste Frau in seinem Bekanntenkreis. Es ist daher nicht verwunderlich, dass er deine Person als den nächsten Schauplatz für ein gewohnheitsmäßiges Verhaltensmuster sondiert. Oder du kannst es so sehen: Du bist eine total scharfe Frau, und das sieht man, und jeder Mann, der Augen dafür hat, ist weise.«

Sie legte die Arme um ihn und schmiegte das Gesicht an seinen Hals.

»Wenn wir spüren, dass wir in eine Übergangsphase eintreten«, sagte er, »ist die Unterstützung naher Freunde von unschätzbarem Wert, denn sie ermutigt uns dazu, neue Nervenbahnen und neue Muster der Lustredundanz zu schaffen.«

»Das weiß ich, Liebling«, sagte sie. »Aber danke für den Hinweis.«

Sie sahen einander in die Augen, und aus Erfahrung wussten sie beide, dass dies biologisch sowie kulturell ein einleitendes Signal dafür war, dass sie sexueller Aktivität der einen oder anderen Form nicht abgeneigt waren. Elizabeth fuhr sich mit der Zunge über die Lippen, das war auch ein Signal. Platos Hand in seiner Unterhose bewegte sich, und Elizabeth sah es. Sie atmete hörbar ein, dann stöhnten sie beide, schlossen die Augen und schoben das Becken vor. Sie waren gut trainiert. Begehren loderte sofort auf, heiß und mächtig. Elizabeth schloss die Augen, Plato beugte sich vor und küsste sie leicht, aber innig auf den Mund, ohne Gier oder Heftigkeit, langsam und dann noch langsamer, was einen Zustand geistiger und körperlicher Konzentration einleitete. Elizabeth legte die Hand auf seine. Seine Erektion, die inzwischen hart, lang und voll war, hatte die übliche Skinner'sche Wirkung auf sie. Da sie in ihrer Beziehung mit Plato nie eine schmerzliche Erfahrung gemacht und von ihm nur Sanftheit und Zuneigung zu spüren bekommen hatte, gab es keinen auf die Vergangen-

heit bezogenen Anlass für sie, ihre Erwiderung des von ihm zum Ausdruck gebrachten Begehrens einzuschränken. (Darüber hatte sie auch in ihrem Buch geschrieben. »Dem Penis darf nicht die Aufgabe zugewiesen werden, die Beziehung von der Last wiederholter Lieblosigkeiten zu befreien. Zugefügte und erlittene seelische Verletzungen stellen den sichersten Weg zur Impotenz dar.«) Sie fühlte, wie ihre Brustwarzen sich aufrichteten. »Mmmmmm«, sagte Plato.
»Aaahh«, sagte Elizabeth. Sie streckte sich auf dem Orientteppich aus.

Unten in Texas fragte Angel Smiths Enkel seinen Großvater, ob er ein Pferd hatte, das er reiten könne. Angel holte Justa Bob heraus, legte ihm einen alten Zügel mit einem langen Stangenteil an und half dem Jungen aufzusitzen. Der Junge ließ das Pferd immer wieder im Schritt auf der Reitbahn im Kreis gehen, trat ihn in die Flanken, wenn er stehen bleiben wollte, und probierte alle möglichen Kunststückchen aus. Es dauerte nicht lange, und er drehte sich auf dem schreitenden Pferd um sich selbst und ritt rückwärts, den Kopf auf die Kruppe des Pferdes gelegt. Er bewegte ihn bestimmt drei Stunden lang, und das war sehr gut so, denn das Pferd hatte eine stressbedingte Einklemmungskolik entwickelt, und die Bewegung baute den Stress ab und lockerte die Einklemmung. Angel sagte dem Jungen, wenn er jeden Tag kommen würde, um das Pferd zu reiten, würde er ihm das Tier schenken. Der Junge sagte ja, das würde er tun, aber er schwor sich, nie den Trab zu versuchen, ein ruckender Gang, bei dem man schwer sitzen konnte und leicht hinunterfiel.

In Maryland gestattete Epic Steam beziehungsweise Sudden Intuition Ellen, dass sie die Wunden und Beulen, die die Stuten ihm beigebracht hatten, abspritzte und verarztete. Er ließ sogar zu, dass der Tierarzt das Hämatom auf seiner Brust drainierte. Er stand ganz ruhig mit gesenktem Kopf, ohne Stange über der Nase und Beruhigungsmittel im Blut. »Wenn es ihm besser geht, wird er sich wieder genauso danebenbenehmen«, sagte Ellen, »aber ich habe nichts dagegen, ihm eine Kostprobe Zuneigung zu geben, solange es möglich ist.«

In Chicago sagte William Vance' Sohn, der normalerweise nicht das geringste Interesse an Pferden hatte: »Ich helfe dir.«

In Kalifornien landete Audreys Brief in Mr. Tompkins Fach, weil Joys Nachsendeauftrag auf der Post abgelaufen war.

Ebenfalls in Kalifornien schickte Elizabeth Zada Mr. Tompkins eine E-Mail, in der sie ihm mitteilte, dass sie unter »Freundschaft« eine sehr weit gefasste Kategorie von Beziehungen verstand, in der eine ganze Reihe von Verhaltensweisen von Natur aus ihren Platz hatten, und dass sie für ihn zweifellos bedeutsame freundschaftliche Gefühle hegte.

SEPTEMBER

Kapitel 69
Ganz groß

Buddy Crawford hatte jetzt 110 Pferde im Stall und war erfolgreicher als je zuvor. Er hatte fünfzig Pferde in Hollywood Park, dreißig in Santa Anita und weitere dreißig in Del Mar für den dortigen Meet. Sein Gewinnanteil war um zwanzig Prozent gestiegen, und die Presse wollte von ihm fast so viele Interviews wie von Baffert. Er war nicht so witzig wie Baffert, aber von ihm hieß es immer, er sei »direkt und geradeheraus«, »rede nicht um den heißen Brei«, »nenne die Dinge beim Namen«. Alle warteten darauf, dass Residual von der Farm zurückkehrte und das Training wieder aufnahm. In ihrer Abwesenheit war sie wieder zu einer tollen Stute geworden, eine der Besten, wenn nicht die Beste schlechthin in einem tollen Jahrgang, ganz offensichtlich das Material, das zu einer atemberaubenden Vierjährigen heranreifen würde. Im Unterschied zu dem Derby-versessenen allgemeinen Publikum verstanden sich die echten Rennfans immer mehr auf die älteren Pferde. Man brauchte sich nur Kelso anzusehen. Oder Forego. Oder Cigar. Oder Stymie. Im Unterschied zu Secretariat wurden diese von Männern verehrt, die wirklich etwas von Pferden und Rennen verstanden und mehr wollten als hübsche Bilder.

Seine Belegschaft war auch größer geworden. Leon kümmerte sich um die Pferde in Santa Anita und hatte jetzt einen eigenen Hilfstrainer. Zwei Burschen, die er von der Ostküste hatte kommen lassen, betreuten die Pferde in Hollywood Park, während er die in Del Mar laufen ließ, aber trotzdem erforderte das alles viel Fahrerei in dem Dreieck San Diego–Pasadena–Inglewood. Er hatte nicht nur sein Handy, sondern auch ein Autotelefon, für den Fall, dass jemand dringend mit ihm sprechen musste, während er gerade ein Gespräch auf

dem Handy führte, und das Autotelefon war an ein Faxgerät angeschlossen. Er hatte auch eine Assistentin namens Lanai, deren einzige Aufgabe darin bestand, ihn auf den Autofahrten zu begleiten und die Telefongespräche im Auto entgegenzunehmen, ihm zu sagen, wer mit ihm sprechen wollte, damit er entscheiden konnte, welches Gespräch wichtiger war, das auf dem Handy oder das auf dem Autotelefon.
Das Ganze hatte zur Folge, dass er schlief wie ein Stein, und das war das Beste, was ihm seit dreißig Jahren widerfahren war.
Was er auch abgelegt hatte, war die Vorstellung, dass er über alle Pferde, die bei ihm standen, Bescheid wissen musste, einschließlich Namen und Stammbaum jedes einzelnen Tieres. Er merkte sich Namen und Stammbaum der teuersten – die Mr. Prospectors und Deputy Ministers und die Unbridleds, deren Besitzer diejenigen waren, die mit größter Wahrscheinlichkeit Ergebnisse sehen wollten. Die Hilfstrainer konnten sich die anderen merken. Er hatte auch alle Verkaufspferde abgestoßen. Wenn man dauernd mit dem Auto oder Flugzeug unterwegs war, konnte man nicht mehr jedermanns Pferde so im Blick behalten wie damals, als das ganz natürlich war, weil man jeden Morgen auf der Trainertribüne stand, und die Verkaufsrennen waren für Buddy ein Spiel geworden, das er blind und ohne großen Einsatz spielte, weil es sich nicht mehr lohnte. Aber er empfand es als einen Verlust, zumal er sich in der Gesellschaft der Reichen, Gebildeten, Hochgeborenen und Nicht-auf-Pferde-Versessenen nicht wohl fühlte.
Trotz der allgemein einhelligen Meinung über Residual konnte ihm die Stute nicht mehr so viel Begeisterung entlocken. In ihrer Laufbahn hatte es solche Höhen und Tiefen und seltsame Ereignisse gegeben, dass er irgendwie von ihr Abstand genommen hatte. Trotzdem wäre es schön, die Stute von der Farm zurückzukriegen, um sie wieder ins Training zu stecken. Sie hatte die Haaresbreite einer Chance, in den Breeders' Cup zu kommen, und wenn sie einmal da war, hatte sie eine gute Gewinnchance, denn die Länge der Strecke war gerade richtig für sie, und ihre Zeiten waren gleich bleibend gut und auf dem Niveau der Besten, die, wie Buddy annahm, ins Rennen kommen würden.
Buddy hatte nie mit der Tierärztin gesprochen, die die Operation

durchgeführt hatte. Manchmal begegnete er ihr auf dem Gelände, aber er tat so, als kennte er sie nicht. Sie hatte also 120 Ruhetage verordnet. Seine eigenen Tierärzte, die weder die Symptome noch die Röntgenaufnahmen, noch die Operation gesehen hatten, konnten sich nicht dazu äußern. Hundertzwanzig Tage ohne Training war die Regel, neunzig Tage war unter bestimmten Bedingungen in Ordnung, aber was war mit sechzig Tagen? Es gab Trainer, die holten ein Pferd schon sechzig Tage nach einer Chip-Operation wieder ins Training. Keiner hatte beispielsweise eine Folgestudie durchgeführt, um zu zeigen, dass Stürze dann mehr oder weniger häufig vorkamen, aber wenn man glaubte, was man so hörte …

Sie sah gut aus. Das Haarkleid glänzte wieder, sie hatte Fleisch angesetzt, ihre Augen strahlten, und sie war aufgeweckt. Gut mit Sauerstoff versorgt, wie immer. Bis zum Breeders' Cup waren es noch neun Wochen. Wenn die Stute gut trainierte, reichte die Zeit ganz knapp, um sie hineinzubekommen. Das war noch ein Grund, sie wieder auf die Rennbahn zu bringen, je mehr Zeit sie ohne Arbeit auf einer Weide vertrödelte, desto mehr Fitness würde sie einbüßen und desto länger würde es dauern, bis sie wieder so weit in Form war, dass sie starten konnte. Buddy hatte nie viel davon gehalten, die Pferde im Stich zu lassen. Sie waren ja schließlich Vollblutpferde, sie blühten auf, wenn sie arbeiteten und liefen. Es war eine Sache der Mentalität. Wenn sie nicht das tun konnten, wozu sie gezüchtet waren und was ihnen Spaß machte, dann wurden sie unruhig und entwickelten schlechte Eigenschaften. Ein Chip war ein Chip, es war keine Fraktur oder dergleichen. Es war etwas, dass abbrach, nicht etwas, das durchbrach. Was noch da war, war völlig in Ordnung. Es gab also alle möglichen Gründe, die dafür sprachen, sie zurückzuholen, und nicht viele Gründe, die dafür sprachen, sie auf der Farm zu lassen, aber trotzdem war Buddy froh, dass Deedee wieder ritt und Marvelous Martha ihre Koffer gepackt hatte und samt ihren Meinungen und Ansichten in den Norden verschwunden war. Marvelous Martha hatte viele Ansichten und ließ sich anscheinend durch nichts einschüchtern. Buddy wollte sie nicht zurückhaben, deshalb tat er Deedee sogar den Gefallen, dass er das Pferd in Arcadia unterstellte, so nah an Deedees Wohnung, dass sie das Baby mit auf die Reitbahn bringen, das Pferd reiten und sofort wieder heimfahren konnte. Am ersten Morgen, als Deedee Residual mit zur Trainingsbahn nahm, um sie nur ein wenig zu bewegen, bockte und sprang sie in der Gegend herum wie nie zuvor, und Deedee dachte an ihre neuen Pflichten als Mutter, aber dann beruhigte sich das Pferd und wurde so wie immer, und sie hatte ja nie zu üblem Bocken und Boshaftigkeiten geneigt, war nie heimtückisch gewesen oder entschlossen, den Reiter abzuwerfen. Sie war einfach nur fröhlich und energisch und reaktiv. Als sie aufgehört hatte zu bocken, lief sie wach und aufmerksam, machte große, aber entspannte Schritte, genau das, was Deedee an ihr so mochte. Deedee hatte das vage Gefühl, dass das Pferd ziemlich schnell nach der Operation wieder auf der Rennbahn war, aber sie entschloss sich, darauf zu vertrauen, dass Buddy es am besten wissen musste, und außerdem hatten viele schlaflose Nächte und müde Tage ihr Zeitgefühl durcheinander gebracht. Während sie das Pferd bewegte, dachte Deedee beglückt, dass es der Stute wieder gut ging und dass sie, Deedee, froh war, wieder bei der Arbeit zu sein, zumal Buddy so entgegenkommend war, was Alana Marie anging. Letzten Endes hatte sich das, was in ihr Ärger und Kummer geweckt hatte, nämlich die Angst, die tolle Zeit zu verpassen, in Luft aufgelöst. Die tolle Zeit stand noch bevor, und sie war hier und wartete nur darauf. Alles hatte sich zum Schluss doch so gut gefügt. Und Buddy hatte ihr gesagt, wenn sie Lust hätte, ein paar mehr Pferde zu reiten, hätte er welche für sie. Ein paar leichte Ritte auf erstklassigen Pferden, dagegen konnte man nichts einwenden. Alles in allem betrachtet, lagen die Dinge für sie so gut wie kaum je zuvor, dachte sie, als sie die Stute zurück zum Stall ritt. Sie war verheiratet, hatte Arbeit, konnte immer noch Pferde reiten und stand nicht im Entferntesten in Gefahr, Kellnerin bei McDonald's draußen in Bakersville werden zu müssen, wo ihre Eltern jetzt lebten.

Am nächsten Tag war Sonntag, und Buddy erzählte allen, dass er jetzt mit den Pferden in Santa Anita einen neuen Zeitplan einführen wollte und dass sie sonntags nicht vor sechs Uhr zur Arbeit erscheinen mussten. Er wusste noch nicht, ob er das auf Dauer so beibehalten würde, aber er wollte es versuchen und sehen, wie es sich entwickelte. Wenn alles gut lief und nichts dabei zu kurz kam, würde er es auch in Hollywood Park ausprobieren, wenn die Pferde aus Del Mar zurückkamen. Es gab keinen, der diese Idee nicht begrüßte und nicht fand, es sei längst fällig gewesen, und keiner vergaß, dass sie nicht um vier Uhr früh aufstehen mussten, außer Buddy selbst, der um dieselbe Zeit wie immer auftauchte und sich fragte, wo denn nur die Autos seiner Leute steckten, als er um Viertel vor fünf in den Parkplatz einfuhr. Nur Curtis Doheny war da, und als Buddy aus seinem Lexus stieg, stieg Curtis aus seinem Ford und kam auf ihn zu.

Es gab eines, über das sich Buddy nicht im Klaren war, nämlich wie er dafür sorgen konnte, dass Curtis den Mund hielt. Als Curtis ihn im Sommer angesprochen hatte, war ihm dieser Gedanke gar nicht gekommen, er hatte sich von Curtis' Begeisterung mitreißen lassen. Für das letzte Rennen vor der Operation hatten sie der Stute drei Epogen-Spritzen gegeben. Das war Curtis' freundliche Empfehlung gewesen. Überraschenderweise hatte Buddy noch nie von Epogen gehört. Curtis Doheny hatte ihn eines Tages gefragt, ob er sich noch an den Hengst erinnerte, den dieser englische Trainer Colin Gallorette gehabt hatte, dieser Hengst, der so viele Rennen gewonnen hatte, bevor der Typ zurück nach England ging und irgendwie von der Bildfläche verschwand. »Ja«, hatte Buddy gesagt, »das war so ungefähr das einzige gute Pferd, das der Kerl hatte.«

»Ja, und weißt du was?«

»Was?«

»Der Besitzer dieses Pferdes hatte einen Sohn, der war Langstreckenradfahrer oder so etwas, und er hat den Besitzer überredet, etwas auszuprobieren, das all die Radfahrer benutzten, die er kannte. Das Zeug baut auf neun verschiedene Arten rote Blutkörper auf.«

»Geritol?«, hatte Buddy gefragt.

»Es ist ein Zeug, das wirklich wirkt«, sagte Curtis. »Es erhöht die Anzahl der roten Blutkörper und transportiert mehr Sauerstoff in die Muskeln, und das Pferd läuft schneller und länger. Es ist wie ein größeres Herz.«

»Was für Nebenwirkungen hat es für ein Pferd?«

»Gar keine«, sagte Curtis.

»Warum braucht es dann nicht jeder?«

»In zehn Jahren wird es jeder brauchen. Dann ist es so wie Lasix.«

Buddy hatte gemeint, das wäre genau das Richtige für Residual. Es war kein Artikel, den er auf der Rechnung der Kingstons aufführte. Es war auch sozusagen kein legaler Artikel. Sie war sehr gut gelaufen. Er meinte, einen Unterschied in ihren Sekundenbruchteilen zu erkennen, vielleicht waren es nur zwei Fünftelsekunden, aber jede Fünftelsekunde war eine Länge.

»Wie geht's, wie steht's«, sagte Curtis jetzt, aber es war keine Frage. »Diese Stute ist wieder da. Du musst doch den Breeders' Cup im Sinn haben, sonst hättest du sie bestimmt noch zwei Monate auf der Farm gelassen.«

»Es tut Pferden nicht gut, wenn man sie allein lässt.« Buddy lenkte seinen Schritt auf seinen Stall zu, und Curtis ging neben ihm her. Jetzt fiel Buddy ein, dass er allen eine Stunde geschenkt hatte. Warum hatte er das gemacht? Es war viel besser, jeden Morgen um dieselbe Zeit aufzustehen, komme, was da wolle. Curtis Doheny war ein dicker, großer unbeholfener Mann, und Buddy mochte es gar nicht, wie er neben ihm aufragte. Buddy hatte dann immer das Gefühl, dass etwas drohte zu fallen, und dieses Etwas war Curtis, und vielleicht würde er auf Buddy fallen.

»Kann ich heute etwas für dich tun, Curtis?«

»Ich hab gedacht, ich seh mir die Stute vielleicht mal an. Um mir das Resultat von dem Experiment anzusehen, du weißt schon. Ein bisschen Wissenschaft.«

Buddy wusste, dass das Quatsch war. Curtis wollte nur eines: Er wollte mit Leuten gesehen werden, auch wenn keiner in der Nähe war, der ihn sehen konnte. »Curtis«, sagte Buddy, »ich glaube, erst mal gehst du jetzt deiner Wege und ich gehe meiner Wege, und später können wir vielleicht einen Kaffee zusammen trinken.«

Curtis ging nicht auf den Vorschlag ein und folgte ihm. Er klatschte mit den Füßen auf den Boden und rollte gleichsam daher. Curtis hatte die Eigenart, dass Buddy sich in seiner Anwesenheit immer besonders bewusst wurde, wie klein und dünn er war. Curtis zog ein großes Taschentuch hervor und putzte sich lautstark die Nase. Dann sagte er jovial: »Du hast also dieser Tage in paar gute Pferde im Stall stehen, Buddy? Das sagen jedenfalls alle.«

»Dann muss es ja stimmen«, sagte Buddy.

»Ach wo. Vor ein paar Tagen hab ich gesehen, dass du in Del Mar drei Sieger hattest, und am nächsten Tag wieder zwei.«
Das war allgemein bekannt, und Buddy fragte sich, worauf Curtis mit diesen Platituden hinauswollte.
»Es ist nämlich so, ich hab mir überlegt, ich würd gern mal wieder Anteile an ein paar Pferden kaufen. Ich steh jetzt wieder auf eigenen Beinen, ziemlich stabil, und hab etwas Geld zum Ausgeben. Hast du vielleicht ein paar Besitzer, die einen Partner suchen?«
»Vielleicht«, sagte Buddy abwehrend. Es gab nur zwei Möglichkeiten, Curtis dazu zu bringen, dass er den Mund hielt: Man konnte ihn isolieren oder man könnte ihm Partner verpassen, die kein Englisch sprachen. In Südkalifornien waren diese aber dünn gesät.
»Also, ich hab im Ganzen rund zweihunderttausend.«
Buddys Kopf drehte sich unwillkürlich in Curtis' Richtung.
»Echt«, sagte Curtis selbstzufrieden.
»Warum kommst du nicht nächste Woche mit mir auf die Jährlingsauktion nach Keeneland, und du kaufst dir ein paar Jährlinge, die allein dir gehören?«, sagte Buddy. Das war eine glänzende Idee.
»Ach wo. Ich will mich in ein paar höherklassige Pferde einkaufen und nicht selbst die ganzen Trainingskosten bezahlen müssen. Das ist sinnvoller.«
Da hatte er Recht. Leider. Buddy beschloss auszuloten, wie fest Curtis wirklich entschlossen war. »Hast du das schon mit jemand anderem besprochen?«
»Nee, du hast die besten Pferde.«
Das stimmte nun nicht. Mehrere andere Trainer hatten Pferde, die genauso gut waren wie die von Buddy oder sogar noch besser. Was er unausgesprochen gelassen hatte, war die zweite Hälfte des Satzes: »… von allen Trainern mit krummen Methoden.« Buddy merkte, wie er zusammenzuckte. »Sparsam gedacht, Curtis«, sagte er.
»Ach, ich hab ein paar Außenseiter zusammengestellt, würd ich sagen.« Er lachte. »Also hör zu«, fuhr er fort. »Mir gefällt dieser Hengst Fuzzy Minister. Er hat ein paar Siege verbucht. Und dieser Hengst, der gerade aus der Erholung wiedergekommen ist. Hickory-Dickory. Ich wette mit dir, der ist heißer als eine Rakete.«
Buddy sah gleich, auf was er es abgesehen hatte. Was er erst für eine

beiläufige Idee von Curtis gehalten hatte, war in Wirklichkeit ein gut durchdachter Plan. Die Besitzergemeinschaften dieser beiden Tiere waren groß und gesellig, es waren vorwiegend junge Leute, die nicht viel Ahnung hatten. Aus irgendeinem Grund, der Buddy noch nicht klar war, wollte Curtis bei ihnen einsteigen. Vielleicht ging es ihm nur um Freunde und Kontakte, mit denen er kumpelhaft tun konnte. »Ich kann mich erkundigen, ob sie nach weiteren Partnern suchen«, sagte Buddy. »Eine Gruppe wird schnell zu groß, dann hat man von den Gewinnen nicht mehr viel, das weißt du selbst.«

»Aber das Pferd gehört einer Interessengemeinschaft, dann geht es in die Zucht, und damit hat es sich.«

»Das sind zwei schöne Hengste, Deputy Minister und A. P. Indy. Die will doch jeder.«

»Das glaube ich auch. Hast du im Frühling diesen Artikel im *Blood Horse* gesehen? Da stand, A. P. Indy gelte als der beste Zuchthengst der Welt. Du und ich, wir beide sorgen dafür, dass der Bursche weiterläuft und gewinnt, und dann sind wir fein raus. Die Typen, denen er gehört, werden uns die Füße küssen. Das ist eine sichere Sache.«

»Curtis, du bist jetzt seit mindestens fünfundzwanzig Jahren auf der Rennbahn. Weißt du nicht, dass es da nur eine sichere Sache gibt, nämlich dass eine sichere Sache nie sicher ist?«

»Teufel auch«, sagte Curtis jovial.

Buddy hatte das Gefühl, dass sich ihm der Plan, den Curtis da ausgeheckt hatte, wie eine Schlinge um den Hals legte, und ihm war so besonders flau dabei zumute, weil Curtis dafür bekannt war, dass er den Mund zu weit aufmachte, wenn er getrunken hatte. Wenn er ein, zwei Gläser intus hatte und ein offenes Ohr in der Nähe fand, prahlte der Kerl mit allem.

»Na ja«, sagte er. »Wechseln wir das Thema. Wie geht's dir denn sonst so, Curtis?«

»Könnte nicht besser sein.«

Das war ein sehr schlechtes Zeichen.

Wenn man krumme Touren drehte, brauchte man Buddys Ansicht nach in allererster Linie ein ausgeprägtes Gespür für das, was Recht und Unrecht war. Ohne ein solches Gespür behielt man keinen Überblick über die eigenen Sünden und wusste nicht, was man besser für sich behielt. Das hatte Jesus bei ihm bewirkt, er hatte ihm gezeigt, was Schwarz und was Weiß war. Wenn er jetzt eine Entscheidung treffen musste, wusste er immer genau, wie. Das gehörte zu seinem neuen Erfolgsniveau, und gleichzeitig war es eine probate Methode, die Sünden unter Kontrolle zu halten, die er weiterhin beging. Da er jetzt einen besseren Überblick über sie hatte, wusste er, dass er sich irgendwann in der Zukunft sozusagen in einem großen Aufwasch mit ihnen würde befassen können. Wenn Curtis zu tief ins Glas geguckt hatte, kam ihm jeder Sinn für Recht und Unrecht abhanden, und er berichtete über alle seinen Taten, egal ob recht oder unrecht, in demselben halb quengeligen, halb anerkennungsheischenden Ton. Buddy suchte in Gedanken nach einer weiteren neutralen Frage, die er stellen konnte, aber in Curtis' Leben gab es weder Frau noch Kinder. Es gab Trinken oder Nichttrinken. Außer der Tiermedizin war das sein einziger Zeitvertreib gewesen, seit Buddy ihn kannte.

»Sag mal«, sagte Curtis.

»Sag was?«, sagte Buddy.

»Ich hab gehört, dass du so eine Jesus-Spinnerei hinter dir hast.«

»Ach, tatsächlich?«

»Ja, tatsächlich.«

Jetzt schien Curtis ihm größer denn je. »Ich hatte das, was man so als Midlife-Krise bezeichnet«, sagte Buddy.

»So was Religiöses?«

»Ja, könnte man sagen.«

»Und wo stehst du jetzt damit?«

»Wie meinst du das?«

»Ach, du weißt schon ...«

»Curtis, das ist eine ziemlich private Sache.«

»Na ja, gut, das seh ich ein, aber wenn man's hat, soll man's auch zeigen. Das steht in der Bibel.«

»Ach ja?«

»Klar. Da steht, dass Petrus Jesus dreimal verleugnet hat. Das versteh ich so, dass wenn man religiös ist und so tut, als wär man es nicht, es genauso ist wie bei Petrus, als er Jesus verleugnet hat.«

»So hab ich dich noch nie reden hören, Curtis.«

»Ich weiß viel aus der Heiligen Schrift.«

Sie waren jetzt fast an der Stallgasse angelangt. Die Pferde warteten auf ihre morgendliche Heuportion. Einige schauten auf, als die beiden Männer sich näherten. Bei dem Gedanken, mit Curtis Doheny über sein persönliches Verhältnis zu Jesus zu sprechen, schnürte sich Buddy die Kehle zu, zumal Jesus in den letzten Monaten ein wenig in die Ferne gerückt war.
Curtis trat mit Besitzermiene auf Fuzzy Minister zu. Der Hengst war eine wahre Schönheit, wie sein Vater. Kirschbraun mit einem klaren weißen Strich die Nase hinab, mit glänzendem mahagonifarbenen Haarkleid und elegantem Kopf. Seine Mutter war von Nijinsky, und er war ein gutes Beispiel für den alten Grundsatz, dass bei den besten Rennpferden alles am besten war: Sie sahen am besten aus, hatten das beste Temperament, den besten Stammbaum und waren am leichtesten zu trainieren. Es war ein Grundsatz, der sich oft durch die Ausnahme bestätigte, aber wenn man ein Pferd wie dieses sah, das ein Millionen-Dollarjährling gewesen war, erinnerte man sich wieder daran, und das war schön. »Ja, das ist der beste Zweijährige, den du im Stall hast«, sagte Curtis. »Ich hab ja früher schon bei Rennpferden die Finger im Spiel gehabt, ich hatte Anteile und habe ein paar in Verkaufsrennen gekauft und dergleichen, aber diesmal habe ich mir gesagt: Nur das Allerbeste. Ich verdiene nur das Beste.«
Buddy fragte sich, worauf sich das Verdienen wohl bezog.
»Sollen wir diese Stute ein bisschen auf Vordermann bringen?«
Wir? »Was?«
»Wenn ich mir diese Stute ansehe, sag ich: Das muss man ausnutzen.«
»Ja, ja.« Buddy ging in die Futterkammer, und Curtis folgte ihm bis zur Tür. Da blieb er stehen, verdeckte das Licht und kratzte sich an den Eiern. »Also, ich könnte für dich arbeiten, Buddy. Ich könnte ausschließlich für dich arbeiten. Wen hast du jetzt? Barton? Ein paar andere? Warum stellst du mich nicht ein, und ich arbeite nur für dich? Das ist doch ein Geschäft. Ich arbeite auf allen Rennbahnen für dich. Ich glaub, das wär eine gute Idee.«
»Vielleicht.«
»Ziemlich viel ›vielleicht‹ bei dir heute.«
»Also, ich kann jetzt keine Entscheidung treffen, was all diese Dinge angeht.« Buddy hatte im Futterraum eigentlich gar nichts zu tun, und

was er als Zuflucht angesteuert hatte, war, wie er jetzt sah, zur Falle geworden. Curtis stand immer noch in der Tür, die Füße ziemlich breit auf den Boden gepflanzt, die Hände in den Taschen. Buddy schätzte ihn auf fast eins neunzig groß. Damit war er beinahe dreißig Zentimeter größer als Buddy und vielleicht doppelt so schwer. Buddy beschloss, nicht an ihm vorbeizudrängen, aber er verspürte einen starken Drang, sich zwischen seinen Beinen hindurchzuschlängeln. Stattdessen sagte er: »Curtis, ich habe das Gefühl, dass du mir drohst.«

»Also, Buddy, wir sind alte Freunde, und bei aller Achtung vor deiner Intelligenz muss ich sagen, ja, das tue ich. Ich habe viele Pläne, unter uns gesagt. Ich hab selbst so eine Midlife-Krise hinter mir, gerade jetzt im letzten Sommer, und da hab ich mir überlegt, dass ich was Besseres verdiene. Besser behandelt zu werden, ganz allgemein ein besseres Leben. Und jeder weiß ja, dass dir keiner was freiwillig gibt, wenn du nicht den Mut hast, es dir selbst zu verschaffen, deshalb hab ich beschlossen, dass ich mich zusammenreiße und es mir eben selbst verschaffe, verstehst du?«

»Ja, das versteh ich.«

»Also, Buddy, du bist meine erste Anlaufstelle auf dieser Tour. Wir sind alte Freunde und wir haben viele Dinger zusammen gemacht. Wenn ich einen neuen Anfang machen will, bietest du dich als Ausgangspunkt einfach an. Also, ich möchte wetten, dass wir viel Zeit zusammen verbringen werden. Was wettest du?« Zum ersten Mal an diesem Morgen lächelte er, und Buddy fiel auf, dass seine Stimme auch diesen anerkennungsheischenden Ton verloren hatte.

»Ja, das möchte ich auch wetten«, sagte Buddy. Natürlich wusste Buddy, dass Curtis Doheny ein Verlierer war oder vielleicht noch schlimmer, der Mann war hässlich, verschwitzt, ungepflegt, abstoßend, und derzeit sah es auch nicht so aus, als wolle er unbedingt das Beste für Buddy, aber die Vorstellung, mit ihm zusammenzuarbeiten und sein Programm durchzuziehen, hatte irgendwie etwas ... tja, wie sollte man es nennen, etwas Entspannendes an sich. Vor zwanzig Minuten hätte Buddy nicht im Traum daran gedacht, ihn seinen Besitzern vorzustellen oder in eine nähere Beziehung mit ihm zu treten, aber wenn er so darüber nachdachte – warum eigentlich nicht? Curtis konnte ihm sehr nützlich sein, aber das war nur eine Nebensache. Und Curtis konnte ihn verletzen, sogar körperlich, obwohl das unwahrscheinlich war. Im Grunde genommen war es doch nett, mit jemand zusammenzuarbeiten, der wusste, was er wollte. Zumindest war das, was er wollte, eindeutig und fest umrissen. Und allem Anschein nach wollte er es wirklich. Das war auch etwas, das man begrüßen und im Auge behalten sollte. Buddy machte einen Schritt auf Curtis zu und blickte zu ihm auf. Hinter ihm sah er, dass das Licht in seinem Büro anging, und Danny und Raoul kamen die Stallgasse hinunter. »Also, Curtis«, sagte er, »ich glaube, wir werden uns schon einig.«

Curtis setzte ein erbärmliches Grinsen auf, plötzlich war er wie verwandelt, nicht mehr zornig, sondern fröhlich. Wie ein Kind, dachte Buddy. Er trat einen Schritt zurück. »Weißt du, Buddy, ich will ja gar nicht so sein«, sagte er. »Aber ich muss dir ehrlich sagen, ich hab's nicht leicht gehabt.« Als sie aus der Futterkammer hinaus- und den Gang zwischen den Boxen hinuntergingen, erkannte Buddy, dass das vielleicht die ihm auferlegte Buße war: Getreu dem alten Grundsatz, dass keine gute Tat ungestraft bleibt, musste er sich jetzt Stunde um Stunde Curtis' Lebensgeschichte anhören.

SEPTEMBER–OKTOBER

Kapitel 70
Pré Catalan

Nachdem Limitless das Del Mar Derby, ein Gruppe-II-Rennen über 1800 Meter auf der Grasbahn, gewonnen hatte und weitere 267 000 Dollar Gewinn verbuchen konnte, rief Rosalind, die bei seinem Sieg dabei gewesen war, Al an, der in Helsinki steckte, und sagte: »Liebling, wo bist du am ersten Wochenende im Oktober?«

Al gefiel es, dass sie ihn »Liebling« nannte, obwohl sie das oft tat. Er warf einen Blick auf seinen Computerkalender und sagte: »Am Freitagabend habe ich ein Treffen in Berlin und eins in London am Dienstag, aber fürs Wochenende an sich habe ich noch nichts ausgemacht. Lässt er den Hengst im Breeders' Cup starten? Ich, möchte, dass er ihn im Bree…«

»Wie wär's mit Paris?«

»Oho«, sagte Al. »Ein Rendezvous?«

»Ja.«

»Wo wohnen wir?«

»Wie wär's mit dem Georges Cinq?«

»Und wo essen wir?«

»Also, am Sonntagabend essen wir im Pré Catalan.«

»Haben wir da nicht schon mal gegessen? Das ist doch so ein romantisches Lokal, oder nicht?«

»In unseren Flitterwochen.«

»Waren wir mal in Flitterwochen?«

»Jawohl, Al. Und vielleicht brauchten wir dringend nochmal welche. Aber ich würde gern ein paar Freunde einladen.«

Al überlegte, ob Rosalind ihre Flitterwochen in guter Erinnerung hatte. Es gab Leute, die allein eine solche Vorstellung für unmöglich hielten, aber bei Rozzy wusste man nie genau. »Aber nicht zu viele, okay?«, sagte er. »Und keine Leute, die ich nicht kenne.«

»Ja, bestimmt.«

»Ich überlasse das alles dir, Liebling. Aber du sagst ihm …«

»Ich weiß schon, was ich ihm zu sagen habe, Al.« Ihre Stimme war sehr sanft, und Al fiel ein: Nur noch einen Monat so wie jetzt, und dann ist das vorbei. Man konnte noch nicht genau sagen, wie viele Männer und Frauen, die jetzt arbeitslos oder nur zeitweise beschäftigt waren, bald in den derzeit von Alexander Maybrick Industries erbauten Fabriken Metallgegenstände von sagenhaftem Gewicht und sagenhafter Größe herstellen würden, doch letzten Endes, und ungeachtet der allenthalben geäußerten Meinungen über das Informationszeitalter und die Verlagerung von der herstellenden Industrie zur Dienstleistungsindustrie und den Triumph der Biotechnik über die gute alte Konstruktionstechnik, war es so, dass große und schwere Metallgegenstände auch weiterhin von praktischem Nutzen sein würden, solange die Menschen sich fortpflanzten und dann Luft-, Land- und Seemeilen ansammeln wollten. In den letzten zehn Monaten hatte er sechzehn Tage zu Hause verbracht. Er hatte Rosalind viermal gesehen, aber fast jeden Tag mit ihr gesprochen. Ehrlich gesagt hätte er mehr Zeit zu Hause verbringen und sie öfter sehen können, aber er wollte ausprobieren, wie es ohne sie ging. Denn allerletzten Endes war es so: Sie hatte ihm etwas angetan und er hatte ihr etwas angetan, und man war ärgerlich und verletzt und hatte tausend andere Gefühle, die man nicht richtig beim Namen nennen konnte, und deshalb musste man eine ganz grundsätzliche Entscheidung treffen: mit ihr oder ohne sie. Wenn man dreißig oder vierzig war, konnte man dem »ohne sie« vielleicht allerhand abgewinnen, aber wenn man fünfundsechzig war, kam einem das »ohne sie« wie eine lebenslängliche Strafe vor, die außerdem nicht besonders lang war. Also, dachte er, das Pferd konnte auf Asche und Gras laufen, schludrig und schnell. Also, dachte er, das Pferd hatte in ein paar Monaten eine Viertelmillion Dollar gewonnen. Ich würde dieses Tier verdammt nochmal gern laufen sehen. Ich will das Tier verdammt nochmal im Breeders' Cup sehen. Das war ja alles schön und gut, aber Al konnte sich kaum daran erinnern, wie das Pferd aussah. Wahrscheinlich braun. Die meisten waren braun.

Rosalind unterdessen wählte in ihrem Hotelzimmer im Ritz-Carlton in Pasadena die Nummer von Farleys Büro in Del Mar, wo Farley gerade das Morgentraining überwachte. »Hallo, guten Morgen!«, sagte Rosalind. »Wie geht es unserem Star an diesem schönen Morgen?«

»Sehr gut. Die Beine sind eiskalt, die Haltung ist freudig und stolz, aber nicht arrogant.«

»Was meint Elizabeth dazu?«

»Tja, sie meint, alles in allem hat er die Grasbahn doch lieber, und wie geht's jetzt weiter?«

»Was meinen Sie dazu?«

»Nun ja, bis zum Oak Tree Meet haben wir jetzt Pause. Er kann zur Farm zurückgehen, obwohl das jetzt sehr schade wäre. Acht Längen schneller als die besten Grasbahnpferde an der Westküste, ohne richtig außer Atem zu geraten, das ist ziemlich gute Kondition.«

»Als Herz hängt am Breeders' Cup.«

»Das ist durchaus eine Möglichkeit, obwohl ich nicht ganz sicher bin, weil er dieses Jahr in Gulfstream stattfindet. Für kalifornische Pferde ist ein Rennen in Florida manchmal wie ein Schock. Ein Rennen dazwischen ...«, sagte Farley, aber während er sprach, verspürte er plötzlich einen ganz anderen Kitzel der Erwartung, der nichts mit dem Breeders' Cup zu tun hatte. Vielleicht lag es an dem eindeutig freudigen Beiklang ihrer Stimme. Er konnte gerade noch registrieren, wie sein Herz heftig zu schlagen begann, als sie sagte: »Ich würde gerne Anfang Oktober in Paris eine Party geben, in drei Wochen. Limitless soll der Ehrengast sein.«

Farley sagte kein Wort. Es war, als hätte sie seine Gedanken gelesen, aber nicht seine gegenwärtigen Gedanken, die sich mit den Schwierigkeiten des täglichen Lebens befassten und sogar für den Breeders' Cup vor einem Transport des Pferdes nach Gulfstream zurückschreckten. Die Gedanken, die sie las, gehörten einer anderen Zeit an, als er noch alles für möglich gehalten hatte. Er schlug einen vorsichtigen Ton an. »Rosalind, das einzige amerikanische Rennpferd, das im Arc jemals irgendetwas gebracht hat, war Tom Rolfe, und er ist nur Fünfter geworden.«

»Dann haben wir ja nichts zu verlieren. Und ist nicht Tom Rolfe irgendwo im Stammbaum des Pferdes?«

»Tom Rolfe war der Vater von Lake of the Woods' Mutterstute. Er war der Sohn von Ribot, der zweimal den Arc gewonnen hat. Bei Lake of the Woods kommt Ribot in der väterlichen Linie auch vor.«
»Und Limitless' Mutter hat alles andere.«
»Jawohl, den Nasrulaah-, Hyperion- und Mahmoudstammbaum. Aber das Geläuf in Longchamp ist im Herbst oft sehr tief …«
»Hat er das Rennen in Nordkalifornien nicht auch auf einer weichen Bahn gewonnen?«
»Ja, aber am Ende des Rennens in Longchamp ist ein großer Berg. Der ist sehr strapaziös …«
»Das Pferd weiß nicht, dass es strapaziert wird. Er läuft sein Rennen, dann sehen wir, was passiert.«
»Es ist 2400 Meter lang.«
»Was soll denn passieren? Wenn er eine weite Strecke schafft, schafft er sie. War der Vater seiner Mutterstute nicht ein Jagdrennpferd?«
»Ja, das war Independence. Bold Rulers älterer Bruder.«
»Müssen Jagdpferde nicht weite Strecken schaffen?«
»Allerdings.«
»Na also.«
»Ja, dann …«
Später würde sie ausgehen, sagte sie und legte auf. Der Grand Prix de l'Arc de Triomphe! Farley wurde schwindlig, und er musste einen Augenblick an seinem Schreibtisch sitzen bleiben, bevor er aufstand und es den anderen sagte.

Das Schwierigste war das Beibehalten der Routine, wie Joy feststellte. Zuerst war sie versucht, Limitless zurück nach Santa Anita zu bringen und einem härteren Training zu unterziehen, denn sie dachte an die Länge der Strecke und den Berg, an den amerikanische Pferde nicht gewöhnt waren, und alles, was dazugehörte. Aber zwei Tage später kam wie üblich der Pferdetransporter, um Limitless abzuholen, und Joy führte ihn hinein und sah ihm nach, wie er wie üblich in Richtung Ranch davonfuhr. Wenn das Pferd daran gewöhnt war, nach einem Rennen eine Woche auf der Ranch zu verbringen, dann sollte er diese Woche auch bekommen. Das Zweitschwierigste war, den tagtäglichen Dingen nachzugehen, als wäre gar nichts los. Und in Wirklichkeit war

auch nichts los. Der Del Mar Meet ging zu Ende, die Pferde wurden zurück nach Santa Anita gebracht. Die unzähligen Ausrüstungsgegenstände, die dazugehörten, mussten geordnet, geputzt, verpackt, verladen und verschickt werden. Und natürlich mussten auch andere Vorkehrungen getroffen werden, Aber das waren eben nur Vorbereitungen. Sie rief das einzige Reisebüro an, das sie kannte, nämlich das, wo Olivers Freundin arbeitete, und bestellte vier Tickets nach Paris in Frankreich für die Woche vom 28. September bis zum 5. Oktober und eins für Roberto, den Jockey, vom 30. September bis zum 3. Oktober. Hortense auf der Ranch hatte ihr gesagt, dass sie selbst Mr. Tompkins' Reise buchen würde, falls er auch fahren wollte. Und Limitless' Pfleger Rafael und sein Pferdeführer Lupe würden mit dem Pferd im Transportflugzeug fliegen.
»Ihr fahrt alle nach Paris?«, sagte Olivers Freundin. »Wie wunderbar!«
»Farley hat dort ein Pferd am Start.«
»Oliver ist jetzt übrigens Verkäufer.«
»Das hab ich gehört.«
»Bei Toyota.«
»Ach wirklich.«
»Er macht es toll.«
»Das freut mich sehr.«
»Letzte Woche hat er zwölf Wagen verkauft, zwei davon Land Cruiser.«
Joy hatte keine Ahnung, ob das gut war oder nicht. Auf einmal sagte die Frau am anderen Ende »Ach Gott« und begann zu schniefen.
»Was ist passiert?«, sagte Joy.
»Ich will nicht, dass er Autoverkäufer ist.«
»Vielleicht kann er es mit etwas anderem versuchen …«
»Lassen Sie Oliver zurückkommen! Ich will eigentlich nicht mit einem Pferdetrainer verheiratet sein, aber er will nichts anderes als Pferde trainieren.«
»Ich werde mit Farley reden. Wir brauchen ohnehin jemand, der sich um die Pferde kümmert, wenn wir weg sind.«
Dann kaufte sie die Tickets, und Olivers Freundin machte ihr einen sehr guten Preis. Und danach rief sie Tex Sutton an.

Auf der Ranch gaben sie Limitless die größte Weide, die sie hatten, sie lag ein wenig abseits, wo es auf die Hügel zuging. Das Gelände war leicht gewellt, wie auf den Weiden an der Ostküste. Drei Tage später gab es einen der ganz seltenen Wolkenbrüche, in vier Stunden fielen zwölf Zentimeter Regen. Limitless galoppierte.

Eines Abends, es war beim Essen, zwei seiner älteren Brüder waren mit drei von ihren Kindern da und seine Mutter hatte einen schönen Schweinefleischeintopf mit Kichererbsen gemacht, der auf dem Tisch stand, und Roberto dachte, dass er vielleicht eine Portion Kichererbsen oder ein Stück Fleisch essen konnte, aber nicht beides, eines Abends also sagte Roberto: »Also, Papa, sag mal, wo ist dieses Paris in Frankreich überhaupt?«
Er wusste selbst nicht ganz genau, was er damit meinte. Natürlich hatte er von Paris und von Frankreich gehört, so wie er von Halbleitern und Bob Dole und der DNA gehört hatte, doch gleichzeitig wusste er über diese Dinge viel weniger als über Rennpferde, den Kauf von Sportwagen und die Investition seiner Gewinne in Wertpapieren, worauf sein Vater bestand. Er langte gerade nach dem Vorlegelöffel für den Eintopf, aber hatte ihn noch nicht in der Hand, als sein Vater in eine Flut spanischer Worte ausbrach, die Hand über den Tisch ausstreckte und Roberto einen solchen Stoß verpasste, dass er vom Stuhl flog. Er lag auf dem Boden, seine beiden Brüder sprangen auf, packten seinen Vater und setzten ihn wieder hin, die Kinder fingen an zu heulen, und seine Mutter sagte auf Englisch: »Huberto, ich sage kein Wort dazu, erst entschuldigst du dich bei Roberto!«
»Er soll sich bei mir entschuldigen!«
»Für was?« Jetzt verfiel sie ins Spanische, und die beiden hatten einen lautstarken Streit, dem Roberto, der besser Englisch als Spanisch sprach, nicht ganz folgen konnte, aber was er verstand, war, dass er mehrere Male als dummer, reitender Trottel bezeichnet wurde, aus dem nie etwas werden würde, so sehr sie sich auch bemühten, und war das ihr Lohn, nachdem sie sieben Kinder aufgezogen hatten, dass dieser Sohn nicht wusste, wo die berühmteste Stadt der Welt war?
Das hatte zur Folge, dass einer in die hintere Abstellkammer gehen und Robertos sämtliche Schulzeugnisse holen musste, und dann wur-

de sein Zeugnis der neunten Klasse hervorgeholt, denn in dem Jahr hatte Roberto Weltgeschichte gehabt, und laut Zeugnis hatte Roberto in beiden Halbjahren eine Zwei bekommen, obwohl er sich ehrlich gesagt nicht mehr an vieles aus dem Unterricht erinnern konnte, nicht einmal mehr daran, welchen Lehrer er gehabt hatte. Aber sein Vater verzieh ihm, dass er gegenwärtig nicht wusste, wo Paris in Frankreich war, weil er es früher ja anscheinend gewusst hatte, damals, bevor diese verdammten Pferde ihm alles aus dem Kopf gescheucht hatten, und war das nicht immer dasselbe? Dann machte sein Vater ihm eine Liste mit vier Orten, die er besuchen musste, das waren der Eiffelturm, der Louvre, die Champs-Élysées und Notre-Dame, und er sagte, Roberto dürfe nicht nach Hause kommen, wenn er nicht beweisen konnte, dass er in Paris diese Orte besucht hatte, und Roberto nickte und war einverstanden, und der Familienfrieden war wieder hergestellt. Unterdessen hatte Roberto allerdings auch zwei große Portionen Eintopf gegessen, und als er am nächsten Tag aufstand, hatte er ein halbes Kilo zugenommen. Aber an dem Tag war ohnehin kein Rennen.

Limitless kam von der Ranch zurück und hatte allem Anschein nach weder etwas von seiner Fitness noch seiner Rennwilligkeit eingebüßt. Fast die ganze Zeit, die Joy auf der Bahn verbrachte, hatte sie ihn draußen und bewegte ihn, aber das lag nicht an ihren Trainingsplänen für ihn, sondern daran, dass er so voller Energie war, dass ihm das Eingesperrtsein im Pferch zur Qual wurde. Deshalb musste Elizabeth zur Rennbahn kommen, wenn sie mit Joy reden wollte, und dagegen hatte sie auch nichts einzuwenden, denn sie wollte ohnehin Mr. T. einen persönlichen Besuch abstatten, um ihm für ein paar Tipps zu danken, die ihr erlaubten, bei ihrem Aufenthalt in Paris wichtige Einkäufe zu machen. Sie fand Joy am entlegensten Ende der Stallungen, wo sie mit dem Pferd herumspazierte. Sie umarmte Joy und kam direkt zur Sache. »Mr. T. ist in Longchamp gelaufen«, sagte sie.
»Ja, ich weiß«, sagte Joy. »Er hat zwei Preisrennen dort gewonnen. Ein Musterknabe war er.«
»Er möchte zurück.«
Joy wurde flau im Magen: »Als Berater, meinst du? Woher weiß er, dass wir fahren?«

»Wenn du an etwas denkst, hat er Zugang dazu.« Ja, dachte Joy. Warum nicht? Es ist so, wie wenn ein Pferd einen Sprung verweigert oder bockt.
»Er will einfach zurück. Er strömt mir dauernd Bilder von Grasflächen zu, wie ich sie in Kalifornien noch nie gesehen habe.«
Joy gab sich alle Mühe, sämtliche Nachteile aufzuzählen. »Es würde Tausende kosten, und er ist nie so eng mit Limitless' Trainingsablauf verbunden gewesen wie bei Froney's Sis. Ich glaube nicht, dass wir die Maybricks überreden können, diese Kosten zu übernehmen. Außerdem ist in Longchamp wenig Platz für Pferde, soviel ich weiß, deshalb müssten wir ihn in Chantilly unterbringen. Und er ist alt. Solche Reisen sind anstrengend für ein Pferd.« Joy wusste selbst nicht, warum dieser Gedanke plötzlich so bedrückend für sie wurde.
»Er möchte dorthin. Wenn wir ein paar Tage dort verbringen, kann er bestimmt seine Transportkosten in Gewinnen wieder reinholen. Besser gesagt, er und ich können es zusammen machen.«
Joy betrachtete Limitless, der die Nase unter den Zaun schob und versuchte, mit der Oberlippe ein Grasbüschel zu erreichen. »Er wird dort bleiben wollen«, sagte sie mit düsterer Gewissheit.
»Das hat er nicht gesagt. Er hat keine Vorstellung von Zeit. Aber jeder empfindet den starken Impuls, zu Schauplätzen der Kindheit zurückzukehren, vielleicht ist das bei Pferden auch so.«
Joy fühlte, wie ihr Tränen in die Augen stiegen.
»Ich kann Kyle fragen, ob er das Geld vorstreckt.«
»Kyle?«
»Mr. Tompkins.«
»Nennst du ihn jetzt Kyle?«
»Jawohl, das tue ich. Davon erzähle ich dir bei einer anderen Gelegenheit.«
Die bloße Neugier ließ Joys Tränen versiegen. »Ich werde daran arbeiten«, sagte Elizabeth. »Jetzt muss ich gehen.« Sie gab Joy einen Kuss und umarmte sie, dann ging sie davon. Sie sah wirklich toll aus für eine Frau in ihrem Alter, dachte Joy. Es war genau wie in ihrem Buch – sie hatte Joy das Kapitel gezeigt, das die Überschrift trug: »Verwandlung als die beste Kosmetik«.
Wenig später brachte sie Limitless in seinen Pferch zurück und ging

zu Mr. T.s Box. Sie hatte ihn jetzt seit zwei Wochen nicht mehr geritten, obwohl jeder wusste, dass man ein altes Pferd auf Trab halten musste, wenn es auf Trab bleiben sollte. Er hob den Kopf von seinem Heu, sobald sie auftauchte, und wieherte leise. Sie hielt ihm auf der ausgestreckten Hand ein Stück Karotte zwischen die Lippen und streichelte ihm das Ohr, während er daran kaute. Ihr letzter Ritt war auch nichts Besonderes gewesen, nur ein Spazierritt durch den Stallbereich und auf den Parkplatz hinaus. Sogar Joy sah ein, dass er irgendwo anders untergebracht werden musste, aber wie sie ihn gehen lassen sollte, war ihr noch völlig schleierhaft.

Plato ging in sein E-Mail-Programm und scrollte zurück zu einer E-Mail, die er eine Woche zuvor bekommen hatte. Er öffnete sie, las sie und schrieb dann folgende Antwort:

Liebe Dominique,
wie ich bereits erwähnt habe, werde ich von Ende September bis Anfang Oktober mit ein paar Freunden in Paris sein. Anlass unserer Reise ist ein Pferderennen. Das Buch über fünftel-, sechstel- und siebteldimensionale statistische Berechnungen als Versuch, Phänomene zu verstehen, die nicht in unsere dreidimensionale Welt zu passen scheinen, habe ich inzwischen gelesen. Ich wollte Sie auch auf einen Artikel aufmerksam machen, den ich im letzten Jahr gelesen habe, darin geht es um Bienentänze als ein mögliches Beispiel für ein Phänomen von mehr als drei Dimensionen, das in unserer Welt als zweidimensionale Form, und zwar als Sechseck erscheint. In den Kapiteln über die Zeit fand ich auch vieles interessant. Es kamen einige Dinge über Sequentialität/Nichtsequentialität vor, mit denen ich selbst in meinen Versuchen einer »Prädiktion« ökonomischer Muster gearbeitet hatte, aber vieles andere war mir neu und nicht ganz verständlich. Es wäre mir eine große Hilfe, wenn wir diese Fragen bei einer persönlichen Begegnung besprechen könnten, was wir mit einem netten Essen und einem Glas Wein verbinden sollten.
Der Autoreninformation hinten im Buch entnehme ich, dass Sie noch nicht einmal dreißig sind! Das ist sehr beeindruckend! Ich

kenne niemanden, der eine so klare Vorstellung von all diesen Begriffen hat wie Sie. Wir sollten uns wirklich treffen!

Während er »Abschicken« anklickte, dachte er: Und hübsch ist sie auch. Aber so etwas erwähnte man besser erst dann, wenn man eine genaue Vorstellung davon hatte, ob die betreffende Frau eine Anhängerin von Cixous oder Naomi Wolf oder gar Camille Paglia war. Der Feminismus war ein Haus mit vielen Wohnungen, und man tat gut daran, keine Tür zu öffnen, ohne angeklopft zu haben.

Und dann waren sie schließlich alle in Longchamp. Mit Hilfe von ein paar Beziehungen, die sie hier und da spielen ließen, hatten sie die Pferde nicht in Chantilly unterstellen müssen, sondern konnten sie direkt zur Rennbahn bringen und dort trainieren. France-Galop war hocherfreut, ein amerikanisches Pferd begrüßen zu können, auch wenn es bislang nur etwas obskure Siege zu verbuchen hatte. Und da das Pferd bloß ein paar Tage bleiben würde, ließ die Rennbahnverwaltung auch zu, dass Mr. T. als sein Führpferd mitkam, und Elizabeth schwor, dass das alte Pferd genau wusste, wo er sich befand, und dankbar dafür war. Joy wusste nicht, wer bezahlt hatte, und fragte nicht danach. Es war ein großer, herrlicher Luxus, ihn dabeizuhaben, zu beobachten, wie er sich umschaute, alles in sich aufnahm, seinen Schweif in lässiger Billigung hin und her wippen ließ, wenn er etwas Neues entdeckte. Oder etwas, an das er sich erinnerte. Er war manierlich, ruhig und umgänglich. Joy musste sich zusammennehmen, um nicht allzu oft zu sagen: »Seht ihn euch an – ist er nicht gut? Ist er nicht schön? Ist er nicht klug?«
Auch am Donnerstag, dem ersten Morgen nach ihrer Ankunft, war Limitless wieder unverändert wachsam, bereitwillig, glücklich. Solange er in Bewegung war, schien er der Landschaft, in der er sich jeweils befand, keine besondere Bedeutung beizumessen. Die französische Rennbahnverwaltung gab ihnen eine äußerst manierliche Trainingszeit ab neun Uhr dreißig. Joy und Farley wachten auf, räkelten sich, bestellten Frühstück aufs Zimmer, liebten sich, öffneten dem Zimmerkellner, aßen, küssten sich, duschten, lasen die englischen Zeitungen, in denen viel über Rennen in Paris und in Newmarket stand, kuschel-

ten, ließen den Chauffeur kommen, fuhren zur Rennbahn und waren fast wach, als Joy bereitstand, um aufzusitzen.

Natürlich war das Pferd hervorragend im Galopp, das war sein Trumpf, sein Ass, sein entscheidender Vorteil, sein Sicherheitsnetz und sein Genie, aber was Joy als Dressurfan am meisten an ihm bewunderte, war sein Trab. Limitless balancierte zwischen Reiter und Boden, seine langen diagonalen Beinpaare federten ihn aufwärts und vorwärts, wobei die zarten Ovale seiner vier Hufe nur an den Boden tippten. Von den Ohren bis zum Schwanz war sein Rückgrat geschmeidig und locker. Joy merkte das in ihrem eigenen Rückgrat – sie hatte sich im Flugzeug durch eine unvorsichtige Bewegung beim Heben einer Tasche einen steifen Rücken zugezogen. Schon beim ersten Ritt auf Limitless lockerten sich ihre Wirbel durch die Geschmeidigkeit seiner Bewegungen. Sein Maul und sein Schweif waren Anzeiger dafür. Sein Maul trug genau das Gewicht des Trensengebisses, das ein paar Unzen wog, der Schweifknochen floss aus dem Rückgrat, bog sich anmutig nach unten, der Wind fasste die seidigen Haare und vollendete die Verwandlung in mühelose Bewegung. Direkt über seinem Herz gekrümmt, schlug sie einen leichten Viervierteltakt im Allegro an, wobei ihre Hände nur das Gewicht der Zügel trugen. Sein Trab war nie einschränkend, sondern immer ausholend. Jedes Mal war es neu. Sie meinte jedes Mal, sie könnte es in Erinnerung behalten, aber weil es so rein und von keiner Unsicherheit und Störung des Rhythmus getrübt war, ließ es sich nicht erinnern. Ein Dressurlehrer hatte ihr einmal etwas gesagt, das sie für unmöglich gehalten hatte, nämlich dass er jeden Atemzug des Pferdes spürte. Aber bei Limitless gab es jetzt Augenblicke, da spürte sie nicht nur jeden seiner Atemzüge, sondern auch jeden seiner Herzschläge, zumindest im Trab, wenn seine normale Herzschlagfrequenz von etwa vierzig auf sechzig oder siebzig anstieg. Als Farley sie zur Seite winkte und sagte, für heute sei es genug, sagte sie: »Wirklich? Wie lange sind wir denn getrabt?«

»Sicher vierzig Minuten. Das Pferd sah so gut aus, deshalb habe ich dich nicht gestoppt. Er …«

»Sind wir tatsächlich um die ganze Bahn geritten?«

»Aber ja. Du hast hier angefangen, bist dann dorthin, dann dorthin, und jetzt bist du wieder hier angekommen.«

»Limitless wäre ein ganz, ganz wunderbares Dressurpferd.«
Sie stand wieder mit beiden Füßen auf dem Boden, aber da wartete Mr. T. mit gespitzten Ohren und nahm alles in sich auf. Rafael nahm Joys Sattel von Limitless ab und legte ihn dem weißen Pferd auf. »Komm, lass ihn die Beine mal ein wenig strecken«, sagte Farley. »Mal sehen, an was er sich erinnert. Hier frisst jeder Rosalind aus der Hand. Du kannst tun, was du willst. Der Hengst macht einen guten Eindruck. Morgen und Samstag kann er ein wenig galoppieren, am Morgen des Rennens sollte er ausruhen.«
Er warf sie auf das große Pferd. Sie sah unvermittelt das Bild einer Taube vor sich, die in den heimatlichen Schlag fliegt. Endlich daheim. Das Gefühl von Mr. T.s vertrautem Gang trat an die Stelle von Limitless' ausgreifendem Trab. Ihre Hüften wiegten hin und her, ihr Becken schaukelte sanft. Sie unterdrückte die Bewegung. Er hielt inne. Sie entspannte sich. Er ging weiter. Vor sich sah sie seinen langen weißen Hals, der in den spitzen weißen Ohren auslief, die er jetzt wach und interessiert aufgerichtet hatte. Es waren noch ein paar andere Pferde unterwegs, wahrscheinlich auch aus dem Ausland, aus England, Irland oder Deutschland. Sie sah die riesige cremefarbene große Tribüne an der Ziellinie, die weißen Zäune, die sich um den Rasenturf zogen, und das Gras selbst, so strahlend unter dem bedeckten Himmel, als sei die Sonne selbst darin verborgen und leuchte grün heraus. »Turf« war ein schönes Wort, dachte Joy, ein Wort voller Dichte und Saft und Nahrhaftigkeit und Farbe. Es war begreiflich, dass Mr. T. hatte hierhin zurückkehren wollen. Für ein Pferd musste die Trennung vom Grasland, von seinem natürlichen Bett, seiner bevorzugten Nahrung, seinem frühesten Spielgelände, den Inbegriff des Vertriebenseins darstellen. Sie spornte ihn zu einem Trab an, aber stattdessen ging er in einen Kanter über, doch sie zügelte ihn nicht, sondern ließ ihn laufen. Er tat das, was sie erwartet hatte, er blieb bei einem leichten Kanter am lockeren Zügel, ta-dam, ta-dam, ta-dam, die drei Walzertaktschläge eines Geschöpfes, das nichts suchte und nichts floh. Er hatte in Santa Anita gewonnen, und da hatte sie ihn auch geritten, aber ihn hier zu reiten, wo er seine Stakes-Rennen gewonnen hatte, war ein viel größerer Genuss, und sie dachte dabei an all die Hunderte, die hier in den letzten zweihundert Jahren galoppiert und

Rennen gelaufen waren, Tausende von Pferden, die alle miteinander verwandt waren, sie alle Inkarnationen derselben unsichtbaren Kraft, jedes einzelne der Mittelpunkt in einem Wirbel von Spekulation und Gerede, aber selbst schweigend und geheimnisvoll. Alle taten jetzt so, als sei ihnen durch Elizabeth der Königsweg zum Unbewussten des Pferdes bekannt, aber auch im besten Fall würde das, was sie sagte, nur eine Annäherung sein, und demnach war auch Mr. T. selbst, ganz unabhängig vom Erfolg seines Wettsystems (»Probieren geht über studieren«, sagte Mr. Tompkins immer, wenn er mit ziemlich großen Summen am Wettschalter klotzte und Plato schickte, die ziemlich vergrößerten Summen am Auszahlschalter abzuholen), immer nur das, was jeder Einzelne in ihm sah. Joy nahm an, dass Mr. Tompkins in ihm nur eine weitere Facette der Anziehungskraft sah, die er persönlich auf Geld ausübte. Froney's Sis hatte in ihm eine große, beruhigende Gegenwart gesehen. Farley sah in ihm die beruhigende Bestätigung, dass das, was er als Trainer tat, harmlos und sogar in gewisser Weise von Wert war. Plato sah in ihm das Modell all der ordnenden Kräfte des architektonischen und dynamischen Universums. Joy sah schlichte Unschuld und Liebe in ihm, ein Pferd, auf dem sie in die Welt hinausreiten konnte, obwohl diese Welt sie ängstigte und bestürzte, eine geliebte, beruhigende, große Gegenwart. Aber wie sah Mr. T. sich selbst? Sie musste einsehen, dass sie das nie erfahren würde. Was hatte er Elizabeth einmal gesagt? Er war ein Pferd und kein Prophet. Und ein Pferd musste mit ein paar Pferdefreunden im saftigen Gras weiden, hierhin und dorthin wandern und in der Mittagszeit ein schattiges Plätzchen finden können.
Er ging aus dem Kanter in Trab, dann Schritt über. Dann blieb er stehen, rieb die Nase am Knie, seufzte und ging im Schritt weiter. Wieder spitzte er die Ohren und sah sich um. Vielleicht war es das allerletzte Mal, dass sie ihn ritt, dachte Joy. Sollte er hier bleiben wollen, wenn sie alle wieder abreisten, würde Rosalind ihm den Wunsch erfüllen. Das Pferd seufzte. Joy seufzte. Sie sah ein, dass alle, ihr eigenes besseres Ich inbegriffen, von ihr erwarteten, dass sie ihn hier bleiben ließ.

»Also«, sagte Farley zu Roberto, »bis jetzt hat es die ganze Woche noch nicht geregnet, und heute Abend ist auch kein Regen angesagt.

Longchamp ist immer tief und weich beim Arc, aber nicht in diesem Jahr.« Sie waren weit draußen auf der Bahn, in der Nähe der Startboxen, so weit von der Tribüne entfernt, dass sie gedrungen wirkte, wie die Mitte einer Zielscheibe. Farley ging zum rechten Geländer, in Frankreich das Innengeländer, und stieß den Absatz ins Gras. Roberto folgte ihm. Roberto war noch ziemlich müde und hatte Schwierigkeiten zuzuhören. »Sei nicht überrascht, wenn sich die Pferde um dich zusammenschließen. In Europa ist das Feld am Anfang des Rennens meistens dichter zusammengeballt.«

»Das kann er gar nicht leiden«, sagte Roberto. »Wenn's sein muss, trabt er sogar, bloß damit er sie vor sich hat.«

»Das wäre völlig regelwidrig«, sagte Farley. »Das darfst du nicht zulassen.«

»War bloß 'n Witz, Chef.«

»Für mich ist das alles neu hier. Seit dreißig Jahren denke ich über dieses Rennen nach, fünf- oder sechsmal habe ich es gesehen, aber selbst hier zu stehen, das ist etwas ganz Neues für mich. Dass der Rasen so fest ist wie in Kalifornien, ist unser Vorteil. Dass sie im ersten Bogen eng zusammen laufen, ist unser Nachteil.«

»Chef, ich denke die ganze Zeit darüber nach, immer hin und her, aber für mich gibt's nichts zu denken. Du hättest Stevens mitnehmen sollen oder McCarron oder so.«

»Grundregel, Roberto? Bleib drauf, halt dich dran und achte darauf, was er tun will.«

»Das kann ich, Chef.«

Eileen kam unter der Bettdecke hervorgekrochen. Rosalind war schon auf und saß an dem kleinen Tisch. In ihrer Nähe standen Eileens kleine Schüsseln, die eine mit Trockenfutter, die andere mit Wasser. Es war nett zu wissen, dass sie dort standen, aber vorläufig nicht von großer Wichtigkeit. Eileen sprang vom Bett und brachte einige Zeit damit zu, sich zu räkeln und zu gähnen. Wenn sie ihren kleinen Schwanz anspannte, fühlte sie ihn immer ganz genau und viel länger, als er wirklich war. Das war die immer währende Frage in Eileens Leben – wohin war der Rest ihres Schwanzes verschwunden? Ach. Jetzt stand sie fest auf allen vier Pfoten und betrachtete Rosalind. Sie musste zugeben, dass Rosalind in der letzten Zeit gut aussah, so gut wie die besten Hunde. Ihr Fell glänzte, ihre Augen strahlten, das Blut strömte gesund durch ihr Fleisch (etwas, auf das Eileen als Raubtier besonders gut achtete). Ihr Fleisch selbst war warm und weich. Das registrierte Eileen auch. Es hatte eine schlechtere Phase gegeben, eine Phase, die Eileen wie eine Art Kühle vorgekommen war. In dieser Zeit konnte man sich als Hund so eng an Rosalind schmiegen, wie man wollte, man wurde einfach nicht warm. Weshalb sonst hatte sie damals Rosalind immer angebellt? Wach auf, stell das ab, das mag ich nicht. Jetzt aber konnte man mitten in der Nacht hechelnd aufwachen, nur von Rosalinds Nähe, egal ob unter der Decke oder obendrauf.

»Zeit aufzustehen«, sagte Rosalind.

Hatte die Frau gar nicht gemerkt, dass sie auf war?

»Ich dachte, Al wäre inzwischen schon hier.« Ein Seufzer folgte.

Al. Hier. Eileen hatte angenommen, er sei endgültig verschwunden. Ja, sie hatte tatsächlich angenommen, sie täten nur so, als suchten sie ihn, etwa wie man so tut, als suchte man einen Tennisball, ohne ihn aber wirklich so zu suchen, wie man vielleicht eine Ratte in einem Loch suchen würde, und sie hatte angenommen, dass sie nach einer gewissen Zeit, die allein Rosalind bestimmen konnte, diese Pro-forma-Suche abbrechen und nach Hause zurückfahren und sich mit anderen Dingen beschäftigen würden.

Rosalind hob den Telefonhörer ab und sagte: »Ah, bonjour, monsieur. S'il vous plaît, je veux téléphoner un restaurant par le nom Pré Catalan. Ah, merci.« Sie klopfte mit der Hand auf den Schoß, und Eileen sprang hinauf. Rosalind drehte sie auf den Rücken und kitzelte sie am Bauch. Dann sagte sie das eine oder andre über das, was sie im weiteren Verlauf des Tages vorhatten. Eileen gefiel es überall, wohin sie auch gingen. Überall waren Hunde, interessante kleine Hunde mit vielen, vielen Vorurteilen, die Eileen korrigieren musste, und es war gar nicht die Rede davon, in Taschen oder Schachteln zu verschwinden oder sich allgemein dessen zu schämen, dass man ein Hund war. Wo auch immer sie auftauchten, Hunden brachte man hier großen Respekt entgegen. »Ich weiß, du musst raus«, sagte Rosalind. »Ich bin fast so weit.« Aber sie gingen trotzdem nicht los, und Rosalind blickte mehrere Male auf ihren Arm und stand mehrere Male auf und ging

ans Fenster. Eileen fühlte eine immer stärkere Versuchung, das Bein an der Heizung zu heben.
Eileen beschnupperte ihr Trockenfutter, aber wozu brauchte sie das? Sie hatte mit großer Genugtuung festgestellt, dass hier Hunde auf Stühlen bei Tisch saßen und von Löffeln aßen, und was sie bekamen, war wahrhaftig alles andere als Trockenfutter. »Also gut«, sagte Rosalind schließlich.
Sie gingen aus dem Zimmer hinaus, in den Aufzug, aus dem Aufzug. Eileen wusste sofort, dass mehrere Hunde im Foyer waren, aber jetzt tat sie so, als bemerke sie sie gar nicht, sie blähte sich nur selbst ein bisschen auf und hob den Kopf. Rosalind ging zu dem Mann am Empfang und sagte: »Ich habe Mr. Maybrick heute früh erwartet und kann nicht länger warten. Ich muss nach Longchamp. Bitte sorgen Sie dafür, dass er meine Nachricht erhält, wenn er eintrifft.«
»Selbstverständlich, Madame.«
»Merci.« Sie zögerte wieder etwas, und dann gingen sie hinaus in den Hundehimmel.

Rosalind hatte noch nie solche Menschenmengen bei einem Pferderennen gesehen. Autos, Taxis, Lieferwagen, Busse verstopften jetzt schon die Durchfahrts- und Seitenstraßen im Westen von Paris, als fliehe jeder citoyen die ville in Richtung bois. Man sah Reisebusse mit Nummernschildern aus allen Ländern Europas und ebenso viele voll gestopfte städtische Busse. Sie schnallte Eileens Leine an ihr Halsband, aber dann nahm sie den Hund doch auf den Arm, es waren zu viele Füße ringsum. Das Wetter konnte man nicht als gut bezeichnen, es war trocken, aber bedeckt, wie die ganze Zeit seit ihrer Ankunft. Es war das richtige Wetter für viele pensées, und die hatte Rosalind auch ausgiebig gehabt. Sie hatte bis jetzt nicht in eine fröhliche oder auch nur unbeschwerte Stimmung kommen können, obwohl sie zwei nette Abende mit Farley, Joy und den anderen verbracht hatte und sich auch mit einigen Künstlern und Künstleragenten getroffen hatte, die sie kannte. Sie hatte gut gegessen, Zeit im Centre Pompidou verbracht, sich die Haare schneiden lassen und Unterwäsche gekauft, die so teuer war wie Oberbekleidung. Sie hätte nicht einmal sagen können, was der Inhalt ihrer pensées war, und die anderen schienen auch etwas gedrückt. Doch sie ging von einer Beschäftigung zur anderen, nicht in dem Zustand beschwingter Vergnügtheit, die sie erwartet hatte, als ihr die Idee gekommen war, sondern eher in einer Art Anspannung. Das Essen hier war schön und gut, die Weine hervorragend, die Kunst erstklassig, aber nichts kam wirklich an sie heran, und mit den Menschenmengen in Longchamp war es genauso. Sie strömten an ihr vorbei und sammelten sich um sie und brachen in Gruppen auf und strömten davon, und was sie von den Menschen trennte, war mehr als ihre Unterhaltungen in einer Sprache, die sie nicht gut verstand. Vielleicht war es ganz einfach. Vielleicht vermisste sie Al.

Ja, sie hatte diese Verabredung schlecht geplant. Ohne darüber nachzudenken, hatte sie seinen Ausweis mitgenommen, mit dem er Zugang zum Besitzerbereich hatte. Wenn sie mit dem Ausweis hineinging, konnte er ihn nicht benutzen. Sie hätte ihn im Hotel lassen sollen, aber sie war nicht sicher, ob er im Fall einer beträchtlichen Verspätung überhaupt erst ins Hotel fahren würde. Jetzt stand sie zwischen all den Menschen, die regelmäßig diese Rennbahn hier besuchten, und sah ein, dass es an ein Wunder grenzen würde, wenn er sie hier fand. Sie bahnte sich einen Weg zum Führring, der wie ein Theaterrund angelegt war. Reihen um Reihen von Gesichtern starrten auf die Pferde hinab, die gerade für das erste Rennen herausgeführt wurden, und die Pferde sahen aus wie außerirdische Wesen, wie es immer passierte, wenn die Menge sehr groß war. Im ersten Rennen starteten sehr viele Pferde, ungefähr zwanzig. Rosalind erkannte den Sieger auf Anhieb: die Nummer sieben, braun mit weißen Fesseln an beiden Hinterbeinen. Ihre Kräfte hatten sich in der letzten Zeit verschoben. Anstatt Wünsche zu gewähren, schien sie jetzt diejenigen zu erkennen, denen bereits Wünsche gewährt worden waren. Es war eine gewisse Erleichterung für sie. Sie musterte die vielen Gesichter, aber Al sah sie nicht.

Beim vierten Rennen gab sie auf, nach ihm Ausschau zu halten, und beschloss, dass jetzt Al nach ihr suchen musste. In diesem Zustand der Anspannung war es anstrengend für sie, dauernd umherzuschauen, außerdem wollte sie jetzt das Pferd sehen und Farley und die anderen und sie wollte in den Bereich der Privilegierten eingelassen werden und ein Glas Wein bekommen und herzlich begrüßt werden.

Eileen, der diese Menschenmenge überhaupt nicht zusagte, drückte sich zitternd an sie, und das erinnerte Rosalind daran, dass es hier kalt war. Die anderen Hunde hatten Mäntelchen an, im Vergleich dazu sah Eileen noch barbarischer aus als ohnehin schon. Rosalind war zwar schon oft in Paris gewesen und fühlte sich dort ganz heimisch, aber in Longchamp, wo ihr Pferd im Arc startete und wo sie ihren rechtmäßigen Platz im privilegierten Zentrum einnehmen würde, fühlte sie sich doch eindeutig noch sehr als Appletoner Mädel. Sie schaute sich das vierte Rennen, einen Sprint, nicht an, sondern zeigte ihren Ausweis, ging durch das Tor und auf der anderen Seite hinaus in Richtung Stall. Dann dachte sie daran, dass man nie voreilige Schlüsse ziehen sollte, insbesondere nicht den, dass es Alexander P. Maybrick nicht gelingen würde, an jeden beliebigen Ort zu gelangen, zu dem er wollte, und das gab ihr wieder einen Schimmer Hoffnung, aber dann war sie bei Farley und Joy, und die hatten ihn auch nicht gesehen und waren überrascht, dass Al und Rosalind nicht zusammen kamen.

Sie sah die anderen an. Was für eine Dummheit, dachte sie, vier Personen und ein Pferd, das ein paar unbedeutende Stakes-Rennen gewonnen hatte, an einen solchen Ort zu bringen. Was um alles in der Welt hatten sie hier zu suchen? Ein Blick auf die anderen machte ihr klar, dass sie es auch nicht wussten, und sie konnten ihr das zweifellos genauso ansehen. Alles beruhte auf der Vorstellung, dass sie nichts zu verlieren hatten, aber jetzt hatte man das Gefühl, dass man sehr wohl etwas zu verlieren hatte, und sei es auch nur der eigene Stolz.

Und dann ging Farley zu ihrem Pferd, und diese Elizabeth tauchte auf, in Begleitung von Kyle Tompkins, dem Besitzer der Ranch, wo Limitless nach jedem Rennen Ferien machte. Kyle trug einen wunderbar geschnittenen hellgrauen englischen Anzug mit einer pinkfarbenen Krawatte und an den Füßen ebenso wunderbare Cowboystiefel, rotbraun wie ein irischer Setter, auf Hochglanz poliert wie klassische Oxfords, aber so spitz, wie es Schuhe mit Füßen darin überhaupt nur sein konnten. Der Anblick allein gab ihrem Selbstvertrauen wieder Auftrieb. »Nett, Sie kennen zu lernen«, sagte er. »Das ist ein Prachtstück von einem Pferd, was Sie da haben.« Rosalind bemerkte, dass sie nicht die Einzige war, die bei Kyle Tompkins' Erscheinen einen Seufzer der Erleichterung tat. Es war ein allseitiges Gefühl. Er war ein

trockener, sonnendurchglühter Windstoß aus dem kalifornischen Central Valley, der mitten durch den Bois de Boulogne wehte.
Und dann kam das Pferd heraus, eines von fünfzehn, und die Jockeys kamen auch. Roberto sah aus wie emailliert in seinem hellblau-goldenen Seidenhemd mit den strahlend weißen Hosen. »Die Jockeys hier sind ziemlich groß«, sagte er zu Joy, als sie hinter dem Pferd hergingen. »Größer als ich.« Joy legte den Arm um ihn und drückte ihn an sich, und dann hievte Farley ihn hinauf. Führpferde gab es hier nicht. Roberto musste das Pferd allein zur Startmaschine hinausreiten. Als Rosalind und die anderen ihre Wetten gesetzt und ihre Loge erreicht hatten, waren die Pferde schon im Aufgalopp zum Start. Sie sah, dass Farley Joys Hand hielt und sie fest drückte. Aber er sprach ganz ruhig. »Also, das ist gar nicht schwer. Eine lange Strecke in weitem Bogen. Der Rasen ist nicht so tief, wie ich erwartet hatte, denn es hat nicht geregnet. Schwierig wird es erst, wenn er zu langsam anfängt, vergisst, dass das hier ein Rennen ist, und sich ablenken lässt. Aber ich habe Roberto gesagt, er soll erst dann in Führung gehen, wenn er muss, es ist ein langer Weg nach Haus.«
Rosalind griff nach seiner anderen Hand, und er drückte sie. »Vielleicht sollten wir es nur als einen lehrreichen Ausflug für Roberto betrachten, der zu seiner Allgemeinbildung beitragen wird.«
Farley sah sie an und gab ihr einen Kuss auf die Wange. »Vielleicht sollten wir es einfach als eine einmalige Gelegenheit betrachten, die uns eine sehr liebenswürdige und weise Frau beschert hat, der wir dafür immer dankbar sein werden.«
Rosalind wurde rot.

Fünfzehn Pferde in die Startboxen zu kriegen war schwerer, als es aussah. Limitless stand still, ruhig, aber wachsam. Roberto hingegen fühlte sich allmählich ein wenig weggetreten. Das eine Pferd wich aus der Startbox zurück, ein anderes wollte erst gar nicht hinein, drei oder vier Rennbahnbedienstete schlossen das Hintertor knapp hinter dessen Hinterteil. Und dann sagten sie etwas zu ihm auf Französisch, und Limitless rückte ganz zufrieden in seine Box, und Roberto war noch ganz in seine Freude darüber vertieft, als die Tore sich scheppernd öffneten, und dann ging es los. Jetzt kam die Sonne ein wenig heraus,

und alle Pferde strömten in Richtung Rails, aber langsam, ganz langsam trug Limitless' ausholender Schritt ihn zur Spitze, und Roberto kam zu sich und schob seine Hände in die Mähne am Hals des Pferdes hinauf, und er verbat sich, das Undenkbare auch nur zu denken, als er das Maul des Pferdes leicht berührte. Er fühlte, wie das Tier unter ihm zuckte, als ein anderes Pferd ganz nah herankam, und dann streckte sich Limitless ein wenig und zog nach vorn. Die ganze Gruppe wogte um die Kurve. Limitless' Ohren schnippten hin und her, während er sich nach einem bequemen und vertrauten Platz umschaute. Roberto krümmte sich noch fester an seinen Hals. Rings um ihn standen die europäischen Jockeys fast in ihren Steigbügeln und bewegten sich auf und hau ruck, hau ruck, es war ziemlich beunruhigend. Mensch, dachte Roberto, ich bin erst achtzehn. Ich mache das hier erst seit zwei Jahren. Wie viel neuer Input ist zu viel neuer Input?
Die Gerade dehnte sich vor ihnen, die längste, breiteste, grünste Gerade, die Roberto jemals gesehen hatte. Der Betrieb direkt zu seiner Linken wurde spärlicher, drei Sprünge später verschwand er ganz. Roberto verlagerte sein Gewicht auf die Außenseite und griff fester in die Mähne des Pferdes. Sensibel wie immer zog Limitless nach links. Die Gruppe zu seiner Rechten, an den Rails begann jetzt zu beschleunigen, dann tauchte zu seiner Linken, weit draußen, eine neue Gruppe Pferde auf, die von der rechten Gruppe so weit entfernt zu sein schienen, dass es aussah, als liefen sie in einem anderen Rennen. Und die jagten auch nach vorn. Roberto sah, wie Limitless einen Blick auf die Pferde links warf, dann einen Blick auf die Gruppe zu seiner Rechten. Roberto wusste jetzt, dass er ein guter Jockey war. Nach zwei Jahren Erfahrung hatte er eine Strategie und ein Gespür für Pferde, Ideen und Taktgefühl. Jetzt hatte er eine Idee, eine sehr kleine Idee. Er beschloss, nicht mehr über die Pferde zu seiner Linken nachzudenken und auch nicht mehr über die Pferde zu seiner Rechten und stattdessen nur den Kopf etwas zu heben und den Blick auf die Tribüne in der Ferne zu richten.

Auch mit ihrem Fernglas konnte Rosalind so gut wie nichts sehen. Auf der langen J-förmigen Bahn war der Start 1500 Meter weit entfernt, und der Grasboden dämpfte das Geräusch der Hufe. Ein, zwei Minuten lang hatte das Rennen nichts Aufregendes an sich, es war nur ein Wirbel von Pferdesilhouetten in der trüben Ferne. Dann wurden sie plötzlich sichtbar: zwei Gruppen, eine auf der Außenbahn neben der Tribüne, die andere auf der Innenbahn, abseits der Tribüne. Der Ansager schrie in rasend schnellem Französisch, was dem Verständnis nicht gerade förderlich war, und Rosalind sah das Geschehen in der Frontale. Sie konnte ihr Pferd nicht ausmachen und spürte nicht den aufregenden Kitzel wie sonst, wenn sie das eigene Pferd im Rennen sah. Diese Art Rennen war ihr völlig fremd, sie wusste nicht einmal, wie man sich dabei fühlen sollte.

Jedenfalls nicht, bis ein einzelnes Tier durch die Lücke zwischen den beiden Gruppen preschte, und das Hemd, das sich über seinem Hals krümmte, war blau-golden und die Kappe an seinem Kopf war auch blau-golden, und da erkannte Rosalind ihn. Er lief mit Höchstgeschwindigkeit, geradeaus, allein, nicht Teil einer Gruppe oder an ein anderes Pferd gehängt, einfach so, wie er gerne lief. Die Ohren hatte er zurückgelegt, die Nüstern waren gebläht wie Trompeten, die Vorderhufe an der Nase. Wo war er? Sie konnte es nicht ausmachen. Seine Position stand in keinem Bezug zu den anderen beiden Gruppen. Und drei Sekunden bevor sie über die Ziellinie gingen, sah es dann doch tatsächlich so aus, als läge er eine halbe Länge vorn, und dann erschien seine Nummer auf dem Totalisator, und das, was sie meinte, gar nicht gesehen zu haben, obwohl sie doch dabei gewesen war, war die Wahrheit.

Ein Tumult brach auf der Tribüne los, ein unbekanntes Pferd aus Kalifornien, dass mit Chancen von zwanzig zu eins gestartet war, sollte den Arc gewonnen haben! Rosalind lächelte. Limitless hatte ja nichts davon gewusst, dass er unbekannt war. Es war so, wie Al immer gesagt hatte: Die Unfähigkeit der Pferde, Sportseiten zu lesen, war einer der Vorteile, die sie als Sportinvestition hatten.

Farleys Kopf war plötzlich völlig leer, als das Pferd die Ziellinie überquerte. Natürlich schrie er, fuchtelte mit den Armen, umarmte Joy, küsste sie ab, sagte immer wieder: »Nein! Nein! Mein Gott! Hast du das gesehen! Mann o mann!« Aber das Geschehen war so viel mächtiger als das, auf was er sich eingestellt hatte, dass er sich sperrte, es in sich aufzunehmen, es zu sehen, zu hören, zu wissen, wie es jetzt weiterging. Er hatte nicht nur den Faden verloren. Es war, als hätte er den inneren Zusammenhalt verloren, sein Körper stand da und lachte, umarmte Joy und hörte zu, was sie sagte, aber in Wirklichkeit wartete er nur darauf, dass ihn jemand wieder richtig zusammensteckte. Die Pferde und Jockeys strömten noch immer über die Ziellinie wie eine Herde von tausend Pferden in einem tosenden Sturm, und er stand einfach da. Nach hundert Jahren drehte er den Kopf ein klein wenig nach links, und da kamen ein paar Pferde auf ihn zu, jetzt trabten sie, und es war wieder wie in dem Rennen, wie ein Déjà-vu-Erlebnis, die Pferde strebten auseinander, und da kam Limitless, den Kopf erhoben, mit flatternden Zügeln, die Brust breit wie ein Scheunentor, die Beine lang wie junge Bäume. Farley rannte auf ihn zu. »Chef, sieh ihn dir an!«, rief Roberto, und jedermann konnte es hören, »er könnte noch einmal das Rennen machen, sieh ihn dir an! Das ist eine Rennmaschine, Chef! Ein Monster ist das! Er hat sich nur einen Augenblick lang angestrengt!« Farley griff nach dem Zügel des Pferdes, aber das Pferd sah ihn gar nicht an, mit elegant gedrehtem Hals, aufmerksamem Blick, gespitzten Ohren sah es hunderttausend schreiende Gesichter an, und Farley war hin und weg, wie er Joy später sagte, und zwar nicht wegen seines Tempos, seiner Anmut oder Schönheit, denn das waren Dinge, die sie jeden Tag an ihm bewunderten, sondern wegen seiner Würde. Dann bemerkte das Pferd ihn und senkte den Kopf, und Farley streichelte ihm den Hals und sagte: »Was für ein prächtiger junger Bursche du bist!«

Nachdem Al das Rennen in Gesellschaft von hunderttausend Nobodys von der Absperrung aus gesehen hatte, gab er die Hoffnung auf, sich zu Rosalind, seinem Pferd oder irgendeinem anderen ihm bekannten Menschen durchzuschlagen. Er sprach kein Französisch, und niemand wollte ihm zuhören, und sein Unmut wuchs, was wirklich nicht die richtige Art und Weise war, einen derartigen Sieg zu feiern, den ein Pferd seiner eigenen Züchtung (die zugegebenermaßen eher einer Laune als voraussehender Kenntnis des Stammbaums entsprungen war) errungen hatte. Deshalb tat er das, was der Proktologe Harold, dessen Anweisungen er immer und überall im Kopf hatte, ihm geraten hätte: Er zog sich aus der Situation zurück, weil er wusste, dass er sie nur versauen würde, wenn er dort bliebe. Die letzten vierundzwanzig Stunden über hatte sich ein Missgeschick ans andere gereiht, und das alles umgeben von Gedränge, Hektik, Anonymität. Flugzeuge waren verspätet, Züge waren verspätet, hier ein Soundsostreik, dort ein Sympathiestreik, und im Hotel hatten sie Rosalinds Nachricht verlegt, und Longchamp selbst, das er bisher nur als geschätzter, wohlhabender Gast kannte, war ganz anders, wenn man nur irgendein kleiner Mann von der Straße war und keinen Zutritt hatte, und egal ob sie einen verstanden oder nicht, sie konnten einen immer abblitzen lassen, wenn man kein Französisch sprach. Und der Kontrast zwischen dieser Umgebung und beispielsweise dem unerschlossenen Waldland, wo er vor nur sechzig Stunden noch gewesen war, erschien ihm äußerst zermürbend.

Als er dann erst mit dem Bus (wo zwei Typen vorne eine Schlägerei austrugen) und dann mit dem Taxi unter verschiedenen Versuchen, sich auf Englisch und Deutsch verständlich zu machen, wieder im Hotel anlangte, wo er erfuhr, dass er zurück nach Longchamp musste (Rosalind hatte inzwischen noch eine telefonische Nachricht hinterlassen), um zu erfahren, wo das Restaurant war, hatte er nur noch den einen Wunsch, seine Kleider abzuwerfen und den Rest des Abends in der Dusche zu verbringen. Ja, er war wirklich ziemlich sauer. Er hatte ihnen immer und immer wieder gesagt, dass er zum Breeders' Cup wollte. Wie oft sollte er das noch sagen? Waren sie alle taub? Und was war überhaupt mit Rosalind los?

Aber das Pferd war ein Läufer. Er hatte es gesehen, wie es zwischen den anderen Pferden hervor nach vorn kam, und diesen Ausdruck, den es auf dem Gesicht hatte. Es war der beste Läufer, den Al je gezüchtet hatte. Bei diesem Gedanken stand Al stocksteif in der Dusche, und all seine anderen Beschwerden waren wie weggeblasen. Irgendwie hatte er es bisher versäumt, diesen Gedanken zu denken. Vielleicht war das Pferd ein besserer Läufer, als etliche andere Leute je gezüchtet hatten. Das war auch ein neuer Gedanke. Mann o mann, dachte Al, das ist mein Werk. Ich habe diese Stute zu diesem Hengst geschickt. Wenn ich das nicht gemacht hätte, wäre es nie gemacht worden. Das konnte man eigentlich von nichts anderem in seinem Leben behaupten, außer dass er seine Kinder gezeugt und Rosalind geheiratet hatte, und, nun ja, dass er auch diese anderen Pferde gezüchtet hatte, die aber im weiteren Kontext der Vollblutzucht nichts Besonderes gewesen waren. Al bibberte und drehte den Wasserhahn zu. Als er aus dem Badezimmer kam, fand er eine Nachricht von Rosalind auf dem Tisch. Die Adresse des Restaurants stand darauf, die Telefonnummer, die Uhrzeit, und dann »Alles Liebe, Rosalind«. Sie hatte jemanden in der Telefonvermittlung des Hotels gebeten, den Zettel dorthin zu legen. »Alles Liebe, Rosalind«. Tatsache war, dass ihm keine lebenslängliche Strafe bevorstand, ohne sie leben zu müssen. Er konnte so lange mit ihr leben, wie er wollte. Al bekam Schluckauf und fing an, sich ganz schnell abzutrocknen. Mit seinem Körper ging etwas vor. So schnell er auch rubbelte, diese kribbelnde und gleichzeitig schmelzende Empfindung breitete sich in ihm aus, eine Empfindung, die ihm nicht unbekannt war, aber äußerst selten vorkam. Er rubbelte schneller und dann rieb er sich Kopf und Gesicht ab. Die Empfindung wurde immer stärker. Dann erkannte er, was es war. Es war Dankbarkeit. Al fühlte, wie Lachen in ihm aufstieg, Lachen oder etwas dieser Art, jedenfalls war es etwas Großes, das ihn schüttelte.

Als Al ins Restaurant kam, sah er sie schon vom Eingang aus an ihrem Tisch sitzen. Farley, seine Freundin, eine große Frau, ein behaarter Typ, der kleine Jockey, der wie verrückt auf eine hübsche, junge Frau einredete, die französisch aussah, und ein Mann in seinem Alter, der gerade Wein bestellte. Und Eileen, die auf einem Stuhl saß. Sie war die Einzige, die ihn sah, aber sie bellte nicht. Sie nahm ihn wahr und schaute weg. Keine Rozzy. Ihr Stuhl war zurückgeschoben, ihre Serviette lag gefaltet darauf. Noch kein Essen. Sie hatten noch nicht angefangen. Er drehte sich um, enttäuscht, dass er sie nicht sah, wie er sie hatte sehen wollen, wie er sie sehen musste. Er ging zum Treppenabsatz und schaute hinunter.

Da kam sie. Sie ließ etwas in ihrer Tasche verschwinden und schloss sie. Sie trug ein pfirsichfarbenes Kostüm, ihr Haar war im Nacken zu einem Knoten geschlungen. Sie schaute über das Treppengeländer und seufzte. Sie achtete nicht darauf, wo sie hintrat. Sie seufzte wieder und schaute auf ihre Füße. Sie kam herauf. Al bezog Stellung. Al streckte die Arme aus. Sie wandte den Kopf, aber nicht schnell genug, um ihn zu erkennen. Und dann lief sie ihm direkt in die Arme, und er umarmte sie, und sie sagte: »Ach Al, ich habe gerade nochmal im Hotel angerufen«, und er sagte, »Ich liebe dich, ich liebe dich, ich liebe dich«, und er küsste sie und hob sie hoch und fühlte, wie sich ihre Arme um ihn schlossen, als ob sie es wirklich meinte, als wäre sie wirklich froh, ihn zu sehen, als liebte sie ihn wirklich noch und wieder nach all diesen Jahren, ob er es verdiente oder nicht.

Kapitel 71

… dann leben sie noch heute

Der Anblick dieser beiden Pferde, die im Schatten des Dachvorsprungs dösten, erinnerte Angel Smith daran, wie heiß es auch Mitte Oktober noch in Texas war. Aber dieser Tage ging es ihm so schlecht, dass er dafür keine besonderen Erinnerungshilfen brauchte. Er schaffte es kaum, das Heu zu seinen eigenen Tieren zu schleifen, und um die untergestellten Pferde konnte er sich erst recht nicht kümmern, und das hatte er auch allen gesagt. Das war der letzte Monat. Bis zum ersten November mussten alle verschwinden. Er ging in Ruhestand und machte den Laden dicht. Seine eigenen Pferde wollte er versteigern lassen, alle sieben, dazu gehörten auch Amigo und Frank. Komisch, dachte er, so viele Pferde hatte er im Laufe der Jahre gehabt, und ausgerechnet diese waren jetzt übrig geblieben, dabei hatte er sich keines von ihnen selbst ausgesucht, sieben hartgesottene Burschen, für die das hier Endstation geworden war.

Aber er musste sich hinsetzen. Es war schon verwunderlich, wenn man darüber nachdachte: Irgendwann konnte man um fünf Uhr früh aufstehen, zwanzig Korrals ausmisten, frühstücken, die scharfen Pferde reiten, bevor es heiß wurde, dann in die Stadt fahren und ein paar Geschäfte machen, auf die Farm zurückkommen, und bis es dunkel wurde, blieb immer noch genug Zeit, mit ein paar Hütepferden zu arbeiten, dann aß man zu Abend, betrank sich, ging ins Bett, und wenn man zwanzig Jahre später aufstand, war man so krank und schwach, dass man sich kaum über den Parkplatz schleppen konnte. Deshalb setzte er sich hin. Der Stuhl knarrte, und er sah, wie die Pferde ihm den Kopf zuwandten und ihn anschauten, der eine ein Brauner, der andere ein Fuchs, und dann machte er die Augen zu.

Justa Bob verlagerte das Gewicht von einem Hinterbein auf das andere und gähnte, dann schnaubte er den Staub aus den Nüstern. Doc's Big Juan war direkt neben ihm, aber das machte ihm nichts mehr aus. Ihm machte fast nichts mehr etwas aus. Seit den Zeiten bei William Vance hatte er fast hundert Kilo abgenommen, und mit dem Gewicht kamen ihm auch etliche Überzeugungen abhanden, denen er früher angehangen hatte. Er war jetzt sieben, aber er sah aus wie siebzehn. Die Haare auf der Nase waren lang, Rippen und Widerrist und Hüften standen vor, das Fell war hart und borstig. Doc's Big Juan sah besser aus, als Quarterhorse war er darauf gezüchtet, mit schlechterem Futter und geringeren Mengen auszukommen. Docs Problem war, dass er nicht laufen konnte. Arthritis in Fesseln und Knien machte ihm jeden Tag zu schaffen, deshalb humpelte er so wenig wie möglich in dem Pferch herum und wurde unterdessen immer steifer. Justa Bob sah schrecklich aus, aber sein Bewegungsapparat war in Ordnung, und die gelegentliche Aufmerksamkeit, die Angels Enkel Dino ihm schenkte, sorgte dafür, dass das auch so blieb. Dino ritt sehr gern, aber hatte Angst vor schnelleren Gangarten und ritt deshalb nur im Schritt. So kam Justa Bob dreimal wöchentlich aus dem Pferch heraus und konnte jeweils ein paar Stunden herumspazieren. Dino war zu faul, um ihm Sattel und Zaumzeug anzulegen, und scherte sich auch nicht darum, ob sich das Tier an allgemein anerkannte Regeln hielt, und Justa Bob konnte immer zumindest etwas Zeit damit verbringen, auf den spärlichen Grasstreifen um den Stall herum zu grasen.

Beide Pferde betrachteten unverwandt Angel Smith auf seinem Stuhl. Angel Smith war alles andere als leichtfüßig. Die Pferde waren jetzt seit acht Monaten bei ihm, und sie wussten, wie er sich bewegte. Zwischen der Heuportion für das erste Pferd am Morgen und der für das letzte lagen längere Schlurf- und Ruhephasen. Das war ihnen vertraut. Aber jetzt war etwas anders als sonst, und ein aufmerksames Tier, wie ein Pferd es ist, hatte keine besondere Schwierigkeit, das zu bemerken. Die Schwierigkeit bestand darin, es sich nicht egal sein zu lassen. Justa Bob hatte Depressionen und Doc's Big Juan hatte Schmerzen, und es war heiß, und die Sonne schien so hell, und das Heu war nicht sehr gut, und die beiden waren sowieso nur halb wach. Aber trotzdem. Justa Bob gähnte noch einmal, dann sackte Angel Smith auf seinem Stuhl noch tiefer in sich zusammen, und dann fiel er auf die Erde. Doc wieherte. Niemand weiß, was ein Pferd mit einem Wiehern mitteilen will, außer vielleicht, dass es hallo sagen will. »Hallo« ist ziemlich wahrscheinlich, und vielleicht war das auch alles, was Doc sagen wollte. Justa Bob teilte er damit ein Unbehagen mit, das Justa Bob selbst verspürte. Er wieherte wieder, und Justa Bob wieherte auch. Wenn sie einmal dabei waren, sich gegenseitig so hochzuschaukeln, war es ganz leicht weiterzumachen. Justa Bob wieherte wieder. Dann fingen sie an, im Pferch herumzustampfen, und wieherten unterdessen ununterbrochen weiter. Die Pferde im Stall, die sie nicht sehen konnten, hörten sie und erwiderten ihr Wiehern, und vielleicht sagten sie alle nur hallo, hallo, hallo. Aber sie machten einen ganz schönen Lärm. Angel Smith lag reglos da. Dann machte seine Frau die Hintertür des Hauses auf und hörte den Lärm. Sie sah, dass Frank und Amigo wild in ihrem Pferch herumstampften. Sie kam ein Stück näher und hielt nach Angel Ausschau, um ihn zu fragen, was los war, und dann entdeckte sie ihn. Als sie zu ihm rannte, sich neben ihn kniete und feststellte, dass er bewusstlos war, aber noch atmete, blieben die Pferde still stehen und beobachteten sie. Jetzt war alles in Ordnung, dachten sie, und so war es auch, denn den restlichen Tag über hatten sie bei dem Krankenwagen und all den Leuten, die kamen und gingen, und den Verwandten und dem ganzen Hin und Her so viel zu gucken, dass sie die Hitze nicht einmal bemerkten.

Als Mr. Tompkins aus Paris zurückkam, wusste er nicht mehr so recht, wer er war. Vor seiner Abreise hatte er genau gewusst, wer er war – ein Mann mit ungeheurem landwirtschaftlichem Besitz, großem Einfluss in der bundesstaatlichen Legislative und täglichen Kopfschmerzen, die wie eine Tomatenstaude im Komposthaufen mitten aus dem, was er war, aufsprossen. Als er nach fünf Tagen in

Elizabeth Zadas Bett aus Paris zurückkam, waren die Kopfschmerzen verschwunden, und sein Grundbesitz hatte in seiner Vorstellung eine beispiellose Unbestimmtheit angenommen. Sein Sohn und seine Sekretärin mussten ihn immer wieder ansprechen: »Dad?« »Mr. Tompkins?« Er wusste übrigens auch nicht, wer Elizabeth Zada war. Einerseits war da diese große alte Frau mit ihrer lauten Stimme und ihrer überheblichen Manier und einer Art, über alltägliche Dinge wie Ehe und Hausarbeit und sogar Essen und Scheißen zu reden, die absonderlich bis zur Unbegreiflichkeit war, und andererseits war da dieser Zauber, den sie auf ihn ausübte, der ihn dazu brachte, Dinge zu denken, die er nie zuvor gedacht hatte, und ihm Erektionen bescherte, wie er sie zuletzt mit sechzehn gehabt hatte, nur dass sie, als er sechzehn war, hochschossen und dann abschlafften, sobald er oder ein Mädchen sie berührte, aber jetzt blieben sie und schienen immer größer und steifer zu werden, und in seinem ganzen Leben als Mann mit Geld und Privilegien und sexueller Begierde hatte er so etwas noch nicht erlebt, keine nackten Asiatinnen, keine Girls Girls Girls und keine Hollywood-Madame bewirkten so etwas, weil es nichts mit Jugend zu tun hatte, nichts mit Aussehen, nichts mit Geld oder Zubehör. Deshalb musste es etwas mit Liebe zu tun haben, obwohl Elizabeth sagte, das sei nur etwas für Fortgeschrittene und er dürfe ihr nicht sagen, dass er sie liebe, obwohl er versucht hatte, es einfließen zu lassen.

Mr. Tompkins ging in sein Büro, schloss die Tür hinter sich, nahm ein sicheres Festnetz-Telefon zur Hand und wählte Elizabeths Nummer in Fresno. Als sie abhob, fiel ihm nichts anderes ein als »ich liebe dich«, aber das wagte er nicht zu sagen, deshalb wartete er einfach und fühlte sich dabei wie ein Zwölfjähriger. Endlich hörte er ihre herrliche Stimme: »Kyle?«

»Ja.«

»Wir sehen uns Freitag wie geplant. Unternimm nichts.«

»Ja, gut.«

»Ich habe eine Übung für dich: Öffne sieben Briefe. Nimm einfach die obersten sieben Briefe und beantworte alle positiv. Das ist risikofrei, und du kannst es dir leisten.«

»Das weiß ich.«

»Wir sehen uns am Freitag.«
»Das ganze Wochenende?«
»Ja, das ganze Wochenende.«
»Na gut. Ich …« Aber sie hatte schon aufgelegt.

»Ich hab eine Arbeit«, sagte Deirdre. »Und sie gefällt mir.«
»Da will ich mich gar nicht einmischen«, sagte Tiffany. »Ich will nur etwas von dir wissen.«
»Das kannst du mich am Telefon fragen.«
»Du musst selbst herkommen und es dir ansehen.«
»Was denn?«
»Komm einfach her.«
»Ich bin in Quarantäne. Ich darf mir nur mit Audrey Pferde ansehen.«
»Audrey ist auch da.«
»Schick mir ein Video.«
»Ich, Tiffany, will dich sehen. Wir haben uns seit drei Wochen nicht gesehen.«
Deirdre lachte. »Wie geht's den Pferden, Schätzchen?«
»Ein Stakes-Rennen hat immer noch keiner gewonnen, aber Somnambulist ist im Kelso Handicap Dritter geworden. Was macht deine Arbeit?«
»Weißt du, Tiff, ich kann mir kaum vorstellen, dass man auf dem Immobilienmarkt in Washington etwas falsch machen kann, wenn man die richtige Einstellung hat. Es ist ganz einfach. Du bringst deine ödesten Kunden zu den seltsamsten Häusern, und dann sagst du: ›Das ist eigentlich nicht das richtige Haus für Sie, vielleicht ist es … nun ja … ein wenig ungemütlich hier, aber ich dachte, Sie wollen vielleicht mal einen Blick hineinwerfen, weil Soundso hier gewohnt hat.‹ Und es dauert nicht lange und sie wollen zeigen, dass sie genauso cool wie Soundso sind, und überhaupt, es ist anders, als das, was sie daheim haben, und warum sollten sie sonst nach Washington gehen?«
»Es war nett von Mary Lynn, dass sie dir das Haus anvertraut hat.«
»Sie hat doch die ganze Sache mit der Immobilienmaklerei organisiert. Ich habe immer gesagt, dass man sich am besten ganz in ihre Hände begibt. Sie hat mir auch einen Tipp gegeben, wie ich es ver-

kaufen soll, sie nennt es Maison Gates, wegen all der Stunden, die Skippys Anwaltsfirma Microsoft in Rechnung gestellt hat.«
»Bitte komm doch.«
»Da draußen kommt ein Haus auf den Markt, das ich mir anschauen möchte.«
»Danke. Morgen.«
»Ruf mich morgen an, dann sag ich dir Bescheid.«
Tiffany legte auf und drehte sich zu Ellen um. »Irgendwann morgen.«
Ellen nickte. »Wir halten ihn drinnen bis unmittelbar vor ihrer Ankunft.«

Dick sah Luciano dabei zu, wie er eine zweijährige Stute massierte. Luciano arbeitete gerade an ihren Glutealmuskeln, und die Stute ächzte leise und wohlig. Dann seufzte sie. Dick seufzte auch. »Tja,«, sagte Luciano, »so sind Pferde eben.«
»Nein, nicht die Pferde, die wir kennen. Den Arc hat vor ihm noch kein amerikanisches Pferd gewonnen. Ich habe das nicht kommen sehen.«
»Hat er das Zeug dazu gehabt?«
»Ich weiß nicht. Ich hab es nicht gesehen.«
»Vom Derby geblendet.«
»Das stimmt. An den Arc hätte ich nie und nimmer gedacht.«
»Na bitte. Du hättest das Pferd nicht trainieren können, weil es dem Pferd bestimmt war, den Arc zu gewinnen, und dir war es nicht bestimmt, es dorthin zu bringen, deshalb musste es sich einen andren Trainer suchen.«
»Ich wette, Rosalind hat den Trainer dazu überredet. Ein kalifornischer Trainer käme von sich aus nie im Leben auf eine solche Idee.«
»Das weißt du doch nicht.«
»Aber ich glaube es.«
»Und wenn Rosalind zu dir gesagt hätte: ›Dieses Pferd geht zum Arc?‹ – was dann?«
»Ich hätte nicht darauf gehört.«
»Du hast sie geliebt.«
»Ja, das stimmt. Deshalb hätte ich wahrscheinlich nicht darauf gehört. Alles, was sie über Pferde weiß, habe ich ihr beigebracht, und immer,

wenn sie etwas über Pferde gesagt hat, habe ich nicht darauf gehört.« Dick seufzte wieder. Die Stute seufzte wieder. Luciano zog sanft an ihrem Schweif, erst nach links, dann nach rechts, dann nach unten und zurück. »Ich habe den neuen Freund meiner Exfrau kennen gelernt. Er ist Tontechniker. Sie waren sehr liebevoll zueinander.«
»Hast du eine Freundin?«
»Ach was.«
Luciano ging um die Stute herum und begann wieder am Kopf, diesmal auf der rechten Seite. Nach einer Weile sagte er: »Hast du Lust, essen zu gehen? Ich kenne ein Lokal, da gibt es ein wunderbares paglia e fieno. Weißt du, was das ist?«
»Nein.«
»Deine Exfrau hat einen Freund, das Pferd von deinem Exbesitzer hat das vielleicht bedeutendste Rennen der Welt gewonnen, du hast keine Freundin und weißt noch nicht mal, was paglia e fieno ist? Darf ich um deine Aufmerksamkeit bitten? Darf ich dir das eine oder andere erklären? Darf ich dir meine Hilfe anbieten?«
»Das wäre mir sehr lieb.«
»Na gut«, sagte Luciano. »Zuallererst musst du wissen, was paglia e fieno heißt, nämlich Stroh und Heu, und zwar bezieht sich das auf Nudeln, klar?«
»Ja«, sagte Dick.

Lieber Gustave,
verzeihen Sie, dass ich Ihnen auf Englisch schreibe, aber Ihr Englisch ist wesentlich besser, als mein Französisch je gewesen ist. Mein Brief ist ein Empfehlungsschreiben für den amerikanischen Jockey Roberto Acevedo, der, wie Sie wissen, unser Pferd Limitless bei seinem Sieg im Arc geritten hat. Roberto hat mich wissen lassen, dass er aus persönlichen Gründen beschlossen hat, sich in Frankreich niederzulassen. Ich schreibe nun an die mir bekannten Trainer und Turfagenten, um ihn einzuführen. Er ist ein außergewöhnlicher Reiter, der einer außergewöhnlichen Reiterfamilie entstammt. Er ist ein wenig größer als bei amerikanischen Jockeys üblich und vielleicht auch ein, zwei Kilo schwerer, aber er hat ein wunderbares Gespür für Tempo und die beste Hand, die ich je gesehen habe. Er

ist besonders gut im Umgang mit sensiblen Pferden wie unserem Arc-Sieger. Es wäre sehr schön, wenn Sie ihm Gelegenheit geben könnten, das unter Beweis zu stellen. Sie erreichen ihn bei Mlle. Dominique Lalande-Ferrier, 14 Rue Donegal in Paris (Tel. 98-73-46-50). Ich habe ihm auch geraten, sich persönlich bei Ihnen zu melden, was er sicher tun wird. Mlle. Lalande-Ferrier hat durchblicken lassen, dass ihre Lehrtätigkeit an der Sorbonne einem Umzug nach Chantilly nicht im Wege steht.

Mit herzlichen Grüßen

Farley Jones

Als bei Elizabeth das Telefon klingelte, erwartete sie, am anderen Ende den Journalisten des *Independent* zu hören, dessen Telefoninterview ihr englischer Verleger angekündigt hatte. Aber es war Joy. Ihre Stimme klang niedergeschlagen. »Kannst du Mr. T. von hier aus lesen?«

»In Frankreich, meinst du?«

»Ja.«

»Sequentialität und Lokalität spielen in diesem Kontext keine Rolle.«

»Was macht er jetzt?«

»Frag ihn doch selbst.«

»Ich weiß nicht, wie.«

»Doch, das weißt du wohl. Schließ die Augen, wenn nötig. Stell ihn dir vor.«

»Aus der Erinnerung, meinst du?«

»So kannst du anfangen.«

»Und dann?«

»Jetzt fang erst einmal an und sieh, wie es geht.«

»Mach es mit mir zusammen.«

»Das bringt nichts. Es ist nicht so, als ob man eine Kiste aufhebt und beide packen eine Seite. Es ist mehr so, als ob man einander ins Gesicht schaut. Wir sind beide da, aber wir sehen verschiedene Dinge. Stell ihn dir einfach vor, denk an ihn.«

Joy schwieg einen Augenblick, dann sagte sie: »Oh.«

»Was?«

»Also, als ich ihn mir vorgestellt habe, habe ich nicht ihn gesehen, ich habe von ihm aus gesehen. Zuerst ganz viel Grün ringsum, aber auch den Horizont, der sich darum wölbte, und andere Pferde zwischen dem Grün in der Nähe und dem Horizont, aber sie waren nicht sehr deutlich und differenziert. Aber ich habe sie gespürt. Es war so, als ob manche eine Resonanz in mir hervorriefen und andere nicht.«

»Das klingt bekannt.«

»Siehst du das auch?«

»Etwas Ähnliches.«

»Ich weiß nicht, ob ich das glauben soll.«

»Das hast du immer gesagt. Dann hast du dich so verhalten, als ob du es glaubtest, und was ist das Ergebnis?«

»Das beste Verhältnis, das ich je mit einem Pferd gehabt habe.«

»Warum willst du es dann infrage stellen?«

»Weil ich es mir vielleicht nur einbilde.«

»Und was dann?«

»Dann würde ich mir nur etwas vorgaukeln.«

»Was ist denn das für ein Kriterium? Macht es dich glücklich, wenn du dir ihn vorstellst?«

»Ja.«

»Also, wenn du mich fragst, ist dieses Glück, das du empfindest, wenn du ihn dir vorstellst, deine eigene Liebe, die ihren Ausdruck findet. Das ist dein einziger Beweis für die Existenz von Liebe. Wenn Farley dich umarmt, erkennst du in dieser Umarmung Liebe. Liebe ist erst dann da, wenn deine Vorstellung sie als solche erkennt. Auch wenn du meinst, dass du Farleys Liebe spürst, spürst du in Wirklichkeit auch wieder nur deine eigene Vorstellung, die Liebe zum Ausdruck bringt, aber sie als Liebe von ihm zu dir definiert. Du könntest diese Definition aber ganz aufgeben – all diese Definitionen haben mit Zeit und Ort zu tun – und dir zum Beispiel sagen: Mr. T. war hier und jetzt ist er dort. Eines Tages heben wir die Kiste. Wir sind schwach, und die Kiste ist schwer und lässt sich nur mit Mühe heben. Zwei Wochen später sind wir stärker, und die Kiste ist leicht. Wir fühlen nie das eigentliche Gewicht der Kiste. Wir fühlen nur die Leichtigkeit oder Schwierigkeit des Hebens. Heute fühlen wir uns ungeliebt und einsam. Eine Woche später fühlen wir uns geliebt. Der Unterschied besteht nur darin, dass wir uns erinnern, wie wir Liebe spüren können, nicht in einer Veränderung der Verhältnisse.«

»Ich habe dir nie davon erzählt, wie ich damals weggelaufen bin, als ihr in Hawaii wart.«
»Du bist weggelaufen?«
»Ja. Da war es genauso. Ich hatte vergessen, wie ich seine Gegenwart und Liebe spüren konnte.«
»Wenn so etwas passiert, ist es für mich immer am einfachsten, das zu tun, was wir gerade getan haben«, sagte Elizabeth. »Stell ihn dir vor und sag ›ich liebe dich‹.«
»O. k.«, sagte Joy. »Das leuchtet mir ein. Und?«
»Entspannend, oder nicht?«, half Elizabeth nach.
»Tja«, sagte Joy. »Ja. Ja.« Sie seufzte wieder.
»Hoppla«, sagte Elizabeth. »Ich hab einen anderen Anruf in der Leitung.«
»Wie viel haben sie dir gezahlt?«
»Eine Million Pfund.«
»Was machst du damit?«
»Ich mache in England einen netten kleinen Verlag auf, der sich auf Futurologie spezialisiert. Plato wird Cheflektor. Ich möchte mein System gegen die Buchmacher dort ausprobieren. Wir haben von Fresno die Nase voll. Ich muss jetzt aufhören.«

Liebe Audrey,
vor einigen Wochen hast du an Joy Gorham geschrieben, die früher bei mir angestellt war. Ihr Nachsendeantrag bei der Post war abgelaufen, aber meine Sekretärin wusste, dass ich Joy bald sehen würde, und hat den Brief zu meiner Post gelegt. Ich habe das aber nicht bemerkt und den Brief deshalb auch nicht weitergeleitet, ihn aber jetzt versehentlich mit meiner Post geöffnet. Aber das ist gut so, denn bevor ich merkte, dass er an Joy gerichtet war, habe ich ihn gelesen und erfahren, dass du am Kauf eines Pferdes interessiert bist. Ich glaube, ich habe genau das richtige Pferd für dich, es ist ein Pferd, das Joy mit viel Zeit und Zuwendung trainiert hat. Das Pferd heißt Froney's Sis, es ist eine graue Vollblutstute, drei Jahre alt, rund ein Meter sechzig hoch, hübsch und gesund. Sie war auf der Rennbahn, hat einmal gesiegt und ist dann wieder auf die Ranch gekommen, weil sie für den Rennbetrieb nicht geeignet war.

Inzwischen haben zwei Cowboys hier mit ihr gearbeitet, und sie ist für alle Zwecke auf der Ranch gut eingeritten, aber beide Männer finden, dass sie ein wenig zu groß für sie sind und dass die Stute ein gutes Pferd für Jugendliche wäre. Sie ist ziemlich zutraulich, wie sie sagen, eigentlich also genau ein Pferd für ein einzelnes Mädchen. Wir unterhalten hier unter anderem auch einen Transportbetrieb, und in zwei Tagen geht ein Transport an die Ostküste ab. Ich werde das Pferd für dich mitschicken. Nachdem das Pferd zu dir gebracht wird, ist der Wagen noch vier Tage in Maryland, Virginia und Pennsylvania unterwegs. Wenn dir das Pferd nicht gefällt, ruf die Jungs von dem Transporter einfach an, sie nehmen sie dann wieder mit nach Hause.

*Terza Rima, das Pferd, nach dem du dich in deinem Brief erkundigst, ist nach Frankreich in Pension gegeben worden. Er steht auf dem Gestüt Haras Chamossaire in der Nähe von Deauville. Wenn du erfahren willst, wie es ihm geht, kannst du an das Gestüt schreiben, die E-Mail-Adresse ist Vatout.Firdaussi.Chamossaire@aol.com.

Vielen Dank für deinen Brief.

Mit herzlichen Grüßen

Kyle Tompkins

Tompkins Perfection Enterprises International

Mr. Tompkins lehnte sich zurück und las den Brief, den er gerade geschrieben hatte, noch einmal durch, dann beugte er sich über das Blatt daneben und hakte die Nummer fünf ab. Noch zwei Stück. Er nahm sich den nächsten vor.

Sehr geehrter Senator Boxer,

wahrscheinlich bin ich versehentlich auf Ihre Spendenaufrufsliste geraten, denn ich habe immer nur für die republikanische Partei gespendet. Ich habe zwar etliche Vorbehalte, was Ihre Ansichten und die Ausübung Ihrer Tätigkeit in Washington angeht, doch da Ihr Name nun einmal unerwartet ins Spiel gekommen ist, schicke ich dem Schatzmeister Ihrer Partei einen Scheck über fünfzigtausend Dollar. Ich danke Ihnen herzlich für diese außergewöhnliche Gelegenheit.

Und, so schwer es ihm auch fiel, er unterzeichnete den Brief und stellte den Scheck aus.

Es war ja schön und gut, wenn Deirdre sich sagte, dass sie einfach nur ehrlich mit sich selbst sein musste, dass sie Tiffany nicht sehen wollte und sich das am besten eingestand, aber sobald sie ehrlich mit sich war und es eingestand, heilige Muttergottes, da wollte sie nichts so gern wie Tiffany wieder sehen. Was sie sehen wollte, war Tiffany mit ihrer Schönheit, ihrer Herzlichkeit und Lebensfreude. Was sie nicht sehen wollte, waren ihre eigenen Konflikte, die sich an Tiffany mit ebendieser Schönheit, Herzlichkeit und Lebensfreude entzündeten. Also wollte sie, um ehrlich zu sein, nichts so gern wie Tiffany wiedersehen, und gleichzeitig wollte sie, um ehrlich zu sein, Tiffany am liebsten überhaupt nie wiedersehen. Immobilien zu makeln war so viel einfacher. Sie war ein Mensch voller Widersprüche und passte gut in einen Markt voller Widersprüche, und bei der Übergabe eines unschuldigen, gutmütigen Wohnsitzes an fiese Besitzer empfand sie nicht im Entferntesten die Gewissensqualen, die sie beim Verkauf von Pferden empfunden hatte.
Sie bog in die Einfahrt zu Ellens Anwesen ein und warf einen Blick auf die vordere Koppel, gerade rechtzeitig, um ein großes schwarzes Pferd zu sehen, das lässig auf den Zaun der Koppel zugaloppierte, die Beine anzog und auf der anderen Seite landete. Er drehte sich um, kam direkt auf ihr Auto zu und blieb erst schlitternd stehen, als sie ihren Wagen unter Schlingern zum Stillstand gebracht hatte. Pferd und Auto standen sich jetzt Nase an Nase gegenüber. Deirdre lehnte sich zurück und richtete ihren Gurt. Es war alles so schnell passiert, dass sie noch keine Zeit gehabt hatte zu reagieren, aber jetzt hämmerte ihr Herz wie wild, ob das an dem Anblick des springenden Pferdes lag oder an der Angst, es anzufahren, wusste sie nicht. Das Pferd sah nicht im Mindesten erschrocken aus. Es hielt die Nase an die Kühlerhaube, dann drehte es sich um und trabte davon, mit kreiselndem Kopf, den Schweif hochgestellt wie eine Fahne. Deirdre lachte. Sie lachte, weil der Zaun um diese vordere Koppel eins fünfzig hoch war. Sie hatte ihn selbst errichtet. Sie verstand genug von Pferden und sah deshalb, auch ohne genau darauf geachtet zu haben, sofort, dass das

Pferd mühelos aus einem entspannten Kanter darüber gesetzt war. Sie folgte ihm in Richtung Stall. Sie sah Ellen, die herauskam, um das Pferd in Empfang zu nehmen, dahinter Audrey. Ellen schickte Audrey zurück in den Stall. Dann sah Deirdre, dass er ein Halfter trug, von dem ein zwanzig Zentimeter langes Seil hing, das Ellen ergriff und festhielt, obwohl das Pferd sich ihr entziehen wollte. Schwieriges Viech, dachte sie.

Eine halbe Stunde später standen Deirdre, Ellen und Tiffany mit dem Pferd in der Reitbahn. Audrey hatte strenge Anweisung, sich fern zu halten. Das Pferd hieß Sudden Intuition oder Toots. Ellen ritt es, Deirdre stand in der Mitte der Bahn und Tiffany saß in einem Plastikstuhl und hatte die Füße hochgelegt. Das Pferd war riesig und stark – gut über eins siebzig hoch und sicher fünfhundertfünfzig Kilo schwer, dabei erst ein Dreijähriger. Das könnte Grund zur Sorge um die Gesundheit seines Knochenbaus sein, aber er hatte Beine wie Telefonmasten ohne die geringste Deformierung. Er war ein Prachttier, da bestand kein Zweifel.

Natürlich knirschte er mit den Zähnen, riss den Kopf nach unten, peitschte mit dem Schweif, schlug aus, zeigte keine Bereitschaft, sich zu fügen, es war eine Geschichte, so alt wie das Zusammensein von Mensch und Pferd. Ellen war eine gute Reiterin, und sie war stark. Sie nahm ihn an der Kandare, was bei seinem guten Bau nicht schwer für ihn war – und brachte ihn in einen großen, ausholenden Trab. Fünf, sechs Schritte machte er wie ein Metronom. Dann setzte er seinen starken Hals ein und riss sie nach vorn, und kein menschlicher Arm oder Rücken war stark genug, um ihn zu halten. Dabei hatte sie ihm schon eine ziemlich starke Trense angelegt, etwas noch Härteres würde das Pferd nur gegen Schmerz unempfindlich machen, und sein Benehmen würde noch schlimmer. Nur beim Springen benahm sich das Pferd manierlich. Er galoppierte über die Hindernisse und reagierte genauestens auf Sitz und Gleichgewicht von Ellen.

»Was hast du mit ihm vor?«, fragte Deirdre.

»Ich will ihn zum Springpferd ausbilden.«

»Er macht es gut, aber du hast nicht viel Kontrolle. Du wirst ihn auf A-Turnieren und dergleichen zeigen wollen.«

»Warum nicht?«

»Weil die Parcours immer technischer werden. Für ein Pferd, das nur gut springt, ist nicht mehr viel Platz. Er muss eine enge Wendung über ein vertracktes Steilhindernis zu einem riesigen Schwedenoxer machen, dann wieder wenden und eine große Dreifachkombination nehmen. So anpassungsfähig ist er nicht.«

»Aber ...«

»Und wird er nie. Er ist ein Untier. Und zwar rundherum. Du musst in der Box mit ihm aufpassen, er ist nicht freundlich und will nicht gefallen. Die Dinge, die er gerne macht, macht er gerne allein.«

»Er ist noch so jung ...«

»Er hat schon eine ganze Karriere hinter sich, und er hat sie kaputtgemacht. Ich sehe es alles genau vor mir. Jetzt ist er kastriert und immer noch widerborstig. Als junger Hengst muss er den Leuten eine Heidenangst eingejagt haben. Gunter Gabel-Williams hat früher gesagt, er stünde lieber einem Haufen Tiger gegenüber als einem wütenden Hengst, und ich hab immer gedacht, dass er es ja wissen müsste.«

»Was soll er denn dann machen?«

»Mach ihn zum Jagdrennpferd, wenn du mich fragst. Du stellst ihn am Start eines Steeplechase auf, mit der Nase zur Bahn, und lässt ihn rennen, bis er müde ist, drei, vier, fünf Kilometer lang. Ich sehe ihn schon vor mir in Cheltenham, wie er das Tal mit diesen großen Hufen auffrisst.«

»Meinst du wirklich?«

»Es ist ein aussterbender Sport, Schätzchen.«

»Jeder Pferdesport ist ein aussterbender Sport, dabei werden zurzeit mehr Pferde zum Zeitvertreib geritten als je zuvor in der Geschichte der Menschheit. Wer soll ihn trainieren?«

»Jonathan Sheppard wäre gut. Jemand wie er.«

»Du«, sagte Ellen.

»Ich? Ich hab in meinem Leben kein Jagdrennpferd trainiert.«

»Willst du nicht?«

»Nein, natürlich nicht. Davon lass ich die Finger.«

Dann wandte Ellen auf dem Pferd in großem Bogen, brachte ihn zum Galopp und setzte über alle Hindernisse entlang der Reitbahn, sprang aus der Bahn, in einem Satz über die Straße, auf die Weide, galoppierte oder vielmehr fegte darüber, sprang über den Zaun am anderen

Ende, wendete, galoppierte die Straße hinab und verschwand. Deirdre sah Tiffany an. »Was im Namen aller Heiligen macht sie denn da?«

»Wahrscheinlich will sie ein bisschen angeben. So hab ich sie noch nie mit ihm springen sehen.«

»Mensch, früher hatte sie doch noch einen Funken Verstand im Kopf. Der ist ihr jetzt wohl abhanden gekommen.«

»Ich bin froh, dass du gekommen bist, Deirdre.«

»Wirklich? Du hast doch sicher nur noch Pferde im Kopf, Schätzchen.«

»Ich kann nicht stehen und gehen, nicht vor und zurück, und kann an nichts anderes denken.« Sie schauten sich an, und Deirdre sah, dass es Tiffany todernst war. Ihr Leben war voll, da war kein Platz mehr für etwas anderes. Deirdre seufzte, dann wurde ihr klar, dass es ein Seufzer der Erleichterung war. »Ach, wie schade«, sagte sie.

»Ich wünschte, du würdest mir wieder helfen.«

Pferd und Reiterin kamen zurück, nicht die Straße herauf, sondern über eine andere Reihe von Koppeln, sprangen rein und raus, rein und raus und dann geradewegs zurück in die Manege und kamen genau in der Mitte vor Deirdre zum Stehen. Drüben am Stall stand Audrey. »Heh, ja! Super, Ellen, toll!«, schrie sie. Ellen war außer Atem. Das Pferd keuchte. »Ich reite ihn«, sagte sie. »Du trainierst ihn. Und Tiffany ist die Besitzerin. Was meinst du dazu? Du kannst nicht behaupten, dass er für dich nicht gut genug ist oder dass Tiffany es sich nicht leisten kann oder dass es keinen Spaß macht.«

»Hattest du das alles schon geplant?«

»Nein. Nein, das hab ich nicht, aber wir wollten, dass du ihn siehst. Aber erst als wir alle hier waren, genau am rechten Ort, da wurde mir plötzlich klar, wie es klappen könnte.«

»Es wird klappen«, sagte Tiffany.

»Ich auch!«, rief Audrey. »Ich will auch was tun!«

»Du schreist hurra«, sagte Tiffany.

»Ja, es wird klappen«, sagte Deirdre, und als sie das gesagt hatte, wusste sie, dass es stimmte – mit Springen, Jagdrennen, Freundschaft und allem, was dazugehörte.

Dieser Typ, den Angel Smith kannte, Horacio Delagarza hieß er, brachte fünf der sieben Pferde im Transporter zum Auktionshof und steckte sie zu den anderen Auktionspferden in den Korral. Dann fuhr er zurück, um die letzten beiden zu holen, die aus dem Pferch. Sie waren das jämmerlichste Paar, der eine kaum in der Lage zu laufen, der andere nur Haut und Knochen. Als er mit ihnen ankam, brauchte er eine Weile, um den Krüppel vom Wagen in den Korral zu bringen, dabei merkte er, wie dieser Typ ihn beobachtete, der seinen Doppeldeckerviehlaster am hintersten Ende des Parkplatzes abgestellt hatte. Der Typ mit dem Doppeldeckerlaster war vom Schlachthof. Er kam jede Woche und hatte immer genug Geld, um mit einer vollen Ladung abzuziehen, Pferde auf der oberen Ladefläche und Pferde auf der unteren Ladefläche, alle zusammengepfercht, die Köpfe unten bei den Füßen. Horacio konnte diesen Anblick kaum ertragen, obwohl er wahrhaftig nicht zimperlich war. Nachdem er den Krüppel abgeladen hatte, band er den Mageren los und ließ die Sperre hinter ihm herunter. Der Magere ging schnurstracks rückwärts aus dem Transporter und spitzte die Ohren und sah sich um.
Die anderen fünf Pferde von Angel hatten alle etwas für sich, aber diese zwei, tja, wer sollte die kaufen?, dachte Horacio. Er seufzte.
Der Magere war ein freundlicher Bursche. Er rieb den Kopf an Horacios Hemd, und als Horacio sich umdrehte, stupste er ihn mit dem Kopf in den Rücken. Die meisten Pferde schenkten den Leuten, die sie nicht kannten, gar keine Beachtung. Und dann, als Horacio sich umdrehte, sah der Bursche ihn direkt an, ihm mitten in die Augen. »Ja«, sagte Horacio. »›Rette mich‹, da hast du ganz Recht. Aber dafür hättest du früher jemanden finden sollen. Jetzt ist es zu spät.« Er führte ihn in den Korral, und der Magere ging zu dem verkrüppelten Pferd und blieb neben ihm stehen. Etliche Pferde liefen herum. Der Staub war unerträglich, deshalb holte Horacio sich eine Cola, suchte sich einen Stuhl und wischte sich mit dem Taschentuch übers Gesicht. Er hatte Angels Frau gesagt, er würde hier bleiben, bis die Pferde verkauft waren, und ihr dann das Geld bringen. Sie hatte die vage Hoffnung, dass es ein paar tausend Dollar einbringen würde, oder sogar siebentausend für sieben Pferde, aber Horacio konnte sich das nicht vorstellen. Vielleicht zwei- oder dreitausend.

Von seinem Stuhl aus konnte er Angels Pferde alle sehen. Der Magere war nicht so fertig wie der Krüppel, er war auch nicht so verschreckt wie die meisten anderen. Er sah sich um. Er steht da und sieht sich nach einem guten Zuhause um, dachte Horacio. Viel Glück, Kumpel. Die Käufer, auch die, die nicht zum Schlachten kauften, waren ein hartgesottener, erbarmungsloser Haufen, dachte Horacio. Sie suchten nach nützlichen Tieren, die sofort an die Arbeit gehen konnten. Keine Hätscheltiere, keine Aufgaben. Horacio wandte den Blick von dem Korral ab. Es war eine erbärmliche Versammlung, die darin zusammengedrängt stand. Der Mann vom Schlachthof würde keine Probleme haben, seinen Laster voll zu bekommen.

Der Auktionsleiter kam heraus und begann, die Pferde nacheinander aus dem Korral zu ziehen, als teile er Karten aus. Er ging willkürlich vor. Gute Pferde folgten auf schlechte. Sie wurden hereingebracht, im Kreis geführt, trabten ein paar Schritte, wurden dann auf das Podest gestellt. Der Auktionator sagte über jedes Pferd etwas, das sowieso jeder sah, der hinschaute: Das ist ein netter Palomino, der hier trabt gut, dieser hat drei weiße Beine, jener einen hübschen Kopf. Es waren nur leere Sprüche, die nichts zu sagen hatten. Jedes Pferd fand einen Käufer, und die Hälfte ging an den Schlächter, dessen Stimme nach jedem unerwiderten Angebot aus der Stille stieg und ein paar hundert Dollar bot. Bong, schlug der Hammer, und der Gehilfe des Schlächters kam herein und brachte das Pferd hinaus auf den Doppeldeckerlaster.

Als sie den Fuchs hereinbrachten, der kaum laufen konnte, war es so offensichtlich, dass er ins Schlachthaus gehen würde, dass nur eine kurze Stille eintrat, in der der Auktionator den Schlächter ansah, und der Schlächter sagte »Zehn Dollar«, und der Auktionator sagte: »Irgendjemand fünfzehn?«, und keiner sagte ein Wort, und so ging das Pferd für zehn Dollar weg, und als sie ihn davonführten, gab der Magere, den Horacio sehen und hören konnte, ein lautes Wiehern von sich, und weil er damit auf sich aufmerksam gemacht hatte, kam er als Nächster dran.

Justa Bob kam in den Ring und schaute Doc's Big Juan hinterher, dessen Schweif in der Menge verschwand. Die ganze Lage kam Justa Bob sehr beängstigend vor, und Docs Verschwinden war beängstigender als alles andere, deshalb wieherte er noch einmal. Irgendwo draußen wieherte ein Pferd zurück, aber es war nicht Doc, und Justa Bob zerrte an dem Führseil an seinem Halfter und drehte sich dann um den Mann, der ihn hielt. »Still«, sagte der Mann, und Justa Bob stand still. In Justa Bobs Leben war nicht alles glatt gelaufen, aber hier wurde er jetzt zum ersten Mal als rein landwirtschaftliche Ware behandelt, und das stellte sich ihm so dar: Um ihn standen Leute, und sie sahen ihn an, aber sie hatten nichts mit ihm zu tun. Wenn er auf ihre Körpersprache achten und versuchen würde, mit ihnen in Kontakt zu treten, würde es ihn nur verwirren und erfolglos bleiben. Deshalb wusste er nicht, was er tun sollte, und senkte den Kopf und achtete auf nichts mehr.

Jemand bot zwanzig Dollar für ihn. Vierundfünfzig Starts, zwanzig Siege, siebzehnmal zweiter oder dritter Platz, 172 000 Dollar Gewinn eingebracht. Auf Gestüten gab es Pferde, die weniger eingebracht hatten. Der Auktionator fragte, ob jemand dreißig bieten wollte, und ein langes Schweigen trat ein. Schließlich sagte der Schlächter: »Na ja, viel Fleisch ist an dem nicht, aber ich nehme ihn für dreißig, damit Sie ihn los sind.« Der Auktionator sah den ersten Bieter an, der den Kopf schüttelte. Horacio schob die Hand in die Tasche. Aber was um alles in der Welt sollte er mit einem Pferd? Er brauchte kein Pferd. Der Schlächtergehilfe führte ihn aus dem Ring. Als sie davongingen, schnupperte Justa Bob zutraulich an seiner hinteren Hosentasche, immer der Alte.

Ein paar von Angels Pferden brachten beträchtliche Summen ein, und als alle verkauft waren, hatte Horacio 3766 Dollar, die er den Smiths bringen konnte. Er ging aus dem Auktionshof auf den Parkplatz, verriegelte die Hintertür des Transporters, stieg in die Fahrerkabine und drehte den Zündschlüssel um. Direkt vor ihm, direkt vor seiner Windschutzscheibe stand dieser Doppeldeckerviehtransporter wie eine große letzte Mahnung. Der Wagen war inzwischen mit Pferden voll gestopft. Der Gehilfe brachte gerade das nächste heraus. Er öffnete die untere Tür und scheuchte es zu den anderen hinein. Dann wandte er sich um und wollte an Horacio vorbei zurückgehen, doch Horacio kurbelte sein Fenster hinunter und sagte: »Heh.«

»Ja?«

»Was is, wenn ich eins von den Pferden will?«
»Drüben hätten Sie doch eins kaufen können.«
»Ich hab's aber nicht getan. Ich will es jetzt kaufen.«
»Zu spät.«
»Für mich vielleicht. Oder für das Pferd. Aber nicht für dich.«
»Ach ja?«
»Ja.« Horacio stieg aus dem Lastwagen. »Hör zu«, sagte er. »Dein Mann hat für das Pferd dreißig Kröten bezahlt. Ich geb dir dreißig, die du ihm geben kannst, und noch hundertfünfzig darauf, wenn du ihn ablädst und mir gibst.«
»Ach ja?«
»Ja.«
Die lethargische Manier des Jungen war wie weggeblasen. »Welches wollen Sie?«, fragte er.
Einfach ein braunes Pferd, dachte Horacio, als er über den Parkplatz ging. Wie sollte er ihn zwischen den anderen erkennen? Mager war er gewesen, daran würde er ihn erkennen. Aber dann brauchte er sich gar nicht anzustrengen. Justa Bob stand schon mit gespitzten Ohren an der Tür, denn er wusste, dass das irgendein Missverständnis sein musste. Ein Doppeldeckerviehtransporter war wirklich nicht das richtige Fahrzeug für ihn, unter keinen Umständen. Als der Junge die Tür öffnete, kam Justa Bob die Laderampe herunter und gab Horacio einfach einen kleinen Stups in die Brust.

Kapitel 72
Oder auch nicht

Buddy begriff eins: man musste nur einen Entschluss fassen, und das hatte er getan. Wenn man einen Entschluss fasste, hieß das nicht, dass man sich etwas wünschte. Es hieß, dass man etwas hatte, aber dabei erkannte, dass es zwei Formen von Haben gab. Nach einem solchen Entschluss würde einige Zeit vergehen, bis es sozusagen allgemein bekannt war, dass man die fragliche Sache hatte. Aber davor kam – und zwar als unbedingte Notwendigkeit – das private Wissen, dass die fragliche Sache einem schon zugefallen war. Zuerst die Inspiration, dann die Inkarnation. Auf diese Weise bereitete das Wissen, dass Residual das Rennen dreijähriger Stuten im Breeders' Cup gewinnen würde, Schritt für Schritt den Weg dafür, dass sie tatsächlich als Erste ins Ziel gehen würde. Im Allgemeinen war eine solche Art Gewissheit auf der Rennbahn verpönt, weil sie Unglück brachte und Probleme bescherte. Aber genau das war wohl der Grund, warum auf der Rennbahn alles so in der Schwebe hing, dachte Buddy. Man war sich allgemein darüber einig, dass alles Mögliche passieren konnte, und deshalb konnte auch alles Mögliche passieren. Wenn mehr Trainer einfach das beanspruchten, was ihnen zustand, und wenn Wetter und Besitzer und Jockeys und alle anderen das auch täten, dann, ja dann würde sich alles ein wenig klarer strukturieren.

Wenn man etwas mit Sicherheit wusste, hatte das vor allem den Vorteil, dass aus diesem Wissen alles andere, was man wissen musste, folgte. Als zum Beispiel nach etwa zwei Wochen im Training das Knie der Stute ein wenig anschwoll, wusste Buddy, dass er den Kingstons davon nicht Mitteilung machen musste, weil die Kingstons ein paar Wochen auf den Bermudas Urlaub machten und nicht gestört werden wollten. Und Curtis, der jetzt jeden Tag nach allen Pferden sah, gab ihr ein wenig Adequan, und die Schwellung ging zurück. Dann schraubten sie das Training für sie ein paar Tage zurück, und das war ganz in Ordnung, denn sie ging ziemlich hart ran, und vielleicht war ihr Knie ein Zeichen dafür, dass sie selbst nicht gut genug wusste, was sie tat.

Sie ließen sie mit einer anderen Stute trainieren, einer Vierjährigen, eine von denen, die nie vergaßen, wer das Sagen hatte. Sie siegte etwa jedes dritte Mal und immer nur durch Entschlossenheit, denn sie hatte nicht besonders viel Tempo. Wenn sie mit Residual trainierte, stachelten sich die beiden gegenseitig an. Die ältere Stute fand mehr Tempo und Residual Durchhaltevermögen, und wer von den beiden das Sagen hatte, war eine Frage, die unentschieden blieb. Buddy brachte sie in weit voneinander entfernten Boxen unter. Er wollte nicht, dass sie in ihrer Freizeit eine zufrieden stellende Antwort auf diese Frage fanden. Vielleicht war das der Grund, weshalb Deedee sich bei Buddy beklagte, dass Residual jetzt schwieriger im Umgang war, sie war leicht gereizt und bockte gelegentlich. Buddy wusste, was das Seine war, deshalb sah er sie nur an und sagte: »Wirst du damit fertig, wenn es nötig ist?«

»Ich nehme sie nicht gerne mit so fester Hand, das hat sie früher nie gemocht ...«

»Sie wird jetzt härter. Sie ist kein Baby mehr, das man bei Laune halten muss. Junge Stuten wachsen heran.«

»Ich weiß, aber ...«

»Deedee, du musst draufhaben, was nötig ist.«

Deutlicher konnte man es nicht sagen, dachte Deedee. Man konnte irgendwo am Rand des großen Geschehens herumwurschteln, oder man zahlte für seine Eintrittskarte und ging ins Zelt. Nach diesem Gespräch arbeitete sie mit der Stute, so gut es ging, so wie man eben mit einem Pferd umging, das man nicht besonders mochte und auf dessen Sichtweise man nicht besonders einging. Und als sie sich daran gewöhnt hatte, merkte sie, dass sie die Stute eigentlich gar nicht so gern mochte, wie sie früher gemeint hatte, und dass sie nicht mehr so viel über sie nachdachte. Und überhaupt, sie hatte ja Alana Marie, alles kreiste um Alana Marie.

Eines Morgens stand Leon da, als Deedee gerade mit Residual auf die Bahn kam und das Pferd unvermittelt stieg. Die ältere Stute, die hinter ihr herging, legte bei dieser plötzlichen Verzögerung auch ein paar Bocksprünge ein, dann machte sie einen Bogen um Deedee und Residual und ging auf die Bahn hinaus. Residual folgte ihr. Aber Leon hatte eine Schrecksekunde, das war sicher. Und in dieser Schrecksekunde fiel ihm auch ein, warum er vor Deedee immer nur mit Kellnerinnen, College-Studentinnen, Sekretärinnen und einer Grundschullehrerin gegangen war. Was eben noch wie der Anfang einer Dynastie ausgesehen hatte, kam ihm auf einmal wie eine potenzielle Tragödie vor. Deedee war eine so gute Reiterin, so geschmeidig und sportlich, dass Leon ganz vergessen hatte, dass ihr auf der Rennbahn etwas zustoßen könnte. Dann dachte er an Alana Marie und wagte es, einen Fuß in die Höhle des Löwen zu setzen: Er sah zu, wie Residual mit angelegten Ohren und unter heftigem Werfen des Kopfes ihre Arbeit auf der

Bahn antrat. Als die Arbeit vorbei war, hatte er die Gefahr zwar nicht vergessen, aber er hatte sie mit einem Vermerk versehen und vorläufig abgelegt, um später darauf zurückzukommen. Erst mal mussten sie zum Breeders' Cup. Das war alles.

Am nächsten Tag kam Buddy um fünf Uhr früh, und Curtis Doheny war auch schon da, nicht so wie sonst, weil er einfach da war, sondern mit Absicht. Buddy ging auf ihn zu, um sich den Anblick von Curtis zu ersparen, wenn er schnaufend und keuchend über den Parkplatz auf ihn zurollte und fuchtelte. »Zeit für eine kleine Versicherung«, sagte Curtis. »Also, dieser Typ hat mich gestern Abend angerufen. Danke. Ich hab einen Anteil von Fuzzy Minister gekauft. Jetzt müssen wir ihn auch starten. Sein letztes Rennen ist sechs Wochen her, ich hab mir die gestoppten Zeiten seiner letzten Arbeit angesehen, die waren ganz gut. Ich hab mir gedacht, das Sorry Charlie Handicap wär vielleicht ein guter Einstieg für das Oak Tree Invitational.«

»Ich habe darüber noch nicht nachgedacht, aber …«

»Du konzentrierst dich auf diese Stute, und alles andere regelt sich von selbst, oder nicht, Buddy? So ist's recht. Ich schlage vor, nur zur Prophylaxe, wir geben der Stute eine Spritze ins Knie. Jede Woche eine Spritze, ein bisschen Säure, ein bisschen Kortison, und um unser Baby wird's ganz sanft und ruhig.«

»Das hat sie wahrscheinlich auch nötig.«

»Nötig oder nicht, wir kommen«, rief Curtis aus und lachte. Er hatte alles bei sich, und sie erledigten die Sache gleich an diesem Morgen. Keiner war in der Nähe. Es war wieder eine Bestätigung der Regel: Wenn ein Problem auftaucht, ist die Lösung gleich bei der Hand, dachte Buddy. Man musste nur wissen, was man wollte. Und dann kehrten die Kingstons von den Bermudas zurück und kamen zur Rennbahn, um die Stute bei der Arbeit zu sehen, und die Stute war ein echtes Goldstück, gesund und kooperativ und zutraulich. Auf dem Weg zurück zum Stall sagte Jason Clark Kingston: »Also, mit den Glücksspielmöglichkeiten auf dem Internet könnte so ein Ort hier eine gute Investition sein.«

»Die Anlage ist gerade verkauft worden«, sagte Buddy. Jason warf ihm einen Blick zu, der ihm ohne Worte mitteilte, in der Software-Welt käme die Behauptung, etwas sei vielleicht nicht erhältlich, der Äußerung gleich, man wolle die Dollarnoten, die man in der Tasche hatte, in Rente schicken. »Aber wissen Sie was, Mr. Kingston«, sagte Buddy, »da Ihnen das Rennen solchen Spaß macht, könnten Sie doch ein paar von Ihren Freunden aus der Computerwelt ins Spiel bringen ...« Als sie den Stallbereich betraten, kam Curtis direkt auf Andrea Melanie zu und stellte sich vor. Andrea Melanie streckte ihm die Hand entgegen, und Buddy sah, wie Curtis beinahe darüber zerfloss – er nahm sie und beugte sich darüber und lachte albern und dergleichen. Buddy war gerade dabei, Jason Clark Kingston zu unterbreiten, dass er und Sir Michael Ordway es eventuell einrichten könnten, im November eine Gruppe aus San José zur Auktion nach Keeneland zu begleiten, doch er musste sich von ihm abwenden und dringend etwas in einem anderen Gang erledigen. Wenn er Curtis Doheny in Aktion sah, hatte er immer das Gefühl, jemanden dabei zu beobachten, wie er Kaffee oder etwas Klebriges auf jemandem verschüttete. Man fühlte sich peinlich berührt, auch wenn man nichts damit zu tun hatte.

Als er eine Viertelstunde später die Kingstons zu ihrem Lexus 470 begleitet hatte, kam Curtis ganz aufgeregt zu ihm. »Also, ich dachte erst, ich hätte nicht den Mumm, sie zu fragen, aber dann hab ich's doch gemacht, ich hab sie gefragt, ob sie mich einen Anteil an der Stute kaufen lassen würden, obwohl ich eigentlich fest entschlossen gewesen wäre, keine Anteile an Stuten zu kaufen, als ich mit der Sache anfing, aber das hier sei eine wirklich gute Stute, und wenn sie im Januar verkauft werden sollte, könnte man einen guten Profit machen. Sie hat nein gesagt, aber wenigstens hab ich gefragt. Das war die Hauptsache für mich. Ich hab ja immer Angst, um etwas zu bitten. Bittet, und euch wird gegeben, bittet nicht, und euch wird nie etwas gegeben. Deshalb muss ich üben. Und das Beste daran ist, dass ich es nicht persönlich genommen habe.«

»Was hat sie denn gesagt?«

»Sie hat gesagt: ›Mein Mann ist eher ein Einzelkämpfer, und ich teile aus Prinzip nicht gern.‹«

Buddy räusperte sich, dann sagte er: »Ich möchte dich bitten, meine Besitzer nicht anzusprechen, ohne vorher mit mir darüber zu reden.«

»Ach ja?«, sagte Curtis. »Aber genau darum geht's ja. Ich hab mein ganzes Leben lang gemeint, ich müsste Erlaubnis für etwas kriegen.

Das mach ich nicht mehr, dieses ›Verzeihen Sie die Frage, aber …‹ Mensch, ich hab mich entschlossen, und ich weiß, was mir zusteht.«

»Und was steht mir zu?«

Curtis machte eine ausholende Bewegung mit dem Arm. Er lachte. »Mann, Buddy, du hast doch alles. Du hast, was dir zusteht. Ich versuche doch nicht, dir etwas wegzunehmen, Buddy. Ich versuche, dir noch mehr zukommen zu lassen! Das ist eine Situation, in der man nur gewinnen kann, Buddy. Aber ich muss doch auch an mich denken, oder etwa nicht?«

»Hm, ja«, sagte Buddy. Er stimmte Curtis immer zu, denn jedes Gespräch mit Curtis erinnerte ihn wieder an diese Wahrheit: Wenn du weißt, dass etwas dein ist, dann ist es auch dein.

Die Wochen verstrichen schnell. Es gab eine große Aufregung, als Farley Jones' Pferd drüben in Frankreich den Arc gewann. Ein Sieg im Arc hatte den Reiz des Neuen, und alle Welt redete davon. Jeder Trainer auf der Bahn hatte das Pferd trainieren und laufen sehen, und diejenigen, die es vorausgesehen hatten, schienen immer mit denen ins Gespräch zu kommen, die so etwas für unmöglich gehalten hatten – er musste einfach Schwein gehabt haben, es war ein gutes Pferd, aber … Diese Art von Unterhaltung. Aber man brauchte sich doch nur den Breeders' Cup anzuschauen. Im letzten Jahr waren Scharen von europäischen Pferden gekommen, und zwar nach Churchill, zu der Bahn, die sie am liebsten hatten, und sie hatten nicht mal auf der Meile oder auf dem Turf gesiegt, in diesen Rennen, die ganz nach ihrem Stil waren. Das zeigte einem doch, wie es heutzutage um die europäische Zucht stand. Buddy war der Meinung, dass all diese großen europäischen Rennen nicht mehr auf demselben Niveau waren wie die Rennen der Gruppe I in Amerika, in zehn, ja schon in fünf Jahren würden alle nur noch vom Breeders' Cup und vom Dubai World Cup reden. Europa hatte seine guten Zeiten gehabt, aber jetzt lagen die Dinge anders. Trotzdem, als Farley zurückkam, schmissen sich alle an ihn, und zwei von Buddys Besitzern gaben ihre Pferde zu ihm, das waren insgesamt sechs Pferde, und jedermann spekulierte darüber, wann Farley das Pferd das nächste Mal starten lassen würde. Er war in perfekter Form für den Breeders' Cup, für das Classic und das Turf-Rennen. Für Buddy wäre das eine klare Sache gewesen, alles abgemacht, ohne eine Hirnzelle darauf zu verschwenden, aber Farley war verschlossen und sagte kein Wort von seinen Plänen, nicht mal zu Curtis, wie der ihm berichtete, als er kam, um der Stute die nächste interartikulare Spritze zu setzen.

»Der ist wirklich nicht mein Typ«, sagte Curtis. »Irgendwie so kühl, und hält sich von anderen fern, obwohl seine Leute und Besitzer ihn wohl mögen. Ich hab ein paar von ihnen angerufen, bloß so, als Mutprobe, um zu sehen, ob einer vielleicht einen Partner wollte, aber keiner war besonders freundlich, deshalb hab ich mir gesagt: Curtis, das hast du nicht nötig, du verdienst was Besseres. Ich hab sogar diesen Maybrick angerufen, dem das Arc-Pferd gehört, aber er war irgendwie ganz barsch. Verdammt nochmal, dabei ist mein Geld so gut wie das von jedem anderen auch.«

»Du solltest dich nicht zu sehr verausgaben.«

»Ach, dieser Hengst bringt schnelles Geld. Nach dem Arc gewinnt er den Breeders' Cup, dann geht er für zehn, vierzehn Millionen an ein Syndikat, selbst wenn er keine Saison als Vierjähriger hat, und ich hab zu Maybrick gesagt: Ein Vierjähriger ist jetzt ein großes Risiko. Sie müssen Ihre wirtschaftlichen Interessen gegen Ihr Vergnügen abwägen.«

»Wie lang hast du mit ihm geredet?«

»Nicht lang. Aber ich hab ihn an meiner Rennbahnerfahrung teilhaben lassen. Mehr konnte ich auch nicht machen.«

»Ja«, sagte Buddy.

All die anderen Dinge, die geregelt werden mussten, erledigten sich wie von selbst. Vorbereitungen in Gulfstream, Vorbereitungen für den Transport, Buddys Reiseplanung. Sogar seine Frau tat, was sich gehörte, und bat darum, nicht mitfahren zu müssen, weil sie Florida verabscheute. Jede Woche hatte er ein paar Sieger. Die Zeit vergeht im Fluge, wenn man Spaß hat, dachte er. Andrea Melanie rief ihn an und fragte, ob sie Vorbereitungen für eine große Party treffen sollte. Buddy sagte ja. »Freitagabend oder Samstagabend?«

»Samstagabend«, sagte Buddy.

»Ach, Buddy, ich liebe Sie einfach«, sagte die Besitzerin. »Sie sind perfekt. Und sagen Sie Deedee und Leon, dass ich ihnen eine Suite reserviert habe, damit die Kleine ihr eigenes Zimmer hat. Sie sind so ein süßes Paar, und beide so reizend. Ich regele alles für sie, auch den Babysitter für Samstagabend. Das sind die Dinge, die ich am liebsten mache.«

»Die machen Sie auch wunderbar«, sagte Buddy.

»Wir haben alle unsere Nische«, sagte die Frau. »Sie sind eben ein reines Genie im Pferdetraining.«

Am nächsten Morgen war die Stute eine Spur daneben. Curtis merkte es nicht einmal, und Leon auch nicht, aber Buddy, geschlagen mit seinen Adleraugen, sah es gleich. Deshalb gab er ihr von sich aus ein wenig Schmerzmittel, ein Gramm im Morgenfutter und ein Gramm im Abendfutter, und sie war wieder auf dem Damm. Das Knie sah fast so aus wie das andere. Jedenfalls beinahe.

Wenn man wusste, was einem sicher war und was nicht, konnte man auch schlafen. Buddy schlief jede Nacht fest und jeden Nachmittag machte er während eines Rennens, in dem er gerade kein Pferd am Start hatte, ein Nickerchen. Manchmal spazierte er durch die Gänge zwischen den Boxen im Stall in Hollywood Park, betrachtete seine Zweijährigen und fragte sich, wer von ihnen wohl das Kentucky Derby gewinnen würde. Er brauchte sich nur eines auszusuchen, aber er musste richtig aussuchen. Das war bei seinen Abmachungen mit Jesus immer das Problem gewesen, dachte er. Er wusste nicht, was er wollte, deshalb quälte er sich die ganze Zeit und kam nicht weiter. Wenn man zweierlei wollte, wollte man eigentlich keines von beiden. Man drehte und wendete sich immer hierhin und dorthin und versuchte sich zu entscheiden. Nun ja, diese Zeiten waren vorüber, und er schlief und siegte und war emsig wie eine Biene. Und außerdem war es mit Jesus ja so, dass man immer nochmal eine Chance hatte. Für den Breeders' Cup galt das aber nicht, da hatte man nur eine Chance.

Der Breeders' Cup! Der Breeders' Cup! Die Worte machten ihn schon etwas unruhig und ließen in ihm leichte Übelkeit aufsteigen. Er brüllte wieder mehr herum; nachdem zwei Besitzer zu Jones gewechselt waren, begriff er, dass er mit allen Besitzern mehr Zeit verbringen musste, obwohl Andrea Melanie ihn viermal am Tag anrief und Jason ein- oder zweimal. Es kam vor, dass man ein großes Pferd im Stall hatte, das man hierhin und dorthin schleifte, und die Besitzer der anderen Pferde wurden ein wenig verstimmt, und eines Tages kam man von einem großen Rennen zurück, und der Stall war leer. Deshalb musste er dafür sorgen, dass das ganze Knäuel weiterrollte, man musste mal dieses, mal jenes Fadenende aufheben und jeden kleinen Knoten knüpfen. Er verbrachte viel Zeit am Telefon.

Zehn Tage vor dem Rennen tauchte Curtis wieder auf, diesmal um der Stute die erste Epogenspritze zu geben, der in den nächsten Tagen eine Serie folgen sollte. Buddy war ein wenig unruhig, weil er sie in dieser Zeit transportieren musste, aber was sein musste, musste sein. Curtis war unverzagt. »Mein Ticket nach Florida hast du doch gekauft, oder?«

»Ich weiß nicht«, sagte Buddy.

»Was soll das heißen – du weißt nicht?«

»Äh, ich – ich habe nicht daran gedacht. Ich glaube nicht …« Er sah Curtis an, der ziemlich unfreundlich aussah, und fuhr fort. »Ich habe alles Mögliche am Hals. Man will ja nicht, dass all die anderen Besitzer anfangen, sich mit denen zu vergleichen, die das große Pferd haben, deshalb …«

»Wie zum Teufel hast du dir das vorgestellt – wie soll diese Stute denn ihre Spritzen kriegen, wenn ich kein Ticket habe? Du hast alle anderen Tickets gekauft und meines nicht? Ich will dir mal was sagen, Buddy: Ich bin in der ersten Reihe. Einen Jockey kannst du finden, einen Arbeitsreiter kannst du finden, einen Hilfstrainer brauchst du eigentlich gar nicht, aber mich brauchst du.«

»Du hast ja Recht, Curtis …«

»Es wäre mir lieber, ich müsste dir nicht erklären, wen du brauchst und wen nicht. Das solltest du von dir aus wissen.«

»Es war ein Versehen …«

»Hast du schon mal von Freud gehört?«

»Ja.«

»Weißt du, was ein freudscher Versprecher ist?«

»Ich …«

»Ich werd es dir sagen: Ein freudscher Versprecher ist etwas, das sieht aus wie ein Versehen, und jeder meint, es sei ein Versehen, aber in Wirklichkeit gibt es gar kein Versehen. Du hast meine Gefühle verletzt, Buddy, und du weißt, wie es mir geht. Ich habe beschlossen, dass ich etwas Besseres verdiene.«

»Was soll ich tun? Soll ich dir ein Ticket kaufen?«
»Fliegt ihr alle First Class? Lukas fliegt immer First Class.«
»Ja, wir fliegen First Class.«
»Super!«
Eigentlich hatten sie alle in Jason Clark Kingstons Privatflugzeug nach Kentucky fliegen sollen, aber die Vorstellung, Curtis zwei oder drei Stunden lang in engem Kontakt mit den Kingstons vor Augen zu haben, war für Buddy so unerträglich, dass er fünf First-Class-Tickets kaufte und einen Platz für Alana Maries Babysitz. Er zahlte an die zehntausend Dollar dafür, aber sein Anteil am Topf des Breeders' Cup würde sich auf rund dreihunderttausend Dollar belaufen, also, dachte er, was soll's. Aber vier Tage später, als er neben Curtis in seinem Sitz saß und Curtis hin und her rutschte und sich schwitzend und keuchend und schwer vor ihm her zum Fenster beugte, um einen Blick hinauszuwerfen, da sah er die Nachteile der ganzen Sache, und er tauschte den Platz mit Leon. Die nächsten zwei Stunden über sah er Curtis reden und Leon nicken, und ihm kamen immer mehr Zweifel. In der ersten Klasse gab es alkoholische Getränke umsonst, und Leon hatte keine Ahnung von dem Epogen, und es gab keine Garantie dafür, dass Curtis bei seiner Lebensgeschichte blieb, beziehungsweise er konnte jederzeit anfangen, von dem Lebensabschnitt zu berichten, in dem er Pferde dopte, damit sie um jeden Preis liefen. Schließlich konnte Buddy es nicht mehr ertragen, und er tauschte wieder mit Leon. Inzwischen stank Curtis wie ein Schwein. Buddy fühlte sich, als würde er von einem riesigen Pferd gegen die Wand gedrückt, einem Percheron zum Beispiel, einem Exemplar mit kleinem Hirn und großem Hintern und keiner nennenswerten Verbindung zwischen den beiden.
In Florida mussten sie einen Tag auf die Stute warten, die in einem ordentlichen Zustand ankam, jedenfalls weitgehend. Ihr Knie war ein klein wenig geschwollen, sie war müde und gereizt. Sie versuchte, ihren Pfleger zu beißen und dann zu treten, aber überall wimmelte es von Reportern, deshalb redete keiner darüber, und Buddy riet den Kingstons, erst zu kommen, wenn die Stute ausgeruht war und wieder fraß. Aber sie fing nicht wieder an zu fressen. Das war an sich nichts Ungewöhnliches. Pferde waren zu allem in der Lage, wie Menschen.

In den siebziger Jahren hatte er ein Pferd gehabt, das manchmal tagelang nicht fraß und fast fünfzig Kilo abnahm, die es dann aber im Handumdrehen wieder zulegte. Wenn man mit genug Pferden zu tun gehabt hatte, hatte man eine solche Palette von Verhaltensweisen gesehen, dass es verdammt nochmal nicht das Geringste zu sagen hatte, dass die Stute nicht fressen wollte, da waren sich Buddy und Curtis einig. Sie brachte gute Leistung bei der Arbeit, das Geläuf schien ihr zu gefallen, und das war das Einzige, was zählte.

Überall fanden Partys statt, und Buddy kam zu der Einsicht, dass es ratsam war, Curtis möglichst in seiner Nähe zu behalten. Er konnte Curtis seinen Bekannten vorstellen oder Curtis sich selbst vorstellen lassen, das waren die Alternativen, damit er sich nicht ausgeschlossen fühlte. Doch dann stellte sich das Problem, dass Curtis' Ansprüche immer höher wurden. Zuerst reichte es ihm, vorgestellt zu werden, dann bestand er darauf, sich an der Unterhaltung zu beteiligen, und dann darauf, die Unterhaltung zu bestreiten, und als die Leute anfingen, ihn zu meiden (sollen sie ruhig, dachte Buddy), wollte er wissen, warum und wie Buddy dem abhelfen könnte. »Ich bin ein freundlicher Mensch«, sagte er immer wieder. »Ich will für diese Leute das Beste. Also, wenn ich mit einem rede und diese Person dreht sich einfach um und geht weg, dann empfinde ich das als unhöflich. Ich habe diesen Leuten doch was zu bieten! Man möchte meinen … Na ja, darüber will ich nicht nachdenken. Positives Denken, sag ich immer, das ist der Schlüssel. Du musst wissen, was du willst, und dann nimmst du es dir. Wo gehst du denn hin?«

»Aufs Klo.«

»Gute Idee.« Und Curtis folgte Buddy zur Herrentoilette und redete immer weiter, während sie pinkelten.

Der Gedanke an die ganze Zeit, die er mit Curtis verbringen musste, war so bedrückend für Buddy, dass er gar nicht weiter denken wollte als an den nächsten Tag oder sogar nur die nächste Minute. Die Minuten krochen wirklich quälend langsam vorbei, und Buddy war glücklich, dass Curtis wenigstens zu Hause in Südkalifornien weit von ihm entfernt wohnte. Aber während die Zeit einerseits kroch, verging sie andererseits wie im Fluge. Sie gaben der Stute die zweite Epogenspritze, eine weitere Spritze in die Gelenkkapsel im Knie und dann die dritte und letzte Epogenspritze, und das hieß, es waren nur noch achtundvierzig Stunden bis zum Rennen. Bei der Presse ringsum und dem allgemeinen Hallo und der Verbrüderung und der Geschäftemacherei und dem unablässigen Geplauder war es sehr schwer, im Auge zu behalten, was einem schon gehörte. Die Presse und die Buchmacher sahen das Rennen noch als unentschieden, und es war sehr verlockend, in diese Falle zu gehen und zu meinen, das Rennen sei noch völlig offen, obwohl es in Wirklichkeit längst gelaufen war, aber das war nur einer von den vielen Versuchen, ihn zum Wanken zu bringen und seine Gewissheit zu erschüttern. Buddy wusste aus einem ganz bestimmten Grund, dass sie nicht Recht hatten, und dieser Grund war sein Déjà-vu-Erlebnis. Von dem Augenblick an, als sie der Stute die Spritze gaben, wusste er, dass er alles, was er sah, schon einmal gesehen hatte – jeden Galoppsprung der Stute am Tag vor dem Rennen, und ihre kleine Reiberei mit Deedee, als Deedee ihr einmal einen Hieb mit der Gerte versetzen musste, damit sie vorwärts ging, und auch den Anblick seiner eigenen Hände, die das Maul der Stute öffneten, um ihr an diesem Nachmittag zwei Gramm Schmerzmittel zu verabreichen, nur so, vorsichtshalber, und auch den Pfleger, der ihm sagte, dass sie wieder nicht aufgefressen hatte, und auch sich selbst, wie er zum Pfleger sagte, von all den Pferden, die hierher gebracht worden waren, sollte er ihm eins zeigen, das aufgefressen hatte, er sollte ihm von all den Stuten eine zeigen, die aufgefressen hatte, und sich selbst, wie er weitertobte und von Stuten redete, sie waren empfindlich und wählerisch und merkwürdig und irgendetwas war immer mit ihnen los – und auch Curtis, der überall herumstand und immer diese eifrige Fratze aufgesetzt hatte und immer Buddys Blick auffing und ihm Zeichen gab, dass alles in Ordnung war.

Und dann endlich standen sie alle in der Startbox, ruhig hinter verschlossenen Türen. Was für eine Erleichterung das war, ein Augenblick des reinsten Friedens, und Gott sei Dank war es das erste Rennen des Tages, und es war so still, dass Buddy fast aus der Haut fuhr, als die Glocke schrillte und die Tore aufflogen und dann, du lieber Himmel, da liefen schon wieder Pferde die Bahn hinunter. Wie viele? Es war egal. Einige. Mehr als nur ein paar, weniger als viele. Buddy drehte sich alles im Kopf, als er das schon wieder sah. Er hatte es so

oft gesehen, er konnte die einzelnen Male im Kopf kaum auseinander halten. Sie drängten sich zusammen und dann strebten sie auseinander und dann drängten sie sich wieder zusammen, und die Leute neben ihm lehnten sich von beiden Seiten an ihn, sie lagen auf ihm wie ein Fieber, bis er anfing zu husten. Überall um ihn herum schrien die Leute, und er hatte keine Ahnung, was los war, wusste nur, dass das die Hölle war und dass er rauswollte, aber ein fetter Kerl drückte sich gegen ihn, hielt seinen Arm, und seine eigenen Schreie, die nichts mit dem Rennen zu tun hatten – da stand er und sah zu und nahm nichts davon wahr –, konnte man nicht einmal hören, keiner war da, der ihn retten konnte, es war grauenhaft, wie kam es, dass er auf einmal so klein war?, und dann rannte er mit den anderen die Stufen hinunter und auf die Bahn hinaus, und der Fette sagte: »Ich hab's dir doch gesagt, kein Problem. Wir sind doch ein tolles Team!«, und für einen Siegertyp wie Buddy war es sehr peinlich, dass er so daneben war, dass er nicht mal wusste, dass er gewonnen hatte! Sie führten ihn in den Siegerehrungsring und stellten sich alle auf, und das war der Breeders' Cup, und sie machten das Siegesfoto, und von allen Seiten drängten sich die Reporter, aber die ganze Zeit konnte er an nichts anderes denken als an den Ausdruck im Gesicht der Stute, als sie sie hereinbrachten. Sie war jenseits aller Erschöpfung, jenseits aller Angst. Sie war am Ende.
Noch sieben Rennen, der Tag zog sich endlos hin. Um sechs Uhr schloss Buddy sich in seinem Hotelzimmer ein und ging ins Bett. Irgendwann klingelte das Telefon, und eine quäkende Frauenstimme sagte: »Ach, Buddy! Ich habe so eine sagenhafte Party hier! Alle sind da!«, und Buddy sagte: »Ich bin gleich da!«, obwohl er keine Ahnung hatte, mit wem er redete. Er schlief wie ein Toter bis um vier Uhr früh, als ihn wieder das Telefon weckte, und Residuals Pfleger war dran und dann der Tierarzt, den er gerufen hatte. »Chef, die Stute stand bloß noch ganz apathisch da und ließ den Kopf hängen. Als ich ihr das Futter in den Trog gegeben hab, hat sie nicht mal aufgeschaut, und dann hat sie sich einfach hingelegt, Chef, und ich hab den Tierarzt gerufen.«
Dann kam der Tierarzt ans Telefon und sagte: »Mr. Crawford, wir haben ein ernstes Problem. Vielleicht kommen Sie besser selbst, soweit

ich es beurteilen kann, hat die Stute eine schwere Pleuropneumonie, und ich bin nicht sicher, ob ich sie durchkriege.«

Was hatte Buddys Vater noch immer zu ihm gesagt? Ach ja. Er sagte immer: Wofür hältst du dich eigentlich?

Epilog

Am Morgen nach dem Breeders' Cup lief der Trainingsbetrieb in Chicago wie immer. Das Wetter war schlecht. William Vance fühlte sich nicht gerade prächtig. Vielleicht war eine Erkältung im Anzug. Er setzte auf der Kochplatte Wasser auf, um sich einen Tee aufzugießen, diesen Kräutertee, den seine Freundin ihm gegeben hatte. Er schniefte versuchshalber, um zu prüfen, ob das Kitzeln in seiner Kehle in den letzten fünf Minuten schlimmer geworden war, da klingelte das Telefon. Er hob ab. »Ja?«, sagte er.

»Mr. Vance?«

»Ja.«

»Mein Name ist Angel Smith, ich rufe aus Texas an. Letzten Monat hab ich einen Herzinfarkt gehabt, aber jetzt geht's mir wieder gut, solang ich mich an meine Diät halte und Bewegung habe, und da achtet meine Frau schon drauf. Aber was ich Ihnen sagen wollte, an diesem Tag, als ich den Infarkt hatte, da ging's mir wirklich mies, und ich hab mich auf einen Stuhl gesetzt und dann war ich weg, also, vielleicht war ich wirklich tot, das weiß man ja hinterher nie, aber jedenfalls war es so, dass die Pferde so ein Theater gemacht haben …«

»Haben Sie ein Pferd, das Sie zum Training geben wollen, Mr. Smith?«

»Nee, nee, dafür bin ich zu alt. Also, Ihre Nummer hab ich von der Rennbehörde, denn ich hab den Jockey Club angerufen, ein Freund von mir hat mir erklärt, wie das geht, als ich mir die Tätowierung auf der Lippe von dem Pferd angeguckt hatte, und Sie waren …«

»Haben Sie Justa Bob?«

»Also, ich nenn ihn Amigo, aber ja, ich hab ihn. Er wär fast auf dem Schlachthof gelandet, aber …«

»Hören Sie zu«, sagte William Vance, »wenn ich den Transporter jetzt anhänge, kann ich wahrscheinlich morgen irgendwann bei Ihnen sein. Wo wohnen Sie?«
»Das Pferd sieht nicht sehr gut aus, Mr. Vance. Ich hab nicht das Geld, um so ein Vollblutpferd zu halten ...«
»Das macht nichts. Ich habe Futter genug. Sie sagen mir nur, wo ich Sie finden kann. Ich suche den Burschen seit Monaten.«

In Kalifornien war es ganz früh, noch dunkel, als Jesse mitten aus einem Traum von Residual aufwachte. Es war nicht wie das Rennen, das sie am Vortag auf dem Übertragungsmonitor in Hollywood Park gesehen hatten, wo sie Gertenhiebe bekam und am Schluss stolperte und fast von dieser großen Stute geschlagen wurde, sich dann aber doch aufrappelte und als Erste durchs Ziel ging, und alle, die auf sie gewettet hatten (und das waren alle, sein Vater inbegriffen) schrien und fluchten. In seinem Traum war es ein anderes Rennen, in dem sie einfach nur rannte, mit aufgestellten Ohren und vorgereckter Nase, und ihr Jockey peitschte sie überhaupt nicht, sondern lenkte sie nur am Zügel, und sie schwebte nur so dahin wie damals, als er auf ihren Sieg gesetzt hatte, bei ihrem allerersten Rennen, als sie noch so klein war und Pincay sie geritten hatte. In seinem Traum herrschte eine große Stille, und er stand da, und die Stute lief, und Pincay wandte den Kopf und sah ihn, Jesse, an und lächelte, und dann siegte die Stute, und sie war zwar Favoritin gewesen, aber mit niedrigen Chancen, und alle auf den Rängen gingen mit Unmengen Geld heim, als ob der Wettpool nie aufgeteilt werden müsste, sondern bodenlos wäre, und nichts an dieser Rennbahn war rätselhaft oder gefährlich. Danach lag Jesse wach, und es wurde heller im Zimmer, und er dachte an das Geld, das er gewonnen hatte, sieben Dollar auf eine Fünf-Dollar-Wette, und er dachte, dass er dieses Geld einfach behalten wollte, sein Residualgeld, auf das er zurückgreifen könnte, wenn er es mal wirklich brauchte. Und dann seufzte er und drehte sich um und schlief wieder ein.

Al sprach auf seinem Handy mit Farley Jones. Neben ihm lag Rosalind unter der Bettdecke und war am normalen Telefon. Eileen saß am Fußende des Bettes. Al wusste genau, dass sie mit dem Gedanken spielte zu bellen, aber sich noch nicht entschlossen hatte. Es war Sonntagmorgen, zehn Uhr. Mit der freien Hand kitzelte Rosalind ihn auf der Handfläche und zwinkerte ihm zu, aber ihre Stimme blieb ganz geschäftsmäßig. »Ja, Sir Michael«, sagte sie. »Ich sage es ihm sofort. Einen Augenblick.« Al hob die Bettdecke hoch, um einen kurzen Blick auf Rosalind zu werfen. Sie hatte ein wunderschönes silberfarbenes Spitzennachthemd an, das sich bis auf ihre Schenkel hochgeschoben hatte. Al ließ die Bettdecke fallen. »Es ist ein Käufer aus Japan«, sagte sie. »Sir Michael sagt, er glaubt, es ist das Matsuo-Oku-Gestüt.«

Al wiederholte Rosalinds Worte in sein Handy. Farley schwieg einen Augenblick, dann sagte er: »Ich bin einmal dort gewesen. Es ist sagenhaft.«

»Er kennt es«, sagte Al zu Rosalind.

Rosalind legte die Hand über die Sprechmuschel. »Frag ihn, ob sie sich dort gut um die Pferde kümmern.«

Al gab die Frage an Farley weiter. Farley lachte. »So etwas haben Sie noch nie gesehen«, sagte er. »Besser als Coolmore, als Gainsway, als alles, was Sie kennen. Die Oku-Zuchthengste werden regelmäßig geritten, und die Koppeln liegen zwischen den Stutenwiesen verstreut. Ich kenne keinen Ort, wo die Verhältnisse der natürlichen Situation so angepasst sind. Die Pferde werden dort uralt.«

Al nickte nachdrücklich. Rosalind kitzelte immer noch seine Handfläche, und er vergaß dabei, dass es sich hier um ein Geschäft handelte. Nur um sich das wieder in Erinnerung zu rufen, sagte er: »Sieben Millionen haben sie gesagt. Was meinen Sie?«

Farley sagte. »Tja, Al, ich weiß, nach dem, was wir mit ihm erlebt haben, hört es sich merkwürdig an, aber instinktiv würde ich sagen, dass wir realistisch bleiben müssen. Sein Stammbaum war vor dem Arc schon merkwürdig und ist es auch jetzt noch, da ist nichts, was für den amerikanischen Zuchtbetrieb besonders attraktiv ist. Züchter achten auf den Vater der Zuchtstute, die das Tier zur Welt gebracht hat, und Independence war zwar ein tolles Steeplechase-Pferd und Vollbruder von Bold Ruler, aber er ist 1954 gelaufen. Es gibt vielleicht sechs Leute auf der Welt, die ihn noch kennen. Sie können ihn noch ein, zwei Jahre starten lassen und mit den Rennen mehr Geld machen, aber das ist immer ein Risiko und könnte seinem Wert eher schaden als nützen.«

»Von Unfällen will ich gar nicht reden«, sagte Al.

»Red nicht von Unfällen«, sagte Rosalind. Die vollmundige Stimme am anderen Ende sagte: »Unfall? Hat das Pferd einen Unfall gehabt?«

»Aber nein, Sir Michael«, sagte Rosalind. Ihre Hand wanderte langsam an Als Arm hinauf, ganz leicht, auf der Innenseite des Arms, die nicht behaart war.

Al warf ihr einen Blick zu. Er wollte diese Verhandlung jetzt schnell zu Ende bringen.

»Ich will ihn Ihnen jetzt nicht gern wegnehmen«, sagte Al. »Und Ihr Mädchen scheint so an ihm zu hängen.«

»Sie haben gesagt, wir könnten ihn immer besuchen, so oft wir wollen«, sagte Rosalind. »Sie haben ein Gästehaus dort.«

»Ich will Mr. Nakadate persönlich zitieren: Es wird uns eine so große Ehre sein, die ehemaligen Besitzer und Trainer von Limitless zu empfangen, dass wir sie jederzeit mit Vergnügen und auf Kosten unseres Gestüts auf unsere kleine Insel bringen«, sagte Sir Michael. »Ihre Freundschaft ist unser oberstes Ziel.«

»Jetzt haben wir wohl alle ein neues Ferienziel«, sagte Rosalind zu Al.

»Mir gefällt es in Japan übrigens sehr gut«, sagte Farley. »Ich bin einmal zum Japan Cup dort gewesen.«

Rosalinds Finger waren an Als Wange und Stirn angekommen, wo sie eine kleine Figur beschrieben. Ein Prickeln überlief seine Kopfhaut.

»Ich habe den Eindruck, es ist abgemachte Sache«, sagte er zu Farley.

»Ich auch«, sagte Rosalind. Ihr Zeigefinger wiederholte die kleine Figur und glitt dann seinen Nasenrücken hinunter und über das Kinn bis auf seine behaarte Brust. Sie lächelte ihn an.

»Das wär's dann?«, sagte Al. »Gut, Farley.«

»Al.«

»Danke«, sagte Al.

»Auf Wiedersehen, Sir Michael«, sagte Rosalind.

Er drückte auf »Aus«. Sie legte den Hörer auf die Gabel. Eileen bellte einmal, es war praktisch ein Befehl. Aber Pustekuchen. Sie achteten nicht mal auf sie. Na schön. Sie sprang vom Bett und verließ das Schlafzimmer. Sie ließ den Blick über ihr Revier schweifen. Endlich frei. Sie trabte den langen, vertrauten Korridor hinab in die Küche, sprang auf die Ablage und trottete zum Waschbecken. Dort stellte sie mit großer Befriedigung fest, dass die Öffnung des Müllschluckers nicht eingerastet war.

Aus der *Thoroughbred Times*:

> Residual, Siegerin des Stutenrennens (Gr. I) im Breeders' Cup, außer Gefahr
>
> Residual, die fliegende Dreijährigenstute, die vor nur zwei Wochen im Stutenrennen des Breeders' Cup nach Abwehr eines späten Vorstoßes der glatt laufenden Stute Beautiful Pleasure als Siegerin durchs Ziel ging, ist nach Aussage der Tierärzte der Veterinärklinik Rood and Riddle in Lexington, wohin die Stute zwei Tage nach dem Rennen per Hubschrauber gebracht worden war, außer Gefahr. Ein Sprecher der Klinik erklärte, die Stute sei fast zehn Tage in kritischem Zustand gewesen, doch jetzt habe sich ihr Befinden gebessert und sie werde sich voraussichtlich vollständig erholen. Der Trainer Buddy Crawford, für den der Sieg im Breeders' Cup der Höhepunkt seiner langen Karriere im Rennsport war, sagte dazu: »Ich habe immer damit gerechnet, dass sie durchkommt. Ich wäre nie auf die Idee gekommen, dass sie es nicht schaffen könnte. Sie ist eine Kämpfernatur. Sie ist natürlich auch ein Schatz. Aber in erster Linie ist sie eine Kämpfernatur.«
>
> Andrea Melanie Kingston, Ehefrau des kalifornischen Software-Magnaten Jason Clark Kingston und Besitzerin der Stute, gab bekannt, dass Residual auf eine der kürzlich von den Kingstons erworbenen Farmen in Pension gehen würde, wahrscheinlich auf die Alhambra Farm bei Lexington, und dass für den Frühling geplant sei, sie von Skip Away decken zu lassen. Residual hat bei zehn Starts in sechs Gruppen-Stakes-Rennen gesiegt – unter anderem im Stutenrennen des Gruppe-I-Breeders' Cup und im Gruppe-I-Bette Midler Handicap – und 2 214 000 Dollar gewonnen.
>
> Zu ihren Plänen als Besitzer und Züchter äußerte sich Mrs. Kingston nur andeutungsweise. »Alles, was mein Mann macht, macht er

in großem Stil. Wenn er sich etwas vornimmt, möchte er auch in dem betreffenden Bereich eine Präsenz haben, und das gelingt ihm auch. Und wir sind ganz begeistert von Buddy.«

Zitat der Woche
»Die Parteifunktionäre waren äußerst hilfsbereit. Ich persönlich halte die Aussichten für gut, und ein Tapetenwechsel ist mir sehr willkommen. Jedes neue Projekt ist unglaublich spannend. Ich kann Ihnen gar nicht sagen, wie sehr ich mich freue.« Sir Michael Ordway, britischer Pferdeagent, bei der Bekanntgabe seiner Ernennung zum ersten Direktor der kürzlich erbauten Rennbahn bei Hanoi.

»Aber sicher«, sagte Krista am Telefon. Sie schob Maia auf die andere Hüfte und schrieb die Telefonnummer auf. »Ich faxe Ihnen heute noch den Vertrag, und wir erwarten die Stute Ende der Woche. Vielen Dank.« Sie schaltete das schnurlose Telefon aus und legte es auf den Schreibtisch, dann sah sie sich an, was sie gerade notiert hatte. Storm Cat, aus einer Stute von Pleasant Colony. Die Stute selbst hatte in Stakes-Rennen gesiegt und an die dreihunderttausend Dollar gewonnen, und eines ihrer vier Kinder war auch schon Sieger eines Stakes-Rennen geworden. Und jetzt schickten sie sie zu Himself, dem Vater des legendären Limitless, des ersten amerikanischen Pferdes überhaupt, das den Arc gewonnen hatte. Und sie zahlten fünfundsiebzigtausend Dollar. Und sie dachten, das sei ein Schnäppchen. Und der Mann hatte gesagt: »Ich hab eine Stute gesehen, die im letzten Jahr bei Ihnen gedeckt worden ist. Als sie heimkam, war sie schöner denn je.«
»Ach, mein Herzchen!«, sagte sie zu Maia, die mit einem Lachen antwortete. Storm Cat! Fünfundsiebzigtausend Dollar, bisher schon achtunddreißig Stuten fürs Frühjahr gebucht. Krista hatte bereits eine Jahresladung Heu, eine Grasmischung, bestellt und diesen Schatz im Heuschober gelagert. Sie trug Maia aus dem Büro und blieb unter dem Giebel des Stutenstalls stehen.
Drüben, auf der anderen Seite des Wegs, war Himself, jetzt schon verdreckt wie ein Schwein wälzte er sich genüsslich im kühlen Schlamm,

wand sich hin und her, ließ sich erst auf die rechte, dann auf die linke Seite fallen, zappelte mit den Hufen in der Luft. Er rappelte sich auf, schüttelte sich, schnaubte, dann machte er einen Luftsprung und schlug aus. Danach galoppierte er laut schnaubend und bockend quer über die Weide. Und die Stuten guckten alle hin, wie Krista bemerkte. Nichts war passiert. Keine Katastrophen, keine Unglücksfälle, nichts Unvorhergesehenes, das sich nicht richten ließ. Sie fühlte Maias Hand am Hals und sah in das liebe kleine Gesicht. »Runter!«, sagte Maia. Krista bückte sich und stellte die Kleine auf ihre Füße, dann lachte sie. »Danke«, sagte sie. »Danke, danke, danke.«

Audrey legte ihre *Thoroughbred Times* hin und stand auf. Ellen hatte sie gebeten, im Büro aufzuräumen, und das hatte sie auch vorgehabt, aber da lag die Zeitschrift, und die musste sie natürlich erst von vorne bis hinten lesen, alle Rennberichte, alle veterinärmedizinischen Artikel, alle Leserbriefe und die Kommentare und die Artikel über große Zuchthengste und -stuten. Ach, dachte sie. Ach, ich habe doch solch ein Glück. Sie schob die schlafenden Corgis von der Couch und richtete die Kissen und Polster, dann sammelte sie die Pappbecher ein und warf sie weg. Jetzt standen die Corgis fiepend an der Tür, und sie ließ sie hinaus. Und da stand sie, auf der anderen Seite des Gangs, und sah sie an, ihre wunderschöne Schimmelstute aus Kalifornien. Chantilly. So eine adrette, schlanke kleine Stute, so schnell und so klug. Audrey stand in der Tür, vor Liebe wie gebannt, und die Stute wieherte leise, innig und zärtlich.

Die Personen

New York und Florida (Aquaeduct, Belmont, Saratoga, Calder, Gulfstream)

Alexander P. Maybrick: Pferdebesitzer, Industrieller
Rosalind Maybrick: Salondame, Ästhetin
Eileen: Rosalinds Hund, ein Jack-Russell-Terrier
Dick Winterson: Pferdetrainer von Al und Rosalind
Luciano: Dicks Pferdemasseur

Tiffany Morse: Kassiererin bei Wal Mart
Ho-Ho Ice Chill: Tiffanys Freund, Rapper
Dagoberto Gomez: Tiffanys Pferdetrainer
Herman Newman: Spielzeugmagnat, Besitzer von Rennpferden

Maryland (Pimlico, Laurel, Delaware Park, die Rennbahnen in New Jersey, Philadelphia)

Krista Magnelli: Züchterin, Besitzerin eines kleinen Hengstdepots
Pete und Maia Magnelli: Kristas Ehemann und ihre kleine Tochter
Sam der Tierarzt: Kristas Pferdearzt

Skippy Hollister: Pferdebesitzer, Anwalt, einflussreicher Drahtzieher in Washington
Mary Lynn Hollister: Skippys Ehefrau, Wohltätigkeitsdrachen
Deirdre Donohue: Pferdetrainerin der Hollisters

George Donohue: Deirdres Cousin, Hilfstrainer
Ellen: Deirdres alte Freundin, Besitzerin eines Jagd-Springpferdstalls und einer Reitschule

Chicago und New Orleans (Hawthorne, Arlington Park, Sportsman's Park, Louisiana Downs)

William Vance: Pferdetrainer

Kalifornien (Santa Anita, Hollywood Park, Del Mar, Golden Gate Fields, Bay Meadows)

Kyle Tompkins: Besitzer eines riesigen Vollblutgestüts (unter anderem)
Jason Clark Kingston: Software-Magnat
Andrea Melanie Kingston: Jasons Frau
Azalea Warren: Jungfer, Rennpferdebesitzerin, altes kalifornisches Geld
Joy Gorham: Stutenmanagerin auf der Tompkins Ranch
Elizabeth Zada: Joys Freundin, Autorin, Spezialistin für Tierkommunikation
Plato Theodorakis: Elisabeths Freund, Futurologe
Farley Jones: Kyle Tompkins' Pferdetrainer
Oliver: Farleys Hilfstrainer

Buddy Crawford: Jason Clark Kingstons Pferdetrainer
Leon: Buddys Hilfstrainer
Deedee: Arbeitsreiterin bei Buddy
Curtis Doheny: Buddys Pferdearzt
Roberto Acevedo: Jockey in der Ausbildung
Marvelous Martha: Arbeitsreiterin und Legende

Lin Jay »Der Pisser« Hwang: kleiner Pferdebesitzer, ehemaliger Rotgardist
Der Runde Kiesel: Die Mutter des Pissers

Leo: Rennbahnfanatiker und Rennbahntheoretiker
Jesse: Leos Sohn, neun Jahre alt

Texas

R. T. Favor: Pferdetrainer und verdächtiger Typ
Angel Smith: Besitzer einer kleinen Pferdepension
Horacio Delgarza: Angels Freund

Frankreich

Audrey Schmidt: Junge Pferdenärrin
Florence Schmidt: Audreys Mutter

Überall

Sir Michael Ordway: Pferdeagent, Mitglied des britischen Oberhauses

Pferde

Mr. T.: Schimmelwallach, Rennsieger in Frankreich, gezüchtet in Deutschland
Justa Bob: Brauner Wallach, gezüchtet in Kalifornien
Residual: Fuchsstute, gezüchtet in Kentucky
Limitless: Brauner Hengst, gezüchtet in Maryland
Froney's Sis: Apfelschimmelstute, gezüchtet in Kalifornien
Epic Steam: Dunkelbrauner Hengst, gezüchtet in Kentucky